Deutsche Märchen

*Ausgewählt
von Elisabeth Borchers
und eingeleitet
von Wolfgang Koeppen*

INSEL VERLAG

Erste Auflage 1979
© Insel Verlag Frankfurt am Main 1979
Alle Rechte vorbehalten
Quellenverweise am Schluß des Bandes
Satz: LibroSatz, Kriftel
Druck: Druck- und Buchbinderei-Werkstätten
May & Co Nachf., Darmstadt
Printed in Germany

Märchendank

Nie habe ich das Märchenwort meiner Mutter vergessen, nie den Hauch von ihren Lippen, an denen ich hing, ihre Seele, die mit dem Atem kam, nicht verloren die Geschichten, die sie aus einem Buch schöpfte, dessen vergilbte, verfaltete Seiten, allmählich verbraucht und meine Ehrfurcht weckend, aus dem Einband fielen. Das Werk verzichtete auf Pracht, Ausstattung und vorgesetzte Illustrationen, die meine Phantasie enttäuscht hätten wie die Weihnachtsvorstellung von »Dornröschen« in jedem Theater. Unser Buch war ein eigentlich kleines, doch gewichtig in der Hand liegendes, dickes Lesebuch. Die Bilder, die Begebenheiten entsprangen jeden Tag neu den gedruckten Buchstaben, dem Heerbann der schwarzen Kunst auf dem papiernen Feld, den geheimnisvollen, Glück und Gefahr bergenden heiligen Zeichen, dem Sesamöffnedich zur Wahrheit der Erde und des Himmels, wie ich damals dachte und heute immer noch denke, getragen, beschworen von der leisen Stimme meiner Mutter, die das Hexenvolk, die Geister und Kobolde, all die klugen Tiere, die ich mir zu Freunden wünschte, die Verwunschenen und Geraubten, die Weisen und Waisen, Guten und Bösen, die Schöne und das Ungeheuer in unser Zimmer lud und oft an mein Bett, was sich bis letzte Nacht in unverdrängten Träumen niederschlug. Goethe, als er sein »Märchen« verfaßte, erwachsen, gebildet, artistisch, seines Könnens, seiner Möglichkeiten sich bewußt, selbst bei klarem Verstand, schrieb, was ein Kind empfunden hatte: »Heute Abend verspreche ich Ihnen ein Märchen, durch das Sie an nichts und an alles erinnert werden sollen.«

Mein Märchen ist ein Wintermärchen. Es war einmal ein Krieg. Er hatte mit Rosen im August angefangen, und jedermann hatte geglaubt, daß Rosen ewig blühen. Das Brot wurde knapp und zugeteilt. Die Feldgrauen verschwanden im Feld, in das sie singend gezogen waren. Die Stuben blieben kalt. Das schwache Gaslicht erschöpfter Leitungen kohleloser Halden flackerte wie ein abnehmender Mond hinter sturmgetriebenen Wolken.

Im Glas unserer Fenster wuchsen üppig die Eisblumen und schlossen den Raum. »Eine Mauer um uns baue, daß der Feind sich nicht getraue.« Wer hatte das gesagt? Eine alte Frau? Ein ängstlicher Patriot? Ein Pfarrer, der töricht genug war, mit Gott zu sprechen? Wir hausten in einem zurückgeschalteten Treibhaus mit Minusgraden. Kleine weiße Wolken des Lebens stießen aus meinem Mund gegen die starren Scheiben. Es war ein Spiel, um durch gleich wieder zufrierende Gucklöcher draußen vor dem Haus den See zu sehen. Frau Holle hatte ihn zugedeckt; ihr Plumeau hüllte das ganze Land ein, auch Häuser, den Kirchturm, die neuen Ruinen des noch unentschiedenen Krieges. Wir spähten in eine tote Natur. Sie war herausfordernd rätselhaft, besonders wenn Sterne blinkten. König Frost lag breit in seinem Bett. Ein unangenehmer Kerl, der verführte, wie er zu sein. Hatte das letzte, majestätische Wort vor dem Erfrieren. Die Sterntaler begehrten wir nicht. Wir hielten die Hand nicht auf, lüpften nicht das Hemd vor dem Schoß. Zu kaufen gab es Ersatz. Ersatz war das Modewort. Ersatz war Speise und Trank. Gold für die Goldsammlung. Gold gab ich für Eisen. Der Krieg machte durch Kriegsanleihe reich, ein altes Lügenmärchen. Es war die Jugendzeit der strengen Winter und heißen Sommer. Das Klima war rauh. Es war der Krieg, der es rauher machte. Der Ort war fremd. Um die Stadt war eine Schlacht geschlagen worden und hatte sie zerstört. Das war ein großer Sieg gewesen, lernte ich bald in der Schule. Meine Mutter und ich waren dahingeraten.

Es sind die schönen Sätze aus jenen Winternächten, gesprochen von meiner Mutter, die ich mir gemerkt habe, und nicht die Jahreszahlen der gewonnenen und doch verlorenen Schlachten.

»Ein großes blutiges Becken stand in der Mitte, und darin lagen tote, zerhauene Menschen, daneben stand ein Holzblock, und ein blinkendes Beil lag darauf.«

»Es war einmal ein alter König, der war krank und dachte: Es wird wohl das Totenbett sein, auf dem ich liege.«

»Der Bräutigam schaute hinauf und sah den geputzten Totenkopf; da meinte er, es wäre seine Braut, und nickte ihr zu und grüßte sie freundlich.«

»Sie waren so bestürzt, als wenn sie hätten sterben sollen; sie sahen sich um, waren irre und wußten nicht, wohin sie nach Hause gehen sollten.«

»Lagst du nicht in der Nacht, als wärst du schon gestorben?«
»Du armer Junge«, sprach die Frau, »du bist in ein Räuberhaus
geraten, und wenn sie heimkommen, so bringen sie dich um.«
Ich verdanke den Märchenvorlesungen meiner Mutter mehr
Bildung, Charakter, Entschlossenheit, Widerstand gegen die
menschenfressende Zeit als den Übungen der Schulen und Uni-
versitäten. Doch kein Wort gegen die mitleidlosen Naturge-
setze und die unerbittlichen Zaubereien der Mathematik. Auch
sie sind Märchen, echt, erhaben und grausig. Sie erleiden nur
den Nachteil, daß sie allgemein angewandt werden von den
Menschen. Die Landung auf dem Mond sollte nie den Mann im
Mond verdrängen. Doch seit einer von uns dort oben war (oder
auch unten), ist des Matthias Claudius' »Der Mond ist aufgegangen« eines Arkanums beraubt, einer Medizin, die unserm Kopf
guttat. Und der Mond, in Raumanzügen beschritten, hat zur
selben Stunde, als wir fernsahen, seine Wirklichkeit verloren.
Das »Raumschiff Enterprise« beweist im Hauskino und in Licht-
jahren die Unsterblichkeit des irdischen Spießers, der den Teufel
nicht erkennt, »und wenn er ihn beim Kragen hätte«. »Sneewittchen« aus der Antenne verführt Kinder und Kindische zur
Schau, die der Tod nicht nur des Märchens ist. In Rockpalästen,
Sporthallen und Fußballstadien sterben sie jubelnd an Auszeh-
rung der Seele.
»Es liegt nur an der Schwäche unserer Organe und der Selbst-
berührung, daß wir uns nicht in einer Feenwelt erblicken. Alle
Märchen sind nur Träume von jener heimatlichen Welt, die
überall und nirgends ist. Die höhern Mächte in uns, die einst als
Genien unsern Willen vollbringen werden, sind jetzt Musen, die
uns auf dieser mühseligen Laufbahn mit süßen Erinnerungen
erquicken.«
Das dachte Novalis, der die Welt als magisches Sein sah, im
Kosmos seiner »Fragmente«.
Ich habe dank meiner Mutter, dank der Märchen, die sie mir
vorlas und die ich dann las, das alte Märchenbuch ihr aus der
Hand genommen, wieder und wieder, die Verbindung zum
Feenreich nicht verloren. Die Feen haben mich beschützt in Not
und Gefahr. Sie machten mich, wenn es darauf ankam, den
Feinden unsichtbar. Ich hatte früh erkannt, daß mein Leben ein

Märchen ist. Ich habe meinem Märchen vertraut und so auch dem Bösen, das mir widerfahren konnte und geschah. Ich kam zu einem Beruf, der ein nie erreichbares Ideal will und kein Beruf ist. Ich fühle mich gleich dem König, gleich dem Bettler und gleich dem Frosch ewiger Wandlung ausgesetzt. Jeder Roman ist ein Märchen. Jeder, der schreibt, webt weiter am großen Märchenteppich der Welt. Alle dichten das Prinzip Hoffnung, glauben, wider alle Erfahrung, die gewöhnlichen Märchen der Börsenkurse, des Wachstums, der Weltwirtschaft, der Staatslehre, des Rechts, nehmen hin die Heilrufe der Politik und der Revolutionen, die Endzeiterwartungen jeder Generation, Adams und Evas Märchen vom Silberstreifen am Horizont. Ich weiß, das Marlenichen wird alle meine Knochen unter dem Machandelbaum suchen und wieder zusammenflicken.

Schullehrer erbosen sich zuweilen über Grimms grimmige Märchen. Diese Pädagogen wissen nicht, was auf ihrem Schulhof geschieht. Die Forschung lehrt, daß die Brüder Grimm, Berufspublizisten, die ihr Publikum, die ›höheren Stände‹, kannten und bedienen wollten mit »Kinder- und Hausmärchen«, die Texte, die ihnen aus vielen Quellen zuflossen, entschärften, stilisierten, aus dem Volksmund nahmen, von unanständigen Wörtern reinigten und jedes Tabu umgingen. Die böse Stiefmutter schöner Märchen, als Sündenbock und Kinderschreck den Familien herzlich willkommen, war in alten Chroniken die rechte Mutter gewesen, eifersüchtig, grausam, mörderisch, ein Weib. Das war den gebildeten und höheren Ständen des Biedermeiers nicht zuzumuten und bleibt bis heute eine Fundgrube der Psychoanalyse. Das Märchen deutete lange vor Freud Träume, die Krankengeschichten auf der Couch waren.

Das deutsche Märchen liebt den deutschen Wald, und auch ich liebe deutschen Wald in seiner Märchenhaftigkeit. Im Wald ist es aber dunkel. Es könnte einer ausziehen, das Fürchten zu lernen. Vielleicht lustvoll, gar lachend? Der Wald ist ernst.

Doch hatten Märchen von Grimm und anderen eine französische Vergangenheit. Sie dienten als Feerie und Ballett der Unterhaltung der Hofgesellschaft in Schlössern und Gärten. »Dornröschen« war einmal eine Frivolität im »Cabinet des Fées«. Das endete erst mit dem Bastillesturm, der Guillotine und bei Grimm.

Das deutsche Märchen, der Wald, die Jagd, die Wolfsschlucht, die deutsche blaue Blume der Romantik, dies ist so schön und reich, wir wollen es hüten. Schon nahen sich in Verehrung wieder die Franzosen. Ihre jungen Philosophen spielen gefährlich mit Thor und dem Donner. Doch Heinrich Heine sang in Paris vom deutschen Märchen

>>Und Liebesweisen tönen,
Wie du sie nie gehört,
Bis wundersüßes Sehnen
Dich wundersüß betört!<<

Wolfgang Koeppen

Zur Winterszeit, als einmal ein tiefer Schnee lag, mußte ein armer Junge hinausgehen und Holz auf einem Schlitten holen. Wie er es nun zusammengesucht und aufgeladen hatte, wollte er, weil er so erfroren war, noch nicht nach Haus gehen, sondern erst Feuer anmachen und sich ein bißchen wärmen. Da scharrte er den Schnee weg, und wie er so den Erdboden aufräumte, fand er einen kleinen goldenen Schlüssel. Nun glaubte er, wo der Schlüssel wäre, müßte auch das Schloß dazu sein, grub in der Erde und fand ein eisernes Kästchen. »Wenn der Schlüssel nur paßt!« dachte er, »es sind gewiß kostbare Sachen in dem Kästchen.« Er suchte, aber es war kein Schlüsselloch da, endlich entdeckte er eins, aber so klein, daß man es kaum sehen konnte. Er probierte, und der Schlüssel paßte glücklich. Da drehte er einmal herum, und nun müssen wir warten, bis er vollends aufgeschlossen und den Deckel aufgemacht hat: dann werden wir erfahren, was für wunderbare Sachen in dem Kästchen lagen.

BRÜDER GRIMM

Der Froschkönig oder der eiserne Heinrich

n den alten Zeiten, wo das Wünschen noch geholfen hat, lebte ein König, dessen Töchter waren alle schön, aber die jüngste war so schön, daß die Sonne selber, die doch so vieles gesehen hat, sich verwunderte, sooft sie ihr ins Gesicht schien. Nahe bei dem Schlosse des Königs lag ein großer dunkler Wald, und in dem Walde unter einer alten Linde war ein Brunnen: wenn nun der Tag recht heiß war, so ging das Königskind hinaus in den Wald und setzte sich an den Rand des kühlen Brunnens: und wenn sie Langeweile hatte, so nahm sie eine goldene Kugel, warf sie in die Höhe und fing sie wieder; und das war ihr liebstes Spielwerk.

Nun trug es sich einmal zu, daß die goldene Kugel der Königstochter nicht in ihr Händchen fiel, das sie in die Höhe gehalten hatte, sondern vorbei auf die Erde schlug und geradezu ins Wasser hineinrollte. Die Königstochter folgte ihr mit den Augen nach, aber die Kugel verschwand, und der Brunnen war tief, so tief, daß man keinen Grund sah. Da fing sie an zu weinen und weinte immer lauter und konnte sich gar nicht trösten. Und wie sie so klagte, rief ihr jemand zu: »was hast du vor, Königstochter, du schreist ja, daß sich ein Stein erbarmen möchte.« Sie sah sich um, woher die Stimme käme, da erblickte sie einen Frosch, der seinen dicken häßlichen Kopf aus dem Wasser streckte. »Ach, du bist's, alter Wasserpatscher«, sagte sie, »ich weine über meine goldene Kugel, die mir in den Brunnen hinabgefallen ist.« – »Sei still und weine nicht«, antwortete der Frosch, »ich kann wohl Rat schaffen, aber was gibst du mir, wenn ich dein Spielwerk wieder heraufhole?« – »Was du haben willst, lieber Frosch«, sagte sie, »meine Kleider, meine Perlen und Edelsteine, auch noch die goldene Krone, die ich trage.« Der Frosch antwortete: »deine Kleider, deine Perlen und Edelsteine und deine goldene Krone, die mag ich nicht: aber wenn du mich lieb haben willst, und ich soll dein Geselle und Spielkamerad sein, an deinem Tischlein neben dir sitzen, von deinem goldenen Tellerlein essen, aus deinem Becherlein trinken, in deinem Bett-

lein schlafen: wenn du mir das versprichst, so will ich hinunter-
steigen und dir die goldene Kugel wieder heraufholen.« – »Ach
ja«, sagte sie, »ich verspreche dir alles, was du willst, wenn du mir
nur die Kugel wiederbringst.« Sie dachte aber: »was der einfältige Frosch schwätzt, der sitzt im Wasser bei seinesgleichen und
quakt und kann keines Menschen Geselle sein.«
Der Frosch, als er die Zusage erhalten hatte, tauchte seinen Kopf
unter, sank hinab, und über ein Weilchen kam er wieder herauf
gerudert, hatte die Kugel im Maul und warf sie ins Gras. Die
Königstochter war voll Freude, als sie ihr schönes Spielwerk
wieder erblickte, hob es auf und sprang damit fort. »Warte,
warte«, rief der Frosch, »nimm mich mit, ich kann nicht so
laufen wie du.« Aber was half ihm, daß er ihr sein quak quak so
laut nachschrie, als er konnte! Sie hörte nicht darauf, eilte nach
Haus und hatte bald den armen Frosch vergessen, der wieder in
seinen Brunnen hinabsteigen mußte.
Am andern Tage, als sie mit dem König und allen Hofleuten sich
zur Tafel gesetzt hatte und von ihrem goldenen Tellerlein aß, da
kam, plitsch platsch, plitsch platsch, etwas die Marmortreppe
heraufgekrochen, und als es oben angelangt war, klopfte es an
der Tür und rief: »Königstochterr, jüngste, mach mir auf.« Sie
lief und wollte sehen, wer draußen wäre, als sie aber aufmachte,
so saß der Frosch davor. Da warf sie die Tür hastig zu, setzte sich
wieder an den Tisch, und war ihr ganz angst. Der König sah
wohl, daß ihr das Herz gewaltig klopfte, und sprach: »mein
Kind, was fürchtest du dich, steht etwa ein Riese vor der Tür
und will dich holen?« – »Ach nein«, antwortete sie, »es ist
kein Riese, sondern ein garstiger Frosch.« – »Was will der
Frosch von dir?« – »Ach lieber Vater, als ich gestern im Wald bei
dem Brunnen saß und spielte, da fiel meine goldene Kugel ins
Wasser. Und weil ich so weinte, hat sie der Frosch wieder
heraufgeholt, und weil er es durchaus verlangte, so versprach ich
ihm, er solle mein Geselle werden, ich dachte aber nimmermehr, daß er aus seinem Wasser heraus könnte. Nun ist er
draußen und will zu mir herein.« Indem klopfte es zum zweitenmal und rief:

>»Königstochter, jüngste,
>mach mir auf,

weißt du nicht, was gestern
du zu mir gesagt
bei dem kühlen Brunnenwasser?
Königstochter, jüngste,
mach mir auf.«

Da sagte der König: »was du versprochen hast, das mußt du auch halten; geh nur und mach ihm auf.« Sie ging und öffnete die Türe, da hüpfte der Frosch herein, ihr immer auf dem Fuße nach, bis zu ihrem Stuhl. Da saß er und rief: »heb mich herauf zu dir.« Sie zauderte, bis es endlich der König befahl. Als der Frosch erst auf dem Stuhl war, wollte er auf den Tisch, und als er da saß, sprach er: »nun schieb mir dein goldenes Tellerlein näher, damit wir zusammen essen.« Das tat sie zwar, aber man sah wohl, daß sie's nicht gerne tat. Der Frosch ließ sich's gutschmecken, aber ihr blieb fast jedes Bißlein im Halse. Endlich sprach er: »ich habe mich satt gegessen und bin müde, nun trag mich in dein Kämmerlein, und mach dein seiden Bettlein zurecht, da wollen wir uns schlafen legen.« Die Königstochter fing an zu weinen und fürchtete sich vor dem kalten Frosch, den sie nicht anzurühren getraute, und der nun in ihrem schönen reinen Bettlein schlafen sollte. Der König aber ward zornig und sprach: »Wer dir geholfen hat, als du in der Not warst, den sollst du hernach nicht verachten.« Da packte sie ihn mit zwei Fingern, trug ihn hinauf und setzte ihn in eine Ecke. Als sie aber im Bett lag, kam er gekrochen und sprach: »ich bin müde, ich will schlafen so gut wie du: heb mich herauf, oder ich sag's deinem Vater.« Da ward sie erst bitterböse, holte ihn herauf und warf ihn aus allen Kräften wider die Wand: »nun wirst du Ruhe haben, du garstiger Frosch.«

Als er aber herabfiel, war er kein Frosch, sondern ein Königssohn mit schönen und freundlichen Augen. Der war nun nach ihres Vaters Willen ihr lieber Geselle und Gemahl. Da erzählte er ihr, er wäre von einer bösen Hexe verwünscht worden, und niemand hätte ihn aus dem Brunnen erlösen können als sie allein, und morgen wollten sie zusammen in sein Reich gehen. Dann schliefen sie ein, und am andern Morgen, als die Sonne sie aufweckte, kam ein Wagen herangefahren mit acht weißen Pferden bespannt, die hatten weiße Straußfedern auf dem Kopf und gingen in goldenen Ketten, und hinten stand der Diener des jungen Königs, das war der treue Heinrich. Der treue Heinrich hatte sich so betrübt, als sein Herr war in einen Frosch verwandelt worden, daß er drei eiserne Bande hatte um sein Herz legen lassen, damit es ihm nicht vor Weh und Traurigkeit zerspränge. Der Wagen aber sollte den jungen König in sein Reich abholen; der treue Heinrich hob beide hinein, stellte sich wieder hinten auf und war voller Freude über die Erlösung. Und als sie ein Stück Wegs gefahren waren, hörte der Königssohn, daß es hinter ihm krachte, als wäre etwas zerbrochen. Da drehte er sich um und rief:

»Heinrich, der Wagen bricht.«
»Nein, Herr, der Wagen nicht,
es ist ein Band von meinem Herzen,
das da lag in großen Schmerzen,
als ihr in dem Brunnen saßt,
als ihr eine Fretsche (Frosch) wast (wart).«

Noch einmal und noch einmal krachte es auf dem Weg, und der Königssohn meinte immer, der Wagen bräche, und es waren doch nur die Bande, die vom Herzen des treuen Heinrich absprangen, weil sein Herr erlöst und glücklich war.

Rapunzel

s waren einmal ein Mann und eine Frau, die wünschten sich schon lange vergeblich ein Kind; endlich machte sich die Frau Hoffnung, der liebe Gott werde ihren Wunsch erfüllen. Die Leute hatten in ihrem Hinterhaus ein kleines Fenster, daraus konnte man in einen prächtigen Garten sehen, der voll der schönsten Blumen und Kräuter stand; er war aber von einer hohen Mauer umgeben, und niemand wagte hinein zu gehen, weil er einer Zauberin gehörte, die große Macht hatte und von aller Welt gefürchtet ward. Eines Tages stand die Frau an diesem Fenster und sah in den Garten hinab; da erblickte sie ein Beet, das mit den schönsten Rapunzeln bepflanzt war: und sie sahen so frisch und grün aus, daß sie lüstern war und das größte Verlangen empfand, von den Rapunzeln zu essen. Das Verlangen nahm jeden Tag zu, und da sie wußte, daß sie keine davon bekommen konnte, so fiel sie ganz ab, sah blaß und elend aus. Da erschrak der Mann und fragte: »was fehlt dir, liebe Frau?« – »Ach«, antwortete sie, »wenn ich keine Rapunzeln aus dem Garten hinter unserm Hause zu essen kriege, so sterbe ich.« Der Mann, der sie lieb hatte, dachte: »eh' du deine Frau sterben lässest, holst du ihr von den Rapunzeln, es mag kosten, was es will.« In der Abenddämmerung stieg er also über die Mauer in den Garten der Zauberin, stach in aller Eile eine Hand voll Rapunzeln und brachte sie seiner Frau. Sie machte sich sogleich Salat daraus und aß sie in voller Begierde auf. Sie hatten ihr aber so gut, so gut geschmeckt, daß sie den andern Tag noch dreimal so viel Lust bekam. Sollte sie Ruhe haben, so mußte der Mann noch einmal in den Garten steigen. Er machte sich also in der Abenddämmerung wieder hinab, als er aber die Mauer herabgeklettert war, erschrak er gewaltig; denn er sah die Zauberin vor sich stehen. »Wie kannst du es wagen«, sprach sie mit zornigem Blick, »in meinen Garten zu steigen und wie ein Dieb mir meine Rapunzeln zu stehlen? Das soll dir schlecht bekommen!« – »Ach«, antwortete er, »laß Gnade für Recht ergehen, ich habe mich nur aus Not dazu entschlossen: meine Frau hat Eure Rapunzeln aus dem Fenster erblickt und empfindet ein so großes Gelüsten, daß sie sterben würde, wenn sie nicht davon zu essen bekäme.« Da ließ die Zauberin in ihrem Zorne nach und sprach zu ihm: »verhält es sich so, wie du sagst, so will ich dir gestatten, Rapunzeln mitzunehmen, soviel du willst, allein ich mache eine Bedingung: du mußt mir das Kind geben, das deine Frau zur Welt bringen wird. Es soll ihm gut gehen, und ich will für es sorgen wie eine Mutter.« Der Mann sagte in der Angst alles zu, und als die Frau in Wochen kam, so erschien sogleich die Zauberin, gab dem Kinde den Namen *Rapunzel* und nahm es mit sich fort.

Rapunzel ward das schönste Kind unter der Sonne. Als es zwölf Jahre alt war, schloß es die Zauberin in einen Turm, der in einem Walde lag und weder Treppe noch Türe hatte; nur ganz oben war ein kleines Fensterchen. Wenn die Zauberin hinein wollte, so stellte sie sich unten hin und rief:

»Rapunzel, Rapunzel,
laß mir dein Haar herunter.«

Rapunzel hatte lange prächtige Haare, fein wie gesponnen Gold. Wenn sie nun die Stimme der Zauberin vernahm, so band sie ihre Zöpfe los, wickelte sie oben um einen Fensterhaken, und dann fielen die Haare zwanzig Ellen tief herunter, und die Zauberin stieg daran hinauf.

Nach ein paar Jahren trug es sich zu, daß der Sohn des Königs durch den Wald ritt und an dem Turm vorüber kam. Da hörte er einen Gesang, der war so lieblich, daß er still hielt und horchte. Das war Rapunzel, die in ihrer Einsamkeit sich die Zeit damit vertrieb, ihre süße Stimme erschallen zu lassen. Der Königssohn wollte zu ihr hinauf steigen und suchte nach einer Türe des Turms, aber es war keine zu finden. Er ritt heim, doch der Gesang hatte ihm so sehr das Herz gerührt, daß er jeden Tag hinaus in den Wald ging und zuhörte. Als er einmal so hinter einem Baum stand, sah er, daß eine Zauberin herankam, und hörte, wie sie hinaufrief:

»Rapunzel, Rapunzel,
laß dein Haar herunter.«

Da ließ Rapunzel die Haarflechten herab, und die Zauberin stieg zu ihr hinauf. »Ist das die Leiter, auf welcher man hinaufkommt, so will ich auch einmal mein Glück versuchen.« Und den folgenden Tag, als es anfing dunkel zu werden, ging er zu dem Turme und rief:

»Rapunzel, Rapunzel,
laß dein Haar herunter.«

Alsbald fielen die Haare herab, und der Königssohn stieg hinauf.

Anfangs erschrak Rapunzel gewaltig, als ein Mann zu ihr hereinkam, wie ihre Augen noch nie einen erblickt hatten, doch der Königssohn fing an ganz freundlich mit ihr zu reden und erzählte ihr, daß von ihrem Gesang sein Herz so sehr sei bewegt worden, daß es ihm keine Ruhe gelassen, und er sie selbst habe sehen müssen. Da verlor Rapunzel ihre Angst, und als er sie fragte, ob sie ihn zum Manne nehmen wollte, und sie sah, daß er jung und schön war, so dachte sie: »der wird mich lieber haben als die alte Frau Gothel«, und sagte ja und legte ihre Hand in seine

Hand. Sie sprach: »ich will gerne mit dir gehen, aber ich weiß nicht, wie ich herabkommen kann. Wenn du kommst, so bring jedesmal einen Strang Seide mit; daraus will ich eine Leiter flechten, und wenn die fertig ist, so steige ich herunter, und du nimmst mich auf dein Pferd.« Sie verabredeten, daß er bis dahin alle Abend zu ihr kommen sollte; denn bei Tag kam die Alte. Die Zauberin merkte auch nichts davon, bis einmal Rapunzel anfing und zu ihr sagte: »sag' Sie mir doch, Frau Gothel, wie kommt es nur, Sie wird mir viel schwerer heraufzuziehen als der junge Königssohn, der ist in einem Augenblick bei mir.« – »Ach, du gottloses Kind«, rief die Zauberin, »was muß ich von dir hören, ich dachte, ich hätte dich von aller Welt geschieden, und du hast mich doch betrogen!« In ihrem Zorne packte sie die schönen Haare der Rapunzel, schlug sie ein paarmal um ihre linke Hand, griff eine Schere mit der rechten, und ritsch, ratsch, waren sie abgeschnitten, und die schönen Flechten lagen auf der Erde. Und sie war so unbarmherzig, daß sie die arme Rapunzel in eine Wüstenei brachte, wo sie in großem Jammer und Elend leben mußte.

Denselben Tag aber, wo sie Rapunzel verstoßen hatte, machte abends die Zauberin die abgeschnittenen Flechten oben am Fensterhaken fest, und als der Königssohn kam und rief:

»Rapunzel, Rapunzel,
laß dein Haar herunter«,

so ließ sie die Haare hinab. Der Königssohn stieg hinauf, aber er fand oben nicht seine liebste Rapunzel, sondern die Zauberin, die ihn mit bösen und giftigen Blicken ansah. »Aha«, rief sie höhnisch, »Du willst die Frau Liebste holen, aber der schöne Vogel sitzt nicht mehr im Nest und singt nicht mehr, die Katze hat ihn geholt und wird dir auch noch die Augen auskratzen. Für dich ist Rapunzel verloren, du wirst sie nie wieder erblicken.« Der Königssohn geriet außer sich vor Schmerz, und in der Verzweiflung sprang er den Turm herab: das Leben brachte er davon, aber die Dornen, in die er fiel, zerstachen ihm die Augen. Da irrte er blind im Walde umher, aß nichts als Wurzeln und Beeren und tat nichts als jammern und weinen über den Verlust seiner liebsten Frau. So wanderte er einige Jahre im Elend umher und geriet endlich in die Wüstenei, wo Rapunzel mit den

Zwillingen, die sie geboren hatte, einem Knaben und einem Mädchen, kümmerlich lebte. Er vernahm eine Stimme, und sie deuchte ihn so bekannt: da ging er darauf zu, und wie er herankam, erkannte ihn Rapunzel und fiel ihm um den Hals und weinte. Zwei von ihren Tränen aber benetzten seine Augen; da wurden sie wieder klar, und er konnte damit sehen wie sonst. Er führte sie in sein Reich, wo er mit Freude empfangen ward, und sie lebten noch lange glücklich und vergnügt.

Das Lumpengesindel

 ähnchen sprach zum Hühnchen: »jetzt ist die Zeit, wo die Nüsse reif werden, da wollen wir zusammen auf den Berg gehen und uns einmal recht satt essen, ehe sie das Eichhorn alle wegholt.« – »Ja«, antwortete das Hühnchen, »komm, wir wollen uns eine Lust miteinander machen.« Da gingen sie zusammen fort auf den Berg, und weil es ein heller Tag war, blieben sie bis zum Abend. Nun weiß ich nicht, ob sie sich so dick gegessen hatten, oder ob sie übermütig geworden waren, kurz, sie wollten nicht zu Fuß nach Haus gehen, und das Hähnchen mußte einen kleinen Wagen von Nußschalen bauen. Als er fertig war, setzte sich Hühnchen hinein und sagte zum Hähnchen: »du kannst dich nur immer vorspannen.« – »Du kommst mir recht«, sagte das Hähnchen, »lieber geh ich zu Fuß nach Haus, als daß ich mich vorspannen lasse: nein, so haben wir nicht gewettet. Kutscher will ich wohl sein und auf dem Bock sitzen, aber selbst ziehen, das tu' ich nicht.«

Wie sie so stritten, schnatterte eine Ente daher: »ihr Diebsvolk, wer hat euch geheißen in meinen Nußberg gehen? Wartet, das soll euch schlecht bekommen!« ging also mit aufgesperrtem Schnabel auf das Hähnchen los. Aber Hähnchen war auch nicht faul und stieg der Ente tüchtig zu Leib, endlich hackte es mit seinem Sporn so gewaltig auf sie los, daß sie um Gnade bat und sich gern zur Strafe vor den Wagen spannen ließ. Hähnchen setzte sich nun auf den Bock und war Kutscher, und darauf ging es fort in einem Jagen, »Ente, lauf zu, was du kannst!« Als sie ein

Stück Weges gefahren waren, begegneten sie zwei Fußgängern, einer Stecknadel und einer Nähnadel. Sie riefen: »halt! halt!« und sagten, es würde gleich stichdunkel werden, da könnten sie keinen Schritt weiter, auch wäre es so schmutzig auf der Straße, ob sie nicht ein wenig einsitzen könnten: sie wären auf der Schneiderherberge vor dem Tor gewesen und hätten sich beim Bier verspätet. Hähnchen, da es magere Leute waren, die nicht viel Platz einnahmen, ließ die beiden einsteigen, doch mußten sie versprechen, ihm und seinem Hühnchen nicht auf die Füße zu treten. Spät abends kamen sie zu einem Wirtshaus, und weil sie die Nacht nicht weiterfahren wollten, die Ente auch nicht gut zu Fuß war und von einer Seite auf die andere fiel, so kehrten sie ein. Der Wirt machte anfangs viel Einwendungen, sein Haus wäre schon voll, gedachte auch wohl, es möchte keine vornehme Herrschaft sein, endlich aber, da sie süße Reden führten, er solle das Ei haben, welches das Hühnchen unterwegs gelegt hatte, auch die Ente behalten, die alle Tage eins legte, so sagte er endlich, sie möchten die Nacht über bleiben. Nun ließen sie wieder frisch auftragen und lebten in Saus und Braus. Früh morgens, als es dämmerte, und noch alles schlief, weckte Hähnchen das Hühnchen, holte das Ei, pickte es auf, und sie verzehrten es zusammen; die Schalen aber warfen sie auf den Feuerherd. Dann gingen sie zu der Nähnadel, die noch schlief, packten sie beim Kopf und steckten sie in das Sesselkissen des Wirts, die Stecknadel aber in sein Handtuch, endlich flogen sie, mir nichts dir nichts, über die Heide davon. Die Ente, die gern unter freiem Himmel schlief und im Hof geblieben war, hörte sie fortschnurren, machte sich munter und fand einen Bach, auf dem sie hinabschwamm; und das ging geschwinder als vor dem Wagen. Ein paar Stunden später machte sich erst der Wirt aus den Federn, wusch sich und wollte sich am Handtuch abtrocknen, da fuhr ihm die Stecknadel über das Gesicht und machte ihm einen roten Strich von einem Ohr zum andern: dann ging er in die Küche und wollte sich eine Pfeife anstecken, wie er aber an den Herd kam, sprangen ihm die Eierschalen in die Augen. »Heute morgen will mir alles an meinen Kopf«, sagte er und ließ sich verdrießlich auf seinen Großvaterstuhl nieder; aber geschwind fuhr er wieder in die Höhe und schrie: »auweh!« denn die

Nähnadel hatte ihn noch schlimmer und nicht in den Kopf gestochen. Nun war er vollends böse und hatte Verdacht auf die Gäste, die so spät gestern abend gekommen waren: und wie er ging und sich nach ihnen umsah, waren sie fort. Da tat er einen Schwur, kein Lumpengesindel mehr in sein Haus zu nehmen, das viel verzehrt, nichts bezahlt und zum Dank noch obendrein Schabernack treibt.

Der treue Johannes

s war einmal ein alter König, der war krank und dachte: »es wird wohl das Totenbett sein, auf dem ich liege.« Da sprach er: »laßt mir den getreuen Johannes kommen.« Der getreue Johannes war sein liebster Diener und hieß so, weil er ihm sein lebelang so treu gewesen war. Als er nun vor das Bett kam, sprach der König zu ihm: »getreuester Johannes, ich fühle, daß mein Ende herannaht, und da habe ich keine andere Sorge als um meinen Sohn: er ist noch in jungen Jahren, wo er sich nicht immer zu raten weiß, und wenn du mir nicht versprichst, ihn zu unterrichten in allem, was er wissen muß, und sein Pflegevater zu sein, so kann ich meine Augen nicht in Ruhe schließen.« – Da antwortete der getreue Johannes: »ich will ihn nicht verlassen und will ihm mit Treue dienen, wenn's auch mein Leben kostet.« – Da sagte der alte König: »so sterb' ich getrost und in Frieden.« Und sprach dann weiter: »nach meinem Tode sollst du ihm das ganze Schloß zeigen, alle Kammern, Säle und Gewölbe und alle Schätze, die darin liegen: aber die letzte Kammer in dem langen Gange sollst du ihm nicht zeigen, worin das Bild der Königstochter vom goldenen Dache verborgen steht. Wenn er das Bild erblickt, wird er eine heftige Liebe zu ihr empfinden und wird in Ohnmacht niederfallen und wird ihretwegen in große Gefahren geraten; davor sollst du ihn hüten.« Und als der treue Johannes nochmals dem alten König die Hand darauf gegeben hatte, ward dieser still, legte sein Haupt auf das Kissen und starb.

Als der alte König zu Grabe getragen war, da erzählte der treue

Johannes dem jungen König, was er seinem Vater auf dem Sterbelager versprochen hatte, und sagte: »das will ich gewißlich halten und will dir treu sein, wie ich ihm gewesen bin, und sollte es mein Leben kosten.« Die Trauer ging vorüber, da sprach der treue Johannes zu ihm: »es ist nun Zeit, daß du dein Erbe siehst: ich will dir dein väterliches Schloß zeigen.« Da führte er ihn überall herum, auf und ab, und ließ ihn alle die Reichtümer und prächtigen Kammern sehen: nur die eine Kammer öffnete er nicht, worin das gefährliche Bild stand. Das Bild war aber so gestellt, daß, wenn die Türe aufging, man gerade darauf sah, und war so herrlich gemacht, daß man meinte, es leibte und lebte, und es gäbe nichts Lieblicheres und Schöneres auf der ganzen Welt. Der junge König aber merkte wohl, daß der getreue Johannes immer an einer Tür vorüberging, und sprach: »warum schließest du mir diese niemals auf?« – »Es ist etwas darin«, antwortete er, »vor dem du erschrickst.« Aber der König antwortete: »ich habe das ganze Schloß gesehen, so will ich auch wissen, was darin ist«, ging und wollte die Türe mit Gewalt öffnen. Da hielt ihn der getreue Johannes zurück und sagte: »ich habe es deinem Vater vor seinem Tode versprochen, daß du nicht sehen sollst, was in der Kammer steht: es könnte dir und mir zu großem Unglück ausschlagen.« – »Ach nein«, antwortete der junge König, »wenn ich nicht hineinkomme, so ist's mein sicheres Verderben: ich würde Tag und Nacht keine Ruhe haben, bis ich's mit meinen Augen gesehen hätte. Nun gehe ich nicht von der Stelle, bis du aufgeschlossen hast.«

Da sah der getreue Johannes, daß es nicht mehr zu ändern war, und suchte mit schwerem Herzen und vielem Seufzen aus dem großen Bund den Schlüssel heraus. Als er die Türe geöffnet hatte, trat er zuerst hinein und dachte, er wolle das Bildnis bedecken, daß es der König vor ihm nicht sähe: aber was half das? der König stellte sich auf die Fußspitzen und sah ihm über die Schulter. Und als er das Bildnis der Jungfrau erblickte, das so herrlich war und von Gold und Edelsteinen glänzte, da fiel er ohnmächtig zur Erde nieder. Der getreue Johannes hob ihn auf, trug ihn in sein Bett und dachte voll Sorgen: »das Unglück ist geschehen. Herr Gott, was will daraus werden!« dann stärkte er ihn mit Wein, bis er wieder zu sich selbst kam. Das erste Wort, das er sprach, war: »ach! wer ist das schöne Bild?« – »Das ist die Königstochter vom goldenen Dache«, antwortete der treue Johannes. Da sprach der König weiter: »meine Liebe zu ihr ist so groß, wenn alle Blätter an den Bäumen Zungen wären, sie könnten's nicht aussagen; mein Leben setzte ich daran, daß ich sie erlange. Du bist mein getreuster Johannes, du mußt mir beistehen.«

Der treue Diener besann sich lange, wie die Sache anzufangen wäre; denn es hielt schwer, nur vor das Angesicht der Königstochter zu kommen. Endlich hatte er ein Mittel ausgedacht und sprach zu dem König: »alles, was sie um sich hat, ist von Gold, Tische, Stühle, Schüsseln, Becher, Näpfe und alles Hausgerät: in deinem Schatze liegen fünf Tonnen Goldes, laß eine von den Goldschmieden des Reichs verarbeiten zu allerhand Gefäßen und Gerätschaften, zu allerhand Vögeln, Gewild und wunderbaren Tieren, das wird ihr gefallen, wir wollen damit hinfahren und unser Glück versuchen.« Der König hieß alle Goldschmiede herbeiholen, die mußten Tag und Nacht arbeiten, bis endlich die herrlichsten Dinge fertig waren. Als alles auf ein Schiff geladen war, zog der getreue Johannes Kaufmannskleider an, und der König mußte ein Gleiches tun, um sich ganz unkenntlich zu machen. Dann fuhren sie über das Meer und fuhren so lange, bis sie zu der Stadt kamen, worin die Königstochter vom goldenen Dache wohnte.

Der treue Johannes hieß den König auf dem Schiffe zurückbleiben und auf ihn warten. »Vielleicht«, sprach er, »bring' ich die Königstocher mit, darum sorgt, daß alles in Ordnung ist, laßt die Goldgefäße aufstellen und das ganze Schiff ausschmücken.« Darauf suchte er sich in sein Schürzchen allerlei von den Goldsachen zusammen, stieg ans Land und ging gerade nach dem königlichen Schloß. Als er in den Schloßhof kam, stand da beim Brunnen ein schönes Mädchen, das hatte zwei goldene Eimer in der Hand und schöpfte damit. Und als es das blinkende Wasser forttragen wollte und sich umdrehte, sah es den fremden Mann und fragte, wer er wäre. Da antwortete er: »ich bin ein Kaufmann«, und öffnete sein Schürzchen und ließ sie hineinschauen. Da rief sie: »ei, was für schönes Goldzeug!« setzte die Eimer nieder und betrachtete eins nach dem andern. Da sprach das

Mädchen: »das muß die Königstocher sehen, die hat so große
Freude an den Goldsachen, daß sie Euch alles abkauft.« Es nahm
ihn bei der Hand und führte ihn hinauf; denn es war die Kammerjungfer. Als die Königstochter die Ware sah, war sie ganz
vergnügt und sprach: »es ist so schön gearbeitet, daß ich dir alles
abkaufen will.« Aber der getreue Johannes sprach: »ich bin nur
der Diener von einem reichen Kaufmann: was ich hier habe, ist
nichts gegen das, was mein Herr auf seinem Schiff stehen hat,
und das ist das Künstlichste und Köstlichste, was je in Gold ist
gearbeitet worden.« Sie wollte alles heraufgebracht haben, aber
er sprach: »dazu gehören viele Tage, so groß ist die Menge, und
so viel Säle, um es aufzustellen, daß Euer Haus nicht Raum dafür
hat.« Da ward ihre Neugierde und Lust immer mehr angeregt,
so daß sie endlich sagte: »führe mich hin zu dem Schiff, ich will
selbst hingehen und deines Herrn Schätze betrachten.«
Da führte sie der getreue Johannes zu dem Schiffe hin und war
ganz freudig, und der König, als er sie erblickte, sah, daß ihre
Schönheit noch größer war, als das Bild sie dargestellt hatte, und
meinte nicht anders, als das Herz wollte ihm zerspringen. Nun
stieg sie in das Schiff, und der König führte sie hinein; der
getreue Johannes aber blieb zurück bei dem Steuermann und
hieß das Schiff abstoßen: »spannt alle Segel auf, daß es fliegt wie
ein Vogel in der Luft.« Der König aber zeigte ihr drinnen das
goldene Geschirr, jedes einzeln, die Schüsseln, Becher, Näpfe,
die Vögel, das Gewild und die wunderbaren Tiere. Viele Stunden gingen herum, während sie alles besah, und in ihrer Freude
merkte sie nicht, daß das Schiff dahinfuhr. Nachdem sie das
Letzte betrachtet hatte, dankte sie dem Kaufmann und wollte
heim; als sie aber an des Schiffes Rand kam, sah sie, daß es fern
vom Land auf hohem Meere ging und mit vollen Segeln fort-
eilte. »Ach«, rief sie erschrocken, »ich bin betrogen, ich bin
entführt und in die Gewalt eines Kaufmanns geraten; lieber
wollt' ich sterben!« Der König aber faßte sie bei der Hand und
sprach: »ein Kaufmann bin ich nicht, ich bin ein König und nicht
geringer an Geburt, als du bist: aber daß ich dich mit List
entführt habe, das ist aus übergroßer Liebe geschehen. Das erste
Mal, als ich dein Bildnis gesehen habe, bin ich ohnmächtig zur
Erde gefallen.« Als die Königstochter vom goldenen Dache das

hörte, ward sie getröstet, und ihr Herz ward ihm geneigt, so daß sie gerne einwilligte, seine Gemahlin zu werden. Es trug sich aber zu, während sie auf dem hohen Meere dahinfuhren, daß der getreue Johannes, als er vorn auf dem Schiffe saß und Musik machte, in der Luft drei Raben erblickte, die dahergeflogen kamen. Da hörte er auf zu spielen und horchte, was sie miteinander sprachen; denn er verstand das wohl. Der eine rief: »ei, da führt er die Königstochter vom goldenen Dache heim.« – »Ja«, antwortete der zweite, »er hat sie noch nicht.« Sprach der dritte: »er hat sie doch, sie sitzt bei ihm im Schiffe.« Da fing der erste wieder an und rief: »was hilft ihm das! wenn sie ans Land kommen, wird ihm ein fuchsrotes Pferd entgegenspringen: da wird er sich aufschwingen wollen, und tut er das, so sprengt es mit ihm fort und in die Luft hinein, daß er nimmermehr seine Jungfrau wiedersieht.« Sprach der zweite: »ist gar keine Rettung?« – »O ja, wenn ein anderer schnell aufsitzt, das Feuergewehr, das in den Halftern stecken muß, herausnimmt und das Pferd damit totschießt, so ist der junge König gerettet. Aber wer weiß das! und wer's weiß und sagt's ihm, der wird zu Stein von den Fußzehen bis zum Knie.« Da sprach der zweite: »ich weiß noch mehr, wenn das Pferd auch getötet wird, so behält der junge König doch nicht seine Braut: wenn sie zusammen ins Schloß kommen, so liegt dort ein gemachtes Brauthemd in einer Schüssel und sieht aus, als wär's von Gold und Silber gewebt, ist aber nichts als Schwefel und Pech: wenn er's antut, verbrennt es ihn bis aufs Mark und Knochen.« Sprach der dritte: »ist da gar keine Rettung?« – »O ja«, antwortete der zweite, »wenn einer mit Handschuhen das Hemd packt und wirft es ins Feuer, daß es verbrennt, so ist der junge König gerettet. Aber was hilft's! wer's weiß und es ihm sagt, der wird halbes Leibes Stein vom Knie bis zum Herzen.« Da sprach der dritte: »ich weiß noch mehr, wird das Brauthemd auch verbrannt, so hat der junge König seine Braut doch noch nicht: wenn nach der Hochzeit der Tanz anhebt, und die junge Königin tanzt, wird sie plötzlich erbleichen und wie tot hinfallen: und hebt sie nicht einer auf und zieht aus ihrer rechten Brust drei Tropfen Blut und speit sie wieder aus, so stirbt sie. Aber verrät das einer, der es weiß, so wird er ganzes Leibes zu Stein vom Wirbel bis zur Fußzehe.« Als die Raben das miteinander gesprochen hatten, flogen sie weiter, und der getreue Johannes hatte alles wohl verstanden, aber von der Zeit an war er still und traurig; denn verschwieg er seinem Herrn, was er gehört hatte, so war dieser unglücklich: entdeckte er es ihm, so mußte er selbst sein Leben hingeben. Endlich aber sprach er bei sich: »Meinen Herrn will ich retten, und sollt' ich selbst darüber zu Grunde gehen.«

Als sie nun ans Land kamen, da geschah es, wie der Rabe vorher gesagt hatte, und es sprengte ein prächtiger fuchsroter Gaul daher. »Wohlan«, sprach der König, »der soll mich in mein Schloß tragen«, und wollte sich aufsetzen, doch der treue Johannes kam ihm zuvor, schwang sich schnell darauf, zog das Gewehr aus den Halftern und schoß den Gaul nieder. Da riefen die andern Diener des Königs, die dem treuen Johannes doch nicht gut waren: »wie schändlich, das schöne Tier zu töten, das den König in sein Schloß tragen sollte!« Aber der König sprach: »schweigt und laßt ihn gehen, es ist mein getreuester Johannes, wer weiß, wozu das gut ist!« Nun gingen sie ins Schloß und da stand im Saal eine Schüssel, und das gemachte Brauthemd lag darin und sah aus nicht anders, als wäre es von Gold und Silber. Der junge König ging darauf zu und wollte es ergreifen, aber der treue Johannes schob ihn weg, packte es mit Handschuhen an, trug es schnell ins Feuer und ließ es verbrennen. Die anderen Diener fingen wieder an zu murren und sagten: »seht, nun verbrennt er gar des Königs Brauthemd.« Aber der junge König sprach: »wer weiß, wozu es gut ist, laßt ihn gehen, es ist mein getreuester Johannes.« Nun ward die Hochzeit gefeiert: der Tanz hub an, und die Braut trat auch hinein, da hatte der treue Johannes acht und schaute ihr ins Antlitz; auf einmal erbleichte sie und fiel wie tot zur Erde. Da sprang er eilends hinzu, hob sie auf und trug sie in eine Kammer, da legte er sie nieder, kniete und sog die drei Blutstropfen aus ihrer rechten Brust und speite sie aus. Alsbald atmete sie wieder und erholte sich, aber der junge König hatte es mitangesehen und wußte nicht, warum es der getreue Johannes getan hatte, ward zornig darüber und rief: »werft ihn ins Gefängnis.« Am andern Morgen ward der getreue Johannes verurteilt und zum Galgen geführt, und als er oben stand und gerichtet werden sollte, sprach er: »jeder, der sterben soll, darf vor seinem Ende noch einmal reden, soll ich das Recht auch haben?« – »Ja«, antwortete der König, »es soll dir vergönnt sein.« Da sprach der treue Johannes: »ich bin zu Unrecht verurteilt und bin dir immer treu gewesen«, und erzählte, wie er auf dem Meer das Gespräch der Raben gehört, und wie er, um seinen Herrn zu retten, das alles hätte tun müssen. Da rief der König: »O mein treuester Johannes, Gnade! Gnade! führt ihn herunter.« Aber der treue Johannes war bei dem letzten Wort, das er geredet hatte, leblos herabgefallen und war ein Stein.

Darüber trug nun der König und die Königin großes Leid, und der König sprach: »ach, was hab' ich große Treue so übel belohnt!« und ließ das steinerne Bild aufheben und in seine Schlafkammer neben sein Bett stellen. Sooft er es ansah, weinte er und sprach: »ach, könnt' ich dich wieder lebendig machen, mein getreuester Johannes.« Es ging eine Zeit herum, da gebar die Königin Zwillinge, zwei Söhnlein, die wuchsen heran und waren ihre Freude. Einmal, als die Königin in der Kirche war, und die zwei Kinder bei dem Vater saßen und spielten, sah dieser wieder das steinerne Bildnis voll Trauer an, seufzte und rief: »ach, könnt' ich dich wieder lebendig machen, mein getreuester Johannes.« Da fing der Stein an zu reden und sprach: »ja, du kannst mich wieder lebendig machen, wenn du dein Liebstes daran wenden willst.« Da rief der König: »alles, was ich auf der Welt habe, will ich für dich hingeben.« Sprach der Stein weiter: »wenn du mit deiner eigenen Hand deinen beiden Kindern den Kopf abhaust und mich mit ihrem Blute bestreichst, so erhalte ich das Leben wieder.« Der König erschrak, als er hörte, daß er seine liebsten Kinder selbst töten sollte, doch dachte er an die große Treue, und daß der getreue Johannes für ihn gestorben war, zog sein Schwert und hieb mit eigener Hand den Kindern den Kopf ab. Und als er mit ihrem Blute den Stein bestrichen hatte, so kehrte das Leben zurück, und der getreue Johannes stand wieder frisch und gesund vor ihm. Er sprach zum König: »deine Treue soll nicht unbelohnt bleiben«, und nahm die Häupter der Kinder, setzte sie auf und bestrich die Wunde mit ihrem Blut, davon wurden sie im Augenblick wieder heil, sprangen herum und spielten fort, als wär' ihnen nichts geschehen. Nun war der König voll Freude, und als er die Königin kommen sah, versteckte er den getreuen Johannes und die beiden Kinder in einen großen Schrank. Wie sie hereintrat, sprach er zu ihr: »hast du gebetet in der Kirche?« – »Ja«, antwortete sie, »aber ich habe beständig an den treuen Johannes gedacht, daß er so unglücklich durch uns geworden ist.« Da sprach er: »liebe Frau, wir können ihm das Leben wiedergeben, aber es kostet uns unsere beiden Söhnlein, die müssen wir opfern.« Die Königin ward bleich und erschrak im Herzen, doch sprach sie: »wir sind's ihm schuldig wegen seiner großen Treue.« Da freute er sich, daß sie dachte, wie er gedacht hatte, ging hin und schloß den Schrank auf, holte die Kinder und den treuen Johannes heraus und sprach: »Gott sei gelobt, er ist erlöst, und unsere Söhnlein haben wir auch wieder«, und erzählte ihr, wie sich alles zugetragen hatte. Da lebten sie zusammen in Glückseligkeit bis an ihr Ende.

Der Teufel mit den drei goldenen Haaren

s war einmal eine arme Frau, die gebar ein Söhnlein, und weil es eine Glückshaut um hatte, als es zur Welt kam, so ward ihm geweissagt, es werde im vierzehnten Jahr die Tochter des Königs zur Frau haben. Es trug sich zu, daß der König bald darauf ins Dorf kam, und niemand wußte, daß es der König war, und als er die Leute fragte, was es Neues gäbe, so antworteten sie: »es ist in diesen Tagen ein Kind mit einer Glückshaut geboren: was so einer unternimmt, das schlägt ihm zum Glück aus. Es ist ihm auch vorausgesagt, in seinem vierzehnten Jahre solle er die Tochter des Königs zur Frau haben.« Der König, der ein böses Herz hatte und über die Weissagung sich ärgerte, ging zu den Eltern, tat ganz freundlich und sagte: »ihr armen Leute, überlaßt mir euer Kind, ich will es versorgen.« Anfangs weigerten sie sich, da aber der fremde Mann schweres Gold dafür bot, und sie dachten: »es ist ein Glückskind, es muß doch zu seinem Besten ausschlagen«, so willigten sie endlich ein und gaben ihm das Kind.

Der König legte es in eine Schachtel und ritt damit weiter, bis er zu einem tiefen Wasser kam: da warf er die Schachtel hinein und

dachte: »von dem unerwarteten Freier habe ich meiner Tochter
geholfen.« Die Schachtel aber ging nicht unter, sondern
schwamm wie ein Schiffchen, und es drang auch kein Tröpfchen Wasser hinein. So schwamm sie bis zwei Meilen von des
Königs Hauptstadt, wo eine Mühle war, an deren Wehr sie
hängen blieb. Ein Mahlbursche, der glücklicherweise da stand
und sie bemerkte, zog sie mit einem Haken heran und meinte,
große Schätze zu finden; als er sie aber aufmachte, lag ein
schöner Knabe darin, der ganz frisch und munter war. Er
brachte ihn zu den Müllersleuten, und weil diese keine Kinder
hatten, freuten sie sich und sprachen: »Gott hat es uns beschert.«
Sie pflegten den Fündling wohl, und er wuchs in allen Tugenden heran.

Es trug sich zu, daß der König einmal bei einem Gewitter in die
Mühle trat und die Müllersleute fragte, ob der große Junge ihr
Sohn wäre. »Nein«, antworteten sie, »es ist ein Fündling, er ist
vor vierzehn Jahren in einer Schachtel ans Wehr geschwom-
men, und der Mahlbursche hat ihn aus dem Wasser gezogen.«
Da merkte der König, daß es niemand anders als das Glückskind
war, das er ins Wasser geworfen hatte, und sprach: »ihr guten
Leute, könnte der Junge nicht einen Brief an die Frau Königin
bringen, ich will ihm zwei Goldstücke zum Lohn geben?« –
»Wie der Herr König gebietet«, antworteten die Leute und
hießen den Jungen, sich bereit halten. Da schrieb der König
einen Brief an die Königin, worin stand: »sobald der Knabe mit
diesem Schreiben angelangt ist, soll er getötet und begraben
werden, und das alles soll geschehen sein, ehe ich zu-
rückkomme.«

Der Knabe machte sich mit diesem Briefe auf den Weg, verirrte
sich aber und kam abends in einen großen Wald. In der Dunkelheit sah er ein kleines Licht, ging darauf zu und gelangte zu
einem Häuschen. Als er hineintrat, saß eine alte Frau beim Feuer
ganz allein. Sie erschrak, als sie den Knaben erblickte und sprach:
»wo kommst du her, und wo willst du hin?« – »Ich komme von
der Mühle«, antwortete er, »und will zur Frau Königin, der ich
einen Brief bringen soll: weil ich mich aber in dem Walde
verirrt habe, so wollte ich hier gerne übernachten.« – »Du armer
Junge«, sprach die Frau, »du bist in ein Räuberhaus geraten, und

wenn sie heimkommen, so bringen sie dich um.« – »Mag kommen, wer will«, sagte der Junge, »ich fürchte mich nicht: ich bin aber so müde, daß ich nicht weiter kann«, streckte sich auf eine Bank und schlief ein. Bald hernach kamen die Räuber und fragten zornig, was da für ein fremder Knabe läge. »Ach«, sagte die Alte, »es ist ein unschuldiges Kind, es hat sich im Walde verirrt, und ich habe ihn aus Barmherzigkeit aufgenommen: er soll einen Brief an die Frau Königin bringen.« Die Räuber erbrachen den Brief und lasen ihn, und es stand darin, daß der Knabe sogleich, wie er ankäme, sollte ums Leben gebracht werden. Da empfanden die hartherzigen Räuber Mitleid, und der Anführer zerriß den Brief und schrieb einen andern, und es stand darin, so wie der Knabe ankäme, sollte er sogleich mit der Königstochter vermählt werden. Sie ließen ihn dann ruhig bis zum andern Morgen auf der Bank liegen, und als er aufgewacht war, gaben sie ihm den Brief und zeigten ihm den rechten Weg. Die Königin aber, als sie den Brief empfangen und gelesen hatte, tat, wie darin stand, hieß ein prächtiges Hochzeitsfest anstellen, und die Königstochter ward mit dem Glückskind vermählt; und da der Jüngling schön und freundlich war, so lebte sie vergnügt und zufrieden mit ihm.

Nach einiger Zeit kam der König wieder in sein Schloß und sah, daß die Weissagung erfüllt und das Glückskind mit seiner Tochter vermählt war. »Wie ist das zugegangen?« sprach er, »ich habe in meinem Brief einen ganz andern Befehl erteilt.« Da reichte ihm die Königin den Brief und sagte, er möchte selbst sehen, was darin stände. Der König las den Brief und merkte wohl, daß er mit einem andern war vertauscht worden. Er fragte den Jüngling, wie es mit dem anvertrauten Briefe zugegangen wäre, warum er einen andern dafür gebracht hätte. »Ich weiß von nichts«, antwortete er, »er muß mir in der Nacht vertauscht sein, als ich im Walde geschlafen habe.« Voll Zorn sprach der König: »so leicht soll es dir nicht werden! Wer meine Tochter haben will, der muß mir aus der Hölle drei goldene Haare von dem Haupte des Teufels holen; bringst du mir, was ich verlange, so sollst du meine Tochter behalten.« Damit hoffte der König, ihn auf immer los zu werden. Das Glückskind aber antwortete: »die goldenen Haare will ich wohl holen, ich fürchte mich vor dem

Teufel nicht.« Darauf nahm er Abschied und begann seine Wanderschaft.

Der Weg führte ihn zu einer großen Stadt, wo ihn der Wächter an dem Tore ausfragte, was für ein Gewerbe er verstünde, und was er wüßte. »Ich weiß alles«, antwortete das Glückskind. »So kannst du uns einen Gefallen tun«, sagte der Wächter, »wenn du uns sagst, warum unser Marktbrunnen, aus dem sonst Wein quoll, trocken geworden ist und nicht einmal mehr Wasser gibt.« – »Das sollt ihr erfahren«, antwortete er, »wartet nur, bis ich wiederkomme.« Da ging er weiter und kam vor eine andere Stadt; da fragte der Torwächter wiederum, was für ein Gewerb' er verstünde, und was er wüßte. »Ich weiß alles«, antwortete er. »So kannst du uns einen Gefallen tun und uns sagen, warum ein Baum in unserer Stadt, der sonst goldene Äpfel trug, jetzt nicht einmal Blätter hervortreibt.« – »Das sollt ihr erfahren«, antwortete er, »wartet nur, bis ich wiederkomme.« Da ging er weiter und kam an ein großes Wasser, über das er hinüber mußte. Der Fährmann fragte ihn, was er für ein Gewerb' verstünde, und was er wüßte. »Ich weiß alles«, antwortete er. »So kannst du mir einen Gefallen tun«, sprach der Fährmann, »und mir sagen, warum ich immer hin und her fahren muß und niemals abgelöst werde.« – »Das sollst du erfahren«, antwortete er, »warte nur, bis ich wiederkomme.«

Als er über das Wasser hinüber war, so fand er den Eingang zur Hölle. Es war schwarz und rußig darin, und der Teufel war nicht zu Haus, aber seine Ellermutter saß da in einem breiten Sorgenstuhl. »Was willst du?« sprach sie zu ihm, sah aber gar nicht so böse aus. »Ich wollte gerne drei goldene Haare von des Teufels Kopf«, antwortete er, »sonst kann ich meine Frau nicht behalten.« – »Das ist viel verlangt«, sagte sie, »wenn der Teufel heimkommt und findet dich, so geht dir's an den Kragen; aber du dauerst mich, ich will sehen, ob ich dir helfen kann.« Sie verwandelte ihn in eine Ameise und sprach: »kriech in meine Rockfalten, da bist du sicher.« – »Ja«, antwortete er, »das ist schon gut, aber drei Dinge möcht' ich gerne noch wissen: warum ein Brunnen, aus dem sonst Wein quoll, trocken geworden ist, jetzt nicht einmal mehr Wasser gibt: warum ein Baum, der sonst goldene Äpfel trug, nicht einmal mehr Laub treibt, und warum ein Fährmann immer herüber und hinüber fahren muß und nicht abgelöst wird.« – »Das sind schwere Fragen«, antwortete sie »aber halte dich nur still und ruhig und hab acht, was der Teufel spricht, wann ich ihm die drei goldenen Haare ausziehe.«

Als der Abend einbrach, kam der Teufel nach Haus. Kaum war er eingetreten, so merkte er, daß die Luft nicht rein war. »Ich rieche, rieche Menschenfleisch«, sagte er, »es ist hier nicht richtig.« Dann guckte er in alle Ecken und suchte, konnte aber nichts finden. Die Ellermutter schalt ihn aus: »eben ist erst gekehrt«, sprach sie, »und alles in Ordnung gebracht, nun wirfst du mir's wieder untereinander; immer hast du Menschenfleisch in der Nase! Setze dich nieder und iß dein Abendbrot.« Als er gegessen und getrunken hatte, war er müde, legte der Ellermutter seinen Kopf in den Schoß und sagte, sie sollte ihn ein wenig lausen. Es dauerte nicht lange, so schlummerte er ein, blies und schnarchte. Da faßte die Alte ein goldenes Haar, riß es aus und legte es neben sich. »Autsch!« schrie der Teufel, »was hast du vor?« – »Ich habe einen schweren Traum gehabt«, antwortete die Ellermutter, »da hab' ich dir in die Haare gefaßt.« – »Was hat dir denn geträumt?« fragte der Teufel. »Mir hat geträumt, ein Marktbrunnen, aus dem sonst Wein quoll, sei versiegt, und es habe nicht einmal Wasser daraus quellen wollen, was ist wohl schuld daran?« – »He, wenn sie's wüßten!« antwortete der Teufel, »es sitzt eine Kröte unter einem Stein im Brunnen, wenn sie die töten, so wird der Wein schon wieder fließen.« Die Ellermutter lauste ihn wieder, bis er einschlief und schnarchte, daß die Fenster zitterten. Da riß sie ihm das zweite Haar aus. »Hu! was machst du?« schrie der Teufel zornig. »Nimm's nicht übel«, antwortete sie, »ich habe es im Traum getan.« – »Was hat dir wieder geträumt?« fragte er. »Mir hat geträumt, in einem Königreiche ständ' ein Obstbaum, der hätte sonst goldene Äpfel getragen und wollte jetzt nicht einmal Laub treiben. Was war wohl die Ursache davon?« – »He, wenn sie's wüßten!« antwortete der Teufel, »an der Wurzel nagt eine Maus, wenn sie die töten, so wird er schon wieder goldene Äpfel tragen, nagt sie aber noch länger, so verdorrt der Baum gänzlich. Aber laß mich mit deinen Träumen in Ruhe, wenn du mich noch einmal im Schlafe störst, so kriegst du eine Ohrfeige.« Die Ellermutter sprach ihm gut zu und

lauste ihn wieder, bis er eingeschlafen war und schnarchte. Da
faßte sie das dritte goldene Haar und riß es ihm aus. Der Teufel
fuhr in die Höhe, schrie und wollte übel mit ihr wirtschaften,
aber sie besänftigte ihn nochmals und sprach: »wer kann für böse
Träume!«–»Was hat dir denn geträumt?« fragte er und war doch
neugierig. »Mir hat von einem Fährmann geträumt, der sich
beklagte, daß er immer hin und her fahren müßte und nicht
abgelöst würde. Was ist wohl schuld?« – »He, der Dummbart!«
antwortete der Teufel, »wenn einer kommt und will überfahren,
so muß er ihm die Stange in die Hand geben; dann muß der
andere überfahren, und er ist frei.« Da die Ellermutter ihm die
drei goldenen Haare ausgerissen hatte, und die drei Fragen
beantwortet waren, so ließ sie den alten Drachen in Ruhe, und
er schlief, bis der Tag anbrach.

Als der Teufel wieder fortgezogen war, holte die Alte die
Ameise aus der Rockfalte und gab dem Glückskind die menschliche Gestalt zurück. »Da hast du die drei goldenen Haare«,
sprach sie, »was der Teufel zu deinen drei Fragen gesagt hat,
wirst du wohl gehört haben.« – »Ja«, antwortete er, »ich habe es
gehört und will's wohl behalten.« – »So ist dir geholfen«, sagte
sie, »und nun kannst du deiner Wege ziehen.« Er bedankte sich
bei der Alten für die Hilfe in der Not, verließ die Hölle und war
vergnügt, daß ihm alles so wohl geglückt war. Als er zu dem
Fährmann kam, sollte er ihm die versprochene Antwort geben.
»Fahr mich erst hinüber«, sprach das Glückskind, »so will ich dir
sagen, wie du erlöst wirst«, und als er auf dem jenseitigen Ufer
angelangt war, gab er ihm des Teufels Rat: »wenn wieder einer
kommt und will übergefahren sein, so gib ihm nur die Stange in
die Hand.« Er ging weiter und kam zu der Stadt, worin der
unfruchtbare Baum stand, und wo der Wächter auch Antwort
haben wollte. Da sagte er ihm, wie er vom Teufel gehört hatte:
»tötet die Maus, die an seiner Wurzel nagt, so wird er wieder
goldene Äpfel tragen.« Da dankte ihm der Wächter und gab ihm
zur Belohnung zwei mit Gold beladene Esel, die mußten ihm
nachfolgen. Zuletzt kam er zu der Stadt, deren Brunnen versiegt
war. Da sprach er zu dem Wächter, wie der Teufel gesprochen
hatte: »es sitzt eine Kröte im Brunnen unter einem Stein, die
müßt ihr aufsuchen und töten, so wird er wieder reichlich Wein

geben.« Der Wächter dankte und gab ihm ebenfalls zwei mit Gold beladene Esel.

Endlich langte das Glückskind daheim bei seiner Frau an, die sich herzlich freute, als sie ihn wiedersah und hörte, wie wohl ihm alles gelungen war. Dem König brachte er, was er verlangt hatte, die drei goldenen Haare des Teufels, und als dieser die vier Esel mit dem Golde sah, ward er ganz vergnügt und sprach: »nun sind alle Bedingungen erfüllt, und du kannst meine Tochter behalten. Aber, lieber Schwiegersohn, sage mir doch: woher ist das viele Gold? das sind ja gewaltige Schätze!« – »Ich bin über einen Fluß gefahren«, antwortete er, »und da habe ich es mitgenommen; es liegt dort statt des Sandes am Ufer.« – »Kann ich mir auch davon holen?« sprach der König und war ganz begierig. »So viel Ihr nur wollt«, antwortete er, »es ist ein Fährmann auf dem Fluß, von dem laßt Euch überfahren, so könnt Ihr drüben Eure Säcke füllen.« Der habsüchtige König machte sich in aller Eile auf den Weg, und als er zu dem Fluß kam, so winkte er dem Fährmann, der sollte ihn übersetzen. Der Fährmann kam und hieß ihn einsteigen, und als sie an das jenseitige Ufer kamen, gab er ihm die Ruderstange in die Hand und sprang davon. Der König aber mußte von nun an fahren zur Strafe für seine Sünden.

»Fährt er wohl noch?« – »Was denn? Es wird ihm niemand die Stange abgenommen haben.«

Brüderchen und Schwesterchen

rüderchen nahm sein Schwesterchen an der Hand und sprach: »seit die Mutter tot ist, haben wir keine gute Stunde mehr; die Stiefmutter schlägt uns alle Tage, und wenn wir zu ihr kommen, stößt sie uns mit den Füßen fort. Die harten Brotkrusten, die übrig bleiben, sind unsere Speise, und dem Hündlein unter dem Tisch geht's besser: dem wirft sie doch manchmal einen guten Bissen zu. Daß Gott erbarm, wenn das unsere Mutter wüßte! Komm, wir wollen miteinander in die weite Welt gehen.« Sie gingen den ganzen Tag über Wiesen, Felder und Steine, und wenn es regnete, sprach das Schwesterchen: »Gott und unsere Herzen, die weinen zusammen!« Abends kamen sie in einen großen Wald und waren so müde von Jammer, Hunger und dem langen Weg, daß sie sich in einen hohlen Baum setzten und einschliefen.

Am andern Morgen, als sie aufwachten, stand die Sonne schon hoch am Himmel und schien heiß in den Baum hinein. Da sprach das Brüderchen: »Schwesterchen, mich dürstet, wenn ich ein Brünnlein wüßte, ich ging' und tränk' einmal; ich mein', ich hört' eins rauschen.« Brüderchen stand auf, nahm Schwesterchen an der Hand, und sie wollten das Brünnlein suchen. Die böse Stiefmutter aber war eine Hexe und hatte wohl gesehen, wie die beiden Kinder fortgegangen waren, war ihnen nachgeschlichen, heimlich, wie die Hexen schleichen, und hatte alle Brunnen im Walde verwünscht. Als sie nun ein Brünnlein fanden, das so glitzerig über die Steine sprang, wollte das Brüderchen daraus trinken: aber das Schwesterchen hörte, wie es im Rauschen sprach: »wer aus mir trinkt, wird ein Tiger, wer aus mir trinkt, wird ein Tiger.« – Da rief das Schwesterchen: »ich bitte dich, Brüderchen, trink nicht, sonst wirst du ein wildes Tier und zerreißest mich.« Das Brüderchen trank nicht, ob es gleich so großen Durst hatte, und sprach: »ich will warten bis zur nächsten Quelle.« Als sie zum zweiten Brünnlein kamen, hörte das Schwesterchen, wie auch dieses sprach: »wer aus mir trinkt, wird ein Wolf, wer aus mir trinkt, wird ein Wolf.« – Da rief das Schwesterchen: »Brüderchen, ich bitte dich, trink nicht, sonst wirst du ein Wolf und frissest mich.« – Das Brüderchen trank nicht und sprach: »ich will warten, bis wir zur nächsten Quelle kommen, aber dann muß ich trinken, du magst sagen, was du willst: mein Durst ist gar zu groß.« Und als sie zum dritten Brünnlein kamen, hörte das Schwesterlein, wie es im Rauschen sprach: »wer aus mir trinkt, wird ein Reh, wer aus mir trinkt, wird ein Reh.« – Das Schwesterchen sprach: »ach Brüderchen, ich bitte dich, trink nicht, sonst wirst du ein Reh und läufst mir fort.« Aber das Brüderchen hatte sich gleich beim Brünnlein niedergekniet, hinabgebeugt und von dem Wasser getrunken, und wie die ersten Tropfen auf seine Lippen gekommen waren, lag es da als ein Rehkälbchen.

Nun weinte das Schwesterchen über das arme verwünschte Brüderchen, und das Rehchen weinte auch und saß so traurig neben ihm. Da sprach das Mädchen endlich: »sei still, liebes Rehchen, ich will dich ja nimmermehr verlassen.« Dann band es sein goldenes Strumpfband ab und tat es dem Rehchen um den Hals und rupfte Binsen und flocht ein weiches Seil daraus. Daran band es das Tierchen und führte es weiter und ging immer tiefer in den Wald hinein. Und als sie lange lange gegangen waren, kamen sie endlich an ein kleines Haus, und das Mädchen schaute hinein, und weil es leer war, dachte es: »hier können wir bleiben und wohnen.« Da suchte es dem Rehchen Laub und Moos zu einem weichen Lager, und jeden Morgen ging es aus und sammelte sich Wurzeln, Beeren und Nüsse, und für das Rehchen brachte es zartes Gras mit, das fraß es ihm aus der Hand, war vergnügt und spielte vor ihm herum. Abends, wenn Schwesterchen müde war und sein Gebet gesagt hatte, legte es seinen Kopf auf den Rücken des Rehkälbchens, das war sein Kissen, darauf es sanft einschlief. Und hätte das Brüderchen nur seine menschliche Gestalt gehabt, es wäre ein herrliches Leben gewesen.

Das dauerte eine Zeitlang, daß sie so allein in der Wildnis waren. Es trug sich aber zu, daß der König des Landes eine große Jagd in dem Wald hielt. Da schallte das Hörnerblasen, Hundegebell und das lustige Geschrei der Jäger durch die Bäume, und das Rehlein hörte es und wäre gar zu gerne dabei gewesen. »Ach«, sprach es zum Schwesterlein, »laß mich hinaus in die Jagd, ich kann's nicht länger mehr aushalten«, und bat so lange, bis es einwilligte. »Aber«, sprach es zu ihm, »komm mir ja abends wieder, vor den wilden Jägern schließ' ich mein Türlein; und damit ich dich kenne, so klopf und sprich: mein Schwesterlein, laß mich herein? und wenn du nicht so sprichst, so schließ' ich mein Türlein nicht auf.« Nun sprang das Rehchen hinaus, und war ihm so wohl und war so lustig in freier Luft. Der König und seine Jäger sahen das schöne Tier und setzten ihm nach, aber sie konnten es nicht einholen, und wenn sie meinten, sie hätten es gewiß, da sprang es über das Gebüsch weg und war verschwunden. Als es dunkel ward, lief es zu dem Häuschen, klopfte und sprach: »mein Schwesterlein, laß mich herein.« Da ward ihm die kleine Tür aufgetan, es sprang hinein und ruhete sich die ganze

Nacht auf seinem weichen Lager aus. Am andern Morgen ging die Jagd von neuem an, und als das Rehlein wieder das Hüfthorn hörte und das ho, ho! der Jäger, da hatte es keine Ruhe und sprach: »Schwesterchen, mach mir auf, ich muß hinaus.« Das Schwesterchen öffnete ihm die Türe und sprach: »aber zu Abend mußt du wieder da sein und dein Sprüchlein sagen.« Als der König und seine Jäger das Rehlein mit dem goldenen Halsband wieder sahen, jagten sie ihm alle nach, aber es war ihnen zu schnell und behend. Das währte den ganzen Tag, endlich aber hatten es die Jäger abends umzingelt, und einer verwundete es ein wenig am Fuß, so daß es hinken mußte und langsam fortlief. Da schlich ihm ein Jäger nach bis zu dem Häuschen und hörte, wie es rief: »mein Schwesterlein, laß mich herein«, und sah, daß die Tür ihm aufgetan und alsbald wieder zugeschlossen ward. Der Jäger behielt das alles wohl im Sinn, ging zum König und erzählte ihm, was er gesehen und gehört hatte. Da sprach der König: »morgen soll noch einmal gejagt werden.«

Das Schwesterchen aber erschrak gewaltig, als es sah, daß sein Rehkälbchen verwundet war. Es wusch ihm das Blut ab, legte Kräuter auf und sprach: »geh auf dein Lager, lieb Rehchen, daß du wieder heil wirst.« Die Wunde aber war so gering, daß das Rehchen am Morgen nichts mehr davon spürte. Und als es die Jagdlust wieder draußen hörte, sprach es: »ich kann's nicht aushalten, ich muß dabei sein; so bald soll mich keiner kriegen!« Das Schwesterchen weinte und sprach: »nun werden sie dich töten, und ich bin hier allein im Wald und bin verlassen von aller Welt: ich laß' dich nicht hinaus.« – »So sterb' ich dir hier vor Betrübnis«, antwortete das Rehchen, »wenn ich das Hüfthorn höre, so mein' ich, ich müßt' aus den Schuhen springen!« Da konnte das Schwesterchen nicht anders und schloß ihm mit schwerem Herzen die Tür auf, und das Rehchen sprang gesund und fröhlich in den Wald. Als es der König erblickte, sprach er zu seinen Jägern: »nun jagt ihm nach den ganzen Tag bis in die Nacht, aber daß ihm keiner etwas zuleide tut.« Sobald die Sonne untergegangen war, sprach der König zum Jäger: »nun komm und zeige mir das Waldhäuschen.« Und als er vor dem Türlein war, klopfte er an und rief: »lieb Schwesterlein, laß mich herein.«

Da ging die Tür auf, und der König trat herein, und da stand ein Mädchen, das war so schön, wie er noch keins gesehen hatte. Das Mädchen erschrak, als es sah, daß nicht sein Rehlein, sondern ein Mann hereinkam, der eine goldene Krone auf dem Haupt hatte. Aber der König sah es freundlich an, reichte ihm die Hand und sprach: »willst du mit mir gehen auf mein Schloß und meine liebe Frau sein?« – »Ach ja«, antwortete das Mädchen, »aber das Rehchen muß auch mit, das verlaß’ ich nicht.« Sprach der König: »es soll bei dir bleiben, solange du lebst, und soll ihm an nichts fehlen.« Indem kam es hereingesprungen; da band es das Schwesterchen wieder an das Binsenseil, nahm es selbst in die Hand und ging mit ihm aus dem Waldhäuschen fort.

Der König nahm das schöne Mädchen auf sein Pferd und führte es in sein Schloß, wo die Hochzeit mit großer Pracht gefeiert wurde, und war es nun die Frau Königin, und lebten sie lange Zeit vergnügt zusammen; das Rehlein ward gehegt und gepflegt und sprang in dem Schloßgarten herum. Die böse Stiefmutter aber, um derentwillen die Kinder in die Welt hineingegangen waren, die meinte nicht anders, als Schwesterchen wäre von den wilden Tieren im Walde zerrissen worden und Brüderchen als ein Rehkalb von den Jägern totgeschossen. Als sie nun hörte, daß sie so glücklich waren, und es ihnen so wohlging, da wurden Neid und Mißgunst in ihrem Herzen rege und ließen ihr keine Ruhe, und sie hatte keinen andern Gedanken, als wie sie die beiden doch noch ins Unglück bringen könnte. Ihre rechte Tochter, die häßlich war wie die Nacht und nur ein Auge hatte, die machte ihr Vorwürfe und sprach: »eine Königin zu werden, das Glück hätte mir gebührt.« – »Sei nur still«, sagte die Alte und sprach sie zufrieden, »wenn’s Zeit ist, will ich schon bei der Hand sein.« Als nun die Zeit herangerückt war, und die Königin ein schönes Knäblein zur Welt gebracht hatte, und der König gerade auf der Jagd war, nahm die alte Hexe die Gestalt der Kammerfrau an, trat in die Stube, wo die Königin lag, und sprach zu der Kranken: »Kommt, das Bad ist fertig, das wird Euch wohltun und frische Kräfte geben: geschwind, eh’ es kalt wird.« Ihre Tochter war auch bei der Hand, sie trugen die schwache Königin in die Badstube und legten sie in die Wanne: dann schlossen sie die Tür ab und liefen davon. In der Badstube aber hatten sie ein rechtes Höllenfeuer angemacht, daß die schöne junge Königin bald ersticken mußte.

Als das vollbracht war, nahm die Alte ihre Tochter, setzte ihr eine Haube auf und legte sie ins Bett an der Königin Stelle. Sie gab ihr auch die Gestalt und das Ansehen der Königin; nur das verlorene Auge konnte sie ihr nicht wiedergeben. Damit es aber der König nicht merkte, mußte sie sich auf die Seite legen, wo sie kein Auge hatte. Am Abend, als er heimkam und hörte, daß ihm ein Söhnlein geboren war, freute er sich herzlich und wollte ans Bett seiner lieben Frau gehen und sehen, was sie machte. Da rief die Alte geschwind: »beileibe, laßt die Vorhänge zu, die Königin darf noch nicht ins Licht sehen und muß Ruhe haben.« Der König ging zurück und wußte nicht, daß eine falsche Königin im Bette lag.

Als es aber Mitternacht war, und alles schlief, da sah die Kinderfrau, die in der Kinderstube neben der Wiege saß und allein noch wachte, wie die Türe aufging, und die rechte Königin hereintrat. Sie nahm das Kind aus der Wiege, legte es in ihren Arm und gab ihm zu trinken. Dann schüttelte sie ihm sein Kißchen, legte es wieder hinein und deckte es mit dem Deckbettchen zu. Sie vergaß aber auch das Rehchen nicht, ging in die Ecke, wo es lag, und streichelte ihm über den Rücken. Darauf ging sie ganz stillschweigend wieder zur Türe hinaus, und die Kinderfrau fragte am andern Morgen die Wächter, ob jemand während der Nacht ins Schloß gegangen wäre, aber sie antworteten: »nein, wir haben niemand gesehen.« So kam sie viele Nächte und sprach niemals ein Wort dabei; die Kinderfrau sah sie immer, aber sie getraute sich nicht, jemand etwas davon zu sagen.

Als nun so eine Zeit verflossen war, da hub die Königin in der Nacht an zu reden und sprach:

»was macht mein Kind? Was macht mein Reh?

Nun komm' ich noch zweimal und dann nimmermehr.«

Die Kinderfrau antwortete ihr nicht, aber als sie wieder verschwunden war, ging sie zum König und erzählte ihm alles. Sprach der König: »Ach Gott, was ist das! ich will in der nächsten Nacht bei dem Kinde wachen.« Abends ging er in die Kinderstube, aber um Mitternacht erschien die Königin wieder und sprach:

»was macht mein Kind? Was macht mein Reh?

Nun komm' ich noch einmal und dann nimmermehr«, und pflegte dann des Kindes, wie sie gewöhnlich tat, ehe sie verschwand. Der König getraute sich nicht, sie anzureden, aber er wachte auch in der folgenden Nacht. Sie sprach abermals:

»was macht mein Kind? Was macht mein Reh?

Nun komm ich noch diesmal und dann nimmermehr.« Da konnte sich der König nicht zurückhalten, sprang zu ihr und sprach: »du kannst niemand anders sein als meine liebe Frau.« Da antwortete sie: »ja, ich bin deine liebe Frau«, und hatte in dem Augenblick durch Gottes Gnade das Leben wieder erhalten, war frisch, rot und gesund. Darauf erzählte sie dem König den Frevel, den die böse Hexe und ihre Tochter an ihr verübt hatten. Der König ließ beide vor Gericht führen, und es ward ihnen das Urteil gesprochen. Die Tochter ward in den Wald geführt, wo sie die wilden Tiere zerrissen, die Hexe aber ward ins Feuer gelegt und mußte jammervoll verbrennen. Und wie sie zu Asche verbrannt war, verwandelte sich das Rehkälbchen und erhielt seine menschliche Gestalt wieder; Schwesterchen und Brüderchen aber lebten glücklich zusammen bis an ihr Ende.

Der Wolf und die sieben jungen Geißlein

s war einmal eine alte Geiß, die hatte sieben junge Geißlein und hatte sie lieb, wie eine Mutter ihre Kinder lieb hat. Eines Tages wollte sie in den Wald gehen und Futter holen, da rief sie alle sieben herbei und sprach: »liebe Kinder, ich will hinaus in den Wald, seid auf eurer Hut vor dem Wolf; wenn er herein-kommt, so frißt er euch alle mit Haut und Haar. Der Bösewicht verstellt sich oft, aber an seiner rauhen Stimme und an seinen schwarzen Füßen werdet ihr ihn gleich erkennen.« – Die Geiß-lein sagten: »liebe Mutter, wir wollen uns schon in acht nehmen, Ihr könnt ohne Sorge fortgehen.« Da meckerte die Alte und machte sich getrost auf den Weg.

Es dauerte nicht lange, so klopfte jemand an die Haustür und rief: »macht auf, ihr lieben Kinder, eure Mutter ist da und hat

jedem von euch etwas mitgebracht.«Aber die Geißerchen hörten an der rauhen Stimme, daß es der Wolf war: »wir machen
nicht auf«, riefen sie, »du bist unsere Mutter nicht, die hat eine
feine und liebliche Stimme, aber deine Stimme ist rauh; du bist
der Wolf.« Da ging der Wolf fort zu einem Krämer und kaufte
sich ein großes Stück Kreide: die aß er und machte damit seine
Stimme fein. Dann kam er zurück, klopfte an die Haustür und
rief: »macht auf, ihr lieben Kinder, eure Mutter ist da und hat
jedem von euch etwas mitgebracht.« Aber der Wolf hatte seine
schwarze Pfote in das Fenster gelegt, das sahen die Kinder und
riefen: »wir machen nicht auf, unsere Mutter hat keinen schwarzen Fuß wie du: du bist der Wolf.« Da lief der Wolf zu einem
Bäcker und sprach: »ich habe mich an den Fuß gestoßen, streich
mir Teig darüber.« Und als ihm der Bäcker die Pfote bestrichen
hatte, so lief er zum Müller und sprach: »streu mir weißes Mehl
auf meine Pfote.« Der Müller dachte: »der Wolf will einen
betrügen«, und weigerte sich, aber der Wolf sprach: »wenn du es
nicht tust, so fresse ich dich.« Da fürchtete sich der Müller und
machte ihm die Pfote weiß. Ja, das sind die Menschen.

Nun ging der Bösewicht zum drittenmal zu der Haustüre,
klopfte an und sprach: »macht mir auf, Kinder, euer liebes
Mütterchen ist heimgekommen und hat jedem von euch etwas
aus dem Walde mitgebracht.« Die Geißerchen riefen: »zeig uns
erst deine Pfote, damit wir wissen, daß du unser liebes Mütterchen bist.« Da legte er die Pfote ins Fenster, und als sie sahen, daß
sie weiß war, so glaubten sie, es wäre alles wahr, was er sagte,
und machten die Türe auf. Wer aber hereinkam, das war der
Wolf. Sie erschraken und wollten sich verstecken. Das eine
sprang unter den Tisch, das zweite ins Bett, das dritte in den
Ofen, das vierte in die Küche, das fünfte in den Schrank, das
sechste unter die Waschschüssel, das siebente in den Kasten der
Wanduhr. Aber der Wolf fand sie alle und machte nicht langes
Federlesen: eins nach dem andern schluckte er in seinen Rachen;
nur das jüngste in dem Uhrkasten, das fand er nicht. Als der
Wolf seine Lust gebüßt hatte, trollte er sich fort, legte sich
draußen auf der grünen Wiese unter einen Baum und fing an zu
schlafen.

Nicht lange danach kam die alte Geiß aus dem Walde wieder

heim. Ach, was mußte sie da erblicken! Die Haustüre stand
sperrweit auf: Tisch, Stühle und Bänke waren umgeworfen, die
Waschschüssel lag in Scherben, Decke und Kissen waren aus
dem Bett gezogen. Sie suchte ihre Kinder, aber nirgend waren
sie zu finden. Sie rief sie nacheinander bei Namen, aber niemand
antwortete. Endlich, als sie an das jüngste kam, da rief eine feine
Stimme: »liebe Mutter, ich stecke im Uhrkasten.« Sie holte es
heraus, und es erzählte ihr, daß der Wolf gekommen wäre und
die andern alle gefressen hätte. Da könnt ihr denken, wie sie über
ihre armen Kinder geweint hat.

Endlich ging sie in ihrem Jammer hinaus, und das jüngste
Geißlein lief mit. Als sie auf die Wiese kam, so lag da der Wolf
an dem Baum und schnarchte, daß die Äste zitterten. Sie betrachtete ihn von allen Seiten und sah, daß in seinem angefüllten
Bauch sich etwas regte und zappelte. »Ach Gott«, dachte sie,
»sollten meine armen Kinder, die er zum Abendbrot hinunter-
gewürgt hat, noch am Leben sein?« Da mußte das Geißlein nach
Haus laufen und Schere, Nadel und Zwirn holen. Dann schnitt
sie dem Ungetüm den Wanst auf, und kaum hatte sie einen
Schnitt getan, so streckte schon ein Geißlein den Kopf heraus,
und als sie weiterschnitt, so sprangen nacheinander alle sechse
heraus und waren noch alle am Leben und hatten nicht einmal
Schaden gelitten; denn das Ungetüm hatte sie in der Gier ganz
hinuntergeschluckt. Das war eine Freude! Da herzten sie ihre
liebe Mutter und hüpften wie ein Schneider, der Hochzeit hält.
Die Alte aber sagte: »jetzt geht und sucht Wackersteine, damit
wollen wir dem gottlosen Tier den Bauch füllen, solange es
noch im Schlafe liegt.« Da schleppten die sieben Geißerchen in
aller Eile die Steine herbei und steckten sie ihm in den Bauch,
soviel sie hineinbringen konnten. Dann nähte ihn die Alte in
aller Geschwindigkeit wieder zu, daß er nichts merkte und sich
nicht einmal regte.

Als der Wolf endlich ausgeschlafen hatte, machte er sich auf die
Beine, und weil ihm die Steine im Magen so großen Durst
erregten, so wollte er zu einem Brunnen gehen und trinken. Als
er aber anfing zu gehen und sich hin und her zu bewegen, so
stießen die Steine in seinem Bauch aneinander und rappelten. Da
rief er:

»was rumpelt und pumpelt
in meinem Bauch herum?
Ich meinte, es wären sechs Geißlein,
so sind's lauter Wackerstein.«

Und als er an den Brunnen kam und sich über das Wasser bückte
und trinken wollte, da zogen ihn die schweren Steine hinein,
und er mußte jämmerlich ersaufen. Als die sieben Geißlein das
sahen, da kamen sie herbeigelaufen, riefen laut: »der Wolf ist tot!
Der Wolf ist tot!« und tanzten mit ihrer Mutter vor Freude um
den Brunnen herum.

Fitchers Vogel

s war einmal ein Hexenmeister, der nahm die
Gestalt eines armen Mannes an, ging vor die Häuser und bettelte und fing die schönen Mädchen.
Kein Mensch wußte, wo er sie hinbrachte; denn sie
kamen nie wieder zum Vorschein. Eines Tages
erschien er vor der Türe eines Mannes, der drei schöne Töchter
hatte, sah aus wie ein armer schwacher Bettler und trug eine
Kötze auf dem Rücken, als wollte er milde Gaben darin sammeln. Er bat um ein bißchen Essen, und als die älteste herauskam
und ihm ein Stück Brot reichen wollte, rührte er sie nur an, und
sie mußte in seine Kötze springen. Darauf eilte er mit starken
Schritten fort und trug sie in einen finstern Wald zu seinem
Haus, das mitten darin stand. In dem Haus war alles prächtig: er
gab ihr, was sie nur wünschte, und sprach: »mein Schatz, es wird
dir wohl gefallen bei mir, du hast alles, was dein Herz begehrt.«
Das dauerte ein paar Tage, da sagte er: »ich muß fortreisen und
dich eine kurze Zeit allein lassen, da sind die Hausschlüssel, du
kannst überall hingehen und alles betrachten, nur nicht in eine
Stube, die dieser kleine Schlüssel da aufschließt, das verbiet' ich
dir bei Lebensstrafe.« Auch gab er ihr ein Ei und sprach: »das Ei
verwahre mir sorgfältig und trag es lieber beständig bei dir;
denn ginge es verloren, so würde ein großes Unglück daraus
entstehen.« Sie nahm die Schlüssel und das Ei und versprach,
alles wohl auszurichten. Als er fort war, ging sie in dem Haus

herum von unten bis oben und besah alles: die Stuben glänzten
von Silber und Gold, und sie meinte, sie hätte nie so große
Pracht gesehen. Endlich kam sie auch zu der verbotenen Tür, sie
wollte vorübergehen, aber die Neugierde ließ ihr keine Ruhe.
Sie besah den Schlüssel, er sah aus wie ein anderer, sie steckte ihn
ein und drehte ein wenig, da sprang die Türe auf. Aber was
erblickte sie, als sie hineintrat? Ein großes blutiges Becken stand
in der Mitte, und darin lagen tote zerhauene Menschen, daneben
stand ein Holzblock, und ein blinkendes Beil lag darauf. Sie
erschrak so sehr, daß das Ei, das sie in der Hand hielt, hinein-
plumpste. Sie holte es wieder heraus und wischte das Blut ab,
aber vergeblich, es kam den Augenblick wieder zum Vorschein;
sie wischte und schabte, aber sie konnte es nicht herunterkrie-
gen.

Nicht lange, so kam der Mann von der Reise zurück, und das
erste, was er forderte, war der Schlüssel und das Ei. Sie reichte es
ihm hin, aber sie zitterte dabei, und er sah gleich an den roten
Flecken, daß sie in der Blutkammer gewesen war. »Bist du
gegen meinen Willen in die Kammer gegangen«, sprach er, »so
sollst du gegen deinen Willen wieder hinein. Dein Leben ist zu
Ende.« Er warf sie nieder, schleifte sie an den Haaren hin, schlug
ihr das Haupt auf dem Blocke ab und zerhackte sie, daß ihr Blut
auf dem Boden dahinfloß. Dann warf er sie zu den übrigen ins
Becken.

»Jetzt will ich mir die zweite holen«, sprach der Hexenmeister,
ging wieder in Gestalt eines armen Mannes vor das Haus und
bettelte. Da brachte ihm die zweite ein Stück Brot; er fing sie
wie die erste durch bloßes Anrühren und trug sie fort. Es erging
ihr nicht besser als ihrer Schwester: sie ließ sich von ihrer
Neugierde verleiten, öffnete die Blutkammer und schaute hinein und mußte es bei seiner Rückkehr mit dem Leben büßen. Er
ging nun und holte die dritte, die aber war klug und listig. Als
er ihr die Schlüssel und das Ei gegeben hatte und fortgereist war,
verwahrte sie das Ei erst sorgfältig, dann besah sie das Haus und
ging zuletzt in die verbotene Kammer. Ach, was erblickte sie!
ihre beiden lieben Schwestern lagen da in dem Becken jämmerlich ermordet und zerhackt. Aber sie hub an und suchte die
Glieder zusammen und legte sie zurecht, Kopf, Leib, Arme und

Beine. Und als nichts mehr fehlte, da fingen die Glieder an sich zu regen und schlossen sich aneinander, und beide Mädchen öffneten die Augen und waren wieder lebendig. Da freuten sie sich, küßten und herzten einander. Der Mann forderte bei seiner Ankunft gleich Schlüssel und Ei, und als er keine Spur von Blut daran entdecken konnte, sprach er: »du hast die Probe bestanden, du sollst meine Braut sein.« – Er hatte jetzt keine Macht mehr über sie und mußte tun, was sie verlangte. »Wohlan«, antwortete sie, »du sollst vorher einen Korb voll Gold meinem Vater und meiner Mutter bringen und es selbst auf deinem Rücken hintragen; derweil will ich die Hochzeit bestellen.« Dann lief sie zu ihren Schwestern, die sie in einem Kämmerlein versteckt hatte, und sagte: »der Augenblick ist da, wo ich euch retten kann: der Bösewicht soll euch selbst wieder heimtragen; aber sobald ihr zu Hause seid, sendet mir Hilfe.« Sie setzte beide in einen Korb und deckte sie mit Gold ganz zu, daß nichts von ihnen zu sehen war. Dann rief sie den Hexenmeister herein und sprach: »nun trag den Korb fort, aber daß du mir unterwegs nicht stehen bleibst und ruhest, ich schaue durch meine Fensterlein und habe acht.«

Der Hexenmeister hob den Korb auf seinen Rücken und ging damit fort, er drückte ihn aber so schwer, daß ihm der Schweiß über das Angesicht lief. Da setzte er sich nieder und wollte ein wenig ruhen, aber gleich rief eine im Korbe: »ich schaue durch mein Fensterlein und sehe, daß du ruhst, willst du gleich weiter!« Er meinte, die Braut rief' ihm das zu, und machte sich wieder auf. Nochmals wollte er sich setzen, aber es rief gleich: »ich schaue durch mein Fensterlein und sehe, daß du ruhst, willst du gleich weiter!« Und sooft er stillstand, rief es, und da mußte er fort, bis er endlich stöhnend und außer Atem den Korb mit dem Gold und den beiden Mädchen in ihrer Eltern Haus brachte.

Daheim aber ordnete die Braut das Hochzeitsfest an und ließ die Freunde des Hexenmeisters dazu einladen. Dann nahm sie einen Totenkopf mit grinsenden Zähnen, setzte ihm einen Schmuck auf und einen Blumenkranz, trug ihn oben vors Bodenloch und ließ ihn da hinausschauen. Als alles bereit war, steckte sie sich in ein Faß mit Honig, schnitt das Bett auf und wälzte sich darin, daß sie aussah wie ein wunderlicher Vogel, und kein Mensch sie erkennen konnte. Da ging sie zum Haus

hinaus, und unterwegs begegnete ihr ein Teil der Hochzeits-
gäste, die fragten:

»du, Fitchers Vogel, wo kommst du her?«

»Ich komme von Fitze Fitchers Hause her.«

»Was macht denn da die junge Braut?«

»Hat gekehrt von unten bis oben das Haus
und guckt zum Bodenloch heraus.«

Endlich begegnete ihr der Bräutigam, der langsam zurückwan-
derte. Er fragte wie die andern:

»du, Fitchers Vogel, wo kommst du her?«

»Ich komme von Fitze Fitchers Hause her.«

»Was macht denn da meine junge Braut.«

»Hat gekehrt von unten bis oben das Haus
und guckt zum Bodenloch heraus.«

Der Bräutigam schaute hinauf und sah den geputzten Totenkopf. Da meinte er, es wäre seine Braut, und nickte ihr zu und
grüßte sie freundlich. Wie er aber samt seinen Gästen ins Haus
gegangen war, da langten die Brüder und Verwandte der Braut
an, die zu ihrer Rettung gesendet waren. Sie schlossen alle
Türen des Hauses zu, daß niemand entfliehen konnte, und
steckten es an, also daß der Hexenmeister mitsamt seinem Gesindel verbrennen mußte.

König Drosselbart

in König hatte eine Tochter, die war über alle
Maßen schön, aber dabei so stolz und übermütig,
daß ihr kein Freier gut genug war. Sie wies einen
nach dem andern ab und trieb noch dazu Spott mit
ihnen. Einmal ließ der König ein großes Fest anstellen und ladete dazu aus der Nähe und Ferne die heiratslusti-
gen Männer ein. Sie wurden alle in eine Reihe nach Rang und
Stand geordnet; erst kamen die Könige, dann die Herzöge, die
Fürsten, Grafen und Freiherrn, zuletzt die Edelleute. Nun ward
die Königstochter durch die Reihen geführt, aber an jedem
hatte sie etwas auszusetzen. Der eine war ihr zu dick, »das
Weinfaß!« sprach sie. Der andere zu lang, »lang und schwank hat

keinen Gang.« Der dritte zu kurz, »kurz und dick hat kein
Geschick«. Der vierte zu blaß, »der bleiche Tod!«, der fünfte zu
rot, »der Zinshahn!«, der sechste war nicht gerad genug, »grünes
Holz, hinterm Ofen getrocknet!« Und so hatte sie an einem
jedem etwas auszusetzen, besonders aber machte sie sich über
einen guten König lustig, der ganz oben stand, und dem das
Kinn ein wenig krumm gewachsen war. »Ei«, rief sie und lachte,
»der hat ein Kinn wie die Drossel einen Schnabel«, und seit der
Zeit bekam er den Namen *Drosselbart*. Der alte König aber, als
er sah, daß seine Tochter nichts tat als über die Leute spotten und
alle Freier, die da versammelt waren, verschmähte, ward er
zornig und schwur, sie sollte den ersten besten Bettler zum
Manne nehmen, der vor seine Türe käme.

Ein paar Tage darauf hub ein Spielmann an unter dem Fenster
zu singen, um damit ein geringes Almosen zu verdienen. Als es
der König hörte, sprach er: »laßt ihn heraufkommen.« Da trat
der Spielmann in seinen schmutzigen verlumpten Kleidern herein, sang vor dem König und seiner Tochter und bat, als er fertig
war, um eine milde Gabe. Der König sprach: »dein Gesang hat
mir so wohl gefallen, daß ich dir meine Tochter da zur Frau
geben will.« Die Königstochter erschrak, aber der König sagte:
»ich habe den Eid getan, dich dem ersten besten Bettelmann zu
geben, den will ich auch halten.« Es half keine Einrede, der
Pfarrer ward geholt, und sie mußte sich gleich mit dem Spielmann trauen lassen. Als das geschehen war, sprach der König:
»nun schickt sich's nicht, daß du als ein Bettelweib noch länger
in meinem Schloß bleibst, du kannst nur mit deinem Manne
fortziehen.«

Der Bettelmann führte sie an der Hand hinaus, und sie mußte
mit ihm zu Fuß fortgehen. Als sie in einen großen Wald kamen,
da fragte sie:

> »ach, wem gehört der schöne Wald?«
> »Der gehört dem König Drosselbart;
> hättst du'n genommen, so wär' er dein.«
> »Ich arme Jungfer zart,
> ach, hätt' ich genommen den König Drosselbart!«

Darauf kamen sie über eine Wiese; da fragte sie wieder:

> »wem gehört die schöne grüne Wiese?«

»Sie gehört dem König Drosselbart;
hättst du'n genommen, so wär' sie dein.«
»Ich arme Jungfer zart,
ach, hätt' ich genommen den König Drosselbart!«
Dann kamen sie durch eine große Stadt; da fragte sie wieder:
»wem gehört diese schöne große Stadt?«
»Sie gehört dem König Drosselbart;
hättst du'n genommen, so wär' sie dein.«
»Ich arme Jungfer zart,
ach, hätt' ich genommen den König Drosselbart!«
»Es gefällt mir gar nicht«, sprach der Spielmann, »daß du dir
immer einen andern zum Mann wünschest: bin ich dir nicht gut
genug?« Endlich kamen sie an ein ganz kleines Häuschen, da
sprach sie:
»ach, Gott, was ist das Haus so klein!
Wem mag das elende winzige Häuschen sein?«
Der Spielmann antwortete: »das ist mein und dein Haus, wo wir
zusammen wohnen.« Sie mußte sich bücken, damit sie zu der
niedrigen Tür hineinkam. »Wo sind die Diener?« sprach die
Königstochter. »Was Diener!« antwortete der Bettelmann, »du
mußt selber tun, was du willst getan haben. Mach nur gleich
Feuer an und stell Wasser auf, daß du mir mein Essen kochst; ich
bin ganz müde.« Die Königstochter verstand aber nichts vom
Feuermachen und Kochen, und der Bettelmann mußte selber
mit Hand anlegen, daß es noch so leidlich ging. Als sie die
schmale Kost verzehrt hatten, legten sie sich zu Bett: aber am
Morgen trieb er sie schon ganz früh heraus, weil sie das Haus
besorgen sollte. Ein paar Tage lebten sie auf diese Art schlecht
und recht und zehrten ihren Vorrat auf. Da sprach der Mann:
»Frau, so geht's nicht länger, daß wir hier zehren und nichts
verdienen. Du sollst Körbe flechten.« Er ging aus, schnitt Weiden und brachte sie heim: da fing sie an zu flechten, aber die
harten Weiden stachen ihr die zarten Hände wund. »Ich sehe, das
geht nicht«, sprach der Mann, »spinn lieber, vielleicht kannst du
das besser.« Sie setzte sich hin und versuchte zu spinnen, aber der
harte Faden schnitt ihr bald in die weichen Finger, daß das Blut
daran herunterlief. »Siehst du«, sprach der Mann, »du taugst zu
keiner Arbeit, mit dir bin ich schlimm angekommen. Nun will

ich's versuchen und einen Handel mit Töpfen und irdenem
Geschirr anfangen: du sollst dich auf den Markt setzen und die
Ware feilhalten.«–»Ach«, dachte sie,»wenn auf den Markt Leute
aus meines Vaters Reich kommen und sehen mich da sitzen und
feilhalten, wie werden sie mich verspotten!« Aber es half nichts,
sie mußte sich fügen, wenn sie nicht Hungers sterben wollten.
Das erste Mal ging's gut; denn die Leute kauften der Frau, weil
sie schön war, gern ihre Ware ab und bezahlten, was sie forderte:
ja, viele gaben ihr das Geld und ließen ihr die Töpfe noch dazu.
Nun lebten sie von dem Erworbenen, solang es dauerte; da
handelte der Mann wieder eine Menge neues Geschirr ein. Sie
setzte sich damit an eine Ecke des Marktes und stellte es um sich
her und hielt feil. Da kam plötzlich ein trunkener Husar daher-
gefegt und ritt geradezu in die Töpfe hinein, daß alles in tausend
Scherben zersprang. Sie fing an zu weinen und wußte vor Angst
nicht, was sie anfangen sollte. »Ach, wie wird mir's ergehen!«
rief sie, »was wird mein Mann dazu sagen!« Sie lief heim und
erzählte ihm das Unglück. »Wer setzt sich auch an die Ecke des
Marktes mit irdenem Geschirr!« sprach der Mann,»laß nur das
Weinen, ich sehe wohl, du bist zu keiner ordentlichen Arbeit zu
gebrauchen. Da bin ich in unseres Königs Schloß gewesen und
habe gefragt, ob sie nicht eine Küchenmagd brauchen könnten,
und sie haben mir versprochen, sie wollten dich dazu nehmen;
dafür bekommst du freies Essen.«
Nun ward die Königstochter eine Küchenmagd, mußte dem
Koch zur Hand gehen und die sauerste Arbeit tun. Sie machte
sich in beiden Taschen ein Töpfchen fest, darin brachte sie nach
Haus, was ihr von dem übrig Gebliebenen zuteil ward, und
davon nährten sie sich. Es trug sich zu, daß die Hochzeit des
ältesten Königssohnes sollte gefeiert werden, da ging die arme
Frau hinauf, stellte sich vor die Saaltüre und wollte zusehen. Als
nun die Lichter angezündet waren, und immer einer schöner als
der andere hereintrat, und alles voll Pracht und Herrlichkeit
war, da dachte sie mit betrübtem Herzen an ihr Schicksal und
verwünschte ihren Stolz und Übermut, der sie erniedrigt und in
so große Armut gestürzt hatte. Von den köstlichen Speisen, die
da ein- und ausgetragen wurden, und von welchen der Geruch
zu ihr aufstieg, warfen ihr Diener manchmal ein paar Brocken

zu, die tat sie in ihr Töpfchen und wollte es heimtragen. Auf einmal trat der Königssohn herein, war in Samt und Seide gekleidet und hatte goldene Ketten um den Hals. Und als er die schöne Frau in der Türe stehen sah, ergriff er sie bei der Hand und wollte mit ihr tanzen, aber sie weigerte sich und erschrak; denn sie sah, daß es der König Drosselbart war, der um sie gefreit, und den sie mit Spott abgewiesen hatte. Ihr Sträuben half nichts, er zog sie in den Saal: da zerriß das Band, an welchem die Taschen hingen, und die Töpfe fielen heraus, daß die Suppe floß, und die Brocken umhersprangen. Und wie das die Leute sahen, entstand ein allgemeines Gelächter und Spotten, und sie war so beschämt, daß sie sich lieber tausend Klafter unter die Erde gewünscht hätte. Sie sprang zur Türe hinaus und wollte entfliehen, aber auf der Treppe holte sie ein Mann ein und brachte sie zurück: und wie sie ihn ansah, war es wieder der König Drosselbart. Er sprach ihr freundlich zu: »fürchte dich nicht, ich und der Spielmann, der mit dir in dem elenden Häuschen gewohnt hat, sind eins: dir zuliebe habe ich mich so verstellt, und der Husar, der dir die Töpfe entzweigeritten hat, bin ich auch gewesen. Das alles ist geschehen, um deinen stolzen Sinn zu beugen und dich für deinen Hochmut zu strafen, womit du mich verspottet hast.« Da weinte sie bitterlich und sagte: »ich habe großes Unrecht getan und bin nicht wert, deine Frau zu sein.« Er aber sprach: »tröste dich, die bösen Tage sind vorüber, jetzt wollen wir unsere Hochzeit feiern.« Da kamen die Kammerfrauen und taten ihr die prächtigsten Kleider an, und ihr Vater kam und der ganze Hof und wünschten ihr Glück zu ihrer Vermählung mit dem König Drosselbart, und die rechte Freude fing jetzt erst an. Ich wollte, du und ich, wir wären auch dabei gewesen.

Sneewittchen

s war einmal mitten im Winter, und die Schneeflocken fielen wie Federn vom Himmel herab, da
saß eine Königin an einem Fenster, das einen Rahmen von schwarzem Ebenholz hatte, und nähte.
Und wie sie so nähte und nach dem Schnee auf-
blickte, stach sie sich mit der Nadel in den Finger, und es fielen
drei Tropfen Blut in den Schnee. Und weil das Rote im weißen
Schnee so schön aussah, dachte sie bei sich:»hätt' ich ein Kind so
weiß wie Schnee, so rot wie Blut und so schwarz wie das Holz
an dem Rahmen.« Bald darauf bekam sie ein Töchterlein, das
war so weiß wie Schnee, so rot wie Blut und so schwarzhaarig
wie Ebenholz und ward darum das Sneewittchen (Schneeweiß-
chen) genannt. Und wie das Kind geboren war, starb die Königin.

Über ein Jahr nahm sich der König eine andere Gemahlin. Es
war eine schöne Frau, aber sie war stolz und übermütig und
konnte nicht leiden, daß sie an Schönheit von jemand sollte
übertroffen werden. Sie hatte einen wunderbaren Spiegel, wenn
sie vor den trat und sich darin beschaute, sprach sie:

>»Spieglein, Spieglein an der Wand,
> wer ist die schönste im ganzen Land?«

So antwortete der Spiegel:

>»Frau Königin, Ihr seid die schönste im Land.«

Da war sie zufrieden; denn sie wußte, daß der Spiegel die
Wahrheit sagte.

Sneewittchen aber wuchs heran und wurde immer schöner, und
als es sieben Jahr alt war, war es so schön wie der klare Tag und
schöner als die Königin selbst. Als diese einmal ihren Spiegel
fragte:

>»Spieglein, Spieglein an der Wand,
> wer ist die schönste im ganzen Land?«

so antwortete er:

>»Frau Königin, Ihr seid die schönste hier,
> aber Sneewittchen ist tausendmal schöner als Ihr.«

Da erschrak die Königin und ward gelb und grün vor Neid.
Von Stund an, wenn sie Sneewittchen erblickte, kehrte sich ihr

das Herz im Leibe herum, so haßte sie das Mädchen. Und der Neid und Hochmut wuchsen wie ein Unkraut in ihrem Herzen immer höher, daß sie Tag und Nacht keine Ruhe mehr hatte. Da rief sie einen Jäger und sprach: »bring das Kind hinaus in den Wald, ich will's nicht mehr vor meinen Augen sehen. Du sollst es töten und mir Lunge und Leber zum Wahrzeichen mitbringen.« Der Jäger gehorchte und führte es hinaus, und als er den Hirschfänger gezogen hatte und Sneewittchen unschuldiges Herz durchbohren wollte, fing es an zu weinen und sprach: »ach, lieber Jäger, laß mir mein Leben; ich will in den wilden Wald laufen und nimmermehr wieder heimkommen.« Und weil es so schön war, hatte der Jäger Mitleiden und sprach: »so lauf hin, du armes Kind. – Die wilden Tiere werden dich bald gefressen haben«, dachte er, und doch war's ihm, als wär' ein Stein von seinem Herzen gewälzt, weil er es nicht zu töten brauchte. Und als gerade ein junger Frischling dahergesprungen kam, stach er ihn ab, nahm Lunge und Leber heraus und brachte sie als Wahrzeichen der Königin mit. Der Koch mußte sie in Salz kochen, und das boshafte Weib aß sie auf und meinte, sie hätte Sneewittchens Lunge und Leber gegessen.

Nun war das arme Kind in dem großen Wald mutterseelig allein, und ward ihm so angst, daß es alle Blätter an den Bäumen ansah und nicht wußte, wie es sich helfen sollte. Da fing es an zu laufen und lief über die spitzen Steine und durch die Dornen, und die wilden Tiere sprangen an ihm vorbei, aber sie taten ihm nichts. Es lief, solange nur die Füße noch fort konnten, bis es bald Abend werden wollte; da sah es ein kleines Häuschen und ging hinein, sich zu ruhen. In dem Häuschen war alles klein, aber so zierlich und reinlich, daß es nicht zu sagen ist. Da stand ein weißgedecktes Tischlein mit sieben kleinen Tellern, jedes Tellerlein mit seinem Löffelein, ferner sieben Messerlein und Gäblein und sieben Becherlein. An der Wand waren sieben Bettlein nebeneinander aufgestellt und schneeweiße Laken darüber gedeckt. Sneewittchen, weil es so hungrig und durstig war, aß von jedem Tellerlein ein wenig Gemüs und Brot und trank aus jedem Becherlein einen Tropfen Wein; denn es wollte nicht einem allein alles wegnehmen. Hernach, weil es so müde war, legte es sich in ein Bettchen, aber keins paßte; das eine war zu lang, das andere zu kurz, bis endlich das siebente recht war: und darin blieb es liegen, befahl sich Gott und schlief ein.

Als es ganz dunkel geworden war, kamen die Herren von dem Häuslein: das waren die sieben Zwerge, die in den Bergen nach Erz hackten und gruben. Sie zündeten ihre sieben Lichtlein an, und wie es nun hell im Häuslein ward, sahen sie, daß jemand darin gewesen war; denn es stand nicht alles so in der Ordnung, wie sie es verlassen hatten. Der erste sprach: »wer hat auf meinem Stühlchen gesessen?« Der zweite: »wer hat von meinem Tellerchen gegessen?« Der dritte: »wer hat von meinem Brötchen genommen?« Der vierte: »wer hat von meinem Gemüschen gegessen?« Der fünfte: »wer hat mit meinem Gäbelchen gestochen?« Der sechste: »wer hat mit meinem Messerchen geschnitten?« Der siebente: »Wer hat aus meinem Becherlein getrunken?« Dann sah sich der erste um und sah, daß auf seinem Bett eine kleine Delle war; da sprach er: »wer hat in mein Bettchen getreten?« Die andern kamen gelaufen und riefen: »in meinem hat auch jemand gelegen.« Der siebente aber, als er in sein Bett sah, erblickte Sneewittchen, das lag darin und schlief. Nun rief er die andern, die kamen herbeigelaufen und schrieen vor Verwunderung, holten ihre sieben Lichtlein und beleuchteten Sneewittchen. »Ei, du mein Gott! ei, du mein Gott!« riefen sie, »was ist das Kind so schön!« und hatten so große Freude, daß sie es nicht aufweckten, sondern im Bettlein fortschlafen ließen. Der siebente Zwerg aber schlief bei seinen Gesellen, bei jedem eine Stunde: da war die Nacht herum.

Als es Morgen war, erwachte Sneewittchen, und wie es die sieben Zwerge sah, erschrak es. Sie waren aber freundlich und fragten: »wie heißt du?« – »Ich heiße Sneewittchen«, antwortete es. »Wie bist du in unser Haus gekommen?« sprachen weiter die Zwerge. Da erzählte es ihnen, daß seine Stiefmutter es hätte wollen umbringen lassen, der Jäger hätte ihm aber das Leben geschenkt, und da wär' es gelaufen den ganzen Tag, bis es endlich ihr Häuslein gefunden hätte. Die Zwerge sprachen: »willst du unsern Haushalt versehen, kochen, betten, waschen, nähen und stricken, und willst du alles ordentlich und reinlich halten, so kannst du bei uns bleiben, und es soll dir an nichts fehlen.« – »Ja«, sagte Sneewittchen, »von Herzen gern«, und blieb

bei ihnen. Es hielt ihnen das Haus in Ordnung: Morgens gingen
sie in die Berge und suchten Erz und Gold, abends kamen sie
wieder, und da mußte ihr Essen bereit sein. Den Tag über war
das Mädchen allein; da warnten es die guten Zwerglein und
sprachen: »hüte dich vor deiner Stiefmutter, die wird bald wissen, daß du hier bist; laß ja niemand herein.«
Die Königin aber, nachdem sie Sneewittchens Lunge und Leber
glaubte gegessen zu haben, dachte nicht anders als, sie wäre
wieder die erste und allerschönste, trat vor ihren Spiegel und
sprach:

>»Spieglein, Spieglein an der Wand,
>wer ist die schönste im ganzen Land?«

Da antwortete der Spiegel:

>»Frau Königin, Ihr seid die schönste hier,
>aber Sneewittchen über den Bergen
>bei den sieben Zwergen
>ist noch tausendmal schöner als Ihr.«

Da erschrak sie; denn sie wußte, daß der Spiegel keine Unwahr-
heit sprach, und merkte, daß der Jäger sie betrogen hatte, und
Sneewittchen noch am Leben war. Und da sann und sann sie aufs
neue, wie sie es umbringen wollte; denn, solange sie nicht die
schönste war im ganzen Land, ließ ihr der Neid keine Ruhe. Und
als sie sich endlich etwas ausgedacht hatte, färbte sie sich das
Gesicht und kleidete sich wie eine alte Krämerin und war ganz
unkenntlich. In dieser Gestalt ging sie über die sieben Berge zu
den sieben Zwergen, klopfte an die Türe und rief: »schöne Ware
feil! feil!« Sneewittchen guckte zum Fenster heraus und rief:
»guten Tag, liebe Frau, was habt Ihr zu verkaufen?« – »Gute Ware,
schöne Ware«, antwortete sie, »Schnürriemen von allen Farben«,
und holte einen hervor, der aus bunter Seide geflochten war. »Die
ehrliche Frau kann ich herein lassen«, dachte Sneewittchen, riegelte die Türe auf und kaufte sich den hübschen Schnürriemen.
»Kind«, sprach die Alte, »wie du aussiehst! komm, ich will dich
einmal ordentlich schnüren.« Sneewittchen hatte kein Arg, stellte
sich vor sie und ließ sich mit dem neuen Schnürriemen schnüren:
aber die Alte schnürte geschwind und schnürte so fest, daß dem
Sneewittchen der Atem verging, und es für tot hinfiel. »Nun bist
du die schönste gewesen«, sprach sie und eilte hinaus.

Nicht lange darauf, zur Abendzeit, kamen die sieben Zwerge nach Haus, aber wie erschraken sie, als sie ihr liebes Sneewittchen auf der Erde liegen sahen; und es regte und bewegte sich nicht, als wäre es tot. Sie hoben es in die Höhe, und weil sie sahen, daß es zu fest geschnürt war, schnitten sie den Schnürriemen entzwei: da fing es an ein wenig zu atmen und ward nach und nach wieder lebendig. Als die Zwerge hörten, was geschehen war, sprachen sie: »die alte Krämerfrau war niemand als die gottlose Königin: hüte dich und laß keinen Menschen herein, wenn wir nicht bei dir sind.«

Das böse Weib aber, als es nach Hause gekommen war, ging vor den Spiegel und fragte:

»Spieglein, Spieglein an der Wand,
wer ist die schönste im ganzen Land?«

Da antwortete er wie sonst:

»Frau Königin, Ihr seid die schönste hier,
aber Sneewittchen über den Bergen
bei den sieben Zwergen
ist noch tausendmal schöner als Ihr.«

Als sie das hörte, lief ihr alles Blut zum Herzen, so erschrak sie; denn sie sah wohl, daß Sneewittchen wieder lebendig geworden war. »Nun aber«, sprach sie, »will ich etwas aussinnen, daß dich zu Grunde richten soll«, und mit Hexenkünsten, die sie verstand, machte sie einen giftigen Kamm. Dann verkleidete sie sich und nahm die Gestalt eines andern alten Weibes an. So ging sie hin über die sieben Berge zu den sieben Zwergen, klopfte an die Türe und rief: »gute Ware feil! feil!« Sneewittchen schaute heraus und sprach: »geht nur weiter, ich darf niemand hereinlassen.« – »Das Ansehen wird dir doch erlaubt sein«, sprach die Alte, zog den giftigen Kamm heraus und hielt ihn in die Höhe. Da gefiel er dem Kinde so gut, daß es sich betören ließ und die Türe öffnete. Als sie des Kaufs einig waren, sprach die Alte: »nun will ich dich einmal ordentlich kämmen.« Das arme Sneewittchen dachte an nichts und ließ die Alte gewähren, aber kaum hatte sie den Kamm in die Haare gesteckt, als das Gift darin wirkte, und das Mädchen ohne Besinnung niederfiel. »Du Ausbund von Schönheit«, sprach das boshafte Weib, »jetzt ist's um dich geschehen«, und ging fort. Zum Glück aber war es bald Abend, wo die sieben Zwerglein nach Haus kamen. Als sie Sneewittchen wie tot auf der Erde liegen sahen, hatten sie gleich die Stiefmutter in Verdacht, suchten nach und fanden den giftigen Kamm, und kaum hatten sie ihn herausgezogen, so kam Sneewittchen wieder zu sich und erzählte, was vorgegangen war. Da warnten sie es noch einmal, auf seiner Hut zu sein und niemand die Türe zu öffnen.

Die Königin stellte sich daheim vor den Spiegel und sprach:
»Spieglein, Spieglein an der Wand,
wer ist die schönste im ganzen Land?«
Da antwortete er wie vorher:
»Frau Königin, Ihr seid die schönste hier,
aber Sneewittchen über den Bergen
bei den sieben Zwergen
ist doch noch tausenmal schöner als Ihr.«
Als sie den Spiegel so reden hörte, zitterte und bebte sie vor Zorn. »Sneewittchen soll sterben«, rief sie, »und wenn es mein eignes Leben kostet.« Darauf ging sie in eine ganz verborgene Kammer, wo niemand hinkam, und machte da einen giftigen giftigen Apfel. Äußerlich sah er schön aus, weiß mit roten Backen, daß jeder, der ihn erblickte, Lust danach bekam, aber wer ein Stückchen davon aß, der mußte sterben. Als der Apfel fertig war, färbte sie sich das Gesicht und verkleidete sich in eine Bauersfrau, und so ging sie über die sieben Berge zu den sieben Zwergen. Sie klopfte an, Sneewittchen streckte den Kopf zum Fenster heraus und sprach: »ich darf keinen Menschen einlassen, die sieben Zwerge haben mir's verboten.« – »Mir auch recht«, antwortete die Bäurin, »meine Äpfel will ich schon los werden. Da, einen will ich dir schenken.« – »Nein«, sprach Sneewittchen, »ich darf nichts annehmen.« – »Fürchtest du dich vor Gift?« sprach die Alte, »siehst du, da schneide ich den Apfel in zwei Teile; den roten Backen iß du, den weißen will ich essen.« Der Apfel war aber so künstlich gemacht, daß der rote Backen allein vergiftet war. Sneewittchen lusterte den schönen Apfel an, und als es sah, daß die Bäurin davon aß, so konnte es nicht länger widerstehen, streckte die Hand hinaus und nahm die giftige Hälfte. Kaum aber hatte es einen Bissen davon im Mund, so fiel es tot zur Erde nieder. Da betrachtete es die Königin mit grau-

sigen Blicken und lachte überlaut und sprach: »weiß wie Schnee,
rot wie Blut, schwarz wie Ebenholz! diesmal können dich die
Zwerge nicht wieder erwecken.« Und als sie daheim den Spiegel
befragte:

»Spieglein, Spieglein an der Wand,
wer ist die schönste im ganzen Land?«

so antwortete er endlich:

»Frau Königin, Ihr seid die schönste im Land.«

Da hatte ihr neidisches Herz Ruhe, so gut ein neidisches Herz
Ruhe haben kann.

Die Zwerglein, wie sie abends nach Hause kamen, fanden Sneewittchen auf der Erde liegen, und es ging kein Atem mehr aus
seinem Mund, und es war tot. Sie hoben es auf, suchten, ob sie
was Giftiges fänden, schnürten es auf, kämmten ihm die Haare,
wuschen es mit Wasser und Wein, aber es half alles nichts; das
liebe Kind war tot und blieb tot. Sie legten es auf eine Bahre und
setzten sich alle siebene daran und beweinten es und weinten drei
Tage lang. Da wollten sie es begraben, aber es sah noch so frisch
aus wie ein lebender Mensch und hatte noch seine schönen roten
Backen. Sie sprachen: »das können wir nicht in die schwarze
Erde versenken«, und ließen einen durchsichtigen Sarg von Glas
machen, daß man es von allen Seiten sehen konnte, legten es
hinein und schrieben mit goldenen Buchstaben seinen Namen
darauf und, daß es eine Königstochter wäre. Dann setzten sie
den Sarg hinaus auf den Berg, und einer von ihnen blieb immer
dabei und bewachte ihn. Und die Tiere kamen auch und beweinten Sneewittchen, erst eine Eule, dann ein Rabe, zuletzt ein
Täubchen.

Nun lag Sneewittchen lange lange Zeit in dem Sarg und ver-
weste nicht, sondern sah aus, als wenn es schliefe; denn es war
noch so weiß als Schnee, so rot als Blut und so schwarzhaarig
wie Ebenholz. Es geschah aber, daß ein Königssohn in den Wald
geriet und zu dem Zwergenhaus kam, da zu übernachten. Er sah
auf dem Berg den Sarg und das schöne Sneewittchen darin und
las, was mit goldenen Buchstaben darauf geschrieben war. Da
sprach er zu den Zwergen: »laßt mir den Sarg, ich will euch
geben, was ihr dafür haben wollt.« Aber die Zwerge antworteten: »wir geben ihn nicht um alles Gold in der Welt.« Da sprach

er: »so schenkt mir ihn; denn ich kann nicht leben, ohne Sneewittchen zu sehen, ich will es ehren und hochachten wie mein
Liebstes.« Wie er so sprach, empfanden die guten Zwerglein
Mitleiden mit ihm und gaben ihm den Sarg. Der Königssohn
ließ ihn nun von seinen Dienern auf den Schultern forttragen.
Da geschah es, daß sie über einen Strauch stolperten, und von
dem Schüttern fuhr der giftige Apfelgrütz, den Sneewittchen
abgebissen hatte, aus dem Hals. Und nicht lange, so öffnete es
die Augen, hob den Deckel vom Sarg in die Höhe und richtete
sich auf und war wieder lebendig. »Ach Gott, wo bin ich?« rief
es. Der Königssohn sagte voll Freude: »du bist bei mir«, und erzählte, was sich zugetragen hatte, und sprach: »ich habe dich
lieber als alles auf der Welt; komm mit mir in meines Vaters
Schloß, du sollst meine Gemahlin werden.« Da war ihm Sneewittchen gut und ging mit ihm, und ihre Hochzeit ward mit
großer Pracht und Herrlichkeit angeordnet.
Zu dem Fest wurde aber auch Sneewittchens gottlose Stiefmutter eingeladen. Wie sie sich nun mit schönen Kleidern angetan
hatte, trat sie vor den Spiegel und sprach:

>»Spieglein, Spieglein an der Wand,
>wer ist die schönste im ganzen Land?«

Der Spiegel antwortete:

>»Frau Königin, Ihr seid die schönste hier,
>aber die junge Königin ist tausendmal schöner als Ihr.«

Da stieß das böse Weib einen Fluch aus, und ward ihr so angst,
so angst, daß sie sich nicht zu lassen wußte. Sie wollte zuerst gar
nicht auf die Hochzeit kommen: doch ließ es ihr keine Ruhe, sie
mußte fort und die junge Königin sehen. Und wie sie hineintrat,
erkannte sie Sneewittchen, und vor Angst und Schrecken stand
sie da und konnte sich nicht regen. Aber es waren schon eiserne
Pantoffeln über Kohlenfeuer gestellt und wurden mit Zangen
hereingetragen und vor sie hingestellt. Da mußte sie in die
rotglühenden Schuhe treten und so lange tanzen, bis sie tot zur
Erde fiel.

Rumpelstilzchen

s war einmal ein Müller, der war arm, aber er hatte eine schöne Tochter. Nun traf es sich, daß er mit dem König zu sprechen kam, und um sich ein Ansehen zu geben, sagte er zu ihm: »ich habe eine Tochter, die kann Stroh zu Gold spinnen.« Der König sprach zum Müller: »das ist eine Kunst, die mir wohl gefällt! Wenn deine Tochter so geschickt ist, wie du sagst, so bring sie morgen in mein Schloß: da will ich sie auf die Probe stellen.« Als nun das Mädchen zu ihm gebracht ward, führte er es in eine Kammer, die voll Stroh lag, gab ihr Rad und Haspel und sprach: »jetzt mache dich an die Arbeit, und wenn du diese Nacht durch bis morgen früh dieses Stroh nicht zu Gold versponnen hast, so mußt du sterben.« Darauf schloß er die Kammer selbst zu, und sie blieb allein darin.

Da saß nun die arme Müllerstochter und wußte um ihr Leben keinen Rat: sie verstand gar nichts davon, wie man Stroh zu Gold spinnen konnte, und ihre Angst ward immer größer, daß sie endlich zu weinen anfing. Da ging auf einmal die Türe auf, und trat ein kleines Männchen herein und sprach: »guten Abend, Jungfer Müllerin, warum weint Sie so sehr?« – »Ach«, antwortete das Mädchen, »ich soll Stroh zu Gold spinnen und verstehe das nicht.« Sprach das Männchen: »was gibst du mir, wenn ich dir's spinne?« – »Mein Halsband«, sagte das Mädchen. Das Männchen nahm das Halsband, setzte sich vor das Rädchen, und schnurr, schnurr, schnurr, dreimal gezogen, war die Spule voll. Dann steckte es eine andere auf, und schnurr, schnurr, schnurr, dreimal gezogen, war auch die zweite voll: und so ging's fort bis zum Morgen, da war alles Stroh versponnen, und alle Spulen waren voll Gold. Bei Sonnenaufgang kam schon der König, und als er das Gold erblickte, erstaunte er und freute sich, aber sein Herz ward noch goldgieriger. Er ließ die Müllerstochter in eine andere Kammer voll Stroh bringen, die noch viel größer war, und befahl ihr, das auch in einer Nacht zu spinnen, wenn ihr das Leben lieb wäre. Das Mädchen wußte sich nicht zu helfen und weinte; da ging abermals die Türe auf, und das kleine Männchen erschien und sprach: »was gibst du mir, wenn ich dir das Stroh

zu Gold spinne?« – »Meinen Ring von dem Finger«, antwortete
das Mädchen. Das Männchen nahm den Ring, fing wieder an zu
schnurren mit dem Rade und hatte bis zum Morgen alles Stroh
zu glänzendem Gold gesponnen. Der König freute sich über die
Maßen bei dem Anblick, war aber noch immer nicht Goldes
satt, sondern ließ die Müllerstochter in eine noch größere Kammer voll Stroh bringen und sprach:»die mußt du noch in dieser
Nacht verspinnen: gelingt dir's aber, so sollst du meine Gemahlin werden. – Wenn's auch eine Müllerstochter ist«, dachte er,
»eine reichere Frau finde ich in der ganzen Welt nicht.« Als das
Mädchen allein war, kam das Männlein zum drittenmal wieder
und sprach:»was gibst du mir, wenn ich dir noch diesmal das
Stroh spinne?« – »Ich habe nichts mehr, das ich geben könnte«,
antwortete das Mädchen. »So versprich mir, wenn du Königin
wirst, dein erstes Kind.« – »Wer weiß, wie das noch geht«, dachte
die Müllerstochter und wußte sich auch in der Not nicht anders
zu helfen; sie versprach also dem Männchen, was es verlangte,
und das Männchen spann dafür noch einmal das Stroh zu Gold.
Und als am Morgen der König kam und alles fand, wie er
gewünscht hatte, so hielt er Hochzeit mit ihr, und die schöne
Müllerstochter ward eine Königin.
Über ein Jahr brachte sie ein schönes Kind zur Welt und dachte
gar nicht mehr an das Männchen: da trat es plötzlich in ihre
Kammer und sprach:»nun gib mir, was du versprochen hast.«
Die Königin erschrak und bot dem Männchen alle Reichtümer
des Königreichs an, wenn es ihr das Kind lassen wollte, aber das
Männchen sprach:»nein, etwas Lebendes ist mir lieber als alle
Schätze der Welt.« Da fing die Königin an zu jammern und zu
weinen, daß das Männchen Mitleiden mit ihr hatte:»drei Tage
will ich dir Zeit lassen«, sprach er, »wenn du bis dahin meinen
Namen weißt, so sollst du dein Kind behalten.«
Nun besann sich die Königin die ganze Nacht über auf alle
Namen, die sie jemals gehört hatte, und schickte einen Boten
über Land, der sollte sich erkundigen weit und breit, was es sonst
noch für Namen gäbe. Als am andern Tag das Männchen kam,
fing sie an mit Kaspar, Melchior, Balzer und sagte alle Namen,
die sie wußte, nach der Reihe her, aber bei jedem sprach das
Männlein: »so heiß' ich nicht.« Den zweiten Tag ließ sie in der

Nachbarschaft herumfragen, wie die Leute da genannt würden,
und sagte dem Männlein die ungewöhnlichsten und seltsamsten
Namen vor: »heißt du vielleicht Rippenbiest oder Hammels-
wade oder Schnürbein?« aber es antwortete immer: »so heiß' ich
nicht.« Den dritten Tag kam der Bote wieder zurück und
erzählte: »neue Namen habe ich keinen einzigen finden können,
aber wie ich an einen hohen Berg um die Waldecke kam, wo
Fuchs und Has sich gute Nacht sagen, so sah ich da ein kleines
Haus, und vor dem Haus brannte ein Feuer, und um das Feuer
sprang ein gar zu lächerliches Männchen, hüpfte auf einem Bein
und schrie:

>>heute back' ich, morgen brau' ich,
übermorgen hol' ich der Königin ihr Kind;
ach, wie gut ist, daß niemand weiß,
daß ich Rumpelstilzchen heiß'!«

Da könnt ihr denken, wie die Königin froh war, als sie den
Namen hörte, und als bald hernach das Männlein hereintrat und
fragte: »nun Frau Königin, wie heiß' ich?« fragte sie erst: »heißest
du Kunz?« – »Nein.« – »Heißest du Heinz?« – »Nein.« – »Heißt du
etwa Rumpelstilzchen?«
»Das hat dir der Teufel gesagt, das hat dir der Teufel gesagt«,
schrie das Männlein und stieß mit dem rechten Fuß vor Zorn so
tief in die Erde, daß es bis an den Leib hineinfuhr: dann packte
es in seiner Wut den linken Fuß mit beiden Händen und riß sich
selbst mitten entzwei.

Das Bürle

 s war ein Dorf, darin saßen lauter reiche Bauern
und nur ein armer, den nannten sie das *Bürle*
(Bäuerlein). Er hatte nicht einmal eine Kuh und
noch weniger Geld, eine zu kaufen: und er und
seine Frau hätten so gerne eine gehabt. Einmal
sprach er zu ihr: »hör, ich habe einen guten Gedanken: da ist
unser Gevatter Schreiner, der soll uns ein Kalb aus Holz machen
und braun anstreichen, daß es wie ein anderes aussieht, mit der
Zeit wird's wohl groß und gibt eine Kuh.« Der Frau gefiel das

auch, und der Gevatter Schreiner zimmerte und hobelte das Kalb zurecht, strich es an, wie sich's gehörte, und machte es so, daß es den Kopf herabsenkte, als fräße es.

Wie die Kühe des andern Morgens ausgetrieben wurden, rief das Bürle den Hirt herein und sprach: »seht, da hab' ich ein Kälbchen, aber es ist noch klein und muß noch getragen werden.« Der Hirte sagte: »schon gut«, nahm's in seinen Arm, trug's hinaus auf die Weide und stellte es ins Gras. Das Kälbchen blieb da immer stehen wie eins, das frißt, und der Hirt sprach: »das wird bald selber laufen, guck einer, was es schon frißt!« Abends, als er die Herde wieder heimtreiben wollte, sprach er zu dem Kalb: »kannst du da stehen und dich satt fressen, so kannst du auch auf deinen vier Beinen gehen, ich mag dich nicht wieder auf den Arm heimschleppen.« Das Bürle stand aber vor der Haustüre und wartete auf sein Kälbchen: als nun der Kuhhirt durchs Dorf trieb, und das Kälbchen fehlte, fragte er danach. Der Hirt antwortete: »das steht noch immer draußen und frißt: es wollte nicht aufhören und nicht mitgehen.« Bürle aber sprach: »ei was, ich muß mein Vieh wieder haben.« Da gingen sie zusammen nach der Wiese zurück, aber einer hatte das Kalb gestohlen, und es war fort. Sprach der Hirt: »es wird sich wohl verlaufen haben.« Das Bürle aber sagte: »mir nicht so!« und führte den Hirten vor den Schultheiß, der verdammte ihn für seine Nachlässigkeit, daß er dem Bürle für das entkommene Kalb mußte eine Kuh geben.

Nun hatten das Bürle und seine Frau die lang gewünschte Kuh; sie freuten sich von Herzen, hatten aber kein Futter und konnten ihr nichts zu fressen geben; also mußte sie bald geschlachtet werden. Das Fleisch salzten sie ein, und das Bürle ging in die Stadt und wollte das Fell dort verkaufen, um für den Erlös ein neues Kälbchen zu bestellen. Unterwegs kam er an eine Mühle; da saß ein Rabe mit gebrochenen Flügeln, den nahm er aus Erbarmen auf und wickelte ihn in das Fell. Weil aber das Wetter so schlecht ward, und Wind und Regen stürmte, konnte er nicht weiter, kehrte in die Mühle ein und bat um Herberge. Die Müllerin war allein zu Haus und sprach zu dem Bürle: »da leg dich auf die Streu«, und gab ihm ein Käsebrot. Das Bürle aß und legte sich nieder, sein Fell neben sich, und die Frau dachte: »der

ist müde und schläft.« Indem kam der Pfaff', die Frau Müllerin
empfing ihn wohl und sprach: »mein Mann ist aus, da wollen
wir uns traktieren.« Bürle horchte auf, und wie's von Traktieren
hörte, ärgerte es sich, daß es mit Käsebrot hätte vorlieb nehmen
müssen. Da trug die Frau herbei und trug viererlei auf, Braten,
Salat, Kuchen und Wein.

Wie sie sich nun setzten und essen wollten, klopfte es draußen.
Sprach die Frau: »ach Gott, das ist mein Mann!« Geschwind
versteckte sie den Braten in die Ofenkachel, den Wein unters
Kopfkissen, den Salat aufs Bett, den Kuchen unters Bett und den
Pfaff' in den Schrank auf dem Hausehrn. Danach machte sie
dem Mann auf und sprach: »gottlob, daß du wieder hier bist! Das
ist ein Wetter, als wenn die Welt untergehen sollte!« Der Müller
sah's Bürle auf der Streu liegen und fragte: »was will der Kerl
da?« – »Ach«, sagte die Frau, »der arme Schelm kam in dem
Sturm und Regen und bat um ein Obdach; da hab' ich ihm ein
Käsebrot gegeben und ihm die Streu angewiesen.« Sprach der
Mann: »ich habe nichts dagegen, aber schaff mir bald etwas zu
essen.« Die Frau sagte: »ich habe aber nichts als Käsebrot.« – »Ich
bin mit allem zufrieden«, antwortete der Mann, »meinetwegen
mit Käsebrot«, sah das Bürle an und rief: »komm und iß noch
einmal mit.« Bürle ließ sich das nicht zweimal sagen, stand auf
und aß mit. Danach sah der Müller das Fell auf der Erde liegen,
in dem der Rabe steckte, und fragte: »was hast du da?« Antwortete das Bürle: »da hab' ich einen Wahrsager drin.« – »Kann der
mir auch wahrsagen?« sprach der Müller. »Warum nicht?« antwortete das Bürle, »er sagt aber nur vier Dinge und das fünfte
behält er bei sich.« Der Müller war neugierig und sprach: »laß
ihn einmal wahrsagen.« Da drückte Bürle dem Raben auf den
Kopf, daß er quakte und »krr krr« machte. Sprach der Müller:
»was hat er gesagt?« Bürle antwortete: »erstens hat er gesagt, es
steckte Wein unterm Kopfkissen.« – »Das wäre des Guckgucks!«
rief der Müller, ging hin und fand den Wein. »Nun weiter«,
sprach der Müller. Das Bürle ließ den Raben wieder quaksen
und sprach: »zweitens, hat er gesagt, wäre Braten in der Ofenkachel.« – »Das wäre des Guckgucks!« rief der Müller, ging hin
und fand den Braten. Bürle ließ den Raben noch mehr weissa-
gen und sprach: »drittens, hat er gesagt, wäre Salat auf dem

Bett.«–»Das wäre des Guckgucks!« rief der Müller, ging hin und
fand den Salat. Endlich drückte das Bürle den Raben noch
einmal, daß er knurrte, und sprach: »viertens, hat er gesagt, wäre
Kuchen unterm Bett.« – »Das wäre des Guckgucks!« rief der
Müller, ging hin und fand den Kuchen.

Nun setzten sich die zwei zusammen an den Tisch, die Müllerin
aber kriegte Todesängste, legte sich ins Bett und nahm alle
Schlüssel zu sich. Der Müller hätte auch gern das fünfte gewußt,
aber Bürle sprach: »erst wollen wir die vier andern Dinge ruhig
essen; denn das fünfte ist etwas Schlimmes.« So aßen sie, und
danach ward gehandelt, wie viel der Müller für die fünfte
Wahrsagung geben sollte, bis sie um dreihundert Taler einig
wurden. Da drückte das Bürle dem Raben noch einmal an den
Kopf, daß er laut quakte. Fragte der Müller: »was hat er gesagt?«
Antwortete das Bürle: »er hat gesagt, draußen, im Schrank auf
dem Hausehrn, da steckte der Teufel.« Sprach der Müller: »der
Teufel muß hinaus«, und sperrte die Haustür auf, die Frau aber
mußte den Schlüssel hergeben, und Bürle schloß den Schrank auf.
Da lief der Pfaff, was er konnte, hinaus, und der Müller sprach:
»ich habe den schwarzen Kerl mit meinen Augen gesehen: es war
richtig.« Bürle aber machte sich am andern Morgen in der Dämmerung mit den dreihundert Talern aus dem Staub.

Daheim tat sich das Bürle allgemach auf, baute ein hübsches
Haus, und die Bauern sprachen: »das Bürle ist gewiß gewesen,
wo der goldene Schnee fällt, und man das Geld mit Scheffeln
heimträgt.« Da ward Bürle vor den Schultheiß gefordert: es
sollte sagen, woher sein Reichtum käme. Antwortete es: »ich
habe mein Kuhfell in der Stadt für dreihundert Taler verkauft.«
Als die Bauern das hörten, wollten sie auch den großen Vorteil
genießen, liefen heim, schlugen all ihre Kühe tot und zogen die
Felle ab, um sie in der Stadt mit dem großen Gewinn zu
verkaufen. Der Schultheiß sprach: »meine Magd muß aber vorangehen.« Als diese zum Kaufmann in die Stadt kam, gab er ihr
nicht mehr als drei Taler für ein Fell, und als die übrigen kamen,
gab er ihnen nicht einmal so viel und sprach: »was soll ich mit all
den Häuten anfangen?«

Nun ärgerten sich die Bauern, daß sie vom Bürle hinters Licht
geführt waren, wollten Rache an ihm nehmen und verklagten

es wegen des Betrugs bei dem Schultheiß. Das unschuldige
Bürle ward einstimmig zum Tod verurteilt und sollte in einem
durchlöcherten Faß ins Wasser gerollt werden. Bürle ward
hinausgeführt und ein Geistlicher gebracht, der ihm eine Seelenmesse lesen sollte. Die andern mußten sich alle entfernen, und
wie das Bürle den Geistlichen anblickte, so erkannte es den
Pfaffen, der bei der Frau Müllerin gewesen war. Sprach es zu
ihm: »ich hab' Euch aus dem Schrank befreit, befreit mich aus
dem Faß.« Nun trieb gerade der Schäfer mit einer Herde Schafe
daher, von dem das Bürle wußte, daß er längst gerne Schultheiß
geworden wäre, da schrie es aus allen Kräften: »nein, ich tu's
nicht! Und wenn's die ganze Welt haben wollte, nein, ich tu's
nicht!« Der Schäfer, der das hörte, kam herbei und fragte: »was
hast du vor? was willst du nicht tun?« Bürle sprach: »da wollen
sie mich zum Schultheiß machen, wenn ich mich in das Faß
setze, aber ich tu's nicht.« Der Schäfer sagte: »wenn's weiter
nichts ist! um Schultheiß zu werden, wollte ich mich gleich in
das Faß setzen.« Bürle sprach: »willst du dich hineinsetzen, so
wirst du auch Schultheiß.« Der Schäfer war's zufrieden, setzte
sich hinein, und das Bürle schlug den Deckel drauf; dann nahm
es die Herde des Schäfers für sich und trieb sie fort. Der Pfaff'
aber ging zur Gemeinde und sagte, die Seelenmesse wäre gelesen. Da kamen sie und rollten das Faß nach dem Wasser hin. Als
das Faß zu rollen anfing, rief der Schäfer: »ich will ja gerne
Schultheiß werden.« Sie glaubten nicht anders als, das Bürle
schrie so, und sprachen: »das meinen wir auch, aber erst sollst du
dich da unten umsehen«, und rollten das Faß ins Wasser hinein.
Darauf gingen die Bauern heim, und wie sie ins Dorf kamen, so
kam auch das Bürle daher, trieb eine Herde Schafe ruhig ein und
war ganz zufrieden. Da erstaunten die Bauern und sprachen:
»Bürle, wo kommst du her? kommst du aus dem Wasser?« –
»Freilich«, antwortete das Bürle, »ich bin versunken tief, tief, bis
ich endlich auf den Grund kam: ich stieß dem Faß den Boden aus
und kroch hervor: da waren schöne Wiesen, auf denen viele
Lämmer weideten, davon bracht' ich mir die Herde mit.« Sprachen die Bauern: »sind noch mehr da?« – »O ja«, sagte das Bürle,
»mehr, als ihr brauchen könnt.« Da verabredeten sich die

Bauern, daß sie sich auch Schafe holen wollten, jeder eine
Herde; der Schultheiß aber sagte: »ich komme zuerst.« Nun
gingen sie zusammen zum Wasser, da standen gerade am blauen
Himmel kleine Flockwolken, die man Lämmerchen nennt, die
spiegelten sich im Wasser ab; da riefen die Bauern: »wir sehen
schon die Schafe unten auf dem Grund.« Der Schulz drängte sich
hervor und sagte: »nun will ich zuerst hinunter und mich umsehen; wenn's gut ist, will ich euch rufen.« Da sprang er hinein,
»plump«, klang es im Wasser. Sie meinten nicht anders als, er
riefe ihnen zu: »kommt!« und der ganze Haufe stürzte in einer
Hast hinter ihm drein. Da war das Dorf ausgestorben, und Bürle
als der einzige Erbe ward ein reicher Mann.

Allerleirauh

s war einmal ein König, der hatte eine Frau mit
goldenen Haaren, und sie war so schön, daß sich
ihresgleichen nicht mehr auf Erden fand. Es geschah, daß sie krank lag, und als sie fühlte, daß sie
bald sterben würde, rief sie den König und sprach:
»wenn du nach meinem Tode dich wieder vermählen willst, so
nimm keine, die nicht ebenso schön ist, als ich bin, und die nicht
solche goldene Haare hat, wie ich habe; das mußt du mir
versprechen.« Nachdem es ihr der König versprochen hatte, tat
sie die Augen zu und starb.
Der König war lange Zeit nicht zu trösten und dachte nicht
daran, eine zweite Frau zu nehmen. Endlich sprachen seine Räte:
»es geht nicht anders, der König muß sich wieder vermählen,
damit wir eine Königin haben.« Nun wurden Boten weit und
breit umhergeschickt, eine Braut zu suchen, die an Schönheit
der verstorbenen Königin ganz gleichkäme. Es war aber keine
in der ganzen Welt zu finden, und wenn man sie auch gefunden
hätte, so war doch keine da, die solche goldene Haare gehabt
hätte. Also kamen die Boten unverrichteter Sache wieder
heim.
Nun hatte der König eine Tochter, die war gerade so schön wie
ihre verstorbene Mutter und hatte auch solche goldene Haare.

Als sie herangewachsen war, sah sie der König einmal an und sah, daß sie in allem seiner verstorbenen Gemahlin ähnlich war, und fühlte plötzlich eine heftige Liebe zu ihr. Da sprach er zu seinen Räten: »ich will meine Tochter heiraten; denn sie ist das Ebenbild meiner verstorbenen Frau, und sonst kann ich doch keine Braut finden, die ihr gleicht.« Als die Räte das hörten, erschraken sie und sprachen: »Gott hat verboten, daß der Vater seine Tochter heirate, aus der Sünde kann nichts Gutes entspringen, und das Reich wird mit ins Verderben gezogen.« Die Tochter erschrak noch mehr, als sie den Entschluß ihres Vaters vernahm, hoffte aber, ihn von seinem Vorhaben noch abzubringen. Da sagte sie zu ihm: »eh' ich Euren Wunsch erfülle, muß ich erst drei Kleider haben, eins so golden wie die Sonne, eins so silbern wie der Mond und eins so glänzend wie die Sterne; ferner verlange ich einen Mantel von tausenderlei Pelz und Rauhwerk zusammengesetzt, und ein jedes Tier in Eurem Reich muß ein Stück von seiner Haut dazu geben.« Sie dachte aber: »das anzuschaffen ist ganz unmöglich, und ich bringe damit meinen Vater von seinen bösen Gedanken ab.« Der König ließ aber nicht ab, und die geschicktesten Jungfrauen in seinem Reiche mußten die drei Kleider weben, eins so golden wie die Sonne, eins so silbern wie der Mond und eins so glänzend wie die Sterne; und seine Jäger mußten alle Tiere im ganzen Reiche auffangen und ihnen ein Stück von ihrer Haut abziehen; daraus ward ein Mantel von tausenderlei Rauhwerk gemacht. Endlich, als alles fertig war, ließ der König den Mantel herbeiholen, breitete ihn vor ihr aus und sprach: »morgen soll die Hochzeit sein.«

Als nun die Königstochter sah, daß keine Hoffnung mehr war, ihres Vaters Herz umzuwenden, so faßte sie den Entschluß zu entfliehen. In der Nacht, während alles schlief, stand sie auf und nahm von ihren Kostbarkeiten dreierlei, einen goldenen Ring, ein goldenes Spinnrädchen und ein goldenes Haspelchen; die drei Kleider von Sonne, Mond und Sterne tat sie in eine Nußschale, zog den Mantel von allerlei Rauhwerk an und machte sich Gesicht und Hände mit Ruß schwarz. Dann befahl sie sich Gott und ging fort und ging die ganze Nacht, bis sie in einen großen Wald kam. Und weil sie müde war, setzte sie sich in einen hohlen Baum und schlief ein.

Die Sonne ging auf, und sie schlief fort und schlief noch immer, als es schon hoher Tag war. Da trug es sich zu, daß der König, dem dieser Wald gehörte, darin jagte. Als seine Hunde zu dem Baum kamen, schnupperten sie, liefen rings herum und bellten. Sprach der König zu den Jägern: »seht doch, was dort für ein Wild sich versteckt hat.« Die Jäger folgten dem Befehl, und als sie wiederkamen, sprachen sie: »in dem hohlen Baum liegt ein wunderliches Tier, wie wir noch niemals eins gesehen haben: an seiner Haut ist tausenderlei Pelz; es liegt aber und schläft.« Sprach der König: »seht zu, ob ihr's lebendig fangen könnt, dann bindet's auf den Wagen und nehmt's mit.« Als die Jäger das Mädchen anfaßten, erwachte es voll Schrecken und rief ihnen zu: »ich bin ein armes Kind, von Vater und Mutter verlassen, erbarmt euch mein und nehmt mich mit.« Da sprachen sie: »*Allerleirauh*, du bist gut für die Küche, komm nur mit, da kannst du die Asche zusammenkehren.« Also setzten sie es auf den Wagen und fuhren heim in das königliche Schloß. Dort wiesen sie ihm ein Ställchen an unter der Treppe, wo kein Tageslicht hinkam, und sagten: »Rauhtierchen, da kannst du wohnen und schlafen.« Dann ward es in die Küche geschickt, da trug es Holz und Wasser, schürte das Feuer, rupfte das Federvieh, belas das Gemüs, kehrte die Asche und tat alle schlechte Arbeit.

Da lebte Allerleirauh lange Zeit recht armselig. Ach, du schöne Königstochter, wie soll's mit dir noch werden! Es geschah aber einmal, daß ein Fest im Schloß gefeiert ward, da sprach sie zum Koch: »darf ich ein wenig hinaufgehen und zusehen? Ich will mich außen vor die Türe stellen.« Antwortete der Koch: »ja, geh nur hin, aber in einer halben Stunde mußt du wieder hier sein und die Asche zusammentragen.« Da nahm sie ihr Öllämpchen, ging in ihr Ställchen, zog den Pelzrock aus und wusch sich den Ruß von dem Gesicht und den Händen ab, so daß ihre volle Schönheit wieder an den Tag kam. Dann machte sie die Nuß auf und holte ihr Kleid hervor, das wie die Sonne glänzte. Und wie das geschehen war, ging sie hinauf zum Fest, und alle traten ihr aus dem Weg; denn niemand kannte sie, und meinten nicht anders als, daß es eine Königstochter wäre. Der König aber kam ihr entgegen, reichte ihr die Hand und tanzte mit ihr und dachte in seinem Herzen: »so schön haben meine Augen noch keine gesehen.« Als der Tanz zu Ende war, verneigte sie sich, und wie sich der König umsah, war sie verschwunden, und niemand wußte, wohin. Die Wächter, die vor dem Schlosse standen, wurden gerufen und ausgefragt, aber niemand hatte sie erblickt.

Sie war aber in ihre Ställchen gelaufen, hatte geschwind ihr Kleid ausgezogen, Gesicht und Hände schwarz gemacht und den Pelzmantel umgetan und war wieder Allerleirauh. Als sie nun in die Küche kam und an ihre Arbeit gehen und die Asche zusammenkehren wollte, sprach der Koch: »laß das gut sein bis morgen und koche mir da die Suppe für den König, ich will auch einmal ein bißchen oben zugucken: aber laß mir kein Haar hineinfallen, sonst kriegst du in Zukunft nichts mehr zu essen.« Da ging der Koch fort, und Allerleirauh kochte die Suppe für den König und kochte eine Brotsuppe, so gut es konnte, und wie sie fertig war, holte sie in dem Ställchen ihren goldenen Ring und legte ihn in die Schüssel, in welcher die Suppe angerichtet ward. Als der Tanz zu Ende war, ließ sich der König die Suppe bringen und aß sie, und sie schmeckte ihm so gut, daß er meinte, niemals eine bessere Suppe gegessen zu haben. Wie er aber auf den Grund kam, sah er da einen goldenen Ring liegen und konnte nicht begreifen, wie er dahin geraten war. Da befahl er, der Koch sollte vor ihn kommen. Der Koch erschrak, wie er den Befehl hörte, und sprach zu Allerleirauh: »gewiß hast du ein Haar in die Suppe fallen lassen; wenn's wahr ist, so kriegst du Schläge.« Als er vor den König kam, fragte dieser, wer die Suppe gekocht hätte. Antwortete der Koch: »ich habe sie gekocht.« Der König aber sprach: »das ist nicht wahr; denn sie war auf andere Art und viel besser gekocht als sonst.« Antwortete er: »ich muß es gestehen, daß ich sie nicht gekocht habe, sondern das Rauhtierchen.« Sprach der König: »geh und laß es heraufkommen.« Als Allerleirauh kam, fragte der König: »wer bist du?« – »Ich bin ein armes Kind, das keinen Vater und Mutter mehr hat.« Fragte er weiter: »wozu bist du in meinem Schloß?« Antwortete es: »ich bin zu nichts gut, als daß mir die Stiefeln um den Kopf geworfen werden.« Fragte er weiter: »wo hast du den Ring her, der in der Suppe war?« Antwortete es: »von dem Ring weiß ich nichts.«

Also konnte der König nichts erfahren und mußte es wieder fortschicken.

Über eine Zeit war wieder ein Fest, da bat Allerleirauh den Koch wie vorigesmal um Erlaubnis zusehen zu dürfen. Antwortete er:»ja, aber komm in einer halben Stunde wieder und koch dem König die Brotsuppe, die er so gerne ißt.« Da lief es in sein Ställchen, wusch sich geschwind und nahm aus der Nuß das Kleid, das so silbern war wie der Mond, und tat es an. Da ging sie hinauf und glich einer Königstochter: und der König trat ihr entgegen und freute sich, daß er sie wiedersah, und weil eben der Tanz anhub, so tanzten sie zusammen. Als aber der Tanz zu Ende war, verschwand sie wieder so schnell, daß der König nicht bemerken konnte, wo sie hinging. Sie sprang aber in ihr Ställchen und machte sich wieder zum Rauhtierchen und ging in die Küche, die Brotsuppe zu kochen. Als der Koch oben war, holte sie das goldene Spinnrad und tat es in die Schüssel, so daß die Suppe darüber angerichtet wurde. Danach ward sie dem König gebracht, der aß sie, und sie schmeckte ihm so gut wie das vorige Mal, und ließ den Koch kommen, der mußte auch diesmal gestehen, daß Allerleirauh die Suppe gekocht hätte. Allerleirauh kam da wieder vor den König, aber sie antwortete, daß sie nur dazu da wäre, daß ihr die Stiefeln an den Kopf geworfen würden, und daß sie von dem goldenen Spinnrädchen gar nichts wüßte.

Als der König zum drittenmal ein Fest anstellte, da ging es nicht anders als die vorigen Male. Der Koch sprach zwar:»du bist eine Hexe, Rauhtierchen, und tust immer etwas in die Suppe, davon sie so gut wird und dem König besser schmeckt, als was ich koche«; doch weil es so bat, so ließ er es auf die bestimmte Zeit hingehen. Nun zog es ein Kleid an, das wie die Sterne glänzte, und trat damit in den Saal. Der König tanzte wieder mit der schönen Jungfrau und meinte, daß sie noch niemals so schön gewesen wäre. Und während er tanzte, steckte er ihr, ohne daß sie es merkte, einen goldenen Ring an den Finger und hatte befohlen, daß der Tanz recht lange währen sollte. Wie er zu Ende war, wollte er sie an den Händen festhalten, aber sie riß sich los und sprang so geschwind unter die Leute, daß sie vor seinen Augen verschwand. Sie lief, was sie konnte, in ihr Ställchen unter der Treppe, weil sie aber zu lange und über eine halbe Stunde geblieben war, so konnte sie das schöne Kleid nicht ausziehen, sondern warf nur den Mantel von Pelz darüber, und in der Eile machte sie sich auch nicht ganz rußig, sondern ein Finger blieb weiß. Allerleirauh lief nun in die Küche, kochte dem König die Brotsuppe und legte, wie der Koch fort war, den goldenen Haspel hinein. Der König, als er den Haspel auf dem Grunde fand, ließ Allerleirauh rufen: da erblickte er den weißen Finger und sah den Ring, den er im Tanze ihr angesteckt hatte. Da ergriff er sie an der Hand und hielt sie fest, und als sie sich losmachen und fortspringen wollte, tat sich der Pelzmantel ein wenig auf, und das Sternenkleid schimmerte hervor. Der König faßte den Mantel und riß ihn ab. Da kamen die goldenen Haare hervor, und sie stand da in voller Pracht und konnte sich nicht länger verbergen. Und als sie Ruß und Asche aus ihrem Gesicht gewischt hatte, da war sie schöner, als man noch jemand auf Erden gesehen hat. Der König aber sprach: »du bist meine liebe Braut, und wir scheiden nimmermehr voneinander.« Darauf ward die Hochzeit gefeiert, und sie lebten vergnügt bis an ihren Tod.

Von dem Mäuschen, Vögelchen und der Bratwurst

s waren einmal ein Mäuschen, ein Vögelchen und eine Bratwurst in Gesellschaft geraten, hatten einen Haushalt geführt, lange wohl und köstlich in Frieden gelebt und trefflich an Gütern zugenommen. Des Vögelchens Arbeit war, daß es täglich im Wald fliegen und Holz beibringen müßte. Die Maus sollte Wasser tragen, Feuer anmachen und den Tisch decken, die Bratwurst aber sollte kochen.

Wem zu wohl ist, den gelüstet immer nach neuen Dingen! Also eines Tages stieß dem Vöglein unterwegs ein anderer Vogel auf, dem es seine treffliche Gelegenheit erzählte und rühmte. Derselbe andere Vogel schalt es aber einen armen Tropf, der große Arbeit, die beiden zu Haus aber gute Tage hätten. Denn, wenn die Maus ihr Feuer angemacht und Wasser getragen hatte, so begab sie sich in ihr Kämmerlein zur Ruhe, bis man sie hieß, den Tisch decken. Das Würstlein blieb beim Hafen, sah zu, daß die Speise wohl kochte, und wenn es bald Essenszeit war, schlingte es sich ein mal viere durch den Brei oder das Gemüs, so war es geschmalzen, gesalzen und bereitet. Kam dann das Vöglein heim und legte seine Bürde ab, so saßen sie zu Tisch, und nach gehabtem Mahl schliefen sie sich die Haut voll bis den andern Morgen; und das war ein herrliches Leben.

Das Vöglein anderes Tages wollte aus Anstiftung nicht mehr ins Holz, sprechend, es wäre lang genug Knecht gewesen und hätte gleichsam ihr Narr sein müssen; sie sollten einmal umwechseln und es auf eine andere Weise auch versuchen. Und wiewohl die Maus und auch die Bratwurst heftig dafür bat, so war der Vogel doch Meister: es mußte gewagt sein, spieleten derowegen, und kam das Los auf die Bratwurst, die mußte Holz tragen; die Maus ward Koch, und der Vogel sollte Wasser holen.

Was geschieht? Das Bratwürstchen zog fort gen Holz, das Vöglein machte Feuer an, die Maus stellte den Topf zu, und erwarteten allein, bis Bratwürstchen heimkäme und Holz für den andern Tag brächte. Es blieb aber das Würstlein so lange unterwegs, daß ihnen beiden nichts Gutes vorkam, und das Vöglein ein Stück Luft hinaus entgegenflog. Unfern aber findet es einen Hund am Weg, der das arme Bratwürstlein als freie Beut' angetroffen, angepackt und niedergemacht. Das Vöglein beschwerte sich auch dessen als eines offenbaren Raubes sehr gegen den Hund, aber es half kein Wort; denn, sprach der Hund, er hätte falsche Briefe bei der Bratwurst gefunden, deswegen wäre sie ihm des Lebens verfallen gewesen.

Das Vöglein, traurig, nahm das Holz auf sich, flog heim und erzählte, was es gesehn und gehöret. Sie waren sehr betrübt, verglichen sich aber, das Beste zu tun und beisammen zu bleiben. Derowegen so deckte das Vöglein den Tisch, und die Maus rüstete das Essen und wollte anrichten und in den Hafen wie zuvor das Würstlein durch das Gemüs schlingen und schlupfen, dasselbe zu schmelzen: aber ehe sie in der Mitte kam, ward sie angehalten und mußte Haut und Haar und dabei das Leben lassen.

Als das Vöglein kam und wollte das Essen auftragen, da war kein

Koch vorhanden. Das Vöglein warf bestürzt das Holz hin und her, rufte und suchte, konnte aber seinen Koch nicht mehr finden. Aus Unachtsamkeit kam das Feuer in das Holz, also daß eine Brunst entstand; das Vögelein eilte, Wasser zu langen; da entfiel ihm der Eimer in den Brunnen und es mit hinab, daß es sich nicht mehr erholen konnte und da ersaufen mußte.

Jorinde und Joringel

 s war einmal ein altes Schloß mitten in einem großen, dicken Wald, darinnen wohnte eine alte Frau ganz allein, das war eine Erzzauberin. Am Tage machte sie sich zur Katze oder zur Nachteule, des Abends aber wurde sie wieder ordentlich wie ein Mensch gestaltet. Sie konnte das Wild und die Vögel herbeilocken, und dann schlachtete sie's, kochte und briet es. Wenn jemand auf hundert Schritte dem Schloß nahe kam, so mußte er stille stehen und konnte sich nicht von der Stelle bewegen, bis sie ihn los sprach: wenn aber eine keusche Jungfrau in diesen Kreis kam, so verwandelte sie dieselbe in einen Vogel und sperrte sie dann in einen Korb ein und trug den Korb in eine Kammer des Schlosses. Sie hatte wohl siebentausend solcher Körbe mit so raren Vögeln im Schlosse.

Nun war einmal eine Jungfrau, die hieß Jorinde: sie war schöner als alle andere Mädchen. Die und dann ein gar schöner Jüngling, namens Joringel, hatten sich zusammen versprochen. Sie waren in den Brauttagen, und sie hatten ihr größtes Vergnügen eins am andern. Damit sie nun einsmalen vertraut zusammen reden könnten, gingen sie in den Wald spazieren. »Hüte dich«, sagte Joringel, »daß du nicht so nahe ans Schloß kommst.« Es war ein schöner Abend, die Sonne schien zwischen den Stämmen der Bäume hell ins dunkle Grün des Waldes, und die Turteltaube sang kläglich auf den alten Maibuchen.

Jorinde weinte zuweilen, setzte sich hin im Sonnenschein und klagte; Joringel klagte auch. Sie waren so bestürzt, als wenn sie hätten sterben sollen: sie sahen sich um, waren irre und wußten nicht, wohin sie nach Hause gehen sollten. Noch halb stand die

Sonne über dem Berg, und halb war sie unter. Joringel sah
durchs Gebüsch und sah die alte Mauer des Schlosses nah bei
sich; er erschrak und wurde todbang. Joringel sang:

> »Mein Vöglein mit dem Ringlein rot
> singt Leide, Leide, Leide:
> Es singt dem Täubelein seinen Tod,
> singt Leide, Lei – zicküth,
> zicküth, zicküth.«

Joringel sah nach Jorinde. Jorinde war in eine Nachtigall verwandelt, die sang:

> »zicküth, zicküth.«

Eine Nachteule mit glühenden Augen flog dreimal um sie
herum und schrie dreimal: »schu, hu, hu, hu«.
Joringel konnte sich nicht regen: er stand da wie ein Stein,
konnte nicht weinen, nicht reden, nicht Hand noch Fuß regen.
Nun war die Sonne unter: die Eule flog in einen Strauch, und
gleich darauf kam eine alte krumme Frau aus diesem hervor,
gelb und mager: große, rote Augen, krumme Nase, die mit der
Spitze ans Kinn reichte. Sie murmelte, fing die Nachtigall und
trug sie auf der Hand fort. Joringel konnte nichts sagen, nicht
von der Stelle kommen; die Nachtigall war fort. Endlich kam
das Weib wieder und sagte mit dumpfer Stimme: »grüß dich,
Zachiel, wenn's Möndel ins Körbel scheint, bind los, Zachiel, zu
guter Stund.« Da wurde Joringel los. Er fiel vor dem Weib auf
die Knie und bat, sie möchte ihm seine Jorinde wiedergeben,
aber sie sagte, er sollte sie nie wiederhaben, und ging fort. Er rief,
er weinte, er jammerte, aber alles umsonst. »Uu, was soll mir
geschehen?« Joringel ging fort und kam endlich in ein fremdes
Dorf: da hütete er die Schafe lange Zeit. Oft ging er rund um das
Schloß herum, aber nicht zu nahe dabei. Endlich träumte er
einmal des Nachts, er fände eine blutrote Blume, in deren Mitte
eine schöne große Perle war. Die Blume brach er ab, ging damit
zum Schlosse: alles, was er mit der Blume berührte, ward von
der Zauberei frei: auch träumte er, er hätte seine Jorinde dadurch
wiederbekommen. Des Morgens, als er erwachte, fing er an
durch Berg und Tal zu suchen, ob er eine solche Blume fände:
er suchte bis an den neunten Tag, da fand er die blutrote Blume
am Morgen früh. In der Mitte war ein großer Tautropfe, so

groß wie die schönste Perle. Die Blume trug er Tag und Nacht bis zum Schloß. Wie er auf hundert Schritt nahe bis zum Schloß kam, da ward er nicht fest, sondern ging fort bis ans Tor. Joringel freute sich hoch, berührte die Pforte mit der Blume, und sie sprang auf. Er ging hinein, durch den Hof, horchte, wo er die vielen Vögel vernähme: endlich hörte er's. Er ging und fand den Saal, darauf war die Zauberin und fütterte die Vögel in den siebentausend Körben. Wie sie den Joringel sah, ward sie bös, sehr bös, schalt, spie Gift und Galle gegen ihn aus, aber sie konnte auf zwei Schritte nicht an ihn kommen. Er kehrte sich nicht an sie und ging, besah die Körbe mit den Vögeln; da waren aber viele hundert Nachtigallen, wie sollte er nun seine Jorinde wiederfinden? Indem er so zusah, merkte er, daß die Alte heimlich ein Körbchen mit einem Vogel wegnahm und damit nach der Türe ging. Flugs sprang er hinzu, berührte das Körbchen mit der Blume und auch das alte Weib: nun konnte sie nichts mehr zaubern, und Jorinde stand da, hatte ihn um den Hals gefaßt, so schön, wie sie ehemals war. Da machte er auch alle die andern Vögel wieder zu Jungfrauen, und da ging er mit seiner Jorinde nach Hause, und sie lebten lange vergnügt zusammen.

Sechse kommen durch die ganze Welt

 s war einmal ein Mann, der verstand allerlei Künste: er diente im Krieg und hielt sich brav und tapfer, aber als der Krieg zu Ende war, bekam er den Abschied und drei Heller Zehrgeld auf den Weg. »Wart«, sprach er, »das lass' ich mir nicht gefallen, finde ich die rechten Leute, so soll mir der König noch die Schätze des ganzen Landes herausgeben.« Da ging er voll Zorn in den Wald und sah einen darin stehen, der hatte sechs Bäume ausgerupft, als wären's Kornhalme. Sprach er zu ihm: »willst du mein Diener sein und mit mir ziehen?« – »Ja«, antwortete er, »aber erst will ich meiner Mutter das Wellchen Holz heimbringen«, und nahm einen von den Bäumen und wickelte ihn um die fünf anderen, hob die Welle auf die Schulter und trug sie fort. Dann kam er wieder und ging mit seinem Herrn, der

sprach: »wir zwei sollten wohl durch die ganze Welt kommen.«
Und als sie ein Weilchen gegangen waren, fanden sie einen
Jäger, der lag auf den Knien, hatte die Büchse angelegt und
zielte. Sprach der Herr zu ihm: »Jäger, was willst du schießen?«
Er antwortete: »zwei Meilen von hier sitzt eine Fliege auf dem
Ast eines Eichbaums, der will ich das linke Auge herausschießen.« – »O, geh mit mir«, sprach der Mann, »wenn wir drei
zusammen sind, sollten wir wohl durch die ganze Welt kommen.« Der Jäger war bereit und ging mit ihm, und sie kamen zu
sieben Windmühlen, deren Flügel trieben ganz hastig herum,
und ging doch links und rechts kein Wind, und bewegte sich
kein Blättchen. Da sprach der Mann: »ich weiß nicht, was die
Windmühlen treibt, es regt sich ja kein Lüftchen«, und ging mit
seinen Dienern weiter, und als sie zwei Meilen fortgegangen
waren, sahen sie einen auf einem Baum sitzen, der hielt das eine
Nasenloch zu und blies aus dem andern. »Mein, was treibst du da
oben?« fragte der Mann. Er antwortete: »zwei Meilen von hier
stehen sieben Windmühlen, seht, die blase ich an, daß sie laufen.«
– »O, geh mit mir«, sprach der Mann, »wenn wir vier zusammen
sind, sollten wir wohl durch die ganze Welt kommen.« Da stieg
der Bläser herab und ging mit, und über eine Zeit sahen sie
einen, der stand da auf einem Bein und hatte das andere abgeschnallt und neben sich gelegt. Da sprach der Herr: »du hast dir's
ja bequem gemacht zum Ausruhen.« – »Ich bin ein Laufer«,
antwortete er, »und damit ich nicht gar zu schnell springe, habe
ich mir das eine Bein abgeschnallt; wenn ich mit zwei Beinen
laufe, so geht's geschwinder, als ein Vogel fliegt.« – »O, geh
mit mir, wenn wir fünf zusammen sind, sollten wir wohl durch
die ganze Welt kommen.« Da ging er mit, und gar nicht lang, so
begegneten sie einem, der hatte ein Hütchen auf, hatte es aber
ganz auf dem einen Ohre sitzen. Da sprach der Herr zu ihm:
»manierlich! manierlich! häng deinen Hut doch nicht auf ein
Ohr, du siehst ja aus wie ein Hans Narr.« – »Ich darf's nicht tun«,
sprach der andere, »denn setz' ich meinen Hut gerade, so kommt
ein gewaltiger Frost, und die Vögel unter dem Himmel erfrieren
und fallen tot zur Erde.« – »O, geh mit mir«, sprach der Herr,
»wenn wir sechs zusammen sind, sollten wir wohl durch die
ganze Welt kommen.«

Nun gingen die sechse in eine Stadt, wo der König hatte bekannt machen lassen, wer mit seiner Tochter in die Wette laufen wollte und den Sieg davontrüge, der sollte ihr Gemahl werden; wer aber verlöre, müßte auch seinen Kopf hergeben. Da meldete sich der Mann und sprach:»ich will aber meinen Diener für mich laufen lassen.« Der König antwortete:»dann mußt du auch noch dessen Leben zum Pfand setzen, also daß sein und dein Kopf für den Sieg haften.« Als das verabredet und fest gemacht war, schnallte der Mann dem Laufer das andere Bein an und sprach zu ihm:»nun sei hurtig und hilf, daß wir siegen.« Es war aber bestimmt, daß, wer am ersten Wasser aus einem weit abgelegenen Brunnen brächte, der sollte Sieger sein. Nun bekam der Laufer einen Krug, und die Königstochter auch einen, und sie fingen zu gleicher Zeit zu laufen an: aber in einem Augenblick, als die Königstochter erst eine kleine Strecke fort war, konnte den Laufer schon kein Zuschauer mehr sehen, und es war nicht anders, als wäre der Wind vorbeigesaust. In kurzer Zeit langte er bei dem Brunnen an, schöpfte den Krug voll Wasser und kehrte wieder um. Mitten aber auf dem Heimweg überkam ihn eine Müdigkeit; da setzte er den Krug hin, legte sich nieder und schlief ein. Er hatte aber einen Pferdeschädel, der da auf der Erde lag, zum Kopfkissen gemacht, damit er hart läge und bald wieder erwachte. Indessen war die Königstochter, die auch gut laufen konnte, so gut es ein gewöhnlicher Mensch vermag, bei dem Brunnen angelangt und eilte mit ihrem Krug voll Wasser zurück; und als sie den Laufer da liegen und schlafen sah, war sie froh und sprach:»der Feind ist in meine Hände gegeben«, leerte seinen Krug aus und sprang weiter. Nun wäre alles verloren gewesen, wenn nicht zu gutem Glück der Jäger mit seinen scharfen Augen oben auf dem Schloß gestanden und alles mitangesehen hätte. Da sprach er:»die Königstochter soll doch gegen uns nicht aufkommen«, lud seine Büchse und schoß so geschickt, daß er dem Laufer den Pferdeschädel unter dem Kopf wegschoß, ohne ihm weh zu tun. Da erwachte der Laufer, sprang in die Höhe und sah, daß sein Krug leer, und die Königstochter schon weit voraus war. Aber er verlor den Mut nicht, lief mit dem Krug wieder zum Brunnen zurück, schöpfte aufs neue Wasser und war noch zehn Minuten eher als die Königstochter daheim. »Seht ihr«, sprach er, »jetzt hab' ich erst die Beine aufgehoben, vorher war's gar kein Laufen zu nennen.«

Den König aber kränkte es und seine Tochter noch mehr, daß sie so ein gemeiner abgedankter Soldat davontragen sollte; sie ratschlagten miteinander, wie sie ihn samt seinen Gesellen los würden. Da sprach der König zu ihr: »ich habe ein Mittel gefunden, laß dir nicht bang sein, sie sollen nicht wieder heim kommen.« Und sprach zu ihnen: »ihr sollt euch nun zusammen lustig machen, essen und trinken«, und führte sie zu einer Stube, die hatte einen Boden von Eisen, und die Türen waren auch von Eisen, und die Fenster waren mit eisernen Stäben verwahrt. In der Stube war eine Tafel mit köstlichen Speisen besetzt, da sprach der König zu ihnen: »geht hinein und laßt's euch wohl sein.« Und wie sie darinnen waren, ließ er die Türe verschließen und verriegeln. Dann ließ der den Koch kommen und befahl ihm, ein Feuer so lang unter die Stube zu machen, bis das Eisen glühend würde. Das tat der Koch, und es fing an und ward den sechsen in der Stube, während sie an der Tafel saßen, ganz warm, und sie meinten, das käme vom Essen; als aber die Hitze immer größer ward, und sie hinaus wollten, Türe und Fenster aber verschlossen fanden, da merkten sie, daß der König Böses im Sinne gehabt hatte und sie ersticken wollte. »Es soll ihm aber nicht gelingen«, sprach der mit dem Hütchen, »ich will einen Frost kommen lassen, vor dem sich das Feuer schämen und verkriechen soll.« Da setzte er sein Hütchen gerade, und alsobald fiel ein Frost, daß alle Hitze verschwand, und die Speisen auf den Schüsseln anfingen zu frieren. Als nun ein paar Stunden herum waren, und der König glaubte, sie wären in der Hitze verschmachtet, ließ er die Türe öffnen und wollte selbst nach ihnen sehen. Aber wie die Türe aufging, standen sie alle sechse da, frisch und gesund, und sagten, es wäre ihnen lieb, daß sie heraus könnten, sich zu wärmen; denn bei der großen Kälte in der Stube frören die Speisen an den Schüsseln fest. Da ging der König voll Zorn hinab zu dem Koch, schalt ihn und fragte, warum er nicht getan hätte, was ihm wäre befohlen worden. Der Koch aber antwortete: »es ist Glut genug da, seht nur selbst.« Da sah der König, daß ein gewaltiges Feuer unter der Eisenstube brannte, und merkte, daß er den sechsen auf diese Weise nichts anhaben könnte.

Nun sann der König aufs neue, wie er der bösen Gäste los würde,
ließ den Meister kommen und sprach: »willst du Gold nehmen
und dein Recht auf meine Tochter aufgeben, so sollst du haben,
soviel du willst.« – »O ja, Herr König«, antwortete er, »gebt mir
so viel, als mein Diener tragen kann, so verlange ich Eure
Tochter nicht.« Das war der König zufrieden, und jener sprach
weiter: »so will ich in vierzehn Tagen kommen und es holen.«
Darauf rief er alle Schneider aus dem ganzen Reich herbei, die
mußten vierzehn Tage lang sitzen und einen Sack nähen. Und
als er fertig war, mußte der Starke, welcher Bäume ausrupfen
konnte, den Sack auf die Schulter nehmen und mit ihm zu dem
König gehen. Da sprach der König: »was ist das für ein gewaltiger Kerl, der den hausgroßen Ballen Leinwand auf der Schulter trägt?« erschrak und dachte: »was wird der für Gold weg-
schleppen!« Da hieß er eine Tonne Gold herbringen, die mußten
sechzehn der stärksten Männer tragen, aber der Starke packte sie
mit einer Hand, steckte sie in den Sack und sprach: »warum
bringt ihr nicht gleich mehr? Das deckt ja kaum den Boden.« Da
ließ der König nach und nach seinen ganzen Schatz herbeitra-
gen, den schob der Starke in den Sack hinein, und der Sack ward
davon noch nicht zur Hälfte voll. »Schafft mehr herbei«, rief er,
»die paar Brocken füllen nicht.« Da mußten noch siebentausend
Wagen mit Gold in dem ganzen Reich zusammengefahren
werden: die schob der Starke samt den vorgespannten Ochsen
in seinen Sack. »Ich will's nicht lange besehen«, sprach er, »und
nehmen, was kommt, damit der Sack nur voll wird.« Wie alles
darin stak, ging doch noch viel hinein, da sprach er: »ich will
dem Ding nur ein Ende machen; man bindet wohl einmal einen
Sack zu, wenn er auch noch nicht voll ist.« Dann huckte er ihn
auf den Rücken und ging mit seinen Gesellen fort.
Als der König nun sah, wie der einzige Mann des ganzen Landes
Reichtum forttrug, ward er zornig und ließ seine Reiterei
aufsitzen, die sollten den sechsen nachjagen und hatten Befehl,
dem Starken den Sack wieder abzunehmen. Zwei Regimenter
holten sie bald ein und riefen ihnen zu: »ihr seid Gefangene, legt
den Sack mit dem Gold nieder, oder ihr werdet zusammenge-
hauen.« – »Was sagt ihr?« sprach der Bläser, »wir wären Gefangene? Eher sollt ihr sämtlich in der Luft herumtanzen«, hielt das

eine Nasenloch zu und blies mit dem andern die beiden Regimenter an, da fuhren sie auseinander und in die blaue Luft über
alle Berge weg, der eine hierhin, der andere dorthin. Ein Feld-
webel rief um Gnade, er hätte neun Wunden und wäre ein
braver Kerl, der den Schimpf nicht verdiente. Da ließ der Bläser
ein wenig nach, so daß er ohne Schaden wieder herabkam; dann
sprach er zu ihm: »nun geh heim zum König und sag, er sollte
nur noch mehr Reiterei schicken, ich wollte sie alle in die Luft
blasen.« Der König, als er den Bescheid vernahm, sprach: »laßt
die Kerle gehen, die haben etwas an sich.« Da brachten die sechs
den Reichtum heim, teilten ihn unter sich und lebten vergnügt
bis an ihr Ende.

Die Gänsemagd

 s lebte einmal eine alte Königin, der war ihr Gemahl schon lange Jahre gestorben, und sie hatte
eine schöne Tochter. Wie die erwuchs, wurde sie
weit über Feld an einen Königssohn versprochen.
Als nun die Zeit kam, wo sie vermählt werden
sollte, und das Kind in das fremde Reich abreisen mußte, packte
ihr die Alte gar viel köstliches Gerät und Geschmeide ein, Gold
und Silber, Becher und Kleinode, kurz alles, was nur zu einem
königlichen Brautschatz gehörte; denn sie hatte ihr Kind von
Herzen lieb. Auch gab sie ihr eine Kammerjungfer bei, welche
mitreiten und die Braut in die Hände des Bräutigams überliefern
sollte, und jede bekam ein Pferd zur Reise, aber das Pferd der
Königstochter hieß *Falada* und konnte sprechen. Wie nun die
Abschiedsstunde da war, begab sich die alte Mutter in ihre
Schlafkammer, nahm ein Messerlein und schnitt damit in ihre
Finger, daß sie bluteten: darauf hielt sie ein weißes Läppchen
unter und ließ drei Tropfen Blut hineinfallen, gab sie der Toch-
ter und sprach: »liebes Kind, verwahre sie wohl, sie werden dir
unterwegs not tun.«
Also nahmen sie beide voneinander betrübten Abschied: das
Läppchen steckte die Königstochter in ihren Busen vor sich,
setzte sich aufs Pferd und zog nun fort zu ihrem Bräutigam. Da

sie eine Stunde geritten waren, empfand sie heißen Durst und sprach zu ihrer Kammerjungfer: »steig ab und schöpfe mir mit meinem Becher, den du für mich mitgenommen hast, Wasser aus dem Bache, ich möchte gern einmal trinken.« »Wenn Ihr Durst habt«, sprach die Kammerjungfer, »so steigt selber ab, legt Euch ans Wasser und trinkt, ich mag Eure Magd nicht sein.« Da stieg die Königstochter vor großem Durst herunter, neigte sich über das Wasser im Bach und trank und durfte nicht aus dem goldnen Becher trinken. Da sprach sie: »ach Gott!« Da antworteten die drei Blutstropfen: »wenn das deine Mutter wüßte, das Herz im Leibe tät' ihr zerspringen.« Aber die Königsbraut war demütig, sagte nichts und stieg wieder zu Pferde. So ritten sie etliche Meilen weiter fort, aber der Tag war warm, die Sonne stach, und sie durstete bald von neuem. Da sie nun an einen Wasserfluß kamen, rief sie noch einmal ihrer Kammerjungfer: »steig ab und gib mir aus meinem Goldbecher zu trinken«; denn sie hatte aller bösen Worte längst vergessen. Die Kammerjungfer sprach aber noch hochmütiger: »wollt Ihr trinken so trinkt allein, ich mag nicht Eure Magd sein.« Da stieg die Königstochter hernieder vor großem Durst, legte sich über das fließende Wasser, weinte und sprach: »ach Gott!« und die Blutstropfen antworteten wiederum: »wenn das deine Mutter wußte, das Herz im Leibe tät' ihr zerspringen.« Und wie sie so trank und sich recht überlehnte, fiel ihr das Läppchen, worin die drei Tropfen waren, aus dem Busen und floß mit dem Wasser fort, ohne daß sie es in ihrer großen Angst merkte. Die Kammerjungfer hatte aber zugesehen und freute sich, daß sie Gewalt über die Braut bekäme: denn damit, daß diese die Blutstropfen verloren hatte, war sie schwach und machtlos geworden. Als sie nun wieder auf ihr Pferd steigen wollte, das da hieß Falada, sagte die Kammerfrau: »auf Falada gehör' ich, und auf meinen Gaul gehörst du«; und das mußte sie sich gefallen lassen. Dann befahl ihr die Kammerfrau mit harten Worten, die königlichen Kleider auszuziehen und ihre schlechten anzulegen, und endlich mußte sie sich unter freiem Himmel verschwören, daß sie am königlichen Hof keinem Menschen etwas davon sprechen wollte; und wenn sie diesen Eid nicht abgelegt hätte, wäre sie auf der Stelle umgebracht worden. Aber Falada sah das alles an und nahm's wohl in acht.

Die Kammerfrau stieg nun auf Falada und die wahre Braut auf das schlechte Roß, und so zogen sie weiter, bis sie endlich in dem königlichen Schloß eintrafen. Da war große Freude über ihre Ankunft, und der Königssohn sprang ihnen entgegen, hob die Kammerfrau vom Pferde und meinte, sie wäre seine Gemahlin: sie ward die Treppe hinaufgeführt, die wahre Königstochter aber mußte unten stehenbleiben. Da schaute der alte König am Fenster und sah sie im Hof halten und sah, wie sie fein war, zart und gar schön: ging alsbald hin ins königliche Gemach und fragte die Braut nach der, die sie bei sich hätte, und da unten im Hofe stände, und wer sie wäre. »Die hab' ich mir unterwegs mitgenommen zur Gesellschaft; gebt der Magd was zu arbeiten, daß sie nicht müßig steht.« Aber der alte König hatte keine Arbeit für sie und wußte nichts, als daß er sagte: »da hab' ich so einen kleinen Jungen, der hütet Gänse, dem mag sie helfen.« Der Junge hieß *Kürdchen* (Konrädchen), dem mußte die wahre Braut helfen Gänse hüten.

Bald aber sprach die falsche Braut zu dem jungen König: »liebster Gemahl, ich bitte Euch: tut mir einen Gefallen.« Er antwortete: »das will ich gerne tun.« »Nun, so laßt den Schinder rufen und da dem Pferde, worauf ich geritten bin, den Hals abhauen, weil es mich unterwegs geärgert hat.« Eigentlich aber fürchtete sie, daß das Pferd sprechen möchte, wie sie mit der Königstochter umgegangen war. Nun war das so weit geraten, daß es geschehen und der treue Falada sterben sollte, da kam es auch der rechten Königstochter zu Ohr, und sie versprach dem Schinder heimlich ein Stück Geld, das sie ihm bezahlen wollte, wenn er ihr einen kleinen Dienst erwiese. In der Stadt war ein großes finsteres Tor, wo sie abends und morgens mit den Gänsen durch mußte: unter das finstere Tor möchte er dem Falada seinen Kopf hinnageln, daß sie ihn doch noch mehr als einmal sehen könnte.

Also versprach das der Schindersknecht zu tun, hieb den Kopf ab und nagelte ihn unter das finstere Tor fest.

Des Morgens früh, da sie und Kürdchen unterm Tor hinaustrieben, sprach sie im Vorbeigehen:

>»O du Falada, da du hangest«,

da antwortete der Kopf:

»O du Jungfer Königin, da du gangest,
wenn das deine Mutter wüßte,
ihr Herz tät' ihr zerspringen.«

Da zog sie still weiter zur Stadt hinaus, und sie trieben die Gänse aufs Feld. Und wenn sie auf der Wiese angekommen war, saß sie nieder und machte ihre Haare auf, die waren eitel Gold, und Kürdchen sah sie und freute sich, wie sie glänzten, und wollte ihr ein paar ausraufen. Da sprach sie:

»Weh, weh, Windchen,
nimm Kürdchen sein Hütchen
und lass'n sich mit jagen,
bis ich mich geflochten und geschnatzt
und wieder aufgesatzt.«

Und da kam ein so starker Wind, daß er dem Kürdchen sein Hütchen wegwehte über alle Land, und es mußte ihm nachlaufen. Bis es wiederkam, war sie mit dem Kämmen und Aufsetzen fertig, und er konnte keine Haare kriegen. Da war Kürdchen bös und sprach nicht mit ihr; und so hüteten sie die Gänse, bis daß es Abend ward, dann gingen sie nach Haus.

Den andern Morgen, wie sie unter dem finstern Tor hinaustrieben, sprach die Jungfrau:

»O du Falada, da du hangest«,

Falada antwortete:

»O du Jungfer Königin, da du gangest,
wenn das deine Mutter wüßte,
das Herz tät' ihr zerspringen.«

Und in dem Feld setzte sie sich wieder auf die Wiese und fing an, ihr Haar auszukämmen, und Kürdchen lief und wollte danach greifen, da sprach sie schnell:

»Weh, weh, Windchen,
nimm Kürdchen sein Hütchen
und lass'n sich mit jagen,
bis ich mich geflochten und geschnatzt
und wieder aufgesatzt.«

Da wehte der Wind und wehte ihm das Hütchen vom Kopf weit weg, daß Kürdchen nachlaufen mußte; und als es wiederkam, hatte sie längst ihr Haar zurecht, und es konnte keins davon erwischen; und so hüteten sie die Gänse, bis es Abend ward.

Abends aber, nachdem sie heimgekommen waren, ging Kürdchen vor den alten König und sagte: »mit dem Mädchen will ich
nicht länger Gänse hüten.« »Warum denn?« fragte der alte König. »Ei, das ärgert mich den ganzen Tag.« Da befahl ihm der alte
König zu erzählen, wie's ihm denn mit ihr ginge. Da sagte
Kürdchen: »morgens, wenn wir unter dem finstern Tor mit der
Herde durchkommen, so ist da ein Gaulskopf an der Wand, zu
dem redet sie:
>Falada, da du hangest<,
da antwortet der Kopf:
>O du Königsjungfer, da du gangest,
wenn das deine Mutter wüßte,
das Herz tät' ihr zerspringen.‹«
Und so erzählte Kürdchen weiter, was auf der Gänsewiese geschähe, und wie es da dem Hut im Winde nachlaufen müßte.
Der alte König befahl ihm, den nächsten Tag wieder hinauszu-
treiben, und er selbst, wie es Morgen war, setzte sich hinter das
finstere Tor und hörte da, wie sie mit dem Haupt des Falada
sprach: und dann ging er ihr auch nach in das Feld und barg sich
in einem Busch auf der Wiese. Da sah er nun bald mit seinen
eigenen Augen, wie die Gänsemagd und der Gänsejunge die
Herde getrieben brachten, und wie nach einer Weile sie sich setzte
und ihre Haare losflocht, die strahlten von Glanz. Gleich sprach
sie wieder:
»Weh, weh, Windchen,
faß Kürdchen sein Hütchen
und lass'n sich mit jagen,
bis daß ich mich geflochten und geschnatzt
und wieder aufgesatzt.«
Da kam ein Windstoß und fuhr mit Kürdchens Hut weg, daß es
weit zu laufen hatte, und die Magd kämmte und flocht ihre
Locken still fort, welches der alte König alles beobachtete.
Darauf ging er unbemerkt zurück, und als abends die Gänsemagd heimkam, rief er sie beiseite und fragte, warum sie dem
allem so täte? »Das darf ich Euch nicht sagen und darf auch
keinem Menschen mein Leid klagen; denn so hab' ich mich
unter freiem Himmel verschworen, weil ich sonst um mein
Leben gekommen wäre.« Er drang in sie und ließ ihr keinen

Frieden, aber er konnte nichts aus ihr herausbringen. Da sprach
er: »wenn du mir nichts sagen willst, so klag dem Eisenofen da
dein Leid«, und ging fort. Da kroch sie in den Eisenofen, fing an
zu jammern und zu weinen, schüttete ihr Herz aus und sprach:
»da sitze ich nun von aller Welt verlassen und bin doch eine
Königstochter, und eine falsche Kammerjungfer hat mich mit
Gewalt dahin gebracht, daß ich meine königlichen Kleider habe
ablegen müssen, und hat meinen Platz bei meinem Bräutigam
eingenommen, und ich muß als Gänsemagd gemeine Dienste
tun. Wenn das meine Mutter wüßte, das Herz im Leib tät' ihr
zerspringen.« Der alte König stand aber außen an der Ofenröhre,
lauerte ihr zu und hörte, was sie sprach. Da kam er wieder herein
und hieß sie aus dem Ofen gehen. Da wurden ihr königliche
Kleider angetan, und es schien ein Wunder, wie sie so schön war.
Der alte König rief seinen Sohn und offenbarte ihm, daß er die
falsche Braut hätte: die wäre bloß ein Kammermädchen, die
wahre aber stände hier als die gewesene Gänsemagd. Der junge
König war herzensfroh, als er ihre Schönheit und Tugend erblickte, und ein großes Mahl wurde angestellt, zu dem alle Leute
und Freunde gebeten wurden. Obenan saß der Bräutigam, die
Königstochter zur einen Seite und die Kammerjungfer zur andern, aber die Kammerjungfer war verblendet und erkannte
jene nicht mehr in dem glänzenden Schmuck. Als sie nun
gegessen und getrunken hatten und gutes Muts waren, gab der
alte König der Kammerfrau ein Rätsel auf, was eine solche wert
wäre, die den Herrn so und so betrogen hätte, erzählte damit den
ganzen Verlauf und fragte: »welches Urteils ist diese würdig?«
Da sprach die falsche Braut: »die ist nichts Besseres wert, als daß
sie splitternackt ausgezogen und in ein Faß gesteckt wird, das
inwendig mit spitzen Nägeln beschlagen ist: und zwei weiße
Pferde müssen vorgespannt werden, die sie Gasse auf, Gasse ab
zu Tode schleifen.« »Das bist du«, sprach der alte König, »und
hast dein eigen Urteil gefunden, und danach soll dir widerfahren.« Und als das Urteil vollzogen war, vermählte sich der junge
König mit seiner rechten Gemahlin, und beide beherrschten ihr
Reich in Frieden und Seligkeit.

Der süße Brei

s war einmal ein frommes Mädchen, das lebte mit seiner Mutter allein, und sie hatten nichts mehr zu essen. Da ging das Kind hinaus in den Wald, und begegnete ihm da eine alte Frau, die wußte seinen Jammer schon und schenkte ihm ein Töpfchen, zu dem sollt' es sagen: »Töpfchen, koche«, so kochte es guten süßen Hirsenbrei, und wenn es sagte: »Töpfchen, steh«, so hörte es wieder auf zu kochen. Das Mädchen brachte den Topf seiner Mutter heim, und nun waren sie ihrer Armut und ihres Hungers ledig und aßen süßen Brei, sooft sie wollten. Auf eine Zeit war das Mädchen ausgegangen, da sprach die Mutter: »Töpfchen, koche«, da kocht es, und sie ißt sich satt; nun will sie, daß das Töpfchen wieder aufhören soll, aber sie weiß das Wort nicht. Also kocht es fort, und der Brei steigt über den Rand hinaus und kocht immer zu, die Küche und das ganze Haus voll, und das zweite Haus und dann die Straße, als wollt's die ganze Welt satt machen, und ist die größte Not, und kein Mensch weiß sich da zu helfen. Endlich, wie nur noch ein einziges Haus übrig ist, da kommt das Kind heim und spricht nur: »Töpfchen, steh«, da steht es und hört auf zu kochen; und wer wieder in die Stadt wollte, der mußte sich durchessen.

Läuschen und Flöhchen

in Läuschen und ein Flöhchen, die lebten zusammen in einem Haushalte und brauten das Bier in einer Eierschale. Da fiel das Läuschen hinein und verbrannte sich. Darüber fing das Flöhchen an laut zu schreien. Da sprach die kleine Stubentüre: »was schreist du, Flöhchen?« – »Weil Läuschen sich verbrannt hat.«
Da fing das Türchen an zu knarren. Da sprach ein Besenchen in der Ecke: »was knarrst du, Türchen?« – »Soll ich nicht knarren?
Läuschen hat sich verbrannt,
Flöhchen weint.«

Da fing das Besenchen an entsetzlich zu kehren. Da kam ein
Wägelchen vorbei und sprach: »was kehrst du Besenchen?« –
»Soll ich nicht kehren?
Läuschen hat sich verbrannt,
Flöhchen weint,
Türchen knarrt.«
Da sprach das Wägelchen: »so will ich rennen«, und fing an
entsetzlich zu rennen. Da sprach das Mistchen, an dem es vorbei
rannte: »was rennst du, Wägelchen?« – »Soll ich nicht rennen?
Läuschen hat sich verbrannt,
Flöhchen weint,
Türchen knarrt,
Besenchen kehrt.«
Da sprach das Mistchen: »so will ich entsetzlich brennen«, und
fing an in hellem Feuer zu brennen. Da stand ein Bäumchen
neben dem Mistchen, das sprach: »Mistchen, warum brennst
du?« – »Soll ich nicht brennen?
Läuschen hat sich verbrannt,
Flöhchen weint,
Türchen knarrt,
Besenchen kehrt,
Wägelchen rennt.«
Da sprach das Bäumchen: »so will ich mich schütteln«, und fing
an sich zu schütteln, daß all seine Blätter abfielen. Das sah ein
Mädchen, das mit seinem Wasserkrügelchen herankam, und
sprach: »Bäumchen, was schüttelst du dich?« – »Soll ich mich
nicht schütteln?
Läuschen hat sich verbrannt,
Flöhchen weint,
Türchen knarrt,
Besenchen kehrt,
Wägelchen rennt,
Mistchen brennt.«
Da sprach das Mädchen: »so will ich mein Wasserkrügelchen
zerbrechen«, und zerbrach das Wasserkrügelchen. Da sprach das
Brünnlein, aus dem das Wasser quoll: »Mädchen, was zerbrichst
du dein Wasserkrügelchen?« – »Soll ich mein Wasserkrügelchen
nicht zerbrechen?

Läuschen hat sich verbrannt,
Flöhchen weint,
Türchen knarrt,
Besenchen kehrt,
Wägelchen rennt,
Mistchen brennt,
Bäumchen schüttelt sich.«
»Ei«, sagte das Brünnchen, »so will ich anfangen zu fließen«, und
fing an entsetzlich zu fließen. Und in dem Wasser ist alles
ertrunken, das Mädchen, das Bäumchen, das Mistchen, das
Wägelchen, das Besenchen, das Türchen, das Flöhchen, das
Läuschen, alles miteinander.

Die Alte im Wald

s fuhr einmal ein armes Dienstmädchen mit seiner
Herrschaft durch einen großen Wald, und als sie
mitten darin waren, kamen Räuber aus dem
Dickicht hervor und ermordeten, wen sie fanden.
Da kamen alle miteinander um bis auf das Mädchen, das war in der Angst aus dem Wagen gesprungen und
hatte sich hinter einen Baum verborgen. Wie die Räuber mit
ihrer Beute fortwaren, trat es herbei und sah das große Unglück.
Da fing es an, bitterlich zu weinen, und sagte: »was soll ich armes
Mädchen nun anfangen, ich weiß mich nicht aus dem Wald
herauszufinden, keine Menschenseele wohnt darin; so muß ich
gewiß verhungern.« Es ging herum, suchte einen Weg, konnte
aber keinen finden. Als es Abend war, setzte es sich unter einen
Baum, befahl sich Gott und wollte da sitzen bleiben und nicht
weggehen, möchte geschehen, was immer wollte. Als es aber
eine Weile da gesessen hatte, kam ein weiß Täubchen zu ihm
geflogen und hatte ein kleines goldenes Schlüsselchen im Schnabel. Das Schlüsselchen legte es ihm in die Hand und sprach:
»siehst du dort den großen Baum, daran ist ein kleines Schloß,
das schließ mit dem Schlüsselchen auf, so wirst du Speise genug
finden und keinen Hunger mehr leiden.« Da ging es zu dem
Baum und schloß ihn auf und fand Milch in einem kleinen

Schüsselchen und Weißbrot zum Einbrocken dabei, daß es sich
satt essen konnte. Als es satt war, sprach es: »jetzt ist es Zeit, wo
die Hühner daheim auffliegen, ich bin so müde, könnt' ich mich
doch auch in mein Bett legen.« Da kam das Täubchen wieder
geflogen und brachte ein anderes goldenes Schlüsselchen im
Schnabel und sagte: »schließ dort den Baum auf, so wirst du ein
Bett finden.« Da schloß es auf und fand ein schönes weiches
Bettchen: da betete es zum lieben Gott, er möchte es behüten in
der Nacht, legte sich und schlief ein. Am Morgen kam das
Täubchen zum drittenmal, brachte wieder ein Schlüsselchen
und sprach: »schließ dort den Baum auf, da wirst du Kleider
finden«, und wie es aufschloß, fand es Kleider mit Gold und
Edelsteinen besetzt, so herrlich, wie sie keine Königstochter hat.
Also lebte es da eine Zeitlang, und kam das Täubchen alle Tage
und sorgte für alles, was es bedurfte, und war das ein stilles, gutes
Leben.

Einmal aber kam das Täubchen und sprach: »willst du mir etwas
zuliebe tun?« »Von Herzen gerne«, sagte das Mädchen. Da sprach
das Täubchen: »ich will dich zu einem kleinen Häuschen führen,
da geh hinein, mittendrein am Herd wird eine alte Frau sitzen
und ›guten Tag‹ sagen. Aber gib ihr beileibe keine Antwort, sie
mag auch anfangen, was sie will, sondern geh zu ihrer rechten
Hand weiter, da ist eine Türe, die mach auf, so wirst du in eine
Stube kommen, wo eine Menge von Ringen allerlei Art auf
dem Tisch liegt, darunter sind prächtige mit glitzerigen Steinen,
die laß aber liegen und suche einen schlichten heraus, der auch
darunter sein muß, und bring ihn zu mir her, so geschwind du
kannst.« Das Mädchen ging zu dem Häuschen und trat zu der
Türe ein: da saß eine Alte, die machte große Augen, wie sie es
erblickte, und sprach: »guten Tag, mein Kind.« Es gab ihr aber
keine Antwort und ging auf die Türe zu. »Wo hinaus?« rief sie
und faßte es beim Rock und wollte es festhalten, »das ist mein
Haus, da darf niemand herein, wenn ich's nicht haben will.«
Aber das Mädchen schwieg still, machte sich von ihr los und
ging gerade in die Stube hinein. Da lag nun auf dem Tisch eine
übergroße Menge von Ringen, die glitzerten und glimmerten
ihm vor den Augen: es warf sie herum und suchte nach dem
schlichten, konnte ihn aber nicht finden. Wie es so suchte, sah es

die Alte, wie sie daherschlich und einen Vogelkäfig in der Hand
hatte und damit fortwollte. Da ging es auf sie zu und nahm ihr
den Käfig aus der Hand, und wie es ihn aufhob und hineinsah,
saß ein Vogel darin, der hatte den schlichten Ring im Schnabel.
Da nahm es den Ring und lief ganz froh damit zum Haus hinaus
und dachte, das weiße Täubchen würde kommen und den Ring
holen, aber es kam nicht. Da lehnte es sich an einen Baum und
wollte auf das Täubchen warten, und wie es so stand, da war es,
als würde der Baum weich und biegsam und senkte seine
Zweige herab. Und auf einmal schlangen sich die Zweige um es
herum und waren zwei Arme, und wie es sich umsah, war der
Baum ein schöner Mann, der es umfaßte und herzlich küßte und
sagte: »du hast mich erlöst und aus der Gewalt der Alten befreit,
die eine böse Hexe ist. Sie hatte mich in einen Baum verwandelt,
und alle Tage ein paar Stunden war ich eine weiße Taube, und
solang sie den Ring besaß, konnte ich meine menschliche Gestalt
nicht wieder erhalten.« Da waren auch seine Bedienten und
Pferde von dem Zauber frei, die sie auch in Bäume verwandelt
hatte, und standen neben ihm. Da fuhren sie fort in sein Reich;
denn es war eines Königs Sohn, und sie heirateten sich und
lebten glücklich.

Die sieben Raben

in Mann hatte sieben Söhne und immer noch kein
Töchterchen, sosehr er sich's auch wünschte; endlich gab ihm seine Frau wieder gute Hoffnung zu
einem Kinde, und wie's zur Welt kam, war's auch
ein Mädchen. Die Freude war groß, aber das Kind
war schmächtig und klein und sollte wegen seiner Schwachheit
die Nottaufe haben. Der Vater schickte einen der Knaben eilends zur Quelle, Taufwasser zu holen: die andern sechs liefen
mit, und weil jeder der erste beim Schöpfen sein wollte, so fiel
ihnen der Krug in den Brunnen. Da standen sie und wußten
nicht, was sie tun sollten, und keiner getraute sich heim. Als sie
immer nicht zurückkamen, ward der Vater ungeduldig und
sprach: »gewiß haben sie's wieder über ein Spiel vergessen, die

gottlosen Jungen.« Es ward ihm angst, das Mädchen müßte
ungetauft verscheiden, und im Ärger rief er: »ich wollte, daß die
Jungen alle zu Raben würden.« Kaum war das Wort ausgeredet,
so hörte er ein Geschwirr über seinem Haupt in der Luft, blickte
in die Höhe und sah sieben kohlschwarze Raben auf und davon-
fliegen.

Die Eltern konnten die Verwünschung nicht mehr zurückneh-
men, und so traurig sie über den Verlust ihrer sieben Söhne
waren, trösteten sie sich doch einigermaßen durch ihr liebes
Töchterchen, das bald zu Kräften kam und mit jedem Tage
schöner ward. Es wußte lange Zeit nicht einmal, daß es Geschwister gehabt hatte; denn die Eltern hüteten sich, ihrer zu erwähnen,
bis es eines Tags von ungefähr die Leute von sich sprechen hörte,
das Mädchen wäre wohl schön, aber doch eigentlich schuld an
dem Unglück seiner sieben Brüder. Da ward es ganz betrübt,
ging zu Vater und Mutter und fragte, ob es denn Brüder gehabt
hätte, und wo sie hingeraten wären. Nun durften die Eltern das
Geheimnis nicht länger verschweigen, sagten jedoch, es sei so des
Himmels Verhängnis und seine Geburt nur der unschuldige Anlaß gewesen. Allein das Mädchen machte sich täglich ein Gewissen daraus und glaubte, es müßte seine Geschwister wieder erlösen. Es hatte nicht Ruhe und Rast, bis es sich heimlich aufmachte
und in die weite Welt ging, seine Brüder irgendwo aufzuspüren
und zu befreien, es möchte kosten, was es wolle. Es nahm nichts
mit sich als ein Ringlein von seinen Eltern zum Andenken, einen
Laib Brot für den Hunger, ein Krüglein Wasser für den Durst
und ein Stühlchen für die Müdigkeit.

Nun ging es immer zu, weit weit, bis an der Welt Ende. Da kam
es zur Sonne, aber die war zu heiß und fürchterlich und fraß die
kleinen Kinder. Eilig lief es weg und lief hin zu dem Mond, aber
der war gar zu kalt und grausig und bös, und als er das Kind
merkte, sprach er: »ich rieche, rieche Menschenfleisch.« Da
machte es sich geschwind fort und kam zu den Sternen, die
waren ihm freundlich und gut, und jeder saß auf seinem besondern Stühlchen. Der Morgenstern aber stand auf, gab ihm ein
Hinkelbeinchen und sprach: »wenn du das Beinchen nicht hast,
kannst du den Glasberg nicht aufschließen, und in dem Glasberg, da sind deine Brüder.«

Das Mädchen nahm das Beinchen, wickelte es wohl in ein Tüchlein und ging wieder fort, so lange, bis es an den Glasberg kam. Das Tor war verschlossen, und es wollte das Beinchen hervorholen, aber wie es das Tüchlein aufmachte, so war es leer, und es hatte das Geschenk der guten Sterne verloren. Was sollte es nun anfangen? seine Brüder wollte es erretten und hatte keinen Schlüssel zum Glasberg. Das gute Schwesterchen nahm ein Messer, schnitt sich ein kleines Fingerchen ab, steckte es in das Tor und schloß glücklich auf. Als es eingegangen war, kam ihm ein Zwerglein entgegen, das sprach: »mein Kind, was suchst du?« – »Ich suche meine Brüder, die sieben Raben«, antwortete es. Der Zwerg sprach: »die Herren Raben sind nicht zu Haus, aber willst du hier so lang warten, bis sie kommen, so tritt ein.« Darauf trug das Zwerglein die Speise der Raben herein auf sieben Tellerchen und in sieben Becherchen, und von jedem Tellerchen aß das Schwesterchen ein Bröckchen, und aus jedem Becherchen trank es ein Schlückchen; in das letzte Becherchen aber ließ es das Ringlein fallen, das es mitgenommen hatte.

Auf einmal hörte es in der Luft ein Geschwirr und ein Geweh; da sprach das Zwerglein: »jetzt kommen die Herren Raben heimgeflogen.« Da kamen sie, wollten essen und trinken und suchten ihre Tellerchen und Becherchen. Da sprach einer nach dem andern: »wer hat von meinem Tellerchen gegessen? wer hat aus meinem Becherchen getrunken? Das ist eines Menschen Mund gewesen.« Und wie der siebente auf den Grund des Bechers kam, rollte ihm das Ringlein entgegen. Da sah er es an und erkannte, daß es ein Ring von Vater und Mutter war, und sprach: »Gott gebe, unser Schwesterlein wäre da, so wären wir erlöst.« Wie das Mädchen, das hinter der Türe stand und lauschte, den Wunsch hörte, so trat es hervor, und da bekamen alle die Raben ihre menschliche Gestalt wieder. Und sie herzten und küßten einander und zogen fröhlich heim.

Der Eisenhans

es war einmal ein König, der hatte einen großen
Wald bei seinem Schloß, darin lief Wild allerart
herum. Zu einer Zeit schickte er einen Jäger hinaus, der sollte ein Reh schießen, aber er kam nicht
wieder. »Vielleicht ist ihm ein Unglück zugestoßen«, sagte der König und schickte den folgenden Tag zwei
andere Jäger hinaus, die sollten ihn aufsuchen, aber sie blieben
auch weg. Da ließ er am dritten Tag alle seine Jäger kommen
und sprach: »streift durch den ganzen Wald und laßt nicht ab, bis
ihr sie alle drei gefunden habt.« Aber auch von diesen kam keiner
wieder heim, und von der Meute Hunde, die sie mitgenommen
hatten, ließ sich keiner wieder sehen. Von der Zeit an wollte sich
niemand mehr in den Wald wagen, und er lag da in tiefer Stille
und Einsamkeit, und man sah nur zuweilen einen Adler oder
Habicht darüber hin fliegen. Das dauerte viele Jahre, da meldete
sich ein fremder Jäger bei dem König, suchte eine Versorgung
und erbot sich, in den gefährlichen Wald zu gehen. Der König
aber wollte seine Einwilligung nicht geben und sprach: »es ist
nicht geheuer darin, ich fürchte, es geht dir nicht besser als den
andern, und du kommst nicht wieder heraus.« Der Jäger antwortete: »Herr, ich will's auf meine Gefahr wagen: von Furcht
weiß ich nichts.«

Der Jäger begab sich also mit seinem Hund in den Wald. Es
dauerte nicht lange, so geriet der Hund einem Wild an die
Fährte und wollte hinter ihm her: kaum aber war er ein paar
Schritte gelaufen, so stand er vor einem tiefen Pfuhl, konnte
nicht weiter, und ein nackter Arm streckte sich aus dem Wasser,
packte ihn und zog ihn hinab. Als der Jäger das sah, ging er
zurück und holte drei Männer, die mußten mit Eimern kommen
und das Wasser ausschöpfen. Als sie auf den Grund sehen konnten, so lag da ein wilder Mann, der braun am Leib war wie
rostiges Eisen, und dem die Haare über das Gesicht bis zu den
Knien herabhingen. Sie banden ihn mit Stricken und führten ihn
fort in das Schloß. Da war große Verwunderung über den
wilden Mann, der König aber ließ ihn in einen eisernen Käfig
auf den Hof setzen und verbot bei Lebensstrafe, die Türe des

Käfigs zu öffnen, und die Königin mußte den Schlüssel selbst in Verwahrung nehmen. Von nun an konnte ein jeder wieder mit Sicherheit in den Wald gehen.

Der König hatte einen Sohn von acht Jahren, der spielte einmal auf dem Hof, und bei dem Spiel fiel ihm sein goldener Ball in den Käfig. Der Knabe lief hin und sprach: »gib mir meinen Ball heraus.« »Nicht eher«, antwortete der Mann, »als bis du mir die Türe aufgemacht hast.« »Nein«, sagte der Knabe, »das tue ich nicht, das hat der König verboten«, und lief fort. Am andern Tag kam er wieder und forderte seinen Ball; der wilde Mann sagte: »öffne meine Türe«, aber der Knabe wollte nicht. Am dritten Tag war der König auf die Jagd geritten, da kam der Knabe nochmals und sagte: »wenn ich auch wollte, ich kann die Türe nicht öffnen, ich habe den Schlüssel nicht.« Da sprach der wilde Mann: »er liegt unter dem Kopfkissen deiner Mutter, da kannst du ihn holen.« Der Knabe, der seinen Ball wiederhaben wollte, schlug alles Bedenken in den Wind und brachte den Schlüssel herbei. Die Türe ging schwer auf, und der Knabe klemmte sich den Finger. Als sie offen war, trat der wilde Mann heraus, gab ihm den goldenen Ball und eilte hinweg. Dem Knaben war angst geworden, er schrie und rief ihm nach: »ach, wilder Mann, geh nicht fort, sonst bekomme ich Schläge.« Der wilde Mann kehrte um, hob ihn auf, setzte ihn auf seinen Nacken und ging mit schnellen Schritten in den Wald hinein. Als der König heimkam, bemerkte er den leeren Käfig und fragte die Königin, wie das zugegangen wäre. Sie wußte nichts davon, suchte den Schlüssel, aber er war weg. Sie rief den Knaben, aber niemand antwortete. Der König schickte Leute aus, die ihn auf dem Felde suchen sollten, aber sie fanden ihn nicht. Da konnte er leicht erraten, was geschehen war, und es herrschte große Trauer an dem königlichen Hof.

Als der wilde Mann wieder in dem finstern Wald angelangt war, so setzte er den Knaben von der Schulter herab und sprach zu ihm: »Vater und Mutter siehst du nicht wieder, aber ich will dich bei mir behalten; denn du hast mich befreit, und ich habe Mitleid mit dir. Wenn du alles tust, was ich dir sage, so sollst du's gut haben. Schätze und Gold habe ich genug und mehr als jemand in der Welt.« Er machte dem Knaben ein Lager von

Moos, auf dem er einschlief, und am andern Morgen führte ihn
der Mann zu einem Brunnen und sprach: »siehst du, der Gold-
brunnen ist hell und klar wie Kristall: du sollst dabei sitzen und
achthaben, daß nichts hineinfällt, sonst ist er verunehrt. Jeden
Abend komme ich und sehe, ob du mein Gebot befolgt hast.«
Der Knabe setzte sich an den Rand des Brunnens, sah, wie
manchmal ein goldner Fisch, manchmal eine goldne Schlange
sich darin zeigte, und hatte acht, daß nichts hineinfiel. Als er so
saß, schmerzte ihn einmal der Finger so heftig, daß er ihn
unwillkürlich in das Wasser steckte. Er zog ihn schnell wieder
heraus, sah aber, daß er ganz vergoldet war, und wie große
Mühe er sich gab, das Gold wieder abzuwischen, es war alles
vergeblich. Abends kam der Eisenhans zurück, sah den Knaben
an und sprach: »was ist mit dem Brunnen geschehen?« »Nichts,
nichts«, antwortete er und hielt den Finger auf den Rücken, daß
er ihn nicht sehen sollte. Aber der Mann sagte: »du hast den
Finger in das Wasser getaucht: diesmal mag's hingehen, aber
hüte dich, daß du nicht wieder etwas hineinfallen läßt.« Am
frühsten Morgen saß er schon bei dem Brunnen und bewachte
ihn. Der Finger tat ihm wieder weh, und er fuhr damit über
seinen Kopf, da fiel unglücklicherweise ein Haar herab in den
Brunnen. Er nahm es schnell heraus, aber es war schon ganz
vergoldet. Der Eisenhans kam und wußte schon, was geschehen
war. »Du hast ein Haar in den Brunnen fallen lassen«, sagte er,
»ich will dir's noch einmal nachsehen, aber wenn's zum drittenmal geschieht, so ist der Brunnen entehrt, und du kannst nicht
länger bei mir bleiben.« Am dritten Tag saß der Knabe am
Brunnen und bewegte den Finger nicht, wenn er ihm noch so
weh tat. Aber die Zeit ward ihm lang, und er betrachtete sein
Angesicht, das auf dem Wasserspiegel stand. Und als er sich
dabei immer mehr beugte und sich recht in die Augen sehen
wollte, so fielen ihm seine langen Haare von den Schultern
herab in das Wasser. Er richtete sich schnell in die Höhe, aber das
ganze Haupthaar war schon vergoldet und glänzte wie eine
Sonne. Ihr könnt denken, wie der arme Knabe erschrak. Er
nahm sein Taschentuch und band es um den Kopf, damit es der
Mann nicht sehen sollte. Als er kam, wußte er schon alles und
sprach: »binde das Tuch auf.« Da quollen die goldenen Haare

hervor, und der Knabe mochte sich entschuldigen, wie er wollte, es half ihm nichts. »Du hast die Probe nicht bestanden und kannst nicht länger hier bleiben. Geh hinaus in die Welt, da wirst du erfahren, wie die Armut tut. Aber weil du kein böses Herz hast, und ich's gut mit dir meine, so will ich dir eins erlauben: wenn du in Not gerätst, so geh zu dem Wald und rufe: ›Eisenhans‹, dann will ich kommen und dir helfen. Meine Macht ist groß, größer, als du denkst, und Gold und Silber habe ich im Überfluß.«

Da verließ der Königssohn den Wald und ging über gebahnte und ungebahnte Wege immer zu, bis er zuletzt in eine große Stadt kam. Er suchte da Arbeit, aber er konnte keine finden und hatte auch nichts erlernt, womit er sich hätte forthelfen können. Endlich ging er in das Schloß und fragte, ob sie ihn behalten wollten. Die Hofleute wußten nicht, wozu sie ihn brauchen sollten, aber sie hatten Wohlgefallen an ihm und hießen ihn bleiben. Zuletzt nahm ihn der Koch in Dienst und sagte, er könnte Holz und Wasser tragen und die Asche zusammenkehren. Einmal, als gerade kein anderer zur Hand war, hieß ihn der Koch die Speisen zur königlichen Tafel tragen, da er aber seine goldenen Haare nicht wollte sehen lassen, so behielt er sein Hütchen auf. Dem König war so etwas noch nicht vorgekommen, und er sprach: »wenn du zur königlichen Tafel kommst, mußt du deinen Hut abziehen.« »Ach Herr«, antwortete er, »ich kann nicht, ich habe einen bösen Grind auf dem Kopf.« Da ließ der König den Koch herbeirufen, schalt ihn und fragte, wie er einen solchen Jungen hätte in seinen Dienst nehmen können; er solle ihn gleich fortjagen. Der Koch aber hatte Mitleid mit ihm und vertauschte ihn mit dem Gärtnerjungen.

Nun mußte der Junge im Garten pflanzen und begießen, hacken und graben und Wind und böses Wetter über sich ergehen lassen. Einmal im Sommer, als er allein im Garten arbeitete, war der Tag so heiß, daß er sein Hütchen abnahm, und die Luft ihn kühlen sollte. Wie die Sonne auf das Haar schien, glitzte und blitzte es, daß die Strahlen in das Schlafzimmer der Königstochter fielen, und sie aufsprang, um zu sehen, was das wäre. Da erblickte sie den Jungen und rief ihn an: »Junge, bring mir einen Blumenstrauß.« Er setzte in aller Eile sein Hütchen auf, brach wilde Feldblumen ab und band sie zusammen. Als er damit die

Treppe hinaufstieg, begegnete ihm der Gärtner und sprach: »wie
kannst du der Königstochter einen Strauß von schlechten Blumen bringen? Geschwind hole andere und suche die schönsten
und seltensten aus.« »Ach nein«, antwortete der Junge, »die
wilden riechen kräftiger und werden ihr besser gefallen.« Als er
in ihr Zimmer kam, sprach die Königstochter: »nimm dein
Hütchen ab, es ziemt sich nicht, daß du ihn vor mir auf behältst.«
Er antwortete wieder: »ich darf nicht, ich habe einen grindigen
Kopf.« Sie griff aber nach dem Hütchen und zog es ab, da rollten
seine goldenen Haare auf die Schultern herab, daß es prächtig
anzusehen war. Er wollte fortspringen, aber sie hielt ihn am
Arm und gab ihm eine Handvoll Dukaten. Er ging damit fort,
achtete aber des Goldes nicht, sondern er brachte es dem Gärtner
und sprach: »ich schenke es deinen Kindern, die können damit
spielen.« Den andern Tag rief ihm die Königstochter abermals
zu, er solle ihr einen Strauß Feldblumen bringen, und als er
damit eintrat, grapste sie gleich nach seinem Hütchen und wollte
es ihm wegnehmen, aber er hielt es mit beiden Händen fest. Sie
gab ihm wieder eine Handvoll Dukaten, aber er wollte sie nicht
behalten und gab sie dem Gärtner zum Spielwerk für seine
Kinder. Den dritten Tag ging's nicht anders, sie konnte ihm sein
Hütchen nicht wegnehmen, und er wollte ihr Gold nicht.
Nicht lange danach ward das Land mit Krieg überzogen. Der
König sammelte sein Volk und wußte nicht, ob er dem Feind,
der übermächtig war und ein großes Heer hatte, Widerstand
leisten könnte. Da sagte der Gärtnerjunge: »ich bin herangewachsen und will mit in den Krieg ziehen, gebt mir nur ein
Pferd.« Die andern lachten und sprachen: »wenn wir fort sind, so
suche dir eins: wir wollen dir eins im Stall zurücklassen.« Als sie
ausgezogen waren, ging er in den Stall und zog das Pferd heraus;
es war an einem Fuß lahm und hickelte hunkepuus, hunkepuus.
Dennoch setzte er sich auf und ritt fort nach dem dunkeln Wald.
Als er an den Rand desselben gekommen war, rief er dreimal:
»Eisenhans!« so laut, daß es durch die Bäume schallte. Gleich
darauf erschien der wilde Mann und sprach: »was verlangst du?«
»Ich verlange ein starkes Roß; denn ich will in den Krieg
ziehen.« »Das sollst du haben und noch mehr, als du verlangst.«
Dann ging der wilde Mann in den Wald zurück, und es dauerte

nicht lange, so kam ein Stallknecht aus dem Wald und führte ein
Roß herbei, das schnaubte aus den Nüstern und war kaum zu
bändigen. Und hinterher folgte eine große Schar Kriegsvolk,
ganz in Eisen gerüstet, und ihre Schwerter blitzten in der Sonne.
Der Jüngling übergab dem Stallknecht sein dreibeiniges Pferd,
bestieg das andere und ritt vor der Schar her. Als er sich dem
Schlachtfeld näherte, war schon ein großer Teil von des Königs
Leuten gefallen, und es fehlte nicht viel, so mußten die übrigen
weichen. Da jagte der Jüngling mit seiner eisernen Schar heran,
fuhr wie ein Wetter über die Feinde und schlug alles nieder, was
sich ihm widersetzte. Sie wollten fliehen, aber der Jüngling saß
ihnen auf dem Nacken und ließ nicht ab, bis kein Mann mehr
übrig war. Statt aber zu dem König zurückzukehren, führte er
seine Schar auf Umwegen wieder zu dem Wald und rief den
Eisenhans heraus. »Was verlangst du?« fragte der wilde Mann.
»Nimm dein Roß und deine Schar zurück und gib mir mein
dreibeiniges Pferd wieder.« Es geschah alles, was er verlangte,
und ritt auf seinem dreibeinigen Pferd heim. Als der König
wieder in sein Schloß kam, ging ihm seine Tochter entgegen
und wünschte ihm Glück zu seinem Sieg. »Ich bin es nicht, der
den Sieg davongetragen hat«, sprach er, »sondern ein fremder
Ritter, der mir mit seiner Schar zu Hilfe kam.« Die Tochter
wollte wissen, wer der fremde Ritter wäre, aber der König
wußte es nicht und sagte: »er hat die Feinde verfolgt, und ich
habe ihn nicht wiedergesehen.« Sie erkundigte sich bei dem
Gärtner nach seinem Jungen: der lachte aber und sprach: »eben
ist er auf seinem dreibeinigen Pferd heimgekommen, und die
andern haben gespottet und gerufen: ›da kommt unser Hunkepuus wieder an.‹ Sie fragten auch: ›hinter welcher Hecke hast du
derweil gelegen und geschlafen?‹ Er sprach aber: ›ich habe das
Beste getan, und ohne mich wäre es schlecht gegangen.‹ Da
ward er noch mehr ausgelacht.«
Der König sprach zu seiner Tochter: »ich will ein großes Fest
ansagen lassen, das drei Tage währen soll, und du sollst einen
goldenen Apfel werfen: vielleicht kommt der Unbekannte herbei.« Als das Fest verkündet war, ging der Jüngling hinaus zu
dem Wald und rief den Eisenhans. »Was verlangst du?« fragte er.
»Daß ich den goldenen Apfel der Königstochter fange.« »Es ist so

gut, als hättest du ihn schon«, sagte Eisenhans, »du sollst auch eine
rote Rüstung dazu haben und auf einem stolzen Fuchs reiten.«
Als der Tag kam, sprengte der Jüngling heran, stellte sich unter
die Ritter und ward von niemand erkannt. Die Königstochter
trat hervor und warf den Rittern einen goldenen Apfel zu, aber
keiner fing ihn als er allein, aber sobald er ihn hatte, jagte er
davon. Am zweiten Tag hatte ihn Eisenhans als weißen Ritter
ausgerüstet und ihm einen Schimmel gegeben. Abermals fing er
allein den Apfel, verweilte aber keinen Augenblick, sondern
jagte damit fort. Der König ward bös und sprach: »das ist nicht
erlaubt, er muß vor mir erscheinen und seinen Namen nennen.«
Er gab Befehl, wenn der Ritter, der den Apfel gefangen habe,
sich wieder davonmachte, so sollte man ihm nachsetzen und,
wenn er nicht gutwillig zurückkehrte, auf ihn hauen und stechen. Am dritten Tag erhielt er vom Eisenhans eine schwarze
Rüstung und einen Rappen und fing auch wieder den Apfel.
Als er aber damit fortjagte, verfolgten ihn die Leute des Königs,
und einer kam ihm so nahe, daß er mit der Spitze des Schwerts
ihm das Bein verwundete. Er entkam ihnen jedoch, aber sein
Pferd sprang so gewaltig, daß der Helm ihm vom Kopf fiel, und
sie konnten sehen, daß er goldene Haare hatte. Sie ritten zurück
und meldeten dem König alles.
Am andern Tag fragte die Königstochter den Gärtner nach
seinem Jungen. »Er arbeitet im Garten: der wunderliche Kauz ist
auch bei dem Fest gewesen und erst gestern abend wiedergekommen; er hat auch meinen Kindern drei goldene Äpfel gezeigt, die er gewonnen hat.« Der König ließ ihn vor sich fordern,
und er erschien und hatte wieder sein Hütchen auf dem Kopf.
Aber die Königstochter ging auf ihn zu und nahm es ihm ab,
und da fielen seine goldenen Haare über die Schultern, und es
war so schön, daß alle erstaunten. »Bist du der Ritter gewesen,
der jeden Tag zu dem Fest gekommen ist, immer in einer
anderen Farbe, und der die drei goldenen Äpfel gefangen hat?«
fragte der König. »Ja«, antwortete er, »und da sind die Äpfel«,
holte sie aus seiner Tasche und reichte sie dem König. »Wenn Ihr
noch mehr Beweise verlangt, so könnt Ihr die Wunde sehen, die
mir Eure Leute geschlagen haben, als sie mich verfolgten. Aber
ich bin auch der Ritter, der Euch zum Sieg über die Feinde

geholfen hat.« »Wenn du solche Taten verrichten kannst, so bist du kein Gärtnerjunge: sage mir, wer ist dein Vater?« »Mein Vater ist ein mächtiger König, und Goldes habe ich die Fülle, und soviel ich nur verlange.« »Ich sehe wohl«, sprach der König, »ich bin dir Dank schuldig, kann ich dir etwas zu Gefallen tun?« »Ja«, antwortete er, »das könnt Ihr wohl, gebt mir Eure Tochter zur Frau.« Da lachte die Jungfrau und sprach: »der macht keine Umstände, aber ich habe schon an seinen goldenen Haaren gesehen, daß er kein Gärtnerjunge ist«: ging dann hin und küßte ihn. Zu der Vermählung kamen sein Vater und seine Mutter und waren in großer Freude; denn sie hatten schon alle Hoffnung aufgegeben, ihren lieben Sohn wiederzusehen. Und als sie an der Hochzeitstafel saßen, da schwieg auf einmal die Musik, die Türen gingen auf, und ein stolzer König trat herein mit großem Gefolge. Er ging auf den Jüngling zu, umarmte ihn und sprach: »ich bin der Eisenhans und war in einen wilden Mann verwünscht, aber du hast mich erlöst. Alle Schätze, die ich besitze, die sollen dein Eigentum sein.«

Die Wichtelmänner

s war ein Schuster ohne seine Schuld so arm geworden, daß ihm endlich nichts mehr übrig blieb als Leder zu einem einzigen Paar Schuhe. Nun schnitt er am Abend die Schuhe zu, die wollte er den nächsten Morgen in Arbeit nehmen; und weil er ein gutes Gewissen hatte, so legte er sich ruhig zu Bett, befahl sich dem lieben Gott und schlief ein. Morgens, nachdem er sein Gebet verrichtet hatte und sich zur Arbeit niedersetzen wollte, so standen die beiden Schuhe ganz fertig auf seinem Tisch. Er verwunderte sich und wußte nicht, was er dazu sagen sollte. Er nahm die Schuhe in die Hand, um sie näher zu betrachten: sie waren so sauber gearbeitet, daß kein Stich daran falsch war, gerade als wenn es ein Meisterstück sein sollte. Bald darauf trat auch schon ein Käufer ein, und weil ihm die Schuhe so gut gefielen, so bezahlte er mehr als gewöhnlich dafür und der Schuster konnte von dem Geld Leder zu zwei Paar Schuhen erhandeln. Er schnitt sie abends zu und wollte den nächsten Morgen mit frischem Mut an die Arbeit gehen, aber er brauchte es nicht; denn als er aufstand, waren sie schon fertig, und es blieben auch nicht die Käufer aus, die ihm so viel Geld gaben, daß er Leder zu vier Paar Schuhen einkaufen konnte. Er fand früh morgens auch die vier Paar fertig; und so ging's immer fort: was er abends zuschnitt, das war am Morgen verarbeitet, also daß er bald wieder sein ehrliches Auskommen hatte und endlich ein wohlhabender Mann ward. Nun geschah es eines Abends nicht lange vor Weihnachten, als der Mann wieder zugeschnitten hatte, daß er vor Schlafengehen zu seiner Frau sprach: »wie wär's, wenn wir diese Nacht aufblieben, um zu sehen, wer uns solche hilfreiche Hand leistet?« Die Frau war's zufrieden und steckte ein Licht an; darauf verbargen sie sich in den Stubenecken, hinter den Kleidern, die da aufgehängt waren, und gaben acht. Als es Mitternacht war, da kamen zwei kleine niedliche nackte Männlein, setzten sich vor des Schusters Tisch, nahmen alle zugeschnittene Arbeit zu sich und fingen an mit ihren Fingerlein so behend und schnell zu stechen, zu nähen, zu klopfen, daß der Schuster vor Verwunderung die Augen nicht abwenden konnte. Sie ließen nicht nach, bis alles zu Ende gebracht war und fertig auf dem Tische stand; dann sprangen sie schnell fort.

Am andern Morgen sprach die Frau: »die kleinen Männer haben uns reich gemacht, wir müßten uns doch dankbar dafür bezeigen. Sie laufen so herum, haben nichts am Leib und müssen frieren. Weißt du was? Ich will Hemdlein, Rock, Wams und Höslein für sie nähen, auch jedem ein Paar Strümpfe stricken; mach du jedem ein Paar Schühlein dazu.« Der Mann sprach: »das bin ich wohl zufrieden«, und abends, wie sie alles fertig hatten, legten sie die Geschenke statt der zugeschnittenen Arbeit zusammen auf den Tisch und versteckten sich dann, um mit anzusehen, wie sich die Männlein dazu anstellen würden. Um Mitternacht kamen sie herangesprungen und wollten sich gleich an die Arbeit machen; als sie aber kein zugeschnittenes Leder, sondern die niedlichen Kleidungsstücke fanden, verwunderten sie sich erst, dann aber bezeigten sie eine gewaltige Freude. Mit der größten Geschwindigkeit zogen sie sich an, strichen die schönen Kleider am Leib und sangen:

»sind wir nicht Knaben glatt und fein?
Was sollen wir länger Schuster sein!«
Dann hüpften und tanzten sie und sprangen über Stühle und
Bänke. Endlich tanzten sie zur Türe hinaus. Von nun an kamen
sie nicht wieder, dem Schuster aber ging es wohl, solang er lebte,
und es glückte ihm alles, was er unternahm.

Die Sterntaler

 s war einmal ein kleines Mädchen, dem war Vater
und Mutter gestorben, und es war so arm, daß es
kein Kämmerchen mehr hatte, darin zu wohnen,
und kein Bettchen mehr, darin zu schlafen, und
endlich gar nichts mehr als die Kleider auf dem
Leib und ein Stückchen Brot in der Hand, das ihm ein mitleidi-
ges Herz geschenkt hatte. Es war aber gut und fromm. Und weil
es so von aller Welt verlassen war, ging es im Vertrauen auf den
lieben Gott hinaus ins Feld. Da begegnete ihm ein armer Mann,
der sprach: »ach, gib mir etwas zu essen, ich bin so hungerig.« Es
reichte ihm das ganze Stückchen Brot und sagte: »Gott segne
dir's«, und ging weiter. Da kam ein Kind, das jammerte und
sprach: »es friert mich so an meinem Kopfe, schenk mir etwas,
womit ich ihn bedecken kann.« Da tat es seine Mütze ab und gab
sie ihm. Und als es noch eine Weile gegangen war, kam wieder
ein Kind und hatte kein Leibchen an und fror; da gab es ihm
seins: und noch weiter, da bat eins um ein Röcklein, das gab es
auch von sich hin. Endlich gelangte es in einen Wald, und es war
schon dunkel geworden, da kam noch eins und bat um ein
Hemdlein, und das fromme Mädchen dachte: »es ist dunkel
Nacht, da sieht dich niemand, du kannst wohl dein Hemd
weggeben«, und zog das Hemd ab und gab es auch noch hin.
Und wie es so stand und gar nichts mehr hatte, fielen auf einmal
die Sterne vom Himmel und waren lauter harte blanke Taler:
und ob es gleich sein Hemdlein weggegeben, so hatte es ein
neues an, und das war vom allerfeinsten Linnen. Da sammelte es
sich die Taler hinein und war reich für sein Lebtag.

Das Waldhaus

in armer Holzhauer lebte mit seiner Frau und drei Töchterchen in einer kleinen Hütte an dem Rande eines einsamen Waldes. Eines Morgens, als er wieder an seine Arbeit wollte, sagte er zu seiner Frau: »laß mir mein Mittagsbrot von dem ältesten Mädchen hinaus in den Wald bringen, ich werde sonst nicht fertig. Und damit es sich nicht verirrt«, setzte er hinzu, »so will ich einen Beutel mit Hirsen mitnehmen und die Körner auf den Weg streuen.« Als nun die Sonne mitten über dem Walde stand, machte sich das Mädchen mit einem Topf voll Suppe auf den Weg. Aber die Feld- und Waldsperlinge, die Lerchen und Finken, Amseln und Zeisige hatten den Hirsen schon längst aufgepickt, und das Mädchen konnte die Spur nicht finden. Da ging es auf gut Glück immer fort, bis die Sonne sank, und die Nacht einbrach. Die Bäume rauschten in der Dunkelheit, die Eulen schnarrten, und es fing an, ihm angst zu werden. Da erblickte es in der Ferne ein Licht, das zwischen den Bäumen blinkte. »Dort sollten wohl Leute wohnen«, dachte es, »die mich über Nacht behalten«, und ging auf das Licht zu. Nicht lange, so kam es an ein Haus, dessen Fenster erleuchtet waren. Es klopfte an, und eine rauhe Stimme rief von innen: »herein«. Das Mädchen trat auf die dunkle Diele und pochte an der Stubentür. »Nur herein« rief die Stimme, und als es öffnete, saß da ein alter eisgrauer Mann an dem Tisch, hatte das Gesicht auf die beiden Hände gestützt, und sein weißer Bart floß über den Tisch herab fast bis auf die Erde. Am Ofen aber lagen drei Tiere, ein Hühnchen, ein Hähnchen und eine buntgescheckte Kuh. Das Mädchen erzählte dem Alten sein Schicksal und bat um ein Nachtlager. Der Mann sprach:

> »Schön Hühnchen,
> schön Hähnchen
> und du, schöne bunte Kuh,
> was sagst du dazu?«

»Duks!« antworteten die Tiere: und das mußte wohl heißen: »wir sind es zufrieden«, denn der Alte sprach weiter: »hier ist Hülle und Fülle, geh hinaus an den Herd und koch uns ein Abendessen.« Das Mädchen fand in der Küche Überfluß an allem und

kochte eine gute Speise, aber an die Tiere dachte es nicht. Es trug
die volle Schüssel auf den Tisch, setzte sich zu dem grauen
Mann, aß und stillte seinen Hunger. Als es satt war, sprach es:
»aber jetzt bin ich müde, wo ist ein Bett, in das ich mich legen
und schlafen kann?« Die Tiere antworteten:

>   »Du hast mit ihm gegessen,
>   du hast mit ihm getrunken,
>   du hast an uns gar nicht gedacht,
>   nun sieh auch, wo du bleibst die Nacht.«

Da sprach der Alte: »steig nur die Treppe hinauf, so wirst du eine
Kammer mit zwei Betten finden, schüttle sie auf und decke sie
mit weißem Linnen, so will ich auch kommen und mich schlafen
legen.« Das Mädchen stieg hinauf, und als es die Betten geschüt-
telt und frisch gedeckt hatte, legte es sich in das eine, ohne weiter
auf den Alten zu warten. Nach einiger Zeit aber kam der graue
Mann, beleuchtete das Mädchen mit dem Licht und schüttelte
mit dem Kopf. Und als er sah, daß es fest eingeschlafen war,
öffnete er eine Falltüre und ließ es in den Keller sinken.
Der Holzhauer kam am späten Abend nach Haus und machte
seiner Frau Vorwürfe, daß sie ihn den ganzen Tag habe hungern
lassen. »Ich habe keine Schuld«, antwortete sie, »das Mädchen ist
mit dem Mittagessen hinausgegangen, es muß sich verirrt haben: morgen wird es schon wiederkommen.« Vor Tag aber
stand der Holzhauer auf, wollte in den Wald und verlangte, die
zweite Tochter solle ihm diesmal das Essen bringen. »Ich will
einen Beutel mit Linsen mitnehmen«, sagte er, »die Körner sind
größer als Hirsen, das Mädchen wird sie besser sehen und kann
den Weg nicht verfehlen.« Zur Mittagszeit trug auch das Mädchen die Speise hinaus, aber die Linsen waren verschwunden: die
Waldvögel hatten sie wie am vorigen Tag aufgepickt und keine
übrig gelassen. Das Mädchen irrte im Walde umher, bis es
Nacht ward, da kam es ebenfalls zu dem Haus des Alten, ward
hereingerufen, und bat um Speise und Nachtlager. Der Mann
mit dem weißen Barte fragte wieder die Tiere:

>   »Schön Hühnchen,
>   schön Hähnchen
>   und du, schöne bunte Kuh,
>   was sagst du dazu?«

Die Tiere antworteten abermals: »duks«, und es geschah alles wie
am vorigen Tag. Das Mädchen kochte eine gute Speise, aß und
trank mit dem Alten und kümmerte sich nicht um die Tiere.
Und als es sich nach seinem Nachtlager erkundigte, antworteten
sie:

>>Du hast mit ihm gegessen,
du hast mit ihm getrunken,
du hast an uns gar nicht gedacht,
nun sieh auch, wo du bleibst die Nacht.«

Als es eingeschlafen war, kam der Alte, betrachtete es mit
Kopfschütteln und ließ es in den Keller hinab.

Am dritten Morgen sprach der Holzhacker zu seiner Frau:
»schicke mir heute unser jüngstes Kind mit dem Essen hinaus,
das ist immer gut und gehorsam gewesen, das wird auf dem
rechten Weg bleiben und nicht wie seine Schwestern, die wilden
Hummeln, herumschwärmen.« Die Mutter wollte nicht und
sprach: »soll ich mein liebstes Kind auch noch verlieren?« »Sei
ohne Sorge«, antwortete er, »das Mädchen verirrt sich nicht, es
ist zu klug und verständig; zum Überfluß will ich Erbsen mitnehmen und ausstreuen, die sind noch größer als Linsen und
werden ihm den Weg zeigen.« Aber als das Mädchen mit dem
Korb am Arm hinauskam, so hatten die Waldtauben die Erbsen
schon im Kropf, es wußte nicht, wohin es sich wenden sollte. Es
war voll Sorgen und dachte beständig daran, wie der arme Vater
hungern, und die gute Mutter jammern würde, wenn es aus-
bliebe. Endlich, als es finster ward, erblickte es das Lichtchen
und kam an das Waldhaus. Es bat ganz freundlich, sie möchten
es über Nacht beherbergen, und der Mann mit dem weißen Bart
fragte wieder seine Tiere:

»Schön Hühnchen,
schön Hähnchen
und du, schöne bunte Kuh,
was sagst du dazu?«

»Duks«, sagten sie. Da trat das Mädchen an den Ofen, wo die
Tiere lagen, und liebkoste Hühnchen und Hähnchen, indem es
mit der Hand über die glatten Federn hinstrich, und die bunte
Kuh kraulte es zwischen den Hörnern. Und als es auf Geheiß des
Alten eine gute Suppe bereitet hatte, und die Schüssel auf dem

Tisch stand, so sprach es: »soll ich mich sättigen, und die guten
Tiere sollen nichts haben? Draußen ist die Hülle und Fülle, erst
will ich für sie sorgen.« Da ging es, holte Gerste und streute sie
dem Hühnchen und Hähnchen vor, brachte der Kuh wohlrie-
chendes Heu einen ganzen Arm voll. »Laßt's euch schmecken,
ihr lieben Tiere«, sagte es, »und wenn ihr durstig seid, sollt ihr
auch einen frischen Trank haben.« Dann trug es einen Eimer voll
Wasser herein, und Hühnchen und Hähnchen sprangen auf den
Rand, steckten den Schnabel hinein und hielten den Kopf dann
in die Höhe, wie die Vögel trinken, und die bunte Kuh tat auch
einen herzhaften Zug. Als die Tiere gefüttert waren, setzte sich
das Mädchen zu dem Alten an den Tisch und aß, was er ihm übrig
gelassen hatte. Nicht lange, so fingen Hühnchen und Hähnchen an, das Köpfchen zwischen die Flügel zu stecken, und die
bunte Kuh blinzelte mit den Augen. Da sprach das Mädchen:
»sollen wir uns nicht zur Ruhe begeben?

>Schön Hühnchen,
schön Hähnchen
und du, schöne bunte Kuh,
was sagst du dazu?«

Die Tiere antworteten: »duks,

>du hast mit uns gegessen,
du hast mit uns getrunken,
du hast uns alle wohl bedacht,
wir wünschen dir eine gute Nacht.«

Da ging das Mädchen die Treppe hinauf, schüttelte die Feder-
kissen und deckte frisches Linnen auf, und als es fertig war, kam
der Alte und legte sich in das eine Bett, und sein weißer Bart
reichte ihm bis an die Füße. Das Mädchen legte sich in das
andere, tat sein Gebet und schlief ein.

Es schlief ruhig bis Mitternacht, da ward es so unruhig in dem
Hause, daß das Mädchen erwachte. Da fing es an, in den Ecken
zu knittern und zu knattern, und die Türe sprang auf und schlug
an die Wand: die Balken dröhnten, als wenn sie aus ihren Fugen
gerissen würden, und es war, als wenn die Treppe herabstürzte,
und endlich krachte es, als wenn das ganze Dach zusammenfiele.
Da es aber wieder still ward, und dem Mädchen nichts zuleid
geschah, so blieb es ruhig liegen und schlief wieder ein. Als es

aber am Morgen bei hellem Sonnenschein aufwachte, was erblickten seine Augen? Es lag in einem großen Saal, und rings umher glänzte alles in königlicher Pracht: an den Wänden wuchsen auf grünseidenem Grund goldene Blumen in die Höhe, das Bett war von Elfenbein, und die Decke darauf von rotem Sammet, und auf einem Stuhl daneben standen ein Paar mit Perlen gestickte Pantoffel. Das Mädchen glaubte, es wäre ein Traum, aber es traten drei reichgekleidete Diener herein und fragten, was es zu befehlen hätte. »Geht nur«, antwortete das Mädchen, »ich will gleich aufstehen und dem Alten eine Suppe kochen und dann auch schön Hühnchen, schön Hähnchen und die schöne bunte Kuh füttern.« Es dachte, der Alte wäre schon aufgestanden und sah sich nach seinem Bette um, aber er lag nicht darin, sondern ein fremder Mann. Und als es ihn betrachtete und sah, daß er jung und schön war, erwachte er, richtete sich auf und sprach: »ich bin ein Königssohn und war von einer bösen Hexe verwünscht worden, als ein alter eisgrauer Mann in dem Wald zu leben: niemand durfte um mich sein als meine drei Diener in der Gestalt eines Hühnchens, eines Hähnchens und einer bunten Kuh. Und nicht eher sollte die Verwünschung aufhören, als bis ein Mädchen zu uns käme, so gut von Herzen, daß es nicht gegen die Menschen allein, sondern auch gegen die Tiere sich liebreich bezeigte, und das bist du gewesen, und heute um Mitternacht sind wir durch dich erlöst, und das alte Waldhaus ist wieder in meinen königlichen Palast verwandelt worden.« Und als sie aufgestanden waren, sagte der Königssohn den drei Dienern, sie sollten hinfahren und Vater und Mutter des Mädchens zur Hochzeitsfeier herbeiholen. »Aber wo sind meine zwei Schwestern?« fragte das Mädchen. »Die habe ich in den Keller gesperrt, und morgen sollen sie in den Wald geführt werden und sollen bei einem Köhler so lange als Mägde dienen, bis sie sich gebessert haben und auch die armen Tiere nicht hungern lassen.«

Die zwei Brüder

s waren einmal zwei Brüder, ein reicher und ein armer. Der reiche war ein Goldschmied und bös von Herzen: der arme nährte sich davon, daß er Besen band, und war gut und redlich. Der arme hatte zwei Kinder, das waren Zwillingsbrüder und sich so ähnlich wie ein Tropfen Wasser dem andern. Die zwei Knaben gingen in des Reichen Haus ab und zu und erhielten von dem Abfall manchmal etwas zu essen. Es trug sich zu, daß der arme Mann, als er in den Wald ging, Reisig zu holen, einen Vogel sah, der ganz golden war und so schön, wie ihm noch niemals einer vor Augen gekommen war. Da hob er ein Steinchen auf, warf nach ihm und traf ihn auch glücklich: es fiel aber nur eine goldene Feder herab, und der Vogel flog fort. Der Mann nahm die Feder und brachte sie seinem Bruder, der sah sie an und sprach: »es ist eitel Gold«, und gab ihm viel Geld dafür. Am andern Tag stieg der Mann auf einen Birkenbaum und wollte ein paar Äste abhauen: da flog derselbe Vogel heraus, und als der Mann nachsuchte, fand er ein Nest, und ein Ei lag darin, das war von Gold. Er nahm das Ei mit heim und brachte es seinem Bruder, der sprach wiederum: »es ist eitel Gold«, und gab ihm, was es wert war. Zuletzt sagte der Goldschmied: »den Vogel selber möcht' ich wohl haben.« Der Arme ging zum drittenmal in den Wald und sah den Goldvogel wieder auf dem Baum sitzen: da nahm er einen Stein und warf ihn herunter und brachte ihn seinem Bruder, der gab ihm einen großen Haufen Gold dafür. »Nun kann ich mir forthelfen«, dachte er und ging zufrieden nach Haus.

Der Goldschmied war klug und listig und wußte wohl, was das für ein Vogel war. Er rief seine Frau und sprach: »brat mir den Goldvogel und sorge, daß nichts davon wegkommt: ich habe Lust, ihn ganz allein zu essen.« Der Vogel war aber kein gewöhnlicher, sondern so wunderbarer Art, daß, wer Herz und Leber von ihm aß, jeden Morgen ein Goldstück unter seinem Kopfkissen fand. Die Frau machte den Vogel zurecht, steckte ihn an einen Spieß und ließ ihn braten. Nun geschah es, daß, während er am Feuer stand, und die Frau anderer Arbeiten

wegen notwendig aus der Küche gehen mußte, die zwei Kinder
des armen Besenbinders hereinliefen, sich vor den Spieß stellten
und ihn ein paarmal herumdrehten. Und als da gerade zwei
Stücklein aus dem Vogel in die Pfanne herabfielen, sprach der
eine: »die paar Bißchen wollen wir essen, ich bin so hungrig, es
wird's ja niemand daran merken.« Da aßen sie beide die Stückchen auf; die Frau kam aber dazu, sah, daß sie etwas aßen, und
sprach: »was habt ihr gegessen?« – »Ein paar Stückchen, die aus
dem Vogel herausgefallen sind«, antworteten sie. »Das ist Herz
und Leber gewesen«, sprach die Frau ganz erschrocken, und
damit ihr Mann nichts vermißte und nicht böse ward, schlachtete sie geschwind ein Hähnchen, nahm Herz und Leber heraus
und legte es zu dem Goldvogel. Als er gar war, trug sie ihn dem
Goldschmied auf, der ihn ganz allein verzehrte und nichts übrig
ließ. Am andern Morgen aber, als er unter sein Kopfkissen griff
und dachte, das Goldstück hervorzuholen, war so wenig wie
sonst eins zu finden.

Die beiden Kinder aber wußten nicht, was ihnen für ein Glück
zuteil geworden war. Am andern Morgen, wie sie aufstanden,
fiel etwas auf die Erde und klingelte, und als sie es aufhoben, da
waren's zwei Goldstücke. Sie brachten sie ihrem Vater, der
wunderte sich und sprach: »wie sollte das zugegangen sein?« Als
sie aber am andern Morgen wieder zwei fanden und so jeden
Tag, da ging er zu seinem Bruder und erzählte ihm die seltsame
Geschichte. Der Goldschmied merkte gleich, wie es gekommen
war, und daß die Kinder Herz und Leber von dem Goldvogel
gegessen hatten, und um sich zu rächen, und weil er neidisch und
hartherzig war, sprach er zu dem Vater: »deine Kinder sind mit
dem Bösen im Spiel, nimm das Gold nicht und dulde sie nicht
länger in deinem Haus; denn er hat Macht über sie und kann
dich selbst noch ins Verderben bringen.« Der Vater fürchtete
den Bösen, und so schwer es ihm ankam, führte er doch die
Zwillinge hinaus in den Wald und verließ sie da mit traurigem
Herzen.

Nun liefen die zwei Kinder im Wald umher und suchten den
Weg nach Haus, konnten ihn aber nicht finden, sondern verirrten sich immer weiter. Endlich begegneten sie einem Jäger, der
fragte: »wem gehört ihr, Kinder?« – »Wir sind des armen Besen-

binders Jungen«, antworteten sie und erzählten ihm, daß ihr
Vater sie nicht länger im Hause hätte behalten wollen, weil alle
Morgen ein Goldstück unter ihrem Kopfkissen läge. »Nun«,
sagte der Jäger, »das ist gerade nichts Schlimmes, wenn ihr nur
rechtschaffen dabei bleibt und euch nicht auf die faule Haut
legt.« Der gute Mann, weil ihm die Kinder gefielen, und er selbst
keine hatte, so nahm er sie mit nach Haus und sprach: »ich will
euer Vater sein und euch groß ziehen.« Sie lernten da bei ihm die
Jägerei, und das Goldstück, das ein jeder beim Aufstehen fand,
das hob er ihnen auf, wenn sie's in Zukunft nötig hätten.

Als sie herangewachsen waren, nahm sie ihr Pflegevater eines
Tages mit in den Wald und sprach: »heute sollt ihr euern Probeschuß tun, damit ich euch freisprechen und zu Jägern machen
kann.« Sie gingen mit ihm auf den Anstand und warteten lange,
aber es kam kein Wild. Der Jäger sah über sich und sah eine
Kette von Schneegänsen in der Gestalt eines Dreiecks fliegen, da
sagte er zu dem einen: »nun schieß von jeder Ecke eine herab.«
Der tat's und vollbrachte damit seinen Probeschuß. Bald darauf
kam noch eine Kette angeflogen und hatte die Gestalt der Ziffer
zwei: da hieß der Jäger den andern gleichfalls von jeder Ecke
eine herunterholen, und dem gelang sein Probeschuß auch. Nun
sagte der Pflegevater: »ich spreche euch frei, ihr seid ausgelernte
Jäger.« Darauf gingen die zwei Brüder zusammen in den Wald,
ratschlagten miteinander und verabredeten etwas. Und als sie
abends sich zum Essen niedergesetzt hatten, sagten sie zu ihrem
Pflegevater: »wir rühren die Speise nicht an und nehmen keinen
Bissen, bevor Ihr uns eine Bitte gewährt habt.« Sprach er: »was
ist denn eure Bitte?« Sie antworteten: »wir haben nun ausgelernt,
wir müssen uns auch in der Welt versuchen, so erlaubt, daß wir
fortziehen und wandern.« Da sprach der Alte mit Freuden: »ihr
redet wie brave Jäger, was ihr begehrt, ist mein eigener Wunsch
gewesen; zieht aus, es wird euch wohl ergehen.« Darauf aßen
und tranken sie fröhlich zusammen.

Als der bestimmte Tag kam, schenkte der Pflegevater jedem
eine gute Büchse und einen Hund und ließ jeden von seinen
gesparten Goldstücken nehmen, soviel er wollte. Darauf begleitete er sie ein Stück Wegs, und beim Abschied gab er ihnen noch
ein blankes Messer und sprach: »wann ihr euch einmal trennt, so

stoßt dies Messer am Scheideweg in einen Baum; daran kann
einer, wenn er zurückkommt, sehen, wie es seinem abwesenden
Bruder ergangen ist; denn die Seite, nach welcher dieser ausgezogen ist, rostet, wann er stirbt: solange er aber lebt, bleibt sie
blank.« Die zwei Brüder gingen immer weiter fort und kamen
in einen Wald, so groß, daß sie unmöglich in einem Tag heraus-
konnten. Also blieben sie die Nacht darin und aßen, was sie in
die Jägertasche gesteckt hatten; sie gingen aber auch noch den
zweiten Tag und kamen nicht heraus. Da sie nichts zu essen
hatten, so sprach der eine: »wir müssen uns etwas schießen, sonst
leiden wir Hunger«, lud seine Büchse und sah sich um. Und als
ein alter Hase dahergelaufen kam, legte er an, aber der Hase
rief:
>   »lieber Jäger, laß mich leben,
>   ich will dir auch zwei Junge geben.«

Sprang auch gleich ins Gebüsch und brachte zwei Junge; die
Tierlein spielten aber so munter und waren so artig, daß die
Jäger es nicht übers Herz bringen konnten, sie zu töten. Sie
behielten sie also bei sich, und die kleinen Hasen folgten ihnen
auf dem Fuße nach. Bald darauf schlich ein Fuchs vorbei, den
wollten sie niederschießen, aber der Fuchs rief:
>   »lieber Jäger, laß mich leben,
>   ich will dir auch zwei Junge geben.«

Er brachte auch zwei Füchslein, und die Jäger mochten sie auch
nicht töten, gaben sie den Hasen zur Gesellschaft, und sie folgten
ihnen nach. Nicht lange, so schritt ein Wolf aus dem Dickicht;
die Jäger legten auf ihn an, aber der Wolf rief:
>   »lieber Jäger, laß mich leben,
>   ich will dir auch zwei Junge geben.

Die zwei jungen Wölfe taten die Jäger zu den anderen Tieren,
und sie folgten ihnen nach. Darauf kam ein Bär, der wollte gern
noch länger herumtraben und rief:
>   »lieber Jäger, laß mich leben,
>   ich will dir auch zwei Junge geben.«

Die zwei jungen Bären wurden zu den andern gesellt, und
waren ihrer schon acht. Endlich, wer kam? Ein Löwe kam und
schüttelte seine Mähnen. Aber die Jäger ließen sich nicht
schrecken und zielten auf ihn: aber der Löwe sprach gleichfalls:

»lieber Jäger, laß mich leben,
ich will dir auch zwei Junge geben.«
Er holte auch seine Jungen herbei, und nun hatten die Jäger zwei
Löwen, zwei Bären, zwei Wölfe, zwei Füchse und zwei Hasen,
die ihnen nachzogen und dienten. Indessen war ihr Hunger
damit nicht gestillt worden; da sprachen sie zu den Füchsen:
»hört, ihr Schleicher, schafft uns etwas zu essen; ihr seid ja listig
und verschlagen.« Sie antworteten: »nicht weit von hier liegt ein
Dorf, wo wir schon manches Huhn geholt haben; den Weg
dahin wollen wir euch zeigen.« Da gingen sie ins Dorf, kauften
sich etwas zu essen und ließen auch ihren Tieren Futter geben
und zogen dann weiter. Die Füchse aber wußten guten Bescheid
in der Gegend, wo die Hühnerhöfe waren, und konnten die
Jäger überall zurechtweisen.
Nun zogen sie eine Weile herum, konnten aber keinen Dienst
finden, wo sie zusammen geblieben wären. Da sprachen sie: »es
geht nicht anders, wir müssen uns trennen.« Sie teilten die Tiere,
so daß jeder einen Löwen, einen Bären, einen Wolf, einen Fuchs
und einen Hasen bekam: dann nahmen sie Abschied, versprachen sich brüderliche Liebe bis in den Tod und stießen das
Messer, das ihnen ihr Pflegevater mitgegeben, in einen Baum;
worauf der eine nach Osten, der andere nach Westen zog.
Der jüngste aber kam mit seinen Tieren in eine Stadt, die war
ganz mit schwarzem Flor überzogen. Er ging in ein Wirtshaus
und fragte den Wirt, ob er nicht seine Tiere herbergen könne.
Der Wirt gab ihnen einen Stall, wo in der Wand ein Loch war:
da kroch der Hase hinaus und holte sich ein Kohlhaupt, und der
Fuchs holte sich ein Huhn, und als er das gefressen hatte, auch
den Hahn dazu; der Wolf aber, der Bär und der Löwe, weil sie
zu groß waren, konnten nicht hinaus. Da ließ sie der Wirt
hinbringen, wo eben eine Kuh auf dem Rasen lag, daß sie sich
satt fraßen. Und als der Jäger für seine Tiere gesorgt hatte, fragte
er erst den Wirt, warum die Stadt so mit Trauerflor ausgehängt
wäre. Sprach der Wirt: »weil morgen unseres Königs einzige
Tochter sterben wird.« Fragte der Jäger: »ist sie sterbenskrank?«
– »Nein«, antwortete der Wirt, »sie ist frisch und gesund, aber sie
muß doch sterben.« – »Wie geht das zu?« fragte der Jäger.
»Draußen vor der Stadt ist ein hoher Berg, darauf wohnt ein

Drache, der muß alle Jahr eine reine Jungfrau haben: sonst verwüstet er das ganze Land. Nun sind schon alle Jungfrauen hingegeben, und ist niemand mehr übrig als die Königstochter; dennoch ist keine Gnade, sie muß ihm überliefert werden, und das soll morgen geschehen.« Sprach der Jäger: »warum wird der Drache nicht getötet?« – »Ach«, antwortete der Wirt, »so viele Ritter haben's versucht, aber allesamt ihr Leben eingebüßt; der König hat dem, der den Drachen besiegt, seine Tochter zur Frau versprochen, und er soll auch nach seinem Tode das Reich erben.«

Der Jäger sagte dazu weiter nichts, aber am andern Morgen nahm er seine Tiere und stieg mit ihnen auf den Drachenberg. Da stand oben eine kleine Kirche, und auf dem Altar standen drei gefüllte Becher, und dabei war die Schrift: »wer die Becher austrinkt, wird der stärkste Mann auf Erden und wird das Schwert führen, das vor der Türschwelle vergraben liegt.« Der Jäger trank da nicht, ging hinaus und suchte das Schwert in der Erde, vermochte aber nicht, es von der Stelle zu bewegen. Da ging er hin und trank die Becher aus und war nun stark genug, das Schwert aufzunehmen, und seine Hand konnte es ganz leicht führen. Als die Stunde kam, wo die Jungfrau dem Drachen sollte ausgeliefert werden, begleiteten sie der König, der Marschall und die Hofleute hinaus. Sie sah von weitem den Jäger oben auf dem Drachenberg und meinte, der Drache stände da und erwartete sie, und wollte nicht hinaufgehen, endlich aber, weil die ganze Stadt sonst wäre verloren gewesen, mußte sie den schweren Gang tun. Der König und die Hofleute kehrten voll großer Trauer heim, des Königs Marschall aber sollte stehen bleiben und aus der Ferne alles mitansehen.

Als die Königstochter oben auf den Berg kam, stand da nicht der Drache, sondern der junge Jäger. Der sprach ihr Trost ein und sagte, er wolle sie retten, führte sie in die Kirche und verschloß sie darin. Gar nicht lange, so kam mit großem Gebraus der siebenköpfige Drache dahergefahren. Als er den Jäger erblickte, verwunderte er sich und sprach: »was hast du hier auf dem Berge zu schaffen?« Der Jäger antwortete: »ich will mit dir kämpfen.« Sprach der Drache: »so mancher Rittersmann hat hier sein Leben gelassen, mit dir will ich auch fertig werden«, und atmete

Feuer aus sieben Rachen. Das Feuer sollte das trockne Gras anzünden, und der Jäger sollte in der Glut und dem Dampf ersticken, aber die Tiere kamen herbeigelaufen und traten das Feuer aus. Da fuhr der Drache gegen den Jäger, aber er schwang sein Schwert, daß es in der Luft sang, und schlug ihm drei Köpfe ab. Da ward der Drache erst recht wütend, erhob sich in die Luft, spie die Feuerflammen über den Jäger aus und wollte sich auf ihn stürzen, aber der Jäger zückte nochmals sein Schwert und hieb ihm wieder drei Köpfe ab. Das Untier ward matt und sank nieder und wollte doch wieder auf den Jäger los, aber er schlug ihm mit der letzten Kraft den Schweif ab, und weil er nicht mehr kämpfen konnte, rief er seine Tiere herbei: die zerrissen es in Stücke. Als der Kampf zu Ende war, schloß der Jäger die Kirche auf und fand die Königstochter auf der Erde liegen, weil ihr die Sinne vor Angst und Schrecken während des Streites vergangen waren. Er trug sie heraus, und als sie wieder zu sich selbst kam und die Augen aufschlug, zeigte er ihr den zerrissenen Drachen und sagte ihr, daß sie nun erlöst wäre. Sie freute sich und sprach: »nun wirst du mein liebster Gemahl werden; denn mein Vater hat mich demjenigen versprochen, der den Drachen tötet.« Darauf hing sie ihr Halsband von Korallen ab und verteilte es unter die Tiere, um sie zu belohnen, und der Löwe erhielt das goldene Schlößchen davon. Ihr Taschentuch aber, in dem ihr Name stand, schenkte sie dem Jäger, der ging hin und schnitt aus den sieben Drachenköpfen die Zungen aus, wickelte sie in das Tuch und verwahrte sie wohl.

Als das geschehen war, weil er von dem Feuer und dem Kampf so matt und müde war, sprach er zur Jungfrau: »wir sind beide so matt und müde, wir wollen ein wenig schlafen.« Da sagte sie ja, und sie ließen sich auf die Erde nieder, und der Jäger sprach zu dem Löwen: »du sollst wachen, damit uns niemand im Schlaf überfällt«, und beide schliefen ein. Der Löwe legte sich neben sie, um zu wachen, aber er war vom Kampf auch müde, daß er den Bären rief und sprach: »lege dich neben mich, ich muß ein wenig schlafen, und wenn was kommt, so wecke mich auf.« Da legte sich der Bär neben ihn, aber er war auch müde und rief den Wolf und sprach: »lege dich neben mich, ich muß ein wenig schlafen,

und wenn was kommt, so wecke mich auf.« Da legte sich der
Wolf neben ihn, aber er war auch müde, rief den Fuchs und
sprach: »lege dich neben mich, ich muß ein wenig schlafen, und
wenn was kommt, so wecke mich auf.« Da legte sich der Fuchs
neben ihn, aber er war auch müde, rief den Hasen und sprach:
»lege dich neben mich, ich muß ein wenig schlafen, und wenn
was kommt, so wecke mich auf.« Da setzte sich der Hase neben
ihn, aber der arme Has war auch müde und hatte niemand, den er
zur Wache herbeirufen konnte, und schlief ein. Da schliefen nun
die Königstochter, der Jäger, der Löwe, der Bär, der Wolf, der
Fuchs und der Has, und schliefen alle einen festen Schlaf.

Der Marschall aber, der von weitem hatte zuschauen sollen, als
er den Drachen nicht mit der Jungfrau fortfliegen sah, und alles
auf dem Berg ruhig ward, nahm sich ein Herz und stieg hinauf.
Da lag der Drache zerstückt und zerrissen auf der Erde und nicht
weit davon die Königstochter und ein Jäger mit seinen Tieren,
die waren alle in tiefen Schlaf versunken. Und weil er bös und
gottlos war, so nahm er sein Schwert und hieb dem Jäger das
Haupt ab und faßte die Jungfrau auf den Arm und trug sie den
Berg hinab. Da erwachte sie und erschrak, aber der Marschall
sprach: »du bist in meinen Händen, du sollst sagen, daß ich es
gewesen bin, der den Drachen getötet hat.« – »Das kann ich
nicht«, antwortete sie, »denn ein Jäger mit seinen Tieren hat's
getan.« Da zog er sein Schwert und drohte, sie zu töten, wo sie
ihm nicht gehorchte, und zwang sie damit, daß sie es versprach.
Darauf brachte er sie vor den König, der sich vor Freuden nicht
zu lassen wußte, als er sein liebes Kind wieder lebend erblickte,
das er von dem Untier zerrissen glaubte. Der Marschall sprach
zu ihm: »ich habe den Drachen getötet und die Jungfrau und das
ganze Reich befreit: darum fordere ich sie zur Gemahlin, so wie
es zugesagt ist.« Der König fragte die Jungfrau: »ist das wahr, was
er spricht?« – »Ach ja«, antwortete sie, »es muß wohl wahr sein:
aber ich halte mir aus, daß erst über Jahr und Tag die Hochzeit
gefeiert wird«, denn sie dachte, in der Zeit etwas von ihrem
lieben Jäger zu hören.

Auf dem Drachenberg aber lagen noch die Tiere neben ihrem
toten Herrn und schliefen; da kam eine große Hummel und
setzte sich dem Hasen auf die Nase, aber der Hase wischte sie mit

der Pfote ab und schlief weiter. Die Hummel kam zum zweitenmal, aber der Hase wischte sie wieder ab und schlief fort. Da kam sie zum drittenmal und stach ihm in die Nase, daß er aufwachte. Sobald der Hase wach war, weckte er den Fuchs und der Fuchs den Wolf und der Wolf den Bär und der Bär den Löwen. Und als der Löwe aufwachte und sah, daß die Jungfrau fort war, und sein Herr tot, fing er an fürchterlich zu brüllen und rief: »wer hat das vollbracht? Bär, warum hast du mich nicht geweckt?« Der Bär fragte den Wolf: »warum hast du mich nicht geweckt?« und der Wolf den Fuchs: »warum hast du mich nicht geweckt?« und der Fuchs den Hasen: »warum hast du mich nicht geweckt?« Der arme Hase wußte allein nichts zu antworten, und die Schuld blieb auf ihm hangen. Da wollten sie über ihn herfallen, aber er bat und sprach: »bringt mich nicht um, ich will unsern Herrn wieder lebendig machen. Ich weiß einen Berg, da wächst eine Wurzel, wer die im Mund hat, der wird von aller Krankheit und allen Wunden geheilt. Aber der Berg liegt zweihundert Stunden von hier.« Sprach der Löwe: »in vierundzwanzig Stunden mußt du hin und her gelaufen sein und die Wurzel mitbringen.« Da sprang der Hase fort, und in vierundzwanzig Stunden war er zurück und brachte die Wurzel mit. Der Löwe setzte dem Jäger den Kopf wieder an, und der Hase steckte ihm die Wurzel in den Mund; alsbald fügte sich alles wieder zusammen, und das Herz schlug, und das Leben kehrte zurück. Da erwachte der Jäger und erschrak, als er die Jungfrau nicht mehr sah, und dachte: »sie ist wohl fortgegangen, während ich schlief, um mich los zu werden.« Der Löwe hatte in der großen Eile seinem Herrn den Kopf verkehrt aufgesetzt, der aber merkte es nicht bei seinen traurigen Gedanken an die Königstochter: erst zu Mittag, als er etwas essen wollte, da sah er, daß ihm der Kopf nach dem Rücken zu stand, konnte es nicht begreifen und fragte die Tiere, was ihm im Schlaf widerfahren wäre. Da erzählte ihm der Löwe, daß sie auch alle aus Müdigkeit eingeschlafen wären, und beim Erwachen hätten sie ihn tot gefunden mit abgeschlagenem Haupte, der Hase hätte die Lebenswurzel geholt, er aber in der Eil' den Kopf verkehrt gehalten; doch wollte er seinen Fehler wieder gut machen. Dann riß er dem Jäger den Kopf wieder ab, drehte ihn herum, und der Hase heilte ihn mit der Wurzel fest.

Der Jäger aber war traurig, zog in der Welt herum und ließ seine
Tiere vor den Leuten tanzen. Es trug sich zu, daß er gerade nach
Verlauf eines Jahres wieder in dieselbe Stadt kam, wo er die
Königstochter vom Drachen erlöst hatte, und die Stadt war
diesmal ganz mit rotem Scharlach ausgehängt. Da sprach er zum
Wirt: »was will das sagen? Vorm Jahr war die Stadt mit schwar-
zem Flor überzogen, was soll heute der rote Scharlach?« Der
Wirt antwortete: »vorm Jahr sollte unsers Königs Tochter dem
Drachen ausgeliefert werden, aber der Marschall hat mit ihm
gekämpft und ihn getötet, und da soll morgen ihre Vermählung
gefeiert werden; darum war die Stadt damals mit schwarzem
Flor zur Trauer und ist heute mit rotem Scharlach zur Freude
ausgehängt.«
Am andern Tag, wo die Hochzeit sein sollte, sprach der Jäger
um Mittagszeit zum Wirt: »glaubt Er wohl, Herr Wirt, daß ich
heut' Brot von des Königs Tisch hier bei Ihm essen will?« – »Ja«,
sprach der Wirt, »da wollt' ich doch noch hundert Goldstücke
dransetzen, daß das nicht wahr ist.« Der Jäger nahm die Wette
an und setzte einen Beutel mit ebensoviel Goldstücken dagegen.
Dann rief er den Hasen und sprach: »geh hin, lieber Springer,
und hol mir von dem Brot, das der König ißt.« Nun war das
Häslein das geringste und konnte es keinem andern wieder
auftragen, sondern mußte sich selbst auf die Beine machen. »Ei«,
dachte es, »wann ich so allein durch die Straßen springe, da
werden die Metzgerhunde hinter mir drein sein.« Wie es dachte,
so geschah es auch, und die Hunde kamen hinter ihm drein und
wollten ihm sein gutes Fell flicken. Es sprang aber, hast du nicht
gesehen! und flüchtete sich in ein Schilderhaus, ohne daß es der
Soldat gewahr wurde. Da kamen die Hunde und wollten es
heraushaben, aber der Soldat verstand keinen Spaß und schlug
mit dem Kolben drein, daß sie schreiend und heulend fortliefen.
Als der Hase merkte, daß die Luft rein war, sprang er zum
Schloß hinein und gerade zur Königstochter, setzte sich unter
ihren Stuhl und kratzte sie am Fuß. Da sagte sie: »willst du fort!«
und meinte, es wäre ihr Hund. Der Hase kratzte zum zweitenmal am Fuß; da sagte sie wieder: »willst du fort!« und meinte, es
wäre ihr Hund. Aber der Hase ließ sich nicht irremachen und
kratzte zum drittenmal; da guckte sie herab und erkannte den

Hasen an seinem Halsband. Nun nahm sie ihn auf ihren Schoß, trug ihn in ihre Kammer und sprach: »lieber Hase, was willst du?« Antwortete er: »mein Herr, der den Drachen getötet hat, ist hier und schickt mich; ich soll um ein Brot bitten, wie es der König ißt.« Da war sie voll Freude und ließ den Bäcker kommen und befahl ihm, ein Brot zu bringen, wie es der König aß. Sprach das Häslein: »aber der Bäcker muß mir's auch hintragen, damit mir die Metzgerhunde nichts tun.« Der Bäcker trug es ihm bis an die Türe der Wirtsstube; da stellte sich der Hase auf die Hinterbeine, nahm alsbald das Brot in die Vorderpfoten und brachte es seinem Herrn. Da sprach der Jäger: »sieht Er, Herr Wirt, die hundert Goldstücke sind mein.« Der Wirt wunderte sich, aber der Jäger sagte weiter: »ja, Herr Wirt, das Brot hätt' ich, nun will ich aber auch von des Königs Braten essen.« Der Wirt sagte: »das möcht' ich sehen«, aber wetten wollte er nicht mehr. Rief der Jäger den Fuchs und sprach: »mein Füchslein, geh hin und hol mir Braten, wie ihn der König ißt.« Der Rotfuchs wußte die Schliche besser, ging an den Ecken und durch die Winkel, ohne daß ihn ein Hund sah, setzte sich unter der Königstochter Stuhl und kratzte an ihrem Fuß. Da sah sie herab und erkannte den Fuchs am Halsband, nahm ihn mit in ihre Kammer und sprach: »lieber Fuchs, was willst du?« Anwortete er: »mein Herr, der den Drachen getötet hat, ist hier und schickt mich; ich soll bitten um einen Braten, wie ihn der König ißt.« Da ließ sie den Koch kommen, der mußte einen Braten, wie ihn der König aß, anrichten und dem Fuchs bis an die Türe tragen; da nahm ihm der Fuchs die Schüssel ab, wedelte mit seinem Schwanz erst die Fliegen weg, die sich auf den Braten gesetzt hatten, und brachte ihn dann seinem Herrn. »Sieht Er, Herr Wirt«, sprach der Jäger, »Brot und Fleisch ist da, nun will ich auch Zugemüs essen, wie es der König ißt.« Da rief er den Wolf und sprach: »lieber Wolf, geh hin und hol mir Zugemüs, wie's der König ißt.« Da ging der Wolf geradezu ins Schloß, weil er sich vor niemand fürchtete, und als er in der Königstochter Zimmer kam, da zupfte er sie hinten am Kleid, daß sie sich umschauen mußte. Sie erkannte ihn am Halsband und nahm ihn mit in ihre Kammer und sprach: »lieber Wolf, was willst du?« Antwortete er: »mein Herr, der den Drachen getötet hat, ist hier;

ich soll bitten um ein Zugemüs, wie es der König ißt.« Da ließ
sie den Koch kommen, der mußte ein Zugemüs bereiten, wie es
der König aß, und mußte es dem Wolf bis vor die Türe tragen;
da nahm ihm der Wolf die Schüssel ab und brachte sie seinem
Herrn. »Sieht er, Herr Wirt«, sprach der Jäger, »nun hab' ich
Brot, Fleisch und Zugemüs, aber ich will auch Zuckerwerk
essen, wie es der König ißt.« Rief er den Bären und sprach:
»lieber Bär, du leckst doch gern etwas Süßes, geh hin und hol
mir Zuckerwerk, wie's der König ißt.« Da trabte der Bär nach
dem Schlosse, und ging ihm jedermann aus dem Wege: als er
aber zu der Wache kam, hielt sie die Flinten vor und wollte ihn
nicht ins königliche Schloß lassen. Aber er hob sich in die Höhe
und gab mit seinen Tatzen links und rechts ein paar Ohrfeigen,
daß die ganze Wache zusammenfiel, und darauf ging er geradesweges zu der Königstochter, stellte sich hinter sie und brummte
ein wenig. Da schaute sie rückwärts und erkannte den Bären
und hieß ihn mitgehn in ihre Kammer und sprach: »lieber Bär,
was willst du?« Antwortete er: »mein Herr, der den Drachen
getötet hat, ist hier; ich soll bitten um Zuckerwerk, wie's der
König ißt.« Da ließ sie den Zuckerbäcker kommen, der mußte
Zuckerwerk backen, wie's der König aß, und dem Bären vor die
Türe tragen: da leckte der Bär erst die Zuckererbsen auf, die
heruntergerollt waren, dann stellte er sich aufrecht, nahm die
Schüssel und brachte sie seinem Herrn. »Sieht Er, Herr Wirt«,
sprach der Jäger, »nun habe ich Brot, Fleisch, Zugemüs und
Zuckerwerk, aber ich will auch Wein trinken, wie ihn der
König trinkt.« Er rief seinen Löwen herbei und sprach: »lieber
Löwe, du trinkst dir doch gerne einen Rausch, geh und hol mir
Wein, wie ihn der König trinkt.« Da schritt der Löwe über die
Straße, und die Leute liefen vor ihm, und als er an die Wache
kam, wollte sie den Weg sperren, aber er brüllte nur einmal, so
sprang alles fort. Nun ging der Löwe vor das königliche Zimmer und klopfte mit seinem Schweif an die Türe. Da kam die
Köngstochter heraus und wäre fast über den Löwen erschrocken, aber sie erkannte ihn an dem goldenen Schloß von
ihrem Halsbande und hieß ihn mit in ihre Kammer gehen und
sprach: »lieber Löwe, was willst du?« Antwortete er: »mein Herr,
der den Drachen getötet hat, ist hier; ich soll bitten um Wein,

wie ihn der König trinkt.« Da ließ sie den Mundschenk kommen, der sollte dem Löwen Wein geben, wie ihn der König
tränke. Sprach der Löwe: »ich will mitgehen und sehen, daß ich
den rechten kriege.« Da ging er mit dem Mundschenk hinab,
und als sie unten hinkamen, wollte ihm dieser von dem gewöhnlichen Wein zapfen, wie ihn des Königs Diener tranken,
aber der Löwe sprach: »halt! Ich will den Wein erst versuchen«,
zapfte sich ein halbes Maß und schluckte es auf einmal hinab.
»Nein«, sagte er, »das ist nicht der rechte.« Der Mundschenk sah
ihn schief an, ging aber und wollte ihm aus einem andern Faß
geben, das für des Königs Marschall war. Sprach der Löwe:
»halt! Erst will ich den Wein versuchen«, zapfte sich ein halbes
Maß und trank es, »der ist besser, aber noch nicht der rechte.« Da
ward der Mundschenk bös und sprach: »was so ein dummes
Vieh vom Wein verstehen will!« Aber der Löwe gab ihm einen
Schlag hinter die Ohren, daß er unsanft zur Erde fiel, und als er
sich wieder aufgemacht hatte, führte er den Löwen ganz still-
schweigens in einen kleinen besonderen Keller, wo des Königs
Wein lag, von dem sonst kein Mensch zu trinken bekam. Der
Löwe zapfte sich erst ein halbes Maß und versuchte den Wein,
dann sprach er: »das kann von dem rechten sein«, und hieß den
Mundschenk sechs Flaschen füllen. Nun stiegen sie herauf; wie
der Löwe aber aus dem Keller ins Freie kam, schwankte er hin
und her und war ein wenig betrunken, und der Mundschenk
mußte ihm den Wein bis vor die Türe tragen; da nahm der
Löwe den Henkelkorb in das Maul und brachte ihn seinem
Herrn. Sprach der Jäger: »sieht Er, Herr Wirt, da hab' ich Brot,
Fleisch, Zugemüs, Zuckerwerk und Wein, wie es der König hat,
nun will ich mit meinen Tieren Mahlzeit halten«, und setzte sich
hin, aß und trank und gab dem Hasen, dem Fuchs, dem Wolf,
dem Bär und dem Löwen auch davon zu essen und zu trinken
und war guter Dinge; denn er sah, daß ihn die Königstochter
noch lieb hatte. Und als er Mahlzeit gehalten hatte, sprach er:
»Herr Wirt, nun hab' ich gegessen und getrunken, wie der
König ißt und trinkt; jetzt will ich an des Königs Hof gehen und
die Königstochter heiraten.« Fragte der Wirt: »wie soll das
zugehen, da sie schon einen Bräutigam hat, und heute die
Vermählung gefeiert wird?« Da zog der Jäger das Taschentuch

heraus, das ihm die Königstochter auf dem Drachenberg gegeben hatte, und worin die sieben Zungen des Untiers eingewickelt waren, und sprach: »dazu soll mir helfen, was ich da in
der Hand halte.« Da sah der Wirt das Tuch an und sprach: »wenn
ich alles glaube, so glaube ich das nicht und will wohl Haus und
Hof dransetzen.« Der Jäger aber nahm einen Beutel mit tausend
Goldstücken, stellte ihn auf den Tisch und sagte: »das setze ich
dagegen.«

Nun sprach der König an der königlichen Tafel zu seiner Tochter: »was haben die wilden Tiere alle gewollt, die zu dir gekommen und in mein Schloß ein- und ausgegangen sind?« Da antwortete sie: »ich darf's nicht sagen, aber schickt hin und laßt den
Herrn dieser Tiere holen, so werdet Ihr wohl tun.« Der König
schickte einen Diener ins Wirtshaus und ließ den fremden Mann
einladen, und der Diener kam gerade, wie der Jäger mit dem
Wirt gewettet hatte. Da sprach er: »sieht Er, Herr Wirt, da
schickt der König einen Diener und läßt mich einladen, aber ich
gehe so noch nicht.« Und zu dem Diener sagte er: »ich lasse den
Herrn König bitten, daß er mir königliche Kleider schickt, einen
Wagen mit sechs Pferden und Diener, die mir aufwarten.« Als
der König die Antwort hörte, sprach er zu seiner Tochter: »was
soll ich tun?« Sagte sie: »laß ihn holen, wie er's verlangt, so
werdet Ihr wohl tun.« Da schickte der König königliche Kleider,
einen Wagen mit sechs Pferden und Diener, die ihm aufwarten
sollten. Als der Jäger sie kommen sah, sprach er: »sieht Er, Herr
Wirt, nun werde ich abgeholt, wie ich es verlangt habe«, und
zog die königlichen Kleider an, nahm das Tuch mit den Drachenzungen und fuhr zum König. Als ihn der König kommen
sah, sprach er zu seiner Tochter: »wie soll ich ihn empfangen?«
Antwortete sie: »geht ihm entgegen, so werdet Ihr wohl tun.«
Da ging ihm der König entgegen und führte ihn herauf, und
seine Tiere folgten ihm nach. Der König wies ihm einen Platz an
neben sich und seiner Tochter; der Marschall saß auf der andern
Seite als Bräutigam, aber der kannte ihn nicht mehr. Nun
wurden gerade die sieben Häupter des Drachen zur Schau aufgetragen, und der König sprach: »die sieben Häupter hat der
Marschall dem Drachen abgeschlagen; darum geb' ich ihm
heute meine Tochter zur Gemahlin.« Da stand der Jäger auf,

öffnete die sieben Rachen und sprach: »wo sind die sieben Zungen des Drachen?« Da erschrak der Marschall, ward bleich und wußte nicht, was er antworten sollte. Endlich sagte er in der Angst: »Drachen haben keine Zungen.« Sprach der Jäger: »die Lügner sollten keine haben, aber die Drachenzungen sind das Wahrzeichen des Siegers«, und wickelte das Tuch auf: da lagen sie alle siebene darin, und dann steckte er jede Zunge in den Rachen, in den sie gehörte, und sie paßte genau. Darauf nahm er das Tuch, in welches der Name der Königstochter gestickt war, und zeigte es der Jungfrau und fragte sie, wem sie es gegeben hätte; da antwortete sie: »dem, der den Drachen getötet hat.« Und dann rief er sein Getier, nahm jedem das Halsband und dem Löwen das goldene Schloß ab und zeigte es der Jungfrau und fragte, wem es angehörte. Antwortete sie: »das Halsband und das goldene Schloß waren mein; ich habe es unter die Tiere verteilt, die den Drachen besiegen halfen.« Da sprach der Jäger: »als ich müde von dem Kampf geruht und geschlafen habe, da ist der Marschall gekommen und hat mir den Kopf abgehauen. Dann hat er die Königstochter fortgetragen und vorgegeben, er sei es gewesen, der den Drachen getötet habe; und daß er gelogen hat, beweise ich mit den Zungen, dem Tuch und dem Halsband.« Und dann erzählte er, wie ihn seine Tiere durch eine wunderbare Wurzel geheilt hätten, und daß er ein Jahr lang mit ihnen herumgezogen und endlich wieder hierher gekommen wäre, wo er den Betrug des Marschalls durch die Erzählung des Wirtes erfahren hätte. Da fragte der König seine Tochter: »ist es wahr, daß dieser den Drachen getötet hat?« Da antwortete sie: »ja, es ist wahr; jetzt darf ich die Schandtat des Marschalls offenbaren, weil sie ohne mein Zutun an den Tag gekommen ist; denn er hat mir das Versprechen zu schweigen abgezwungen. Darum aber habe ich mir ausgehalten, daß erst in Jahr und Tag die Hochzeit sollte gefeiert werden.« Da ließ der König zwölf Ratsherrn rufen, die sollten über den Marschall Urteil sprechen, und die urteilten, daß er müßte von vier Ochsen zerrissen werden. Also ward der Marschall gerichtet, der König aber übergab seine Tochter dem Jäger und ernannte ihn zu seinem Statthalter im ganzen Reich. Die Hochzeit ward mit großen Freuden gefeiert, und der junge König ließ seinen Vater

und Pflegevater holen und überhäufte sie mit Schätzen. Den
Wirt vergaß er auch nicht und ließ ihn kommen und sprach zu
ihm: »sieht Er, Herr Wirt, die Königstochter habe ich geheiratet,
und sein Haus und Hof sind mein.« Sprach der Wirt: »ja, das
wäre nach den Rechten.« Der junge König aber sagte: »es soll
nach Gnaden gehen: Haus und Hof soll Er behalten, und die
tausend Goldstücke schenke ich Ihm noch dazu.«

Nun waren der junge König und die junge Königin guter Dinge
und lebten vergnügt zusammen. Er zog oft hinaus auf die Jagd,
weil das seine Freude war, und die treuen Tiere mußten ihn
begleiten. Es lag aber in der Nähe ein Wald, von dem hieß es, er
wäre nicht geheuer, und wäre einer erst darin, so käm' er nicht
leicht wieder heraus. Der junge König hatte aber große Lust,
darin zu jagen, und ließ dem alten König keine Ruhe, bis er es
ihm erlaubte. Nun ritt er mit einer großen Begleitung aus, und
als er zu dem Wald kam, sah er eine schneeweiße Hirschkuh
darin und sprach zu seinen Leuten: »haltet hier, bis ich zurück-
komme; ich will das schöne Wild jagen«, und ritt ihm nach in
den Wald hinein, und nur seine Tiere folgten ihm. Die Leute
hielten und warteten bis Abend, aber er kam nicht wieder: da
ritten sie heim und erzählten der jungen Königin: »der junge
König ist im Zauberwald einer weißen Hirschkuh nachgejagt
und ist nicht wiedergekommen.« Da war sie in großer Besorgnis
um ihn. Er war aber dem schönen Wild immer nachgeritten und
konnte es niemals einholen; wenn er meinte, es wäre schußrecht,
so sah er es gleich wieder in weiter Ferne dahinspringen, und
endlich verschwand es ganz. Nun merkte er, daß er tief in den
Wald hineingeraten war, nahm sein Horn und blies, aber er
bekam keine Antwort; denn seine Leute konnten's nicht hören.
Und da auch die Nacht einbrach, sah er, daß er diesen Tag nicht
heimkommen könnte, stieg ab, machte sich bei einem Baum ein
Feuer an und wollte dabei übernachten. Als er bei dem Feuer
saß, und seine Tiere sich auch neben ihn gelegt hatten, deuchte
ihn, als höre er eine menschliche Stimme: er schaute umher,
konnte aber nichts bemerken. Bald darauf hörte er wieder ein
Ächzen wie von oben her; da blickte er in die Höhe und sah ein
altes Weib auf dem Baum sitzen, das jammerte in einem fort:
»hu, hu, hu, was mich friert!« Sprach er: »steig herab und wärme

dich, wenn dich friert.« Sie aber sagte: »nein, deine Tiere beißen mich.« Antwortete er: »sie tun dir nichts, altes Mütterchen, komm nur herunter.« Sie war aber eine Hexe und sprach: »ich will dir eine Rute von dem Baum herabwerfen; wenn du sie damit auf den Rücken schlägst, tun sie mir nichts.« Da warf sie ihm ein Rütlein herab, und er schlug sie damit; alsbald lagen sie still und waren in Stein verwandelt. Und als die Hexe vor den Tieren sicher war, sprang sie herunter und rührte auch ihn mit einer Rute an und verwandelte ihn in Stein. Darauf lachte sie und schleppte ihn und die Tiere in einen Graben, wo schon mehr solcher Steine lagen.

Als aber der junge König gar nicht wiederkam, ward die Angst und Sorge der Königin immer größer. Nun trug sich zu, daß gerade in dieser Zeit der andere Bruder, der bei der Trennung gen Osten gewandelt war, in das Königreich kam. Er hatte einen Dienst gesucht und keinen gefunden, war dann herumgezogen hin und her und hatte seine Tiere tanzen lassen. Da fiel ihm ein, er wollte einmal nach dem Messer sehen, das sie bei ihrer Trennung in einen Baumstamm gestoßen hatten, um zu erfahren, wie es seinem Bruder ginge. Wie er dahin kam, war seines Bruders Seite halb verrostet, und halb war sie noch blank. Da erschrak er und dachte: »meinem Bruder muß ein großes Unglück zugestoßen sein, doch kann ich ihn vielleicht noch retten; denn die Hälfte des Messers ist noch blank.« Er zog mit seinen Tieren gen Westen, und als er in das Stadttor kam, trat ihm die Wache entgegen und fragte, ob sie ihn bei seiner Gemahlin melden sollte: die junge Königin wäre schon seit ein paar Tagen in großer Angst über sein Ausbleiben und fürchtete, er wäre im Zauberwald umgekommen. Die Wache nämlich glaubte nicht anders, als er wäre der junge König selbst; so ähnlich sah er ihm und hatte auch die wilden Tiere hinter sich laufen. Da merkte er, daß von seinem Bruder die Rede war, und dachte: »es ist das beste, ich gebe mich für ihn aus, so kann ich ihn wohl leichter erretten.« Also ließ er sich von der Wache ins Schloß begleiten und ward mit großen Freuden empfangen. Die junge Königin meinte nicht anders, als es wäre ihre Gemahl, und fragte ihn, warum er so lange ausgeblieben wäre. Er antwortete: »ich hatte mich in einem Walde verirrt und konnte mich nicht eher wieder herausfinden.« Abends ward er in das königliche Bette gebracht, aber er legte ein zweischneidiges Schwert zwischen sich und die junge Königin: sie wußte nicht, was das heißen sollte, getraute aber nicht zu fragen.

Da blieb er ein paar Tage und erforschte derweil alles, wie es mit dem Zauberwald beschaffen war; endlich sprach er: »ich muß noch einmal dort jagen.« Der König und die junge Königin wollten es ihm ausreden, aber er bestand darauf und zog mit großer Begleitung hinaus. Als er in den Wald gekommen war, erging es ihm wie seinem Bruder: er sah eine weiße Hirschkuh und sprach zu seinen Leuten: »bleibt hier und wartet, bis ich wiederkomme, ich will das schöne Wild jagen«, ritt in den Wald hinein, und seine Tiere liefen ihm nach. Aber er konnte die Hirschkuh nicht einholen und geriet so tief in den Wald, daß er darin übernachten mußte. Und als er ein Feuer angemacht hatte, hörte er über sich ächzen: »hu, hu, hu, wie mich friert!« Da schaute er hinauf, und es saß dieselbe Hexe oben im Baum. Sprach er: »wenn dich friert, so komm herab, altes Mütterchen, und wärme dich.« Antwortete sie: »nein, deine Tiere beißen mich.« Er aber sprach: »sie tun dir nichts.« Da rief sie: »ich will dir eine Rute hinabwerfen; wenn du sie damit schlägst, so tun sie mir nichts.« Wie der Jäger das hörte, traute er der Alten nicht und sprach: »meine Tiere schlag' ich nicht, komm du herunter, oder ich hol' dich.« Da rief sie: »was willst du wohl? Du tust mir noch nichts.« Er aber antwortete: »kommst du nicht, so schieß' ich dich herunter.« Sprach sie: »schieß nur zu, vor deinen Kugeln fürchte ich mich nicht.« Da legte er an und schoß nach ihr, aber die Hexe war fest gegen alle Bleikugeln, lachte, daß es gellte, und rief: »du sollst mich noch nicht treffen.« Der Jäger wußte Bescheid, riß sich drei silberne Knöpfe vom Rock und lud sie in die Büchse; denn dagegen war ihre Kunst umsonst, und als er losdrückte, stürzte sie gleich mit Geschrei herab. Da stellte er den Fuß auf sie und sprach: »alte Hexe, wenn du nicht gleich gestehst, wo mein Bruder ist, so pack' ich dich auf mit beiden Händen und werfe dich ins Feuer.« Sie war in großer Angst, bat um Gnade und sagte: »er liegt mit seinen Tieren versteinert in einem Graben.« Da zwang er sie mit hinzugehen, drohte ihr und sprach: »alte Meerkatze, jetzt machst du meinen Bruder und alle

Geschöpfe, die hier liegen, lebendig, oder du kommst ins Feuer.« Sie nahm eine Rute und rührte die Steine an; da wurde sein Bruder mit den Tieren wieder lebendig, und viele andere, Kaufleute, Handwerker, Hirten, standen auf, dankten für ihre Befreiung und zogen heim. Die Zwillingsbrüder aber, als sie sich wiedersahen, küßten sich und freuten sich von Herzen. Dann griffen sie die Hexe, banden sie und legten sie ins Feuer, und als sie verbrannt war, da tat sich der Wald von selbst auf und war licht und hell, und man konnte das königliche Schloß auf drei Stunden Wegs sehen.

Nun gingen die zwei Brüder zusammen nach Haus und erzählten einander auf dem Weg ihre Schicksale. Und als der jüngste sagte, er wäre an des Königs Statt Herr im ganzen Lande, sprach der andere: »das hab' ich wohl gemerkt; denn als ich in die Stadt kam und für dich angesehen ward, da geschah mir alle königliche Ehre: die junge Königin hielt mich für ihren Gemahl, und ich mußte an ihrer Seite essen und in deinem Bett schlafen.« Wie das der andere hörte, ward er so eifersüchtig und zornig, daß er sein Schwert zog und seinem Bruder den Kopf abschlug. Als dieser aber tot da lag, und sein rotes Blut fließen sah, reute es ihn gewaltig: »mein Bruder hat mich erlöst«, rief er aus, »und ich habe ihn dafür getötet!« und jammerte laut. Da kam sein Hase und erbot sich, von der Lebenswurzel zu holen, sprang fort und brachte sie noch zu rechter Zeit: und der Tote ward wieder ins Leben gebracht und merkte gar nichts von der Wunde.

Darauf zogen sie weiter, und der jüngste sprach: »du siehst aus wie ich, hast königliche Kleider an wie ich, und die Tiere folgen dir nach wie mir: wir wollen zu den entgegengesetzten Toren eingehen und von zwei Seiten zugleich beim alten König anlangen.« Also trennten sie sich, und bei dem alten König kam zu gleicher Zeit die Wache von dem einen und dem andern Tore und meldete, der junge König mit den Tieren wäre von der Jagd angelangt. Sprach der König: »es ist nicht möglich, die Tore liegen eine Stunde weit auseinander.« Indem aber kamen von zwei Seiten die beiden Brüder in den Schloßhof hinein und stiegen beide herauf. Da sprach der König zu seiner Tochter: »sag an, welcher ist dein Gemahl? es sieht einer aus wie der andere, ich kann's nicht wissen.« Sie war da in großer Angst und

konnte es nicht sagen; endlich fiel ihr das Halsband ein, das sie
den Tieren gegeben hatte; suchte und fand an dem einen Löwen
ihr goldenes Schlößchen: da rief sie vergnügt:»der, dem dieser
Löwe nachfolgt, der ist mein rechter Gemahl.« Da lachte der
junge König und sagte:»ja, das ist der rechte«, und sie setzten sich
zusammen zu Tisch, aßen und tranken und waren fröhlich.
Abends, als der junge König zu Bett ging, sprach seine Frau:
»warum hast du die vorigen Nächte immer ein zweischneidiges
Schwert in unser Bett gelegt, ich habe geglaubt, du wolltest
mich totschlagen.« Da erkannte er, wie treu sein Bruder gewesen
war.

Von dem Machandelboom

at is nu all lang heer, wol twe dusend Johr, do
wöör dar en ryk Mann, de hadd ene schöne frame
Fru, un se hadden sik beyde sehr leef, hadden
awerst kene Kinner, se wünschden sik awerst sehr
welke, und de Fru bedd'd so veel dorüm Dag un
Nacht, man se kregen keen und kregen keen. Vör erem Huse
wöör en Hof, dorup stünn en Machandelboom, ünner dem
stünn de Fru eens im Winter un schelld sik enen Appel, un as se
sik den Appel so schelld, so sneet se sik in'n Finger, un dat Blood
feel in den Snee.»Ach«, säd de Fru und süft'd so recht hoog up,
un seg dat Blood vör sik an un wöör so recht wehmödig:»hadd
ik doch en Kind, so rood as Blood un so witt as Snee.« Un as se
dat säd, so wurr ehr so recht fröhlich to Mode: ehr wöör recht,
as schull dat wat warden. Da güng se to dem Huse, un't güng een
Maand hen, de Snee vorgüng: un twe Maand, do wöör dat
gröön: un dre Maand, do kömen de Blömer uut der Eerd: un
veer Maand, do drungen sik alle Bömer in dat Holt, un de
grönen Twyge wören all in eenanner wussen: door süngen de
Vögelkens, dat dat ganße Holt schalld, un de Blöiten felen von
den Bömern: do wöör de fofte Maand wech, un se stünn ünner
dem Machandelboom, de röök so schön, do sprüng ehr dat
Hart vör Freuden, un se füll up ere Knee un kunn sik nich laten:
un as de soste Maand vorby wöör, do wurren de Früchte dick un

staark, do wurr se ganß still: und de söwde Maand, do greep se
na den Machandelbeeren un eet se so nydsch, do wurre se trurig
un krank: da güng de achte Maand hen, un se reep eren Mann un
weend un säd: »wenn ik staarw, so begraaf my ünner den
Machandelboom.« Do wurr se ganß getrost un freude sik, bet de
neegte Maand vorby wöör, do kreeg se en Kind so witt as Snee
und so rood as Blood, un as se dat seeg, so freude se sik so, dat se
stürw.

Do begroof ehr Mann se ünner den Machandelboom, un he
füng an to wenen so sehr: ene Tyd lang, do wurr dat wat sachter,
und do he noch wat weend hat, do hüll he up, un noch en Tyd,
do nöhm he sik wedder ene Fru.

Mit de tweden Fru kreeg he ene Dochter, dat Kind awerst von
der eersten Fru wöör en lüttje Sähn un wöör so rood as Blood
un so witt as Snee. Wenn de Fru ere Dochter so anseeg, so hadd
se se so leef, awerst denn segg se den lüttjen Jung an, und dat
güng ehr so dorch't Hart, un ehr düchd, as stünn he ehr allerwegen im Weg, un dachd denn man jümmer, wo se ehr Dochter
all dat Vörmägent towenden wull, un de Böse gaf ehr dat in, dat
se dem lüttjen Jung ganß gramm wurr und stödd em herüm von
een Eck in de anner un buffd em hier un knuffd em door, so dat
dat aarme Kind jümmer in Angst wöör. Wenn he denn uut de
School köhm, so hadd he keine ruhige Städ.

Eens wöör de Fru up de Kamer gaan, do köhm de lüttje Dochter
ook herup und säd: »Moder, gif my enen Appel.« – »Ja, myn
Kind«, säd de Fru un gaf ehr enen schönen Appel uut der Kist;
de Kist awerst hadd enen grooten sworen Deckel mit en groot
schaarp ysern Slott. »Moder«, säd de lüttje Dochter, »schall
Broder nich ook enen hebben?« Dat vördrööt de Fru, doch säd
se: »ja, wenn he uut de School kummt.« Uns as se uut dat Fenster
wohr wurr, dat he köhm, so wöör dat recht, as wenn de Böse
äwer ehr köhm, un se grappst to un nöhm erer Dochter den
Appel wedder wech un säd: »du schalst nich ehr enen hebben as
Broder.« Do smeet se den Appel in de Kist un maakd de Kist to:
do köhm de lüttje Jung in de Döhr, do gaf ehr de Böse in, dat se
fründlich to em säd: »myn Sähn, wullt du enen Appel hebben?«
un seeg em so hastig an. »Moder«, säd de lüttje Jung, »wat sühst
du gräsig uut! ja, gif my enen Appel.« Do wöör ehr, as schull se

em toreden. »Kumm mit my«, säd se un maakd den Deckel up,
»hahl dy enen Appel heruut.« Un as sik de lüttje Jung henin
bückd, so reet ehr de Böse, bratsch! slöög se den Deckel to, dat
de Kopp afflöög un ünner de roden Appel füll. Da äwerleep ehr
dat in de Angst, un dacht: »kunn ik dat von my bringen!« Da
güng se bawen na ere Stuw na erem Draagkasten un hahl' uut de
bäwelste Schuuflad enen witten Dook un sett't den Kopp wedder up den Hals und bünd den Halsdook so üm, dat'n niks sehn
kunn, un sett't em vör de Döhr up enen Stohl un gaf em den
Appel in de Hand.

Do köhm doorna Marleenken to erer Moder in de Kääk, de
stünn by dem Führ und hadd enen Putt me heet Water vör sik,
den röhrd se jümmer ümm. »Moder«, säd Marleenken, »Broder
sitt vör de Döhr un süht ganß witt uut un hett enen Appel in de
Hand, ik heb em beden, he schull my den Appel gewen, awerst
he antwöörd my nich: du wurr my ganß grolich.« – »Gah
nochmaal hen«, säd de Moder, »und wenn he dy nich antworden
will, so gif em eens an de Oren.« Do güng Marleenken hen und
säd: »Broder, gif my den Appel.« Awerst he sweeg still; do gaf
se em eens up de Oren, do feel de Kopp herünn, doräwer
vörschrock se sik un füng an to wenen un to roren: un löp to erer
Moder un säd: »ach, Moder, ik hebb mynem Broder den Kopp
afslagen«, un weend un weend un wull sik nich tofreden gewen.
»Marleenken«, säd de Moder, »wat hest du dahn! awers swyg
man still, dat et keen Mensch maarkt, dat is nu doch nich to
ännern; wy willen em in Suhr kaken.« Do nöhm de Moder den
lüttjen Jung un hackd em in Stücken, ded de in den Putt un
kaakd em in Suhr. Marleenken awerst stünn daarby un weend
un weend, un de Tranen füllen all in den Putt, un se bruukden
goor keen Solt.

Da köhm de Vader to Huus un sett't sik to Disch un säd: »wo is
denn myn Sähn?« Da droog de Moder ene groote groote Schöt-
tel up mit Swartsuhr, un Maarleenken weend un kunn sich nich
hollen. Do söd de Vader wedder: »wo is denn myn Sähn?« –
»Ach«, säd de Moder, »he is äwer Land gaan, na Mütten erer
Grootöhm: he wull door wat blywen.« – »Wat dait he denn
door? und heft my nich maal Adjüüs sechd!« – »O, he wull geern
hen un bed my, of he door wol sos Wäken blywen kunn; he is

jo woll door uphawen.« – »Ach«, säd de Mann, »my is so recht
trurig! Dat is doch nicht recht, he hadd my doch Adjüüs sagen
schullt.« Mit des füng he an to äten un säd: »Marleenken, wat
weenst du? Broder wart wol wedder kamen.« – »Ach, Fru«, säd
he do, »wat smeckt my dat Aeten schöön! gif my mehr!« Und je
mehr he eet, je mehr wull he hebben und säd: »geeft my mehr,
gy schöhlt niks door af hebben, dat is, as wenn dat all myn wär.«
Und he eet un eet, un de Knakens smeet he all ünner den Disch,
bet he allens up hadd. Marleenken awerst güng hen na ere
Commod un nöhm ut de ünnerste Schuuf eren besten syden
Dook un hahl all de Beenkens und Knakens ünner den Disch
heruut un bünd se in den syden Dook und droog se vör de Döhr
un weend ere blödigen Tranen. Door läd se se ünner den
Machandelboom in dat gröne Gras, un as se se door henlechd
hadd', so war ehr mit eenmal so recht licht, un weend nich mehr.
Do füng de Machandelboom an, sik to bewegen, un de Twyge
deden sik jümmer so recht von eenanner un denn wedder
tohoop, so recht, as wenn sik eener so recht freut un mit de Händ
so dait. Mit des so güng dar so'n Newel von dem Boom, un
recht in dem Newel dar brennd dat as Führ, un uut dem Führ da
flöög so'n schönen Vagel heruut, de süng so herrlich un flöög
hoog in de Luft, un as he wech wöör, do wöör de Machandelboom, as he vörhen west wöör, un de Dook mit de Knakens
wöör wech. Marleenken awerst wöör so recht licht un vör-
gnöögt, recht as wenn de Broder noch leewd. Do güng se
wedder ganß lustig in dat Huus by Disch un eet.
De Vagel awerst flöög wech un sett't sik up enen Goldsmidt syn
Huus un füng an to singen:
                  »mein Mutter, der mich schlacht',
                  mein Vater, der mich aß,
                  mein Schwester, der Marlenichen,
                  sucht alle meine Benichen,
                  bind't sie in ein seiden Tuch,
                  legt's unter den Machandelbaum.
                  Kywitt, kywitt, wat vör'n schöön Vagel bün ik!«
De Goldsmidt seet in syn Waarkstäd un maakd ene gollne Kede,
do höörd he den Vagel, de up syn Dack seet un süng, un dat
dünkd em so schöön. Da stünn he up, un as he äwer den Süll

güng, do vörlöör he eenen Tüffel. He güng awer so recht
midden up de Strat hen, eenen Tüffel un een Sock an: syn
Schortfell hadd he vör, un in de een Hand hadd he de golln Kede
un in die anner de Tang; un de Sünn schynd so hell up de Strat.
Door güng he recht so staan und seeg den Vagel an. »Vagel«,
secht het do, »wo schöön kannst du singen! Sing my dat Stück
nochmaal.« – »Nee«, secht de Vagel, »twemaal sing ik nich
umsünst. Gif my de golln Kede, so will ik dy't nochmaal
singen.« – »Door«, secht de Goldsmidt, »hest du de golln Kede,
nu sing my dat nochmaal.« Do köhm de Vagel un nöhm de golln
Kede so in de rechte Poot un güng vor den Goldsmidt sitten un
süng:

>   »mein Mutter, der mich schlacht',
>   mein Vater, der mich aß,
>   mein Schwester, der Marlenichen,
>   sucht alle meine Benichen,
>   bind't sie in ein seiden Tuch,
>   legt's unter den Machandelbaum.

Kywitt, kywitt, wat vör'n schöön Vagel bün ik!«
Da flög de Vagel wech na enem Schooster und sett't sik up den
syn Dack un süng:

>   »mein Mutter, der mich schlacht',
>   mein Vater, der mich aß,
>   mein Schwester, der Marlenichen,
>   sucht alle meine Benichen,
>   bind't sie in ein seiden Tuch,
>   legt's unter den Machandelbaum.

Kywitt, kywitt, wat vör'n schöön Vagel bün ik!«
De Schooster höörd dat un leep vör syn Döhr in Hemdsaarmels
un seeg na syn Dack un mussd de Hand vör de Ogen hollen, dat
de Sünn em nich blend't. »Vagel«, secht he, »wat kannst du
schöön singen.« Do rööp he in syn Döhr henin: »Fru, kumm mal
heruut, dar is een Vagel: süh mal den Vagel, de kann maal
schöön singen.« Do rööp he syn Dochter un Kinner un Gesellen,
Jung un Maagd, un se kömen all up de Strat un seegen den Vagel
an, wo schöön he wöör, un he hadd so recht rode un gröne
Feddern, un üm den Hals wöör dat as luter Gold, un de Ogen
blünken em im Kopp as Steern. »Vagel«, sägd de Schooster, »nu

sing my dat Stück nochmaal.« – »Ne«, secht de Vagel, »twemaal
sing ik nich umsünst, du must my wat schenken.« – »Fru«, säd de
Mann, »gah na dem Bähn: up dem bäwelsten Boord door staan
een Poor rode Schö, de bring herünn.« Do güng de Fru hen un
hahl de Schö. »Door, Vagel«, säd de Mann, »nu sing my dat
Stück nochmaal.« Do köhm de Vagel un nöhm de Schö in de
linke Klau un flöög wedder up dat Dack un süng:

>>mein Mutter, der mich schlacht',
mein Vater, der mich aß,
mein Schwester, der Marlenichen,
sucht alle meine Benichen.
bind't sie in ein seiden Tuch,
legt's unter den Machandelbaum.
Kywitt, kywitt, wat vör'n schöön Vagel bün ik!«

Un as he uutsungen hadd, so flöög he wech: de Kede hadd he in
de rechte und de Schö in de linke Klau, un he flöög wyt wech
na ene Mähl, un de Mähl güng: »klippe klappe, klippe klappe,
klippe klappe.« Un in de Mähl door seeten twintig Mählenbur-
ßen, de hauden enen Steen un hackden: »hick hack, hick hack,
hick hack«, un de Mähl güng: »klippe klappe, klippe klappe,
klippe klappe.« Do güng de Vagel up enen Lindenboom sitten,
de vör de Mähl stünn un süng:

>>mein Mutter, der mich schlacht'«,
do höörd een up,
>>mein Vater, der mich aß«,
do höörden noch twe up un höörden dat,
>>mein Schwester, der Marlenichen«,
do höörden wedder veer up,
>>sucht alle meine Benichen,
bind't sie in ein seiden Tuch«,
nu hackden man noch acht,
>>legt's unter«
nu noch man fyw,
>>den Machandelbaum.«
nu noch man een.
>>Kywitt, kywitt, wat vör'n schöön Vagel bün ik!«

Do hüll de lezte ook up un hadd dat lezte noch höörd. »Vagel«,
secht he, »wat singst du schöön! Laat my dat ook hören, sing my

dat nochmaal.« – »Ne«, secht de Vagel, »twemaal sing ik nich
umsünst, gif my den Mählensteen, so will ik dat nochmaal
singen.« – »Ja«, secht he, »wenn je my alleen tohöörd, so schullst
du em hebben.« – »Ja«, säden de annern, »wenn he nochmaal
singt, so schall he em hebben.« Do köhm de Vagel herünn, un de
Möllers saat'n all twintig mit Böhm an un böhrden Steen up:
»hu uh uhp, hu uh uhp, hu uh uhp!« Do stöök de Vagel den Hals
döör dat Lock un nöhm em üm as enen Kragen un flöög wedder
up den Boom un süng:

> »mein Mutter, der mich schlacht',
> mein Vater, der mich aß,
> mein Schwester, der Marlenichen,
> sucht alle meine Benichen,
> bind't sie in ein seiden Tuch,
> legt's unter den Machandelbaum.

> Kywitt, kywitt, wat vör'n schöön Vagel bün ik!«

Un as he dat uutsungen hadd, do deed he de Flünk von eenanner
un hadd in de rechte Klau de Kede un in de linke de Schö un üm
den Hals den Mählensteen und floog wyt wech na synes Vaders
Huse.

In de Stuw seet de Vader, de Moder un Marleenken by Disch,
un de Vader säd: »ach, wat waart my licht, my is recht so good
to Mode.« – »Nä«, säd de Moder, »my is recht so angst, so recht,
as wenn en swoor Gewitter kummt.« Marleenken awerst seet un
weend un weend; da köhm de Vagel anflegen, un as he sik up dat
Dack sett't: »ach«, säd de Vader, »my is so recht freudig, un de
Sünn schynt buten so schöön, my is recht, as schull ik enen olen
Bekannten weddersehn.« – »Ne«, säd de Fru, »my ist so angst, de
Täne klappern my, un dat ist my as Führ in den Adern.« Un se
reet sik ehr Lyfken up un so mehr, awer Marleenken seet in de
Eck un weend un hadd eren Platen vör de Ogen un weend den
Platen ganß meßnatt. Do sett't sik de Vagel up den Machandel-
boom un süng:

> »mein Mutter, der mich schlacht'«,

Do hüll de Moder de Oren to un kneep de Ogen to un wull nich
sehn un hören; awer dat bruusde ehr in de Oren as de allerstaark-
ste Storm, un de Ogen brennden ehr un zackden as Blitz.

> »Mein Vater, der mich aß«,

»Ach, Moder«, secht de Mann, »door is en schöön Vagel, de singt
so herrlich, de Sünn schynt so warm, und dat rückt as luter
Zinnemamen.«

»Mein Schwester, der Marlenichen«,
Do läd Marleenken den Kopp up de Knee un weend in eens
wech, de Mann awerst säd: »ik ga henuut, ik mutt den Vagel
dicht by sehn.« – »Ach, gah nich«, säd de Fru, »my ist, as beewd
dat ganße Huus un stünn in Flammen.« Awerst de Mann güng
henuut un seeg den Vagel an.
»Sucht alle meine Benichen,
bind't sie in ein seiden Tuch,
legt's unter den Machandelbaum.
Kywitt, kywitt, wat vör'n schöön Vagel bün ik!«
Mit des leet de Vagel de gollne Kede fallen, un se feel dem Mann
jüst um'n Hals, so recht hier herüm, dat se recht so schöön passd.
Do güng he herin un säd: »süh, wat ist dat vör'n schöön Vagel,
heft my so 'ne schöne gollne Kede schenkd un süht so schöön
uut.« De Fru awerst wöör so angst, un füll langs in de Stuw hen,
un de Mütz füll ehr von dem Kopp. Do süng de Vagel wedder:
»mein Mutter, der mich schlacht'«,
»Ach, dat ik dusend Föder ünner de Eerd wöör, dat ik dat nich
hören schull!«
»Mein Vater, der mich aß«,
Do füll de Fru vör dood nedder.
»Mein Schwester, der Marlenichen«,
»Ach«, säd Marleenken, »ik will ook henuut gahn un sehn, of de
Vagel my wat schenkt?« Do güng se henuut.
»Sucht alle meine Benichen,
bind't sie in ein seiden Tuch«,
Do smeet he ehr de Schöh herünn.
»Legt's unter den Machandelbaum.
Kywitt, kywitt, wat vör'n schöön Vagel bün ik!«
Do wöör ehr so licht un frölich. Do truck se de neen roden Schö
an un danßd un sprüng herin. »Ach«, säd se, »ik wöör so trurig,
as ik henuut güng, un nu is my so licht! Dat is maal en heer-
lichen Vagel, hett my en Poor rode Schö schenkd.« – »Nee«, säd
de Fru un sprüng up, un de Hoor stünnen ehr to Baarg as
Führsflammen, »my is, as schull de Welt ünnergahn, ik will ook

henuut, of my lichter warden schull.« Un as se uut de Döhr köhm, bratsch! smeet ehr de Vagel den Mählensteen up den Kopp, dat se ganß tomatscht wurr. De Vader un Marleenken höörden dat un güngen henuut: do güng en Damp un Flamm un Führ up von der Städ, un as dat vorby wöör, do stünn de lütje Broder door, un he nöhm synen Vader un Marleenken by de Hand, un wören alle dre so recht vergnöögt un güngen in dat Huus by Disch un eeten.

Der Frieder und das Catherlieschen

s war ein Mann, der hieß Frieder, und eine Frau, die hieß Catherlieschen, die hatten einander geheiratet und lebten zusammen als junge Eheleute. Eines Tages sprach der Frieder: »ich will jetzt zu Acker, Catherlieschen, wann ich wiederkomme, muß etwas Gebratenes auf dem Tisch stehen für den Hunger und ein frischer Trunk dabei für den Durst.« – »Geh nur, Friederchen«, antwortete die Catherlies, »geh nur, will dir's schon recht machen.« Als nun die Essenszeit herbeirückte, holte sie eine Wurst aus dem Schornstein, tat sie in eine Bratpfanne, legte Butter dazu und stellte sie übers Feuer. Die Wurst fing an zu braten und zu brutzeln, Catherlieschen stand dabei, hielt den Pfannenstiel und hatte so seine Gedanken: da fiel ihm ein: »bis die Wurst fertig wird, derweil könntest du ja im Keller den Trunk zapfen.« Also stellte es den Pfannenstiel fest, nahm eine Kanne, ging hinab in den Keller und zapfte Bier. Das Bier lief in die Kanne, und Catherlieschen sah ihm zu; da fiel ihm ein: »holla, der Hund oben ist nicht beigetan, der könnte die Wurst aus der Pfanne holen, du kämst mir recht!« und im Hui war es die Kellertreppe hinauf; aber der Spitz hatte die Wurst schon im Maul und schleifte sie auf der Erde mit sich fort. Doch Catherlieschen, nicht faul, setzte ihm nach und jagte ihn ein gut Stück ins Feld; aber der Hund war geschwinder als Catherlieschen, ließ auch die Wurst nicht fahren, sondern über die Äcker hin hüpfen. »Hin ist hin!« sprach Catherlieschen, kehrte um, und weil es sich müde gelaufen hatte, ging es hübsch langsam und kühlte sich ab.

Während der Zeit lief das Bier aus dem Faß immer zu; denn
Catherlieschen hatte den Hahn nicht umgedreht, und als die
Kanne voll und sonst kein Platz da war, so lief es in den Keller
und hörte nicht eher auf, als bis das ganze Faß leer war. Catherlieschen sah schon auf der Treppe das Unglück. »Spuk«, rief es,
»was fängst du jetzt an, daß es der Frieder nicht merkt!« Es besann
sich ein Weilchen; endlich fiel ihm ein, von der letzten Kirmes
stände noch ein Sack mit schönem Weizenmehl auf dem Boden,
das wollte es herabholen und in das Bier streuen. »Ja«, sprach es,
»wer zu rechter Zeit was spart, der hat's hernach in der Not«,
stieg auf den Boden, trug den Sack herab und warf ihn gerade
auf die Kanne voll Bier, daß sie umstürzte, und der Trunk des
Frieders auch im Keller schwamm. »Es ist ganz recht«, sprach
Catherlieschen, »wo eins ist, muß das andere auch sein«, und
zerstreute das Mehl im ganzen Keller. Als es fertig war, freute es
sich gewaltig über seine Arbeit und sagte: »wie's so reinlich und
sauber hier aussieht!«
Um Mittagszeit kam der Frieder heim. »Nun, Frau, was hast du
mir zurechtgemacht?« – »Ach, Friederchen«, antwortete sie, »ich
wollte dir ja eine Wurst braten, aber während ich das Bier dazu
zapfte, hat sie der Hund aus der Pfanne weggeholt, und während
ich dem Hund nachsprang, ist das Bier ausgelaufen, und als ich
das Bier mit dem Weizenmehl auftrocknen wollte, habe ich die
Kanne auch noch umgestoßen; aber sei nur zufrieden, der Keller
ist wieder ganz trocken.« Sprach der Frieder: »Catherlieschen,
Catherlieschen, das hättest du nicht tun müssen! Läßt die Wurst
wegholen und das Bier aus dem Faß laufen und verschüttest
obendrein unser feines Mehl!« – »Ja, Friederchen, das habe ich
nicht gewußt, hättest mir's sagen müssen.«
Der Mann dachte: »geht das so mit deiner Frau, so mußt du dich
besser vorsehen.« Nun hatte er eine hübsche Summe Taler
zusammengebracht, die wechselte er in Gold ein und sprach
zum Catherlieschen: »siehst du, das sind gelbe Gickelinge, die
will ich in einen Topf tun und im Stall unter der Kuhkrippe
vergraben: aber daß du mir ja davon bleibst, sonst geht dir's
schlimm.« Sprach sie: »nein, Friederchen, will's gewiß nicht
tun.« Nun, als der Frieder fort war, da kamen Krämer, die irdne
Näpfe und Töpfe feil hatten, ins Dorf und fragten bei der jungen

Frau an, ob sie nichts zu handeln hätte. »O, ihr lieben Leute«, sprach Catherlieschen, »ich hab' kein Geld und kann nichts kaufen; aber könnt ihr gelbe Gickelinge brauchen, so will ich wohl kaufen.«–»Gelbe Gickelinge, warum nicht? laßt sie einmal sehen.« – »So geht in den Stall und grabt unter der Kuhkrippe, so werdet ihr die gelben Gickelinge finden, ich darf nicht dabei gehen.« Die Spitzbuben gingen hin, gruben und fanden eitel Gold. Da packten sie auf damit, liefen fort und ließen Töpfe und Näpfe im Hause stehen. Catherlieschen meinte, sie müßte das neue Geschirr auch brauchen: weil nun in der Küche ohnehin kein Mangel daran war, schlug sie jedem Topf den Boden aus und steckte sie insgesamt zum Zierat auf die Zaunpfähle rings ums Haus herum. Wie der Frieder kam und den neuen Zierat sah, sprach er: »Catherlieschen, was hast du gemacht?« – »Hab's gekauft, Friederchen, für die gelben Gickelinge, die unter der Kuhkrippe steckten: bin selber nicht dabei gegangen, die Krämer haben sich's herausgraben müssen.« – »Ach, Frau«, sprach der Frieder, »was hast du gemacht! das waren keine Gickelinge, es war eitel Gold und war all unser Vermögen; das hättest du nicht tun sollen.«–»Ja, Friederchen«, antwortete sie, »das hab' ich nicht gewußt, hättest mir's vorher sagen sollen.«

Catherlieschen stand ein Weilchen und besann sich; da sprach sie: »hör, Friederchen, das Gold wollen wir schon wieder kriegen, wollen hinter den Dieben herlaufen.« – »So komm«, sprach der Frieder, »wir wollen's versuchen; nimm aber Butter und Käse mit, daß wir auf dem Weg was zu essen haben.« – »Ja, Friederchen, will's mitnehmen.« Sie machten sich fort, und weil der Frieder besser zu Fuß war, ging Catherlieschen hinten nach. »Ist mein Vorteil«, dachte es, »wenn wir umkehren, hab' ich ja ein Stück voraus.« Nun kam es an einen Berg, wo auf beiden Seiten des Wegs tiefe Fahrgleisen waren. »Da sehe einer«, sprach Catherlieschen, »was sie das arme Erdreich zerrissen, geschunden und gedrückt haben! Das wird sein Lebtag nicht wieder heil.« Und aus mitleidigem Herzen nahm es seine Butter und bestrich die Gleisen recht und links, damit sie von den Rädern nicht so gedrückt würden: und wie es sich bei seiner Barmherzigkeit so bückte, rollte ihm ein Käse aus der Tasche den Berg hinab. Sprach das Catherlieschen: »ich habe den Weg schon einmal herauf gemacht, ich gehe nicht wieder hinab, es mag ein anderer hinlaufen und ihn wieder holen.« Also nahm es einen andern Käs und rollte ihn hinab. Die Käse aber kamen nicht wieder; da ließ es noch einen dritten hinablaufen und dachte: »vielleicht warten sie auf Gesellschaft und gehen nicht gern allein.« Als sie alle drei ausblieben, sprach es: »ich weiß nicht, was das vorstellen soll! Doch kann's ja sein, der dritte hat den Weg nicht gefunden und sich verirrt; ich will nur den vierten schicken, daß er sie herbeiruft.« Der vierte machte es aber nicht besser als der dritte. Da ward das Catherlieschen ärgerlich und warf noch den fünften und sechsten hinab, und das waren die letzten. Eine Zeitlang blieb es stehen und lauerte, daß sie kämen, als sie aber immer nicht kamen, sprach es: »o, ihr seid gut nach dem Tod schicken, ihr bleibt fein lange aus; meint ihr, ich wollt' noch länger auf euch warten? ich gehe meiner Wege, ihr könnt mir nachlaufen, ihr habt jüngere Beine als ich.« Catherlieschen ging fort und fand den Frieder, der war stehen geblieben und hatte gewartet, weil er gerne was essen wollte. »Nun gib einmal her, was du mitgenommen hast.« Sie reichte ihm das trockne Brot. »Wo ist Butter und Käse?« fragte der Mann. »Ach, Friederchen«, sagte Catherlieschen, »mit der Butter hab' ich die Fahrgleisen geschmiert, und die Käse werden bald kommen: einer lief mir fort; da hab' ich die andern nachgeschickt, sie sollten ihn rufen.« Sprach der Frieder: »das hättest du nicht tun sollen, Catherlieschen, die Butter an den Weg schmieren und die Käse den Berg hinabrollen.« – »Ja, Friederchen, hättest mir's sagen müssen.«

Da aßen sie das trockene Brot zusammen, und der Frieder sagte: »Catherlieschen, hast du auch unser Haus verwahrt, wie du fortgegangen bist?« – »Nein, Friederchen, hättest mir's vorher sagen sollen.« – »So geh wieder heim und bewahr erst das Haus, ehe wir weitergehen; bring auch etwas anderes zu essen mit, ich will hier auf dich warten.« Catherlieschen ging zurück und dachte: »Friederchen will etwas anderes zu essen, Butter und Käse schmeckt ihm wohl nicht, so will ich ein Tuch voll Hutzeln und einen Krug Essig zum Trunk mitnehmen.« Danach riegelte es die Obertüre zu, aber die Untertüre hob es aus, nahm sie auf die Schulter und glaubte, wenn es die Türe in Sicherheit gebracht hätte, müßte das Haus wohl bewahrt sein. Catherlieschen

nahm sich Zeit zum Weg und dachte: »desto länger ruht sich
Friederchen aus.« Als es ihn wieder erreicht hatte, sprach es: »da,
Friederchen, hast du die Haustüre, da kannst du das Haus selber
verwahren.« – »Ach, Gott«. sprach er, »was hab' ich für eine
kluge Frau! Hebt die Türe unten aus, daß alles hineinlaufen
kann, und riegelt sie oben zu. Jetzt ist's zu spät, noch einmal nach
Haus zu gehen, aber hast du die Türe hierher gebracht, so sollst
du sie auch ferner tragen.« – »Die Türe will ich tragen, Friederchen, aber die Hutzeln und der Essigkrug werden mir zu
schwer: ich hänge sie an die Türe, die mag sie tragen.«
Nun gingen sie in den Wald und suchten die Spitzbuben, aber
sie fanden sie nicht. Weil's endlich dunkel ward, stiegen sie auf
einen Baum und wollten da übernachten. Kaum aber saßen sie
oben, so kamen die Kerle daher, die forttragen, was nicht
mitgehen will, und die Dinge finden, ehe sie verloren sind. Sie
ließen sich gerade unter dem Baum nieder, auf dem Frieder und
Catherlieschen saßen, machten sich ein Feuer an und wollten
ihre Beute teilen. Der Frieder stieg von der andern Seite herab
und sammelte Steine, stieg damit wieder hinauf und wollte die
Diebe totwerfen. Die Steine aber trafen nicht, und die Spitzbuben riefen: »es ist bald Morgen, der Wind schüttelt die Tannäpfel
herunter.« Catherlieschen hatte die Türe noch immer auf der
Schulter, und weil sie so schwer drückte, dachte es, die Hutzeln
wären schuld, und sprach: »Friederchen, ich muß die Hutzeln
hinabwerfen.« – »Nein, Catherlieschen, jetzt nicht«, antwortete
er, »sie könnten uns verraten.« – »Ach, Friederchen, ich muß, sie
drücken mich gar zu sehr.« – »Nun, so tu's, in's Henkers Namen!« Da rollten die Hutzeln zwischen den Ästen herab, und die
Kerle unten sprachen: »die Vögel misten.« Eine Weile danach,
weil die Türe noch immer drückte, sprach Catherlieschen: »ach,
Friederchen, ich muß den Essig ausschütten.« – »Nein,
Catherlieschen, das darfst du nicht, es könnte uns verraten.« –
»Ach, Friederchen, ich muß, er drückt mich gar zu sehr.« –
»Nun, so tu's, in's Henkers Namen.« Da schüttete es den Essig
aus, daß er die Kerle bespritzte. Sie sprachen untereinander: »der
Tau tröpfelt schon herunter.« Endlich dachte Catherlieschen:
»sollte es wohl die Türe sein, was mich so drückt?« und sprach:
»Friederchen, ich muß die Türe hinabwerfen.« – »Nein, Cather-

lieschen, jetzt nicht, sie könnte uns verraten.« – »Ach, Friederchen, ich muß, sie drückt mich gar zu sehr.« – »Nein, Catherlieschen, halt sie ja fest.« – »Ach, Friederchen, ich laß sie fallen.« –
»Ei«, antwortete Frieder ärgerlich, »so laß sie fallen in's Teufels
Namen!« Da fiel sie herunter mit starkem Gepolter, und die
Kerle unten riefen: »der Teufel kommt vom Baum herab«, rissen
aus und ließen alles im Stich. Früh morgens, wie die zwei
herunterkamen, fanden sie all ihr Gold wieder und trugen's
heim.

Als sie wieder zu Haus waren, sprach der Frieder: »Catherlieschen, nun mußt du aber auch fleißig sein und arbeiten.« – »Ja,
Friederchen, will's schon tun, will ins Feld gehen, Frucht schneiden.« Als Catherlieschen im Feld war, sprach's mit sich selber:
»eß' ich, eh ich schneid', oder schlaf' ich, eh ich schneid'? hei, ich
will ehr essen!« Da aß Catherlieschen und ward überm Essen
schläfrig und fing an zu schneiden und schnitt halb träumend
alle seine Kleider entzwei, Schürze, Rock und Hemd. Wie
Catherlieschen nach langem Schlaf wieder erwachte, stand es
halb nackigt da und sprach zu sich selber: »bin ich's, oder bin
ich's nicht? ach, ich bin's nicht?« Unterdessen ward's Nacht; da
lief Catherlieschen ins Dorf hinein, klopfte an ihres Mannes
Fenster und rief: »Friederchen?« – »Was ist denn?« – »Möcht' gern
wissen, ob Catherlieschen drinnen ist.« – »Ja, ja«, antwortete der
Frieder, »es wird wohl drin liegen und schlafen.« Sprach sie: »gut,
dann bin ich gewiß schon zu Haus«, und lief fort.

Draußen fand Catherlieschen Spitzbuben, die wollten stehlen.
Da ging es bei sie und sprach: »ich will euch helfen stehlen.« Die
Spitzbuben meinten, es wüßte die Gelegenheit des Orts, und
waren's zufrieden. Catherlieschen ging vor die Häuser und rief:
»Leute, habt ihr was? Wir wollen stehlen.« Dachten die Spitzbuben: »das wird gut werden«, und wünschten, sie wären Catherlieschen wieder los. Da sprachen sie zu ihm: »vorm Dorfe hat der
Pfarrer Rüben auf dem Feld, geh hin und rupf uns Rüben.«
Catherlieschen ging hin aufs Land und fing an zu rupfen, war
aber so faul und hob sich nicht in die Höhe. Da kam ein Mann
vorbei, sah's und stand still und dachte, das wäre der Teufel, der
so in den Rüben wühlte. Lief fort ins Dorf zum Pfarrer und
sprach: »Herr Pfarrer, in Eurem Rübenland ist der Teufel und

rupft.« – »Ach, Gott«, antwortete der Pfarrer, »ich habe einen
lahmen Fuß, ich kann nicht hinaus und ihn wegbannen.« Sprach
der Mann: »so will ich Euch hockeln«, und hockelte ihn hinaus.
Und als sie bei das Land kamen, machte sich das Catherlieschen
auf und reckte sich in die Höhe. »Ach, der Teufel«, rief der
Pfarrer, und beide eilten fort, und der Pfarrer konnte vor großer
Angst mit seinem lahmen Fuße gerader laufen als der Mann, der
ihn gehockt hatte, mit seinen gesunden Beinen.

Der goldene Vogel

s war vor Zeiten ein König, der hatte einen schönen Lustgarten hinter seinem Schloß; darin stand
ein Baum, der goldene Äpfel trug. Als die Äpfel
reiften, wurden sie gezählt, aber gleich den nächsten Morgen fehlte einer. Das ward dem König
gemeldet, und er befahl, daß alle Nächte unter dem Baume
Wache sollte gehalten werden. Der König hatte drei Söhne;
davon schickte er den ältesten bei einbrechender Nacht in den
Garten: wie es aber Mitternacht war, konnte er sich des Schlafes
nicht erwehren, und am nächsten Morgen fehlte wieder ein
Apfel. In der folgenden Nacht mußte der zweite Sohn wachen,
aber dem erging es nicht besser: als es zwölf Uhr geschlagen
hatte, schlief er ein, und morgens fehlte ein Apfel. Jetzt kam die
Reihe zu wachen an den dritten Sohn, der war auch bereit, aber
der König traute ihm nicht viel zu und meinte, er würde noch
weniger ausrichten als seine Brüder: endlich aber gestattete er es
doch. Der Jüngling legte sich also unter den Baum, wachte und
ließ den Schlaf nicht Herr werden. Als es zwölf schlug, so
rauschte etwas durch die Luft, und er sah im Mondschein einen
Vogel daherfliegen, dessen Gefieder ganz von Gold glänzte. Der
Vogel ließ sich auf dem Baume nieder und hatte eben einen
Apfel abgepickt, als der Jüngling einen Pfeil nach ihm abschoß.
Der Vogel entflog, aber der Pfeil hatte sein Gefieder getroffen,
und eine seiner goldenen Federn fiel herab. Der Jüngling hob sie
auf, brachte sie am andern Morgen dem König und erzählte
ihm, was er in der Nacht gesehen hatte. Der König versammelte

seinen Rat, und jedermann erklärte, eine Feder wie diese sei
mehr wert als das gesamte Königreich. »Ist die Feder so kostbar«,
erklärte der König, »so hilft mir auch die eine nichts, sondern ich
will und muß den ganzen Vogel haben.«

Der älteste Sohn machte sich auf den Weg, verließ sich auf seine
Klugheit und meinte, den goldenen Vogel schon zu finden. Wie
er eine Strecke gegangen war, sah er an dem Rande eines
Waldes einen Fuchs sitzen, legte seine Flinte an und zielte auf
ihn. Der Fuchs rief: »schieß mich nicht, ich will dir dafür einen
guten Rat geben. Du bist auf dem Weg nach dem goldenen
Vogel und wirst heut' Abend in ein Dorf kommen, wo zwei
Wirtshäuser einander gegenüber stehen. Eins ist hell erleuchtet,
und es geht darin lustig her: da kehr aber nicht ein, sondern geh
ins andere, wenn es dich auch schlecht ansieht.« – »Wie kann mir
wohl so ein albernes Tier einen vernünftigen Rat erteilen!«
dachte der Königssohn und drückte los, aber er fehlte den Fuchs,
der den Schwanz streckte und schnell in den Wald lief. Darauf
setzte er seinen Weg fort und kam abends in das Dorf, wo die
beiden Wirtshäuser standen: in dem einen ward gesungen und
gesprungen, das andere hatte ein armseliges betrübtes Ansehen.
»Ich wäre wohl ein Narr«, dachte er, »wenn ich in das lumpige
Wirtshaus ginge und das schöne liegen ließ'.« Also ging er in das
lustige ein, lebte da in Saus und Braus und vergaß den Vogel,
seinen Vater und alle guten Lehren.

Als eine Zeit verstrichen und der älteste Sohn immer und immer
nicht nach Haus gekommen war, so machte sich der zweite auf
den Weg und wollte den goldenen Vogel suchen. Wie dem
ältesten begegnete ihm der Fuchs und gab ihm den guten Rat,
den er nicht achtete. Er kam zu den beiden Wirtshäusern, wo
sein Bruder am Fenster des einen stand, aus dem der Jubel
erschallte, und ihn anrief. Er konnte nicht widerstehen, ging
hinein und lebte nur seinen Lüsten.

Wiederum verstrich eine Zeit; da wollte der jüngste Königssohn
ausziehen und sein Heil versuchen, der Vater aber wollte es nicht
zulassen. »Es ist vergeblich«, sprach er, »der wird den goldenen
Vogel noch weniger finden als seine Brüder, und wenn ihm ein
Unglück zustößt, so weiß er sich nicht zu helfen; es fehlt ihm am
Besten.« Doch endlich, wie keine Ruhe mehr da war, ließ er ihn

ziehen. Vor dem Walde saß wieder der Fuchs, bat um sein Leben
und erteilte den guten Rat. Der Jüngling war gutmütig und
sagte: »sei ruhig, Füchslein, ich tue dir nichts zuleid.«–»Es soll dich
nicht gereuen«, antwortete der Fuchs, »und damit du schneller
fortkommst, so steig hinten auf meinen Schwanz.« Und kaum hat
er sich aufgesetzt, so fing der Fuchs an zu laufen, und da ging's
über Stock und Stein, daß die Haare im Winde pfiffen. Als sie zu
dem Dorfe kamen, stieg der Jüngling ab, befolgte den guten Rat
und kehrte, ohne sich umzusehen, in das geringe Wirtshaus ein,
wo er ruhig übernachtete. Am andern Morgen, wie er auf das
Feld kam, saß da schon der Fuchs und sagte: »ich will dir weiter
sagen, was du zu tun hast. Geh du immer gerade aus, endlich wirst
du an ein Schloß kommen, vor dem eine ganze Schar Soldaten
liegt, aber kümmre dich nicht darum; denn sie werden alle
schlafen und schnarchen: geh mitten durch und geradeswegs in
das Schloß hinein und geh durch alle Stuben; zuletzt wirst du in
eine Kammer kommen, wo ein goldener Vogel in einem hölzernen Käfig hängt. Nebenan steht ein leerer Goldkäfig zum Prunk,
aber hüte dich, daß du den Vogel nicht aus seinem schlechten
Käfig herausnimmst und in den prächtigen tust: sonst möchte es
dir schlimm ergehen.« Nach diesen Worten streckte der Fuchs
wieder seinen Schwanz aus, und der Königssohn setzte sich auf:
da ging's über Stock und Stein, daß die Haare im Winde pfiffen.
Als er bei dem Schloß angelangt war, fand er alles so, wie der
Fuchs gesagt hatte. Der Königssohn kam in die Kammer, wo der
goldene Vogel in einem hölzernen Käfig saß und ein goldener
stand daneben: die drei goldenen Äpfel aber lagen in der Stube
umher. Da dachte er, es wäre lächerlich, wenn er den schönen
Vogel in dem gemeinen und häßlichen Käfig lassen wollte, öffnete die Türe, packte ihn und setzte ihn in den goldenen. In dem
Augenblick aber tat der Vogel einen durchdringenden Schrei.
Die Soldaten erwachten, stürzten herein und führten ihn ins
Gefängnis. Den andern Morgen wurde er vor ein Gericht gestellt
und, da er alles bekannte, zum Tode verurteilt. Doch sagte der
König, er wolle ihm unter einer Bedingung das Leben schenken,
wenn er ihm nämlich das goldene Pferd brächte, welches noch
schneller liefe als der Wind, und dann sollte er obendrein zur
Belohnung den goldenen Vogel erhalten.

Der Königssohn machte sich auf den Weg, seufzte aber und war traurig; denn wo sollte er das goldene Pferd finden? Da sah er auf einmal seinen alten Freund, den Fuchs, an dem Wege sitzen. »Siehst du«, sprach der Fuchs, »so ist es gekommen, weil du mir nicht gehört hast. Doch sei gutes Mutes, ich will mich deiner annehmen und dir sagen, wie du zu dem goldenen Pferd gelangst. Du mußt geradeswegs fortgehen, so wirst du zu einem Schloß kommen, wo das Pferd im Stalle steht. Vor dem Stall werden die Stallknechte liegen, aber sie werden schlafen und schnarchen, und du kannst geruhig das goldene Pferd herausführen. Aber eins mußt du in acht nehmen, leg ihm den schlechten Sattel von Holz und Leder auf und ja nicht den goldenen, der dabei hängt: sonst wird es dir schlimm ergehen.« Dann streckte der Fuchs seinen Schwanz aus, der Königssohn setzte sich auf, und es ging fort über Stock und Stein, daß die Haare im Winde pfiffen. Alles traf so ein, wie der Fuchs gesagt hatte: er kam in den Stall, wo das goldene Pferd stand; als er ihm aber den schlechten Sattel auflegen wollte, so dachte er: »ein so schönes Tier wird verschändet, wenn ich ihm nicht den guten Sattel auflege, der ihm gebührt.« Kaum aber berührte der goldene Sattel das Pferd, so fing es an, laut zu wiehern. Die Stallknechte erwachten, ergriffen den Jüngling und warfen ihn ins Gefängnis. Am andern Morgen wurde er vom Gerichte zum Tode verurteilt, doch versprach ihm der König das Leben zu schenken und dazu das goldene Pferd, wenn er die schöne Königstochter vom goldenen Schlosse herbeischaffen könnte.

Mit schwerem Herzen machte sich der Jüngling auf den Weg, doch zu seinem Glücke fand er bald den treuen Fuchs. »Ich sollte dich nur deinem Unglück überlassen«, sagte der Fuchs, »aber ich habe Mitleiden mit dir und will dir noch einmal aus deiner Not helfen. Dein Weg führt dich gerade zu dem goldenen Schlosse: abends wirst du anlangen, und nachts, wenn alles still ist, dann geht die schöne Königstochter ins Badehaus, um da zu baden. Und wenn sie hineingeht, so spring auf sie zu und gib ihr einen Kuß; dann folgt sie dir, und du kannst sie mit dir fortführen: nur dulde nicht, daß sie vorher von ihren Eltern Abschied nimmt, sonst kann es dir schlimm ergehen.« Dann streckte der Fuchs seinen Schwanz, der Königssohn setzte sich auf, und so ging es

über Stock und Stein, daß die Haare im Winde pfiffen. Als er
beim goldenen Schloß ankam, war es so, wie der Fuchs gesagt
hatte. Er wartete bis um Mitternacht. Als alles in tiefem Schlaf
lag, und die schöne Jungfrau ins Badehaus ging, da sprang er
hervor und gab ihr einen Kuß. Sie sagte, sie wollte gerne mit
ihm gehen, bat ihn aber flehentlich und mit Tränen, er möchte
ihr erlauben, vorher von ihren Eltern Abschied zu nehmen. Er
widerstand anfänglich ihren Bitten, als sie aber immer mehr
weinte und ihm zu Fuß fiel, so gab er endlich nach. Kaum aber
war die Jungfrau zu dem Bette ihres Vaters getreten, so wachte
er und alle anderen, die im Schloß waren, auf, und der Jüngling
ward festgehalten und ins Gefängnis gesetzt.

Am andern Morgen sprach der König zu ihm: »dein Leben ist
verwirkt, und du kannst bloß Gnade finden, wenn du den Berg
abträgst, der vor meinen Fenstern liegt, und über welchen ich
nicht hinaussehen kann, und das mußt du binnen acht Tagen
zustande bringen. Gelingt dir das, so sollst du meine Tochter zur
Belohnung haben.« Der Königssohn fing an, grub und schau-
felte, ohne abzulassen, als er aber nach sieben Tagen sah, wie
wenig er ausgerichtet hatte, und alle seine Arbeit so gut wie
nichts war, so fiel er in große Traurigkeit und gab alle Hoffnung
auf. Am Abend des siebenten Tags aber erschien der Fuchs und
sagte: »du verdienst nicht, daß ich mich deiner annehme, aber
geh nur hin und lege dich schlafen: ich will die Arbeit für dich
tun.« Am andern Morgen, als er erwachte und zum Fenster
hinaussah, so war der Berg verschwunden. Der Jüngling eilte
voll Freude zum König und meldete ihm, daß die Bedingung
erfüllt wäre, und der König mochte wollen oder nicht, er mußte
Wort halten und ihm seine Tochter geben.

Nun zogen die beiden zusammen fort, und es währte nicht
lange, so kam der treue Fuchs zu ihnen. »Das Beste hast du zwar«,
sagte er, »aber zu der Jungfrau aus dem goldenen Schloß gehört
auch das goldene Pferd.« – »Wie soll ich das bekommen?« fragte
der Jüngling. »Das will ich dir sagen«, antwortete der Fuchs,
»zuerst bring dem Könige, der dich nach dem goldenen Schlosse
geschickt hat, die schöne Jungfrau. Da wird unerhörte Freude
sein, sie werden dir das goldene Pferd gerne geben und werden
dir's vorführen. Setz dich alsbald auf und reiche allen zum

Abschied die Hand herab, zuletzt der schönen Jungfrau, und wenn du sie gefaßt hast, so zieh sie mit einem Schwung hinauf und jage davon: und niemand ist imstande, dich einzuholen; denn das Pferd läuft schneller als der Wind.«

Alles wurde glücklich vollbracht, und der Königssohn führte die schöne Jungfrau auf dem goldenen Pferde fort. Der Fuchs blieb nicht zurück und sprach zu dem Jüngling: »jetzt will ich dir auch zu dem goldenen Vogel verhelfen. Wenn du nahe bei dem Schlosse bist, wo sich der Vogel befindet, so laß die Jungfrau absitzen, und ich will sie in meine Obhut nehmen. Dann reit mit dem goldenen Pferd in den Schloßhof: bei dem Anblick wird große Freude sein, und sie werden dir den goldenen Vogel herausbringen. Wie du den Käfig in der Hand hast, so jage zu uns zurück und hole dir die Jungfrau wieder ab.« Als der Anschlag geglückt war, und der Königssohn mit seinen Schätzen heimreiten wollte, so sagte der Fuchs: »nun sollst du mich für meinen Beistand belohnen.« – »Was verlangst du dafür?« fragte der Jüngling. »Wenn wir dort in den Wald kommen, so schieß mich tot und hau mir Kopf und Pfoten ab.« – »Das wäre eine schöne Dankbarkeit«, sagte der Königssohn, »das kann ich dir unmöglich gewähren.« Sprach der Fuchs: »wenn du es nicht tun willst, so muß ich dich verlassen; ehe ich aber fortgehe, will ich dir noch einen guten Rat geben. Vor zwei Stücken hüte dich: kauf kein Galgenfleisch und setze dich an keinen Brunnenrand.« Damit lief er in den Wald.

Der Jüngling dachte: »das ist ein wunderliches Tier, das seltsame Grillen hat. Wer wird Galgenfleisch kaufen! und die Lust, mich an einen Brunnenrand zu setzen, ist mir noch niemals gekommen.« Er ritt mit der schönen Jungfrau weiter, und sein Weg führte ihn wieder durch das Dorf, in welchem seine beiden Brüder geblieben waren. Da war großer Auflauf und Lärmen, und als er fragte, was da vor wäre, hieß es, es sollten zwei Leute aufgehängt werden. Als er näher hinzukam, sah er, daß es seine Brüder waren, die allerhand schlimme Streiche verübt und all ihr Gut vertan hatten. Er fragte, ob sie nicht könnten freigemacht werden. »Wenn Ihr für sie bezahlen wollt«, antworteten die Leute, »aber was wollt Ihr an die schlechten Menschen Euer Geld hängen und sie loskaufen!« Er besann sich aber nicht, zahlte für sie, und als sie freigegeben waren, so setzten sie die Reise gemeinschaftlich fort.

Sie kamen in den Wald, wo ihnen der Fuchs zuerst begegnet war, und da es darin kühl und lieblich war, und die Sonne heiß brannte, so sagten die beiden Brüder: »laßt uns hier an dem Brunnen ein wenig ausruhen, essen und trinken.« Er willigte ein, und während des Gesprächs vergaß er sich, setzte sich an den Brunnenrand und versah sich nichts Arges. Aber die beiden Brüder warfen ihn rückwärts in den Brunnen, nahmen die Jungfrau, das Pferd und den Vogel und zogen heim zu ihrem Vater. »Da bringen wir nicht bloß den goldenen Vogel«, sagten sie, »wir haben auch das goldene Pferd und die Jungfrau von dem goldenen Schlosse erbeutet.« Da war große Freude, aber das Pferd, das fraß nicht, der Vogel, der pfiff nicht, und die Jungfrau, die saß und weinte.

Der jüngste Bruder war aber nicht umgekommen. Der Brunnen war zum Glück trocken, und er fiel auf weiches Moos, ohne Schaden zu nehmen, konnte aber nicht wieder heraus. Auch in dieser Not verließ ihn der treue Fuchs nicht, kam zu ihm herabgesprungen und schalt ihn, daß er seinen Rat vergessen hätte. »Ich kann's aber doch nicht lassen«, sagte er, »ich will dir wieder an das Tageslicht helfen.« Er sagte ihm, er sollte seinen Schwanz anpacken und sich fest daran halten, und zog ihn dann in die Höhe. »Noch bist du nicht aus aller Gefahr«, sagte der Fuchs, »deine Brüder waren deines Todes nicht gewiß und haben den Wald mit Wächtern umstellt, die sollen dich töten, wenn du dich sehen ließest.« Da saß ein armer Mann am Weg, mit dem vertauschte der Jüngling die Kleider und gelangte auf diese Weise an des Königs Hof. Niemand erkannte ihn, aber der Vogel fing an zu pfeifen, das Pferd fing an zu fressen, und die schöne Jungfrau hörte Weinens auf. Der König fragte verwundert: »was hat das zu bedeuten?« Da sprach die Jungfrau: »ich weiß es nicht, aber ich war so traurig, und nun bin ich so fröhlich. Es ist mir, als wäre mein rechter Bräutigam gekommen.« Sie erzählte ihm alles, was geschehen war, obgleich die andern Brüder ihr den Tod angedroht hatten, wenn sie etwas verraten würde. Der König hieß alle Leute vor sich bringen, die in seinem Schloß waren: da kam auch der Jüngling als ein armer

Mann in seinen Lumpenkleidern, aber die Jungfrau erkannte ihn
gleich und fiel ihm um den Hals. Die gottlosen Brüder wurden
ergriffen und hingerichtet, er aber ward mit der schönen Jungfrau vermählt und zum Erben des Königs bestimmt.
Aber wie ist es dem armen Fuchs ergangen? Lange danach ging
der Königssohn einmal wieder in den Wald; da begegnete ihm
der Fuchs und sagte: »du hast nun alles, was du dir wünschen
kannst, aber mit meinem Unglück will es kein Ende nehmen,
und es steht doch in deiner Macht, mich zu erlösen«, und
abermals bat er flehentlich, er möchte ihn totschießen und ihm
Kopf und Pfoten abhauen. Also tat er's, und kaum war es
geschehen, so verwandelte sich der Fuchs in einen Menschen,
und war niemand anders als der Bruder der schönen Königstochter, der endlich von dem Zauber, der auf ihm lag, erlöst
war. Und nun fehlte nichts mehr zu ihrem Glück, solange sie
lebten.

Die zwölf Jäger

s war einmal ein Königssohn, der hatte eine Braut
und hatte sie sehr lieb. Als er nun bei ihr saß und
ganz vergnügt war, da kam die Nachricht, daß
sein Vater todkrank läge und ihn noch vor seinem
Ende zu sehen verlangte. Da sprach er zu seiner
Liebsten: »ich muß nun fort und muß dich verlassen, da geb' ich
dir einen Ring zu meinem Andenken. Wann ich König bin,
komm ich wieder und hol' dich heim.« Dann ritt er fort, und als
er bei seinem Vater anlangte, war dieser sterbenskrank und dem
Tode nah. Er sprach zu ihm: »liebster Sohn, ich habe dich vor
meinem Ende noch einmal sehen wollen, versprich mir, nach
meinem Willen dich zu verheiraten«, und nannte ihm eine
gewisse Königstochter, die sollte seine Gemahlin werden. Der
Sohn war so betrübt, daß er sich gar nicht bedachte, sondern
sprach: »ja, lieber Vater, was Euer Wille ist, soll geschehen«, und
darauf schloß der König die Augen und starb.
Als nun der Sohn zum König ausgerufen, und die Trauerzeit
verflossen war, mußte er das Versprechen halten, das er seinem

Vater gegeben hatte, und ließ um die Königstochter werben,
und sie ward ihm auch zugesagt. Das hörte seine erste Braut und
grämte sich über die Untreue so sehr, daß sie fast verging. Da
sprach ihr Vater zu ihr: »liebstes Kind, warum bist du so traurig?
Was du dir wünschest, das sollst du haben.« Sie bedachte sich
einen Augenblick, dann sprach sie: »lieber Vater, ich wünsche
mir elf Mädchen, von Angesicht, Gestalt und Wuchs mir völlig
gleich.« Sprach der König: »wenn's möglich ist, soll dein
Wunsch erfüllt werden«, und ließ in seinem ganzen Reich so
lange suchen, bis elf Jungfrauen gefunden waren, seiner Tochter
von Angesicht, Gestalt und Wuchs völlig gleich.

Als sie zu der Königstochter kamen, ließ diese zwölf Jägerkleider
machen, eins wie das andere, und die elf Jungfrauen mußten die
Jägerkleider anziehen, und sie selber zog das zwölfte an. Darauf
nahm sie Abschied von ihrem Vater und ritt mit ihnen fort und
ritt an den Hof ihres ehemaligen Bräutigams, den sie so sehr
liebte. Da fragte sie an, ob er Jäger brauche, und ob er sie nicht
alle zusammen in seinen Dienst nehmen wolle. Der König sah
sie an und erkannte sie nicht; weil es aber so schöne Leute waren,
sprach er ja, er wolle sie gerne nehmen; und da waren sie die
zwölf Jäger des Königs.

Der König aber hatte einen Löwen, das war ein wunderliches
Tier; denn er wußte alles Verborgene und Heimliche. Es trug
sich zu, daß er eines Abends zum König sprach: »du meinst, du
hättest da zwölf Jäger?« – »Ja«, sagte der König, »zwölf Jäger
sind's.« Sprach der Löwe weiter: »du irrst dich, das sind zwölf
Mädchen.« Antwortete der König: »das ist nimmermehr wahr,
wie willst du mir das beweisen?« – »O, laß nur Erbsen in dein
Vorzimmer streuen«, antwortete der Löwe, »da wirst du's gleich
sehen. Männer haben einen festen Tritt; wenn die über Erbsen
hingehen, regt sich keine, aber Mädchen, die trippeln und trap-
peln und schlurfeln, und die Erbsen rollen.« Dem König gefiel
der Rat wohl, und er ließ die Erbsen streuen.

Es war aber ein Diener des Königs, der war den Jägern gut, und
wie er hörte, daß sie sollten auf die Probe gestellt werden, ging
er hin und erzählte ihnen alles wieder und sprach: »der Löwe will
dem König weismachen, ihr wärt Mädchen.« Da dankte ihm die
Königstochter und sprach hernach zu ihren Jungfrauen: »tut

euch Gewalt an und tretet fest auf die Erbsen.« Als nun der König am andern Morgen die zwölf Jäger zu sich rufen ließ, und sie ins Vorzimmer kamen, wo die Erbsen lagen, so traten sie so fest darauf und hatten einen so sichern, starken Gang, daß auch nicht eine rollte oder sich bewegte. Da gingen sie wieder fort, und der König sprach zum Löwen: »du hast mich belogen, sie gehen ja wie Männer.« Antwortete der Löwe: »sie haben's gewußt, daß sie sollten auf die Probe gestellt werden, und haben sich Gewalt angetan. Laß nur einmal zwölf Spinnräder ins Vorzimmer bringen, so werden sie herzukommen und werden sich daran freuen, und das tut kein Mann.« Dem König gefiel der Rat, und er ließ die Spinnräder ins Vorzimmer stellen.

Der Diener aber, der's redlich mit den Jägern meinte, ging hin und entdeckte ihnen den Anschlag. Da sprach die Königstochter, als sie allein waren, zu ihren elf Mädchen: »tut euch Gewalt an und blickt euch nicht um nach den Spinnrädern.« Wie nun der König am andern Morgen seine zwölf Jäger rufen ließ, so kamen sie durch das Vorzimmer und sahen die Spinnräder gar nicht an. Da sprach der König wiederum zum Löwen: »du hast mich belogen, es sind Männer; denn sie haben die Spinnräder nicht angesehen.« Der Löwe antwortete: »sie haben's gewußt, daß sie sollten auf die Probe gestellt werden, und haben sich Gewalt angetan.« Der König aber wollte dem Löwen nicht mehr glauben.

Die zwölf Jäger folgten dem König beständig zur Jagd, und er hatte sie, je länger, je lieber. Nun geschah es, daß, als sie einmal auf der Jagd waren, Nachricht kam, die Braut des Königs wäre im Anzug. Wie die rechte Braut das hörte, tat's ihr so weh, daß es ihr fast das Herz abstieß, und sie ohnmächtig auf die Erde fiel. Der König meinte, seinem lieben Jäger sei etwas begegnet, lief hinzu und wollte ihm helfen und zog ihm den Handschuh aus. Da erblickte er den Ring, den er seiner ersten Braut gegeben, und als er ihr in das Gesicht sah, erkannte er sie. Da ward sein Herz so gerührt, daß er sie küßte, und als sie die Augen aufschlug, sprach er: »du bist mein, und ich bin dein, und kein Mensch auf der Welt kann das ändern.« Zu der andern Braut aber schickte er einen Boten und ließ sie bitten, in ihr Reich zurückzukehren; denn er habe schon eine Gemahlin, und wer

einen alten Schlüssel wiedergefunden habe, brauche den neuen
nicht. Darauf ward die Hochzeit gefeiert, und der Löwe kam
wieder in Gnade, weil er doch die Wahrheit gesagt hatte.

Der Meisterdieb

ines Tages saß vor einem ärmlichen Hause ein alter
Mann mit seiner Frau und wollten von der Arbeit
ein wenig ausruhen. Da kam auf einmal ein prächtiger, mit vier Rappen bespannter Wagen herbei-
gefahren, aus dem ein reichgekleideter Herr stieg.
Der Bauer stand auf, trat zu dem Herrn und fragte, was sein
Verlangen wäre, und worin er ihm dienen könnte. Der Fremde
reichte dem Alten die Hand und sagte: »ich wünsche nichts, als
einmal ein ländliches Gericht zu genießen. Bereitet mir Kartoffeln, wie Ihr sie zu essen pflegt; dann will ich mich zu Euerm
Tisch setzen und sie mit Freude verzehren.« Der Bauer lächelte
und sagte: »Ihr seid ein Graf oder Fürst oder gar ein Herzog,
vornehme Herren haben manchmal solch ein Gelüsten; Euer
Wunsch soll aber erfüllt werden.« Die Frau ging in die Küche,
und sie fing an, Kartoffeln zu waschen und zu reiben, und wollte
Klöße daraus bereiten, wie sie die Bauern essen. Während sie bei
der Arbeit stand, sagte der Bauer zu dem Fremden: »kommt
einstweilen mit mir in meinen Hausgarten, wo ich noch etwas
zu schaffen habe.« In dem Garten hatte er Löcher gegraben und
wollte jetzt Bäume einsetzen. »Habt Ihr keine Kinder«, fragte der
Fremde, »die Euch bei der Arbeit behilflich sein könnten?«
»Nein«, antwortete der Bauer; »ich habe freilich einen Sohn
gehabt«, setzte er hinzu, »aber der ist schon seit langer Zeit in die
weite Welt gegangen. Es war ein ungeratener Junge, klug und
verschlagen, aber er wollte nichts lernen und machte lauter böse
Streiche; zuletzt lief er mir fort, und seitdem habe ich nichts von
ihm gehört.« Der Alte nahm ein Bäumchen, setzte es in ein Loch
und stieß einen Pfahl daneben: und als er Erde hineingeschaufelt
und sie festgestampft hatte, band er den Stamm unten, oben und
in der Mitte mit einem Strohseil fest an den Pfahl. »Aber sagt
mir«, sprach der Herr, »warum bindet Ihr den krummen knor-

richten Baum, der dort in der Ecke fast bis auf den Boden
gebückt liegt, nicht auch an einen Pfahl, wie diesen, damit er
strack wächst?« Der Alte lächelte und sagte: »Herr, Ihr redet, wie
Ihr's versteht: man sieht wohl, daß Ihr Euch mit der Gärtnerei
nicht abgegeben habt. Der Baum dort ist alt und verknorzt, den
kann niemand mehr gerad machen: Bäume muß man ziehen,
solange sie jung sind.« »Es ist wie bei Euerm Sohn«, sagte der
Fremde, »hättet Ihr den gezogen, wie er noch jung war, so wäre
er nicht fortgelaufen; jetzt wird er auch hart und knorzig geworden sein.« »Freilich«, antwortete der Alte, »es ist schon lange,
seit er fortgegangen ist; er wird sich verändert haben.« »Würdet
Ihr ihn noch erkennen, wenn er vor Euch träte?« fragte der
Fremde. »Am Gesicht schwerlich«, antwortete der Bauer, »aber
er hat ein Zeichen an sich, ein Muttermal auf der Schulter, das
wie eine Bohne aussieht.« Als er das gesagt hatte, zog der Fremde
den Rock aus, entblößte seine Schulter und zeigte dem Bauer
die Bohne. »Herr Gott«, rief der Alte, »du bist wahrhaftig mein
Sohn«, und die Liebe zu seinem Kind regte sich in seinem
Herzen. »Aber«, setzte er hinzu, »wie kannst du mein Sohn sein,
du bist ein großer Herr geworden und lebst in Reichtum und
Überfluß? Auf welchem Weg bist du dazu gelangt?« »Ach,
Vater«, erwiderte der Sohn, »der junge Baum war an keinen
Pfahl gebunden und ist krumm gewachsen: jetzt ist er zu alt; er
wird nicht wieder gerad. Wie ich das alles erworben habe? Ich
bin ein Dieb geworden. Aber erschreckt Euch nicht, ich bin ein
Meisterdieb. Für mich gibt es weder Schloß noch Riegel: wonach mich gelüstet, das ist mein. Glaubt nicht, daß ich stehle wie
ein gemeiner Dieb: ich nehme nur vom Überfluß der Reichen.
Arme Leute sind sicher: ich gebe ihnen lieber, als daß ich ihnen
etwas nehme. So auch, was ich ohne Mühe, List und Gewandtheit haben kann, das rühre ich nicht an.« »Ach, mein Sohn«, sagte
der Vater, »es gefällt mir doch nicht, ein Dieb bleibt ein Dieb; ich
sage dir, es nimmt kein gutes Ende.« Er führte ihn zu der Mutter,
und als sie hörte, daß es ihr Sohn war, weinte sie vor Freude, als
er ihr aber sagte, daß er ein Meisterdieb geworden wäre, so
flossen ihr zwei Ströme über das Gesicht. Endlich sagte sie:
»wenn er auch ein Dieb geworden ist, so ist er doch mein Sohn,
und meine Augen haben ihn noch einmal gesehen.«

Sie setzten sich an den Tisch, und er aß mit seinen Eltern wieder
einmal die schlechte Kost, die er lange nicht gegessen hatte. Der
Vater sprach: »wenn unser Herr, der Graf drüben im Schlosse,
erfährt, wer du bist, und was du treibst, so nimmt er dich nicht
auf die Arme und wiegt dich darin, wie er tat, als er dich am
Taufstein hielt, sondern er läßt dich am Galgenstrick schaukeln.«
»Seid ohne Sorge, mein Vater, er wird mir nichts tun; denn ich
verstehe mein Handwerk. Ich will heute noch selbst zu ihm
gehen.« Als die Abendzeit sich näherte, setzte sich der Meisterdieb in seinen Wagen und fuhr nach dem Schloß. Der Graf
empfing ihn mit Artigkeit, weil er ihn für einen vornehmen
Mann hielt. Als aber der Fremde sich zu erkennen gab, so
erbleichte er und schwieg eine Zeitlang ganz still. Endlich sprach
er: »du bist mein Pate, deshalb will ich Gnade für Recht ergehen
lassen und nachsichtig mit dir verfahren. Weil du dich rühmst,
ein Meisterdieb zu sein, so will ich deine Kunst auf die Probe
stellen: wenn du aber nicht bestehst, so mußt du mit des Seilers
Tochter Hochzeit halten, und das Gekrächze der Raben soll
deine Musik dabei sein.« »Herr Graf«, antwortete der Meister,
»denkt Euch drei Stücke aus, so schwer Ihr wollt, und wenn ich
Eure Aufgabe nicht löse, so tut mit mir, wie Euch gefällt.« Der
Graf sann einige Augenblicke nach, dann sprach er: »wohlan,
zum ersten sollst du mir mein Leibpferd aus dem Stalle stehlen,
zum andern sollst du mir und meiner Gemahlin, wenn wir
eingeschlafen sind, das Bettuch unter dem Leib wegnehmen,
ohne daß wir's merken, und dazu meiner Gemahlin den Trauring vom Finger; zum dritten und letzten sollst du mir den
Pfarrer und Küster aus der Kirche wegstehlen. Merke dir alles
wohl; denn es geht dir an den Hals.«
Der Meister begab sich in die zunächst liegende Stadt. Dort
kaufte er einer alten Bauersfrau die Kleider ab und zog sie an.
Dann färbte er sich das Gesicht braun und malte sich noch
Runzeln hinein, so daß ihn kein Mensch wiedererkannt hätte.
Endlich füllte er ein Fäßchen mit altem Ungarwein, in welchen
ein starker Schlaftrunk gemischt war. Das Fäßchen legte er auf
eine Kötze, die er auf den Rücken nahm, und ging mit bedäch-
tigen schwankenden Schritten zu dem Schloß des Grafen. Es
war schon dunkel, als er anlangte: er setzte sich in dem Hof auf

einen Stein, fing an zu husten wie eine alte brustkranke Frau und rieb die Hände, als wenn er fröre. Vor der Türe des Pferdestalls lagen Soldaten um ein Feuer: einer von ihnen bemerkte die Frau und rief ihr zu: »komm näher, altes Mütterchen, und wärme dich bei uns. Du hast doch kein Nachtlager und nimmst es an, wo du es findest.« Die Alte trippelte herbei, bat, ihr die Kötze vom Rücken zu heben, und setzte sich zu ihnen ans Feuer. »Was hast du da in deinem Fäßchen, du alte Schachtel?« fragte einer. »Einen guten Schluck Wein«, antwortete sie, »ich ernähre mich mit dem Handel, für Geld und gute Worte gebe ich Euch gerne ein Glas.« »Nur her damit«, sagte der Soldat, und als er ein Glas gekostet hatte, rief er: »wenn der Wein gut ist, so trink' ich lieber ein Glas mehr«, ließ sich nochmals einschenken, und die andern folgten seinem Beispiel. »Heda, Kameraden«, rief einer denen zu, die in dem Stall saßen, »hier ist ein Mütterchen, das hat Wein, der so alt ist wie sie selber, nehmt auch einen Schluck, der wärmt euch den Magen noch besser als unser Feuer.« Die Alte trug ihr Fäßchen in den Stall. Einer hatte sich auf das gesattelte Leibpferd gesetzt, ein anderer hielt den Zaum in der Hand, ein dritter hatte den Schwanz gepackt. Sie schenkte ein, soviel verlangt ward, bis die Quelle versiegte. Nicht lange, so fiel dem einen der Zaum aus der Hand, er sank nieder und fing an zu schnarchen, der andere ließ den Schwanz los, legte sich nieder und schnarchte noch lauter. Der, welcher im Sattel saß, blieb zwar sitzen, bog sich aber mit dem Kopf fast bis auf den Hals des Pferdes, schlief und blies mit dem Mund wie ein Schmiedebalg. Die Soldaten draußen waren schon längst eingeschlafen, lagen auf der Erde und regten sich nicht, als wären sie von Stein. Als der Meisterdieb sah, daß es ihm geglückt war, gab er dem einen statt des Zaums ein Seil in die Hand und dem anderen, der den Schwanz gehalten hatte, einen Strohwisch; aber was sollte er mit dem, der auf dem Rücken des Pferdes saß, anfangen? Herunterwerfen wollte er ihn nicht, er hätte erwachen und ein Geschrei erheben können. Er wußte aber guten Rat, er schnallte die Sattelgurte auf, knüpfte ein paar Seile, die in Ringen an der Wand hingen, an den Sattel fest und zog den schlafenden Reiter mit dem Sattel in die Höhe, dann schlug er die Seile um den Pfosten und machte sie fest. Das Pferd hatte er bald von der

Kette losgebunden, aber wenn er über das steinerne Pflaster des
Hofs geritten wäre, so hätte man den Lärm im Schloß gehört. Er
umwickelte ihm also zuvor die Hufen mit alten Lappen, führte
es dann vorsichtig hinaus, schwang sich auf und jagte davon.
Als der Tag angebrochen war, sprengte der Meister auf dem
gestohlenen Pferd zu dem Schloß. Der Graf war eben aufgestanden und blickte aus dem Fenster. »Guten Morgen, Herr Graf«,
rief er ihm zu, »hier ist das Pferd, das ich glücklich aus dem Stall
geholt habe. Schaut nur, wie schön Eure Soldaten daliegen und
schlafen, und wenn Ihr in den Stall gehen wollt, so werdet Ihr
sehen, wie bequem sich's Eure Wächter gemacht haben.« Der
Graf mußte lachen, dann sprach er: »einmal ist dir's gelungen,
aber das zweite Mal wird's nicht so glücklich ablaufen. Und ich
warne dich: wenn du mir als Dieb begegnest, so behandle ich
dich auch wie einen Dieb.« Als die Gräfin abends zu Bette
gegangen war, schloß sie die Hand mit dem Trauring fest zu,
und der Graf sagte: »alle Türen sind verschlossen und verriegelt,
ich bleibe wach und will den Dieb erwarten; steigt er aber zum
Fenster ein, so schieße ich ihn nieder.« Der Meisterdieb aber ging
in der Dunkelheit hinaus zu dem Galgen, schnitt einen armen
Sünder, der da hing, von dem Strick ab und trug ihn auf dem
Rücken nach dem Schloß. Dort stellte er eine Leiter an das
Schlafgemach, setzte den Toten auf seine Schultern und fing an
hinaufzusteigen. Als er so hoch gekommen war, daß der Kopf
des Toten in dem Fenster erschien, drückte der Graf, der in
seinem Bett lauerte, eine Pistole auf ihn los: alsbald ließ der
Meister den armen Sünder herabfallen, sprang selbst die Leiter
herab und versteckte sich in einer Ecke. Die Nacht war von dem
Mond so weit erhellt, daß der Meister deutlich sehen konnte,
wie der Graf aus dem Fenster auf die Leiter stieg, herabkam und
den Toten in den Garten trug. Dort fing er an, ein Loch zu
graben, in das er ihn legen wollte. »Jetzt«, dachte der Dieb, »ist
der günstige Augenblick gekommen«, schlich behende aus seinem Winkel und stieg die Leiter hinauf, geradezu ins Schlafgemach der Gräfin. »Liebe Frau«, fing er mit der Stimme des
Grafen an, »der Dieb ist tot, aber er ist doch mein Pate und mehr
ein Schelm als ein Bösewicht gewesen: ich will ihn der öffentli-
chen Schande nicht preisgeben; auch mit den armen Eltern habe

ich Mitleid. Ich will ihn, bevor der Tag anbricht, selbst im Garten begraben, damit die Sache nicht ruchbar wird. Gib mir auch das Bettuch, so will ich die Leiche einhüllen und ihn wie einen Hund verscharren.« Die Gräfin gab ihm das Tuch. »Weißt du was«, sagte der Dieb weiter, »ich habe eine Anwandlung von Großmut, gib mir noch den Ring; der Unglückliche hat sein Leben gewagt, so mag er ihn ins Grab mitnehmen.« Sie wollte dem Grafen nicht entgegen sein, und obgleich sie es ungern tat, so zog sie doch den Ring vom Finger und reichte ihn hin. Der Dieb machte sich mit beiden Stücken fort und kam glücklich nach Haus, bevor der Graf im Garten mit seiner Totengräberarbeit fertig war.

Was zog der Graf für ein langes Gesicht, als am andern Morgen der Meister kam und ihm das Bettuch und den Ring brachte. »Kannst du hexen?« sagte er zu ihm, »wer hat dich aus dem Grab geholt, in das ich selbst dich gelegt habe, und hat dich wieder lebendig gemacht?« »Mich habt Ihr nicht begraben«, sagte der Dieb, »sondern den armen Sünder am Galgen«, und erzählte ausführlich, wie es zugegangen war; und der Graf mußte ihm zugestehen, daß er ein gescheiter und listiger Dieb wäre. »Aber noch bist du nicht zu Ende«, setzte er hinzu, »du hast noch die dritte Aufgabe zu lösen, und wenn dir das nicht gelingt, so hilft dir alles nichts.« Der Meister lächelte und gab keine Antwort.

Als die Nacht eingebrochen war, kam er mit einem langen Sack auf dem Rücken, einem Bündel unter dem Arm und einer Laterne in der Hand zu der Dorfkirche gegangen. In dem Sack hatte er Krebse, in dem Bündel aber kurze Wachslichter. Er setzte sich auf den Gottesacker, holte einen Krebs heraus und klebte ihm ein Wachslichtchen auf den Rücken; dann zündete er das Lichtchen an, setzte den Krebs auf den Boden und ließ ihn kriechen. Er holte einen zweiten aus dem Sack, machte es mit diesem ebenso und fuhr fort, bis auch der letzte aus dem Sack war. Hierauf zog er ein langes schwarzes Gewand an, das wie eine Mönchskutte aussah, und klebte sich einen grauen Bart an das Kinn. Als er endlich ganz unkenntlich war, nahm er den Sack, in dem die Krebse gewesen waren, ging in die Kirche und stieg auf die Kanzel. Die Turmuhr schlug eben zwölf: als der letzte Schlag verklungen war, rief er mit lauter, gellender

Stimme: »hört an, ihr sündigen Menschen, das Ende aller Dinge ist gekommen, der jüngste Tag ist nahe: hört an, hört an! Wer mit mir in den Himmel will, der krieche in den Sack. Ich bin Petrus, der die Himmelstüre öffnet und schließt. Seht ihr, draußen auf dem Gottesacker wandeln die Gestorbenen und sammeln ihre Gebeine zusammen. Kommt, kommt und kriecht in den Sack, die Welt geht unter!« Das Geschrei erschallte durch das ganze Dorf. Der Pfarrer und der Küster, die zunächst an der Kirche wohnten, hatten es zuerst vernommen, und als sie die Lichter erblickten, die auf dem Gottesacker umherwandelten, merkten sie, daß etwas Ungewöhnliches vorging, und traten sie in die Kirche ein. Sie hörten der Predigt eine Weile zu, da stieß der Küster den Pfarrer an und sprach: »es wäre nicht übel, wenn wir die Gelegenheit benutzten und zusammen vor dem Einbruch des jüngsten Tags auf eine leichte Art in den Himmel kämen.« »Freilich«, erwiderte der Pfarrer, »das sind auch meine Gedanken gewesen: habt Ihr Lust, so wollen wir uns auf den Weg machen.« »Ja«, antwortete der Küster, »aber Ihr, Herr Pfarrer, habt den Vortritt, ich folge nach.« Der Pfarrer schritt also vor und stieg auf die Kanzel, wo der Meister den Sack öffnete. Der Pfarrer kroch zuerst hinein, dann der Küster. Gleich band der Meister den Sack fest zu, packte ihn am Bausch und schleifte ihn die Kanzeltreppe hinab: sooft die Köpfe der beiden Toren auf die Stufen aufschlugen, rief er: »jetzt geht's schon über die Berge.« Dann zog er sie auf gleiche Weise durch das Dorf, und wenn sie durch Pfützen kamen, rief er: »jetzt geht's schon durch die nassen Wolken«, und als er sie endlich die Schloßtreppe hinaufzog, so rief er: »jetzt sind wir auf der Himmelstreppe und werden bald im Vorhof sein.« Als er oben angelangt war, schob er den Sack in den Taubenschlag, und als die Tauben flatterten, sagte er: »hört ihr, wie die Engel sich freuen und mit den Fittichen schlagen.« Dann schob er den Riegel vor und ging fort.

Am andern Morgen begab er sich zu dem Grafen und sagte ihm, daß er auch die dritte Aufgabe gelöst und den Pfarrer und Küster aus der Kirche weggeführt hätte. »Wo hast du sie gelassen?« fragte der Herr. »Sie liegen in einem Sack oben auf dem Taubenschlag und bilden sich ein, sie wären im Himmel.« Der Graf stieg

selbst hinauf und überzeugte sich, daß er die Wahrheit gesagt
hatte. Als er den Pfarrer und Küster aus dem Gefängnis befreit
hatte, sprach er: »du bist ein Erzdieb und hast deine Sache
gewonnen. Für diesmal kommst du mit heiler Haut davon, aber
mache, daß du aus meinem Land fortkommst; denn wenn du
dich wieder darin betreten läßt, so kannst du auf deine Erhöhung am Galgen rechnen.« Der Erzdieb nahm Abschied von
seinen Eltern, ging wieder in die weite Welt, und niemand hat
wieder etwas von ihm gehört.

Die Gänsehirtin am Brunnen

s war einmal ein steinaltes Mütterchen, das lebte
mit seiner Herde Gänse in einer Einöde zwischen
Bergen und hatte da ein kleines Haus. Die Einöde
war von einem großen Wald umgeben, und jeden
Morgen nahm die Alte ihre Krücke und wackelte
in den Wald. Da war aber das Mütterchen ganz geschäftig, mehr
als man ihm bei seinen hohen Jahren zugetraut hätte, sammelte
Gras für seine Gänse, brach sich das wilde Obst ab, soweit es mit
den Händen reichen konnte, und trug alles auf seinem Rücken
heim. Man hätte meinen sollen, die schwere Last müßte sie zu
Boden drücken, aber sie brachte sie immer glücklich nach Haus.
Wenn ihr jemand begegnete, so grüßte sie ganz freundlich:
»guten Tag, lieber Landsmann, heute ist schönes Wetter. Ja, Ihr
wundert Euch, daß ich das Gras schleppe, aber jeder muß seine
Last auf den Rücken nehmen.« Doch die Leute begegneten ihr
nicht gerne und nahmen lieber einen Umweg, und wenn ein
Vater mit seinem Knaben an ihr vorüberging, so sprach er leise
zu ihm: »nimm dich in acht vor der Alten, die hat's faustdick
hinter den Ohren: es ist eine Hexe.«
Eines Morgens ging ein hübscher junger Mann durch den Wald.
Die Sonne schien hell, die Vögel sangen, und ein kühles Lüftchen strich durch das Laub, und er war voll Freude und Lust.
Noch war ihm kein Mensch begegnet, als er plötzlich die alte
Hexe erblickte, die am Boden auf den Knien saß und Gras mit
einer Sichel abschnitt. Eine ganze Last hatte sie schon in ihr

Tragtuch geschoben, und daneben standen zwei Körbe, die mit wilden Birnen und Äpfeln angefüllt waren. »Aber, Mütterchen«, sprach er, »wie kannst du das alles fortschaffen?« »Ich muß sie tragen, lieber Herr«, antwortete sie, »reicher Leute Kinder brauchen es nicht. Aber beim Bauer heißt's:

Schau dich nicht um,
dein Buckel ist krumm.

Wollt Ihr mir helfen?« sprach sie, als er bei ihr stehen blieb, »Ihr habt noch einen geraden Rücken und junge Beine, es wird Euch ein leichtes sein. Auch ist mein Haus nicht so weit von hier: hinter dem Berge dort steht es auf einer Heide. Wie bald seid Ihr da hinaufgesprungen!« Der junge Mann empfand Mitleiden mit der Alten: »zwar ist mein Vater kein Bauer«, antwortete er, »sondern ein reicher Graf, aber damit Ihr seht, daß die Bauern nicht allein tragen können, so will ich Euer Bündel aufnehmen.« »Wollt Ihr's versuchen«, sprach sie, »so soll mir's lieb sein. Eine Stunde weit werdet Ihr freilich gehen müssen, aber was macht Euch das aus! Dort die Äpfel und Birnen müßt Ihr auch tragen.« Es kam dem jungen Grafen doch ein wenig bedenklich vor, als er von einer Stunde Wegs hörte, aber die Alte ließ ihn nicht wieder los, packte ihm das Tragtuch auf den Rücken und hing ihm die beiden Körbe an den Arm. »Seht Ihr, es geht ganz leicht«, sagte sie. »Nein, es geht nicht leicht«, antwortete der Graf und machte ein schmerzliches Gesicht, »der Bündel drückt ja so schwer, als wären lauter Wackersteine darin, und die Äpfel und Birnen haben ein Gewicht, als wären sie von Blei; ich kann kaum atmen.« Er hatte Lust, alles wieder abzulegen, aber die Alte ließ es nicht zu. »Seht einmal«, sprach sie spöttisch, »der junge Herr will nicht tragen, was ich alte Frau schon so oft fortgeschleppt habe. Mit schönen Worten sind sie bei der Hand, aber wenn's Ernst wird, so wollen sie sich aus dem Staub machen. Was steht Ihr da«, fuhr sie fort, »und zaudert, hebt die Beine auf! Es nimmt Euch niemand den Bündel wieder ab.« Solange er auf ebener Erde ging, war's noch auszuhalten, aber als sie an den Berg kamen und steigen mußten, und die Steine hinter seinen Füßen hinabrollten, als wären sie lebendig, da ging's über seine Kräfte. Die Schweißtropfen standen ihm auf der Stirne und liefen ihm bald heiß, bald kalt über den Rücken hinab. »Mütterchen«, sagte er, »ich kann nicht weiter, ich will ein wenig ruhen.« »Nichts da«, antwortete die Alte, »wenn wir angelangt sind, so könnt Ihr ausruhen, aber jetzt müßt Ihr vorwärts. Wer weiß, wozu Euch das gut ist.« »Alte, du wirst unverschämt«, sagte der Graf und wollte das Tragtuch abwerfen, aber er bemühte sich vergeblich: es hing so fest an seinem Rücken, als wenn es angewachsen wäre. Er drehte und wendete sich, aber er konnte es nicht wieder los werden. Die Alte lachte dazu und sprang ganz vergnügt auf ihrer Krücke herum. »Erzürnt Euch nicht, lieber Herr«, sprach sie, »Ihr werdet ja so rot im Gesicht wie ein Zinshahn. Tragt Euern Bündel mit Geduld, wenn wir zu Hause angelangt sind, so will ich Euch schon ein gutes Trinkgeld geben.« Was wollte er machen? Er mußte sich in sein Schicksal fügen und geduldig hinter der Alten herschleichen. Sie schien immer flinker zu werden, und ihm seine Last immer schwerer. Auf einmal tat sie einen Satz, sprang auf das Tragtuch und setzte sich oben darauf; wie zaundürre sie war, so hatte sie doch mehr Gewicht als die dickste Bauerndirne. Dem Jüngling zitterten die Knie, aber wenn er nicht fortging, so schlug ihn die Alte mit einer Gerte und mit Brennesseln auf die Beine. Unter beständigem Ächzen stieg er den Berg hinauf und langte endlich bei dem Haus der Alten an, als er eben niedersinken wollte. Als die Gänse die Alte erblickten, streckten sie die Flügel in die Höhe und die Hälse voraus, liefen ihr entgegen und schrien ihr: »wulle, wulle.« Hinter der Herde mit einer Rute in der Hand ging eine bejahrte Trulle, stark und groß, aber häßlich wie die Nacht. »Frau Mutter«, sprach sie zur Alten, »ist Euch etwas begegnet? Ihr seid so lange ausgeblieben.« »Bewahre, mein Töchterchen«, erwiderte sie, »mir ist nichts Böses begegnet, im Gegenteil: der Liebe Herr da hat mir meine Last getragen; denk dir, als ich müde war, hat er mich selbst noch auf den Rücken genommen. Der Weg ist uns auch gar nicht lang geworden, wir sind lustig gewesen und haben immer Spaß miteinander gemacht.« Endlich rutschte die Alte herab, nahm dem jungen Mann den Bündel vom Rücken und die Körbe vom Arm, sah ihn ganz freundlich an und sprach: »nun setzt Euch auf die Bank vor die Türe und ruht Euch aus. Ihr habt Euern Lohn redlich verdient, der soll auch nicht ausbleiben.« Dann sprach sie zu der

Gänsehirtin: »geh du ins Haus hinein, mein Töchterchen, es schickt sich nicht, daß du mit einem jungen Herrn allein bist, man muß nicht Öl ins Feuer gießen; er könnte sich in dich verlieben.« Der Graf wußte nicht, ob er weinen oder lachen sollte. »Solch ein Schätzchen«, dachte er, »und wenn es dreißig Jahre jünger wäre, könnte doch mein Herz nicht rühren.« Indessen hätschelte und streichelte die Alte ihre Gänse wie Kinder und ging dann mit ihrer Tochter in das Haus. Der Jüngling streckte sich auf die Bank unter einem wilden Apfelbaum. Die Luft war lau und mild: ringsumher breitete sich eine grüne Wiese aus, die mit Himmelsschlüsseln, wildem Thymian und tausend andern Blumen übersät war: mitten durch rauschte ein klarer Bach, auf dem die Sonne glitzerte: und die weißen Gänse gingen auf und ab spazieren oder pudelten sich im Wasser. »Es ist recht lieblich hier«, sagte er, »aber ich bin so müde, daß ich die Augen nicht aufbehalten mag; ich will ein wenig schlafen. Wenn nur kein Windstoß kommt und bläst mir meine Beine vom Leib weg; denn sie sind mürb wie Zunder.«

Als er ein Weilchen geschlafen hatte, kam die Alte und schüttelte ihn wach. »Steh auf«, sagte sie, »hier kannst du nicht bleiben. Freilich habe ich dir's sauer genug gemacht, aber das Leben hat's doch nicht gekostet. Jetzt will ich dir deinen Lohn geben, Geld und Gut brauchst du nicht, da hast du etwas anderes.« Damit steckte sie ihm ein Büchslein in die Hand, das aus einem einzigen Smaragd geschnitten war. »Bewahr's wohl«, setzte sie hinzu, »es wird dir Glück bringen.« Der Graf sprang auf, und da er fühlte, daß er ganz frisch und wieder bei Kräften war, so dankte er der Alten für ihr Geschenk und machte sich auf den Weg, ohne nach dem schönen Töchterchen auch nur einmal umzublicken. Als er schon eine Strecke weg war, hörte er noch aus der Ferne das lustige Geschrei der Gänse.

Der Graf mußte drei Tage in der Wildnis herumirren, ehe er sich herausfinden konnte. Da kam er in eine große Stadt, und weil ihn niemand kannte, ward er in das königliche Schloß geführt, wo der König und die Königin auf dem Thron saßen. Der Graf ließ sich auf ein Knie nieder, zog das smaragdene Gefäß aus der Tasche und legte es der Königin zu Füßen. Sie hieß ihn aufstehen, und er mußte ihr das Büchslein hinaufreichen. Kaum aber hatte sie es geöffnet und hineingeblickt, so fiel sie wie tot zur Erde. Der Graf ward von den Dienern des Königs festgehalten und sollte in das Gefängnis geführt werden, da schlug die Königin die Augen auf und rief, sie sollten ihn freilassen, und jedermann sollte hinausgehen, sie wollte insgeheim mit ihm reden.

Als die Königin allein war, fing sie bitterlich an zu weinen und sprach: »was hilft mir Glanz und Ehre, die mich umgeben, jeden Morgen erwache ich mit Sorgen und Kummer. Ich habe drei Töchter gehabt, davon war die jüngste so schön, daß sie alle Welt für ein Wunder hielt. Sie war so weiß wie Schnee, so rot wie Apfelblüte, und ihr Haar so glänzend wie Sonnenstrahlen. Wenn sie weinte, so fielen nicht Tränen aus ihren Augen, sondern lauter Perlen und Edelsteine. Als sie fünfzehn Jahre alt war, da ließ der König alle drei Schwestern vor seinen Thron kommen. Da hättet Ihr sehen sollen, was die Leute für Augen machten, als die jüngste eintrat: es war, als wenn die Sonne aufging. Der König sprach: »meine Töchter, ich weiß nicht, wann mein letzter Tag kommt, ich will heute bestimmen, was eine jede nach meinem Tode erhalten soll. Ihr alle habt mich lieb, aber welche mich von euch am liebsten hat, die soll das Beste haben.« Jede sagte, sie hätte ihn am liebsten. »Könnt ihr mir's nicht ausdrücken«, erwiderte der König, »wie lieb ihr mich habt? Daran werde ich's sehen, wie ihr's meint.« Die älteste sprach: »ich habe den Vater so lieb wie den süßesten Zucker.« Die zweite: »ich habe den Vater so lieb wie mein schönstes Kleid.« Die jüngste aber schwieg. Da fragte der Vater: »und du, mein liebstes Kind, wie lieb hast du mich?« »Ich weiß es nicht«, antwortete sie, »und kann meine Liebe mit nichts vergleichen.« Aber der Vater bestand darauf, sie müßte etwas nennen. Da sagte sie endlich: »die beste Speise schmeckte mir nicht ohne Salz, darum habe ich den Vater so lieb wie Salz.« Als der König das hörte, geriet er in Zorn und sprach: »wenn du mich so liebst als Salz, so soll deine Liebe auch mit Salz belohnt werden.« Da teilte er das Reich zwischen den beiden ältesten, der jüngsten aber ließ er einen Sack mit Salz auf den Rücken binden, und zwei Knechte mußten sie hinaus in den wilden Wald führen. »Wir haben alle für sie gefleht und gebeten«, sagte die Königin,

»aber der Zorn des Königs war nicht zu erweichen. Wie hat sie geweint, als sie uns verlassen mußte! Der ganze Weg ist mit Perlen besät worden, die ihr aus den Augen geflossen sind. Den König hat bald hernach seine große Härte gereut, und hat das arme Kind in dem ganzen Wald suchen lassen, aber niemand konnte sie finden. Wenn ich denke, daß sie die wilden Tiere gefressen haben, so weiß ich mich vor Traurigkeit nicht zu fassen; manchmal tröste ich mich mit der Hoffnung, sie sei noch am Leben und habe sich in einer Höhle versteckt oder bei mitleidigen Menschen Schutz gefunden. Aber stellt Euch vor, als ich Euer Smaragdbüchslein aufmachte, so lag eine Perle darin, gerade der Art, wie sie meiner Tochter aus den Augen geflossen sind, und da könnt Ihr Euch vorstellen, wie mir der Anblick das Herz bewegt hat. Ihr sollt mir sagen, wie Ihr zu der Perle gekommen seid.« Der Graf erzählte ihr, daß er sie von der Alten im Walde erhalten hätte, die ihm nicht geheuer vorgekommen wäre und eine Hexe sein müßte; von ihrem Kinde aber hätte er nichts gehört und gesehen. Der König und die Königin faßten den Entschluß, die Alte aufzusuchen; sie dachten, wo die Perle gewesen wäre, da müßten sie auch Nachricht von ihrer Tochter finden.

Die Alte saß draußen in der Einöde bei ihrem Spinnrad und spann. Es war schon dunkel geworden, und ein Span, der unten am Herd brannte, gab ein sparsames Licht. Auf einmal ward's draußen laut, die Gänse kamen heim von der Weide und ließen ihr heiseres Gekreisch hören. Bald hernach trat auch die Tochter herein. Aber die Alte dankte ihr kaum und schüttelte nur ein wenig mit dem Kopf. Die Tochter setzte sich zu ihr nieder, nahm ihr Spinnrad und drehte den Faden so flink wie ein junges Mädchen. So saßen beide zwei Stunden und sprachen kein Wort miteinander. Endlich raschelte etwas am Fenster, und zwei feurige Augen glotzten herein. Es war eine alte Nachteule, die dreimal »uhu« schrie. Die Alte schaute nur ein wenig in die Höhe, dann sprach sie: »jetzt ist's Zeit, Töchterchen, daß du hinausgehst, tu deine Arbeit.«

Sie stand auf und ging hinaus. »Wo ist sie denn hingegangen?« Über die Wiesen immer weiter bis in das Tal. Endlich kam sie zu einem Brunnen, bei dem drei alte Eichbäume standen. Der

Mond war indessen rund und groß über dem Berg aufgestiegen, und es war so hell, daß man eine Stecknadel hätte finden können. Sie zog eine Haut ab, die auf ihrem Gesicht lag, bückte sich dann zu dem Brunnen und fing an, sich zu waschen. Als sie fertig war, tauchte sie auch die Haut in das Wasser und legte sie dann auf die Wiese, damit sie wieder im Mondschein bleichen und trocken sollte. Aber wie war das Mädchen verwandelt! So was habt ihr nie gesehen! Als der graue Zopf abfiel, da quollen die goldenen Haare wie Sonnenstrahlen hervor und breiteten sich, als wär's ein Mantel, über ihre ganze Gestalt. Nur die Augen blitzten heraus so glänzend wie die Sterne am Himmel, und die Wangen schimmerten in sanfter Röte wie die Äpfelblüte.

Aber das schöne Mädchen war traurig. Es setzte sich nieder und weinte bitterlich. Eine Träne nach der andern drang aus seinen Augen und rollte zwischen den langen Haaren auf den Boden. So saß es da und wäre lange sitzen geblieben, wenn es nicht in den Ästen des nahestehenden Baumes geknittert und gerauscht hätte. Sie sprang auf wie ein Reh, das den Schuß des Jägers vernimmt. Der Mond ward gerade von einer schwarzen Wolke bedeckt, und im Augenblick war das Mädchen wieder in die alte Haut geschlüpft und verschwand wie ein Licht, das der Wind ausbläst.

Zitternd wie ein Espenlaub lief sie zu dem Haus zurück. Die Alte stand vor der Türe, und das Mädchen wollte ihr erzählen, was ihm begegnet war, aber die Alte lachte freundlich und sagte: »ich weiß schon alles.« Sie führte es in die Stube und zündete einen neuen Span an. Aber sie setzte sich nicht wieder zu dem Spinnrad, sondern sie holte einen Besen und fing an zu kehren und zu scheuern. »Es muß alles rein und sauber sein«, sagte sie zu dem Mädchen. »Aber, Mutter«, sprach das Mädchen, »warum fangt Ihr in so später Stunde die Arbeit an? Was habt Ihr?« »Weißt du denn, welche Stunde es ist?« fragte die Alte. »Noch nicht Mitternacht«, antwortete das Mädchen, »aber schon elf Uhr vorbei?« »Denkst du nicht daran«, fuhr die Alte fort, »daß du heute vor drei Jahren zu mir gekommen bist? Deine Zeit ist aus, wir können nicht länger beisammen bleiben.« Das Mädchen erschrak und sagte: »ach, liebe Mutter, wollt Ihr mich verstoßen? Wo soll ich hin? Ich habe keine Freunde und keine Heimat,

wohin ich mich wenden kann. Ich habe alles getan, was Ihr
verlangt habt, und Ihr seid immer zufrieden mit mir gewesen:
schickt mich nicht fort.« Die Alte wollte dem Mädchen nicht
sagen, was ihm bevorstand. »Meines Bleibens ist nicht länger
hier«, sprach sie zu ihm, »wenn ich aber ausziehe, muß Haus und
Stube sauber sein: darum halt mich nicht auf in meiner Arbeit.
Deinetwegen sei ohne Sorgen, du sollst ein Dach finden, unter
dem du wohnen kannst, und mit dem Lohn, den ich dir geben
will, wirst du auch zufrieden sein.« »Aber sagt mir nur, was ist
vor?« fragte das Mädchen weiter. »Ich sage dir nochmals, störe
mich nicht in meiner Arbeit. Rede kein Wort weiter, geh in
deine Kammer, nimm die Haut vom Gesicht und zieh das
seidene Kleid an, das du trugst, als du zu mir kamst, und dann
harre in deiner Kammer, bis ich dich rufe.«
Aber ich muß wieder von dem König und der Königin erzählen, die mit dem Grafen ausgezogen waren und die Alte in der
Einöde aufsuchen wollten. Der Graf war nachts in dem Walde
von ihnen abgekommen und mußte allein weiter gehen. Am
andern Tag kam es ihm vor, als befände er sich auf dem rechten
Weg. Er ging immer fort, bis die Dunkelheit einbrach, da stieg
er auf einen Baum und wollte da übernachten; denn er war
besorgt, er möchte sich verirren. Als der Mond die Gegend
erhellte, so erblickte er eine Gestalt, die den Berg herabwan-
delte. Sie hatte keine Rute in der Hand, aber er konnte doch
sehen, daß es die Gänsehirtin war, die er früher bei dem Haus der
Alten gesehen hatte. »Oho!« rief er, »da kommt sie, und habe ich
erst die eine Hexe, so soll mir die andere auch nicht entgehen.«
Wie erstaunte er aber, als sie zu dem Brunnen trat, die Haut
ablegte und sich wusch, als die goldenen Haare über sie herabfielen, und sie so schön war, wie er noch niemand auf der Welt
gesehen hatte. Kaum, daß er zu atmen wagte, aber er streckte
den Hals zwischen dem Laub so weit vor, als er nur konnte, und
schaute sie mit unverwandten Blicken an. Ob er sich zu weit
überbog, oder was sonst schuld war, plötzlich krachte der Ast,
und in demselben Augenblick schlüpfte das Mädchen in die
Haut, sprang wie ein Reh davon, und da der Mond sich zugleich
bedeckte, so war sie seinen Blicken entzogen.
Kaum war sie verschwunden, so stieg der Graf von dem Baum

herab und eilte ihr mit behenden Schritten nach. Er war noch
nicht lange gegangen, so sah er in der Dämmerung zwei Gestalten über die Wiese wandeln. Es waren der König und die Königin, die hatten aus der Ferne das Licht in dem Häuschen der Alten
erblickt und waren drauf zugegangen. Der Graf erzählte ihnen,
was er für Wunderdinge bei dem Brunnen gesehen hatte, und
sie zweifelten nicht, daß das ihre verlorene Tochter gewesen
wäre. Voll Freude gingen sie weiter und kamen bald bei dem
Häuschen an: die Gänse saßen rings herum, hatten den Kopf in
die Flügel gesteckt und schliefen, und keine regte sich nicht. Sie
schauten zum Fenster hinein, da saß die Alte ganz still und spann,
nickte mit dem Kopf und sah sich nicht um. Es war ganz sauber
in der Stube, als wenn da die kleinen Nebelmännlein wohnten,
die keinen Staub auf den Füßen tragen. Ihre Tochter aber sahen
sie nicht. Sie schauten das alles eine Zeitlang an, endlich faßten
sie ein Herz und klopften leise ans Fenster. Die Alte schien sie
erwartet zu haben, sie stand auf und rief ganz freundlich: »nur
herein, ich kenne euch schon.« Als sie in die Stube eingetreten
waren, sprach die Alte: »den weiten Weg hättet ihr euch sparen
können, wenn ihr euer Kind, das so gut und liebreich ist, nicht
vor drei Jahren ungerechterweise verstoßen hättet. Ihr hat's
nichts geschadet, sie hat drei Jahre lang die Gänse hüten müssen:
sie hat nichts Böses dabei gelernt, sondern ihr reines Herz behalten. Ihr aber seid durch die Angst, in der ihr gelebt habt,
hinlänglich gestraft.« Dann ging sie an die Kammer und rief:
»komm heraus, mein Töchterchen.« Da ging die Türe auf, und
die Königstochter trat heraus in ihrem seidenen Gewand mit
ihren goldenen Haaren und ihren leuchtenden Augen, und es
war, als ob ein Engel vom Himmel käme.
Sie ging auf ihren Vater und ihre Mutter zu, fiel ihnen um den
Hals und küßte sie: es war nicht anders, sie mußten alle vor
Freude weinen. Der junge Graf stand neben ihnen, und als sie
ihn erblickte, ward sie so rot im Gesicht wie eine Moosrose; sie
wußte selbst nicht, warum. Der König sprach: »liebes Kind,
mein Königreich habe ich verschenkt, was soll ich dir geben?«
»Sie braucht nichts«, sagte die Alte, »ich schenke ihr die Tränen,
die sie um euch geweint hat, das sind lauter Perlen, schöner, als
sie im Meer gefunden werden, und sind mehr wert als Euer

ganzes Königreich. Und zum Lohn für ihre Dienste gebe ich ihr mein Häuschen.« Als die Alte das gesagt hatte, verschwand sie vor ihren Augen. Es knatterte ein wenig in den Wänden, und als sie sich umsahen, war das Häuschen in einen prächtigen Palast verwandelt, und eine königliche Tafel war gedeckt, und die Bedienten liefen hin und her.

Die Geschichte geht noch weiter, aber meiner Großmutter, die sie mir erzählt hat, war das Gedächtnis schwach geworden: sie hatte das übrige vergessen. Ich glaube immer, die schöne Königstochter ist mit dem Grafen vermählt worden, und sie sind zusammen in dem Schloß geblieben und haben da in aller Glückseligkeit gelebt, solange Gott wollte. Ob die schneeweißen Gänse, die bei dem Häuschen gehütet wurden, lauter Mädchen waren (es braucht's niemand übel zu nehmen), welche die Alte zu sich genommen hatte, und ob sie jetzt ihre menschliche Gestalt wiedererhielten und als Dienerinnen bei der jungen Königin blieben, das weiß ich nicht genau, aber ich vermute es doch. So viel ist gewiß, daß die Alte keine Hexe war, wie die Leute glaubten, sondern eine weise Frau, die es gut meinte. Wahrscheinlich ist sie es auch gewesen, die der Königstochter schon bei der Geburt die Gabe verliehen hat, Perlen zu weinen statt der Tränen. Heutzutage kommt das nicht mehr vor, sonst könnten die Armen bald reich werden.

Von dem Fischer und seiner Frau

s waren einmal ein Fischer und seine Frau, die lebten zusammen in einem Eimer, dicht an der See, und der Fischer ging alle Tage dorthin und angelte – und er angelte und angelte.

So saß er wieder einmal bei seiner Angel und sah beständig in das klare Wasser hinein – und er saß und saß.

Da ging die Angel auf den Grund, tief nach unten, und als er sie heraufholte, zog er einen großen Plattfisch heraus. Da sagte der Plattfisch zu ihm: Hör mal, Fischer. Ich bitte dich, laß mich leben. Ich bin kein richtiger Plattfisch, ich bin ein verwünschter Prinz. Was hilft es dir, wenn du mich totmachst? Ich würde dir doch nicht recht schmecken. Setz mich wieder in das Wasser, und laß mich schwimmen.

Na, sagte der Fischer, du brauchst nicht so viele Worte zu machen – einen Plattfisch, der sprechen kann, hätte ich doch gewiß schwimmen lassen. Damit setzte er ihn in das klare Wasser zurück, da ging der Plattfisch zu Grund und zog einen langen Streifen Blut hinter sich her. Dann stand der Fischer auf und ging zu seiner Frau in den Eimer.

Mann, sagte die Frau, hast du heute nichts gefangen?

Nein, sagte der Mann. Ich habe einen Plattfisch gefangen, der sagte, er wäre ein verwünschter Prinz. Da habe ich ihn wieder schwimmen lassen.

Hast du dir denn nichts gewünscht? fragte die Frau. Nein, sagte der Mann. Was sollte ich mir wünschen? Ach! sagte die Frau. Das ist doch schlimm, hier in einem fort in einem Eimer zu wohnen, es stinkt und ist so eklig. Du hättest uns doch eine kleine Hütte wünschen können. Geh rasch hin und ruf ihn. Sag ihm, wir wollten eine kleine Hütte haben. Er tut das gewiß.

Ach, sagte der Mann, wozu sollte ich da noch hingehen?

Mensch, sagte die Frau, du hast ihn doch gefangen, und hast ihn wieder schwimmen lassen. Er tut das gewiß, geh gleich hin!

Der Mann wollte erst nicht recht, mochte aber auch nicht seiner Frau entgegen sein und ging an die See.

Als er da ankam, war das Meer ganz grün und gelb, und gar nicht mehr so klar. Er stellte sich hin und sagte:

> Großer Plattfisch dort im Meer
> Bitte, schwimme zu mir her!
> Meine Frau, die Ilsebill,
> Will nicht so, wie ich es will.

Da kam der Plattfisch angeschwommen und fragte: Na, was will sie denn?

Ach, sagte der Mann, ich hatte dich doch gefangen. Nun sagt meine Frau, ich hätte mir etwas wünschen sollen. Sie mag nicht mehr in dem Eimer wohnen, sie hätte gern eine Hütte.

Geh nur nach Hause, sagte der Plattfisch, sie hat sie schon.

Da ging der Mann nach Hause, und seine Frau saß nicht mehr in dem Eimer. Aber da stand eine kleine Hütte, und seine Frau saß auf einer Bank vor der Tür. Dann nahm seine Frau ihn bei der

Hand und sagte: Komm bloß erst herein. Siehst du! nun ist es doch viel schöner. Da gingen sie hinein, und in der Hütte war ein kleiner Vorplatz und eine kleine prachtvolle Stube mit einer Kammer, wo ihrer beider Bett stand, und eine kleine Küche mit Speisekammer, alles auf das beste bestellt, die Gerätschaften auf das prächtigste aufgeputzt, Zinnzeug und Messing, alles was dazugehört. Und hinten war noch ein kleiner Hof mit Hühnern und Enten, dazu ein kleiner Garten mit Gemüse und Obstbäumen. Siehst du, sagte die Frau, ist das nicht hübsch?

Ja, sagte der Mann, so soll es bleiben. Nun wollen wir recht zufrieden leben!

Das wollen wir uns überlegen, sagte die Frau. Dann aßen sie und gingen zu Bett.

So ging das an die acht oder vierzehn Tage, dann sagte die Frau: Mann hör. Die Hütte ist ganz und gar zu eng, und Hof und Garten sind so klein. Der Plattfisch hätte uns gut und gern ein größeres Haus schenken können. Ich wollte, ich lebte in einem großen Schloß aus Stein. Geh hin zum Plattfisch, er soll uns ein Schloß schenken.

Ach Frau, sagte der Mann, die Hütte ist doch gut genug, wozu sollen wir in einem Schloß wohnen!

Unsinn! sagte die Frau. Geh du nur hin, der Plattfisch kann das leicht machen.

Nein, Frau, sagte der Mann. Der Plattfisch hat uns schon die Hütte gegeben, nun mag ich nicht schon wieder ankommen. Es könnte den Plattfisch verdrießen.

Nun geh doch, sagte die Frau, er kann das ganz gut, und tut es gern, geh du nur hin!

Dem Mann war das Herz ganz schwer, und er wollte nicht. Er sagte bei sich selbst: es ist nicht recht. Er ging aber doch hin.

Als er an die See kam, war das ganze Wasser violett und dunkelblau und grau und schlammig, gar nicht mehr so grün und gelb, aber es lag noch still. Er stellte sich hin und sagte:

> Großer Plattfisch dort im Meer!
> Bitte, schwimme zu mir her!
> Meine Frau, die Ilsebill,
> Will nicht so, wie ich es will.

Na, was will sie denn? fragte der Plattfisch.

Ach, sagte der Mann ziemlich betrübt, sie will in einem großen Schloß aus Stein wohnen.

Geh nur hin, sagte der Plattfisch, sie steht vor der Tür.

Da ging der Mann zurück und meinte, er käme nach Hause. Als er aber anlangte, stand da ein großer steinerner Palast, und seine Frau stand gerade auf der Treppe und wollte hineingehen. Sie nahm ihn bei der Hand und sagte: Komm nur herein! So trat er mit ihr ein, und in dem Schloß war eine große Halle mit Marmorfliesen, und eine Menge Bediente, die rissen die hohen Türen auf, und die Wände glänzten und waren mit prächtigen Tapeten behangen, und in den Räumen standen lauter goldene Stühle und Tische, und kristallene Kronleuchter hingen an der Decke, und so war es in all den Stuben und Kammern, mit Teppichen auf dem Boden, und auf den Tischen stand Essen und der allerbeste Wein, als sollten sie gleich zusammenbrechen. Und hinter dem Haus war noch ein großer Hof mit Pferde- und Kuhställen und den prächtigsten Kutschen. Dazu gab es da einen großen wunderbaren Garten mit den schönsten Blumen und erlesenen Obstbäumen, und einen Park von wenigstens einer halben Meile Länge, darin waren Hirsche und Rehe und Hasen und alles, was der Mensch sich nur wünschen kann. Na, sagte die Frau, ist das nun nicht schön?

Ach ja, sagte der Mann, und so soll es auch bleiben. In diesem schönen Schloß wollen wir denn wohnen, damit wollen wir zufrieden sein.

Das wollen wir uns überlegen, sagte die Frau, das wollen wir uns beschlafen. Damit gingen sie zu Bett. Am anderen Morgen wachte die Frau als erste auf. Es war eben Tag, und von ihrem Bett sah sie das schöne Land vor sich liegen. Der Mann reckte sich noch, als sie ihm mit dem Ellbogen in die Rippen stieß und sagte: Mann, steh auf und sieh mal aus dem Fenster. Hör mal, können wir nicht König werden über all dies Land? Geh zum Plattfisch, wir wollen König sein!

Ach Frau, sagte der Mann, wozu wollten wir König sein? Ich mag nicht König sein.

Gut, sagte die Frau. Willst du nicht König sein, so will ich König sein. Geh zum Plattfisch, ich will König sein.

Ach Frau, sagte der Mann, wozu wolltest du König sein? Das mag ich ihm nicht sagen.

Warum nicht? sagte die Frau. Geh auf der Stelle hin, ich muß König sein. Danach ging der Mann los und war ganz betrübt, daß seine Frau König werden wollte; es ist nicht recht, es ist nicht recht, dachte er. Er wollte nicht hingehen und ging dennoch.

Und als er an die See kam, war sie ganz dunkelgrau und schwarz und schlammig, und das Wasser gärte stark aus der Tiefe, dazu roch es ganz verfault. Da stellte er sich hin und sagte:

> Großer Plattfisch dort im Meer!
> Bitte, schwimme zu mir her!
> Meine Frau, die Ilsebill,
> Will nicht so, wie ich es will.

Na, was will sie denn? sagte der Plattfisch.

Ach, sagte der Mann, sie will König werden.

Geh nur hin, sagte der Plattfisch, sie ist es schon. Da ging der Mann zurück, und als er bei dem Palast ankam, war das Schloß viel größer geworden und hatte einen großen Turm mit prachtvollen Verzierungen, und Wachtposten standen vor dem Tor, und da waren Soldaten und Pauken und Trompeten in Mengen. Und als er in das Haus trat, war darin alles aus reinem Marmor und Gold, da hingen Samtdecken und dicke goldene Quasten. Dann öffneten sich die Türen des Saales, darin war der ganze Hofstaat, und seine Frau saß auf einem hohen Thron aus Gold und Diamanten, und sie trug eine große goldene Krone, und in der Hand hatte sie das Zepter aus purem Gold und Edelsteinen, und zu ihren beiden Seiten standen sechs Jungfrauen aufgereiht, eine immer um einen Kopf kleiner als die andere.

Da trat er vor und fragte: Ach, Frau, bist du jetzt König?

Ja, sagte die Frau, jetzt bin ich König. Da stand er und sah sie an, und als er sie so eine ganze Weile angesehen hatte, sagte er: Ach, Frau! Wie gut steht es dir, König zu sein! Nun wollen wir uns auch nichts mehr wünschen.

Nein, Mann, sagte die Frau, und war ganz unruhig, die Zeit wird mir zu lang, ich kann das nicht mehr aushalten. Geh zum Plattfisch. Ich bin König, nun muß ich auch Kaiser werden!

Ach, Frau! sagte der Mann. Wozu möchtest du Kaiser werden?

Mann, sagte sie, geh zum Plattfisch, ich will Kaiser werden.

Ach Frau, sagte der Mann, Kaiser kann er nicht machen. Ich mag das dem Plattfisch nicht sagen; einen Kaiser gibt es nur einmal im Reich. Kaiser kann der Plattfisch doch nicht machen; das kann und kann er nicht.

Was? sagte die Frau, ich bin König, und du bist bloß mein Mann, willst du wohl gleich hingehen? Geh auf der Stelle los! Kann er einen König machen, kann er auch Kaiser machen. Ich will und will Kaiser sein; geh auf der Stelle hin!

Da mußte er gehen. Aber unterwegs war ihm sehr bange zumute, und er dachte bei sich: dies geht und geht nicht gut aus. Kaiser, das ist zu unverschämt; am Ende wird der Plattfisch es leid.

Damit kam er an die See. Da war sie ganz schwarz und dick und fing schon an, aus der Tiefe zu gären, daß sie Blasen warf, und ein Wirbelwind ging über sie hin, daß das Wasser sich drehte, und den Mann kam ein Grauen an. Er stellte sich hin und sagte:

> Großer Plattfisch dort im Meer!
> Bitte, schwimme zu mir her!
> Meine Frau, die Ilsebill,
> Will nicht so, wie ich es will.

Na, was will sie denn? fragte der Plattfisch.

Ach, Plattfisch, sagte er, meine Frau will Kaiser werden.

Geh nur hin, sagte der Plattfisch, sie ist es schon. Da ging der Mann zurück, und als er ankam, war das ganze Schloß aus poliertem Marmor und hatte alabasterne Statuen und goldene Verzierungen. Vor dem Tor marschierten die Soldaten, die bliesen Trompeten und paukten und trommelten; aber drinnen im Hause gingen die Barone und Grafen und Herzöge schlicht als Bedienstete umher, die machten ihm die Türen auf, die waren ganz und gar aus Gold. Und als er hereinkam, saß seine Frau auf einem Thron, der war aus einem einzigen Stück Gold und an die zwei Meilen hoch, und sie trug eine große goldene Krone, die war drei Ellen hoch und besetzt mit Brillanten und Karfunkelsteinen. In der einen Hand hielt sie das Zepter und in der anderen den Reichsapfel, und zu ihren beiden Seiten standen die Trabanten in zwei Reihen, einer immer kleiner als der andere, vom allergrößten Riesen, der zwei Meilen lang war, bis zu dem allerwinzigsten Zwerg, der war nur so lang wie mein

kleiner Finger, und vor ihr standen Fürsten und Herzöge in
Mengen, etcetera, etcetera. Der Mann stellte sich zwischen sie
und fragte: Frau, bist du jetzt Kaiser?

Ja, sagte sie, ich bin Kaiser.

Er stand da und besah sie sich ausgiebig, und als er sie eine lange
Weile angesehen hatte, sagte er: Ach Frau! Wie gut steht es dir,
Kaiser zu sein!

Mann, sagte sie, was soll das, daß du da stehst? Ich bin jetzt
Kaiser, nun will ich aber auch Papst werden, geh zum Plattfisch.

Ach Frau! sagte der Mann. Was gibt es denn, das du nicht willst?
Papst kannst du nicht werden, einen Papst gibt es nur einmal in
der Christenheit, zum Papst kann er dich niemals machen.

Mann, sagte sie, ich will Papst werden, geh sofort hin, ich muß
heute noch Papst werden.

Nein, Frau, sagte der Mann, das mag ich ihm nicht sagen. Das
geht nicht gut aus, das ist ein zu starkes Stück, zum Papst kann
der Plattfisch dich nicht machen.

Mann, was für ein Geschwätz! sagte die Frau. Kann er Kaiser
machen, kann er auch einen Papst machen. Geh sogleich hin. Ich
bin Kaiser, und du bist bloß mein Mann, willst du wohl hingehen?

Da wurde ihm angst, und er ging los. Aber er fühlte sich ganz
schwach, und er zitterte und bebte, und seine Waden schlotterten. Ein mächtiger Wind strich über das Land, und die Wolken
flogen, als es gegen Abend dunkel wurde, die Blätter wurden
von den Bäumen geweht, und das Wasser toste und brauste wie
kochend und stürzte sich an das Ufer. In der Ferne sah er die
Schiffe, die schossen Notsignale und tanzten und sprangen auf
den Wellen. Zwar war in der Mitte des Himmels noch ein
kleiner blauer Fleck, aber an den Seiten zog es so rot herauf wie
ein schweres Gewitter. Da stellte er sich recht verzagt auf in
seiner Angst und sagte:

> Großer Plattfisch dort im Meer!
> Bitte, schwimme zu mir her!
> Meine Frau, die Ilsebill,
> Will nicht so, wie ich es will.

Na, was will sie denn? sagte der Plattfisch.

Ach, sagte der Mann, sie will Papst werden.

Geh nur hin, sagte der Plattfisch, sie ist es schon. Da ging der Mann zurück, und als er ankam, sah es aus wie eine mächtige Kirche, von nichts als Palästen umgeben. Er drängte sich durch das Volk, aber drinnen war alles mit tausend und abertausend Kerzen erleuchtet, und seine Frau war in lauteres Gold gekleidet und saß auf einem noch viel höheren Thron und hatte drei große goldene Kronen auf dem Kopf. Und um sie wimmelte es von geistlichen Würdenträgern, und links wie rechts von ihr standen zwei Reihen Kerzen, die größte so dick und groß wie der allerhöchste Turm, bis zur allerkleinsten Küchenkerze, und alle die Kaiser und Könige lagen vor ihr auf den Knien und küßten ihr den Pantoffel.

Frau, sagte der Mann, und sah sie eindringlich an, bist du jetzt Papst?

Ja, sagte sie, ich bin Papst.

Er stand da und sah sie genau an; das war, als sähe er in die helle Sonne. Als er sie lange betrachtet hatte, sagte er: Ach Frau! Wie gut steht es dir, Papst zu sein!

Sie saß aber so steif wie ein Stück Holz, sie rührte und regte sich nicht.

Frau, sagte er, nun sei zufrieden. Nun bist du Papst. Mehr kannst du doch nicht werden.

Das will ich mir überlegen, sagte die Frau. Damit gingen sie zu Bett, aber sie war nicht zufrieden, und die Gier ließ sie nicht schlafen; sie dachte immer darüber nach, was sie noch werden wollte.

Der Mann schlief gut und tief; er war am Tag viel auf den Beinen gewesen. Aber die Frau konnte überhaupt nicht einschlafen und warf sich die ganze Nacht von einer Seite auf die andere und dachte in einem fort darüber nach, was sie denn noch werden könnte, und nichts Größeres wollte ihr einfallen.

Als die Sonne eben aufgehen wollte, und sie das Morgenrot sah, setzte sie sich auf im Bett und starrte hinein, und als sie im Fenster die Sonne heraufkommen sah, dachte sie: Ha! Könnte ich nicht auch die Sonne und den Mond aufgehen lassen?

Mann, sagte sie, und stieß ihn mit dem Ellenbogen in die Rippen, wach auf, geh hin zum Plattfisch. Ich will werden wie der liebe Gott!

Der Mann war noch tief im Schlaf, aber er erschrak so, daß er aus dem Bett fiel. Er meinte, er hätte sich verhört, rieb sich die Augen und sagte: Ach Frau! Was hast du gesagt?

Mann, sagte sie, wenn ich nicht die Sonne und den Mond aufgehen lassen kann, und es ansehen muß, wie die Sonne und der Mond aufgehen – ich kann das nicht aushalten. Ich habe keine ruhige Stunde mehr, wenn ich sie nicht selbst aufgehen lassen kann – dabei sah sie ihn so schrecklich an, daß ihn ein Schauer überlief – geh hin, ich will werden wie der liebe Gott.

Ach Frau! sagte der Mann und fiel vor ihr auf die Knie, das kann der Plattfisch nicht. Er kann den Kaiser und den Papst machen, aber ich bitte dich, geh in dich und bleibe Papst!

Da wurde sie sehr böse, die Haare flogen ihr wild um den Kopf, sie riß sich das Leibchen auf, sie stieß mit dem Fuß nach ihm und schrie: Ich halte das nicht aus, ich halte das nicht länger aus, willst du wohl hingehen?

Da zog er sich die Hosen an und lief weg wie ein Wahnsinniger. Draußen aber tobte und brauste der Sturm, daß er sich kaum auf den Beinen halten konnte. Die Häuser und die Bäume wurden umgeweht, und die Berge bebten, und die Felsbrocken stürzten in die See, und der ganze Himmel wurde pechschwarz, und es donnerte und blitzte, und die See warf schwarze Wellen so hoch wie Kirchtürme und Gebirge, die hatten alle eine weiße Schaumkrone obenauf – da schrie er, und konnte sein eigenes Wort nicht hören:

> Großer Plattfisch dort im Meer!
> Bitte, schwimme zu mir her!
> Meine Frau, die Ilsebill,
> Will nicht so, wie ich es will.

Na, was will sie denn? fragte der Plattfisch.

Ach sagte er – – sie will werden wie der liebe Gott.

Geh nur hin, sie ist schon wieder im Eimer.

Darin sitzen sie noch heute, bis auf diesen Tag.

Aus dem Plattdeutschen
von Uwe Johnson

Diesen Abend
verspreche ich Ihnen ein Märchen,
durch das Sie an nichts
und an alles
erinnert werden sollen.

GOETHE

JOHANN WOLFGANG GOETHE
Das Märchen

n dem großen Flusse, der eben von einem starken
Regen geschwollen und übergetreten war, lag in
seiner kleinen Hütte, müde von der Anstrengung
des Tages, der alte Fährmann und schlief. Mitten
in der Nacht weckten ihn einige laute Stimmen; er
hörte, daß Reisende übergesetzt sein wollten.
Als er vor die Tür hinaus trat, sah er zwei große Irrlichter über
dem angebundenen Kahne schweben, die ihm versicherten, daß
sie große Eile hätten und schon an jenem Ufer zu sein wünschten. Der Alte säumte nicht, stieß ab und fuhr, mit seiner gewöhnlichen Geschicklichkeit, quer über den Strom, indes die
Fremden in einer unbekannten, sehr behenden Sprache gegeneinander zischten und mitunter in ein lautes Gelächter ausbra-
chen, indem sie bald auf den Rändern und Bänken, bald auf dem
Boden des Kahns hin- und widerhüpften.
Der Kahn schwankt! rief der Alte, und wenn ihr so unruhig seid,
kann er umschlagen; setzt euch, ihr Lichter!
Sie brachen über diese Zumutung in ein großes Gelächter aus, ver-
spotteten den Alten und waren noch unruhiger als vorher. Er trug
ihre Unarten mit Geduld und stieß bald am jenseitigen Ufer an.
Hier ist für Eure Mühe, riefen die Reisenden, und es fielen,
indem sie sich schüttelten, viele glänzende Goldstücke in den
feuchten Kahn. – Ums Himmels willen, was macht ihr! rief der
Alte; ihr bringt mich ins größte Unglück! Wäre ein Goldstück
ins Wasser gefallen, so würde der Strom, der dies Metall nicht
leiden kann, sich in entsetzliche Wellen erhoben, das Schiff und
mich verschlungen haben, und wer weiß, wie es euch gegangen
sein würde; nehmt euer Geld wieder zu euch!
Wir können nichts wieder zu uns nehmen, was wir abgeschüt-
telt haben, versetzten jene.
So macht ihr mir noch die Mühe, sagte der Alte, indem er sich
bückte und die Goldstücke in seine Mütze las, daß ich sie
zusammensuchen, ans Land tragen und vergraben muß.
Die Irrlichter waren aus dem Kahne gesprungen, und der Alte
rief: Wo bleibt nun mein Lohn?

Wer kein Gold nimmt, mag umsonst arbeiten! riefen die Irrlichter. – Ihr müßt wissen, daß man mich nur mit Früchten der Erde bezahlen kann. – Mit Früchten der Erde? Wir verschmähen sie und haben sie nie genossen. – Und doch kann ich euch nicht loslassen, bis ihr mir versprecht, daß ihr mir drei Kohlhäupter, drei Artischocken und drei große Zwiebeln liefert.

Die Irrlichter wollten scherzend davonschlüpfen; allein sie fühlten sich auf eine unbegreifliche Weise an den Boden gefesselt; es war die unangenehmste Empfindung, die sie jemals gehabt hatten. Sie versprachen, seine Forderung nächstens zu befriedigen; er entließ sie und stieß ab. Er war schon weit hinweg, als sie ihm nachriefen: Alter! hört, Alter! wir haben das Wichtigste vergessen! Er war fort und hörte sie nicht. Er hatte sich an derselben Seite den Fluß hinabtreiben lassen, wo er in einer gebirgigten Gegend, die das Wasser niemals erreichen konnte, das gefährliche Gold verscharren wollte. Dort fand er zwischen hohen Felsen eine ungeheure Kluft, schüttete es hinein und fuhr nach seiner Hütte zurück.

In dieser Kluft befand sich die schöne grüne Schlange, die durch die herabklingende Münze aus ihrem Schlaf geweckt wurde. Sie ersah kaum die leuchtenden Scheiben, als sie solche auf der Stelle mit großer Begierde verschlang und alle Stücke, die sich in dem Gebüsch und zwischen den Felsritzen zerstreut hatten, sorgfältig aufsuchte.

Kaum waren sie verschlungen, so fühlte sie mit der angenehmsten Empfindung das Gold in ihren Eingeweiden schmelzen und sich durch ihren ganzen Körper ausbreiten, und zur größten Freude bemerkte sie, daß sie durchsichtig und leuchtend geworden war. Lange hatte man ihr schon versichert, daß diese Erscheinung möglich sei; weil sie aber zweifelhaft war, ob dieses Licht lange dauern könne, so trieb sie die Neugierde und der Wunsch, sich für die Zukunft sicherzustellen, aus dem Felsen heraus, um zu untersuchen, wer das schöne Gold hereingestreut haben könnte. Sie fand niemanden. Desto angenehmer war es ihr, sich selbst, da sie zwischen Kräutern und Gesträuchen hinkroch, und ihr anmutiges Licht, das sie durch das frische Grün verbreitete, zu bewundern. Alle Blätter schienen von Smaragd, alle Blumen auf das herrlichste verklärt. Vergebens durchstrich

sie die einsame Wildnis; desto mehr aber wuchs ihre Hoffnung,
als sie auf die Fläche kam und von weitem einen Glanz, der dem
ihrigen ähnlich war, erblickte. Find ich doch endlich meinesglei-
chen! rief sie aus und eilte nach der Gegend zu. Sie achtete nicht
die Beschwerlichkeit, durch Sumpf und Rohr zu kriechen; denn
ob sie gleich auf trocknen Bergwiesen, in hohen Felsritzen am
liebsten lebte, gewürzhafte Kräuter gerne genoß und mit zartem
Tau und frischem Quellwasser ihren Durst gewöhnlich stillte, so
hätte sie doch des lieben Goldes willen und in Hoffnung des
herrlichen Lichtes alles unternommen, was man ihr auferlegte.
Sehr ermüdet gelangte sie endlich zu einem feuchten Ried, wo
unsere beiden Irrlichter hin- und widerspielten. Sie schoß auf sie
los, begrüßte sie und freute sich, so angenehme Herren von ihrer
Verwandtschaft zu finden. Die Lichter strichen an ihr her,
hüpften über sie weg und lachten nach ihrer Weise. Frau
Muhme, sagten sie, wenn Sie schon von der horizontalen Linie
sind, so hat das doch nichts zu bedeuten; freilich sind wir nur von
seiten des Scheins verwandt, denn sehen Sie nur (hier machten
beide Flammen, indem sie ihre ganze Breite aufopferten, sich so
lang und spitz als möglich), wie schön uns Herren von der
vertikalen Linie diese schlanke Länge kleidet; nehmen Sie's uns
nicht übel, meine Freundin, welche Familie kann sich des rühmen? solang es Irrlichter gibt, hat noch keins weder gesessen
noch gelegen.
Die Schlange fühlte sich in der Gegenwart dieser Verwandten
sehr unbehaglich, denn sie mochte den Kopf so hoch heben, als
sie wollte, so fühlte sie doch, daß sie ihn wieder zur Erde biegen
mußte, um von der Stelle zu kommen, und hatte sie sich vorher
im dunklen Hain außerordentlich wohlgefallen, so schien ihr
Glanz in Gegenwart dieser Vettern sich jeden Augenblick zu
vermindern, ja sie fürchtete, daß er endlich gar verlöschen
werde.
In dieser Verlegenheit fragte sie eilig, ob die Herren ihr nicht
etwa Nachricht geben könnten, wo das glänzende Gold her-
komme, das vor kurzem in die Felskluft gefallen sei; sie vermute, es sei ein Goldregen, der unmittelbar vom Himmel träuf-
le. Die Irrlichter lachten und schüttelten sich, und es sprangen
eine große Menge Goldstücke um sie herum. Die Schlange fuhr

schnell darnach, sie zu verschlingen. Laßt es Euch schmecken, Frau Muhme, sagten die artigen Herren, wir können noch mit mehr aufwarten. Sie schüttelten sich noch einige Male mit großer Behendigkeit, so daß die Schlange kaum die kostbare Speise schnell genug hinunterbringen konnte. Sichtlich fing ihr Schein an zu wachsen, und sie leuchtete wirklich aufs herrlichste, indes die Irrlichter ziemlich mager und klein geworden waren, ohne jedoch von ihrer guten Laune das mindeste zu verlieren.

Ich bin euch auf ewig verbunden, sagte die Schlange, nachdem sie von ihrer Mahlzeit wieder zu Atem gekommen war, fordert von mir, was ihr wollt; was in meinen Kräften ist, will ich euch leisten.

Recht schön! riefen die Irrlichter, sage, wo wohnt die schöne Lilie? Führt uns so schnell als möglich zum Palaste und Garten der schönen Lilie! wir sterben vor Ungeduld, uns ihr zu Füßen zu werfen.

Diesen Dienst, versetzte die Schlange mit einem tiefen Seufzer, kann ich euch sogleich nicht leisten. Die schöne Lilie wohnt leider jenseits des Wassers. – Jenseits des Wassers! Und wir lassen uns in dieser stürmischen Nacht übersetzen! Wie grausam ist der Fluß, der uns nun scheidet! Sollte es nicht möglich sein, den Alten wieder zu errufen?

Sie würden sich vergebens bemühen, versetzte die Schlange, denn wenn Sie ihn auch selbst an dem diesseitigen Ufer anträfen, so würde er Sie nicht einnehmen; er darf jedermann herüber, niemand hinüber bringen. – Da haben wir uns schön gebettet! Gibt es denn kein ander Mittel, über das Wasser zu kommen? – Noch einige, nur nicht in diesem Augenblick. Ich selbst kann die Herren übersetzen, aber erst in der Mittagsstunde. – Das ist eine Zeit, in der wir nicht gerne reisen. – So können Sie abends auf dem Schatten des Riesen hinüberfahren. – Wie geht das zu? – Der große Riese, der nicht weit von hier wohnt, vermag mit seinem Körper nichts; seine Hände heben keinen Strohhalm, seine Schultern würden kein Reisbündel tragen; aber sein Schatten vermag viel, ja alles. Deswegen ist er beim Aufgang und Untergang der Sonne am mächtigsten, und so darf man sich abends nur auf den Nacken seines Schattens setzen: der Riese geht alsdann sachte gegen das Ufer zu, und der Schatten bringt den Wanderer über das Wasser hinüber. Wollen Sie aber um Mittagszeit sich an jener Waldecke einfinden, wo das Gebüsch dicht ans Ufer stößt, so kann ich Sie übersetzen und der schönen Lilie vorstellen; scheuen Sie hingegen die Mittagshitze, so dürfen Sie nur gegen Abend in jener Felsenbucht den Riesen aufsuchen, der sich gewiß recht gefällig zeigen wird.

Mit einer leichten Verbeugung entfernten sich die jungen Herren, und die Schlange war zufrieden, von ihnen loszukommen, teils um sich in ihrem eignen Lichte zu erfreuen, teils eine Neugierde zu befriedigen, von der sie schon lange auf eine sonderbare Weise gequält ward.

In den Felsklüften, in denen sie oft hin- und widerkroch, hatte sie an einem Orte eine seltsame Entdeckung gemacht. Denn ob sie gleich durch diese Abgründe ohne ein Licht zu kriechen genötiget war, so konnte sie doch durchs Gefühl die Gegenstände recht wohl unterscheiden. Nur unregelmäßige Naturprodukte war sie gewohnt überall zu finden; bald schlang sie sich zwischen den Zacken großer Kristalle hindurch, bald fühlte sie die Haken und Haare des gediegenen Silbers und brachte ein und den andern Edelstein mit sich ans Licht hervor. Doch hatte sie zu ihrer großen Verwunderung in einem ringsum verschlossenen Felsen Gegenstände gefühlt, welche die bildende Hand des Menschen verrieten. Glatte Wände, an denen sie nicht aufsteigen konnte, scharfe regelmäßige Kanten, wohlgebildete Säulen und, was ihr am sonderbarsten vorkam, menschliche Figuren, um die sie sich mehrmals geschlungen hatte und die sie für Erz oder äußerst polierten Marmor halten mußte. Alle diese Erfahrungen wünschte sie noch zuletzt durch den Sinn des Auges zusammenzufassen und das, was sie nur mutmaßte, zu bestätigen. Sie glaubte sich nun fähig, durch ihr eignes Licht dieses wunderbare unterirdische Gewölbe zu erleuchten, und hoffte, auf einmal mit diesen sonderbaren Gegenständen völlig bekannt zu werden. Sie eilte und fand auf dem gewohnten Wege bald die Ritze, durch die sie in das Heiligtum zu schleichen pflegte.

Als sie sich am Orte befand, sah sie sich mit Neugier um, und obgleich ihr Schein alle Gegenstände der Rotonde nicht erleuchten konnte, so wurden ihr doch die nächsten deutlich genug. Mit Erstaunen und Ehrfurcht sah sie in eine glänzende

Nische hinauf, in welcher das Bildnis eines ehrwürdigen Königs in lauterm Golde aufgestellt war. Dem Maß nach war die Bildsäule über Menschengröße, der Gestalt nach aber das Bildnis eher eines kleinen als eines großen Mannes. Sein wohlgebildeter Körper war mit einem einfachen Mantel umgeben, und ein Eichenkranz hielt seine Haare zusammen.

Kaum hatte die Schlange dieses ehrwürdige Bildnis angeblickt, als der König zu reden anfing und fragte: Wo kommst du her? – Aus den Klüften, versetzte die Schlange, in denen das Gold wohnt. – Was ist herrlicher als Gold? fragte der König. – Das Licht, antwortete die Schlange. – Was ist erquicklicher als das Licht? fragte jener. – Das Gespräch, antwortete diese.

Sie hatte unter diesen Reden beiseite geschielt und in der nächsten Nische ein anderes herrliches Bild gesehen. In derselben saß ein silberner König, von langer und eher schmächtiger Gestalt; sein Körper war mit einem verzierten Gewande überdeckt, Krone, Gürtel und Zepter mit Edelsteinen geschmückt; er hatte die Heiterkeit des Stolzes in seinem Angesichte und schien eben reden zu wollen, als an der marmornen Wand eine Ader, die dunkelfarbig hindurchlief, auf einmal hell ward und ein angenehmes Licht durch den ganzen Tempel verbreitete. Bei diesem Lichte sah die Schlange den dritten König, der von Erz in mächtiger Gestalt dasaß, sich auf seine Keule lehnte, mit einem Lorbeerkranze geschmückt war und eher einem Felsen als einem Menschen glich. Sie wollte sich nach dem vierten umsehen, der in der größten Entfernung von ihr stand, aber die Mauer öffnete sich, indem die erleuchtete Ader wie ein Blitz zuckte und verschwand.

Ein Mann von mittlerer Größe, der heraustrat, zog die Aufmerksamkeit der Schlange auf sich. Er war als ein Bauer gekleidet und trug eine kleine Lampe in der Hand, in deren stille Flamme man gerne hineinsah, und die auf eine wunderbare Weise, ohne auch nur einen Schatten zu werfen, den ganzen Dom erhellte.

Warum kommst du, da wir Licht haben? fragte der goldene König. – Ihr wißt, daß ich das Dunkle nicht erleuchten darf. – Endigt sich mein Reich? fragte der silberne König. – Spät oder nie, versetzte der Alte.

Mit einer starken Stimme fing der eherne König an zu fragen: Wann werde ich aufstehn? – Bald, versetzte der Alte. – Mit wem soll ich mich verbinden? fragte der König. – Mit deinen ältern Brüdern, sagte der Alte. – Was wird aus dem jüngsten werden? fragte der König. – Er wird sich setzen, sagte der Alte. Ich bin nicht müde, rief der vierte König mit einer rauhen, stotternden Stimme.

Die Schlange war, indessen jene redeten, in dem Tempel leise herumgeschlichen, hatte alles betrachtet und besah nunmehr den vierten König in der Nähe. Er stand an eine Säule gelehnt, und seine ansehnliche Gestalt war eher schwerfällig als schön. Allein, das Metall, woraus er gegossen war, konnte man nicht leicht unterscheiden. Genau betrachtet, war es eine Mischung der drei Metalle, aus denen seine Brüder gebildet waren. Aber beim Gusse schienen diese Materien nicht recht zusammengeschmolzen zu sein; goldne und silberne Adern liefen unregelmäßig durch eine eherne Masse hindurch und gaben dem Bilde ein unangenehmes Ansehn.

Indessen sagte der goldne König zum Manne: Wieviel Geheimnisse weißt du? – Drei, versetzte der Alte. – Welches ist das wichtigste? fragte der silberne König. – Das offenbare, versetzte der Alte. – Willst du es auch uns eröffnen? fragte der eherne. – Sobald ich das vierte weiß, sagte der Alte. – Was kümmerts mich! murmelte der zusammengesetzte König vor sich hin.

Ich weiß das vierte, sagte die Schlange, näherte sich dem Alten und zischte ihm etwas ins Ohr. – Es ist an der Zeit! rief der Alte mit gewaltiger Stimme. Der Tempel schallte wider, die metallenen Bildsäulen klangen, und in dem Augenblicke versank der Alte nach Westen und die Schlange nach Osten, und jedes durchstrich mit großer Schnelle die Klüfte der Felsen.

Alle Gänge, durch die der Alte hindurchwandelte, füllten sich hinter ihm sogleich mit Gold, denn seine Lampe hatte die wunderbare Eigenschaft, alle Steine in Gold, alles Holz in Silber, tote Tiere in Edelsteine zu verwandeln und alle Metalle zu vernichten; diese Wirkung zu äußern, mußte sie aber ganz allein leuchten. Wenn ein ander Licht neben ihr war, wirkte sie nur einen schönen hellen Schein, und alles Lebendige ward immer durch sie erquickt.

Der Alte trat in seine Hütte, die an dem Berge angebauet war,

und fand sein Weib in der größten Betrübnis. Sie saß am Feuer
und weinte und konnte sich nicht zufriedengeben. Wie unglücklich bin ich! rief sie aus, wollt ich dich heute doch nicht
fortlassen! – Was gibt es denn? fragte der Alte ganz ruhig.
Kaum bist du weg, sagte sie mit Schluchzen, so kommen zwei
ungestüme Wanderer vor die Türe; unvorsichtig lasse ich sie
herein, es schienen ein paar artige, rechtliche Leute; sie waren in
leichte Flammen gekleidet, man hätte sie für Irrlichter halten
können; kaum sind sie im Hause, so fangen sie an, auf eine
unverschämte Weise mir mit Worten zu schmeicheln, und werden so zudringlich, daß ich mich schäme, daran zu denken.
Nun, versetzte der Mann lächelnd, die Herren haben wohl
gescherzt; denn deinem Alter nach sollten sie es wohl bei der
allgemeinen Höflichkeit gelassen haben.
Was Alter! Alter! rief die Frau; soll ich immer von meinem Alter
hören? Wie alt bin ich denn? Gemeine Höflichkeit! Ich weiß
doch, was ich weiß. Und sieh dich nur um, wie die Wände
aussehen; sieh nur die alten Steine, die ich seit hundert Jahren
nicht mehr gesehen habe: alles Gold haben sie heruntergeleckt,
du glaubst nicht mit welcher Behendigkeit, und sie versicherten
immer, es schmecke viel besser als gemeines Gold. Als sie die
Wände reingefegt hatten, schienen sie sehr gutes Mutes, und
gewiß, sie waren auch in kurzer Zeit sehr viel größer, breiter
und glänzender geworden. Nun fingen sie ihren Mutwillen von
neuem an, streichelten mich wieder, hießen mich ihre Königin,
schüttelten sich, und eine Menge Goldstücke sprangen herum;
du siehst noch, wie sie dort unter der Bank leuchten. Aber welch
ein Unglück! unser Mops fraß einige davon, und sieh, da liegt er
am Kamine tot; das arme Tier! ich kann mich nicht zufriedengeben. Ich sah es erst, da sie fort waren, denn sonst hätte ich nicht
versprochen, ihre Schuld beim Fährmann abzutragen. – Was
sind sie schuldig? fragte der Alte. – Drei Kohlhäupter, sagte die
Frau, drei Artischocken und drei Zwiebeln; wenn es Tag wird,
habe ich versprochen, sie an den Fluß zu tragen.
Du kannst ihnen den Gefallen tun, sagte der Alte; denn sie
werden uns gelegentlich auch wieder dienen.
Ob sie uns dienen werden, weiß ich nicht, aber versprochen und
beteuert haben sie es.

Indessen war das Feuer im Kamine zusammengebrannt, der Alte
überzog die Kohlen mit vieler Asche, schaffte die leuchtenden
Goldstücke beiseite, und nun leuchtete sein Lämpchen wieder
allein, in dem schönsten Glanze, die Mauern überzogen sich mit
Gold, und der Mops war zu dem schönsten Onyx geworden,
den man sich denken konnte. Die Abwechselung der braunen
und schwarzen Farbe des kostbaren Gesteins machte ihn zum
seltensten Kunstwerke.

Nimm deinen Korb, sagte der Alte, und stelle den Onyx hinein,
alsdann nimm die drei Kohlhäupter, die drei Artischocken und
die drei Zwiebeln, lege sie umher und trage sie zum Flusse.
Gegen Mittag laß dich von der Schlange übersetzen und besuche
die schöne Lilie; bring ihr den Onyx, sie wird ihn durch ihre
Berührung lebendig machen, wie sie alles Lebendige durch ihre
Berührung tötet; sie wird einen treuen Gefährten an ihm haben.
Sage ihr, sie solle nicht trauern: ihre Erlösung sei nahe, das
größte Unglück könne sie als das größte Glück betrachten, denn
es sei an der Zeit.

Die Alte packte ihren Korb und machte sich, als es Tag war, auf
den Weg. Die aufgehende Sonne schien hell über den Fluß
herüber, der in der Ferne glänzte; das Weib ging mit langsamem
Schritt, denn der Korb drückte sie aufs Haupt, und es war doch
nicht der Onyx, der so lastete. Alles Tote, was sie trug, fühlte sie
nicht, vielmehr hob sich alsdann der Korb in die Höhe und
schwebte über ihrem Haupte. Aber ein frisches Gemüs oder ein
kleines lebendiges Tier zu tragen, war ihr äußerst beschwerlich.
Verdrießlich war sie eine Zeitlang hingegangen, als sie auf
einmal erschreckt stillestand; denn sie hätte beinahe auf den
Schatten des Riesen getreten, der sich über die Ebene bis zu ihr
hin erstreckte. Und nun sah sie erst den gewaltigen Riesen, der
sich im Fluß gebadet hatte, aus dem Wasser heraussteigen, und
sie wußte nicht, wie sie ihm ausweichen sollte. Sobald er sie
gewahr ward, fing er an, sie scherzhaft zu begrüßen, und die
Hände seines Schattens griffen sogleich in den Korb. Mit Leichtigkeit und Geschicklichkeit nahmen sie ein Kohlhaupt, eine
Artischocke und eine Zwiebel heraus und brachten sie dem
Riesen zum Munde, der sodann weiter den Fluß hinauf ging
und dem Weibe den Weg frei ließ.

Sie bedachte, ob sie nicht lieber zurückgehen und die fehlenden
Stücke aus ihrem Garten wieder ersetzen sollte, und ging unter
diesen Zweifeln immer weiter vorwärts, so daß sie bald an dem
Ufer des Flusses ankam. Lange saß sie in Erwartung des Fährmanns, den sie endlich mit einem sonderbaren Reisenden her-
überschiffen sah. Ein junger, edler, schöner Mann, den sie nicht
genug ansehen konnte, stieg aus dem Kahne.

Was bringt Ihr? rief der Alte. – Es ist das Gemüse, das Euch die
Irrlichter schuldig sind, versetzte die Frau und wies ihre Ware
hin. Als der Alte von jeder Sorte nur zwei fand, ward er
verdrießlich und versicherte, daß er sie nicht annehmen könne.
Die Frau bat ihn inständig, erzählte ihm, daß sie jetzt nicht nach
Hause gehen könne und daß ihr die Last auf dem Wege, den sie
vor sich habe, beschwerlich sei. Er blieb bei seiner abschläglichen
Antwort, indem er ihr versicherte, daß es nicht einmal von ihm
abhange. Was mir gebührt, muß ich neun Stunden zusammen
lassen, und ich darf nichts annehmen, bis ich dem Fluß ein
Dritteil übergeben habe. – Nach vielem Hin- und Widerreden
versetzte endlich der Alte: Es ist noch ein Mittel. Wenn Ihr Euch
gegen den Fluß verbürgt und Euch als Schuldnerin bekennen
wollt, so nehm ich die sechs Stücke zu mir, es ist aber einige
Gefahr dabei. – Wenn ich mein Wort halte, so laufe ich doch
keine Gefahr? – Nicht die geringste. Steckt Eure Hand in den
Fluß, fuhr der Alte fort, und versprecht, daß Ihr in vierundzwanzig Stunden die Schuld abtragen wollt.

Die Alte tats, aber wie erschrak sie nicht, als sie ihre Hand
kohlschwarz wieder aus dem Wasser zog. Sie schalt heftig auf
den Alten, versicherte, daß ihre Hände immer das Schönste an
ihr gewesen wären und daß sie, ungeachtet der harten Arbeit,
diese edlen Glieder weiß und zierlich zu erhalten gewußt habe.
Sie besah die Hand mit großem Verdrusse und rief verzweiflungsvoll aus: Das ist noch schlimmer! Ich sehe, sie ist gar
geschwunden, sie ist viel kleiner als die andere.

Jetzt scheint es nur so, sagte der Alte; wenn Ihr aber nicht Wort
haltet, kann es wahr werden. Die Hand wird nach und nach
schwinden und endlich ganz verschwinden, ohne daß Ihr den
Gebrauch derselben entbehrt. Ihr werdet alles damit verrichten
können, nur daß sie niemand sehen wird. – Ich wollte lieber, ich

könnte sie nicht brauchen, und man säh mirs nicht an, sagte die Alte; indessen hat das nichts zu bedeuten, ich werde mein Wort halten, um diese schwarze Haut und diese Sorge bald loszuwerden. Eilig nahm sie darauf den Korb, der sich von selbst über ihren Scheitel erhob und frei in die Höhe schwebte, und eilte dem jungen Manne nach, der sachte und in Gedanken am Ufer hinging. Seine herrliche Gestalt und sein sonderbarer Anzug hatten sich der Alten tief eingedruckt.

Seine Brust war mit einem glänzenden Harnisch bedeckt, durch den alle Teile seines schönen Leibes sich durchbewegten. Um seine Schultern hing ein Purpurmantel, um sein unbedecktes Haupt wallten braune Haare in schönen Locken; sein holdes Gesicht war den Strahlen der Sonne ausgesetzt, so wie seine schöngebauten Füße. Mit nackten Sohlen ging er gelassen über den heißen Sand hin, und ein tiefer Schmerz schien alle äußeren Eindrücke abzustumpfen.

Die gesprächige Alte suchte ihn zu einer Unterredung zu bringen, allein er gab ihr mit kurzen Worten wenig Bescheid, so daß sie endlich, ungeachtet seiner schönen Augen, müde ward, ihn immer vergebens anzureden, von ihm Abschied nahm und sagte: Ihr geht mir zu langsam, mein Herr, ich darf den Augenblick nicht versäumen, um über die grüne Schlange den Fluß zu passieren und der schönen Lilie das vortreffliche Geschenk von meinem Manne zu überbringen. Mit diesen Worten schritt sie eilends fort, und ebenso schnell ermannte sich der schöne Jüngling und eilte ihr auf dem Fuße nach. Ihr geht zur schönen Lilie! rief er aus; da gehen wir einen Weg. Was ist das für ein Geschenk, das Ihr tragt?

Mein Herr, versetzte die Frau dagegen, es ist nicht billig, nachdem Ihr meine Fragen so einsilbig abgelehnt habt, Euch mit solcher Lebhaftigkeit nach meinen Geheimnissen zu erkundigen. Wollt Ihr aber einen Tausch eingehen und mir Eure Schicksale erzählen, so will ich Euch nicht verbergen, wie es mit mir und meinem Geschenke steht. Sie wurden bald einig; die Frau vertraute ihm ihre Verhältnisse, die Geschichte des Hundes und ließ ihn dabei das wundervolle Geschenk betrachten.

Er hob sogleich das natürliche Kunstwerk aus dem Korbe und nahm den Mops, der sanft zu ruhen schien, in seine Arme.

Glückliches Tier! rief er aus; du wirst von ihren Händen berührt, du wirst von ihr belebt werden, anstatt daß Lebendige vor ihr fliehen, um nicht ein trauriges Schicksal zu erfahren. Doch was sage ich ›traurig‹! ist es nicht viel betrübter und bänglicher durch ihre Gegenwart gelähmt zu werden, als es sein würde, von ihrer Hand zu sterben! Sieh mich an, sagte er zu der Alten; in meinen Jahren, welch einen elenden Zustand muß ich erdulden. Diesen Harnisch, den ich mit Ehren im Kriege getragen, diesen Purpur, den ich durch eine weise Regierung zu verdienen suchte, hat mir das Schicksal gelassen, jenen als eine unnötige Last, diesen als eine unbedeutende Zierde. Krone, Zepter und Schwert sind hinweg, ich bin übrigens so nackt und bedürftig als jeder andere Erdensohn; denn so unselig wirken ihre schönen blauen Augen, daß sie allen lebendigen Wesen ihre Kraft nehmen und daß diejenigen, die ihre berührende Hand nicht tötet, sich in den Zustand lebendig wandelnder Schatten versetzt fühlen.

So fuhr er fort zu klagen und befriedigte die Neugierde der Alten keineswegs, welche nicht sowohl von seinem innern als von seinem äußern Zustande unterrichtet sein wollte. Sie erfuhr weder den Namen seines Vaters noch seines Königreichs. Er streichelte den harten Mops, den die Sonnenstrahlen und der warme Busen des Jünglings, als wenn er lebte, erwärmt hatten. Er fragte viel nach dem Mann mit der Lampe, nach den Wirkungen des heiligen Lichtes und schien sich davon für seinen traurigen Zustand künftig viel Gutes zu versprechen.

Unter diesen Gesprächen sahen sie von ferne den majestätischen Bogen der Brücke, der von einem Ufer zum andern hinüberreichte, im Glanz der Sonne auf das wunderbarste schimmern. Beide erstaunten, denn sie hatten dieses Gebäude noch nie so herrlich gesehen. Wie! rief der Prinz; war sie nicht schon schön genug, als sie vor unsern Augen wie von Jaspis und Prasem gebaut dastand? Muß man nicht fürchten, sie zu betreten, da sie aus Smaragd, Chrysopras und Chrysolith mit der anmutigsten Mannigfaltigkeit zusammengesetzt erscheint? Beide wußten nicht die Veränderung, die mit der Schlange vorgegangen war: denn die Schlange war es, die sich jeden Mittag über den Fluß hinüberbäumte und in Gestalt einer kühnen Brücke dastand. Die Wanderer betraten sie mit Ehrfurcht und gingen schweigend hinüber.

Sie waren kaum am jenseitigen Ufer, als die Brücke sich zu
schwingen und zu bewegen anfing, in kurzem die Oberfläche
des Wassers berührte und die grüne Schlange in ihrer eigentümlichen Gestalt den Wanderern auf dem Lande nachgleitete.
Beide hatten kaum für die Erlaubnis, auf ihrem Rücken über
den Fluß zu setzen, gedankt, als sie bemerkten, daß außer ihnen
dreien noch mehrere Personen in der Gesellschaft sein müßten,
die sie jedoch mit ihren Augen nicht erblicken konnten. Sie
hörten neben sich ein Gezisch, dem die Schlange gleichfalls mit
einem Gezisch antwortete; sie horchten auf und konnten endlich
folgendes vernehmen: Wir werden, sagten ein paar wechselnde
Stimmen, uns erst inkognito in dem Park der schönen Lilie
umsehen und ersuchen Euch, uns mit Anbruch der Nacht,
sobald wir nur irgend präsentabel sind, der vollkommenen
Schönheit vorzustellen. An dem Rande des großen Sees werdet
Ihr uns antreffen. – Es bleibt dabei, antwortete die Schlange, und
ein zischender Laut verlor sich in der Luft.
Unsere drei Wanderer beredeten sich nunmehr, in welcher
Ordnung sie bei der Schönen vortreten wollten; denn so viel
Personen auch um sie sein konnten, so durften sie doch nur
einzeln kommen und gehen, wenn sie nicht empfindliche
Schmerzen erdulden sollten.
Das Weib mit dem verwandelten Hunde im Korbe nahte sich
zuerst dem Garten und suchte ihre Gönnerin auf, die leicht zu
finden war, weil sie eben zur Harfe sang; die lieblichen Töne
zeigten sich erst als Ringe auf der Oberfläche des stillen Sees,
dann wie ein leichter Hauch setzten sie Gras und Büsche in
Bewegung. Auf einem eingeschlossenen grünen Platze, in dem
Schatten einer herrlichen Gruppe mannigfaltiger Bäume, saß sie
und bezauberte beim ersten Anblick aufs neue die Augen, das
Ohr und das Herz des Weibes, das sich ihr mit Entzücken
näherte und bei sich selbst schwur, die Schöne sei während ihrer
Abwesenheit nur immer schöner geworden. Schon von weitem
rief die gute Frau dem liebenswürdigsten Mädchen Gruß und
Lob zu. Welch ein Glück, Euch anzusehen, welch einen Himmel
verbreitet Eure Gegenwart um Euch her! Wie die Harfe so
reizend in Eurem Schoße lehnt, wie Eure Arme sie so sanft
umgeben, wie sie sich nach Eurer Brust zu sehnen scheint, und

wie sie unter der Berührung Eurer schlanken Finger so zärtlich klingt! Dreifach glücklicher Jüngling, der du ihren Platz einnehmen konntest!

Unter diesen Worten war sie näher gekommen, die schöne Lilie schlug die Augen auf, ließ die Hände sinken und versetzte: Betrübe mich nicht durch ein unzeitiges Lob, ich empfinde nur desto stärker mein Unglück. Sieh, hier zu meinen Füßen liegt der arme Kanarienvogel tot, der sonst meine Lieder auf das angenehmste begleitete; er war gewöhnt, auf meiner Harfe zu sitzen, und sorgfältig abgerichtet, mich nicht zu berühren; heute, indem ich, vom Schlaf erquickt, ein ruhiges Morgenlied anstimme und mein kleiner Sänger munterer als jemals seine harmonischen Töne hören läßt, schießt ein Habicht über meinem Haupte hin; das arme kleine Tier, erschrocken, flüchtet in meinen Busen, und in dem Augenblick fühl ich die letzten Zuckungen seines scheidenden Lebens. Zwar von meinem Blicke getroffen schleicht der Räuber dort ohnmächtig am Wasser hin, aber was kann mir seine Strafe helfen: mein Liebling ist tot, und sein Grab wird nur das traurige Gebüsch meines Gartens vermehren.

Ermannt Euch, schöne Lilie! rief die Frau, indem sie selbst eine Träne abtrocknete, welche ihr die Erzählung des unglücklichen Mädchens aus den Augen gelockt hatte; nehmt Euch zusammen! mein Alter läßt Euch sagen, Ihr sollt Eure Trauer mäßigen, das größte Unglück als Vorbote des größten Glücks ansehen; denn es sei an der Zeit; und wahrhaftig, fuhr die Alte fort, es geht bunt in der Welt zu. Seht nur meine Hand, wie sie schwarz geworden ist! wahrhaftig, sie ist schon um vieles kleiner, ich muß eilen, eh sie gar verschwindet! Warum mußt ich den Irrlichtern eine Gefälligkeit erzeigen, warum mußt ich dem Riesen begegnen und warum meine Hand in den Fluß tauchen? Könnt Ihr mir nicht ein Kohlhaupt, eine Artischocke und eine Zwiebel geben? so bring ich sie dem Flusse, und meine Hand ist weiß wie vorher, so daß ich sie fast neben die Eurige halten könnte.

Kohlhäupter und Zwiebeln könntest du allenfalls noch finden, aber Artischocken suchest du vergebens. Alle Pflanzen in meinem großen Garten tragen weder Blüten noch Früchte; aber jedes Reis, das ich breche und auf das Grab eines Lieblings pflanze, grünt sogleich und schießt hoch auf. Alle diese Gruppen, diese Büsche, diese Haine habe ich leider wachsen sehen. Die Schirme dieser Pinien, die Obelisken dieser Zypressen, die Kolossen von Eichen und Buchen, alles waren kleine Reiser, als ein trauriges Denkmal von meiner Hand in einen sonst unfruchtbaren Boden gepflanzt.

Die Alte hatte auf diese Rede wenig achtgegeben und nur ihre Hand betrachtet, die in der Gegenwart der schönen Lilie immer schwärzer und von Minute zu Minute kleiner zu werden schien. Sie wollte ihren Korb nehmen und eben forteilen, als sie fühlte, daß sie das Beste vergessen hatte. Sie hub sogleich den verwandelten Hund heraus und setzte ihn nicht weit von der Schönen ins Gras. Mein Mann, sagte sie, schickt Euch dieses Andenken. Ihr wißt, daß Ihr diesen Edelstein durch Eure Berührung beleben könnt. Das artige treue Tier wird Euch gewiß viel Freude machen, und die Betrübnis, daß ich ihn verliere, kann nur durch den Gedanken aufgeheitert werden, daß Ihr ihn besitzt.

Die schöne Lilie sah das artige Tier mit Vergnügen und, wie es schien, mit Verwunderung an. Es kommen viele Zeichen zusammen, sagte sie, die mir einige Hoffnung einflößen; aber ach! ist es nicht bloß ein Wahn unsrer Natur, daß wir dann, wenn vieles Unglück zusammentrifft, uns vorbilden, das Beste sei nah?

Was helfen mir die vielen guten Zeichen,
Des Vogels Tod, der Freundin schwarze Hand?
Der Mops von Edelstein, hat er wohl seinesgleichen?
Und hat ihn nicht die Lampe mir gesandt?

Entfernt vom süßen menschlichen Genusse,
Bin ich doch mit dem Jammer nur vertraut.
Ach! warum steht der Tempel nicht am Flusse!
Ach! warum ist die Brücke nicht gebaut!

Ungeduldig hatte die gute Frau diesem Gesange zugehört, den die schöne Lilie mit den angenehmen Tönen ihrer Harfe begleitete, und der jeden andern entzückt hätte. Eben wollte sie sich beurlauben, als sie durch die Ankunft der grünen Schlange abermals abgehalten wurde. Diese hatte die letzten Zeilen des

Liedes gehört und sprach deshalb der schönen Lilie sogleich zuversichtlich Mut ein.

Die Weissagung von der Brücke ist erfüllt! rief sie aus; fragt nur diese gute Frau, wie herrlich der Bogen gegenwärtig erscheint. Was sonst undurchsichtiger Jaspis, was nur Prasem war, durch den das Licht höchstens auf den Kanten durchschimmerte, ist nun durchsichtiger Edelstein geworden. Kein Beryll ist so klar und kein Smaragd so schönfarbig.

Ich wünsche Euch Glück dazu, sagte Lilie, allein verzeihet mir, wenn ich die Weissagung noch nicht erfüllt glaube. Über den hohen Bogen Eurer Brücke können nur Fußgänger hinüberschreiten, und es ist uns versprochen, daß Pferde und Wagen und Reisende aller Art zu gleicher Zeit über die Brücke herüber und hinüber wandern sollen. Ist nicht von den großen Pfeilern geweissagt, die aus dem Flusse selbst heraussteigen werden?

Die Alte hatte ihre Augen immer auf die Hand geheftet, unterbrach hier das Gespräch und empfahl sich. Verweilt noch einen Augenblick, sagte die schöne Lilie, und nehmt meinen armen Kanarienvogel mit. Bittet die Lampe, daß sie ihn in einen schönen Topas verwandle, ich will ihn durch meine Berührung beleben, und er, mit Eurem guten Mops, soll mein bester Zeitvertreib sein. Aber eilt, was Ihr könnt, denn mit Sonnenuntergang ergreift unleidliche Fäulnis das arme Tier und zerreißt den schönen Zusammenhang seiner Gestalt auf ewig.

Die Alte legte den kleinen Leichnam zwischen zarte Blätter in den Korb und eilte davon.

Wie dem auch sei, sagte die Schlange, indem sie das abgebrochene Gespräch fortsetzte, der Tempel ist erbauet.

Er steht aber noch nicht am Flusse, versetzte die Schöne.

Noch ruht er in den Tiefen der Erde, sagte die Schlange; ich habe die Könige gesehen und gesprochen.

Aber wann werden sie aufstehn? fragte Lilie.

Die Schlange versetzte: Ich hörte die großen Worte im Tempel ertönen: ›es ist an der Zeit‹.

Eine angenehme Heiterkeit verbreitete sich über das Angesicht der Schönen. Höre ich doch, sagte sie, die glücklichen Worte schon heute zum zweitenmal; wann wird der Tag kommen, an dem ich sie dreimal höre?

Sie stand auf, und sogleich trat ein reizendes Mädchen aus dem Gebüsch, das ihr die Harfe abnahm. Dieser folgte eine andre, die den elfenbeinernen geschnitzten Feldstuhl, worauf die Schöne gesessen hatte, zusammenschlug und das silberne Kissen unter den Arm nahm. Eine dritte, die einen großen, mit Perlen gestickten Sonnenschirm trug, zeigte sich darauf, erwartend, ob Lilie auf einem Spaziergange etwa ihrer bedürfe. Über allen Ausdruck schön und reizend waren diese drei Mädchen, und doch erhöhten sie nur die Schönheit der Lilie, indem sich jeder gestehen mußte, daß sie mit ihr gar nicht verglichen werden konnten.

Mit Gefälligkeit hatte indes die schöne Lilie den wunderbaren Mops betrachtet. Sie beugte sich, berührte ihn, und in dem Augenblicke sprang er auf. Munter sah er sich um, lief hin und wider und eilte zuletzt, seine Wohltäterin auf das freundlichste zu begrüßen. Sie nahm ihn auf die Arme und drückte ihn an sich. So kalt du bist, rief sie aus, und obgleich nur ein halbes Leben in dir wirkt, bist du mir doch willkommen; zärtlich will ich dich lieben, artig mit dir scherzen, freundlich dich streicheln und fest dich an mein Herz drücken. Sie ließ ihn darauf los, jagte ihn von sich, rief ihn wieder, scherzte so artig mit ihm und trieb sich so munter und unschuldig mit ihm auf dem Grase herum, daß man mit neuem Entzücken ihre Freude betrachten und teil daran nehmen mußte, so wie kurz vorher ihre Trauer jedes Herz zum Mitleid gestimmt hatte.

Diese Heiterkeit, diese anmutigen Scherze wurden durch die Ankunft des traurigen Jünglings unterbrochen. Er trat herein, wie wir ihn schon kennen, nur schien die Hitze des Tages ihn noch mehr abgemattet zu haben, und in der Gegenwart der Geliebten ward er mit jedem Augenblicke blässer. Er trug den Habicht auf seiner Hand, der wie eine Taube ruhig saß und die Flügel hängen ließ.

Es ist nicht freundlich, rief Lilie ihm entgegen, daß du mir das verhaßte Tier vor die Augen bringst, das Ungeheuer, das meinen kleinen Sänger heute getötet hat.

Schilt den unglücklichen Vogel nicht! versetzte darauf der Jüngling; klage vielmehr dich an und das Schicksal, und vergönne mir, daß ich mit dem Gefährten meines Elends Gesellschaft mache.

Indessen hörte der Mops nicht auf, die Schöne zu necken, und sie antwortete dem durchsichtigen Liebling mit dem freundlichsten Betragen. Sie klatschte mit den Händen, um ihn zu verscheuchen; dann lief sie, um ihn wieder nach sich zu ziehen. Sie suchte ihn zu haschen, wenn er floh, und jagte ihn von sich weg, wenn er sich an sie zu drängen versuchte. Der Jüngling sah stillschweigend und mit wachsendem Verdrusse zu; aber endlich, da sie das häßliche Tier, das ihm ganz abscheulich vorkam, auf den Arm nahm, an ihren weißen Busen drückte und die schwarze Schnauze mit ihren himmlischen Lippen küßte, verging ihm alle Geduld, und er rief voller Verzweiflung aus: Muß ich, der ich durch ein trauriges Geschick von dir, vielleicht auf immer, in einer getrennten Gegenwart lebe, der ich durch dich alles, ja mich selbst verloren habe, muß ich vor meinen Augen sehen, daß eine so widernatürliche Mißgeburt dich zur Freude reizen, deine Neigung fesseln und deine Umarmung genießen kann! Soll ich noch länger nur so hin- und widergehen und den traurigen Kreis den Fluß herüber und hinüber abmessen? Nein, es ruht noch ein Funke des alten Heldenmutes in meinem Busen; er schlage in diesem Augenblick zur letzten Flamme auf! Wenn Steine an deinem Busen ruhen können, so möge ich zu Stein werden; wenn deine Berührung tötet, so will ich von deinen Händen sterben.

Mit diesen Worten machte er eine heftige Bewegung; der Habicht flog von seiner Hand, er aber stürzte auf die Schöne los; sie streckte die Hände aus, ihn abzuhalten, und berührte ihn nur desto früher. Das Bewußtsein verließ ihn, und mit Entsetzen fühlte sie die schöne Last an ihrem Busen. Mit einem Schrei trat sie zurück, und der holde Jüngling sank entseelt aus ihren Armen zur Erde.

Das Unglück war geschehen! Die süße Lilie stand unbeweglich und blickte starr nach dem entseelten Leichnam. Das Herz schien ihr im Busen zu stocken, und ihre Augen waren ohne Tränen. Vergebens suchte der Mops ihr eine freundliche Bewegung abzugewinnen; die ganze Welt war mit ihrem Freunde ausgestorben. Ihre stumme Verzweiflung sah sich nach Hülfe nicht um, denn sie kannte keine Hülfe.

Dagegen regte sich die Schlange desto emsiger; sie schien auf Rettung zu sinnen, und wirklich dienten ihre sonderbaren Bewegungen, wenigstens die nächsten schrecklichen Folgen des Unglücks auf einige Zeit zu hindern. Sie zog mit ihrem geschmeidigen Körper einen weiten Kreis um den Leichnam, faßte das Ende ihres Schwanzes mit den Zähnen und blieb ruhig liegen.

Nicht lange, so trat eine der schönen Dienerinnen Liliens hervor, brachte den elfenbeinernen Feldstuhl und nötigte mit freundlichen Gebärden die Schöne, sich zu setzen; bald darauf kam die zweite, die einen feuerfarbigen Schleier trug und das Haupt ihrer Gebieterin damit mehr zierte als bedeckte; die dritte übergab ihr die Harfe, und kaum hatte sie das prächtige Instrument an sich gedrückt und einige Töne aus den Saiten hervorgelockt, als die erste mit einem hellen runden Spiegel zurückkam, sich der Schönen gegenüberstellte, ihre Blicke auffing und ihr das angenehmste Bild, das in der Natur zu finden war, darstellte. Der Schmerz erhöhte ihre Schönheit, der Schleier ihre Reize, die Harfe ihre Anmut, und so sehr man hoffte, ihre traurige Lage verändert zu sehen, so sehr wünschte man, ihr Bild ewig, wie es gegenwärtig erschien, festzuhalten.

Mit einem stillen Blick nach dem Spiegel lockte sie bald schmelzende Töne aus den Saiten, bald schien ihr Schmerz zu steigen, und die Saiten antworteten gewaltsam ihrem Jammer; einigemal öffnete sie den Mund, zu singen, aber die Stimme versagte ihr; doch bald löste sich ihr Schmerz in Tränen auf, zwei Mädchen faßten sie hülfreich in die Arme, die Harfe sank aus ihrem Schoß; kaum ergriff noch die schnelle Dienerin das Instrument und trug es beiseite.

Wer schafft uns den Mann mit der Lampe, ehe die Sonne untergeht? zischte die Schlange leise, aber vernehmlich; die Mädchen sahen einander an, und Liliens Tränen vermehrten sich. In diesem Augenblicke kam atemlos die Frau mit dem Korbe zurück. Ich bin verloren und verstümmelt! rief sie aus, seht, wie meine Hand beinahe ganz weggeschwunden ist! Weder der Fährmann noch der Riese wollten mich übersetzen, weil ich noch eine Schuldnerin des Wassers bin; vergebens habe ich hundert Kohlhäupter und hundert Zwiebeln angeboten, man will nicht mehr als die drei Stücke, und keine Artischocke ist nun einmal in diesen Gegenden zu finden.

Vergeßt Eure Not, sagte die Schlange, und sucht hier zu helfen; vielleicht kann Euch zugleich mit geholfen werden. Eilt, was Ihr könnt, die Irrlichter aufzusuchen! es ist noch zu hell, sie zu sehen, aber vielleicht hört Ihr sie lachen und flattern. Wenn sie eilen, so setzt sie der Riese noch über den Fluß, und sie können den Mann mit der Lampe finden und schicken.

Das Weib eilte so viel sie konnte, und die Schlange schien ebenso ungeduldig als Lilie die Rückkunft der beiden zu erwarten. Leider vergoldete schon der Strahl der sinkenden Sonne nur den höchsten Gipfel der Bäume des Dickichts, und lange Schatten zogen sich über See und Wiese; die Schlange bewegte sich ungeduldig, und Lilie zerfloß in Tränen.

In dieser Not sah die Schlange sich überall um, denn sie fürchtete jeden Augenblick, die Sonne werde untergehen, die Fäulnis den magischen Kreis durchdringen und den schönen Jüngling unaufhaltsam anfallen. Endlich erblickte sie hoch in den Lüften, mit purpurroten Federn, den Habicht, dessen Brust die letzten Strahlen der Sonne auffing. Sie schüttelte sich vor Freuden über das gute Zeichen, und sie betrog sich nicht; denn kurz darauf sah man den Mann mit der Lampe über den See hergleiten, gleich als wenn er auf Schlittschuhen ginge.

Die Schlange veränderte nicht ihre Stelle, aber die Lilie stand auf und rief ihm zu: Welcher gute Geist sendet dich in dem Augenblick, da wir so sehr nach dir verlangen und deiner so sehr bedürfen?

Der Geist meiner Lampe, versetzte der Alte, treibt mich, und der Habicht führt mich hierher. Sie spratzelt, wenn man meiner bedarf, und ich sehe mich nur in den Lüften nach einem Zeichen um: irgendein Vogel oder Meteor zeigt mir die Himmelsgegend an, wohin ich mich wenden soll. Sei ruhig, schönstes Mädchen! ob ich helfen kann, weiß ich nicht; ein einzelner hilft nicht, sondern wer sich mit vielen zur rechten Stunde vereinigt. Aufschieben wollen wir und hoffen. Halte deinen Kreis geschlossen, fuhr er fort, indem er sich an die Schlange wendete, sich auf einen Erdhügel neben sie hinsetzte und den toten Körper beleuchtete. Bringt den artigen Kanarienvogel auch her und leget ihn in den Kreis! Die Mädchen nahmen den kleinen Leichnam aus dem Korbe, den die Alte stehen ließ, und gehorchten dem Manne.

Die Sonne war indessen untergegangen, und wie die Finsternis zunahm, fing nicht allein die Schlange und die Lampe des Mannes nach ihrer Weise zu leuchten an, sondern der Schleier Liliens gab auch ein sanftes Licht von sich, das wie eine zarte Morgenröte ihre blassen Wangen und ihr weißes Gewand mit einer unendlichen Anmut färbte. Man sah sich wechselweise mit stiller Betrachtung an, Sorge und Trauer waren durch eine sichere Hoffnung gemildert.

Nicht unangenehm erschien daher das alte Weib in Gesellschaft der beiden muntern Flammen, die zwar zeither sehr verschwendet haben mußten – denn sie waren wieder äußerst mager geworden –, aber sich nur desto artiger gegen die Prinzessin und die übrigen Frauenzimmer betrugen. Mit der größten Sicherheit und mit vielem Ausdruck sagten sie ziemlich gewöhnliche Sachen, besonders zeigten sie sich sehr empfänglich für den Reiz, den der leuchtende Schleier über Lilien und ihre Begleiterinnen verbreitete. Bescheiden schlugen die Frauenzimmer ihre Augen nieder, und das Lob ihrer Schönheit verschönerte sie wirklich. Jedermann war zufrieden und ruhig bis auf die Alte. Ungeachtet der Versicherung ihres Mannes, daß ihre Hand nicht weiter abnehmen könne, solange sie von seiner Lampe beschienen sei, behauptete sie mehr als einmal, daß, wenn es so fortgehe, noch vor Mitternacht dieses edle Glied völlig verschwinden werde.

Der Alte mit der Lampe hatte dem Gespräch der Irrlichter aufmerksam zugehört und war vergnügt, daß Lilie durch diese Unterhaltung zerstreut und aufgeheitert worden. Und wirklich war Mitternacht herbeigekommen, man wußte nicht wie. Der Alte sah nach den Sternen und fing darauf zu reden an: Wir sind zur glücklichen Stunde beisammen; jeder verrichte sein Amt, jeder tue seine Pflicht, und ein allgemeines Glück wird die einzelnen Schmerzen in sich auflösen, wie ein allgemeines Unglück einzelne Freuden verzehrt.

Nach diesen Worten entstand ein wunderbares Geräusch, denn alle gegenwärtigen Personen sprachen für sich und drückten laut aus, was sie zu tun hätten; nur die drei Mädchen waren stille: eingeschlafen war die eine neben der Harfe, die andere neben dem Sonnenschirm, die dritte neben dem Sessel, und man konnte es ihnen nicht verdenken, denn es war spät. Die flammenden Jünglinge hatten nach einigen vorübergehenden Höflichkeiten, die sie auch den Dienerinnen gewidmet, sich doch zuletzt nur an Lilien, als die Allerschönste, gehalten.

Fasse, sagte der Alte zum Habicht, den Spiegel, und mit dem ersten Sonnenstrahl beleuchte die Schläferinnen und wecke sie mit zurückgeworfenem Lichte aus der Höhe.

Die Schlange fing nunmehr an sich zu bewegen, löste den Kreis auf und zog langsam in großen Ringen nach dem Flusse. Feierlich folgten ihr die beiden Irrlichter, und man hätte sie für die ernsthaftesten Flammen halten sollen. Die Alte und ihr Mann ergriffen den Korb, dessen sanftes Licht man bisher kaum bemerkt hatte, sie zogen von beiden Seiten daran, und er ward immer größer und leuchtender; sie hoben darauf den Leichnam des Jünglings hinein und legten ihm den Kanarienvogel auf die Brust; der Korb hob sich in die Höhe und schwebte über dem Haupte der Alten, und sie folgte den Irrlichtern auf dem Fuße. Die schöne Lilie nahm den Mops auf ihren Arm und folgte der Alten, der Mann mit der Lampe beschloß den Zug, und die Gegend war von diesen vielerlei Lichtern auf das sonderbarste erhellt.

Aber mit nicht geringer Bewunderung sah die Gesellschaft, als sie zu dem Flusse gelangte, einen herrlichen Bogen über denselben hinübersteigen, wodurch die wohltätige Schlange ihnen einen glänzenden Weg bereitete. Hatte man bei Tage die durchsichtigen Edelsteine bewundert, woraus die Brücke zusammengesetzt schien, so erstaunte man bei Nacht über ihre leuchtende Herrlichkeit. Oberwärts schnitt sich der helle Kreis scharf an dem dunklen Himmel ab, aber unterwärts zuckten lebhafte Strahlen nach dem Mittelpunkte zu und zeigten die bewegliche Festigkeit des Gebäudes. Der Zug ging langsam hinüber, und der Fährmann, der von ferne aus seiner Hütte hervorsah, betrachtete mit Staunen den leuchtenden Kreis und die sonderbaren Lichter, die darüber hinzogen.

Kaum waren sie an dem andern Ufer angelangt, als der Bogen nach seiner Weise zu schwanken und sich wellenartig dem Wasser zu nähern anfing. Die Schlange bewegte sich bald darauf ans Land, der Korb setzte sich zur Erde nieder, und die Schlange zog aufs neue ihren Kreis umher. Der Alte neigte sich vor ihr und sprach: Was hast du beschlossen?

Mich aufzuopfern, ehe ich aufgeopfert werde, versetzte die Schlange; versprich mir, daß du keinen Stein am Lande lassen willst.

Der Alte versprachs und sagte darauf zur schönen Lilie: Rühre die Schlange mit der linken Hand an und deinen Geliebten mit der rechten. Lilie kniete nieder und berührte die Schlange und den Leichnam. Im Augenblicke schien dieser in das Leben überzugehen, er bewegte sich im Korbe, ja er richtete sich in die Höhe und saß; Lilie wollte ihn umarmen, allein der Alte hielt sie zurück, er half dagegen dem Jüngling aufstehn und leitete ihn, indem er aus dem Korbe und dem Kreise trat.

Der Jüngling stand, der Kanarienvogel flatterte auf seiner Schulter; es war wieder Leben in beiden, aber der Geist war noch nicht zurückgekehrt: der schöne Freund hatte die Augen offen und sah nicht, wenigstens schien er alles ohne Teilnehmung anzusehn; und kaum hatte sich die Verwunderung über diese Begebenheit in etwas gemäßigt, als man erst bemerkte, wie sonderbar die Schlange sich verändert hatte. Ihr schöner schlanker Körper war in tausend und tausend leuchtende Edelsteine zerfallen; unvorsichtig hatte die Alte, die nach ihrem Korbe greifen wollte, an sie gestoßen, und man sah nichts mehr von der Bildung der Schlange, nur ein schöner Kreis leuchtender Edelsteine lag im Grase.

Der Alte machte sogleich Anstalt, die Steine in den Korb zu fassen, wozu ihm seine Frau behülflich sein mußte. Beide trugen darauf den Korb gegen das Ufer an einen erhabenen Ort, und er schüttete die ganze Ladung, nicht ohne Widerwillen der Schönen und seines Weibes, die gerne davon sich etwas ausgesucht hätten, in den Fluß. Wie leuchtende und blinkende Sterne schwammen die Steine mit den Wellen hin, und man konnte nicht unterscheiden, ob sie sich in der Ferne verloren oder untersanken.

Meine Herren, sagte darauf der Alte ehrerbietig zu den Irrlichtern, nunmehr zeige ich Ihnen den Weg und eröffne den Gang; aber Sie leisten uns den größten Dienst, wenn Sie uns die Pforte des Heiligtums öffnen, durch die wir diesmal eingehen müssen und die außer Ihnen niemand aufschließen kann.

Die Irrlichter neigten sich anständig und blieben zurück. Der Alte mit der Lampe ging voraus in den Felsen, der sich vor ihm auftat; der Jüngling folgte ihm, gleichsam mechanisch; still und ungewiß hielt sich Lilie in einiger Entfernung hinter ihm; die Alte wollte nicht gerne zurückbleiben und streckte ihre Hand aus, damit ja das Licht von ihres Mannes Lampe sie erleuchten könne. Nun schlossen die Irrlichter den Zug, indem sie die Spitzen ihrer Flammen zusammenneigten und miteinander zu sprechen schienen.

Sie waren nicht lange gegangen, als der Zug sich vor einem großen ehernen Tore befand, dessen Flügel mit einem goldenen Schloß verschlossen waren. Der Alte rief sogleich die Irrlichter herbei, die sich nicht lange aufmuntern ließen, sondern geschäftig mit ihren spitzesten Flammen Schloß und Riegel aufzehrten.

Laut tönte das Erz, als die Pforten schnell aufsprangen und im Heiligtum die würdigen Bilder der Könige, durch die hereintretenden Lichter beleuchtet, erschienen. Jeder neigte sich vor den ehrwürdigen Herrschern, besonders ließen es die Irrlichter an krausen Verbeugungen nicht fehlen.

Nach einiger Pause fragte der goldne König: Woher kommt ihr? – Aus der Welt, antwortete der Alte. – Wohin geht ihr? fragte der silberne König. – In die Welt, sagte der Alte. – Was wollt ihr bei uns? fragte der eherne König. – Euch begleiten, sagte der Alte.

Der gemischte König wollte eben zu reden anfangen, als der goldne zu den Irrlichtern, die ihm zu nahe gekommen waren, sprach: Hebet euch weg von mir, mein Gold ist nicht für euren Gaum. Sie wandten sich darauf zum silbernen und schmiegten sich an ihn, sein Gewand glänzte schön von ihrem gelblichen Widerschein. Ihr seid mir willkommen, sagte er, aber ich kann euch nicht ernähren; sättiget euch auswärts und bringt mir euer Licht. Sie entfernten sich und schlichen, bei dem ehernen vorbei, der sie nicht zu bemerken schien, auf den zusammengesetzten los. Wer wird die Welt beherrschen? rief dieser mit stotternder Stimme. – Wer auf seinen Füßen steht, antwortete der Alte. – Das bin ich! sagte der gemischte König. – Es wird sich offenbaren, sagte der Alte, denn es ist an der Zeit.

Die schöne Lilie fiel dem Alten um den Hals und küßte ihn aufs herzlichste. Heiliger Vater, sagte sie, tausendmal dank ich dir; denn ich höre das ahnungsvolle Wort zum drittenmal. Sie hatte kaum ausgeredet, als sie sich noch fester an den Alten anhielt, denn der Boden fing unter ihnen an zu schwanken; die Alte und der Jüngling hielten sich auch aneinander, nur die beweglichen Irrlichter merkten nichts.

Man konnte deutlich fühlen, daß der ganze Tempel sich bewegte, wie ein Schiff, das sich sanft aus dem Hafen entfernt, wenn die Anker gelichtet sind; die Tiefen der Erde schienen sich vor ihm aufzutun, als er hindurchzog. Er stieß nirgends an, kein Felsen stand ihm in dem Weg.

Wenige Augenblicke schien ein feiner Regen durch die Öffnung der Kuppel hereinzurieseln; der Alte hielt die schöne Lilie fester und sagte zu ihr: Wir sind unter dem Flusse und bald am Ziel. Nicht lange darauf glaubten sie stillzustehn, doch sie betrogen sich: der Tempel stieg aufwärts.

Nun entstand ein seltsames Getöse über ihrem Haupte. Bretter und Balken, in ungestalter Verbindung, begannen sich zu der Öffnung der Kuppel krachend hereinzudrängen. Lilie und die Alte sprangen zur Seite, der Mann mit der Lampe faßte den Jüngling und blieb stehen. Die kleine Hütte des Fährmanns – denn sie war es, die der Tempel, im Aufsteigen, vom Boden abgesondert und in sich aufgenommen hatte – sank allmählich herunter und bedeckte den Jüngling und den Alten.

Die Weiber schrien laut, und der Tempel schütterte wie ein Schiff, das unvermutet ans Land stößt. Ängstlich irrten die Frauen in der Dämmerung um die Hütte, die Türe war verschlossen, und auf ihr Pochen hörte niemand. Sie pochten heftiger und wunderten sich nicht wenig, als zuletzt das Holz zu klingen anfing. Durch die Kraft der verschlossenen Lampe war die Hütte von innen heraus zu Silber geworden. Nicht lange, so veränderte sie sogar ihre Gestalt: denn das edle Metall verließ die zufälligen Formen der Bretter, Pfosten und Balken und dehnte sich zu einem herrlichen Gehäuse von getriebener Arbeit aus. Nun stand ein herrlicher kleiner Tempel in der Mitte des großen, oder, wenn man will, ein Altar, des Tempels würdig.

Durch eine Treppe, die von innen heraufging, trat nunmehr der edle Jüngling in die Höhe; der Mann mit der Lampe leuchtete

ihm, und ein anderer schien ihn zu unterstützen, der in einem
weißen kurzen Gewand hervorkam und ein silbernes Ruder in
der Hand hielt; man erkannte in ihm sogleich den Fährmann,
den ehemaligen Bewohner der verwandelten Hütte.

Die schöne Lilie stieg die äußeren Stufen hinauf, die von dem
Tempel auf den Altar führten, aber noch immer mußte sie sich
von ihrem Geliebten entfernt halten. Die Alte, deren Hand,
solange die Lampe verborgen gewesen, immer kleiner geworden war, rief: Soll ich doch noch unglücklich werden? Ist bei so
vielen Wundern durch kein Wunder meine Hand zu retten? Ihr
Mann deutete nach der offenen Pforte und sagte: Siehe, der Tag
bricht an, eile und bade dich im Flusse! – Welch ein Rat! rief sie;
ich soll wohl ganz schwarz werden und ganz verschwinden;
habe ich doch meine Schuld noch nicht bezahlt! – Gehe, sagte
der Alte, und folge mir! alle Schulden sind abgetragen.

Die Alte eilte weg, und in dem Augenblick erschien das Licht
der aufgehenden Sonne an dem Kranze der Kuppel, der Alte trat
zwischen den Jüngling und die Jungfrau und rief mit lauter
Stimme: Drei sind, die da herrschen auf Erden, die Weisheit, der
Schein und die Gewalt. Bei dem ersten Worte stand der goldne
König auf, bei dem zweiten der silberne, und bei dem dritten
hatte sich der eherne langsam emporgehoben, als der zusammengesetzte König sich plötzlich ungeschickt niedersetzte.

Wer ihn sah, konnte sich, ungeachtet des feierlichen Augenblicks, kaum des Lachens enthalten; denn er saß nicht, er lag
nicht, er lehnte sich nicht an, sondern er war unförmlich zusam-
mengesunken.

Die Irrlichter, die sich bisher um ihn beschäftigt hatten, traten
zur Seite; sie schienen, obgleich blaß beim Morgenlichte, doch
wieder gut genährt und wohl bei Flammen; sie hatten auf eine
geschickte Weise die goldnen Adern des kolossalen Bildes mit
ihren spitzen Zungen bis aufs Innerste herausgeleckt. Die unre-
gelmäßigen leeren Räume, die dadurch entstanden waren, erhielten sich eine Zeitlang offen, und die Figur blieb in ihrer
vorigen Gestalt. Als aber auch zuletzt die zartesten Äderchen
aufgezehrt waren, brach auf einmal das Bild zusammen, und
leider grade an den Stellen, die ganz bleiben, wenn der Mensch
sich setzt; dagegen blieben die Gelenke, die sich hätten biegen

sollen, steif. Wer nicht lachen konnte, mußte seine Augen weg-
wenden; das Mittelding zwischen Form und Klumpen war
widerwärtig anzusehn.

Der Mann mit der Lampe führte nunmehr den schönen, aber
immer noch starr vor sich hinblickenden Jüngling vom Altare
herab und grade auf den ehernen König los. Zu den Füßen des
mächtigen Fürsten lag ein Schwert, in eherner Scheide. Der
Jüngling gürtete sich. – Das Schwert an der Linken, die Rechte
frei! rief der gewaltige König. Sie gingen darauf zum silbernen,
der sein Zepter gegen den Jüngling neigte. Dieser ergriff es mit
der linken Hand, und der König sagte mit gefälliger Stimme:
Weide die Schafe! Als sie zum goldenen König kamen, drückte
er mit väterlich segnender Gebärde dem Jüngling den Eichenkranz aufs Haupt und sprach: Erkenne das Höchste!

Der Alte hatte während dieses Umgangs den Jüngling genau
bemerkt. Nach umgürtetem Schwert hob sich seine Brust, seine
Arme regten sich, und seine Füße traten fester auf; indem er den
Zepter in die Hand nahm, schien sich die Kraft zu mildern und
durch einen unaussprechlichen Reiz noch mächtiger zu werden;
als aber der Eichenkranz seine Locken zierte, belebten sich seine
Gesichtszüge, sein Auge glänzte von unaussprechlichem Geist,
und das erste Wort seines Mundes war *Lilie.*

Liebe Lilie! rief er, als er ihr die silbernen Treppen hinauf entge-
geneilte – denn sie hatte von der Zinne des Altars seiner Reise
zugesehn –, liebe Lilie! was kann der Mann, ausgestattet mit
allem, sich Köstlicheres wünschen als die Unschuld und die stille
Neigung, die mir dein Busen entgegenbringt? O! mein Freund,
fuhr er fort, indem er sich zu dem Alten wendete und die drei
heiligen Bildsäulen ansah, herrlich und sicher ist das Reich unserer Väter, aber du hast die vierte Kraft vergessen, die noch früher,
allgemeiner, gewisser die Welt beherrscht: die Kraft der Liebe.

Mit diesen Worten fiel er dem schönen Mädchen um den Hals; sie
hatte den Schleier weggeworfen, und ihre Wangen färbten sich
mit der schönsten, unvergänglichsten Röte.

Hierauf sagte der Alte lächelnd: Die Liebe herrscht nicht, aber
sie bildet, und das ist mehr.

Über dieser Feierlichkeit, dem Glück, dem Entzücken hatte man
nicht bemerkt, daß der Tag völlig angebrochen war, und nun

fielen auf einmal durch die offne Pforte ganz unerwartete Gegenstände der Gesellschaft in die Augen. Ein großer, mit Säulen umgebener Platz machte den Vorhof, an dessen Ende man eine lange und prächtige Brücke sah, die mit vielen Bogen über den Fluß hinüberreichte; sie war an beiden Seiten mit Säulengängen für die Wanderer bequem und prächtig eingerichtet, deren sich schon viele Tausende eingefunden hatten und emsig hin- und widergingen. Der große Weg in der Mitte war von Herden und Maultieren, Reitern und Wagen belebt, die an beiden Seiten, ohne sich zu hindern, stromweise hin- und herflossen. Sie schienen sich alle über die Bequemlichkeit und Pracht zu verwundern, und der neue König mit seiner Gemahlin war über die Bewegung und das Leben dieses großen Volks so entzückt, als ihre wechselseitige Liebe sie glücklich machte.

Gedenke der Schlange in Ehren, sagte der Mann mit der Lampe: du bist ihr das Leben, deine Völker sind ihr die Brücke schuldig, wodurch diese nachbarlichen Ufer erst zu Ländern belebt und verbunden werden. Jene schwimmenden und leuchtenden Edelsteine, die Reste ihres aufgeopferten Körpers, sind die Grundpfeiler dieser herrlichen Brücke; auf ihnen hat sie sich selbst erbaut und wird sich selbst erhalten.

Man wollte eben die Aufklärung dieses wunderbaren Geheimnisses von ihm verlangen, als vier schöne Mädchen zu der Pforte des Tempels hereintraten. An der Harfe, dem Sonnenschirm und dem Feldstuhl erkannte man sogleich die Begleiterinnen Liliens, aber die vierte, schöner als die drei, war eine Unbekannte, die scherzend schwesterlich mit ihnen durch den Tempel eilte und die silbernen Stufen hinanstieg.

Wirst du mir künftig mehr glauben, liebes Weib? sagte der Mann mit der Lampe zu der Schönen. Wohl dir und jedem Geschöpfe, das sich diesen Morgen im Flusse badet!

Die verjüngte und verschönerte Alte, von deren Bildung keine Spur mehr übrig war, umfaßte mit belebten jugendlichen Armen den Mann mit der Lampe, der ihre Liebkosungen mit Freundlichkeit aufnahm. Wenn ich dir zu alt bin, sagte er lächelnd, so darfst du heute einen anderen Gatten wählen; von heute an ist keine Ehe gültig, die nicht aufs neue geschlossen wird.

Weißt du denn nicht, versetzte sie, daß auch du jünger geworden bist? – Es freut mich, wenn ich deinen jungen Augen als ein
wackrer Jüngling erscheine; ich nehme deine Hand von neuem
an und mag gern mit dir in das folgende Jahrtausend hinüberle-
ben.

Die Königin bewillkommte ihre neue Freundin und stieg mit
ihr und ihren übrigen Gespielinnen in den Altar hinab, indes der
König in der Mitte der beiden Männer nach der Brücke hinsah
und aufmerksam das Gewimmel des Volks betrachtete.

Aber nicht lange dauerte seine Zufriedenheit, denn er sah einen
Gegenstand, der ihm einen Augenblick Verdruß erregte. Der
große Riese, der sich von seinem Morgenschlaf noch nicht
erholt zu haben schien, taumelte über die Brücke her und
verursachte daselbst große Unordnung. Er war, wie gewöhnlich, schlaftrunken aufgestanden und gedachte, sich in der bekannten Bucht des Flusses zu baden; anstatt derselben fand er
festes Land und tappte auf dem breiten Pflaster der Brücke hin.
Ob er nun gleich zwischen Menschen und Vieh auf das unge-
schickteste hineintrat, so ward doch seine Gegenwart zwar von
allen angestaunt, doch von niemand gefühlt; als ihm aber die
Sonne in die Augen schien, und er die Hände aufhub, sie auszu-
wischen, fuhr der Schatten seiner ungeheuren Fäuste hinter ihm
so kräftig und ungeschickt unter der Menge hin und wider, daß
Menschen und Tiere in großen Massen zusammenstürzten, be-
schädigt wurden und Gefahr liefen, in den Fluß geschleudert zu
werden.

Der König, als er diese Untat erblickte, fuhr mit einer unwillkürlichen Bewegung nach dem Schwerte, doch besann er sich
und blickte ruhig erst sein Zepter, dann die Lampe und das
Ruder seiner Gefährten an. Ich errate deine Gedanken, sagte der
Mann mit der Lampe, aber wir und unsere Kräfte sind gegen
diesen Ohnmächtigen ohnmächtig. Sei ruhig! er schadet zum
letzten Mal, und glücklicherweise ist sein Schatten von uns
abgekehrt.

Indessen war der Riese immer näher gekommen, hatte vor
Verwunderung über das, was er mit offnen Augen sah, die
Hände sinken lassen, tat keinen Schaden mehr und trat gaffend
in den Vorhof herein.

Gerade ging er auf die Türe des Tempels zu, als er auf einmal in der Mitte des Hofes an dem Boden festgehalten wurde. Er stand als eine kolossale mächtige Bildsäule, von rötlich glänzendem Steine, da, und sein Schatten zeigte die Stunden, die in einem Kreis auf den Boden um ihn her, nicht in Zahlen, sondern in edlen und bedeutenden Bildern, eingelegt waren.

Nicht wenig erfreut war der König, den Schatten des Ungeheuers in nützlicher Richtung zu sehen; nicht wenig verwundert war die Königin, die, als sie mit größter Herrlichkeit geschmückt aus dem Altare mit ihren Jungfrauen heraufstieg, das seltsame Bild erblickte, das die Aussicht aus dem Tempel nach der Brücke fast zudeckte.

Indessen hatte sich das Volk dem Riesen nachgedrängt, da er stillstand, ihn umgeben und seine Verwandlung angestaunt. Von da wandte sich die Menge nach dem Tempel, den sie erst jetzt gewahr zu werden schien und drängte sich nach der Tür.

In diesem Augenblick schwebte der Habicht mit dem Spiegel hoch über dem Dom, fing das Licht der Sonne auf und warf es über die auf dem Altar stehende Gruppe. Der König, die Königin und ihre Begleiter erschienen in dem dämmernden Gewölbe des Tempels von einem himmlischen Glanze erleuchtet, und das Volk fiel auf sein Angesicht. Als die Menge sich wieder erholt hatte und aufstand, war der König mit den Seinigen in den Altar hinabgestiegen, um durch verborgene Hallen nach seinem Palaste zu gehen, und das Volk zerstreute sich in dem Tempel, seine Neugierde zu befriedigen. Es betrachtete die drei aufrecht stehenden Könige mit Staunen und Ehrfurcht, aber es war desto begieriger, zu wissen, was unter dem Teppiche in der vierten Nische für ein Klumpen verborgen sein möchte; denn, wer es auch mochte gewesen sein, wohlmeinende Bescheidenheit hatte eine prächtige Decke über den zusammengesunkenen König hingebreitet, die kein Auge zu durchdringen vermag und keine Hand wagen darf wegzuheben.

Das Volk hätte kein Ende seines Schauens und seiner Bewunderung gefunden, und die zudringende Menge hätte sich in dem Tempel selbst erdrückt, wäre ihre Aufmerksamkeit nicht wieder auf den großen Platz gelenkt worden.

Unvermutet fielen Goldstücke, wie aus der Luft, klingend auf

die marmornen Platten, die nächsten Wanderer stürzten darüber her, um sich ihrer zu bemächtigen, einzeln wiederholte sich
dies Wunder, und zwar bald hier und bald da. Man begreift
wohl, daß die abziehenden Irrlichter sich hier nochmals eine
Lust machten und das Gold aus den Gliedern des zusammengesunkenen Königs auf eine lustige Weise vergeudeten. Begierig
lief das Volk noch eine Zeitlang hin und wider, drängte und
zerriß sich, auch noch, da keine Goldstücke mehr herabfielen.
Endlich verlief es sich allmählich, zog seine Straße, und bis auf
den heutigen Tag wimmelt die Brücke von Wanderern, und der
Tempel ist der besuchteste auf der ganzen Erde.

Das Märchen von Hyazinth und Rosenblütchen

or langen Zeiten lebte weit gegen Abend ein blutjunger Mensch. Er war sehr gut, aber auch über die Maßen wunderlich. Er grämte sich unaufhörlich um nichts und wieder nichts, ging immer still für sich hin, setzte sich einsam, wenn die andern spielten und fröhlich waren, und hing seltsamen Dingen nach. Höhlen und Wälder waren sein liebster Aufenthalt, und dann sprach er immerfort mit Tieren und Vögeln, mit Bäumen und Felsen, natürlich kein vernünftiges Wort, lauter närrisches Zeug zum Totlachen. Er blieb aber immer mürrisch und ernsthaft, ungeachtet sich das Eichhörnchen, die Meerkatze, der Papagei und der Gimpel alle Mühe gaben, ihn zu zerstreuen und ihn auf den richtigen Weg zu weisen. Die Gans erzählte Märchen, der Bach klimperte eine Ballade dazwischen, ein großer, dicker Stein machte lächerliche Bockssprünge, die Rose schlich sich freundlich hinter ihm herum, kroch durch seine Locken, und der Efeu streichelte ihm die sorgenvolle Stirn. Allein der Mißmut und Ernst waren hartnäckig. Seine Eltern waren sehr betrübt, sie wußten nicht, was sie anfangen sollten. Er war gesund und aß, nie hatten sie ihn beleidigt, er war auch bis vor wenig Jahren fröhlich und lustig gewesen wie keiner; bei allen Spielen voran, von allen Mädchen gern gesehn. Er war recht bildschön, sah aus wie gemalt, tanzte wie ein Schatz. Unter den Mädchen war eine, ein köstliches, bildschönes Kind, sah aus wie Wachs, Haare wie goldne Seide, kirschrote Lippen, wie ein Püppchen gewachsen, brandrabenschwarze Augen. Wer sie sah, hätte mögen vergehn, so lieblich war sie. Damals war Rosenblüte, so hieß sie, dem bildschönen Hyazinth, so hieß er, von Herzen gut, und er hatte sie lieb zum Sterben. Die andern Kinder wußtens nicht. Ein Veilchen hatte es ihnen zuerst gesagt, die Hauskätzchen hatten es wohl gemerkt, die Häuser ihrer Eltern lagen nahe beisammen. Wenn nun Hyazinth die Nacht an seinem Fenster stand und Rosenblüte an ihrem, und die Kätzchen auf dem Mäusefang da vorbeiliefen, da sahen sie die beiden stehn und lachten und kicherten oft so laut, daß sie es hörten und böse

wurden. Das Veilchen hatte es der Erdbeere im Vertrauen
gesagt, die sagte es ihrer Freundin, der Stachelbeere, die ließ nun
das Sticheln nicht, wenn Hyazinth gegangen kam; so erfuhrs
denn bald der ganze Garten und der Wald, und wenn Hyazinth
ausging, so riefs von allen Seiten: »Rosenblütchen ist mein
Schätzchen!« Nun ärgerte sich Hyazinth, und mußte doch auch
wieder aus Herzensgrunde lachen, wenn das Eidechschen geschlüpft kam, sich auf einen warmen Stein setzte, mit dem
Schwänzchen wedelte und sang:

> Rosenblütchen, das gute Kind,
> Ist geworden auf einmal blind,
> Denkt, die Mutter sei Hyazinth,
> Fällt ihm um den Hals geschwind;
> Merkt sie aber das fremde Gesicht,
> Denkt nur an, da erschrickt sie nicht,
> Fährt, als merkte sie kein Wort,
> Immer nur mit Küssen fort.

Ach! wie bald war die Herrlichkeit vorbei. Es kam ein Mann aus
fremden Landen gegangen, der war erstaunlich weit gereist,
hatte einen langen Bart, tiefe Augen, entsetzliche Augenbrauen,
ein wunderliches Kleid mit vielen Falten und seltsame Figuren
hineingewebt. Er setzte sich vor das Haus, das Hyazinths Eltern
gehörte. Nun war Hyazinth sehr neugierig, und setzte sich zu
ihm und holte ihm Brot und Wein. Da tat er seinen weißen Bart
voneinander und erzählte bis tief in die Nacht, und Hyazinth
wich und wankte nicht, und wurde auch nicht müde zuzuhören.
Soviel man nachher vernahm, so hat er viel von fremden Ländern, unbekannten Gegenden, von erstaunlich wunderbaren
Sachen erzählt, und ist drei Tage dageblieben und mit Hyazinth
in tiefe Schachten hinuntergekrochen. Rosenblütchen hat genug den alten Hexenmeister verwünscht, denn Hyazinth ist
ganz versessen auf seine Gespräche gewesen und hat sich um
nichts bekümmert; kaum daß er ein wenig Speise zu sich genommen. Endlich hat jener sich fortgemacht, doch dem Hyazinth ein Büchelchen dagelassen, das kein Mensch lesen konnte.
Dieser hat ihm noch Früchte, Brot und Wein mitgegeben und
ihn weit weg begleitet. Und dann ist er tiefsinnig zurückgekommen und hat einen ganz neuen Lebenswandel begonnen. Rosen-

blütchen hat recht zum Erbarmen um ihn getan, denn von der
Zeit an hat er sich wenig aus ihr gemacht und ist immer für sich
geblieben. Nun begab sichs, daß er einmal nach Hause kam und
war wie neugeboren. Er fiel seinen Eltern um den Hals und
weinte. »Ich muß fort in fremde Lande«, sagte er, »die alte
wunderliche Frau im Walde hat mir erzählt, wie ich gesund
werden müßte, das Buch hat sie ins Feuer geworfen und hat
mich getrieben, zu euch zu gehn und euch um euren Segen zu
bitten. Vielleicht komme ich bald, vielleicht nie wieder. Grüßt
Rosenblütchen! Ich hätte sie gern gesprochen, ich weiß nicht,
wie mir ist, es drängt mich fort; wenn ich an die alten Zeiten
zurückdenken will, so kommen gleich mächtigere Gedanken
dazwischen, die Ruhe ist fort, Herz und Liebe mit, ich muß sie
suchen gehn. Ich wollt' euch gern sagen, wohin, ich weiß selbst
nicht, dahin, wo die Mutter der Dinge wohnt, die verschleierte
Jungfrau. Nach der ist mein Gemüt entzündet. Lebt wohl!« Er
riß sich los und ging fort. Seine Eltern wehklagten und vergossen Tränen, Rosenblütchen blieb in ihrer Kammer und weinte
bitterlich. Hyazinth lief nun, was er konnte, durch Täler und
Wildnisse, über Berge und Ströme, dem geheimnisvollen Lande
zu. Er fragte überall nach der heiligen Göttin (Isis) Menschen
und Tiere, Felsen und Bäume. Manche lachten, manche schwiegen, nirgends erhielt er Bescheid. Im Anfang kam er durch
rauhes, wildes Land, Nebel und Wolken warfen sich ihm in den
Weg, es stürmte immerfort; dann fand er unabsehliche Sandwüsten, glühenden Staub, und wie er wandelte, so veränderte
sich auch sein Gemüt, die Zeit wurde ihm lang, und die innere
Unruhe legte sich, er wurde sanfter und das gewaltige Treiben
in ihm allgemach zu einem leisen, aber starken Zuge, in den sein
ganzes Gemüt sich auflöste. Es lag wie viele Jahre hinter ihm.
Nun wurde die Gegend auch wieder reicher und mannigfaltiger, die Luft lau und blau, der Weg ebener, grüne Büsche
lockten ihn mit anmutigen Schatten, aber er verstand ihre Sprache nicht, sie schienen auch nicht zu sprechen, und doch erfüllten sie auch sein Herz mit grünen Farben und kühlem, stillem
Wesen. Immer höher wuchs jene süße Sehnsucht in ihm, und
immer breiter und saftiger wurden die Blätter, immer lauter
und lustiger die Vögel und Tiere, balsamischer die Früchte,

dunkler der Himmel, wärmer die Luft, und heißer seine Liebe,
die Zeit ging immer schneller, als sähe sie sich nahe am Ziele.
Eines Tages begegnete er einem kristallnen Quell und einer
Menge Blumen, die kamen in ein Tal herunter zwischen
schwarzen himmelhohen Säulen. Sie grüßten ihn freundlich mit
bekannten Worten. ›Liebe Landsleute‹, sagte er, ›wo find ich
wohl den geheiligten Wohnsitz der Isis? Hierherum muß er sein,
und ihr seid vielleicht hier bekannter als ich.‹ – ›Wir gehn auch
nur hier durch‹, antworteten die Blumen; ›eine Geisterfamilie ist
auf der Reise, und wir bereiten ihr Weg und Quartier, indes sind
wir vor kurzem durch eine Gegend gekommen, da hörten wir
ihren Namen nennen. Gehe nur aufwärts, wo wir herkommen,
so wirst du schon mehr erfahren.‹ Die Blumen und die Quelle
lächelten, wie sie das sagten, boten ihm einen frischen Trunk
und gingen weiter. Hyazinth folgte ihrem Rat, frug und frug
und kam endlich zu jener längst gesuchten Wohnung, die unter
Palmen und andern köstlichen Gewächsen versteckt lag. Sein
Herz klopfte in unendlicher Sehnsucht, und die süßeste Bangigkeit durchdrang ihn in dieser Behausung der ewigen Jahreszei-
ten. Unter himmlischen Wohlgedüften entschlummerte er,
weil ihn nur der Traum in das Allerheiligste führen durfte.
Wunderlich führte ihn der Traum durch unendliche Gemächer
voll seltsamer Sachen auf lauter reizenden Klängen und in ab-
wechselnden Akkorden. Es dünkte ihm alles so bekannt und
doch in niegesehener Herrlichkeit, da schwand auch der letzte
irdische Anflug, wie in Luft verzehrt, und er stand vor der
himmlischen Jungfrau, da hob er den leichten, glänzenden
Schleier, und Rosenblütchen sank in seine Arme. Eine ferne
Musik umgab die Geheimnisse des liebenden Wiedersehns, die
Ergießungen der Sehnsucht, und schloß alles Fremde von diesem entzückenden Orte aus. Hyazinth lebte nachher noch lange
mit Rosenblütchen unter seinen frohen Eltern und Gespielen,
und unzählige Enkel dankten der alten wunderlichen Frau für
ihren Rat und ihr Feuer; denn damals bekamen die Menschen so
viel Kinder, als sie wollten. –

LUDWIG TIECK
Der Runenberg

in junger Jäger saß im innersten Gebirge nachdenkend bei einem Vogelherde, indem das Rauschen
der Gewässer und des Waldes in der Einsamkeit
tönte. Er bedachte sein Schicksal, wie er so jung sei
und Vater und Mutter, die wohlbekannte Heimat
und alle Befreundeten seines Dorfes verlassen hatte, um eine
fremde Umgebung zu suchen, um sich aus dem Kreise der
wiederkehrenden Gewöhnlichkeit zu entfernen, und er blickte
mit einer Art von Verwunderung auf, daß er sich nun in diesem
Tale, in dieser Beschäftigung wiederfand. Große Wolken zogen
durch den Himmel und verloren sich hinter den Bergen, Vögel
sangen aus den Gebüschen, und ein Widerschall antwortete
ihnen. Er stieg langsam den Berg hinunter, und setzte sich an den
Rand eines Baches nieder, der über vorragendes Gestein schäu-
mend murmelte. Er hörte auf die wechselnde Melodie des
Wassers, und es schien, als wenn ihm die Wogen in unverständ-
lichen Worten tausend Dinge sagten, die ihm so wichtig waren,
und er mußte sich innig betrüben, daß er ihre Reden nicht
verstehen konnte. Wieder sah er dann umher und ihm dünkte,
er sei froh und glücklich; so faßte er wieder neuen Mut und sang
mit lauter Stimme einen Jägergesang.

> »Froh und lustig zwischen Steinen
> Geht der Jüngling auf die Jagd,
> Seine Beute muß erscheinen
> In den grünlebendgen Hainen,
> Sucht' er auch bis in die Nacht.
>
> Seine treuen Hunde bellen
> Durch die schöne Einsamkeit,
> Durch den Wald die Hörner gellen,
> Daß die Herzen mutig schwellen:
> O du schöne Jägerzeit!

Seine Heimat sind die Klüfte,
Alle Bäume grüßen ihn,
Rauschen strenge Herbsteslüfte,
Find't er Hirsch und Reh, die Schlüfte
Muß er jauchzend dann durchziehn.

Laß dem Landmann seine Mühen
Und dem Schiffer nur sein Meer,
Keiner sieht in Morgens Frühen
So Auroras Augen glühn,
Hängt der Tau am Grase schwer,

Als wer Jagd, Wild, Wälder kennet
Und Diana lacht ihn an.
Einst das schönste Bild entbrennet
Die er seine Liebste nennet:
O beglückter Jägersmann!«

Während dieses Gesanges war die Sonne tiefer gesunken, und
breite Schatten fielen durch das enge Tal. Eine kühlende Dämmerung schlich über den Boden weg, und nur noch die Wipfel
der Bäume wie die runden Bergspitzen waren vom Schein des
Abends vergoldet. Christians Gemüt ward immer trübseliger,
er mochte nicht nach seinem Vogelherde zurückkehren, und
dennoch mochte er nicht bleiben; es dünkte ihm so einsam und
er sehnte sich nach Menschen. Jetzt wünschte er sich die alten
Bücher, die er sonst bei seinem Vater gesehn und die er niemals
lesen mögen, sooft ihn auch der Vater dazu angetrieben hatte; es
fielen ihm die Szenen seiner Kindheit ein, die Spiele mit der
Jugend des Dorfes, seine Bekanntschaften unter den Kindern,
die Schule, die ihm so drückend gewesen war, und er sehnte sich
in alle diese Umgebungen zurück, die er freiwillig verlassen
hatte, um sein Glück in unbekannten Gegenden, in Bergen,
unter fremden Menschen, in einer neuen Beschäftigung zu finden. Indem es finstrer wurde, und der Bach lauter rauschte, und
das Geflügel der Nacht seine irre Wanderung mit umschweifen-
dem Fluge begann, saß er noch immer mißvergnügt und in sich
versunken; er hätte weinen mögen, und er war durchaus unent-

schlossen, was er tun und vornehmen solle. Gedankenlos zog er
eine hervorragende Wurzel aus der Erde, und plötzlich hörte er
schreckend ein dumpfes Winseln im Boden, das sich unterir-
disch in klagenden Tönen fortzog, und erst in der Ferne wehmütig verscholl. Der Ton durchdrang sein innerstes Herz, er
ergriff ihn, als wenn er unvermutet die Wunde berührt habe, an
der der sterbende Leichnam der Natur in Schmerzen verscheiden wolle. Er sprang auf und wollte entfliehen, denn er hatte
wohl ehemals von der seltsamen Alrunenwurzel gehört, die
beim Ausreißen so herzdurchschneidende Klagetöne von sich
gebe, daß der Mensch von ihrem Gewinsel wahnsinnig werden
müsse. Indem er fortgehen wollte, stand ein fremder Mann
hinter ihm, welcher ihn freundlich ansah und fragte, wohin er
wolle. Christian hatte sich Gesellschaft gewünscht, und doch
erschrak er von neuem vor dieser freundlichen Gegenwart.
Wohin so eilig? fragte der Fremde noch einmal. Der junge Jäger
suchte sich zu sammeln und erzählte, wie ihm plötzlich die
Einsamkeit so schrecklich vorgekommen sei, daß er sich habe
retten wollen, der Abend sei so dunkel, die grünen Schatten des
Waldes so traurig, der Bach spreche in lauter Klagen, die Wolken des Himmels zögen seine Sehnsucht jenseits den Bergen
hinüber. Ihr seid noch jung, sagte der Fremde, und könnt wohl
die Strenge der Einsamkeit noch nicht ertragen, ich will Euch
begleiten, denn Ihr findet doch kein Haus oder Dorf im Umkreis einer Meile, wir mögen unterwegs etwas sprechen und uns
erzählen, so verliert Ihr die trüben Gedanken; in einer Stunde
kommt der Mond hinter den Bergen hervor, sein Licht wird
dann wohl auch Eure Seele lichter machen.
Sie gingen fort, und der Fremde dünkte dem Jünglinge bald ein
alter Bekannter zu sein. Wie seid Ihr in dieses Gebirge gekommen, fragte jener, Ihr seid hier, Eurer Sprache nach, nicht
einheimisch. – Ach darüber, sagte der Jüngling, ließe sich viel
sagen, und doch ist es wieder keiner Rede, keiner Erzählung
wert; es hat mich wie mit fremder Gewalt aus dem Kreise
meiner Eltern und Verwandten hinweggenommen, mein Geist
war seiner selbst nicht mächtig, wie ein Vogel, der in einem
Netz gefangen ist und sich vergeblich sträubt, so verstrickt war
meine Seele in seltsamen Vorstellungen und Wünschen. Wir

wohnten weit von hier in einer Ebene, in der man rund umher
keinen Berg, kaum eine Anhöhe erblickte; wenige Bäume
schmückten den grünen Plan, aber Wiesen, fruchtbare Kornfelder und Gärten zogen sich hin, so weit das Auge reichen konnte,
ein großer Fluß glänzte wie ein mächtiger Geist an den Wiesen
und Feldern vorbei. Mein Vater war Gärtner im Schloß und
hatte vor, mich ebenfalls zu seiner Beschäftigung zu erziehen; er
liebte die Pflanzen und Blumen über alles und konnte sich
tagelang unermüdet mit ihrer Wartung und Pflege abgeben. Ja,
er ging so weit, daß er behauptete, er könne fast mit ihnen
sprechen: er lerne von ihrem Wachstum und Gedeihen sowie
von der verschiedenen Gestalt und Farbe ihrer Blätter. Mir war
die Gartenarbeit zuwider, um so mehr, als mein Vater mir
zuredete oder gar mit Drohungen mich zu zwingen versuchte.
Ich wollte Fischer werden, und machte den Versuch, allein das
Leben auf dem Wasser stand mir auch nicht an; ich wurde dann
zu einem Handelsmann in die Stadt gegeben, und kam auch von
ihm bald in das väterliche Haus zurück. Auf einmal hörte ich
meinen Vater von Gebirgen erzählen, die er in seiner Jugend
bereiset hatte, von den unterirdischen Bergwerken und ihren
Arbeitern, von Jägern und ihrer Beschäftigung, und plötzlich
erwachte in mir der bestimmteste Trieb, das Gefühl, daß ich nun
die für mich bestimmte Lebensweise gefunden habe. Tag und
Nacht sann ich und stellte mir hohe Berge, Klüfte und Tannenwälder vor; meine Einbildung erschuf sich ungeheure Felsen, ich
hörte in Gedanken das Getöse der Jagd, die Hörner und das
Geschrei der Hunde und des Wildes; alle meine Träume waren
damit angefüllt, und darüber hatte ich nun weder Rast noch
Ruhe mehr. Die Ebene, das Schloß, der kleine beschränkte
Garten meines Vaters mit den geordneten Blumenbeeten, die
enge Wohnung, der weite Himmel, der sich ringsum so traurig
ausdehnte, und keine Höhe, keinen erhabenen Berg umarmte,
alles ward mir noch betrübter und verhaßter. Es schien mir, als
wenn alle Menschen um mich her in der bejammernswürdigsten
Unwissenheit lebten, und daß alle eben so denken und empfinden würden wie ich, wenn ihnen dieses Gefühl ihres Elendes nur
ein einziges Mal in ihrer Seele aufginge. So trieb ich mich um,
bis ich an einem Morgen den Entschluß faßte, das Haus meiner

Eltern auf immer zu verlassen. Ich hatte in einem Buche Nachrichten vom nächsten großen Gebirge gefunden, Abbildungen einiger Gegenden, und darnach richtete ich meinen Weg ein. Es war im ersten Frühlinge, und ich fühlte mich durchaus froh und leicht. Ich eilte, um nur recht bald das Ebene zu verlassen, und an einem Abende sah ich in der Ferne die dunkeln Umrisse des Gebirges vor mir liegen. Ich konnte in der Herberge kaum schlafen, so ungeduldig war ich, die Gegend zu betreten, die ich für meine Heimat ansah; mit dem Frühesten war ich munter und wieder auf der Reise. Nachmittags befand ich mich schon unter den vielgeliebten Bergen, und wie ein Trunkner ging ich, stand dann eine Weile, schaute rückwärts und berauschte mich in allen mir fremden und doch so wohlbekannten Gegenständen. Bald verlor ich die Ebene hinter mir aus dem Gesichte, die Waldströme rauschten mir entgegen, Buchen und Eichen brausten mit bewegtem Laube von steilen Abhängen herunter; mein Weg führte mich an schwindlichten Abgründen vorüber, blaue Berge standen groß und ehrwürdig im Hintergrunde. Eine neue Welt war mir aufgeschlossen, ich wurde nicht müde. So kam ich nach einigen Tagen, indem ich einen großen Teil des Gebirges durchstreift hatte, zu einem alten Förster, der mich auf mein inständiges Bitten zu sich nahm, um mich in der Kunst der Jägerei zu unterrichten. Jetzt bin ich seit drei Monaten in seinen Diensten. Ich nahm von der Gegend, in der ich meinen Aufenthalt hatte, wie von einem Königreiche Besitz; ich lernte jede Klippe, jede Schluft des Gebirges kennen, ich war in meiner Beschäftigung, wenn wir am frühen Morgen nach dem Walde zogen, wenn wir Bäume im Forste fällten, wenn ich mein Auge und meine Büchse übte, und die treuen Gefährten, die Hunde, zu ihren Geschicklichkeiten abrichtete, überaus glücklich. Jetzt sitze ich seit acht Tagen hier oben auf dem Vogelherde, im einsamsten Gebirge, und am Abend wurde mir heut so traurig zu Sinne, wie noch niemals in meinem Leben, ich kam mir so verloren, so ganz unglückselig vor, und noch kann ich mich nicht von dieser trüben Stimmung erholen.

Der fremde Mann hatte aufmerksam zugehört, indem beide durch einen dunkeln Gang des Waldes gewandert waren. Jetzt traten sie ins Freie, und das Licht des Mondes, der oben mit

seinen Hörnern über der Bergspitze stand, begrüßte sie freundlich: in unkenntlichen Formen und vielen gesonderten Massen,
die der bleiche Schimmer wieder rätselhaft vereinigte, lag das
gespaltene Gebirge vor ihnen, im Hintergrunde ein steiler Berg,
auf welchem uralte verwitterte Ruinen schauerlich im weißen
Lichte sich zeigten. Unser Weg trennt sich hier, sagte der
Fremde, ich gehe in diese Tiefe hinunter, dort, bei jenem alten
Schacht ist meine Wohnung: die Erze sind meine Nachbarn, die
Berggewässer erzählen mir Wunderdinge in der Nacht, dahin
kannst du mir doch nicht folgen. Aber siehe dort den Runenberg mit seinem schroffen Mauerwerke, wie schön und anlockend das alte Gestein zu uns herblickt! Bist du niemals dorten
gewesen? Niemals, sagte der junge Christian, ich hörte einmal
meinen alten Förster wundersame Dinge von diesem Berge
erzählen, die ich, töricht genug, wieder vergessen habe; aber ich
erinnere mich, daß mir an jenem Abend grauenhaft zumute
war. Ich möchte wohl einmal die Höhle besteigen, denn die
Lichter sind dort am schönsten, das Gras muß dorten recht grün
sein, die Welt umher recht seltsam, auch mag sichs wohl treffen,
daß man noch manch Wunder aus der alten Zeit da oben fände.
Es kann fast nicht fehlen, sagte jener, wer nur zu suchen versteht,
wessen Herz recht innerlich hingezogen wird, der findet uralte
Freunde dort und Herrlichkeiten, alles, was er am eifrigsten
wünscht. – Mit diesen Worten stieg der Fremde schnell hinunter, ohne seinem Gefährten Lebewohl zu sagen, bald war er im
Dickicht des Gebüsches verschwunden, und kurz nachher ver-
hallte auch der Tritt seiner Füße. Der junge Jäger war nicht
verwundert, er verdoppelte nur seine Schritte nach dem Runen-
berge zu, alles winkte ihm dorthin, die Sterne schienen dorthin
zu leuchten, der Mond wies mit einer hellen Straße nach den
Trümmern, lichte Wolken zogen hinauf, und aus der Tiefe
redeten ihm Gewässer und rauschende Wälder zu und sprachen
ihm Mut ein. Seine Schritte waren wie beflügelt, sein Herz
klopfte, er fühlte eine so große Freudigkeit in seinem Innern,
daß sie zu einer Angst emporwuchs. – Er kam in Gegenden, in
denen er nie gewesen war, die Felsen wurden steiler, das Grün
verlor sich, die kahlen Wände riefen ihn wie mit zürnenden
Stimmen an, und ein einsam klagender Wind jagte ihn vor sich

her. So eilte er ohne Stillstand fort und kam spät nach Mitternacht auf einen schmalen Fußsteig, der hart an einem Abgrunde hinlief. Er achtete nicht auf die Tiefe, die unter ihm gähnte und ihn zu verschlingen drohte, so sehr spornten ihn irre Vorstellungen und unverständliche Wünsche. Jetzt zog ihn der gefährliche Weg neben eine hohe Mauer hin, die sich in den Wolken zu verlieren schien; der Steig ward mit jedem Schritte schmaler, und der Jüngling mußte sich an vorragenden Steinen festhalten, um nicht hinunterzustürzen. Endlich konnte er nicht weiter, der Pfad endigte unter einem Fenster, er mußte stillstehen und wußte jetzt nicht, ob er umkehren, ob er bleiben solle. Plötzlich sah er ein Licht, das sich hinter dem alten Gemäuer zu bewegen schien. Er sah dem Scheine nach und entdeckte, daß er in einen alten geräumigen Saal blicken konnte, der wunderlich verziert von mancherlei Gesteinen und Kristallen in vielfältigen Schimmern funkelte, die sich geheimnisvoll von dem wandelnden Lichte durcheinander bewegten, welches eine große weibliche Gestalt trug, die sinnend im Gemache auf und nieder ging. Sie schien nicht den Sterblichen anzugehören, so groß, so mächtig waren ihre Glieder, so streng ihr Gesicht, aber doch dünkte dem entzückten Jünglinge, daß er noch niemals solche Schönheit gesehn oder geahndet habe. Er zitterte und wünschte doch heimlich, daß sie zum Fenster treten und ihn wahrnehmen möchte. Endlich stand sie still, setzte das Licht auf einen kristallenen Tisch nieder, schaute in die Höhe und sang mit durchdringender Stimme:

> Wo die Alten weilen,
> Daß sie nicht erscheinen?
> Die Kristallen weinen,
> Von demantnen Säulen
> Fließen Tränenquellen,
> Töne klingen drein;
> In den klaren hellen
> Schön durchsichtgen Wellen
> Bildet sich der Schein.
> Der die Seelen ziehet,
> Dem das Herz erglühet.
> Kommt ihr Geister alle

Zu der goldnen Halle,
Hebt aus tiefen Dunkeln
Häupter, welche funkeln!
Macht der Herzen und der Geister,
Die so durstig sind im Sehnen,
Mit den leuchtend schönen Tränen
Allgewaltig euch zum Meister!

Als sie geendigt hatte, fing sie an sich zu entkleiden und ihre Gewänder in einen kostbaren Wandschrank zu legen. Erst nahm sie einen goldenen Schleier vom Haupte, und ein langes schwarzes Haar floß in geringelter Fülle bis über die Hüften hinab; dann löste sie das Gewand des Busens, und der Jüngling vergaß sich und die Welt im Anschauen der überirdischen Schönheit. Er wagte kaum zu atmen, als sie nach und nach alle Hüllen löste; nackt schritt sie endlich im Saale auf und nieder, und ihre schweren, schwebenden Locken bildeten um sie her ein dunkel wogendes Meer, aus dem wie Marmor die glänzenden Formen des reinen Leibes abwechselnd hervorstrahlten. Nach geraumer Zeit näherte sie sich einem andern goldenen Schranke, nahm eine Tafel heraus, die von vielen eingelegten Steinen, Rubinen, Diamanten und allen Juwelen glänzte, und betrachtete sie lange prüfend. Die Tafel schien eine wunderliche unverständliche Figur mit ihren unterschiedlichen Farben und Linien zu bilden; zuweilen war, nachdem der Schimmer ihm entgegenspiegelte, der Jüngling schmerzhaft geblendet, dann wieder besänftigten grüne und blau spielende Scheine sein Auge: er aber stand, die Gegenstände mit seinen Blicken verschlingend, und zugleich tief in sich selbst versunken. In seinem Innern hatte sich ein Abgrund von Gestalten und Wohllaut, von Sehnsucht und Wollust aufgetan, Scharen von beflügelten Tönen und wehmütigen und freudigen Melodien zogen durch sein Gemüt, das bis auf den Grund bewegt war: er sah eine Welt von Schmerz und Hoffnung in sich aufgehen, mächtige Wunderfelsen von Vertrauen und trotzender Zuversicht, große Wasserströme, wie voll Wehmut fließend. Er kannte sich nicht wieder, und erschrak, als die Schöne das Fenster öffnete, ihm die magische steinerne Tafel reichte und die wenigen Worte sprach: Nimm dieses zu meinem Angedenken! Er faßte die Tafel und fühlte die

Figur, die unsichtbar sogleich in sein Inneres überging, und das
Licht und die mächtige Schönheit und der seltsame Saal waren
verschwunden. Wie eine dunkele Nacht mit Wolkenvorhängen
fiel es in sein Inneres hinein, er suchte nach seinen vorigen
Gefühlen, nach jener Begeisterung und unbegreiflichen Liebe,
er beschaute die kostbare Tafel, in welcher sich der untersin-
kende Mond schwach und bläulich spiegelte.

Noch hielt er die Tafel fest in seine Hände gepreßt, als der
Morgen graute und er erschöpft, schwindelnd und halb schlafend die steile Höhe hinunterstürzte. –

Die Sonne schien dem betäubten Schläfer auf sein Gesicht, der
sich erwachend auf einem anmutigen Hügel wieder fand. Er sah
umher und erblickte weit hinter sich und kaum noch kennbar
am äußersten Horizont die Trümmer des Runenberges: er
suchte nach jener Tafel, und fand sie nirgends. Erstaunt und
verwirrt wollte er sich sammeln und seine Erinnerungen an-
knüpfen, aber sein Gedächtnis war wie mit einem wüsten Nebel
angefüllt, in welchem sich formlose Gestalten wild und unkenntlich durcheinanderbewegten. Sein ganzes voriges Leben
lag wie in einer tiefen Ferne hinter ihm; das Seltsamste und das
Gewöhnliche war so ineinander vermischt, daß er es unmöglich
sondern konnte. Nach langem Streite mit sich selbst glaubte er
endlich, ein Traum oder ein plötzlicher Wahnsinn habe ihn in
dieser Nacht befallen, nur begriff er immer nicht, wie er sich so
weit in eine fremde entlegene Gegend habe verirren können.

Noch fast schlaftrunken stieg er den Hügel hinab und geriet auf
einen gebahnten Weg, der ihn vom Gebirge hinunter in das
flache Land führte. Alles war ihm fremd, er glaubte anfangs, er
würde in seine Heimat gelangen, aber er sah eine ganz verschiedene Gegend, und vermutete endlich, daß er sich jenseits der
südlichen Grenze des Gebirges befinden müsse, welches er im
Frühling von Norden her betreten hatte. Gegen Mittag stand er
über einem Dorfe, aus dessen Hütten ein friedlicher Rauch in
die Höhe stieg. Kinder spielten auf einem grünen Platze festtäg-
lich geputzt, und aus der kleinen Kirche erscholl der Orgelklang
und das Singen der Gemeinde. Alles ergriff ihn mit unbeschreiblich süßer Wehmut, alles rührte ihn so herzlich, daß er weinen
mußte. Die engen Gärten, die kleinen Hütten mit ihren rau-

chenden Schornsteinen, die gerade abgeteilten Kornfelder erinnerten ihn an die Bedürftigkeit des armen Menschengeschlechts,
an seine Abhängigkeit vom freundlichen Erdboden, dessen
Milde es sich vertrauen muß; dabei erfüllte der Gesang und der
Ton der Orgel sein Herz mit einer nie gefühlten Frömmigkeit.
Seine Empfindungen und Wünsche der Nacht erschienen ihm
ruchlos und frevelhaft, er wollte sich wieder kindlich, bedürftig
und demütig an die Menschen wie an seine Brüder anschließen
und sich von den gottlosen Gefühlen und Vorsätzen entfernen.
Reizend und anlockend dünkte ihm die Ebene mit dem kleinen
Fluß, der sich in mannigfaltigen Krümmungen um Wiesen und
Gärten schmiegte; mit Furcht gedachte er an seinen Aufenthalt
in dem einsamen Gebirge und zwischen den wüsten Steinen, er
sehnte sich, in diesem friedlichen Dorfe wohnen zu dürfen, und
trat mit diesen Empfindungen in die menschenerfüllte Kirche.
Der Gesang war eben beendigt, und der Priester hatte seine
Predigt begonnen, von den Wohltaten Gottes in der Ernte: wie
seine Güte alles speiset und sättiget was lebt, wie wunderbar im
Getreide für die Erhaltung des Menschengeschlechtes gesorgt
sei, wie die Liebe Gottes sich unaufhörlich im Brote mitteile und
der andächtige Christ so ein unvergängliches Abendmahl gerührt feiern könne. Die Gemeine war erbaut, des Jägers Blicke
ruhten auf dem frommen Redner und bemerkten dicht neben
der Kanzel ein junges Mädchen, das vor allen andern der Andacht und Aufmerksamkeit hingegeben schien. Sie war schlank
und blond, ihr blaues Auge glänzte von der durchdringendsten
Sanftheit, ihr Antlitz war wie durchsichtig und in den zartesten
Farben blühend. Der fremde Jüngling hatte sich und sein Herz
noch niemals so empfunden, so voll Liebe und so beruhigt, so
den stillsten und erquickendsten Gefühlen hingegeben. Er
beugte sich weinend, als der Priester endlich den Segen sprach,
er fühlte sich bei den heiligen Worten wie von einer unsichtbaren Gewalt durchdrungen und das Schattenbild der Nacht in die
tiefste Entfernung wie ein Gespenst hinabgedrückt. Er verließ
die Kirche, verweilte unter einer großen Linde und dankte Gott
in einem inbrünstigen Gebete, daß er ihn ohne sein Verdienst
wieder aus den Netzen des bösen Geistes befreit habe.
Das Dorf feierte an diesem Tage das Erntefest und alle Menschen

waren fröhlich gestimmt; die geputzten Kinder freuten sich auf
die Tänze und Kuchen, die jungen Burschen richteten auf dem
Platze im Dorfe, der von jungen Bäumen umgeben war, alles zu
ihrer herbstlichen Festlichkeit ein, die Musikanten saßen und
probierten ihre Instrumente. Christian ging noch einmal in das
Feld hinaus, um sein Gemüt zu sammeln und seinen Betrachtungen nachzuhängen, dann kam er in das Dorf zurück, als sich
schon alles zur Fröhlichkeit und zur Begehung des Festes verei-
niget hatte. Auch die blonde Elisabeth war mit ihren Eltern
zugegen, und der Fremde mischte sich in den frohen Haufen.
Elisabeth tanzte, und er hatte unterdes bald mit dem Vater ein
Gespräch angesponnen, der ein Pachter war und einer der reichsten Leute im Dorfe. Ihm schien die Jugend und das Gespräch
des fremden Gastes zu gefallen, und so wurden sie in kurzer Zeit
dahin einig, daß Christian als Gärtner bei ihm einziehen solle.
Dieser konnte es unternehmen, denn er hoffte, daß ihm nun die
Kenntnisse und Beschäftigungen zustatten kommen würden,
die er in seiner Heimat so sehr verachtet hatte.
Jetzt begann ein neues Leben für ihn. Er zog bei dem Pachter ein
und ward zu dessen Familie gerechnet; mit seinem Stande veränderte er auch seine Tracht. Er war so gut, so dienstfertig und
immer freundlich, er stand seiner Arbeit so fleißig vor, daß ihm
bald alle im Hause, vorzüglich aber die Tochter, gewogen
wurden. Sooft er sie am Sonntage zur Kirche gehen sah, hielt er
ihr einen schönen Blumenstrauß in Bereitschaft, für den sie ihm
mit errötender Freundlichkeit dankte; er vermißte sie, wenn er
sie an einem Tage nicht sah, dann erzählte sie ihm am Abend
Märchen und lustige Geschichten. Sie wurden sich immer not-
wendiger, und die Alten, welche es bemerkten, schienen nichts
dagegen zu haben, denn Christian war der fleißigste und schönste Bursche im Dorfe; sie selbst hatten vom ersten Augenblick
einen Zug der Liebe und Freundschaft zu ihm gefühlt. Nach
einem halben Jahre war Elisabeth seine Gattin. Es war wieder
Frühling, die Schwalben und die Vögel des Gesanges kamen in
das Land, der Garten stand in seinem schönsten Schmuck, die
Hochzeit wurde mit aller Fröhlichkeit gefeiert. Braut und Bräutigam schienen trunken von ihrem Glücke. Am Abend spät, als
sie in die Kammer gingen, sagte der junge Gatte zu seiner

Geliebten: Nein, nicht jenes Bild bist du, welches mich einst im Traum entzückte und das ich niemals ganz vergessen kann, aber doch bin ich glücklich in deiner Nähe und selig in deinen Armen.

Wie vergnügt war die Familie, als sie nach einem Jahre durch eine kleine Tochter vermehrt wurde, welche man Leonore nannte. Christian wurde zwar zuweilen etwas ernster, indem er das Kind betrachtete, aber doch kam seine jugendliche Heiterkeit immer wieder zurück. Er gedachte kaum noch seiner vorigen Lebensweise, denn er fühlte sich ganz einheimisch und befriedigt. Nach einigen Monaten fielen ihm aber seine Eltern in die Gedanken, und wie sehr sich besonders sein Vater über sein ruhiges Glück, über seinen Stand als Gärtner und Landmann freuen würde; es ängstigte ihn, daß er Vater und Mutter seit so langer Zeit ganz hatte vergessen können, sein einziges Kind erinnerte ihn, welche Freude die Kinder den Eltern sind, und so beschloß er dann endlich, sich auf die Reise zu machen und seine Heimat wieder zu besuchen.

Ungern verließ er seine Gattin; alle wünschten ihm Glück, und er machte sich in der schönen Jahreszeit zu Fuß auf den Weg. Er fühlte schon nach wenigen Stunden, wie ihn das Scheiden peinige, zum erstenmal empfand er in seinem Leben die Schmerzen der Trennung; die fremden Gegenstände erschienen ihm fast wild, ihm war, als sei er in einer feindseligen Einsamkeit verloren. Da kam ihm der Gedanke, daß seine Jugend vorüber sei, daß er eine Heimat gefunden, der er angehöre, in die sein Herz Wurzeln geschlagen habe; er war fast im Begriff, den verlornen Leichtsinn der vorigen Jahre zu beklagen, und es war ihm äußerst trübselig zu Mute, als er für die Nacht auf einem Dorfe in dem Wirtshause einkehren mußte. Er begriff nicht, warum er sich von seiner freundlichen Gattin und den erworbenen Eltern entfernt habe, und verdrießlich und murrend machte er sich am Morgen auf den Weg, um seine Reise fortzusetzen.

Seine Angst nahm zu, indem er sich dem Gebirge näherte, die fernen Ruinen wurden schon sichtbar und traten nach und nach kenntlicher hervor, viele Bergspitzen hoben sich abgerundet aus dem blauen Nebel. Sein Schritt wurde zaghaft, er blieb oft stehen und verwunderte sich über seine Furcht, über die

Schauer, die ihm mit jedem Schritte gedrängter nahe kamen. Ich
kenne dich Wahnsinn wohl, rief er aus, und dein gefährliches
Locken, aber ich will dir männlich widerstehn! Elisabeth ist kein
schnöder Traum; ich weiß, daß sie jetzt an mich denkt, daß sie
auf mich wartet und liebevoll die Stunden meiner Abwesenheit
zählt. Sehe ich nicht schon Wälder wie schwarze Haare vor mir?
Schauen nicht aus dem Bache die blitzenden Augen nach mir
her? Schreiten die großen Glieder nicht aus den Bergen auf mich
zu? – Mit diesen Worten wollte er sich um auszuruhen unter
einen Baum niederwerfen, als er im Schatten desselben einen
alten Mann sitzen sah, der mit der größten Aufmerksamkeit eine
Blume betrachtete, sie bald gegen die Sonne hielt, bald wieder
mit seiner Hand beschattete, ihre Blätter zählte, und überhaupt
sich bemühte, sie seinem Gedächtnisse genau einzuprägen. Als er
näher ging, erschien ihm die Gestalt so bekannt, und bald blieb
ihm kein Zweifel übrig, daß der Alte mit der Blume sein Vater
sei. Er stürzte ihm mit dem Ausdruck der heftigsten Freude in
die Arme; jener war vergnügt, aber nicht überrascht, ihn so
plötzlich wiederzusehen. Kömmst du mir schon entgegen, mein
Sohn? sagte der Alte, ich wußte, daß ich dich bald finden würde,
aber ich glaubte nicht, daß mir schon am heutigen Tage die
Freude widerfahren sollte. – Woher wußtet Ihr, Vater, daß Ihr
mich antreffen würdet? – An dieser Blume, sprach der alte
Gärtner; seit ich lebe, habe ich mir gewünscht, sie einmal sehen
zu können, aber niemals ist es mir so gut geworden, weil sie sehr
selten ist und nur in Gebirgen wächst: ich machte mich auf, dich
zu suchen, weil deine Mutter gestorben ist und mir zu Hause die
Einsamkeit zu drückend und trübselig war. Ich wußte nicht,
wohin ich meinen Weg richten sollte, endlich wanderte ich
durch das Gebirge, so traurig mir auch die Reise vorkam; ich
suchte beiher nach der Blume, konnte sie aber nirgends entdecken, und nun finde ich sie ganz unvermutet hier, wo schon
die schöne Ebene sich ausstreckt; daraus wußte ich, daß ich dich
bald finden mußte, und sieh, wie die liebe Blume mir geweissagt
hat! Sie umarmten sich wieder, und Christian beweinte seine
Mutter; der Alte aber faßte seine Hand und sagte: Laß uns gehen,
daß wir die Schatten des Gebirges bald aus den Augen verlieren,
mir ist immer noch weh ums Herz von den steilen wilden

Gestalten, von dem gräßlichen Geklüft, von den schluchzenden Wasserbächen; laß uns das gute, fromme, ebene Land besuchen.

Sie wanderten zurück, und Christian ward wieder froher. Er erzählte seinem Vater von seinem neuen Glücke, von seinem Kinde und seiner Heimat; sein Gespräch machte ihn selbst wie trunken, und er fühlte im Reden erst recht, wie nichts mehr zu seiner Zufriedenheit ermangle. So kamen sie unter Erzählungen, traurigen und fröhlichen, in dem Dorfe an. Alle waren über die frühe Beendigung der Reise vergnügt, am meisten Elisabeth. Der alte Vater zog zu ihnen und gab sein kleines Vermögen in ihre Wirtschaft; sie bildeten den zufriedensten und einträchtigsten Kreis von Menschen. Der Acker gedieh, der Viehstand mehrte sich, Christians Haus wurde in wenigen Jahren eins der ansehnlichsten im Orte; auch sah er sich bald als den Vater von mehreren Kindern.

Fünf Jahre waren auf diese Weise verflossen, als ein Fremder auf seiner Reise in ihrem Dorfe einkehrte und in Christians Hause, weil es die ansehnlichste Wohnung war, seinen Aufenthalt nahm. Er war ein freundlicher, gesprächiger Mann, der vieles von seinen Reisen erzählte, der mit den Kindern spielte und ihnen Geschenke machte und dem in kurzem alle gewogen waren. Es gefiel ihm so wohl in der Gegend, daß er sich einige Tage hier aufhalten wollte; aber aus den Tagen wurden Wochen, und endlich Monate. Keiner wunderte sich über die Verzögerung, denn alle hatten sich schon daran gewöhnt, ihn mit zur Familie zu zählen. Christian saß nur oft nachdenklich; denn es kam ihm vor, als kenne er den Reisenden schon von ehemals, und doch konnte er sich keiner Gelegenheit erinnern, bei welcher er ihn gesehen haben möchte. Nach dreien Monaten nahm der Fremde endlich Abschied und sagte: Lieben Freunde, ein wunderbares Schicksal und seltsame Erwartungen treiben mich in das nächste Gebirge hinein, ein zaubervolles Bild, dem ich nicht widerstehen kann, lockt mich; ich verlasse euch jetzt, und ich weiß nicht, ob ich wieder zu euch zurückkommen werde; ich habe eine Summe Geldes bei mir, die in euren Händen sicherer ist als in den meinigen, und deshalb bitte ich euch, sie zu verwahren, komme ich in Jahresfrist nicht zurück, so behaltet sie und nehmet sie als einen Dank für eure mir bewiesene Freundschaft an.

So reiste der Fremde ab, und Christian nahm das Geld in Verwahrung. Er verschloß es sorgfältig und sah aus übertriebener Ängstlichkeit zuweilen wieder nach, zählte es über, ob nichts daran fehle, und machte sich viel damit zu tun. Diese Summe könnte uns recht glücklich machen, sagte er einmal zu seinem Vater, wenn der Fremde nicht zurückkommen sollte, für uns und unsre Kinder wäre auf immer gesorgt. – Laß das Gold, sagte der Alte, darinne liegt das Glück nicht, uns hat bisher noch gottlob nichts gemangelt, und entschlage dich überhaupt dieser Gedanken.

Oft stand Christian in der Nacht auf, um die Knechte zur Arbeit zu wecken und selbst nach allem zu sehn; der Vater war besorgt, daß er durch übertriebenen Fleiß seiner Jugend und Gesundheit schaden möchte: daher machte er sich in einer Nacht auf, um ihn zu ermahnen, seine übertriebene Tätigkeit einzuschränken, als er ihn zu seinem Erstaunen bei einer kleinen Lampe am Tische sitzend fand, indem er wieder mit der größten Emsigkeit die Goldstücke zählte. Mein Sohn, sagte der Alte mit Schmerzen, soll es dahin mit dir kommen, ist dieses verfluchte Metall nur zu unserm Unglück unter dieses Dach gebracht? Besinne dich, mein Lieber, so muß dir der böse Feind Blut und Leben verzehren. – Ja, sagte Christian, ich verstehe mich selber nicht mehr, weder bei Tage noch in der Nacht läßt es mir Ruhe; seht, wie es mich jetzt wieder anblickt, daß mir der rote Glanz tief in mein Herz hineingeht! Horcht, wie es klingt, dies güldene Blut! Das ruft mich, wenn ich schlafe, ich höre es, wenn Musik tönt, wenn der Wind bläst, wenn Leute auf der Gasse sprechen; scheint die Sonne, so sehe ich nur diese gelben Augen, wie es mir zublinzelt, und mir heimlich ein Liebeswort ins Ohr sagen will: so muß ich mich wohl nächtlicher Weise aufmachen, um nur seinem Liebesdrang genugzutun, und dann fühle ich es innerlich jauchzen und frohlocken, wenn ich es mit meinen Fingern berühre, es wird vor Freuden immer röter und herrlicher; schaut nur selbst die Glut der Entzückung an! – Der Greis nahm schaudernd und weinend den Sohn in seine Arme, betete und sprach dann: Christel, du mußt dich wieder zum Worte Gottes wenden, du mußt fleißiger und andächtiger in die Kirche gehen, sonst wirst du verschmachten und im traurigsten Elende dich verzehren.

Das Geld wurde wieder weggeschlossen, Christian versprach sich zu ändern und in sich zu gehn, und der Alte ward beruhigt. Schon war ein Jahr und mehr vergangen, und man hatte von dem Fremden noch nichts wieder in Erfahrung bringen können; der Alte gab nun endlich den Bitten seines Sohnes nach, und das zurückgelassene Geld wurde in Ländereien und auf andere Weise angelegt. Im Dorfe wurde bald von dem Reichtum des jungen Pachters gesprochen, und Christian schien außerordentlich zufrieden und vergnügt, so daß der Vater sich glücklich pries, ihn so wohl und heiter zu sehn: alle Furcht war jetzt in seiner Seele verschwunden. Wie sehr mußte er daher erstaunen, als ihn an einem Abend Elisabeth beiseit nahm und unter Tränen erzählte, wie sie ihren Mann nicht mehr verstehe, er spreche so irre, vorzüglich des Nachts, er träume schwer, gehe oft im Schlafe lange in der Stube herum, ohne es zu wissen, und erzähle wunderbare Dinge, vor denen sie oft schaudern müsse. Am schrecklichsten sei ihr seine Lustigkeit am Tage, denn sein Lachen sei so wild und frech, sein Blick irre und fremd. Der Vater erschrak, und die betrübte Gattin fuhr fort: Immer spricht er von dem Fremden, und behauptet, daß er ihn schon sonst gekannt habe, denn dieser fremde Mann sei eigentlich ein wunderschönes Weib; auch will er gar nicht mehr auf das Feld hinausgehn oder im Garten arbeiten, denn er sagt, er höre ein unterirdisches fürchterliches Ächzen, so wie er nur eine Wurzel ausziehe; er fährt zusammen und scheint sich vor allen Pflanzen und Kräutern wie vor Gespenstern zu entsetzen. – Allgütiger Gott! rief der Vater aus, ist der fürchterliche Hunger in ihn schon so fest hineingewachsen, daß es dahin hat kommen können? So ist sein verzaubertes Herz nicht menschlich mehr, sondern von kaltem Metall; wer keine Blume mehr liebt, dem ist alle Liebe und Gottesfurcht verloren.

Am folgenden Tage ging der Vater mit dem Sohne spazieren und sagte ihm manches wieder, was er von Elisabeth gehört hatte; er ermahnte ihn zur Frömmigkeit, und daß er seinen Geist heiligen Betrachtungen widmen solle. Christian sagte: gern, Vater; auch ist mir oft ganz wohl, und es gelingt mir alles gut; ich kann auf lange Zeit, auf Jahre, die wahre Gestalt meines Innern vergessen und gleichsam ein fremdes Leben mit Leichtig-

keit führen: dann geht aber plötzlich wie ein neuer Mond das
regierende Gestirn, welches ich selber bin, in meinem Herzen
auf und besiegt die fremde Macht. Ich könnte ganz froh sein,
aber einmal, in einer seltsamen Nacht, ist mir durch die Hand ein
geheimnisvolles Zeichen tief in mein Gemüt hineingeprägt; oft
schläft und ruht die magische Figur, ich meine, sie ist vergangen,
aber dann quillt sie wie ein Gift plötzlich wieder hervor und
bewegt sich in allen Linien. Dann kann ich sie nur denken und
fühlen, und alles umher ist verwandelt, oder vielmehr von dieser
Gestaltung verschlungen worden. Wie der Wahnsinnige beim
Anblick des Wassers sich entsetzt und das empfangene Gift noch
giftiger in ihm wird, so geschieht es mir bei allen eckigen
Figuren, bei jeder Linie, bei jedem Strahl, alles will dann die
inwohnende Gestalt entbinden und zur Geburt befördern, und
mein Geist und Körper fühlt die Angst; wie sie das Gemüt durch
ein Gefühl von außen empfing, so will es sie dann wieder
quälend und ringend zum äußern Gefühl hinausarbeiten, um
ihrer los und ruhig zu werden.
Ein unglückliches Gestirn war es, sprach der Alte, das dich von
uns hinwegzog; du warst für ein stilles Leben geboren, dein Sinn
neigte sich zur Ruhe und zu den Pflanzen, da führte dich deine
Ungeduld hinweg, in die Gesellschaft der verwilderten Steine:
die Felsen, die zerrissenen Klippen mit ihren schroffen Gestalten
haben dein Gemüt zerrüttet, und den verwüstenden Hunger
nach dem Metall in dich gepflanzt. Immer hättest du dich vor
dem Anblick des Gebirges hüten und bewahren müssen, und so
dachte ich dich auch zu erziehen, aber es hat nicht sein sollen.
Deine Demut, deine Ruhe, dein kindlicher Sinn ist von Trotz,
Wildheit und Übermut verschüttet.
Nein, sagte der Sohn, ich erinnere mich ganz deutlich, daß mir
eine Pflanze zuerst das Unglück der ganzen Erde bekannt gemacht hat, seitdem verstehe ich erst die Seufzer und Klagen, die
allenthalben in der ganzen Natur vernehmbar sind, wenn man
nur darauf hören will; in den Pflanzen, Kräutern, Blumen und
Bäumen regt und bewegt sich schmerzhaft nur eine große
Wunde, sie sind der Leichnam vormaliger herrlicher Steinwel-
ten, sie bieten unserm Auge die schrecklichste Verwesung dar.
Jetzt verstehe ich es wohl, daß es dies war, was mir jene Wurzel

mit ihrem tiefgeholten Ächzen sagen wollte, sie vergaß sich in ihrem Schmerze und verriet mir alles. Darum sind alle grünen Gewächse so erzürnt auf mich und stehn mir nach dem Leben; sie wollen jene geliebte Figur in meinem Herzen auslöschen und in jedem Frühling mit ihrer verzerrten Leichenmiene meine Seele gewinnen. Unerlaubt und tückisch ist es, wie sie dich, alter Mann, hintergangen haben, denn von deiner Seele haben sie gänzlich Besitz genommen. Frage nur die Steine, du wirst erstaunen, wenn du sie reden hörst.

Der Vater sah ihn lange an und konnte ihm nichts mehr antworten. Sie gingen schweigend zurück nach Hause, und der Alte mußte sich jetzt ebenfalls vor der Lustigkeit seines Sohnes entsetzen, denn sie dünkte ihm ganz fremdartig, und als wenn ein andres Wesen aus ihm, wie aus einer Maschine, unbeholfen und ungeschickt heraus spiele. –

Das Erntefest sollte wieder gefeiert werden, die Gemeinde ging in die Kirche, und auch Elisabeth zog sich mit den Kindern an, um dem Gottesdienste beizuwohnen; ihr Mann machte auch Anstalten, sie zu begleiten, aber noch vor der Kirchentür kehrte er um und ging tiefsinnend vor das Dorf hinaus. Er setzte sich auf die Anhöhe und sah wieder die rauchenden Dächer unter sich, er hörte den Gesang und Orgelton von der Kirche her, geputzte Kinder tanzten und spielten auf dem grünen Rasen. Wie habe ich mein Leben in einem Traume verloren! sagte er zu sich selbst; Jahre sind verflossen, daß ich von hier hinunterstieg, unter die Kinder hinein; die damals hier spielten, sind heute dort ernsthaft in der Kirche; ich trat auch in das Gebäude, aber heut ist Elisabeth nicht mehr ein blühendes kindliches Mädchen, ihre Jugend ist vorüber, ich kann nicht mit der Sehnsucht wie damals den Blick ihrer Augen aufsuchen: so habe ich mutwillig ein hohes ewiges Glück aus der Acht gelassen, um ein vergängliches und zeitliches zu gewinnen.

Er ging sehnsuchtsvoll nach dem benachbarten Walde und vertiefte sich in seine dichtesten Schatten. Eine schauerliche Stille umgab ihn, keine Luft rührte sich in den Blättern. Indem sah er einen Mann von ferne auf sich zukommen, den er für den Fremden erkannte: er erschrak, und sein erster Gedanke war, jener würde sein Geld von ihm zurückfordern. Als die Gestalt

etwas näher kam, sah er, wie sehr er sich geirrt hatte, denn die
Umrisse, welche er wahrzunehmen gewähnt, zerbrachen wie in
sich selber: ein altes Weib von der äußersten Häßlichkeit kam
auf ihn zu, sie war in schmutzige Lumpen gekleidet, ein zerris-
senes Tuch hielt einige greise Haare zusammen, sie hinkte an
einer Krücke. Mit fürchterlicher Stimme redete sie Christian an
und fragte nach seinem Namen und Stande; er antwortete ihr
umständlich und sagte darauf: Aber wer bist du? Man nennt
mich das Waldweib, sagte jene, und jedes Kind weiß von mir zu
erzählen: hast du mich niemals gekannt? Mit den letzten Worten
wandte sie sich um, und Christian glaubte zwischen den Bäumen den goldenen Schleier, den hohen Gang, den mächtigen
Bau der Glieder wiederzuerkennen. Er wollte ihr nacheilen,
aber seine Augen fanden sie nicht mehr.
Indem zog etwas Glänzendes seine Blicke in das grüne Gras
nieder. Er hob es auf und sah die magische Tafel mit den
farbigen Edelgesteinen, mit der seltsamen Figur wieder, die er
vor so manchem Jahr verloren hatte. Die Gestalt und die bunten
Lichter drückten mit der plötzlichsten Gewalt auf alle seine
Sinne. Er faßte sie recht fest an, um sich zu überzeugen, daß er
sie wieder in seinen Händen halte, und eilte dann damit nach
dem Dorfe zurück. Der Vater begegnete ihm. Seht, rief er ihm
zu, das, wovon ich euch so oft erzählt habe, was ich nur im
Traum zu sehn glaubte, ist jetzt gewiß und wahrhaftig mein.
Der Alte betrachtete die Tafel lange und sagte: Mein Sohn, mir
schaudert recht im Herzen, wenn ich die Lineamente dieser
Steine betrachte und ahnend den Sinn dieser Wortfügung errate; sieh her, wie kalt sie funkeln, welche grausame Blicke sie
von sich geben, blutdürstig, wie das rote Auge des Tigers. Wirf
diese Schrift weg, die dich kalt und grausam macht, die dein
Herz versteinern muß:

> Sieh die zarten Blüten keimen,
> Wie sie aus sich selbst erwachen,
> Und wie Kinder aus den Träumen
> Dir entgegen lieblich lachen.

Ihre Farbe ist im Spielen
Zugekehrt der goldnen Sonne,
Deren heißen Kuß zu fühlen,
Das ist ihre höchste Wonne.

An den Küssen zu verschmachten,
Zu vergehn in Lieb' und Wehmut;
Also stehn, die eben lachten
Bald verwelkt in stiller Demut.

Das ist ihre höchste Freude,
Im Geliebten sich verzehren,
Sich im Tode zu verklären,
Zu vergehn in süßem Leide.

Dann ergießen sie die Düfte,
Ihre Geister, mit Entzücken,
Es berauschen sich die Lüfte
Im balsamischen Erquicken.

Liebe kommt zum Menschenherzen,
Regt die goldnen Saitenspiele,
Und die Seele spricht: ich fühle
Was das Schönste sei, wonach ich ziele,
Wehmut, Sehnsucht und der Liebe Schmerzen.

Wunderbare, unermeßliche Schätze, antwortete der Sohn, muß
es noch in den Tiefen der Erde geben. Wer diese ergründen,
heben und an sich reißen könnte! Wer die Erde so wie eine
geliebte Braut an sich zu drücken vermöchte, daß sie ihm in
Angst und Liebe gern ihr Kostbarstes gönnte! Das Waldweib hat
mich gerufen, ich gehe sie zu suchen. Hier nebenan ist ein alter
verfallener Schacht, schon vor Jahrhunderten von einem Berg-
manne aufgegraben: vielleicht, daß ich sie dort finde!
Er eilte fort. Vergeblich strebte der Alte, ihn zurückzuhalten,
jener war seinen Blicken bald entschwunden. Nach einigen
Stunden, nach vieler Anstrengung gelangte der Vater an den
alten Schacht; er sah die Fußstapfen im Sande am Eingange

eingedrückt und kehrte weinend um, in der Überzeugung, daß sein Sohn im Wahnsinn hineingegangen und in alte gesammelte Wässer und Untiefen versunken sei.

Seitdem war er unaufhörlich betrübt und in Tränen. Das ganze Dorf trauerte um den jungen Pachter, Elisabeth war untröstlich, die Kinder jammerten laut. Nach einem halben Jahre war der alte Vater gestorben, Elisabeths Eltern folgten ihm bald nach, und sie mußte die große Wirtschaft allein verwalten. Die angehäuften Geschäfte entfernten sie etwas von ihrem Kummer, die Erziehung der Kinder, die Bewirtschaftung des Gutes ließen ihr für Sorge und Gram keine Zeit übrig. So entschloß sie sich nach zwei Jahren zu einer neuen Heirat, sie gab ihre Hand einem jungen heitern Manne, der sie von Jugend auf geliebt hatte. Aber bald gewann alles im Hause eine andre Gestalt. Das Vieh starb, Knechte und Mägde waren untreu, Scheuren mit Früchten wurden vom Feuer verzehrt, Leute in der Stadt, bei welchen Summen standen, entwichen mit dem Gelde. Bald sah sich der Wirt genötigt, einige Äcker und Wiesen zu verkaufen; aber ein Mißwachs und teures Jahr brachten ihn nur in neue Verlegenheit. Es schien nicht anders, als wenn das so wunderbar erworbene Geld auf allen Wegen eine schleunige Flucht suchte: indessen mehrten sich die Kinder, und Elisabeth sowohl als ihr Mann wurden in der Verzweiflung unachtsam und saumselig; er suchte sich zu zerstreuen und trank häufigen und starken Wein, der ihn verdrießlich und jähzornig machte, so daß oft Elisabeth mit heißen Zähren ihr Elend beweinte. So wie ihr Glück wich, zogen sich auch die Freunde im Dorfe von ihnen zurück, so daß sie sich nach einigen Jahren ganz verlassen sahn, und sich nur mit Mühe von einer Woche zur andern hinüberfristeten.

Es waren ihnen nur wenige Schafe und eine Kuh übriggeblieben, welche Elisabeth oft selber mit den Kindern hütete. So saß sie einst mit ihrer Arbeit auf dem Anger, Leonore zu ihrer Seite und ein säugendes Kind an der Brust, als sie von ferne herauf eine wunderbare Gestalt kommen sahen. Es war ein Mann in einem ganz zerrissenen Rocke, barfüßig, sein Gesicht schwarzbraun von der Sonne verbrannt, von einem langen struppigen Bart noch mehr entstellt; er trug keine Bedeckung auf dem Kopf, hatte aber von grünem Laube einen Kranz durch sein Haar

geflochten, welcher sein wildes Ansehn noch seltsamer und
unbegreiflicher machte. Auf dem Rücken trug er in einem fest
geschnürten Sack eine schwere Ladung, im Gehen stützte er sich
auf eine junge Fichte.

Als er näher kam, setzte er seine Last nieder und holte schwer
Atem. Er bot der Frau guten Tag, die sich vor seinem Anblick
entsetzte, das Mädchen schmiegte sich an ihre Mutter. Als er ein
wenig geruht hatte, sagte er: Nun komme ich von einer sehr
beschwerlichen Wanderschaft aus dem rauhesten Gebirge auf
Erden, aber ich habe dafür auch endlich die kostbarsten Schätze
mitgebracht, die die Einbildung nur denken, oder das Herz sich
wünschen kann. Seht hier, und erstaunt! – Er öffnete hierauf
seinen Sack und schüttete ihn aus; dieser war voller Kiesel, unter
denen große Stücke Quarz nebst andern Steinen lagen. Es ist
nur, fuhr er fort, daß diese Juwelen noch nicht poliert und
geschliffen sind, darum fehlt es ihnen noch an Auge und Blick;
das äußerliche Feuer mit seinem Glanze ist noch zu sehr in ihren
inwendigen Herzen begraben, aber man muß es nur heraus-
schlagen, daß sie sich fürchten, daß keine Verstellung ihnen
mehr nützt, so sieht man wohl, wes Geistes Kind sie sind. – Er
nahm mit diesen Worten einen harten Stein und schlug ihn
heftig gegen einen andern, so daß die roten Funken heraussprang-
gen. Habt ihr den Glanz gesehen? rief er aus; so sind sie ganz
Feuer und Licht, sie erhellen das Dunkel mit ihrem Lachen, aber
noch tun sie es nicht freiwillig. – Er packte hierauf alles wieder
sorgfältig in seinen Sack, welchen er fest zusammenschnürte. Ich
kenne dich recht gut, sagte er dann wehmütig, du bist Elisabeth.
– Die Frau erschrak. Wie ist dir doch mein Name bekannt?
fragte sie mit ahndendem Zittern. – Ach, lieber Gott! sagte der
Unglückselige, ich bin ja der Christian, der einst als Jäger zu
euch kam, kennst du mich denn nicht mehr?

Sie wußte nicht, was sie im Erschrecken und tiefstem Mitleiden
sagen sollte. Er fiel ihr um den Hals und küßte sie. Elisabeth rief
aus: O Gott! mein Mann kommt!

Sei ruhig, sagte er, ich bin dir so gut wie gestorben; dort im
Walde wartet schon meine Schöne, die Gewaltige, auf mich, die
mit dem goldenen Schleier geschmückt ist. Dieses ist mein
liebstes Kind. Leonore. Komm her, mein teures, liebes Herz,

und gib mir auch einen Kuß, nur einen einzigen, daß ich einmal wieder deinen Mund auf meinen Lippen fühle, dann will ich euch verlassen.

Leonore weinte; sie schmiegte sich an ihre Mutter, die in Schluchzen und Tränen sie halb zum Wandrer lenkte, halb zog sie dieser zu sich, nahm sie in die Arme und drückte sie an seine Brust. – Dann ging er still fort, und im Walde sahen sie ihn mit dem entsetzlichen Waldweibe sprechen.

Was ist euch? fragte der Mann, als er Mutter und Tochter blaß und in Tränen aufgelöst fand. Keiner wollte ihm Antwort geben.

Der Unglückliche ward aber seitdem nicht wieder gesehen.

E. T. A. HOFFMANN
Nußknacker und Mausekönig

Der Weihnachtsabend

m vierundzwanzigsten Dezember durften die
Kinder des Medizinalrats Stahlbaum den ganzen
Tag über durchaus nicht in die Mittelstube hinein,
viel weniger in das daranstoßende Prunkzimmer.
In einem Winkel des Hinterstübchens zusammengekauert, saßen Fritz und Marie, die tiefe Abenddämmerung
war eingebrochen, und es wurde ihnen recht schaurig zumute,
als man, wie es gewöhnlich an dem Tage geschah, kein Licht
hereinbrachte. Fritz entdeckte ganz insgeheim wispernd der
jüngeren Schwester (sie war eben erst sieben Jahr alt worden),
wie er schon seit frühmorgens es habe in den verschlossenen
Stuben rauschen und rasseln und leise pochen hören. Auch sei
nicht längst ein kleiner dunkler Mann mit einem großen Kasten
unter dem Arm über den Flur geschlichen, er wisse aber wohl,
daß es niemand anders gewesen als Pate Droßelmeier. Da schlug
Marie die kleinen Händchen vor Freude zusammen und rief:
»Ach, was wird nur Pate Droßelmeier für uns Schönes gemacht
haben.« Der Obergerichtsrat Droßelmeier war gar kein hübscher Mann, nur klein und mager, hatte viele Runzeln im
Gesicht, statt des rechten Auges ein großes schwarzes Pflaster
und auch gar keine Haare, weshalb er eine sehr schöne weiße
Perücke trug, die war aber von Glas und ein künstliches Stück
Arbeit. Überhaupt war der Pate selbst auch ein sehr künstlicher
Mann, der sich sogar auf Uhren verstand und selbst welche
machen konnte. Wenn daher eine von den schönen Uhren in
Stahlbaums Hause krank war und nicht singen konnte, dann
kam Pate Droßelmeier, nahm die Glasperücke ab, zog sein
gelbes Röckchen aus, band eine blaue Schürze um und stach mit
spitzigen Instrumenten in die Uhr hinein, so daß es der kleinen
Marie ordentlich wehe tat, aber es verursachte der Uhr gar
keinen Schaden, sondern sie wurde vielmehr wieder lebendig
und fing gleich an recht lustig zu schnurren, zu schlagen und zu
singen, worüber denn alles große Freude hatte. Immer trug er,
wenn er kam, was Hübsches für die Kinder in der Tasche, bald

ein Männlein, das die Augen verdrehte und Komplimente machte, welches komisch anzusehen war, bald eine Dose, aus der ein Vögelchen heraushüpfte, bald was anderes. Aber zu Weihnachten, da hatte er immer ein schönes künstliches Werk verfertigt, das ihm viel Mühe gekostet, weshalb es auch, nachdem es einbeschert worden, sehr sorglich von den Eltern aufbewahrt wurde. – »Ach, was wird nur Pate Droßelmeier für uns Schönes gemacht haben«, rief nun Marie; Fritz meinte aber, es könne wohl diesmal nichts anders sein, als eine Festung, in der allerlei sehr hübsche Soldaten auf- und abmarschierten und exerzierten, und dann müßten andere Soldaten kommen, die in die Festung hineinwollten, aber nun schössen die Soldaten von innen tapfer heraus mit Kanonen, daß es tüchtig brauste und knallte. »Nein, nein«, unterbrach Marie den Fritz, »Pate Droßelmeier hat mir von einem schönen Garten erzählt, darin ist ein großer See, auf dem schwimmen sehr herrliche Schwäne mit goldnen Halsbändern herum und singen die hübschesten Lieder. Dann kommt ein kleines Mädchen aus dem Garten an den See und lockt die Schwäne heran und füttert sie mit süßem Marzipan.« »Schwäne fressen keinen Marzipan«, fiel Fritz etwas rauh ein, »und einen ganzen Garten kann Pate Droßelmeier auch nicht machen. Eigentlich haben wir wenig von seinen Spielsachen; es wird uns ja alles gleich wieder weggenommen, da ist mir denn doch das viel lieber, was uns Papa und Mama einbescheren, wir behalten es fein und können damit machen, was wir wollen.« Nun rieten die Kinder hin und her, was es wohl diesmal wieder geben könne. Marie meinte, daß Mamsell Trutchen (ihre große Puppe) sich sehr verändere, denn ungeschickter als jemals, fiele sie jeden Augenblick auf den Fußboden, welches ohne garstige Zeichen im Gesicht nicht abginge, und dann sei an Reinlichkeit in der Kleidung gar nicht mehr zu denken. Alles tüchtige Ausschelten helfe nichts. Auch habe Mama gelächelt, als sie sich über Gretchens kleinen Sonnenschirm so gefreut. Fritz versicherte dagegen, ein tüchtiger Fuchs fehle seinem Marstall durchaus so wie seinen Truppen gänzlich an Kavallerie, das sei dem Papa recht gut bekannt. – So wußten die Kinder wohl, daß die Eltern ihnen allerlei schöne Gaben eingekauft hatten, die sie nun aufstellten, es war ihnen aber auch gewiß, daß dabei der liebe Heilige Christ mit gar freundlichen frommen Kindesaugen hineinleuchte, und daß, wie von segensreicher Hand berührt, jede Weihnachtsgabe herrliche Lust bereite wie keine andere. Daran erinnerte die Kinder, die immerfort von den zu erwartenden Geschenken wisperten, ihre ältere Schwester Luise, hinzufügend, daß es nun aber auch der Heilige Christ sei, der durch die Hand der lieben Eltern den Kindern immer das beschere, was ihnen wahre Freude und Lust bereiten könne, das wisse er viel besser als die Kinder selbst, die müßten daher nicht allerlei wünschen und hoffen, sondern still und fromm erwarten, was ihnen beschert worden. Die kleine Marie wurde ganz nachdenklich, aber Fritz murmelte vor sich hin: »Einen Fuchs und Husaren hätt' ich nun einmal gern.«

Es war ganz finster geworden. Fritz und Marie, fest aneinandergerückt, wagten kein Wort mehr zu reden, es war ihnen, als rausche es mit linden Flügeln um sie her und als ließe sich eine ganz ferne, aber sehr herrliche Musik vernehmen. Ein heller Schein streifte an der Wand hin, da wußten die Kinder, daß nun das Christkind auf glänzenden Wolken fortgeflogen zu andern glücklichen Kindern.

In dem Augenblick ging es mit silberhellem Ton: Klingling, klingling, die Türen sprangen auf, und solch ein Glanz strahlte aus dem großen Zimmer hinein, daß die Kinder mit lautem Ausruf: »Ach! – Ach!« wie erstarrt auf der Schwelle stehen blieben. Aber Papa und Mama traten in die Türe, faßten die Kinder bei der Hand und sprachen: »Kommt doch nur, kommt doch nur, ihr lieben Kinder, und seht, was euch der Heilige Christ beschert hat.«

Die Gaben

Ich wende mich an dich selbst, sehr geneigter Leser oder Zuhörer Fritz – Theodor – Ernst – oder wie du sonst heißen magst, und bitte dich, daß du dir deinen letzten, mit schönen bunten Gaben reich geschmückten Weihnachtstisch recht lebhaft vor Augen bringen mögest, dann wirst du es dir wohl auch denken können, wie die Kinder mit glänzenden Augen ganz verstummt stehen blieben, wie erst nach einer Weile Marie mit einem tiefen Seufzer rief: »Ach, wie schön – ach, wie schön«, und Fritz einige

Luftsprünge versuchte, die ihm überaus wohl gerieten. Aber die Kinder mußten auch das ganze Jahr über besonders artig und fromm gewesen sein, denn nie war ihnen so viel Schönes, Herrliches einbeschert worden, als dieses Mal. Der große Tannenbaum in der Mitte trug viele goldne und silberne Äpfel, und wie Knospen und Blüten keimten Zuckermandeln und bunte Bonbons und was es sonst noch für schönes Naschwerk gibt, aus allen Ästen. Als das Schönste an dem Wunderbaum mußte aber wohl gerühmt werden, daß in seinen dunkeln Zweigen hundert kleine Lichter wie Sternlein funkelten und er selbst, in sich hinein- und herausleuchtend, die Kinder freundlich einlud, seine Blüten und Früchte zu pflücken. Um den Baum umher glänzte alles sehr bunt und herrlich – was es da alles für schöne Sachen gab – ja, wer das zu beschreiben vermöchte! Marie erblickte die zierlichsten Puppen, allerlei saubere kleine Gerätschaften, und was vor allem schön anzusehen war, ein seidenes Kleidchen, mit bunten Bändern zierlich geschmückt, hing an einem Gestell so der kleinen Marie vor Augen, daß sie es von allen Seiten betrachten konnte, und das tat sie denn auch, indem sie ein Mal über das andere ausrief: »Ach, das schöne, ach, das liebe – liebe Kleidchen; und das werde ich – ganz gewiß – das werde ich wirklich anziehen dürfen!« – Fritz hatte indessen schon, drei- oder viermal um den Tisch herumgaloppierend und -trabend, den neuen Fuchs versucht, den er in der Tat am Tische angezäumt gefunden. Wieder absteigend, meinte er, es sei eine wilde Bestie, das täte aber nichts, er wolle ihn schon kriegen, und musterte die neue Schwadron Husaren, die sehr prächtig in Rot und Gold gekleidet waren, lauter silberne Waffen trugen und auf solchen weißglänzenden Pferden ritten, daß man beinahe hätte glauben sollen, auch diese seien von purem Silber. Eben wollten die Kinder, etwas ruhiger geworden, über die Bilderbücher her, die aufgeschlagen waren, daß man allerlei sehr schöne Blumen und bunte Menschen, ja auch allerliebste spielende Kinder, so natürlich gemalt, als lebten und sprächen sie wirklich, gleich anschauen konnte. – Ja! eben wollten die Kinder über diese wunderbaren Bücher her, als nochmals geklingelt wurde. Sie wußten, daß nun der Pate Droßelmeier einbescheren würde, und liefen nach dem an der Wand stehenden Tisch.

Schnell wurde der Schirm, hinter dem er so lange versteckt gewesen, weggenommen. Was erblickten da die Kinder! – Auf einem grünen, mit bunten Blumen geschmückten Rasenplatz stand ein sehr herrliches Schloß mit vielen Spiegelfenstern und goldnen Türmen. Ein Glockenspiel ließ sich hören, Türen und Fenster gingen auf, und man sah, wie sehr kleine, aber zierliche Herrn und Damen mit Federhüten und langen Schleppkleidern in den Sälen herumspazierten. In dem Mittelsaal, der ganz in Feuer zu stehen schien – so viel Lichterchen brannten an silbernen Kronleuchtern – tanzten Kinder in kurzen Wämschen und Röckchen nach dem Glockenspiel. Ein Herr in einem smaragdenen Mantel sah oft durch ein Fenster, winkte heraus und verschwand wieder, sowie auch Pate Droßelmeier selbst, aber kaum viel höher als Papas Daumen, zuweilen unten an der Tür des Schlosses stand und wieder hineinging. Fritz hatte mit auf den Tisch gestemmten Armen das schöne Schloß und die tanzenden und spazierenden Figürchen angesehen, dann sprach er: »Pate Droßelmeier! Laß mich mal hineingehen in dein Schloß!« – Der Obergerichtsrat bedeutete ihn, daß das nun ganz und gar nicht anginge. Er hatte auch recht, denn es war töricht von Fritzen, daß er in ein Schloß gehen wollte, welches überhaupt mitsamt seinen goldnen Türmen nicht so hoch war, als er selbst. Fritz sah das auch ein. Nach einer Weile, als immerfort auf dieselbe Weise die Herrn und Damen hin und her spazierten, die Kinder tanzten, der smaragdne Mann zu demselben Fenster heraussah, Pate Droßelmeier vor die Türe trat, da rief Fritz ungeduldig: »Pate Droßelmeier, nun komm mal zu der andern Tür da drüben heraus.« »Das geht nicht, liebes Fritzchen«, erwiderte der Obergerichtsrat. »Nun so laß mal«, sprach Fritz weiter, »laß mal den grünen Mann, der so oft herauskuckt, mit den andern herumspazieren.« »Das geht auch nicht«, erwiderte der Obergerichtsrat aufs neue. »So sollen die Kinder herunterkommen«, rief Fritz, »ich will sie näher besehen.« »Ei, das geht alles nicht«, sprach der Obergerichtsrat verdrießlich, »wie die Mechanik nun einmal gemacht ist, muß sie bleiben.« »So-o?« fragte Fritz mit gedehnten Ton, »das geht alles nicht? Hör' mal, Pate Droßelmeier, wenn deine kleinen geputzten Dinger in dem Schlosse nichts mehr können als immer dasselbe, da taugen sie nicht viel, und ich frage nicht sonderlich nach ihnen. – Nein, da lob' ich mir meine Husaren, die müssen manövrieren vorwärts, rückwärts, wie ich's haben will, und sind in kein Haus gesperrt.« Und damit sprang er fort an den Weihnachtstisch und ließ seine Eskadron auf den silbernen Pferden hin und her trottieren und schwenken und einhauen und feuern nach Herzenslust. Auch Marie hatte sich sachte fortgeschlichen, denn auch sie wurde des Herumgehens und Tanzens der Püppchen im Schlosse bald überdrüssig und mochte es, da sie sehr artig und gut war, nur nicht so merken lassen, wie Bruder Fritz. Der Obergerichtsrat Droßelmeier sprach ziemlich verdrießlich zu den Eltern: »Für unverständige Kinder ist solch künstliches Werk nicht, ich will nur mein Schloß wieder einpacken«; doch die Mutter trat hinzu und ließ sich den innern Bau und das wunderbare, sehr künstliche Räderwerk zeigen, wodurch die kleinen Püppchen in Bewegung gesetzt wurden. Der Rat nahm alles auseinander und setzte es wieder zusammen. Dabei war er wieder ganz heiter geworden und schenkte den Kindern noch einige schöne braune Männer und Frauen mit goldnen Gesichtern, Händen und Beinen. Sie waren sämtlich aus Thorn und rochen so süß und angenehm wie Pfefferkuchen, worüber Fritz und Marie sich sehr erfreuten. Schwester Luise hatte, wie es die Mutter gewollt, das schöne Kleid angezogen, welches ihr einbeschert worden, und sah wunderhübsch aus, aber Marie meinte, als sie auch ihr Kleid anziehen sollte, sie möchte es lieber noch ein bißchen so ansehen. Man erlaubte ihr das gern.

Der Schützling

Eigentlich mochte Marie sich deshalb gar nicht von dem Weihnachtstisch trennen, weil sie eben etwas noch nicht Bemerktes entdeckt hatte. Durch das Ausrücken von Fritzens Husaren, die dicht an dem Baum in Parade gehalten, war nämlich ein sehr vortrefflicher kleiner Mann sichtbar geworden, der still und bescheiden dastand, als erwarte er ruhig, wenn die Reihe an ihn kommen werde. Gegen seinen Wuchs wäre freilich vieles einzuwenden gewesen, denn abgesehen davon, daß der etwas lange, starke Oberleib nicht recht zu den kleinen dünnen Beinchen passen wollte, so schien auch der Kopf bei weitem zu groß.

Vieles machte die propre Kleidung gut, welche auf einen Mann von Geschmack und Bildung schließen ließ. Er trug nämlich ein sehr schönes violettglänzendes Husarenjäckchen mit vielen weißen Schnüren und Knöpfchen, ebensolche Beinkleider und die schönsten Stiefelchen, die jemals an die Füße eines Studenten, ja wohl gar eines Offiziers gekommen sind. Sie saßen an den zierlichen Beinchen so knapp angegossen, als wären sie darauf gemalt. Komisch war es zwar, daß er zu dieser Kleidung sich hinten einen schmalen unbeholfenen Mantel, der recht aussah wie von Holz, angehängt und ein Bergmannsmützchen aufgesetzt hatte, indessen dachte Marie daran, daß Pate Droßelmeier ja auch einen sehr schlechten Matin umhänge und eine fatale Mütze aufsetze, dabei aber doch ein gar lieber Pate sei. Auch stellte Marie die Betrachtung an, daß Pate Droßelmeier, trüge er sich auch übrigens so zierlich wie der Kleine, doch nicht einmal so hübsch als er aussehen werde. Indem Marie den netten Mann, den sie auf den ersten Blick liebgewonnen, immer mehr und mehr ansah, da wurde sie erst recht inne, welche Gutmütigkeit auf seinem Gesichte lag. Aus den hellgrünen, etwas zu großen hervorstehenden Augen sprach nichts als Freundschaft und Wohlwollen. Es stand dem Manne gut, daß sich um sein Kinn ein wohlfrisierter Bart von weißer Baumwolle legte, denn um so mehr konnte man das süße Lächeln des hochroten Mundes bemerken. »Ach!« rief Marie endlich aus, »ach, lieber Vater, wem gehört denn der allerliebste kleine Mann dort am Baum?« »Der«, antwortete der Vater, »der, liebes Kind, soll für euch alle tüchtig arbeiten, er soll euch fein die harten Nüsse aufbeißen, und er gehört Luisen ebensogut, als dir und dem Fritz.« Damit nahm ihn der Vater behutsam vom Tische, und indem er den hölzernen Mantel in die Höhe hob, sperrte das Männlein den Mund weit, weit auf und zeigte zwei Reihen sehr weißer spitzer Zähnchen. Marie schob auf des Vaters Geheiß eine Nuß hinein, und – knack – hatte sie der Mann zerbissen, daß die Schalen abfielen und Marie den süßen Kern in die Hand bekam. Nun mußte wohl jeder und auch Marie wissen, daß der zierliche kleine Mann aus dem Geschlecht der Nußknacker abstammte und die Profession seiner Vorfahren trieb. Sie jauchzte auf vor Freude, da sprach der Vater: »Da dir, liebe Marie, Freund Nußknacker so sehr gefällt, so sollst du ihn auch besonders hüten und schützen, unerachtet, wie ich gesagt, Luise und Fritz ihn mit ebenso vielem Recht brauchen können als du!« – Marie nahm ihn sogleich in den Arm und ließ ihn Nüsse aufknacken, doch suchte sie die kleinsten aus, damit das Männlein nicht so weit den Mund aufsperren durfte, welches ihm doch im Grunde nicht gut stand. Luise gesellte sich zu ihr, und auch für sie mußte Freund Nußknacker seine Dienste verrichten, welches er gern zu tun schien, da er immerfort sehr freundlich lächelte. Fritz war unterdessen vom vielen Exerzieren und Reiten müde geworden, und da er so lustig Nüsse knacken hörte, sprang er hin zu den Schwestern und lachte recht von Herzen über den kleinen drolligen Mann, der nun, da Fritz auch Nüsse essen wollte, von Hand zu Hand ging und gar nicht aufhören konnte mit Auf- und Zuschnappen. Fritz schob immer die größten und härtsten Nüsse hinein, aber mit einem Male ging es – krack – krack – und drei Zähnchen fielen aus des Nußknackers Munde, und sein ganzes Unterkinn war lose und wacklicht. – »Ach, mein armer lieber Nußknacker!« schrie Marie laut und nahm ihn dem Fritz aus den Händen. »Das ist ein einfältiger dummer Bursche«, sprach Fritz. »Will Nußknacker sein und hat kein ordentliches Gebiß – mag wohl auch sein Handwerk gar nicht verstehn. – Gib ihn nur her, Marie! Er soll mir Nüsse zerbeißen, verliert er auch noch die übrigen Zähne, ja das ganze Kinn obendrein, was ist an dem Taugenichts gelegen.« »Nein, nein«, rief Marie weinend, »du bekommst ihn nicht, meinen lieben Nußknacker, sieh nur her, wie er mich so wehmütig anschaut und mir sein wundes Mündchen zeigt! – Aber du bist ein hartherziger Mensch – du schlägst deine Pferde und läßt wohl gar einen Soldaten totschießen.« – »Das muß so sein, das verstehst du nicht«, rief Fritz; »aber der Nußknacker gehört ebensogut mir als dir, gib ihn nur her.« – Marie fing an heftig zu weinen und wickelte den kranken Nußknacker schnell in ihr kleines Taschentuch ein. Die Eltern kamen mit dem Paten Droßelmeier herbei. Dieser nahm zu Mariens Leidwesen Fritzens Partie. Der Vater sagte aber: »Ich habe den Nußknacker ausdrücklich unter Mariens Schutz gestellt, und da, wie ich sehe, er dessen eben jetzt bedarf, so hat sie volle Macht über ihn, ohne daß jemand dreinzureden hat. Übrigens wundert es mich sehr von Fritzen, daß er von einem im Dienst Erkrankten noch fernere Dienste verlangt. Als guter Militär sollte er doch wohl wissen, daß man Verwundete niemals in Reihe und Glied stellt?« – Fritz war sehr beschämt und schlich, ohne sich weiter um Nüsse und Nußknacker zu bekümmern, fort an die andere Seite des Tisches, wo seine Husaren, nachdem sie gehörige Vorposten ausgestellt hatten, ins Nachtquartier gezogen waren. Marie suchte Nußknackers verlorne Zähnchen zusammen, um das kranke Kinn hatte sie ein hübsches weißes Band, das sie von ihrem Kleidchen abgelöst, gebunden und dann den armen Kleinen, der sehr blaß und erschrocken aussah, noch sorgfältiger als vorher in ihr Tuch eingewickelt. So hielt sie ihn wie ein kleines Kind wiegend in den Armen und besah die schönen Bilder des neuen Bilderbuchs, das heute unter den andern vielen Gaben lag. Sie wurde, wie es sonst gar nicht ihre Art war, recht böse, als Pate Droßelmeier so sehr lachte und immerfort fragte, wie sie denn mit solch einem grundhäßlichen kleinen Kerl so schön tun könne. – Jener sonderbare Vergleich mit Droßelmeier, den sie anstellte, als der Kleine ihr zuerst in die Augen fiel, kam ihr wieder in den Sinn, und sie sprach sehr ernst: »Wer weiß, lieber Pate, ob du denn, putztest du dich auch so heraus wie mein lieber Nußknacker, und hättest du auch solche schöne blanke Stiefelchen an, wer weiß, ob du denn doch so hübsch aussehen würdest als er!« – Marie wußte gar nicht, warum denn die Eltern so laut auflachten, und warum der Obergerichtsrat solch eine rote Nase bekam und gar nicht so hell mitlachte wie zuvor. Es mochte wohl seine besondere Ursache haben.

Wunderdinge

Bei Medizinalrats in der Wohnstube, wenn man zur Türe hineintritt, gleich links an der breiten Wand, steht ein hoher Glasschrank, in welchem die Kinder all die schönen Sachen, die ihnen jedes Jahr einbeschert worden, aufbewahren. Die Luise war noch ganz klein, als der Vater den Schrank von einem sehr geschickten Tischler machen ließ, der so himmelhelle Scheiben einsetzte und überhaupt das Ganze so geschickt einzurichten wußte, daß alles drinnen sich beinahe blanker und hübscher ausnahm, als wenn man es in Händen hatte. Im obersten Fache, für Marien und Fritzen unerreichbar, standen des Paten Droßelmeier Kunstwerke, gleich darunter war das Fach für die Bilderbücher, die beiden untersten Fächer durften Marie und Fritz anfüllen, wie sie wollten, jedoch geschah es immer, daß Marie das unterste Fach ihren Puppen zur Wohnung einräumte, Fritz dagegen in dem Fache drüber seine Truppen Kantonierungsquartiere beziehen ließ. So war es auch heute gekommen, denn, indem Fritz seine Husaren oben aufgestellt, hatte Marie unten Mamsell Trutchen beiseite gelegt, die neue schön geputzte Puppe in das sehr gut möblierte Zimmer hineingesetzt und sich auf Zuckerwerk bei ihr eingeladen. Sehr gut möbliert war das Zimmer, habe ich gesagt, und das ist auch wahr, denn ich weiß nicht, ob du, meine aufmerksame Zuhörerin Marie, ebenso wie die kleine Stahlbaum (es ist dir schon bekannt worden, daß sie auch Marie heißt), ja! – ich meine, ob du ebenso wie diese ein kleines schöngeblümtes Sofa, mehrere allerliebste Stühlchen, einen niedlichen Teetisch, vor allen Dingen aber ein sehr nettes blankes Bettchen besitzest, worin die schönsten Puppen ausruhen? Alles dieses stand in der Ecke des Schranks, dessen Wände hier sogar mit bunten Bilderchen tapeziert waren, und du kannst dir wohl denken, daß in *diesem* Zimmer die neue Puppe, welche, wie Marie noch denselben Abend erfuhr, Mamsell Klärchen hieß, sich sehr wohl befinden mußte.

Es war später Abend geworden, ja Mitternacht im Anzuge, und Pate Droßelmeier längst fortgegangen, als die Kinder noch gar nicht wegkommen konnten von dem Glasschrank, so sehr auch die Mutter mahnte, daß sie doch endlich nun zu Bette gehen möchten. »Es ist wahr«, rief endlich Fritz, »die armen Kerls (seine Husaren meinend) wollen auch nun Ruhe haben, und solange ich da bin, wagt's keiner, ein bißchen zu nicken, das weiß ich schon!« Damit ging er ab; Marie aber bat gar sehr: »Nur noch ein Weilchen, ein einziges kleines Weilchen laß mich hier, liebe Mutter, hab' ich ja doch manches zu besorgen, und ist das geschehen, so will ich ja gleich zu Bette gehen!« Marie war gar ein frommes vernünftiges Kind, und so konnte die gute Mutter wohl ohne Sorgen sie noch bei den Spielsachen allein lassen. Damit aber Marie nicht etwa gar zu sehr verlockt werde von der neuen Puppe und den schönen Spielsachen überhaupt, so aber die Lichter vergäße, die rings um den Wandschrank brannten, löschte die Mutter sie sämtlich aus, so daß nur die Lampe, die in der Mitte des Zimmers von der Decke herabhing, ein sanftes anmutiges Licht verbreitete. »Komm bald hinein, liebe Marie! sonst kannst du ja morgen nicht zu rechter Zeit aufstehen«, rief die Mutter, indem sie sich in das Schlafzimmer entfernte. Sobald sich Marie allein befand, schritt sie schnell dazu, was ihr zu tun recht auf dem Herzen lag, und was sie doch nicht, selbst wußte sie nicht warum, der Mutter zu entdecken vermochte. Noch immer hatte sie den kranken Nußknacker eingewickelt in ihr Taschentuch auf dem Arm getragen. Jetzt legte sie ihn behutsam auf den Tisch, wickelte leise, leise das Tuch ab und sah nach den Wunden. Nußknacker war sehr bleich, aber dabei lächelte er so sehr wehmütig freundlich, daß es Marien recht durch das Herz ging. »Ach, Nußknackerchen«, sprach sie sehr leise, »sei nur nicht böse, daß Bruder Fritz dir so wehe getan hat, er hat es auch nicht so schlimm gemeint, er ist nur ein bißchen hartherzig geworden durch das wilde Soldatenwesen, aber sonst ein recht guter Junge, das kann ich dich versichern. Nun will ich dich aber auch recht sorglich so lange pflegen, bis du wieder ganz gesund und fröhlich geworden; dir deine Zähnchen recht fest einsetzen, dir die Schultern einrenken, das soll Pate Droßelmeier, der sich auf solche Dinge versteht.« – Aber nicht ausreden konnte Marie, denn indem sie den Namen Droßelmeier nannte, machte Freund Nußknacker ein ganz verdammt schiefes Maul, und aus seinen Augen fuhr es heraus wie grünfunkelnde Stacheln. In dem Augenblick aber, daß Marie sich recht entsetzen wollte, war es ja wieder des ehrlichen Nußknackers wehmütig lächelndes Gesicht, welches sie anblickte, und sie wußte nun wohl, daß der von der Zugluft berührte, schnell auflodernde Strahl der Lampe im Zimmer Nußknackers Gesicht so entstellt hatte. »Bin ich nicht ein töricht Mädchen, daß ich so leicht erschrecke, so daß ich sogar glaube, das Holzpüppchen da könne mir Gesichter schneiden! Aber lieb ist mir doch Nußknacker gar zu sehr, weil er so komisch ist und doch so gutmütig, und darum muß er gepflegt werden, wie sich's gehört!« Damit nahm Marie den Freund Nußknacker in den Arm, näherte sich dem Glasschrank, kauerte vor demselben und sprach also zur neuen Puppe: »Ich bitte dich recht sehr, Mamsell Klärchen, tritt dein Bettchen dem kranken wunden Nußknacker ab und behelfe dich, so gut wie es geht, mit dem Sofa. Bedenke, daß du sehr gesund und recht bei Kräften bist, denn sonst würdest du nicht solche dicke dunkelrote Backen haben, und daß sehr wenige der allerschönsten Puppen solche weiche Sofas besitzen.«

Mamsell Klärchen sah in vollem glänzenden Weihnachtsputz sehr vornehm und verdrießlich aus und sagte nicht »Muck!«

»Was mache ich aber auch für Umstände«, sprach Marie, nahm das Bette hervor, legte sehr leise und sanft Nußknackerchen hinein, wickelte noch ein gar schönes Bändchen, das sie sonst um den Leib getragen, um die wunden Schultern und bedeckte ihn bis unter die Nase. »Bei der unartigen Kläre darf er aber nicht bleiben«, sprach sie weiter und hob das Bettchen samt dem darinne liegenden Nußknacker heraus in das obere Fach, so daß es dicht neben dem schönen Dorf zu stehen kam, wo Fritzens Husaren kantonierten. Sie verschloß den Schrank und wollte ins Schlafzimmer, da – horcht auf, Kinder! – da fing es an leise – leise zu wispern und zu flüstern und zu rascheln ringsherum, hinter dem Ofen, hinter den Stühlen, hinter den Schränken. – Die Wanduhr schnurrte dazwischen lauter und lauter, aber sie konnte nicht schlagen. Marie blickte hin, da hatte die große vergoldete Eule, die darauf saß, ihre Flügel herabgesenkt, so daß sie die ganze Uhr überdeckten, und den häßlichen Katzenkopf mit krummem Schnabel weit vorgestreckt. Und stärker schnurrte es mit vernehmlichen Worten: »Uhr, Uhre, Uhre, Uhren, müßt alle nur leise schnurren, leise schnurren. – Mausekönig hat ja wohl ein feines Ohr – purrpurr – pum pum singt nur, singt ihm altes Liedlein vor – purr purr – pum pum schlag an, Glöcklein, schlag an, bald ist es um ihn getan!« Und pum pum ging es ganz dumpf und heiser zwölfmal! – Marien fing an sehr zu grauen, und entsetzt wär' sie beinahe davongelaufen, als sie Pate Droßelmeier erblickte, der statt der Eule auf der Wanduhr saß und seine gelben Rockschöße von beiden Seiten wie Flügel herabgehängt hatte, aber sie ermannte sich und rief laut und weinerlich: »Pate Droßelmeier, Pate Droßelmeier, was willst du da oben? Komm herunter zu mir und erschrecke mich

nicht so, du böser Pate Droßelmeier!« – Aber da ging ein tolles
Kichern und Gepfeife los rundumher, und bald trottierte und
lief es hinter den Wänden wie mit tausend kleinen Füßchen, und
tausend kleine Lichterchen blickten aus den Ritzen der Dielen.
Aber nicht Lichterchen waren es, nein! kleine funkelnde Augen,
und Marie wurde gewahr, daß überall Mäuse hervorguckten
und sich hervorarbeiteten. Bald ging es trott – trott – hopp hopp
in der Stube umher – immer lichtere und dichtere Haufen
Mäuse galoppierten hin und her und stellten sich endlich in
Reihe und Glied, so wie Fritz seine Soldaten zu stellen pflegte,
wenn es zur Schlacht gehen sollte. Das kam nun Marien sehr
possierlich vor, und da sie nicht, wie manche andere Kinder,
einen natürlichen Abscheu gegen Mäuse hatte, wollte ihr eben
alles Grauen vergehen, als es mit einemmal so entsetzlich und so
schneidend zu pfeifen begann, daß es ihr eiskalt über den
Rücken lief! – Ach, was erblickte sie jetzt! – Nein, wahrhaftig,
geehrter Leser Fritz, ich weiß, daß ebensogut wie dem weisen
und mutigen Feldherrn Fritz Stahlbaum dir das Herz auf dem
rechten Flecke sitzt, aber hättest du *das* gesehen, was Marien jetzt
vor Augen kam, wahrhaftig, du wärst davongelaufen, ich
glaube sogar, du wärst schnell ins Bett gesprungen und hättest
die Decke viel weiter über die Ohren gezogen als gerade nötig.
– Ach! – das konnte die arme Marie ja nicht einmal tun, denn
hört nur, Kinder! – dicht, dicht vor ihren Füßen sprühte es, wie
von unterirdischer Gewalt getrieben, Sand und Kalk und zerbröckelte Mauersteine hervor, und sieben Mäuseköpfe mit sieben hellfunkelnden Kronen erhoben sich, recht gräßlich zi-
schend und pfeifend, aus dem Boden. Bald arbeitete sich auch
der Mausekörper, an dessen Hals die sieben Köpfe angewachsen
waren, vollends hervor, und der großen, mit sieben Diademen
geschmückten Maus jauchzte in vollem Chorus, dreimal laut
aufquiekend, das ganze Heer entgegen, das sich nun auf einmal
in Bewegung setzte und hott, hott – trott – trott ging es – ach,
geradezu auf den Schrank – geradezu auf Marien los, die noch
dicht an der Glastüre des Schrankes stand. Vor Angst und
Grauen hatte Marien das Herz schon so gepocht, daß sie glaubte,
es müsse nun gleich aus der Brust herausspringen, und dann
müßte sie sterben; aber nun war es ihr, als stehe ihr das Blut in

den Adern still. Halb ohnmächtig wankte sie zurück, da ging es klirr – klirr – prr, und in Scherben fiel die Glasscheibe des Schranks herab, die sie mit dem Ellbogen eingestoßen. Sie fühlte wohl in dem Augenblick einen recht stechenden Schmerz am linken Arm, aber es war ihr auch plötzlich viel leichter ums Herz, sie hörte kein Quieken und Pfeifen mehr, es war alles ganz still geworden, und obschon sie nicht hinblicken mochte, glaubte sie doch, die Mäuse wären, von dem Klirren der Scheibe erschreckt, wieder abgezogen in ihre Löcher. – Aber was war denn das wieder? – Dicht hinter Marien fing es an im Schrank auf seltsame Weise zu rumoren, und ganz feine Stimmchen fingen an: »Aufgewacht – aufgewacht – wolln zur Schlacht – noch diese Nacht – aufgewacht – auf zur Schlacht.« – Und dabei klingelte es mit harmonischen Glöcklein gar hübsch und anmutig! »Ach, das ist ja mein kleines Glockenspiel«, rief Marie freudig und sprang schnell zur Seite. Da sah sie, wie es im Schrank ganz sonderbar leuchtete und herumwirtschaftete und hantierte. Es waren mehrere Puppen, die durcheinander liefen und mit den kleinen Armen herumfochten. Mit einemmal erhob sich jetzt Nußknacker, warf die Decke weit von sich und sprang mit beiden Füßen zugleich aus dem Bette, indem er laut rief: »Knack – knack – knack – dummes Mausepack – dummer toller Schnack – Mausepack – Knack – Knack – Mausepack – Krick und Krack – wahrer Schnack.« Und damit zog er sein kleines Schwert und schwang es in den Lüften und rief: »Ihr meine lieben Vasallen, Freunde und Brüder, wollt ihr mir beistehen im harten Kampf?« – Sogleich schrien heftig drei Skaramuzze, ein Pantalon, vier Schornsteinfeger, zwei Zitherspielmänner und ein Tambour: »Ja Herr – wir hängen Euch an in standhafter Treue – mit Euch ziehen wir in Tod, Sieg und Kampf!« und stürzten sich nach dem begeisterten Nußknacker, der den gefährlichen Sprung wagte, vom obern Fach herab. Ja! jene hatten gut sich herabstürzen, denn nicht allein, daß sie reiche Kleider von Tuch und Seide trugen, so war inwendig im Leibe auch nicht viel anders als Baumwolle und Häcksel, daher plumpten sie auch herab wie Wollsäckchen. Aber der arme Nußknacker, der hätte gewiß Arm und Beine gebrochen, denn, denkt euch, es war beinahe zwei Fuß hoch vom Fache, wo er stand, bis zum

untersten, und sein Körper war so spröde, als sei er geradezu aus
Lindenholz geschnitzt. Ja, Nußknacker hätte gewiß Arm und
Beine gebrochen, wäre, im Augenblick, als er sprang, nicht auch
Mamsell Klärchen schnell vom Sofa aufgesprungen und hätte
den Helden mit dem gezogenen Schwert in ihren weichen
Armen aufgefangen. »Ach du liebes gutes Klärchen!« schluchzte
Marie, »wie habe ich dich verkannt, gewiß gabst du Freund
Nußknacker dein Bettchen recht gerne her!« Doch Mamsell
Klärchen sprach jetzt, indem sie den jungen Helden sanft an ihre
seidene Brust drückte: »Wollet Euch, o Herr, krank und wund,
wie Ihr seid, doch nicht in Kampf und Gefahr begeben, seht, wie
Eure tapferen Vasallen, kampflustig und des Sieges gewiß, sich
sammeln. Skaramuz, Pantalon, Schornsteinfeger, Zitherspiel-
mann und Tambour sind schon unten, und die Devisenfiguren
in meinem Fache rühren und regen sich merklich! Wollet, o
Herr, in meinen Armen ausruhen oder von meinem Federhut
herab Euern Sieg anschaun!« So sprach Klärchen, doch Nußknacker tat ganz ungebärdig und strampelte so sehr mit den
Beinen, daß Klärchen ihn schnell herab auf den Boden setzen
mußte. In dem Augenblick ließ er sich aber sehr artig auf ein
Knie nieder und lispelte: »O Dame! stets werd' ich Eurer mir
bewiesenen Gnade und Huld gedenken in Kampf und Streit!«
Da bückte sich Klärchen so tief herab, daß sie ihn beim Ärmchen
ergreifen konnte, hob ihn sanft auf, löste schnell ihren mit vielen
Flittern gezierten Leibgürtel los und wollte ihn dem Kleinen
umhängen, doch der wich zwei Schritte zurück, legte die Hand
auf die Brust und sprach sehr feierlich: »Nicht so wollet, o
Dame, Eure Gunst an mir verschwenden, denn« – er stockte,
seufzte tief auf, riß dann schnell das Bändchen, womit ihn Marie
verbunden hatte, von den Schultern, drückte es an die Lippen,
hing es wie eine Feldbinde um und sprang, das blank gezogene
Schwertlein mutig schwenkend, schnell und behende wie ein
Vögelchen über die Leiste des Schranks auf den Fußboden. – Ihr
merkt wohl, höchst geneigte und sehr vortreffliche Zuhörer,
daß Nußknacker schon früher, als er wirklich lebendig worden,
alles Liebe und Gute, was ihm Marie erzeigte, recht deutlich
fühlte, und daß er nur deshalb, weil er Marien so gar gut
worden, auch nicht einmal ein Band von Mamsell Klärchen

annehmen und tragen wollte, unerachtet es sehr glänzte und sehr hübsch aussah. Der treue gute Nußknacker putzte sich lieber mit Mariens schlichtem Bändchen. – Aber wie wird es nun weiter werden? – Sowie Nußknacker herabspringt, geht auch das Quieken und Piepen wieder los. Ach! unter dem großen Tische halten ja die fatalen Rotten unzähliger Mäuse, und über alle ragt die abscheuliche Maus mit den sieben Köpfen hervor! – Wie wird das nun werden! –

Die Schlacht

»Schlagt den Generalmarsch, getreuer Vasalle Tambour!« schrie Nußknacker sehr laut, und sogleich fing der Tambour an, auf die künstlichste Weise zu wirbeln, daß die Fenster des Glasschranks zitterten und dröhnten. Nun krackte und klapperte es drinnen, und Marie wurde gewahr, daß die Deckel sämtlicher Schachteln, worin Fritzens Armee einquartiert war, mit Gewalt auf- und die Soldaten heraus und herab ins unterste Fach sprangen, dort sich aber in blanken Rotten sammelten. Nußknacker lief auf und nieder, begeisterte Worte zu den Truppen sprechend. »Kein Hund von Trompeter regt und rührt sich«, schrie Nußknacker erbost, wandte sich aber dann schnell zum Pantalon, der, etwas blaß geworden, mit dem langen Kinn sehr wackelte, und sprach feierlich: »General, ich kenne Ihren Mut und Ihre Erfahrung, hier gilt's schnellen Überblick und Benutzung des Moments – ich vertraue Ihnen das Kommando sämtlicher Kavallerie und Artillerie an – ein Pferd brauchen Sie nicht, Sie haben sehr lange Beine und galoppieren damit leidlich. – Tun Sie jetzt, was Ihres Berufs ist.« Sogleich drückte Pantalon die dürren langen Fingerchen an den Mund und krähte so durchdringend, daß es klang, als würden hundert helle Trompetlein lustig geblasen. Da ging es im Schrank an ein Wiehern und Stampfen, und siehe, Fritzens Kürassiere und Dragoner, vor allen Dingen aber die neuen glänzenden Husaren rückten aus und hielten bald unten auf dem Fußboden. Nun defilierte Regiment auf Regiment mit fliegenden Fahnen und klingendem Spiel bei Nußknacker vorüber und stellte sich in breiter Reihe quer über den Boden des Zimmers. Aber vor ihnen her fuhren rasselnd Fritzens Kanonen auf, von den Kanonieren umgeben, und bald ging es bum – bum, und Marie sah, wie die Zuckererbsen einschlugen in den dicken Haufen der Mäuse, die davon ganz weiß überpudert wurden und sich sehr schämten. Vorzüglich tat ihnen aber eine schwere Batterie viel Schaden, die auf Mamas Fußbank aufgefahren war und pum – pum – pum, immer hintereinander fort Pfeffernüsse unter die Mäuse schoß, wovon sie umfielen. Die Mäuse kamen aber doch immer näher und überrannten sogar einige Kanonen, aber da ging es Prr – Prr, Prr, und vor Rauch und Staub konnte Marie kaum sehen, was nun geschah. Doch so viel war gewiß, daß jedes Korps sich mit der höchsten Erbitterung schlug, und der Sieg lange hin und her schwankte. Die Mäuse entwickelten immer mehr und mehr Massen, und ihre kleinen silbernen Pillen, die sie sehr geschickt zu schleudern wußten, schlugen schon bis in den Glasschrank hinein. Verzweiflungsvoll liefen Klärchen und Trutchen umher und rangen sich die Händchen wund. »Soll ich in meiner blühendsten Jugend sterben! – ich, die schönste der Puppen!« schrie Klärchen. »Hab' ich darum mich so gut konserviert, um hier in meinen vier Wänden umzukommen?« rief Trutchen. Dann fielen sie sich um den Hals und heulten so sehr, daß man es trotz des tollen Lärms doch hören konnte. Denn von dem Spektakel, der nun losging, habt ihr kaum einen Begriff, werte Zuhörer. – Das ging – Prr – Prr – Puff, Piff – Schnetterdeng – Schnetterdeng – Bum, Burum, Bum – Burum – Bum – durcheinander, und dabei quiekten und schrien Mauskönig und Mäuse, und dann hörte man wieder Nußknackers gewaltige Stimme, wie er nützliche Befehle austeilte, und sah ihn, wie er über die im Feuer stehenden Bataillone hinwegschritt! – Pantalon hatte einige sehr glänzende Kavallerieangriffe gemacht und sich mit Ruhm bedeckt, aber Fritzens Husaren wurden von der Mäuseartillerie mit häßlichen, übelriechenden Kugeln beworfen, die ganz fatale Flecke in ihren roten Wämsern machten, weshalb sie nicht recht vor wollten. Pantalon ließ sie links abschwenken, und in der Begeisterung des Kommandierens machte er es ebenso und seine Kürassiere und Dragoner auch, das heißt, sie schwenkten alle links ab und gingen nach Hause. Dadurch geriet die auf der Fußbank postierte Batterie in Gefahr, und es dauerte auch gar nicht lange, so kam ein dicker Haufe sehr häßlicher Mäuse und rannte so stark an, daß die ganze Fußbank mitsamt den Kanonieren und Kanonen umfiel. Nußknacker schien sehr bestürzt und befahl, daß der rechte Flügel eine rückgängige Bewegung machen solle. Du weißt, o mein kriegserfahrner Zuhörer Fritz, daß eine solche Bewegung machen beinahe so viel heißt als davonlaufen, und betrauerst mit mir schon jetzt das Unglück, was über die Armee des kleinen, von Marie geliebten Nußknackers kommen sollte! – Wende jedoch dein Auge von diesem Unheil ab und beschaue den linken Flügel der Nußknackerischen Armee, wo alles noch sehr gut steht und für Feldherrn und Armee viel zu hoffen ist. Während des hitzigsten Gefechts waren leise, leise Mäusekavalleriemassen unter der Kommode herausdebouchiert und hatten sich unter lautem gräßlichen Gequiek mit Wut auf den linken Flügel der Nußknackerischen Armee geworfen, aber welchen Widerstand fanden sie da! – Langsam, wie es die Schwierigkeit des Terrains nur erlaubte, da die Leiste des Schranks zu passieren, war das Devisenkorps unter der Anführung zweier chinesischer Kaiser vorgerückt und hatte sich en quarré plain formiert. – Diese wackern, sehr bunten und herrlichen Truppen, die aus vielen Gärtnern, Tirolern, Tungusen, Friseurs, Harlekins, Kupidos, Löwen, Tigern, Meerkatzen und Affen bestanden, fochten mit Fassung, Mut und Ausdauer. Mit spartanischer Tapferkeit hätte dies Bataillon von Eliten dem Feinde den Sieg entrissen, wenn nicht ein verwegener feindlicher Rittmeister, tollkühn vordringend, einem der chinesischen Kaiser den Kopf abgebissen und dieser im Fallen zwei Tungusen und eine Meerkatze erschlagen hätte. Dadurch entstand eine Lücke, durch die der Feind eindrang, und bald war das ganze Bataillon zerbissen. Doch wenig Vorteil hatte der Feind von dieser Untat. Sowie ein Mäusekavallerist mordlustig einen der tapfern Gegner mittendurch zerbiß, bekam er einen kleinen gedruckten Zettel in den Hals, wovon er augenblicklich starb. – Half dies aber wohl auch der Nußknackerischen Armee, die, einmal rückgängig geworden, immer rückgängiger wurde und immer mehr Leute verlor, so daß der unglückliche Nußknacker nur mit einem gar kleinen Häufchen dicht vor dem Glasschranke hielt? »Die Reserve soll heran! – Pantalon – Skaramuz, Tambour – wo seid ihr?« – So schrie Nußknacker, der noch auf neue Truppen hoffte, die sich aus dem Glasschrank entwickeln sollten. Es kamen auch wirklich einige braune Männer und Frauen aus Thorn mit goldnen Gesichtern, Hüten und Helmen heran, die fochten aber so ungeschickt um sich herum, daß sie keinen der Feinde trafen und bald ihrem Feldherrn Nußknacker selbst die Mütze vom Kopfe heruntergefochten hätten. Die feindlichen Chasseurs bissen ihnen auch bald die Beine ab, so daß sie umstülpten und noch dazu einige von Nußknackers Waffenbrüdern erschlugen. Nun war Nußknacker, vom Feinde dicht umringt, in der höchsten Angst und Not. Er wollte über die Leiste des Schranks springen, aber die Beine waren zu kurz, Klärchen und Trutchen lagen in Ohnmacht, sie konnten ihm nicht helfen – Husaren – Dragoner sprangen lustig bei ihm vorbei und hinein, da schrie er auf in heller Verzweiflung: »Ein Pferd – ein Pferd – ein Königreich für ein Pferd!« – In dem Augenblick packten ihn zwei feindliche Tirailleurs bei dem hölzernen Mantel, und im Triumph aus sieben Kehlen aufquiekend, sprengte Mausekönig heran. Marie wußte sich nicht mehr zu fassen, »o mein armer Nußknacker – mein armer Nußknacker!« so rief sie schluchzend, faßte, ohne sich deutlich ihres Tuns bewußt zu sein, nach ihrem linken Schuh und warf ihn mit Gewalt in den dicksten Haufen der Mäuse hinein auf ihren König. In dem Augenblick schien alles verstoben und verflogen, aber Marie empfand am linken Arm einen noch stechendern Schmerz als vorher und sank ohnmächtig zur Erde nieder.

Die Krankheit

Als Marie wie aus tiefem Todesschlaf erwachte, lag sie in ihrem Bettchen, und die Sonne schien hell und funkelnd durch die mit Eis belegten Fenster in das Zimmer hinein. Dicht neben ihr saß ein fremder Mann, den sie aber bald für den Chirurgus Wendelstern erkannte. Der sprach leise: »Nun ist sie aufgewacht!« Da kam die Mutter herbei und sah sie mit recht ängstlich forschenden Blicken an. »Ach liebe Mutter«, lispelte die kleine Marie, »sind denn nun die häßlichen Mäuse alle fort, und ist denn der gute Nußknacker gerettet?« »Sprich nicht solch albernes Zeug, liebe Marie«, erwiderte die Mutter, »was haben die Mäuse mit

dem Nußknacker zu tun? Aber du böses Kind, hast uns allen
recht viel Angst und Sorge gemacht. Das kommt davon her,
wenn die Kinder eigenwillig sind und den Eltern nicht folgen.
Du spieltest gestern bis in die tiefe Nacht hinein mit deinen
Puppen. Du wurdest schläfrig, und mag es sein, daß ein hervor-
springendes Mäuschen, deren es doch sonst hier nicht gibt, dich
erschreckt hat; genug, du stießest mit dem Arm eine Glasscheibe
des Schranks ein und schnittest dich so sehr in den Arm, daß
Herr Wendelstern, der dir eben die noch in den Wunden
steckenden Glasscherbchen herausgenommen hat, meint, du
hättest, zerschnitt das Glas eine Ader, einen steifen Arm behalten
oder dich gar verbluten können. Gott sei gedankt, daß ich, um
Mitternacht erwachend und dich noch so spät vermissend, aufstand und in die Wohnstube ging. Da lagst du dicht neben dem
Glasschrank ohnmächtig auf der Erde und blutetest sehr. Bald
wär' ich vor Schreck auch ohnmächtig geworden. Da lagst du
nun, und um dich her zerstreut erblickte ich viele von Fritzens
bleiernen Soldaten und andere Puppen, zerbrochene Devisen,
Pfefferkuchmänner; Nußknacker lag aber auf deinem blutenden Arme und nicht weit von dir dein linker Schuh.« »Ach
Mütterchen, Mütterchen«, fiel Marie ein, »sehen Sie wohl, das
waren ja noch die Spuren von der großen Schlacht zwischen den
Puppen und Mäusen, und nur darüber bin ich so sehr erschrocken, als die Mäuse den armen Nußknacker, der die Pup-
penarmee kommandierte, gefangennehmen wollten. Da warf
ich meinen Schuh unter die Mäuse, und dann weiß ich weiter
nicht, was vorgegangen.« Der Chirurgus Wendelstern winkte
der Mutter mit den Augen, und diese sprach sehr sanft zu
Marien: »Laß es nur gut sein, mein liebes Kind! – beruhige dich,
die Mäuse sind alle fort, und Nußknackerchen steht gesund und
lustig im Glasschrank.« Nun trat der Medizinalrat ins Zimmer
und sprach lange mit dem Chirurgus Wendelstern; dann fühlte
er Mariens Puls, und sie hörte wohl, daß von einem Wundfieber
die Rede war. Sie mußte im Bette bleiben und Arzenei nehmen,
und so dauerte es einige Tage, wiewohl sie außer einigem
Schmerz am Arm sich eben nicht krank und unbehaglich fühlte.
Sie wußte, daß Nußknackerchen gesund aus der Schlacht sich
gerettet hatte, und es kam ihr manchmal wie im Traume vor,

daß er ganz vernehmlich, wiewohl mit sehr wehmütiger Stimme sprach: »Marie, teuerste Dame, Ihnen verdanke ich viel, doch noch mehr können Sie für mich tun!« Marie dachte vergebens darüber nach, was das wohl sein könnte, es fiel ihr durchaus nicht ein. – Spielen konnte Marie gar nicht recht wegen des wunden Arms, und wollte sie lesen oder in den Bilderbüchern blättern, so flimmerte es ihr seltsam vor den Augen, und sie mußte davon ablassen. So mußte ihr nun wohl die Zeit recht herzlich lang werden, und sie konnte kaum die Dämmerung erwarten, weil dann die Mutter sich an ihr Bett setzte und ihr sehr viel Schönes vorlas und erzählte. Eben hatte die Mutter die vorzügliche Geschichte vom Prinzen Fakardin vollendet, als die Tür aufging und der Pate Droßelmeier mit den Worten hineintrat: »Nun muß ich doch wirklich einmal selbst sehen, wie es mit der kranken und wunden Marie zusteht.« Sowie Marie den Paten Droßelmeier in seinem gelben Röckchen erblickte, kam ihr das Bild jener Nacht, als Nußknacker die Schlacht wider die Mäuse verlor, gar lebendig vor Augen, und unwillkürlich rief sie laut dem Obergerichtsrat entgegen: »O Pate Droßelmeier, du bist recht häßlich gewesen, ich habe dich wohl gesehen, wie du auf der Uhr saßest und sie mit deinen Flügeln bedecktest, daß sie nicht laut schlagen sollte, weil sonst die Mäuse verscheucht worden wären, – ich habe es wohl gehört, wie du dem Mausekönig riefest! – warum kamst du dem Nußknacker, warum kamst du mir nicht zur Hülfe, du häßlicher Pate Droßelmeier, bist du denn nicht allein schuld, daß ich verwundet und krank im Bette liegen muß?« – Die Mutter fragte ganz erschrocken: »Was ist dir denn, liebe Marie?« Aber der Pate Droßelmeier schnitt sehr seltsame Gesichter und sprach mit schnarrender, eintöniger Stimme: »Perpendikel mußte schnurren – picken – wollte sich nicht schicken – Uhren – Uhren – Uhrenperpendikel müssen schnurren – leise schnurren – schlagen Glocken laut kling klang – Hink und Honk, und Honk und Hank – Puppenmädel, sei nicht bang! – schlagen Glöcklein, ist geschlagen, Mausekönig fortzujagen, kommt die Eul' im schnellen Flug – Pak und Pik, und Pik und Puk – Glöcklein bim bim – Uhren – schnurr schnurr – Perpendikel müssen schnurren – picken wollte sich nicht schicken – Schnarr und schnurr, und pirr und purr!« – Marie sah den Paten Droßelmeier starr mit großen Augen an, weil er ganz anders und noch viel häßlicher aussah als sonst und mit dem rechten Arm hin und her schlug, als würd' er gleich einer Drahtpuppe gezogen. Es hätte ihr ordentlich grauen können vor dem Paten, wenn die Mutter nicht zugegen gewesen wäre, und wenn nicht endlich Fritz, der sich unterdessen hineingeschlichen, ihn mit lautem Gelächter unterbrochen hätte. »Ei, Pate Droßelmeier«, rief Fritz, »du bist heute wieder auch gar zu possierlich, du gebärdest dich ja wie mein Hampelmann, den ich längst hinter den Ofen geworfen.« Die Mutter blieb sehr ernsthaft und sprach: »Lieber Herr Obergerichtsrat, das ist ja ein recht seltsamer Spaß, was meinen Sie denn eigentlich?« »Mein Himmel!« erwiderte Droßelmeier lachend, »kennen Sie denn nicht mehr mein hübsches Uhrmacherliedchen? Das pfleg' ich immer zu singen bei solchen Patienten wie Marie.« Damit setzte er sich schnell dicht an Mariens Bette und sprach: »Sei nur nicht böse, daß ich nicht gleich dem Mausekönig alle vierzehn Augen ausgehackt, aber es konnte nicht sein, ich will dir auch statt dessen eine rechte Freude machen.« Der Obergerichtsrat langte mit diesen Worten in die Tasche, und was er nun leise, leise hervorzog, war – der Nußknacker, dem er sehr geschickt die verlornen Zähnchen fest eingesetzt und den lahmen Kinnbacken eingerenkt hatte. Marie jauchzte laut auf vor Freude, aber die Mutter sagte lächelnd: »Siehst du nun wohl, wie gut es Pate Droßelmeier mit deinem Nußknacker meint?« »Du mußt es aber doch eingestehen, Marie«, unterbrach der Obergerichtsrat die Medizinalrätin, »du mußt es aber doch eingestehen, daß Nußknacker nicht eben zum besten gewachsen und sein Gesicht nicht eben schön zu nennen ist. Wie sotane Häßlichkeit in seine Familie gekommen und vererbt worden ist, das will ich dir wohl erzählen, wenn du es anhören willst. Oder weißt du vielleicht schon die Geschichte von der Prinzessin Pirlipat, der Hexe Mauserinks und dem künstlichen Uhrmacher?« »Hör' mal«, fiel hier Fritz unversehens ein, »hör' mal, Pate Droßelmeier, die Zähne hast du dem Nußknacker richtig eingesetzt, und der Kinnbacken ist auch nicht mehr so wackelig, aber warum fehlt ihm das Schwert, warum hast du ihm kein Schwert umgehängt?« »Ei«, erwiderte der Obergerichtsrat ganz unwillig,

»du mußt an allem mäkeln und tadeln, Junge! – Was geht mich Nußknackers Schwert an, ich habe ihn am Leibe kuriert, mag er sich nun selbst ein Schwert schaffen, wie er will.« »Das ist wahr«, rief Fritz, »ist's ein tüchtiger Kerl, so wird er schon Waffen zu finden wissen.« »Also Marie«, fuhr der Obergerichtsrat fort, »sage mir, ob du die Geschichte weißt von der Prinzessin Pirlipat?« »Ach nein«, erwiderte Marie, »erzähle, lieber Pate Droßelmeier, erzähle!« »Ich hoffe«, sprach die Medizinalrätin, »ich hoffe, lieber Herr Obergerichtsrat, daß Ihre Geschichte nicht so graulich sein wird, wie gewöhnlich alles ist, was Sie erzählen?« »Mit nichten, teuerste Frau Medizinalrätin«, erwiderte Droßelmeier, »im Gegenteil ist das gar spaßhaft, was ich vorzutragen die Ehre haben werde.« »Erzähle, o erzähle, lieber Pate«, so riefen die Kinder, und der Obergerichtsrat fing also an:

Das Märchen von der harten Nuß
»Pirlipats Mutter war die Frau eines Königs, mithin eine Königin, und Pirlipat selbst in demselben Augenblick, als sie geboren wurde, eine geborne Prinzessin. Der König war außer sich vor Freude über das schöne Töchterchen, das in der Wiege lag, er jubelte laut auf, er tanzte und schwenkte sich auf einem Beine und schrie ein Mal über das andere: ›Heisa! – hat man was Schöneres jemals gesehen, als mein Pirlipatchen?‹ – Aber alle Minister, Generale und Präsidenten und Stabsoffiziere sprangen, wie der Landesvater, auf einem Beine herum und schrien sehr: ›Nein, niemals!‹ Zu leugnen war es aber auch in der Tat gar nicht, daß wohl, solange die Welt steht, kein schöneres Kind geboren wurde als eben Prinzessin Pirlipat. Ihr Gesichtchen war wie von zarten lilienweißen und rosenroten Seidenflocken gewebt, die Äugelein lebendige funkelnde Azure, und es stand hübsch, daß die Löckchen sich in lauter glänzenden Goldfaden kräuselten. Dazu hatte Pirlipatchen zwei Reihen kleiner Perlzähnchen auf die Welt gebracht, womit sie zwei Stunden nach der Geburt dem Reichskanzler in den Finger biß, als er die Lineamente näher untersuchen wollte, so daß er laut aufschrie: ›O jemine!‹ – Andere behaupten, er habe: ›Au weh!‹ geschrien, die Stimmen sind noch heutzutage darüber sehr geteilt. – Kurz, Pirlipatchen biß wirklich dem Reichskanzler in den Finger, und

das entzückte Land wußte nun, daß auch Geist, Gemüt und Verstand in Pirlipats kleinem engelschönen Körperchen wohne. – Wie gesagt, alles war vergnügt, nur die Königin war sehr ängstlich und unruhig, niemand wußte warum. Vorzüglich fiel es auf, daß sie Pirlipats Wiege so sorglich bewachen ließ. Außerdem, daß die Türen von Trabanten besetzt waren, mußten, die beiden Wärterinnen dicht an der Wiege abgerechnet, noch sechs andere Nacht für Nacht ringsumher in der Stube sitzen. Was aber ganz närrisch schien, und was niemand begreifen konnte, jede dieser sechs Wärterinnen mußte einen Kater auf den Schoß nehmen und ihn die ganze Nacht streicheln, daß er immerfort zu spinnen genötigt wurde. Es ist unmöglich, daß ihr, lieben Kinder, erraten könnt, warum Pirlipats Mutter all diese Anstalten machte, ich weiß es aber und will es euch gleich sagen. – Es begab sich, daß einmal an dem Hofe von Pirlipats Vater viele vortreffliche Könige und sehr angenehme Prinzen versammelt waren, weshalb es denn sehr glänzend herging und viele Ritterspiele, Komödien und Hofbälle gegeben wurden. Der König, um recht zu zeigen, daß es ihm an Gold und Silber gar nicht mangle, wollte nun einmal einen recht tüchtigen Griff in den Kronschatz tun und was Ordentliches daraufgehen lassen. Er ordnete daher, zumal er von dem Oberhofküchenmeister insgeheim erfahren, daß der Hofastronom die Zeit des Einschlachtens angekündigt, einen großen Wurstschmaus an, warf sich in den Wagen und lud selbst sämtliche Könige und Prinzen – nur auf einen Löffel Suppe ein, um sich der Überraschung mit dem Köstlichen zu erfreuen. Nun sprach er sehr freundlich zur Frau Königin: ›Dir ist ja schon bekannt, Liebchen, wie ich die Würste gern habe!‹ – Die Königin wußte schon, was er damit sagen wollte, es hieß nämlich nichts anders, als sie selbst sollte sich, wie sie auch sonst schon getan, dem sehr nützlichen Geschäft des Wurstmachens unterziehen. Der Oberschatzmeister mußte sogleich den großen goldnen Wurstkessel und die silbernen Kasserollen zur Küche abliefern; es wurde ein großes Feuer von Sandelholz angemacht, die Königin band ihre damastene Küchenschürze um, und bald dampften aus dem Kessel die süßen Wohlgerüche der Wurstsuppe. Bis in den Staatsrat drang der anmutige Geruch; der König, von innerem Entzücken erfaßt, konnte sich nicht halten. ›Mit Erlaubnis, meine Herren!‹ rief er, sprang schnell nach der Küche, umarmte die Königin, rührte etwas mit dem goldnen Zepter in dem Kessel und kehrte dann beruhigt in den Staatsrat zurück. Eben nun war der wichtige Punkt gekommen, daß der Speck in Würfel geschnitten und auf silbernen Rosten geröstet werden sollte. Die Hofdamen traten ab, weil die Königin dies Geschäft aus treuer Anhänglichkeit und Ehrfurcht vor dem königlichen Gemahl allein unternehmen wollte. Allein sowie der Speck zu braten anfing, ließ sich ein ganz feines wisperndes Stimmchen vernehmen: ›Von dem Brätlein gib mir auch, Schwester! – will auch schmausen, bin ja auch Königin – gib mir von dem Brätlein!‹ – Die Königin wußte wohl, daß es Frau Mauserinks war, die also sprach. Frau Mauserinks wohnte schon seit vielen Jahren in des Königs Palast. Sie behauptete, mit der königlichen Familie verwandt und selbst Königin in dem Reiche Mausolien zu sein, deshalb hatte sie auch eine große Hofhaltung unter dem Herde. Die Königin war eine gute mildtätige Frau, wollte sie daher auch sonst Frau Mauserinks nicht gerade als Königin und als ihre Schwester anerkennen, so gönnte sie ihr doch von Herzen an dem festlichen Tage die Schmauserei und rief: ›Kommt nur hervor, Frau Mauserinks, Ihr möget immerhin von meinem Speck genießen.‹ Da kam auch Frau Mauserinks sehr schnell und lustig hervorgehüpft, sprang auf den Herd und ergriff mit den zierlichen kleinen Pfötchen ein Stückchen Speck nach dem andern, das ihr die Königin hinlangte. Aber nun kamen alle Gevattern und Muhmen der Frau Mauserinks hervorgesprungen und auch sogar ihre sieben Söhne, recht unartige Schlingel, die machten sich über den Speck her, und nicht wehren konnte ihnen die erschrockene Königin. Zum Glück kam die Oberhofmeisterin dazu und verjagte die zudringlichen Gäste, so daß noch etwas Speck übrigblieb, welcher nach Anweisung des herbeigerufenen Hofmathematikers sehr künstlich auf alle Würste verteilt wurde. – Pauken und Trompeten erschallten, alle anwesenden Potentaten und Prinzen zogen in glänzenden Feierkleidern zum Teil auf weißen Zeltern, zum Teil in kristallnen Kutschen zum Wurstschmause. Der König empfing sie mit herzlicher Freundlichkeit und Huld und setzte sich dann, als Landesherr mit Kron' und Zepter angetan, an die Spitze des Tisches. Schon in der Station der Leberwürste sah man, wie der König immer mehr und mehr erblaßte, wie er die Augen gen Himmel hob – leise Seufzer entflohen seiner Brust – ein gewaltiger Schmerz schien in seinem Innern zu wühlen! Doch in der Station der Blutwürste sank er, laut schluchzend und ächzend, in den Lehnsessel zurück, er hielt beide Hände vors Gesicht, er jammerte und stöhnte. – Alles sprang auf von der Tafel, der Leibarzt bemühte sich vergebens, des unglücklichen Königs Puls zu erfassen, ein tiefer, namenloser Jammer schien ihn zu zerreißen. Endlich, endlich, nach vielem Zureden, nach Anwendung starker Mittel, als da sind gebrannte Federposen und dergleichen, schien der König etwas zu sich selbst zu kommen, er stammelte kaum hörbar die Worte: ›Zu wenig Speck.‹ Da warf sich die Königin trostlos ihm zu Füßen und schluchzte: ›O mein armer unglücklicher königlicher Gemahl! – o welchen Schmerz mußten Sie dulden! – Aber sehen Sie hier die Schuldige zu Ihren Füßen – strafen, strafen Sie sie hart! – Ach – Frau Mauserinks mit ihren sieben Söhnen, Gevattern und Muhmen hat den Speck aufgefressen und‹ – damit fiel die Königin rücklings über in Ohnmacht. Aber der König sprang voller Zorn auf und rief laut: ›Oberhofmeisterin, wie ging das zu?‹ Die Oberhofmeisterin erzählte, soviel sie wußte, und der König beschloß Rache zu nehmen an der Frau Mauserinks und ihrer Familie, die ihm den Speck aus der Wurst weggefressen hatten. Der Geheime Staatsrat wurde berufen, man beschloß, der Frau Mauserinks den Prozeß zu machen und ihre sämtliche Güter einzuziehen; da aber der König meinte, daß sie unterdessen ihm doch noch immer den Speck wegfressen könnte, so wurde die ganze Sache dem Hofuhrmacher und Arkanisten übertragen. Dieser Mann, der ebenso hieß als ich, nämlich Christian Elias Droßelmeier, versprach durch eine ganz besonders staatskluge Operation die Frau Mauserinks mit ihrer Familie auf ewige Zeiten aus dem Palast zu vertreiben. Er erfand auch wirklich kleine, sehr künstliche Maschinen, in die an einem Fädchen gebratener Speck getan wurde, und die Droßelmeier rings um die Wohnung der Frau Speckfresserin aufstellte. Frau Mauserinks war viel zu weise, um nicht Droßelmeiers List einzusehen, aber alle ihre Warnungen, alle ihre Vorstellungen

halfen nichts, von dem süßen Geruch des gebratenen Specks
verlockt, gingen alle sieben Söhne und viele, viele Gevattern
und Muhmen der Frau Mauserinks in Droßelmeiers Maschinen
hinein und wurden, als sie eben den Speck wegnaschen wollten,
durch ein plötzlich vorfallendes Gitter gefangen, dann aber in
der Küche selbst schmachvoll hingerichtet. Frau Mauserinks
verließ mit ihrem kleinen Häufchen den Ort des Schreckens.
Gram, Verzweiflung, Rache erfüllte ihre Brust. Der Hof jubelte
sehr, aber die Königin war besorgt, weil sie die Gemütsart der
Frau Mauserinks kannte und wohl wußte, daß sie den Tod ihrer
Söhne und Verwandten nicht ungerächt hingehen lassen würde.
In der Tat erschien auch Frau Mauserinks, als die Königin eben
für den königlichen Gemahl einen Lungenmus bereitete, den er
sehr gern aß, und sprach: ›Meine Söhne – meine Gevattern und
Muhmen sind erschlagen, gib wohl acht, Frau Königin, daß
Mausekönigin dir nicht dein Prinzeßchen entzwei beißt – gib
wohl acht.‹ Darauf verschwand sie wieder und ließ sich nicht
mehr sehen, aber die Königin war so erschrocken, daß sie den
Lungenmus ins Feuer fallen ließ, und zum zweitenmal verdarb
Frau Mauserinks dem Könige eine Lieblingsspeise, worüber er
sehr zornig war. – Nun ist's aber genug für heute abend, künftig
das übrige.«
Sosehr auch Marie, die bei der Geschichte ihre ganz eignen
Gedanken hatte, den Pate Droßelmeier bat, doch nur ja weiter
zu erzählen, so ließ er sich doch nicht erbitten, sondern sprang
auf, sprechend: »Zuviel auf einmal ist ungesund, morgen das
übrige.« Eben als der Obergerichtsrat im Begriff stand, zur Tür
hinauszuschreiten, fragte Fritz: »Aber sag' mal, Pate Droßelmeier, ist's denn wirklich wahr, daß du die Mausefallen erfunden hast?«»Wie kann man nur so albern fragen«, rief die Mutter,
aber der Obergerichtsrat lächelte sehr seltsam und sprach leise:
»Bin ich denn nicht ein künstlicher Uhrmacher und sollt' nicht
einmal Mausefallen erfinden können?«

Fortsetzung des Märchens von der harten Nuß

»Nun wißt ihr wohl, Kinder«, so fuhr der Obergerichtsrat Droßelmeier am nächsten Abende fort, »nun wißt ihr wohl, Kinder,
warum die Königin das wunderschöne Prinzeßchen Pirlipat so

sorglich bewachen ließ. Mußte sie nicht fürchten, daß Frau
Mauserinks ihre Drohung erfüllen, wiederkommen und das
Prinzeßchen totbeißen würde? Droßelmeiers Maschinen halfen
gegen die kluge und gewitzigte Frau Mauserinks ganz und gar
nichts, und nur der Astronom des Hofes, der zugleich Geheimer
Oberzeichen- und Sterndeuter war, wollte wissen, daß die Familie des Katers Schnurr imstande sein werde, die Frau Mauserinks von der Wiege abzuhalten; demnach geschah es also, daß
jede der Wärterinnen einen der Söhne jener Familie, die übrigens bei Hofe als Geheime Legationsräte angestellt waren, auf
dem Schoße halten und durch schickliches Krauen ihm den
beschwerlichen Staatsdienst zu versüßen suchen mußte. Es war
einmal schon Mitternacht, als die eine der beiden Geheimen
Oberwärterinnen, die dicht an der Wiege saßen, wie aus tiefem
Schlafe auffuhr. – Alles rund umher lag vom Schlafe befangen
– kein Schnurren – tiefe Totenstille, in der man das Picken des
Holzwurms vernahm! – doch wie ward der Geheimen Ober-
wärterin, als sie dicht vor sich eine große, sehr häßliche Maus
erblickte, die auf den Hinterfüßen aufgerichtet stand und den
fatalen Kopf auf das Gesicht der Prinzessin gelegt hatte. Mit
einem Schrei des Entsetzens sprang sie auf, alles erwachte, aber
in dem Augenblick rannte Frau Mauserinks (niemand anders
war die große Maus an Pirlipats Wiege) schnell nach der Ecke
des Zimmers. Die Legationsräte stürzten ihr nach, aber zu spät
– durch eine Ritze in dem Fußboden des Zimmers war sie
verschwunden. Pirlipatchen erwachte von dem Rumor und
weinte sehr kläglich. ›Dank dem Himmel‹, riefen die Wärterinnen, ›sie lebt!‹ Doch wie groß war ihr Schrecken, als sie hinblick-
ten nach Pirlipatchen und wahrnahmen, was aus dem schönen
zarten Kinde geworden. Statt des weiß und roten goldgelockten
Engelsköpfchens saß ein unförmlicher dicker Kopf auf einem
winzig kleinen zusammengekrümmten Leibe, die azurblauen
Äugelein hatten sich verwandelt in grüne hervorstehende, starr-
blickende Augen, und das Mündchen hatte sich verzogen von
einem Ohr zum andern. Die Königin wollte vergehen in Wehklagen und Jammer, und des Königs Studierzimmer mußte mit
wattierten Tapeten ausgeschlagen werden, weil er ein Mal über
das andere mit dem Kopf gegen die Wand rannte und dabei mit

sehr jämmerlicher Stimme rief: ›O ich unglückseliger Monarch!‹ – Er konnte zwar nun einsehen, daß es besser gewesen wäre, die Würste ohne Speck zu essen und die Frau Mauserinks mit ihrer Sippschaft unter dem Herde in Ruhe zu lassen, daran dachte aber Pirlipats königlicher Vater nicht, sondern er schob einmal alle Schuld auf den Hofuhrmacher und Arkanisten Christian Elias Droßelmeier aus Nürnberg. Deshalb erließ er den weisen Befehl: Droßelmeier habe binnen vier Wochen die Prinzessin Pirlipat in den vorigen Zustand herzustellen oder wenigstens ein bestimmtes untrügliches Mittel anzugeben, wie dies zu bewerkstelligen sei, widrigenfalls er dem schmachvollen Tode unter dem Beil des Henkers verfallen sein solle. – Droßelmeier erschrak nicht wenig, indessen vertraute er bald seiner Kunst und seinem Glück und schritt sogleich zu der ersten Operation, die ihm nützlich schien. Er nahm Prinzeßchen Pirlipat sehr geschickt auseinander, schrob ihr Händchen und Füßchen ab und besah sogleich die innere Struktur, aber da fand er leider, daß die Prinzessin, je größer, desto unförmlicher werden würde, und wußte sich nicht zu raten, nicht zu helfen. Er setzte die Prinzessin behutsam wieder zusammen und versank an ihrer Wiege, die er nie verlassen durfte, in Schwermut. Schon war die vierte Woche angegangen – ja bereits Mittwoch, als der König mit zornfunkelnden Augen hineinblickte und, mit dem Zepter drohend, rief: ›Christian Elias Droßelmeier, kuriere die Prinzessin, oder du mußt sterben!‹ Droßelmeier fing an bitterlich zu weinen, aber Prinzeßchen Pirlipat knackte vergnügt Nüsse. Zum erstenmal fiel dem Arkanisten Pirlipats ungewöhnlicher Appetit nach Nüssen und der Umstand auf, daß sie mit Zähnchen zur Welt gekommen. In der Tat hatte sie gleich nach der Verwandlung so lange geschrieen, bis ihr zufällig eine Nuß vorkam, die sie sogleich aufknackte, den Kern aß und dann ruhig wurde. Seit der Zeit fanden die Wärterinnen nichts geraten, als ihr Nüsse zu bringen. ›O heiliger Instinkt der Natur, ewig unerforschliche Sympathie aller Wesen‹, rief Johann Elias Droßelmeier aus, ›du zeigst mir die Pforte zum Geheimnis, ich will anklopfen, und sie wird sich öffnen!‹ Er bat sogleich um die Erlaubnis, mit dem Hofastronom sprechen zu können, und wurde mit starker Wache hingeführt. Beide Herren umarmten

sich unter vielen Tränen, da sie zärtliche Freunde waren, zogen
sich dann in ein geheimes Kabinett zurück und schlugen viele
Bücher nach, die von dem Instinkt, von den Sympathien und
Antipathien und andern geheimnisvollen Dingen handelten.
Die Nacht brach herein, der Hofastronom sah nach den Sternen
und stellte mit Hülfe des auch hierin sehr geschickten Droßelmeiers das Horoskop der Prinzessin Pirlipat. Das war eine große
Mühe, denn die Linien verwirrten sich immer mehr und mehr,
endlich aber – welche Freude, endlich lag es klar vor ihnen, daß
die Prinzessin Pirlipat, um den Zauber, der sie verhäßlicht, zu
lösen, und um wieder so schön zu werden, als vorher, nichts zu
tun hätte, als den süßen Kern der Nuß Krakatuk zu genießen.
Die Nuß Krakatuk hatte eine solche harte Schale, daß eine
achtundvierzigpfündige Kanone darüber wegfahren konnte,
ohne sie zu zerbrechen. Diese harte Nuß mußte aber von einem
Manne, der noch nie rasiert worden und der niemals Stiefeln
getragen, vor der Prinzessin aufgebissen und ihr von ihm mit
geschlossenen Augen der Kern dargereicht werden. Erst nachdem er sieben Schritte rückwärts gegangen, ohne zu stolpern,
durfte der junge Mann wieder die Augen erschließen. Drei Tage
und drei Nächte hatte Droßelmeier mit dem Astronomen ununterbrochen gearbeitet, und es saß gerade des Sonnabends der
König bei dem Mittagstisch, als Droßelmeier, der Sonntag in
aller Frühe geköpft werden sollte, voller Freude und Jubel
hineinstürzte und das gefundene Mittel, der Prinzessin Pirlipat
die verlorene Schönheit wiederzugeben, verkündete. Der
König umarmte ihn mit heftigem Wohlwollen, versprach ihm
einen diamantenen Degen, vier Orden und zwei neue Sonntags-
röcke. ›Gleich nach Tische‹, setzte er freundlich hinzu, ›soll es
ans Werk gehen, sorgen Sie, teurer Arkanist, daß der junge
unrasierte Mann in Schuhen mit der Nuß Krakatuk gehörig bei
der Hand sei, und lassen Sie ihn vorher keinen Wein trinken,
damit er nicht stolpert, wenn er sieben Schritte rückwärts geht
wie ein Krebs, nachher kann er erklecklich saufen!‹ Droßelmeier
wurde über diese Rede des Königs sehr bestürzt, und nicht ohne
Zittern und Zagen brachte er es stammelnd heraus, daß das
Mittel zwar gefunden wäre, beides, die Nuß Krakatuk und der
junge Mann zum Aufbeißen derselben, aber erst gesucht werden

müßten, wobei es noch obenein zweifelhaft bliebe, ob Nuß und Nußknacker jemals gefunden werden dürften. Hoch erzürnt schwang der König den Zepter über das gekrönte Haupt und schrie mit einer Löwenstimme: ›So bleibt es bei dem Köpfen.‹ Ein Glück war es für den in Angst und Not versetzten Droßelmeier, daß dem Könige das Essen gerade den Tag sehr wohl geschmeckt hatte, er mithin in der guten Laune war, vernünftigen Vorstellungen Gehör zu geben, an denen es die großmütige und von Droßelmeiers Schicksal gerührte Königin nicht mangeln ließ. Droßelmeier faßte Mut und stellte zuletzt vor, daß er doch eigentlich die Aufgabe, das Mittel, wodurch die Prinzessin geheilt werden könne, zu nennen, gelöst und sein Leben gewonnen habe. Der König nannte das dumme Ausreden und einfältigen Schnickschnack, beschloß aber endlich, nachdem er ein Gläschen Magenwasser zu sich genommen, daß beide, der Uhrmacher und der Astronom, sich auf die Beine machen und nicht anders als mit der Nuß Krakatuk in der Tasche wiederkehren sollten. Der Mann zum Aufbeißen derselben sollte, wie es die Königin vermittelte, durch mehrmaliges Einrücken einer Aufforderung in einheimische und auswärtige Zeitungen und Intelligenzblätter herbeigeschafft werden.« – Der Obergerichtsrat brach hier wieder ab und versprach, den andern Abend das übrige zu erzählen.

Beschluß des Märchens von der harten Nuß

Am andern Abende, sowie kaum die Lichter angesteckt worden, fand sich Pate Droßelmeier wirklich wieder ein und erzählte also weiter. »Droßelmeier und der Hofastronom waren schon funfzehn Jahre unterwegs, ohne der Nuß Krakatuk auf die Spur gekommen zu sein. Wo sie überall waren, welche sonderbare seltsame Dinge ihnen widerfuhren, davon könnt' ich euch, ihr Kinder, vier Wochen lang erzählen, ich will es aber nicht tun, sondern nur gleich sagen, daß Droßelmeier in seiner tiefen Betrübnis zuletzt eine sehr große Sehnsucht nach seiner lieben Vaterstadt Nürnberg empfand. Ganz besonders überfiel ihn diese Sehnsucht, als er gerade einmal mit seinem Freunde mitten in einem großen Walde in Asien ein Pfeifchen Knaster rauchte. ›O schöne – schöne Vaterstadt Nürnberg – schöne Stadt, wer

dich nicht gesehen hat, mag er auch viel gereist sein nach
London, Paris und Peterwardein, ist ihm das Herz doch nicht
aufgegangen, muß er doch stets nach dir verlangen – nach dir,
o Nürnberg, schöne Stadt, die schöne Häuser mit Fenstern hat.‹
– Als Droßelmeier so sehr wehmütig klagte, wurde der Astronom von tiefem Mitleiden ergriffen und fing so jämmerlich zu
heulen an, daß man es weit und breit in Asien hören konnte.
Doch faßte er sich wieder, wischte sich die Tränen aus den
Augen und fragte: ›Aber wertgeschätzter Kollege, warum sitzen
wir hier und heulen? warum gehen wir nicht nach Nürnberg,
ist's denn nicht gänzlich egal, wo und wie wir die fatale Nuß
Krakatuk suchen?‹ ›Das ist auch wahr‹, erwiderte Droßelmeier
getröstet. Beide standen alsbald auf, klopften die Pfeifen aus und
gingen schnurgerade in einem Strich fort, aus dem Walde mitten in Asien, nach Nürnberg. Kaum waren sie dort angekommen, so lief Droßelmeier schnell zu seinem Vetter, dem Puppendrechsler, Lackierer und Vergolder Christoph Zacharias Droßelmeier, den er in vielen, vielen Jahren nicht mehr gesehen.
Dem erzählte nun der Uhrmacher die ganze Geschichte von der
Prinzessin Pirlipat, der Frau Mauserinks und der Nuß Krakatuk,
so daß der ein Mal über das andere die Hände zusammenschlug
und voll Erstaunen ausrief: ›Ei Vetter, Vetter, was sind das für
wunderbare Dinge!‹ Droßelmeier erzählte weiter von den
Abenteuern seiner weiten Reise, wie er zwei Jahre bei dem
Dattelkönig zugebracht, wie er vom Mandelfürsten schnöde
abgewiesen, wie er bei der naturforschenden Gesellschaft in
Eichhornshausen vergebens angefragt, kurz, wie es ihm überall
mißlungen sei, auch nur eine Spur von der Nuß Krakatuk zu
erhalten. Während dieser Erzählung hatte Christoph Zacharias
oftmals mit den Fingern geschnippt – sich auf einem Fuße
herumgedreht – mit der Zunge geschnalzt – dann gerufen –
›Hm hm – I – Ei – O – das wäre der Teufel!‹ Endlich warf er
Mütze und Perücke in die Höhe, umhalste den Vetter mit
Heftigkeit und rief: ›Vetter – Vetter! Ihr seid geborgen, geborgen seid Ihr, sag' ich, denn alles müßte mich trügen, oder ich
besitze selbst die Nuß Krakatuk.‹ Er holte alsbald eine Schachtel
hervor, aus der er eine vergoldete Nuß von mittelmäßiger
Größe hervorzog. ›Seht‹, sprach er, indem er die Nuß dem

Vetter zeigte, ›seht, mit dieser Nuß hat es folgende Bewandtnis: Vor vielen Jahren kam einst zur Weihnachtszeit ein fremder Mann mit einem Sack voll Nüssen hieher, die er feilbot. Gerade vor meiner Puppenbude geriet er in Streit und setzte den Sack ab, um sich besser gegen den hiesigen Nußverkäufer, der nicht leiden wollte, daß der Fremde Nüsse verkaufe, und ihn deshalb angriff, zu wehren. In dem Augenblick fuhr ein schwer beladener Lastwagen über den Sack, alle Nüsse wurden zerbrochen bis auf eine, die mir der fremde Mann, seltsam lächelnd, für einen blanken Zwanziger vom Jahre 1720 feilbot. Mir schien das wunderbar, ich fand gerade einen solchen Zwanziger in meiner Tasche, wie ihn der Mann haben wollte, kaufte die Nuß und vergoldete sie, selbst nicht recht wissend, warum ich die Nuß so teuer bezahlte und dann so wert hielt.‹ Jeder Zweifel, daß des Vetters Nuß wirklich die gesuchte Nuß Krakatuk war, wurde augenblicklich gehoben, als der herbeigerufene Hofastronom das Gold sauber abschabte und in der Rinde der Nuß das Wort Krakatuk mit chinesischen Charakteren eingegraben fand. Die Freude der Reisenden war groß, und der Vetter der glücklichste Mensch unter der Sonne, als Droßelmeier ihm versicherte, daß sein Glück gemacht sei, da er außer einer ansehnlichen Pension hinfüro alles Gold zum Vergolden umsonst erhalten werde. Beide, der Arkanist und der Astronom, hatten schon die Schlafmützen aufgesetzt und wollten zu Bette gehen, als letzterer, nämlich der Astronom, also anhob: ›Bester Herr Kollege, ein Glück kommt nie allein – Glauben Sie, nicht nur die Nuß Krakatuk, sondern auch den jungen Mann, der sie aufbeißt und den Schönheitskern der Prinzessin darreicht, haben wir gefunden – Ich meine niemanden anders, als den Sohn Ihres Herrn Vetters! – Nein, nicht schlafen will ich‹, fuhr er begeistert fort, ›sondern noch in dieser Nacht des Jünglings Horoskop stellen!‹ – Damit riß er die Nachtmütze vom Kopf und fing gleich an zu observieren. – Des Vetters Sohn war in der Tat ein netter wohlgewachsener Junge, der noch nie rasiert worden und niemals Stiefel getragen. In früher Jugend war er zwar ein paar Weihnachten hindurch ein Hampelmann gewesen, das merkte man ihm aber nicht im mindesten an, so war er durch des Vaters Bemühungen ausgebildet worden. An den Weihnachtstagen

trug er einen schönen roten Rock mit Gold, einen Degen, den
Hut unter dem Arm und eine vorzügliche Frisur mit einem
Haarbeutel. So stand er sehr glänzend in seines Vaters Bude und
knackte aus angeborner Galanterie den jungen Mädchen die
Nüsse auf, weshalb sie ihn auch schön Nußknackerchen nannten. – Den andern Morgen fiel der Astronom dem Arkanisten
entzückt um den Hals und rief: ›Er ist es, wir haben ihn, er ist
gefunden; nur zwei Dinge, liebster Kollege, dürfen wir nicht
außer acht lassen. Fürs erste müssen Sie Ihrem vortrefflichen
Neffen einen robusten hölzernen Zopf flechten, der mit dem
untern Kinnbacken so in Verbindung steht, daß dieser dadurch
stark angezogen werden kann; dann müssen wir aber, kommen
wir nach der Residenz, auch sorgfältig verschweigen, daß wir
den jungen Mann, der die Nuß Krakatuk aufbeißt, gleich mitgebracht haben; er muß sich vielmehr lange nach uns einfinden.
Ich lese in dem Horoskop, daß der König, zerbeißen sich erst
einige die Zähne ohne weitern Erfolg, dem, der die Nuß aufbeißt und der Prinzessin die verlorene Schönheit wiedergibt,
Prinzessin und Nachfolge im Reich zum Lohn versprechen
wird.‹ Der Vetter Puppendrechsler war gar höchlich damit
zufrieden, daß sein Söhnchen die Prinzessin Pirlipat heiraten und
Prinz und König werden sollte, und überließ ihn daher den
Gesandten gänzlich. Der Zopf, den Droßelmeier dem jungen
hoffnungsvollen Neffen ansetzte, geriet überaus wohl, so daß er
mit dem Aufbeißen der härtesten Pfirsichkerne die glänzendsten
Versuche anstellte.
Da Droßelmeier und der Astronom das Auffinden der Nuß
Krakatuk sogleich nach der Residenz berichtet, so waren dort
auch auf der Stelle die nötigen Aufforderungen erlassen worden,
und als die Reisenden mit dem Schönheitsmittel ankamen, hatten
sich schon viele hübsche Leute, unter denen es sogar Prinzen
gab, eingefunden, die, ihrem gesunden Gebiß vertrauend, die
Entzauberung der Prinzessin versuchen wollten. Die Gesandten
erschraken nicht wenig, als sie die Prinzessin wiedersahen. Der
kleine Körper mit den winzigen Händchen und Füßchen konnte
kaum den unförmigen Kopf tragen. Die Häßlichkeit des Ge-
sichts wurde noch durch einen weißen baumwollenen Bart
vermehrt, der sich um Mund und Kinn gelegt hatte. Es kam alles

so, wie es der Hofastronom im Horoskop gelesen. Ein Milchbart
in Schuhen nach dem andern biß sich an der Nuß Krakatuk
Zähne und Kinnbacken wund, ohne der Prinzessin im minde-
sten zu helfen, und wenn er dann von den dazu bestellten
Zahnärzten halb ohnmächtig weggetragen wurde, seufzte er:
›Das war eine harte Nuß!‹ – Als nun der König in der Angst
seines Herzens dem, der die Entzauberung vollenden werde,
Tochter und Reich versprochen, meldete sich der artige sanfte
Jüngling Droßelmeier und bat auch den Versuch beginnen zu
dürfen. Keiner als der junge Droßelmeier hatte so sehr der
Prinzessin Pirlipat gefallen; sie legte die kleinen Händchen auf
das Herz und seufzte recht innig: ›Ach, wenn es doch *der* wäre,
der die Nuß Krakatuk wirklich aufbeißt und mein Mann wird.‹
Nachdem der junge Droßelmeier den König und die Königin,
dann aber die Prinzessin Pirlipat sehr höflich gegrüßt, empfing
er aus den Händen des Oberzeremonienmeisters die Nuß Krakatuk, nahm sie ohne weiteres zwischen die Zähne, zog stark
den Zopf an, und Krak – Krak zerbröckelte die Schale in viele
Stücke. Geschickt reinigte er den Kern von den noch daran
hängenden Fasern und überreichte ihn mit einem untertänigen
Kratzfuß der Prinzessin, worauf er die Augen verschloß und
rückwärts zu schreiten begann. Die Prinzessin verschluckte alsbald den Kern, und o Wunder! – verschwunden war die Mißgestalt, und statt ihrer stand ein engelschönes Frauenbild da, das
Gesicht wie von lilienweißen und rosaroten Seidenflocken gewebt, die Augen wie glänzende Azure, die vollen Locken wie
von Goldfaden gekräuselt. Trompeten und Pauken mischten
sich in den lauten Jubel des Volks. Der König, sein ganzer Hof
tanzte wie bei Pirlipats Geburt auf einem Beine, und die Königin mußte mit Eau de Cologne bedient werden, weil sie in
Ohnmacht gefallen vor Freude und Entzücken. Der große Tumult brachte den jungen Droßelmeier, der noch seine sieben
Schritte zu vollenden hatte, nicht wenig aus der Fassung, doch
hielt er sich und streckte eben den rechten Fuß aus zum siebenten
Schritt, da erhob sich, häßlich piepend und quiekend, Frau
Mauserinks aus dem Fußboden, so daß Droßelmeier, als er den
Fuß niedersetzen wollte, auf sie trat und dermaßen stolperte, daß
er beinahe gefallen wäre. – O Mißgeschick! – urplötzlich war

der Jüngling ebenso mißgestaltet, als es vorher Prinzessin Pirlipat gewesen. Der Körper war zusammengeschrumpft und konnte kaum den dicken ungestalteten Kopf mit großen hervorstechenden Augen und dem breiten, entsetzlich aufgähnenden Maule tragen. Statt des Zopfes hing ihm hinten ein schmaler hölzerner Mantel herab, mit dem er den untern Kinnbacken regierte. – Uhrmacher und Astronom waren außer sich vor Schreck und Entsetzen, sie sahen aber, wie Frau Mauserinks sich blutend auf dem Boden wälzte. Ihre Bosheit war nicht ungerächt geblieben, denn der junge Droßelmeier hatte sie mit dem spitzen Absatz seines Schuhes so derb in den Hals getroffen, daß sie sterben mußte. Aber indem Frau Mauserinks von der Todesnot erfaßt wurde, da piepte und quiekte sie ganz erbärmlich: ›O Krakatuk, harte Nuß – an der ich nun sterben muß – hi hi – pipi fein Nußknackerlein, wirst auch bald des Todes sein – Söhnlein mit den sieben Kronen wird's dem Nußknacker lohnen, wird die Mutter rächen fein an dir, du klein Nußknackerlein – o Leben, so frisch und rot, von dir scheid' ich, o Todesnot! – Quiek‹ – Mit diesem Schrei starb Frau Mauserinks und wurde von dem königlichen Ofenheizer fortgebracht. – Um den jungen Droßelmeier hatte sich niemand bekümmert, die Prinzessin erinnerte aber den König an sein Versprechen, und sogleich befahl er, daß man den jungen Helden herbeischaffe. Als nun aber der Unglückliche in seiner Mißgestalt hervortrat, da hielt die Prinzessin beide Hände vors Gesicht und schrie: ›Fort, fort mit dem abscheulichen Nußknacker!‹ Alsbald ergriff ihn auch der Hofmarschall bei den kleinen Schultern und warf ihn zur Türe heraus. Der König war voller Wut, daß man ihm habe einen Nußknacker als Eidam aufdringen wollen, schob alles auf das Ungeschick des Uhrmachers und des Astronomen und verwies beide auf ewige Zeiten aus der Residenz. Das hatte nun nicht in dem Horoskop gestanden, welches der Astronom in Nürnberg gestellt, er ließ sich aber nicht abhalten, aufs neue zu observieren, und da wollte er in den Sternen lesen, daß der junge Droßelmeier sich in seinem neuen Stande so gut nehmen werde, daß er trotz seiner Ungestalt Prinz und König werden würde. Seine Mißgestalt könne aber nur dann verschwinden, wenn der Sohn der Frau Mauserinks, den sie nach dem Tode ihrer sieben

Söhne mit sieben Köpfen geboren, und welcher Mausekönig
geworden, von seiner Hand gefallen sei, und eine Dame ihn
trotz seiner Mißgestalt liebgewinnen werde. Man soll denn auch
wirklich den jungen Droßelmeier in Nürnberg zur Weihnachtszeit in seines Vaters Bude, zwar als Nußknacker, aber doch als
Prinzen gesehen haben! – Das ist, ihr Kinder, das Märchen von
der harten Nuß, und ihr wißt nun, warum die Leute so oft sagen:
›Das war eine harte Nuß‹ und wie es kommt, daß die Nußknacker so häßlich sind.« –
So schloß der Obergerichtsrat seine Erzählung. Marie meinte,
daß die Prinzessin Pirlipat doch eigentlich ein garstiges undank-
bares Ding sei; Fritz versicherte dagegen, daß, wenn Nußknacker nur sonst ein braver Kerl sein wolle, er mit dem Mausekönig nicht viel Federlesens machen und seine vorige hübsche
Gestalt bald wieder erlangen werde.

Onkel und Neffe

Hat jemand von meinen hochverehrtesten Lesern oder Zuhörern jemals den Zufall erlebt, sich mit Glas zu schneiden, so wird
er selbst wissen, wie wehe es tut, und welch schlimmes Ding es
überhaupt ist, da es so langsam heilt. Hatte doch Marie beinahe
eine ganze Woche im Bett zubringen müssen, weil es ihr immer
ganz schwindlicht zumute wurde, sobald sie aufstand. Endlich
aber wurde sie ganz gesund und konnte lustig, wie sonst, in der
Stube umherspringen. Im Glasschrank sah es ganz hübsch aus,
denn neu und blank standen da Bäume und Blumen und Häuser
und schöne glänzende Puppen. Vor allen Dingen fand Marie
ihren lieben Nußknacker wieder, der, in dem zweiten Fache
stehend, mit ganz gesunden Zähnchen sie anlächelte. Als sie nun
den Liebling so recht mit Herzenslust anblickte, da fiel es ihr mit
einemmal sehr bänglich aufs Herz, daß alles, was Pate Droßelmeier erzählt habe, ja nur die Geschichte des Nußknackers und
seines Zwistes mit der Frau Mauserinks und ihrem Sohne gewesen. Nun wußte sie, daß ihr Nußknacker kein anderer sein
könne, als der junge Droßelmeier aus Nürnberg, des Pate Droßelmeiers angenehmer, aber leider von der Frau Mauserinks
verhexter Neffe. Denn daß der künstliche Uhrmacher am Hofe
von Pirlipats Vater niemand anders gewesen, als der Oberge-

richtsrat Droßelmeier selbst, daran hatte Marie schon bei der
Erzählung nicht einen Augenblick gezweifelt. »Aber warum
half dir der Onkel denn nicht, warum half er dir nicht?« so klagte
Marie, als sich es immer lebendiger und lebendiger in ihr gestal-
tete, daß es in jener Schlacht, die sie mit ansah, Nußknackers
Reich und Krone galt. Waren denn nicht alle übrigen Puppen
ihm untertan, und war es denn nicht gewiß, daß die Prophezeiung des Hofastronomen eingetroffen, und der junge Droßelmeier König des Puppenreichs geworden? Indem die kluge
Marie das alles so recht im Sinn erwägte, glaubte sie auch, daß
Nußknacker und seine Vasallen in dem Augenblick, daß sie
ihnen Leben und Bewegung zutraute, auch wirklich leben und
sich bewegen müßten. Dem war aber nicht so, alles im Schranke
blieb vielmehr starr und regungslos, und Marie, weit entfernt,
ihre innere Überzeugung aufzugeben, schob das nur auf die
fortwirkende Verhexung der Frau Mauserinks und ihres sieben-
köpfigen Sohnes. »Doch«, sprach sie laut zum Nußknacker,
»wenn Sie auch nicht imstande sind, sich zu bewegen oder ein
Wörtchen mit mir zu sprechen, lieber Herr Droßelmeier, so
weiß ich doch, daß Sie mich verstehen und es wissen, wie gut ich
es mit Ihnen meine; rechnen Sie auf meinen Beistand, wenn Sie
dessen bedürfen. – Wenigstens will ich den Onkel bitten, daß er
Ihnen mit seiner Geschicklichkeit beispringe, wo es nötig ist.«
Nußknacker blieb still und ruhig, aber Marien war es so, als
atme ein leiser Seufzer durch den Glasschrank, wovon die Glas-
scheiben kaum hörbar, aber wunderlieblich ertönten, und es
war, als sänge ein kleines Glockenstimmchen: »Maria klein –
Schutzenglein mein – dein werd' ich sein – Maria mein.« Marie
fühlte in den eiskalten Schauern, die sie überliefen, doch ein
seltsames Wohlbehagen. Die Dämmerung war eingebrochen,
der Medizinalrat trat mit dem Paten Droßelmeier hinein, und
nicht lange dauerte es, so hatte Luise den Teetisch geordnet, und
die Familie saß ringsumher, allerlei Lustiges miteinander sprechend. Marie hatte ganz still ihr kleines Lehnstühlchen herbei-
geholt und sich zu den Füßen des Paten Droßelmeier gesetzt. Als
nun gerade einmal alle schwiegen, da sah Marie mit ihren
großen blauen Augen dem Obergerichtsrat starr ins Gesicht und
sprach: »Ich weiß jetzt, lieber Pate Droßelmeier, daß mein

Nußknacker dein Neffe, der junge Droßelmeier aus Nürnberg ist; Prinz oder vielmehr König ist er geworden, das ist richtig eingetroffen, wie es dein Begleiter, der Astronom, vorausgesagt hat; aber du weißt es ja, daß er mit dem Sohne der Frau Mauserinks, mit dem häßlichen Mausekönig, in offnem Kriege steht. Warum hilfst du ihm nicht?« Marie erzählte nun nochmals den ganzen Verlauf der Schlacht, wie sie es angesehen, und wurde oft durch das laute Gelächter der Mutter und Luisens unterbrochen. Nur Fritz und Droßelmeier blieben ernsthaft. »Aber wo kriegt das Mädchen all das tolle Zeug in den Kopf?« sagte der Medizinalrat. »Ei nun«, erwiderte die Mutter, »hat sie doch eine lebhafte Fantasie – eigentlich sind es nur Träume, die das heftige Wundfieber erzeugte.« »Es ist alles nicht wahr«, sprach Fritz, »solche Poltrons sind meine roten Husaren nicht, Potz Bassa Manelka, wie würd' ich sonst darunterfahren.« Seltsam lächelnd nahm aber Pate Droßelmeier die kleine Marie auf den Schoß und sprach sanfter als je: »Ei, dir, liebe Marie, ist ja mehr gegeben, als mir und uns allen; du bist, wie Pirlipat, eine geborne Prinzessin, denn du regierst in einem schönen blanken Reich. – Aber viel hast du zu leiden, wenn du dich des armen mißgestalteten Nußknackers annehmen willst, da ihn der Mausekönig auf allen Wegen und Stegen verfolgt. Doch nicht ich – du, du allein kannst ihn retten, sei standhaft und treu.« Weder Marie noch irgend jemand wußte, was Droßelmeier mit diesen Worten sagen wollte, vielmehr kam es dem Medizinalrat so sonderbar vor, daß er dem Obergerichtsrat an den Puls fühlte und sagte: »Sie haben, wertester Freund, starke Kongestionen nach dem Kopfe, ich will Ihnen etwas aufschreiben.« Nur die Medizinalrätin schüttelte bedächtlich den Kopf und sprach leise: »Ich ahne wohl, was der Obergerichtsrat meint, doch mit deutlichen Worten sagen kann ich's nicht.«

Der Sieg

Nicht lange dauerte es, als Marie in der mondhellen Nacht durch ein seltsames Poltern geweckt wurde, das aus einer Ecke des Zimmers zu kommen schien. Es war, als würden kleine Steine hin und her geworfen und gerollt, und recht widrig pfiff und quiekte es dazwischen. »Ach, die Mäuse, die Mäuse kommen wieder«, rief Marie erschrocken und wollte die Mutter wecken, aber jeder Laut stockte, ja sie vermochte kein Glied zu regen, als sie sah, wie der Mausekönig sich durch ein Loch der Mauer hervorarbeitete und endlich mit funkelnden Augen und Kronen im Zimmer herum, dann aber mit einem gewaltigen Satz auf den kleinen Tisch, der dicht neben Mariens Bette stand, heraufsprang. »Hi – hi – hi – mußt mir deine Zuckererbsen – deinen Marzipan geben, klein Ding – sonst zerbeiß ich deinen Nußknacker – deinen Nußknacker!« – So pfiff Mausekönig, knapperte und knirschte dabei sehr häßlich mit den Zähnen und sprang dann schnell wieder fort durch das Mauerloch. Marie war so geängstet von der graulichen Erscheinung, daß sie den andern Morgen ganz blaß aussah und, im Innersten aufgeregt, kaum ein Wort zu reden vermochte. Hundertmal wollte sie der Mutter oder der Luise, oder wenigstens dem Fritz klagen, was ihr geschehen, aber sie dachte: »Glaubt's mir denn einer, und werd' ich nicht obendrein tüchtig ausgelacht?« – Das war ihr denn aber wohl klar, daß sie, um den Nußknacker zu retten, Zuckererbsen und Marzipan hergeben müsse. Soviel sie davon besaß, legte sie daher den andern Abend hin vor der Leiste des Schranks. Am Morgen sagte die Medizinalrätin: »Ich weiß nicht, woher die Mäuse mit einemmal in unser Wohnzimmer kommen, sieh nur, arme Marie! sie haben dir all dein Zuckerwerk aufgefressen.« Wirklich war es so. Den gefüllten Marzipan hatte der gefräßige Mausekönig nicht nach seinem Geschmack gefunden, aber mit scharfen Zähnen benagt, so daß er weggeworfen werden mußte. Marie machte sich gar nichts mehr aus dem Zuckerwerk, sondern war vielmehr im Innersten erfreut, da sie ihren Nußknacker gerettet glaubte. Doch wie ward ihr, als in der folgenden Nacht es dicht an ihren Ohren pfiff und quiekte. Ach, der Mausekönig war wieder da, und noch abscheulicher, wie in der vorigen Nacht, funkelten seine Augen, und noch widriger pfiff er zwischen den Zähnen. »Mußt mir deine Zucker-, deine Dragantpuppen geben, klein Ding, sonst zerbeiß ich deinen Nußknacker, deinen Nußknacker«, und damit sprang der grauliche Mausekönig wieder fort! – Marie war sehr betrübt, sie ging den andern Morgen an den Schrank und sah mit den wehmütigsten Blicken ihre Zucker- und Dragantpüppchen an. Aber ihr Schmerz war auch gerecht, denn nicht glauben magst du's, meine aufmerksame Zuhörerin Marie, was für ganz allerliebste Figürchen, aus Zucker oder Dragant geformt, die kleine Marie Stahlbaum besaß. Nächstdem, daß ein sehr hübscher Schäfer mit seiner Schäferin eine ganze Herde milchweißer Schäflein weidete, und dabei sein muntres Hündchen herumsprang, so traten auch zwei Briefträger mit Briefen in der Hand einher, und vier sehr hübsche Paare, sauber gekleidete Jünglinge mit überaus herrlich geputzen Mädchen schaukelten sich in einer russischen Schaukel. Hinter einigen Tänzern stand noch der Pachter Feldkümmel mit der Jungfrau von Orleans, aus denen sich Marie nicht viel machte, aber ganz im Winkelchen stand ein rotbäckiges Kindlein, Mariens Liebling, die Tränen stürzten der kleinen Marie aus den Augen. »Ach«, rief sie, sich zu dem Nußknacker wendend, »lieber Herr Droßelmeier, was will ich nicht alles tun, um Sie zu retten; aber es ist doch sehr hart!« – Nußknacker sah indessen so weinerlich aus, daß Marie, da es überdem ihr war, als sähe sie Mausekönigs sieben Rachen geöffnet, den unglücklichen Jüngling zu verschlingen, alles aufzuopfern beschloß. Alle Zuckerpüppchen setzte sie daher abends, wie zuvor das Zuckerwerk, an die Leiste des Schranks. Sie küßte den Schäfer, die Schäferin, die Lämmerchen und holte auch zuletzt ihren Liebling, das kleine rotbäckige Kindlein von Dragant, aus dem Winkel, welches sie jedoch ganz hinterwärts stellte. Pachter Feldkümmel und die Jungfrau von Orleans mußten in die erste Reihe. »Nein, das ist zu arg«, rief die Medizinalrätin am andern Morgen. »Es muß durchaus eine große garstige Maus in dem Glasschrank hausen, denn alle schöne Zuckerpüppchen der armen Marie sind zernagt und zerbissen.« Marie konnte sich zwar der Tränen nicht enthalten, sie lächelte aber doch bald wieder, denn sie dachte: »Was tut's, ist doch Nußknacker gerettet.« Der Medizinalrat sagte am Abend, als die Mutter dem Obergerichtsrat von dem Unfug erzählte, den eine Maus im Glasschrank der Kinder treibe: »Es ist doch aber abscheulich, daß wir die fatale Maus nicht vertilgen können, die im Glasschrank so ihr Wesen treibt und der armen Marie alles Zuckerwerk wegfrißt.« »Ei«, fiel Fritz ganz lustig ein, »der Bäcker unten hat einen ganz vortrefflichen grauen Legationsrat, den will ich heraufholen. Er wird dem Dinge bald ein Ende machen und der Maus den Kopf abbeißen, ist sie auch die Frau Mauserinks selbst oder ihr Sohn, der Mausekönig.« »Und«, fuhr die Medizinalrätin lachend fort, »auf Stühle und Tische herumspringen und Gläser und Tassen herabwerfen und tausend andern Schaden anrichten.« »Ach nein doch«, erwiderte Fritz, »Bäckers Legationsrat ist ein geschickter Mann, ich möchte nur so zierlich auf dem spitzen Dach gehen können, wie er.« »Nur keinen Kater zur Nachtzeit«, bat Luise, die keine Katzen leiden konnte. »Eigentlich«, sprach der Medizinalrat, »eigentlich hat Fritz recht, indessen können wir ja auch eine Falle aufstellen; haben wir denn keine?« – »Die kann uns Pate Droßelmeier am besten machen, der hat sie ja erfunden«, rief Fritz. Alle lachten, und auf die Versicherung der Medizinalrätin, daß keine Falle im Hause sei, verkündete der Obergerichtsrat, daß er mehrere dergleichen besitze, und ließ wirklich zur Stunde eine ganz vortreffliche Mausefalle von Hause herbeiholen. Dem Fritz und der Marie ging nun des Paten Märchen von der harten Nuß ganz lebendig auf. Als die Köchin den Speck röstete, zitterte und bebte Marie und sprach, ganz erfüllt von dem Märchen und den Wunderdingen darin, zur wohlbekannten Dore: »Ach, Frau Königin, hüten Sie sich doch nur vor der Frau Mauserinks und ihrer Familie.« Fritz hatte aber seinen Säbel gezogen und sprach: »Ja, die sollten nur kommen, denen wollt' ich eins auswischen.« Es blieb aber alles unter und auf dem Herde ruhig. Als nun der Obergerichtsrat den Speck an ein feines Fädchen band und leise, leise die Falle an den Glasschrank setzte, da rief Fritz: »Nimm dich in acht, Pate Uhrmacher, daß dir Mausekönig keinen Possen spielt.« – Ach, wie ging es der armen Marie in der folgenden Nacht! Eiskalt tupfte es auf ihrem Arm hin und her, und rauh und ekelhaft legte es sich an ihre Wange und piepte und quiekte ihr ins Ohr. – Der abscheuliche Mauskönig saß auf ihrer Schulter, und blutrot geiferte er aus den sieben geöffneten Rachen, und mit den Zähnen knatternd und knirschend, zischte er der vor Grauen und Schreck erstarrten Marie ins Ohr: »Zisch' aus – zisch' aus, geh' nicht ins Haus – geh' nicht zum Schmaus – werd' nicht gefangen – zisch' aus – gib heraus, gib heraus deine Bilderbücher all, dein Kleidchen dazu, sonst hast keine Ruh' –

magst's nur wissen, Nußknackerlein wirst sonst missen, der wird zerbissen – hi hi – pi pi – quiek quiek!« – Nun war Marie voll Jammer und Betrübnis – sie sah ganz blaß und verstört aus, als die Mutter am andern Morgen sagte: »Die böse Maus hat sich noch nicht gefangen«, so daß die Mutter in dem Glauben, daß Marie um ihr Zuckerwerk traure und sich überdem vor der Maus fürchte, hinzufügte: »Aber sei nur ruhig, liebes Kind, die böse Maus wollen wir schon vertreiben. Helfen die Fallen nichts, so soll Fritz seinen grauen Legationsrat herbeibringen.« Kaum befand sich Marie im Wohnzimmer allein, als sie vor den Glasschrank trat und schluchzend also zum Nußknacker sprach: »Ach mein lieber guter Herr Droßelmeier, was kann ich armes unglückliches Mädchen für Sie tun? – Gäb' ich nun auch alle meine Bilderbücher, ja selbst mein schönes neues Kleidchen, das mir der Heilige Christ einbeschert hat, dem abscheulichen Mausekönig zum Zerbeißen her, wird er denn nicht doch noch immer mehr verlangen, so daß ich zuletzt nichts mehr haben werde und er gar mich selbst statt Ihrer zerbeißen wollen wird? – O ich armes Kind, was soll ich denn nun tun – was soll ich denn nun tun?« – Als die kleine Marie so jammerte und klagte, bemerkte sie, daß dem Nußknacker von jener Nacht her ein großer Blutfleck am Halse sitzen geblieben war. Seit der Zeit, daß Marie wußte, wie ihr Nußknacker eigentlich der junge Droßelmeier, des Obergerichtsrats Neffe, sei, trug sie ihn nicht mehr auf dem Arm und herzte und küßte ihn nicht mehr, ja, sie mochte ihn aus einer gewissen Scheu gar nicht einmal viel anrühren; jetzt nahm sie ihn aber sehr behutsam aus dem Fache und fing an, den Blutfleck am Halse mit ihrem Schnupftuch abzureiben. Aber wie ward ihr, als sie plötzlich fühlte, daß Nußknackerlein in ihrer Hand erwarmte und sich zu regen begann. Schnell setzte sie ihn wieder ins Fach, da wackelte das Mündchen hin und her, und mühsam lispelte Nußknackerlein: »Ach, werteste Demoiselle Stahlbaum – vortreffliche Freundin, was verdanke ich Ihnen alles – Nein, kein Bilderbuch, kein Christkleidchen sollen Sie für mich opfern – schaffen Sie nur ein Schwert – ein Schwert, für das übrige will ich sorgen, mag er« – Hier ging dem Nußknacker die Sprache aus, und seine erst zum Ausdruck der innigsten Wehmut beseelten Augen wurden wieder starr und leblos. Marie empfand gar kein Grauen, vielmehr hüpfte sie vor Freuden, da sie nun ein Mittel wußte, den Nußknacker ohne weitere schmerzhafte Aufopferungen zu retten. Aber wo nun ein Schwert für den Kleinen hernehmen? – Marie beschloß, Fritzen zu Rate zu ziehen, und erzählte ihm abends, als sie, da die Eltern ausgegangen, einsam in der Wohnstube am Glasschrank saßen, alles, was ihr mit dem Nußknacker und dem Mausekönig widerfahren, und worauf es nun ankomme, den Nußknacker zu retten. Über nichts wurde Fritz nachdenklicher, als darüber, daß sich, nach Mariens Bericht, seine Husaren in der Schlacht so schlecht genommen haben sollten. Er frug noch einmal sehr ernst, ob es sich wirklich so verhalte, und nachdem es Marie auf ihr Wort versichert, so ging Fritz schnell nach dem Glasschrank, hielt seinen Husaren eine pathetische Rede und schnitt dann, zur Strafe ihrer Selbstsucht und Feigheit, einem nach dem andern das Feldzeichen von der Mütze und untersagte ihnen auch, binnen einem Jahr den Gardehusarenmarsch zu blasen. Nachdem er sein Strafamt vollendet, wandte er sich wieder zu Marien, sprechend: »Was den Säbel betrifft, so kann ich dem Nußknacker helfen, da ich einen alten Obristen von den Kürassiers gestern mit Pension in Ruhestand versetzt habe, der folglich seinen schönen scharfen Säbel nicht mehr braucht.« Besagter Obrister verzehrte die ihm von Fritzen angewiesene Pension in der hintersten Ecke des dritten Faches. Dort wurde er hervorgeholt, ihm der in der Tat schmucke silberne Säbel abgenommen und dem Nußknacker umgehängt.

Vor bangem Grauen konnte Marie in der folgenden Nacht nicht einschlafen, es war ihr um Mitternacht so, als höre sie im Wohnzimmer ein seltsames Rumoren, Klirren und Rauschen. – Mit einemmal ging es: »Quiek!« – »Der Mausekönig! der Mausekönig!« rief Marie und sprang voll Entsetzen aus dem Bette. Alles blieb still; aber bald klopfte es leise, leise an die Türe, und ein feines Stimmchen ließ sich vernehmen: »Allerbeste Demoiselle Stahlbaum, machen Sie nur getrost auf – gute fröhliche Botschaft!« Marie erkannte die Stimme des jungen Droßelmeier, warf ihr Röckchen über und öffnete flugs die Türe. Nußknackerlein stand draußen, das blutige Schwert in der rech-

ten, ein Wachslichtchen in der linken Hand. Sowie er Marien
erblickte, ließ er sich auf ein Knie nieder und sprach also: »Ihr, o
Dame, seid es allein, die mich mit Rittermut stählte und meinem Arme Kraft gab, den Übermütigen zu bekämpfen, der es
wagte, Euch zu höhnen. Überwunden liegt der verräterische
Mausekönig und wälzt sich in seinem Blute! – Wollet, o Dame,
die Zeichen des Sieges aus der Hand Eures Euch bis in den Tod
ergebenen Ritters anzunehmen nicht verschmähen!« Damit
streifte Nußknackerchen die sieben goldenen Kronen des
Mausekönigs, die er auf den linken Arm heraufgestreift hatte,
sehr geschickt herunter und überreichte sie Marien, welche sie
voller Freude annahm. Nußknacker stand auf und fuhr also fort:
»Ach, meine allerbeste Demoiselle Stahlbaum, was könnte ich in
diesem Augenblicke, da ich meinen Feind überwunden, Sie für
herrliche Dinge schauen lassen, wenn Sie die Gewogenheit
hätten, mir nur ein paar Schrittchen zu folgen! – O, tun Sie es –
tun Sie es, beste Demoiselle!« –

Das Puppenreich

Ich glaube, keins von euch, ihr Kinder, hätte auch nur einen
Augenblick angestanden, dem ehrlichen gutmütigen Nußknacker, der nie Böses im Sinn haben konnte, zu folgen. Marie
tat dies um so mehr, da sie wohl wußte, wie sehr sie auf
Nußknackers Dankbarkeit Anspruch machen könne, und überzeugt war, daß er Wort halten und viel Herrliches ihr zeigen
werde. Sie sprach daher: »Ich gehe mit Ihnen, Herr Droßelmeier, doch muß es nicht weit sein und nicht lange dauern, da
ich ja noch gar nicht ausgeschlafen habe.« »Ich wähle deshalb«,
erwiderte Nußknacker, »den nächsten, wiewohl etwas beschwerlichen Weg.« Er schritt voran, Marie ihm nach, bis er vor
dem alten mächtigen Kleiderschrank auf dem Hausflur stehen
blieb. Marie wurde zu ihrem Erstaunen gewahr, daß die Türen
dieses sonst wohl verschlossenen Schranks offen standen, so daß
sie deutlich des Vaters Reisefuchspelz erblickte, der ganz vorne
hing. Nußknacker kletterte sehr geschickt an den Leisten und
Verzierungen herauf, daß er die große Troddel, die an einer
dicken Schnur befestigt, auf dem Rückteile jenes Pelzes hing,
erfassen konnte. Sowie Nußknacker diese Troddel stark anzog,

ließ sich schnell eine sehr zierliche Treppe von Zedernholz durch den Pelzärmel herab. »Steigen Sie nur gefälligst aufwärts, teuerste Demoiselle«, rief Nußknacker. Marie tat es, aber kaum war sie durch den Ärmel gestiegen, kaum sah sie zum Kragen heraus, als ein blendendes Licht ihr entgegenstrahlte, und sie mit einemmal auf einer herrlich duftenden Wiese stand, von der Millionen Funken wie blinkende Edelsteine emporstrahlten. »Wir befinden uns auf der Kandiswiese«, sprach Nußknacker, »wollen aber alsbald jenes Tor passieren.« Nun wurde Marie, indem sie aufblickte, erst das schöne Tor gewahr, welches sich nur wenige Schritte vorwärts auf der Wiese erhob. Es schien ganz von weiß, braun und rosinfarben gesprenkeltem Marmor erbaut zu sein, aber als Marie näher kam, sah sie wohl, daß die ganze Masse aus zusammengebackenen Zuckermandeln und Rosinen bestand, weshalb denn auch, wie Nußknacker versicherte, das Tor, durch welches sie nun durchgingen, das Mandeln- und Rosinentor hieß. Gemeine Leute hießen es sehr unziemlich die Studentenfutterpforte. Auf einer herausgebauten Galerie dieses Tores, augenscheinlich aus Gerstenzucker, machten sechs in rote Wämserchen gekleidete Äffchen die allerschönste Janitscharenmusik, die man hören konnte, so daß Marie kaum bemerkte, wie sie immer weiter, weiter auf bunten Marmorfliesen, die aber nichts anders waren, als schön gearbeitete Morschellen, fortschritt. Bald umwehten sie die süßesten Gerüche, die aus einem wunderbaren Wäldchen strömten, das sich von beiden Seiten auftat. In dem dunkeln Laube glänzte und funkelte es so hell hervor, daß man deutlich sehen konnte, wie goldene und silberne Früchte an buntgefärbten Stengeln herabhingen und Stamm und Äste sich mit Bändern und Blumensträußen geschmückt hatten, gleich fröhlichen Brautleuten und lustigen Hochzeitsgästen. Und wenn die Orangendüfte sich wie wallende Zephire rührten, da sauste es in den Zweigen und Blättern, und das Rauschgold knitterte und knatterte, daß es klang wie jubelnde Musik, nach der die funkelnden Lichterchen hüpfen und tanzen müßten. »Ach, wie schön ist es hier«, rief Marie ganz selig und entzückt. »Wir sind im Weihnachtswalde, beste Demoiselle«, sprach Nußknackerlein. »Ach«, fuhr Marie fort, »dürft' ich hier nur etwas verweilen, o, es ist ja hier gar zu schön!« Nußknacker klatschte in die kleinen Händchen, und sogleich kamen einige kleine Schäfer und Schäferinnen, Jäger und Jägerinnen herbei, die so zart und weiß waren, daß man hätte glauben sollen, sie wären von purem Zucker, und die Marie, unerachtet sie im Walde umherspazierten, noch nicht bemerkt hatte. Sie brachten einen allerliebsten, ganz goldenen Lehnsessel herbei, legten ein weißes Kissen von Reglisse darauf und luden Marien sehr höflich ein, sich darauf niederzulassen. Kaum hatte sie es getan, als Schäfer und Schäferinnen ein sehr artiges Ballett tanzten, wozu die Jäger ganz manierlich bliesen, dann verschwanden sie aber alle in dem Gebüsche. »Verzeihen Sie«, sprach Nußknacker, »verzeihen Sie, werteste Demoiselle Stahlbaum, daß der Tanz so miserabel ausfiel, aber die Leute waren alle von unserm Drahtballett, die können nichts anders machen als immer und ewig dasselbe; und daß die Jäger so schläfrig und flau dazu bliesen, das hat auch seine Ursachen. Der Zuckerkorb hängt zwar über ihrer Nase in den Weihnachtsbäumen, aber etwas hoch! – Doch wollen wir nicht was weniges weiter spazieren?« »Ach, es war doch alles recht hübsch, und mir hat es sehr wohl gefallen!« so sprach Marie, indem sie aufstand und dem voranschreitenden Nußknacker folgte. Sie gingen entlang eines süß rauschenden, flüsternden Baches, aus dem nun eben all die herrlichen Wohlgerüche zu duften schienen, die den ganzen Wald erfüllten. »Es ist der Orangenbach«, sprach Nußknacker auf Befragen, »doch, seinen schönen Duft ausgenommen, gleicht er nicht an Größe und Schönheit dem Limonadenstrom, der sich gleich ihm in den Mandelmilchsee ergießt.« In der Tat vernahm Marie bald ein stärkeres Plätschern und Rauschen und erblickte den breiten Limonadenstrom, der sich in stolzen isabellfarbenen Wellen zwischen gleich grün blühenden Karfunkeln leuchtendem Gesträuch fortkräuselte. Eine ausnehmend frische, Brust und Herz stärkende Kühlung wogte aus dem herrlichen Wasser. Nicht weit davon schleppte sich mühsam ein dunkelgelbes Wasser fort, das aber ungemein süße Düfte verbreitete und an dessen Ufer allerlei sehr hübsche Kinderchen saßen, welche kleine dicke Fische angelten und sie alsbald verzehrten. Näher gekommen, bemerkte Marie, daß diese Fische aussahen wie Lampertsnüsse. In einiger Entfernung lag ein sehr nettes Dörfchen an

diesem Strome, Häuser, Kirche, Pfarrhaus, Scheuern, alles war
dunkelbraun, jedoch mit goldenen Dächern geschmückt, auch
waren viele Mauern so bunt gemalt, als seien Zitronat und
Mandelkerne darauf geklebt. »Das ist Pfefferkuchheim«, sagte
Nußknacker, »welches am Honigstrome liegt, es wohnen ganz
hübsche Leute darin, aber sie sind meistens verdrießlich, weil sie
sehr an Zahnschmerzen leiden, wir wollen daher nicht erst
hineingehen.« In dem Augenblick bemerkte Marie ein Städtchen, das aus lauter bunten durchsichtigen Häusern bestand und
sehr hübsch anzusehen war. Nußknacker ging geradezu darauf
los, und nun hörte Marie ein tolles lustiges Getöse und sah, wie
tausend niedliche kleine Leutchen viele hoch bepackte Wagen,
die auf dem Markte hielten, untersuchten und abzupacken im
Begriff standen. Was sie aber hervorbrachten, war anzusehen
wie buntes gefärbtes Papier und wie Schokoladetafeln. »Wir
sind in Bonbonshausen«, sagte Nußknacker, »eben ist eine Sendung aus dem Papierlande und vom Schokoladenkönige angekommen. Die armen Bonbonshäuser wurden neulich von der
Armee des Mückenadmirals hart bedroht, deshalb überziehen
sie ihre Häuser mit den Gaben des Papierlandes und führen
Schanzen auf von den tüchtigen Werkstücken, die ihnen der
Schokoladenkönig sandte. Aber, beste Demoiselle Stahlbaum,
nicht alle kleinen Städte und Dörfer dieses Landes wollen wir
besuchen – zur Hauptstadt – zur Hauptstadt!« – Rasch eilte
Nußknacker vorwärts, und Marie voller Neugierde ihm nach.
Nicht lange dauerte es, so stieg ein herrlicher Rosenduft auf,
und alles war wie von einem sanften hinhauchenden Rosen-
schimmer umflossen. Marie bemerkte, daß dies der Widerschein
eines rosenrot glänzenden Wassers war, das in kleinen rosasilber-
nen Wellchen vor ihnen her wie in wunderlieblichen Tönen und
Melodien plätscherte und rauschte. Auf diesem anmutigen Gewässer, das sich immer mehr und mehr wie ein großer See
ausbreitete, schwammen sehr herrliche silberweiße Schwäne
mit goldnen Halsbändern und sangen miteinander um die
Wette die hübschesten Lieder, wozu diamantne Fischlein aus
den Rosenfluten auf- und niedertauchten wie im lustigen
Tanze. »Ach«, rief Marie ganz begeistert aus, »ach, das ist der See,
wie ihn Pate Droßelmeier mir einst machen wollte, wirklich,

und ich selbst bin das Mädchen, das mit den lieben Schwänchen kosen wird.« Nußknackerlein lächelte so spöttisch, wie es Marie noch niemals an ihm bemerkt hatte, und sprach dann: »So etwas kann denn doch wohl der Onkel niemals zustande bringen; Sie selbst viel eher, liebe Demoiselle Stahlbaum, doch lassen Sie uns darüber nicht grübeln, sondern vielmehr über den Rosensee hinüber nach der Hauptstadt schiffen.«

Die Hauptstadt

Nußknackerlein klatschte abermals in die kleinen Händchen, da fing der Rosensee an stärker zu rauschen, die Wellen plätscherten höher auf, und Marie nahm wahr, wie aus der Ferne ein aus lauter bunten, sonnenhell funkelnden Edelsteinen geformter Muschelwagen, von zwei goldschuppigen Delphinen gezogen, sich nahte. Zwölf kleine allerliebste Mohren mit Mützchen und Schürzchen, aus glänzenden Kolibrifedern gewebt, sprangen ans Ufer und trugen erst Marien, dann Nußknackern, sanft über die Wellen gleitend, in den Wagen, der sich alsbald durch den See fortbewegte. Ei, wie war das so schön, als Marie im Muschelwagen, von Rosenduft umhaucht, von Rosenwellen umflossen, dahinfuhr. Die beiden goldschuppigen Delphine erhoben ihre Nüstern und spritzten kristallene Strahlen hoch in die Höhe, und wie die in flimmernden und funkelnden Bogen niederfielen, da war es, als sängen zwei holde feine Silberstimmchen: »Wer schwimmt auf rosigem See? – die Fee! Mücklein! bim bim, Fischlein, sim sim – Schwäne! Schwa schwa, Goldvogel! trarah, Wellenströme, – rührt euch, klinget, singet, wehet, spähet – Feelein, Feelein, kommt gezogen; Rosenwogen, wühlet, kühlet, spület – spült hinan – hinan!« – Aber die zwölf kleinen Mohren, die hinten auf den Muschelwagen aufgesprungen waren, schienen das Gesinge der Wasserstrahlen ordentlich übel zu nehmen, denn sie schüttelten ihre Sonnenschirme so sehr, daß die Dattelblätter, aus denen sie geformt waren, durcheinander knitterten und knatterten, und dabei stampften sie mit den Füßen einen ganz seltsamen Takt und sangen: »Klapp und klipp und klipp und klapp, auf und ab – Mohrenreigen darf nicht schweigen; rührt euch, Fische – rührt euch, Schwäne, dröhne, Muschelwagen, dröhne, klapp und klipp und klipp und klapp und auf und ab!« – »Mohren sind gar lustige Leute«, sprach Nußknacker etwas betreten, »aber sie werden mir den ganzen See rebellisch machen.« In der Tat ging auch bald ein sinnverwirrendes Getöse wunderbarer Stimmen los, die in See und Luft zu schwimmen schienen, doch Marie achtete dessen nicht, sondern sah in die duftenden Rosenwellen, aus deren jeder ihr ein holdes anmutiges Mädchenantlitz entgegenlächelte. »Ach«, rief sie freudig, indem sie die kleinen Händchen zusammenschlug, »ach, schauen Sie nur, lieber Herr Droßelmeier! Da unten ist die Prinzessin Pirlipat, die lächelt mich an so wunderhold. – Ach, schauen Sie doch nur, lieber Herr Droßelmeier!« – Nußknacker seufzte aber fast kläglich und sagte: »O beste Demoiselle Stahlbaum, das ist nicht die Prinzessin Pirlipat, das sind Sie und immer nur Sie selbst, immer nur Ihr eignes holdes Antlitz, das so lieb aus jeder Rosenwelle lächelt.« Da fuhr Marie schnell mit dem Kopf zurück, schloß die Augen fest zu und schämte sich sehr. In demselben Augenblick wurde sie auch von den zwölf Mohren aus dem Muschelwagen gehoben und an das Land getragen. Sie befand sich in einem kleinen Gebüsch, das beinahe noch schöner war als der Weihnachtswald, so glänzte und funkelte alles darin, vorzüglich waren aber die seltsamen Früchte zu bewundern, die an allen Bäumen hingen und nicht allein seltsam gefärbt waren, sondern auch ganz wunderbar dufteten. »Wir sind im Konfitürenhain«, sprach Nußknacker, »aber dort ist die Hauptstadt.« Was erblickte Marie nun! Wie werd' ich es denn anfangen, euch, ihr Kinder, die Schönheit und Herrlichkeit der Stadt zu beschreiben, die sich jetzt breit über einen reichen Blumenanger hin vor Mariens Augen auftat. Nicht allein daß Mauern und Türme in den herrlichsten Farben prangten, so war auch wohl, was die Form der Gebäude anlangt, gar nichts Ähnliches auf Erden zu finden. Denn statt der Dächer hatten die Häuser zierlich geflochtene Kronen aufgesetzt und die Türme sich mit dem zierlichsten buntesten Laubwerk gekränzt, das man nur sehen kann. Als sie durch das Tor, welches so aussah, als sei es von lauter Makronen und überzuckerten Früchten erbaut, gingen, präsentierten silberne Soldaten das Gewehr, und ein Männlein in einem brokatnen Schlafrock warf sich dem Nußknacker an den Hals mit den Worten: »Willkommen, bester

Prinz, willkommen in Konfektburg!« Marie wunderte sich nicht
wenig, als sie merkte, daß der junge Droßelmeier von einem
sehr vornehmen Mann als Prinz anerkannt wurde. Nun hörte sie
aber so viel feine Stimmchen durcheinandertoben, solch ein
Gejuchze und Gelächter, solch ein Spielen und Singen, daß sie an
nichts anders denken konnte, sondern nur gleich Nußknackerchen fragte, was denn das zu bedeuten habe. »O beste Demoiselle Stahlbaum«, erwiderte Nußknacker, »das ist nichts Besonderes, Konfektburg ist eine volkreiche lustige Stadt, da geht's
alle Tage so her, kommen Sie aber nur gefälligst weiter.« Kaum
waren sie einige Schritte gegangen, als sie auf den großen
Marktplatz kamen, der den herrlichsten Anblick gewährte. Alle
Häuser ringsumher waren von durchbrochener Zuckerarbeit,
Galerie über Galerie getürmt, in der Mitte stand ein hoher
überzuckerter Baumkuchen als Obelisk, und um ihn her spritzten vier sehr künstliche Fontänen Orsade, Limonade und andere
herrliche süße Getränke in die Lüfte; und in dem Becken sammelte sich lauter Creme, den man gleich hätte auslöffeln mögen.
Aber hübscher als alles das waren die allerliebsten kleinen Leutchen, die sich zu Tausenden Kopf an Kopf durcheinanderdräng-
ten und juchzten und lachten und scherzten und sangen, kurz,
jenes lustige Getöse erhoben, das Marie schon in der Ferne
gehört hatte. Da gab es schön gekleidete Herren und Damen,
Armenier und Griechen, Juden und Tiroler, Offiziere und Soldaten und Prediger und Schäfer und Hanswürste, kurz, alle nur
mögliche Leute, wie sie in der Welt zu finden sind. An der einen
Ecke wurde größer der Tumult, das Volk strömte auseinander,
denn eben ließ sich der Großmogul auf einem Palankin vorüber-
tragen, begleitet von dreiundneunzig Großen des Reichs und
siebenhundert Sklaven. Es begab sich aber, daß an der andern
Ecke die Fischerzunft, an fünfhundert Köpfe stark, ihren Festzug
hielt, und übel war es auch, daß der türkische Großherr gerade
den Einfall hatte, mit dreitausend Janitscharen über den Markt
spazierenzureiten, wozu noch der große Zug aus dem »unterbrochenen Opferfeste« kam, der mit klingendem Spiel und dem
Gesange: »Auf, danket der mächtigen Sonne«, gerade auf den
Baumkuchen zuwallte. Das war ein Drängen und Stoßen und
Treiben und Gequieke! – Bald gab es auch viel Jammergeschrei,

denn ein Fischer hatte im Gedränge einem Brahmin den Kopf abgestoßen, und der Großmogul wäre beinahe von einem Hanswurst überrannt worden. Toller und toller wurde der Lärm, und man fing bereits an, sich zu stoßen und zu prügeln, als der Mann im brokatnen Schlafrock, der am Tor den Nußknacker als Prinz begrüßt hatte, auf den Baumkuchen kletterte und, nachdem eine sehr hell klingende Glocke dreimal angezogen worden, dreimal laut rief: »Konditor! Konditor! – Konditor!« – Sogleich legte sich der Tumult, ein jeder suchte sich zu behelfen, wie er konnte, und nachdem die verwickelten Züge sich entwickelt hatten, der besudelte Großmogul abgebürstet und dem Brahmin der Kopf wieder aufgesetzt worden, ging das vorige lustige Getöse aufs neue los. »Was bedeutet das mit dem Konditor, guter Herr Droßelmeier«, fragte Marie. »Ach, beste Demoiselle Stahlbaum«, erwiderte Nußknacker, »Konditor wird hier eine unbekannte, aber sehr grauliche Macht genannt, von der man glaubt, daß sie aus dem Menschen machen könne, was sie wolle; es ist das Verhängnis, welches über dies kleine lustige Volk regiert, und sie fürchten dieses so sehr, daß durch die bloße Nennung des Namens der größte Tumult gestillt werden kann, wie es eben der Herr Bürgermeister bewiesen hat. Ein jeder denkt dann nicht mehr an Irdisches, an Rippenstöße und Kopfbeulen, sondern geht in sich und spricht: ›Was ist der Mensch, und was kann aus ihm werden?‹« – Eines lauten Rufs der Bewunderung, ja des höchsten Erstaunens konnte sich Marie nicht enthalten, als sie jetzt mit einemmal vor einem in rosenrotem Schimmer hell leuchtenden Schlosse mit hundert luftigen Türmen stand. Nur hin und wieder waren reiche Bouquets von Veilchen, Narzissen, Tulpen, Levkojen auf die Mauern gestreut, deren dunkelbrennende Farben nur die blendende, ins Rosa spielende Weiße des Grundes erhöhten. Die große Kuppel des Mittelgebäudes sowie die pyramidenförmigen Dächer der Türme waren mit tausend golden und silbern funkelnden Sternlein besäet. »Nun sind wir vor dem Marzipanschloß«, sprach Nußknacker. Marie war ganz verloren in dem Anblick des Zauberpalastes, doch entging es ihr nicht, daß das Dach eines großen Turmes gänzlich fehlte, welches kleine Männerchen, die auf einem von Zimtstangen erbauten Gerüste standen, wiederherstellen zu wollen schienen. Noch ehe sie den Nußknacker darum befragte, fuhr dieser fort: »Vor kurzer Zeit drohte diesem schönen Schloß arge Verwüstung, wo nicht gänzlicher Untergang. Der Riese Leckermaul kam des Weges gegangen, biß schnell das Dach jenes Turmes herunter und nagte schon an der großen Kuppel, die Konfektbürger brachten ihm aber ein ganzes Stadtviertel, sowie einen ansehnlichen Teil des Konfitürenhains als Tribut, womit er sich abspeisen ließ und weiterging.« In dem Augenblick ließ sich eine sehr angenehme sanfte Musik hören, die Tore des Schlosses öffneten sich, und es traten zwölf kleine Pagen heraus mit angezündeten Gewürznelkenstengeln, die sie wie Fackeln in den kleinen Händchen trugen. Ihre Köpfe bestanden aus einer Perle, die Leiber aus Rubinen und Smaragden, und dazu gingen sie auf sehr schön aus purem Gold gearbeiteten Füßchen einher. Ihnen folgten vier Damen, beinahe so groß wie Mariens Klärchen, aber so über die Maßen herrlich und glänzend geputzt, daß Marie nicht einen Augenblick in ihnen die gebornen Prinzessinnen verkannte. Sie umarmten den Nußknacker auf das zärtlichste und riefen dabei wehmütig freudig: »O mein Prinz! – mein bester Prinz! – o mein Bruder!« Nußknacker schien sehr gerührt, er wischte sich die sehr häufigen Tränen aus den Augen, ergriff dann Marien bei der Hand und sprach pathetisch: »Dies ist die Demoiselle Marie Stahlbaum, die Tochter eines sehr achtungswerten Medizinalrates und die Retterin meines Lebens! Warf sie nicht den Pantoffel zur rechten Zeit, verschaffte sie mir nicht den Säbel des pensionierten Obristen, so läg' ich, zerbissen von dem fluchwürdigen Mausekönig, im Grabe. – O! dieser Demoiselle Stahlbaum! gleicht ihr wohl Pirlipat, obschon sie eine geborne Prinzessin ist, an Schönheit, Güte und Tugend? – Nein, sag' ich, nein!« Alle Damen riefen: »Nein!« und fielen der Marie um den Hals und riefen schluchzend: »O Sie edle Retterin des geliebten prinzlichen Bruders – vortreffliche Demoiselle Stahlbaum!« – Nun geleiteten die Damen Marien und den Nußknacker in das Innere des Schlosses und zwar in einen Saal, dessen Wände aus lauter farbig funkelnden Kristallen bestanden. Was aber vor allem übrigen der Marie so wohlgefiel, waren die allerliebsten kleinen Stühle, Tische, Kommoden, Sekretärs usw., die ringsherum standen, und die alle von Zedern- oder Brasilienholz mit daraufgestreuten goldnen Blumen verfertigt waren. Die Prinzessinnen nötigten Marien und den Nußknacker zum Sitzen und sagten, daß sie sogleich selbst ein Mahl bereiten wollten. Nun holten sie eine Menge kleiner Töpfchen und Schüsselchen von dem feinsten japanischen Porzellan, Löffel, Messer und Gabeln, Reibeisen, Kasserollen und andere Küchenbedürfnisse von Gold und Silber herbei. Dann brachten sie die schönsten Früchte und Zuckerwerk, wie es Marie noch niemals gesehen hatte, und fingen an, auf das zierlichste mit den kleinen schneeweißen Händchen die Früchte auszupressen, das Gewürz zu stoßen, die Zuckermandeln zu reiben, kurz, so zu wirtschaften, daß Marie wohl einsehen konnte, wie gut sich die Prinzessinnen auf das Küchenwesen verstanden, und was das für ein köstliches Mahl geben würde. Im lebhaften Gefühl, sich auf dergleichen Dinge ebenfalls recht gut zu verstehen, wünschte sie heimlich, bei dem Geschäft der Prinzessinnen selbst tätig sein zu können. Die schönste von Nußknackers Schwestern, als ob sie Mariens geheimen Wunsch erraten hätte, reichte ihr einen kleinen goldnen Mörser mit den Worten hin: »O süße Freundin, teure Retterin meines Bruders, stoße eine Wenigkeit von diesem Zuckerkandel!« Als Marie nun so wohlgemut in den Mörser stieß, daß er gar anmutig und lieblich, wie ein hübsches Liedlein ertönte, fing Nußknacker an sehr weitläuftig zu erzählen, wie es bei der grausenvollen Schlacht zwischen seinem und des Mausekönigs Heer ergangen, wie er der Feigheit seiner Truppen halber geschlagen worden, wie dann der abscheuliche Mausekönig ihn durchaus zerbeißen wollen, und Marie deshalb mehrere seiner Untertanen, die in ihre Dienste gegangen, aufopfern müssen usw. Marien war es bei dieser Erzählung, als klängen seine Worte, ja selbst ihre Mörserstöße immer ferner und unvernehmlicher, bald sah sie silberne Flöre wie dünne Nebelwolken aufsteigen, in denen die Prinzessinnen – die Pagen, der Nußknacker, ja sie selbst schwammen – ein seltsames Singen und Schwirren und Summen ließ sich vernehmen, das wie in die Weite hin verrauschte; nun hob sich Marie wie auf steigenden Wellen immer höher und höher – höher und höher – höher und höher –

Beschluß

Prr – puff ging es! – Marie fiel herab aus unermeßlicher Höhe. – *Das* war ein Ruck! – Aber gleich schlug sie auch die Augen auf, da lag sie in ihrem Bettchen, es war heller Tag, und die Mutter stand vor ihr, sprechend: »Aber wie kann man auch so lange schlafen, längst ist das Frühstück da!« Du merkst es wohl, versammeltes, höchst geehrtes Publikum, daß Marie, ganz betäubt von all den Wunderdingen, die sie gesehen, endlich im Saal des Marzipanschlosses eingeschlafen war, und daß die Mohren oder die Pagen oder gar die Prinzessinnen selbst sie zu Hause getragen und ins Bett gelegt hatten. »O Mutter, liebe Mutter, wo hat mich der junge Herr Droßelmeier diese Nacht überall hingeführt, was habe ich alles Schönes gesehen!« Nun erzählte sie alles beinahe so genau, wie ich es soeben erzählt habe, und die Mutter sah sie ganz verwundert an. Als Marie geendet, sagte die Mutter: »Du hast einen langen, sehr schönen Traum gehabt, liebe Marie, aber schlag dir das alles nur aus dem Sinn.« Marie bestand hartnäckig darauf, daß sie nicht geträumt, sondern alles wirklich gesehen habe, da führte die Mutter sie an den Glasschrank, nahm den Nußknacker, der, wie gewöhnlich, im dritten Fache stand, heraus und sprach: »Wie kannst du, du albernes Mädchen, nur glauben, daß diese Nürnberger Holzpuppe Leben und Bewegung haben kann.« »Aber, liebe Mutter«, fiel Marie ein, »ich weiß es ja wohl, daß der kleine Nußknacker der junge Herr Droßelmeier aus Nürnberg, Pate Droßelmeiers Neffe ist.« Da brachen beide, der Medizinalrat und die Medizinalrätin, in ein schallendes Gelächter aus. »Ach«, fuhr Marie beinahe weinend fort, »nun lachst du gar meinen Nußknacker aus, lieber Vater, und er hat doch von dir sehr gut gesprochen, denn als wir im Marzipanschloß ankamen, und er mich seinen Schwestern, den Prinzessinnen, vorstellte, sagte er, du seist ein sehr achtungswerter Medizinalrat!« – Noch stärker wurde das Gelächter, in das auch Luise, ja sogar Fritz einstimmte. Da lief Marie ins andere Zimmer, holte schnell aus ihrem kleinen Kästchen die sieben Kronen des Mausekönigs herbei und überreichte sie der Mutter mit den Worten: »Da sieh nur, liebe Mutter, das sind die sieben Kronen des Mausekönigs, die mir in voriger Nacht der junge Herr Droßelmeier zum Zeichen seines Sieges über-

reichte.« Voll Erstaunen betrachtete die Medizinalrätin die kleinen Krönchen, die von einem ganz unbekannten, aber sehr
funkelnden Metall so sauber gearbeitet waren, als hätten Men-
schenhände das unmöglich vollbringen können. Auch der Medizinalrat konnte sich nicht satt sehen an den Krönchen, und
beide, Vater und Mutter, drangen sehr ernst in Marien, zu
gestehen, wo sie die Krönchen her habe. Sie konnte ja aber nur
bei dem, was sie gesagt, stehen bleiben, und als sie nun der Vater
hart anließ und sie sogar eine kleine Lügnerin schalt, da fing sie
an heftig zu weinen und klagte: »Ach ich armes Kind, ich armes
Kind! was soll ich denn nun sagen!« In dem Augenblick ging die
Tür auf. Der Obergerichtsrat trat hinein und rief: »Was ist da –
was ist da? mein Patchen Marie weint und schluchzt? – Was ist
da – was ist da?« Der Medizinalrat unterrichtete ihn von allem,
was geschehen, indem er ihm die Krönchen zeigte. Kaum hatte
der Obergerichtsrat aber diese angesehen, als er lachte und rief:
»Toller Schnack, toller Schnack, das sind ja die Krönchen, die
ich vor Jahren an meiner Uhrkette trug und die ich der kleinen
Marie an ihrem Geburtstage, als sie zwei Jahre alt worden,
schenkte. Wißt ihr's denn nicht mehr?« Weder der Medizinalrat
noch die Medizinalrätin konnten sich dessen erinnern, als aber
Marie wahrnahm, daß die Gesichter der Eltern wieder freundlich geworden, da sprang sie los auf Pate Droßelmeier und rief:
»Ach, du weißt ja alles, Pate Droßelmeier, sag' es doch nur selbst,
daß mein Nußknacker dein Neffe, der junge Herr Droßelmeier
aus Nürnberg ist, und daß er mir die Krönchen geschenkt hat!«
– Der Obergerichtsrat machte aber ein sehr finsteres Gesicht und
murmelte: »Dummer einfältiger Schnack.« Darauf nahm der
Medizinalrat die kleine Marie vor sich und sprach sehr ernsthaft:
»Hör' mal, Marie, laß nun einmal die Einbildungen und Possen,
und wenn du noch einmal sprichst, daß der einfältige mißgestal-
tete Nußknacker der Neffe des Herrn Obergerichtsrats sei, so
werf' ich nicht allein den Nußknacker, sondern auch alle deine
übrigen Puppen, Mamsell Klärchen nicht ausgenommen,
durchs Fenster.« – Nun durfte freilich die arme Marie gar nicht
mehr davon sprechen, wovon denn doch ihr ganzes Gemüt
erfüllt war, denn ihr möget es euch wohl denken, daß man solch
Herrliches und Schönes, wie es Marien widerfahren, gar nicht

vergessen kann. Selbst – sehr geehrter Leser oder Zuhörer Fritz
– selbst dein Kamerad Fritz Stahlbaum drehte der Schwester
sogleich den Rücken, wenn sie ihm von dem Wunderreiche, in
dem sie so glücklich war, erzählen wollte. Er soll sogar manchmal zwischen den Zähnen gemurmelt haben: »Einfältige Gans!«
doch das kann ich seiner sonst erprobten guten Gemütsart halber
nicht glauben, so viel ist aber gewiß, daß, da er nun an nichts
mehr, was ihm Marie erzählte, glaubte, er seinen Husaren bei
öffentlicher Parade das ihnen geschehene Unrecht förmlich ab-
bat, ihnen statt der verlornen Feldzeichen viel höhere, schönere
Büsche von Gänsekielen anheftete und ihnen auch wieder erlaubte, den Gardehusarenmarsch zu blasen. Nun! – wir wissen
am besten, wie es mit dem Mut der Husaren aussah, als sie von
den häßlichen Kugeln Flecke auf die roten Wämser kriegten! –
Sprechen durfte nun Marie nicht mehr von ihrem Abenteuer,
aber die Bilder jenes wunderbaren Feenreichs umgaukelten sie
in süßwogendem Rauschen und in holden lieblichen Klängen;
sie sah alles noch einmal, sowie sie nur ihren Sinn fest darauf
richtete, und so kam es, daß sie, statt zu spielen, wie sonst, starr
und still, tief in sich gekehrt dasitzen konnte, weshalb sie von
allen eine kleine Träumerin gescholten wurde. Es begab sich,
daß der Obergerichtsrat einmal eine Uhr in dem Hause des
Medizinalrats reparierte, Marie saß am Glasschrank und schaute,
in ihre Träume vertieft, den Nußknacker an, da fuhr es ihr wie
unwillkürlich heraus: »Ach, lieber Herr Droßelmeier, wenn Sie
doch nur wirklich lebten, ich würd's nicht so machen wie
Prinzessin Pirlipat und Sie verschmähen, weil Sie um meinet-
willen aufgehört haben, ein hübscher junger Mann zu sein!« In
dem Augenblick schrie der Obergerichtsrat: »Hei, hei – toller
Schnack.« – Aber in dem Augenblick geschah auch ein solcher
Knall und Ruck, daß Marie ohnmächtig vom Stuhle sank. Als
sie wieder erwachte, war die Mutter um sie beschäftigt und
sprach: »Aber wie kannst du nur vom Stuhle fallen, ein so großes
Mädchen! – Hier ist der Neffe des Herrn Obergerichtsrats aus
Nürnberg angekommen – sei hübsch artig!« – Sie blickte auf,
der Obergerichtsrat hatte wieder seine Glasperücke aufgesetzt,
seinen gelben Rock angezogen und lächelte sehr zufrieden, aber
an seiner Hand hielt er einen zwar kleinen, aber sehr wohlge-

wachsenen jungen Mann. Wie Milch und Blut war sein Gesichtchen, er trug einen herrlichen roten Rock mit Gold, weißseidene Strümpfe und Schuhe, hatte im Jabot ein allerliebstes
Blumenbouquet, war sehr zierlich frisiert und gepudert, und
hinten über den Rücken hing ihm ein ganz vortrefflicher Zopf
herab. Der kleine Degen an seiner Seite schien von lauter Juwelen, so blitzte er, und das Hütlein unterm Arm von Seidenflocken gewebt. Welche angenehme Sitten der junge Mann
besaß, bewies er gleich dadurch, daß er Marien eine Menge
herrlicher Spielsachen, vorzüglich aber den schönsten Marzipan
und dieselben Figuren, welche der Mausekönig zerbissen, dem
Fritz aber einen wunderschönen Säbel mitgebracht hatte. Bei
Tische knackte der Artige für die ganze Gesellschaft Nüsse auf,
die härtesten widerstanden ihm nicht, mit der rechten Hand
steckte er sie in den Mund, mit der linken zog er den Zopf an –
Krak – zerfiel die Nuß in Stücke! – Marie war glutrot geworden, als sie den jungen artigen Mann erblickte, und noch röter
wurde sie, als nach Tische der junge Droßelmeier sie einlud, mit
ihm in das Wohnzimmer an den Glasschrank zu gehen. »Spielt
nur hübsch miteinander, ihr Kinder, ich habe nun, da alle meine
Uhren richtig gehen, nichts dagegen«, rief der Obergerichtsrat.
Kaum war aber der junge Droßelmeier mit Marien allein, als er
sich auf ein Knie niederließ und also sprach: »O meine allervortrefflichste Demoiselle Stahlbaum, sehn Sie hier zu Ihren Füßen
den beglückten Droßelmeier, dem Sie an dieser Stelle das Leben
retteten! – Sie sprachen es gütigst aus, daß Sie mich nicht wie die
garstige Prinzessin Pirlipat verschmähen wollten, wenn ich Ihretwillen häßlich geworden! – sogleich hörte ich auf ein schnöder Nußknacker zu sein und erhielt meine vorige nicht unangenehme Gestalt wieder. O vortreffliche Demoiselle, beglücken
Sie mich mit Ihrer werten Hand, teilen Sie mit mir Reich und
Krone, herrschen Sie mit mir auf Marzipanschloß, denn dort bin
ich jetzt König!« – Marie hob den Jüngling auf und sprach leise:
»Lieber Herr Droßelmeier! Sie sind ein sanftmütiger guter
Mensch, und da Sie dazu noch ein anmutiges Land mit sehr
hübschen lustigen Leuten regieren, so nehme ich Sie zum Bräutigam an!« – Hierauf wurde Marie sogleich Droßelmeiers Braut.
Nach Jahresfrist hat er sie, wie man sagt, auf einem goldnen, von

silbernen Pferden gezogenen Wagen abgeholt. Auf der Hochzeit tanzten zweiundzwanzigtausend der glänzendsten, mit Perlen und Diamanten geschmückten Figuren, und Marie soll noch zur Stunde Königin eines Landes sein, in dem man überall funkelnde Weihnachtswälder, durchsichtige Marzipanschlösser, kurz, die allerherrlichsten, wunderbarsten Dinge erblicken kann, wenn man nur darnach Augen hat.

Das war das Märchen vom Nußknacker und Mausekönig.

KARL WILHELM SALICE-CONTESSA
Magister Rößlein

n der Stadt Bamberg lebte vorzeiten ein gelehrter
Mann, namens Magister Rößlein, der in der grie-
chischen und lateinischen Sprache wohl erfahren,
auch in der Musik und andern freien Künsten
nicht ungeübt war. Weil er aber, von Natur stiller
und blöder Gemütsart, weder etwas aus sich selber zu machen,
noch sich hohe Gönner und Freunde zu erwecken wußte, so
hatte Fortuna, die als ein Weib nur kecken Gesellen hold ist, sich
ihm nimmer freundlich erweisen wollen; er mußte vielmehr als
Ratskopist und nebenbei mit Unterricht in alten Sprachen und
Musik sich fast kümmerlich durch die Welt schleppen und kam,
der Ordnung und Sparsamkeit überdies wenig ergeben und
dem Weinglas etwas über die Gebühr zugetan, in seiner Wirtschaft von Tag zu Tage mehr zurück.

So geschah es denn, um solchem Übel auf einmal einen Riegel
vorzuschieben, und weil ihn die grauen Härlein da und dorten
auf seinem Haupte an eine Pflegerin im Alter erinnerten, daß er
eine noch in frischen Jahren blühende Witwe, die in seinem
Hause wohnte, zur Ehegenossin erkor, dadurch aber in der
Wahrheit nur desto größerem und unleidlicherm Übel Tor und
Tür öffnete. Frau Mathildis war gar hoffärtigen und herrischen
Wesens und heftigen, unverträglichen Gemütes, wußte sich
bald des Hausregiments dergestalt zu bemächtigen, daß er nichts
ohne ihren Willen tun oder lassen durfte, hielt ihn in scharfer
Zucht und schmaler Kost, setzte ihm auch unterweilen mit
Eifersucht und argwöhnischen Gedanken hart zu, in Summa: sie
brachte ihm den Rosenstock des Ehestandes aller Blumen und
Blätter bar und ledig als kahlen Dornenstrauch ins Haus, und es
war ihm in kurzem von seinem sonstigen frischen, frohen Mute
kaum noch so viel überblieben, daß er sich zuweilen lachend mit
dem Esel vergleichen mochte, dem zu wohl war und der aufs Eis
ging.

Da stellte sich einstmals, als er mit frühem Morgen durch ein
enges Gäßlein schlich, ein zerlumptes Bettelweib ihm in den
Weg und griff nach seiner Hand, und als er, sich unmutig von

ihr losmachend, fürbaß seiner Straße ging, rief sie ihm mit heisrer Stimme nach: »Rößlein, Rößlein, wohinaus mit deinem schweren Sack? Wenn du mir ein gut Wort gibst, helf' ich dir davon!« Darob schaute er, einen Augenblick verweilend, sich nach ihr um, und schnell war sie ihm wiederum zur Seite und sprach, neben ihm fortgehend: »Es ist fast schade um dich, daß du um fremder Schuld willen sollst gehangen werden. Ich will dir einen Schatz verkaufen, um den wohl mancher Hab und Gut geben möchte. Verwahr ihn wohl und gebrauch ihn verständig.« Sie zog darauf ein Büchlein unter ihrem Brusttuch hervor und steckt' es ihm in die Hand, ließ auch nicht ab, in ihn zu dringen und ihm des Büchleins verborgene Kräfte anzupreisen, bis daß er endlich, da sie unterdes in eine volkreichere Gasse getreten waren, und er sich der Begleitung schämte, ihrer loszuwerden, einen Gulden aus dem Beutel langte und das Büchlein dafür an sich nahm.

Es waren wenige Blätter Pergament mit halb verblichener uralter Schrift, untermengt mit wunderlichen Zeichen und Figuren, und da er am Abend im stillen Kämmerlein die altfränkischen Züge genauer anschaute und anfing zu lesen, wär' ihm vor Schreck fast das Buch entfallen, denn da zeigte sich ihm klar, daß es nichts minder sei, als eine Anweisung und Formel, den Teufel zu beschwören und ihn zu des Menschen Dienst zu verpflichten. Von da an war es um seine Ruhe geschehen. Es lag ihm Tag und Nacht nichts anderes zu Sinne als das verwünschte Büchlein, und wie er seine Kraft erproben möchte; in seinem Innersten erhob sich ein Tumult, als habe sich der Böse schon leibhaftig bei ihm ins Quartier gelegt und wolle sein Gewissen, als den rechtmäßigen Wirt, unter Zanken und Streiten von Haus und Hof vertreiben. Wenn jener dann den zeitlichen Vorteil des Leibes mit lauter Stimme herrechnete, so schrie dieses desto jämmerlicher, doch lieber den ewigen Vorteil seiner Seele zu bedenken; wenn dieses ihm die Greulichkeit des Höllenpfuhls und die ewigen Qualen der Verdammten zeigen wollte, schlug jener ein teuflisches Gelächter auf, schalt das Gewissen ein altes Weib und wußte den Genuß aller Erdengüter und Wollüste aufs herrlichste auszumalen, vergaß auch nicht die Befreiung von Mathildens hartem Ehejoche als ein schweres Gewicht auf seine Waagschale

zu legen, so daß dem armen Magisterlein bei diesem Streit
oftmals der helle Angstschweiß an die Stirne trat, nicht Speise
noch Trank ihm fürder munden wollte, und kein Schlaf sein
Lager heimsuchte.

So hatte er es schon viele Tage getrieben, als er einst seinem
guten Freunde und ehemaligen Zechgesellen, Meister Stumpfen, dem Maler, auf der Straße begegnete, dieser ihn um seines
bleichen und trübseligen Ansehns willen aufzog und unter allerhand lustigen Reden und Schwänken in ein Weinhaus nötigte,
dort einen Schoppen miteinander zu leeren.

Dem Magister ging bei der langentbehrten Gottesgabe das Herz
auf; aus einem Schoppen wurden bald zwei, drei und viere, und
er ging endlich spät am Abend wohlgemut, mit aufgerichtetem
Haupte und leuchtendem Antlitz seines Weges heim. Als er an
sein Haus gelangte, war die Türe fest verschlossen; es regte sich
kein Fußtritt im Hause. Weil er aber Licht sah und seine Frau
darin wähnte, stieg ihm der Ärger je länger je mehr zu Kopfe,
und in seinem Weinmut erraffte er einen Stein, schlug damit ein
Fenster entzwei und stieg also einem Diebe gleich in sein eignes
Haus. Er sah sich aber vergebens nach Frau Mathilden um, die
ausgegangen war, ihn zu suchen, und des Willkommens geden-
kend, der sein bei ihrer Heimkehr harrete, begann ihm das
Mütlein plötzlich zu sinken.

Indem erhub sich in dem Nebengemach ein greuliches Gepolter.
Da er erschrocken mit der Lampe hinzulief, sah er, daß ein Brett,
worauf viele Bücher standen, mitten entzweigebrochen war;
das Teufelsbüchlein, welches er unter die andern Bücher versteckt hatte, kollerte ihm eben bei seinem Eintritt entgegen. Er
hatte dessen den ganzen Tag nicht gedacht, jetzt aber stand er
lange davor, es nachdenklich anschauend, hob es endlich auf und
setzte sich damit an seinen Tisch. Und wie er so darin blätternd
die seltsamen Zeichen und Bilder betrachtete, wurde ihm nicht
anders, als ob er in einem herrlichen Blumengarten voll Farben-
pracht und Wohlgeruch sich erginge; es erwachte ihm eine
unendliche Lust, sie anzuschauen, ja es deuchte ihm fast, als
sprächen sie mit ihm und sagten: Jetzt ist es an der Zeit, jetzt ist
der Augenblick kommen! Und es wuchs ihm das Herz, und er
fühlte eine heftige Begier, ihre verborgene Kraft zu erproben,

und sprang auf, holte aus seiner Frauen Wandschrank zwei
gemalte und geweihte Wachskerzen und ein Stücklein geweihte
Kreide herbei, zog einen Kreis auf dem Boden des Gemachs,
brachte rundherum die Zeichen und Figuren an, wie das Büchlein es vorgeschrieben, stellte die brennenden Kerzen in den
Kreis, trat endlich, den Weihkessel an der Tür mit sich neh-
mend, selber hinein, indem er das Zeichen des heiligen Kreuzes
vor sich schlug, und hub an, mit zitternder Stimme und wan-
kenden Knien die Beschwörung zu lesen. Doch ermannte er sich
bald, da alles ruhig blieb, und fuhr mit lauter und starker
Stimme fort und immer lauter und stärker, je mehr er sich dem
Ende nahete, und sich immer noch nichts zeigen wollte.
Jetzt war das Büchlein aus, die Beschwörung vollzogen; er
harrte eine lange Weile, aber es blieb still und ruhig wie zuvor
und war nichts zu vernehmen, als der Holzwurm, der in dem
Wandgetäfel pickerte, und schon wollte er halb lachend, halb
unwirsch aus dem Kreise treten, da fing es vor dem Fenster an
leise zu rauschen, die Kerzen knisterten und brannten dunkel,
das Rauschen war ihm bald zur Seite, ein heftiger Windstoß
schlug an das Fenster, daß die Scheiben klirrten, die Zeichen um
den Kreis herum zuckten in roten Flammen auf. Darauf ward es
wiederum still, Meister Rößlein hämmerte das Herz hörbar an
die Rippen, und draußen vor dem Hause erhub sich eine kläg-
liche Stimme wie eines Hülfsbedürftigen und begehrte Einlaß.
Er vermochte aber keinen Fuß zu regen, und war das ohne
Zweifel zu seinem Glück. Über eine Weile klopfte es an die Tür
und rief: »Magister Rößlein, macht auf! Ich komme von Eurer
Frau!« Dieser aber, des Bösen arge List wohl merkend, der ihn
nur aus dem Kreise locken wollte, sprach: »Wenn du der bist,
den ich gerufen, so ist ja keine Tür für dich verschlossen; tritt
herein!« – Da öffnete sich leise die Tür, und ein Männlein von
geringem Wuchse, doch breit an Schultern, trat reichgekleidet,
mit Federhut und Scharlachmantel flink herein, trippelte auf
eine seltsame Weise bis an den Rand des Kreises und rief mit
krähender Stimme: »Guten Abend, Magister Rößlein; da bin
ich! Was verlangst du von mir?« – Rößlein war keines Wortes
mächtig. – »Sprich ohne Scheu«, fuhr jener fort; »ich bin den
gelehrten Leuten wohlgeneigt, und sind mir von jeher aus den

Wissenschaften der guten Freunde viele zugewachsen. Emol-
liunt mores. Ich hab' wohl vordem auch das meinige darin
getan, doch mangelt unsereinem die Zeit, dem Studio obzulie-
gen.« –

Als der Magister ihn so reden hörte, wurde ihm ein wenig
leichter ums Herz, ja, wenn er den großen Kopf anschaute und
die langen Arme, die bei jedem Wort die possierlichsten Bewegungen miteinander machten, wollte ihn fast das Lachen an-
wandeln.

»Nun, so sage mir dann«, fing jener wieder an, »was ist die
Ursach', daß du mich rufst? Zwar sollte man Euch nach der
wahren Ursach' Eures Tuns keineswegs fragen. Wißt Ihr sie
doch selber kaum? Oder Ihr mögt sie Euch nicht eingestehen,
Euch selbst und andere mit gar schönen Worten belügend; und
die andern tun, als glaubten sie es, bloß damit sie bei Gelegenheit
sich und andere wieder damit belügen können, nicht unähnlich
einem Narren, der die Wände seines Gemachs mit seinem eignen Unrat ausstreicht und sich und andern weismacht, es sei
echte Vergoldung. – Nichts für ungut, Meister« – fuhr er fort,
einen Sessel herbeiholend und sich setzend. – »Daß ich, trotz
Euch, etwas auf den Schein gebe, siehst du an meiner Kleidung.
Ich putze mich auch gern und wollte nur sagen, du möchtest es
gewißlich nicht eingestehen, nur darum mit dem Teufel angebunden zu haben, weil du deiner Frau das Geld versoffen hast:
ich soll dir die Strafpredigt ersparen. – Nun also sprich: du
möchtest gern, daß ich deine Frau holte? Geht nicht, mein
Rößlein! Auch ersparen mir böse Weiber auf Erden gar viele
Mühe und Arbeit. Und was willst du? Jeder Mann, der ein böses
Weib hat, ist doch nur selber schuld daran. Deins ist keine von
den schlimmsten, und ich dächte wohl, mit ihr fertig zu werden.« – »Das käme auf eine Probe an« – fuhr der Magister heraus,
der jetzt aller Bangigkeit ledig geworden –, »versucht es nur!« –
Jener schaute ihn lange nachdenkend an und lächelte dazu gar
bittersüß. – »Höre, Würmlein«, sprach er endlich, »ich bin heute
wohlgelaunt, wie du siehst, und möchte schier deine Ausforde-
rung annehmen.« – »Topp! topp!« schrie Magister Rößlein. –
»Doch nicht umsonst!« fuhr jener fort. »Ich setze ein Jahr; allein
merk wohl auf, halte ich das Jahr bei deinem Weibe aus, so bist

du mein auf ewig.« – »Wohlan« – entgegnete Rößlein mutig, denn er verließ sich auf seine Frau –, »also sei es! Ich bin's zufrieden. Doch sollst du mir dann vorerst noch zwanzig Jahre auf Erden zu Diensten sein.«

Der Teufel, der ihn wohl dahin zu bringen gedachte, daß er selber sich diese Zeit verkürze, ließ sich den Vorschlag gefallen, und so wurden sie eins, Magister Rößlein solle hinreichend ausgestattet mit dem morgenden Tage die Stadt verlassen und sich an irgendeinen andern Ort begeben, jener aber unter dessen Gestalt in seine Stelle treten, während dieser Zeit aber nicht allein gänzlich auf alle übermenschliche Macht verzichten, sondern auch allen Gebrechen, Leiden und Fehlern menschlicher Natur hingegeben und unterworfen sein.

»Was aber wird mir«, sprach Magister Rößlein, »so Ihr die Probe nicht besteht? Tausend Goldgülden wäre wohl das allerwenigste, als Schadloshaltung, daß Ihr indes bei meinem Weibe geschlafen!«

Das Scharlachröcklein nickte lächelnd mit dem Kopfe, schob ihm Feder und Papier in den Kreis und hieß ihn dann sich in die Finger ritzen und mit seinem Blut den Vergleich aufsetzen und unterschreiben. »Es ist nun einmal also Form und Brauch«, fügte er hinzu, »und jedes Ding hat sein Recht.«

Nachdem alles geschehen, sprach er aufstehend: »Wohlan, in einer Stunde sollst du weiter von mir hören.« Darauf schlug er seinen Mantel auseinander, und unter einem heftigen Sturmwind, der durch das Gemach fuhr, verschwand er in einer Flamme, die auf der Stelle, wo er gestanden, aus dem Boden schoß.

Als Magister Rößlein sich nun wiederum allein sah, in seinem Kreise stehend, alles unverändert um sich her, und wieder den Holzwurm pickern hörte im Wandgetäfel, da wollte ihn fast bedünken, daß er nur geträumt oder ein betrügliches Spiel der Einbildung ihn geäfft habe. Indem er aber noch also wie zwischen Traum und Wachen dastand, vernahm er die Stimme seiner Frau im Nebengemach und bald darauf an seiner Tür, die sie ihm zu öffnen befahl. Der langen Dienstbarkeit gewohnt, gehorchten seine Hände und Füße dem Befehl, bevor er sich noch recht besinnen konnte; doch als nun seine Frau eintretend

alsbald mit Vorwürfen und garstigen Worten auf ihn losfuhr,
kehrte ihm schnell die Besinnung und Erinnerung zurück und
trieb ihn zu raschem Entschluß. Er machte die Tür eines ansto-
ßenden dunkeln Kämmerleins weit auf, schob seine Frau, trotz
allem Widerstand, hinein, verschloß hurtig und verriegelte die
Tür von außen, und nichts mit sich davontragend als das Teufelsbüchlein, nahm er eiligst seinen Ausgang wieder durch das
zerbrochne Fenster, wo er den Eingang gefunden, und lief, als
ob die Hölle oder sein Weib hinter ihm wäre, die Straße hinab,
tat auch seiner Eil' nicht eher Einhalt, als bis er vor die Tür des
wohlbekannten Weinhauses gelangte, wo er, noch Licht und
lustige Gesellschaft vermerkend, sich durch einen Trunk zu
erfrischen beschloß, denn die Zunge klebte ihm am Gaumen.
Er fand beim Eintritt viel muntre Gäste hinter den Tischen;
Meister Stumpf saß auch noch dabei und kam ihm sogleich
jubilierend mit dem Becher entgegen. Es war große Freud' und
Herrlichkeit auf allen Zungen; der Wein blühte auf den Gesichtern wie eine Morgenröte des Tausendjährigen Reichs; Meister
Stumpf aber hieß den Wirt nach einer Weile einen Trunk
Johannisberger aus Nummer 2 herbeischaffen, schenkte, da er
gebracht wurde, alle Becher voll und hub an zu singen:

>>Laßt, Gesellen, euch erzählen,
was der Wirt mir anvertraut,
als ich kam, den Wein zu wählen,
den ihr in den Bechern schaut!

›Jetzt‹, sprach er, ›laßt Lieder schallen:
was euch drückt, ist absentiert;
Sorge ist im Brunn gefallen,
Kummer ist vom Schlag gerührt.

Schmerz und Kompanie verdorben,
Leid von Freude arretiert,
selbst die Sünde ist gestorben,
und der Teufel ist kassiert!‹<<

Alle wiederholten jubelnd die letzte Zeile und gaben dem Sänger ihren Beifall zu erkennen, da klopfte es dreimal an das Fenster, daß alle Köpfe sich stracks dahin wandten, und der Wirt trat herein, meldend, es sei jemand draußen, der den Magister Rößlein zu sprechen begehre. Dieser, wohl merkend, wer es sei, erbleichte ein wenig, doch erhub er sich, nahm ein Licht und ging hinaus. So vorbereitet er nun aber auch darauf war, wich er doch erschrocken zurück, da ihm hier sein eignes leibhaftiges Konterfei entgegentrat.

»Du erschrickst vor dir selber?« hub der Teufel an. »Wahrlich, könntet ihr Menschen euer Innerstes also, wie du dein Ebenbild von außen, vor euch sehen, ihr hättet wohl Ursach' zu erschrecken. Doch jetzt schicke dich zur Reise. Es ist an der Zeit. Ich hab' ein Fuhrwerk draußen für dich bestellt, welches dich windschnell dahin bringt, wohin deine Gedanken stehen. Ich will hineingehen und deinen Gesellen Bescheid tun.« – Darauf reichte er ihm einen Beutel mit Gold, nahm das Licht und schob ihn hinaus auf die Straße. Als er nun in das Gemach unter die Zechgenossen trat, verlangten einige zu wissen, wer draußen gewesen sei. »Der Teufel war's«, entgegnete er, »von dem ihr gesungen; er bat um einen Zehrpfennig, da er jetzo mit Recht ein armer Teufel zu nennen.«

»Warum habt Ihr ihn nicht mit hereingebracht?« – rief Meister Stumpf. – »Wir hätten gern Brüderschaft mit ihm getrunken.« – Jener lächelte und sprach: »Kommt Zeit, kommt Rat! Ich denke, ihr alle sollt ihn einmal näher kennenlernen, als euch lieb sein wird.« Darüber erhub sich ein Gelächter; es wurde mancherlei über den Teufel gesprochen, wobei denn er selbst einige lustige Stücklein von sich zum besten gab und nicht verfehlte, zum Trinken aufzumuntern und Gelegenheit zu geben, so daß die Kompanie in ihrer Lust bald gar überlaut und unbändig wurde.

Als er solches sah, wußte er unvermerkt den Zankapfel auszuwerfen, die Gemüter zu erhitzen, das Feuer von beiden Seiten geschickt zu schüren; es kam zu harten Worten, die Hände mengten sich endlich auch darein, Gläser und Kannen flogen endlich hin und wider, Fensterscheiben klirrten, und da er solchergestalt seine Aussaat in bestem Flor schaute, löschte er die Lichter und schlüpfte lachend aus der Tür.

Es war schon lichter Morgen, da er vor Frau Mathildes Wohnung anlangte und, die Tür noch verschlossen findend, durch das zerbrochene Fenster seinen Einzug hielt. Er sah sich indes überall vergebens nach Frau Mathilden um, bis ihn endlich ein greuliches Toben und Klopfen vor die verschloßne Kammertür führte. »Mach auf«, erscholl es darinnen, »mach auf, du Lump, du Trunkenbold!« Als er nun verwundert die Tür öffnete, flog ihm alsbald ein alter Topf entgegen und vor den Ohren vorbei; dabei schrie Frau Mathilde: »Gott zum Gruß, du Bärenhäuter!« Der Teufel dachte bei sich: der Willkommen ist nicht gar fein! Setzte sich aber gelassen nieder und sprach: »Schönen Dank, mein Schatz!« Da stürzte sie aus der Kammer, stellte sich vor ihn hin und ließ ihn mit den allerhäßlichsten Worten an; er aber blieb ruhig sitzen, ihr lächelnd ins Gesicht schauend.

Nachdem sie ihren Zorn sattsam ausgesprudelt, hieß sie ihn sich zu Bett legen, seinen Rausch auszuschlafen, und begab sich nach der Küche. Und weil er nach der Wahrheit einige Schwere in seinem Kopf vermerkte, dachte er, ihrem Rate zu folgen, legte sich ins Bett und war dem Schlaf, der ihm auf die Augen drückte, bald zu Willen.

Es ging hoch zu Mittage, da er erwachte; die Sonne lag heiß auf den Fenstern, er verspürte große Hitze und Durst und einen redlichen Hunger und wollte schnell aus dem Bette springen, allein er vermochte nicht sich zu rücken noch zu regen, denn ein starkes Seil war wohl zehnmal hinüber und herüber um das Bett geschlungen. So lag er nun durstend und schwitzend, voll Gift und Galle, denn er merkte wohl, von wem das ihm gekommen, und hub endlich an zu rufen und zu schreien, als wollt' er zum Jüngsten Gericht laden. Auf diesen Lärm kam Frau Mathildis herzugelaufen. »Binde den Strick los«, rief er ihr entgegen, »ich vergehe vor Hitze.« – »Heut, steht im Kalender, ist gut Schwitzen!« erwiderte sie hohnlachend. – »Weib«, schrie er, »komm' ich heraus, so ist's dein Unglück!« – Sie sah ihn lachend an. »Morgen ist auch ein Tag!« sprach sie und ging zur Tür hinaus.

Der Ärger wollte ihm schier das Herz abdrücken, doch sah er wohl ein, daß hier mit Gewalt nichts zu erreichen stehe, rief daher Frau Mathilden mit der liebreichsten Stimme, die er aufbringen konnte, zurück, sprach sein Peccavi reuig aus, gelobte Besserung und bat sie flehentlich, ihn loszubinden. Nach einer langen Strafpredigt, worin sie ihm das Register seiner Vergehen und Laster aufgestellt, ließ sie sich endlich bereit dazu finden, und er kroch rot wie ein gekochter Krebs, grollend und schmollend, murrend und knurrend, aus dem Bette.

Nach einiger Erwägung dachte er es indes doch vorerst in der Güte und Sanftmut mit ihr zu versuchen, kam daher von nun an überall ihrem Willen entgegen, war jedem ihrer Winke zu Diensten, ließ es auch an Liebkosungen und zärtlichen Worten nicht fehlen, wie sauer es ihm auch wurde, und also ging es einige Tage. Allein je nachgiebiger er sich bezeigte, desto größer wurden Frau Mathildens Forderungen. Wenn er von seinem Geschäft außer dem Hause, wozu sie ihn fleißig anhielt, des Mittags heimkehrte, trug sie ihm bald eine, bald die andere häusliche Arbeit auf und hatte ihn in kurzem zu allen häuslichen Handdiensten gewöhnt und abgerichtet, wobei sie Besen und Holzaxt als die besten Ärzte anpries, besonders da sich seit einiger Zeit eine ganz ungebührliche Neigung zum Fettwerden an ihm spüren lasse.

Bei all dieser Willfährigkeit aber vermochte er dennoch nicht, dem Zank und schlimmen Worten zu entgehen. Von jedem bösen Zufall, der die Wirtschaft heimsuchte, von jeglichem Ungemach war er sicher jedesmal die erste Ursach' und mußte es hart entgelten. Dabei gab sie ihrer Sorge für seine Gesundheit auch von einer andern Seite freien Lauf und zog gegen die oberwähnte böse Neigung mit der magersten und sparsamsten Kost zu Felde.

Nun ging das zwar anfänglich wohl zu ertragen, denn er hatte sich auf alle Fälle mit einem guten Säcklein Geld vorgesehen, wodurch er Frau Mathildens schlechten Mahlzeiten heimlich nachhelfen konnte; allein eines Morgens, da sie, früher auf als er, seinen Taschen zusprach, fand sie das Säcklein, schalt ihn tüchtig aus, weil er solches vor ihr verheimlicht, nahm es darauf mit dem Vermerken unter ihren Gewahrsam, daß ihm als einem Unmündigen kein Geld weder zustehe noch fromme, und mußte er noch froh sein, als sie nicht zu wissen begehrte, auf welche Weise er dazu gelangt sei. – Also war ihm auch dieser Quell abgeschnitten, und er fiel in kurzem sichtlich vom

Fleische, schrumpfte zusammen wie ein Pflänzlein auf dürrer Heide, so daß ihn selber seines armen geborgten Leichnams jammerte, und fühlte sich sogar an seinem Geiste, trotz seiner diabolischen Natur, höchst niedergeschlagen und mutlos.

Als er daher eines Tages, den Besen in der Hand und eine Schürze um den Leib gebunden, die Stuben fegte, und Meister Stumpf, der eben vorübergehn wollte, ihn laut lachend durch das Fenster anrief, ihm eine Handvoll Geld zeigte, die ihm für eine Arbeit gezahlt worden, und ihn bat, eins mit ihm zu trinken, er wolle ihn freihalten, konnte er der Versuchung, sich mit einem Glas Wein zu laben und zu ermutigen, um so weniger widerstreiten, da er mit Rößleins Gestalt auch dessen Gemütsart und Neigung angenommen hatte, warf also den Besen in den Winkel, schlüpfte aus der Tür, ohne Mantel, wie er war, und folgte Meister Stumpfen ins Weinhaus.

Da sie nun dort in bester Lust saßen und einem Kännlein nach dem andern das Geleit gaben, erhub Meister Stumpf nach seiner gewohnten Weise die Stimme und sang ein lustiges Lied, daß alle guter Dinge wurden, und der unechte Magister Rößlein selbst hielt in seiner Fröhlichkeit das Glas hoch empor und stimmte mit ein. Indem fühlte er einen unsanften Rippenstoß, und eine Stimme ließ sich dicht vor seinem Ohr vernehmen und sprach: »Komm nach Haus, Trunkenbold!« Und als er sich erschrocken wandte, sah er Frau Mathilden mit zornigem Gesicht hinter sich stehen; doch blieb er in seinem Schreck gelassen sitzen und rief freundlich: »Willkommen, meine Taube! Laß dir's ein wenig bei uns gefallen; hier ist gut sein.« – »Schämst du dich nicht«, entgegnete sie ergrimmt, »schon am hellen Tage mit Saufen anzufangen?« – Er lachte und sprach: »Die Tage werden schon gar kurz, mein Schatz; drum muß man zeitig anfangen, wenn man noch vor Nacht etwas vor sich bringen will.« Sie aber schrie mit lauter Stimme: »Wie? Du liederlicher Lump, willst du deiner Frau das Ihrige auch durch die Gurgel jagen, wie du mit dem Deinigen längst getan? Ist das der Dank dafür, daß ich dich zum Mann genommen? Wärst du nicht längst elendiglich verdorben, hätt' ich Ärmste mich nicht dein erbarmt?« Und unter diesen Worten hatte sie ihn von der Bank gezogen, und da er überrascht und fast erschrocken an keinen Widerstand dachte, trieb sie ihn, zum Gelächter aller Gäste, vor sich her zur Tür hinaus und immer die Straße hinab nach Hause.

Hier fing sie von neuem an: »Ich Allerunglücklichste! Ich Allertörichtste! die ich mir in meinen besten Jahren einen solchen Stein an den Hals gehangen, der mich in den allertiefsten Pfuhl des Elends und der Schande mit sich hinabziehen wird! Hab' ich darum so viele ehrenwerte, reiche und kluge Männer von der Hand gewiesen, um mein ganzes Glück, mein Leben mit einem solchen blinden Würfel aufs Spiel zu setzen? Was bringt es mir denn für Ehre, die Frau eines liederlichen Tunichtgut, eines dummen Teufels zu sein, der mit all seiner Gelehrsamkeit nicht drei zählen kann und nun seinen verlornen Witz auf dem Boden aller Weinkrüge sucht?« – Der Teufel, der sich indes wieder ein wenig ermannt hatte und den von allen Schimpfworten keins mehr verdroß, als wenn man ihn einen dummen Teufel nannte, er wollte jetzt, da sein bisheriges Spiel also schlecht angesprochen, auch einmal eine andre Weise anstimmen und sprach daher: »Geliebter Engel, heiße deine Zunge schweigen, sonst werd' ich ihr sonder Verweilen Zaum und Gebiß anlegen.« Sie aber, durch diese Drohung noch mehr in Harnisch gebracht, trieb es nur um so ärger. Da ergriff er zornig einen Stock, willens, durch solche oft erprobte Wunderwurzel die Heilung zu versuchen, und ging mit bestialischen Worten und Gebärden auf sie los. Weil nun dabei seine innerste teuflische Natur erwachte und sich auf seinem Gesicht in seltsamen und entsetzlichen Zügen kundgab, Frau Mathildis auch so frevelhaften Mutes an dem armen Magister Rößlein gar nicht gewohnt war, so erschrak sie zwar heftig darüber, sprang aber gleich schnell gefaßt aus der Tür auf die Straße und schrie: »Zu Hülfe! Zu Hülfe! Mein Mann ist verrückt geworden!« – Auf ihr Geschrei liefen alsbald einige Nachbarn herbei, und da der Schwarze in seiner Wut dann herausgesprungen kam, wollten sie ihn greifen, wobei Frau Mathildis immer schrie: »Haltet ihn fest! Haltet ihn fest!« Doch dies hörend, geriet er ganz außer sich und schlug um sich herum wie ein Rasender; darüber kamen mehrere Leute hinzu, und da er sich nicht geben wollte, trug er manchen Streich und Rippenstoß davon, bis sie endlich ihn überwältigten, festhielten, ihm Händ' und Füße mit

Stricken banden und ihn also ins Haus zurücktrugen, wo er
auf das Bett gelegt wurde. Unterdes hatte ein dienstfertiger Nachbar einen Arzt geholt, der
mit dem Bader herbeikam, schleunig Klistier und Aderlaß verordnete und solches, wie sehr auch der Patient schimpfen und
toben und seine trefflichste Gesundheit beteuern mochte, mit
Beihülfe der Umstehenden auf der Stelle ins Werk setzen ließ.
– Sollte sotane des Deliranten Unruhe sich dadurch nicht kalmieren – befahl er hierauf, eine Arzenei zurücklassend, dem
Bader beim Weggehn –, so müsse mit den besänftigenden
Klistieren fortgefahren, auch nötigenfalls ein Blasenpflaster auf
die Fußsohlen appliziert werden, die Humores peccantes von
dem Haupte abzuleiten. Der Bader, sonder Zweifel in der Meinung, daß man des Guten nicht zuviel tun könne, griff alsogleich wieder zur Klistiersprütze, schritt ebnermaßen zu den
Blasenpflastern und ließ zugleich von Zeit zu Zeit einige Löffel
voll der Arzenei dem Kranken einflößen, welches, da dieser die
Zähne zusammenbiß, nicht anders geschehen konnte, als indem
sie ihm den Mund mit Gewalt aufbrachen.

Der Teufel, dem die Qualen der Verdammten in seiner Hölle als
eitel Spiel und Lumperei vorkamen gegen das, was er jetzt
erdulden mußte, hätte wohl längst schon die erborgte Gestalt
abgeworfen und sich als der er war gezeigt, um seine Peiniger zu
strafen und die Freiheit zu erhalten; allein die menschliche Natur
hatte ihn in der Leidenschaft also übermannt und gefesselt, daß
er gänzlich seiner selbst vergaß; jetzo aber lag er, von der
heftigen Gemütsbewegung, dem Aderlassen und Klistieren
höchst ermattet und erschöpft und fast besinnungslos, der Ohnmacht nahe. Als ihn die andern also still und regungslos liegen
sahen, machten sie ihn seiner Bande vollends ledig und begaben
sich hinweg, bis auf eine alte Nachbarin, die zu Frau Mathildens
Beistand zurückblieb.

So war also des Teufels erste Probe mit der Wunderwurzel gar
schlecht und zu seinem eigenen Schaden ausgeschlagen. Er
mußte einige Tage das Bett hüten vor großer Mattigkeit, und da
er sich wieder erholte, schien ihm die Lust zu einer neuen Probe
ganz vergangen, ja, er war wiederum so zahm geworden wie ein
alter Tanzbär, der die Zähne verloren, und wagte, gleich die-

sem, seine Unlust bei Frau Mathildens Schelten und Befehlen nur durch ein manierlich leises Brummen kundzugeben. Doch hatte, was ihm widerfahren, sein jetziges Wesen und Treiben ihm sehr verleidet; er fing an, den Vertrag mit dem Magister Rößlein zu bereuen, und würde dem sicherlich alsogleich ein Ende gestellt haben, hätte nicht die Scham, vor einem armseligen Menschenwurm so schlecht zu bestehen, und die Hoffnung auf den Gewinn einer Seele ihn immer noch aufrecht und bei leidlichem Mute erhalten.

Da mußte es sich also fügen, daß Frau Mathilde eines Tages vor ihn trat und sprach: »Mir ist eben Nachricht worden, daß meine Base zu Bayreuth gefährlich erkrankt liegt, meinen Beistand in ihrer Krankheit, und so Gott will, in ihrem letzten Stündlein begehrt und, kinderlos wie sie ist, mich ohne Zweifel in ihrem Testamente reichlich zu bedenken vorhat. Es ist keine Zeit zu verlieren; rüste dich also, mich morgen mit dem frühesten nach Bayreuth zu geleiten.« – Ihm war es willkommen, daß er auf diese Art das Haus eine Zeitlang allein haben sollte, sorgte also mit Freuden um das Benötigte, dingte ein Fuhrwerk, und so zogen sie am andern Morgen des Weges nach Bayreuth. Es liegt sechs Meilen von Bamberg.

Da er aber an ein hartmäuliges und stätisches Pferd geraten und überhaupt des Fahrens nicht groß kundig war, ging die Reise unter mancherlei Widerwärtigkeit langsam vonstatten, er mußte manche Vorwürfe über seine Ungeschicklichkeit und manchen dummen Teufel hinnehmen, bis sie endlich selbst die Zügel ergriff. Dennoch langten sie erst des andern Tages zu Bayreuth an.

Es war grade Jahrmarkt im Orte und in den Straßen und Wirtshäusern groß Gedränge. Als er nun vor einem derselben abstieg und hineinging, nach dem Unterkommen zu fragen, trat ihm der Wirt freundlich entgegen. »Ei, seid mir willkommen«, rief er; »ich meinte nicht, Euch so bald wiederzusehen. Mir liegt jetzt ein Fäßlein im Keller, von dem Ihr nicht so geschwind wegkommen sollt als vor drei Wochen.« – Jener merkte auf der Stelle, daß wohl Magister Rößlein hier zugesprochen haben möchte, es ahnete ihm davon nichts Gutes, und er wollte wieder umkehren, einen andern Ort zu suchen, da kam auf einmal ein junges Weibsbild, das mit einer alten Frau seitab gesessen hatte, hinter dem Tisch hervorgesprungen, vertrat ihm den Weg und rief: »So seid Ihr es wirklich, herzallerliebster Magister? So hat sich denn der Himmel einer armen Verlaßnen erbarmt, daß ich Euch hier wiederfinde?« – Der arme Teufel, dem sein Unglück also auf einmal gleichsam wie ein Pilz vor seinen Füßen aus der Erde aufschoß, wich ein paar Schritte zurück, starrte sie an und konnte vor Schreck kein Wort über die Lippen bringen.

»Wir waren von Regensburg aus auf dem Wege, Euch aufzusuchen«, hub die Alte an, die sich indes auch herbeigemacht. – »Mein armes, unglückliches Kind hat in den vierzehn Tagen keine ruhige Stunde gehabt, seitdem Ihr sie so böslicherweise verlassen.« –

Jener ermannte sich. »Weib«, sprach er, »laßt ab von mir! Ich kenne Euch nicht.« Und damit wollte er zur Tür hinaus. Die Alte aber erfaßte ihn beim Mantel und schrie: »Wie, du gottvergessener Bösewicht, du willst mich und meine Tochter verleugnen? O abscheulicher Judas, hast du nicht mein Kind durch satanische Ränke verführt und um zeitliches und ewiges Heil gebracht? Was? Hast du ihr nicht die Ehe versprochen? Hast du es ihr nicht schriftlich gegeben? Wie? Willst du auch deine eigne Handschrift verleugnen?« – Sie zog bei diesen Worten ein Papier hervor und hielt es ihm unter die Augen, worauf er wirklich Magister Rößleins Handschrift erkannte. Die junge Dirne aber hub an zu weinen und zu jammern, und indem sie ihn mit beiden Armen umhalsete, rief sie schluchzend: »Hast du denn meinen Tod beschlossen? Wenn du mich verstößest, muß ich sterben!«

Im selben Augenblick trat Frau Mathildis, der auf dem Wagen die Zeit zu lang geworden, rasch in die Tür. Der Teufel wollte sich losmachen; das Mädchen hielt ihn scheltend und liebkosend nur um so fester, die Alte schrie, und Frau Mathilde war mit starren Augen und offnem Munde auf der Schwelle festgewachsen. Doch plötzlich sprang sie auf das Pärlein los, packte die Dirne mit der Linken beim Kragen und schlug mit großer Schnelligkeit und Nachdruck wechselweise bald auf jene, bald auf ihren Mann los. Dieser aber, da sich das Mädchen, ihn loslassend, wandte, dem unverhofften Angriff zu begegnen, und die Alte zu ihrer Tochter Beistand wiederum Frau Mathilden in den Rücken fiel, dachte, bei dem Handgemenge unbemerkt zu entwischen, und rannte nach der Tür; allein die Alte ließ, seiner Flucht gewahrend, sogleich von Frau Mathilden los, rannte hinter ihm drein und schrie: »Halt auf! Halt auf!« Als dies die Tochter hörte, lief sie ihrer Mutter nach und schrie ebnermaßen: »Halt auf!« Frau Mathildis aber rannte hinter allen dreien her und schrie nicht minder: »Halt auf! Halt auf!« Doch je mehr sie schrien, desto geschwinder setzte er über die Straße, und da er ein enges Gäßlein erschaute, lief er hinein. Das Gäßlein führte grade auf den Markt, und der Markt war voller Buden und Tische, Käufer und Verkäufer. Indem er nun daraus hervorplatzte, warf er einen Tisch mit Glaswaren über den Haufen; die Verkäuferin gesellte sich zu seinen andern Verfolgern, schrie gleichfalls: »Halt auf!« und trieb ihn nach des Marktes Mitte. Als die Leute so den Schwarzen ohne Mantel und Barett, vier Weiber hinter sich, gleich einem gehetzten Eber angerannt kommen sahen, lachten die meisten und machten Platz, andere aber verstellten ihm den Weg, willens, ihn zu greifen. Da sprang er in seinem Schrecken seitwärts, wo sie das irdene Geschirr zum Verkauf ausgelegt hatten, und hier die Schüsseln zertretend, dort die Töpfe umwerfend, mitten hindurch. Die Töpferweiber huben nun auch an zu schreien: »Halt auf!« und setzten ihm nach; er sah seine Feinde von allen Seiten näher kommen, vor ihm aber stand ein Gerüst, auf welchem ein Marktschreier und Zahnbrecher hantierte, und da er sonst kein Entrinnen sah, sprang er dort hinauf.

Nun traf es sich, daß sie auf der Bühne eben die Geschichte vom Doktor Faust als ein Zwischenspiel tragierten, wie dergleichen auch wohl noch heutigestages gebräuchlich. Doktor Faust stand in seinem Zauberkreise und zitierte mit wunderlichen Worten und Gebärden den Teufel herbei; indem aber der arme Tropf, der diese Stelle zum erstenmal spielte, ein Gepolter auf der Treppe vernehmend, seine Augen zur Seite hin wandte und eine schwarzgekleidete Gestalt mit wildfliegenden Haaren, glotzenden Augen und verzerrtem Gesicht die Treppe herauf auf sich zukommen sah, glaubte er nicht anders, als es sei der Teufel wirklich, wie er es freilich auch war, sprang voll Entsetzen aus dem Kreise und fuhr unter einen großen rotbehangenen Tisch, der seitwärts stand. Der Schwarze, der indes heraufgekommen war, seine Verfolger auf der Ferse hatte und vor sich nirgend einen Ausweg gewahrte, kroch in der Angst jenem nach, der nun ein jämmerliches Geschrei erhub, sich jedoch in der Verzweiflung mit Händen und Füßen gegen den Teufel wehrte, so daß dieser nicht ganz unter den Tisch kommen konnte, sondern nur mit dem Vorderteil des Leibes unter dem roten Tuche steckte, welche seltsame Positur Hanswurst als Famulus des Doktor Faust auf der Stelle zu benutzen wußte und das bloßgegebene Hinterteil zum großen Ergötzen der Zuschauer mit einer Pritsche weidlich bearbeitete.

Darüber war die Alte mit ihrer Tochter samt Frau Mathilden herbeigekommen. Alle drei fielen über den armen Teufel her, zogen ihn unter dem Tisch hervor, und da jede Partei ihr Recht auf ihn behaupten wollte, rissen und zerrten sie ihn auf eine jämmerliche Weise hin und wider. »Er hat mein Kind verführt!« schrie die Alte, ihn beim linken Arm ergreifend. »Du lügst, alte Vettel!« entgegnete Frau Mathilde, ihn beim rechten wieder an sich ziehend. »Er hat mir die Ehe versprochen!« rief die Tochter. »Du lügst, liederliche Dirne!« wiederholte Frau Mathilde und geleitete ihr Wort mit einem tüchtigen Faustschlag nach seiner Behörde. Neue Stimmen aber erhuben sich hinter ihm. »Er hat meine Gläser zerbrochen!« schrie die eine; »er hat meine Schüsseln zertreten!« die andere; »meine Töpfe!« kreischte die dritte. Der Zahnarzt wollte die Parteien auseinanderbringen und schrie und tobte nicht minder als die andern; Hanswurst lief um alle herum, hier einen guten Rat, dort einen Schlag mit der Pritsche austeilend, und freute sich des Tumults, der mit jedem Augenblicke wuchs, ja, von der Bühne aus sogar anfing, unter den Zuschauern um sich zu greifen.

Unter diesen aber befand sich zufälligerweise auch Meister Stumpf, der Maler, der gleichfalls zum Markt nach Bayreuth gereist war und jetzo zu größtem Erstaunen und Schrecken seinen alten Freund das wunderliche Spiel aus dem Stegreif zum besten geben sah. Er drängte sich alsbald durch den Haufen und stieg auf die Bühne; doch vermochte er weder vor dem unbändigen Geschrei zu Wort zu kommen, noch sich Platz zu machen,

bis er endlich vernahm, daß von zerbrochenem Geschirr die
Rede sei, worauf er, in der Meinung, die Sache also am schnell-
sten zu beendigen, einige von den schreienden Weibern beim
Arm nahm und ihnen zurief: »Schweigt still! Ich bezahle euch
den Schaden.« Die Weiber wandten sich nach ihm, eine derselben kannte ihn wohl, und also schwiegen sie und wichen ein
wenig; dadurch erhielt er Luft, bis in die Mitte des tollen
Knäuels durchzudringen, und weil er dachte, es sei hier mit der
Alten, die sich so wütend gebärdete, an dem wie mit den andern,
nahm er sie eben auch beim Arm und rief ihr zu: »Schweigt still!
Ich bezahle Euch den Schaden.« Doch nun kehrte sich ihre Wut
gegen ihn. »Wie, Ihr Galgenstrick«, schrie sie, »Ihr wollt mir
Ehre und guten Namen meines Kindes bezahlen wie einen
zerbrochnen Topf? Wer seid Ihr denn, Ihr karfunkelnäsiger
Heiland, daß Ihr Euch in fremde Händel mengt? Ihr denkt wohl,
den armen Sünder da mit zwei Batzen zu erlösen? Aber ich sage
Euch, heiraten soll er meine Tochter! Er hat's ihr schriftlich
gegeben; hier steht es schwarz auf weiß, wenn Ihr lesen könnt,
Ihr Rettichschwanz!«
Da Meister Stumpf dies vernahm und Rößleins Handschrift
erkannte, erschrak er und verstummte. Indem trat die Bürger-
wache, die der Lärm herbeigezogen, auf die Bühne; die Weiber
stürzten, ihr Recht auszuweisen, alle auf den Anführer derselben
zu; dieser aber, der sich aus dem verwirrten Geschrei nicht
finden konnte, befahl, sie allerseits, wie sie da waren, nach dem
Hause des Burgemeisters zu führen.
Auf dem Wege dahin stellte Meister Stumpf Frau Mathilden
vor, wie es keineswegs ratsam sei, die Sache vor den Richter
kommen zu lassen, sondern besser, sie vorher mit einem Stück
Geld abzumachen, sonst könnte sie ihrem Manne zu großem
Schaden gedeihen und, nach der Strenge genommen, wohl gar
ans Leben gehen. Allein Frau Mathilde rief erbost: »Nicht einen
Kreuzer! Sie sollen ihn verbrennen, den Ehebrecher; ich will's
haben!« – Er machte sich also an den armen Delinquenten selber
und fragte ihn leise, ob er Geld bei sich trage; so denke er ihn frei
zu machen. Dieser, dem Frau Mathilde zur Bestreitung der
Reisekosten ihren Beutel anvertraut, drückte ihm denselben
heimlich in die Hand, und Meister Stumpf ging nun den Anfüh-

rer der Wache an, den er kannte, und erhielt von ihm, daß er einen Versuch frei haben solle, den Handel mit der Alten in Güte abzutun. Als sie daher in des Burgemeisters Haus traten, zog er dieselbe samt ihrer Tochter ganz still beiseite, und gar bald innewerdend, welchen Gelichters und auf welche Art sie zu dem Eheversprechen gelangt waren – denn schon aus den Schriftzügen ließ sich abnehmen, daß Magister Rößlein bei Abfassung desselben betrunken gewesen –, wußte er nun seinerseits sie dergestalt in Angst und Schrecken zu setzen, daß sie, sonderlich da sie hörten, der Magister sei schon verheiratet, ohne weiters sich gegen eine geringe Summe zur Herausgabe der Handschrift willig bezeigten. Darauf ließ Meister Stumpf mit Hilfe der Wache sie heimlich durch ein Hinterpförtlein wieder auf die Straße, nachdem sie versprochen, ohne Weile die Stadt zu verlassen.

Unterdessen standen die übrigen vor dem Burgemeister; Frau Mathilde mußte den andern Weibern den erlittenen Schaden vergüten, und da sich weiter kein Kläger zeigen wollte, wurde es sämtlichen freigelassen, sich ein jeder wiederum seines Wegs zu begeben. Meister Stumpf nahm geschwind Frau Mathilden beim Arm und zog sie mit sich fort, da sie, die Dirne mit ihrer Mutter vermissend, noch ärger zu schimpfen und zu toben anfing und selber Klage gegen ihren Mann vor dem Richter erheben wollte. Zum Glück fiel ihr die kranke Base mit der Erbschaft ein. »Wenn sie nur noch lebt!« sprach der Teufel, der auf der Straße wieder Mut und Odem schöpfte. Und so schritten sie eilig nach der Wohnung derselben. Doch, o weh, du armer Teufel! Die Base war, nachdem sie noch zum öftern nach Frau Mathilden gefragt, vor einem halben Stündlein plötzlich ohne Testament verschieden.

Schreck und Wut hatten Frau Mathilden die Sprache genommen. Sie ging stumm mit großen Schritten vor den Männern her, die gleich zwei gehorsamen Hündlein hinter ihr dreinliefen. – »Aber sagt mir doch in aller Welt«, sprach Meister Stumpf leise zu seinem Gefährten, »wie seid Ihr denn nach Regensburg gekommen?« – »Ach, laßt mir doch Euer Regensburg!« fuhr dieser heraus. »Seit meiner Reise zum Baseler Konzilium vor hundertundsieben Jahren bin ich nicht wieder dorthin kommen.« Meister Stumpf sah ihn verwundert an und mochte wohl denken, die ausgestandene Angst hätte ihm ein wenig den Kopf verdreht.

Als sie in der Herberge angelangt waren, ließ Frau Mathilde das Ungewitter, welches lange in ihrem Innersten getobt und nur aus den Augen geblitzt hatte, endlich auch mit Sturm und Donner über die Lippen brechen; Meister Stumpf machte sich sacht beiseite; sie aber verschloß das Gemach, ihrem Manne das Entwischen zu verhindern, fuhr nun bald mit Lästern und Schimpfen, bald mit Tränen und Wehklagen, ohn' Unterlaß fort, rüttelte ihn, der sich drein ergebend zu Bette ging, sooft er einzuschlafen schien, gar unsanft wieder auf und machte dem Unwesen nicht eher ein Ende, als bis ihr Hände, Füß' und Zunge den Dienst aufsagten.

Am andern Morgen trieb sie frühzeitig zur Abfahrt. Unterwegs begann das arge Spiel von neuem und wurde bald noch ärger, da sie ihren Beutel von ihm zurückbegehrte und inneward, welch feines Loch Meister Stumpf darein gemacht. Sie tat, als fiele ihr unversehens ihre Reisekappe vom Wagen; der arme Teufel mußte absteigen, sie zu holen; indem aber trieb sie rasch das Pferd an, und wie sehr er auch hinterdreinlaufend rufte und schrie, kam sie ihm doch bald aus dem Gesicht. Es waren wohl noch drei gute Stunden bis zur Stadt; die Nacht brach ein, es fing an zu regnen, und da ihm sein leerer Säckel versagte, irgendwo einzukehren, mußte er es seinen Füßen anheimstellen, ihn samt seinem hungrigen Magen durch Kot und Regen nach Haus zu bringen.

Von dieser Zeit an hatte der Teufel nun vollends keinen Augenblick Ruhe und Frieden mehr im Hause. Frau Mathilde wußte ihn auf so vielerlei und sinnreiche Weise zu quälen und zu peinigen, daß er selber gar manches Kunststücklein von ihr erlernen und zu künftigem Gebrauch merken mochte. Das Unerträglichste aber war ihm, ihre giftigen und unvernünftigen Reden ohne Unterlaß vom Morgen bis zum Abend anzuhören, wie denn überhaupt auch der tapferste Mann gegen eine Weiberzunge nicht besteht.

Er hatte sich bei seinem letzten unfreiwilligen Spaziergang einen Schaden am Fuß zugezogen, daß er das Haus nicht verlassen konnte; so mußte er nun ruhig in seinem Sessel alles über sich ergehen lassen. Ärger und Ungeduld zehrten an seinem Fleische wie zwei gefräßige Geier, und er durfte seinem Zorn nicht einmal, weder durch Worte noch Gebärden, Luft machen, denn Frau Mathilde zog gleich bedenkliche Gesichter und wollte nach Arzt und Bader schicken. – Dabei fühlte er sich mit jedem Tage hinfälliger an seinem Leibe und – menschlicher Natur und Schwachheit unterworfen – höchst kleinmütig und niedergeschlagen in seinem Gemüte. Und so kam es endlich, daß er, unfähig, solchen erbärmlichen Zustand länger zu ertragen, demselben schleunig ein Ende zu setzen beschloß. Doch wollte er zu gleicher Zeit sich an dem Magister Rößlein rächen, als an dem Urheber aller Schmach und Unbill, die er erduldet.

Nach einer Zeit, da er wieder aus dem Hause gehen konnte, fand er eines Tages, vom Rathaus kommend, groß Leben und Zusammenlaufen auf dem Markt, denn es hieß, kaiserliche Kriegsvölker lägen draußen vor den Toren. Zwei Hauptleute mit einigen Reitern hielten vor dem Rathaus, und als er nach Haus gelangte, saß ein stattlicher Degen bei Frau Mathilden, der ihn, ohne vom Platz zu rücken, mit einem Blick zur Seite maß. Frau Mathilde sprach freundlich: »Schau doch, mein Kind, das ist ein Herr Vetter aus Sachsen, der mich hier aufgesucht und einige Tage bei uns fürliebnehmen will.« Und damit kehrte sie sich wieder zu diesem und fuhr fort, nach der Verwandtschaft in Sachsen zu fragen. Der Teufel musterte währenddessen den Herrn Vetter, der mit seinem geschlitzten und bebänderten Wams und großen Pluderhosen sich wie ein Truthahn auf dem Sessel blähte, und sein Gesicht und ganzes Wesen kam ihm schier unleidlich vor. Doch Frau Mathilde schien an ihm nicht übel Behagen zu finden, horchte ihm freundlich aufmerksam zu, da er von seinen Kriegstaten erzählte, und war gegen ihre Gewohnheit geschäftig und bemüht, den Gast zu bewirten und zu bedienen, so daß der Teufel, dem es nimmer so gut geworden, mit scheelen Augen dreinsah.

Der Kriegsmann, der bald merkte, wie die Sach' im Hause stand, ging Frau Mathilden mit Worten und kleinen Diensten überall zur Hand, und da sie immer noch von feinem Aussehn war, fiel es ihm nicht schwer, weidlich um sie herum zu lecken und zu scherwenzeln. So setzte er sich immer fester in ihrer Gunst, fing allgemach an, den Herrn im Hause zu spielen, und betrug sich gegen den vermeintlichen Magister Rößlein aufs allerhoch- und übermütigste. Der arme Teufel, dem also statt eines Herren deren zwei zugewachsen waren, fuhr dabei am schlimmsten; auch stieg ihm der Groll und Grimm immer höher an das Herz und wollte ihn ersticken, wenn er ihn nicht zum Ausbruch ließ. Die Gelegenheit dazu sollte sich indes bald ergeben.

Es war ihm besonders verdrießlich, wenn er den eiteln Gecken von seinen Taten mußte erzählen hören, welche gefährliche Abenteuer er bestanden, wie er dort und da seine ungemeine Tapferkeit erwiesen und allerwegen die unglaublichsten Dinge verrichtet. Nun brachte der Held einstmals auch, während er sich's bei der Flasche wohlsein ließ, ein gar ergötzlich Stücklein auf die Bahn von einem Kapuziner, der einst in seinem Beisein den Teufel zitiert, und wie derselbe wirklich in entsetzlicher Gestalt erschienen sei, worauf er selbst aber ohne weitere Waffen, als einen Kessel mit Weihwasser und ein geweihtes Skapulier, mit ihm kecklich angebunden, ihn bezwungen und zum Erstaunen und Schrecken des Kapuziners in einen Sack gesteckt habe, woraus er nur gegen Herbeischaffung eines ansehnlichen Lösegeldes entkommen.

Der Teufel ergrimmte im Innersten; doch sprach er lächelnd und mit einfältiger Miene: »Wieviel Fäden hatte denn wohl Euer Sack, Junkherr?«

»Ich hab' nicht daringesteckt, sie zu zählen!« lachte dieser. – »Doch war er groß genug, daß ich Euch noch als Zugabe mit hineingepackt hätte.«

»Das laß ich gelten!« entgegnete der Teufel, ging hinaus und: »Da bring' ich einen!« sprach er – mit einem Sack unter dem Arm zurückkehrend –, »der möchte Euch wohl auch gerecht sein. Bitte, Ihr wollet mir ihn messen helfen.«

Frau Mathilde wußte nicht, was sie von ihrem Manne denken sollte, und befahl ihm, den Sack auf der Stelle wieder hinauszutragen, allein er ließ sich nicht irren, sondern rief: »Kriecht nur hinein, Junkherr! Ich will Euch das Kunststücklein lehren.« – Da sprang der Kriegsheld zornig empor. »Wer ist der verfluchte

Wicht«, schrie er, »der also mit mir zu spaßen wagt? So wahr ich
kaiserlicher Majestät mit Ehren diene, schwöre ich dir, Magisterlein, nun sollst du mir in den Sack!« – Und damit, willens,
seinen Spruch ins Werk zu setzen, faßte er ihn mitten um den
Leib, doch behend entwand sich ihm der Teufel, und ihn mit
beiden Händen ergreifend, schüttelte er ihn mit solcher Macht,
daß ihm alle Gebeine krachten und er, an den entsetzlichen
Blicken und der ungeheuern Gewalt wohl merkend, mit wem
er's zu tun habe, sich erbleichend und voll Entsetzen losmachte,
den Degen zog und schrie: »Bleibt mir vom Leibe! Ich habe
nichts mit Euch zu schaffen.« Frau Mathilde wollte dem Teufel
mit Schimpfen und Toben von hinten in die Haare fallen, wie
einen Federball aber warf er sie zur Seite, daß sie weithin
taumelnd zu Boden fiel, rang seinem Gegner mit einer geschickten Bewegung den Degen aus der Hand, packte ihn, den der
Schreck und das Entsetzen stumm und starr gemacht hatten, und
nicht anders, als wär's ein Bündel schmutzige Wäsche, steckte er
ihn gelassen in den Sack. Drauf schnürte er den Sack fest zu, lud
ihn auf den Rücken, und ohne weder Frau Mathildens Zeterge-
schrei, noch das Strampeln des Gesäckten, noch auch das Zusammenlaufen des Volks weiter zu beachten, trug er ihn schnell
über die Straße nach der nahen Brücke und warf ihn dort über
das Geländer hinab ins Wasser. Da er nun bei dem Tumult, der
darüber entstand, nicht ans Entwischen dachte, sondern sich an
dem Auf- und Untertauchen des Sacks zu ergötzen schien, so
ergriffen ihn einige Soldaten, die eben des Weges kamen. Ohne
allen Widerstand ließ er sich fortführen, und so brachten sie ihn
unter großem Zusammenlauf vor ihren Obersten.
Obgleich nun der gesäckte Eisenfresser von einigen Gerberge-
sellen aufgefischt und mit geringer Mühe wieder zum Leben
gebracht worden war, so wußte der Teufel doch beim Verhör
die Sache so geschickt zu wenden und zu verdrehen, bald einfältig, bald geheimnisvoll, bald verlegen erscheinend, sich so verdächtig zu machen, daß eine Haussuchung befohlen ward, und
da man hier unter Magister Rößleins Büchern mehrere Schriften, die neue Lehre betreffend, fand, gegen die der Kaiser damals
überall zu Felde zog, konnte der Oberste nicht anders, als ihn
unter starker Bedeckung nach dem Hauptquartier zu senden.

Hier machten sie gering Federlesens mit ihm, und der General, ein hitziger Katholik und von rauher Gemütsart, wie er war, meinend, es sei an der Zeit, auch in hiesiger Gegend ein Exempel zu statuieren, befahl, ihn ohne weiters aufzuknüpfen. Weil indes die Nacht schon hereinbrach, verschoben sie die Exekution bis zum andern Morgen und führten den Teufel indes zur Haft. Als es aber mitten in die Nacht kam, siehe! da warf dieser, in einer zornigen Flamme auflodernd, die erborgte Menschengestalt von sich, daß sie in ein Häuflein Asche zerfiel, schlug in heller Lohe durch den Schornstein hinaus und fuhr in einem greulichen Sturm und Ungewitter, das er schnell zusammengeballt, nach Wien, wo Magister Rößlein sich eben damals aufhielt. Diesen nun, der einen tüchtigen Rausch ausschlief, ergriff er leise und behutsam, fuhr mit ihm durch die Lüfte den Weg, den er gekommen, wieder zurück, und noch ehe der Morgen graute, lag Magister Rößlein schnarchend auf dem harten Lager in demselben Gefängnis, woraus der Teufel vor kurzem erst entschlüpft.

Als Magister Rößlein damals mit des Teufels Gelegenheit seine Vaterstadt verlassen hatte, sah er den Himmel kaum vor lauter Geigen. Er war seines Ehejoches ledig, führte einen wohlgespickten Beutel, die ganze Welt voll Kurzweil und Weinfässer lag zu Wahl und Lust vor ihm, und wie ein Vogel, der dem Bauer entwichen ist, ohne Zweck und Ziel, nur um die neuerworbene Freiheit zu proben, hin und wider fliegt, bald da, bald dort, wo ihm ein Beerlein winkt, sich niederlassend, so behagte es ihm gleichfalls, bald rechts, bald links von einem Orte zum andern zu ziehen, und wo er ein gutes Beerlein spürte, da kehrte er ein.
So war er denn auch nach Regensburg gekommen und dort einer verschmitzten Dirne und ihrer Mutter ins Netz gegangen, die, gleich den Vogel an der Stimm' erkennend, ihm nicht allein den Beutel gefegt, sondern auch in der Trunkenheit ein Eheversprechen abgelockt hatten. Er ließ sich's wenig kümmern, was daraus entstehen möchte, ja, die Schadenfreude kitzelte ihn vielmehr weidlich, wenn er dachte, welch feines Stück Flachs er vielleicht dem Teufel auf den Rocken gelegt, daß er daran zu spinnen haben würde.

Von Regensburg zog er mit einem Strich nach Wien, willens, vor der Hand dort zu bleiben. Doch indem er hier wieder anfing zur Ruhe zu kommen, hub sein Gewissen an sich zu regen. Es stellte ihm die Sündlichkeit seiner Teufelsbeschwörung, die Verruchtheit des geschlossenen Vertrags und die entsetzlichen Folgen desselben in hellen Farben auf. Immer näher legte sich ihm die Reue ans Herz, daß er das ewige Heil seiner Seele auf ein so freventliches Spiel gesetzt; seine Angst wuchs mit jedem Tage, der Teufel möchte das Probejahr bestehen, und es war ihm oft, als sähe er schon den greulichen Höllenrachen, der mit tausend Flammenzungen nach ihm emporleckte, besonders seitdem er in einer Kirche ein großes Bild getroffen, wo die Qualen der Verdammten in der Hölle auf die mannigfaltigste und erschrecklichste Weise dargestellt waren. Das Bild lag ihm Tag und Nacht zu Sinne; er fand nirgend Ruhe und wagte es in dieser Not und Bekümmernis nicht einmal, seine Zuflucht zum Gebet zu nehmen, da er sich als einen von Gott Abgefallenen und Abtrünnigen ansehen mußte.

In solchem erbärmlichen Zustande wandte er sich endlich an einen Kapuzinermönch, der wegen seiner Frömmigkeit großen Zulauf hatte. Diesem vertraute er unter dem Siegel der Beichte seine ganze Geschichte. Doch hatte er dessen auch nur geringen Gewinn; denn der Mönch befahl ihm, außer andern strengen Bußübungen, auf der Stelle heimzukehren, den Vertrag mit dem Teufel aufzuheben und alles, was daraus für ihn entstehen möchte, als eine gerechte, obwohl noch immer zu gelinde Züchtigung für sein fluchwürdiges Verbrechen in Demut auf sich zu nehmen, ja, selbst wenn es an sein Leben gehen sollte, es freudig als ein Sühnopfer darzubringen, auf daß die unsterbliche Seele gerettet werde. Allein hierzu fehlte dem Magister Rößlein der Mut, obwohl er sich oft mit Tränen unter Frau Mathildens Herrschaft zurücksehnte; auch wußte er nicht, wie er dem Teufel das vorgeschoßne Geld erstatten solle. Und so brachte er nun, gleich unfähig, sich seines Zustandes zu entledigen, als dessen froh zu werden, sein Leben hin in schmählicher Unentschlossenheit, Trübsal und täglich wachsender Angst, die ihn wie einen Geächteten umhertrieben. Nur sein alter Freund Bacchus wollte ihm zuweilen noch als ein freundlicher Tröster erscheinen, und dann ergab er sich ihm auch so gänzlich und ohne Rückhalt und hörte nicht eher auf, in den Becher zu schauen, als bis er darin ein vollständiges Vergessen der ganzen Welt und seiner selbst gefunden.

Nach einem solchen Bacchusbesuch war es nun auch, als der Teufel ihn, der im tiefsten Schlafe lag, aus seinem Bette holte, durch die Luft davontrug und statt seiner auf das harte Lager des Gefängnisses zu einem nicht geahneten, unerfreulichen Erwachen niederlegte. Es waren just zwei Monden, nachdem Magister Rößlein seine Frau verlassen.

Die Sonne kam hinter den Bergen herauf und lugte freundlich in das Gemach, da trat der Gefangenwärter herein, und als er seinen Delinquenten so trefflich schnarchen hörte, verwunderte er sich darüber, wie einer, dem das letzte Stündlein so nahe, noch eines so ruhigen Schlafes pflegen könne, ging hin und rief, ihn beim Arm ergreifend: »Steht auf, steht auf! Ihr habt keine Zeit zu verlieren, wenn Ihr Euch rüsten wollt zur letzten Reise!« – Dem Magister träumte eben von einem herrlichen Gastmahl, von dem ihn der Teufel abrufen lasse, und er sprach, sich im Traum an Meister Stumpfens Lied erinnernd: »Faule Fische! Faule Fische! Ich bleibe hier! Der Teufel ist kassiert!« – Doch da jener nicht abließ, schlug er die Augen auf, und den Gefangenwärter neben sich erblickend, glaubte er, es sei sein Diener, schalt ihn einen einfältigen Tropf und hieß ihn zu Bette gehen; er wolle auch schlafen. Jener wußte nicht, ob er lachen oder sich ärgern sollte. Indem trat die Wache herein, welche kam, ihn abzuholen. »Da sind sie schon!« schrie der Gefangenwärter. »Wenn Ihr auf Erden noch etwas zu bestellen habt, so macht geschwind; ich will's Euch ausrichten.«

Die Soldaten stießen ihre Hellebarden auf den Fußboden; Magister Rößlein fuhr erschrocken empor, rieb sich die Augen und schaute voll Verwunderung umher. »Wird's bald?« rief der Gefreite. Der Magister starrte ihn an. »Was wollt Ihr von mir?« sprach er, »und wo bin ich denn?« – »Beim Meister Haltunsfest«, entgegnete jener, »und wollen wir Euch sofort dem Meister Hämmerlein überliefern, auf daß Ihr in der Familie bleibt.« Die Soldaten lachten. »Es ist heut Euer Geburtstag«, sagte der eine –

»er will Euch anbinden.« – »Das Halsband liegt schon bereit«, der andre. Darauf würde er sich nicht wenig einbilden, meinte der dritte, und gewißlich heut die Nase höher tragen denn alle andere ehrliche Leute. Der vierte sprach, er solle sich nur in acht nehmen, daß er nicht damit an die Ewigkeit stieße, seine Füße möchten sonst leicht die Zeitlichkeit nicht wiederfinden können. – Da sprang Magister Rößlein entsetzt von seinem Lager auf, faßte sich an die Stirn, lief ans Fenster. »Was ist mit mir vorgegangen?« schrie er, »wo bin ich? Warum bin ich in diesem Loche?« – Die Soldaten meinten, er müsse noch schlaftrunken sein und lachten; der Gefangenwärter, der etwas im Kamin liegen sah, lief hin, genauer nachzusehen. Siehe, da lag auf einem Häuflein fetter Asche ein Beutel Geld und ein mitten durchgerissenes Papier.

»Er hat sich einen Zehrpfennig zurückgelegt auf die Reise«, sprach der Gefreite. Die andern meinten, der sei ihm nicht vonnöten, da er unterwegs freigehalten werde und in der Ewigkeit andere Münze gelte, sie wollten daher das Geld nur lieber unter sich teilen und eins auf seine glückliche Ankunft jenseits trinken. Der Wärter las die Schrift auf dem Beutel und schüttelte den Kopf: »Fünfhundert Goldgülden! Ei, ei! Das Geld kann diesem nicht gehören. Wäre er so reich, so würde er heute nicht gehangen.«

Magister Rößlein, den gleich die wunderliche Ahnung überlaufen hatte, nahm ihm das Papier aus der Hand und erkannte den mit seinem Blute geschriebenen Vertrag mit dem Teufel mitten entzweigerissen. – Es war also klar, der Teufel hatte seine Probe nicht bestanden, gab ihn wiederum frei, und der Beutel enthielt das bedungene Strafgeld ehrlichermaßen, obwohl mit Abzug der vorgeschossenen Reisekosten.

Wie sehr es ihn nun auch erfreute, auf diese Weise mit einemmal seiner Sorge und Angst ledig geworden zu sein, und er in seinem Herzen Gott dankte, der sich seiner erbarmt, so warf ihn doch die Lage, in welcher er sich befand, in neuer Unruh und Bestürzung umher. Er begriff nicht, was mit ihm vorgegangen, konnte nach den Reden der Soldaten nicht anders als des Schlimmsten gewärtig sein und mußte mit Schrecken eine Hinterlist des Teufels vermuten. So wandte er sich also nochmals an die

Soldaten, bittend, sie wollten ihn doch bescheiden, wo er sei, wie er hiehergekommen, und endlich, was sie von ihm begehrten. Allein da sie eben dabei waren, sein Geld zu zählen und unter sich zu teilen, hörten sie nicht auf ihn, sondern nachdem sie ihr Geschäft geendigt, befahl der Anführer, ihn in die Mitte zu nehmen, und sprach: »Mit solchen Ausflüchten kommst du nicht los, Gesell; nun ist's zu spät, und du mußt hängen.« – Und damit führten sie ihn fort, hinaus vor das Tor, und als sie vors Tor gelangten, sah er das Heerlager vor sich liegen und erkannte nun alsbald die Gegend, wo er war. Zur Seite aber zeigte ihm einer der Soldaten den Galgen und sprach: »Da ist Meister Hämmerleins Werkstatt, wo er Euch das ewige Leben anmessen soll. Er steht schon auf der Leiter und wartet auf Euch.«

Als nun Magister Rößlein dies sah, begann er jämmerlich zu wehklagen, rufte den Himmel zum Zeugen an seiner Unschuld und sträubte sich mit Händen und Füßen gegen seine Wache, die ihn weiterführen wollte. Darüber liefen mehrere Soldaten aus dem Lager zusammen, die sich bei Rößleins Beteuerungen des lauten Gelächters nicht erwehren konnten, dadurch immer wieder eine neue Menge herbeiziehend, und so das halbe Lager in Aufruhr brachten.

In dem Augenblicke fügte es sich, daß der Herzog Alba, der den Oberbefehl über das aus Sachsen nach Augsburg ziehende Heer führte, das Lager besuchend, eben vorüberritt und, des Zusammenlaufs ansichtig, einen aus seinem Gefolge abschickte, sich nach der Ursach' zu erkundigen. So wurde er denn berichtet, es sei der Delinquent, der wegen versuchter Ersäufung eines kaiserlichen Soldaten zum Strang verurteilt worden; er stelle sich aber jetzt nicht allein ganz unwissend in Ansehung seines Verbrechens, sondern behaupte geradezu, gestern noch in Wien gewesen und nur durch die Gewalt und Hinterlist des Teufels in der vergangenen Nacht hieher und in solche betrübte Lage versetzt worden zu sein.

Der Herzog stieg vom Pferde, und in eines Hauptmanns Zelt eintretend, befahl er, den Delinquenten vor ihn zu führen, redete ihn auf lateinisch an und befragte ihn nach seiner Herkunft und wie er zu einem solchen Verbrechen gekommen sei. Magister Rößlein, dem alsobald die Hoffnung wieder aufschoßte, hub nun an, seine Lebensgeschichte zu erzählen mit kurzen Worten, und wie er endlich Frau Mathildens schwerem Joche sich entzogen und nach Wien begeben habe, wo er gestern noch gewesen. Auf welche Art er nun plötzlich wieder hieher-gekommen, davon wisse er ebensowenig, als von dem Verbre-chen, welches er begangen haben solle. Seines Vertrags mit dem Teufel aber mochte er keine Meldung tun.

Da trat der Oberst aus Bamberg hervor, ließ ihn hart an, daß er sich unterfange, vor dem durchlauchtigsten Feldherrn also mit Lügen zu spielen, und sprach zu letzterm: »Dieser Mann ist seit Jahren nicht aus seiner Vaterstadt gewichen; ich bin des sattsam unterrichtet.« Doch einer aus des Herzogs Gefolge unterbrach ihn: »Vergebt mir, daß ich Euch widerspreche! Dieser Mann war vor acht Tagen noch in Wien. Ich hab' ihn dort gesehn und kann's bezeugen.« – Indem sich nun Magister Rößlein um-schaute nach dem, dessen Worte ihn wie eines Engels bedünk-ten, und einen Hauptmann erkannte, mit dem er in Wien zum öftern beim Becher gesessen, waren aller Blicke voll Verwun-derung und Neugier auf ihn gerichtet; Herzog Alba aber, nach-dem er eine Weile nachsinnend gestanden, befahl, ihn mit dem Magister allein zu lassen.

Als sich alle hinwegbegeben hatten, warf sich dieser vor dem Herzog auf die Knie, ein treues Bekenntnis seines Verbrechens angelobend, des einzigen, dessen er sich schuldig wisse, und ihn anflehend, er wolle es mittelst seiner Gnade möglich machen, daß er sich durch Reue und lange Buße mit Gott versöhnen könne, den er allein beleidigt. Darauf erzählte er alles, wie es sich begeben, wie er zu dem Büchlein gelangt, seine Teufelsbe-schwörung, seinen Vertrag mit dem Teufel und seine Reise nach Wien.

Der Herzog hörte ihm mit großer Aufmerksamkeit zu, und da der Magister ihm am Ende das Teufelsbüchlein, das er zu seinem Glück bei sich getragen, überreichte, nahm er es hastig in seine Hände, blätterte darin hin und her, seine Augen funkelten, und über sein blasses Angesicht zuckte mehrmals eine flüchtige Glut. Er legte ihm noch einige Fragen vor, die Beschwörung betref-fend, dann sprach er nach einem kurzen Nachdenken: »Gehe hin, ich schenke dir dein Leben! Das Büchlein bleibt in meiner

Hand; doch hüte dich wohl, einem zweiten zu vertrauen, was du mir vertraut.« Darauf den Zeltvorhang zurückschlagend und jenen hinauslassend, zu den draußen stehenden Herren: »Er ist frei! Laßt ihn aus dem Lager geleiten.«

Nun hätten zwar einige von den Herren gern gewußt, was der Herzog mit ihm gesprochen und was er ihm erzählt, allein Magister Rößlein hatte wohl Besseres zu tun, als ihnen Rede zu stehen. Er eilte nur aus allen Kräften, das Lager hinter sich zu bringen, so daß ihm sein Begleiter kaum folgen mochte, und wo sie vorbeikamen, riefen die Soldaten einander zu: »Das ist er, der in einer Nacht von Wien hergelaufen!«, blieben lachend stehen und ließen ihren Witz an ihm aus, und so gelangte er aus dem Lager. Doch setzte er auch hier seiner Eil' noch kein Ende, sondern lief nur um so schneller, bis er endlich von einer Anhöhe die Türme seiner Vaterstadt erschaute. Da warf er sich auf seine Knie, die Hände zum Himmel erhebend, und dankte Gott inbrünstiglich, daß er ihn aus so schrecklicher Gefahr des Leibes und der Seele gnädig errettet, gelobte, sich nimmer hinfüro gegen seinen Ratschluß aufzulehnen, sondern alles, was er ihm etwa fürder noch an Ungemach und Trübsal durch Frau Mathildens Hand auferlegen wolle, in Geduld und Demut zu ertragen, auch des Weines sich an Wochentagen zu enthalten, nur des Sonntags möchte ihm ein Kännlein oder zwei gestattet sein. Damit erhob er sich gestärkt und freudig und wanderte nach der Stadt hin.

Als er an sein Haus kam, stand Frau Mathilde mit etlichen Nachbarsleuten vor der Tür. »O heiliger Hieronymus«, schrie sie, ihn erblickend, »da ist mein Mann!«, rannte ihm entgegen und umhalsete ihn zärtlich. Die Nachbarn liefen herzu, sich seiner Rückkehr freuend, und jeder wollte wissen, was ihm begegnet und wie er seine Freiheit wiedererhalten. Er erzählte ein Märlein, das er sich unterwegs ausgedacht, wie er mit großer Kunst und Schlauheit seine Verteidigung zu führen und den Herzog Alba dergestalt zu rühren gewußt, daß dieser ihn auf der Stelle begnadigt habe.

Als er aber mit Frau Mathilden ins Haus getreten war, ließ sie alsbald ihre große Zärtlichkeit zu Boden fallen, und indem sie ihm ein weitläufiges Register aller seiner Sünden und Gebrechen vor Augen hielt, zeigte sie ihm deutlich, daß er auch hier wiederum mehr Glück als Verstand gehabt und wohl eine derbe Züchtigung verdient hätte. Magister Rößlein ließ sie reden und schwieg, nahm auch von nun an alle harte Worte in Demut hin, widersprach niemals, sondern war ihr, als die doch lediglich allein seine arme Seele aus des Teufels Krallen gerissen, allzeit freundlich und untertänig und dachte nur immer: es ist doch besser, als in der Hölle brennen, so daß nirgends ein vortrefflicherer Ehemann gefunden werden mochte.

Damit er aber täglich der Gefahr und Rettung seiner Seele, sowie seiner getanen Gelübde sich erinnern möchte, wandte er einiges Geld, welches er noch von Wien her in seiner Tasche gefunden hatte, dazu an, sein Haus neu abputzen zu lassen, und bat dann seinen Freund, Meister Stumpfen, den Maler, dem er sein Abenteuer anvertraut, er wolle ihm ein Gemälde darauf setzen, wie es zu seiner Absicht schicklich sei.

So malte ihm dann dieser oberwärts an das Haus ein Rößlein, welches nach abgeworfener Last mit zerrissenem Zaum und Zügel und wild fliegender Mähne bergabwärts einem Abgrund zurannte, aus welchem greuliche Flammen emporschlugen; weiter unten war dasselbe Rößlein zu schauen, wie es, einen schweren Sack auf dem Rücken, gar demütig und geduldig durch Disteln und Dornen einen hohen, steilen Berg hinanklimmte, zuoberst über dem Berge aber öffnete sich der Himmel in seiner Glorie, und die Engelein saßen darin, auf mancherlei Instrumenten lustig musizierend.

Unter diesem Gemälde dicht über der Haustür stand geschrieben:

> Ein'm jeglich Ding ist auf der Welt
> sein Ordnung und Gesetz bestellt,
> die es mit scharpfem Zaum regiern,
> ein jeder auch sein Kreuz tut führn.
> Wer solcher Zucht will bar sich machen,
> rennt leicht dem Teufel in den Rachen.
> Wer aber, was ihm auferlegt,
> den schweren Sack ohn' Murren trägt,
> in Einfalt, fromm, demütigleich,

der geht gradaus ins Himmelreich
zu ew'ger Lust und Freuden ein.
Das woll' uns allen Gott verleihn!

Als Meister Stumpf nun eines Morgens, die letzte Hand anle-
gend, auf der Leiter stand, stellte sich ein Männlein mit Federhut
und Scharlachmantel bei ihm ein und sah ihm aufmerksam zu,
und da jener einen Augenblick ins Haus gegangen war, fand er
bei seiner Rückkehr zu seinem Schrecken das unterste Rößlein
auf dem Gemälde durch Ansetzung zweier stattlicher Ohren in
einen Esel verwandelt; das Scharlachröcklein war verschwunden. So viele Mühe er nun auch daran verwandte, diesen
schimpflichen Zusatz wieder zu vertilgen, war doch alles vergeblich; wenn er kaum den Pinsel weggelegt hatte, waren auch
die Eselsohren wieder da, und Magister Rößlein sprach, andächtig die Hände faltend: »Laßt's nur sein! Er mag wohl recht
haben.«

CLEMENS BRENTANO
Das Märchen von dem Schulmeister Klopfstock und seinen fünf Söhnen

 s war einmal ein Mann, der hieß Klopfstock und hatte fünf Söhne: der erste hieß Gripsgraps, der zweite hieß Pitschpatsch, der dritte hieß Piffpaff, der vierte hieß Pinkepank, der fünfte hieß Trilltrall.

Der gute Klopfstock hatte seine Söhne sehr lieb und wollte sie gerne etwas Recht's lernen lassen; aber bei ihm war Noth in allen Ecken, das Dorf, wo er Schulmeister war, war abgebrannt und die Schule auch und die Bauern auch und die Schuljungen auch; er war mit seinen fünf Söhnen allein übriggeblieben.

Er setzte sich also auf einen Stein mitten in dem abgebrannten Dorf, und seine fünf Söhne traten um ihn her, und er sprach zu ihnen: »Herzliebe Jungen! ich bin plötzlich ein armer Mann geworden, und so gern ich euch auch zu gelehrten Leuten aufziehen wollte, fehlen mir doch alle Mittel dazu; denn erstens kann ein leerer Magen nicht viel Gelehrtes sagen, und zweitens sind mir alle meine ABC-Bücher in der Schule verbrannt. Ich muß euch daher in alle Welt schicken, daß ihr euch selbst etwas versucht; ihr seyd schon große Bursche und müßt leben, wo ihr Herrn findet, denen ihr dienen und bei denen ihr etwas lernen könnt. So lebet denn wohl, ein jeder folge seinem Beruf, und nach einem Jahr besucht mich wieder, da will ich euch examinieren, ob ihr etwas gelernt habt. Bis dahin will ich sehen, ob ich aus dem herumliegenden Holz mir wieder eine Hütte zusammengebaut habe, damit ich euch beherbergen kann.« – Da sagten die Söhne: »Wir wollen treulich thun, was du uns befohlen, aber du hast gesprochen, ein jeder folge seinem Beruf: was ist nun dann der Beruf?« – Da wußte der Schulmeister nicht gleich, was er sagen sollte, was Beruf sey, und rieb sich die lange Stirne. Endlich sagte er: »Beruf kommt her von rufen; was euch ruft, das ist euer Beruf.« – Da fragten die Söhne wieder. »Aber Vater! was ruft uns denn?«, und der Schulmeister sagte: »Euer Namen ruft euch.« – Da sagten die Söhne wieder: »Ihr, Vater, heißt Klopfstock, euer Name ist Klopfstock, was ist nun euer

Beruf?« – Da wurde der Vater ungeduldig und sagte: »Ein Narr kann mehr fragen, als zehn gelehrte Leute beantworten können; ja, mein Name ist Klopfstock, und mein Beruf ist Klopfstock, nämlich ich soll so dumme Narren mit dem Stocke recht ausklopfen«, – und da nahm er seinen Stock und wollte seinen Söhnen einen Denkzettel mitgeben; aber sie nahmen die Beine auf die Schultern und liefen, so schnell sie konnten, davon.

Als sie ein Stück Wegs zurückgelegt hatten, war es Abend, und sie legten sich in einem Walde nieder und redeten davon, was doch jeder für einen Beruf haben möchte. Da hörten sie auf einmal Leute sprechen, die vorbeigingen. Einer sagte zum Andern: »Viele Mühe hat es gekostet, bis wir hinaufkamen, dann ging es aber auch lustig, gripsgraps.« – Kaum hatte Gripsgraps seinen Namen nennen hören, als er von seinen Brüdern aufsprang und zu ihnen sagte: »Gripsgraps heiß ich, Gripsgraps ruft's mich, Gripsgraps ist mein Beruf, zu dem mich Gott im Himmel schuf; übers Jahr sehen wir uns wieder beim Vater.« Da sagten sie sich Lebewohl, und er eilte den Leuten nach, die von Gripsgraps gesprochen hatten.

Gegen Morgen hörte der jüngste Bruder Trilltrall die Vögel im Wald so trillern und trallern, da sagte er zu den andern: »Lebt wohl, liebe Brüder! Trilltrall heiß ich, Trilltrall ruft's mich, Trilltrall ist mein Beruf, wozu Gott mich im Himmel schuf.« Und da nahm er Abschied und lief tiefer in den Wald.

Als sie noch weiter kamen, gingen sie auf eine Wiese, da stand eine Menge Volks und schoß mit der Büchse nach der Scheibe, und das ging immer: piff paff. Da sagte der eine Bruder: »Piffpaff heiß ich, Piffpaff ruft's mich, Piffpaff ist mein Beruf, zu dem mich Gott im Himmel schuf.« Und da nahm er auch Abschied und ging zu den Schützen.

Die zwei andern gingen durch die Stadt, da hörten sie auf einmal pinke pank, pinke pank klingen und guckten sich um, da stand ein Apotheker und stieß im Mörser pinke pank, pinke pank.

Da nahm der eine Bruder Abschied vom andern mit den Worten: »Pinkepank heiß ich, Pinkepank ruft's mich, Pinkepank ist mein Beruf, zu dem mich Gott im Himmel schuf«, und ging zum Apotheker.

Da war nun der Bruder Pitschpatsch allein, und da kam er an

einen Fluß und wollte überfahren und rief den Schiffleuten
jenseits zu: »Hohl über! hohl über!« Die setzten sich in den Kahn,
und die Ruder gingen pitsch patsch, pitsch patsch, und da
sprang er freudig in den Kahn und sagte: »Pitschpatsch heiß ich,
Pitschpatsch ruft's mich, Pitschpatsch ist mein Beruf, zu dem
mich Gott im Himmel schuf«, und blieb bei den Schiffleuten.

Als das Jahr herum war, hatte sich der Schulmeister Klopfstock
seine Hütte bereits wieder aufgebaut bei einem großen, schatti-
gen Baum, und als der Tag herankam, an welchem seine Söhne
wieder aus der Fremde kommen sollten, setzte er eine Schüssel
voll Kartoffeln auf den Tisch und Bänke drum herum; da
pochte es an der Thüre, und vier seiner Söhne kamen anständig
und wohlgekleidet herein, nur Trilltrall fehlte noch.

Klopfstock umarmte sie alle vier und fragte, wo denn Trilltrall
sey, da sprachen sie: »Der steht vor der Thür und schämt sich,
weil er so häßlich aussieht.« – Da ging der Vater hinaus und sah
den Trilltrall unter einem Baume stehen. Er sah ganz wild und
lumpig aus, die Haare waren ihm so lang gewachsen, und er war
ganz braun im Gesicht und redete kein Wort als: st! st! still!
horch! still! Wozu er den Finger auf den Mund legte. Da sagte
der Vater: »Laßt den armen Schelm stehen, er ist ein Narr
geworden, wir wollen ihm hernach ein paar Kartoffeln hinaus-
bringen, kommt und eßt.« – Da setzten sie sich zu Tisch und
aßen, und der Vater fragte den Ältesten: »Gripsgraps! was hast
du gelernt in der Fremde?« – Da sagte dieser:

>»Gripsgraps heiß' ich,
>Gripsgraps rief's mich,
>Gripsgraps ist mein Beruf,
>Zu dem mich Gott im Himmel schuf.

Vater! ich habe gelernt Gripsgraps machen und bin ein so
geschickter Dieb, daß ich Alles zu stehlen weiß, und läge es unter
hundert Schlössern verschlossen! Auch kann ich mit zwei Dolchen an einem steilen Thurm hinaufklettern wie auf einer Leiter!«

»O, du unglücklicher Sohn!« rief der Vater aus, »was für eine
gottlose Kunst hast du gelernt, ich bitte dich um Gotteswillen,
lege dich bei Zeiten auf etwas Anderes, sonst mußt du lernen,
ohne deine zwei Dolche an den lichten Galgen hinaufsteigen!« –

»Aber was hast du gelernt?« sagte er zu dem Zweiten, und dieser sagte:

>>Piffpaff heiß' ich,
Piffpaff rief's mich,
Piffpaff ist mein Beruf.
Zu dem mich Gott im Himmel schuf.

Ich bin zu den Schützen gekommen und habe so vortrefflich schießen gelernt, daß ich einer fliegenden Schwalbe das Aug aus dem Kopf herausschießen kann.« –

»Das läßt sich hören«, sagte der Vater, »das ist ein herrliches Handwerk, da kannst du uns manchen Braten auf der Jagd schießen; Gott segne dich dafür.« – Dann sagte er zu dem Dritten: »Was hast du denn erlernt?« – Der antwortete:

Pinkepank heiß' ich,
Pinkepank rief's mich,
Pinkepank ist mein Beruf.
Zu dem mich Gott im Himmel schuf.

Ich habe den Apotheker hören im Mörser pinkepank stoßen und bin ein Apotheker geworden und kenne ein Kräutchen Steh auf! – damit kann ich die Todten lebendig machen.«

»Gelobt sey der Herr!« sagte der Vater, »du hast etwas Herrliches gelernt; du kannst uns allen helfen, und wenn dein Kräutchen Steh auf! Wort hält, sehen wir einem Aufstand entgegen, der uns zu den reichsten Leuten der Welt machen wird.« – Nun fragte er den Vierten: »Was hast denn du gelernt?« – Der sagte:

»Pitschpatsch heiß' ich,
Pitschpatsch rief's mich,
Pitschpatsch ist mein Beruf,
Zu dem mich Gott im Himmel schuf.

Ich habe die Ruder der Schiffleute hören pitschpatsch im Wasser machen, und da bin ich ein Schiffer und Schiffbaumeister geworden und habe gelernt, ein Schifflein zu bauen, welches so geschwind fährt wie eine Schwalbe, die über das Wasser hinstreicht.«

»Vortrefflich!« sagte der Schulmeister, »du hast eine ehrbare gute Kunst gelernt, und wir können einmal auf deinem Schiffe um die ganze alte Welt herumreisen und eine ganz neue Welt entdecken.«

Nun rief der Schulmeister zur Thüre hinaus: »Trilltrall! komm herein und esse und erzähle, was du Gutes in der Fremde gelernt hast. Ich glaube schier, du hast dich auf die Bärenhäuterei gelegt, weil du so wild und zottig aussiehst.«

Der gute Trilltrall aber sagte nichts und winkte immer mit der Hand st! st!, sie sollten kein Geräusch machen. Darüber ärgerte sich der Vater und sagte zu seinen andern Söhnen: »Wir wollen nur fertig essen, der närrische Kerl weiß nicht, was er will.« – Nun aßen sie lustig auf, was da war, und erzählten sich, was sie Alles mit ihren Künsten erringen wollten. Da patschte Trilltrall unter dem Baum auf einmal in die Hände und schrie aus: »Juchheisa! Viktoria! nun ist Alles richtig«, – und kam vergnügt in die Stube gesprungen.

»Was ist richtig? ich glaube, in deinem Kopf ist es nicht richtig«, sagte der alte Klopfstock. »Pfui! wie siehst du aus, wie die Erde so schwarz, man könnte auf dir ackern und säen; zu essen ist auch nichts mehr da, warum bist du nicht gekommen, als ich dich gerufen?« – »Seyd nicht böse, Vater«, erwiederte Trilltrall, »aber es ist doch Alles richtig.« – »Nun, womit ist es denn richtig?« fragte der Schulmeister ungeduldig. – »Das will ich euch hernach erzählen«, erwiederte Trilltrall, »erst muß ich essen; aber ich sehe, es ist nichts mehr da; nun muß ich mich selbst umsehen.« – Da lief er zur Thüre hinaus in des Schulmeisters Garten und kam mit einem großen Kohlkopf wieder, in den er wie in einen Apfel biß.

Der Vater und die Brüder mußten recht über ihn lachen, daß ihm der rohe Kohl so schmeckte. »Ja, du mein Gott!« sprach Trilltrall, »man muß viel lernen auf der Welt, ländlich, sittlich«, und auf einmal schnappte er mit dem Maule so heftig nach einer dicken Fliege, die durch die Stube schnurrte, daß er beinahe den Tisch umgestoßen hätte. »Delikat!« sprach er, »es war eine spanische, die erhitzt mir den Magen; da kann ich den Kohl besser vertragen, habt ihr denn gar keine Spinnen hier, Vater?«

»O, du Abscheu!« sprach der Schulmeister, »willst du gar Spinnen essen?« – »Ihr wißt nicht, was gut ist, lieber Vater, weil ihr es noch nicht versucht habt. Hat der heilige Johannes Heuschrecken in der Wüste gegessen, so wüßte ich nicht, warum ich so stolz seyn sollte, die Spinnen zu verschmähen.« – Da sprach

Klopfstock: »Nun, ich bin recht begierig, was du magst erlernt haben, ich glaube gar das Einsiedlerhandwerk.«

»Du hast es beinahe getroffen, lieber Vater!« erwiederte Trill-trall, »aber das lernt sich sehr leicht; nun höre: Du sagtest, wir sollten unserm Beruf nachgehen, und ich fragte, was der sey, da sagtest du, was euch ruft, das ist euer Beruf. Wie ich nun durch den Wald ging und die tausend Vögel so trillern und trallern hörte, dachte ich:

> Trilltrall heiß' ich,
> Trilltrall ruft's mich,
> Trilltrall ist mein Beruf.
> Zu dem mich Gott im Himmel schuf,

und ging dem Gesang der Vögel immer weiter nach bis in den tiefen, tiefen Wald; und je dunkler und dichter der Wald war und je höher die Felsen, je lauter rief es mich und je stärker ward mein Beruf; denn die Vögel trillerten und trallerten immer lebendiger, und so kam ich endlich an einen ganz einsamen, stillen Fleck, und da war ein hoher Fels und ein schöner Quell und ein recht angenehmer Rasenplatz, und ringsum standen die schönsten Eichen, Buchen, Birken, Linden, Tannen und Fichten durcheinander; und da es schon Abend war und die Sonne unterging, setzte ich mich an einen Eichenstamm dem Felsen gegenüber und zog das Stück Brod aus der Tasche, welches ich noch von dem übrig hatte, das ihr jedem von uns mitgegeben, und aß.

Nun kamen auf einmal eine ganz erstaunliche Menge Vögel schaa-renweise von allen Seiten angeflogen und nahmen von den großen Bäumen Besitz und fingen ein solches Trillern und Trallern an, daß man hätte denken sollen, jedes Blättchen auf allen Bäumen fange an zu singen. Auf einmal aber geschah ein lautes Pfeifen dazwi-schen, und alle waren so plötzlich still, als wäre ihnen die Pfeiferei allen vor dem Schnabel auf einmal mit einem scharfen Messer abgeschnitten, gerade so als wenn du sonst in der Schule mit dem Bakel auf den Tisch schlugst und: »silentium!« riefst, liebster Vater! Und nun fing einer allein an zu pfeifen und dann alle mit; aber gar nicht durcheinander, sondern alle das Nämliche und sehr schön im Takt und nach den verschiedenen Stimmen pfiffen sie die Melodie des Abendlieds: »Nun ruhen alle Wälder«, worüber ich in das größte Erstaunen gerieth und endlich leise anfing mitzupfeifen. Da sie den letzten Vers gepfiffen hatten, waren sie ein paar Minuten still, als beteten sie für sich, und dann war wieder ein ganz außerordentliches Gezwitscher durcheinander, als wünschten sich die Vögel gute Nacht, worauf sie auseinander in die verschiedenen Bäume nach ihren Nestern flogen.

Ich war durch diese wunderschöne und verständige Musik der Vögel ganz nachdenklich geworden und faßte schon den Entschluß, dort wohnen zu bleiben, bis ich ihren Gesang recht verstehen gelernt. Weil aber die Gegend sehr wild war, so wollte ich doch die Nacht nicht an der Erde zubringen, denn ich hörte manchmal in den Büschen rasseln, als wenn allerlei wilde Thiere da herumstreiften. Kaum war ich nun auf den Baum gestiegen, als ich von einem benachbarten Baume ein großes Thier herunterkommen sah, welches ich aber wegen der Nacht nicht recht erkennen konnte, es kroch auf allen Vieren nach der Quelle und trank. Nun kam auch noch ein großes wildes Schwein, welches ich an seinem Grunzen erkannte, an das Wasser, und da es sich in den Bach wälzen wollte, ärgerte sich das andere Thier und grunzte auch ein wenig, gerade als wenn es mit ihm zanke, daß es ihm das Bächlein trübe mache. Das Schwein aber ließ sich nicht stören, da gab ihm das andere Thier eine ganz gewaltige Ohrfeige, so daß dies Schwein mit großem Klagegeschrei in den Wald fortlief.

Mit großem Erstaunen hatte ich das angesehen und war nicht wenig erschrocken, als das Thier gegen meinen Baum herkam und auf ihn hinaufzuklettern begann. Ich zitterte am ganzen Leibe und dachte: »Ach, du mein Gott! was wird es mir erst für Ohrfeigen geben!« In dieser Angst fing ich an, höher im Baum hinaufzuklettern; als das Thier meine Bewegung hörte, begann es, zu bellen wie ein Hund, und kroch immer hinter mir drein. Das Thier schien die Zweige des Baumes besser zu kennen als ich, denn es that keinen Fehltritt und bellte immer hinter mir drein; ich aber kam immer auf dünnere Zweige, und auf einmal sah ich vor mir ein Paar großer, feuriger Augen; es knappte eine Eule mit ihrem Schnabel gegen mich und schlug mit den Flügeln, und dicht hinter mir war das große, bellende Thier. Ich wußte nicht mehr wohin, um mich zu retten; der Ast brach unter mir, und plumps fiel ich mit großem Geprassel von Zweig zu Zweig hinab an die Erde.

Zum guten Glück hatte ich mir keinen besonderen Schaden gethan; aber meine Angst war ganz entsetzlich, und ich hatte den Muth nicht, mich im mindesten zu rühren oder einen Laut von mir zu geben. Ich blieb ruhig liegen, wo ich hingefallen war, und lauerte ganz scharf, ob das schreckliche Thier mir nachkommen würde. Es kam aber nicht, bellte nur noch eine Zeitlang hinter mir her und wurde hernach ganz ruhig. Da aber durch das Herumkriechen in dem Baume die Vögel aufrührerisch geworden waren, so hörte ich hie und da ein Gepfeife in den Bäumen und einen, der sehr seltsam pfiff, wie ich noch nie etwas gehört. Sodann wurden sie alle nach und nach stille.

Ich rührte mich nicht und hörte nach einer Weile ein ganz entsetzliches Schnarchen, als wenn man Holz säge. »Ach«, dachte ich, »was muß das Thier für ein abscheuliches Maul haben, daß es so gewaltig schnarchen kann!« Nun ging der Mond über dem Walde auf und goß seinen wunderbaren Glanz durch die Bäume; da blickte ich mit Angst in das Gelaube des Baumes hinein, von dem ich gefallen war, um etwa zu erkennen, wie das Thier aussähe, weil ich in meinem Leben nichts von einem Thiere gehört hatte, das einem Wildschweine eine Ohrfeige gäbe und dann, wie ein Hund bellend, in den Bäumen herumlaufe. Bald sah ich seinen schwarzen Schatten in einem Astwinkel liegen, wo es schnarchte; aber es wehten so lange Haare herum, daß ich es nicht erkennen konnte. Indem ich so hinaufsah, hatte ich einen neuen Schrecken: das Thier streckte sich und gähnte ganz entsetzlich: uah, uah! und nieste so heftig, daß die Eicheln wie ein Hagelwetter mir auf die Nase rasselten. Aber ich wagte nicht, mich zu rühren, und wie groß war mein Erstaunen, als ich das Thier auf einmal mit lauter und heller Stimme folgendes schöne Lied singen hörte:

>»Komm, Trost der Nacht, o Nachtigall!
>Laß deine Stimm' mit Freudenschall
>Aufs lieblichste erklingen;
>Komm, komm und lob den Schöpfer dein,
>Weil andre Vöglein schlafen seyn,

Und nicht mehr mögen singen;
Laß dein Stimmlein laut erschallen,
Denn vor Allen
Kannst du loben
Gott im Himmel hoch dort oben.

Obschon ist hin der Sonnenschein
Und wir im Finstern müssen seyn,
So können wir doch singen
Von Gottes Güt' und seiner Macht,
Weil uns kann hindern keine Nacht,
Sein Lobe zu vollbringen:
Drum dein Stimmlein laß erschallen,
Denn vor Allen
Kannst du loben
Gott im Himmel hoch dort oben.

Echo, der wilde Wiederhall,
Will seyn bei diesem Freudenschall
Und lässet sich auch hören;
Verweist uns alle Müdigkeit,
Der wir ergeben alle Zeit,
Lehrt uns den Schlaf bethören,
Drum dein Stimmlein laß erschallen,
Denn vor Allen
Kannst du loben
Gott im Himmel hoch dort oben.

Die Sterne, die am Himmel stehn,
Sich lassen zum Lobe Gottes sehn,
Und Ehre ihm beweisen;
Die Eul' auch, die nicht singen kann,
Zeigt doch mit ihrem Heulen an,
Daß sie Gott auch thu' preisen;
Drum dein Stimmlein laß erschallen,
Denn vor Allen
Kannst du loben
Gott im Himmel hoch dort oben.

Nur her, mein liebstes Vögelein!
Wir wollen nicht die Faulsten seyn
Und schlafend liegen bleiben;
Vielmehr, bis daß die Morgenröth'
Erfreuet diese Wälder öd',
In Gottes Lob vertreiben;
Laß dein Stimmlein laut erschallen,
Denn vor Allen
Kannst du loben
Gott im Himmel hoch dort oben.« –

»Ei, das war sein Lebtag kein wildes Thier, welches dieses Lied sang!« rief der Schulmeister Klopfstock aus, und Trilltrall sagte: »Ihr habt gut reden, lieber Vater! Ihr habt es nicht gesehen auf allen Vieren ans Wasser kriechen, dem Wildschweine die Ohrfeige geben und dann auf dem Baum herumbellen; freilich, als es das schöne fromme Lied so recht aus Herzensgrund durch den Baum sang, in welchen der Mond hineinschien wie in eine schöne Kirche, und als Echo, der wilde Wiederhall, und die liebe Frau Nachtigall auch sangen zu diesem Freudenschall und der Quell lieblicher rauschte und der Wald andächtiger lauschte, da zogen die Wölkchen am Himmel nicht mehr so schnell, und der Mond ward noch einmal so hell, und alle meine Angst besänftigte sich; meine Seele, welche gewesen war wie ein Meer, in welches ein großer Felsen hineinstürzte, verwirrt und betrübt voll niederschlagender Wellen, wurde nach dem ersten Verse schon wie ein See, in den ein Fisch, den ein Geier herausgeraubt, frisch und gesund wieder hineinfällt; und nach dem zweiten Vers wie ein See, auf welchen ein singender Schwan niederfliegt und schimmernde Gleise zieht; und nach dem dritten Vers wie ein See, in welchen eine vorüberreisende Taube ein Zweiglein von dem friedlichen Oelbaum fallen läßt; und nach dem vierten Vers wie ein See, in den ein vorüberziehendes Lüftlein ein Rosenblatt weht; und nach dem fünften Vers war es mir, als sey ich wie ein müdes Bienlein, das über den See fliegen wollte und gar nicht weiter konnte und in großer Angst war, da es zum Wasser herabfiel, auf dieses Rosenblatt gefallen und als schiffe ich sicher und ruhig auf dem Rosenblättlein hinüber und lande

jenseits in einem blumenvollen Garten, aus dem mir die Nachtigallen entgegenschmetterten; mein Herz war so ruhig wie ein
Spiegel, in dem sich der Mond anschaut und vor dem der Friede
sang:

›Ach, hört das süße Lallen
Der kleinen Nachtigallen!‹ – «

Nach diesen Worten sagte Gripsgraps: »Du bist doch ein recht
närrischer Kerl, mein lieber Trilltrall! Du siehst so zottig aus wie
ein Zeiselbär und sprichst dabei wie Honig so süß; warum sagst
du nicht, es sey dir so ängstlich gewesen als mir, da ich zum
erstenmal Gripsgraps machte.« – »So war es mir nicht«, sagte
Trilltrall, »denn ich hatte nichts Böses gethan; ach, lieber Gripsgraps! du hast ein schlimmes Handwerk; aber ich hoffe, wir
werden es bald nicht mehr nöthig haben.« – »Gott geb es!« sagte
Gripsgraps und ward ganz ernsthaft.

»Ich kann mir recht denken«, sagte Piffpaff, »wie dir am Anfange
bange war; es war dir gewiß so wie mir damals, als ich mich
verschworen hatte, einem schlafenden Kinde einen Apfel aus der
Hand zu schießen, den ihm seine Mutter geschenkt hatte. Der
Apfel hatte so rothe Bäckchen wie es selbst, und es hatte ihn
darum an sein Herz gedrückt. Ach, wie war ich in Aengsten!
aber ich konnte es nicht lassen, ich mußte schießen; ich zitterte
am ganzen Leibe, ich drückte los – paff! da lag das Kind, und ich
stürzte auch mit dem Bogen zusammen. Es war mir, als falle ein
Berg auf mich; aber wie war mir, da das Kind mich an den
Locken zupfte und vor mir stand und weinend sagte: »Nun
mußt du mir einen andern Apfel geben, du hast einen Pfeil
meinem Apfel durch die rothen Bäckchen geschossen; ach, mein
Apfel! mein Apfel!« – O! so selig war da Niemand als ich, als es
mir den von dem Pfeil durchspießten Apfel reichte! Seht, da trag
ich ihn zum ewigen Andenken in meinem Köcher.« Piffpaff zog
den Apfel mit dem Pfeile aus dem Köcher, und die Thränen
standen ihm dabei in den Augen. Trilltrall umarmte ihn und
sprach: »Es freut mich sehr, lieber Bruder, daß deine frevelhafte
Kühnheit dich so reut; aber es war mir nicht wie dir damals,
denn du hattest dich zu einem abscheulichen Wagnisse entschlossen. Ach! du treibst ein sehr gefährliches Handwerk, wenn
du solchen bösen Gelüsten nachgibst; aber ich hoffe, du wirst es

bald nicht mehr nöthig haben.« Da wurde Piffpaff ganz roth und sprach: »Ich will so etwas nie wieder thun, darum trage ich diesen Pfeil mit dem Apfel immer in meinem Köcher«, und nun schob er diesen Pfeil wieder zu den andern Pfeilen.

»Ich kann mir deine Angst recht denken«, sagte Pinkepank, »es muß dir gerade gewesen seyn wie mir in der Apotheke. Da sollte ich einmal Pillen machen für eine kranke Mutter, deren Kind zu mir kam und sprach: »Ach, lieber Herr Subjekt! gebe er mir etwas recht Gutes und Süßes für die Mutter, das ihr gut schmeckt und sie recht bald gesund macht; denn wenn sie nicht bald gesund wird, so kann sie nicht spinnen, und wenn sie nicht spinnt, kriegt sie kein Garn, und wenn sie kein Garn kriegt, kann ich und die Schwestern keine Strümpfe stricken, und können wir keine Strümpfe stricken, so können wir keine verkaufen, und können wir keine Strümpfe verkaufen, so kriegen wir kein Geld, und kriegen wir kein Geld, so kann die Mutter kein Brod kaufen, und müssen wir alle verhungern.« – Da wollte ich dem Kind etwas recht Gutes geben und griff unter den Arzneibüchsen hin und her und holte weißen Zucker aus einer Büchse, in dem rollte ich die Pillen hin und her und gab sie dem Kind und ließ es selbst eine Messerspitze voll ablecken, worauf es sagte: »Ach! das ist süß, das wird der Mutter sehr gut schmecken. Wenn sie gesund wird, Herr Subjekt, will ich ihm ein paar Strümpfe mit rothen Blumenzwickeln und oben einen Sternenrand darum stricken«, worauf es fröhlich die Apotheke hinauslief. Als ich die Büchse wieder an ihre Stellen ordnen wollte: O du allmächtiger Gott! in welches Elend kam ich! Ich las, daß auf der Büchse, aus der ich geglaubt hatte, weißen Zucker zu nehmen, mit großen Buchstaben stand: »Bleizucker«, welcher ein weißes Gift ist, das ganz wie Zucker aussieht. Wie ein Rasender stürzte ich die Thüre hinaus und rannte durch alle Straßen nach dem Kinde und fragte überall nach dem Kinde, denn ich wußte nicht, wo es wohnte, ach! und Niemand hatte es gesehen; ich konnte es nicht finden. »Jetzt wird die Mutter die Pillen schon gegessen haben und gestorben seyn von dem Gift«, dachte ich, »und das Kind wird auch gestorben seyn, dem ich eine Messerspitze voll davon gab.« In solcher Verzweiflung rannte ich zur Thüre hinaus und kam an eine kleine, verfallene

Kapelle. Allerlei wilde Kräuter wuchsen um den kleinen, zer-
brochenen Altar, der drin vor einem Kreuze stand; wie ein
Verzweifelter kniete ich da nieder und rang die Hände und
betete zu Gott, er möge sich meiner erbarmen und möge die
arme Mutter und das Kind am Leben erhalten. Indem ich so
betete, raschelte neben mir etwas in den Kräutern, und ich sah
da eine Eidechse, die auf einem Stein lag und sich hin- und
herwand, als habe sie große Schmerzen, und andere kleine
Eidechsen saßen um sie herum, als wären sie sehr traurig; ach! da
fiel mir die Mutter mit den Kindern wieder recht in die Seele,
und als die kranke Eidechse auf einmal ganz still wurde und todt
von dem Stein herabfiel, schrie ich: »Weh! weh! jetzt ist sie todt,
ach! die gute Mutter, der ich aus Unachtsamkeit Gift statt
Zucker geschickt, ist jetzt gewiß todt«, – und da betete ich
wieder recht innig zu Gott. Sieh! da raschelte es an der andern
Seite, und ich sah die kleinen Eidechschen Blätter von einem
Kraute abbeißen, welches da in großer Menge wuchs, und sah,
daß sie mit den Blättern zu der todten Eidechse hinliefen und ihr
Saft davon in den Mund flößten, und sah, daß die todte Eidechse
davon wieder lebendig wurde und frisch und gesund davonlief
und die Jugend hinter ihr drein. Wie ein Blitz lief's mir durch die
Seele, ich wollte die Mutter aufsuchen, und wenn sie auch schon
begraben wäre, so wollte ich sie mit diesem Kraut lebendig
machen. Ich nahm viel von dem Kraut und lief schnell in die
Stadt zurück und fragte von Haus zu Haus, konnte sie aber
nirgend finden. Als ich am andern Thor endlich bei dem Thor-
wärter fragte, sagte er mir, daß heute Morgen ein solches Kind,
wie ich gesagt, vom Lande in die Stadt gekommen sey und ihn
nach der Apotheke gefragt habe, daß es auch bald wieder hinausgegangen sey, aber daß er nicht wisse wohin. Da war meine
Angst wieder so groß als vorher, und ich lief nach der Apotheke
zurück und wollte nun auch von dem nämlichen Gift essen, um
zu sterben. Ich stürzte nach der Büchse hin und riß sie auf und aß
in der Verzweiflung alles, was darin war. Aber auf einmal kam
der Apotheker heraus mit einer großen Süßholzwurzel in der
Hand und kriegte mich beim Schopfe zu fassen und prügelte
mich ganz abscheulich und rief immer dabei: »O, du naschhafter
Zuckerschlecker! da hast du auch Süßholz dazu, du Bengel! Erst

läufst du den ganzen Tag auf der Straße herum und kömmst
Abends nach Haus und schleckst mir noch dazu die Zucker-
büchse aus, da nimm Süßholz, Süßholz dazu«; und dabei prü-
gelte er immer darauf los. – Ich aber rief immer dazu: »O, Herr
Prinzipal! schlagen Sie mich todt, um Gotteswillen, schlagen Sie
mich todt, wenn das Gift mich nicht schon umbringt.« – Der
Herr Prinzipal aber war schon ganz müd und sprach: »Was
redest du von Gift, du Narr?« – »Ei!« sagte ich, »war denn kein
Bleizucker in der Büchse, es steht ja darauf geschrieben?« –
»Nein, es war Zucker darin«, sagte der Prinzipal, »ich werde dir
Bleizucker dahin stellen, du unachtsames Naschmaul! daß du
mir die Leute vergiftest; ich habe alle solche Sachen unter Schloß
und Riegel liegen, damit kein Unglück geschieht, und in allen
Büchsen, wo hier Gift darauf geschrieben steht, ist nichts als
weißer Zucker, damit ihr mir das Naschen sein lasset.«
Ihr könnt euch mein Entzücken denken bei dieser Nachricht; ich
kriegte meinen Prinzipal bei den Ohren zu fassen und küßte und
drückte ihn viel tausendmal und tanzte wie ein Narr mit ihm in
der Apotheke herum, so daß er anfing, um Hülfe zu rufen, weil
er glaubte, ich sey rasend geworden. Da kam die Apothekerin
herzugelaufen und schlug die Hände über dem Kopf zusammen
über den Spektakel, und der Mann schrie zu ihr: »O Quassia!
liebe Quassia! gib ihm Süßholz.« – Da nahm die Frau Quassia die
Süßholzwurzel wieder und prügelte auf mich los ganz erbärmlich, daß ich den Prinzipal fahren ließ und in der Apotheke
herumsprang, daß alle Büchsen auf den Brettern tanzten und die
Mörser zu klingeln anfingen. Bratsch fiel eine große Flasche mit
Jalop an die Erde und eine andere mit Orymel simplex hinten-
nach; sie ließen mich los und eilten, ferneres Unglück zu verhü-
ten. Ich aber rannte so gegen die Thüre, daß ich alle Fenster
einstieß und den König Salomon, der als Schild an der Thüre
stand, über den Haufen rannte. Wie unsinnig flog ich der Stadt
hinaus nach der kleinen Kapelle und kniete nieder vor dem
kleinen Altar und betete die ganze Nacht, bis ich vor Müdigkeit
einschlief.
Am andern Morgen konnte ich von dem vielen genossenen
Süßholz meinen Rücken kaum bewegen; da nahm ich von dem
Kraut, was neben mir wuchs, und rieb mir den Rücken mit, und

auf einmal war ich frisch und gesund. Da betrachtete ich das Kraut sehr genau und nahm mir Samen davon mit und Blätter und spazierte fort in die Welt hinein.

Als ich einige Tage fortgezogen war, kam ich in einen Wald, da hörte ich ein Kind außerordentlich weinen; ich ging nach der Gegend hin, und da sah ich dasselbe kleine Mägdlein an der Ecke sitzen und an einem großen Strumpfe stricken und immer dazu weinen. Ich trat näher und sah, daß es einen kleinen Hund im Schoße liegen hatte und bitterlich auf ihn nieder weinte. »Liebes Kind!« sagte ich, »ach, die Mutter ist gewiß gestorben, weil du so weinst?« – Da sprang aber das Mägdlein auf und sprach: »Ach nein, lieber Herr Subjekt! die Mutter ist frisch und gesund von seinen guten Pillen, und die Strümpfe für ihn sind auch gleich fertig; ich habe Tag und Nacht gestrickt, seh' er die schönen rothen Zwickel«, – und da breitete sie einen schönen fertigen Strumpf vor mir aus. »Ziehe er den nur gleich an, indeß stricke ich den andern fertig.« – Ich setzte mich hin, den Strumpf anzuziehen, und während ich meine Schuhe auszog und den Staub herausschüttelte, fragte ich: »Aber Kind! warum hast du denn so geweint?« – Da fing die Kleine, die über meine Ankunft ihren Kummer vergessen hatte, wieder an zu weinen und sagte: »Ach, lieber Herr Subjekt! ich wollte zu ihm in die Stadt und wollte ihm danken und ihm die Strümpfe bringen, den einen wollt' ich unterwegs fertig machen; da nahm ich auch unser treues Hündchen Wackerlos mit, das krank war, und wollte ihn bitten, er solle dem Hündchen doch eine von seinen Pillen geben, ich wollte ihm ein paar Winterhandschuhe von Seiden-hasenhaaren dafür stricken; ach! und denke er sich, als ich bis hierher kam, wollte das treue Hündchen Wackerlos nicht mehr fort. Ich nahm es auf meinen Schooß und setzte mich hierhin, und da sah es mich traurig an und wedelte ein bischen mit dem Schwanz und streckte sich, ach! und jetzt ist es still und ist todt. Ach! wäre er nur eher gekommen, da hätte er ihm vielleicht helfen können; aber jetzt geht es wohl nicht mehr?« – Dabei sah mich das gute Mäuslein in großen Sorgen an; ich aber hatte den einen Strumpf schon angezogen und sprach: »Wir wollen es versuchen, liebes Kind!« – Da brachte sie mir das Hündlein Wackerlos geschwind herbei; ich nahm von meinen Kräutern und drückte ihm Saft davon in den Mund, da that es die Augen auf; noch ein wenig Saft, da wedelte es ein bischen mit dem Schwanz; noch ein wenig Saft, da leckte es mir die Hände und sprang an dem guten Mägdlein freudig in die Höhe, welches gar nicht aufhören konnte, mir zu danken. Aber schnell setzte es sich hin und strickte den Strumpf aus, während das Hündchen Wackerlos mir alle seine Künste vormachte: Apportiren, Such-verloren, Aufwarten, Bitten, Schildwachstehen, über den Stock springen, wie spricht der Hund, Tanzen, sich todt stellen, nach welchem letzten Kunststück das Hündchen immer zu mir kam und mir die Hände leckte, um mir zu danken, daß ich es lebendig gemacht. – »Nun bin ich fertig«, sprach das Mägdlein und rief den Wackerlos, und der mußte mir den Strumpf brin-gen. Ich zog diesen Strumpf auch an, und diese Strümpfe stehen mir recht hübsch, an Sonn- und Feiertagen werdet ihr sie an meinen Beinen sehen. Darauf brachte mich das Mägdlein zu seiner Mutter, die mir nochmals sehr dankte; den andern Tag aber machte ich mich auf die Reise hieher und unterwegs noch einige Menschen lebendig gemacht mit meinem Kraut.«

»Nun«, sprach Trilltrall, »deine Geschichte, lieber Pinkepank, war sehr rührend, aber meine Angst und Überraschung war doch ganz anders als die deinige in der Apotheke; denn du hattest ein böses Gewissen und glaubtest, durch Unachtsamkeit Jemand vergiftet zu haben, der Hülfe bei dir suchte. Aber ich bin versichert, so etwas wird dir nie mehr geschehen.« – »Gewiß nicht«, sagte Pinkepank, »die große Angst und das viele Süßholz haben mich auf ewig gewarnt.«

»Alle die Brüder«, begann nun Pitschpatsch, »haben von großer Angst geredet, um sie mit deinem Schrecken vor dem vermein-ten wilden Thiere zu vergleichen, so muß ich denn auch einmal einen rechten Schrecken von mir erzählen: Ich fuhr einstens in einem kleinen Boote auf das Meer hinaus zu fischen, und ein anderer Fischer, ein sehr rauher und harter Mann, den ich kannte, war auch ausgefahren; ich konnte sein Boot von weitem erkennen. Ich warf mein Netz aus und that einen guten Fang; besonders war ein großer Fisch dabei, der sich sehr wehrte und mit dem Schwanz um sich schlug; ich gab ihm deßwegen Eins mit dem Ruder auf den Kopf und schnitt ihm den Bauch auf.

Stellt euch meine Verwunderung vor, als ich einen schönen
Goldring in seinem Magen fand. Ich steckte ihn freudig an den
Finger und wollte eben mein Netz zum zweitenmale auswerfen,
als ich zwischen meinem Schiffchen und dem des andern Fi-
schers das Meer große Wellen hervorwerfen sah, aus welchem
Strudel ein Meerfräulein hervortauchte, das schöne, lange,
grüne Haare hatte und ein goldenes Perlenkrönlein auf dem
Kopf und eine Menge Muscheln und Korallen um den Hals. Es
rang die Hände und weinte sehr beweglich; ich sah, daß es sich
dem Boote des bösen Schiffers näherte, und weil ich schon
ahnte, daß das arme Meerfräulein nichts Gutes bei ihm zu
erwarten habe, ruderte ich gegen jenen Schiffer zu. Aber ich
hatte ihn noch nicht erreicht, als er dem Meerfräulein, welches
weinend gegen sein Schiff schwamm, einen kleinen Spieß, den
er, um Wallfische zu tödten, bei sich führte, in die Seite warf.
Das arme Meerfräulein stieß einen herzzerreißenden Schrei aus
und wollte untertauchen; aber sie konnte nicht mehr recht
schwimmen, weil sie verwundet war, und wendete sich nun
nach meinem Boote, das ich ihr mit angestrengtem Ruder-
schlage entgegentrieb. Der böse Schiffer fuhr mit ebenso großer
Gewalt hinter ihr drein. Schon war sie meinem Schifflein nah
und streckte die Arme, um Rettung flehend, gegen mich aus,
und ich sah das rothe Blut aus ihrer Wunde rieseln und sich mit
dem Meerwasser vermischen, da rief sie aus: »Ach! um des
allmächtigen Gottes willen, vor welchem auch du mein Bruder
bist, flehe ich dich an, rette mir mein junges Leben!« – Da that
sie mir so leid, daß ich sie in mein Boot hereinzog und sie zu
meinen Füßen bettete; aber nun war mir der böse Schiffer auch
so nahe gekommen, daß ich ihm nicht mehr entfliehen konnte.
»Pitschpatsch!« rief er aus, »gib mir mein Meerfräulein, oder ich
schlage dich mit dem Ruder todt!« – »Ich kann sie dir nicht
geben«, antwortete ich, »denn sie hat eine Zuflucht im Namen
Gottes bei mir gesucht, und ich habe ihr meinen Schutz im
Namen Gottes versprochen; auch hast du kein Recht an sie, da
du sie nur verwundet, ich aber sie gefangen.« – Hier kamen wir
in einen heftigen Streit, während welchem unsere aneinander
gehaakten Schiffe von einem heftigen Sturme in die offene See
getrieben wurden. Ich bot dem bösen Schiffer meinen ganzen

Fischzug für das Meerweib, er verlangte immer mehr; er wollte auch mein Netz und endlich mein Boot, und wenn ich sagte: »Ach! das kann ich nicht«, so wimmerte das Meerfräulein immer zu meinen Füßen: »Gib! gib! um Gottes willen gib!« – so gestand ich auch dies zu. Nun trieb uns der Wind gegen eine Sandbank, und da stieß mich der böse Schiffer aus meinem Boote hinaus und warf mir das arme Meerfräulein nach. Ich flehte ihn um Gottes willen an, er möge mich hier nicht zurücklassen ohne Fahrzeug mitten im weiten Meer auf der wüsten Sandbank; er wollte mich aber nicht mitnehmen, es sey denn, daß ich ihm den Ring geben wolle, den er an meinem Finger glänzen sah. Es war derselbe, den ich in dem Fische gefunden. Schon war ich im Begriff, ihm den Ring zu übergeben, als das Meerfräulein heftig ausschrie: »Mein Ring! mein Ring! um Gottes willen mein Ring!« und sich nach mir aufrichtete und mir den Ring entriß. Da wollte der böse Schiffer nach ihr schlagen; aber ich trat ihm entgegen, und wir rangen miteinander. Er war viel stärker als ich und warf mich zu Boden. Da rieb das Meerfräulein den Ring heftig und schrie in den See hinaus mit einer Stimme, scharf wie die Waffe eines Schwertfisches:

»Korali hilf, Mord und Weh!
Margaris stirbt über See!«

Da hoben sich die Wellen haushoch und schlugen über die Sandbank hin, und eine Welle riß den bösen Schiffer, der mir eben mit seinem Ruder die Brust einstoßen wollte, von mir weg und schleuderte ihn weit in die Wogen hinaus. Auch beide Boote wurden fortgerissen, und die See beruhigte sich wieder. Nun saß ich mit dem verwundeten Meerfräulein einsam und allein auf der Sandbank; keine Hülfe nah und fern; die Nacht kam heran, ich sah kein Land ringsumher, und mein Tod war gewiß. »Unglückseliges Meerfräulein!« sprach ich, »in welches Elend hast du mich gebracht! Ohne Boot muß ich hier verhungern oder von den Wellen verschlungen werden um deinetwillen, und wenn du noch ein Mensch wärest; aber dein Leib, der sich von den Hüften hinab in einen schuppigten Fischschwanz verwandelt, macht mich schaudern, wenn ich dich ansehe.« – »O, du armer Pitschpatsch!« sagte sie, »ärgere dich nicht, daß du menschlich an mir gehandelt hast; und was meinen Leib angeht, so bedenke, daß mir deine gespaltenen, nackten Beine, die in der Mitte geknickt sind, auch eben nicht sehr schön vorkommen; thue lieber das Gute, was du mir erwiesen, ganz: ziehe mir den Speer aus der Wunde und sauge mir das Blut aus und verbinde mich.« – Ich fand ihre Worte recht vernünftig und that, was sie von mir begehrte. Während ich das Blut aus ihrer Wunde sog und sie verband, sang sie mit einer bezaubernd lieblichen Stimme:

>>Süß ist mein Blut, süß ist mein Blut,
Nun wird dir das Meer nicht mehr bitter seyn;
Auf stiller und auf wilder Fluth
Wirst du nun der seligste Ritter seyn;
Du wirst schwimmen, segeln, tauchen,
Wirst kein Schiff, kein Ruder brauchen;
Zu Füßen dir der Sturm sich schmiegt,
Und deinen Winken folgt Welle und Wind,
Das weite Meer so treu dich wiegt,
Als eine Mutter je wieget ihr Kind.
Wer aus Meerweibs Wunden trinket,
Nimmer dem sein Schifflein sinket.<<

Ihr Gesang war so lieblich und rann mir wie ein süßes Bächlein durch das Ohr, und ums Herz ward mir so kühl, als wenn man im heißen Sommer in klaren Wellen sich badet. Da zerrannen mir alle Gedanken, und mir war, als sänke ich immer tiefer und tiefer hinab. Ich war entschlafen, und das Meerfräulein zog mich durch die Wellen hinab, und ich konnte darin athmen wie in blauer Himmelsluft; da sah ich den Leib des bösen Schiffers in den Zweigen eines rothen Korallenbaumes hängen, und häßliche Meerungeheuer fraßen sein Herz. Als wir auf den Grund des Meeres kamen, pochte das Meerfräulein an einer Thüre von Perlmutter an und rief:

>>Korali auf! thu' auf die Thür!
Margaris deine Braut ist hier.<<

Da antwortete der Meermann:

>>Ich thu' nicht auf das Perlenthor,
Margaris meinen Ring verlor.<<

Meerfräulein:

>>Ich bringe den Ring, den Schiffer auch,
Der ihn gefunden in Fisches Bauch.<<

Meermann:

>> Den Fischer schlag' ich mit Steinen todt
Und häng' ihn in die Korallen roth.«

Meerfräulein:

>> Er hat gegeben sein Ruder und Netz,
Daß er mich wieder in Freiheit setz'.«

Meermann:

>> So geb' ich ihm Ruder und Netz so gut,
Das Fehlschlag nie, noch Fehlzug thut.«

Meerfräulein:

>> Er hat gegeben sein Fischerboot,
Zu retten mich aus Todesnoth.«

Meermann:

>> So lehr' ich ihn bauen ein solches Schiff,
Das führet über Sand und Felsenriff.«

Meerfräulein:

>> Aus meiner Wunde saugte sein Mund
Das süße Blut, da ward ich gesund.«

Meermann:

>> So soll er nun athmen im bittern Meer,
Als ob es die lichtblaue Himmelsluft wär'.«

Nun machte der Meermann das Perlmutterthor auf und umarmte seine Braut sehr freundlich; aber sie mußte ihm vorher
den Ring zeigen, den sie nachlässig von jenem Fisch hatte
verschlingen lassen, in dessen Leib ich ihn wiederfand. Der
Meermann verwies ihr ihre Nachlässigkeit und sagte: »Dieser
Ring ist bezaubert, und hättest du mir ihn nicht wiedergebracht,
so wäre ich gestorben.« – Als ich ihm aber erzählte, welche große
Schmerzen und Angst sie ausgestanden, mußte der gute Meermann vor großer Theilnahme weinen und erwies ihr tausend
Gutes. Mir dankte er nun recht von Herzen und gab mir alles,
was er mir versprochen, erstens: ein Ruder ganz von Fisch,
Schildkrot und Perlmutter, das einen nie müde macht, sondern,
je mehr man rudert, desto kräftiger; zweitens: ein Netz von
grünen Meerfräuleinshaaren, in das die Fische mit der größten
Freude hineinspringen; dann baute er mir ein Schiff aus Binsen,
mit Fischhaut überzogen und mit beweglichen Floßfedern wie
ein Fisch, so leicht, daß es wie eine Schwalbe über das Wasser

streift. Die Gabe aber, unter dem Wasser wie auf der Erde zu leben, habe ïch, seitdem ich die Wunden des Meerfräuleins aussog.

Als er mir alles das geschenkt hatte, wollte er, ich sollte auf seiner Hochzeit bleiben; aber ich sagte ihm, daß der Tag herannahe, an dem ich meinen Vater besuchen müsse, und da sagte er: »Das geht freilich vor!« und legte mir noch die schönsten Muscheln, Perlen und Korallen in das Schiff, und ich mußte mich hinein-setzen; er aber und das Meerfräulein faßten es an den Seiten, und so stieg es leise, leise mit mir dem lieben Sonnenlichte entgegen; das Schifflein kam an einem ganz einsamen, von Gebüschen versteckten Felswinkel an die Oberfläche des Wassers, der Meermann und seine Braut umarmten mich mit Thränen und baten mich, wenn ihnen Gott ein kleines Meersöhnchen schenke, sein Taufpathe zu werden. Ich versprach es ihnen von Herzen, wenn sie es mir anzeigen wollten. Worauf sie unter den freundlichsten Versicherungen ewiger Dankbarkeit in den Wogen verschwanden. Mein herrliches Schifflein, voll der größten Kostbarkeiten, habe ich in der einsamen Bucht ganz im Schilf versteckt, daß es kein Mensch finden kann als ich, und so bin ich hieher gereist, Euch, lieber Vater, und die Brüder wiederzu-sehen.«

»Deine Geschichte, lieber Pitschpatsch, war recht schön«, sagte Trilltrall, »und deine Angst vor dem bösen Schiffer ging schnell vorüber und ward reichlich belohnt, weil du einem armen Geschöpfe Hülfe geleistet.«

»Aber«, sagte der Schulmeister, »ich dächte, Trilltrall, du erzähl-test weiter; noch immer wissen wir nicht, was für ein wildes Thier es war, welches das schöne Lied an die Nachtigall sang, das dich so sehr erfreut.« – Da fuhr Trilltrall fort:

»Ich war von dem schönen Lied und der Nachtigall und dem Wiederhall so sehr erfreut, daß, als sie aufhörten, ich mich aufrichtete und auf den Baum losging, um den Sänger zu bitten, er möge wieder anheben; aber kaum machte ich einiges Ge-räusch, so fing es auch gleich an, wieder wie ein Hund zu bellen, und warf noch dazu mit abgebrochenen dicken Zweigen nach mir, deren mir einer so stark auf die Nase schlug, daß ich laut zu schreien anfing: »Ach Gott! ach Gott! meine Nase!« – und auf

dieses mein Geschrei war das Wesen wie der Blitz von dem
Baume herunter, und ich konnte so geschwind nicht entlaufen,
daß es mich nicht mit beiden Armen umfaßte und ausrief: »Ach!
ich bitte tausendmal um Verzeihung, ich habe es nicht gern
gethan!« – und dabei tappte es mit so harten, knöchernen Fingern, an welchen lange, krumme Nägel waren, mir an der Nase
herum, daß es mich nicht weniger schmerzte als der niederfal-
lende Zweig. – »Wer bist du denn?« fragte ich, »daß du so ganz
voller Haare bist und bald wie ein Vogel pfeifst, bald wie ein
Hund bellst, auf den Bäumen herumkletterst wie eine wilde
Katze, auf allen Vieren zum Bächlein trinken gehst und dann
wieder so schöne Lieder singst? Bist du denn ein ordentlicher
Christenmensch und kein wildes Thier?« – »Ich bin«, erwiederte
er mir, »der Holzapfelklausner und lebe seit achtzig Jahren hier
allein im Wald und bin ein Vogelsprachforscher und habe hier
eine hohe Schule der Vogelsprache, welche mein eigentliches
Hauptfach ist; auch beschäftige ich mich nebenbei mit der
Sprache der wilden Schweine und Katzen und habe hier in der
Einsamkeit alle Sitten und Gebräuche der wilden Thiere angenommen, um mich in ihrer Gesellschaft als ein Mann von
Anstand und Erziehung aufführen zu können; da nun, seit ich
hier lebe, kein Mensch sich hier hat sehen lassen, so habe ich, da
du auf dem Baume herumkrochst, geglaubt, du wärest eine
wilde Katze, welche mir meine Studenten, die Vögel, wegfressen wollte, und drum bellte ich wie ein Hund, um dich zu
verjagen.« – Nun sagte ich ihm, wer ich sey und daß ich Trilltrall
heiße und daß Trilltrall mein Beruf sey, und daß ich ebendeß-
wegen mich in den wilden Wald begeben hätte, um die Vogelsprache zu erlernen. »Brav«, sagte er, »sehr brav, da bist du nun
gerade an den rechten Mann gekommen, und ich freue mich
auch recht sehr, daß ich einen Menschen gefunden, welchem ich
meine große Gelehrsamkeit überlassen kann; denn ich bin schon
sehr alt und werde nicht lange mehr leben. Du kannst dann nach
meinem Tod die Schule hier fortsetzen und besonders darauf
wachen, daß die Vögel hier reines Vogeldeutsch reden und keine
französischen Wörter hineinmischen.« – Mir war das Alles sehr
angenehm; der Morgen kam heran, und ich besah mir nun den
Klausner bei Tage. Da wunderte ich mich nicht, daß ich ihn für

ein wildes Thier gehalten, denn er sah aus wie ein uralter Affe
und war ganz von seinen weißen Haupt- und Barthaaren bedeckt. Da er mit den Vögeln ein schönes Morgenlied gesungen,
sagte er ihnen Lebewohl. »Sie haben jetzt Ferien«, sprach er zu
mir, »weil sie Nester bauen, Eier legen und Junge ausbrüten
müssen, da kann ich dich einstweilen im ABC unterrichten.«
So lebte ich denn eine Zeitlang mit dem Klausner ruhig und
lernte fleißig. Vieles Essen und Trinken hinderte uns nicht, wir
aßen nichts als Wurzeln und Kräuter, besonders aber Vogelfut-
ter: Mücken, Spinnen, Käferchen, Ameiseneier, Wachholder-
beeren u.s.f., und ich mußte besonders immer das Lieblingsfut-
ter des Vogels essen, dessen Mundart und Sprache ich gerade
lernte, wie mir denn die Wiedehopfssprache am schwersten fiel,
weil sie sehr schmutzige Küche halten. Wir waren bis zu der
Krametsvogelsprache gekommen, und ich steckte eben in einem
dichten Wachholderbusch und aß Beeren, um mich vorzuberei-
ten, als ich in der Nähe folgendermaßen sprechen hörte: »Ach!
warum bin ich von der Seite meines königlichen Herrn Vaters
weg hier in das Gebüsch gegangen!« klagte eine sehr liebliche
Prinzessinnenstimme, »ach! jetzt bin ich verirrt, und Ihro Majestät, mein Vater, der König Pumpam, wird mich nicht wiederfinden!«
Da antwortete eine plumpe Stimme: »Allergehorsamste, unter-
thänigste Prinzessin Pimperlein! Der schwarze Feldprediger,
welcher mit der Kuhglocke, als sie Ihnen von Ihrem kohlraben-
weißen Hals herabfiel, auf- und davonging, ist nach dieser Seite
der unvernünftigen Wildniß entflohen; Sie haben mir befohlen,
den Dieb mit Ihnen zu verfolgen; anfangs ging das gut, so lange
wir den Klang der Glocke hörten, die er trug, aber nun stehen
die Ochsen am Berg; ich höre nichts und sehe nichts, ich weiß
keinen Weg als den in Küche und Keller und Bett, und hier ist
nichts von solchen angenehmen Anlagen zu sehen.«
Nach diesen Worten kamen sie an mir vorüber, und ich sah die
allerschönste Prinzessin von der Welt. Sie hatte ein graues Rei-
sekleid mit Gold gestickt an, das bis auf die Kniee aufgeschürzt
war, und dazu roth-saffianene Stiefel mit goldenen Sporen,
und auf dem Kopfe hatte sie einen grünen Hut, auf welchem
eine kleine goldene Krone blinkte; mit ihr ging ein untersetzter

Mann mit Jacke und Beinkleidern von allen möglichen Farben, einen weißen trichterförmigen Hut und eine Pritsche in der Hand; er sah so närrisch aus, daß man ihn ohne Lachen nicht ansehen konnte. Aber ich kümmerte mich gar nicht um ihn, denn ich konnte gar kein Auge von der allerschönsten Prinzessin Pimperlein wenden.

Als die Prinzessin die vielen kleinen Glockenblumen sah, die an diesem Orte der Wildniß wuchsen, rief sie aus: »Ach! wie viele schöne, blaue Glöckchen, welche artige Pimperlein! aber sie geben keinen Klang. So was habe ich nie gesehen; hier will ich mich hinsetzen und mir einen Kranz flechten. Gehe du, lieber Hanswurst, und sieh dich um, ob du Niemand findest, der uns den Weg zu der Landstraße zurück zeigen kann.« – »Prinzessin Pimperlein«, sagte der närrische Hans, »wenn hier ein Bär kommt und frißt Sie wie einen Honigfladen auf, so müssen Sie es selbst verantworten, daß ich Sie verlasse.« – »Gehe und folge meinem Befehl«, sprach sie, »und störe mich nicht in meinen Betrachtungen.« – Da sagte er: »Ich bin kein Stör, ich bin der Reisemarschall und wollte gerne Pimperleins Befehlen folgen; aber ich weiß nicht, wo sie hingegangen sind, sie mögen sich auch verirrt haben wie wir.« – Da sagte Pimperlein: »Gehe dort nach jenen alten Eichen, ich sehe Fußstapfen im Sand, die dahin führen, und suche dort einen Wegweiser.« – Da sagte der Narr: »Wenn Sie sich so auf Schuhlappen verstehen, Prinzessin, so ist uns geholfen.« – »Wieso?« sagte Pimperlein, und er antwortete: »Wir wollen dann hier wohnen bleiben und Schuhflickerei treiben und den wilden Thieren die Schuhe flicken. Das nährt seinen Mann, denn wenn ich auf meine fünf Zehen trauen darf, sind dies hier Bärenpfoten und keine Menschentritte.« – Nun ward Prinzessin Pimperlein ungeduldig und befahl ihm, kein Wort mehr zu sprechen und hinzugehen, wie sie befohlen. Da wusch sich der Narr seine Hände im Bach, machte eine tiefe Verbeugung und ging den Fußtritten nach. Die Prinzessin aber machte sich einen Kranz von Glockenblumen und sang dazu:

>»Silberglöckchen klingen schön,
>Wenn sie spielen in dem Wind:

Pim pim Pimperlein;
Aber schöner anzusehen
Doch die Glockenblümchen sind,
Läuten sie den Frühling ein.

Rabe, fliege immer hin,
Der mein Glöckchen mir geraubt,
Pim pim Pimperlein;
Glockenblümchen sollen blühn
Künftig um mein blondes Haupt,
Friede läuten sie mir ein.

Eh' das Glöckchen ich verlor,
Tönt' ich wo ich stand und ging,
Pim pim Pimperlein;
Und jetzt hört kein menschlich' Ohr,
Wenn ich durch die Wiese spring',
Glockenblümchen schweigen fein.

Die Prinzessin gehet dort,
Sprach gleich jeder, wenn es klang:
Pim pim Pimperlein;
Jetzt kann ich an stillem Ort
Lauschen auf der Vögel Sang,
Glockenblümchen klingt nicht drein.

Ach! wie war die Welt so kalt,
Als ich immer hören mußt':
Pim pim Pimperlein;
Vöglein singt im stillen Wald,
Herzchen pocht in sel'ger Brust,
Seit die Glockenblümchen mein.«

Dies Liedchen sang die liebe Jungfrau mit so süßer Stimme, daß
alle Vöglein schwiegen und lauschten, daß der Quell leiser
murmelte und horchte, und die kleinen Glockenblümchen neigten sich freundlich zu ihr, um gebrochen zu werden.
Der närrische Hans war mit furchtsamen Schritten bis an eine

alte, hohle Eiche gegangen, in welcher der Holzapfelklausner ganz zusammengedrückt saß, so daß nur sein weißer Bart wie ein Wasserfall heraushing und seine lange Nase hervorsah, worüber der Hanswurst vor Schrecken mit einem lauten Geschrei sechs Burzelbäume bis zu den Füßen der Prinzessin zurück schlug.

»Ach!« rief er aus, »dort der Eichbaum hat einen Ziegenbock gefressen, der Bart hängt ihm noch aus dem Maule; nun wird er uns beide auch verzehren.« – Da sah die Prinzessin nach der Eiche und sprach: »O, du furchtsamer Diener! ich sehe an der langen Nase, daß es ein Mensch ist; gehe hin und frage ihn, wer er ist.«

Da ging der Hans hin und machte einen langen Hals gegen den Klausner und sprach:

>>Nase groß und Bart nicht klein!
Einen schönen Gruß vom Pimperlein
Bringe ich und frag' euch beide:
Ob ihr ordentliche Menschenleute.<<

Da brummte der Klausner mit dunkler Stimme und zog die Worte gewaltig lang:

>>Ich bin ein alter Waldbruderere.<<

Hans lachte und sagte zu Pimperlein, indem er die Worte auch sehr lang zog:

>>Er sagt, er sey ein kalter Stallbruderere.<<

Da sprach Pimperlein:

>>Geh hin und frage noch einmal:
Was soll in diesem Felsenthal
Wohl ein alter Stallbruder machen?
Das ist gesprochen, um zu lachen.<<

Hans ging wieder hin und sprach:

>>Nase groß und Bart nicht klein!
Der Prinzessin Pimperlein
Ein Stallbruder zum Lachen ist;
Ich soll fragen, wer du bist.<<

Da brummte der Klausner wieder sehr lange:

>>Ich bin ein alter Eremitetete.<<

Da sprach Hans zu Pimperlein:

>>Er sagt, er sey ein alter Scheerenschmiedete.<<

Da sprach Pimperlein:

> »Geh hin und frage noch einmal:
> Was soll in diesem Felsenthal
> Wohl thun ein alter Scheerenschmied?
> Die Krebse bringen ihre Scheeren mit.«

Hans fragte nun wieder:

> »Nase groß und Bart nicht klein!
> Die Prinzessin Pimperlein
> Glaubet nicht an Scheerenschmied
> Sag mir, wer du bist, ich bitt'.«

Da schnurrte der Klausner wieder:

> »Ich bin ein alter Einsiedlererere.«

Und Hans sagte wieder zu Pimperlein:

> »Er sagt, er sey ein kalter Leimsiedererere.«

Da sprach Pimperlein:

> »Geh hin und frage noch einmal:
> Was soll in diesem Felsenthal
> Ein alter Leimsieder wohl machen?
> Das ist gesprochen, um zu lachen.«

Da fragte Hans wieder, und der Einsiedler sprach:

> »Ich bin ein alter Anachoretetete.«

Da fragte Hans wieder, und der Klausner sprach:

> »Ich bin ein alter Einödererere.«

Hans sprach: »Er sagt:

> Er ist ein alter Neuntödtererere.«

Die Prinzessin ließ fragen, wovon er hier lebe, und der Klausner
sprach:

> »Ich esse Blätter und Gräslein.«

Hans sagte:

> »Er ißt Vetter und Bäslein.«

Der Klausner sagte ungeduldig nochmals:

> »Ich esse Blätter und Gras,
> Wurzeln und Kräuter,
> Pilze, Schwämme und Beeren,
> Käfer, Grillen, Mücken.«

Und Hans schnatterte ihm nach:

> »Er ißt Bretter und Glas,
> Schurzfell und Schneider,

Filze, Kämme und Bären,
Schäfer, Brillen und Krücken.«

Da ward der Klausner und ich und die Prinzessin Pimperlein
sehr unwillig gegen den Hanswurst, der alle Worte verdrehte,
und wir traten alle zugleich hervor: der Klausner aus der hohlen
Eiche, ich aus dem Wachholderbusch und Pimperlein von ihren
Glockenblumen, um ihn auszuprügeln; aber er sprang wie ein
Hase über den Bach und lief in den Wald, und wir selbst waren
so übereinander erstaunt, daß wir ihn laufen ließen. Als der
Klausner der Prinzessin nun erzählt hatte, daß er Doktor der
Vogelsprache und ich sein Student sey, faßte sie einen guten
Muth und sprach: »Ich bin die Prinzessin Pimperlein und zog
mit meinem Vater Pumpam, dem König von Glockotonia hier
durch den Wald; wir waren ausgereist, um den großen goldenen
Glockenschwengel zu suchen, der neulich bei einem großen
Wettgeläute aus der Hofglocke losriß und über die Stadt hinaus
in die weite Welt flog. Ich war mit dem Hanswurst hinter dem
Zug des Königs etwas zurückgeblieben, da stieß ich mit meiner
Krone gegen einen Zweig und riß mir die kleine goldene Klin-
gel von der Krone, welche immer die Kronprinzessin von
Glockotonia tragen muß und darum Pimperlein heißt; das
Glöckchen blieb am Baume hängen, und während wir es mit
Steinen herabwerfen wollten, kam ein Rabe geflogen und trug
dies Glöckchen im Schnabel weg. Da wir es immer klingeln
hörten, sind wir dem Klang nachgezogen bis hierher, wo der
Ton auf einmal verschwand. Nun habe ich mich von meinem
Vater Pumpam verirrt und weiß nicht, wo hinaus in diesem
wilden Wald. Kannst du wohl, lieber Einsiedler, da du die
Vogelsprache verstehst, von den Vögeln erfragen, ob sie den
Raben nicht mit meinem Silberglöckchen gesehen haben und
ob sie den Weg wohl wissen, wo mein Vater hingezogen?« – »Ich
will sie gleich zusammenrufen, theuerste Prinzessin!« sagte der
Einsiedler und winkte mir, ihm zu helfen; da stiegen wir auf
zwei Bäume und fingen an, mit allen Vogelstimmen zu locken,
und da kamen die Vögel heran von allen Seiten, worüber
Pimperlein sich sehr freute; der Einsiedler fragte nun die Vögel,
ob sie den Raben nicht gesehen hätten mit dem Glöckchen und

wo der König hingezogen sey. Da wußten die Vögel alle nichts, außer ein Rabe, der erzählte: sein Kamerad, der andere Rabe, sey mit dem Glöckchen auf das Schloß des Nachtwächter-Königs Knarratschki geflogen, das auf einem hohen Felsen im Meere liege und auf dem sich auch der goldene Glockenschwengel befinde, der bei dem Geläute zu Glockotonia aus der Glocke gerissen und dort hingeflogen sey. Der König Pumpam sey auch dahin unterwegs, und wenn ihm die Prinzessin Pimperlein folgen wolle, so sey er bereit, ihr den Weg zu zeigen.

Der Einsiedler machte der Prinzessin diese guten Nachrichten bekannt, worüber sie sehr erfreut war und sich gleich entschloß, dem Raben zu folgen. Sie rief darum den Hanswurst, sich fertig zu halten; der kam nun mit großem Geklapper aus den Büschen gelaufen, denn er hatte sich alle Taschen mit Haselnüssen gefüllt, und seine Finger und sein Mund waren schwarz von Heidelbeeren, die er gegessen. Die Prinzessin Pimperlein dankte dem Einsiedler, der ihr eine frische Honigwabe auf die Reise mitgab, sehr; ich gab ihr noch eine Menge der schönsten Glockenblumen mit, die ich mitsammt der Wurzel und Erde dem Hanswurst in seinen trichterförmigen Hut legte, worüber sie sich sehr freute; sie schenkte darauf dem Einsiedler eine goldene Schnupftabaksdose, worauf ihr Portrait mit Brillanten besetzt war, und mir schenkte sie einen brillantenen Ring mit ihrem Namenszug von ihren Haaren. Wir küßten ihr beide mit Thränen den Saum ihres Rocks, da schrie der Rabe: »Marsch! marsch! es ist Zeit, wir haben gar weit.« Sie reichte uns die Hände, und wir weinten bitterlich, da sie fortging.

Ich aber lief noch ein gutes Stück Wegs mit und bog ihr die verwachsenen Zweige auseinander, daß sie bequemer gehen sollte. Ich hatte mich schon sehr weit von unserer Heimath entfernt, als auf einmal eine Schnepfe geflogen kam und mir sagte, ich sollte geschwind zurückkommen, der Klausner sey nicht gar wohl; da empfahl ich mich der Pimperlein nochmals unterthänig, wünschte Glück auf die Reise; sie erlaubte mir ihr die Hand zu küssen, und lud mich ein, sie einmal in Glockotonia zu besuchen, worauf wir uns trennten.

Ich weinte bis nach Haus, so lieb hatte ich die freundliche Pimperlein gewonnen. Da ich bei dem Klausner ankam, fand ich ihn mit Hacke und Spaten beschäftigt, eine Grube zu machen. Er rief mir zu: »Hilf, Trilltrall, hilf!« und gab mir den Spaten; ich gehorchte ihm stillschweigend, denn wir sprachen selten miteinander; aber dann und wann unter dem Graben sah ich traurig fragend nach ihm, da legte er die Finger auf den Mund und winkte mir, auf die Stimmen der Vögel Acht zu geben. Da schrie ein Käutzlein sehr betrübt einigemale auf der hohlen Eiche, das schauerte dem Klausner durch Mark und Bein, und ging mir wie ein Messer durchs Herz. Die Vöglein auf den Bäumen wurden ganz still und verkrochen sich und drückten sich ängstlich zusammen und flüsterten sich einander in die Ohren. Da streckte auf einmal der Specht den Kopf aus seinem Nest hervor und fragte:

»Sagt mir, was der Kautz so schreit?«

Da guckte die Turteltaube aus dem Nest und sprach:

»Kautz schreit: Klausner! es ist Zeit!«

Und nun schrie der Dompfaff:

»Kautz schreit: grab dein Grab bereit.«

Worauf der dicke Bülow rief:

»Kautz schreit: fünf Schuh lang, drei breit.«

Da rief die Amsel gar neugierig:

»Eine Grube! ei wozu?«

Da sprach ein Staarmatz sehr ernsthaft:

»Ei nun, zu der ewigen Ruh'.«

Nun fragte eine Schwalbe sehr betrübt:

»Wer drückt ihm die Augen zu?«

Da antwortete eine Lerche:

»Liebe Freundin! ich und du.«

Die Nachtigall aber sagte:

»Nein, ihr Freunde, ich es thu',
Schwalb' und Lerche soll ihn wecken
Zu dem ew'gen Himmelslicht,
Ich muß ihm die Augen decken,
Wenn sein Herz im Tode bricht.

Wir haben manche fromme Nacht
Mit Gotteslob vereint durchwacht,
Drum drücke zu der ew'gen Ruh'
Ich ihm die lieben Augen zu.

O! Klausner! lieber Klausner mein!
Grab deine Grube nicht zu klein,
Laß Platz für die Frau Nachtigall
Und ihres Leidenliedes Schall.«

Da der Klausner und ich diese rührenden Worte der lieben Nachtigall hörten, flossen uns die Thränen stromweis herab; das Grab war fertig, der Einsiedler stieg hinein, und ich sprang ihm nach und drückte ihn heftig an mein Herz.

»Ach!« rief ich aus, »lieber Herr und Meister! ich lasse dich nicht, ich halte dich fest in meinen Armen; nein, nein, du mußt bei mir bleiben.« – Der Klausner aber drückte mich von sich und sprach:

»Troll, Trilltrall, aus dem Grabe
Dich, nimm mir nicht den Raum,
Den ich darin nöthig habe
Für mich und meinen Traum.

Ich sehne mich nach Stille;
Der grelle Vogelschrei,
Das grause Tiritille,
Das bunte Dudeldei

Macht mir so angst und bange,
Macht mir den Kopf ganz dumm,
Ich hört' es gar zu lange,
Geh raus, ich bitt' dich drum.«

Da stieg ich aus dem Grabe heraus und sprach:

»Ach, lieber Meister, saget,
Warum auf einmal so?
Ihr seyd gar hochbetaget,
Doch wart ihr frisch und froh.«

Da sprach er sehr ernsthaft zu mir und mit einem Eifer, den ich nie an ihm früher bemerkt hatte, woraus ich sah, daß er ein starkes Fieber hatte:

»Ich schnupfte aus der Dose
Der guten Pimperlein,
Da ward mir sehr kuriose
In dem Gehirne mein.«

Da sagte ich zu dem guten Klausner:

»Ach, Meister hocherfahren!

Du hast dich nicht geschont,
Du bist seit langen Jahren
Das Schnupfen nicht gewohnt.«
Der Klausner antwortete mir hierauf strafend:
»So spricht allein der Schwache,
Allein der Feige gern
Und hält von ernster Sache
Sich so entschuld'gend fern.

Manch Kind will sich nicht waschen
Und nennt das Wasser kalt,
Doch gibt's etwas zu naschen,
Da kömmt ein jedes bald.

Arznei will's Kind nicht nehmen,
Schiebt immer auf die Stund'
Und steckt doch ohne Schämen
Den Zucker in den Mund.

Doch endlich bringt die Stunde
Den sauern Apfel heiß;
Ist auch kein Zahn im Munde.
So heißt es doch: nun beiß!

Mein Stündlein ist gekommen,
Mit Prinzeß Pimperlein
Tabak hab' ich genommen,
Der ging durch Mark und Bein.

Ich mußt' gleich einem Riesen
Mit prasselnder Gewalt
So ganz entsetzlich nießen,
Der Fels kriegt' einen Spalt.

Das Echo brach in Stücke,
Der wilde Wasserfall
Fuhr in sich selbst zurücke
Von meiner Nase Schall.

Es fuhren in die Wurzeln
Die Eichen tiefer ein,
Und aus den Lüften purzeln
Sah ich die Vögelein.

Da fing ich an zu hören,
Da fing ich an zu sehn,
Daß wir gar Vieles lehren
Und wenig doch verstehn.

Die ganze Vogelsprache
Nebst der Grammatika
In meinem Thränenbache
Ich da ersaufen sah.

Wie Butter an der Sonnen
In lauter Ach und Weh
Ist mir allda zerronnen
Das Vogel-ABC

Am Himmel sah ich brennen
Buchstaben lichterloh,
Da konnt' ich wohl erkennen
Ein großes A und O.

Und nun will ich mich strecken,
Wie mancher Andre lag,
Kein Vogel wird mich wecken
Bis an den jüngsten Tag.«

Da legte sich der Einsiedler der Länge lang in das Grab; der
Abend war herangekommen, die Vöglein sammelten sich rings
in den Bäumen; aber sie zwitscherten nicht wie gewöhnlich
fröhlich durcheinander, sie waren ganz still und guckten traurig
auf den Klausner herab in das Grab.

Da fing er nach seiner Gewohnheit an, das Abendlied zu singen:
»Nun ruhen alle Wälder«, – und die Vöglein sangen alle gar
lieblich mit, worüber er einzuschlafen schien. Ich kniete neben
ihm und weinte, und als die Vögel alle verstummt waren, kam

die Nachtigall auf die Brust des Klausners geflogen; sie rupfte
sich mit dem Schnabel ein Flaumfederchen aus und legte es ihm
auf den Mund, und weil das Federchen sich gar nicht bewegte,
hörte ich sie sagen: »Ach! er athmet nicht mehr, das Federchen
regt sich nicht von seinem Athem; ach! der gute Klausner ist
todt!« Da flog sie auf einen Zweig gerade über das Grab des
Klausners und fing so traurig an zu singen und immer heftiger
und kläglicher, bis ihr nach einem tiefen Seufzer ihr treues
Herzchen zersprang und sie zu dem Klausner todt herunter in
das Grab fiel.

Am andern Morgen streuten die Vöglein Kräuter und Blumen
auf ihn, und ich bedeckte ihn mit Erde; aber seinen langen,
weißen Bart ließ ich aus der Erde heraushängen, denn der Wind
bat gar sehr darum, weil seine Kinder, die kleinen Sommerlüft-
chen, gar gern mit diesem Bart spielten, auch wollte sich die
Grasmücke ein Nestchen darein bauen. Als ich alles dieses verrichtet hatte, fiel mir ein, daß der Tag herangekommen sey, daß
ich mich bei dir, liebster Vater, mit den Brüdern wieder einfinden sollte.

So nahm ich, was mir der Klausner zurückgelassen hatte: die
Dose mit dem Bild der Prinzessin Pimperlein; nahm von den
Vögeln freundlich Abschied und bat sie, mich aufzusuchen,
wenn es was Neues gäbe.

Als ich nun hierher kam, saß der Vogel Bülow, auch Pfingst-
drossel genannt, auf dem Baum und hat mir eine Nachricht
gebracht, die mich so sehr betrübt als erfreut. Der Rabe, der die
gute Prinzessin Pimperlein und den Hanswurst zu dem Nacht-
wächterkönig Knarratschki führen wollte, wo ihr Glöckchen
und ihr Vater seyn sollte, war ein Betrüger. Der König Pumpam
war nicht dort, der böse Knarratschki kam über den See geflogen und trug die Prinzessin auf seinen hohen Felsen, wo sie den
ganzen Tag sitzen muß und dem Knarratschki, der seinen Kopf
in ihren Schooß legt, Eins singen muß, bis er einschläft; denn er
schläft bei Tag, weil er Nachts die Nachtwächter regieren muß.
Der Hanswurst aber muß den ganzen Tag am See stehen und
mit seiner Peitsche hineinschlagen, damit die Frösche nicht
schreien und den Knarratschki nicht aufwecken. Der Knarratschki will dem König Pumpam auch die Prinzessin Pimper-

lein nicht wiedergeben, weil ihm der goldne Glockenschwengel, der aus der Glocke zu Glockotonia losriß und bis auf diesen
Felsen flog, seine Gemahlin, die Königin Schnarrassel, todtgeschlagen. Nun hat aber der König Pumpam in aller Welt be-
kanntmachen lassen, wer ihm seine Tochter Pimperlein frei
mache, der solle sie zur Gemahlin und sein halbes Königreich
dazu haben, und das ist es, was der Vogel Bülow erzählt und
warum ich so fröhlich ausrief: »Es ist richtig! Alles ist richtig!«
– denn ich denke, wir wollen nicht lange zögern, sondern uns
gleich alle miteinander aufmachen und die Prinzessin Pimperlein
und das halbe Königreich gewinnen. »Seht nur einmal hier
das Bild der Prinzessin auf der Dose.« Da zeigte er Allen die Dose
herum, und sie waren Alle erfreut über die Schönheit und
Freundlichkeit der Prinzessin.
Aber keiner wollte aus der Dose schnupfen, weil es dem Klausner so schlecht bekommen war. Alle Brüder und der Vater
Klopfstock waren es zufrieden, sogleich sich auf die Reise zu
machen. Der Schulmeister zog seinen schwarzen Rock an und
nahm sein spanisches Rohr in die Hand und schloß die Thüre zu,
und so gingen sie fort; Trilltrall führte sie, Gripsgraps sagte: »Ich
will sie dem Knarratschki schon wegholen, und den Felsen sollt
Ihr mich mit meinen zwei Dolchen hinauflaufen sehen besser als
eine Katze.« – Pitschpatsch sagte: »Ueber die See soll Euch mein
Schifflein führen geschwind wie der Wind.« – Piffpaff sagte:
»Ich will dem Knarratschki Eins auf die Pelzmütze schießen, daß
er sein Lebtag daran denken soll.« – Pinkepank sagte: »Und ich
will Euch mit meinem Kraut bei der Hand seyn, wenn einem ein
Unglück geschieht.« – Klopfstock aber war ganz gewaltig froh
und erzählte weitläufig, wie er gleich Geheimer Ober-Hof- und
Landschulmeister werden wollte, wenn sie nur erst das König-
reich hätten.
Unter diesen Reden kamen sie nach mehreren Tagreisen an den
See. Da suchte Pitschpatsch sein künftiges Binsenschiff, das ihm der
Meermann Korali geschenkt, und fand es noch gar schön in dem
Schilf versteckt und alle die Perlen und Muscheln drin. »Die wollen
wir der Prinzessin zur Hochzeit schenken«, sagte er, »munter!
munter eingestiegen!« Da stiegen sie ein, er ruderte, und mit jedem
Ruderschlag flog das Schiff eine Meile weiter in den See.

Bald kamen sie an einen hohen, steilen Felsen mitten in der See, an dessen Fuß der arme Hanswurst immer ins Wasser schlug, daß die Frösche nicht schreien sollten, weil Knarratschki oben schlief. Der arme Schelm hatte keine andere Wohnung als ein altes, zerlöchertes Nachtwächterhorn, das Knarratschki an den Felsen gelehnt hatte und aus welchem er wie eine Schnecke herausguckte. Als er den Trilltrall erblickte, machte er tausend Freudenbezeigungen und winkte immer mit dem Finger auf dem Mund, man solle sich still halten.

Nun fuhren sie dicht mit dem Schifflein an den Fuß des Felsens, der wie eine hohe Mauer steil vor ihnen in die Höhe stieg. Da machte sich Gripsgraps fertig, den Felsen hinaufzuklettern; er schürzte sich die Aermel auf, nahm in jede Hand einen Dolch, und alle Brüder waren sehr neugierig zu sehen, wie er hinaufkommen würde. Das machte er aber mit wunderbarer Geschicklichkeit also: Er stieß den Dolch in der rechten Hand in eine Felsspalte und hob sich an ihm in die Höhe, dann stieß er den zweiten Dolch in der Linken etwas höher in den Felsen und hob sich an diesem etwas höher, dann zog er den ersten Dolch mit der rechten Hand aus dem Felsen und stieß ihn wieder etwas höher in eine Steinritze und hob sich wieder höher hinan, worauf er den zweiten Dolch wieder höher steckte und so fortfuhr, bis er hinaufkam. Als seine Brüder und sein Vater ihn so schweben sahen, waren sie sehr besorgt um ihn und knieten in das Schifflein und beteten: Gott möge ihm glücklich hinaufhelfen.

Da er in der Mitte des Felsens an dem Dolch der linken Hand schwebend hing und eben den andern Dolch mit der Rechten höher einschlagen wollte, kam er in große Gefahr. Er stach nämlich in ein Adlernest, das in einer Felsenritze war, und zwei große Adler stürzten heraus und hackten und bissen auf ihn, so daß er vor Schrecken den Dolch aus der rechten Hand herab in das Meer fallen ließ. Ach! in welcher Noth war da Gripsgraps: mit der linken Hand an dem Dolche festgehalten, schwebte er über der entsetzlichen Meerestiefe, mit der Rechten mußte er sich gegen den grimmigen Adler wehren und konnte nicht rückwärts und nicht vorwärts. Als die Brüder dieses sahen, stürzte sich Pitschpatsch gleich auf den Grund des Meeres, um den herabgefallenen Dolch wiederzuholen, und Piffpaff legte gleich einen Pfeil auf seine Armbrust und schoß den einen Adler herunter, daß er halbtodt in das Schifflein fiel. Da ging Trilltrall zu ihm, und der Adler sagte ihm in der Adlersprache: »Ich habe wohl den Tod verdient, denn ich habe das Glöckchen der Prinzessin Pimperlein gestohlen; meine Frau, die zu Besuch ausgeflogen ist, hat es anhängen; sie will immer etwas vor andern Adlersfrauen voraushaben an Putzwerk und Geschmeide und hat mich zu dem Diebstahl beredet. Der Rabe, der droben nach dem Manne hackt, ist mein Knecht, welcher die Prinzessin Pimperlein bei dem Klausner belogen hat und sie in die Gefangenschaft des Riesen Knarratschki gebracht.« So sprach er und starb.

Nun kam Pitschpatsch aus dem Meer heraus und brachte den Dolch wieder, den legte Piffpaff auf seine Armbrust und schoß ihn so geschickt gegen den Raben, der immer noch auf den armen, schwebenden Gripsgraps loshackte, daß er diesen Verräther durchbohrte und an den Fels festnagelte. Nun hatte Gripsgraps den Dolch wieder und setzte seinen halsbrechenden Weg glücklich fort bis hinauf. Pinkepank aber drückte dem todten Adler ein wenig von seinem Kräutlein Stehauf in die Wunde, und er ward wieder lebendig; worauf Trilltrall zu dem Adler sagte: »Siehe, durch unsere Kunst warst du getödtet, durch unsere Kunst bist du wieder lebendig. Wenn du mir versprichst, sogleich deine Frau hierher zu bringen, daß sie uns das Glöckchen der Prinzessin Pimperlein bringt, so wollen wir dir das Leben und die Freiheit schenken.« – Das versprach der Adler und schwor bei seinen Schwungfedern. Da sagte Trilltrall: »Schwöre höher!« – Da sprach der Adler: »Ich schwöre bei meinem Schnabel.« – »Noch höher schwöre«, sagte Trilltrall. – »Ei, du verstehst es«, sprach der Adler, »ich schwöre bei dem doppelten Adler des heiligen deutschen römischen Reichs, bei dem doppelten Hals, bei den zwei Köpfen, bei den zwei Kronen, bei Zepter, Schwert und Reichsapfel.« – »Gut!« sagte Trilltrall, »aber schwöre noch höher.« – Der Adler aber guckte ihn an, lachte und sprach: »Höher geht es nicht, das weißt du wohl.« – »Ja, ich weiß es«, erwiederte Trilltrall, »halte deinen Schwur!«, und da ließ er ihn fliegen.

Bald kehrte der Adler mit dem Glöckchen im Schnabel zurück, aber seine Frau war nicht bei ihm, und er sagte zu Trilltrall: sie schäme sich zu kommen, weil er ihr ihre große Eitelkeit verwiesen habe. Da schenkte ihm Pitschpatsch einige Muscheln für sie zum Halsschmuck, wofür er sehr dankte und davonflog. Als Gripsgraps auf den Felsen hinaufkam, sah er nichts als ein großes Nachtwächterhäuschen darauf, aus welchem er die Prinzessin Pimperlein folgendes Lied singen hörte, wozu der Riese Knarratschki schrecklich schnarchte.

>>Schnarch! Knarrasper schnarche!
Schnarrassel schnarcht im Sarge,
Der Glockenschwengel schlug sie todt;
Der grobe Riese mir gebot,
Zu singen ihm bei trocknem Brod
Vom Morgen- bis zum Abendroth.
O! weite See, schick' mir ein Boot,
Das mich erlöst aus meiner Noth.

Schnarch! Knarrasper schnarche!
Schnarrassel schnarcht im Sarge;
Auf meinem Knie sein breiter Kopf,
Mein Arm, gebunden an seinen Zopf,
Vor meinen Augen sein kahler Schopf,
Sein schnarchend Maul ein schwarzer Topf,
Sein rother Bart, sein dicker Kropf,
O, dazu sing' ich armer Tropf!

Schnarch! Knarrasper schnarche!
Schnarrassel schnarcht im Sarge;
Am Abend geht mein Elend los,
Er hebt den Kopf aus meinem Schooß
Und gibt mir manchen Rippenstoß;
In Eselsmilch muß einen Kloß
Ich kochen von isländ'schem Moos
So wie ein Schmiedeamboß groß.

Schnarch! Knarrasper schnarche!
Schnarrassel schnarcht im Sarge;
Und hat er diesen Kloß im Schlund,
Brummt er: das ist der Brust gesund,
Und setzt das Tuthorn an den Mund;
Ut, ut, bläst er, da heult sein Hund,
Da bebt der Fels bis auf den Grund,
Und also geht's von Stund' zu Stund'.

Schnarch! Knarrasper schnarche!
Schnarrassel schnarcht im Sarge;
Er singt und ist recht drauf vernarrt,
Scharf, wie ohne Schmalz ein Karrenrad knarrt,
Hart rasselnd mit der Hellepart,
Er rappelnd über Pflaster scharrt,
Rapp rapp die Klapperratsche schnarrt,
Daß mir das Blut in' Adern starrt.

Schnarch! Knarrasper schnarche!
Schnarrassel schnarcht im Sarge;
Zu seinem Horn und Rasselschall
Hör' lärmen ich auch Knall und Fall
Auf Erden die Nachtwächter all
Auf Straß' und Mauer, Thurm und Wall;
Denn ach! hier in dem Wiederhall
Ist dieses Volks Regierungsstall.

Schnarch! Knarrasper schnarche!
Schnarrassel schnarcht im Sarge;
O! Sternennacht, so still vertraut,
Wo Mondlicht in die Bäumlein thaut,
Wo Schlaf ein buntes Schloß mir baut,
Wo Traum mir durch das Fenster schaut
Bunt wie der Bräutigam zur Braut,
Wie bist du hier so wild und laut!

Schnarch! Knarrasper schnarche!
Schnarrassel schnarcht im Sarge;

Ohn' Flötenspiel, ohn' Harfenklang,
Ohn' Glock und Klingel, ting tang tang
Muß singen ich den Schlafgesang
Dem Mann, vor dem mir angst und bang,
Und Sonn' und Mond gehn ihren Gang.
Ach Gott! wie wird die Zeit mir lang!

Schnarch! Knarrasper schnarche!
Schnarrassel schnarcht im Sarge;
Pumpam, mein Vater, wohnet weit,
Das Meer ist tausend Meilen breit
Und bitter wie mein Herzeleid,
Und noch viel bittrer ist die Zeit.
Ach! ist kein Ritter denn bereit,
Der mich erlöst aus Einsamkeit?«

Während diesem Gesang war Gripsgraps rings um die Hütte
gegangen und hatte einige große Brummfliegen und ein paar
Heuschrecken und Grillen und Hummeln gefangen; dann
machte der die Hüttenthüre leise, leise auf und flüsterte der
armen Pimperlein, die vor Freuden zitterte, ganz sachte ins Ohr:
»Sing immerfort und laß mich nur ruhig machen.« – Nun
betrachtete er den abscheulichen Knarrasper erst recht; er sah
dick, groß, breit, zottig und verdrießlich aus wie ein alter Bär;
er hatte ein paar kahle, große Fledermausflügel an den Schultern
und hinten an seinem Kopf einen dicken, langen Zopf, den er
um den Arm der Pimperlein gebunden hatte, daß sie ihm nicht
fortlaufen sollte. Seinen Kopf legte er auf ihren Schooß und
schnarchte und blies mit der Nase, daß der Staub und Sand von
der Erde in die Höhe flog. An der Wand hing sein Nachtwächterhorn so groß, daß ein Mann drin schlafen konnte, daneben
hing seine Nachtwächtertasche so groß wie eine Stubenthüre,
und in der Erde stand seine Helleparte.
Das Horn verstopfte ihm Gripsgraps, die Tasche zerbrach ihm
Gripsgraps, die Helleparte versteckte ihm Gripsgraps, damit er
keinen Lärm machen konnte, wenn er erwachte. Der Knarrasper hatte ein paar dicke Haarlocken über den Ohren, da
steckte ihm Gripsgraps die Brummfliegen, die Heuschrecken,

Grillen und Hummeln hinein und machte die Locken hinten und vorne zu. Wenn sie nun drinnen schnurrten und grillten, glaubte er, Pimperlein singe immerfort. Aber Pimperlein schwieg nun still. Gripsgraps band den Zopf von ihrem Arm und knüpfte ihn an den goldenen Glockenschwengel, der hinter ihr an der Wand lehnte. Nun holte Gripsgraps einen alten, rußigen kupfernen Kessel, in welchem Pimperlein dem Knarrasper immer Abends den Kloß kochen mußte, und Pimperlein mußte leise, leise aufstehen, und Gripsgraps schob dem Knarrasper den rußigen Kessel unter den Kopf, so daß er ruhig fortschnarchte, als liege er noch auf Pimperleins Schooß. Nun nahm Gripsgraps die Prinzessin Pimperlein und setzte sich mit ihr in den Kübel, mit welchem dem Hanswurst sein Essen vom Felsen hinabgelassen wurde, und ließ sich schnell mit ihr hinab in das Schiffchen.

Ach! wie waren der Schulmeister und die Brüder froh, denen schon der Hals vor lauter Hinaufsehen weh that, als sie den Gripsgraps mit der Pimperlein ankommen sahen. Der Hanswurst sprang mit gleichen Füßen aus seinem Horn in das Schiffchen, Gripsgraps und Pimperlein stiegen auch hinein, alle Brüder küßten ihr die Hände, außer Pitschpatsch; der schlug mit seinem Ruder so kräftig ins Wasser, daß das Schifflein wie ein Pfeil von dem Felsen wegflog.

Aber sie waren nicht lange gefahren, als sie in eine große Noth kamen. Knarrasper hatte nicht lange geschlafen, als Gripsgraps mit Pimperlein fort war. Die Thierchen, welche ihm Gripsgraps in die Locke gesteckt, waren herausgekrochen, die Fliegen, die Grillen, die Heuschrecken auch, und waren der Thüre hinausgeflogen und gehüpft; die Hummel aber hatte sich auf seine rothe Nase gesetzt. Wie sie nun nicht mehr vor seinen Ohren brummten und sangen, glaubte er, Pimperlein singe nicht mehr, und sprach halb im Schlaf: »Pimperlein! Pimperlein! singe los, oder ich gebe dir einen Rippenstoß.« – Da aber immer kein Pimperlein sang und ihn die Hummel recht tüchtig in die Nase stach, weil sie sich ärgerte, daß er so pustete, ward er zornig und wollte mit geballter Faust auf Pimperlein schlagen; aber er schlug so heftig auf den rußigen kupfernen Kessel, daß er ein entsetzliches: »Auweh!« ausstieß. Der Kessel brummte wie eine große Glocke, und er wollte im höchsten Zorn aufspringen;

aber sein Zopf war an den großen Glockenschwengel gebunden, und er riß sich abscheulich an den Haaren. Er machte sich mit Mühe los; er rannte auf dem ganzen Felsen herum, da war kein Pimperlein hinten, kein Pimperlein vornen. Aber auf der weiten See draus sah er das Schifflein schwimmen. »Ha! ha!« sagte er, »kommst du mir so, so komm ich dir so«, und griff nach seiner Helleparte; aber er konnte sie nicht finden. Da sprach er:

>»Auf einen rußigen Kessel gelegt,
>Das ist ein schöner Spaß!
>An den Glockenschwengel gebunden,
>Das ist ein schöner Spaß!
>Die Helleparte gestohlen,
>Das ist ein schöner Spaß!«

Da wollte er seine Ratsche nehmen, die war zerbrochen:

>»Die Ratsch' zerbrochen,
>Das ist ein schöner Spaß!«

Nun wollte er in sein Horn stoßen und alle Nachtwächter zusammenrufen, aber es war ganz verstopft, und er blies sich fast die Backen entzwei. Da schrie er:

>»Dem Nachtwächterkönig das Horn verstopft,
>Das ist ein garstiger Spaß.

Aber warte, Pimperlein! ich will dich mit deinem Räuber treffen. Der Glockenschwengel deines Vaters Pumpam hat mir, als er hierher flog, mein Weib Schnarrassel todtgeschlagen; nun soll er ihm seine Tochter Pimperlein und ihren Räuber auch todtschlagen.« – Da nahm er den großen Glockenschwengel auf die Schulter, spannte seine großen Fledermausflügel aus und flog, flatter, flatter, flatter, über den See hin dem Schiffchen nach. »Ach! um Gotteswillen, da kömmt der Knarrasper«, schrie Pimperlein und legte sich glatt in das Schiff nieder, daß er sie nicht sehen sollte. Der Knarrasper aber kam wie eine schwarze Wolke geflogen und sang mit fürchterlicher Stimme:

>»Hört, ihr Herrn und laßt euch sagen.
>Der Knarrasper bringt den Klöppel getragen,
>Der ihm Schnarrassel, sein Weib, erschlagen,
>Nun geht es der Pimperlein an den Kragen;
>Pimperlein, bewahr' dein Lebenslicht,
>Wenn dir der Klöppel den Hals zerbricht.«

Ach, da kniete der Schulmeister und die Brüder um Pimperlein und beteten weinend um Hülfe; Pitschpatsch ruderte schnell, aber Piffpaff spannte seinen Bogen und sagte: »Pitschpatsch! halte ein wenig still, daß ich sicher zielen kann.« – Da hielt Pitschpatsch still, da war Knarrasper gerade über dem Schiff; paff schoß Piffpaff los, dem Knarrasper mitten durch das Herz, und patsch fiel er mitsammt dem Glockenschwengel todt in das Schiff herunter, das er mit seinen breiten Fledermausflügel ganz bedeckte.

Anfangs waren die Brüder alle still vor Angst und Schrecken, weil der Knarrasper über ihnen lag. Zuerst rührte sich der Schulmeister und sprach: »Ach Gott, meine Kinder! lebt ihr noch?« – Da sprach Pitschpatsch: »Ja! aber der Kopf thut mir weh.« – Da sagte Trilltrall: »Meine Hand ist verstaucht.« – Dann sprach Gripsgraps: »Meine Nase blutet.« – Dann sprach Piffpaff: »Mein Ohrläppchen ist geschwollen.« – Dann sagte Pinkepank: »Ich habe ein Loch im Kopf.« – »Ach!« schrie der Hanswurst, »ach! ach! und aber weh! und ach! ich bin ein elender Krüppel, ich werde nicht mit dem Leben davonkommen, o weh! o weh! o weh!« – »Ei! was fehlt dir denn?« schrien sie alle; da fing er an entsetzlich zu lamentiren, und sprach: »Ach! meine Pritsche ist mir zerbrochen, und es ist mir ein Knopf von der Jacke gesprungen.« – Da fingen sie alle in ihrer Herzensangst über ihn zu lachen an, Trilltrall aber sagte: »Lachet nicht, Pimperlein redet kein Wort, Pimperlein ist gewiß todt; geschwind! geschwind! werft den Knarrasper hinaus, daß wir sie finden können.« Da legten sie sich alle auf Hände und Füße und stemmten sich mit dem Rücken gegen den Knarrasper und drückten, upp, schupp, upp, und patsch fiel er über das Schiff hinaus ins Wasser und ging unter.

Aber welches Elend sahen sie da! Der große Glockenklöpfel war mitten in das Schiff auf die Prinzessin Pimperlein gefallen und hatte sie mausetodt geschlagen. Da jammerten die Brüder und der Vater und der Hanswurst und rissen sich die Haare aus. Pinkepank aber sagte: »Zieht sie nur unter dem schweren Glockenschwengel hervor, ich will schon helfen.« – Da zogen die Brüder sie hervor, und Pinkepank drückte ihr ein wenig Saft von seinem Kräutlein Stehauf in ihren rosenrothen Mund, und sie sprang auf und war frisch und gesund.

Da war Freude an allen Ecken; pitschpatsch, pitschpatsch ging das Ruder, und sie waren bald am Lande. Da machte Pitschpatsch sich vier Räder an sein Schiff, und Trilltrall rief sechs Bären aus dem Wald und versprach einem jeden einen großen Pfefferkuchen, wenn sie sich wollten vorspannen lassen und sie alle nach Glockotonia fahren. Sie waren es zufrieden, und die Reise ging geschwind fort.

Ach! wie verwunderten sich die Leute in Glockotonia über die wunderbare Kutsche, mit den Bären bespannt. Hanswurst aber lief voraus zum König und erzählte ihm Alles; der kam ihnen mit allem seinem Hofstaat entgegen außer mit den Glöcknern, die hatten zuviel zu thun, denn sie mußten mit allen Glocken läuten, und zu Glockotonia hat jedes Haus eine Glocke, jede Thüre eine Schelle, jeder Mensch eine Klingel am Hals und jedes Thier ein Glöckchen. Das war ein entsetzlich lustiges pimpam, tingtang, bimpim, klingkling. Nur der Hofglöckner ging in Trauer bei dem König, weil der Hofglockenklöpfel verloren war. Aber da er ihn im Schifflein liegen sah, trug er ihn gleich weg und hängte ihn in die große Glocke und fing auch nun an zu läuten pumpam.

Da umarmte Pumpam die Tochter und den Schulmeister und die Brüder, welche alle bei ihm frühstücken mußten. Worauf er sagte: »Nun muß ich Wort halten; ich habe dem meine Tochter versprochen, der mir sie wiederbringt, und mein halbes Reich; wer soll sie aber haben, da ihr ein Vater und fünf Söhne seyd?« – Da sprach Gripsgraps: »Ich habe sie vom Fels geholt.« – Da sagte Piffpaff: »Ich habe den Knarrasper getödtet.« – Da sagte Pitschpatsch: »Ich habe Euch im Schiff hingefahren.« – Da sagte Pinkepank: »Ich habe sie mit dem Kräutlein Stehauf lebendig gemacht.« – Da sagte Trilltrall: »Ich habe sie sehr lieb und habe Euch die Nachricht gegeben, wo sie sey.« – Da sagte Klopfstock: »Ich bin Euer aller Vater, mir gebührt sie.« – »Ja«, sagten die Söhne, »Ihr sollt sie haben.«

»Ich will sie gar nicht; ich wollte Euch nur auf die Probe stellen, aber Ihr seyd gehorsame Kinder«, sprach Klopfstock. »Und nun soll sie selbst sagen, bei wem sie leben will.« – Sie aber wollte es nicht sagen; da sagte der König: »So rede doch und schäme dich nicht.« – Da machte sie ein spitzes Mäulchen und sprach: »Im

Wald bei den Glockenblumen, bei den Vögeln, bei dem Trilltrall will ich wohnen«, – und da umarmte sie Trilltrall, und die
Brüder waren es alle zufrieden. Da gab ihr Trilltrall auch das
Glöckchen wieder, worüber sie sehr froh ward. Pumpam aber
nahm ein großes Messer und schnitt sein Königreich in zwei
Theile und fragte den Klopfstock: »Rücken oder Schneide?« –
Da sagte er: »Schneide.« – Und Pumpam gab ihm die Hälfte, die
an der Schneide des Messers lag. Klopfstock theilte das wieder in
fünf Theile und gab jedem seiner Söhne ein Stück. Piffpaff legte
sich einen Schützenplatz auf seinem Stück Königreich an,
Pitschpatsch einen schönen Fischteich, Pinkepank einen botani-
schen Garten, Gripsgraps baute sich eine Einsiedelei und lebte
fromm darin, und Trilltrall legte sich einen Thiergarten und
eine Vogelhecke auf seinem Stück Königreich an. Klopfstock
aber war Geheimer Fünffünftelsschulmeister, zog im ganzen
Land herum und hielt geheime Fünffünftelschule. Als Alles
fertig war, ließ Pumpam die ganze Geschichte an die große
Glocke hängen und tüchtig läuten, und da habe ich sie auch
gehört.

ACHIM VON ARNIM
Geschichte des ersten Bärnhäuters

ls Sigismund, der ungersche König von dem Türken geschlagen worden, ist ein deutscher Landsknecht aus der Schlacht in einen Wald entronnen:
da er nun keinen Weg fand, keinen Herren, kein
Geld hatte, an keinen Gott glaubte, so erschien
ihm ein Geist und sagte ihm, wenn er ihm dienen wollte, so
wollte er ihm Gelds genug geben und ihn selbst zu einem Herren
machen. Der Landsknecht sagte: O ja, er sei es zufrieden. Nun
wollte aber der Geist wissen, ob er wohl einen rechten Helden-
mut habe, damit er sein Geld nicht umsonst ausgebe und führte
ihn an das Lager einer Bärin, die Junge hatte, und als diese gegen
sie ansprang, befahl er dem Landsknecht, ihr auf die Nase zu
schießen. Der Landsknecht vollführte das treulich, schoß ihr in
die Naselöcher zwei Posten hinein, daß sie stürzte. Da solches
geschehen war, fing der Geist an mit ihm zu unterhandlen: ›Zieh
die Haut der Bärin dir ab, du wirst sie brauchen, gut für dich,
daß du kein Loch hinein geschossen, denn soll ich dich reich
machen, so mußt du mir sieben Jahre darin, als in meiner Livrei
dienen, mußt in den sieben Jahren alle Nacht eine Stunde um
Mitternacht bei meinem Schlosse Schildwach stehen, mußt in
den sieben Jahren dir niemals Haar und Bart und Nägel, weder
abschneiden noch reinigen, dich auch nie waschen, abreiben,
abstäuben und einsalben; in den sieben Jahren sollst du bei Tage
frei Licht, bei Nacht mit Abwechseln, Mondschein, Sternen-
schein und nichts haben, als guten Wein zum Trinken, Kom-
mißbrot zum Essen; auch sollst du in der Zeit kein Vaterunser
beten.‹ Der Landsknecht ging alles ein und sagte zum Geist:
›Alles was du mir zu unterlassen befiehlst, habe ich mein Lebtage
nicht gern getan, weder Kämmen, Waschen noch Beten; was du
mir zu tun befiehlst, soll mir bei einem guten Glase Wein nicht
schwer werden.‹ Darauf zog er seine Bärenhaut über und der
Geist führte ihn durch die Luft auf sein wüstes Schloß, das
mitten im Meere liegt, woselbst er gleich seinen Dienst antrat.
Sechs und ein halbes Jahr versah der Landsknecht in seiner
Bärnhaut, wovon er den Namen des Bärnhäuters bekommen,

seinen Wachtdienst; Haar und Bart waren ihm dermaßen gewachsen und verfilzt, daß er von Gottes Ebenbildlichkeit wenig
mehr übrig behielt; Petersilie war ihm auf seiner Haut gewachsen, das sah gar erschrecklich aus.

Als nun sechseinhalb Jahr um waren, fuhr Braka fort, trat der
Geist zu ihm, freute sich über sein Ansehen, sagte ihm, er
brauche ihn nicht mehr, er wolle ihn wieder unter Menschen
bringen, doch mit der Bedingung, daß er sich noch ein halbes
Jahr in dieser seiner Verwilderung unter ihnen sehen lasse,
zugleich wolle er aber mit ihm abrechnen und ihm den verdienten Geldschatz überantworten, er möchte sich damit lustig machen, so gut er könnte. Dem Landsknecht war es doch lieb,
wieder unter Menschen zu kommen, weil er das Sprechen fast
verlernt hatte, er ließ sich vom Geist recht vergnügt übers Meer
nach Deutschland führen, nach Graubünden, weil es dort in
damaliger Zeit am schmutzigsten auf dem ganzen Erdboden
war. Dennoch wollte ihn da kein Wirt aufnehmen, bis er eine
Handvoll Dublonen und eine Handvoll Piaster einem ins Gesichte warf; der räumte ihm seine besten Zimmer ein, daß er die
gewöhnlichen Gäste von dem Hause nicht zurückschrecken
möchte. Als aber der Papst, der mit gemalten Bildern die ganze
Christenheit regiert, durch Graubünden kam, von dem Conzi-
lio nach Rom zurück zu reisen, da trat der Geist zu dem
Bärnhäuter und malte sein Zimmer mit allen merkwürdigen
Menschen der Welt, sowohl denen, die gelebt, als die künftig
noch leben werden, wie den Antichristen und das Jüngste Gericht, worüber der Wirt sich nicht wenig verwunderte, aber
dennoch den Bärnhäuter zwang, die Nacht, wo der Papst bei
ihm einkehrte, seine Zimmer einzuräumen und im Schweinestall zu schlafen, den Papst aber legte er in das vom Bärnhäuter
schön gemalte Zimmer. Als der Papst am andern Morgen aufwachte, war das erste, daß er sich nach dem wunderbaren Maler
erkundigte, der das Zimmer so künstlich verziert habe. Der
Wirt erzählte ihm, was er von ihm wußte und mußte ihn dann
aus dem Schweinestall herauf kommen lassen. Der Papst aber
grüßte ihn freundlich, fragte ihn, wer er wäre und der Landsknecht nannte sich Bärnhäuter; darauf fragte ihn der Papst, ob
er diese herrlichen Bilder gemalt? ›Wer sonst‹, sprach der Bärn-

häuter. Da rühmte ihn der Papst, als den ersten Maler der Welt
und sagte ihm, er habe drei natürliche Töchter, die er sehr liebe,
die älteste heiße Vergangenheit, die andre Gegenwart, die dritte
Zukunft, wenn er ihm die so malen könnte, daß er wüßte, wie
jede nach einer Reihe von Jahren aussähe, so wolle er ihm die zur
Frau geben, welche ihm am besten gefalle. Der Bärnhäuter
versprach alles in Hoffnung auf seinen Geist. Der Papst redete
darauf weiter: ›Du könntest mir aber leicht einbilden, daß sie
sich also verwandeln möchten und wenn es nicht zuträfe, hättest
du doch inzwischen meiner Tochter Liebe genossen, darum
stelle ich dich auf eine Probe. Ich zeige dir nur meine jüngste
Tochter Zukunft und du mußt aus ihrem Anblick die beiden
älteren, Gegenwart und Vergangenheit malen, bestehst du diese,
so ist das Mädchen dein, bestehst du sie nicht, so verfällt mir dein
großes Vermögen, wovon mir der Wirt erzählt hat.‹ Bärnhäuter
ging alles ein, lief neben dem Wagen des Papstes her und hielt
ihn, wenn er umfallen wollte, und so kamen beide ohne Schaden
nach Rom. Gleich am Abend stellte ihm der Papst seine Tochter
Zukunft vor, die sehr schön war, aber zweierlei Farbe von
Haaren auf ihrem Kopfe trug; Bärnhäuter verliebte sich gleich,
sie aber entsetzte sich über seinen Anblick. Als sie fort war, rief
er seinen Geist, der mit einem Farbetopfe und einem Pinsel
geflogen kam und die Bilder der beiden ältren Schwestern
sogleich anfertigte. Als Bärnhäuter das Bild der Gegenwart
gemalt sah, vergaß er darüber der geliebten Zukunft und
weinte, daß er diese nicht bekommen könnte. Der Geist tröstete
ihn und sprach: in einem halben Jahre würde seine Braut dieser
ähnlich und gleich sein, und so hätte er in diesem Bilde auch das
vom Papste verlangte Bild, wie die Tochter in einer gewissen
Zeit aussehen werde; in dem Bilde der Vergangenheit, werde er
aber gleich sehen, wie die Gegenwart künftig aussehen müsse. –
Der Geist malte dieses Bild der Vergangenheit und es gefiel dem
Bärnhäuter nicht. Als dieser nun aber vom Geiste verlangte, er
solle ihm das Bild der Vergangenheit malen, wie sie künftig
aussehe, da wischte der Geist seinen Pinsel auf der Wand aus und
sagte: ›Entweder so wie die Wolken, daß nichts zu erkennen,
oder wie das Bild der Zukunft, das du im Herzen trägst, und das
ich dir niemals gut genug malen würde!‹ Hier verschwand der

Geist. Am Morgen zeigte der Bärnhäuter die Bilder dem Papst, der sehr nachdenklich dabei wurde, ihn umarmte und seiner jüngsten Tochter als Bräutigam vorstellte. Bärnhäuter war so voll Freude, daß er nicht sah, wie seine Braut weinte, als er seinen Ring, der auseinander geschroben werden konnte, mit ihr teilte, und ihr die Hälfte an den Finger steckte. Darauf nahm er Abschied, denn so hatte ihm der Geist in der Nacht befohlen, – ich hatte es zu erzählen vergessen – und ritt nach Deutschland zurück, um dort in Graubünden sein siebentes Jahr noch auszuwarten; dann ging er nach Baden ins Bad, wo er zu seiner Reinigung über ein halbes Jahr beständig im Wasser lag und mit groben Besen abgebürstet wurde; ein Dutzend Messer wurden stumpf, eh' ihm der Bart und das Haar abgeschoren waren. Als das beendigt, schaffte er sich die kostbarsten Kleider an und eilte zu seiner Geliebten zurück. – Diese war unterdessen in das Aussehen gerückt, was die Gegenwart damals hatte, sie war sehr schön, aber immer traurig, weil sie sich vor ihrem Bräutigam fürchtete und weil sie von den Schwestern, die keinen Mann bekommen, beständig seinetwegen geneckt wurde. Eines Tages rief ein heller Trompetenschall alle drei Schwestern ans Fenster, es zog ein schöner fremder Ritter mit vielen Knechten in die Stadt, den sich die beiden ältesten sogleich zum Mann wünschten, und o Wunder, der Ritter hielt vor dem Hause still, ließ auch um Erlaubnis bitten, ihnen aufzuwarten. Sie bewilligten es gern und er gab sich für einen entfernten Verwandten von ihnen aus, der eine von ihnen zu heiraten begehre und sich deswegen durch einige Gaben empfehlen wolle. Die beiden Ältesten griffen begierig nach den Geschenken, die Jüngste aber blieb einsam wie ein Turteltäubchen; die beiden Ältesten bemühten sich um seine Gunst, sie gefielen ihm aber gar nicht mehr, die Gegenwart sah aus wie damals die Vergangenheit und die Vergangenheit hatte ein verwischtes Gesicht, wie eine Alabasterstatue, die lange unter der Traufe gestanden, die liebe Zukunft aber blühte in höchster Schönheit, ihre Haare glänzten in gleicher heller Farbe. Dennoch stellte er sich erst den beiden Älteren geneigt, um die Sinnesart der Jüngeren zu prüfen; als diese aber still und sittig blieb, während jene stolzierten, erklärte er sie für seine Braut, indem er ihr die andre Hälfte des Ringes am Finger anschraubte.

Da war große Freude in der Verlassenen angezündet; der Papst erschien und segnete beide ein. Als aber die Brautleute zu Bette gebracht worden, ergriff die beiden älteren Schwestern eine Verzweifelung, daß sich die eine erhenkte und die andre in den Brunnen stürzte. In der Nacht trat der Geist, die beiden toten Mädchen im Arm, zum letztenmal zum Bärnhäuter und sagte: ›Du hast alles erfüllt, was du mir gesollt, ich bin im Vorteil, ich habe mir zwei, du dir eine Tochter geholt. Lebe wohl und bewahre deinen Schatz.‹

Peter Schlemihls wundersame Geschichte

I

ach einer glücklichen, jedoch für mich sehr beschwerlichen Seefahrt erreichten wir endlich den
Hafen. Sobald ich mit dem Boote ans Land kam,
belud ich mich selbst mit meiner kleinen Habselig-
keit, und durch das wimmelnde Volk mich drän-
gend, ging ich in das nächste, geringste Haus hinein, vor welchem ich ein Schild hängen sah. Ich begehrte ein Zimmer, der
Hausknecht maß mich mit einem Blick und führte mich unters
Dach. Ich ließ mir frisches Wasser geben und genau beschreiben,
wo ich den Herrn Thomas John aufzusuchen habe. – »Vor dem
Nordertor, das erste Landhaus zur rechten Hand, ein großes,
neues Haus, von rot und weißem Marmor mit vielen Säulen.«
Gut. – Es war noch früh an der Zeit, ich schnürte sogleich mein
Bündel auf, nahm meinen neugewandten schwarzen Rock her-
aus, zog mich reinlich an in meine besten Kleider, steckte das
Empfehlungsschreiben zu mir und setzte mich alsbald auf den
Weg zu dem Manne, der mir bei meinen bescheidenen Hoff-
nungen förderlich sein sollte.
Nachdem ich die lange Norderstraße hinaufgestiegen und das
Tor erreicht, sah ich bald die Säulen durch das Grüne schimmern. – »Also hier«, dacht ich. Ich wischte den Staub von meinen
Füßen mit meinem Schnupftuch ab, setzte mein Halstuch in
Ordnung und zog in Gottes Namen die Klingel. Die Tür sprang
auf. Auf dem Flur hatt' ich ein Verhör zu bestehen; der Portier
ließ mich aber anmelden, und ich hatte die Ehre, in den Park
gerufen zu werden, wo Herr John mit einer kleinen Gesellschaft
sich erging. Ich erkannte gleich den Mann am Glanze seiner
wohlbeleibten Selbstzufriedenheit. Er empfing mich sehr gut –
wie ein Reicher einen armen Teufel, wandte sich sogar gegen
mich, ohne sich jedoch von der übrigen Gesellschaft abzuwenden, und nahm mir den dargehaltenen Brief aus der Hand. – »So,
so! von meinem Bruder; ich habe lange nichts von ihm gehört.
Er ist doch gesund? – Dort«, fuhr er gegen die Gesellschaft fort,
ohne die Antwort zu erwarten, und wies mit dem Brief auf

einen Hügel, »dort lass' ich das neue Gebäude aufführen.« Er
brach das Siegel auf und das Gespräch nicht ab, das sich auf den
Reichtum lenkte. »Wer nicht Herr ist wenigstens einer Million«,
warf er hinein, »der ist, man verzeihe mir das Wort, ein Schuft!«
– »Oh, wie wahr!« rief ich aus, mit vollem, überströmendem
Gefühl. Das mußte ihm gefallen; er lächelte mich an und sagte:
»Bleiben Sie hier, lieber Freund, nachher hab ich vielleicht Zeit,
Ihnen zu sagen, was ich hiezu denke«, er deutete auf den Brief,
den er sodann einsteckte, und wandte sich wieder zu der Gesellschaft. – Er bot einer jungen Dame den Arm, andere Herren
bemühten sich um andere Schönen, es fand sich, was sich paßte,
und man wallte dem rosenumblühten Hügel zu.
Ich schlich hinterher, ohne jemanden beschwerlich zu fallen; denn
keine Seele bekümmerte sich weiter um mich. Die Gesellschaft
war sehr aufgeräumt, es ward getändelt und gescherzt, man
sprach zuweilen von leichtsinnigen Dingen wichtig, von wichtigen öfters leichtsinnig, und gemächlich erging besonders der
Witz über abwesende Freunde und deren Verhältnisse. Ich war da
zu fremd, um von alledem vieles zu verstehen, zu bekümmert
und in mich gekehrt, um den Sinn auf solche Rätsel zu haben.
Wir hatten den Rosenhain erreicht. Die schöne Fanny, wie es
schien, die Herrin des Tages, wollte aus Eigensinn einen blühenden Zweig selbst brechen; sie verletzte sich an einem Dorn, und
wie von den dunkeln Rosen floß Purpur auf ihre zarte Hand.
Dieses Ereignis brachte die ganze Gesellschaft in Bewegung. Es
wurde Englisch Pflaster gesucht. Ein stiller, dünner, hagrer,
länglichter, ältlicher Mann, der neben mitging und den ich noch
nicht bemerkt hatte, steckte sogleich die Hand in die knapp
anliegende Schoßtasche seines altfränkischen, grautaffentnen
Rockes, brachte eine kleine Brieftasche daraus hervor, öffnete
sie und reichte der Dame mit devoter Verbeugung das Verlangte. Sie empfing es ohne Aufmerksamkeit für den Geber und
ohne Dank; die Wunde ward verbunden, und man ging weiter
den Hügel hinan, von dessen Rücken man die weite Aussicht
über das grüne Labyrinth des Parkes nach dem unermeßlichen
Ozean genießen wollte.
Der Anblick war wirklich groß und herrlich. Ein lichter Punkt
erschien am Horizont zwischen der dunkeln Flut und der Bläue

des Himmels. »Ein Fernrohr her!« rief John, und noch bevor das auf den Ruf erscheinende Dienervolk in Bewegung kam, hatte der graue Mann, bescheiden sich verneigend, die Hand schon in die Rocktasche gesteckt, daraus einen schönen Dollond hervorgezogen und es dem Herrn John eingehändigt. Dieser, es sogleich an das Aug bringend, benachrichtigte die Gesellschaft, es sei das Schiff, das gestern ausgelaufen und das widrige Winde im Angesicht des Hafens zurückehielten. Das Fernrohr ging von Hand zu Hand und nicht wieder in die des Eigentümers; ich aber sah verwundert den Mann an und wußte nicht, wie die große Maschine aus der winzigen Tasche herausgekommen war; es schien aber niemandem aufgefallen zu sein, und man bekümmerte sich nicht mehr um den grauen Mann als um mich selber.

Erfrischungen wurden gereicht, das seltenste Obst aller Zonen in den kostbarsten Gefäßen. Herr John machte die Honneurs mit leichtem Anstand und richtete da zum zweitenmal ein Wort an mich: »Essen Sie nur, das haben Sie auf der See nicht gehabt.« Ich verbeugte mich; aber er sah es nicht, er sprach schon mit jemand anderem.

Man hätte sich gern auf den Rasen am Abhange des Hügels der ausgespannten Landschaft gegenüber gelagert, hätte man die Feuchtigkeit der Erde nicht gescheut. Es wäre göttlich, meinte wer aus der Gesellschaft, wenn man türkische Teppiche hätte, sie hier auszubreiten. Der Wunsch war nicht so bald ausgesprochen, als schon der Mann im grauen Rock die Hand in der Tasche hatte und mit bescheidener, ja demütiger Gebärde einen reichen, golddurchwirkten türkischen Teppich daraus zu ziehen bemüht war. Bediente nahmen ihn in Empfang, als müsse es so sein, und entfalteten ihn am begehrten Orte. Die Gesellschaft nahm ohne Umstände Platz darauf; ich wiederum sah betroffen den Mann, die Tasche, den Teppich an, der über zwanzig Schritte in der Länge und zehn in der Breite maß, und rieb mir die Augen, nicht wissend, was ich dazu denken sollte, besonders, da niemand etwas Merkwürdiges darin fand.

Ich hätte gern Aufschluß über den Mann gehabt und gefragt, wer er sei, nur wußt ich nicht, an wen ich mich richten sollte; denn ich fürchtete mich fast noch mehr vor den Herren Bedienten als vor den bedienten Herren. Ich faßte endlich ein Herz und trat an einen jungen Mann heran, der mir von minderem Ansehen schien als die andern und der öfter allein gestanden hatte. Ich bat ihn leise, mir zu sagen, wer der gefällige Mann sei dort im grauen Kleide. – »Dieser, der wie ein Ende Zwirn aussieht, der einem Schneider aus der Nadel entlaufen ist?« – »Ja, der allein steht.« – »Den kenn ich nicht«, gab er mir zur Antwort, und, wie es schien, eine längere Unterhaltung mit mir zu vermeiden, wandt er sich weg und sprach von gleichgiltigen Dingen mit einem andern.

Die Sonne fing jetzt stärker zu scheinen an und ward den Damen beschwerlich; die schöne Fanny richtete nachlässig an den grauen Mann, den, soviel ich weiß, noch niemand angeredet hatte, die leichtsinnige Frage, ob er nicht auch vielleicht ein Zelt bei sich habe? Er beantwortete sie durch eine so tiefe Verbeugung, als widerführe ihm eine unverdiente Ehre, und hatte schon die Hand in der Tasche, aus der ich Zeuge, Stangen, Schnüre, Eisenwerk, kurz alles, was zu dem prachtvollsten Lustzelt gehört, herauskommen sah. Die jungen Herren halfen es ausspannen, und es überhing die ganze Ausdehnung des Teppichs – und keiner fand noch etwas Außerordentliches darin. –
Mir war schon lang unheimlich, ja graulich zumute; wie ward mir vollends, als beim nächstausgesprochenen Wunsch ich ihn noch aus seiner Tasche drei Reitpferde, ich sage dir, drei schöne, große Rappen mit Sattel und Zeug, herausziehen sah! – denke dir, um Gottes willen, drei gesattelte Pferde noch aus derselben Tasche, woraus schon eine Brieftasche, ein Fernrohr, ein gewirkter Teppich, zwanzig Schritte lang und zehn breit, ein Lustzelt von derselben Größe und alle dazugehörigen Stangen und Eisen herausgekommen waren! – Wenn ich dir nicht beteuerte, es selbst mit eigenen Augen angesehen zu haben, würdest du es gewiß nicht glauben. –
So verlegen und demütig der Mann selbst zu sein schien, so wenig Aufmerksamkeit ihm auch die andern schenkten, so ward mir doch seine blasse Erscheinung, von der ich kein Auge abwenden konnte, so schauerlich, daß ich sie nicht länger ertragen konnte.
Ich beschloß, mich aus der Gesellschaft zu stehlen, was bei der unbedeutenden Rolle, die ich darinnen spielte, mir ein leichtes

schien. Ich wollte nach der Stadt zurückkehren, am andern Morgen mein Glück beim Herrn John wieder versuchen und, wenn
ich den Mut dazu fände, ihn über den seltsamen grauen Mann
befragen. – Wäre es mir nur so zu entkommen geglückt!

Ich hatte mich schon wirklich durch den Rosenhain, den Hügel
hinab, glücklich geschlichen und befand mich auf einem freien
Rasenplatz, als ich aus Furcht, außer den Wegen durchs Gras
gehend angetroffen zu werden, einen forschenden Blick um
mich warf. – Wie erschrak ich, als ich den Mann im grauen
Rock hinter mir her und auf mich zukommen sah. Er nahm
sogleich den Hut vor mir ab und verneigte sich so tief, als noch
niemand vor mir getan hatte. Es war kein Zweifel, er wollte
mich anreden, und ich konnte, ohne grob zu sein, es nicht
vermeiden. Ich nahm den Hut auch ab, verneigte mich wieder
und stand da in der Sonne mit bloßem Haupt wie angewurzelt.
Ich sah ihn voller Furcht stier an und war wie ein Vogel, den eine
Schlange gebannt hat. Er selber schien sehr verlegen zu sein; er
hob den Blick nicht auf, verbeugte sich zu verschiedenen Malen,
trat näher und redete mich an mit leiser, unsicherer Stimme,
ungefähr im Tone eines Bettelnden.

»Möge der Herr meine Zudringlichkeit entschuldigen, wenn ich
es wage, ihn so unbekannterweise aufzusuchen, ich habe eine
Bitte an ihn. Vergönnen Sie gnädigst –« – »Aber um Gottes
willen, mein Herr!« brach ich in meiner Angst aus, »was kann ich
für einen Mann tun, der –«, wir stutzten beide und wurden, wie
mir deucht, rot.

Er nahm nach einem Augenblick des Schweigens wieder das
Wort: »Während der kurzen Zeit, wo ich das Glück genoß,
mich in Ihrer Nähe zu befinden, hab ich, mein Herr, einige Male
– erlauben Sie, daß ich es Ihnen sage – wirklich mit unaussprech-
licher Bewunderung den schönen, schönen Schatten betrachten
können, den Sie in der Sonne, und gleichsam mit einer gewissen
edlen Verachtung, ohne selbst darauf zu merken, von sich werfen, den herrlichen Schatten da zu Ihren Füßen. Verzeihen Sie
mir die freilich kühne Zumutung. Sollten Sie sich wohl nicht
abgeneigt finden, mir diesen Ihren Schatten zu überlassen?«

Er schwieg, und mir ging's wie ein Mühlrad im Kopfe herum.
Was sollt ich aus dem seltsamen Antrag machen, mir meinen

Schatten abzukaufen? Er muß verrückt sein, dacht ich, und mit verändertem Tone, der zu der Demut des seinigen besser paßte, erwiderte ich also:

»Ei, ei! guter Freund, habet Ihr denn nicht an Eurem eignen Schatten genug? Das heiß ich mir einen Handel von einer ganz absonderlichen Sorte.« Er fiel sogleich wieder ein: »Ich habe in meiner Tasche manches, was dem Herrn nicht ganz unwert scheinen möchte; für diesen unschätzbaren Schatten halt ich den höchsten Preis zu gering.«

Nun überfiel es mich wieder kalt, da ich an die Tasche erinnert ward, und ich wußte nicht, wie ich ihn hatte guter Freund nennen können. Ich nahm wieder das Wort und suchte es womöglich mit unendlicher Höflichkeit wiedergutzumachen.

»Aber, mein Herr, verzeihen Sie Ihrem untertänigsten Knecht. Ich verstehe wohl Ihre Meinung nicht ganz gut; wie könnt ich nur meinen Schatten – –« Er unterbrach mich: »Ich erbitte mir nur Dero Erlaubnis, hier auf der Stelle diesen edlen Schatten aufheben zu dürfen und zu mir zu stecken; wie ich das mache, sei meine Sorge. Dagegen als Beweis meiner Erkenntlichkeit gegen den Herrn überlasse ich ihm die Wahl unter allen Kleinodien, die ich in der Tasche bei mir führe: die echte Springwurzel, die Alraunwurzel, Wechselpfennige, Raubtaler, das Tellertuch von Rolands Knappen, ein Galgenmännlein zu beliebigem Preis; doch das wird wohl nichts für Sie sein: besser Fortunati Wünschhütlein, neu und haltbar wieder restauriert; auch ein Glückssäckel, wie der seine gewesen.« – »Fortunati Glücks- säckel«, fiel ich ihm in die Rede, und wie groß meine Angst auch war, hatte er mit dem einen Wort meinen ganzen Sinn gefan- gen. Ich bekam einen Schwindel, und es flimmerte mir wie doppelte Dukaten vor den Augen. –

»Belieben gnädigst der Herr, diesen Säckel zu besichtigen und zu erproben.« Er steckte die Hand in die Tasche und zog einen mäßig großen, festgenähten Beutel von starkem Korduanleder an zwei tüchtigen ledernen Schnüren heraus und händigte mir selbigen ein. Ich griff hinein und zog zehn Goldstücke daraus, und wieder zehn, und wieder zehn, und wieder zehn; ich hielt ihm schnell die Hand hin: »Topp! der Handel gilt; für den Beutel haben Sie meinen Schatten.« Er schlug ein, kniete dann unge-

säumt vor mir nieder, und mit einer bewundernswürdigen
Geschicklichkeit sah ich ihn meinen Schatten, vom Kopf bis zu
meinen Füßen, leise von dem Grase lösen, aufheben, zusammen-
rollen und falten und zuletzt einstecken. Er stand auf, verbeugte
sich noch einmal vor mir und zog sich dann nach dem Rosen-
gebüsche zurück. Mich dünkt', ich hörte ihn da leise für sich
lachen. Ich aber hielt den Beutel bei den Schnüren fest; rund um
mich her war die Erde sonnenhell, und in mir war noch keine
Besinnung.

II

Ich kam endlich wieder zu Sinnen und eilte, diesen Ort zu
verlassen, wo ich hoffentlich nichts mehr zu tun hatte. Ich füllte
erst meine Taschen mit Gold, dann band ich mir die Schnüre des
Beutels um den Hals fest und verbarg ihn selbst auf meiner
Brust. Ich kam unbeachtet aus dem Park, erreichte die Land-
straße und nahm meinen Weg nach der Stadt. Wie ich in
Gedanken dem Tore zuging, hörte ich hinter mir schreien:
»Junger Herr! he! junger Herr! hören Sie doch!« – Ich sah mich
um, ein altes Weib rief mir nach: »Sehe sich der Herr doch vor,
Sie haben Ihren Schatten verloren.« – »Danke, Mütterchen!« Ich
warf ihr ein Goldstück für den wohlgemeinten Rat hin und trat
unter die Bäume.
Am Tore mußt ich gleich wieder von der Schildwacht hören:
»Wo hat der Herr seinen Schatten gelassen?« und gleich wieder
darauf von ein paar Frauen: »Jesus Maria! der arme Mensch hat
keinen Schatten!« Das fing an, mich zu verdrießen, und ich
vermied sehr sorgfältig, in die Sonne zu treten. Das ging aber
nicht überall an, zum Beispiel nicht über die Breite Straße, die
ich zunächst durchkreuzen mußte, und zwar zu meinem Unheil
in eben der Stunde, wo die Knaben aus der Schule gingen. Ein
verdammter buckeliger Schlingel, ich seh ihn noch, hatte es
gleich weg, daß mir ein Schatten fehle. Er verriet mich mit
großem Geschrei der sämtlichen literarischen Straßenjugend der
Vorstadt, welche sofort mich zu rezensieren und mit Kot zu
bewerfen anfing: »Ordentliche Leute pflegten ihren Schatten
mit sich zu nehmen, wenn sie in die Sonne gingen.« Um sie von
mir abzuwehren, warf ich Gold zu vollen Händen unter sie und

sprang in einen Mietswagen, zu dem mir mitleidige Seelen verhalfen.

Sobald ich mich in der rollenden Kutsche allein fand, fing ich bitterlich an zu weinen. Es mußte schon die Ahnung in mir aufsteigen: daß, um so viel das Gold auf Erden Verdienst und Tugend überwiegt, um so viel der Schatten höher als selbst das Gold geschätzt werde; und wie ich früher den Reichtum meinem Gewissen aufgeopfert, hatte ich jetzt den Schatten für bloßes Gold hingegeben; was konnte, was sollte auf Erden aus mir werden!

Ich war noch sehr verstört, als der Wagen vor meinem alten Wirtshause hielt; ich erschrak über die Vorstellung, nur noch jenes schlechte Dachzimmer zu betreten. Ich ließ mir meine Sachen herabholen, empfing den ärmlichen Bündel mit Verachtung, warf einige Goldstücke hin und befahl, vor das vornehmste Hotel vorzufahren. Das Haus war gegen Norden gelegen; ich hatte die Sonne nicht zu fürchten. Ich schickte den Kutscher mit Gold weg, ließ mir die besten Zimmer vorn heraus anweisen und verschloß mich darin, sobald ich konnte.

Was denkest du, das ich nun anfing? – Oh, mein lieber Chamisso, selbst vor dir es zu gestehen, macht mich erröten. Ich zog den unglücklichen Säckel aus meiner Brust hervor, und mit einer Art Wut, die wie eine flackernde Feuersbrunst sich in mir durch sich selbst mehrte, zog ich Gold daraus, und Gold, und Gold, und immer mehr Gold, und streute es auf den Estrich und schritt darüber hin und ließ es klirren und warf, mein armes Herz an dem Glanze, an dem Klange weidend, immer des Metalles mehr zu dem Metalle, bis ich ermüdet selbst auf das reiche Lager sank und schwelgend darin wühlte, mich darüber wälzte. So verging der Tag, der Abend; ich schloß meine Tür nicht auf, die Nacht fand mich liegend auf dem Golde, und darauf übermannte mich der Schlaf.

Da träumt' es mir von dir; es ward mir, als stünde ich hinter der Glastüre deines kleinen Zimmers und sähe dich von da an deinem Arbeitstische zwischen einem Skelett und einem Bunde getrockneter Pflanzen sitzen; vor dir waren Haller, Humboldt und Linné aufgeschlagen, auf deinem Sofa lagen ein Band Goethe und der »Zauberring«; ich betrachtete dich lange und jedes Ding in deiner Stube und dann dich wieder; du rührtest dich aber nicht, du holtest auch nicht Atem, du warst tot.

Ich erwachte. Es schien noch sehr früh zu sein. Meine Uhr stand. Ich war wie zerschlagen, durstig und hungrig auch noch; ich hatte seit dem vorigen Morgen nichts gegessen. Ich stieß von mir mit Unwillen und Überdruß dieses Gold, an dem ich kurz vorher mein törichtes Herz gesättigt; nun wußt ich verdrießlich nicht, was ich damit anfangen sollte. Es durfte nicht so liegen-bleiben – ich versuchte, ob es der Beutel wieder verschlingen wollte – Nein. Keines meiner Fenster öffnete sich über die See. Ich mußte mich bequemen, es mühsam und mit saurem Schweiß zu einem großen Schrank, der in einem Kabinett stand, zu schleppen und es darin zu verpacken. Ich ließ nur einige Handvoll daliegen. Nachdem ich mit der Arbeit fertig gewor-den, legt ich mich erschöpft in einen Lehnstuhl und erwartete, daß sich Leute im Hause zu regen anfingen. Ich ließ, sobald es möglich war, zu essen bringen und den Wirt zu mir kommen. Ich besprach mit diesem Manne die künftige Einrichtung meines Hauses. Er empfahl mir für den näheren Dienst um meine Person einen gewissen Bendel, dessen treue und verständige Physiogno-mie mich gleich gewann. Derselbe war's, dessen Anhänglichkeit mich seither tröstend durch das Elend des Lebens begleitete und mir mein düstres Los ertragen half. Ich brachte den ganzen Tag auf meinen Zimmern mit herrenlosen Knechten, Schustern, Schneidern und Kaufleuten zu, ich richtete mich ein und kaufte besonders sehr viele Kostbarkeiten und Edelsteine, um nur etwas des vielen aufgespeicherten Goldes los zu werden; es schien mir aber gar nicht, als könne der Haufen sich vermindern.

Ich schwebte indes über meinen Zustand in den ängstigendsten Zweifeln. Ich wagte keinen Schritt aus meiner Tür und ließ abends vierzig Wachskerzen in meinem Saal anzünden, bevor ich aus dem Dunkel herauskam. Ich gedachte mit Grauen des fürchterlichen Auftrittes mit den Schulknaben. Ich beschloß, soviel Mut ich auch dazu bedurfte, die öffentliche Meinung noch einmal zu prüfen. – Die Nächte waren zu der Zeit mond-hell. Abends spät warf ich einen weiten Mantel um, drückte mir den Hut tief in die Augen und schlich, zitternd wie ein Verbre-cher, aus dem Hause. Erst auf einem entlegenen Platz trat ich aus dem Schatten der Häuser, in deren Schutz ich so weit gekommen war, an das Mondeslicht hervor, gefaßt, mein Schicksal aus dem Munde der Vorübergehenden zu vernehmen.

Erspare mir, lieber Freund, die schmerzliche Wiederholung alles dessen, was ich erdulden mußte. Die Frauen bezeugten oft das tiefste Mitleid, das ich ihnen einflößte; Äußerungen, die mir die Seele nicht minder durchbohrten als der Hohn der Jugend und die hochmütige Verachtung der Männer, besonders solcher dicken, wohlbeleibten, die selbst einen breiten Schatten warfen. Ein schönes, holdes Mädchen, die, wie es schien, ihre Eltern begleitete, indem diese bedächtig nur vor ihre Füße sahen, wandte von ungefähr ihr leuchtendes Auge auf mich; sie erschrak sichtbarlich, da sie meine Schattenlosigkeit bemerkte, verhüllte ihr schönes Antlitz in ihren Schleier, ließ den Kopf sinken und ging lautlos vorüber.

Ich ertrug es länger nicht. Salzige Ströme brachen aus meinen Augen, und mit durchschnittenem Herzen zog ich mich schwankend ins Dunkel zurück. Ich mußte mich an den Häusern halten, um meine Schritte zu sichern, und erreichte langsam und spät meine Wohnung.

Ich brachte die Nacht schlaflos zu. Am andern Tage war meine erste Sorge, nach dem Manne im grauen Rock überall suchen zu lassen. Vielleicht sollte es mir gelingen, ihn wiederzufinden, und wie glücklich! wenn ihn, wie mich, der törichte Handel gereuen sollte. Ich ließ Bendel vor mich kommen, er schien Gewandtheit und Geschick zu besitzen; – ich schilderte ihm genau den Mann, in dessen Besitz ein Schatz sich befand, ohne den mir das Leben nur eine Qual sei. Ich sagte ihm die Zeit, den Ort, wo ich ihn gesehen, beschrieb ihm alle, die zugegen gewesen, und fügte dieses Zeichen noch hinzu: er solle sich nach einem Dollondschen Fernrohr, nach einem golddurchwirkten türkischen Teppich, nach einem Prachtlustzelt und endlich nach den schwarzen Reithengsten genau erkundigen, deren Geschichte, ohne zu bestimmen wie, mit der des rätselhaften Mannes zusammenhinge, welcher allen unbedeutend geschienen und dessen Erscheinung die Ruhe und das Glück meines Lebens zerstört hatte.

Wie ich ausgeredet, holt ich Gold her, eine Last, wie ich sie nur zu tragen vermochte, und legte Edelsteine und Juwelen noch

hinzu für einen größeren Wert. »Bendel«, sprach ich, »dieses
ebnet viele Wege und macht vieles leicht, was unmöglich
schien; sei nicht karg damit, wie ich es nicht bin, sondern geh
und erfreue deinen Herrn mit Nachrichten, auf denen seine
alleinige Hoffnung beruht.«

Er ging. Spät kam er und traurig zurück. Keiner von den Leuten
des Herrn John, keiner von seinen Gästen – er hatte alle gesprochen – wußte sich nur entfernt an den Mann im grauen Rocke
zu erinnern. Der neue Teleskop war da, und keiner wußte, wo
er hergekommen; der Teppich, das Zelt waren da noch auf
demselben Hügel ausgebreitet und aufgeschlagen, die Knechte
rühmten den Reichtum ihres Herrn, und keiner wußte, von
wannen diese neuen Kostbarkeiten ihm zugekommen. Er selbst
hatte sein Wohlgefallen daran, und ihn kümmerte es nicht, daß
er nicht wisse, woher er sie habe; die Pferde hatten die jungen
Herren, die sie geritten, in ihren Ställen, und sie priesen die
Freigebigkeit des Herrn John, der sie ihnen an jenem Tage
geschenkt. Soviel erhellte aus der ausführlichen Erzählung Bendels, dessen rascher Eifer und verständige Führung auch bei so
fruchtlosem Erfolge mein verdientes Lob erhielten. Ich winkte
ihm düster, mich allein zu lassen.

»Ich habe«, hob er wieder an, »meinem Herrn Bericht abgestattet
über die Angelegenheit, die ihm am wichtigsten war. Mir bleibt
noch ein Auftrag auszurichten, den mir heute früh jemand
gegeben, welchem ich vor der Tür begegnete, da ich zu dem
Geschäfte ausging, wo ich so unglücklich gewesen. Die eigenen
Worte des Mannes waren: ›Sagen Sie dem Herrn Peter Schlemihl, er würde mich hier nicht mehr sehen, da ich übers Meer
gehe und ein günstiger Wind mich soeben nach dem Hafen ruft.
Aber über Jahr und Tag werde ich die Ehre haben, ihn selber
aufzusuchen und ein anderes, ihm dann vielleicht annehmliches
Geschäft vorzuschlagen. Empfehlen Sie mich ihm untertänigst
und versichern ihn meines Dankes.‹ Ich frug ihn, wer er wäre,
er sagte aber, Sie kennten ihn schon.«

»Wie sah der Mann aus?« rief ich voller Ahnung. Und Bendel
beschrieb mir den Mann im grauen Rocke Zug für Zug, Wort
für Wort, wie er getreu in seiner vorigen Erzählung des Mannes
erwähnt, nach dem er sich erkundigt. –

»Unglücklicher!« schrie ich händeringend, »das war er ja selbst!«, und ihm fiel es wie Schuppen von den Augen. – »Ja, er war es, war es wirklich!« rief er erschreckt aus, »und ich Verblendeter, Blödsinniger habe ihn nicht erkannt, ihn nicht erkannt und meinen Herrn verraten!«

Er brach, heiß weinend, in die bittersten Vorwürfe gegen sich selber aus, und die Verzweiflung, in der er war, mußte mir selber Mitleiden einflößen. Ich sprach ihm Trost ein, versicherte ihn wiederholt, ich setzte keinen Zweifel in seine Treue, und schickte ihn alsbald nach dem Hafen, um womöglich die Spuren des seltsamen Mannes zu verfolgen. Aber an diesem selben Morgen waren sehr viele Schiffe, die widrige Winde im Hafen zurückgehalten, ausgelaufen, alle nach andern Weltstrichen, alle nach andern Küsten bestimmt, und der graue Mann war spurlos wie ein Schatten verschwunden.

III

Was hülfen Flügel dem in eisernen Ketten fest Angeschmiedeten? Er müßte dennoch, und schrecklicher, verzweifeln. Ich lag, wie Faffner bei seinem Hort, fern von jedem menschlichen Zuspruch, bei meinem Golde darbend, aber ich hatte nicht das Herz nach ihm, sondern ich fluchte ihm, um dessentwillen ich mich von allem Leben abgeschnitten sah. Bei mir allein mein düstres Geheimnis hegend, fürchtete ich mich vor dem letzten meiner Knechte, den ich zugleich beneiden mußte; denn er hatte einen Schatten, er durfte sich sehen lassen in der Sonne. Ich vertrauerte einsam in meinen Zimmern die Tag und Nächte, und Gram zehrte an meinem Herzen.

Noch einer härmte sich unter meinen Augen ab; mein treuer Bendel hörte nicht auf, sich mit stillen Vorwürfen zu martern, daß er das Zutrauen seines gütigen Herrn betrogen und jenen nicht erkannt, nach dem er ausgeschickt war und mit dem er mein trauriges Schicksal in enger Verflechtung denken mußte. Ich aber konnte ihm keine Schuld geben; ich erkannte in dem Ereignis die fabelhafte Natur des Unbekannten.

Nichts unversucht zu lassen, schickt ich einst Bendel mit einem kostbaren brillantenen Ring zu dem berühmtesten Maler der Stadt, den ich, mich zu besuchen, einladen ließ. Er kam, ich entfernte meine Leute, verschloß die Tür, setzte mich zu dem Mann, und nachdem ich seine Kunst gepriesen, kam ich mit schwerem Herzen zur Sache; ich ließ ihn zuvor das strengste Geheimnis geloben.

»Herr Professor«, fuhr ich fort, »könnten Sie wohl einem Menschen, der auf die unglücklichste Weise von der Welt um seinen Schatten gekommen ist, einen falschen Schatten malen?« – – »Sie meinen einen Schlagschatten?« – »Den mein ich allerdings.« – »Aber«, frug er mich weiter, »durch welche Ungeschicklichkeit, durch welche Nachlässigkeit konnte er denn seinen Schlagschatten verlieren?« – »Wie es kam«, erwiderte ich, »mag nun sehr gleichgültig sein; doch soviel«, log ich ihm unverschämt vor: »In Rußland, wo er im vorigen Winter eine Reise tat, fror ihm einmal bei einer außerordentlichen Kälte sein Schatten dergestalt am Boden fest, daß er ihn nicht wieder losbekommen konnte.«

»Der falsche Schlagschatten, den ich ihm malen könnte«, erwiderte der Professor, »würde doch nur ein solcher sein, den er bei der leisesten Bewegung wieder verlieren müßte – zumal wer an dem eigenen angebornen Schatten so wenig festhing, als aus Ihrer Erzählung selbst sich abnehmen läßt; wer keinen Schatten hat, gehe nicht in die Sonne, das ist das Vernünftigste und Sicherste.« Er stand auf und entfernte sich, indem er auf mich einen durchbohrenden Blick warf, den der meine nicht ertragen konnte. Ich sank in meinen Sessel zurück und verhüllte mein Gesicht in meine Hände.

So fand mich noch Bendel, als er hereintrat. Er sah den Schmerz seines Herrn und wollte sich still, ehrerbietig zurückziehen. – Ich blickte auf – ich erlag unter der Last meines Kummers, ich mußte ihn mitteilen. »Bendel«, rief ich ihm zu, »Bendel! du Einziger, der du meine Leiden siehst und ehrst, sie nicht erforschen zu wollen, sondern still und fromm mitzufühlen scheinst, komm zu mir, Bendel, und sei der Nächste meinem Herzen. Die Schätze meines Goldes hab ich vor dir nicht verschlossen, nicht verschließen will ich vor die die Schätze meines Grames. – Bendel, verlasse mich nicht. Bendel, du siehst mich reich, freigebig, gütig; du wähnst, es sollte die Welt mich verherrlichen, und du siehst mich die Welt fliehn und mich vor ihr verschließen. Bendel, sie hat gerichtet, die Welt, und mich verstoßen, und auch du vielleicht wirst dich von mir wenden, wenn du mein schreckliches Geheimnis erfährst: Bendel, ich bin reich, freigebig, gütig, aber – o Gott! – ich habe keinen Schatten!« – »Keinen Schatten?« rief der gute Junge erschreckt aus, und die hellen Tränen stürzten ihm aus den Augen. – »Weh mir, daß ich geboren ward, einem schattenlosen Herrn zu dienen!« Er schwieg, und ich hielt mein Gesicht in meinen Händen. – »Bendel«, setzt ich spät und zitternd hinzu, »nun hast du mein Vertrauen, nun kannst du es verraten. Geh hin und zeuge wider mich.« – Er schien in schwerem Kampfe mit sich selber; endlich stürzte er vor mir nieder und ergriff meine Hand, die er mit seinen Tränen benetzte. »Nein«, rief er aus, »was die Welt auch meine, ich kann und werde um Schattens willen meinen gütigen Herrn nicht verlassen, ich werde recht und nicht klug handeln, ich werde bei Ihnen bleiben, Ihnen meinen Schatten borgen, Ihnen helfen, wo ich kann, und wo ich nicht kann, mit Ihnen weinen.« Ich fiel ihm um den Hals, ob solcher ungewohnten Gesinnung staunend; denn ich war von ihm überzeugt, daß er es nicht um Gold tat.

Seitdem änderten sich in etwas mein Schicksal und meine Lebensweise. Es ist unbeschreiblich, wie vorsorglich Bendel mein Gebrechen zu verhehlen wußte. Überall war er vor mir und mit mir, alles vorhersehend, Anstalten treffend, und wo Gefahr unversehens drohte, mich schnell mit seinem Schatten überdeckend, denn er war größer und stärker als ich. So wagt ich mich wieder unter die Menschen und begann eine Rolle in der Welt zu spielen. Ich mußte freilich viele Eigenheiten und Launen scheinbar annehmen. Solche stehen aber dem Reichen gut, und solange die Wahrheit nur verborgen blieb, genoß ich aller der Ehre und Achtung, die meinem Golde zukam. Ich sah ruhiger dem über Jahr und Tag verheißenen Besuch des rätselhaften Unbekannten entgegen.

Ich fühlte sehr wohl, daß ich mich nicht lange an einem Ort aufhalten durfte, wo man mich schon ohne Schatten gesehen und wo ich leicht verraten werden konnte; auch dacht ich vielleicht nur allein noch daran, wie ich mich bei Herrn John gezeigt, und es war mir eine drückende Erinnerung; demnach

wollt ich hier bloß Probe halten, um anderswo leichter und
zuversichtlicher auftreten zu können – doch fand sich, was mich
eine Zeitlang an meiner Eitelkeit festhielt: das ist im Menschen,
wo der Anker am zuverlässigsten Grund faßt.

Eben die schöne Fanny, der ich am dritten Orte wiederbegeg-
nete, schenkte mir, ohne sich zu erinnern, mich jemals gesehen
zu haben, einige Aufmerksamkeit; denn jetzt hatt' ich Witz und
Verstand. – Wenn ich redete, hörte man zu, und ich wußte
selber nicht, wie ich zu der Kunst gekommen war, das Gespräch
so leicht zu führen und zu beherrschen. Der Eindruck, den ich
auf die Schöne gemacht zu haben einsah, machte aus mir, was sie
eben begehrte, einen Narren, und ich folgte ihr seither mit
tausend Mühen durch Schatten und Dämmerung, wo ich nur
konnte. Ich war nur eitel darauf, sie über mich eitel zu machen,
und konnte mir selbst mit dem besten Willen nicht den Rausch
aus dem Kopf ins Herz zwingen.

Aber wozu die ganze gemeine Geschichte dir lang und breit
wiederholen? – Du selber hast sie mir oft genug von andern
Ehrenleuten erzählt. Zu dem alten, wohlbekannten Spiele, worin ich gutmütig eine abgedroschene Rolle übernommen, kam
freilich eine ganz eigens gedichtete Katastrophe hinzu, mir und
ihr und allen unerwartet.

Da ich an einem schönen Abend nach meiner Gewohnheit eine
Gesellschaft in einem Garten versammelt hatte, wandelte ich mit
der Herrin Arm in Arm in einiger Entfernung von den übrigen
Gästen und bemühte mich, ihr Redensarten vorzudrechseln. Sie
sah sittig vor sich nieder und erwiderte leise den Druck meiner
Hand; da trat unversehens hinter uns der Mond aus den Wolken
hervor – und sie sah nur *ihren* Schatten vor sich hinfallen. Sie
fuhr zusammen und blickte bestürzt mich an, dann wieder auf
die Erde, mit dem Auge meinen Schatten begehrend; und was
in ihr vorging, malte sich so sonderbar in ihren Mienen, daß ich
in ein lautes Gelächter hätte ausbrechen mögen, wenn es mir
nicht selber eiskalt über den Rücken gelaufen wäre.

Ich ließ sie aus meinem Arm in eine Ohnmacht sinken, schoß
wie ein Pfeil durch die entsetzten Gäste, erreichte die Tür, warf
mich in den ersten Wagen, den ich da haltend fand, und fuhr
nach der Stadt zurück, wo ich diesmal zu meinem Unheil den

vorsichtigen Bendel gelassen hatte. Er erschrak, als er mich sah; *ein* Wort entdeckte ihm alles. Es wurden auf der Stelle Postpferde geholt. Ich nahm nur einen meiner Leute mit mir, einen abgefeimten Spitzbuben namens Rascal, der sich mir durch seine Gewandtheit notwendig zu machen gewußt und der nichts vom heutigen Vorfall ahnen konnte. Ich legte in derselben Nacht noch dreißig Meilen zurück. Bendel blieb hinter mir, mein Haus aufzulösen, Gold zu spenden und mir das Nötigste nachzubringen. Als er mich am andern Tage einholte, warf ich mich in seine Arme und schwur ihm, nicht etwa keine Torheit mehr zu begehen, sondern nur künftig vorsichtiger zu sein. Wir setzten unsre Reise ununterbrochen fort, über die Grenze und das Gebirge, und erst am andern Abhang, durch das hohe Bollwerk von jenem Unglücksboden getrennt, ließ ich mich bewegen, in einem nahgelegenen und wenig besuchten Badeort von den überstandenen Mühseligkeiten auszurasten.

IV

Ich werde in meiner Erzählung schnell über eine Zeit hineilen müssen, bei der ich, wie gerne! verweilen würde, wenn ich ihren lebendigen Geist in der Erinnerung heraufzubeschwören vermöchte. Aber die Farbe, die sie belebte und nur wiederbeleben kann, ist in mir verloschen, und wann ich in meiner Brust wiederfinden will, was sie damals so mächtig erhob, die Schmerzen und das Glück, den frommen Wahn – da schlag ich vergebens an einen Felsen, der keinen lebendigen Quell mehr gewährt, und der Gott ist von mir gewichen. Wie verändert blickt sie mich jetzt an, diese vergangene Zeit! – Ich sollte dort in dem Bade eine heroische Rolle tragieren; schlecht einstudiert und ein Neuling auf der Bühne, vergaff ich mich aus dem Stücke heraus in ein Paar blaue Augen. Die Eltern, vom Spiele getäuscht, bieten alles auf, den Handel nur schnell festzumachen, und die gemeine Posse beschließt eine Verhöhnung. Und das ist alles, alles! – Das kommt mir albern und abgeschmackt vor, und schrecklich wiederum, daß so mir vorkommen kann, was damals so reich, so groß die Brust mir schwellte, Mina, wie ich damals weinte, als ich dich verlor, so wein ich jetzt, dich auch in mir verloren zu haben. Bin ich denn so alt worden? – O traurige

Vernunft! Nur noch ein Pulsschlag jener Zeit, ein Moment jenes Wahnes – aber nein! einsam auf dem hohen, öden Meere deiner bittern Flut, und längst aus dem letzten Pokale der Champagner-Elfe entsprüht!

Ich hatte Bendel mit einigen Goldsäcken vorausgeschickt, um mir im Städtchen eine Wohnung nach meinen Bedürfnissen einzurichten. Er hatte dort viel Geld ausgestreut und sich über den vornehmen Fremden, dem er diente, etwas unbestimmt ausgedrückt, denn ich wollte nicht genannt sein. Das brachte die guten Leute auf sonderbare Gedanken. Sobald mein Haus zu meinem Empfang bereit war, kam Bendel wieder zu mir und holte mich dahin ab. Wir machten uns auf die Reise.

Ungefähr eine Stunde vom Orte, auf einem sonnigen Plan, ward uns der Weg durch eine festlich geschmückte Menge versperrt. Der Wagen hielt. Musik, Glockengeläute, Kanonenschüsse wurden gehört, ein lautes Vivat durchdrang die Luft – vor dem Schlage des Wagens erschien in weißen Kleidern ein Chor Jungfrauen von ausnehmender Schönheit, die aber vor der einen wie die Sterne der Nacht vor der Sonne verschwanden. Sie trat aus der Mitte der Schwestern hervor; die hohe, zarte Bildung kniete verschämt errötend vor mir nieder und hielt mir auf seidenem Kissen einen aus Lorbeer, Ölzweigen und Rosen geflochtenen Kranz entgegen, indem sie von Majestät, Ehrfurcht und Liebe einige Worte sprach, die ich nicht verstand, aber deren zauberischer Silberklang mein Ohr und Herz berauschte – es war mir, als wäre schon einmal die himmlische Erscheinung an mir vorübergewallt. Der Chor fiel ein und sang das Lob eines guten Königs und das Glück seines Volkes.

Und dieser Auftritt, lieber Freund, mitten in der Sonne! – Sie kniete noch immer zwei Schritte von mir, und ich, ohne Schatten, konnte die Kluft nicht überspringen, nicht wieder vor dem Engel auf die Knie fallen. Oh, was hätt' ich nicht da für einen Schatten gegeben! Ich mußte meine Scham, meine Angst, meine Verzweiflung tief in den Grund meines Wagens verbergen. Bendel besann sich endlich für mich; er sprang von der andern Seite aus dem Wagen heraus, ich rief ihn noch zurück und reichte ihm aus meinem Kästchen, das mir eben zur Hand lag, eine reiche diamantene Krone, die die schöne Fanny hatte zieren

sollen. Er trat vor und sprach im Namen seines Herrn, welcher
solche Ehrenbezeugungen nicht annehmen könne noch wolle;
es müsse hier ein Irrtum vorwalten; jedoch seien die guten
Einwohner der Stadt für ihren guten Willen bedankt. Er nahm
indes den dargehaltenen Kranz von seinem Ort und legte den
brillantenen Reif an dessen Stelle; dann reichte er ehrerbietig der
schönen Jungfrau die Hand zum Aufstehen und entfernte mit
einem Wink Geistlichkeit, Magistratus und alle Deputationen.
Niemand ward weiter vorgelassen. Er hieß den Haufen sich
teilen und den Pferden Raum geben, schwang sich wieder in
den Wagen, und fort ging's weiter in gestrecktem Galopp, unter
einer aus Laubwerk und Blumen erbauten Pforte hinweg, dem
Städtchen zu. – Die Kanonen wurden immer frischweg abge-
feuert. – Der Wagen hielt vor meinem Hause; ich sprang behend
in die Tür, die Menge teilend, die die Begierde, mich zu sehen,
herbeigerufen hatte. Der Pöbel schrie Vivat unter meinem Fenster, und ich ließ doppelte Dukaten daraus regnen. Am Abend
war die Stadt freiwillig erleuchtet. –
Und ich wußte immer noch nicht, was das alles bedeuten sollte
und für wen ich angesehen wurde. Ich schickte Rascaln auf
Kundschaft aus. Er ließ sich denn erzählen, wasmaßen man
bereits sichere Nachrichten gehabt, der gute König von Preußen
reise unter dem Namen eines Grafen durch das Land; wie mein
Adjutant erkannt worden sei und wie er sich und mich verraten
habe; wie groß endlich die Freude gewesen, da man die Gewißheit gehabt, mich im Orte selbst zu besitzen. Nun sah man
freilich ein, da ich offenbar das strengste Inkognito beobachten
wolle, wie sehr man unrecht gehabt, den Schleier so zudringlich
zu lüften. Ich hätte aber so huldreich, so gnadenvoll gezürnt –
ich würde gewiß dem guten Herzen verzeihen müssen.
Meinem Schlingel kam die Sache so spaßhaft vor, daß er mit
strafenden Reden sein möglichstes tat, die guten Leute einstweilen in ihrem Glauben zu bestärken. Er stattete mir einen sehr
komischen Bericht ab, und da er mich dadurch erheitert sah, gab
er mir selbst seine verübte Bosheit zum besten. – Muß ich's
bekennen? Es schmeichelte mir doch, sei es auch nur so, für das
verehrte Haupt angesehen worden zu sein.
Ich hieß zu dem morgenden Abend unter den Bäumen, die den

Raum vor meinem Hause beschatteten, ein Fest bereiten und die ganze Stadt dazu einladen. Der geheimnisreichen Kraft meines Säckels, Bendels Bemühungen und der behenden Erfindsamkeit Rascals gelang es, selbst die Zeit zu besiegen. Es ist wirklich erstaunlich, wie reich und schön sich alles in den wenigen Stunden anordnete. Die Pracht und der Überfluß, die da sich erzeugten; auch die sinnreiche Erleuchtung war so weise verteilt, daß ich mich ganz sicher fühlte. Es blieb mir nichts zu erinnern, ich mußte meine Diener loben.

Es dunkelte der Abend. Die Gäste erschienen und wurden mir vorgestellt. Es ward die Majestät nicht mehr berührt; aber ich hieß in tiefer Ehrfurcht und Demut: Herr Graf. Was sollt ich tun? Ich ließ mir den Grafen gefallen und blieb von Stund an der Graf Peter. Mitten im festlichen Gewühle begehrte meine Seele nur nach der einen. Spät erschien sie, sie, die die Krone war und trug. Sie folgte sittsam ihren Eltern und schien nicht zu wissen, daß sie die Schönste sei. Es wurden mir der Herr Forstmeister, seine Frau und seine Tochter vorgestellt. Ich wußte den Alten viel Angenehmes und Verbindliches zu sagen; vor der Tochter stand ich wie ein ausgescholtener Knabe da und vermochte kein Wort hervorzulallen. Ich bat sie endlich stammelnd, dies Fest zu würdigen, das Amt, dessen Zeichen sie schmückte, darin zu verwalten. Sie bat verschämt mit einem rührenden Blick um Schonung; aber verschämter vor ihr als sie selbst brachte ich ihr als erster Untertan meine Huldigung in tiefer Ehrfurcht, und der Wink des Grafen ward allen Gästen ein Gebot, dem nachzuleben sich jeder freudig beeiferte. Majestät, Unschuld und Grazie beherrschten, mit der Schönheit im Bunde, ein frohes Fest. Die glücklichen Eltern Minas glaubten ihnen nur zu Ehren ihr Kind erhöht; ich selber war in einem unbeschreiblichen Rausch. Ich ließ alles, was ich noch von den Juwelen hatte, die ich damals, um beschwerliches Gold loszuwerden, gekauft, alle Perlen, alles Edelgestein in zwei verdeckte Schüsseln legen und bei Tische unter dem Namen der Königin ihren Gespielinnen und allen Damen herumreichen; Gold ward indessen ununterbrochen über die gezogenen Schranken unter das jubelnde Volk geworfen.

Bendel am andern Morgen eröffnete mir im Vertrauen, der Verdacht, den er längst gegen Rascals Redlichkeit gehegt, sei nunmehr zur Gewißheit worden. Er habe gestern ganze Säcke Goldes unterschlagen. »Laß uns«, erwidert ich, »dem armen Schelmen die kleine Beute gönnen; ich spende gern allen, warum nicht auch ihm? Gestern hat er mir, haben mir alle neuen Leute, die du mir gegeben, redlich gedient, sie haben mir froh ein frohes Fest begehen helfen.«

Es war nicht weiter die Rede davon. Rascal blieb der erste meiner Dienerschaft, Bendel war aber mein Freund und mein Vertrauter. Dieser war gewohnt worden, meinen Reichtum als unerschöpflich zu denken, und er spähte nicht nach dessen Quellen; er half mir vielmehr, in meinen Sinn eingehend, Gelegenheiten ersinnen, ihn darzutun und Gold zu vergeuden. Von jenem Unbekannten, dem blassen Schleicher, wußt er nur soviel: Ich dürfe allein durch ihn von dem Fluche erlöst werden, der auf mir laste, und fürchte ihn, auf dem meine einzige Hoffnung ruhe. Übrigens sei ich davon überzeugt, er könne mich überall auffinden, ich ihn nirgends, darum ich, den versprochenen Tag erwartend, jede vergebliche Nachsuchung eingestellt.

Die Pracht meines Festes und mein Benehmen dabei erhielten anfangs die starkgläubigen Einwohner der Stadt bei ihrer vorgefaßten Meinung. Es ergab sich freilich sehr bald aus den Zeitungen, daß die ganze fabelhafte Reise des Königs von Preußen ein bloßes unbegründetes Gerücht gewesen. Ein König war ich aber nun einmal und mußte schlechterdings ein König bleiben, und zwar einer der reichsten und königlichsten, die es immer geben mag. Nur wußte man nicht recht, welcher. Die Welt hat nie Grund gehabt, über Mangel an Monarchen zu klagen, am wenigsten in unsern Tagen; die guten Leute, die noch keinen mit Augen gesehen, rieten mit gleichem Glück bald auf diesen, bald auf jenen – Graf Peter blieb immer, der er war. –

Einst erschien unter den Badegästen ein Handelsmann, der Bankerott gemacht hatte, um sich zu bereichern, der allgemeiner Achtung genoß und einen breiten, obgleich etwas blassen Schatten von sich warf. Er wollte hier das Vermögen, das er gesammelt, zum Prunk ausstellen, und es fiel sogar ihm ein, mit mir wetteifern zu wollen. Ich sprach meinem Säckel zu und hatte sehr bald den armen Teufel so weit, daß er, um sein Ansehen zu retten, abermals Bankerott machen mußte und über das Gebirge ziehen. So ward ich ihn los. – Ich habe in dieser Gegend viele Taugenichtse und Müßiggänger gemacht!

Bei der königlichen Pracht und Verschwendung, womit ich mir alles unterwarf, lebt ich in meinem Hause sehr einfach und eingezogen. Ich hatte mir die größte Vorsicht zur Regel gemacht; es durfte unter keinem Vorwand kein anderer als Bendel die Zimmer, die ich bewohnte, betreten. Solange die Sonne schien, hielt ich mich mit ihm darin verschlossen, und es hieß: der Graf arbeite in seinem Kabinett. Mit diesen Arbeiten standen die häufigen Kuriere in Verbindung, die ich um jede Kleinigkeit abschickte und erhielt. – Ich nahm nur am Abend unter meinen Bäumen oder in meinem, nach Bendels Angabe geschickt und reich erleuchteten Saale Gesellschaft an. Wenn ich ausging, wobei mich stets Bendel mit Argusaugen bewachen mußte, so war es nur nach dem Förstergarten und um der einen willen; denn meines Lebens innerlichstes Herz war meine Liebe.

Oh, mein guter Chamisso, ich will hoffen, du habest noch nicht vergessen, was Liebe sei! Ich lasse dir hier vieles zu ergänzen. Mina war wirklich ein liebewertes, gutes, frommes Kind. Ich hatte ihre ganze Phantasie an mich gefesselt; sie wußte in ihrer Demut nicht, womit sie wert gewesen, daß ich nur nach ihr geblickt, und sie vergalt Liebe um Liebe mit der vollen jugendlichen Kraft eines unschuldigen Herzens. Sie liebte wie ein Weib, ganz hin sich opfernd; selbstvergessen, hingegeben den nur meinend, der ihr Leben war, unbekümmert, solle sie selbst zugrunde gehen; das heißt, sie liebte wirklich. –

Ich aber – oh, welche schrecklichen Stunden – schrecklich! und würdig dennoch, daß ich sie zurückwünsche – hab ich oft an Bendels Brust verweint, als nach dem ersten bewußtlosen Rausch ich mich besonnen, mich selbst scharf angeschaut, der ich, ohne Schatten, mit tückischer Selbstsucht diesen Engel verderbend, die reine Seele an mich gelogen und gestohlen! Dann beschloß ich, mich ihr selber zu verraten; dann gelobt ich mit teuren Eidschwüren, mich von ihr zu reißen und zu entfliehen; dann brach ich wieder in Tränen aus und verabredete mit Bendeln, wie ich sie auf den Abend im Förstergarten besuchen wolle. –

Zu andern Zeiten log ich mir selber vom nahe bevorstehenden Besuch des grauen Unbekannten große Hoffnungen vor und weinte wieder, wenn ich daran zu glauben vergebens versucht hatte. Ich hatte den Tag ausgerechnet, wo ich den Furchtbaren wiederzusehen erwartete; denn er hatte gesagt, in Jahr und Tag, und ich glaubte an sein Wort.

Die Eltern waren gute, ehrbare, alte Leute, die ihr einziges Kind sehr liebten; das ganze Verhältnis überraschte sie, als es schon bestand, und sie wußten nicht, was sie dabei tun sollten. Sie hatten früher nicht geträumt, der Graf Peter könne nur an ihr Kind denken; nun liebte er sie gar und ward wiedergeliebt. – Die Mutter war wohl eitel genug, an die Möglichkeit einer Verbindung zu denken und darauf hinzuarbeiten; der gesunde Menschenverstand des Alten gab solchen überspannten Vorstellungen nicht Raum. Beide waren überzeugt von der Reinheit meiner Liebe – sie konnten nichts tun, als für ihr Kind beten.

Es fällt mir ein Brief in die Hand, den ich noch aus dieser Zeit von Mina habe. – Ja, das sind ihre Züge! Ich will dir ihn abschreiben.

»Bin ein schwaches, törichtes Mädchen, könnte mir einbilden, daß mein Geliebter, weil ich ihn innig, innig liebe, dem armen Mädchen nicht weh tun möchte. – Ach, Du bist so gut, so unaussprechlich gut; aber mißdeute mich nicht. Du sollst mir nichts opfern, mir nichts opfern wollen; o Gott! ich könnte mich hassen, wenn Du das tätest. Nein – Du hast mich unendlich glücklich gemacht. Du hast mich Dich lieben gelehrt. Zeuch hin! – Weiß doch mein Schicksal, Graf Peter gehört nicht mir, gehört der Welt an. Will stolz sein, wenn ich höre: das ist er gewesen, und das war er wieder, und das hat er vollbracht; da haben sie ihn angebetet, und da haben sie ihn vergöttert. Siehe, wenn ich das denke, zürne ich Dir, daß Du bei einem einfältigen Kinde Deiner hohen Schicksale vergessen kannst. – Zeuch hin, sonst macht der Gedanke mich noch unglücklich, die ich, ach! durch Dich so glücklich, so selig bin. – Hab ich nicht auch einen Ölzweig und eine Rosenknospe in Dein Leben geflochten, wie in den Kranz, den ich Dir überreichen durfte? Habe Dich im Herzen, mein Geliebter, fürchte nicht, von mir zu gehen – werde sterben, ach! so selig, so unaussprechlich selig durch Dich.« –

Du kannst dir denken, wie mir die Worte durchs Herz schneiden mußten. Ich erklärte ihr, ich sei nicht das, wofür man mich
anzusehen schien; ich sei nur ein reicher, aber unendlich elender
Mann. Auf mir ruhe ein Fluch, der das einzige Geheimnis
zwischen ihr und mir sein solle, weil ich noch nicht ohne
Hoffnung sei, daß er gelöst werde. Dies sei das Gift meiner Tage;
daß ich sie mit in den Abgrund hinreißen könne, sie, die das
einzige Licht, das einzige Glück, das einzige Herz meines Lebens
sei. Dann weinte sie wieder, daß ich unglücklich war. Ach, sie
war so liebevoll, so gut! Um eine Träne nur mir zu erkaufen,
hätte sie, mit welcher Seligkeit, sich selbst ganz hingeopfert.
Sie war indes weit entfernt, meine Worte richtig zu deuten; sie
ahnete nur in mir irgendeinen Fürsten, den ein schwerer Bann
getroffen, irgendein hohes, geächtetes Haupt, und ihre Einbildungskraft malte sich geschäftig unter heroischen Bildern den
Geliebten herrlich aus.
Einst sagte ich ihr: »Mina, der letzte Tag im künftigen Monat
kann mein Schicksal ändern und entscheiden – geschieht es
nicht, so muß ich sterben, weil ich dich nicht unglücklich
machen will.« – Sie verbarg weinend ihr Haupt an meiner Brust.
»Ändert sich dein Schicksal, laß mich nur dich glücklich wissen,
ich habe keinen Anspruch an dich. – Bist du elend, binde mich
an dein Elend, daß ich es dir tragen helfe.«
»Mädchen, Mädchen, nimm es zurück, das rasche Wort, das
törichte, das deinen Lippen entflohen – und kennst du es, dieses
Elend, kennst du ihn, diesen Fluch? Weißt du, wer dein Geliebter – – was er –? – Siehst du mich nicht krampfhaft zusammen-
schaudern und vor dir ein Geheimnis haben?« Sie fiel schluchzend mir zu Füßen und wiederholte mit Eidschwur ihre
Bitte. –
Ich erklärte mich gegen den hereintretenden Forstmeister,
meine Absicht sei, am Ersten des nächstkünftigen Monats um
die Hand seiner Tochter anzuhalten – ich setzte diese Zeit fest,
weil sich bis dahin manches ereignen dürfte, was Einfluß auf
mein Schicksal haben könnte. Unwandelbar sei nur meine Liebe
zu seiner Tochter. –
Der gute Mann erschrak ordentlich, als er solche Worte aus dem
Munde des Grafen Peter vernahm. Er fiel mir um den Hals und

ward wieder ganz verschämt, sich vergessen zu haben. Nun fiel es ihm ein zu zweifeln, zu erwägen und zu forschen; er sprach von Mitgift, von Sicherheit, von Zukunft für sein liebes Kind. Ich dankte ihm, mich daran zu mahnen. Ich sagte ihm, ich wünsche in dieser Gegend, wo ich geliebt zu sein schien, mich anzusiedeln und ein sorgenfreies Leben zu führen. Ich bat ihn, die schönsten Güter, die im Lande ausgeboten wurden, unter dem Namen seiner Tochter zu kaufen und die Bezahlung auf mich anzuweisen. Es könne darin ein Vater dem Liebenden am besten dienen. – Es gab ihm viel zu tun, denn überall war ihm ein Fremder zuvorgekommen; er kaufte auch nur für ungefähr eine Million.

Daß ich ihn damit beschäftigte, war im Grunde eine unschuldige List, um ihn zu entfernen, und ich hatte schon ähnliche mit ihm gebraucht, denn ich muß gestehen, daß er etwas lästig war. Die Mutter war dagegen etwas taub und nicht, wie er, auf die Ehre eifersüchtig, den Herrn Grafen zu unterhalten.

Die Mutter kam hinzu, die glücklichen Leute drangen in mich, den Abend länger unter ihnen zu bleiben; ich durfte keine Minute weilen: ich sah schon den aufgehenden Mond am Horizonte dämmern. – Mein Zeit war um. –

Am nächsten Abend ging ich wieder nach dem Förstergarten. Ich hatte den Mantel weit über die Schulter geworfen, den Hut tief in die Augen gedrückt, ich ging auf Mina zu; wie sie aufsah und mich anblickte, machte sie eine unwillkürliche Bewegung: da stand mir wieder klar vor der Seele die Erscheinung jener schaurigen Nacht, wo ich mich im Mondschein ohne Schatten gezeigt. Sie war es wirklich. Hatte sie mich aber auch jetzt erkannt? Sie war still und gedankenvoll – mir lag es zentnerschwer auf der Brust – ich stand von meinem Sitz auf. Sie warf sich stille weinend an meine Brust. Ich ging.

Nun fand ich sie öfters in Tränen; mir ward's finster und finsterer um die Seele – nur die Eltern schwammen in überschwenglicher Glückseligkeit; der verhängnisvolle Tag rückte heran, bang und dumpf wie eine Gewitterwolke. Der Vorabend war da – ich konnte kaum mehr atmen. Ich hatte vorsorglich einige Kisten mit Gold angefüllt, ich wachte die zwölfte Stunde heran. – Sie schlug. –

Nun saß ich da, das Auge auf die Zeiger der Uhr gerichtet, die Sekunden, die Minuten zählend wie Dolchstiche. Bei jedem Lärm, der sich regte, fuhr ich auf, der Tag brach an. Die bleiernen Stunden verdrängten einander; es ward Mittag, Abend, Nacht; es rückten die Zeiger, welkte die Hoffnung; es schlug elf, und nichts erschien; die letzten Minuten der letzten Stunde fielen, und nichts erschien, es schlug der erste Schlag, der letzte Schlag der zwölften Stunde, und ich sank hoffnungslos in unendlichen Tränen auf mein Lager zurück. Morgen sollt ich – auf immer schattenlos, um die Hand der Geliebten anhalten; ein banger Schlaf drückte mir gegen den Morgen die Augen zu.

<h1 style="text-align:center">V</h1>

Es war noch früh, als mich Stimmen weckten, die sich in meinem Vorzimmer in heftigem Wortwechsel erhoben. Ich horchte auf. – Bendel verbot meine Tür; Rascal schwur hoch und teuer, keine Befehle von seinesgleichen anzunehmen und bestand darauf, in meine Zimmer einzudringen. Der gütige Bendel verwies ihm, daß solche Worte, falls sie zu meinen Ohren kämen, ihn um einen vorteilhaften Dienst bringen würden. Rascal drohte, Hand an ihn zu legen, wenn er ihm den Eingang noch länger vertreten wollte.

Ich hatte mich halb angezogen, ich riß zornig die Tür auf und fuhr auf Rascal zu – »Was willst du, Schurke – –«, er trat zwei Schritte zurück und antwortete ganz kalt: »Sie untertänigst bitten, Herr Graf, mich doch einmal Ihren Schatten sehen zu lassen – die Sonne scheint eben so schön auf dem Hofe.« –

Ich war wie vom Donner gerührt. Es dauerte lange, bis ich die Sprache wiederfand. – »Wie kann ein Knecht gegen seinen Herrn –?« Er fiel mir ganz ruhig in die Rede: »Ein Knecht kann ein sehr ehrlicher Mann sein und einem Schattenlosen nicht dienen wollen, ich fordre meine Entlassung.« Ich mußte andere Saiten aufziehen. »Aber Rascal, lieber Rascal, wer hat dich auf die unglückliche Idee gebracht? wie kannst du denken – –?« Er fuhr im selben Tone fort: »Es wollen Leute behaupten, Sie hätten keinen Schatten – und kurz, Sie zeigen mir Ihren Schatten oder geben mir meine Entlassung.«

Bendel, bleich und zitternd, aber besonnener als ich, machte mir ein Zeichen; ich nahm zu dem alles beschwichtigenden Golde meine Zuflucht – auch das hatte seine Macht verloren – er warf's mir vor die Füße: »Von einem Schattenlosen nehme ich nichts an.« Er kehrte mir den Rücken und ging, den Hut auf dem Kopf, ein Liedchen pfeifend, langsam aus dem Zimmer. Ich stand mit Bendel da wie versteint, gedanken- und regungslos ihm nachsehend.

Schwer aufseufzend und den Tod im Herzen, schickt ich mich endlich an, mein Wort zu lösen und wie ein Verbrecher vor seinen Richtern, in dem Förstergarten zu erscheinen. Ich stieg in der dunklen Laube ab, welche nach mir benannt war und wo sie mich auch diesmal erwarten mußten. Die Mutter kam mir sorgenfrei und freudig entgegen. Mina saß da, bleich und schön wie der erste Schnee, der manchmal im Herbste die letzten Blumen küßt und gleich in bittres Wasser zerfließen wird. Der Forstmeister, ein geschriebenes Blatt in der Hand, ging heftig auf und ab und schien vieles in sich zu unterdrücken, was, mit fliegender Röte und Blässe wechselnd, sich auf seinem sonst unbeweglichen Gesichte malte. Er kam auf mich zu, als ich hereintrat, und verlangte mit oft unterbrochenen Worten, mich allein zu sprechen. Der Gang, auf den er mich ihm zu folgen einlud, führte nach einem freien, besonnten Teile des Gartens – ich ließ mich stumm auf einen Sitz nieder, und es erfolgte ein langes Schweigen, das selbst die gute Mutter nicht zu unterbrechen wagte.

Der Forstmeister stürmte immer noch ungleichen Schrittes die Laube auf und ab; er stand mit einemmal vor mir still, blickte ins Papier, das er hielt, und fragte mich mit prüfendem Blick: »Sollte Ihnen, Herr Graf, ein gewisser Peter Schlemihl wirklich nicht unbekannt sein?« Ich schwieg – »Ein Mann von vorzüglichem Charakter und von besonderen Gaben«– Er erwartete eine Antwort. – »Und wenn ich selber der Mann wäre?« – »Dem«, fügte er heftig hinzu, »sein Schatten abhanden gekommen ist!!«
– »Oh, meine Ahnung, meine Ahnung!« rief Mina aus, »ja, ich weiß es längst, er hat keinen Schatten!«, und sie warf sich in die Arme der Mutter, welche erschreckt, sie krampfhaft an sich schließend, ihr Vorwürfe machte, daß sie zum Unheil solch ein Geheimnis in sich verschlossen. Sie aber war, wie Arethusa, in

einen Tränenquell gewandelt, der beim Klang meiner Stimme häufiger floß und bei meinem Nahen stürmisch aufbrauste.

»Und Sie haben«, hub der Forstmeister grimmig wieder an, »und Sie haben mit unerhörter Frechheit diese und mich zu betrügen keinen Anstand genommen; und Sie geben vor, sie zu lieben, die Sie so weit heruntergebracht haben? Sehen Sie, wie sie da weint und ringt. O schrecklich, schrecklich!« –

Ich hatte dergestalt alle Besinnung verloren, daß ich, wie irre redend, anfing: Es wäre doch am Ende ein Schatten nichts als ein Schatten, man könne auch ohne das fertig werden, und es wäre nicht der Mühe wert, solchen Lärm davon zu erheben. Aber ich fühlte so sehr den Ungrund von dem, was ich sprach, daß ich von selbst aufhörte, ohne daß er mich einer Antwort gewürdigt. Ich fügte noch hinzu: was man einmal verloren, könne man ein andermal wiederfinden.

Er fuhr mich zornig an. – »Gestehen Sie mir's, mein Herr, gestehen Sie mir's, wie sind Sie um Ihren Schatten gekommen?« Ich mußte wieder lügen: »Es trat mir dereinst ein ungeschlachter Mann so flämisch in meinen Schatten, daß er ein großes Loch darein riß – ich habe ihn nur zum Ausbessern gegeben, denn Gold vermag viel; ich habe ihn schon gestern wiederbekommen sollen.« –

»Wohl, mein Herr, ganz wohl!« erwiderte der Forstmeister, »Sie werben um meine Tochter, das tun auch andere, ich habe als ein Vater für sie zu sorgen, ich gebe Ihnen drei Tage Frist, binnen welcher Sie sich nach einem Schatten umtun mögen; erscheinen Sie binnen drei Tagen vor mir mit einem wohlangepaßten Schatten, so sollen Sie mir willkommen sein; am vierten Tage aber – das sag ich Ihnen – ist meine Tochter die Frau eines andern.« – Ich wollte noch versuchen, ein Wort an Mina zu richten; aber sie schloß sich, heftiger schluchzend, fester an ihre Mutter, und diese winkte mir stillschweigend, mich zu entfernen. Ich schwankte hinweg, und mir war's, als schlösse sich hinter mir die Welt zu.

Der liebevollen Aufsicht Bendels entsprungen, durchschweifte ich in irrem Lauf Wälder und Fluren. Angstschweiß troff von meiner Stirne, ein dumpfes Stöhnen entrang sich meiner Brust, in mir tobte Wahnsinn. –

Ich weiß nicht, wie lange es so gedauert haben mochte, als ich mich auf einer sonnigen Heide beim Ärmel anhalten fühlte. – Ich stand still und sah mich um – – es war der Mann im grauen Rock, der sich nach mir außer Atem gelaufen zu haben schien. Er nahm sogleich das Wort:

»Ich hatte mich auf den heutigen Tag angemeldet, Sie haben die Zeit nicht erwarten können. Es steht aber alles noch gut; Sie nehmen Rat an, tauschen Ihren Schatten wieder ein, der Ihnen zu Gebote steht, und kehren sogleich wieder um. Sie sollen in dem Förstergarten willkommen sein, und alles ist nur ein Scherz gewesen: den Rascal, der Sie verraten hat und um Ihre Braut wirbt, nehm ich auf mich, der Kerl ist reif.«

Ich stand noch wie im Schlafe da. – »Auf den heutigen Tag angemeldet –?« Ich überdachte noch einmal die Zeit – er hatte recht, ich hatte mich stets um einen Tag verrechnet. Ich suchte mit der rechten Hand nach dem Säckel auf meiner Brust – er erriet meine Meinung und trat zwei Schritte zurück.

»Nein, Herr Graf, der ist in zu guten Händen, den behalten Sie.« – Ich sah ihn mit stieren Augen, verwundert fragend, an; er fuhr fort: »Ich erbitte mir bloß eine Kleinigkeit zum Andenken: Sie sind nur so gut und unterschreiben mir den Zettel da.« – Auf dem Pergament standen die Worte:

»Kraft dieser meiner Unterschrift vermache ich dem Inhaber dieses meine Seele nach ihrer natürlichen Trennung von meinem Leibe.«

Ich sah mit stummem Staunen die Schrift und den grauen Unbekannten abwechselnd an. – Er hatte unterdessen mit einer neugeschnittenen Feder einen Tropfen Bluts aufgefangen, der mir aus einem frischen Dornenriß auf die Hand floß, und hielt sie mir hin. –

»Wer sind Sie denn?« frug ich ihn endlich – »Was tut's«, gab er mir zur Antwort, »und sieht man es mir nicht an? Ein armer Teufel, gleichsam so eine Art von Gelehrten und Physikus, der von seinen Freunden für vortreffliche Künste schlechten Dank erntet und für sich selber auf Erden keinen andern Spaß hat als sein bißchen Experimentieren – aber unterschreiben Sie doch. Rechts, da unten: Peter Schlemihl.«

Ich schüttelte mit dem Kopf und sagte: »Verzeihen Sie, mein

Herr, das unterschreibe ich nicht.« – »Nicht?« wiederholte er
verwundert, »und warum nicht?« –

»Es scheint mir doch gewissermaßen bedenklich, meine Seele an
meinen Schatten zu setzen.« – – »So, so!« wiederholte er, »bedenklich«, und er brach in ein lautes Gelächter gegen mich aus.
»Und, wenn ich fragen darf, was ist denn das für ein Ding, Ihre
Seele? Haben Sie es je gesehen, und was denken Sie damit
anzufangen, wenn Sie einst tot sind? Seien Sie doch froh, einen
Liebhaber zu finden, der Ihnen bei Lebenszeit noch den Nachlaß
dieses X, dieser galvanischen Kraft oder polarisierenden Wirk-
samkeit, und was alles das närrische Ding sein soll, mit etwas
Wirklichem bezahlen will, nämlich mit Ihrem leibhaftigen
Schatten, durch den Sie zu der Hand Ihrer Geliebten und zu der
Erfüllung aller Ihrer Wünsche gelangen können. Wollen Sie
lieber selbst das arme junge Blut dem niederträchtigen Schurken, dem Rascal, zustoßen und ausliefern? – Nein, das müssen
Sie doch mit eigenen Augen ansehen; kommen Sie, ich leihe
Ihnen die Tarnkappe hier« (er zog etwas aus der Tasche), »und
wir wallfahrten ungesehen nach dem Förstergarten.« –

Ich muß gestehen, daß ich mich überaus schämte, von diesem
Manne ausgelacht zu werden. Er war mir von Herzensgrunde
verhaßt, und ich glaube, daß mich dieser persönliche Wider-
wille mehr als Grundsätze oder Vorurteile abhielt, meinen
Schatten, so notwendig er mir auch war, mit der begehrten
Unterschrift zu erkaufen. Aber war mir der Gedanke unerträglich, den Gang, den er mir antrug, in seiner Gesellschaft zu
unternehmen. Diesen häßlichen Schleicher, diesen hohnlächeln-
den Kobold zwischen mich und meine Geliebte, zwei blutig
zerrissene Herzen, spöttisch hintreten zu sehen, empörte mein
innigstes Gefühl. Ich nahm, was geschehen war, als verhängt an,
mein Elend als unabwendbar, und mich zu dem Manne keh-
rend, sagte ich ihm:

»Mein Herr, ich habe Ihnen meinen Schatten für diesen an sich
sehr vorzüglichen Säckel verkauft, und es hat mich genug gereut. Kann der Handel zurückgehen, in Gottes Namen!« Er
schüttelte mit dem Kopf und zog ein sehr finsteres Gesicht. Ich
fuhr fort: – »So will ich Ihnen auch weiter nichts von meiner
Habe verkaufen, sei es auch um den angebotenen Preis meines

Schattens, und unterschreibe also nichts. Daraus läßt sich auch abnehmen, daß die Verkappung, zu der Sie mich einladen, ungleich belustigender für Sie als für mich ausfallen müßte; halten Sie mich also für entschuldigt, und da es einmal nicht anders ist – laßt uns scheiden!« –

»Es ist mir leid, Monsieur Schlemihl, daß Sie eigensinnig das Geschäft von der Hand weisen, das ich Ihnen freundschaftlich anbot. Indessen, vielleicht bin ich ein andermal glücklicher. Auf baldiges Wiedersehen! – Apropos, erlauben Sie mir noch, Ihnen zu zeigen, daß ich die Sachen, die ich kaufe, keineswegs verschimmeln lasse, sondern in Ehren halte, und daß sie bei mir gut aufgehoben sind.« –

Er zog sogleich meinen Schatten aus seiner Tasche, und ihn mit einem geschickten Wurf auf der Heide entfaltend, breitete er ihn auf der Sonnenseite zu seinen Füßen aus, so, daß er zwischen den beiden ihm aufwartenden Schatten, dem meinen und dem seinen, daher ging; denn meiner mußte ihm gleichfalls gehorchen und nach allen seinen Bewegungen sich richten und bequemen. Als ich nach so langer Zeit einmal meinen armen Schatten wiedersah und ihn zu solchem schnöden Dienst herabgewürdigt fand, eben als ich um seinetwillen in so namenloser Not war, da brach mir das Herz, und ich fing bitterlich zu weinen an. Der Verhaßte stolzierte mit dem mir abgejagten Raube und erneuerte unverschämt seinen Antrag:

»Noch ist er für Sie zu haben; ein Federzug, und Sie retten damit die arme unglückliche Mina aus des Schuftes Klauen in des hochgeehrten Herrn Grafen Arme – wie gesagt, nur ein Federzug.« Meine Tränen brachen mit erneuter Kraft hervor; aber ich wandte mich weg und winkte ihm, sich zu entfernen.

Bendel, der voller Sorgen meine Spuren bis hieher verfolgt hatte, traf in diesem Augenblick ein. Als mich die treue, fromme Seele weinend fand und meinen Schatten – denn er war nicht zu verkennen – in der Gewalt des wunderlichen grauen Unbekannten sah, beschloß er gleich, sei es auch mit Gewalt, mich in den Besitz meines Eigentums wiederherzustellen, und da er selbst mit dem zarten Dinge nicht umzugehen verstand, griff er gleich den Mann mit Worten an, und ohne vieles Fragen gebot er ihm stracks, mir das Meine unverzüglich verabfolgen zu lassen. Dieser, statt aller Antwort, kehrte dem unschuldigen Burschen den Rücken und ging. Bendel aber erhob den Kreuzdornknüttel, den er trug, und ihm auf den Fersen folgend, ließ er ihn schonungslos unter wiederholtem Befehl, den Schatten herzugeben, die volle Kraft seines nervichten Armes fühlen. Jener, als sei er solcher Behandlung gewohnt, bückte den Kopf, wölbte die Schultern und zog stillschweigend ruhigen Schrittes seinen Weg über die Heide weiter, mir meinen Schatten zugleich und meinen treuen Diener entführend. Ich hörte lange noch den dumpfen Schall durch die Einöde dröhnen, bis er sich endlich in der Entfernung verlor. Einsam war ich wie vorher mit meinem Unglück.

VI

Allein zurückgeblieben auf der öden Heide, ließ ich unendlichen Tränen freien Lauf, mein armes Herz von namenloser, banger Last erleichternd. Aber ich sah meinem überschwenglichen Elend keine Grenzen, keinen Ausgang, kein Ziel, und ich sog besonders mit grimmigen Durst an dem neuen Gifte, das der Unbekannte in meine Wunden gegossen. Als ich Minas Bild vor meine Seele rief und die geliebte, süße Gestalt bleich und in Tränen mir erschien, wie ich sie zuletzt in meiner Schmach gesehen, da trat frech und höhnisch Rascals Schemen zwischen sie und mich; ich verhüllte mein Gesicht und floh durch die Einöde, aber die scheußliche Erscheinung gab mich nicht frei, sondern verfolgte mich im Laufe, bis ich atemlos an den Boden sank und die Erde mit erneuertem Tränenquell befeuchtete.
Und alles um einen Schatten! Und diesen Schatten hätte mir ein Federzug wiedererworben. Ich überdachte den befremdenden Antrag und meine Weigerung. Es war wüst in mir, ich hatte weder Urteil noch Fassungsvermögen mehr.
Der Tag verging. Ich stillte meinen Hunger mit wilden Früchten, meinen Durst im nächsten Bergstrom; die Nacht brach ein, ich lagerte mich unter einem Baum. Der feuchte Morgen weckte mich aus einem schweren Schlaf, in dem ich mich selber wie im Tode röcheln hörte. Bendel mußte meine Spur verloren haben, und es freute mich, es zu denken. Ich wollte nicht unter die Menschen zurückkehren, vor welchen ich schreckhaft floh

wie das scheue Wild des Gebirges. So verlebte ich drei bange Tage.

Ich befand mich am Morgen des vierten auf einer sandigen Ebene, welche die Sonne beschien, und saß auf Felsentrümmern in ihrem Strahl; denn ich liebte jetzt, ihren lang entbehrten Anblick zu genießen. Ich nährte still mein Herz mit seiner Verzweiflung. Da schreckte mich ein leises Geräusch auf; ich warf, zur Flucht bereit, den Blick um mich her, ich sah niemand: aber es kam auf dem sonnigen Sande an mir vorbeigeglitten ein Menschenschatten, dem meinigen nicht unähnlich, welcher, allein daherwandelnd von seinem Herrn abgekommen zu sein schien.

Da erwachte in mir ein mächtiger Trieb: Schatten, dacht ich, suchst du deinen Herrn? der will ich sein. Und ich sprang hinzu, mich seiner zu bemächtigen: ich dachte nämlich, daß, wenn es mir glückte, in seine Spur zu treten, so, daß er mir an die Füße käme, er wohl daran hängenbleiben würde und sich mit der Zeit an mich gewöhnen.

Der Schatten, auf meine Bewegung, nahm vor mir die Flucht, und ich mußte auf den leichten Flüchtling eine anstrengende Jagd beginnen, zu der mich allein der Gedanke, mich aus der furchtbaren Lage, in der ich war, zu retten, mit hinreichenden Kräften ausrüsten konnte. Er floh einem freilich noch entfernten Walde zu, in dessen Schatten ich ihn notwendig hätte verlieren müssen; – ich sah's, ein Schreck durchzuckte mir das Herz, fachte meine Begierde an, beflügelte meinen Lauf – ich gewann sichtbarlich auf den Schatten, ich kam ihm nach und nach näher, ich mußte ihn erreichen. Nun hielt er plötzlich an und kehrte sich nach mir um. Wie der Löwe auf seine Beute, so schoß ich mit einem gewaltigen Sprunge hinzu, um ihn in Besitz zu nehmen – und traf unerwartet und hart auf körperlichen Widerstand. Es wurden mir unsichtbar die unerhörtesten Rippenstöße erteilt, die wohl je ein Mensch gefühlt hat.

Die Wirkung des Schreckens war in mir, die Arme krampfhaft zuzuschlagen und fest zu drücken, was ungesehen vor mir stand. Ich stürzte in der schnellen Handlung vorwärtsgestreckt auf den Boden; rückwärts aber unter mir ein Mensch, den ich umfaßt hielt und der jetzt erst sichtbar erschien.

Nun ward mir auch das ganze Ereignis sehr natürlich erklärbar. Der Mann mußte das unsichtbare Vogelnest, welches den, der es hält, nicht aber seinen Schatten unsichtbar macht, erst getragen und jetzt weggeworfen haben. Ich spähete mit dem Blick umher, entdeckte gar bald den Schatten des unsichtbaren Nestes selbst, sprang auf und hinzu und verfehlte nicht den teuern Raub. Ich hielt unsichtbar, schattenlos das Nest in den Händen.

Der schnell sich aufrichtende Mann, sich sogleich nach seinem beglückten Bezwinger umsehend, erblickte auf der weiten, sonnigen Ebene weder ihn noch dessen Schatten, nach dem er besonders ängstlich umherlauschte. Denn daß ich an und für sich schattenlos war, hatte er vorher nicht Muße gehabt zu bemerken und konnte es nicht vermuten. Als er sich überzeugt, daß jede Spur verschwunden, kehrte er in der höchsten Verzweiflung die Hand gegen sich selber und raufte sich das Haar aus. Mir aber gab der errungene Schatz die Möglichkeit und die Begierde zugleich, mich wieder unter die Menschen zu mischen. Es fehlte mir nicht an Vorwand gegen mich selber, meinen schnöden Raub zu beschönigen, oder vielmehr, ich bedurfte solches nicht, und jedem Gedanken der Art zu entweichen, eilte ich hinweg, nach dem Unglücklichen nicht zurückschauend, dessen ängstliche Stimme ich mir noch lange nachschallen hörte. So wenigstens kamen mir damals alle Umstände dieses Ereignisses vor.

Ich brannte, nach dem Förstergarten zu gehen und durch mich selbst die Wahrheit dessen zu erkennen, was mir jener Verhaßte verkündigt hatte; ich wußte aber nicht, wo ich war; ich bestieg, um mich in der Gegend umzuschauen, den nächsten Hügel; ich sah von seinem Gipfel das nahe Städtchen und den Förstergarten zu meinen Füßen liegen. – Heftig klopfte mir das Herz, und Tränen einer andern Art, als die ich bis dahin vergossen, traten mir in die Augen: ich sollte sie wiedersehen. – Bange Sehnsucht beschleunigte meine Schritte auf dem richtigsten Pfad hinab. Ich kam ungesehen an einigen Bauern vorbei, die aus der Stadt kamen. Sie sprachen von mir, Rascaln und dem Förster; ich wollte nichts anhören, ich eilte vorüber.

Ich trat in den Garten, alle Schauer der Erwartung in der Brust – mir schallte es wie ein Lachen entgegen, mich schauderte, ich

warf einen schnellen Blick um mich her; ich konnte niemanden
entdecken. Ich schritt weiter vor, mir war's, als vernähme ich
neben mir ein Geräusch wie von Menschenschritten; es war aber
nichts zu sehen: ich dachte mich von meinem Ohre getäuscht. Es
war noch früh, niemand in Graf Peters Laube, noch leer der
Garten; ich durchschweifte die bekannten Gänge, ich drang bis
nach dem Wohnhause vor. Dasselbe Geräusch verfolgte mich
vernehmlicher. Ich setzte mich mit angstvollem Herzen auf eine
Bank, die im sonnigen Raume der Haustür gegenüberstand. Es
ward mir, als hörte ich den ungesehenen Kobold sich hohnlachend neben mich setzen. Der Schlüssel ward in der Tür gedreht, sie ging auf, der Forstmeister trat heraus, mit Papieren in
der Hand. Ich fühlte mir wie Nebel über den Kopf ziehn, ich sah
mich um, und – Entsetzen! – der Mann im grauen Rock saß
neben mir, mit satanischem Lächeln auf mich blickend. – Er
hatte mir seine Tarnkappe mit über den Kopf gezogen, zu seinen
Füßen lagen sein und mein Schatten friedlich nebeneinander; er
spielte nachlässig mit dem bekannten Pergament, das er in der
Hand hielt, und indem der Forstmeister mit den Papieren beschäftigt im Schatten der Laube auf und ab ging – beugte er sich
vertraulich zu meinem Ohr und flüsterte mir die Worte:
»So hätten Sie denn doch meine Einladung angenommen, und
da säßen wir einmal zwei Köpfe unter einer Kappe. – Schon
recht! schon recht! Nun geben Sie mir aber auch mein Vogelnest
zurück; Sie brauchen es nicht mehr und sind ein zu ehrlicher
Mann, um es mir vorenthalten zu wollen – doch keinen Dank
dafür, ich versichere Sie, daß ich es Ihnen von Herzen gern
geliehen habe.« – Er nahm es unweigerlich aus meiner Hand,
steckte es in die Tasche und lachte mich abermals aus, und zwar
so laut, daß sich der Forstmeister nach dem Geräusch umsah. –
Ich saß wie versteinert da.
»Sie müssen mir doch gestehen«, fuhr er fort, »daß so eine Kappe
viel bequemer ist. Sie deckt doch nicht nur ihren Mann, sondern
auch seinen Schatten mit und noch so viele andere, als er mitzunehmen Lust hat. Sehen Sie, heute führ ich wieder ihrer zwei.«
– Er lachte wieder. »Merken Sie sich's, Schlemihl, was man
anfangs mit Gutem nicht will, das muß man am Ende doch
gezwungen. Ich dächte noch, Sie kauften mir das Ding ab,

nähmen die Braut zurück – denn noch ist es Zeit –, und wir ließen den Rascal am Galgen baumeln, das wird uns ein leichtes, solange es uns am Stricke nicht fehlt. – Hören Sie, ich gebe Ihnen noch meine Mütze in den Kauf.«

Die Mutter trat heraus, und das Gespräch begann. – »Was macht Mina?« – »Sie weint.« – »Einfältiges Kind! Es ist doch nicht zu ändern!« – »Freilich nicht; aber sie so früh einem andern zu geben – – O Mann, du bist grausam gegen dein eigenes Kind.« – »Nein, Mutter, das siehst du sehr falsch. Wenn sie, noch bevor sie ihre doch kindischen Tränen ausgeweint hat, sich als die Frau eines sehr reichen und geehrten Mannes findet, wird sie getröstet aus ihrem Schmerze wie aus einem Traum erwachen und Gott und uns danken, das wirst du sehen!« – »Gott gebe es!« – »Sie besitzt freilich jetzt sehr ansehnliche Güter; aber nach dem Aufsehen, das die unglückliche Geschichte mit dem Abenteurer gemacht hat, glaubst du, daß sich so bald eine andere, für sie so passende Partie als der Herr Rascal finden möchte? Weißt du, was für ein Vermögen er besitzt, der Herr Rascal? Er hat für sechs Millionen Güter hier im Lande, frei von allen Schulden, bar bezahlt. Ich habe die Dokumente in Händen gehabt! Er war's, der mir überall das Beste vorweggenommen hat; und außerdem im Portefeuille Papiere auf Thomas John für zirka viertehalb Millionen.« – »Er muß sehr viel gestohlen haben.« – »Was sind das wieder für Reden! Er hat weislich gespart, wo verschwendet wurde.« – »Ein Mann, der die Livree getragen hat.« – »Dummes Zeug! Er hat doch einen untadeligen Schatten« – »Du hast recht; aber – –« Der Mann im grauen Rock lachte und sah mich an. Die Tür ging auf, und Mina trat heraus. Sie stützte sich auf den Arm einer Kammerfrau; stille Tränen flossen auf ihre schönen blassen Wangen. Sie setzte sich in einen Sessel, der für sie unter den Linden bereitet war, und ihr Vater nahm einen Stuhl neben ihr. Er faßte zärtlich ihre Hand und redete sie, die heftiger zu weinen anfing, mit zarten Worten an:

»Du bist mein gutes, liebes Kind, du wirst auch vernünftig sein, wirst nicht deinen alten Vater betrüben wollen, der nur dein Glück will; ich begreife es wohl, liebes Herz, daß es dich sehr erschüttert hat; du bist wunderbar deinem Unglücke entkommen! Bevor wir den schändlichen Betrug entdeckt, hast du diesen Unwürdigen sehr geliebt; siehe, Mina, ich weiß es und mache dir keine Vorwürfe darüber. Ich selber, liebes Kind, habe ihn auch geliebt, solange ich ihn für einen großen Herrn angesehen habe. Nun siehst du selber ein, wie anders alles geworden. Was! ein jeder Pudel hat ja seinen Schatten, und mein liebes einziges Kind sollte einen Mann – – Nein, du denkst auch gar nicht mehr an ihn. – Höre, Mina, nun wirbt ein Mann um dich, der die Sonne nicht scheut, ein geehrter Mann, der freilich kein Fürst ist, aber zehn Millionen, zehnmal mehr als du in Vermögen besitzt, ein Mann, der mein liebes Kind glücklich machen wird. Erwidere mir nichts, widersetze dich nicht, sei meine gute, gehorsame Tochter, laß deinen liebenden Vater für dich sorgen, deine Tränen trocknen. Versprich mir, dem Herrn Rascal deine Hand zu geben – Sage, willst du mir dies versprechen?« – Sie antwortete mit erstorbener Stimme: »Ich habe keinen Willen, keinen Wunsch fürder auf Erden. Geschehe mit mir, was mein Vater will.« Zugleich ward Herr Rascal angemeldet und trat frech in den Kreis. Mina lag in Ohnmacht. Mein verhaßter Gefährte blickte mich zornig an und flüsterte mir die schnellen Worte: »Und das könnten Sie erdulden! Was fließt Ihnen denn statt des Blutes in den Adern?« Er ritzte mir mit einer raschen Bewegung eine leichte Wunde in die Hand, es floß Blut, er fuhr fort: »Wahrhaftig! rotes Blut! – So unterschreiben Sie!« Ich hatte das Pergament und die Feder in Händen.

VII

Ich werde mich deinem Urteile bloßstellen, lieber Chamisso, und es nicht zu bestechen suchen. Ich selbst habe lange strenges Gericht an mir selber vollzogen, denn ich habe den quälenden Wurm in meinem Herzen genährt. Es schwebte immerwährend dieser ernste Moment meines Lebens vor meiner Seele, und ich vermocht es nur zweifelnden Blickes, mit Demut und Zerknirschung anzuschauen. – Lieber Freund, wer leichtsinnig nur den Fuß aus der geraden Straße setzt, der wird unversehens in andere Pfade abgeführt, die abwärts und immer abwärts ihn ziehen; er sieht dann umsonst die Leitsterne am Himmel schimmern, ihm bleibt keine Wahl, er muß unaufhaltsam den Abhang hinab und sich selbst der Nemesis opfern. Nach dem übereilten Fehltritt, der den Fluch auf mich geladen, hatt' ich durch Liebe frevelnd in eines andern Wesens Schicksal mich gedrängt; was blieb mir übrig, als, wo ich Verderben gesäet, wo schnelle Rettung von mir geheischt ward, eben rettend blindlings hinzuzuspringen? denn die letzte Stunde schlug. – Denke nicht so niedrig von mir, mein Adelbert, als zu meinen, es hätte mich irgendein geforderter Preis zu teuer gedünkt, ich hätte mit irgend etwas, was nur mein war, mehr als eben mit Gold gekargt. – Nein, Adelbert; aber mit unüberwindlichem Hasse gegen diesen rätselhaften Schleicher auf krummen Wegen war meine Seele angefüllt. Ich mochte ihm unrecht tun, doch empörte mich jede Gemeinschaft mit ihm. – Auch hier trat, wie so oft schon in mein Leben und wie überhaupt so oft in die Weltgeschichte, ein Ereignis an die Stelle einer Tat. Später habe ich mich mit mir selber versöhnt. Ich habe erstlich die Notwendigkeit verehren lernen, und was ist mehr als die getane Tat, das geschehene Ereignis, ihr Eigentum! Dann hab ich auch diese Notwendigkeit als eine weise Fügung verehren lernen, die durch das gesamte große Getrieb weht, darin wir bloß als mitwirkende, getriebene treibende Räder eingreifen; was sein soll, muß geschehen, was sein sollte, geschah, und nicht ohne jene Fügung, die ich endlich noch in meinem Schicksale und dem Schicksale derer, die das meine mit angriff, verehren lernte.

Ich weiß nicht, ob ich es der Spannung meiner Seele unter dem Drange so mächtiger Empfindungen zuschreiben soll, ob der Erschöpfung meiner physischen Kräfte, die während der letzten Tage ungewohntes Darben geschwächt, ob endlich dem zerstörenden Aufruhr, den die Nähe dieses grauen Unholdes in meiner ganzen Natur erregte; genug, es befiel mich, als es an das Unterschreiben ging, eine tiefe Ohnmacht, und ich lag eine lange Zeit wie in den Armen des Todes.

Fußstampfen und Fluchen waren die ersten Töne, die mein Ohr trafen, als ich zum Bewußtsein zurückkehrte; ich öffnete die Augen, es war dunkel; mein verhaßter Begleiter war scheltend um mich bemüht. »Heißt das nicht wie ein altes Weib sich aufführen! – Man raffe sich auf und vollziehe frisch, was man beschlossen, oder hat man sich anders besonnen und will lieber greinen?« – Ich richtete mich mühsam auf von der Erde, wo ich lag, und schaute schweigend um mich. Es war später Abend, aus dem hell erleuchteten Försterhause erscholl festliche Musik, einzelne Gruppen von Menschen wallten durch die Gänge des Gartens. Ein paar traten im Gespräch näher und nahmen Platz auf der Bank, worauf ich früher gesessen hatte. Sie unterhielten sich von der an diesem Morgen vollzogenen Verbindung des reichen Herrn Rascal mit der Tochter des Hauses. – Es war also geschehen.

Ich streifte mit der Hand die Tarnkappe des sogleich mir verschwindenden Unbekannten von meinem Haupte weg und eilte stillschweigend, in die tiefste Nacht des Gebüsches mich versenkend, den Weg über Graf Peters Laube einschlagend, dem Ausgange des Gartens zu. Unsichtbar aber geleitete mich mein Plagegeist, mich mit scharfen Worten verfolgend. »Das ist also der Dank für die Mühe, die man genommen hat, Monsieur, der schwache Nerven hat, den langen lieben Tag hindurch zu pflegen. Und man soll den Narren im Spiele abgeben. Gut, Herr Trotzkopf, fliehn Sie nur vor mir, wir sind doch unzertrennlich. Sie haben mein Gold und ich Ihren Schatten; das läßt uns beiden keine Ruhe. – Hat man je gehört, daß ein Schatten von seinem Herrn gelassen hätte? Ihrer zieht mich Ihnen nach, bis Sie ihn wieder zu Gnaden annehmen und ich ihn los bin. Was Sie versäumt haben, aus frischer Lust zu tun, werden Sie, nur zu spät, aus Überdruß und Langeweile nachholen müssen; man entgeht seinem Schicksale nicht.« Er sprach aus demselben Tone fort und fort; ich floh umsonst, er ließ nicht nach, und immer gegenwärtig, redete er höhnend von Gold und Schatten. Ich konnte zu keinem eigenen Gedanken kommen.

Ich hatte durch menschenleere Straßen einen Weg nach meinem Hause eingeschlagen. Als ich davorstand und es ansah, konnte ich es kaum erkennen; hinter den eingeschlagenen Fenstern brannte kein Licht. Die Türen waren zu, kein Dienervolk regte sich mehr darin. Er lachte laut auf neben mir: »Ja, ja, so geht's! Aber Ihren Bendel finden Sie wohl daheim; den hat man jüngst vorsorglich so müde nach Hause geschickt, daß er es wohl seitdem gehütet haben wird.« Er lachte wieder. »Der wird Geschichten zu erzählen haben! – Wohlan denn! für heute gute Nacht, auf baldiges Wiedersehen!«

Ich hatte wiederholt geklingelt, es erschien Licht; Bendel frug
von innen, wer geklingelt habe. Als der gute Mann meine
Stimme erkannte, konnte er seine Freude kaum bändigen; die
Tür flog auf, wir lagen weinend einander in den Armen. Ich
fand ihn sehr verändert, schwach und krank; mir war aber das
Haar ganz grau geworden.

Er führte mich durch die verödeten Zimmer nach einem innern,
verschont gebliebenen Gemach; er holte Speise und Trank herbei, wir setzten uns, er fing wieder an zu weinen. Er erzählte mir,
daß er letzthin den grau gekleideten dürren Mann, den er mit
meinem Schatten angetroffen hatte, so lange und so weit geschlagen habe, bis er selbst meine Spur verloren und vor Müdigkeit hingesunken sei; daß nachher, wie er mich nicht wieder
finden gekonnt, er nach Hause zurückgekehrt, wo bald darauf
der Pöbel, auf Rascals Anstiften, herangestürmt, die Fenster
eingeschlagen und seine Zerstörungslust gebüßt. So hatten sie an
ihrem Wohltäter gehandelt. Meine Dienerschaft war auseinander geflohen. Die örtliche Polizei hatte mich als verdächtig aus
der Stadt verwiesen und mir eine Frist von vierundzwanzig
Stunden festgesetzt, um deren Gebiet zu verlassen. Zu dem, was
mir von Rascals Reichtum und Vermählung bekannt war,
wußte er noch vieles hinzuzufügen. Dieser Bösewicht, von dem
alles ausgegangen, was hier gegen mich geschehen war, mußte
von Anbeginn mein Geheimnis besessen haben; es schien, er
habe, vom Golde angezogen, sich an mich zu drängen gewußt
und schon in der ersten Zeit einen Schlüssel zu jenem Gold-
schrank sich verschafft, wo er den Grund zu dem Vermögen
gelegt, das noch zu vermehren er jetzt verschmähen konnte.

Das alles erzählte mir Bendel unter häufigen Tränen und weinte
dann wieder vor Freuden, daß er mich wiedersah, mich wieder-
hatte und daß, nachdem er lang gezweifelt, wohin das Unglück
mich gebracht haben möchte, er mich es ruhig und gefaßt
ertragen sah. Denn solche Gestaltung hatte nun die Verzweiflung in mir genommen. Ich sah mein Elend riesengroß, unwandelbar vor mir, ich hatte ihm meine Tränen ausgeweint, es
konnte kein Geschrei mehr aus meiner Brust pressen, ich trug
ihm kalt und gleichgültig mein entblößtes Haupt entgegen.

»Bendel«, hub ich an, »du weißt mein Los. Nicht ohne früheres

Verschulden trifft mich schwere Strafe. Du sollst länger nicht, unschuldiger Mann, dein Schicksal an das meine binden; ich will es nicht. Ich reite die Nacht noch fort; sattle mir ein Pferd, ich reite allein; du bleibst, ich will's. Es müssen hier noch einige Kisten Goldes liegen, das behalte du. Ich werde allein unstet in der Welt wandern; wann mir aber je eine heitere Stunde wieder lacht und das Glück mich versöhnt anblickt, dann will ich deiner getreu gedenken, denn ich habe an deiner getreuen Brust in schweren, schmerzlichen Stunden geweint.«

Mit gebrochenem Herzen mußte der Redliche diesem letzten Befehle seines Herrn, worüber er in der Seele erschrak, gehorchen; ich war seinen Bitten, seinen Vorstellungen taub, blind seinen Tränen; er führte mir das Pferd vor. Ich drückte noch einmal den Weinenden an meine Brust, schwang mich in den Sattel und entfernte mich unter dem Mantel der Nacht von dem Grabe meines Lebens, unbekümmert, welchen Weg mein Pferd mich führen werde; denn ich hatte weiter auf Erden kein Ziel, keinen Wunsch, keine Hoffnung.

VIII

Es gesellte sich bald ein Fußgänger zu mir, welcher mich bat, nachdem er eine Weile neben meinem Pferde geschritten war, da wir doch denselben Weg hielten, einen Mantel, den er trug, hinten auf mein Pferd legen zu dürfen; ich ließ es stillschweigend geschehen. Er dankte mir mit leichtem Anstand für den leichten Dienst, lobte mein Pferd, nahm daraus Gelegenheit, das Glück und die Macht der Reichen hoch zu preisen, und ließ sich, ich weiß nicht wie, in eine Art von Selbstgespräch ein, bei dem er mich bloß zum Zuhörer hatte.

Er entfaltete seine Ansichten von dem Leben und der Welt und kam sehr bald auf die Metaphysik, an die die Forderung erging, das Wort aufzufinden, das aller Rätsel Lösung sei. Er setzte die Aufgabe mit vieler Klarheit auseinander und schritt fürder zu deren Beantwortung.

Du weißt, mein Freund, daß ich deutlich erkannt habe, seitdem ich den Philosophen durch die Schule gelaufen, daß ich zur philosophischen Spekulation keineswegs berufen bin und daß ich mir dieses Feld völlig abgesprochen habe; ich habe seither

vieles auf sich beruhen lassen, vieles zu wissen und zu begreifen
Verzicht geleistet und bin, wie du es mir selber geraten, meinem
geraden Sinn vertrauend, der Stimme in mir, soviel es in meiner
Macht gewesen, auf dem eigenen Wege gefolgt. Nun schien mir
dieser Redekünstler mit großem Talent ein festgefügtes Gebäude aufzuführen, das in sich selbst begründet sich emportrug
und wie durch eine innere Notwendigkeit bestand. Nur ver-
mißt ich ganz in ihm, was ich eben darin hätte suchen wollen,
und so ward es mir zu einem bloßen Kunstwerk, dessen zierliche
Geschlossenheit und Vollendung dem Auge allein zur Ergöt-
zung diente; aber ich hörte dem wohlberedten Manne gerne zu,
der meine Aufmerksamkeit von meinen Leiden auf sich selbst
abgelenkt, und ich hätte mich ihm willig ergeben, wenn er meine
Seele wie meinen Verstand in Anspruch genommen hätte.

Mittlerweile war die Zeit hingegangen, und unbemerkt hatte
schon die Morgendämmerung den Himmel erhellt; ich erschrak, als ich mit einemmal aufblickte und im Osten die Pracht
der Farben sich entfalten sah, die die nahe Sonne verkünden, und
gegen sie war in dieser Stunde, wo die Schlagschatten mit ihrer
ganzen Ausdehnung prunken, kein Schutz, kein Bollwerk in der
offenen Gegend zu ersehn! und ich war nicht allein! Ich warf
einen Blick auf meinen Begleiter und erschrak wieder. – Es war
kein anderer als der Mann im grauen Rock.

Er lächelte über meine Bestürzung und fuhr fort, ohne mich
zum Wort kommen zu lassen: »Laßt doch, wie es einmal in der
Welt Sitte ist, unsern wechselseitigen Vorteil uns auf eine Weile
verbinden; zu scheiden haben wir immer noch Zeit. Die Straße
hier längs dem Gebirge, ob Sie gleich noch nicht daran gedacht
haben, ist doch die einzige, die Sie vernünftigerweise einschlagen können; hinab in das Tal dürfen Sie nicht, und über das
Gebirge werden Sie noch weniger zurückkehren wollen, von
wo Sie hergekommen sind – diese ist auch gerade meine Straße.
– Ich sehe Sie schon vor der aufgehenden Sonne erblassen. Ich
will Ihnen Ihren Schatten auf die Zeit unserer Gesellschaft lei-
hen, und Sie dulden mich dafür in Ihrer Nähe; Sie haben so Ihren
Bendel nicht mehr bei sich; ich will Ihnen gute Dienste leisten.
Sie lieben mich nicht, das ist mir leid. Sie können mich darum
doch benutzen. Der Teufel ist nicht so schwarz, als man ihn

malt. Gestern haben Sie mich geärgert, das ist wahr; heute will
ich's Ihnen nicht nachtragen, und ich habe Ihnen schon den Weg
bis hierher verkürzt, das müssen Sie selbst gestehen. – Nehmen
Sie doch nur einmal Ihren Schatten auf Probe wieder an.«

Die Sonne war aufgegangen, auf der Straße kamen uns Menschen entgegen; ich nahm, obgleich mit innerlichem Widerwillen, den Antrag an. Er ließ lächelnd meinen Schatten zur Erde
gleiten, der alsbald seine Stelle auf des Pferdes Schatten einnahm
und lustig neben mir hertrabte. Mir war sehr seltsam zumut. Ich
ritt an einem Trupp Landleute vorbei, die vor einem wohlha-
benden Mann ehrerbietig mit entblößtem Haupte Platz machten. Ich ritt weiter und blickte gierigen Auges und klopfenden
Herzens seitwärts vom Pferd herab auf diesen sonst meinen
Schatten, den ich jetzt von einem Fremden, ja von einem Feinde
erborgt hatte.

Dieser ging unbekümmert nebenher und pfiff eben ein Liedchen. Er zu Fuß, ich zu Pferd, ein Schwindel ergriff mich, die
Versuchung war zu groß, ich wandte plötzlich die Zügel,
drückte beide Sporen an, und so in voller Karriere einen Seiten-
weg eingeschlagen; aber ich entführte den Schatten nicht, der
bei der Wendung vom Pferde glitt und seinen gesetzmäßigen
Eigentümer auf der Landstraße erwartete. Ich mußte beschämt
umlenken, der Mann im grauen Rocke, als er ungestört sein
Liedchen zu Ende gebracht, lachte mich aus, setzte mir den
Schatten wieder zurecht und belehrte mich, er würde erst an mir
festhangen und bei mir bleiben wollen, wenn ich ihn wiederum
als rechtmäßiges Eigentum besitzen würde. »Ich halte Sie«, fuhr
er fort, »am Schatten fest, und Sie kommen mir nicht los. Ein
reicher Mann wie Sie braucht einmal einen Schatten, das ist
nicht anders; Sie sind nur darin zu tadeln, daß Sie es nicht früher
eingesehen haben.« –

Ich setzte meine Reise auf derselben Straße fort; es fanden sich
bei mir alle Bequemlichkeiten des Lebens und selbst ihre Pracht
wieder ein; ich konnte mich frei und leicht bewegen, da ich
einen, obgleich nur erborgten Schatten besaß, und ich flößte
überall die Ehrfurcht ein, die der Reichtum gebietet; aber ich
hatte den Tod im Herzen. Mein wundersamer Begleiter, der
sich selbst für den unwürdigen Diener des reichsten Mannes in

der Welt ausgab, war von einer außerordentlichen Dienstfertig-
keit, über die Maßen gewandt und geschickt, der wahre Inbegriff eines Kammerdieners für einen reichen Mann; aber er wich
nicht von meiner Seite und führte unaufhörlich das Wort gegen
mich, stets die größte Zuversicht an den Tag legend, daß ich
endlich, sei es auch nur, um ihn loszuwerden, den Handel mit
dem Schatten abschließen würde. – Er war mir ebenso lästig als
verhaßt. Ich konnte mich ordentlich vor ihm fürchten. Ich hatte
mich von ihm abhängig gemacht. Er hielt mich, nachdem er
mich in die Herrlichkeit der Welt, die ich floh, zurückgeführt
hatte. Ich mußte seine Beredsamkeit über mich ergehen lassen
und fühlte schier, er habe recht. Ein Reicher muß in der Welt
einen Schatten haben, und sobald ich den Stand behaupten
wollte, den er mich wieder geltend zu machen verleitet hatte,
war nur ein Ausgang zu ersehen. Dieses aber stand bei mir fest,
nachdem ich meine Liebe hingeopfert, nachdem mir das Leben
verblaßt war, wollt ich meine Seele nicht, sei es um alle Schatten
der Welt, dieser Kreatur verschreiben. Ich wußte nicht, wie es
enden sollte.

Wir saßen einst vor einer Höhle, welche die Fremden, die das
Gebirg bereisen, zu besuchen pflegen. Man hört dort das Gebrause unterirdischer Ströme aus ungemessener Tiefe herauf-
schallen, und kein Grund scheint den Stein, den man hinein-
wirft, in seinem hallenden Fall aufzuhalten. Er malte mir, wie er
öfters tat, mit verschwenderischer Einbildungskraft und im
schimmernden Reize der glänzendsten Farben sorgfältig ausge-
führte Bilder von dem, was ich in der Welt kraft meines Säckels
ausführen würde, wenn ich erst meinen Schatten wieder in
meiner Gewalt hätte. Die Ellenbogen auf die Knie gestützt, hielt
ich mein Gesicht in meinen Händen verborgen und hörte dem
Falschen zu, das Herz zwiefach geteilt zwischen der Verführung
und dem strengen Willen in mir. Ich konnte bei solchem innerlichen Zwiespalt länger nicht ausdauern und begann den entscheidenden Kampf:

»Sie scheinen, mein Herr, zu vergessen, daß ich Ihnen zwar
erlaubt habe, unter gewissen Bedingungen in meiner Begleitung zu bleiben, daß ich mir aber meine völlige Freiheit vorbehalten habe.« – »Wenn Sie befehlen, so pack ich ein.« Die Dro-

hung war ihm geläufig. Ich schwieg; er setzte sich gleich daran, meinen Schatten wieder zusammenzurollen. Ich erblaßte; aber ich ließ es stumm geschehen. Es erfolgte ein langes Stillschweigen. Er nahm zuerst das Wort:

»Sie können mich nicht leiden, mein Herr, Sie hassen mich, ich weiß es; doch warum hassen Sie mich? Ist es etwa, weil Sie mich auf öffentlicher Straße angefallen und mir ein Vogelnest mit Gewalt zu rauben gemeint? Oder ist es darum, daß Sie mein Gut, den Schatten, den Sie Ihrer bloßen Ehrlichkeit anvertraut glaubten, mir diebischerweise zu entwenden gesucht haben? Ich meinerseits hasse Sie darum nicht; ich finde ganz natürlich, daß Sie alle Ihre Vorteile, List und Gewalt geltend zu machen suchen; daß Sie übrigens die allerstrengsten Grundsätze haben und wie die Ehrlichkeit selbst denken, ist eine Liebhaberei, wogegen ich auch nichts habe. – Ich denke in der Tat nicht so streng als Sie; ich handle bloß, wie Sie denken. Oder hab ich Ihnen etwa irgendwann den Daumen auf die Gurgel gedrückt, um Ihre werteste Seele, zu der ich einmal Lust habe, an mich zu bringen? Hab ich von wegen meines ausgetauschten Säckels einen Diener auf Sie losgelassen? Hab ich Ihnen damit durchzugehen versucht?« Ich hatte dagegen nichts zu erwidern; er fuhr fort: »Schon recht, mein Herr, schon recht! Sie können mich nicht leiden; auch das begreife ich wohl und verarge es Ihnen weiter nicht. Wir müssen scheiden, das ist klar, und auch Sie fangen an, mir sehr langweilig vorzukommen. Um sich also meiner ferneren beschämenden Gegenwart völlig zu entziehen, rate ich es Ihnen noch einmal: Kaufen Sie mir das Ding ab.« – Ich hielt ihm den Säckel hin: »Um den Preis.« – »Nein!« » Ich seufzte schwer auf und nahm wieder das Wort: »Auch also. Ich dringe darauf, mein Herr, laßt uns scheiden, vertreten Sie mir länger nicht den Weg auf einer Welt, die hoffentlich geräumig genug ist für uns beide.« Er lächelte und erwiderte: »Ich gehe, mein Herr; zuvor aber will ich Sie unterrichten, wie Sie mir klingeln können, wenn Sie je Verlangen nach Ihrem untertänigsten Knecht tragen sollten: Sie brauchen nur Ihren Säckel zu schütteln, daß die ewigen Goldstücke darinnen rasseln; der Ton zieht mich augenblicklich an. Ein jeder denkt auf seinen Vorteil in dieser Welt; Sie sehen, daß ich auf Ihren zugleich bedacht bin: denn ich eröffne Ihnen offenbar eine neue Kraft. – Oh, dieser Säckel! – Und hätten gleich die Motten Ihren Schatten schon aufgefressen, der würde noch ein starkes Band zwischen uns sein. Genug, Sie haben mich an meinem Gold, befehlen Sie auch in der Ferne über Ihren Knecht; Sie wissen, daß ich mich meinen Freunden dienstfertig genug erweisen kann und daß die Reichen besonders gut mit mir stehen; Sie haben es selbst gesehen. – Nur Ihren Schatten, mein Herr, – das lassen Sie sich gesagt sein – nie wieder als unter einer einzigen Bedingung.«

Gestalten der alten Zeit traten vor meine Seele. Ich frug ihn schnell: »Hatten Sie eine Unterschrift vom Herrn John?« – Er lächelte. – »Mit einem so guten Freund hab ich es keineswegs nötig gehabt.« – »Wo ist er? Bei Gott, ich will es wissen!« Er steckte zögernd die Hand in die Tasche, und daraus, bei den Haaren hervorgezogen, erschien Thomas Johns bleiche entstellte Gestalt, und die blauen Leichenlippen bewegten sich zu den schweren Worten: »Justo judicio Dei judicatus sum; justo judicio Dei condemnatus sum.« Ich entsetzte mich, und schnell den klingenden Säckel in den Abgrund werfend, sprach ich zu ihm die letzten Worte: »So beschwör ich dich im Namen Gottes, Entsetzlicher! hebe dich von dannen, und lasse dich nie wieder vor meinen Augen blicken!« Er erhub sich finster und verschwand sogleich hinter den Felsenmassen, die den wildbewachsenen Ort begrenzten.

IX

Ich saß da ohne Schatten und ohne Geld; aber ein schweres Gewicht war von meiner Brust genommen, ich war heiter. Hätte ich nicht auch meine Liebe verloren oder hätt' ich mich nur bei deren Verlust vorwurfsfrei gefühlt, ich glaube, ich hätte glücklich sein können – ich wußte aber nicht, was ich anfangen sollte. Ich durchsuchte meine Taschen und fand noch einige Goldstücke darin; ich zählte sie und lachte. – Ich hatte meine Pferde unten im Wirtshause; ich schämte mich, dahin zurückzukehren, ich mußte wenigstens den Untergang der Sonne erwarten; sie stand noch hoch am Himmel. Ich legte mich in den Schatten der nächsten Bäume und schlief ruhig ein.

Anmutige Bilder verwoben sich mir im luftigen Tanze zu einem

gefälligen Traum. Mina, einen Blumenkranz in den Haaren,
schwebte an mir vorüber und lächelte mich freundlich an. Auch
der ehrliche Bendel war mit Blumen bekränzt und eilte mit
freundlichem Gruße vorüber. Viele sah ich noch, und wie mich
dünkt, auch dich, Chamisso, im fernen Gewühl; ein helles Licht
schien, es hatte aber keiner einen Schatten, und was seltsamer ist,
es sah nicht übel aus – Blumen und Lieder, Liebe und Freude
unter Palmenhainen. – – Ich konnte die beweglichen, leicht
verwehten, lieblichen Gestalten weder festhalten noch deuten;
aber ich weiß, daß ich gerne solchen Traum träumte und mich
vor dem Erwachen in acht nahm; ich wachte wirklich schon und
hielt noch die Augen zu, um die weichenden Erscheinungen
länger vor meiner Seele zu behalten.

Ich öffnete endlich die Augen; die Sonne stand noch am Himmel, aber im Osten; ich hatte die Nacht verschlafen. Ich nahm
es für ein Zeichen, daß ich nicht nach dem Wirtshause zurückkehren sollte. Ich gab leicht, was ich dort noch besaß, verloren
und beschloß, eine Nebenstraße, die durch den waldbewachsenen Fuß des Gebirges führte, zu Fuß einzuschlagen, dem Schicksal es anheimstellend, was es mit mir vorhatte, zu erfüllen. Ich
schaute nicht hinter mich zurück und dachte auch nicht daran,
an Bendel, den ich reich zurückgelassen hatte, mich zu wenden,
welches ich allerdings gekonnt hätte. Ich sah mich an auf den
neuen Charakter, den ich in der Welt bekleiden sollte: Mein
Anzug war sehr bescheiden. Ich hatte eine alte schwarze Kurtka
an, die ich schon in Berlin getragen und die mir, ich weiß nicht
wie, zu dieser Reise erst wieder in die Hand gekommen war. Ich
hatte sonst eine Reisemütze auf dem Kopf und ein Paar alte
Stiefel an den Füßen. Ich erhob mich, schnitt mir an selbiger
Stelle einen Knotenstock zum Andenken und trat sogleich
meine Wanderung an.

Ich begegnete im Wald einem alten Bauer, der mich freundlich
begrüßte und mit dem ich mich in Gespräch einließ. Ich erkundigte mich wie ein wißbegieriger Reisender, erst nach dem
Wege, dann nach der Gegend und deren Bewohnern, den
Erzeugnissen des Gebirges und derlei mehr. Er antwortete verständig und redselig auf meine Fragen. Wir kamen an das Bette
eines Bergstromes, der über einen weiten Strich des Waldes

seine Verwüstung verbreitet hatte. Mich schauderte innerlich
vor dem sonnenhellen Raum; ich ließ den Landmann vorangehen. Er hielt aber mitten im gefährlichen Orte still und wandte
sich zu mir, um mir die Geschichte dieser Verwüstung zu
erzählen. Er bemerkte bald, was mir fehlte, und hielt mitten in
seiner Rede ein: »Aber wie geht denn das zu? Der Herr hat ja
keinen Schatten!« – »Leider! leider!« erwiderte ich seufzend. »Es
sind mir während einer bösen langen Krankheit Haare, Nägel
und Schatten ausgegangen. Seht, Vater, in meinem Alter, die
Haare, die ich wieder gekriegt habe, ganz weiß, die Nägel sehr
kurz, und der Schatten, der will noch nicht wieder wachsen.« –
»Ei! ei!« versetzte der alte Mann kopfschüttelnd, »keinen Schatten, das ist bös! das war eine böse Krankheit, die der Herr gehabt
hat.« Aber er hub seine Erzählung nicht wieder an, und bei dem
nächsten Querweg, der sich darbot, ging er, ohne ein Wort zu
sagen, von mir ab. – Bittere Tränen zitterten aufs neue auf
meinen Wangen, und meine Heiterkeit war hin.

Ich setzte traurigen Herzens meinen Weg fort und suchte ferner
keines Menschen Gesellschaft. Ich hielt mich im dunkelsten Walde
und mußte manchmal, um über einen Strich, wo die Sonne schien,
zu kommen, stundenlang darauf warten, daß mir keines Menschen
Auge den Durchgang verbot. Am Abend suchte ich Herberge in
den Dörfern zu nehmen. Ich ging eigentlich nach einem Bergwerk
im Gebirge, wo ich Arbeit unter der Erde zu finden gedachte; denn
davon abgesehen, daß meine jetzige Lage mir gebot, für meinen
Lebensunterhalt selbst zu sorgen, hatte ich dieses wohl erkannt, daß
mich allein angestrengte Arbeit gegen meine zerstörenden Gedanken schützen könnte.

Ein paar regnichte Tage förderten mich leicht auf dem Weg,
aber auf Kosten meiner Stiefel, deren Sohlen für den Grafen
Peter und nicht für den Fußknecht berechnet worden. Ich ging
schon auf den bloßen Füßen. Ich mußte ein Paar neue Stiefel
anschaffen. Am nächsten Morgen besorgte ich dieses Geschäft
mit vielem Ernst in einem Flecken, wo Kirmes war und wo in
einer Bude alte und neue Stiefel zu Kauf standen. Ich wählte und
handelte lange. Ich mußte auf ein Paar neue, die ich gern gehabt
hätte, Verzicht leisten; mich schreckte die unbillige Forderung.
Ich begnügte mich also mit alten, die noch gut und stark waren

und die mir der schöne blondlockige Knabe, der die Bude hielt,
gegen gleich bare Bezahlung freundlich lächelnd einhändigte,
indem er mir Glück auf den Weg wünschte. Ich zog sie gleich an
und ging zum nördlich gelegenen Tor aus dem Ort.

Ich war in meinen Gedanken sehr vertieft und sah kaum, wo ich
den Fuß hinsetzte; denn ich dachte an das Bergwerk, wo ich auf
den Abend noch anzulangen hoffte und wo ich nicht recht
wußte, wie ich mich ankündigen sollte. Ich war noch keine
zweihundert Schritte gegangen, als ich bemerkte, daß ich aus
dem Wege gekommen war; ich sah mich danach um, ich befand
mich in einem wüsten, uralten Tannenwalde, woran die Axt nie
gelegt worden zu sein schien. Ich drang noch einige Schritte vor;
ich sah mich mitten unter öden Felsen, die nur mit Moos und
Steinbrecharten bewachsen waren und zwischen welchen
Schnee- und Eisfelder lagen. Die Luft war sehr kalt, ich sah mich
um, der Wald war hinter mir verschwunden. Ich machte noch
einige Schritte – um mich herrschte die Stille des Todes, unabsehbar dehnte sich das Eis, worauf ich stand und worauf ein
dichter Nebel schwer ruhte; die Sonne stand blutig am Rande
des Horizontes. Die Kälte war unerträglich. Ich wußte nicht,
wie mir geschehen war; der erstarrende Frost zwang mich,
meine Schritte zu beschleunigen; ich vernahm nur das Gebrause
ferner Gewässer: ein Schritt, und ich war am Eisufer eines
Ozeans. Unzählbare Herden von Seehunden stürzten sich vor
mir rauschend in die Flut. Ich folgte diesem Ufer, ich sah wieder
nackte Felsen, Land, Birken- und Tannenwälder, ich lief noch
ein paar Minuten gerade vor mir hin. Es war erstickend heiß, ich
sah mich um, ich stand zwischen schön gebauten Reisfeldern
und Maulbeerbäumen. Ich setzte mich in deren Schatten, ich sah
nach meiner Uhr, ich hatte vor nicht einer Viertelstunde den
Marktflecken verlassen – ich glaubte zu träumen, ich biß mich
in die Zunge, um mich zu erwecken; aber ich wachte wirklich.
– Ich schloß die Augen zu, um meine Gedanken zusammenzufassen. – Ich hörte vor mir seltsame Silben durch die Nase
zählen; ich blickte auf: zwei Chinesen, an der asiatischen Ge-
sichtsbildung unverkennbar, wenn ich auch ihrer Kleidung keinen Glauben beimessen wollte, redeten mich mit landesüblichen
Begrüßungen in ihrer Sprache an; ich stand auf und trat zwei

Schritte zurück. Ich sah sie nicht mehr, die Landschaft war ganz verändert: Bäume, Wälder statt der Reisfelder. Ich betrachtete diese Bäume und die Kräuter, die um mich blühten; die ich kannte, waren südöstlich-asiatische Gewächse; ich wollte auf den einen Baum zugehen, einen Schritt – und wiederum alles verändert. Ich trat nun an wie ein Rekrut, der geübt wird, und schritt langsam, gesetzt einher. Wunderbar veränderliche Länder, Fluren, Auen, Gebirge, Steppen, Sandwüsten entrollten sich vor meinem staunenden Blick: es war kein Zweifel, ich hatte Siebenmeilenstiefel an den Füßen.

X

Ich fiel in stummer Andacht auf meine Knie und vergoß Tränen des Dankes – denn klar stand plötzlich meine Zukunft vor meiner Seele. Durch frühe Schuld von der menschlichen Gesellschaft ausgeschlossen, ward ich zum Ersatz an die Natur, die ich stets geliebt, gewiesen, die Erde mir zu einem reichen Garten gegeben, das Studium zur Richtung und Kraft meines Lebens, zu ihrem Ziel die Wissenschaft. Es war nicht ein Entschluß, den ich faßte. Ich habe nur seitdem, was da hell und vollendet im Urbild vor mein inneres Auge trat, getreu mit stillem, strengem, unausgesetztem Fleiß darzustellen gesucht, und meine Selbstzufriedenheit hat von dem Zusammenfallen des Dargestellten mit dem Urbild angehangen.

Ich raffte mich auf, um ohne Zögern mit flüchtigem Überblick Besitz von dem Felde zu nehmen, wo ich künftig ernten wollte. – Ich stand auf den Höhen des Tibet, und die Sonne, die mir vor wenigen Stunden aufgegangen war, neigte sich hier schon am Abendhimmel; ich durchwanderte Asien von Osten gegen Westen, sie in ihrem Lauf einholend, und trat in Afrika ein. Ich sah mich neugierig darin um, indem ich es wiederholt in allen Richtungen durchmaß. Wie ich durch Ägypten die alten Pyramiden und Tempel angaffte, erblickte ich in der Wüste, unfern des hunderttorigen Theben, die Höhlen, wo christliche Einsiedler sonst wohnten. Es stand plötzlich fest und klar in mir: hier ist dein Haus. – Ich erkor eine der verborgensten, die zugleich geräumig, bequem und den Schakalen unzugänglich war, zu meinem künftigen Aufenthalte und setzte meinen Stab weiter.

Ich trat bei den Herkules-Säulen nach Europa über, und nachdem ich seine südlichen und nördlichen Provinzen in Augenschein genommen, trat ich von Nordasien über den Polargletscher nach Grönland und Amerika über, durchschweifte die beiden Teile dieses Kontinents, und der Winter, der schon im Süden herrschte, trieb mich schnell vom Kap Hoorn nordwärts zurück.

Ich verweilte mich, bis es im östlichen Asien Tag wurde, und setzte erst nach einiger Ruh meine Wanderung fort. Ich verfolgte durch beide Amerika die Bergkette, die die höchsten bekannten Unebenheiten unserer Kugel in sich faßt. Ich schritt langsam und vorsichtig von Gipfel zu Gipfel, bald über flammende Vulkane, bald über beschneite Kuppeln, oft mit Mühe atmend; ich erreichte den Eliasberg und sprang über die Beringstraße nach Asien. – Ich verfolgte dessen westliche Küsten in ihren vielfachen Wendungen und untersuchte mit besonderer Aufmerksamkeit, welche der dort gelegenen Inseln mir zugänglich wären. Von der Halbinsel Malakka trugen mich meine Stiefel auf Sumatra, Java, Bali und Lamboc; ich versuchte, selbst oft mit Gefahr und dennoch immer vergebens, mir über die kleinern Inseln und Felsen, wovon dieses Meer starrt, einen Übergang nordwestlich nach Borneo und andern Inseln dieses Archipelagus zu bahnen. Ich mußte die Hoffnung aufgeben. Ich setzte mich endlich auf die äußerste Spitze von Lamboc nieder, und, das Gesicht gegen Süden und Osten gewendet, weint ich wie am festverschlossenen Gitter meines Kerkers, daß ich doch so bald meine Begrenzung gefunden. Das merkwürdige, zum Verständnis der Erde und ihres sonnengewirkten Kleides, der Pflanzen- und Tierwelt, so wesentlich notwendige Neuholland und die Südsee mit ihren Zoophyteninseln waren mir untersagt, und so war im Ursprunge alles, was ich sammeln und erbauen sollte, bloßes Fragment zu bleiben verdammt. – O mein Adelbert, was ist es doch um die Bemühungen der Menschen!

Oft habe ich im strengsten Winter der südlichen Halbkugel vom Kap Hoorn aus jene zweihundert Schritte, die mich etwa vom Land van Diemen und Neuholland trennten, selbst unbekümmert um die Rückkehr, und sollte sich dieses schlechte Land über mich wie der Deckel meines Sarges schließen, über den

Polargletscher westwärts zurückzulegen versucht, habe über Treibeis mit törichter Wagnis verzweiflungsvolle Schritte getan, der Kälte und dem Meere Trotz geboten. Umsonst, noch bin ich auf Neuholland nicht gewesen – ich kam dann jedesmal auf Lamboc zurück und setzte mich auf seine äußerste Spitze nieder und weinte wieder, das Gesicht gen Süden und Osten gewendet, wie am festverschlossenen Gitter meines Kerkers.

Ich riß mich endlich von dieser Stelle und trat mit traurigem Herzen wieder in das innere Asien; ich durchschweifte es fürder, die Morgendämmerung nach Westen verfolgend, und kam noch in der Nacht in die Thebais zu meinem vorbestimmten Hause, das ich in den gestrigen Nachmittagsstunden berührt hatte.

Sobald ich etwas ausgeruht und es Tag über Europa war, ließ ich meine erste Sorge sein, alles anzuschaffen, was ich bedurfte. – Zuvörderst Hemmschuhe; denn ich hatte erfahren, wie unbequem es sei, seinen Schritt nicht anders verkürzen zu können, um nahe Gegenstände gemächlich zu untersuchen, als indem man die Stiefel auszieht. Ein Paar Pantoffeln, überzogen, hatten völlig die Wirkung, die ich mir davon versprach, und späterhin trug ich sogar deren immer zwei Paar bei mir, weil ich öfters welche von den Füßen warf, ohne Zeit zu haben, sie aufzuheben, wenn Löwen, Menschen oder Hyänen mich beim Botanisieren aufschreckten. Meine sehr gute Uhr war auf die kurze Dauer meiner Gänge ein vortreffliches Chronometer. Ich brauchte noch außerdem einen Sextanten, einige physikalische Instrumente und Bücher.

Ich machte, dieses alles herbeizuschaffen, etliche bange Gänge nach London und Paris, die ein mir günstiger Nebel eben beschattete. Als der Rest meines Zaubergoldes erschöpft war, bracht ich leicht zu findendes afrikanisches Elfenbein als Bezahlung herbei, wobei ich freilich die kleinsten Zähne, die meine Kräfte nicht überstiegen, auswählen mußte. Ich ward bald mit allem versehen und ausgerüstet, und ich fing sogleich als privatisierender Gelehrter meine neue Lebensweise an.

Ich streifte auf der Erde umher, bald ihre Höhen, bald die Temperatur ihrer Quellen und die der Luft messend, bald Tiere beobachtend, bald Gewächse untersuchend; ich eilte von dem Äquator nach dem Pole, von der einen Welt nach der andern,

Erfahrungen mit Erfahrungen vergleichend. Die Eier der afrikanischen Strauße oder der nördlichen Seevögel und Früchte, besonders der Tropenpalmen, und Bananen waren meine gewöhnlichste Nahrung. Für mangelndes Glück hatt' ich als Surrogat die Nicotiana und für menschliche Teilnahme und Bande die Liebe eines treuen Pudels, der mir meine Höhle in der Thebais bewachte und, wenn ich mit neuen Schätzen beladen zu ihm zurückkehrte, freudig an mich sprang und es mich doch menschlich empfinden ließ, daß ich nicht allein auf der Erde sei. Noch sollte mich ein Abenteuer unter die Menschen zurückführen.

XI

Als ich einst auf Nordlands Küsten, meine Stiefel gehemmt, Flechten und Algen sammelte, trat mir unversehens um die Ecke eines Felsens ein Eisbär entgegen. Ich wollte, nach weggeworfenen Pantoffeln, auf eine gegenüberliegende Insel treten, zu der mir ein dazwischen aus den Wellen hervorragender nackter Felsen den Übergang bahnte. Ich trat mit dem einen Fuß auf den Felsen fest auf und stürzte auf der andern Seite in das Meer, weil mir unbemerkt der Pantoffel am anderen Fuß haften geblieben war.

Die große Kälte ergriff mich, ich rettete mit Mühe mein Leben aus dieser Gefahr; sobald ich Land hielt, lief ich, so schnell ich konnte, nach der Libyschen Wüste, um mich da an der Sonne zu trocknen. Wie ich ihr aber ausgesetzt war, brannte sie mir so heiß auf den Kopf, daß ich sehr krank wieder nach Norden taumelte. Ich suchte durch heftige Bewegung mir Erleichterung zu verschaffen und lief mit unsichern, raschen Schritten von Westen nach Osten und von Osten nach Westen. Ich befand mich bald in dem Tag und bald in der Nacht, bald im Sommer und bald in der Winterkälte.

Ich weiß nicht, wie lange ich mich so auf der Erde herumtaumelte. Ein brennendes Fieber glühte durch meine Adern, ich fühlte mit großer Angst die Besinnung mich verlassen. Noch wollte das Unglück, daß ich bei so unvorsichtigem Laufen jemanden auf den Fuß trat. Ich mochte ihm weh getan haben; ich erhielt einen starken Stoß, und ich fiel hin. –

Als ich zuerst zum Bewußtsein zurückkehrte, lag ich gemächlich in einem guten Bette, das unter vielen andern Betten in
einem geräumigen und schönen Saale stand. Es saß mir jemand
zu Häupten; es gingen Menschen durch den Saal von einem
Bette zum andern. Sie kamen vor das meine und unterhielten
sich von mir. Sie nannten mich aber Numero Zwölf, und an der
Wand zu meinen Füßen stand doch ganz gewiß, es war keine
Täuschung, ich konnte es deutlich lesen, auf schwarzer Marmortafel mit großen goldenen Buchstaben mein Name

PETER SCHLEMIHL

ganz richtig geschrieben. Auf der Tafel standen noch unter
meinem Namen zwei Reihen Buchstaben; ich war zu schwach,
um sie zusammenzubringen, ich machte die Augen wieder zu. –
Ich hörte etwas, worin von Peter Schlemihl die Rede war, laut
und vernehmlich ablesen, ich konnte aber den Sinn nicht fassen;
ich sah einen freundlichen Mann und eine sehr schöne Frau in
schwarzer Kleidung vor meinem Bette erscheinen. Die Gestalten
waren mir nicht fremd, und ich konnte sie nicht erkennen.

Es verging einige Zeit, und ich kam wieder zu Kräften. Ich hieß
Numero Zwölf und Numero Zwölf galt seines langen Bartes
wegen für einen Juden, darum er aber nicht minder sorgfältig
gepflegt wurde. Daß er keinen Schatten hatte, schien unbemerkt
geblieben zu sein. Meine Stiefel befanden sich, wie man mich
versicherte, nebst allem, was man bei mir gefunden, als ich
hieher gebracht worden, in gutem und sicherem Gewahrsam,
um mir nach meiner Genesung wieder zugestellt zu werden.
Der Ort, worin ich krank lag, hieß das SCHLEMIHLIUM; was
täglich von Peter Schlemihl abgelesen wurde, war eine Ermah-
nung, für denselben als den Urheber und Wohltäter dieser
Stiftung zu beten. Der freundliche Mann, den ich an meinem
Bette gesehen hatte, war Bendel, die schöne Frau war Mina.

Ich genas unerkannt im Schlemihlio und erfuhr noch mehr: ich
war in Bendels Vaterstadt, wo er aus dem Überrest meines sonst
nicht gesegneten Goldes dieses Hospitium, wo Unglückliche
mich segneten, unter meinem Namen gestiftet hatte, und er
führte über dasselbe die Aufsicht. Mina war Witwe; ein unglücklicher Kriminalprozeß hatte dem Herrn Rascal das Leben
und ihr selbst ihr mehrstes Vermögen gekostet. Ihre Eltern

waren nicht mehr. Sie lebte hier als eine gottesfürchtige Witwe und übte Werke der Barmherzigkeit.

Sie unterhielt sich einst am Bette Numero Zwölf mit dem Herrn Bendel: »Warum, edle Frau, wollen Sie sich so oft der bösen Luft, die hier herrscht, aussetzen? Sollte denn das Schicksal mit Ihnen so hart sein, daß Sie zu sterben begehrten?« – »Nein, Herr Bendel, seit ich meinen langen Traum ausgeträumt habe und in mir selber erwacht bin, geht es mir wohl; seitdem wünsche ich nicht mehr und fürchte nicht mehr den Tod. Seitdem denke ich heiter an Vergangenheit und Zukunft. Ist es nicht auch mit stillem innerlichen Glück, daß Sie jetzt auf so gottselige Weise Ihrem Herrn und Freunde dienen?« – »Sei Gott gedankt, ja, edle Frau. Es ist uns doch wundersam ergangen; wir haben viel Wohl und bittres Weh unbedachtsam aus dem vollen Becher geschlürft. Nun ist er leer; nun möchte einer meinen, das sei alles nur die Probe gewesen, und, mit kluger Einsicht gerüstet, den wirklichen Anfang erwarten. Ein anderer ist nun der wirkliche Anfang, und man wünscht das erste Gaukelspiel nicht zurück und ist dennoch im ganzen froh, es, wie es war, gelebt zu haben. Auch find ich in mir das Zutrauen, daß es nun unserm alten Freunde besser gehen muß als damals.« – »Auch in mir«, erwiderte die schöne Witwe, und sie gingen an mir vorüber.

Dieses Gespräch hatte einen tiefen Eindruck in mir zurückgelassen; aber ich zweifelte im Geiste, ob ich mich zu erkennen geben oder unerkannt von dann gehen sollte. – Ich entschied mich. Ich ließ mir Papier und Bleistift geben und schrieb die Worte:

»Auch Eurem alten Freunde ergeht es nun besser als damals, und büßet er, so ist es Buße der Versöhnung.«

Hierauf begehrte ich, mich anzuziehen, da ich mich stärker befände. Man holte den Schlüssel zu dem kleinen Schrank, der neben meinem Bette stand, herbei. Ich fand alles, was mir gehörte, darin. Ich legte meine Kleider an, hing meine botanische Kapsel, worin ich mit Freuden meine nordischen Flechten wiederfand, über meine schwarze Kurtka um, zog meine Stiefel an, legte den geschriebenen Zettel auf mein Bett, und sowie die Tür aufging, war ich schon weit auf dem Wege nach der Thebais.

Wie ich längs der syrischen Küste den Weg, auf dem ich mich

zum letztenmal vom Hause entfernt hatte, zurücklegte, sah ich mir meinen armen Figaro entgegenkommen. Dieser vortreffliche Pudel schien seinem Herrn, den er lange zu Hause erwartet haben mochte, auf der Spur nachgehen zu wollen. Ich stand still und rief ihm zu. Er sprang bellend an mich mit tausend rührenden Äußerungen seiner unschuldigen, ausgelassenen Freude. Ich nahm ihn unter den Arm, denn freilich konnte er mir nicht folgen, und brachte ihn mit mir wieder nach Hause.

Ich fand dort alles in der alten Ordnung und kehrte nach und nach, sowie ich wieder Kräfte bekam, zu meinen vormaligen Beschäftigungen und zu meiner alten Lebensweise zurück; nur daß ich mich ein ganzes Jahr hindurch der mir ganz unzuträglichen Polarkälte enthielt.

Und so, mein lieber Chamisso, leb ich noch heute. Meine Stiefel nutzen sich nicht ab, wie das sehr gelehrte Werk des berühmten Tieckius, »De rebus gestis Pollicilli«, es mich anfangs befürchten lassen. Ihre Kraft bleibt ungebrochen; nur meine Kraft geht dahin; doch hab ich den Trost, sie an einen Zweck in fortgesetzter Richtung und nicht fruchtlos verwendet zu haben. Ich habe, soweit meine Stiefel gereicht, die Erde, ihre Gestaltung, ihre Höhen, ihre Temperatur, ihre Atmosphäre in ihrem Wechsel, die Erscheinungen ihrer magnetischen Kraft, das Leben auf ihr besonders im Pflanzenbereiche gründlicher kennengelernt als vor mir irgendein Mensch. Ich habe die Tatsachen mit möglichster Genauigkeit in klarer Ordnung aufgestellt in mehreren Werken, meine Folgerungen und Ansichten flüchtig in einigen Abhandlungen niedergelegt. – Ich habe die Geographie vom Innern von Afrika und von den nördlichen Polarländern, vom Innern von Asien und von seinen östlichen Küsten festgesetzt. Meine »Historia stirpium plantarum utriusque orbis« steht da als ein großes Fragment der Flora universalis terrae und als ein Glied meines Systema naturae. Ich glaube darin nicht bloß die Zahl der bekannten Arten müßig um mehr als ein Drittel vermehrt zu haben, sondern auch etwas für das natürliche System und für die Geographie der Pflanzen getan zu haben. Ich arbeite jetzt fleißig an meiner Fauna. Ich werde Sorge tragen, daß vor meinem Tode meine Manuskripte bei der Berliner Universität niedergelegt werden.

Und dich, mein lieber Chamisso, hab ich zum Bewahrer meiner

wundersamen Geschichte erkoren, auf daß sie vielleicht, wenn ich von der Erde verschwunden bin, manchen ihrer Einwohner zur nützlichen Lehre gereichen könne. Du aber, mein Freund, willst du unter den Menschen leben, so lerne verehren zuvörderst den Schatten, sodann das Geld. Willst du nur dir und deinem bessern Selbst leben, oh, so brauchst du keinen Rat.

Explicit

JOSEPH VON EICHENDORFF
Die Zauberei im Herbste

itter Ubaldo war an einem heiteren Herbstabend
auf der Jagd weit von den Seinigen abgekommen
und ritt eben zwischen einsamen Waldbergen hin,
als er von dem einen derselben einen Mann in
seltsamer, bunter Kleidung herabsteigen sah. Der
Fremde bemerkte ihn nicht, bis er dicht vor ihm stand. Ubaldo
sah nun mit Verwunderung, daß derselbe einen sehr zierlichen
und prächtig geschmückten Wams trug, der aber durch die Zeit
altmodisch und unscheinlich geworden war. Sein Gesicht war
schön, aber bleich und wild mit Bart verwachsen.
Beide begrüßten einander erstaunt, und Ubaldo erzählte, daß er
so unglücklich gewesen, sich hier zu verirren. Die Sonne war
schon hinter den Bergen versunken, dieser Ort weit entfernt
von allen Wohnungen der Menschen. Der Unbekannte trug
daher dem Ritter an, heute bei ihm zu übernachten; morgen mit
dem frühesten wolle er ihm den einzigen Pfad weisen, der aus
diesen Bergen herausführe. Ubaldo willigte gern ein und folgte
nun seinem Führer durch die öden Waldesschluften.
Sie kamen bald an einen hohen Fels, in dessen Fuß eine geräu-
mige Höhle ausgehauen war. Ein großer Stein lag in der Mitte
derselben, auf dem Stein lag ein hölzernes Kruzifix. Ein Lager
von trockenem Laube füllte den Hintergrund der Klause.
Ubaldo band sein Pferd am Eingange an, während sein Wirt
stillschweigend Wein und Brot brachte. Sie setzten sich miteinander hin, und der Ritter, dem die Kleidung des Unbekannten
für einen Einsiedler wenig passend schien, konnte sich nicht
enthalten, ihn um seine früheren Schicksale zu befragen. –
»Forsche nur nicht, wer ich bin«, antwortete der Klausner streng,
und sein Gesicht wurde dabei finster und unfreundlich. – Dagegen bemerkte Ubaldo, daß derselbe hoch aufhorchte und dann
in ein tiefes Nachsinnen versank, als er selber nun anfing, mancher Fahrten und rühmlicher Taten zu erwähnen, die er in seiner
Jugend bestanden. Ermüdet endlich streckte sich Ubaldo auf das
ihm angebotene Laub hin und schlummerte bald ein, während
sein Wirt sich am Eingang der Höhle niedersetzte.

Mitten in der Nacht fuhr der Ritter, von unruhigen Träumen
geschreckt, auf. Er richtete sich mit halbem Leibe empor. Draußen beschien der Mond sehr hell den stillen Kreis der Berge. Auf
dem Platz vor der Höhle sah er seinen Wirt unruhig unter den
hohen, schwankenden Bäumen auf und ab wandeln. Er sang
dabei mit hohler Stimme ein Lied, wovon Ubaldo nur abgebrochen ungefähr folgende Worte vernehmen konnte:

> Aus der Kluft treibt mich das Bangen,
> Alte Klänge nach mir langen –
> Süße Sünde, laß mich los!
> Oder wirf mich ganz darnieder,
> Vor dem Zauber dieser Lieder
> Bergend in der Erde Schoß!
>
> Gott! Inbrünstig möcht' ich beten,
> Doch der Erde Bilder treten
> Immer zwischen dich und mich,
> Und ringsum der Wälder Sausen,
> Füllt die Seele mir mit Grausen,
> Strenger Gott! ich fürchte dich.
>
> Ach! So brich auch meine Ketten!
> Alle Menschen zu erretten,
> Gingst du ja in bittern Tod,
> Irrend an der Hölle Toren,
> Ach, wie bald bin ich verloren!
> Jesus, hilf in meiner Not!

Der Sänger schwieg wieder, setzte sich auf einen Stein und
schien einige unvernehmliche Gebete herzumurmeln, die aber
vielmehr wie verwirrte Zauberformeln klangen. Das Rauschen
der Bäche von den nahen Bergen und das leise Sausen der
Tannen sang seltsam mit darein, und Ubaldo sank, vom Schlafe
überwältigt, wieder auf sein Lager zurück.
Kaum blitzten die ersten Morgenstrahlen durch die Wipfel, als
auch der Einsiedler schon vor dem Ritter stand, um ihm den
Weg aus den Schluften zu weisen. Wohlgemutet schwang sich

Ubaldo auf sein Pferd, und sein sonderbarer Führer schritt schweigend neben ihm her. Sie hatten bald den Gipfel des letzten Berges erreicht, da lag plötzlich die blitzende Tiefe mit Strömen, Städten und Schlössern im schönsten Morgenglanze zu ihren Füßen. Der Einsiedler schien selber überrascht. »Ach, wie schön ist die Welt!« rief er bestürzt aus, bedeckte sein Gesicht mit beiden Händen und eilte so in die Wälder zurück. – Kopfschüttelnd schlug Ubaldo nun den wohlbekannten Weg nach seinem Schlosse ein.

Die Neugierde trieb ihn indesen gar bald von neuem nach der Einöde, und er fand mit einiger Mühe die Höhle wieder, wo ihn der Klausner diesmal finster und verschlossen empfing.

Daß derselbe schwere Sünden redlich abbüßen wolle, hatte Ubaldo wohl schon aus jenem nächtlichen Gesange entnommen, aber es kam ihm vor, als ob dieses Gemüt fruchtlos mit dem Feinde ringe, denn in seinem Wandel war nichts von der heiteren Zuversicht einer wahrhaft gottergebenen Seele, und gar oft, wenn sie im Gespräch beieinander saßen, brach eine schwer unterdrückte irdische Sehnsucht mit einer fast furchtbaren Gewalt aus den irre flammenden Augen des Mannes, wobei alle seine Mienen sonderbar zu verwildern und sich gänzlich zu verwandeln schienen.

Dies bewog den frommen Ritter, seine Besuche öfter zu wiederholen, um den Schwindelnden mit der ganzen vollen Kraft eines ungetrübten, schuldlosen Gemüts zu umfassen und zu erhalten. Seinen Namen und früheren Wandel verschwieg der Einsiedler indes fortdauernd, es schien ihm vor der Vergangenheit zu schaudern. Doch wurde er mit jedem Besuche sichtbar ruhiger und zutraulicher. Ja, es gelang dem guten Ritter endlich sogar, ihn einmal zu bewegen, ihm nach seinem Schlosse zu folgen.

Es war schon Abend geworden, als sie auf der Burg anlangten. Der Ritter ließ daher ein wärmendes Kaminfeuer anlegen und brachte von dem besten Wein, den er hatte. Der Einsiedler schien sich hier zum ersten Male ziemlich behaglich zu fühlen. Er betrachtete sehr aufmerksam ein Schwert und andere Waffenstücke, die im Widerscheine des Kaminfeuers funkelnd dort an der Wand hingen, und sah dann wieder den Ritter lange schweigend an. »Ihr seid glücklich«, sagte er, »und ich betrachte Eure feste, freudige, männliche Gestalt mit wahrer Scheu und Ehrfurcht, wie Ihr Euch, unbekümmert durch Leid und Freud, bewegt und das Leben ruhig regieret, während Ihr Euch demselben ganz hinzugeben scheint, gleich einem Schiffer, der bestimmt weiß, wo er hinsteuern *soll,* und sich von dem wunderbaren Liede der Sirenen unterwegens nicht irre machen läßt. Ich bin mir in Eurer Nähe schon oft vorgekommen wie ein feiger Tor oder wie ein Wahnsinniger. – Es gibt vom Leben *Berauschte* – ach, wie schrecklich ist es, dann auf einmal wieder nüchtern zu werden!«

Der Ritter, welcher diese ungewöhnliche Bewegung seines Gastes nicht unbenutzt vorbeigehen lassen wollte, drang mit gutmütigem Eifer in denselben, ihm nun endlich einmal seine Lebensgeschichte zu vertrauen. Der Klausner wurde nachdenkend. »Wenn Ihr mir versprecht«, sagte er endlich, »ewig zu verschweigen, was ich Euch erzähle, und mir erlaubt, alle Namen wegzulasssen, so will ich es tun.« Der Ritter reichte ihm die Hand und versprach ihm freudig, was er forderte, rief seine Hausfrau, deren Verschwiegenheit er verbürgte, herein, um auch sie an der von beiden lange ersehnten Erzählung teilnehmen zu lassen.

Sie erschien, ein Kind auf dem Arme, das andere an der Hand führend. Es war eine hohe, schöne Gestalt in verblühender Jugend, still und mild wie die untergehende Sonne, noch einmal in den lieblichen Kindern die eigene versinkende Schönheit abspiegelnd. Der Fremde wurde bei ihrem Anblick ganz verwirrt. Er riß das Fenster auf und schaute einige Augenblicke über den nächtlichen Waldgrund hinaus, um sich zu sammeln. Ruhiger trat er darauf wieder zu ihnen, sie rückten alle dichter um den lodernden Kamin, und er begann folgendermaßen:

»Die Herbstsonne stieg lieblich wärmend über die farbigen Nebel, welche die Täler um mein Schloß bedeckten. Die Musik schwieg, das Fest war zu Ende und die lustigen Gäste zogen nach allen Seiten davon. Es war ein Abschiedsfest, das ich meinem liebsten Jugendgesellen gab, welcher heute mit seinem Häuflein dem heiligen Kreuze zuzog, um dem großen christlichen Heere das gelobte Land erobern zu helfen. Seit unserer frühesten Jugend war dieser Zug der einzige Gegenstand unserer beiderseitigen Wünsche, Hoffnungen und Pläne, und ich versenke mich noch jetzt oft mit einer unbeschreiblichen Wehmut in jene stille, morgenschöne Zeit, wo wir unter den hohen Linden auf dem Felsenabhange meines Burgplatzes zusammensaßen und in Gedanken den segelnden Wolken nach jenem gebenedeiten Wunderlande folgten, wo Gottfried und die anderen Helden in lichtem Glanze des Ruhmes lebten und stritten. – Aber wie bald verwandelte sich alles in mir!

Ein Fräulein, die Blume aller Schönheit, die ich nur einigemal gesehen und zu welcher ich, ohne daß sie davon wußte, gleich von Anfang eine unbezwingliche Liebe gefaßt hatte, hielt mich in dem stillen Zwinger dieser Berge gebannt. Jetzt, da ich stark genug war, mitzukämpfen, konnte ich nicht scheiden und ließ meinen Freund allein ziehen.

Auch sie war bei dem Feste zugegen, und ich schwelgte vor übergroßer Seligkeit in dem Widerglanze ihrer Schönheit. Nur erst, als sie des Morgens fortziehen wollte und ich ihr auf das Pferd half, wagte ich, es ihr zu entdecken, daß ich nur ihretwillen den Zug unterlassen. Sie sagte nichts darauf, aber blickte mich groß und, wie es schien, erschrocken an und ritt dann schnell davon.«

Bei diesen Worten sahen der Ritter und seine Frau einander mit sichtbarem Erstaunen an. Der Fremde bemerkte es aber nicht und fuhr weiter fort:

»Alles war nun fortgezogen. Die Sonne schien durch die hohen Bogenfenster in die leeren Gemächer, wo jetzt nur noch meine einsamen Fußtritte widerhallten. Ich lehnte mich lange zum Erker hinaus, aus den stillen Wäldern unten schallte der Schlag einzelner Holzhauer herauf. Eine unbeschreiblich sehnsüchtige Bewegung bemächtigte sich in dieser Einsamkeit meiner. Ich konnte es nicht länger aushalten, ich schwang mich auf mein Roß und ritt auf die Jagd, um dem gepreßten Herzen Luft zu machen.

Lange war ich umhergeirrt und befand mich endlich zu meiner Verwunderung in einer mir bis jetzt noch ganz unbekannt gebliebenen Gegend des Gebirges. Ich ritt gedankenvoll, meinen Falken auf der Hand, über eine wunderschöne Heide, über welche die Strahlen der untergehenden Sonne schrägblitzend

hinfuhren, die herbstlichen Gespinste flogen wie Schleier durch
die heiter blaue Luft, hoch über die Berge weg wehten die
Abschiedslieder der fortziehenden Vögel.
Da hörte ich plötzlich mehrere Waldhörner, die in einiger
Entfernung von den Bergen einander Antwort zu geben schienen. Einige Stimmen begleiteten sie mit Gesang. Nie noch
vorher hatte mich Musik mit solcher wunderbaren Sehnsucht
erfüllt als diese Töne, und noch heute sind mir mehrere Stro-
phen des Gesanges erinnerlich, wie sie der Wind zwischen den
Klängen herüberwehte:

> Über gelb' und rote Streifen
> Ziehen hoch die Vögel fort.
> Trostlos die Gedanken schweifen,
> Ach! sie finden keinen Port,
> Und der Hörner dunkle Klagen
> Einsam nur ans Herz dir schlagen.

> Siehst du blauer Berge Runde
> Ferne überm Walde stehn,
> Bäche in dem stillen Grunde
> Rauschend nach der Ferne gehn?
> Wolken, Bäche, Vögel munter,
> Alles ziehet mit hinunter.

> Golden meine Locken wallen,
> Süß mein junger Leib noch blüht –
> Bald ist Schönheit auch verfallen,
> Wie des Sommers Glanz verglüht,
> Jugend muß die Blüten neigen,
> Rings die Hörner alle schweigen.

> Schlanke Arme zu umarmen,
> Roten Mund zum süßen Kuß,
> Weiße Brust, dran zu erwarmen,
> Reichen, vollen Liebesgruß
> Bietet dir der Hörner Schallen,
> Süßer! komm, eh sie verhallen!

Ich war wie verwirrt bei diesen Tönen, die das ganze Herz durchdrangen. Mein Falke, sobald sich die ersten Klänge erhoben, wurde scheu, schwang sich wildkreischend auf, hoch in den Lüften verschwindend, und kam nicht wieder. Ich aber konnte nicht widerstehen und folgte dem verlockenden Waldhornsliede immerfort, das sinnenverwirrend bald wie aus der Ferne klang, bald wieder mit dem Winde näher schwellte.

So kam ich endlich aus dem Walde heraus und erblickte ein blankes Schloß, das auf einem Berge vor mir lag. Rings um das Schloß, vom Gipfel bis zum Walde hinab, lachte ein wunderschöner Garten in den buntesten Farben, der das Schloß wie ein Zauberring umgab. Alle Bäume und Sträucher in demselben, vom Herbste viel kräftiger gefärbt als anderswo, waren purpurrot, goldgelb und feuerfarb; hohe Astern, diese letzten Gestirne des versinkenden Sommers, brannten dort im mannigfaltigsten Schimmer. Die untergehende Sonne warf gerade ihre Strahlen auf die liebliche Anhöhe, auf die Springbrunnen und die Fenster des Schlosses, die blendend blitzten.

Ich bemerkte nun, daß die Waldhornklänge, die ich vorhin gehört, aus diesem Garten kamen, und mitten in dem Glanze unter wilden Weinlaubranken sah ich, innerlichst erschrocken – das Fräulein, das alle meine Gedanken meinten, zwischen den Klängen, selber singend, herumwandeln. Sie schwieg, als sie mich erblickte, aber die Hörner klangen fort. Schöne Knaben in seidenen Kleidern eilten herab und nahmen mir das Pferd ab.

Ich flog durch das zierlich übergoldete Gittertor auf die Terrasse des Gartens, wo meine Geliebte stand, und sank, von soviel Schönheit überwältigt, zu ihren Füßen nieder. Sie trug ein dunkelrotes Gewand, lange Schleier, durchsichtig wie die Sommerfäden des Herbstes, umflatterten die goldgelben Locken, von einer prächtigen Aster aus funkelnden Edelsteinen über der Stirn zusammengehalten.

Lieblich hob sie mich auf und mit einer rührenden, wie vor Liebe und Schmerz gebrochenen Stimme sagte sie: ›Schöner, unglücklicher Jüngling, wie lieb' ich dich! Schon lange liebt' ich dich, und wenn der Herbst seine geheimnisvolle Feier beginnt, erwacht mit jedem Jahre mein Verlangen mit neuer, unwiderstehlicher Gewalt. Unglücklicher! Wie bist du in den Kreis meiner Klänge gekommen? Laß mich und fliehe!‹

Mich schauderte bei diesen Worten und ich beschwor sie, weiter zu reden und sich näher zu erklären. Aber sie antwortete nicht, und wir gingen stillschweigend nebeneinander durch den Garten.

Es war indes dunkel geworden. Da verbreitete sich eine ernste Hoheit über ihre ganze Gestalt.

›So wisse denn‹, sagte sie, ›dein Jugendfreund, der heute von dir geschieden ist, ist ein Verräter. Ich bin *gezwungen* seine verlobte Braut. Aus wilder Eifersucht verhehlte er dir seine Liebe. Er ist nicht nach Palästina, sondern kommt morgen, um mich abzuholen und in einem abgelegenen Schlosse vor allen menschlichen Augen auf ewig zu verbergen. – Ich muß nun scheiden. *Wir sehen uns nie wieder, wenn er nicht stirbt.*‹

Bei diesen Worten drückte sie einen Kuß auf meine Lippen und verschwand in den dunkeln Gängen. Ein Stein aus ihrer Aster funkelte im Weggehen kühlblitzend über meinen beiden Augen, ihr Kuß flammte mit fast schauerlicher Wollust durch alle meine Adern.

Ich überdachte nun mit Entsetzen die fürchterlichen Worte, die sie beim Abschiede wie Gift in mein gesundes Blut geworfen hatte, und irrte lange nachsinnend in den einsamen Gängen umher. Ermüdet warf ich mich endlich auf die steinernen Staffeln vor dem Schloßtore, die Waldhörner hallten noch fort, und ich schlummerte unter seltsamen Gedanken ein.

Als ich die Augen aufschlug, war es heller Morgen. Alle Türen und Fenster des Schlosses waren fest verschlossen, der Garten und die ganze Gegend still. In dieser Einsamkeit erwachte das Bild der Geliebten und die ganze Zauberei des gestrigen Abends mit neuen morgenschönen Farben in meinem Herzen, und ich fühlte die volle Seligkeit, wiedergeliebt zu werden. Manchmal wohl, wenn mir jene furchtbaren Worte wieder einfielen, wandelte mich ein Trieb an, weit von hier zu fliehen; aber der Kuß brannte noch auf meinen Lippen, und ich konnte nicht fort.

Es wehte eine warme, fast schwüle Luft, als wollte der Sommer noch einmal wiederkehren. Ich schweifte daher träumend in den nahen Wald hinaus, um mich mit der Jagd zu zerstreuen. Da erblickt' ich in dem Wipfel eines Baumes einen Vogel von so wunderschönem Gefieder, wie ich noch nie vorher gesehen. Als ich den Bogen spannte, um ihn zu schießen, flog er schnell auf einen anderen Baum. Ich folgte ihm begierig, aber der schöne Vogel flatterte immerfort von Wipfel zu Wipfel vor mir her, wobei seine hellgoldenen Schwingen reizend im Sonnenschein glänzten.

So war ich in ein enges Tal gekommen, das rings von hohen Felsen eingeschlossen war. Kein rauhes Lüftchen wehte hier herein, alles war hier noch grün und blühend wie im Sommer. Ein Gesang schwoll wunderlieblich aus der Mitte dieses Tales. Erstaunt bog ich die Zweige des dichten Gesträuches, an dem ich stand, auseinander – und meine Augen senkten sich trunken und geblendet vor dem Zauber, der sich mir da eröffnete.

Ein stiller Weiher lag im Kreise der hohen Felsen, an denen Efeu und seltsame Schilfblumen üppig emporrankten. Viele Mädchen tauchten ihre schönen Glieder singend in der lauen Flut auf und nieder. Über allen erhoben stand das Fräulein prächtig und ohne Hülle und schaute, während die anderen sangen, schweigend in die wollüstig um ihre Knöcheln spielenden Wellen wie verzaubert und versunken in das Bild der eigenen Schönheit, das der trunkene Wasserspiegel widerstrahlte. – Eingewurzelt stand ich lange in flammendem Schauer, da bewegte sich die schöne Schar ans Land, und ich eilte schnell davon, um nicht entdeckt zu werden.

Ich stürzte mich in den dicksten Wald, um die Flammen zu kühlen, die mein Inneres durchtobten. Aber je weiter ich floh, desto verzehrender langte der Schimmer jener jugendlichen Glieder mir nach.

So traf mich die einbrechende Nacht noch im Walde. Der ganze Himmel hatte sich unterdes verwandelt und war dunkel geworden, ein wilder Sturm ging über die Berge. ›Wir sehen uns nie wieder, wenn er nicht stirbt!‹ rief ich immerfort in mich selbst hinein und rannte, als würde ich von Gespenstern gejagt.

Es kam mir dabei manchmal vor, als vernähme ich seitwärts Getös von Rosseshufen im Walde, aber ich scheute jedes menschliche Angesicht und floh vor dem Geräusch, so oft es näher zu kommen schien. Das Schloß meiner Geliebten sah ich

oft, wenn ich auf eine Höhe kam, in der Ferne stehen; die
Waldhörner sangen wieder wie gestern Abend, der Glanz der
Kerzen drang wie ein milder Mondenschein durch alle Fenster
und beleuchtete rings umher magisch den Kreis der nächsten
Bäume und Blumen, während draußen die ganze Gegend in
Sturm und Finsternis wild durcheinanderdrang.

Meiner Sinne kaum mehr mächtig, bestieg ich endlich einen
hohen Felsen, an dem unten ein brausender Waldstrom vor-
überstürzte. Als ich auf der Spitze ankam, erblickte ich dort eine
dunkle Gestalt, die auf einem Steine saß, still und unbeweglich,
als wäre sie selber von Stein. Die Wolken jagten soeben zerrissen
über den Himmel. Der Mond trat blutrot auf einen Augenblick
hervor – und ich erkannte meinen Freund, den Bräutigam
meiner Geliebten.

Er richtete sich, sobald er mich erblickte, schnell und hoch auf,
daß ich innerlichst zusammenschauderte, und griff nach seinem
Schwerte. Wütend fiel ich ihn an und umfaßte ihn mit beiden
Armen. So rangen wir einige Zeit miteinander, bis ich ihn
zuletzt über die Felswand in den Abgrund hinabschleuderte.

Da wurde es auf einmal still in der Tiefe und rings umher, nur
der Strom unten rauschte stärker, als wäre mein ganzes voriges
Leben unter diesen wirbelnden Wogen begraben und alles auf
ewig vorbei.

Eilig stürzte ich nun fort von diesem grausigen Orte. Da kam es
mir vor, als hörte ich ein lautes, widriges Lachen wie aus dem
Wipfel der Bäume hinter mir dreinschallen; zugleich glaubte ich
in der Verwirrung meiner Sinne den Vogel, den ich vorhin
verfolgte, in den Zweigen über mir wiederzusehen. – So gejagt,
geängstigt und halb sinnlos rannte ich durch die Wildnis über
die Gartenmauer hinweg zu dem Schlosse des Fräuleins. Mit
allen Kräften riß ich dort an den Angeln des verschlossenen
Tores. ›Mach auf‹, schrie ich außer mir, ›mach auf, ich habe
meinen Herzensbruder erschlagen! Du bist nun mein auf Erden
und in der Hölle!‹

Da taten sich die Torflügel schnell auf, und das Fräulein, schöner
als ich sie jemals gesehen, sank ganz hingegeben in flammenden
Küssen an meine von Stürmen durchwühlte, zerrissene Brust.

Laßt mich nun schweigen von der Pracht der Gemächer, dem

Dufte ausländischer Blumen und Bäume, zwischen denen
schöne Frauen singend hervorsahen, von den Wogen von Licht
und Musik, von der wilden, namenlosen Lust, die ich in den
Armen des Fräuleins – «

Hier fuhr der Fremde plötzlich auf. Denn draußen hörte man
einen seltsamen Gesang an den Fenstern der Burg vorüberflie-
gen. Es waren nur einzelne Sätze, die zuweilen wie eine menschliche Stimme, dann wieder wie die höchsten Töne einer Klari-
nette klangen, wenn sie der Wind über ferne Berge herüber-
weht, das ganze Herz ergreifend und schnell dahinfahrend. –
»Beruhigt Euch«, sagte der Ritter, »wir sind das lange gewohnt.
Zauberei soll in den nahen Wäldern wohnen, und oft zur
Herbstzeit streifen solche Töne in der Nacht bis an unser Schloß.
Es vergeht eben so schnell als es kommt, und wir bekümmern
uns nicht weiter darum.« – Eine große Bewegung schien jedoch
in der Brust des Ritters zu arbeiten, die er nur mit Mühe
unterdrückte. – Die Töne draußen waren schon wieder verklungen. Der Fremde saß, wie im Geiste abwesend, in tiefes
Nachsinnen verloren. Nach einer langen Pause erst sammelte er
sich wieder und fuhr, obgleich nicht mehr so ruhig wie vorher,
in seiner Erzählung weiter fort:

»Ich bemerkte, daß das Fräulein mitten im Glanze manchmal
von einer unwillkürlichen Wehmut befallen wurde, wenn sie
aus dem Schlosse sah, wie nun endlich auch der Herbst von allen
Fluren Abschied nehmen wollte. Aber ein gesunder, fester
Schlaf machte durch eine Nacht alles wieder gut, und ihr wunderschönes Antlitz, der Garten und die ganze Gegend ringsumher blickte mich am Morgen immer wieder erquickt, frischer
und wie neugeboren an.

Nur einmal, da ich eben mit ihr am Fenster stand, war sie stiller
und trauriger als jemals. Draußen im Garten spielte der Winter-
sturm mit den herabfallenden Blättern. Ich merkte, daß sie oft
heimlich schauderte, als sie in die ganz verbleichte Gegend
hinausschaute. Alle ihre Frauen hatten uns verlassen, die Lieder
der Waldhörner klangen heute nur aus weiter Ferne, bis sie
endlich gar verhallten. Die Augen meiner Geliebten hatten allen
ihren Glanz verloren und schienen wie verlöschend. Jenseits der
Berge ging eben die Sonne unter und erfüllte den Garten und die

Täler ringsum mit ihrem verbleichenden Glanze. Da umschlang
das Fräulein mich mit beiden Armen und begann ein seltsames
Lied zu singen, das ich vorher noch nie von ihr gehört und das
mit unendlich wehmütigem Akkorde das ganze Haus durchdrang. Ich lauschte entzückt, es war, als zögen mich diese Töne
mit dem versinkenden Abendrot langsam hinab, die Augen
fielen mir wider Willen zu, und ich schlummerte in Träumen
ein.

Als ich erwachte, war es Nacht geworden und alles still im
Schlosse. Der Mond schien sehr hell. Meine Geliebte lag auf
seidenem Lager schlafend neben mir hingestreckt. Ich betrachtete sie mit Erstaunen, denn sie war bleich wie eine Leiche, ihre
Locken hingen verwirrt und wie vom Winde zerzaust um
Angesicht und Busen herum. Alles andere lag und stand noch
unberührt umher, wie es bei meinem Entschlummern gelegen,
es war mir, als wäre das schon sehr lange her. – Ich trat an das
offene Fenster. Die Gegend draußen schien mir verwandelt und
ganz anders, als ich sie sonst gesehen. Die Bäume sausten wunderlich. Da sah ich unten an der Mauer des Schlosses zwei
Männer stehen, die dunkel murmelnd und sich besprechend,
sich immerfort gleichförmig beugend und neigend gegeneinander hin und her bewegten, als ob sie ein Gespinste weben
wollten. Ich konnte nichts verstehen, nur hörte ich sie öfters
meinen Namen nennen. – Ich blickte noch einmal zurück nach
der Gestalt des Fräuleins, welche eben vom Monde klar beschienen wurde. Es kam mir vor, als sähe ich ein steinernes Bild,
schön, aber totenkalt und unbeweglich. Ein Stein blitzte wie
Basiliskenaugen von ihrer starren Brust, ihr Mund schien mir
seltsam verzerrt.

Ein Grausen, wie ich es noch in meinem Leben nicht gefühlt,
befiel mich da auf einmal. Ich ließ alles liegen und eilte durch die
leeren, öden Hallen, wo aller Glanz verloschen war, fort. Als ich
aus dem Schlosse trat, sah ich in einiger Entfernung die zwei
ganz fremden Männer plötzlich in ihrem Geschäfte erstarren
und wie Statuen stillestehen. Seitwärts weit unter dem Berge
erblickt' ich an einem einsamen Weiher mehrere Mädchen in
schneeweißen Gewändern, welche wunderbar singend beschäftigt schienen, seltsame Gespinste auf der Wiese auszubreiten und

am Mondschein zu bleichen. Dieser Anblick und dieser Gesang
vermehrte noch mein Grausen, und ich schwang mich nur desto
rascher über die Gartenmauer weg. Die Wolken flogen schnell
über den Himmel, die Bäume sausten hinter mir drein, ich eilte
atemlos immer fort.

Stiller und wärmer wurde allmählich die Nacht, Nachtigallen
schlugen in den Gebüschen. Draußen tief unter den Bergen
hörte ich Stimmen gehen, und alte, langvergessene Erinnerungen kehrten halbdämmernd wieder in das ausgebrannte Herz
zurück, während vor mir die schönste Frühlingsmorgendäm-
merung sich über dem Gebirge erhob. – ›Was ist das? Wo bin
ich denn?‹ rief ich erstaunt und wußte nicht, wie mir geschehen.
›Herbst und Winter sind vergangen, Frühling ist wieder auf der
Welt. Mein Gott! wo bin ich so lange gewesen?‹

So langte ich endlich auf dem Gipfel des letzten Berges an. Da
ging die Sonne prächtig auf. Ein wonniges Erschüttern flog über
die Erde, Ströme und Schlösser blitzten, die Menschen, ach!
ruhig und fröhlich kreisten in ihren täglichen Verrichtungen
wie ehedem, unzählige Lerchen jubilierten hoch in der Luft. Ich
stürzte auf die Kniee und weinte bitterlich um mein verlorenes
Leben.

Ich begriff und begreife noch jetzt nicht, wie das alles zugegangen, aber hinabstürzen mocht' ich noch nicht in die heitere,
schuldlose Welt mit dieser Brust voll Sünde und zügelloser Lust.
In die tiefste Einöde vergraben, wollte ich den Himmel um
Vergebung bitten und die Wohnungen der Menschen nicht eher
wiedersehen, bis ich alle meine Fehler, das einzige, dessen ich
mir aus der Vergangenheit nur zu klar und deutlich bewußt
war, mit Tränen heißer Reue abgewaschen hätte.

Ein Jahr lang lebt' ich so, als Ihr mich damals an der Höhle traft.
Inbrünstige Gebete entstiegen gar oft meiner geängstigten Brust,
und ich wähnte manchmal, es sei überstanden und ich habe Gnade
gefunden vor Gott; aber das war nur selige Täuschung seltener
Augenblicke und schnell alles wieder vorbei. Und als nun der
Herbst wieder sein wunderlich farbiges Netz über Berg und Tal
ausspreitete, da schweiften von neuem einzelne wohlbekannte
Töne aus dem Walde in meine Einsamkeit und dunkle Stimmen
in mir klangen sie wider und gaben ihnen Antwort, und im

Innersten erschreckten mich noch immer die Glockenklänge des fernen Doms, wenn sie am klaren Sonntagsmorgen über die Berge zu mir herüberlangten, als suchten sie das alte, stille Gottesreich der Kindheit in meiner Brust, das nicht mehr in ihr war. – Seht, es ist ein wunderbares, dunkles Reich von Gedanken in des Menschen Brust, da blitzen Kristall und Rubin und alle die versteinerten Blumen der Tiefe mit schauerlichem Liebesblick herauf, zauberische Klänge wehen dazwischen, du weißt nicht, woher sie kommen und wohin sie gehen, die Schönheit des irdischen Lebens schimmert von draußen dämmernd herein, die unsichtbaren Quellen rauschen wehmütig lockend in einem fort und es zieht dich ewig hinunter – hinunter!«

»Armer Raimund!« rief da der Ritter, der den in seiner Erzählung träumerisch verlorenen Fremden lange mit tiefer Rührung betrachtet hatte.

»Wer seid Ihr um Gotteswillen, daß Ihr meinen Namen wißt!« rief der Fremde und sprang, wie vom Blitze gerührt, von seinem Sitze auf.

»Mein Gott!« erwiderte der Ritter und schloß den Zitternden mit herzlicher Liebe in seine Arme, »kennst du uns denn gar nicht mehr? Ich bin ja dein alter, treuer Waffenbruder Ubaldo, und da ist deine *Berta,* die du heimlich liebtest, die du nach jenem Abschiedsfeste auf deiner Burg auf das Pferd hobst. Gar sehr hat die Zeit und ein vielbewegtes Leben seitdem unsere frischen Jugendbilder verwischt, und ich erkannte dich erst wieder, als du deine Geschichte zu erzählen anfingest. Ich bin nie in einer Gegend gewesen, die du da beschrieben hast, und habe nie mit dir auf dem Felsen gerungen. Ich zog gleich nach jenem Feste gen Palästina, wo ich mehrere Jahre mitfocht, und die schöne Berta dort wurde nach meiner Heimkehr mein Weib. Auch Berta hatte dich nach dem Abschiedsfeste niemals wiedergesehen, und alles, was du da erzähltest, ist eitel Phantasie. – Ein böser Zauber, jeden Herbst neuerwachend und dann wieder samt dir versinkend, mein armer Raimund, hielt dich viele Jahre lang mit lügenhaften Spielen umstrickt. Du hast unbemerkt Monate wie einzelne Tage verlebt. Niemand wußte, als ich aus dem gelobten Lande zurückkam, wohin du gekommen, und wir glaubten dich längst verloren.«

Ubaldo merkte vor Freude nicht, daß sein Freund bei jedem Worte immer heftiger zitterte. Mit hohlen, starr offenen Augen sah er die beiden abwechselnd an, und erkannte nun auf einmal den Freund und die Jugendgeliebte, über deren lang verblühte, rührende Gestalt die Flamme des Kamins spielend die zuckenden Scheine warf.

»Verloren, alles verloren!« rief er aus tiefster Brust, riß sich aus den Armen Ubaldos und flog pfeilschnell aus dem Schlosse in die Nacht und den Wald hinaus.

»Ja, verloren, und meine Liebe und mein ganzes Leben eine lange Täuschung!« sagte er immerfort für sich selbst und lief, bis alle Lichter in Ubaldos Schlosse hinter ihm versunken waren. Er nahm fast unwillkürlich die Richtung nach seiner eigenen Burg und langte daselbst an, als eben die Sonne aufging.

Es war wieder ein heiterer Herbstmorgen wie damals, als er vor vielen Jahren das Schloß verlassen hatte, und die Erinnerung an jene Zeit und der Schmerz über den verlorenen Glanz und Ruhm seiner Jugend befiel da auf einmal seine ganze Seele. Die hohen Linden auf dem steinernen Burghofe rauschten noch immerfort, aber der Platz und das ganze Schloß war leer und öde, und der Wind strich überall durch die verfallenen Fensterbogen.

Er trat in den Garten hinaus. Der lag auch wüst und zerstört, nur einzelne Spätblumen schimmerten noch hin und her aus dem falben Grase. Auf einer hohen Blume saß ein Vogel und sang ein wunderbares Lied, das die Brust mit unendlicher Sehnsucht erfüllte. Es waren dieselben Töne, die er gestern abend während seiner Erzählung auf Ubaldos Burg vorüberschweifen hörte. Mit Schrecken erkannte er auch nun den schönen, goldgelben Vogel aus dem Zauberwalde wieder. – Hinter ihm aber, hoch aus einem Bogenfenster des Schlosses schaute während des Gesanges ein langer Mann über die Gegend hinaus, still, bleich und mit Blut bespritzt. Es war leibhaftig Ubaldos Gestalt.

Entsetzt wandte Raimund das Gesicht von dem furchtbar stillen Bilde und sah in den klaren Morgen vor sich hinab. Da sprengte plötzlich unten auf einem schlanken Rosse das schöne Zauberfräulein, lächelnd, in üppiger Jugendblüte, vorüber. Silberne Sommerfäden flogen hinter ihr drein, die Aster von ihrer Stirne warf lange grünlich-goldene Scheine über die Heide.

In allen Sinnen verwirrt, stürzte Raimund aus dem Garten, dem
holden Bilde nach.

Die seltsamen Lieder des Vogels zogen, wie er ging, immer vor
ihm her. Allmählich, je weiter er kam, verwandelten sich diese
Töne sonderbar in das alte Waldhornlied, das ihn damals ver-
lockte.

> Golden meine Locken wallen,
> Süß mein junger Leib noch blüht –

hörte er einzeln und abgebrochen aus der Ferne wieder herüber-
schallen.

> Bäche in dem stillen Grunde
> Rauschend nach der Ferne gehen. –

Sein Schloß, die Berge und die ganze Welt versank dämmernd
hinter ihm.

> Reichen, vollen Liebesgruß
> Bietet dir der Hörner Schallen.
> Komm, ach komm! eh' sie verhallen!

hallte es wider – und im Wahnsinn verloren ging der arme
Raimund den Klängen nach in den Wald hinein und ward
niemals mehr wiedergesehen.

WILHELM HAUFF
Der Zwerg Nase

 err! Diejenigen tun sehr unrecht, welche glauben, es habe nur zu Zeiten Haruns Al-Raschid, des Beherrschers von Bagdad, Feen und Zauberer gegeben, oder die gar behaupten, jene Berichte von dem Treiben der Genien und ihrer Fürsten, welche man von den Erzählern auf den Märkten der Stadt hört, seien unwahr. Noch heute gibt es Feen, und es ist nicht so lange her, daß ich selbst Zeuge einer Begebenheit war, wo offenbar die Genien im Spiel waren, wie ich Euch berichten werde.

In einer bedeutenden Stadt meines lieben Vaterlandes, Deutschland, lebte vor vielen Jahren ein Schuster mit seiner Frau schlicht und recht. Er saß bei Tag an der Ecke der Straße und flickte Schuhe und Pantoffeln und machte wohl auch neue, wenn ihm einer welcher anvertrauen mochte; doch mußte er dann das Leder erst einkaufen, denn er war arm und hatte keine Vorräte. Seine Frau verkaufte Gemüse und Früchte, die sie in einem kleinen Gärtchen vor dem Tore pflanzte, und viele Leute kauften gerne bei ihr, weil sie reinlich und sauber gekleidet war und ihr Gemüse auf gefällige Art auszubreiten und zu legen wußte.

Die beiden Leutchen hatten einen schönen Knaben, angenehm von Gesicht, wohlgestaltet und für das Alter von zwölf Jahren schon ziemlich groß. Er pflegte gewöhnlich bei der Mutter auf dem Gemüsemarkt zu sitzen, und den Weibern oder Köchen, die viel bei der Schustersfrau eingekauft hatten, trug er wohl auch einen Teil der Früchte nach Hause, und selten kam er von einem solchen Gang zurück ohne eine schöne Blume oder ein Stückchen Geld oder Kuchen, denn die Herrschaften dieser Köche sahen es gerne, wenn man den schönen Knaben mit nach Hause brachte, und beschenkten ihn immer reichlich.

Eines Tages saß die Frau des Schusters wieder wie gewöhnlich auf dem Markte; sie hatte vor sich einige Körbe mit Kohl und anderem Gemüse, allerlei Kräuter und Sämereien, auch in einem kleineren Körbchen frühe Birnen, Äpfel und Aprikosen. Der kleine Jakob, so hieß der Knabe, saß neben ihr und rief mit heller Stimme die Waren aus: »Hieher, ihr Herren, seht, welch schöner

Kohl, wie wohlriechend diese Kräuter! Frühe Birnen, ihr Frauen, frühe Äpfel und Aprikosen! Wer kauft? Meine Mutter gibt es wohlfeil.« So rief der Knabe. Da kam ein altes Weib über den Markt her; sie sah etwas zerrissen und zerlumpt aus, hatte ein kleines, spitziges Gesicht, vom Alter ganz eingefurcht, rote Augen und eine spitzige, gebogene Nase, die gegen das Kinn hinabstrebte; sie ging an einem langen Stock, und doch konnte man nicht sagen, wie sie ging, denn sie hinkte und rutschte und wankte; es war, als habe sie Räder in den Beinen und könne alle Augenblicke umstülpen und mit der spitzigen Nase aufs Pflaster fallen.

Die Frau des Schusters betrachtete dieses Weib aufmerksam. Es waren jetzt doch schon sechzehn Jahre, daß sie täglich auf dem Markte saß, und nie hatte sie diese sonderbare Gestalt bemerkt. Aber sie erschrak unwillkürlich, als die Alte auf sie zuhinkte und an ihren Körben stille stand.

»Seid Ihr Hanne, die Gemüsehändlerin?« fragte das alte Weib mit unangenehmer, krächzender Stimme, indem sie beständig den Kopf hin und her schüttelte.

»Ja, die bin ich«, antwortete die Schustersfrau, »ist Euch etwas gefällig?«

»Wollen sehen, wollen sehen! Kräutlein schauen, Kräutlein schauen, ob du hast, was ich brauche?« antwortete die Alte, beugte sich nieder vor den Körben und fuhr mit ein Paar dunkelbraunen, häßlichen Händen in den Kräuterkorb hinein, packte die Kräutlein, die so schön und zierlich ausgebreitet waren, mit ihren langen Spinnenfingern, brachte sie dann eines um das andere hinauf an die lange Nase und beroch sie hin und her. Der Frau des Schusters wollte es fast das Herz abdrücken, wie sie das alte Weib also mit ihren seltenen Kräutern hantieren sah; aber sie wagte nichts zu sagen, denn es war das Recht des Käufers, die Ware zu prüfen, und überdies empfand sie ein sonderbares Grauen vor dem Weibe. Als jene den ganzen Korb durchgemustert hatte, murmelte sie: »Schlechtes Zeug, schlechtes Kraut, nichts von allem, was ich will; war viel besser vor fünfzig Jahren; schlechtes Zeug, schlechtes Zeug!«

Solche Reden verdrossen nun den kleinen Jakob. »Höre, du bist ein unverschämtes, altes Weib«, rief er unmutig, »erst fährst du

mit deinen garstigen braunen Fingern in die schönen Kräuter
hinein und drückst sie zusammen, dann hältst du sie an deine
lange Nase, daß sie niemand mehr kaufen mag, wer zugesehen,
und jetzt schimpfst du noch unsere Ware schlechtes Zeug, und
doch kauft selbst der Koch des Herzogs alles bei uns!«

Das alte Weib schielte den mutigen Knaben an, lachte widerlich
und sprach mit heiserer Stimme: »Söhnchen, Söhnchen! Also
gefällt dir meine Nase, meine schöne lange Nase? Sollst auch
eine haben mitten im Gesicht bis übers Kinn herab.« Während
sie so sprach, rutschte sie an den andern Korb, in welchem Kohl
ausgelegt war. Sie nahm die herrlichsten weißen Kohlhäupter in
die Hand, drückte sie zusammen, daß sie ächzten, warf sie dann
wieder unordentlich in den Korb und sprach auch hier:
»Schlechte Ware, schlechter Kohl!«

»Wackle nur nicht so garstig mit dem Kopf hin und her!« rief der
Kleine ängstlich. »Dein Hals ist ja so dünne wie ein Kohlstengel,
der könnte leicht abbrechen, und dann fiele dein Kopf hinein in
den Korb; wer wollte dann noch kaufen!«

»Gefallen sie dir nicht, die dünnen Hälse?« murmelte die Alte
lachend. »Sollst gar keinen haben, Kopf muß in den Schultern
stecken, daß er nicht herabfällt vom kleinen Körperlein!«

»Schwatzt doch nicht so unnützes Zeug mit dem Kleinen da«,
sagte endlich die Frau des Schusters im Unmut über das lange
Prüfen, Mustern und Beriechen, »wenn Ihr etwas wollt, so
sputet Euch, Ihr verscheucht mir ja die andern Kunden.«

»Gut, es sei, wie du sagst«, rief die Alte mit grimmigem Blick,
»ich will dir diese sechs Kohlhäupter abkaufen; aber siehe, ich
muß mich auf den Stab stützen und kann nichts tragen; erlaube
deinem Söhnlein, daß es mir die Ware nach Hause bringt; ich
will es dafür belohnen.«

Der Kleine wollte nicht mitgehen und weinte, denn ihm graute
vor der häßlichen Frau; aber die Mutter befahl es ihm ernstlich,
weil sie es doch für eine Sünde hielt, der alten, schwächlichen
Frau diese Last allein aufzubürden; halb weinend tat er, wie sie
befohlen, raffte die Kohlhäupter in ein Tuch zusammen und
folgte dem alten Weibe über den Markt hin.

Es ging nicht sehr schnell bei ihr, und sie brauchte beinahe drei
Viertelstunden, bis sie in einen ganz entlegenen Teil der Stadt

kam und endlich vor einem kleinen baufälligen Hause stillhielt. Dort zog sie einen alten rostigen Haken aus der Tasche, fuhr damit geschickt in ein kleines Loch in der Türe, und plötzlich sprang diese krachend auf. Aber wie war der kleine Jakob überrascht, als er eintrat! Das Innere des Hauses war prachtvoll ausgeschmückt, von Marmor war die Decke und die Wände, die Gerätschaften vom schönsten Ebenholz, mit Gold und geschliffenen Steinen eingelegt, der Boden aber war von Glas und so glatt, daß der Kleine einigemale ausgleitete und umfiel. Die Alte aber zog ein silbernes Pfeifchen aus der Tasche und pfiff auf eine Weise darauf, die gellend durch das Haus tönte. Da kamen sogleich einige Meerschweinchen die Treppe herab; dem Jakob wollte es aber ganz sonderbar dünken, daß sie aufrecht auf zwei Beinen gingen, Nußschalen statt Schuhen an den Pfoten trugen, menschliche Kleider angelegt und sogar Hüte nach der neuesten Mode auf die Köpfe gesetzt hatten. »Wo habt ihr meine Pantoffeln, schlechtes Gesindel?« rief die Alte und schlug mit dem Stock nach ihnen, daß sie jammernd in die Höhe sprangen, »wie lange soll ich noch so dastehen?«

Sie sprangen schnell die Treppe hinauf und kamen wieder mit ein Paar Schalen von Kokosnuß, mit Leder gefüttert, welche sie der Alten geschickt an die Füße steckten.

Jetzt war alles Hinken und Rutschen vorbei. Sie warf den Stab von sich und gleitete mit großer Schnelligkeit über den Glasboden hin, indem sie den kleinen Jakob an der Hand mit fortzog. Endlich hielt sie in einem Zimmer stille, das mit allerlei Gerätschaften ausgeputzt, beinahe einer Küche glich, obgleich die Tische von Mahagoniholz und die Sofas, mit reichen Teppichen behängt, mehr zu einem Prunkgemach paßten. »Setze dich, Söhnchen«, sagte die Alte recht freundlich, indem sie ihn in die Ecke eines Sofas drückte und einen Tisch also vor ihn hinstellte, daß er nicht mehr hervorkommen konnte. »Setze dich, du hast gar schwer zu tragen gehabt, die Menschenköpfe sind nicht so leicht, nicht so leicht.«

»Aber, Frau, was sprechet Ihr so wunderlich?« rief der Kleine. »Müde bin ich zwar, aber es waren ja Kohlköpfe, die ich getragen; Ihr habt sie meiner Mutter abgekauft.«

»Ei, das weißt du falsch«, lachte das Weib, deckte den Deckel des

Korbes auf und brachte einen Menschenkopf hervor, den sie am
Schopf gefaßt hatte. Der Kleine war vor Schrecken außer sich,
er konnte nicht fassen, wie dies alles zuging; aber er dachte an
seine Mutter; wenn jemand von diesen Menschenköpfen etwas
erfahren würde, dachte er bei sich, da würde man gewiß meine
Mutter dafür anklagen.

»Muß dir nun auch etwas geben zum Lohn, daß du so artig bist«,
murmelte die Alte, »gedulde dich nur ein Weilchen, will dir ein
Süppchen einbrocken, an das du dein Leben lang denken wirst.«
So sprach sie und pfiff wieder. Da kamen zuerst viele Meerschweinchen in menschlichen Kleidern; sie hatten Küchenschür-
zen umgebunden und im Gürtel Rührlöffel und Tranchiermes-
ser; nach diesen kam eine Menge Eichhörnchen hereingehüpft;
sie hatten weite türkische Beinkleider an, gingen aufrecht, und
auf dem Kopf trugen sie grüne Mützchen von Samt. Diese
schienen die Küchenjungen zu sein, denn sie kletterten mit
großer Geschwindigkeit an den Wänden hinauf und brachten
Pfannen und Schüsseln, Eier und Butter, Kräuter und Mehl
herab und trugen es auf den Herd; dort aber fuhr die alte Frau
auf ihren Pantoffeln von Kokosschalen beständig hin und her,
und der Kleine sah, daß sie es sich recht angelegen sein lasse, ihm
etwas Gutes zu kochen. Jetzt knisterte das Feuer höher empor,
jetzt rauchte und sott es in der Pfanne, ein angenehmer Geruch
verbreitete sich im Zimmer; die Alte aber rannte auf und ab, die
Eichhörnchen und Meerschweine ihr nach, und sooft sie am
Herde vorbeikam, guckte sie mit ihrer langen Nase in den Topf.
Endlich fing es an zu sprudeln und zu zischen, Dampf stieg aus
dem Topf hervor, und der Schaum floß herab ins Feuer. Da
nahm sie ihn weg, goß davon in eine silberne Schale und setzte
sie dem kleinen Jakob vor.

»So, Söhnchen, so«, sprach sie, »iß nur dieses Süppchen, dann
hast du alles, was dir an mir so gefallen! Sollst auch ein geschickter Koch werden, daß du doch etwas bist; aber Kräutlein, nein,
das Kräutlein sollst du nimmer finden. Warum hat es deine
Mutter nicht in ihrem Korb gehabt?« Der Kleine verstand nicht
recht, was sie sprach; desto aufmerksamer behandelte er die
Suppe, die ihm ganz trefflich schmeckte. Seine Mutter hatte ihm
manche schmackhafte Speise bereitet, aber so gut war ihm noch

nichts geworden. Der Duft von feinen Kräutern und Gewürzen stieg aus der Suppe auf, dabei war sie süß und säuerlich zugleich und sehr stark. Während er noch die letzten Tropfen der köstlichen Speise austrank, zündeten die Meerschweinchen arabischen Weihrauch an, der in bläulichen Wolken durch das Zimmer schwebte; dichter und immer dichter wurden diese Wolken und sanken herab, der Geruch des Weihrauches wirkte betäubend auf den Kleinen; er mochte sich zurufen, so oft er wollte, daß er zu seiner Mutter zurückkehren müsse; wenn er sich ermannte, sank er immer wieder von neuem in den Schlummer zurück und schlief endlich wirklich auf dem Sofa des alten Weibes ein.

Sonderbare Träume kamen über ihn. Es war ihm, als ziehe ihm die Alte seine Kleider aus und umhülle ihn dafür mit einem Eichhörnchensbalg. Jetzt konnte er Sprünge machen und klettern wie ein Eichhörnchen; er ging mit den übrigen Eichhörnchen und Meerschweinen, die sehr artige, gesittete Leute waren, um und hatte mit ihnen den Dienst bei der alten Frau. Zuerst wurde er nur zu den Diensten eines Schuhputzers gebraucht, d. h., er mußte die Kokosnüsse, welche die Frau statt der Pantoffeln trug, mit Öl salben und durch Reiben glänzend machen. Da er nun in seines Vaters Hause zu ähnlichen Geschäften oft angehalten worden war, so ging es ihm flink von der Hand; etwa nach einem Jahre, träumte er weiter, wurde er zu einem feineren Geschäft gebraucht; er mußte nämlich mit noch einigen Eichhörnchen Sonnenstäubchen fangen und, wenn sie genug hatten, solche durch das feinste Haarsieb sieben. Die Frau hielt nämlich die Sonnenstäubchen für das Allerfeinste, und weil sie nicht gut beißen konnte, denn sie hatte keinen Zahn mehr, so ließ sie sich ihr Brot aus Sonnenstäubchen zubereiten.

Wiederum nach einem Jahr wurde er zu den Dienern versetzt, die das Trinkwasser für die Alte sammelten. Man denke nicht, daß sie sich hiezu etwa eine Zisterne hätte graben lassen oder ein Faß in den Hof stellte, um das Regenwasser darin aufzufangen; da ging es viel feiner zu; die Eichhörnchen und Jakob mit ihnen mußten mit Haselnußschalen den Tau aus den Rosen schöpfen, und das war das Trinkwasser der Alten. Da sie nun bedeutend viel trank, so hatten die Wasserträger schwere Arbeit. Nach einem Jahr wurde er zum innern Dienst des Hauses bestellt; er hatte nämlich das Amt, die Böden rein zu machen; da nun diese von Glas waren, worin man jeden Hauch sah, war es keine geringe Arbeit. Sie mußten sie bürsten und altes Tuch an die Füße schnallen und auf diesem künstlich im Zimmer umherfahren. Im vierten Jahr ward er endlich zur Küche versetzt. Es war dies ein Ehrenamt, zu welchem man nur nach langer Prüfung gelangen konnte. Jakob diente dort vom Küchenjungen aufwärts bis zum ersten Pastetenmacher und erreichte eine so ungemeine Geschicklichkeit und Erfahrung in allem, was die Küche betrifft, daß er sich oft über sich selbst wundern mußte; die schwierigsten Sachen, Pasteten von zweihunderterlei Essenzen, Kräutersuppen, von allen Kräutlein der Erde zusammengesetzt, alles lernte er, alles verstand er schnell und kräftig zu machen.

So waren etwa sieben Jahre im Dienste des alten Weibes vergangen, da befahl sie ihm eines Tages, indem sie die Kokosschuhe auszog, Korb und Krückenstock zur Hand nahm, um auszugehen, er sollte ein Hühnlein rupfen, mit Kräutern füllen und solches schön bräunlich und gelb rösten, bis sie wiederkäme. Er tat dies nach den Regeln der Kunst. Er drehte dem Hühnlein den Kragen um, brühte es in heißem Wasser, zog ihm geschickt die Federn aus, schabte ihm nachher die Haut, daß sie glatt und fein wurde, und nahm ihm die Eingeweide heraus. Sodann fing er an, die Kräuter zu sammeln, womit er das Hühnlein füllen sollte. In der Kräuterkammer gewahrte er aber diesmal ein Wandschränkchen, dessen Türe halb geöffnet war, und das er sonst nie bemerkt hatte. Er ging neugierig näher, um zu sehen, was es enthalte, und siehe da, es standen viele Körbchen darinnen, von welchen ein starker, angenehmer Geruch ausging. Er öffnete eines dieser Körbchen und fand darin Kräutlein von ganz besonderer Gestalt und Farbe. Die Stengel und Blätter waren blaugrün und trugen oben eine kleine Blume von brennendem Rot, mit Gelb verbrämt; er betrachtete sinnend diese Blume, beroch sie, und sie strömte denselben starken Geruch aus, von dem einst jene Suppe, die ihm die Alte gekocht, geduftet hatte. Aber so stark war der Geruch, daß er zu niesen anfing, immer heftiger niesen mußte und – am Ende niesend erwachte.

Da lag er auf dem Sofa des alten Weibes und blickte verwundert

umher. »Nein, wie man aber so lebhaft träumen kann!« sprach
er zu sich. »Hätte ich jetzt doch schwören wollen, daß ich ein
schnödes Eichhörnchen, ein Kamerade von Meerschweinen und
anderem Ungeziefer, dabei aber ein großer Koch geworden sei.
Wie wird die Mutter lachen, wenn ich ihr alles erzähle! Aber
wird sie nicht auch schmälen, daß ich in einem fremden Hause
einschlafe, statt ihr zu helfen auf dem Markte?« Mit diesen
Gedanken raffte er sich auf, um hinwegzugehen; noch waren
seine Glieder vom Schlafe ganz steif, besonders sein Nacken,
denn er konnte den Kopf nicht recht hin und her bewegen; er
mußte auch selbst über sich lächeln, daß er so schlaftrunken war,
denn alle Augenblicke, ehe er es sich versah, stieß er mit der Nase
an einen Schrank oder an die Wand, oder schlug sie, wenn er
sich schnell umwandte, an einen Türpfosten. Die Eichhörnchen
und Meerschweinchen liefen winselnd um ihn her, als wollten
sie ihn begleiten; er lud sie auch wirklich ein, als er auf der
Schwelle war, denn es waren niedliche Tierchen; aber sie fuhren
auf ihren Nußschalen schnell ins Haus zurück, und er hörte sie
nur noch in der Ferne heulen.

Es war ein ziemlich entlegener Teil der Stadt, wohin ihn die Alte
geführt hatte, und er konnte sich kaum aus den engen Gassen
herausfinden, auch war dort ein großes Gedränge, denn es
mußte sich, wie ihm dünkte, gerade in der Nähe ein Zwerg
sehen lassen; überall hörte er rufen: »Ei, sehet den häßlichen
Zwerg! Wo kommt der Zwerg her? Ei, was hat er doch für eine
lange Nase, und wie ihm der Kopf in den Schultern steckt, und
die braunen, häßlichen Hände!« Zu einer andern Zeit wäre er
wohl auch nachgelaufen, denn er sah für sein Leben gern Riesen
oder Zwerge oder seltsame fremde Trachten; aber so mußte er
sich sputen, um zur Mutter zu kommen.

Es war ihm ganz ängstlich zu Mute, als er auf den Markt kam.
Die Mutter saß noch da und hatte noch ziemlich viele Früchte
im Korb, lange konnte er also nicht geschlafen haben; aber doch
kam es ihm von weitem schon vor, als sei sie sehr traurig, denn
sie rief die Vorübergehenden nicht an, einzukaufen, sondern
hatte den Kopf in die Hand gestützt, und als er näher kam,
glaubte er auch, sie sei bleicher als sonst. Er zauderte, was er tun
sollte; endlich faßte er sich ein Herz, schlich sich hinter sie hin,

legte traulich seine Hand auf ihren Arm und sprach: »Mütterchen, was fehlt dir? Bist du böse auf mich?«

Die Frau wandte sich um nach ihm, fuhr aber mit einem Schrei
des Entsetzens zurück: »Was willst du von mir, häßlicher
Zwerg?« rief sie. »Fort, fort! Ich kann dergleichen Possenspiel
nicht leiden.«

»Aber Mutter, was hast du denn?« fragte Jakob ganz erschrocken. »Dir ist gewiß nicht wohl; warum willst du denn
deinen Sohn von dir jagen?«

»Ich habe dir schon gesagt, gehe deines Weges!« entgegnete Frau
Hanne zürnend. »Bei mir verdienst du kein Geld durch deine
Gaukeleien, häßliche Mißgeburt!«

»Wahrhaftig, Gott hat ihr das Licht des Verstandes geraubt!«
sprach der Kleine bekümmert zu sich; »was fange ich nur an, sie
nach Haus zu bringen? Lieb Mütterchen, so sei doch nur vernünftig; sieh mich doch nur recht an; ich bin ja dein Sohn, dein Jakob.«

»Nein, jetzt wird mir der Spaß zu unverschämt«, rief Hanne
ihrer Nachbarin zu; »seht nur den häßlichen Zwerg da, da steht
er und vertreibt mir gewiß alle Käufer, und mit meinem Unglück wagt er zu spotten. Spricht zu mir: ›ich bin ja dein Sohn,
dein Jakob!‹ Der Unverschämte!«

Da erhoben sich die Nachbarinnen und fingen an zu schimpfen,
so arg sie konnten, – und Marktweiber, wisset ihr wohl, verstehen es – und schalten ihn, daß er des Unglückes der armen
Hanne spottete, der vor sieben Jahren ihr bildschöner Knabe
gestohlen worden sei, und drohten, insgesamt über ihn herzufal-
len und ihn zu zerkratzen, wenn er nicht alsobald ginge.

Der arme Jakob wußte nicht, was er von diesem allem denken
sollte. War er doch, wie er glaubte, heute früh wie gewöhnlich
mit der Mutter auf den Markt gegangen, hatte ihr die Früchte
aufstellen helfen, war nachher mit dem alten Weib in ihr Haus
gekommen, hatte ein Süppchen verzehrt, ein kleines Schläfchen
gemacht und war jetzt wieder da, und doch sprachen die Mutter
und die Nachbarinnen von sieben Jahren! Und sie nannten ihn
einen garstigen Zwerg! Was war denn nun mit ihm vorgegangen? – Als er sah, daß die Mutter gar nichts mehr von ihm hören
wollte, traten ihm die Tränen in die Augen, und er ging trau-
ernd die Straße hinab nach der Bude, wo sein Vater den Tag

über Schuhe flickte. »Ich will doch sehen«, dachte er bei sich, »ob er mich auch nicht kennen will; unter die Türe will ich mich stellen und mit ihm sprechen.« Als er an der Bude des Schusters angekommen war, stellte er sich unter die Türe und schaute hinein. Der Meister war so emsig mit seiner Arbeit beschäftigt, daß er ihn gar nicht sah; als er aber einmal zufällig einen Blick nach der Türe warf, ließ er Schuhe, Draht und Pfriem auf die Erde fallen und rief mit Entsetzen: »Um Gottes willen, was ist das, was ist das?«

»Guten Abend, Meister!« sprach der Kleine, indem er vollends in den Laden trat. »Wie geht es Euch?«

»Schlecht, schlecht, kleiner Herr!« antwortete der Vater zu Jakobs großer Verwunderung, denn er schien ihn auch nicht zu kennen. »Das Geschäft will mir nicht recht von der Hand. Bin so allein und werde jetzt alt; und doch ist mir ein Geselle zu teuer.«

»Aber habt Ihr denn kein Söhnlein, das Euch nach und nach an die Hand gehen könnte bei der Arbeit?« forschte der Kleine weiter.

»Ich hatte einen, er hieß Jakob und müßte jetzt ein schlanker, gewandter Bursche von zwanzig Jahren sein, der mir tüchtig unter die Arme greifen könnte. Ha, das müßte ein Leben sein! Schon als er zwölf Jahre alt war, zeigte er sich so anstellig und geschickt und verstand schon manches vom Handwerk, und hübsch und angenehm war er auch; der hätte mir eine Kundschaft hergelockt, daß ich bald nicht mehr geflickt, sondern nichts als Neues geliefert hätte! Aber so geht's in der Welt!«

»Wo ist denn aber Euer Sohn?« fragte Jakob mit zitternder Stimme seinen Vater.

»Das weiß Gott«, antwortete er; »vor sieben Jahren, ja, so lange ist's jetzt her, wurde er uns vom Markt weggestohlen.« »Vor sieben Jahren!« rief Jakob mit Entsetzen.

»Ja, kleiner Herr, vor sieben Jahren; ich weiß noch wie heute, wie mein Weib nach Hause kam, heulend und schreiend, das Kind sei den ganzen Tag nicht zurückgekommen, sie habe überall geforscht und gesucht und es nicht gefunden. Ich habe es immer gedacht und gesagt, daß es so kommen würde; der Jakob war ein schönes Kind, das muß man sagen; da war nun meine

Frau stolz auf ihn und sah es gerne, wenn ihn die Leute lobten, und schickte ihn oft mit Gemüse und dergleichen in vornehme Häuser. Das war schon recht; er wurde allemal reichlich beschenkt; aber, sagte ich, gib acht! die Stadt ist groß; viele schlechte Leute wohnen da, gib mir auf den Jakob acht! Und so war es, wie ich sagte. Kommt einmal ein altes häßliches Weib auf den Markt, feilscht um Früchte und Gemüse und kauft am Ende so viel, daß sie es nicht selbst tragen kann. Mein Weib, die mitleidige Seele, gibt ihr den Jungen mit und – hat ihn zur Stunde nicht mehr gesehen.«

»Und das ist jetzt sieben Jahre, sagt Ihr?«

»Sieben Jahre wird es im Frühling. Wir ließen ihn ausrufen, wir gingen von Haus zu Haus und fragten; manche hatten den hübschen Jungen gekannt und liebgewonnen und suchten jetzt mit uns – alles vergeblich. Auch die Frau, welche das Gemüse gekauft hatte, wollte niemand kennen; aber ein steinaltes Weib, die schon neunzig Jahre gelebt hatte, sagte, es könne wohl die böse Fee Kräuterweis gewesen sein, die alle fünfzig Jahre einmal in die Stadt komme, um sich allerlei einzukaufen.«

So sprach Jakobs Vater und klopfte dabei seine Schuhe weidlich und zog den Draht mit beiden Fäusten weit hinaus. Dem Kleinen aber wurde es nach und nach klar, was mit ihm vorgegangen, daß er nämlich nicht geträumt, sondern daß er sieben Jahre bei der bösen Fee als Eichhörnchen gedient habe. Zorn und Gram erfüllte sein Herz so sehr, daß es beinahe zersprengen wollte. Sieben Jahre seiner Jugend hatte ihm die Alte gestohlen, und was hatte er für Ersatz dafür? Daß er Pantoffeln von Kokosnüssen blank putzen, daß er ein Zimmer mit gläsernem Fußboden rein machen konnte! Daß er von den Meerschweinchen alle Geheimnisse der Küche gelernt hatte! Er stand eine gute Weile so da und dachte über sein Schicksal nach; da fragte ihn endlich sein Vater: »Ist Euch vielleicht etwas von meiner Arbeit gefällig, junger Herr? Etwa ein Paar neue Pantoffeln oder«, setzte er lächelnd hinzu, »vielleicht ein Futteral für Eure Nase?«

»Was wollt Ihr nur mit meiner Nase?« fragte Jakob, »warum sollte ich denn ein Futteral dazu brauchen?«

»Nun«, entgegnete der Schuster, »jeder nach seinem Geschmack! Aber das muß ich Euch sagen: hätte ich diese schreckliche Nase,

ein Futteral ließ ich mir darüber machen von rosenfarbigem
Glanzleder. Schaut, da habe ich ein schönes Stückchen zur
Hand; freilich würde man eine Elle wenigstens dazu brauchen.
Aber wie gut wäret Ihr verwahrt, kleiner Herr! So, weiß ich
gewiß, stoßt Ihr Euch an jedem Türpfosten, an jedem Wagen,
dem Ihr ausweichen wollet.«

Der Kleine stand stumm vor Schrecken; er betastete seine Nase
– sie war dick und wohl zwei Hände lang! So hatte also die Alte
auch seine Gestalt verwandelt; darum kannte ihn also die Mutter
nicht, darum schalt man ihn einen häßlichen Zwerg! »Meister«,
sprach er halb weinend zu dem Schuster, »habt Ihr keinen
Spiegel bei der Hand, worin ich mich beschauen könnte?«

»Junger Herr«, erwiderte der Vater mit Ernst, »Ihr habt nicht
gerade eine Gestalt empfangen, die Euch eitel machen könnte,
und Ihr habt nicht Ursache, alle Stunden in den Spiegel zu
gucken. Gewöhnt es Euch ab, es ist besonders bei Euch eine
lächerliche Gewohnheit.«

»Ach, so laßt mich doch in den Spiegel schauen«, rief der Kleine,
»gewiß, es ist nicht aus Eitelkeit!«

»Lasset mich in Ruhe, ich hab' keinen im Vermögen; meine
Frau hat ein Spiegelchen, ich weiß aber nicht, wo sie es verborgen. Müßt Ihr aber durchaus in den Spiegel gucken, nun, über
die Straße hin wohnt Urban, der Barbier, der hat einen Spiegel,
zweimal so groß als Euer Kopf; gucket dort hinein, und indessen
guten Morgen!«

Mit diesen Worten schob ihn der Vater ganz gelinde zur Bude
hinaus, schloß die Tür hinter ihm zu und setzte sich wieder zur
Arbeit. Der Kleine aber ging sehr niedergeschlagen über die
Straße zu Urban, dem Barbier, den er noch aus früheren Zeiten
wohl kannte. »Guten Morgen, Urban«, sprach er zu ihm, »ich
komme, Euch um eine Gefälligkeit zu bitten; seid so gut und
lasset mich ein wenig in Euren Spiegel schauen!«

»Mit Vergnügen, dort steht er«, rief der Barbier lachend, und
seine Kunden, denen er den Bart scheren sollte, lachten weidlich
mit. »Ihr seid ein hübsches Bürschchen, schlank und fein, ein
Hälschen wie ein Schwan, Händchen wie eine Königin und ein
Stumpfnäschen, man kann es nicht schöner sehen. Ein wenig
eitel seid Ihr darauf, das ist wahr; aber beschauet Euch immer!

Man soll nicht von mir sagen, ich habe Euch aus Neid nicht in meinen Spiegel schauen lassen.«

So sprach der Barbier, und wieherndes Gelächter füllte die Baderstube. Der Kleine aber was indes vor den Spiegel getreten und hatte sich beschaut. Tränen traten ihm in die Augen. »Ja, so konntest du freilich deinen Jakob nicht wiedererkennen, liebe Mutter«, sprach er zu sich, »so war er nicht anzuschauen in den Tagen der Freude, wo du gerne mit ihm prangtest vor den Leuten!« Seine Augen waren klein geworden, wie die der Schweine, seine Nase war ungeheuer und hing über Mund und Kinn herunter, der Hals schien gänzlich weggenommen worden zu sein, denn sein Kopf stak tief in den Schultern, und nur mit den größten Schmerzen konnte er ihn rechts und links bewegen; sein Körper war noch so groß als vor sieben Jahren, da er zwölf Jahre alt war; aber wenn andere vom zwölften bis ins zwanzigste in die Höhe wachsen, so wuchs er in die Breite, der Rücken und die Brust waren weit ausgebogen und waren anzusehen wie ein kleiner, aber sehr dick gefüllter Sack; dieser dicke Oberleib saß auf kleinen, schwachen Beinchen, die dieser Last nicht gewachsen schienen; aber um so größer waren die Arme, die ihm am Leib herabhingen, sie hatten die Größe wie die eines wohlgewachsenen Mannes; seine Hände waren grob und braungelb, seine Finger lang und spinnenartig, und wenn er sie recht ausstreckte, konnte er damit auf den Boden reichen, ohne daß er sich bückte. So sah er aus, der kleine Jakob, zum mißgestalteten Zwerg war er geworden.

Jetzt gedachte er auch jenes Morgens, an welchem das alte Weib an die Körbe seiner Mutter getreten war. Alles, was er damals an ihr getadelt hatte, die lange Nase, die häßlichen Finger, alles hatte sie ihm angetan, und nur den langen, zitternden Hals hatte sie gänzlich weggelassen.

»Nun, habt Ihr Euch jetzt genug beschaut, mein Prinz?« sagte der Barbier, indem er zu ihm trat und ihn lachend betrachtete. »Wahrlich, wenn man sich dergleichen träumen lassen wollte, so komisch könnte es einem im Traume nicht vorkommen. Doch ich will Euch einen Vorschlag machen, kleiner Mann. Mein Barbierzimmer ist zwar sehr besucht, aber doch seit neuerer Zeit nicht so, wie ich es wünsche. Das kommt daher, weil mein

Nachbar, der Barbier Schaum, irgendwo einen Riesen aufge-
funden hat, der ihm die Kunden ins Haus lockt. Nun, ein Riese
zu werden, ist gerade keine Kunst; aber so ein Männchen wie
Ihr, ja, das ist schon ein ander Ding. Tretet bei mir in Dienste,
kleiner Mann, Ihr sollt Wohnung, Essen, Trinken, Kleider, alles
sollt Ihr haben; dafür stellt Ihr Euch morgens unter meine Tür
und ladet die Leute ein, hereinzukommen; Ihr schlaget den
Seifenschaum, reichet den Kunden das Handtuch und seid versichert, wir stehen uns beide gut dabei; ich bekomme mehr
Kunden als jener mit dem Riesen, und jeder gibt Euch gerne
noch ein Trinkgeld.«
Der Kleine war in seinem Innern empört über den Vorschlag, als
Lockvogel für einen Barbier zu dienen. Aber mußte er sich nicht
diesen Schimpf geduldig gefallen lassen? Er sagte dem Barbier
daher ganz ruhig, daß er nicht Zeit habe zu dergleichen Diensten, und ging weiter.
Hatte das böse alte Weib seine Gestalt unterdrückt, so hatte sie
doch seinem Geist nichts anhaben können, das fühlte er wohl,
denn er dachte und fühlte nicht mehr, wie er vor sieben Jahren
getan; nein, er glaubte in diesem Zeitraum weiser, verständiger
geworden zu sein; er trauerte nicht um seine verlorne Schönheit,
nicht über diese häßliche Gestalt, sondern nur darüber, daß er
wie ein Hund von der Türe seines Vaters gejagt werde. Darum
beschloß er, noch einen Versuch bei seiner Mutter zu machen.
Er trat zu ihr auf den Markt und bat sie, ihm ruhig zuzuhören.
Er erinnerte sie an jenen Tag, an welchem er mit dem alten
Weibe gegangen, er erinnerte sie an alle einzelnen Vorfälle
seiner Kindheit, erzählte ihr dann, wie er sieben Jahre als Eichhörnchen gedient habe bei der Fee, und wie sie ihn verwandelte,
weil er sie damals getadelt. Die Frau des Schusters wußte nicht,
was sie denken sollte. Alles traf zu, was er ihr von seiner Kindheit
erzählte; aber wenn er davon sprach, daß er sieben Jahre lang ein
Eichhörnchen gewesen sei, da sprach sie: »Es ist unmöglich, und
es gibt keine Feen«, und wenn sie ihn ansah, so verabscheute sie
den häßlichen Zwerg und glaubte nicht, daß dies ihr Sohn sein
könne. Endlich hielt sie es fürs beste, mit ihrem Mann darüber
zu sprechen. Sie raffte also ihre Körbe zusammen und hieß ihn
mitgehen. So kamen sie zu der Bude des Schusters.

»Sieh einmal«, sprach sie zu diesem, »der Mensch da will unser verlorner Jakob sein. Er hat mir alles erzählt, wie er uns vor sieben Jahren gestohlen wurde, und wie er von einer Fee bezaubert worden sei.«

»So?« unterbrach sie der Schuster mit Zorn. »Hat er dir dies erzählt? Warte, du Range! Ich habe ihm alles erzählt noch vor einer Stunde, und jetzt geht er hin, dich so zu foppen! Bezaubert bist du worden, mein Söhnchen? Warte doch, ich will dich wieder *ent*zaubern.« Dabei nahm er ein Bündel Riemen, die er eben zugeschnitten hatte, sprang auf den Kleinen zu und schlug ihn auf den hohen Rücken und auf die langen Arme, daß der Kleine vor Schmerz aufschrie und weinend davonlief.

In jener Stadt gibt es, wie überall, wenige mitleidige Seelen, die einen Unglücklichen, der zugleich etwas Lächerliches an sich trägt, unterstützten. Daher kam es, daß der unglückliche Zwerg den ganzen Tag ohne Speise und Trank blieb und abends die Treppe einer Kirche, so hart und kalt sie war, zum Nachtlager wählen mußte.

Als ihn aber am nächsten Morgen die ersten Strahlen der Sonne erweckten, da dachte er ernstlich darüber nach, wie er sein Leben fristen könne, da ihn Vater und Mutter verstoßen. Er fühlte sich zu stolz, um als Aushängeschild eines Barbiers zu dienen, er wollte nicht zu einem Possenreißer sich verdingen und sich um Geld sehen lassen. Was sollte er anfangen? Da fiel ihm mit einemmal bei, daß er als Eichhörnchen große Fortschritte in der Kochkunst gemacht habe; er glaubte nicht mit Unrecht, hoffen zu dürfen, daß er es mit manchem Koch aufnehmen könne; er beschloß, seine Kunst zu benützen.

Sobald es daher lebhafter wurde auf den Straßen und der Morgen ganz heraufgekommen war, trat er zuerst in die Kirche und verrichtete sein Gebet. Dann trat er seinen Weg an. Der Herzog, der Herr des Landes, o Herr! war ein bekannter Schlemmer und Lecker, der eine gute Tafel liebte und seine Köche in allen Weltteilen aufsuchte. Zu seinem Palast begab sich der Kleine. Als er an die äußerste Pforte kam, fragten die Türhüter nach seinem Begehr und hatten ihren Spott mit ihm; er aber verlangte nach dem Oberküchenmeister. Sie lachten und führten ihn durch die Vorhöfe, und wo er hinkam, blieben die Diener

stehen, schauten nach ihm, lachten weidlich und schlossen sich
an, so daß nach und nach ein ungeheurer Zug von Dienern aller
Art sich die Treppe des Palastes hinaufbewegte; die Stallknechte
warfen ihre Striegel weg, die Läufer liefen, was sie konnten,
die Teppichbreiter vergaßen die Teppiche auszuklopfen, alles
drängte und trieb sich, es war ein Gewühl, als sei der Feind vor
den Toren, und das Geschrei: »Ein Zwerg, ein Zwerg! Habt ihr
den Zwerg gesehen?« füllte die Lüfte.
Da erschien der Aufseher des Hauses mit grimmigem Gesicht,
eine ungeheure Peitsche in der Hand, in der Türe. »Um des
Himmels willen, ihr Hunde, was macht ihr solchen Lärm!
Wisset ihr nicht, daß der Herr noch schläft?« und dabei schwang
er die Geißel und ließ sie unsanft auf den Rücken einiger
Stallknechte und Türhüter niederfallen. »Ach, Herr!« riefen sie,
»seht Ihr denn nicht? Da bringen wir einen Zwerg, einen Zwerg,
wie Ihr noch keinen gesehen.« Der Aufseher des Palastes zwang
sich mit Mühe, nicht laut aufzulachen, als er des Kleinen ansichtig wurde, denn er fürchtete, durch Lachen seiner Würde zu
schaden. Er trieb daher mit der Peitsche die übrigen hinweg,
führte den Kleinen ins Haus und fragte nach seinem Begehr. Als
er hörte, jener wolle zum Küchenmeister, erwiderte er: »Du irrst
dich, mein Söhnchen; zu mir, dem Aufseher des Hauses, willst du;
du willst Leibzwerg werden beim Herzog; ist es nicht also?«
»Nein, Herr!« antwortete der Zwerg. »Ich bin ein geschickter
Koch und erfahren in allerlei seltenen Speisen; wollet mich zum
Oberküchenmeister bringen; vielleicht kann er meine Kunst
brauchen.«
»Jeder nach seinem Willen, kleiner Mann; übrigens bist du doch
ein unbesonnener Junge. In die Küche! Als Leibzwerg hättest du
keine Arbeit gehabt und Essen und Trinken nach Herzenslust
und schöne Kleider. Doch, wir wollen sehen. Deine Kunst wird
schwerlich so weit reichen, als ein Mundkoch des Herrn nötig
hat, und zum Küchenjungen bist du zu gut.« Bei diesen Worten
nahm ihn der Aufseher des Palastes bei der Hand und führte ihn
in die Gemächer des Oberküchenmeisters.
»Gnädiger Herr«, sprach dort der Zwerg und verbeugte sich so
tief, daß er mit der Nase den Fußteppich berührte, »brauchet Ihr
keinen geschickten Koch?«

Der Oberküchenmeister betrachtete ihn vom Kopf bis zu den Füßen, brach dann in lautes Lachen aus und sprach: »Wie?« rief er, »du ein Koch? Meinst du, unsere Herde seien so niedrig, daß du nur auf einen hinaufschauen kannst, wenn du dich auf die Zehen stellst und den Kopf recht aus den Schultern herausarbeitest? O, lieber Kleiner! Wer dich zu mir geschickt hat, um dich als Koch zu verdingen, der hat dich zum Narren gehabt.« So sprach der Oberküchenmeister und lachte weidlich, und mit ihm lachte der Aufseher des Palastes und alle Diener, die im Zimmer waren.

Der Zwerg aber ließ sich nicht aus der Fassung bringen. »Was liegt an einem Ei oder zweien, an ein wenig Syrup und Wein, an Mehl und Gewürze in einem Hause, wo man dessen genug hat?« sprach er. »Gebet mir irgendeine leckerhafte Speise zu bereiten auf, schaffet mir, was ich dazu brauche, und sie soll vor Euren Augen schnell bereitet sein, und Ihr sollet sagen müssen: er ist ein Koch nach Regel und Recht.« Solche und ähnliche Reden führte der Kleine, und es war wunderlich anzuschauen, wie es dabei aus seinen kleinen Äuglein hervorblitzte, wie seine lange Nase sich hin und her schlängelte und seine dünnen Spinnenfinger seine Rede begleiteten. »Wohlan!« rief der Küchenmeister und nahm den Aufseher des Palastes unter dem Arme. »Wohlan, es sei um des Spaßes willen, lasset uns zur Küche gehen!« Sie gingen durch mehrere Säle und Gänge und kamen endlich in die Küche. Es war dies ein großes, weitläufiges Gebäude, herrlich eingerichtet; auf zwanzig Herden brannten beständig Feuer, ein klares Wasser, das zugleich zum Fischbehälter diente, floß mitten durch sie, in Schränken von Marmor und köstlichem Holz waren die Vorräte aufgestellt, die man immer zur Hand haben mußte, und zur Rechten und Linken waren zehn Säle, in welchen alles aufgespeichert war, was man in allen Ländern von Frankistan und selbst im Morgenlande Köstliches und Leckeres für den Gaumen erfunden. Küchenbedienten aller Art liefen umher und rasselten und hantierten mit Kesseln und Pfannen, mit Gabeln und Schaumlöffeln; als aber der Oberküchenmeister in die Küche eintrat, blieben sie alle regungslos stehen, und nur das Feuer hörte man noch knistern und das Bächlein rieseln.

»Was hat der Herr heute zum Frühstück befohlen?« fragte der Meister den ersten Frühstückmacher, einen alten Koch.

»Herr, die dänische Suppe hat er geruht zu befehlen und rote Hamburger Klößchen.«

»Gut«, sprach der Küchenmeister weiter, »hast du gehört, was der Herr speisen will? Getraust du dich, diese schwierigen Speisen zu bereiten? Die Klößchen bringst du auf keinen Fall heraus, das ist ein Geheimnis.«

»Nichts leichter als dies«, erwiderte zu allgemeinem Erstaunen der Zwerg, denn er hatte diese Speisen als Eichhörnchen oft gemacht; »nichts leichter! Man gebe mir zu der Suppe die und die Kräuter, dies und jenes Gewürz, Fett von einem wilden Schwein, Wurzeln und Eier; zu den Klößchen aber«, sprach er leiser, daß es nur der Küchenmeister und der Frühstückmacher hören konnten, »zu den Klößchen brauche ich viererlei Fleisch, etwas Wein, Entenschmalz, Ingwer und ein gewisses Kraut, das man Magentrost heißt.«

»Ha! Bei St. Benedikt! Bei welchem Zauberer hast du gelernt?« rief der Koch mit Staunen. »Alles bis auf ein Haar hat er gesagt, und das Kräutlein Magentrost haben wir selbst nicht gewußt; ja, das muß es noch angenehmer machen. O du Wunder von einem Koch!«

»Das hätte ich nicht gedacht«, sagte der Oberküchenmeister. »Doch lassen wir ihn die Probe machen! Gebt ihm die Sachen, die er verlangt, Geschirr und alles, und lasset ihn das Frühstück bereiten!«

Man tat, wie er befohlen, und rüstete alles auf dem Herde zu; aber da fand es sich, daß der Zwerg kaum mit der Nase bis an den Herd reichen konnte. Man setzte daher ein paar Stühle zusammen, legte eine Marmorplatte darüber und lud den kleinen Wundermann ein, sein Kunststück zu beginnen. In einem großen Kreise standen die Köche, Küchenjungen, Diener und allerlei Volk umher und sahen zu und staunten, wie ihm alles so flink und fertig von der Hand ging, wie er alles so reinlich und niedlich bereitete. Als er mit der Zubereitung fertig war, befahl er, beide Schüsseln ans Feuer zu setzen und genau so lange kochen zu lassen, bis er rufen werde; dann fing er an zu zählen, eins, zwei, drei und so fort, und gerade als er fünfhundert gezählt hatte, rief er: »Halt!« Die Töpfe wurden weggesetzt, und der Kleine lud den Küchenmeister ein, zu kosten.

Der Mundkoch ließ sich von einem Küchenjungen einen goldenen Löffel reichen, spülte ihn im Bach und überreichte ihn
dem Oberküchenmeister. Dieser trat mit feierlicher Miene an
den Herd, nahm von den Speisen, kostete, drückte die Augen
zu, schnalzte vor Vergnügen mit der Zunge und sprach dann:
»Köstlich, bei des Herzogs Leben, köstlich! Wollet Ihr nicht auch
ein Löffelein zu Euch nehmen, Aufseher des Palastes?« Dieser
verbeugte sich, nahm den Löffel, versuchte und war vor Vergnügen und Lust außer sich. »Eure Kunst in Ehren, lieber Frühstückmacher, Ihr seid ein erfahrner Koch; aber so herrlich habt
Ihr weder die Suppe noch die Hamburger Klöße machen können!« Auch der Koch versuchte jetzt, schüttelte dann dem
Zwerg ehrfurchtsvoll die Hand und sagte: »Kleiner! Du bist
Meister in der Kunst. Ja, das Kräutlein Magentrost, das gibt
allem einen ganz eigenen Reiz.«

In diesem Augenblick kam der Kammerdiener des Herzogs in
die Küche und berichtete, daß der Herr das Frühstück verlange.
Die Speisen wurden nun auf silberne Platten gelegt und dem
Herzog zugeschickt; der Oberküchenmeister aber nahm den
Kleinen in sein Zimmer und unterhielt sich mit ihm. Kaum
waren sie aber halb so lange da, als man ein Paternoster spricht
(es ist dies das Gebet der Franken, o Herr, und dauert nicht halb
so lange als das Gebet der Gläubigen), so kam schon ein Bote
und rief den Oberküchenmeister zum Herrn. Er kleidete sich
schnell in sein Festkleid und folgte dem Boten.

Der Herzog sah sehr vergnügt aus. Er hatte alles aufgezehrt, was
auf den silbernen Platten gewesen war, und wischte sich eben
den Bart ab, als der Oberküchenmeister zu ihm eintrat. »Höre,
Küchenmeister«, sprach er, »ich bin mit deinen Köchen bisher
immer sehr zufrieden gewesen; aber sage mir, wer hat heute
mein Frühstück bereitet? So köstlich war es nie, seit ich auf dem
Thron meiner Väter sitze; sage an, wie er heißt, der Koch, daß
wir ihm einige Dukaten zum Geschenk schicken.«

»Herr, das ist eine wunderbare Geschichte«, antwortete der
Oberküchenmeister und erzählte, wie man ihm heute frühe
einen Zwerg gebracht, der durchaus Koch werden wollte, und
wie sich dies alles begeben. Der Herzog verwunderte sich höchlich, ließ den Zwerg vor sich rufen und fragte ihn aus, wer er sei

und woher er komme. Da konnte nun der arme Jakob freilich nicht sagen, daß er verzaubert worden sei und früher als Eichhörnchen gedient habe; doch blieb er bei der Wahrheit, indem er erzählte, er sei jetzt ohne Vater und Mutter und habe bei einer alten Frau kochen gelernt. Der Herzog fragte nicht weiter, sondern ergötzte sich an der sonderbaren Gestalt seines neuen Koches.

»Willst du bei mir bleiben«, sprach er, »so will ich dir jährlich fünfzig Dukaten, ein Festkleid und noch überdies zwei Paar Beinkleider reichen lassen. Dafür mußt du aber täglich mein Frühstück selbst bereiten, mußt angeben, wie das Mittagessen gemacht werden soll, und überhaupt dich meiner Küche annehmen. Da jeder in meinem Palast seinen eigenen Namen von mir empfängt, so sollst du *Nase* heißen und die Würde eines Unterküchenmeisters bekleiden.«

Der Zwerg Nase fiel nieder vor dem mächtigen Herzog in Frankenland, küßte ihm die Füße und versprach, ihm treu zu dienen.

So war nun der Kleine fürs erste versorgt, und er machte seinem Amt Ehre. Denn man kann sagen, daß der Herzog ein ganz anderer Mann war, während der Zwerg Nase sich in seinem Hause aufhielt. Sonst hatte es ihm oft beliebt, die Schüsseln oder Platten, die man ihm auftrug, den Köchen an den Kopf zu werfen; ja, dem Oberküchenmeister selbst warf er im Zorn einmal einen gebackenen Kalbsfuß, der nicht weich genug geworden war, so heftig an die Stirne, daß er umfiel und drei Tage zu Bette liegen mußte. Der Herzog machte zwar, was er im Zorn getan, durch einige Hände voll Dukaten wieder gut; aber dennoch war nie ein Koch ohne Zittern und Zagen mit den Speisen zu ihm gekommen. Seit der Zwerg im Hause war, schien alles wie durch Zauber umgewandelt. Der Herr aß jetzt statt dreimal des Tages fünfmal, um sich an der Kunst seines kleinsten Dieners recht zu laben, und dennoch verzog er nie eine Miene zum Unmut. Nein, er fand alles neu, trefflich, war leutselig und angenehm und wurde von Tag zu Tag fetter.

Oft ließ er mitten unter der Tafel den Küchenmeister und den Zwerg Nase rufen, setzte den einen rechts, den andern links zu sich und schob ihnen mit seinen eigenen Fingern einige Bissen der köstlichen Speisen in den Mund, eine Gnade, welche sie beide wohl zu schätzen wußten.

Der Zwerg war das Wunder der Stadt. Man erbat sich flehentlich Erlaubnis vom Oberküchenmeister, den Zwerg kochen zu sehen, und einige der vornehmsten Männer hatten es so weit gebracht beim Herzog, daß ihre Diener in der Küche beim Zwerg Unterrichtsstunden genießen durften, was nicht wenig Geld eintrug, denn jeder zahlte täglich einen halben Dukaten. Und um die übrigen Köche bei guter Laune zu erhalten und sie nicht neidisch auf ihn zu machen, überließ ihnen Nase dieses Geld, das die Herren für den Unterricht ihrer Köche zahlen mußten.

So lebte Nase beinahe zwei Jahre in äußerlichem Wohlleben und Ehre, und nur der Gedanke an seine Eltern betrübte ihn. So lebte er, ohne etwas Merkwürdiges zu erfahren, bis sich folgender Vorfall ereignete. Der Zwerg Nase war besonders geschickt und glücklich in seinen Einkäufen. Daher ging er, sooft es ihm die Zeit erlaubte, immer selbst auf den Markt, um Geflügel und Früchte einzukaufen. Eines Morgens ging er auch auf den Gänsemarkt und forschte nach schweren fetten Gänsen, wie sie der Herr liebte. Er war musternd schon einigemal auf und ab gegangen. Seine Gestalt, weit entfernt, hier Lachen und Spott zu erregen, gebot Ehrfurcht, denn man erkannte ihn als den berühmten Mundkoch des Herzogs, und jede Gänsefrau fühlte sich glücklich, wenn er ihr die Nase zuwandte.

Da sah er ganz am Ende einer Reihe in einer Ecke eine Frau sitzen, die auch Gänse feil hatte, aber nicht wie die übrigen ihre Ware anpries und nach Käufern schrie; zu dieser trat er und maß und wog ihre Gänse. Sie waren wie er sie wünschte, und er kaufte drei samt dem Käfig, lud sie auf seine breite Schulter und trat den Rückweg an. Da kam es ihm sonderbar vor, daß nur zwei von diesen Gänsen schnatterten und schrien, wie rechte Gänse zu tun pflegen, die dritte aber ganz still und in sich gekehrt dasaß und Seufzer ausstieß und ächzte wie ein Mensch. »Die ist halb krank«, sprach er vor sich hin, »ich muß eilen, daß ich sie umbringe und zurichte.« Aber die Gans antwortete ganz deutlich und laut:

»Stichst du mich,
So beiß' ich dich.
Drückst du mir die Kehle ab,
Bring' ich dich ins frühe Grab.«

Ganz erschrocken setzte der Zwerg Nase seinen Käfig nieder, und die Gans sah ihn mit schönen, klugen Augen an und seufzte. »Ei der Tausend!« rief Nase. »Sie kann sprechen, Jungfer Gans? Das hätte ich nicht gedacht. Na, sei Sie nur nicht ängstlich! Man weiß zu leben und wird einem so seltenen Vogel nicht zu Leibe gehen. Aber ich wollte wetten, Sie ist nicht von jeher in diesen Federn gewesen. War ich ja selbst einmal ein schnödes Eichhörnchen.«

»Du hast recht«, erwiderte die Gans, »wenn du sagst, ich sei nicht in dieser schmachvollen Hülle geboren worden. Ach, an meiner Wiege wurde es mir nicht gesungen, daß *Mimi, des großen Wetterbocks Tochter,* in der Küche eines Herzogs getötet werden soll!«

»Sei Sie doch ruhig, liebe Jungfer Mimi«, tröstete der Zwerg. »So wahr ich ein ehrlicher Kerl und Unterküchenmeister Seiner Durchlaucht bin, es soll Ihr keiner an die Kehle. Ich will Ihr in meinen eigenen Gemächern einen Stall anweisen, Futter soll Sie genug haben, und meine freie Zeit werde ich Ihrer Unterhaltung widmen; den übrigen Küchenmenschen werde ich sagen, daß ich eine Gans mit allerlei besonderen Kräutern für den Herzog mäste, und sobald sich Gelegenheit findet, setze ich Sie in Freiheit.«

Die Gans dankte ihm mit Tränen; der Zwerg aber tat, wie er versprochen, schlachtete die zwei anderen Gänse, für Mimi aber baute er einen eigenen Stall unter dem Vorwande, sie für den Herzog ganz besonders zuzurichten. Er gab ihr auch kein gewöhnliches Gänsefutter, sondern versah sie mit Backwerk und süßen Speisen. So oft er freie Zeit hatte, ging er hin, sich mit ihr zu unterhalten und sie zu trösten. Sie erzählten sich auch gegenseitig ihre Geschichten, und Nase erfuhr auf diesem Wege, daß die Gans eine Tochter des Zauberers Wetterbock sei, der auf der Insel Gotland lebe. Er sei in Streit geraten mit einer alten Fee, die ihn durch Ränke und List überwunden und sie zur Rache in eine Gans verwandelt und weit hinweg bis hieher gebracht habe. Als

der Zwerg Nase ihr seine Geschichte ebenfalls erzählt hatte,
sprach sie:»Ich bin nicht unerfahren in diesen Sachen. Mein
Vater hat mir und meinen Schwestern einige Anleitung gegeben, soviel er nämlich davon mitteilen durfte. Die Geschichte
mit dem Streit am Kräuterkorb, deine plötzliche Verwandlung,
als du an jenem Kräutlein rochst, auch einige Worte der Alten,
die du mir sagtest, beweisen mir, daß du auf Kräuter bezaubert
bist, das heißt: wenn du das Kraut auffindest, das sich die Fee bei
deiner Verzauberung gedacht hat, so kannst du erlöst werden.«
Es war dies ein geringer Trost für den Kleinen, denn wo sollte
er das Kraut auffinden? Doch dankte er ihr und schöpfte einige
Hoffnung.

Um diese Zeit bekam der Herzog einen Besuch von einem
benachbarten Fürsten, seinem Freunde. Er ließ daher seinen
Zwerg Nase vor sich kommen und sprach zu ihm:»Jetzt ist die
Zeit gekommen, wo du zeigen mußt, ob du mir treu dienst und
Meister deiner Kunst bist. Dieser Fürst, der bei mir zu Besuch ist,
speist bekanntlich außer mir am besten und ist ein großer Kenner einer feinen Küche und ein weiser Mann. Sorge nun dafür,
daß meine Tafel täglich also besorgt werde, daß er immer mehr
in Erstaunen gerät. Dabei darfst du, bei meiner Ungnade, solange er da ist, keine Speise zweimal bringen. Dafür kannst du
dir von meinem Schatzmeister alles reichen lassen, was du nur
brauchst. Und wenn du Gold und Diamanten in Schmalz
backen mußt, so tu es! Ich will lieber ein armer Mann werden als
erröten vor ihm.«

So sprach der Herzog. Der Zwerg aber sagte, indem er sich
anständig verbeugte:»Es sei, wie du sagst, o Herr! So es Gott
gefällt, werde ich alles so machen, daß es diesem Fürsten der
Gutschmecker wohlgefällt.«

Der kleine Koch suchte nun seine ganze Kunst hervor. Er
schonte die Schätze seines Herrn nicht, noch weniger aber sich
selbst. Denn man sah ihn den ganzen Tag in eine Wolke von
Rauch und Feuer eingehüllt, und seine Stimme hallte beständig
durch das Gewölbe der Küche, denn er befahl als Herrscher den
Küchenjungen und niederen Köchen. Herr! Ich könnte es machen wie die Kameltreiber von Aleppo, wenn sie in ihren
Geschichten, die sie den Reisenden erzählen, die Menschen

herrlich speisen lassen. Sie führen eine ganze Stunde lang all die Gerichte an, die aufgetragen worden sind, und erwecken dadurch große Sehnsucht und noch größeren Hunger in ihren Zuhörern, so daß diese unwillkürlich die Vorräte öffnen und eine Mahlzeit halten und den Kameltreibern reichlich mitteilen; doch ich nicht also.

Der fremde Fürst war schon vierzehn Tage beim Herzog und lebte herrlich und in Freuden. Sie speisten des Tages nicht weniger als fünfmal, und der Herzog war zufrieden mit der Kunst des Zwerges, denn er sah Zufriedenheit auf der Stirne seines Gastes. Am fünfzehenten Tag aber begab es sich, daß der Herzog den Zwerg zur Tafel rufen ließ, ihn seinem Gast, dem Fürsten, vorstellte und diesen fragte, wie er mit dem Zwerg zufrieden sei.

»Du bist ein wunderbarer Koch«, antwortete der fremde Fürst, »und weißt, was anständig essen heißt. Du hast in der ganzen Zeit, daß ich hier bin, nicht eine einzige Speise wiederholt und alles trefflich bereitet. Aber sage mir doch, warum bringst du so lange nicht die Königin der Speisen, die Pastete Souzeraine?«

Der Zwerg war sehr erschrocken, denn er hatte von dieser Pastetenkönigin nie gehört; doch faßte er sich und antwortete: »O Herr! noch lange, hoffte ich, sollte dein Angesicht leuchten an diesem Hoflager, darum wartete ich mit dieser Speise, denn mit was sollte dich denn der Koch begrüßen am Tage des Scheidens als mit der Königin der Pasteten!«

»So?« entgegnete der Herzog lachend. »Und bei mir wolltest du wohl warten bis an meinen Tod, um mich dann noch zu begrüßen? Denn auch mir hast du die Pastete noch nie vorgesetzt. Doch denke auf einen andern Scheidegruß, denn morgen mußt du die Pastete auf die Tafel setzen.«

»Es sei, wie du sagst, Herr!« antwortete der Zwerg und ging. Aber er ging nicht vergnügt, denn der Tag seiner Schande und seines Unglücks war gekommen. Er wußte nicht, wie er die Pastete machen sollte. Er ging daher in seine Kammer und weinte über sein Schicksal. Da trat die Gans Mimi, die in seinem Gemach umhergehen durfte, zu ihm und fragte ihn nach der Ursache seines Jammers. »Stille deine Tränen«, antwortete sie, als sie von der Pastete Souzeraine gehört, »dieses Gericht kam oft

auf meines Vaters Tisch, und ich weiß ungefähr, was man dazu
braucht; du nimmst dies und jenes, so und so viel, und wenn es
auch nicht durchaus alles ist, was eigentlich dazu nötig, die
Herren werden keinen so feinen Geschmack haben.« So sprach
Mimi. Der Zwerg aber sprang auf vor Freuden, segnete den
Tag, an welchem er die Gans gekauft hatte, und schickte sich an,
die Königin der Pasteten zuzurichten. Er machte zuerst einen
kleinen Versuch, und siehe, es schmeckte trefflich, und der
Oberküchenmeister, dem er davon zu kosten gab, pries aufs
neue seine ausgebreitete Kunst.

Den andern Tag setzte er die Pastete in größerer Form auf und
schickte sie warm, wie sie aus dem Ofen kam, nachdem er sie
mit Blumenkränzen geschmückt hatte, auf die Tafel. Er selbst
aber zog sein bestes Festkleid an und ging in den Speisesaal. Als
er eintrat, war der Obervorschneider gerade damit beschäftigt,
die Pastete zu zerschneiden und auf einem silbernen Schäufelein
dem Herzog und seinem Gaste hinzureichen. Der Herzog tat
einen tüchtigen Biß hinein, schlug die Augen auf zur Decke und
sprach, nachdem er geschluckt hatte: »Ah! ah! ah! mit Recht
nennt man dies die Königin der Pasteten; aber mein Zwerg ist
auch der König aller Köche! Nicht also, lieber Freund?«

Der Gast nahm einige kleine Bissen zu sich, kostete und prüfte
aufmerksam und lächelte dabei höhnisch und geheimnisvoll.
»Das Ding ist recht artig gemacht«, antwortete er, indem er den
Teller hinwegrückte; »aber die Souzeraine ist es denn doch nicht
ganz; das habe ich mir wohl gedacht.«

Da runzelte der Herzog vor Unmut die Stirne und errötete vor
Beschämung. »Hund von einem Zwerg!« rief er. »Wie wagst du
es, deinem Herrn dies anzutun? Soll ich dir deinen großen Kopf
abhacken lassen zur Strafe für deine schlechte Kocherei?«

»Ach Herr! um des Himmels willen, ich habe das Gericht doch
zubereitet nach den Regeln der Kunst, es kann gewiß nichts
fehlen!« so sprach der Zwerg und zitterte.

»Es ist eine Lüge, du Bube!« erwiderte der Herzog und stieß ihn
mit dem Fuße von sich. »Mein Gast würde sonst nicht sagen, es
fehlt etwas. Dich selbst will ich zerhacken und backen lassen in
eine Pastete!«

»Habt Mitleiden!« rief der Kleine und rutschte auf den Knien zu dem Gast, dessen Füße er umfaßte. »Saget, was fehlt an dieser Speise, daß sie Eurem Gaumen nicht zusagt? Lasset mich nicht sterben wegen einer Handvoll Fleisch und Mehl.«

»Das wird dir wenig helfen, mein lieber Nase«, antwortete der Fremde mit Lachen; »das habe ich mir schon gestern gedacht, daß du diese Speise nicht machen kannst wie mein Koch. Wisse es fehlt ein Kräutlein, das man hierzulande gar nicht kennt, das Kraut *Niesmitlust*; ohne dieses bleibt die Pastete ohne Würze, und dein Herr wird sie nie essen wie ich.«

Da geriet der Herrscher in Frankistan in Wut. »Und doch werde ich sie essen«, rief er mit funkelnden Augen, »denn ich schwöre auf meine fürstliche Ehre: entweder zeige ich Euch morgen die Pastete, wie Ihr sie verlanget – oder den Kopf dieses Burschen, aufgespießt auf dem Tor meines Palastes. Gehe, du Hund, noch einmal gebe ich dir vierundzwanzig Stunden Zeit.«

So rief der Herzog; der Zwerg aber ging wieder weinend in sein Kämmerlein und klagte der Gans sein Schicksal, und daß er sterben müsse, denn von dem Kraut habe er nie gehört. – »Ist es nur dies«, sprach sie, »da kann ich dir schon helfen, denn mein Vater lehrte mich alle Kräuter kennen. Wohl wärest du vielleicht zu einer andern Zeit des Todes gewesen; aber glücklicherweise ist es gerade Neumond, und um diese Zeit blüht das Kräutlein. Doch sage an, sind alte Kastanienbäume in der Nähe des Palastes?«

»O ja!« erwiderte Nase mit leichterem Herzen, »am See, zweihundert Schritte vom Haus, steht eine ganze Gruppe; doch warum diese?«

»Nur am Fuße alter Kastanien blüht das Kräutlein«, sagte Mimi. »Darum laß uns keine Zeit versäumen und suchen, was du brauchst; nimm mich auf einen Arm und setze mich im Freien nieder; ich will dir suchen.«

Er tat, wie sie gesagt, und ging mit ihr zur Pforte des Palastes. Dort aber streckte der Türhüter sein Gewehr vor und sprach: »Mein guter Nase, mit dir ist's vorbei, aus dem Hause darfst du nicht, ich habe den strengsten Befehl darüber.«

»Aber in den Garten kann ich doch wohl gehen?« erwiderte der Zwerg. »Sei so gut und schicke einen deiner Gesellen zum Aufseher des Palastes und frage, ob ich nicht in den Garten gehen und

Kräuter suchen dürfte?« Der Türhüter tat also, und es wurde
erlaubt, denn der Garten hatte hohe Mauern, und es war an kein
Entkommen daraus zu denken. Als aber Nase mit der Gans Mimi
ins Freie gekommen war, setzte er sie behutsam nieder, und sie
ging schnell vor ihm her dem See zu, wo die Kastanien standen.
Er folgte ihr nur mit beklommenem Herzen, denn es war ja seine
letzte, einzige Hoffnung; fand sie das Kräutlein nicht, so stand sein
Entschluß fest: er stürzte sich dann lieber in den See, als daß er sich
köpfen ließ. Die Gans suchte aber vergebens, sie wandelte unter
allen Kastanien, sie wandte mit dem Schnabel jedes Gräschen um,
es sollte sich nichts zeigen, und sie fing aus Mitleid und Angst an
zu weinen, denn schon wurde der Abend dunkler und die Gegenstände umher schwerer zu erkennen.
Da fielen die Blicke des Zwergs über den See hin, und plötzlich
rief er: »Siehe, sieh, dort über dem See steht noch ein großer,
alter Baum; laß uns dorthin gehen und suchen, vielleicht blüht
dort mein Glück.« Die Gans hüpfte und flog voran, und er lief
nach, so schnell seine kleinen Beine konnten; der Kastanien-
baum warf einen großen Schatten, und es war dunkel umher,
fast war nichts mehr zu erkennen; aber da blieb plötzlich die
Gans stille stehen, schlug vor Freuden mit den Flügeln, fuhr
dann schnell mit dem Kopf ins hohe Gras und pflückte etwas ab,
das sie dem erstaunten Nase zierlich mit dem Schnabel überreichte, und sprach: »Das ist das Kräutlein, und hier wächst eine
Menge davon, so daß es dir nie daran fehlen kann.«
Der Zwerg betrachtete das Kraut sinnend; ein süßer Duft
strömte ihm daraus entgegen, der ihn unwillkürlich an die Szene
seiner Verwandlung erinnerte; die Stengel, die Blätter waren
bläulichgrün, sie trugen eine brennend rote Blume mit gelbem
Rande.
»Gelobt sei Gott!« rief er endlich aus. »Welches Wunder! Wisse:
Ich glaube, es ist dies dasselbe Kraut, das mich aus einem Eich-
hörnchen in diese schändliche Gestalt umwandelte; soll ich den
Versuch machen?«
»Noch nicht«, bat die Gans. »Nimm von diesem Kraut eine
Handvoll mit dir, laß uns auf dein Zimmer gehen und dein Geld
und was du sonst hast zusammenraffen, und dann wollen wir die
Kraft des Krautes versuchen!«

Sie taten also und gingen auf seine Kammer zurück, und das Herz des Zwerges pochte hörbar vor Erwartung. Nachdem er fünfzig oder sechzig Dukaten, die er erspart hatte, einige Kleider und Schuhe zusammen in ein Bündel geknüpft hatte, sprach er: »So es Gott gefällig ist, werde ich dieser Bürde loswerden«, streckte seine Nase tief in die Kräuter und sog ihren Duft ein.

Da zog und knackte es in allen seinen Gliedern, er fühlte, wie sich sein Kopf aus den Schultern hob, er schielte herab auf seine Nase und sah sie kleiner und kleiner werden, sein Rücken und seine Brust fingen an, sich zu ebnen, und seine Beine wurden länger.

Die Gans sah mit Erstaunen diesem allen zu. »Ha! was du groß, was du schön bist!« rief sie. »Gott sei gedankt, es ist nichts mehr an dir von allem, wie du vorher warst!« Da freute sich Jakob sehr, und er faltete die Hände und betete. Aber seine Freude ließ ihn nicht vergessen, welchen Dank er der Gans Mimi schuldig sei; zwar drängte ihn sein Herz, zu seinen Eltern zu gehen, doch besiegte er aus Dankbarkeit diesen Wunsch und sprach: »Wem anders als dir habe ich es zu danken, daß ich mir selbst wiedergeschenkt bin? Ohne dich hätte ich dieses Kraut nimmer gefunden, hätte also ewig in jener Gestalt bleiben oder vielleicht gar unter dem Beile des Henkers sterben müssen. Wohlan, ich will es dir vergelten. Ich will dich zu deinem Vater bringen; er, der so erfahren ist in jedem Zauber, wird dich leicht entzaubern können.« Die Gans vergoß Freudentränen und nahm sein Anerbieten an. Jakob kam glücklich und unerkannt mit der Gans aus dem Palast und machte sich auf den Weg nach dem Meeresstrand, Mimis Heimat zu.

Was soll ich noch weiter erzählen, daß sie ihre Reise glücklich vollendeten, daß Wetterbock seine Tochter entzauberte und den Jakob mit Geschenken beladen entließ, daß er in seine Vaterstadt zurückkam und daß seine Eltern in dem schönen jungen Mann mit Vergnügen ihren verlorenen Sohn erkannten, daß er von den Geschenken, die er von Wetterbock mitbrachte, sich einen Laden kaufte und reich und glücklich wurde.

Nur so viel will ich noch sagen, daß nach seiner Entfernung aus dem Palast des Herzogs große Unruhe entstand, denn als am andern Tage der Herzog seinen Schwur erfüllen und dem

Zwerg, wenn er die Kräuter nicht gefunden hätte, den Kopf abschlagen lassen wollte, war er nirgends zu finden; der Fürst aber behauptete, der Herzog habe ihn heimlich entkommen lassen, um sich nicht seines besten Kochs zu berauben, und klagte ihn an, daß er wortbrüchig sei. Dadurch entstand denn ein großer Krieg zwischen beiden Fürsten, der in der Geschichte unter dem Namen »Kräuterkrieg« wohlbekannt ist; es wurde manche Schlacht geschlagen, aber am Ende doch Friede gemacht, und diesen Frieden nennt man bei uns den »Pastetenfrieden«, weil beim Versöhnungsfest durch den Koch des Fürsten die Souzeraine, die Königin der Pasteten, zubereitet wurde, welche sich der Herr Herzog trefflich schmecken ließ.

So führen oft die kleinsten Ursachen zu großen Folgen; und dies, o Herr, ist die Geschichte des Zwerges Nase.

EDUARD MÖRIKE
Der Bauer und sein Sohn

orgens beim Aufstehn sagt einmal der Peter ganz erschrocken zu seinem Weib: »Ei, schau doch, Ev', was hab' ich da für blaue Flecken! Am ganzen Leib schwarzblau! – und denkt mir doch nicht, daß ich Händel hatte!« – »Mann!« sagte die Frau, »du hast gewiß wieder den Hansel, die arme Mähr', halb lahm geschlagen? Vom Ehni hab' ich das wohl öfter denn hundertmal gehört: wenn einer sein Vieh malträtiert, sei's Stier, sei's Esel oder Pferd, da schickt es seinem Peiniger bei Nacht die blauen Mäler zu. Jetzt haben wir's blank.« Der Peter aber brummte: »hum, wenn's nichts weiter zu bedeuten hat!« schwieg still und meinte, die Flecken möchten ihm den Tod ansagen; deshalb er auch etliche Tage zahm und geschmeidig war, daß es dem ganzen Haus zugut' kam. Kaum aber ist ihm die Haut wieder heil, da ist er wie immer der grimmige Peter mit seinem roten Kopf und lauter Flüchen zwischen den Zähnen. Der Hansel sonderlich hatte sehr böse Zeit, dazu noch bittern Hunger, und wenn ihm oft im Stall die Knochen alle weh taten von allzu harter Arbeit, sprach er wohl einmal vor sich hin: »Ich wollt', es holte mich ein Dieb, den würd' ich sanft wegtragen!«
Es hatte aber der Bauer einen herzguten Jungen, Frieder mit Namen, der tat dem armen Tier alle Liebe. Wenn die Stalltür aufging, etwas leiser wie sonst, drehte der Hansel gleich den müden Kopf herum, zu sehn, ob es der Frieder sei, der ihm heimlich sein Morgen- oder Vesperbrot brachte. So kommt der Junge auch einmal hinein, erschrickt aber nicht wenig: denn auf des Braunen seinem Rücken sitzt ein schöner Mädchenengel mit einem silberhellen Rock und einem Wiesenblumenkranz im gelben Haar und streicht dem Hansel die Bückel und Beulen glatt mit seiner weißen Hand. Der Engel sieht den Frieder an und spricht:

»Dem wackern Hansel geht's noch gut,
Wenn ihn die Königsfrau reiten tut.
Arm Frieder
Wird Ziegenhüter,

Kriegt aber Überfluß,
Wenn er schüttelt die Nuß,
Wenn er schüttelt die Nuß!«

Solches gesagt, verschwand der Engel wieder und war nicht mehr
da. Den Knaben überlief's, er huschte hurtig aus der Tür. Als er
aber den Worten, die er vernommen, weiter nachsann, ward er
fast traurig. Ach! dachte er, der Ziegenbub vom Flecken sein, das
ist doch gar ein faul und ärmlich's Leben, da kann ich meiner
Mutter nicht das Salz in die Suppe verdienen. Aber Nüss'? woher? In meines Vaters Garten wachsen keine; und wenn ich sie
auch ganzer Säcke voll schütteln sollte, wie der Engel verheißt,
davon wird niemand satt. Ich weiß, was ich tun will, wann ich die
Ziegen hüten muß: ich sammle Besenreißig nebenher und lerne
Besen binden, da schafft sich doch ein Kreuzer. Solche Gedanken
hatte Frieder jenen ganzen Tag, sogar in der Schule, und schaute
darein wie ein Träumer. »Wieviel ist sechs mal sechs?« fragte der
Schulmeister beim Einmaleins. »Nun, Frieder, was geht dir heut'
im Kopf herum? schwätz!« Der Bub, voll Schrecken, wußte
nicht, sollt' er sagen: »Besenreißig« oder »sechsunddreißig«, denn
eigentlich war beides richtig; er sagte aber : »Besenreißig!« Da gab
es ein Gelächter, daß alle Fenster klirrten, und blieb noch lang ein
Sprichwort in der Schule, wenn einer in Gedanken saß: der hat
Besenreißig im Kopf.

In der Nacht konnte Frieder nicht schlafen. Einmal kam es ihm
vor, als sei es im Hof nicht geheuer; er richtete sich auf und sah
durchs Fenster über seinem Bett. Sieh da! drang eine Helle aus
dem Stall und kam der Hansel heraus und der Engel auf ihm, der
ritt ihn aus dem Hof so sachten Tritts, als ging' es über Baumwolle weg. Im ersten Augenblick will Frieder schreien, doch
gleich besinnt er sich und denkt, es ist ja Hansels Glück – legt sich
also geruhig wieder hin und weint nur still in die Kissen, daß
jetzt der Hansel fort sein soll und nimmer wiederkommen.

Wie nun die zwei auf offener Straße waren und der Gaul im
hellen Mondschein seinen Schatten sah, sprach er für sich: »Ach!
bin ich nicht ein dürres Bein! eine Königin säße mir nimmermehr auf.« Der Engel sagte weiter nichts hiegegen und lenkte
bald seitwärts in einen Feldweg ein, wo sie nach einer guten
Strecke an eine schöne Wiese kamen; sie war voll goldener

Blumen und hieß die *unsichtbare*, denn sie von ordinären Leuten nicht gesehen ward und ging bei Tage immer in einen nahen Wald hinein, daß sie kein Mensch ausfand. Kam aber guter armer Leute Kind mit einem Kühlein oder Geiß daher, dem zeigte der Engel die Wiese; es wuchs ein herrliches Futter auf ihr, auch mancherlei seltsame Kräuter, davon ein Tier fast wunderbar gedieh. Auf demselbigen Platz stieg der Engel jetzt ab, sprach: »Weide, Hans!« lief dann am Bach hinunter und schwand in die Lüfte, nur wie ein Stern am Himmel hinzückt. Der Hansel seinerseits fraß aber tapfer zu; und als er satt war, tat's ihm leid, so fett und milchig war das zarte Gras. Endlich kommt ihm der Schlaf; also legt er sich stracks an den Hügel dort bei den runden Buchen und ruht bei vier Stunden. Weckt ihn mit eins ein Jägerhorn, da war es Tag und stund die Sonne hell und klar am Himmel. Risch, springt er auf, sieht seinen Schatten auf dem grünen Rasen, verwundert sich und spricht: »Ei! was bin ich für ein schmucker Kerl geworden! unecket, glatt und sauber!« So war es auch, und glänzte seine Haut als wie in Öl gebadet.

Nun aber jagte der König des Landes schon etliche Tage in selbiger Gegend und ging just aus dem Wald hervor mit seinen Leuten. »Ah schaut! ah schaut!« rief er: »was für ein schönes Roß! wie es die stolzen Glieder übt in Sprüngen und lustigen Sätzen!« So sprechend trat er nahe herzu mit den Herren vom Hofe, die vernahmen sich alle über das Pferd und klopften ihm liebkosend auf den Hals. Sagte der König: »Reit', Jäger, in das Dorf hinein, zu fragen, ob dieses Tier nicht feil! Sag' ihnen, es käm' an keinen schlechten Herrn!« Derselbe Jägersmann ritt eine Schecke, welche dem Hansel wohlgefiel, derhalben er von selbst mit in den Flecken trabte, wo die Bauern alsbald neugierig die Köpfe aus den Fenstern streckten. »Hört, Leute! wessen ist der feine Braun'?« ruft der Jäger durch die Gassen. »Mein ist er nicht! – Das ist kein hiesiger!« hieß es von allen Seiten. »Sieh, Frieder, guck!« sagte der Peter, »das ist ein ungrischer. Ich wollt', der wär' mein.« Zuletzt beteuerte der Hufschmied, ein solches Tier sei auf sechs Meilen im Revier gar nicht zu Hause. Da ritt der Jäger samt dem Hansel zum König zurück, vermeldend: »das Roß ist herrenlos.« – »Behalten wir's denn!« versetzte der König, und ging der Zug also weiter.

Indessen meint der Peter, es wäre Zeit, sein Vieh zu füttern, und
stößt mit Gähnen die Stalltür auf. Hu! macht der Rüpel Augen,
wie er den leeren Stand der Mähre sieht. Lang waren ihm alle
Gedanken wie pelzen. »Zum Guckuck!« fuhr er endlich auf,
»wird nicht viel fehlen, war da vorhin der fremde Gaul mein
Hansel, und ist's mit des Teufels Blendwerk geschehen, daß ihn
kein Mensch dafür erkannte!« Der Peter wollte sich die Haar'
ausraufen: allein was konnte er machen? Der Gaul war fort. Es
haben mich nur die zwei Öchslein gedauert. An denen ließ der
Unmensch seinen Grimm in diesen Tagen aus, und mußten sie
für ihrer drei arbeiten. Was ihnen aber, nächst Püffen, Schlägen,
Hungerleiden, das Leben vollends ganz verleidete, das war das
Heimweh nach dem braven Hans. Sie trauerten und wurden wie
verstockt und taten alles hinterstfür; deshalb der Peter leis zu
seinem Weibe sprach: »Es ist schon nicht anders, die Ochsen sind
mir auch verhext.« Bald wurden die Eheleute eins, daß sie das
Paar für ein Spottgeld dem Metzger abließen; der schlachtete sie
in der Stadt. Allein was geschieht? In einer Nacht, da alles
schlief, klopft es dem Peter am Laden; schreit er: »Wer ist da
drauß?« Antworten ihm zwo tiefe Baßstimmen:

»Der Walse und der Bleß

Müssen wandeln deinetwegen,

Wollen zu fressen, fressen in ihre kalten Mägen!«

Dem Peter schauerte die Haut, er zupfte sein Weib: »Steh' du
auf, Ev'!« – »Ich nicht!« antwortete die Frau, »sie wollen halt ihr'
Sach' von dir.« So stund der Großmaul auf mit Zittern, warf
ihnen Futter hinaus, und wie sie damit fertig waren, gingen sie
wieder.

Nun kam das Unglück Schlag auf Schlag. Der Peter brachte
zwar vom nächsten Markt wieder zween Stiere heim, allein da
zeigte sich's, es wollte mit aller Lieb' kein Vieh mehr in dem
Stalle bleiben: die beiden Stiere samt der Kuh wurden krank,
man mußte sie mit Schaden aus dem Hause tun. Der Peter läuft
zu einem Hexenbanner, will sagen Erzspitzbuben, legt ihm
gutwillig einen Taler hin, dafür kriegt er ein Pulver, mit dem
soll er den Stall durchräuchern, Schlag zwölfe um Mittag. Er
räucherte auch wirklich so handig, daß er die Glut ins Stroh
brachte, und schlug der rote Hahn alsbald die Flügel auf dem

Dach, das heißt, Stallung und Scheuer ging in lichten Flammen
auf; mit knapper Not konnte die Löschmannschaft das Wohnhaus retten. Peter, wo will's mit dir hinaus? – Die nächste Nacht
klopft es am Kammerladen. »Wer ist da?«

> »Der Walse und der Bleß
> Kommen in Wind und Regen,
> Wollen zu fressen, fressen in ihre kalten Mägen!«

Da fuhr der Peter in Verzweiflung aus dem Bett, schlug die
Hände überm Kopf zusammen und rief: »Ach mein! ach mein!
soll ich die Toten füttern und hab' doch bald für die Lebendigen
nichts mehr!« Das erbarmte die Tiere, sie gingen fort, kamen
auch nimmermehr.

Anstatt daß der Peter jetzt in sich geschlagen hätte und seinen
Frevel gutgemacht, bot er dem Jammer Trutz im Wirtshaus
unter lustigen Gesellen. Je mehr sein Weib ihn schalt und lamen-
tierte, um desto weniger schmeckt's ihm daheim; er machte
dabei Schulden, kein General hätt' sich dran schämen dürfen,
und bald kam es so weit, daß man ihm Haus und Gut verkaufte.
Jetzt mußte er taglöhnen, und auch sein armes Weib spann
fremder Leute Faden. Der Frieder aber, der saß richtig vor dem
Dorf, hielt einen Stecken in der Hand und wartete der Ziegen
oder band Besenreis auf den Verkauf.

Drei Jahre waren so vergangen, begab sich's einmal wieder, daß
der König das Wildschwein jagte, und war auch die Königin
diesmal dabei. Weil es aber Winterszeit war und sehr kalt,
wollten die Herrschaften das Mittagsmahl nicht gern im Freien
nehmen, sondern die königlichen Köche machten ein Essen
fertig im Greifenwirtshaus, und speiste man im obern Saal
vergnüglich, dazu die Spielleute bliesen. Das Volk aber stund
auf der Gasse, zu horchen. Als nunmehr nach der Tafel die
Pferde wieder vorgeführt wurden und man auch das Leibroß
der Königin zäumte, stund vornean der Ziegenbub, der sprach
gar keck zum Reitknecht hin: »das Roß ist meines Vaters Roß,
daß Ihr's nur wißt!« Da lachte alles Volk laut auf; der Braune
aber wieherte dreimal für Freuden und strich mit seinem Kopf
an Frieders Achsel auf und nieder. Dies alles sah und hörte die
Königin vom Fenster hochverwundert und sagt' es gleich ihrem
Gemahl. Derselbe läßt den Ziegenbuben rufen, und dieser tritt

bescheidentlich, doch munter in den Saal, mit Backen rosenrot, und war er auch sonst ein sauberer Bursche mit lachenden Augen, ging aber barfuß. Red't ihn der König an: »du sagtest ja, das schöne Pferd da unten wär' deines Vaters, nicht?« – »Und ist auch wahr, Herr, mit Respekt zu melden.« – »Wie willst du das beweisen, Bursch'?« – »Ich will es wohl, wenn Ihr's vergönnt. Den Reitknecht hört' ich rühmen, das Roß ließe niemand aufsitzen außer die Königin, der es gehöre. Nun sollt ihr aber sehn, ob mir's nicht stille hält und nachläuft, wenn ich ihm Hansel rufe: darnach mögt Ihr denn richten, ob ich die Wahrheit sprach.« Der König schwieg ein Weilchen, sprach dann zu einem seiner Leute: »bringt mir drei wackre Männer aus der Gemeine her, damit wir hören, was sie dem Knaben zeugen.« Als nun die Männer kamen und über das Pferd gefragt wurden, so fiel ihr Ausspruch nicht zu Frieders Gunsten aus. Da tät der Knabe seinen Mund selbst auf und hub an, treu und einfältig die Geschichte vom Engel zu erzählen, wie er den Hansel entführte, auch wie er ihm unlängst wieder erschienen sei und ihm die unsichtbare Wiese gezeigt habe, welche den Hansel so stattlich gemacht. Darüber waren freilich die Anwesenden hoch erstaunt, etliche blickten schelmisch, allein die Königin sagte: »gewiß, das ist ein frommer Sohn und steht ihm die Wahrheit an der Stirn geschrieben.« Der König selber schien dem Buben wohlgesinnt, doch, weil er guter Laune war, sprach er: »das Probstück wollen wir ihm nicht erlassen.« Hiermit rief er den Frieder an ein Seitenfenster, das nach dem Freien ging auf einen Grasplatz, weit und flach, in dessen Mitte stund ein großer Nußbaum, wohl hundert Schritt vom Haus; es lag aber alles dicht überschneit, denn es im Christmond war. »Du siehst«, sagte der König, »die große Wiese hier.« – »O ja, warum denn nicht?« rief ein Hofmann, des Königs Spaßmacher, halblaut dazwischen: »es ist zwar eine von den unsichtbaren, denn sie ist über und über mit Schnee zugedeckt.« Die Hofleute lachten; der König aber sprach zum Knaben: »laß dich ein loses Maul nicht irren! Schau, du sollst mir auf dem Hansel einen Ring rund um den Nußbaum in den Schnee hier reiten, und wenn es gut abläuft, soll aller Boden innerhalb des Rings dein eigen sein!« Da freuten sich die Schranzen, meinend, es gäbe einen rechten

Schnack; der Frieder wurde aber so freundlich, daß er die weißen Zähne nicht wieder unterbringen konnte. Das Roß ward vorgeführt (nachdem man ihm zwar den goldnen Frauensattel abgenommen), es jauchzte hellauf und alles Volk mit ihm, und Frieder saß oben mit *einem* Schwung. Erst ritt er langsam bis zur Wiese vor, hielt an und maß mit dem Aug' nach allen Seiten den Abstand vom Baum, dann setzt' er den Hansel in Trab und endlich in gestreckten Lauf, das ging wie geblasen, und war es eine Lust ihm zuzusehen, wie sicher und wie leicht der Bursche saß. Er war aber nicht dumm und nahm den Kreis so weit, als er nur konnte; gleichwohl lief derselbe am Ende so schön zusammen, als wär' er mit dem Zirkel gemacht. Mit Freudengeschrei ward der Frieder empfangen, im Nu saß er ab, küßte den Hansel auf den Mund, und der König am Fenster winkt' ihn herauf in den Saal. »Du hast«, sprach er zu ihm, »dein Probstück wohl gemacht; die Wiese ist dein. Den Hansel anbelangend, den kann ich dir nicht wiedergeben: ich hab' ihn meiner Königin geschenkt; soll aber dein Schade nicht sein.« Mit diesen Worten drückte er ihm ein Beutelein in die Hand, gespickt voll Dublonen. Des war der Knabe sehr zufrieden, zumal die Königin hinzusetzte: er möge alle Jahr' zur Stadt kommen, in ihrem Schloß vorsprechen und den Hansel besuchen. »Ja«, rief der Frieder, »und da bring' ich Euch zur Kirchweih' allemal ein Säcklein grüne Nüss' vom Baum!« – »Bleib' es dabei!« sagte die Königin; so schieden sie. Der Frieder lief heim durch all das Volksgewühl und Gejubel hindurch, zu seinen Eltern. Der Peter hatte den Ritt von weitem heimlich mit angesehen, und jetzt tat er in seinem Herzen ein Gelübde – ich brauche ja wohl nicht zu sagen, worin das bestand. Genug, der Hansel und der Frieder hatten ihm wieder auf einen grünen Zweig geholfen: er wurde ein braver, ehrsamer Mann, dazu ein reicher, der einen noch reichern Sohn hinterließ. Seit dieser Zeit hat sich im ganzen Dorf kein Mensch an einem Tier mehr versündigt.

JUSTINUS KERNER
Goldener

 s sind wohl zweitausend Jahre oder noch länger, da
hat in einem dichten Walde ein armer Hirte gelebt, der hatte sich ein bretternes Haus mitten im
Walde erbaut, darin wohnte er mit seinem Weib
und sechs Kindern; die waren alle Knaben. An
dem Hause war ein Ziehbrunnen und ein Gärtlein, und wann
der Vater das Vieh hütete, so gingen die Kinder hinaus und
brachten ihm zu Mittag oder zu Abend einen kühlen Trunk aus
dem Brunnen oder ein Gericht aus dem Gärtlein.

Den jüngsten der Knaben riefen die Eltern nur: Goldener, denn
seine Haare waren wie Gold, und obgleich der jüngste, so war
er doch der stärkste von allen und der größte.

So oft die Kinder hinausgingen, so ging Goldener mit einem
Baumzweige voran, anders wollte keines gehen, denn jedes
fürchtete sich, zuerst auf ein Abenteuer zu stoßen; ging aber
Goldener voran, so folgten sie freudig eins hinter dem andern
nach, durch das dunkelste Dickicht, und wenn auch schon der
Mond über dem Gebirge stand.

Eines Abends ergötzten sich die Knaben auf dem Rückweg vom
Vater mit Spielen im Walde und hatte sich Goldener vor allen so
sehr im Spiele ereifert, daß er so hell aussah wie das Abendrot.
»Laßt uns zurückgehen!« sprach der Älteste, »es scheint dunkel zu
werden.« »Seht da, der Mond!« sprach der Zweite. Da kam es licht
zwischen den dunkeln Tannen hervor, und eine Frauengestalt
wie der Mond setzte sich auf einen der moosigen Steine, spann
mit einer kristallenen Spindel einen lichten Faden in die Nacht
hinaus, nickte mit dem Haupte gegen Goldener und sang:

> Der weiße Fink, die goldene Ros',
> Die Königskron' im Meeresschoß.

Sie hätte wohl noch weiter gesungen, da brach ihr der Faden
und sie erlosch wie ein Licht. Nun war es ganz Nacht, die Kinder
faßte ein Grausen, sie sprangen mit kläglichem Geschrei, das eine
dahin, das andere dorthin, über Felsen und Klüfte und verlor
eins das andere.

Wohl viele Tage und Nächte irrte Goldener in dem dicken

Wald umher, fand auch weder einen seiner Brüder, noch die Hütte seines Vaters, noch sonst die Spur eines Menschen: denn es war der Wald gar dicht verwachsen, ein Berg über den andern gestellt und eine Kluft unter die andere.

Die Braunbeeren, welche überall herumrankten, stillten seinen Hunger und löschten seinen Durst, sonst wär' er gar jämmerlich gestorben. Endlich am dritten Tage, andere sagen gar erst am sechsten, wurde der Wald hell und immer heller und da kam er zuletzt hinaus auf eine schöne grüne Wiese.

Da war es ihm so leicht um das Herz, und er atmete mit vollen Zügen die freie Luft ein.

Auf derselben Wiese waren Garne ausgelegt, denn da wohnte ein Vogelsteller, der fing die Vögel, die aus dem Wald flogen, und trug sie in die Stadt zu Kaufe.

»Solch ein Bursch ist mir gerade vonnöten«, dachte der Vogelsteller, als er Goldener erblickte, der auf der grünen Wiese nah an den Garnen stand und in den weiten blauen Himmel hineinsah und sich nicht satt sehen konnte.

Der Vogelsteller wollte sich einen Spaß machen, er zog seine Garne und husch! war Goldener gefangen und lag unter dem Garne gar erstaunt, denn er wußte nicht, wie das geschehen war.

»So fängt man die Vögel, die aus dem Walde kommen«, sprach der Vogelsteller laut lachend; »deine roten Federn sind mir eben recht. Du bist wohl ein verschlagener Fuchs; bleibe bei mir, ich lehre dich auch die Vögel fangen.«

Goldener war gleich dabei; ihm deuchte unter den Vögeln ein gar lustig Leben, zumal er ganz die Hoffnung aufgegeben hatte, die Hütte seines Vaters je wieder zu finden.

»Laß erproben, was du gelernt hast«, sprach der Vogelsteller nach einigen Tagen zu ihm. Goldener zog die Garne, und bei dem ersten Zuge fing er einen schneeweißen Finken.

»Packe dich mit diesem weißen Finken!« schrie der Vogelsteller, »du hast es mit dem Bösen zu tun!« und so stieß er ihn gar unsanft von der Wiese, indem er den weißen Finken, den ihm Goldener gereicht hatte, unter vielen Verwünschungen mit den Füßen zertrat.

Goldener konnte die Worte des Vogelstellers nicht begreifen; er ging getrost wieder in den Wald zurück und nahm sich noch einmal vor, die Hütte seines Vaters zu suchen.

Er lief Tag und Nacht über Felsensteine und alte gefallene Baumstämme, fiel auch gar oft über die schwarzen Wurzeln, die aus dem Boden überall hervorragten.

Am dritten Tage wurde der Wald heller und immer heller, und da kam er endlich hinaus und in einen schönen, lichten Garten, der war voll der lieblichsten Blumen, und weil Goldener so was noch nie gesehen, blieb er voll Verwunderung stehen. Der Gärtner im Garten bemerkte ihn nicht so bald, denn Goldener stand unter den Sonnenblumen, und seine Haare glänzten im Sonnenschein nicht anders als so eine Blume.

»Ha!« sprach der Gärtner, »solch einen Burschen hab' ich gerade vonnöten«, und schloß das Tor des Gartens. Goldener ließ es sich gefallen, denn ihm deuchte unter den Blumen ein gar buntes Leben, zumal er ganz die Hoffnung aufgegeben hatte, die Hütte seines Vaters wieder zu finden.

»Fort in den Wald!« sprach der Gärtner eines Morgens zu Goldener, »hol' mir einen wilden Rosenstock, damit ich zahme Rosen darauf pflanze!«

Goldener ging und kam mit einem Stock der schönsten goldfarbenen Rosen zurück, die waren auch nicht anders, als hätte sie der geschickteste Goldschmied für die Tafel eines Königs geschmiedet.

»Packe dich mit diesen goldenen Rosen!« schrie der Gärtner, »du hast es mit dem Bösen zu tun!« und so stieß er ihn gar unsanft aus dem Garten, indem er die Rosen unter vielen Verwünschungen in die Erde trat.

Goldener konnte die Worte des Gärtners nicht begreifen; er ging getrost wieder in den Wald zurück und nahm sich nochmals vor, die Hütte seines Vaters zu suchen.

Er lief Tag und Nacht von Baum zu Baum, von Fels zu Fels. Am dritten Tag endlich wurde der Wald hell und immer heller, und da kam Goldener hinaus und an das blaue Meer, das lag in einer unermeßlichen Weite vor ihm. Die Sonne spiegelte sich eben in der kristallhellen Fläche, da war es wie fließendes Gold, darauf schwammen schöngeschmückte Schiffe mit langen fliegenden Wimpeln.

Eine zierliche Fischerbarke stand am Ufer, in die trat Goldener und sah mit Erstaunen in die Helle hinaus.

»Ein solcher Bursch ist uns gerade vonnöten«, sprachen die
Fischer, und husch! stießen sie vom Lande. Goldener ließ es sich
gefallen, denn ihm deuchte bei den Wellen ein goldenes Leben,
zumal er ganz die Hoffnung aufgegeben hatte, seines Vaters
Hütte wieder zu finden.

Die Fischer warfen ihre Netze aus und fingen nichts. »Laß sehen,
ob du glücklicher bist!« sprach ein alter Fischer mit silbernen
Haaren zu Goldener. Mit ungeschickten Händen senkte Goldener das Netz in die Tiefe, zog und fischte eine Krone von hellem
Golde. »Triumph!« schrie der alte Fischer und fiel Goldenern zu
Füßen, »ich begrüße dich als unsern König! Vor hundert Jahren
versenkte der alte König, welcher keine Erben hatte, sterbend
seine Krone im Meer, und so lange, bis irgend einen das Schicksal bestimmt hätte, die Krone wieder aus der Tiefe zu ziehen,
sollte der Thron ohne Nachfolger in Trauer gehüllt bleiben.«

»Heil unserem König!« riefen die Fischer und setzten Goldenern
die Krone auf. Die Kunde von Goldener und der wiedergefun-
denen Königskrone erscholl bald von Schiff zu Schiff und über
das Meer weit in das Land hinein. Da war die goldene Fläche
bald mit bunten Nachen bedeckt und mit Schiffen, die mit
Blumen und Laubwerk geziert waren, diese begrüßten alle mit
lautem Jubel das Schiff, auf welchem König Goldener stand. Er
stand, die helle Krone auf dem Haupte, am Vorderteile des
Schiffes und sah ruhig der Sonne zu, wie sie im Meere erlosch.

GEORG BÜCHNER

s war einmal ein arm Kind und hatt' kein Vater und keine Mutter, war alles tot, und war niemand mehr auf der Welt. Alles tot, und es is hingangen und hat gesucht Tag und Nacht. Und weil auf der Erde niemand mehr war, wollt's in Himmel gehn, und der Mond guckt es so freundlich an; und wie es endlich zum Mond kam, war's ein Stück faul Holz. Und da is es zur Sonn gangen, und wie es zur Sonn kam, war's ein verwelkt Sonne-blum. Und wie's zu den Sternen kam, waren's kleine goldne Mücken, die waren angesteckt, wie der Neuntöter sie auf die Schlehen steckt. Und wie's wieder auf die Erde wollt, war die Erde ein umgestürzter Hafen. Und es war ganz allein. Und da hat sich's hingesetzt und geweint, und da sitzt es noch und is ganz allein.

LEVIN SCHÜCKING
Die drei Freier

n der hochbelobten und uralten, des heiligen römischen Reiches freien Stadt Augsburg liegt noch
heute am Weinmarkt und dicht neben dem
Wohnhaus der weltberühmten Fugger ein Gasthof, der seit undenklichen Zeiten die beste Herberge geboten hat für alle Wegfahrer zwischen Alpen und
Main- oder Rheinland. Er ist ursprünglich vor vielen Jahren, zu
Caroli Quinti Zeiten, vom reichen Anton Fugger zu seinem
Wohnhause erbaut; auch ist darin noch heute der Saal mit der
überaus kunstreich getäfelten Decke aus geschnitztem Holz-
werk zu sehen, in welchem der reiche Anton die römisch-kaiser-
liche Majestät bewirtete und mit des Kaisers Schuldverschrei-
bung über viele Tausend Dukaten das Kaminfeuer entzündete.
Nach des Fuggers Heimgang, nun auch schon, wie gesagt, seit
vielen Jahren, ist das Gebäude ein Wirtshaus geworden, ansehn-
lich und groß, mit stattlichen Räumen und breiten steinernen
Stiegen, und dazu versehen mit einem Keller voll der ausgesuch-
testen und köstlichsten Weine aus Ungarland, Hispanien und
Italien, so daß niemand, und reiste er auch durch das ganze weite
Land der Deutschen, sich besser unterzustellen vermöchte, als
bei den »Drei Mohren« in Augsburg.
Es war im Jahre als man schrieb 1700, um die Zeit jedoch, als
schon das alte vor dem jungen Jahre, so da 1701 heißen sollte, zu
weichen sich anschickte; in der Zeit zwischen der heiligen Weih-
nacht und dem Fest der drei Könige, was man gemeiniglich »in
den Zwölften« nennt; es ist das die Zeit besondrer Andächtigkeit
und der frommen Einkehr in sich selbst für die lebenden Menschen, aber auch die Zeit der Unrast und Unruh für alle die, so
im Grabe noch keine Ruhe fanden und absonderlich die Art
Unseliger, die nicht gern da vorüber zieht, wo ein Kreuz errichtet ist, oder das geweihte Glöcklein einer Kapelle läutet.
Es hatte mehrere Tage geschneit, jetzt aber schien das Wetter
sich allgemach umsetzen zu wollen, denn der Schnee begann
sich unter den Füßen der ehrsamen Bürgersleute zu ballen, die

über den Weinmarkt, nach St. Ulrich und Afras hoch in den
Abenddunst aufragendem Münster in die Abendandacht
schritten. Auch war die Luft plötzlich wärmer und feucht geworden, und ein grauer Nebel legte sich leis über die Dächer
und quoll sacht in die Gassen nieder, daß die hohen Giebel der
Häuser mit ihren Zacken und Zieraten durch den doppelten
Schleier der Dämmerung und des Nebels wie hochaufgerich-
tete Lebwesen mit wüsten versteinerten Gesichtern aussahen,
die nur noch das volle Nachtdunkel erwarteten, um sich aus
der dichtgedrängten Reihe, in der sie zusammengeschoben
standen, mit den Schultern loszuschütteln und, Gott der Herr
weiß was, zu beginnen. Und jetzt sah man auch die Spitzen
der Türme von Sankt Afra schon gar nicht mehr, so nebelicht
und dunkel war es bereits.
Unter dem geöffneten Einfahrtstore der »Drei Mohren« stand
Herr Winhold Eusebius Flachs, der Gastwirt, und überblickte
den Weinmarkt, ob vielleicht noch irgendeine fremde Herrschaft zu Roß oder gar zu Wagen sich nahe, um Aufnahme
unter sein gastliches Dach zu begehren, denn die Stunde war da,
um die Torflügel schließen zu lassen.
Als er nun so dastehend den vorüberziehenden Kirchengängern,
die von der Seite des Weberhauses herkamen, entgegen sah,
blieb sein Auge auf einer fremdartigen Gestalt haften, welche
sich von den andern, so die Gasse belebten, sehr auffallend
unterschied. Es war ein Mann in einem langen dunkeln Talare,
der sich langsam an einem hohen Wanderstabe weiterbewegte
und so ermüdet schien, daß er einmal die rechte Hand ausstreckte, um sich an den Mauern des nächsten Hauses zu stützen;
endlich, als er grade dem schönen Herkulesbrunnen gegenüber
gekommen war, blieb er ganz stehen, lehnte sich mit der Schulter an die nächste Mauer, krampfte seine beiden Hände um
seinen Stock, ließ das Haupt auf die Brust sinken und schien es
ganz und gar aufzugeben sich noch weiter zu schleppen.
Die Menschen auf der Gasse warfen im Vorübergehen einen
Blick auf ihn, der eine oder der andere blieb auch einen Augenblick neben ihm stehen, – und schritt dann stumm und teil-
nahmslos weiter. Herr, oder wie man dazumal sagte, Monsieur
Flachs aber rief, nachdem er diese Erscheinung eine Weile beob-

achtet hatte, seinen Hausknecht herbei und hieß ihn hingehen
und dem müden, unglücklichen Menschen beispringen und ihn
ins Haus holen, damit er doch nicht umkomme so in der Nacht
und Kälte, mitten in der reichen Stadt Augsburg und dicht vor
der Schwelle eines christlichen Wirtshauses.

Es wird zwar ein Jude sein, – so schloß Monsieur Flachs nach
dem Aussehen des Mannes, und auch allein schon aus der Art,
wie die frommen Kirchgänger so recht wie christliche Samariter
teilnahmlos und kalt an dem armen Teufel vorübergingen; aber
es ist doch auch ein Mensch, setzte Herr Flachs für sich hinzu,
und oft haben diese polnischen Langbärte mehr rote Füchse in
der Katze, als die gleißendsten Kavaliere.

Unterdes hatte der Hausknecht den ermatteten Wanderer erreicht, ein paar Worte mit demselben gewechselt, und kam nun
ihn am Arme führend langsam mit ihm dahergeschritten, bis sie
unter dem Torweg des Gasthofes standen.

Gott lohn's! Gott lohn's! – ich bin müde! müde! müde! sagte hier
tief aufatmend und sich auf die Schulter des Knechtes stützend
der Fremde. – Laßt mir ein gutes Bett geben, Herr, und eine
stille Kammer – ich kann es bezahlen – nur ein gutes Bett, – ich
bin müde! müde! müde!

Der Wirt warf einen prüfenden Blick über die Gestalt, die ihm
nun doch einen recht wunderlichen Eindruck machte. Der
müde Mann hatte einen langen, wirren, zerzausten Bart und ein
schmutziges, braungelbes, langes Angesicht, das wie von Wetter
und Wind gegerbt und beinahe so runzlich war, wie die Rinde
eines alten Baumes; sein Talar von schwarzem Zeug sah wohl
recht beschmutzt und abgeschabt und fadenscheinig, aber gar
nicht zerlumpt oder zerfetzt aus, und alles in allem mußte Herr
Winhold Eusebius Flachs beim Anblick dieses wunderlichen
morschen Gesellen an den toten Tilly denken, den er auch so
halb vermodert und halb vertrocknet mit seinem ledernen Gesicht einst in Altenötting im Glaskasten liegen gesehen.

Führ ihn hinauf und gib ihm, was er verlangt – laß ihn auch eine
warme Suppe und einen Nachttrunk haben, sagte Monsieur
Flachs zu seinem Knecht, nachdem er seine Musterung beendet;
dann setzte er, zu dem Wanderer gerichtet, mitleidig hinzu:
auch wenn du nicht mehr Reisepfennige hättest, als der ärmste

Strolch auf des Kaisers Heerwege, so solltest du in meinem
Hause nicht Kälte und Hunger leiden, Mauschel!

Der Fremde folgte dem Knecht und erhielt von ihm angewiesen, was er verlangte, ein Kämmerlein mit einem Bette; die
Speise und den Trunk, so man ihm anbot, wollte er nicht. Am
andern Morgen um neun Uhr, bat er nur, möge der Wirt zu ihm
in seine Kammer kommen. Bis dahin sollte man ihn ruhen lassen
– nur ruhen.

Am andern Tage – es mochte neun Uhr längst vorüber sein, denn
der Hospes zu den »Drei Mohren« saß eben mit einem paar guter
Gesellen unten in der großen gewölbten Gaststube beim zweiten
Frühstück und hatte des alten Juden Bitte, so ihm gestern abend
der Knecht hinterbracht, längst vergessen, – da trat dieser mit
einem verstörten Gesichte hinter seines Herrn Stuhl und sagte
leise: Ich soll Euch zu wissen tun, daß der armenische Prinz Isaak
Laquedem Euer alsogleich begehrt, Monsieur Flachs!

Wer? bist du über Nacht simpel geworden, Georg?

Geht hin, Monsieur Flachs, und wenn Euch der Verstand nicht
selber stille steht bei dem da oben, den Ihr gestern in Euer Haus
aufgenommen habt, so könnt Ihr mich einen Simpel heißen.

Der Gastwirt begab sich eilig, von seinem Hausknechte geführt,
auf die Kammer des Fremden. Aber nachdem er den ersten
Blick auf diesen geworfen, sah er sich wie ganz und gar verdutzt
in der Kammer um, ob er denn träume oder wache. Der alte
todmüde Jude, den er aus Barmherzigkeit am Abend zuvor
unter sein Obdach aufgenommen hatte, lag auf dem Bette vor
ihm da als ein ganz schöner, kräftiger und noch junger Mann
von höchstens dreißig und einigen Jahren. Monsieur Flachs hätte
seinen Augen nicht geglaubt, aber vor dem Bette des Fremden
lag dessen alter schmutziger Talar und ihm zu Häupten stand der
große knorrige Eichenstock, an dem er sich gestern so mühsam
weiter geschleppt.

Der Schlaf hat Euch sehr wohl getan, Herr! begann Monsieur
Flachs endlich verwirrt und betroffen das Gespräch.

Das hat er, versetzte still lächelnd der Fremde; Ihr habt gute
Betten in Augsburg und deshalb gedenke ich auch noch ge-
raume Zeit auf den guten Pfühlen Eures Hauses auszuruhen,
Herbergvater. Laßt mir dazu aber Eure besten Gemächer her-

richten. Ich war gestern zu müde, als daß ich mit Euch rechten mögen, weil Ihr mich in dies schmale Kämmerlein weisen ließet. Auch mag ich eben nicht ganz reputierlich ausgesehen haben in dem zerrissenen und beschmutzten Anzug, in dem ich bei Euch anlangte.

In der Tat, sagte der Wirt, und deshalb müßt Ihr's nicht verübeln – hättet Ihr nur ein Wort gesprochen –

Laßt es gut sein; ich verzeihe es Euch, antwortete der Fremde gnädig. Ihr müßt wissen, daß ich gestern auf meiner Reise im Walde vor Zusmarshausen von einer Bande Strauchdiebe unerwartet überfallen, elendiglich niedergeschlagen und schändlich ausgeplündert worden bin. Meine Diener sind alle tot auf dem Platze geblieben, Habe und Gepäck haben die Mordgesellen mir geraubt und mit meinen Pferden sind sie auf und davon gesprengt. So ist es! Ihr habt schlechte Steckenreuter und Aufsicht hierzulande; wenn so etwas im Reiche meines Vaters, des Großfürsten von Armenien vorkäme, so stäken die Strolche drei Tage nachher am Pfahle!

Ei, ei, ei! bedauerte kopfschüttelnd Monsieur Flachs und setzte dann hinzu: Seine Gestrengen, der regierende Herr Bürgermeister wird sicherlich sofort nach geschehener Meldung ein Schreiben an den Herrn Fürstbischof nach Dillingen ergehen lassen, mit dem Ansuchen, Euer Hoheit Genugtuung zu verschaffen.

Glaubt Ihr in der Tat? mehr kann man nicht verlangen. Des gnädigen Bischofs Mannschaft wird dann, wenn sie wacker hinterdrein ist, binnen kurzem ganz genau den Platz entdecken, wo die Sache vorgefallen. Und weiter nichts. Des muß ich mich denn wohl getrösten! Aber Ihr begreift jetzt, Herbergvater, weshalb ich aussah wie ein alter Jude, als ich gestern, an allen Gliedern zerschlagen und durch den Schmutz gezogen, bei Euch anlangte. Was aber das Beste ist, so habe ich vor den Wegelagerern noch immer einen Notpfennig gerettet, daß Euch um meine Zeche nicht bangen braucht. Und so höret, was ich von Euch begehre: Zuerst laßt mir einen Bartputzer, einen Gewandhändler und einen Schneider kommen; sodann bestellt mir einen Rossehändler. Haltet mir stets auch eine Sänfte mit vier Trägern bereit und schaut Euch nach ein paar zuverlässigen Männern um, die Ihr mir als meine Diener empfehlen könnt. Endlich, richtet Euern besten Saal her und laßt ein Mahl für drei Gäste bereiten, so gut es nur immer Eure Küche und Euer Keller vermögen. Ihr könnt um die Abendstunde die Ankunft von zwei Herrschaften erwarten, die mich hier aufzusuchen kommen und ihr Absteigequartier bei Euch zu nehmen gedenken.

Görg, der Knecht, hat wohl recht gehabt; dem Gastwirt stand bei allem diesem nach und nach der Verstand vollkommen stille, und er stand eine Weile, ohne zu antworten, da, mit großen Blicken den Fremden anstarrend. Dieser, schien es, gab seinem stummen Erstaunen eine falsche Deutung; er griff, sich halb erhebend, nach seinem alten Talare, der auf dem Schemel vor seinem Bette lag, fuhr in eine Tasche des Gewandes und holte eine ganze Hand voll funkelnder Goldstücke heraus.

Wollt Ihr ein Dutzend davon zum voraus? fragte er lächelnd. Es scheint, Ihr haltet noch immer den Prinzen Isaak Laquedem, den Sohn des Großfürsten von Armenien für einen armen Wegfahrer!

O nein, Eure Hoheit − ich eile gleich, alle Eure Befehle zu erfüllen, versetzte errötend Monsieur Flachs und verließ schnell das Schlafgemach des Fremden, um alles, was gesunde Beine hatte im Gasthof zu den »Drei Mohren«, aufzubieten und außer Atem zu versetzen.

Bei alledem hatte der müde, alte Wanderer, der über Nacht ein schöner junger Prinz geworden war, nicht ganz Unrecht gesehen, wenn er etwas wie Ungläubigkeit und Mißtrauen aus den Zügen des erstaunten Monsieur Flachs zu lesen gemeint. Der Argwohn, daß ein Abenteurer ihn zu prellen beabsichtige, schlich sich, sobald er allein war, wieder bei ihm ein, und lag auch zu nahe, um nicht sehr verzeihlich zu sein; Monsieur Flachs bereute in kurzer Frist, die angebotenen Goldstücke nicht genommen und ihre Echtheit geprüft zu haben. Lange, das versprach er sich aber, werde er nicht der Narr eines pfiffigen Glücksritters und Betrügers sein, höchstens bis zum Abend; dann mußte es sich ja auch zeigen, ob die angekündigten Herrschaften wirklich einträfen oder nicht.

So stand er denn um die Dämmerungsstunde erwartungsvoll wieder unter der Haustür und blickte den Weinmarkt hinauf

und hinab. Die Straße bot heute nicht mehr den Anblick von
gestern; die weiße Schneedecke, die den Boden überzogen, hatte
sich in nassen Schmutz und Wasser aufgelöst und ein warmer
Südwestwind warf von Zeit zu Zeit schwere Massen des Schnees
von den Dächern klatschend auf die Gassen und in die Höfe
nieder. Wie Monsieur Flachs nun so dastand, die fröstelnden
Hände in beide Taschen begrabend und erwartungsvoll bald
den Kopf rechts und bald ihn links wendend, öffnete sich ein
Fensterflügel über ihm, und der Kopf des armenischen Prinzen,
der jetzt dort oben nach vorn hinaus die besten Gemächer
eingenommen, sah hervor und fragte mit spöttischem Lächeln,
während seine schmal geschlitzten schwarzen Augen unter den
dicken, über der Nase zusammenfließenden Brauen unheimlich
wie Katzenaugen im Dunkel leuchteten: Monsier Flachs, fragte
er mit seinem eigentümlich langsam die Silben heraufgurgeln-
den Organ – sehet Ihr noch niemand ankommen?
Der Wirt warf einen verdrießlichen Blick nach oben und versetzte: Ich habe nur nach dem Wetter ausgeschaut. Es wird eine
garstige und stürmische Nacht werden.
Ich hoffe, Ihr habt für ein gutes Kaminfeuer in Eurem Saale
gesorgt, an dem meine Freunde sich von dem Mühsal ihrer
Reise erholen können; der eine von ihnen ist sehr frostiger
Natur und der andere hat einen ganz absonderlichen Abscheu
vor Regen und Nässe und Wind.
An einem guten Feuer soll es nicht fehlen, versetzte der Gastwirt; wenn nur die Herrschaften nicht ausbleiben.
Sie werden nicht ausbleiben. Habt Ihr für die Mahlzeit Fürsorge
getragen?
Wie es Eure Hoheit befohlen hat.
Und seht, da kommen sie! sagte der Prinz von Armenien, zog
seinen Kopf aus dem Fenster zurück und schloß es dann sorgfältig wieder zu.
Herr Flachs schaute nach allen Seiten aus, aber er sah und hörte
nichts von den angekündigten Gästen; er wollte bereits mißvergnügt ins Haus zurücktreten, als er plötzlich in der Ferne ein
Gerassel und Gerumpel wie das einer schwerfälligen Karosse
wahrnahm; wenige Augenblicke darauf zeigten sich in der Tat
aus der nächsten Quergasse biegend die Vorderpferde einer

vierspännigen Reisekutsche, die in langsamem Trab, wie vom roten Turmtor herkommend, über den Weinmarkt bogen und dann geradewegs den »Drei Mohren« zulenkten. Es war ein merkwürdiges altes, mit Schnitzwerk und bunten Farben bedecktes Gerüst von einem Reisewagen; das Riemenwerk war so dick, als ob es aus Elens- oder Büffelhaut geschnitten, und das ganze hatte eine so ehrwürdige altertümliche und fast lächerliche Gestalt, daß man hätte glauben können, es habe schon vor einem Jahrhunderte gedient, oder die Königin Berta mit dem Gänsefuß habe gar schon ihre Wochenbettvisiten darin abgefahren. Die Pferde aber waren vier ganz gewöhnliche Fürstlich Thurn und Taxissche Postklepper.

Als der Wagen vor dem Tore der »Drei Mohren« hielt, stieg ein stämmiger Diener vom Bocke herab, riß eifrig den Wagenschlag auf und half einem kräftig gebauten Manne von mittlerer Größe, von blonden Haaren und großen blauen Augen, aber ganz dunkler, wettergebräunter Hautfarbe, aus dem Wagen.

Ein Quartier für Seine Exzellenz, den Herrn Admiral van der Decken aus Batavia! sagte der Diener, während sein Herr mit wankendem Seemannsgange ohne Gruß an dem Wirt vorüber in den Torweg schritt.

Monsieur Flachs machte seine schönsten Bücklinge und bat die Exzellenz untertänigst, ihm zu folgen. Er schritt die Stiege hinauf und führte, wie es der Prinz von Armenien befohlen, den Fremden sogleich in den großen schönen Fuggersaal, wo das Mahl bereitet war und ein großes lustiges Feuer im Kamin prasselte. Aber kaum hatte er noch vor dem neuen vornehmen Gaste die beiden Flügeltüren des Saales aufgeworfen, als ein gewaltiges Pferdegestampf und Hallo von unten heraufschallte und ihn zurückrief. Er lief eilfertig die Stiegen wieder hinab, zu schauen, was es gäbe; da fand er den Torweg von vielen Sattel- und Saumrossen eingenommen, und von dem schönsten derselben, einem hohen feurigen Schimmel, stieg just eine schlanke, ritterliche Männergestalt, gekleidet in grünes Tuch, das rings mit schmalen goldenen Borten besetzt war, einen dreieckigen Hut mit grünen Federn auf dem Haupte und an der Seite, an einem goldenen Gurt einen kostbaren Hirschfänger mit goldenem Gefäße, das aus den Falten des weiten, langhin nachflatternden Mantels hervorschimmerte. Sein Gesicht war lang und sehr hager, aber ausdrucksvoll und edel geschnitten und seine Augen blitzten so düster vornehm unter den buschigen schwarzen Brauen hervor, – weiland der Ritter Parzival oder der tapfere Bayard konnte nicht vornehmer aussehen.

He, Holla! Wirt! brüllte einer von den Reitknechten aus dem Gefolge, so laut, als ob er hier, in dem geschützten Torwege, gegen den Sturm anschreien müsse.

Hier! hier! was steht dem Herrn zu Befehl? rief Monsieur Flachs herbeistürzend.

Seine Exzellenz der Oberjägermeister von Rodenstein will Eure Herberge beziehen.

Es ist alles bereit! rief Monsieur Flachs ganz aufgeregt und sich einmal über das andere verbeugend aus, – belieben Eure Exzellenz mir zu folgen; Seine Hoheit, der Prinz von Armenien und Seine Exzellenz, der Herr Admiral van der Decken aus Batavia, erwarten bereits den Herrn Oberjägermeister von Rodenstein oben auf dem Saale.

2.

In dem schönen Saale, der, von dem Geräusch der Gasse fern, stille nach hinten hinaus gelegen ist, flammten die Wachskerzen des kristallenen Kronleuchters und spiegelten sich in den kostbaren Silbergeschirren und Pokalen, mit denen Monsieur Flachs eine runde Tafel inmitten des Gemaches hatte besetzen lassen. Ein Haufen Buchenscheite flackerte und knisterte in dem hohen Kamin und verbreitete eine linde Wärme, während der Duft der Speisen ein Mahl verhieß, wie es die vornehmen Herren, die heut in den »Drei Mohren« ihr Absteigequartier genommen, wohl nirgends üppiger hätten finden können. Auch mochten die drei Herren, die sich von den verschiedensten Enden der Welt her hier ein Stelldichein gegeben zu haben schienen, sich nach der Mühsal ihrer langen Wegfahrt wieder recht wohl und behaglich fühlen. Und ganz ungestört unter sich dabei bleiben wollen, denn sie wiesen, nachdem die Speisen sämtlich, wie sie befohlen, zugleich aufgetragen worden, die Diener hinaus und verriegelten die hohe, dunkle Flügeltüre; während ihr Gesinde, – auch ein Häuflein gar wunderlicher Gesellen – sich unten in der Gaststube zusammenfand, an einer Ecke des langen braungebohnten Eichentisches zusammenhockte und in einer fremden kuriosen Sprache munkelte, von der Monsieur Flachs keine Silbe verstand, soviel fremder Gesellen aus aller Herren Ländern er auch bei sich beherbergt hatte, und so sehr er jetzt auch, wenn er sich in ihrer Nähe zu schaffen machte, die Ohren auftat.

Dies Abschließen und Heimlichtun ärgerte aber endlich Monsieur Flachs, der, wie alle Wirte, etwas neugieriger Natur war; doch getröstete er sich dessen bald, denn er hatte dafür gesorgt, daß ihm von dem rätselhaften Prinzen aus Armenien und seinen Freunden auf die Dauer in seinem Hause nicht also ein Schnippchen geschlagen werden konnte. Leise und heimlich stieg er auf den Speicher seines Hauses, bis er sich just über dem Fuggersaale befand. Da war kunstreich ein kleiner Schieber in der getäfelten Decke des Saales angebracht, an einer Stelle, wo eine große, geschnitzte Rose die Öffnung völlig unsichtbar machte. Hier konnte ein stiller Lauscher jedes Wort vernehmen, welches da unten gesprochen wurde, jede Bewegung mit den Augen verfolgen; und das tat jetzt Herr Flachs, nachdem er den Schieber leise geöffnet.

Die drei Herren hatten ihren Tisch dem Kamin nahe geschoben und saßen jetzt aufrecht und stattlich da; sie tafelten eine Zeitlang düster schweigend und führten bedächtig die Bissen zum Munde, so wie jemand, der prüfend eine ihm fremde Speise genießt; dann nach geraumer Zeit schoben sie die Schüsseln beiseite, wandten ihre Gesichter der Flamme zu und füllten nun alle drei ihre Pokale mit dem schweren Algesiraswein, den Monsieur Flachs ihnen zum Nachtisch hatte aufstellen lassen.

Nun denn, auf ein fröhliches Jahr! sagte, den Kopf aufwerfend, der Oberjägermeister von Rodenstein, als er den Becher erhob und gravitätisch an die Lippen führte.

Sei es so lustig, wies unser letztes war! tat Mynheer van der Decken, der Admiral, Bescheid.

So fröhlich, wie es Anno 1601 war? fiel der Armenier kopfschüttelnd ein – das wäre viel verlangt, denn seitdem sind hundert Jahre verflossen, die eine harte Zeit für das arme Menschengewürm waren, und diese Unglückskinder sind trübselig und stumpfsinnig darüber geworden.

Und doch, denk' ich, ist im reichen, üppigen Augsburg noch immer löblicher Kurzweil genug zu finden; wo nicht, sagte der Weidmann – und wenn wir bereuen, uns just hier zusammengefunden zu haben, so ist es meine Schuld nicht; der starrköpfige Holländer bestand darauf, er wollte weit, weit vom Meere fort und mitten auf den Kontinent, wo keine Seewinde wehen.

Hackelberg, sagte der Admiral, die Brauen düster zusammenziehend – tut mir die Liebe an und sprecht das Wort Meer nicht aus, falls ihr wollt, daß wir als Freunde zusammen bleiben!

Nun nichts für ungut, van der Decken: nur laßt mir dagegen auch Jagd- und Weidwerk beiseite! versetzte der Weidmann und tat einen tiefen Zug aus dem Becher.

Und du? fragte der Admiral, zum Armenier gewendet. Hast nicht auch du deine schwache Seite, alter Isaak, deren Berührung dich schüttelt?

Nein. Sprecht, von was und wem ihr wollt, vorausgesetzt, daß ihr mir niemals, solange wir zusammen bleiben, zumutet, einen Schritt außer dem Hause zu Fuße zu tun, und anders denn zu Roß oder in einer Sänfte.

Erzähl' uns, was du gesehen hast, Isaak Laquedem, hub, nachdem eine kurze Pause eingetreten war, der Weidmann wieder an; erzähle von dem was geschah in den hundert Jahren, daß wir einander nicht gesehn; du bist der Glücklichere von uns, du durchwanderst die Erde und siehst, was die Menschen in den Städten machen, durch welche du schreitest, in den Palästen, an deren Gittertoren du vorübergehst. Meine Bergschluchten und Heiden bleiben immer stumm, meine Wälder immer still und tatlos, wie sie seit Jahrtausenden waren; und van der Decken dort sieht nichts als immer und immer die weite graue Salzflut ohne Anfang und Ende, das öde Rollen der Wogen vom Aufgang bis zum Niedergang!

Sind die rollende Woge des Ozeans und das grüne Eichenblatt des Waldes eintöniger als das Tun des Menschenvolks, dieses ewig wimmelnden Geschmeißes, das in den Ritzen und Falten der Erdkruste nistet?

Doch, doch, entgegnete, das Kinn auf den Arm stützend, der Mann der Wälder. Die Menschheit ist ein Baum, durch den von Zeit zu Zeit ein ganz andres stolzeres Wehen des ewigen Geistes rauscht als der Wind, der den dunklen Tann in meinen Bergen schüttelt.

Ah bah, versetzte der andere, deine Waldblätter grünen und fallen ab, wenn sie welk werden, um einem neuen grünenden Blätter-Geschlechte Raum zu machen. Bei den Menschen ist es nicht also; bei ihnen sträubt sich das Vermodernde vor dem Niederfall und am Baum der Menschheit hängen mehr gelbe und dürre Blätter als vollsaftige und grünende. Freu' du dich deines Waldes und deiner Wildbahn, Wütender, und beneide den nicht, der durch die Geschlechter der Menschen wandern muß!

Was meinst du, van der Decken? fragte der Weidmann; gib dein Sprüchlein dazu.

Der Mann aus Batavia zuckte die Achseln: Menschen, Wellen, Blätter – ich mag heute aller drei nicht gedenken – lassen wir sie dem Winde, dessen Spielzeug sie zu sein verdammt sind!

Eine Pause trat im Gespräche ein; der Weidmann füllte die Pokale neu.

Wo sahst du ihn zuletzt? fragte den Seefahrer der Wandernde.

Bei Van-Diemensland, antwortete dieser. Er saß hinter dem Steuermann eines Dreimasters aus Vlissingen, der geradesweges auf eine Korallenbank zusteuerte. Als ich vorüberfuhr, machte er eine höhnische Gebärde und wies auf die Untiefe hin, an der das Fahrzeug nach einer Viertelstunde mit Mann und Maus zugrunde ging.

Ich, sagte Isaak Laquedem, sah ihn zuletzt in einem roten, goldgestickten Rocke in Wien zu Hofe gehn; er war als Hofrat angetan und wollte bei einer Ministerkonferenz das Protokoll führen. Und du, Hackelberg?

Im Westfalenland wird ein neues Jesuitenkollegium gebaut; da sah ich ihn nachts unter den Hausteinen beschäftigt; er arbeitete im Mondschein einem Steinmetzen das J. H. S. in dem Architrav über dem Eingangstore nach, das der Mann ihm wohl nicht schön genug gemacht hatte.

Als der Weidmann diese Worte gesprochen hatte, schien der Wind, der, während die drei Männer tafelten, sich erhoben und wider die runden bleigefaßten Scheiben der Fenster gefahren war und nun immer lauter und lauter um die Dächer und Essen

geheult und gegurgelt hatte, plötzlich mit voller Kraft in den
Rauchfang des Kamins zu stoßen. Asche und Funken stoben auf
und eine breite Flammenzunge schlug mit dickem Qualm vom
Herd, statt aufwärts in die Esse zu steigen, in den Saal herein. Die
drei Männer am Tische fuhren zurück, geblendet von dem
beizenden Rauche. Als sie die Augen wieder öffneten, sahen sie,
daß sie einen neuen Gesellen bekommen und daß sie selbviert im
Gemache waren; denn eine vierte Gestalt saß auf einem Schemel
neben dem Feuer, das jetzt ruhig und stet wie vorher flackerte,
als ob nichts geschehen sei.

Es war ein gar langes, schmales, dürres Menschenkind, der
vierte, in einem schwarzen Gewand, fast wie ein Schulmeister
gekleidet; ein dreieckicht Hütlein war in die Stirne gedrückt,
also, daß man vom Antlitz fast nur die scharfe Nase und die
tiefen Wangenhöhlen wahrnahm; er schien zu frösteln, denn er
rückte seinen Schemel dicht ans Feuer und strecke beide Hände
den Flammen entgegen, und schier bis in sie hinein.

Was willst *du* hier? fuhr zornig der Weidmann bei seinem
Anblick auf.

Haben wir mit dir zu schaffen, so lange 1701 im Kalender steht?
fiel unwillig der Prinz aus Armenien ein.

Gemach, gemach! antwortete der Schwarze. Glaubt ihr, ihr
hättet allein das Recht müde zu sein, und euch auszuruhen,
wenn ihr eure lausigen kurzen hundert Jahre lang ein wenig die
Luft, das Wasser und die Erde durchwandert habt? Unmündige
Knaben, die ihr seid, wollt ihr mir auf ein Stündlein die Ge-
mächlichkeit hier an eurem Herd mißgönnen? Mich dünkt, es ist
dir schon einmal übel ergangen, hitziger Ahasverus, weil du
einem müden Mann keine Ruhestätte auf deiner Schwelle
gönntest! Und du, wütender Hackelberg, bin ich einer deiner
Hatzrüden, daß du mich forthetzen willst?

Was willst du hier? was suchst du bei uns? fragte Isaak Laquedem, den er Ahasverus nannte.

Ich will mich über euer Tun ergötzen, ihr Gesellen, antwortete
der lange Schwarze; es ist ein lustiger Einfall, daß ihr überein-
gekommen seid, euer Rastjahr zusammen zu verleben; die fah-
renden Schüler des Alten da droben wart ihr lange genug, und
da er euch nun einmal wieder ein Jährlein Ferien gibt, wollt ihr

sehen, wie's jungen Kavalieren zumut ist, die sich zusammen die Vakanzzeit vertreiben. – Was gedenkt ihr zu tun? Ihr werdet nicht immer hier sitzen wollen, um zu trinken und eure Füße zu wärmen! Oder doch? Sprich, alter Joseph Cartaphilus aus Jerusalem, auch Isaak Laquedem genannt, willst du dir die Zeit etwa mit Kalendermachen vertreiben? Und du, wüster Rüdenzüchter, wenn du nicht vorhast, die Muße zu benutzen, um deine zerschlagenen Hetzpeitschen neu zu flechten, so wüßte ich ein sauberes Stücklein Wild für dich! Den fliegenden Holländer da frag' ich gar nicht: der alte Sünder hat sich, als er das erste Sklavenschiff von Guinea nach Westindien führte, so in die schwarze Rasse verliebt, daß er für eine weiße Venus nicht den kleinen Finger rührte!

Du hast einen Anschlag, Satan! antwortete Isaak Laquedem; laß ihn uns hören!

Zuerst müßt ihr wissen, daß der Teufel die Öffentlichkeit haßt. Ihr habt einen Lauscher hier.

Die drei andern wandten die Köpfe und blickten spähend in dem Saale umher.

Monsieur Flachs, dem sich bis hierher und je mehr er von dem Gespräch da unten vernommen, die Haare mit jedem Augenblicke höher gesträubt hatten, fühlte sich bei den letzten Worten des Schwarzen vollends wie in kaltem Schweiß gebadet. Er wollte sich aus seiner liegenden Stellung neben dem kleinen Schieber in der Decke rasch erheben und die Flucht ergreifen; aber es war ihm, als seien seine Glieder vom Schrecken gelähmt; er konnte weder Fuß noch Hand bewegen und mußte zusehen, wie da unten im Saale der dürre Schwarze gerade unter die Rose in der Decke trat, die den Lauscher verborgen hatte, beide Arme zu ihm empor hob und nun mit den ausgestreckten Händen ein paar Sekunden lang leise Bewegungen gegen ihn hin machte. Der unglückliche Gastwirt fühlte bei diesen Bewegungen sogleich eine ganz sonderbare Schwere und Schläfrigkeit über sich kommen; seine Augenlider schlossen sich, sein Kopf fiel mit dem ganzen Oberkörper auf den Boden und nach wenigen Augenblicken lag Monsieur Flachs in tiefem Schlafe. –

Als Herr Winhold Eusebius aus seinem Schlafe erwachte, war es tiefe Nacht und seine Glieder waren steif vor Frost. Die beäng-

stigendsten Träume hatten ihn gequält. Er hatte sich auf einem
weißgebleichten Pferdegerippe durch die Lüfte getragen gefühlt, verfolgt von der zähnefletschenden Meute, dem Halloru-
fen und den langen, seinen Kopf umschnellenden Peitschen-
schnüren des wütenden Heeres; über Wälder, Flüsse, Berg-
rücken fort, immer weiter und weiter dem blutroten Horizonte
zu, war er geflogen, bis er plötzlich das Meer unter sich brausen
und schäumen gesehen. Da hatte das Tiergerippe, das ihn getragen, ihn mit einem Stoß von sich geschleudert, er war hinabge-
flogen und gesunken und gesunken und unter ihm segelte das
Totenschiff über die Wogen und streckte seine Masten und
Spieren in die Höhe, immer gerade unter ihm, wie um den
Fallenden aufzufangen und zu spießen.

Monsieur Flachs hatte dies nicht eigentlich geträumt, sondern
er hatte es zu erleben geglaubt, er hatte das schreckliche Bewußtsein dabei, daß er wache und es wahr und wirklich erlebe! Nur war es ihm unmöglich gewesen, einen Schrei auszu-
stoßen, ein Glied zu rühren. Endlich – er fühlte schon die
Spitze des höchsten Mastes mit dem schwarzen Wimpel in seiner Rippe, – da gab ihm die Verzweiflung Riesenkraft – es
gelang ihm, den Arm zu bewegen, und fort war der böse Alp,
fort der Schlaf.

Im Saale unten waren die Lichter erloschen, die letzten Funken
des Herdfeuers verglommen. Der Gastwirt schlich sich mit den
wie zerschlagenen Gliedern still von dannen und suchte sein
Lager auf. Schauerliche Bilder und Gedanken, die ihm durch
sein heißpulsierendes Gehirn wirbelten, hinderten ihn am Wie-
dereinschlafen. Er fragte sich in diesem Aufruhr aller seiner
Fibern und all seines Blutes immer wieder umsonst, ob er denn
wirklich alles erlebt oder alles nur geträumt, was er in dieser
Nacht gesehen oder gehört. Und als die Morgensonne auf dem
Dache der »Drei Mohren« stand, lag Herr Winhold Eusebius
Flachs in einem hitzigen Fieber, in welchem er die wirresten
Phantasien ausstieß von den Geistern, die über die *Erde,* durch
die *Luft,* über das *Wasser* wandern und alle sich beugen vor dem
schwarzen Gebieter des *Feuers.*

3.

In den nächsten Tagen und während der unglückliche Monsieur
Flachs sich in solchen Fieberträumen verzehrte, hatten die drei
Gäste seines Hauses begonnen, sich mit der Stadt Augsburg
bekannt zu machen; sie hatten zuerst, der Oberstjägermeister als
reicher Kavalier zu Pferd, mit zwei Reitknechten hinter sich,
der Prinz aus Armenien und der Admiral aber in vierspänniger
Karosse mit vielen Lakaien und Läufern, Besuche bei dem
regierenden Herrn Bürgermeister und anderen hohen Personen
vom Rat und von den Geschlechtern abgestattet; der hochweise
und fürsichtige Rat hatte dem Prinzen von Armenien feierlich
den Ehrenwein gesendet; sie waren auch überall wohl und wie
es vornehmen Herrschaften gebührt, aufgenommen und hatten
dann, indem sie die besuchtesten Weinstuben mit ihrer Gegenwart beehrten, mancherlei Verbindungen und Bekanntschaften
angeknüpft.

Sie zeigten sich dabei als aus der Maßen joviale und lebenslustige
Kavaliere; sie waren immer von gleicher unbändiger Heiterkeit
und immer sprudelnd von unerhörten Einfällen und Anschlä-
gen, wie früher niemand in ganz Augsburg so etwas vernommen. Die ehrsamen Patrizier der Stadt, die sich ehemals in ihren
Weinstuben hinter der Flasche gähnend gegenüber gesessen und
den Brunnen ihres Witzes voreinander längst so geleert hatten,
daß kein Tröpflein darin zurückgeblieben schien, waren wie
umgewandelt, seit diese Gesellen unter ihnen waren; seitdem
tönten lustige Lieder, Becherklingen und Würfelklappern doppelt so lang bis in die späte Nacht hinein. Trinken und Spielen
war der fremden Kavaliere Hauptleidenschaft; sie bewältigten,
ohne irgendeine Veränderung ihres Humors zu verraten, un-
mäßige Quantitäten des schwersten Weines und ließen beim
Spielen Geldsummen durch ihre Finger rollen, als hätte der eine
von ihnen, der holländische Admiral, die spanische Silberflotte
geentert und brüderlich mit seinen beiden Freunden geteilt.

Die Matronen der zu Spiel und Trunk verführten Männer aus
den Augsburger Geschlechtern begannen besorgt nach dem
Ende dieses Treibens zu fragen; aber ihre einst so gestrengen und
würdevollen Eheherren, in die plötzlich wie durch eine böse
Ansteckung die Ausgelassenheit gefahren, gaben ihnen wenig

tröstliche Antworten; die drei Kavaliere, hieß es, hatten sich von
drei verschiedenen Enden der Welt hier ein Stelldichein gegeben, um in Lust und Freuden ein ganzes Jahr miteinander zu
verleben: sie wären Herzensbrüder von ihrer Studienzeit her, als
sie noch zusammen den Wissenschaften obgelegen, auf irgend-
einer weltberühmten Universität, zu Bologna, Paris oder Sala-
manka.

Nur eine Frau war in der ganzen Stadt Augsburg, die sich gar
nicht wie die andern sehnte, hinter den drei Fremden endlich ein
Kreuz machen zu können, sondern eher mit Beklommenheit
und Sorge an den Augenblick dachte, wo sie scheiden würden,
und diese Frau war von allen die schönste und gepriesenste.

Unsere Kavaliere hatten sie auf einem Feste kennen lernen, das
die Geschlechter zu Faschingszeit auf ihrem großen Tanzhause,
dem Augustsbrunnen gegenüber, gehalten und zu dem jene von
Sr. Gestrengen, dem regierenden Herrn Bürgermeister selbst
eine feierliche Invitation erhalten. Frau von Haßbeck, so hieß die
Dame, war an einen grämlichen, gichtbrüchigen Gemahl verheiratet und war Mutter eines Knaben. Sie stand in der Mitte der
Zwanziger, war hoch und schlank gewachsen und sah aus so
stolz als sei sie die römische Königin; aber sie hatte auch Grund,
stolz zu sein; denn sie schien die Erbin all der Schönheit geworden, womit einst die berühmten Töchter Augsburger Bürger,
die Klara von Detten und die Bernauerin und die Welserin sich
Herzen und Throne erobert haben. Unter den Herren von
Augsburg war trotz dieser Schönheit die Zahl ihrer Anbeter
nicht groß; denn Frau Ulrike von Haßbeck pflegte hofierende
Männer mit einer Verachtung und einem Hohn zu behandeln,
der jedes nicht vollständig verliebte Herz von ihr zurück-
schreckte. Sie war, ohne daß man viel um ihre Herzensneigung
sich gekümmert, von ihren Eltern, an ihren armseligen reichen
Gemahl dahingegeben worden. Der letztere mochte aber diese
Ehe tausendmal verwünscht haben, denn er fühlte sich wenige
Monate nach der Trauung in seinem eigenen Hause wie etwa ein
unbrauchbar gewordener Hausbeamter, dem eine Königin in
ihrem Palast das Gnadenbrot gibt.

»Königin Ulrike« nannten denn auch die Augsburger die stolze
glänzende Frau, die hoch und schweigsam ihres Weges ging und

auch wohl ganz offen gestand, daß sie sich einen Thron
wünsche, nur um ihr Geschlecht an der brutalen Fadheit der
Männer rächen zu können, welche sich die Herren der Schöpfung dünkten und in ihrem jämmerlichen Hochmut die Frauen
wie eine Art untergeordneter Wesen in ihren Häusern einsperr-
ten, oder für Geld verkuppelten, oder in Klöster begrüben; die,
so schwache, eitle, beschränkte, mitleidswerte Gesellen sie seien,
doch seit Adams kläglich feiger Entschuldigung die Frauen als
die Lasttiere des Lebens betrachteten und zu schweigendem
Dulden zwängen.

Wenn »Königin Ulrike« auf diesen Gegenstand kam, wurde sie
immer sehr beredt; aber da gerade die Frauen am wenigsten
zusammen zu halten und ihr Recht zu wahren pflegen, sondern,
beinahe wie eine von Dienstbarkeit gebrochene Nation, immer
bereitwillig ins Lager ihrer Gegner übergehen, so stand Ulrike
verlassen und allein und war fast ganz auf ihren Knaben be-
schränkt, an dem sie als dem Sohn seines ungeliebten Vaters,
auch nicht sonderlich zu hängen schien. Ulrike, schien es,
grämte sich darum nicht; sie genügte sich und sah mit großem
stolzen Blick in die Zukunft, von der sie irgendeinen Herzogs-
hut oder einen Kronreif erwartete; denn an ihrer Wiege hatte
eine alte zigeunerhafte Prophetin es ihr gesungen, daß sie einst
einem Prinzen folgen werde.

Man kann denken, daß es einen recht seltsamen Eindruck auf
Frau Ulrike machte, als nun wirklich ein Prinz, wenn auch aus
fernem Lande, vor sie trat und die düsterglühenden Blicke Isaak
Laquedems unter ihren schwarzen, zusammenschießenden
Brauen her sich in die Augen der schönen Frau versenkten.
Ulrike erzitterte unter diesen Blicken, aber sie raffte ihren Hochmut zusammen und begegnete ihnen fest und stolz. Sie sagte
sich, daß hier ein Mann, den sie zu fürchten habe, sie herausfor-
dere; sie machte sich mit innerer Aufregung auf einen Kampf
gefaßt, bei dem sie nicht mehr die volle Sicherheit des Sieges
hatte, aber kein Zucken ihrer Mienen verriet äußerlich diese
Bewegung.

Der Prinz aus Armenien war jedoch nicht der Einzige, der sich
ihr vorstellen ließ, um ihr zu huldigen; auch der Admiral van der
Decken und der Oberstjägermeister von Rodenstein bewarben

sich alsbald um ihre Gunst und erbaten am Ende des Festes die
Erlaubnis, ihr Haus betreten zu dürfen. Ulrike gewährte sie
gnädiglich.

Es mußte für den guten alten Herrn von Haßbeck, der sein
Leben in seinem Lehnsessel zubrachte, eine außerordentlich er-
freuliche und schmeichelhafte Wahrnehmung sein, daß von
diesem Tage an sein Haus der Lieblingsaufenthalt der drei vornehmsten und ausgezeichnetsten Fremden war, die Augsburg in
seinen Mauern beherbergte. Sicherlich mußte er auch dankbar
den Einfluß anerkennen, den diese Bevorzugung auf die Stimmung seiner jungen und blendenden Gemahlin übte; denn wenn
er früher, von dem zerschmetternden Gewicht ihrer Verachtung gebeugt, oft bitter sein Schicksal angeklagt hatte, den
Nacken unter das demütigende Joch einer Frau beugen zu
müssen, so durfte er sich jetzt der vollständigsten und schmei-
chelhaftesten Nichtbeachtung von seiten der Gemahlin erfreuen, die nur noch für die Gesellschaft ihrer drei Anbeter zu
leben schien. Diese aber, schien es, sollten wenig bei solcher
Auszeichnung gewinnen; denn Ulrike wiederholte den drei
Kavalieren oft und nachdrücklich, daß sie sich ihre Huldigungen
lediglich deshalb gefallen lasse, weil sie aus der ganzen Männer-
welt nur sie drei kenne, bei denen es ihr eine rechte Genugtuung
sei, ihre volle und unsägliche Verachtung des ganzen »stärkeren
Geschlechtes« auszusprechen; die andern Männer verdienten
nicht einmal, daß sie um deretwillen soviel Atem und Worte
verliere. Die fremden Herren lachten spöttisch bei solchen Versicherungen der schönen Frau und besonders wußte der Prinz
aus Armenien durch beißende Einwürfe sie zu reizen und sie zu
heftigen Behauptungen weiter fortzureißen, als sie ursprünglich
hatte gehen wollen.

Für den Frieden unter den drei Fremden selbst mochte die
anscheinend sich gleichbleibende eisige Kälte der stolzen Frau,
die auch alle kostbaren Geschenke und Kleinode, welche sie ihr
darboten, hartsinnig zurückwies, sehr heilsam sein; denn Spuren
von eifersüchtiger Bewachung der Fortschritte, die jeder in der
Gunst der Dame mache, blieben bei ihnen nicht aus, und selbst
Ulrike warf es ihnen oft scherzend vor. Das ist Männerfreund-
schaft! sagte sie lachend: Ihr seid aus den fernsten Winkeln der

Welt zusammengekommen, wie ihr sagt, von eurer Liebe und
Treue zueinander gezogen, und jetzt brauchte ich nur dem einen
von euch, zum Beispiel diesem blauäugigen, mich anstierenden
»Schout by Nacht« aus Batavia die Rose zu schenken, die ich hier
am Mieder trage, und ihr beiden andern würdet dem ehrlichen
Holländer alsbald den Hals zu brechen begehren.

Die Männer stellen freilich die Liebe einer schönen Frau höher
als die Freundschaft eines edlen Mannes, antwortete Isaak Laquedem. Aber auch nur die Liebe einer schönen Frau. Seht
dagegen die nicht schönen Frauen, wie mißachtet sie bleiben. All
eurer Einfluß ist in der Welt an eure Schönheit geknüpft. Wie
so gar demütigend ist das für euch! Euer Wert, eure Kraft liegt
also nicht in der Höhe eurer Gedanken, in der Größe eures
Geistes, noch in der Stärke eurer Entschlüsse, sondern im Schnitt
eurer Nase und in der Farbe eurer Gesichtshaut!

Das ist nicht unsere Schuld, versetzte Ulrike darauf, also auch
nicht unsere Demütigung; aber es ist unser Unglück: die Männer sind einmal von so tierischem Hange, daß sie nicht auf die
Höhe der Gedanken, nicht auf die Größe des Geistes noch auf die
Stärke der Entschlüsse in einem Weibe, sondern auf die Größe
der Schönheit Wert legen. Und just unser Unglück ist diese
Schönheit; sie ist die Mutter der Eitelkeit, die uns zu besiegten
Besiegerinnen der Männer macht; ohne sie ständen Frauen und
Männer gleichberechtigt sich gegenüber; ohne die Entnervung
und Entwürdigung, zu der die Schönheit die Frauen führt,
kämpften beide Geschlechter mit gleichen Vorteilen, mit glei-
cher Verteilung von Sonne und Wind, den Kampf des Lebens.
Und glaubt es mir, Ihr sarkastische Hoheit aus Armenien, und
Ihr lächelnde Herren und Exzellenzen, in einem solchen Kampfe
würde die Frauenklugheit nicht hinter der Männerstärke zurückbleiben!

Ihr werdet uns noch beweisen, daß es eine Beleidigung für Euch
sei, wenn wir die zauberhafte Schönheit bewundern, die uns
Euch zu Füßen legt, sagte der Oberstjägermeister.

Beinahe ist es so, antwortete Ulrike; glaubt mindestens nicht,
daß es mich freue, von meiner Schönheit reden zu hören. Ich
lege nicht den mindesten Wert auf sie, und diejenigen, welche
Wert auf ihre Schönheit legen, verachte ich!

Da habt Ihr unrecht, sehr unrecht, fiel der armenische Prinz ein; glaubt das uns, die wir Euch huldigend und bewundernd umgeben. Wir haben viel erlebt und viel gesehen, wir alle drei, wir haben von dem alten Stücke, betitelt: Erdenleben, mehr Aufzüge gesehen, als Ihr uns wohl zutraut, stolze Frau. Und nun seht: die Welt hat keinen Schatz und kein Kleinod, das Dichten und Trachten der Menschen hat kein Ziel und wäre es auch das verlockendste – die Historie hat keinen Kranz und keinen Ruhm, nach dem es uns irgend viel gelüstete; nur eines hat uns bezwingen können – wir huldigen Eurer Schönheit.

Isaak Laquedem sprach diese Worte so feierlich aus, daß schier eine Pause im Gespräche entstand. Ulrike wußte nicht recht, was aus solch wunderlicher Rede machen. Da hub der Admiral nach einer Weile wieder an und sagte: So laßt uns hören, wenn Ihr die Schönheit mißachtet, was ist dann Euer Stolz? sagt uns, gnädige Frau, wie wir Euch wohlgefallen und Eure Gunst erringen können, wenn wir nicht von Eurer Anmut und Eurer Holdseligkeit reden dürfen.

Was mein Stolz sein würde? Etwas zu verrichten, eine Tat zu tun, eine Gefahr zu bestehen, eine Lage zu überwinden, von der die Welt sich gestehen müßte, daß ein Mann völlig unfähig gewesen wäre, sie zu überwinden. So etwas zeigt mir an, ihr Herren, dazu verhelft mir und ich will euch dann alle schmeichelhaften Reden und wohlgesetzten Komplimente gar gern schenken, meine galanten Kavaliere!

4.

An dem Tage, an dem die schöne Frau von Haßbeck diese Unterredung mit ihren Galans gehabt, saß sie in der Abenddämmerung in ihrem Klosett. Es war ein kleines Gemach, mit goldgepreßten Ledertapeten ausgeschlagen, und mit einigen altertümlichen und kunstreich gearbeiteten Möbeln versehen; aber es enthielt wenige jener Gegenstände, welche in den Wohnungen sonst der Frauen Schalten und Walten und die Beschäftigungen weiblicher Hände verraten. Man sah weder Blumen noch Stickrahmen in dem Zimmer der »Königin Ulrike«, wohl aber Bücher und einige mathematische Instrumente. Rings um die Wand lief eine Bank aus dunkelgebohntem Holze, auf welche Polster, bekleidet mit venezianischer Seide, gelegt waren. Frau von Haßbeck saß in der Fensterbrüstung, auf einem der erhöhten Sitze, die zu beiden Seiten in dieser Nische angebracht waren, und blickte auf den Fronhof und Sankt Petri Dom hinaus, an welchem ihr Haus gelegen war. Der Winter und der Sommer waren allgemach verflossen, seitdem die fremden Kavaliere in den »Drei Mohren« eingekehrt; der Herbst war gekommen und ein feuchter Oktoberwind wirbelte die gelben Blätter umher, welche von den Linden niedergestreut waren, die im Sommer dem Platze Kühlung und Schatten gewährten. Es war bereits so dunkel geworden, daß man Ulrikens Züge nicht mehr wohl unterscheiden konnte; nur das edle Profil ihres gehobenen Kopfes, die schön gewölbte, etwas zu hohe Stirn, die leisgebogene Nase und die unnachahmlich schön geschnittenen Lippen über dem fast allzu männlich ausgebildeten kräftigen Kinne zeichneten sich am ergrauenden Abendhimmel ab.

Als sie so dasaß, hörte sie plötzlich ein leises Rauschen; sie wandte ihr Auge dem Eingange zu, an dem nur ein niedergelassener Vorhang ihr Klosett von dem vorliegenden Zimmer abtrennte. Eine Hand hatte diesen Vorhang beiseite geschoben; in dem Rahmen der Tür stand Isaak Laquedem. Seine Blicke glühten durch die Dämmerung wie ein paar Phosphorflammen.

Ulrikens Herz schlug bei dieser unerwarteten, unangemeldeten Erscheinung höher, als es je beim Anblick eines Mannes geschlagen hatte. Aber sie wußte jedes, auch das leiseste Zeichen von Bewegung im Ton ihrer Stimme zu unterdrücken, als sie mit anscheinend völliger Ruhe und Gleichgültigkeit sagte: Ihr seid es, armenische Hoheit?

Ich bin es, augsburgische Majestät! sagte lächelnd der Prinz und trat einen Schritt vor. Ich komme, um zum letzten Mal bei Euch mein Heil zu versuchen: Ihr habt unsere Geschenke und auch die reichsten verschmäht, Ihr habt unsere Bewunderung Eurer Schönheit verspottet – es bleibt mir nichts übrig, als Euch die Erfüllung des Wunsches zu bieten, zu dem allein Euer stolzes Herz sich herabläßt.

In der Tat, Prinz Isaak, ich danke Euch, daß Ihr in meinen Worten nicht, wie andere Männer getan hätten, eine Anwandlung von eitlem Übermut oder eine phantastische Laune erblickt habt. Ihr habt den tiefen Seelenernst darin erkannt; ich danke Euch: und so darf ich Euch auch gestehen, daß Ihr der einzige Mann auf Erden seid, von dem ich erwartet habe, daß er mich verstehen, ja auch, wenn es ihm anders möglich, zu meines Wunsches Erfüllung wohl gar die Hand reichen werde!

Wohl denn, kühne Frau; ich will Euch in eine Lage bringen, versetzte der Mann, den sie Prinz Isaak nannte – worin Ihr die Kraft Eures Geistes und Eures Entschlusses Stärke zeigen könnt, und die, wenn Ihr sie übersteht, Euren Mut höher stellen wird im Munde der kommenden Geschlechter, als den Mut, den ein Mann zu zeigen weiß.

Ah – das wolltet, das könntet Ihr? rief Ulrike halb freudig, halb erschrocken aus, und wird sie nicht meine physischen Kräfte übersteigen, Eure Aufgabe?

Nein! wenn etwas in Euch erliegt, so wird es nur Euer Mut, nicht Eure physische Kraft sein.

Wohl, so halt ich fest an meinem Wort. Sagt mir, was soll ich tun?

Ihr sollt nur mir folgen; nur soweit ich's verlange, Euren Schritt an den meinen heften; ich werde nichts anderes von Euch heischen, als daß Ihr mich auf einer Wanderung begleitet und daß Ihr auf dieser Wegfahrt mit mir ertraget, was ich, der Mann ertrage; wenn Euer Mut dieser Wanderung trotzt, so sollt Ihr wohlbehalten, ohne daß ein Haar Eures Hauptes gekrümmt wäre, nach Jahresfrist wieder in diesem sicheren Klosett ruhen, ganz so wie heute, nur mit dem Unterschiede, daß Euch dann der Ruhm geworden, überwunden zu haben, was noch kein Sterblicher, außer mir, vermochte; wenn Euer Mut sich besiegt erklärt, dann –

Nun dann? fiel Ulrike voll Spannung ein.

Dann bring ich Euch heim als ein gebrochenes Weib, vielleicht mit erbleichtem Haar, ein krankes Weib, dessen Stolz am Boden liegt. Darum besinnt Euch wohl – prüft Euren Mut, bevor Ihr sagt, ich bin bereit!

Und Ihr schwört mir, daß es nur auf meinen Mut, nur auf ihn ankommt?

Ich schwöre es Euch!

Prinz Isaak war der letzte Mann auf Erden, vor dem Ulrike von

Haßbeck, als sie diese Versicherung empfangen, hätte ihre stolzen Worte widerrufen und sich zag und weibisch zeigen mögen. Sie antwortete mit fester Stimme: so habt Ihr mein Wort. Ich bin bereit!

Nun wohl, so gebt mir zum Pfande einen von den goldenen Reifen, die Eure Finger schmücken.

Ulrike reichte ihm einen schlichten goldenen Reif.

Wenn sich das Jahr zu Ende neigt, hole ich Euch ab.

Ich will Euch erwarten, versetzte Ulrike von Haßbeck und reichte dem Armenier die Hand zum Abschied.

Isaak Laquedem ging.

Die schöne Ulrike hatte sich noch nicht lange allein ihren Gedanken über das Abenteuer, dem sie sich verlobt, hingeben können, als ihre Einsamkeit abermals gestört wurde und sich der Oberstjägermeister von Rodenstein bei ihr melden ließ. Wunderbarerweise waren des neuen Besuchers Worte, dem Inhalte nach, denen des armenischen Prinzen so ähnlich wie ein Tautropfen dem andern. Der Weidmann verlangte als Mutprobe grade so wie der Prinz, daß sie ihn begleiten möge; er schlug jedoch der schönen Frau statt einer Wanderung vor, mit ihm hoch zu Roß seine Jagdlust zu teilen. Als nun endlich gar der holländische Admiral in das Klosett trat und mit feierlicher Stimme der Königin Ulrike volle Sättigung ihres Wunsches bot, falls sie mit ihm eine Lustfahrt auf seinem Admiralschiff auf die hohe offenbare See hinaus unternehmen wolle, da erschien der schönen Frau das Ganze fast wie ein von ihren Galans verabredeter Scherz; aber die ernsten Mienen ihrer Besucher und die seltsam feierliche Weise, womit diese heut auftraten und ihre Worte vorbrachten, widerlegten alsbald solche Annahme und Frau Ulrike versetzte deshalb ganz ebenso ernst: Ich bedaure, ihr werten Herren, daß ihr beide zu spät kommt: ich habe mich leider allbereits zu einer Wanderung mit dem Prinzen Isaak versagt, der auf derselben ebenfalls meine Ausdauer und meinen Mut zu prüfen gedenkt; aber ich freue mich eures Antrags, denn falls ich, was ich nicht hoffe, aber was möglich ist, bei jener Fußreise ermüden sollte, so will ich mir gern gefallen lassen, eines Eurer Rosse zu besteigen, Herr Jägermeister von Rodenstein; und würde mir der Ritt ebenfalls zu beschwerlich werden, so will ich mit Freuden einen Platz in Eurer großen Kajüte annehmen, Herr Admiral van der Decken! Ich weiß nur nicht, wie ihr es alsdann anstellen wollt, just zur Stelle zu sein, um mich zu empfangen, wenn der Augenblick eintritt, wo ich eurer Einladung folgen will.

Laßt das unsre Sorge sein, edle Frau – Ihr sollt auf uns nicht harren dürfen, antworteten die Männer beide und baten dann beide ebenfalls, wie Isaak Laquedem es getan, zur Bekräftigung um ein Ringlein von der weißen schmalen Hand Ulrikens. Sie gab es ihnen bereitwillig und ihren Handschlag ernst lächelnd dazu.

5.

Die Tage wurden kürzer und kürzer, und das Ende des Jahres nahte. Ulrike sah ihre drei galanten Kavaliere immer seltener bei sich und wenn sie dieselben sah, fand sie diese früher so ausgelassenen, wilden Männer jedesmal düstrer und einsilbiger geworden. Von ihrer Verabredung weiter zu sprechen, vermieden sie und lenkten das Gespräch auf etwas anderes, wenn Frau Ulrike davon zu reden begann. In den Weinstuben, wo sie einkehrten, ging es dagegen desto lauter und unbändiger her. Mit jedem Tage wurden die drei Fremden leidenschaftlicher im Spiele, mit jedem Tage ersannen sie abenteuerlichere Anschläge; eine innerliche Unruhe schien sie erfaßt zu haben, die schier nicht eher aufhörte sie zu quälen, als bis alle drei sich bis tief in die Nächte hinein in die wildeste Aufregung gerast. Nach und nach verloren sich denn auch die Freunde und Genossen von ihnen, über deren Kräfte dies wilde und tolle Wesen hinauszugehen begann, und endlich, als die Weihnachtszeit da war, hatten sie auch den letzten und zähesten ihrer Getreuen verscheucht, der nun mit Angst und Zittern einem Kumpane gestand, es sei ihm klar geworden, daß die drei wilden Zechgesellen sicherlich gar nichts anderes als drei der Hölle entlaufene Teufel seien.

So war der Freitag vor dem Neujahrstag von 1702 herangekommen; es war nun just ein Jahr, seit Isaak Laquedem als ausgeplünderter Wanderer vor den Augen des Monsieur Flachs in den »Drei Mohren« aufgetaucht, und wieder war es um die Dämmerungsstunde. Aus dem großen Einfahrtstore des Gasthauses rollte die schwerfällige Reisekarosse des Admirals van der

Decken und bog über den Weinmarkt in der Richtung woher sie gekommen dem roten Turmtore zu. Wenige Augenblicke darauf kam im Innern des Hauses der Oberstjägermeister von Rodenstein schweren Schritts, sporenklirrend die Stiegen herunter, bestieg sein bereit gehaltenes Roß und ritt langsam mit seinen Dienern davon, desselben Weges, wie auch er gekommen. Isaak Laquedem war noch beschäftigt, dem Aufwärter den Betrag seiner letzten Rechnung in blanken Goldstücken auszuzahlen; dem Aufwärter – denn was Monsieur Flachs anging, so war der, seitdem er sich von seinem hitzigen Fieber erholt, geistig nie recht wieder zu sich gekommen, sondern tiefsinnig und verwirrt im Kopfe geworden; er hielt sich teilnahmlos von allem, was im Hause vorging, in seiner Hinterstube eingeschlossen, die er nicht mehr zu verlassen bewogen worden, seit die drei fremden Herrschaften unter seinem Dache herbergten.

Endlich kam auch der armenische Prinz aus seinen Gemächern. Er hatte seine Leute und Pferde durch das Göggingertor vorausgesendet. In einen langen, dunkeln Mantel gehüllt, verließ er die »Drei Mohren«, sobald er aber von dem Gasthofe aus nicht mehr gesehen werden konnte, änderte er die Richtung seines Weges, wandte sich auch dem roten Turmtore zu, und wanderte durch das letztere zur Stadt hinaus. Als er im Freien angekommen war, schlug er einen Fußsteig ein, der über einen weiten Weidegrund zu dem großen Stadtwalde führte, an dessen Saum der Lech vorüber fließt.

Nach einer Viertelstunde hatte er eine Stelle erreicht, die der Volksmund »An den sieben Tischen« nennt.

Hier stand eine gewaltige, mehrere hundert Jahre alte Eiche, welcher der einsame Wanderer seine Schritte zulenkte. Als er neben dem Baum war, blieb er stehen und sagte: Bist du zur Stelle?

Eine ebenfalls in einen schützenden Mantel gehüllte Gestalt trat rasch aus dem Schatten des Baumes hervor und hielt dann plötzlich, wie ungewiß und schwankend, den Schritt an.

Ich seh, du hältst dein Wort. So komm! sagte der Wanderer.

Ja, ich komme, antwortete die Gestalt mit einer wohltönenden Frauenstimme, und als ob sie einen mutigen Entschluß über sich gewinne, kam sie, hing sich an den Arm des Armeniers und schritt an seiner Seite in die Nacht hinein.

Die Gestalten der beiden Wandernden traten nach einer Weile aus dem Dunkel der Waldung hinaus; ein flaches, unbegrenztes Gefilde lag vor ihnen, ohne Haus, ohne Baum, ohne Spur, daß je der Schritt eines Menschen in diese Einöde gedrungen. Es war das öde Lechfeld, über welches sie schritten. Im Osten hatte sich die volle Mondscheibe erhoben und warf die Schatten der zwei Fußgänger weithin auf die Heide. Der Wind fuhr kalt über die Fläche, mit leisem Sausen, als ob er sich ein stilles Lied sänge in seiner Freude an der widerstandlosen, unendlichen Ebene, über die er dahinfahren durfte.

Es ist seltsam, sagte nach einer Weile die eine der beiden Gestalten – es war die Stimme Frau Ulrikens – es ist seltsam, wir sind doch unsrer zwei, der Mond aber wirft drei Schatten hinter uns.

Der andere blickte um sich; er stieß leise einen Fluch aus.

Du wirst dich gewöhnen müssen an das Seltsame, versetzte Isaak Laquedem dann zu Ulrike gewendet.

Es ist, hob nach einer Weile dann wieder die Frau an, als führe der Wind mir einen starken Modergeruch zu.

Das ist der Moder meines Gewandes.

Weshalb tragt Ihr ein solches Gewand, und einen plumpen Stab, der wie der Knittel eines Bauern ist?

Weshalb –! weshalb schwebt jene Mondesscheibe dort empor – weshalb pfeift der Wind durch diese Wacholderstaude neben uns? Frag' mich nie nach dem weshalb: es gibt keine Antwort auf diese Frage.

Wohin führt Ihr mich? wir schreiten in der Richtung der Alpen fort; werden wir gen Tirol wandern?

Weiter!

Gen Italien?

Weiter!

Nach Eurem Lande Armenien also?

Weiter, weiter!

Ulrike schwieg erschrocken vor diesem furchtbaren »Weiter!«

Sehnst du dich heim bereits?

Nein! antwortete Ulrike mit starker Stimme.

Ich will dir den Weg durch Erzählungen kürzen. Ich habe viel gesehen, viel erlebt.

Ich glaube, Isaak Laquedem, Ihr seid viel älter, als Ihr scheint! Ihr redet plötzlich mit der Stimme eines alten Mannes.

Vielleicht, versetzte Isaak; ich sah wenigstens wie man zu Straubing die Bernauerin, der du an Schönheit gleichst, übers Brückengeländer in die Tiefe warf; ich stand dabei und schaute zu. Willst du hören wie Kaiser Max sein Weib verlor, wie sie auf der Falkenbaize den Hals brach?

Laßt sie, laßt sie, unterbrach ihn Ulrike; Ihr belügt mich ja doch nur mit solchen Worten; sagt mir lieber, was jener flatternde, dunkle Schatten bedeutet, der dort im Kreise um den Hügel schwebt? Er ist wie eine Gestalt, die bald die Hände zu erheben, bald sie wehklagend zu ringen scheint.

Das ist der Geist eines erschlagenen Kaufmanns aus Nürnberg, der vor zweihundert Jahren in jenem Hügel verscharrt wurde.

Ulrike zog ihren Mantel fester um sich und drängte sich an ihren Begleiter.

Ich sah ihn, wie er frisch und wohlgemut auf einem Saumroß den Brenner überstieg; er brachte eine große Summe aus Venedig heim und Stegreifleute hatten es ausgekundschaftet.

Ihr saht ihn – vor zweihundert Jahren? – Vor zweihundert Jahren? Sprecht Ihr denn wirklich . . . die Wahrheit?! rief Ulrike atemlos erschrocken aus.

Ich kann dir von Geschehnissen berichten, die noch älter und die sich zutrugen unter diesen meinen Augen. Siehst du dort vor uns in geringer Ferne den Spiegel eines Weihers im Mondenlicht schimmern? Von Zeit zu Zeit hebt und senkt sich etwas über den Uferbinsen – es taucht der Schädel und die Brust eines weißgebleichten Gerippes über dem Wasser auf, wie eines Badenden. Siehst du?

Ulrike wandte schaudernd den Blick ab. Der andere fuhr fort: Ich stand an diesem Weiher, als Kaiser Otto sein schweiß- und blutbedecktes Roß darin trinken ließ, nachdem er auf diesen Feldern hier die Ungarnschlacht geschlagen!

Um Gottes willen, wer bist du? stöhnte das entsetzte Weib und hielt ihren Schritt an.

Weiter, weiter! sagte Isaak Laquedem; ich darf nicht rastend stehenbleiben, wir müssen weiter!

Keinen Schritt, bevor du mir antwortest!

Wer ich bin – das weißt du *noch* nicht?

Sprich es aus – wer bist du?

Nun wohl – ich bin Ahasver, wie ihr mich nennt, oder Joseph, wie Ananias mich taufte, oder Cartaphilus, der Jude von Jerusalem.

Ulrike stieß einen Schrei aus. Ihre Glieder versagten ihren Dienst; sie sank in die Knie.

Ist dein Mut dahin? – sagte Ahasver mit Hohn: erliegst du unter der Last *einer* Nacht, stolzes Weib? Der *Mann* vor dir steht aufrecht unter siebenzehnhundert Jahren!

Ich habe im Wettkampf der Entschlossenheit mit einem Menschen ringen wollen – mit einem Geist, einem Gespenst habe ich nichts zu schaffen!

Ich bin kein Gespenst; ich bin ein Mensch wie du, – dieser Leib ist lebend wie der deine. Nur wenn ich hundert Jahre gewandert habe, dann ergreift mich ein gewaltiges Siechtum, ein heißes Fieber kommt über mich und während desselben erfrischt und verjüngt sich mein Leib genau zu jener Kraft und jenem Aussehen, das ich damals hatte, als ich die Hand erhob wider ihn!

Ahasver streckte bei diesen Worten die rechte Hand in die Höhe; er stand vor der bebenden Frau umflossen von dem kalten Mondlicht, das nur zitternd und scheu auf seine im Winde flatternden Gewänder niederzugleiten schien, wie das verkörperte Grauen, wie die Bildsäule des Schreckens.

Denn sieh, fuhr er zu reden fort, wenn diese Verjüngung eingetreten, ist mir ein Jahr der Rast vergönnt. Dasselbe Ruhejahr nach einem Jahrhundert der Qual ist denen vergönnt, die, wie ich die Erde, so verdammt sind, das Meer und die Luft zu durchziehen. Und die wie ich lebende, bis ans Ende der Zeiten lebende Menschen sind, über die der Spruch lautet, daß der Tod nicht die Hand darf legen an sie. In deiner Vaterstadt nun haben wir eine solche Jahresrast gehalten – bis heute, wo sie zu Ende ist.

Laß mich heimgehen, sagte Ulrike, indem sie alle ihre Kräfte zusammenraffte, um sich zu erheben.

Heimgehen? glaubst du, ich ließe dich? Du bist in meiner Hand. Du sollst die öde Einsamkeit meiner Wanderschaft teilen. Glaubst du, mir graute nicht vor dem Alleinsein? Komm!

Ulrike stieß abermals einen Schrei aus und fühlte, daß ihre Sinne nahe daran seien, ihr zu schwinden.

Da fiel ihr Auge auf den unerklärlichen dritten Schatten, der ihnen lang nachflatternd vom Walde her gefolgt war. Dieser Schatten begann in eine eigentümliche Bewegung zu geraten; er zog sich zu gewöhnlicher Menschenlänge zusammen, erhob sich leis und allmählich und nach einigen Augenblicken stand ein dürrer, schmaler schwarzer Mann vor dem zitternden Weibe. Zugleich ließ sich eine heisere Stimme, die nicht aus dem Munde des Schwarzen, sondern mehr wie von der ganzen hagern Gestalt ausgehend klang, vernehmen.

Nur Mut – nur Mut! sagte diese Stimme und ließ dann ein meckerndes, höhnisches Lachen folgen. Weshalb willst du nicht mit dem melancholischen Schnelläufer Cartaphilus da gehen? Du wirst Gelegenheit haben, den Lauf der Welt und die Herzen der Menschen zu erkennen. Ist nicht Erkenntnis das Höchste, was ihr Menschenkinder erstreben könnt? Und hast du nicht dein Leben daran gesetzt, die Männer zu übertreffen? Geh und wandle an der Seite dieses rastlosen Mannes! Er wird dir die Schicksale von zwei Jahrtausenden mitteilen und dir die Gestalten zeigen, die über den Gräbern ihrer Taten umwandeln: an seiner Seite erblickt dein Auge, was seines erschaut. Geh, und wenn du einst heimkehrst, wirst du, des magst du nicht zweifeln, gelehrter sein, als alle Männer aller Zeiten!

Komm! rief Ahasver noch einmal mit drohender Stimme aus und ergriff den Arm Ulrikens.

Oh, Gott – o barmherziger Gott im Himmel, ist denn keine Rettung!

Du wendest dich an den Unrechten, sagte der Schwarze. Er erbarmt sich der Menschenkinder nicht. Aber ich; verschreibe mir deine Seele – so will ich dich retten!

Nimm meine Seele – ich gelobe sie dir – aber schütze mich, schütze mich!

So laß sie und geh, Ahasver! sagte der Schwarze gebietend.

Ich weiche dir, Verfluchter – versetzte der Jude von Jerusalem; du aber, Weib, bist nicht befreit, wenn auch ich dich fahren lasse!

Er streckte seine Hand drohend gegen den Horizont aus, auf ein fernes dunkles Wolkengebilde deutend. Dann wandte er sich und ging mit großen Schritten, als wolle er die Versäumnis der kurzen Rast einholen, davon, über die nachtbedeckte Heide fort.

Ulrike sah es nicht; sie hatte auch die deutende Gebärde, die er gemacht, nicht mehr gesehen; sie hatte ihre Augen, ihr Gesicht mit ihren Händen bedeckt. So rief sie alles an was von Mut und Entschlossenheit in ihrer Seele lag, um sich aufrecht zu erhalten und dem schrecklichen Eindruck dieses Augenblicks Trotz zu bieten. Es war ihr, als habe sie in gottloser Verwegenheit eine verbotene Stelle betreten und sei ins Bodenlose gestürzt, und sinke nun immer tiefer und tiefer in die Abgründe, bis zum Schlunde der Hölle. Grausenhafte Strafe dafür, daß sie gegen die warnende Stimme in ihrem Innern, aus Hochmut sich verstockt hatte, als am Tage vorher der schaurige Jude von Jerusalem zu ihr gekommen war und sie aufgefordert hatte, ihn an dem folgenden Abende an der Eiche im Stadtwalde zu erwarten, weil nun die Zeit der gemeinsamen Wegfahrt gekommen sei! Hatte in seinen dunklen Reden, seinem düsteren Wesen nicht genug des Warnenden gelegen, ja, war es ihr nicht gewesen, als stehe hinter diesem Manne das Grausen und die Verdammnis? Und doch war sie heimlich von den Ihren fortgegangen, ihr Wort zu lösen, – sie hätte jetzt in blutige Tränen ausbrechen mögen! Der Schwarze aber schreckte sie auf.

Blicke empor, sagte er – dorthin!

Er streckte die Hand in derselben Richtung aus, in welcher Ahasver dräuend gedeutet hatte auf ein dunkles heranziehendes Gewölk. Als Ulrike ihre Blicke dorthin wandte, sah sie, wie sich heftig bewegte Gestalten daraus loslösten, Rosse, Reiter, Unholde; der Nachtwind trug ein wüstes Rufen und Klirren und Gebell an ihr Ohr – immer lauter und lauter, bis sie das Wiehern der Rosse, das Knallen der Peitschen, das Geheul der Rüden, den Weheschrei gehetzter Tiere deutlich unterschied.

Siehst du sie kommen? sagte der Schwarze; es ist das wilde Heer; der wilde Jäger sprengt seinem Trosse voran und an seiner Seite führt er ein leeres, gesatteltes Roß –

O Gott! stöhnte Ulrike und klammerte ihre Hände krampfhaft in die Kräuter und Gräser des Bodens fest.

Ahnst du, für wen der Rappe mit dem leeren Sattel bestimmt ist, den dein feuriger Galan, der Rodensteiner führt?

Ulrike war einer Antwort nicht mehr mächtig. Sie sank bewußt- und leblos zu Boden.

Der Schwarze stieß wieder sein leise meckerndes Lachen aus. Auf Wiedersehen, kühne Frau! sagte er und dann zerrann die ganze Gestalt niedersinkend in den Schatten, in dem sie zuerst erschienen war; dieser Schatten dehnte und verflüchtete sich, sowie der Schatten einer windgejagten Wolkenmasse, die über das Antlitz der Sonne zieht, auf einer Berghalde dahinflattert.

Die ohnmächtige Frau aber blieb nur wenige Augenblicke allein. Brausend stürmte das wütende Heer heran und über sie fort und es blickte eine hohe ritterliche Gestalt, die plötzlich vor ihr stand, auf sie nieder.

Es war dieselbe Gestalt, die vor wenigen Stunden, sporenklirrend und mit goldner Waffe umgürtet, die Stiegen in den »Drei Mohren« niederschritt; noch immer hoch, stolz und gebietend, obwohl jetzt statt der reichen Kleidung die verwitterten Gewänder einer längst begrabenen Zeit, dem Anzug eines alten Kriegers aus den Kämpfen des sechzehnten Jahrhunderts ähnlich, sie umhüllten. Hinter dem Reiter bäumten sich zwei schwarze, die feurigen Nüstern weit aufschnaubende Rosse.

Komm! sagte der dunkle Reiter, streckte den Arm nach Ulriken aus und hob sie wie eine federleichte Last auf eines der Rosse, das einen Quersattel trug, und auf dem das ohnmächtige Weib von diesem Augenblicke an so fest saß, als sei sie mit Riemen daran geschnallt, als sei sie verwachsen mit dem furchtbaren Tiere. Im nächsten Augenblicke war auch der Reiter in dem Sattel des andern Pferdes und beide flogen nun über das Gefilde dahin. Anfangs blieben die Hufe der schnaubenden Renner unten an der Erde, während oben über ihnen das wilde Brausen und Lärmen dahinflutete, nur flogen die beiden Rosse schneller als das wütende Heer; der tobende Troß blieb allgemach eine Strecke zurück, und nun hoben sich jene allmählich höher und höher auf und sprengten endlich durch die Luft turmhoch über die Erde fort.

Ulrike war längst erwacht aus ihrer Bewußtlosigkeit, der kalte Wind, der um ihr Gesicht blies, und in dem ihre Haare aufgelöst weithin nachflatterten, hatte sie erweckt, die pfeilschnelle Bewegung ließ ihn mit doppelter Schärfe ihre Wangen peitschen.

6.

Hussah! sagte der Reiter neben ihr, das ist ein lustig Reiten, schöne Frau – ist's nicht? Hört Ihr, wie meine Meute läutet?! Ulrike atmete tief auf. Es war ein wimmernder Angstschrei, der dabei ihrer Brust entquoll.

Wo ist deine Zuversicht, Weib? fuhr der wilde Reiter fort: fasse dich! Ahasver hat dich erschreckt mit den Geistern der Toten, die er dir zeigte. Ich will sie dir verhüllen und dich nichts erblicken lassen als die Geister der Lebenden, deine Prüfung soll leichter sein! Der Reiter sagte diese letzten Worte mit einem Ausdruck, der wie tiefer Hohn klang.

Die Richtung, in welcher sich der gespenstische Zug fortbewegte, war derjenigen, in welcher Ulrike vorher geführt worden war, gerade entgegengesetzt. Wäre es Tag gewesen, so hätte sie im Gewirre der dunkelbeschatteten Täler und der Hügel unter sich die waldbewachsenen Höhen des Frankenlands erkennen können. So aber erkannte sie nichts als die düsteren Umrisse der Tiefen und Höhen, der Wälder und der Ebenen, über die sie rastlos dahinbrausten. Dies alles aber war bei dem dämmerigen Mondlicht, so verschwommen in ein und dasselbe nächtliche leichenhafte Grau, daß es aussah wie eine von allem Leben verlassene Schöpfung, wie ein ödes Gefilde, über das der Tod geschritten. Diese Erde, die mit endlos ausgedehntem Horizont sich da unten in die Nacht erstreckte, von der kein Ton und kein Laut empor drang, als höchstens ein klagendes Geheul des Windes aus den Waldwipfeln der höchsten Höhen, über welche der Zug dahinfuhr, – diese öde, traurige Erde schien wirklich in den Banden des Todes zu liegen, oder unter einem Fluche erstarrt zu sein, der auf sie gefallen, um sie ewiger Verlassenheit zu überliefern. Und als würde dieser Welt der Trauer und des Sterbens der Bote dieses Fluches gesandt, schwebte der Zug des wilden Heeres mit lautgellendem Hohnrufen, mit langgezogenen Hifthornklängen, mit wuterfülltem Rüdengeheul und mit all seinen grauenhaften entsetzlichen Nachtgestalten über die dämmerige Schädelstätte dahin. Das alles war so furchtbar, daß Ulrike, um nicht den Tod davon zu haben, sich vorstammelte: Oh, dies alles ist nur ein Traum, ein furchtbarer Traum – es kann ja nichts anderes als ein Traum sein!

Nach einer Weile schimmerte in der Ferne ein weißes Gewässer auf und der Mond trat aus Wolken hervor, so daß es wie ein silberglänzendes, weit ins Land hineingeworfenes Band erschien. An seinem Ufer, auf einem Hügel, der das Stromtal beherrschte, hoben sich dunkle Umrisse von Mauern, Türmen, Giebeln aus hohen Pappelgruppen und Baumwipfeln empor. Es war eine düster dräuende Masse, in der Ulrike, sowie sie näher kam, immer deutlicher die einzelnen Bauteile eines großen und schönen Schlosses erkannte. Zugleich senkte sich der Flug der Rosse; der Wille des Rodensteiners schien sie ohne Zuruf und Zügelruck zu lenken. Sie schwebten immer niedriger und langsamer, bis sie dicht an einer matt erleuchteten Fensterreihe des Palastes vorüberzogen, während oben, über die Türme und Essen des Gebäudes fort, der Troß dahinstürmte.

Blick hinein! sagte der Rodensteiner zu Ulrike, und diese warf, unwillkürlich gehorchend, einen Blick in den erleuchteten Raum des Schlosses. Sie sah einen Mann im Nachtgewande neben einer Wiege stehen, in welcher ein Kind schlummerte. Im Hintergrunde schlief eine Wärterin in einem Armsessel. Der Mann war heimlich herbeigeschlichen, um das Kind zu erdrosseln, das seinem habgierigen Verlangen nach einem großen Erbe im Wege stand. Aber er hatte nicht den Mut, die Tat zu begehen. Ulrike blickte in seine Züge und las in diesen jeden seiner Gedanken; sein ganzes Innere lag offen vor dem Blick da, welchen sie auf ihn warf. Sie sah die Seele ohne die Maske des Körpers. Trotz aller Schrecken dieser Nacht war etwas so namenlos Widriges, Abscheuliches noch nicht vor ihrem Auge aufgetaucht, wie der Anblick dieses vor ihr wie durchsichtig gewordenen Mannes. Ulrike wandte, vom tiefsten Entsetzen durchschauert, den Kopf ab. Sie hatte nicht geahnt, daß die Schöpfung etwas auch nur entfernt diesem Anblick an Häßlichkeit ähnliches umschließe.

Die schnaubenden Rosse trugen sie weiter. Sie nahten sich den düster aufragenden Mauern und Türmen einer Stadt, aus deren Fenster nur hier und da noch ein schwaches, falbes Licht schimmerte, während in den engen und gewundenen Gassen alles Leben erstorben war. Ein paar jener erleuchteten Fenster, aus

denen ein helleres Licht quoll, ließen in das Innere eines hohen
Hauses nahe am Tore blicken.

Der Flug der Rosse hemmte sich den glänzenden Scheiben der
Fenster gegenüber; Ulrikens Blicke drangen wie unwiderstehlich gezogen, forschend in das erleuchtete Gemach. Eine Gesellschaft von vier Personen saß darin um einen runden Tisch
gereiht. Sie spielten. Der Bankhalter war ein hochgewachsener
Mann, mit kahler Stirn, großer Habichtsnase und einem Mund,
der fast ohne Lippen war. Ulrikens wunderbar geschärftes Auge
drang wieder bis in das Innere seiner Seele. Es war eine Seele, die
sich ein Vierteljahrhundert lang in Sünde und Laster groß gesogen hatte, zu einer Gestalt von so furchtbar verzerrten, höllischen Zügen, daß ihre Häßlichkeit das scheußlichste Gewürm,
das modererfüllte Abgründe oder der Schlamm der Verwesung
nähren, weit hinter sich zurückließ. Von den andern Spielern
trug einer, der jüngste, den Ausdruck unendlicher Leere und
Öde in seinem Gesichte; was aus seinem Auge sah, war weniger
als das, was aus dem Auge eines Schafes blickt; es war das helle
Nichts. Auch war nichts weiter bei ihm sichtbar, als dieser
äußere Ausdruck. Er war nur Maske. Die zwei andern waren
Menschen, die sich durch eine glückliche Flucht aus den Ketten
gerettet hatten, in welchen sie die Gerechtigkeit gehalten; sie
waren unter die Menschen zurückgekehrt mit einem grimmigen Durste, sich an ihnen durch soviel Unheil zu rächen, wie es
nur immer in ihrer Macht liege. Ihre Seelen, deren Gestalten,
wie des Körpergewandes aus Fleisch und Blut entkleidet, vor
Ulrikens Augen in nackter Scheußlichkeit dastanden, zeigten
ein Gemisch von Verzweiflung, Blutdurst, Empörung, Zerstörungslust und Wut gegen Gott, daß dieser Anblick durch seine
unaussprechliche Widrigkeit alles übertraf, was ausschweifende
Künstlerphantasien je erfunden haben, um die Sünde, das Laster
und das Böse darzustellen, wie es am Tage des Weltgerichts dem
Schlunde der Hölle entquillt, oder sich einsamen Asketen naht,
um sie zu versuchen.

Ich kann nicht mehr! sagte Ulrike mit einem herzbrechenden
Schrei, als ihr Auge über diese letzte Erscheinung fortgeglitten war.
Du kannst nicht mehr? tönte eine Stimme voll Hohnes von dem
nächtlichen Reiter an der Seite des unglücklichen Weibes her.

Du kannst nicht mehr? Und doch zeige ich dir keine Grauengespenster der Toten wie Ahasver, sondern nur deine Mitgeschöpfe, nur lebende Menschen, wie sie sind ohne ihre Hülle von Fleisch und Blut.

O die Toten sind unendlich weniger grauenhaft als die Lebenden! Dort unten um jene Kirche seh' ich Grabhügel aufgeworfen und Kreuze im Mondschein blinken. Laß mich dorthin flüchten, zu den Toten auf dem Friedhofe!

Du sehnst dich zu den Toten! sagte der Rodensteiner mit einem furchtbaren, Ulrike ins tiefste Mark schneidenden Hohnlachen. Ich glaube es. Glaubst du, ich täte es nicht?! Aber weiter – weiter – Hussa, mein wütendes Heer!

Er wandte sich im Sattel zurück und schwang heftig seine Peitsche, seinem Trosse winkend. Das Rüdengeheul, der schneidende, langhinhallende Ton der Hifthörner, der Wehruf gehetzter Tiere verdoppelte sich und fort stürmte der Zug über die Dächer der Stadt, in der die Schläfer erschrocken emporfuhren und sich bekreuzten, während aus den Schalluken der Türme Eulen und Dohlen krächzend aufflatterten.

Die Höhenzüge und Wellungen des Bodens, welche Ulrike bisher unter sich wahrgenommen hatte, hörten nach und nach auf. Eine unendliche Ebene nachtbedeckt und öde, nur hie und da von dunklen Fichtenwaldungen durchschnitten, dehnte sich unter ihr aus.

Dort unten fern in jenem Burghaus, das du aus dem Tannenwalde sich erheben siehst, sagte der Rodensteiner nach einer Weile, sitzt ein Gefangener im Kerker, der mit Tagesgrauen gerädert werden wird. Blicke ihn an – wir wollen daran vorüber.

Erbarmen – ich kann nicht! stöhnte Ulrike.

Ist das dein Mut, Weib? Fasse dich. Denke bei seinem Anblick, so häßlich er sein mag: der Elende ist ja da, um nach wenigen Stunden auf ewig vernichtet zu sein!

Auf ewig vernichtet?!

Ja! Glaubst du, diese Seelen, die ich dir zeige, gingen zu den Toten? Ins Land der Toten gehen wenige; nur die Starken überleben das Sterben, nur ganz ungebrochene Seelen. Die andern hören auf. Sahst du nicht jenen Spieler, dem das Nichts aus den Augen blickte? Was ist in ihm, das kräftig genug wäre, das Sterben zu überstehen? – Da ist der Kerker.

Die Rosse sausten dicht an den Wipfeln einer kleinen Waldung dahin, dann senkten sie sich zu einem altertümlichen, von dreifachen Wassergräben umgebenen Gebäude hinab, und Ulrike fühlte sich an einem vergitterten Fenster vorübergetragen, durch das sie einen Blick warf, der wieder wie magnetisch in die dumpfe, von einer Lampe erhellte Zelle hineingezogen wurde. Aber diese Prüfung war zu stark. Sie sank wie gebrochen auf ihrem Sattel zusammen. Ihre letzten Kräfte drohten sie zu verlassen.

Da war es, als ob ein unsichtbares Etwas, ein ihre ganze Gestalt durchdringender Anhauch irgendeines Wesens sie neu belebe und stärke. An ihrer Seite nahm sie zugleich einen in gleicher Höhe mit ihr fortflatternden dunklen Schatten wahr.

Hast du genug, kühne Frau? Bist du des Lustritts müde? kicherte eine heisere, meckernde Stimme. Es war die Stimme des Schwarzen.

Rette mich, o rette mich! stammelte Ulrike.

Um jeden Preis?

Um jeden Preis!

So laß sie fahren, laß sie hinunter, Hackelberg! sagte der Schwarze gebietend.

Gibst du die Wette verloren, schwaches Geschöpf?! höhnte der Rodensteiner. Nimm deine Kraft zusammen und ich will dir tausendmal Besseres zeigen, als ich dir zeigte. Ich will dich an Königsburgen vorüberführen und dich die Hirten der Völker sehen lassen, deren Leben nichts ist, als ein großes Gastmahl Belsazars und ein Spottgesang auf die dräuende Hand, die ihr Urteil an die Wände der Zwingburgen schreibt. An die Tore der Spitäler, wo die Verstoßenen an der Krankheit »Elend« sterben, an die Sterbebetten der Verbrecher, welche in Glanz und Ehren prunkten, will ich dich tragen; vorüber an der Höhle der Verschwörer und an der Kammer des Lasters; dann erst wirst du sagen können, daß du die Geister der Lebenden gesehen hast, und daß an Schrecklichem gegen sie die armseligen Geister der Toten, die über ihrem Grabe büßend die Hände ringen, sind, was ein Funke gegen einen Vulkan, ein Tropfen gegen das Meer, ein Taubenei gegen den Erdball! Komm!

Ich vergehe! ich vergehe! klagte Ulrike.

Gehorche, Hackelberg – hinab! sagte der Schwarze drohend.

Nicht eher, als bis sie im Bereiche des Totenschiffes ist, antwortete der wilde Jäger. Hussa!

Er wandte sich noch einmal im Sattel zurück, schwang seine Hetzpeitsche und mit Sturmeseile tobte nun das wütende Heer schnaubend und brausend über die lichtlose Ebene fort. Ulrikens Auge entdeckte endlich einen falben, fahlen Strich in weitester Ferne, über welchem das erste Grauen der Dämmerung aufschimmerte. Dieser Strich wurde breiter und heller, er umspannte immer weiter und weiter den Horizont – Ulrike erkannte das Meer.

Zugleich senkte sich wieder allmählich der Flug der Rosse. Nach und nach kamen sie dem Boden, der aus einer unabsehbaren Sandfläche bestand, so nahe, daß ihre Hufe die Spitze des Sandhafers und der ärmlichen Halme berührten, welche die einzige Vegetation dieser öden Ufergegend bildeten. Noch war eine schmale Reihe von sandigen Hügeln zurückzulegen, bald lagen auch sie hinter den Hufen der pfeilschnellen Renner, und schneller wie der Gedanke ist, fühlte Ulrike sich nun aus dem Sattel gehoben und auf dem Abhang einer Düne, auf den weichen feuchten Sand niedergesetzt.

Einige Augenblicke vergingen, während welcher Ulrike nach Luft rang und ihre Sinne sammelte, da die Schnelligkeit der letzten Bewegung sie schwindeln gemacht hatte. Das wütende Heer hatte sich unterdessen gewendet; es war mit Blitzeseile landeinwärts hinter den Dünen verschwunden, und ein im Winde hinsterbendes Klirren und Sausen zeigte die Richtung an, in welcher es dahin stob.

Ulrike hatte ihr Gesicht in ihren Händen begraben; so, während ihr Busen stürmisch auf- und niederwogte, kniete sie auf dem festen Ufersande und flehte Gott um Fassung an.

Der Schwarze, der ihr fortwährend nicht von der Seite gewichen war, unterbrach sie.

Blicke auf – sieh her! sagte er und legte seine lange magere Hand auf ihre Schulter, während sein anderer Arm weit hinaus auf das graue, rollende Meer deutete, über dessen Horizont eben ein kaltes und falbes Gelb das Nahen der Morgenröte ankündigte. Ein Schmerz durchzuckte Ulrike an der Stelle, wo die schwere, knöcherne Hand sie berührte; sie blickte auf und folgte mit dem Auge der Richtung, nach welcher die hohe und schmale, schattenhafte Gestalt, die vor ihr stand, deutete. Sie sah dort die schwankenden Umrisse der Segel eines großen Schiffes, die auf- und niedertauchten über den hochgehenden und schaumgekrönten Wogen, und die größer und deutlicher wurden, sowie sie näher kamen; bald wurde auch ein schwarzer Schiffrumpf sichtbar, von schwerer und plumper Form, wie ein massiger, breitgewölbter Bau.

Das schimmernde, weißgebleichte Segeltuch war vom Winde hoch aufgebläht und doch fuhr das Schiff so rasch und leicht, wie der Flug einer Möwe, grade und schnurstracks wider den Wind an, der vom Lande her blies.

Da ist van der Decken – sagte der Schwarze mit seinem meckernden Lachen. Wenig Augenblicke noch und du wirst an seinem Bord die Mannschaft seiner alten Seehunde wahrnehmen können. Der fliegende Holländer segelt mit dem Sturme um die Wette. Glück auf zu deiner Fahrt! Er wird dich nach Afrika an die Goldküste bringen, wo er zuerst den Handel mit Menschenfleisch einführte, der schlaue Spekulant; dann nach Cuba und Domingo, wo er seine erste Ladung von schwarzem Negervieh gegen Gold umsetzte; nach dem Cap der guten Hoffnung, das er einst, als ihn der Sturm zurückschleuderte, umfahren zu wollen schwur, trotz Wind und Strömung, trotz Blitz und Donner, trotz Gott und Teufel, und wenn er bis zum jüngsten Tage segeln müsse! Er segelt nun bis zum jüngsten Tage. Glück auf zur Fahrt, Weib! Du wirst jetzt auch die Bewohner des Ozeans und der Tiefe, in die noch kein Menschenauge drang, erblicken können!

Das dunkle Geisterschiff schwebte näher und näher; schon wurden einzelne Teile des Baues sichtbar, während es mit der breiten schwarzen Brust majestätisch und drohend, wie ein lebenerfülltes Ungeheuer die Kämme der brausenden Wogen überstieg. Auf die geblähten Linnen der höchsten Segel hatte sich ein rotgelbes Glänzen gelegt; es war der Schein der Morgenröte, welche jetzt den Osten in ihre Purpurtinten hüllte, und über die schwarzgraue unendliche Meeresfläche eine hellere, weißlich grüne Zone warf, die nach dem Horizont hin immer breiter wurde, und auf der

man weithin die krausen weißen Schaumwellen wie spielende
Robben sich tummeln und einander verfolgen sah.

Blicke hin – fuhr der Schwarze fort – van der Decken steht vorn
am Bug und wenn du dein Auge ein wenig anstrengst, kannst du
sehen, wie er dir mit dem Arme winkt. Hinter ihm stehen weiße
ausgebleichte Gesellen mit hohläugigen Köpfen. –

Hast du mich dazu gerettet?! stammelte Ulrike verzweifelnd.

Der Schwarze antwortete mit seinem meckernden Hohnlachen.
Dann sagte er: Nur getrost, du weißt, daß ich dir nah und dein
demütiger Diener bin. Du hast mir deine Seele dafür gelobt, daß
ich dich vom Juden errettete, doch fehlt mir deine Handschrift
noch mit einem Tröpflein Blut, damit der Pakt gültig werde.

Er zog bei diesen Worten einen Streifen Pergaments aus seinem
langen dunklen Schülergewand hervor und rollte ihn vor den
Augen Ulrikens auf; der erste Strahl der Sonne, deren oberster
Rand in diesem Augenblick über der Wasserwüste empor-
tauchte, fiel purpurrot auf blutige Schriftzeichen.

Als Preis der Rettung aus der Gewalt Ahasvers hast du mir deine
Seele gelobt; als den Preis der Rettung aus der Gewalt des
wilden Jägers habe ich nur hinzugesetzt, daß du mir auch die
Seele deines Kindes überlässest, fuhr der Schwarze fort. Unterschreibe das – und damit du siehst, der Teufel ist edel und
großmütig – sollst du dann ohne weiteren Preis frei sein, auch
von jenem, dessen Kiel jetzt der Brandung naht.

Was – die Seele meines Kindes?! schrie Ulrike, entsetzt auffah-
rend und beide Hände wie zur Abwehr gegen den Versucher
ausstreckend – das hast du geschrieben? – mein Kind, mein Kind
willst du, Satan?! nein, nein, nimmermehr – zerreißt mich,
taucht jede Faser meines Leibes in eine neue Qual, stürzt mich in
ein Meer von Grausen und Entsetzen – meines Kindes Seele
bekommst du nicht! Weiche von hinnen, Verfluchter, ich habe
nichts mit dir zu schaffen, – da ist deine Blutschrift, da!

Ulrike hatte diese Worte, während welcher sie die Schriftrolle
des Teufels in kleine Stücke zerriß und ihm ins grinsende,
wutfletschende Antlitz schleuderte, mit einer an Wahnsinn
grenzenden Leidenschaft ausgerufen; sie hatte die letzte Kraft
ihrer gefolterten Seele, den letzten Odem ihrer Brust dazu
aufgeboten. Jetzt fiel sie der Länge nach ohnmächtig auf den

Sand der Küste hin. Die Sonne, die während des siegreich und einen Strom von Helligkeit auf das Meer und die Dünen ausgießend, sich erhoben hatte, hüllte die hingegossene Gestalt des schönen unglücklichen Weibes in ein Gewand von glühenden Lichtstrahlen.

Der Teufel trat zur Seite in den langhinflatternden Schatten, den die Segel des »fliegenden Holländers« auf das Gestade warfen. Dort erhob er zähneknirschend seinen langen schmalen Arm mit der dürren Hand, wie zum Zeichen für den nahenden Seefahrer. Von dem Totenschiffe her schnitt ein leichter schmaler Nachen pfeilschnell durch die Brandung und kam ans Ufer. Im nächsten Augenblicke stand van der Decken neben dem bewußtlosen Weibe. Wer diese Gestalt im Saus und Braus der Augsburger Tage gesehen, der hätte sie nicht wiedererkannt, wie sie jetzt, in weiten dunklen und verwitterten Schiffergewändern aus alter Zeit, einen rostbedeckten Dolch an der Seite, einen zerfetzten Spitzhut mit halb abgerissener Feder auf dem breitstirnigen Haupt, am Rande der unermeßlichen Wasserwüste dastand, die unter dem breiten Guß der Sonnenhelle sich zu glätten und zu ebenen begann. Es lag ein Ausdruck von unergründlicher Trauer in den wasserblauen stieren Augen, die mit einer Art von düstrer Teilnahme auf Ulrike Haßbeck niederblickten.

Nimm sie! rief ihm der Schwarze zu. Nimm sie in deine alte Galeere und fahr' mit ihr über deine Meerestiefen dahin! Sie hat noch ein Restlein Muts in Vorrat. Sie will noch eine Prüfung. Er deutete bei diesen Worten mit seinem grimmigen Hohnlachen auf die Stücke des Pergaments, die am Boden lagen. Van der Decken schüttelte langsam den Kopf. Der Prüfung ist genug! sagte er; sie hat sie überstanden. Sie hat größere Kraft als die eines Mannes gezeigt. Ein Mann, der dir deine Seele übergeben, hätte auch seines Kindes Seele nicht geschont in solcher Drangsal und Not! Sie *war* stärker, als irgendein Mann, als wir, als du! Sie soll heimkehren. Du, alter Lindwurm, hast den Anschlag gemacht. Ihr Stolz und Hochmut sollte sie in deine Hände fallen lassen. Jetzt stehst du geprellt, denn sie hat dich überwunden; die Mutter in ihr ist stärker, denn du und all unsere Schrecken. Nun sorg auch, daß sie ungehärmt und heil heimgelangt; laß sie heimtragen durch die Geister, so dir dienen.

Der Schwarze stieß einen heftigen Laut des Zornes aus; dann begann sich seine Gestalt zu verflüchtigen und zu zerrinnen, als ob sie in den Schatten am Boden zerfließe, bis sie in wenigen Augenblicken mit einem letzten Ausruf des Grimmes verschwunden war. – –

Als Ulrike aus ihrer Ohnmacht, die nach und nach in einen tiefen Schlummer übergegangen zu sein schien, erwachte, war es heller, später Tag, und sie befand sich wieder in ihrem Schlafklosett, im warmen Bette, als ob sie nie ihr Haus am Fronhof zu Augsburg verlassen. Ihr gegenüber stand das kleine Korbbett ihres Sohnes, dessen ruhige Atemzüge sie vernahm – Laute, welche sie mit einer unendlichen Freude durchströmten. Sie hätte das ganze Erlebnis der Nacht für einen schweren Traum halten können; aber auf einem Tische vor ihrem Bette erblickte sie eine ihr gehörende Silberschale, in welcher ihre verpfändeten drei Goldreifen lagen; und als sie sich erhob und zufällig ihre Augen ihrem Bilde im Spiegel begegneten, da nahm sie zu ihrem Schrecken wahr, daß ihr schönes rabenschwarzes Haar grau geworden und daß ihre Züge um zehn Jahre gealtert waren.

Wie sie heimgekommen, darüber vermochte sie trotz alles Besinnens keine deutliche Vorstellung in sich zu erwecken. Nur dessen erinnerte sie sich, daß ihr im Traume gewesen, als ruhe sie auf etwas Dunklem, mit ihr Dahinschwebendem, und als würde sie so in wildschnellem Flug durch die Lüfte getragen; ob sie dabei auf einem Mantel oder einem brausenden Rosse geruht und ein wildes Gewirre phantastischer Gestalten und schauerlicher Bildungen sie lärmend umgeben; oder ob diese letztere Vorstellung, die sie nicht wieder abzuschütteln vermochte, sich durch den Ritt mit dem wütenden Heere ihr eingeprägt, darüber gelang es ihr nie, zur Klarheit zu kommen.

Ulrike Haßbeck hatte jene Grauennacht, in der sie so schweres Lehrgeld für die Lehre: wo des Weibes Stärke ruht, geben sollte, nicht sehr lange überlebt. Ihre letzten Tage waren zwischen frommen Übungen und der Erziehung ihres Sohnes geteilt. Sie ist um das Jahr 1705 gestorben und ruht auf dem Sankt Annakirchhofe in Augsburg.

Ende

THEODOR STORM
Bulemanns Haus

 n einer norddeutschen Seestadt, in der sogenann-
ten Düsternstraße, steht ein altes verfallenes Haus.
Es ist nur schmal, aber drei Stockwerke hoch; in
der Mitte desselben, vom Boden bis fast in die
Spitze des Giebels, springt die Mauer in einem
erkerartigen Ausbau vor, welcher für jedes Stockwerk nach
vorne und an den Seiten mit Fenstern versehen ist, so daß in
hellen Nächten der Mond hindurchscheinen kann.

Seit Menschengedenken ist niemand in dieses Haus hinein- und
niemand herausgegangen; der schwere Messingklopfer an der
Haustür ist fast schwarz von Grünspan, zwischen den Ritzen der
Treppensteine wächst jahraus, jahrein das Gras. – Wenn ein
Fremder fragt: »Was ist denn das für ein Haus?«, so erhält er
gewiß zur Antwort: »Es ist Bulemanns Haus«; wenn er aber
weiterfragt: »Wer wohnt denn darin?«, so antworten sie ebenso
gewiß: »Es wohnt so niemand darin.« – Die Kinder auf den
Straßen und die Ammen an der Wiege singen:

> In Bulemanns Haus,
> In Bulemanns Haus,
> Da gucken die Mäuse
> Zum Fenster hinaus.

Und wirklich wollen lustige Brüder, die von nächtlichen
Schmäusen dort vorbeigekommen, ein Gequieke wie von un-
zähligen Mäusen hinter den dunkeln Fenstern gehört haben.
Einer, der im Übermut den Türklopfer anschlug, um den Widerhall durch die öden Räume schollern zu hören, behauptet
sogar, er habe drinnen auf den Treppen ganz deutlich das Springen großer Tiere gehört. »Fast«, pflegt er, dies erzählend, hinzuzusetzen, »hörte es sich an wie die Sprünge der großen Raubtiere, welche in der Menageriebude auf dem Rathausmarkte
gezeigt wurden.«

Das gegenüberstehende Haus ist um ein Stockwerk niedriger, so
daß nachts das Mondlicht ungehindert in die oberen Fenster des
alten Hauses fallen kann. Aus einer solchen Nacht hat auch der
Wächter etwas zu erzählen; aber es ist nur ein kleines altes

Menschenantlitz mit einer bunten Zipfelmütze, das er droben hinter den runden Erkerfenstern gesehen haben will. Die Nachbarn dagegen meinen, der Wächter sei wieder einmal betrunken gewesen; sie hätten drüben an den Fenstern niemals etwas gesehen, das einer Menschenseele gleich gewesen.

Am meisten Auskunft scheint noch ein alter, in einem entfernten Stadtviertel lebender Mann geben zu können, der vor Jahren Organist an der St.-Magdalenen-Kirche gewesen ist. »Ich entsinne mich«, äußerte er, als er einmal darüber befragt wurde, »noch sehr wohl des hagern Mannes, der während meiner Knabenzeit allein mit einer alten Weibsperson in jenem Hause wohnte. Mit meinem Vater, der ein Trödler gewesen ist, stand er ein paare Jahre lang in lebhaftem Verkehr, und ich bin derzeit manches Mal mit Bestellungen an ihn geschickt worden. Ich weiß auch noch, daß ich nicht gern diese Wege ging und oft allerlei Ausflucht suchte; denn selbst bei Tage fürchtete ich mich, dort die schmalen dunkeln Treppen zu Herrn Bulemanns Stube im dritten Stockwerk hinaufzusteigen. Man nannte ihn unter den Leuten den ›Seelenverkäufer‹; und schon dieser Name erregte mir Angst, zumal daneben allerlei unheimlich Gerede über ihn im Schwange ging. Er war, ehe er nach seines Vaters Tode das alte Haus bezogen, viele Jahre als Superkargo auf Westindien gefahren. Dort sollte er sich mit einer Schwarzen verheiratet haben; als er aber heimgekommen, hatte man vergebens darauf gewartet, eines Tages auch jene Frau mit einigen dunkeln Kindern anlangen zu sehen. Und bald hieß es, er habe auf der Rückfahrt ein Sklavenschiff getroffen und an den Kapitän desselben sein eigen Fleisch und Blut nebst ihrer Mutter um schnödes Gold verkauft. — Was Wahres an solchen Reden gewesen, vermag ich nicht zu sagen«, pflegte der Greis hinzuzusetzen; »denn ich will auch einem Toten nicht zu nahetreten; aber soviel ist gewiß, ein geiziger und menschenscheuer Kauz war es; und seine Augen blickten auch, als hätten sie bösen Taten zugesehen. Kein Unglücklicher und Hülfesuchender durfte seine Schwelle betreten; und wann immer ich damals dort gewesen, stets war von innen die eiserne Kette vor die Tür gelegt. — Wenn ich dann den schweren Klopfer wiederholt hatte anschlagen müssen, so hörte ich wohl von der obersten Treppe herab die scheltende Stimme des Hausherrn: ›Frau Anken! Frau Anken! Ist Sie taub? Hört Sie nicht, es hat geklopft!‹ Alsbald ließen sich aus dem Hinterhause über Pesel und Korridor die schlurfenden Schritte des alten Weibes vernehmen. Bevor sie aber öffnete, fragte sie hüstelnd: ›Wer ist es denn?‹ Und erst wenn ich geantwortet hatte: ›Es ist der Leberecht!‹, wurde die Kette drinnen abgehakt. Wenn ich dann hastig die siebenund-siebzig Treppenstufen – denn ich habe sie einmal gezählt – hinaufgestiegen war, pflegte Herr Bulemann auf dem kleinen dämmerigen Flur vor seinem Zimmer schon auf mich zu war-ten; in dieses selbst hat er mich nie hineingelassen. Ich sehe ihn noch, wie er in seinem gelbgeblümten Schlafrock mit der spit-zen Zipfelmütze vor mir stand, mit der einen Hand rücklings die Klinke seiner Zimmertür haltend. Während ich mein Gewerbe bestellte, pflegte er mich mit seinen grellen runden Augen ungeduldig anzusehen und mich darauf hart und kurz abzufer-tigen. Am meisten erregten damals meine Aufmerksamkeit ein paar ungeheure Katzen, eine gelbe und eine schwarze, die sich mitunter hinter ihm aus seiner Stube drängten und ihre dicken Köpfe an seinen Knien rieben. – Nach einigen Jahren hörte indessen der Verkehr mit meinem Vater auf, und ich bin nicht mehr dort gewesen. – Dies alles ist nun über siebzig Jahre her, und Herr Bulemann muß längst dahin getragen sein, von wan-nen niemand wiederkehrt.« – – Der Mann irrte sich, als er so sprach. Herr Bulemann ist nicht aus seinem Hause getragen worden; er lebt darin noch jetzt.

Das aber ist so zugegangen.

Vor ihm, dem letzten Besitzer, noch um die Zopf- und Haar-beutelzeit, wohnte in jenem Hause ein Pfandverleiher, ein altes verkrümmtes Männchen. Da er sein Gewerbe mit Umsicht seit über fünf Jahrzehnten betrieben hatte und mit einem Weibe, das ihm seit dem Tode seiner Frau die Wirtschaft führte, aufs spärlichste lebte, so war er endlich ein reicher Mann geworden. Dieser Reichtum bestand aber zumeist in einer fast unüberseh-baren Menge von Pretiosen, Geräten und seltsamstem Trödel-kram, was er alles von Verschwendern oder Notleidenden im Lauf der Jahre als Pfand erhalten hatte und das dann, da die Rückzahlung des darauf gegebenen Darlehns nicht erfolgte in seinem Besitz zurückgeblieben war. – Da er bei einem Verkauf dieser Pfänder, welcher gesetzlich durch die Gerichte geschehen mußte, den Überschuß des Erlöses an die Eigentümer hätte herausgeben müssen, so häufte er sie lieber in den großen Nußbaumschränken auf, mit denen zu diesem Zwecke nach und nach die Stuben des ersten und endlich auch des zweiten Stockwerks besetzt wurden. Nachts aber, wenn Frau Anken im Hinterhause in ihrem einsamen Kämmerchen schnarchte und die schwere Kette vor der Haustür lag, stieg er oft mit leisem Tritt die Treppen auf und ab. In seinen hechtgrauen Rockelor eingeknöpft, in der einen Hand die Lampe, in der andern das Schlüsselbund, öffnete er bald im ersten, bald im zweiten Stockwerk die Stuben- und die Schranktüren, nahm hier eine goldene Repetieruhr, dort eine emaillierte Schnupftabaksdose aus dem Versteck hervor und berechnete bei sich die Jahre ihres Besitzes und ob die ursprünglichen Eigentümer dieser Dinge wohl verkommen und verschollen seien oder ob sie noch einmal mit dem Gelde in der Hand wiederkehren und ihre Pfänder zurückfordern könnten. – –

Der Pfandleiher war endlich im äußersten Greisenalter von seinen Schätzen weggestorben und hatte das Haus nebst den vollen Schränken seinem einzigen Sohne hinterlassen müssen, den er während seines Lebens auf jede Weise daraus fernzuhalten gewußt hatte.

Dieser Sohn war der von dem kleinen Leberecht so gefürchtete Superkargo, welcher eben von einer überseeischen Fahrt in seine Vaterstadt zurückgekehrt war. Nach dem Begräbnis des Vaters gab er seine früheren Geschäfte auf und bezog dessen Zimmer im dritten Stock des alten Erkerhauses, wo nun statt des verkrümmten Männchens im hechtgrauen Rockelor eine lange hagere Gestalt im gelbgeblümten Schlafrock und bunter Zipfelmütze auf und ab wandelte oder rechnend an dem kleinen Pulte des Verstorbenen stand. – Auf Herrn Bulemann hatte sich indessen das Behagen des alten Pfandverleihers an den aufgehäuften Kostbarkeiten nicht vererbt. Nachdem er bei verriegelten Türen den Inhalt der großen Nußbaumschränke untersucht hatte, ging er mit sich zu Rate, ob er den heimlichen Verkauf dieser Dinge wagen solle, die immer noch das Eigentum anderer waren und an deren Wert er nur auf Höhe der ererbten und, wie die Bücher ergaben, meist sehr geringen Darlehnsforderung einen Anspruch hatte. Aber Herr Bulemann war keiner von den Unentschlossenen. Schon in wenigen Tagen war die Verbindung mit einem in der äußeren Vorstadt wohnenden Trödler angeknüpft, und nachdem man einige Pfänder aus den letzten Jahren zurückgesetzt hatte, wurde heimlich und vorsichtig der bunte Inhalt der großen Nußbaumschränke in gediegene Silbermünzen umgewandelt. Das war die Zeit, wo der Knabe Leberecht ins Haus gekommen war. – Das gelöste Geld tat Herr Bulemann in große eisenbeschlagene Kasten, welche er nebeneinander in seine Schlafkammer setzen ließ; denn bei der Rechtlosigkeit seines Besitzes wagte er nicht, es auf Hypotheken auszutun oder sonst öffentlich anzulegen.

Als alles verkauft war, machte er sich daran, sämtliche für die mögliche Zeit seines Lebens denkbare Ausgaben zu berechnen. Er nahm dabei ein Alter von neunzig Jahren in Ansatz und teilte dann das Geld in einzelne Päckchen je für eine Woche, indem er auf jedes Quartal noch ein Röllchen für unvorhergesehene Ausgaben dazulegte. Dieses Geld wurde für sich in einen Kasten gelegt, welcher nebenan in dem Wohnzimmer stand; und alle Sonnabendmorgen erschien Frau Anken, die alte Wirtschafterin, die er aus der Verlassenschaft seines Vaters mitübernommen hatte, um ein neues Päckchen in Empfang zu nehmen und über die Verausgabung des vorigen Rechenschaft zu geben.

Wie schon erzählt, hatte Herr Bulemann Frau und Kinder nicht mitgebracht; dagegen waren zwei Katzen von besonderer Größe, eine gelbe und eine schwarze, am Tage nach der Beerdigung des alten Pfandverleihers durch einen Matrosen in einem fest zugebundenen Sack vom Bord des Schiffes ins Haus getragen worden. Diese Tiere waren bald die einzige Gesellschaft ihres Herrn. Sie erhielten mittags ihre eigene Schüssel, die Frau Anken unter verbissenem Ingrimm tagsaus und -ein für sie bereiten mußte; nach dem Essen, während Herr Bulemann sein kurzes Mittagsschläfchen abtat, saßen sie gesättigt neben ihm auf dem Kanapee, ließen ein Läppchen Zunge hervorhängen und blinzelten ihn schläfrig aus ihren grünen Augen an. Waren sie in den unteren Räumen des Hauses auf der Mausjagd gewesen, was ihnen indessen immer einen heimlichen Fußtritt von dem alten Weibe eintrug, so brachten sie gewiß die gefangenen Mäuse zuerst ihrem Herrn im Maule hergeschleppt und zeigten sie ihm, ehe sie unter das Kanapee krochen und sie verzehrten. War dann die Nacht gekommen und hatte Herr Bulemann die bunte Zipfelmütze mit einer weißen vertauscht, so begab er sich mit seinen beiden Katzen in das große Gardinenbett im Nebenkämmerchen, wo er sich durch das gleichmäßige Spinnen der zu seinen Füßen eingewühlten Tiere in den Schlaf bringen ließ.

Dieses friedliche Leben war indes nicht ohne Störung geblieben. Im Lauf der ersten Jahre waren dennoch einzelne Eigentümer der verkauften Pfänder gekommen und hatten gegen Rückzahlung des darauf erhaltenen Sümmchens die Auslieferung ihrer Pretiosen verlangt. Und Herr Bulemann, aus Furcht vor Prozessen, wodurch sein Verfahren in die Öffentlichkeit hätte kommen können, griff in seine großen Kasten und erkaufte sich durch größere oder kleinere Abfindungssummen das Schweigen der Beteiligten. Das machte ihn noch menschenfeindlicher und verbissener. Der Verkehr mit dem alten Trödler hatte längst aufgehört; einsam saß er auf seinem Erkerstübchen mit der Lösung eines schon oft gesuchten Problems, der Berechnung eines sicheren Lotteriegewinnes, beschäftigt, wodurch er dermaleinst seine Schätze ins unermeßliche zu vermehren dachte. Auch Graps und Schnores, die beiden großen Kater, hatten jetzt unter seiner Laune zu leiden. Hatte er sie in dem einen Augenblick mit seinen langen Fingern getätschelt, so konnten sie sich im andern, wenn etwa die Berechnung auf den Zahlentafeln nicht stimmen wollte, eines Wurfs mit dem Sandfaß oder der Papierschere versehen, so daß sie heulend in die Ecke hinkten.

Herr Bulemann hatte eine Verwandte, eine Tochter seiner Mutter aus erster Ehe, welche indessen schon bei dem Tode dieser wegen ihrer Erbansprüche abgefunden war und daher an die von ihm ererbten Schätze keine Ansprüche hatte. Er kümmerte sich jedoch nicht um diese Halbschwester, obgleich sie in einem Vorstadtviertel in den dürftigsten Verhältnissen lebte; denn noch weniger als mit andern Menschen liebte Herr Bulemann den Verkehr mit dürftigen Verwandten. Nur einmal, als sie kurz nach dem Tode ihres Mannes in schon vorgerücktem Alter ein

kränkliches Kind geboren hatte, war sie hülfesuchend zu ihm
gekommen. Frau Anken, die sie eingelassen, war horchend
unten auf der Treppe sitzen geblieben, und bald hatte sie von
oben die scharfe Stimme ihres Herrn gehört, bis endlich die Tür
aufgerissen worden und die Frau weinend die Treppe herabge-
kommen war. Noch an demselben Abend hatte Frau Anken die
strenge Weisung erhalten, die Kette fürderhin nicht von der
Haustür zu ziehen, falls etwa die Christine noch einmal wiederkommen sollte.

Die Alte begann sich immer mehr vor der Hakennase und den
greilen Eulenaugen ihres Herrn zu fürchten. Wenn er oben am
Treppengeländer ihren Namen rief oder auch, wie er es vom
Schiffe her gewohnt war, nur einen schrillen Pfiff auf seinen
Fingern tat, so kam sie gewiß, in welchem Winkel sie auch sitzen
mochte, eiligst hervorgekrochen und stieg stöhnend, Schimpf-
und Klageworte vor sich her plappernd, die schmalen Treppen
hinauf.

Wie aber in dem dritten Stockwerk Herr Bulemann, so hatte in
den unteren Zimmern Frau Anken ihre ebenfalls nicht ganz
rechtlich erworbenen Schätze aufgespeichert. – Schon in dem
ersten Jahre ihres Zusammenlebens war sie von einer Art kindischer Angst befallen worden, ihr Herr könne einmal die Verausgabung des Wirtschaftsgeldes selbst übernehmen und sie werde
dann bei dem Geize desselben noch auf ihre alten Tage Not zu
leiden haben. Um dieses abzuwenden, hatte sie ihm vorgelogen,
der Weizen sei aufgeschlagen, und demnächst die entsprechende
Mehrsumme für den Brotbedarf gefordert. Der Superkargo,
der eben seine Lebensrechnung begonnen, hatte scheltend seine
Papiere zerrissen und darauf seine Rechnung von vorn wieder
aufgestellt und den Wochenrationen die verlangte Summe zu-
gesetzt. – Frau Anken aber, nachdem sie ihren Zweck erreicht,
hatte, zur Schonung ihres Gewissens und des Sprichworts ge-
denkend: »Geschleckt ist nicht gestohlen«, nun nicht die über-
schüssig empfangenen Schillinge, sondern regelmäßig nur die
dafür gekauften Weizenbrötchen unterschlagen, mit denen sie,
da Herr Bulemann niemals die unteren Zimmer betrat, nach
und nach die ihres kostbarsten Inhalts beraubten großen Nußbaumschränke anfüllte.

So mochten etwa zehn Jahre verflossen sein. Herr Bulemann wurde immer hagerer und grauer, sein gelbgeblümter Schlafrock immer fadenscheiniger. Dabei vergingen oft Tage, ohne daß er den Mund zum Sprechen geöffnet hätte; denn er sah keine lebenden Wesen als die beiden Katzen und seine alte, halb kindische Haushälterin. Nur mitunter, wenn er hörte, daß unten die Nachbarskinder auf den Prellsteinen vor seinem Hause ritten, steckte er den Kopf ein wenig aus dem Fenster und schalt mit seiner scharfen Stimme in die Gasse hinab. – »Der Seelenverkäufer, der Seelenverkäufer!« schrien dann die Kinder und stoben auseinander. Herr Bulemann aber fluchte und schimpfte noch ingrimmiger, bis er endlich schmetternd das Fenster zuschlug und drinnen Graps und Schnores seinen Zorn entgelten ließ.

Um jede Verbindung mit der Nachbarschaft auszuschließen, mußte Frau Anken schon seit geraumer Zeit ihre Wirtschaftseinkäufe in entlegenen Straßen machen. Sie durfte jedoch erst mit dem Eintritt der Dunkelheit ausgehen und mußte dann die Haustür hinter sich verschließen.

Es mochte acht Tage vor Weihnachten sein, als die Alte wiederum eines Abends zu solchem Zwecke das Haus verlassen hatte. Trotz ihrer sonstigen Sorgfalt mußte sie sich indessen diesmal einer Vergessenheit schuldig gemacht haben. Denn als Herr Bulemann eben mit dem Schwefelholz sein Talglicht angezündet hatte, hörte er zu seiner Verwunderung es draußen auf den Stiegen poltern, und als er mit vorgehaltenem Licht auf den Flur hinaustrat, sah er seine Halbschwester mit einem bleichen Knaben vor sich stehen.

»Wie seid ihr ins Haus gekommen?« herrschte er sie an, nachdem er sie einen Augenblick erstaunt und ingrimmig angestarrt hatte.

»Die Tür war offen unten«, sagte die Frau schüchtern.

Er murmelte einen Fluch auf seine Wirtschafterin zwischen den Zähnen. »Was willst du?« fragte er dann.

»Sei doch nicht so hart, Bruder«, bat die Frau, »ich habe sonst nicht den Mut, zu dir zu sprechen.«

»Ich wüßte nicht, was du mit mir zu sprechen hättest; du hast dein Teil bekommen; wir sind fertig miteinander.«

Die Schwester stand schweigend vor ihm und suchte vergebens nach dem rechten Worte. – Drinnen wurde wiederholt ein Kratzen an der Stubentür vernehmbar. Als Herr Bulemann zurückgelangt und die Tür geöffnet hatte, sprangen die beiden großen Katzen auf den Flur hinaus und strichen spinnend an dem blassen Knaben herum, der sich furchtsam vor ihnen an die Wand zurückzog. Ihr Herr betrachtete ungeduldig die noch immer schweigend vor ihm stehende Frau. »Nun, wird's bald?« fragte er.

»Ich wollte dich um etwas bitten, Daniel«, hub sie endlich an. »Dein Vater hat ein paar Jahre vor seinem Tode, da ich in bitterster Not war, ein silbern Becherlein von mir in Pfand genommen.«

»Mein Vater von dir?« fragte Herr Bulemann.

»Ja, Daniel, dein Vater; der Mann von unser beider Mutter. Hier ist der Pfandschein; er hat mir nicht zuviel darauf gegeben.«

»Weiter!« sagte Herr Bulemann, der mit raschem Blick die leeren Hände seiner Schwester gemustert hatte.

»Vor einiger Zeit«, fuhr sie zaghaft fort, »träumte mir, ich gehe mit meinem kranken Kinde auf dem Kirchhof. Als wir an das Grab unserer Mutter kamen, saß sie auf ihrem Grabstein unter einem Busch voll blühender weißer Rosen. Sie hatte jenen kleinen Becher in der Hand, den ich einst als Kind von ihr geschenkt erhalten; als wir aber näher gekommen waren, setzte sie ihn an die Lippen; und indem sie dem Knaben lächelnd zunickte, hörte ich sie deutlich sagen: ›Zur Gesundheit!‹ – Es war ihre sanfte Stimme, Daniel, wie im Leben; und diesen Traum habe ich drei Nächte nacheinander geträumt.«

»Was soll das?« fragte Herr Bulemann.

»Gib mir den Becher zurück, Bruder! Das Christfest ist nahe; leg ihn dem kranken Kinde auf seinen leeren Weihnachtsteller!«

Der hagere Mann in seinem gelbgeblümten Schlafrock stand regungslos vor ihr und betrachtete sie mit seinen grellen runden Augen. »Hast du das Geld bei dir?« fragte er. »Mit Träumen löst man keine Pfänder ein.«

»O Daniel!« rief sie, »glaub unserer Mutter! Er wird gesund, wenn er aus dem kleinen Becher trinkt. Sei barmherzig; er ist ja doch von deinem Blute!«

Sie hatte die Hände nach ihm ausgestreckt; aber er trat einen
Schritt zurück. »Bleib mir vom Leibe«, sagte er. Dann rief er
nach seinen Katzen. »Graps, alte Bestie! Schnores, mein Söhn-
chen!« Und der große gelbe Kater sprang mit einem Satz auf den
Arm seines Herrn und klauete mit seinen Krallen in der bunten
Zipfelmütze, während das schwarze Tier mauzend an seinen
Knien hinaufstrebte.
Der kranke Knabe war näher geschlichen. »Mutter«, sagte er,
indem er sie heftig an dem Kleide zupfte, »ist das der böse Ohm,
der seine schwarzen Kinder verkauft hat?«
Aber in demselben Augenblick hatte auch Herr Bulemann die
Katze herabgeworfen und den Arm des aufschreienden Knaben
ergriffen. »Verfluchte Bettelbrut«, rief er, »pfeifst du auch das
tolle Lied!«
»Bruder, Bruder!« jammerte die Frau. – Doch schon lag der
Knabe wimmernd drunten auf dem Treppenabsatz. Die Mutter
sprang ihm nach und nahm ihn sanft auf ihren Arm; dann aber
richtete sie sich hoch auf, und den blutenden Kopf des Kindes an
ihrer Brust, erhob sie die geballte Faust gegen ihren Bruder, der
zwischen seinen spinnenden Katzen droben am Treppengeländer stand. »Verruchter, böser Mann!« rief sie. »Mögest du verkommen bei deinen Bestien!«
»Fluche, soviel du Lust hast!« erwiderte der Bruder; »aber mach,
daß du aus dem Hause kommst.«
Dann, während das Weib mit dem weinenden Knaben die
dunkeln Treppen hinabstieg, lockte er seine Katzen und klappte
die Stubentür hinter sich zu. – Er bedachte nicht, daß die Flüche
der Armen gefährlich sind, wenn die Hartherzigkeit der Reichen sie hervorgerufen hat.

Einige Tage später trat Frau Anken, wie gewöhnlich, mit dem
Mittagessen in die Stube ihres Herrn. Aber sie kniff heute noch
mehr als sonst mit den dünnen Lippen, und ihre kleinen blöden
Augen leuchteten vor Vergnügen. Denn sie hatte die harten
Worte nicht vergessen, die sie wegen ihrer Nachlässigkeit an
jenem Abend hatte hinnehmen müssen, und sie dachte sie ihm
jetzt mit Zinsen wieder heimzuzahlen.
»Habt Ihr's denn auf St. Magdalenen läuten hören?« fragte sie.

»Nein«, erwiderte Herr Bulemann kurz, der über seinen Zahlentafeln saß.

»Wißt Ihr denn wohl wofür es geläutet hat?« fragte die Alte weiter.

»Dummes Geschwätz! Ich höre nicht nach dem Gebimmel.«

»Es war aber doch für Euren Schwestersohn!«

Herr Bulemann legte die Feder hin. »Was schwatzest du, Alte?«

»Ich sage«, erwiderte sie, »daß sie soeben den kleinen Christoph begraben haben.«

Herr Bulemann schrieb schon wieder weiter. »Warum erzählst du mir das? Was geht mich der Junge an?«

»Nun, ich dachte nur; man erzählt ja wohl, was Neues in der Stadt passiert.« – –

Als sie gegangen war, legte aber doch Herr Bulemann die Feder wieder fort und schritt, die Hände auf dem Rücken, eine lange Zeit in seinem Zimmer auf und ab. Wenn unten auf der Gasse ein Geräusch entstand, trat er hastig ans Fenster, als erwarte er schon den Stadtdiener eintreten zu sehen, der ihn wegen der Mißhandlung des Knaben vor den Rat zitieren solle. Der schwarze Graps, der mauzend seinen Anteil an der aufgetragenen Speise verlangte, erhielt einen Fußtritt, daß er schreiend in die Ecke flog. Aber, war es nun der Hunger, oder hatte sich unversehens die sonst so unterwürfige Natur des Tieres verändert, er wandte sich gegen seinen Herrn und fuhr fauchend und prustend auf ihn los. Herr Bulemann gab ihm einen zweiten Fußtritt. »Freßt«, sagte er. »Ihr braucht nicht auf mich zu warten.«

Mit einem Satz waren die beiden Katzen an der vollen Schüssel, die er ihnen auf den Fußboden gesetzt hatte.

Dann aber geschah etwas Seltsames.

Als der gelbe Schnores, der zuerst seine Mahlzeit beendet hatte, nun in der Mitte des Zimmers stand, sich reckte und buckelte, blieb Herr Bulemann plötzlich vor ihm stehen; dann ging er um das Tier herum und betrachtete es von allen Seiten. »Schnores, alter Halunke, was ist denn das?« sagte er, den Kopf des Katers krauend. »Du bist ja noch gewachsen in deinen alten Tagen!« –

In diesem Augenblick war auch die andere Katze hinzugesprungen. Sie sträubte ihren glänzenden Pelz und stand dann hoch auf

ihren schwarzen Beinen. Herr Bulemann schob sich die bunte
Zipfelmütze aus der Stirn. »Auch der!« murmelte er. »Seltsam, es
muß in der Sorte liegen.«

Es war indes dämmerig geworden, und da niemand kam und
ihn beunruhigte, so setzte er sich zu den Schüsseln, die auf dem
Tische standen. Endlich begann er sogar seine großen Katzen,
die neben ihm auf dem Kanapee saßen, mit einem gewissen
Behagen zu beschauen. »Ein Paar stattliche Burschen seid ihr!«
sagte er, ihnen zunickend. »Nun soll euch das alte Weib unten
auch die Ratten nicht mehr vergiften!« – Als er aber abends
nebenan in seine Schlafkammer ging, ließ er sie nicht, wie sonst,
zu sich herein; und als er sie nachts mit den Pfoten gegen die
Kammertür fallen und mauzend daran herunterrutschen hörte,
zog er sich das Deckbett über beide Ohren und dachte: ›Mauzt
nur zu, ich habe eure Krallen gesehen.‹ –

Dann kam der andere Tag, und als es Mittag geworden, geschah
dasselbe, was tags zuvor geschehen war. Von der geleerten
Schüssel sprangen die Katzen mit einem schweren Satz mitten
ins Zimmer hinein, reckten und streckten sich; und als Herr
Bulemann, der schon wieder über seinen Zahlentafeln saß, einen
Blick zu ihnen hinüberwarf, stieß er entsetzt seinen Drehstuhl
zurück und blieb mit ausgerecktem Halse stehen. Dort, mit
leisem Winseln, als wenn ihnen ein Widriges angetan würde,
standen Graps und Schnores zitternd mit geringelten Schwän-
zen, das Haar gesträubt; er sah es deutlich, sie dehnten sich, sie
wurden groß und größer.

Noch einen Augenblick stand er, die Hände an den Tisch ge-
klammert; dann plötzlich schritt er an den Tieren vorbei und riß
die Stubentür auf. »Frau Anken, Frau Anken!« rief er; und da sie
nicht gleich zu hören schien, tat er einen Pfiff auf seinen Fingern,
und bald schlurfte auch die Alte unten aus dem Hinterhause
hervor und keuchte eine Treppe nach der andern herauf.

»Sehe Sie sich einmal die Katzen an!« rief er, als sie ins Zimmer
getreten war.

»Die habe ich schon oft gesehen, Herr Bulemann.«

»Sieht Sie daran denn nichts?«

»Daß ich nicht wüßte, Herr Bulemann!« erwiderte sie, mit ihren
blöden Augen um sich blinzelnd.

»Was sind denn das für Tiere? Das sind ja gar keine Katzen
mehr!« – Er packte die Alte an den Armen und rannte sie gegen
die Wand. »Rotäugige Hexe!« schrie er, »bekenne, was hast du
meinen Katzen eingebraut!«

Das Weib klammerte ihre knöchernen Hände ineinander und
begann unverständliche Gebete herzuplappern. Aber die furchtbaren Katzen sprangen von rechts und links auf die Schultern
ihres Herrn und leckten ihn mit ihren scharfen Zungen ins
Gesicht. Da mußte er die Alte loslassen.

Fortwährend plappernd und hüstelnd, schlich sie aus dem Zimmer und kroch die Treppen hinab. Sie war wie verwirrt; sie
fürchtete sich, ob mehr vor ihrem Herrn oder vor den großen
Katzen, das wußte sie selber nicht. So kam sie hinten in ihre
Kammer. Mit zitternden Händen holte sie einen mit Geld gefüllten wollenen Strumpf aus ihrem Bett hervor; dann nahm sie
aus einer Lade eine Anzahl alter Röcke und Lumpen und
wickelte sie um ihren Schatz herum, so daß es endlich ein großes
Bündel gab. Denn sie wollte fort, um jeden Preis fort; sie dachte
an die arme Halbschwester ihres Herrn draußen in der Vorstadt;
die war immer freundlich gegen sie gewesen, zu der wollte sie.
Freilich, es war ein weiter Weg, durch viele Gassen, über viele
schmale und lange Brücken, welche über dunkle Gräben und
Fleten hinwegführten, und draußen dämmerte schon der Win-
terabend. Es trieb sie dennoch fort. Ohne an ihre Tausende von
Weizenbrötchen zu denken, die sie in kindischer Fürsorge in den
großen Nußbaumschränken aufgehäuft hatte, trat sie mit ihrem
schweren Bündel auf dem Nacken aus dem Hause. Sorgfältig
mit dem großen krausen Schlüssel verschloß sie die schwere
eichene Tür, steckte ihn in ihre Ledertasche und ging dann
keuchend in die finstere Stadt hinaus. – –

Frau Anken ist niemals wiedergekommen, und die Tür von
Bulemanns Haus ist niemals wieder aufgeschlossen worden.

Noch an demselben Tage aber, da sie fortgegangen, hat ein
junger Taugenichts, der, den Knecht Ruprecht spielend, in den
Häusern umherlief, mit Lachen seinen Kameraden erzählt, da er
in seinem rauhen Pelz über die Kreszentiusbrücke gegangen sei,
habe er ein altes Weib dermaßen erschreckt, daß sie mit ihrem
Bündel wie toll in das schwarze Wasser hinabgesprungen sei. –

Auch ist in der Frühe des andern Tages in der äußersten Vorstadt die Leiche eines alten Weibes, welche an einem großen Bündel festgebunden war, von den Wächtern aufgefischt und bald darauf, da niemand sie gekannt hat, auf dem Armenviertel des dortigen Kirchhofs in einem platten Sarge eingegraben worden.

Dieser andere Morgen war der Morgen des Weihnachtsabends. – Herr Bulemann hatte eine schlechte Nacht gehabt; das Kratzen und Arbeiten der Tiere gegen seine Kammertür hatte ihm diesmal keine Ruhe gelassen; erst gegen die Morgendämmerung war er in einen langen, bleiernen Schlaf gefallen. Als er endlich seinen Kopf mit der Zipfelmütze in das Wohnzimmer hineinsteckte, sah er die beiden Katzen laut schnurrend mit unruhigen Schritten umeinander hergehen. Es war schon nach Mittag; die Wanduhr zeigte auf eins. »Sie werden Hunger haben, die Bestien«, murmelte er. Dann öffnete er die Tür nach dem Flur und pfiff nach der Alten. Zugleich aber drängten die Katzen sich hinaus und rannten die Treppe hinab, und bald hörte er von unten aus der Küche herauf Springen und Tellergeklapper. Sie mußten auf den Schrank gesprungen sein, auf den Frau Anken die Speisen für den andern Tag zurückzusetzen pflegte.
Herr Bulemann stand oben an der Treppe und rief laut und scheltend nach der Alten; aber nur das Schweigen antwortete ihm oder von unten herauf aus den Winkeln des alten Hauses ein schwacher Widerhall. Schon schlug er die Schöße seines geblümten Schlafrocks übereinander und wollte selbst hinabsteigen, da polterte es drunten auf den Stiegen, und die beiden Katzen kamen wieder heraufgerannt. Aber das waren keine Katzen mehr; das waren zwei furchtbare, namenlose Raubtiere. Die stellten sich gegen ihn, sahen ihn mit ihren glimmenden Augen an und stießen ein heiseres Geheul aus. Er wollte an ihnen vorbei, aber ein Schlag mit der Tatze, der ihm einen Fetzen aus dem Schlafrock riß, trieb ihn zurück. Er lief ins Zimmer; er wollte ein Fenster aufreißen, um die Menschen auf der Gasse anzurufen; aber die Katzen sprangen hinterdrein und kamen ihm zuvor. Grimmig schnurrend, mit erhobenem Schweif, wanderten sie vor den Fenstern auf und ab. Herr Bulemann

rannte auf den Flur hinaus und warf die Zimmertür hinter sich
zu; aber die Katzen schlugen mit der Tatze auf die Klinke und
standen schon vor ihm an der Treppe. – Wieder floh er ins
Zimmer zurück, und wieder waren die Katzen da.

Schon verschwand der Tag, und die Dunkelheit kroch in alle
Ecken. Tief unten von der Gasse herauf hörte er Gesang; Knaben
und Mädchen zogen von Haus zu Haus und sangen Weihnachts-
lieder. Sie gingen in alle Türen; er stand und horchte. Kam denn
niemand in seine Tür? – – Aber er wußte es ja, er hatte sie selber
alle fortgetrieben; es klopfte niemand, es rüttelte niemand an der
verschlossenen Haustür. Sie zogen vorüber; und allmählich
ward es still, totenstill auf der Gasse. Und wieder suchte er zu
entrinnen; er wollte Gewalt anwenden; er rang mit den Tieren,
er ließ sich Gesicht und Hände blutig reißen. Dann wieder
wandte er sich zur List; er rief sie mit den alten Schmeichel-
namen, er strich ihnen die Funken aus dem Pelz und wagte es
sogar, ihren flachen Kopf mit den großen weißen Zähnen zu
krauen. Sie warfen sich auch vor ihm hin und wälzten sich
schnurrend zu seinen Füßen; aber wenn er den rechten Augenblick gekommen glaubte und aus der Tür schlüpfte, so sprangen
sie auf und standen, ihr heiseres Geheul ausstoßend, vor ihm. –
So verging die Nacht, so kam der Tag, und noch immer rannte
er zwischen der Treppe und den Fenstern seines Zimmers hin
und wider, die Hände ringend, keuchend, das graue Haar zerzaust.
Und noch zweimal wechselten Tag und Nacht; da endlich warf
er sich, gänzlich erschöpft, an allen Gliedern zuckend, auf das
Kanapee. Die Katzen setzten sich ihm gegenüber und blinzelten
ihn schläfrig aus halbgeschlossenen Augen an. Allmählich
wurde das Arbeiten seines Leibes weniger, und endlich hörte es
ganz auf. Eine fahle Blässe überzog unter den Stoppeln des
grauen Bartes sein Gesicht; noch einmal aufseufzend, streckte er
die Arme und spreizte die langen Finger über die Knie; dann
regte er sich nicht mehr.

Unten in den öden Räumen war es indessen nicht ruhig gewesen. Draußen an der Tür des Hinterhauses, die auf den engen

Hof hinausführt, geschah ein emsiges Nagen und Fressen. Endlich entstand über der Schwelle eine Öffnung, die größer und größer wurde; ein grauer Mauskopf drängte sich hindurch, dann noch einer, und bald huschte eine ganze Schar von Mäusen über den Flur und die Treppe hinauf in den ersten Stock. Hier begann das Arbeiten aufs neue an der Zimmertür, und als diese durchnagt war, kamen die großen Schränke dran, in denen Frau Ankens hinterlassene Schätze aufgespeichert lagen. Da war ein Leben wie im Schlaraffenland; wer durchwollte, mußte sich durchfressen. Und das Geziefer füllte sich den Wanst; und wenn es mit dem Fressen nicht mehr fortwollte, rollte es die Schwänze auf und hielt sein Schläfchen in den hohlgefressenen Weizenbrötchen. Nachts kamen sie hervor, huschten über die Dielen oder saßen, ihre Pfötchen leckend, vor dem Fenster und schauten, wenn der Mond schien, mit ihren kleinen blanken Augen in die Gasse hinab.

Aber diese behagliche Wirtschaft sollte bald ihr Ende erreichen. In der dritten Nacht, als eben droben Herr Bulemann seine Augen zugetan hatte, polterte es draußen auf den Stiegen. Die großen Katzen kamen herabgesprungen, öffneten mit einem Schlag ihrer Tatze die Tür des Zimmers und begannen ihre Jagd. Da hatte alle Herrlichkeit ein Ende. Quieksend und pfeifend rannten die fetten Mäuse umher und strebten ratlos an den Wänden hinauf. Es war vergebens; sie verstummten eine nach der andern zwischen den zermalmenden Zähnen der beiden Raubtiere.

Dann wurde es still, und bald war in dem ganzen Hause nichts vernehmbar als das leise Spinnen der großen Katzen, die mit ausgestreckten Tatzen droben vor dem Zimmer ihres Herrn lagen und sich das Blut aus den Bärten leckten.

Unten in der Haustür verrostete das Schloß, den Messingklopfer überzog der Grünspan, und zwischen den Treppensteinen begann das Gras zu wachsen.

Draußen aber ging die Welt unbekümmert ihren Gang. – Als der Sommer gekommen war, stand auf dem St.-Magdalenen-Kirchhof auf dem Grabe des kleinen Christoph ein blühender weißer Rosenbusch; und bald lag auch ein kleiner Denkstein unter demselben. Den Rosenbusch hatte seine Mutter ihm gepflanzt; den Stein freilich hatte sie nicht beschaffen können. Aber Christoph hatte einen Freund gehabt; es war ein junger Musikus, der Sohn eines Trödlers, der in dem Hause ihnen gegenüber wohnte. Zuerst hatte er sich unter sein Fenster geschlichen, wenn der Musiker drinnen am Klavier saß; später hatte dieser ihn zuweilen in die Magdalenenkirche genommen, wo er sich nachmittags im Orgelspiel zu üben pflegte. – Da saß denn der blasse Knabe auf einem Schemelchen zu seinen Füßen, lehnte lauschend den Kopf an die Orgelbank und sah, wie die Sonnenlichter durch die Kirchenfenster spielten. Wenn der junge Musikus dann, von der Verarbeitung seines Themas fortgerissen, die tiefen mächtigen Register durch die Gewölbe brausen ließ oder wenn er mitunter den Tremulanten zog und die Töne wie zitternd vor der Majestät Gottes dahinfluteten, so konnte es wohl geschehen, daß der Knabe in stilles Schluchzen ausbrach und sein Freund ihn nur schwer zu beruhigen vermochte. Einmal auch sagte er bittend: »Es tut mir weh, Leberecht; spiele nicht so laut!«

Der Orgelspieler schob auch sogleich die großen Register wieder ein und nahm die Flöten- und andere sanfte Stimmen; und süß und ergreifend schwoll das Lieblingslied des Knaben durch die stille Kirche: »Befiehl du deine Wege.« – Leise mit seiner kränklichen Stimme hub er an mitzusingen. »Ich will auch spielen lernen«, sagte er, als die Orgel schwieg; »willst du mich es lehren, Leberecht?«

Der junge Musikus ließ seine Hand auf den Kopf des Knaben fallen, und ihm das gelbe Haar streichelnd, erwiderte er: »Werde nur erst recht gesund, Christoph; dann will ich dich es gern lehren.«

Aber Christoph war nicht gesund geworden. – Seinem kleinen Sarge folgte neben der Mutter auch der junge Orgelspieler. Sie sprachen hier zum ersten Mal zusammen; und die Mutter erzählte ihm jenen dreimal geträumten Traum von dem kleinen silbernen Erbbecher.

»Den Becher«, sagte Leberecht, »hätte ich Euch geben können; mein Vater, der ihn vor Jahren mit vielen andern Dingen von Euerm Bruder erhandelte, hat mir das zierliche Stück einmal als Weihnachtsgeschenk gegeben.«

Die Frau brach in die bittersten Klagen aus. »Ach«, rief sie immer wieder, »er wäre ja gewiß gesund geworden!«

Der junge Mann ging eine Weile schweigend neben ihr her. »Den Becher soll unser Christoph dennoch haben«, sagte er endlich.

Und so geschah es. Nach einigen Tagen hatte er den Becher an einen Sammler solcher Pretiosen um einen guten Preis verhandelt; von dem Gelde aber ließ er den Denkstein für das Grab des kleinen Christoph machen. Er ließ eine Marmortafel darin einlegen, auf welcher das Bild des Bechers ausgemeißelt wurde. Darunter standen die Worte eingegraben: »Zur Gesundheit!« – Noch viele Jahre hindurch, mochte der Schnee auf dem Grabe liegen oder mochte in der Junisonne der Busch mit Rosen überschüttet sein, kam oft eine blasse Frau und las andächtig und sinnend die beiden Worte auf dem Grabstein. – Dann eines Sommers ist sie nicht mehr gekommen; aber die Welt ging unbekümmert ihren Gang.

Nur noch einmal, nach vielen Jahren, hat ein sehr alter Mann das Grab besucht, er hat sich den kleinen Denkstein angesehen und eine weiße Rose von dem alten Rosenbusch gebrochen. Das ist der emeritierte Organist von St. Magdalenen gewesen.

Aber wir müssen das friedliche Kindergrab verlassen und, wenn der Bericht zu Ende geführt werden soll, drüben in der Stadt noch einen Blick in das alte Erkerhaus der Düsternstraße werfen. – Noch immer stand es schweigend und verschlossen. Während draußen das Leben unablässig daran vorüberflutete, wucherte drinnen in den eingeschlossenen Räumen der Schwamm aus den Dielenritzen, löste sich der Gips an den Decken und stürzte herab, in einsamen Nächten ein unheimliches Echo über Flur und Stiege jagend. Die Kinder, welche an jenem Christabend auf der Straße gesungen hatten, wohnten jetzt als alte Leute in den Häusern, oder sie hatten ihr Leben schon abgetan und waren gestorben; die Menschen, die jetzt auf der Gasse gingen, trugen andere Gewänder, und draußen auf dem Vorstadtskirchhof war der schwarze Nummerpfahl auf Frau Ankens namenlosem Grabe schon längst verfault. Da schien eines Nachts wieder einmal, wie schon so oft, über das Nachbarhaus hinweg der

Vollmond in das Erkerfenster des dritten Stockwerks und malte mit seinem bläulichen Lichte die kleinen runden Scheiben auf den Fußboden. Das Zimmer war leer; nur auf dem Kanapee zusammengekauert saß eine kleine Gestalt von der Größe eines jährigen Kindes, aber das Gesicht war alt und bärtig und die magere Nase unverhältnismäßig groß; auch trug sie eine weit über die Ohren fallende Zipfelmütze und einen langen, augenscheinlich für einen ausgewachsenen Mann bestimmten Schlafrock, auf dessen Schoß sie die Füße heraufgezogen hatte.

Diese Gestalt war Herr Bulemann. – Der Hunger hatte ihn nicht getötet, aber durch den Mangel an Nahrung war sein Leib verdorrt und eingeschwunden, und so war er im Lauf der Jahre kleiner und kleiner geworden. Mitunter in Vollmondnächten, wie diese, war er erwacht und hatte, wenn auch mit immer schwächerer Kraft, seinen Wächtern zu entrinnen gesucht. War er, von den vergeblichen Anstrengungen erschöpft aufs Kanapee gesunken oder zuletzt hinaufgekrochen und hatte dann der bleierne Schlaf ihn wieder befallen, so streckten Graps und Schnores sich draußen vor der Treppe hin, peitschten mit ihrem Schweif den Boden und horchten, ob Frau Ankens Schätze neue Wanderzüge von Mäusen in das Haus gelockt hätten.

Heute war es anders; die Katzen waren weder im Zimmer noch draußen auf dem Flur. Als das durch das Fenster fallende Mondlicht über den Fußboden weg und allmählich an der kleinen Gestalt hinaufrückte, begann sie sich zu regen; die großen runden Augen öffneten sich, und Herr Bulemann starrte in das leere Zimmer hinaus. Nach einer Weile rutschte er, die langen Ärmel mühsam zurückschlagend, von dem Kanapee herab und schritt langsam der Tür zu, während die breite Schleppe des Schlafrocks hinter ihm herfegte. Auf den Fußspitzen nach der Klinke greifend, gelang es ihm, die Stubentür zu öffnen und draußen bis an das Geländer der Treppe vorzuschreiten. Eine Weile blieb er keuchend stehen; dann streckte er den Kopf vor und mühte sich zu rufen: »Frau Anken, Frau Anken!« Aber seine Stimme war nur wie das Wispern eines kranken Kindes. »Frau Anken, mich hungert; so höre Sie doch!«

Alles blieb still; nur die Mäuse quieksten jetzt heftig in den unteren Zimmern.

Da wurde er zornig: »Hexe, verfluchte, was pfeift Sie denn?«
und ein Schwall unverständlich geflüsterter Schimpfworte
sprudelte aus seinem Munde, bis ein Stickhusten ihn befiel und
seine Zunge lähmte.

Draußen, unten an der Haustür, wurde der schwere Messingklopfer angeschlagen, daß der Hall bis in die Spitze des Hauses
hinaufdrang. Es mochte jener nächtliche Geselle sein, von dem
im Anfang dieser Geschichte die Rede gewesen ist.

Herr Bulemann hatte sich wieder erholt. »So öffne Sie doch!«
wisperte er; »es ist der Knabe, der Christoph; er will den Becher
holen.«

Plötzlich wurden von unten herauf zwischen dem Pfeifen der
Mäuse die Sprünge und das Knurren der beiden großen Katzen
vernehmbar. Er schien sich zu besinnen; zum ersten Mal bei
seinem Erwachen hatten sie das oberste Stockwerk verlassen und
ließen ihn gewähren. – Hastig, den langen Schlafrock nach sich
schleppend, stapfte er in das Zimmer zurück.

Draußen aus der Tiefe der Gasse hörte er den Wächter rufen.
»Ein Mensch, ein Mensch!« murmelte er; »die Nacht ist so lang,
sovielmal bin ich aufgewacht, und noch immer scheint der
Mond.«

Er kletterte auf den Polsterstuhl, der in dem Erkerfenster stand.
Emsig arbeitete er mit den kleinen dürren Händen an dem
Fensterhaken; denn drunten auf der mondhellen Gasse hatte er
den Wächter stehen sehen. Aber die Haspen waren festgerostet;
er mühte sich vergebens, sie zu öffnen. Da sah er den Mann, der
eine Weile hinaufgestarrt hatte, in den Schatten der Häuser
zurücktreten.

Ein schwacher Schrei brach aus seinem Munde; zitternd, mit
geballten Fäusten schlug er gegen die Fensterscheiben; aber seine
Kraft reichte nicht aus, sie zu zertrümmern. Nun begann er
Bitten und Versprechungen durcheinanderzuwispern; allmählich, während die Gestalt des unten gehenden Mannes sich
immer mehr entfernte, wurde sein Flüstern zu einem erstickten
heisern Gekrächze; er wollte seine Schätze mit ihm teilen; wenn
er nur hören wollte, er sollte alles haben, er selber wollte nichts,
gar nichts für sich behalten; nur den Becher, der sei das Eigentum des kleinen Christoph.

Aber der Mann ging unten unbekümmert seinen Gang, und bald war er in einer Nebengasse verschwunden. – Von allen Worten, die Herr Bulemann in jener Nacht gesprochen, ist keines von einer Menschenseele gehört worden.

Endlich nach aller vergeblichen Anstrengung kauerte sich die kleine Gestalt auf dem Polsterstuhl zusammen, rückte die Zipfelmütze zurecht und schaute, unverständliche Worte murmelnd, in den leeren Nachthimmel hinauf.

So sitzt er noch jetzt und erwartet die Barmherzigkeit Gottes.

GOTTFRIED KELLER
Spiegel, das Kätzchen

enn ein Seldwyler einen schlechten Handel gemacht hat oder angeführt worden ist, so sagt man
zu Seldwyla: Er hat der Katze den Schmer abgekauft! Dies Sprichwort ist zwar auch anderwärts
gebräuchlich, aber nirgends hört man es so oft wie
dort, was vielleicht daher rühren mag, daß es in dieser Stadt eine
alte Sage gibt über den Ursprung und die Bedeutung dieses
Sprichwortes.

Vor mehreren hundert Jahren, heißt es, wohnte zu Seldwyla
eine ältliche Person allein mit einem schönen, grau und schwarzen Kätzchen, welches in aller Vergnügtheit und Klugheit mit
ihr lebte und niemandem, der es ruhig ließ, etwas zuleide tat.
Seine einzige Leidenschaft war die Jagd, welche es jedoch mit
Vernunft und Mäßigung befriedigte, ohne sich durch den Umstand, daß diese Leidenschaft zugleich einen nützlichen Zweck
hatte und seiner Herrin wohlgefiel, beschönigen zu wollen und
allzusehr zur Grausamkeit hinreißen zu lassen. Es fing und tötete
daher nur die zudringlichsten und frechsten Mäuse, welche sich
in einem gewissen Umkreise des Hauses betreten ließen, aber
diese dann mit zuverlässiger Geschicklichkeit; nur selten verfolgte es eine besonders pfiffige Maus, welche seinen Zorn
gereizt hatte, über diesen Umkreis hinaus und erbat sich in
diesem Falle mit vieler Höflichkeit von den Herren Nachbaren
die Erlaubnis, in ihren Häusern ein wenig mausen zu dürfen, was
ihm gerne gewährt wurde, da es die Milchtöpfe stehen ließ,
nicht an die Schinken hinaufsprang, welche etwa an den Wänden hingen, sondern seinem Geschäfte still und aufmerksam
oblag und, nachdem es dieses verrichtet, sich mit dem Mäuslein
im Maule anständig entfernte. Auch war das Kätzchen gar nicht
scheu und unartig, sondern zutraulich gegen jedermann und
floh nicht vor vernünftigen Leuten; vielmehr ließ es sich von
solchen einen guten Spaß gefallen und selbst ein bißchen an den
Ohren zupfen, ohne zu kratzen; dagegen ließ es sich von einer
Art dummer Menschen, von welchen es behauptete, daß die
Dummheit aus einem unreifen und nichtsnutzigen Herzen

käme, nicht das mindeste gefallen und ging ihnen entweder aus dem Wege oder versetzte ihnen einen ausreichenden Hieb über die Hand, wenn sie es mit einer Plumpheit molestierten.

Spiegel, so war der Name des Kätzchens wegen seines glatten und glänzenden Pelzes, lebte so seine Tage heiter, zierlich und beschaulich dahin, in anständiger Wohlhabenheit und ohne Überhebung. Er saß nicht zu oft auf der Schulter seiner freundlichen Gebieterin, um ihr die Bissen von der Gabel wegzufangen, sondern nur, wenn er merkte, daß ihr dieser Spaß angenehm war; auch lag und schlief er den Tag über selten auf seinem warmen Kissen hinter dem Ofen, sondern hielt sich munter und liebte es eher, auf einem schmalen Treppengeländer oder in der Dachrinne zu liegen und sich philosophischen Betrachtungen und der Beobachtung der Welt zu überlassen. Nur jeden Frühling und Herbst einmal wurde dies ruhige Leben eine Woche lang unterbrochen, wenn die Veilchen blühten oder die milde Wärme des Alteweibersommers die Veilchenzeit nachäffte. Alsdann ging Spiegel seine eigenen Wege, streifte in verliebter Begeisterung über die fernsten Dächer und sang die allerschönsten Lieder. Als ein rechter Don Juan bestand er bei Tag und Nacht die bedenklichsten Abenteuer, und wenn er sich zur Seltenheit einmal im Hause sehen ließ, so erschien er mit einem so verwegenen, burschikosen, ja liederlichen und zerzausten Aussehen, daß die stille Person, seine Gebieterin, fast unwillig ausrief: »Aber Spiegel! Schämst du dich denn nicht, ein solches Leben zu führen?« Wer sich aber nicht schämte, war Spiegel; als ein Mann von Grundsätzen, der wohl wußte, was er sich zur wohltätigen Abwechslung erlauben durfte, beschäftigte er sich ganz ruhig damit, die Glätte seines Pelzes und die unschuldige Munterkeit seines Aussehens wiederherzustellen, und er fuhr sich so unbefangen mit dem feuchten Pfötchen über die Nase, als ob gar nichts geschehen wäre.

Allein dies gleichmäßige Leben nahm plötzlich ein trauriges Ende. Als das Kätzchen Spiegel eben in der Blüte seiner Jahre stand, starb die Herrin unversehens an Altersschwäche und ließ das schöne Kätzchen herrenlos und verwaist zurück. Es war das erste Unglück, welches ihm widerfuhr, und mit jenen Klagetönen, welche so schneidend den bangen Zweifel an der wirklichen und rechtmäßigen Ursache eines großen Schmerzens ausdrücken, begleitete es die Leiche bis auf die Straße und strich den ganzen übrigen Tag ratlos im Hause und rings um dasselbe her. Doch seine gute Natur, seine Vernunft und Philosophie geboten ihm bald, sich zu fassen, das Unabänderliche zu tragen und seine dankbare Anhänglichkeit an das Haus seiner toten Gebieterin dadurch zu beweisen, daß er ihren lachenden Erben seine Dienste anbot und sich bereit machte, denselben mit Rat und Tat beizustehen, die Mäuse ferner im Zaume zu halten und überdies ihnen manche gute Mitteilung zu machen, welche die Törichten nicht verschmäht hätten, wenn sie eben nicht unvernünftige Menschen gewesen wären. Aber diese Leute ließen Spiegel gar nicht zu Worte kommen, sondern warfen ihm die Pantoffeln und das artige Fußschemelchen der Seligen an den Kopf, sooft er sich blicken ließ, zankten sich acht Tage lang untereinander, begannen endlich einen Prozeß und schlossen das Haus bis auf weiteres zu, so daß nun gar niemand darin wohnte. Da saß nun der arme Spiegel traurig und verlassen auf der steinernen Stufe vor der Haustüre und hatte niemand, der ihn hineinließ. Des Nachts begab er sich wohl auf Umwegen unter das Dach des Hauses, und im Anfang hielt er sich einen großen Teil des Tages dort verborgen und suchte seinen Kummer zu verschlafen, doch der Hunger trieb ihn bald an das Licht und nötigte ihn, an der warmen Sonne und unter den Leuten zu erscheinen, um bei der Hand zu sein und zu gewärtigen, wo sich etwa ein Maulvoll geringer Nahrung zeigen möchte. Je seltener dies geschah, desto aufmerksamer wurde der gute Spiegel, und alle seine moralischen Eigenschaften gingen in dieser Aufmerksamkeit auf, so daß er sehr bald sich selber nicht mehr gleichsah. Er machte zahlreiche Ausflüge von seiner Haustüre aus und stahl sich scheu und flüchtig über die Straße, um manchmal mit einem schlechten unappetitlichen Bissen, dergleichen er früher nie angesehen, manchmal mit gar nichts zurückzukehren. Er wurde von Tag zu Tag magerer und zerzauster, dabei gierig, kriechend und feig; all sein Mut, seine zierliche Katzenwürde, seine Vernunft und Philosophie waren dahin. Wenn die Buben aus der Schule kamen, so kroch er in einen verborgenen Winkel, sobald er sie kommen hörte, und guckte nur hervor, um aufzupassen, welcher von ihnen etwa eine Brotrinde wegwürfe, und merkte sich den Ort, wo sie hinfiel. Wenn der schlechteste Köter von weitem ankam, so sprang er hastig fort, während er früher gelassen der Gefahr ins Auge geschaut und böse Hunde oft tapfer gezüchtigt hatte. Nur wenn ein grober und einfältiger Mensch daherkam, dergleichen er sonst klüglich gemieden, blieb er sitzen, obgleich das arme Kätzchen mit dem Reste seiner Menschenkenntnis den Lümmel recht gut erkannte; allein die Not zwang Spiegelchen, sich zu täuschen und zu hoffen, daß der Schlimme ausnahmsweise einmal es freundlich streicheln und ihm einen Bissen darreichen werde. Und selbst wenn er statt dessen nun doch geschlagen oder in den Schwanz gekneift wurde, so kratzte er nicht, sondern duckte sich lautlos zur Seite und sah dann noch verlangend nach der Hand, die es geschlagen und gekneift und welche nach Wurst oder Hering roch.

Als der edle und kluge Spiegel so heruntergekommen war, saß er eines Tages ganz mager und traurig auf seinem Steine und blinzelte in der Sonne. Da kam der Stadthexenmeister Pineiß des Weges, sah das Kätzchen und stand vor ihm still. Etwas Gutes hoffend, obgleich es den Unheimlichen wohl kannte, saß Spiegelchen demütig auf dem Stein und erwartete, was der Herr Pineiß etwa tun oder sagen würde. Als dieser aber begann und sagte: »Na, Katze! Soll ich dir deinen Schmer abkaufen?« da verlor es die Hoffnung, denn es glaubte, der Stadthexenmeister wolle es seiner Magerkeit wegen verhöhnen. Doch erwiderte er bescheiden und lächelnd, um es mit niemand zu verderben: »Ach, der Herr Pineiß belieben zu scherzen!« »Mitnichten!« rief Pineiß, »es ist mir voller Ernst! Ich brauche Katzenschmer vorzüglich zur Hexerei; aber er muß mir vertragsmäßig und freiwillig von den werten Herren Katzen abgetreten werden, sonst ist er unwirksam. Ich denke, wenn je ein wackeres Kätzlein in der Lage war, einen vorteilhaften Handel abzuschließen, so bist es du! Begib dich in meinen Dienst; ich füttere dich herrlich heraus, mache dich fett und kugelrund mit Würstchen und gebratenen Wachteln. Auf dem ungeheuer hohen alten Dache meines Hauses, welches nebenbei gesagt das köstlichste Dach von der Welt ist für eine Katze, voll interessanter Gegenden und Winkel, wächst auf den sonnigsten Höhen treffliches Spitzgras, grün wie Smaragd, schlank und fein in den Lüften schwankend, dich einladend, die zartesten Spitzen abzubeißen und zu genießen, wenn du dir an meinen Leckerbissen eine leichte Unverdaulichkeit zugezogen hast. So wirst du bei trefflicher Gesundheit bleiben und mir dereinst einen kräftigen brauchbaren Schmer liefern!«

Spiegel hatte schon längst die Ohren gespitzt und mit wässerndem Mäulchen gelauscht; doch war seinem geschwächten Verstande die Sache noch nicht klar und er versetzte daher: »Das ist so weit nicht übel, Herr Pineiß! Wenn ich nur wüßte, wie ich alsdann, wenn ich doch, um Euch meinen Schmer abzutreten, mein Leben lassen muß, des verabredeten Preises habhaft werden und ihn genießen soll, da ich nicht mehr bin?« »Des Preises habhaft werden?« sagte der Hexenmeister verwundert, »den Preis genießest du ja eben in den reichlichen und üppigen Speisen, womit ich dich fett mache, das versteht sich von selber! Doch will ich dich zu dem Handel nicht zwingen!« Und er machte Miene, sich von dannen begeben zu wollen. Aber Spiegel sagte hastig und ängstlich: »Ihr müßt mir wenigstens eine mäßige Frist gewähren über die Zeit meiner höchsten erreichten Rundheit und Fettigkeit hinaus, daß ich nicht so jählings von hinnen gehen muß, wenn jener angenehme und ach! so traurige Zeitpunkt herangekommen und entdeckt ist!«

»Es sei!« sagte Herr Pineiß mit anscheinender Gutmütigkeit, »bis zum nächsten Vollmond sollst du dich alsdann deines angenehmen Zustandes erfreuen dürfen, aber nicht länger! Denn in den abnehmenden Mond hinein darf es nicht gehen, weil dieser einen vermindernden Einfluß auf mein wohlerworbenes Eigentum ausüben würde.«

Das Kätzchen beeilte sich zuzuschlagen und unterzeichnete einen Vertrag, welchen der Hexenmeister im Vorrat bei sich führte, mit seiner scharfen Handschrift, welche sein letztes Besitztum und Zeichen besserer Tage war.

»Du kannst dich nun zum Mittagessen bei mir einfinden, Kater!« sagte der Hexer, »Punkt zwölf Uhr wird gegessen!« »Ich werde so frei sein, wenn Ihrs erlaubt!« sagte Spiegel und fand sich pünktlich um die Mittagsstunde bei Herrn Pineiß ein. Dort begann nun während einiger Monate ein höchst angenehmes

Leben für das Kätzchen; denn es hatte auf der Welt weiter nichts zu tun als die guten Dinge zu verzehren, die man ihm vorsetzte, dem Meister bei der Hexerei zuzuschauen, wenn es mochte, und auf dem Dache spazierenzugehen. Dies Dach glich einem ungeheuren schwarzen Nebelspalter oder Dreiröhrenhut, wie man die großen Hüte der schwäbischen Bauern nennt, und wie ein solcher Hut ein Gehirn voller Nücken und Finten überschattet, so bedeckte dies Dach ein großes, dunkles und winkliges Haus voll Hexenwerk und Tausendsgeschichten. Herr Pineiß war ein Kann-Alles, welcher hundert Ämtchen versah, Leute kurierte, Wanzen vertilgte, Zähne auszog und Geld auf Zinsen lieh; er war der Vormünder aller Waisen und Witwen, schnitt in seinen Mußestunden Federn, das Dutzend für einen Pfennig, und machte schöne schwarze Dinte; er handelte mit Ingwer und Pfeffer, mit Wagenschmiere und Rosoli, mit Häftlein und Schuhnägeln, er renovierte die Turmuhr und machte jährlich den Kalender mit der Witterung, den Bauernregeln und dem Aderlaßmännchen; er verrichtete zehntausend rechtliche Dinge am hellen Tag um mäßigen Lohn und einige unrechtliche nur in der Finsternis und aus Privatleidenschaft, oder hing auch den rechtlichen, ehe er sie aus seiner Hand entließ, schnell noch ein unrechtliches Schwänzchen an, so klein wie die Schwänzchen der jungen Frösche, gleichsam nur der Possierlichkeit wegen. Überdies machte er das Wetter in schwierigen Zeiten, überwachte mit seiner Kunst die Hexen, und wenn sie reif waren, ließ er sie verbrennen; für sich trieb er die Hexerei nur als wissenschaftlichen Versuch und zum Hausgebrauch, so wie er auch die Stadtgesetze, die er redigierte und ins reine schrieb, unter der Hand probierte und verdrehte, um ihre Dauerhaftigkeit zu ergründen. Da die Seldwyler stets einen solchen Bürger brauchten, der alle unlustigen kleinen und großen Dinge für sie tat, so war er zum Stadthexenmeister ernannt worden und bekleidete dies Amt schon seit vielen Jahren mit unermüdlicher Hingebung und Geschicklichkeit, früh und spät. Daher war sein Haus von unten bis oben vollgestopft mit allen erdenklichen Dingen, und Spiegel hatte viel Kurzweil, alles zu besehen und zu beriechen.

Doch im Anfang gewann er keine Aufmerksamkeit für andere Dinge als für das Essen. Er schlang gierig alles hinunter, was

Pineiß ihm darreichte, und mochte kaum von einer Zeit zur anderen warten. Dabei überlud er sich den Magen und mußte wirklich auf das Dach gehen, um dort von den grünen Gräsern abzubeißen und sich von allerhand Unwohlsein zu kurieren. Als der Meister diesen Heißhunger bemerkte, freute er sich und dachte, das Kätzchen würde solcherweise recht bald fett werden, und je besser er daran wende, desto klüger verfahre und spare er im ganzen. Er baute daher für Spiegel eine ordentliche Landschaft in seiner Stube, indem er ein Wäldchen von Tannenbäumchen aufstellte, kleine Hügel von Steinen und Moos errichtete und einen kleinen See anlegte. Auf die Bäumchen setzte er duftig gebratene Lerchen, Finken, Meisen und Sperlinge, je nach der Jahrszeit, so daß da Spiegel immer etwas herunterzuholen und zu knabbern vorfand. In die kleinen Berge versteckte er in künstlichen Mauslöchern herrliche Mäuse, welche er sorgfältig mit Weizenmehl gemästet, dann ausgeweidet, mit zarten Speckriemchen gespickt und gebraten hatte. Einige dieser Mäuse konnte Spiegel mit der Hand hervorholen, andere waren zur Erhöhung des Vergnügens tiefer verborgen, aber an einen Faden gebunden, an welchem Spiegel sie behutsam hervorziehen mußte, wenn er diese Lustbarkeit einer nachgeahmten Jagd genießen wollte. Das Becken des Sees aber füllte Pineiß alle Tage mit frischer Milch, damit Spiegel in der süßen seinen Durst lösche, und ließ gebratene Gründlinge darin schwimmen, da er wußte, daß Katzen zuweilen auch die Fischerei lieben. Aber da nun Spiegel ein so herrliches Leben führte, tun und lassen, essen und trinken konnte, was ihm beliebte und wann es ihm einfiel, so gedieh er allerdings zusehends an seinem Leibe; sein Pelz wurde wieder glatt und glänzend und sein Auge munter; aber zugleich nahm er, da sich seine Geisteskräfte in gleichem Maße wieder ansammelten, bessere Sitten an; die wilde Gier legte sich, und weil er jetzt eine traurige Erfahrung hinter sich hatte, so wurde er nun klüger als zuvor. Er mäßigte sich in seinen Gelüsten und fraß nicht mehr als ihm zuträglich war, indem er zugleich wieder vernünftigen und tiefsinnigen Betrachtungen nachging und die Dinge wieder durchschaute. So holte er eines Tages einen hübschen Krammetsvogel von den Ästen herunter, und als er denselben nachdenklich zerlegte, fand er dessen kleinen Magen ganz kugelrund angefüllt mit frischer unversehrter Speise. Grüne Kräutchen, artig zusammengerollt, schwarze und weiße Samenkörner und eine glänzend rote Beere waren da so niedlich und dicht ineinander gepfropft, als ob ein Mütterchen für ihren Sohn das Ränzchen zur Reise gepackt hätte. Als Spiegel den Vogel langsam verzehrt und das so vergnüglich ge-füllte Mäglein an seine Klaue hing und philosophisch betrach-tete, rührte ihn das Schicksal des armen Vogels, welcher nach so friedlich verbrachtem Geschäft so schnell sein Leben lassen ge-mußt, daß er nicht einmal die eingepackten Sachen verdauen konnte. »Was hat er nun davon gehabt, der arme Kerl«, sagte Spiegel, »daß er sich so fleißig und eifrig genährt hat, daß dies kleine Säckchen aussieht wie ein wohl vollbrachtes Tagewerk? Diese rote Beere ist es, die ihn aus dem freien Walde in die Schlinge des Vogelstellers gelockt hat. Aber er dachte doch, seine Sache noch besser zu machen und sein Leben an solchen Beeren zu fristen, während ich, der ich soeben den unglückli-chen Vogel gegessen, daran mich nur um einen Schritt näher zum Tode gegessen habe! Kann man einen elendern und feigern Vertrag abschließen, als sein Leben noch ein Weilchen fristen zu lassen, um es dann um diesen Preis doch zu verlieren? Wäre nicht ein freiwilliger und schneller Tod vorzuziehen gewesen für einen entschlossenen Kater? Aber ich habe keine Gedanken gehabt, und nun da ich wieder solche habe, sehe ich nichts vor mir als das Schicksal dieses Krammetsvogels; wenn ich rund genug bin, so muß ich von hinnen, aus keinem andern Grunde, als weil ich rund bin. Ein schöner Grund für einen lebenslustigen und gedankenreichen Katzmann! Ach, könnte ich aus dieser Schlinge kommen!«

Er vertiefte sich nun in vielfältige Grübeleien, wie das gelingen möchte; aber da die Zeit der Gefahr noch nicht da war, so wurde es ihm nicht klar und er fand keinen Ausweg; aber als ein kluger Mann ergab er sich bis dahin der Tugend und der Selbstbeherr-schung, welches immer die beste Vorschule und Zeitverwen-dung ist, bis sich etwas entscheiden soll. Er verschmähte das weiche Kissen, welches ihm Pineiß zurechtgelegt hatte, damit er fleißig darauf schlafen und fett werden sollte, und zog es vor, wieder auf schmalen Gesimsen und hohen gefährlichen Stellen

zu liegen, wenn er ruhen wollte. Ebenso verschmähte er die
gebratenen Vögel und die gespickten Mäuse und fing sich lieber
auf den Dächern, da er nun wieder einen rechtmäßigen Jagd-
grund hatte, mit List und Gewandtheit einen schlichten lebendigen Sperling oder auf den Speichern eine flinke Maus, und
solche Beute schmecke ihm vortrefflicher als das gebratene Wild
in Pineißens künstlichem Gehege, während sie ihn nicht zu fett
machte; auch die Bewegung und Tapferkeit sowie der wieder-
erlangte Gebrauch der Tugend und Philosophie verhinderten
ein zu schnelles Fettwerden, so daß Spiegel zwar gesund und
glänzend aussah, aber zu Pineißens Verwunderung auf einer
gewissen Stufe der Beleibtheit stehenblieb, welche lange nicht
das erreichte, was der Hexenmeister mit seiner freundlichen
Mästung bezweckte; denn dieser stellte sich darunter ein kugel-
rundes, schwerfälliges Tier vor, welches sich nicht vom Ruhe-
kissen bewegte und aus eitel Schmer bestand. Aber hierin hatte
sich seine Hexerei eben geirrt, und er wußte bei aller Schlauheit
nicht, daß, wenn man einen Esel füttert, derselbe ein Esel bleibt,
wenn man aber einen Fuchsen speiset, derselbe nichts anders
wird als ein Fuchs; denn jede Kreatur wächst sich nach ihrer
Weise aus. Als Herr Pineiß entdeckte, wie Spiegel immer auf
demselben Punkte einer wohlgenährten, aber geschmeidigen
und rüstigen Schlankheit stehenblieb, ohne eine erkleckliche
Fettigkeit anzusetzen, stellte er ihn eines Abends plötzlich zur
Rede und sagte barsch: »Was ist das, Spiegel? Warum frissest du
die guten Speisen nicht, die ich dir mit so viel Sorgfalt und Kunst
präpariere und herstelle? Warum fängst du die gebratenen Vögel nicht auf den Bäumen, warum suchst du die leckeren Mäuschen nicht in den Berghöhlen? Warum fischest du nicht mehr in
dem See? Warum pflegst du dich nicht? Warum schläfst du
nicht auf dem Kissen? Warum strapazierst du dich und wirst mir
nicht fett?« »Ei, Herr Pineiß!« sagte Spiegel, »weil es mir wohler
ist auf diese Weise! Soll ich meine kurze Frist nicht auf die Art
verbringen, die mir am angenehmsten ist?« »Wie!« rief Pineiß,
»du sollst so leben, daß du dick und rund wirst, und nicht dich
abjagen! Ich merke aber wohl, wo du hinauswillst! Du denkst
mich zu äffen und hinzuhalten, daß ich dich in Ewigkeit in
diesem Mittelzustande herumlaufen lasse? Mitnichten soll dir

das gelingen! Es ist deine Pflicht, zu essen und zu trinken und dich zu pflegen, auf daß du dick werdest und Schmer bekommst! Auf der Stelle entsage daher dieser hinterlistigen und kontraktwidrigen Mäßigkeit, oder ich werde ein Wörtlein mit dir sprechen!«

Spiegel unterbrach sein behagliches Spinnen, das er angefangen, um seine Fassung zu behaupten, und sagte: »Ich weiß kein Sterbenswörtchen davon, daß in dem Kontrakt steht, ich solle der Mäßigkeit und einem gesunden Lebenswandel entsagen! Wenn der Herr Stadthexenmeister darauf gerechnet hat, daß ich ein fauler Schlemmer sei, so ist das nicht meine Schuld! Ihr tut tausend rechtliche Dinge des Tages, so lasset dieses auch noch hinzukommen und uns beide hübsch in der Ordnung bleiben; denn Ihr wißt ja wohl, daß Euch mein Schmer nur nützlich ist, wenn er auf rechtliche Weise erwachsen!« »Ei du Schwätzer!« rief Pineiß erbost, »willst du mich belehren? Zeig her, wie weit bist du denn eigentlich gediehen, du Müßiggänger? Vielleicht kann man dich doch bald abtun!« Er griff dem Kätzchen an den Bauch; allein dieses fühlte sich dadurch unangenehm gekitzelt und hieb dem Hexenmeister einen scharfen Kratz über die Hand. Diesen betrachtete Pineiß aufmerksam, dann sprach er: »Stehen wir so miteinander, du Bestie? Wohlan, so erkläre ich dich hiermit feierlich, kraft des Vertrages, für fett genug! Ich begnüge mich mit dem Ergebnis und werde mich desselben zu versichern wissen! In fünf Tagen ist der Mond voll, und bis dahin magst du dich noch deines Lebens erfreuen, wie es geschrieben steht, und nicht eine Minute länger!« Damit kehrte er ihm den Rücken und überließ ihn seinen Gedanken.

Diese waren jetzt sehr bedenklich und düster. So war denn die Stunde doch nahe, wo der gute Spiegel seine Haut lassen sollte? Und war mit aller Klugheit gar nichts mehr zu machen? Seufzend stieg er auf das hohe Dach, dessen Firste dunkel in den schönen Herbstabendhimmel emporragten. Da ging der Mond über der Stadt auf und warf seinen Schein auf die schwarzen bemoosten Hohlziegel des alten Daches, ein lieblicher Gesang tönte in Spiegels Ohren und eine schneeweiße Kätzin wandelte glänzend über einen benachbarten First weg. Sogleich vergaß Spiegel die Todesaussichten, in welchen er lebte, und erwiderte

mit seinem schönsten Katerliede den Lobgesang der Schönen. Er
eilte ihr entgegen und war bald im hitzigen Gefecht mit drei
fremden Katern begriffen, die er mutig und wild in die Flucht
schlug. Dann machte er der Dame feurig und ergeben den Hof
und brachte Tag und Nacht bei ihr zu, ohne an den Pineiß zu
denken oder im Hause sich sehen zu lassen. Er sang wie eine
Nachtigall die schönen Mondnächte hindurch, jagte hinter der
weißen Geliebten her über die Dächer, durch die Gärten, und
rollte mehr als einmal im heftigen Minnespiel oder im Kampfe
mit den Rivalen über hohe Dächer hinunter und fiel auf die
Straße; aber nur um sich aufzuraffen, das Fell zu schütteln und
die wilde Jagd seiner Leidenschaften von neuem anzuheben.
Stille und laute Stunden, süße Gefühle und zorniger Streit,
anmutiges Zwiegespräch, witziger Gedankenaustausch, Ränke
und Schwänke der Liebe und Eifersucht, Liebkosungen und
Raufereien, die Gewalt des Glückes und die Leiden des Unsterns
ließen den verliebten Spiegel nicht zu sich selbst kommen, und
als die Scheibe des Mondes voll geworden, war er von allen
diesen Aufregungen und Leidenschaften so heruntergekommen, daß er jämmerlicher, magerer und zerzauster aussah als je.
Im selben Augenblicke rief ihm Pineiß aus einem Dachtürm-
chen: »Spiegelchen, Spiegelchen! Wo bist du? Komm doch ein
bißchen nach Hause!«
Da schied Spiegel von der weißen Freundin, welche zufrieden
und kühl miauend ihrer Wege ging, und wandte sich stolz
seinem Henker zu. Dieser stieg in die Küche hinunter, raschelte
mit dem Kontrakt und sagte: »Komm Spiegelchen, komm Spiegelchen!« und Spiegel folgte ihm und setzte sich in der Hexen-
küche trotzig vor den Meister hin in all seiner Magerkeit und
Zerzaustheit. Als Herr Pineiß erblickte, wie er so schmählich um
seinen Gewinn gebracht war, sprang er wie besessen in die Höhe
und schrie wütend: »Was seh ich? Du Schelm, du gewissenloser
Spitzbube! Was hast du mir getan?« Außer sich vor Zorn griff er
nach einem Besen und wollte Spiegelein schlagen; aber dieser
krümmte den schwarzen Rücken, ließ die Haare emporstarren,
daß ein fahler Schein darüber knisterte, legte die Ohren zurück,
prustete und funkelte den Alten so grimmig an, daß dieser voll
Furcht und Entsetzen drei Schritt zurücksprang. Er begann zu

fürchten, daß er einen Hexenmeister vor sich habe, welcher ihn foppe und mehr könne als er selbst. Ungewiß und kleinlaut sagte er: »Ist der ehrsame Herr Spiegel vielleicht vom Handwerk? Sollte ein gelehrter Zaubermeister beliebt haben, sich in dero äußere Gestalt zu verkleiden, da er nach Gefallen über sein Leibliches gebieten und genau so beleibt werden kann, als es ihm angenehm dünkt, nicht zu wenig und nicht zu viel, oder unversehens so mager wird wie ein Gerippe, um dem Tode zu entschlüpfen?«

Spiegel beruhigte sich wieder und sprach ehrlich: »Nein, ich bin kein Zauberer! Es ist allein die süße Gewalt der Leidenschaft, welche mich so heruntergebracht und zu meinem Vergnügen Euer Fett dahingenommen hat. Wenn wir übrigens jetzt unser Geschäft von neuem beginnen wollen, so will ich tapfer dabei sein und drein beißen! Setzt mir nur eine recht schöne und große Bratwurst vor, denn ich bin ganz erschöpft und hungrig!« Da packte Pineiß den Spiegel wütend am Kragen, sperrte ihn in den Gänsestall, der immer leer war, und schrie: »Da sieh zu, ob dir deine süße Gewalt der Leidenschaft noch einmal heraushilft und ob sie stärker ist als die Gewalt der Hexerei und meines rechtlichen Vertrages! Jetzt heißts: Vogel friß und stirb!« Sogleich briet er eine lange Wurst, die so lecker duftete, daß er sich nicht enthalten konnte, selbst ein bißchen an beiden Zipfeln zu schlecken, ehe er sie durch das Gitter steckte. Spiegel fraß sie von vorn bis hinten auf, und indem er sich behaglich den Schnurrbart putzte und den Pelz leckte, sagte er zu sich selber: »Meiner Seel! es ist doch eine schöne Sache um die Liebe! Die hat mich für diesmal wieder aus der Schlinge gezogen. Jetzt will ich mich ein wenig ausruhen und trachten, daß ich durch Beschaulichkeit und gute Nahrung wieder zu vernünftigen Gedanken komme! Alles hat seine Zeit! Heute ein bißchen Leidenschaft, morgen ein wenig Besonnenheit und Ruhe, ist jedes in seiner Weise gut. Dies Gefängnis ist gar nicht so übel, und es läßt sich gewiß etwas Ersprießliches darin ausdenken!« Pineiß aber nahm sich nun zusammen und bereitete alle Tage mit aller seiner Kunst solche Leckerbissen und in solch reizender Abwechslung und Zuträglichkeit, daß der gefangene Spiegel denselben nicht widerstehen konnte; denn Pineißens Vorrat an freiwilligem und rechtmäßigem Katzenschmer nahm alle Tage mehr ab und drohte nächstens ganz auszugehen, und dann war der Hexer ohne dies Hauptmittel ein geschlagener Mann. Aber der gute Hexenmeister nährte mit dem Leibe Spiegels dessen Geist immer wieder mit, und es war durchaus nicht von dieser unbequemen Zutat loszukommen, weshalb auch seine Hexerei sich hier als lückenhaft erwies.

Als Spiegel in seinem Käfig ihm endlich fett genug dünkte, säumte er nicht länger, sondern stellte vor den Augen des aufmerksamen Katers alle Geschirre zurecht und machte ein helles Feuer auf dem Herd, um den lang ersehnten Gewinn auszukochen. Dann wetzte er ein großes Messer, öffnete den Kerker, zog Spiegelchen hervor, nachdem er die Küchentüre wohl verschlossen, und sagte wohlgemut: »Komm, du Sapperlöter! wir wollen dir den Kopf abschneiden vorderhand und dann das Fell abziehen! Dieses wird eine warme Mütze für mich geben, woran ich Einfältiger noch gar nicht gedacht habe! Oder soll ich dir erst das Fell abziehen und dann den Kopf abschneiden?« »Nein, wenn es Euch gefällig ist«, sagte Spiegel demütig, »lieber zuerst den Kopf abschneiden!« »Hast recht, du armer Kerl!« sagte Pineiß, »wir wollen dich nicht unnütz quälen! Alles was recht ist!« »Dies ist ein wahres Wort!« sagte Spiegel mit einem erbärmlichen Seufzer und legte das Haupt ergebungsvoll auf die Seite, »o hätt ich doch jederzeit getan, was recht ist, und nicht eine so wichtige Sache leichtsinnig unterlassen, so könnte ich jetzt mit besserm Gewissen sterben, denn ich sterbe gern; aber ein Unrecht erschwert mir den sonst so willkommenen Tod; denn was bietet mir das Leben? Nichts als Furcht, Sorge und Armut und zur Abwechslung einen Sturm verzehrender Leidenschaft, die noch schlimmer ist als die stille zitternde Furcht!« »Ei, welches Unrecht, welche wichtige Sache?« fragte Pineiß neugierig. »Ach, was hilft das Reden jetzt noch«, seufzte Spiegel, »geschehen ist geschehen und jetzt ist Reue zu spät!« »Siehst du, Sappermenter, was für ein Sünder du bist?« sagte Pineiß, »und wie wohl du deinen Tod verdienst? Aber was Tausend hast du denn angestellt? Hast du mir vielleicht etwas entwendet, entfremdet, verdorben? Hast du mir ein himmelschreiendes Unrecht getan, von dem ich noch gar nichts weiß, ahne, vermute, du Satan? Das sind

mir schöne Geschichten! Gut, daß ich noch dahinterkomme!
Auf der Stelle beichte mir, oder ich schinde und siede dich
lebendig aus! Wirst du sprechen oder nicht?« »Ach nein!« sagte
Spiegel, »wegen Euch habe ich mir nichts vorzuwerfen. Es
betrifft die zehntausend Goldgülden meiner seligen Gebieterin
– aber was hilft Reden! – Zwar – wenn ich bedenke und Euch
ansehe, so möchte es vielleicht doch nicht ganz zu spät sein –
wenn ich Euch betrachte, so sehe ich, daß Ihr ein noch schöner
und rüstiger Mann seid, in den besten Jahren – sagt doch, Herr
Pineiß! habt Ihr noch nie etwa den Wunsch verspürt, Euch zu
verehelichen, ehrbar und vorteilhaft? Aber was schwatze ich!
Wie wird ein so kluger und kunstreicher Mann auf dergleichen
müßige Gedanken kommen! Wie wird ein so nützlich beschäf-
tigter Meister an törichte Weiber denken! Zwar allerdings hat
auch die Schlimmste noch irgend was an sich, was etwa nützlich
für einen Mann ist, das ist nicht abzuleugnen! Und wenn sie nur
halbwegs was taugt, so ist eine gute Hausfrau etwa weiß am
Leibe, sorgfältig im Sinne, zutulich von Sitten, treu von Herzen,
sparsam im Verwalten, aber verschwenderisch in der Pflege
ihres Mannes, kurzweilig in Worten und angenehm in ihren
Taten, einschmeichelnd in ihren Handlungen! Sie küßt den
Mann mit ihrem Munde und streichelt ihm den Bart, sie um-
schließt ihn mit ihren Armen und kraut ihm hinter den Ohren,
wie er es wünscht, kurz, sie tut tausend Dinge, die nicht zu
verwerfen sind. Sie hält sich ihm ganz nah zu oder in bescheidener Entfernung, je nach seiner Stimmung, und wenn er seinen
Geschäften nachgeht, so stört sie ihn nicht, sondern verbreitet
unterdessen sein Lob in und außer dem Hause; denn sie läßt
nichts an ihn kommen und rühmt alles, was an ihm ist! Aber das
Anmutigste ist die wunderbare Beschaffenheit ihres zarten leib-
lichen Daseins, welches die Natur so verschieden gemacht hat
von unserm Wesen bei anscheinender Menschenähnlichkeit,
daß es ein fortwährendes Meerwunder in einer glückhaften Ehe
bewirkt und eigentlich die allerdurchtriebenste Hexerei in sich
birgt! Doch was schwatze ich da wie ein Tor an der Schwelle des
Todes! Wie wird ein weiser Mann auf dergleichen Eitelkeiten
sein Augenmerk richten! Verzeiht, Herr Pineiß, und schneidet
mir den Kopf ab!«

Pineiß aber rief heftig: »So halte doch endlich inne, du Schwätzer! und sage mir: Wo ist eine solche und hat sie zehntausend Goldgülden?«

»Zehntausend Goldgülden?« sagte Spiegel.

»Nun ja«, rief Pineiß ungeduldig, »sprachest du nicht eben erst davon?«

»Nein«, antwortete jener, »das ist eine andere Sache! Die liegen vergraben an einem Orte!«

»Und was tun sie da, wem gehören sie?« schrie Pineiß.

»Niemand gehören sie, das ist eben meine Gewissensbürde, denn ich hätte sie unterbringen sollen! Eigentlich gehören sie jenem, der eine solche Person heiratet, wie ich eben beschrieben habe. Aber wie soll man drei solche Dinge zusammenbringen in dieser gottlosen Stadt: zehntausend Goldgülden, eine weiße, feine und gute Hausfrau und einen weisen rechtschaffenen Mann? Daher ist eigentlich meine Sünde nicht allzugroß, denn der Auftrag war zu schwer für eine arme Katze!«

»Wenn du jetzt«, rief Pineiß, »nicht bei der Sache bleibst und sie verständlich der Ordnung nach dartust, so schneide ich dir vorläufig den Schwanz und beide Ohren ab! Jetzt fang an!«

»Da Ihr es befehlt, so muß ich die Sache wohl erzählen«, sagte Spiegel und setzte sich gelassen auf seine Hinterfüße, »obgleich dieser Aufschub meine Leiden nur vergrößert!« Pineiß steckte das scharfe Messer zwischen sich und Spiegel in die Diele und setzte sich neugierig auf ein Fäßchen, um zuzuhören, und Spiegel fuhr fort:

»Ihr wisset doch, Herr Pineiß, daß die brave Person, meine selige Meisterin, unverheiratet gestorben ist als eine alte Jungfer, die in aller Stille viel Gutes getan und niemandem zuwider gelebt hat. Aber nicht immer war es um sie her so still und ruhig zugegangen, und obgleich sie niemals von bösem Gemüt gewesen, so hatte sie doch einst viel Leid und Schaden angerichtet; denn in ihrer Jugend war sie das schönste Fräulein weit und breit, und was von jungen Herren und kecken Gesellen in der Gegend war oder des Weges kam, verliebte sich in sie und wollte sie durchaus heiraten. Nun hatte sie wohl große Lust zu heiraten und einen hübschen, ehrenfesten und klugen Mann zu nehmen, und sie hatte die Auswahl, da sich Einheimische und Fremde um sie

stritten und einander mehr als einmal die Degen in den Leib
rannten, um den Vorrang zu gewinnen. Es bewarben sich um sie
und versammelten sich kühne und verzagte, listige und treuher-
zige, reiche und arme Freier, solche mit einem guten und anstän-
digen Geschäft und solche, welche als Kavaliere zierlich von
ihren Renten lebten; dieser mit diesen, jener mit jenen Vorzü-
gen, beredt oder schweigsam, der eine munter und liebenswürdig, und ein anderer schien es mehr in sich zu haben, wenn er
auch etwas einfältig aussah; kurz, das Fräulein hatte eine so
vollkommene Auswahl, wie es ein mannbares Frauenzimmer
sich nur wünschen kann. Allein sie besaß außer ihrer Schönheit
ein schönes Vermögen von vielen tausend Goldgülden und diese
waren die Ursache, daß sie nie dazu kam, eine Wahl treffen und
einen Mann nehmen zu können, denn sie verwaltete ihr Gut mit
trefflicher Umsicht und Klugheit und legte einen großen Wert
auf dasselbe, und da nun der Mensch immer von seinen eigenen
Neigungen aus andere beurteilt, so geschah es, daß sie, sobald
sich ihr ein achtungswerter Freier genähert und ihr halbwegs
gefiel, alsobald sich einbildete, derselbe begehre sie nur um ihres
Gutes willen. War einer reich, so glaubte sie, er würde sie doch
nicht begehren, wenn sie nicht auch reich wäre, und von den
Unbemittelten nahm sie vollends als gewiß an, daß sie nur ihre
Goldgülden im Auge hätten und sich daran gedächten gütlich zu
tun, und das arme Fräulein, welches doch selbst so große Dinge
auf den irdischen Besitz hielt, war nicht imstande, diese Liebe zu
Geld und Gut an ihren Freiern von der Liebe zu ihr selbst zu
unterscheiden oder, wenn sie wirklich etwa vorhanden war,
dieselbe nachzusehen und zu verzeihen. Mehrere Male war sie
schon so gut wie verlobt und ihr Herz klopfte endlich stärker;
aber plötzlich glaubte sie aus irgendeinem Zuge zu entnehmen,
daß sie verraten sei und man einzig an ihr Vermögen denke, und
sie brach unverweilt die Geschichte entzwei und zog sich voll
Schmerzen, aber unerbittlich zurück. Sie prüfte alle, welche ihr
nicht mißfielen, auf hundert Arten, so daß eine große Gewandtheit dazu gehörte, nicht in die Falle zu gehen, und zuletzt keiner
mehr sich mit einiger Hoffnung nähern konnte, als wer ein
durchaus geriebener und verstellter Mensch war, so daß schon
aus diesen Gründen endlich die Wahl wirklich schwer wurde,

weil solche Menschen dann zuletzt doch eine unheimliche Unruhe erwecken und die peinlichste Ungewißheit bei einer Schönen zurücklassen, je geriebener und geschickter sie sind. Das Hauptmittel, ihre Anbeter zu prüfen, war, daß sie ihre Uneigennützigkeit auf die Probe stellte und sie alle Tage zu großen Ausgaben, zu reichen Geschenken und zu wohltätigen Handlungen veranlaßte. Aber sie mochten es machen, wie sie wollten, so trafen sie doch nie das Rechte; denn zeigten sie sich freigebig und aufopfernd, gaben sie glänzende Feste, brachten sie ihr Geschenke dar oder anvertrauten ihr beträchtliche Gelder für die Armen, so sagte sie plötzlich, dies alles geschehe nur, um mit einem Würmchen den Lachs zu fangen oder mit der Wurst nach der Speckseite zu werfen, wie man zu sagen pflegt. Und sie vergabte die Geschenke sowohl wie das anvertraute Geld an Klöster und milde Stiftungen und speisete die Armen; aber die betrogenen Freier wies sie unbarmherzig ab. Bezeigten sich dieselben aber zurückhaltend ober gar knauserig, so war der Stab sogleich über sie gebrochen, da sie das noch viel übler nahm und daran eine schnöde und nackte Rücksichtslosigkeit und Eigenliebe zu erkennen glaubte. So kam es, daß sie, welche ein reines und nur ihrer Person hingegebenes Herz suchte, zuletzt von lauter verstellten, listigen und eigensüchtigen Freiersleuten umgeben war, aus denen sie nie klug wurde und die ihr das Leben verbitterten. Eines Tages fühlte sie sich so mißmutig und trostlos, daß sie ihren ganzen Hof aus dem Hause wies, dasselbe zuschloß und nach Mailand verreiste, wo sie eine Base hatte. Als sie über den Sankt Gotthard ritt auf einem Eselein, war ihre Gesinnung so schwarz und schaurig wie das wilde Gestein, das sich aus den Abgründen emportürmte, und sie fühlte die heftigste Versuchung, sich von der Teufelsbrücke in die tobenden Gewässer der Reuß hinabzustürzen. Nur mit der größten Mühe gelang es den zwei Mägden, die sie bei sich hatte und die ich selbst noch gekannt habe, welche aber nun schon lange tot sind, und dem Führer, sie zu beruhigen und von der finstern Anwandlung abzubringen. Doch langte sie bleich und traurig in dem schönen Land Italien an, und so blau dort der Himmel war, wollten sich ihre dunklen Gedanken doch nicht aufhellen. Aber als sie einige Tage bei ihrer Base verweilt, sollte unverhofft eine

andere Melodie ertönen und ein Frühlingsanfang in ihr aufgehen, von dem sie bis dato noch nicht viel gewußt. Denn es kam
ein junger Landsmann in das Haus der Base, der ihr gleich beim
ersten Anblick so wohl gefiel, daß man wohl sagen kann, sie
verliebte sich jetzt von selbst und zum ersten Mal.
Es war ein schöner Jüngling, von guter Erziehung und edlem
Benehmen, nicht arm und nicht reich zur Zeit, denn er hatte
nichts als zehntausend Goldgülden, welche er von seinen verstorbenen Eltern ererbt und womit er, da er die Kaufmannschaft
erlernt hatte, in Mailand einen Handel mit Seide begründen
wollte; denn er war unternehmend und klar von Gedanken und
hatte eine glückliche Hand, wie es unbefangene und unschuldige
Leute oft haben; denn auch dies war der junge Mann; er schien,
so wohlgelehrt er war, doch so arglos und unschuldig wie ein
Kind. Und obgleich er ein Kaufmann war und ein so unbefan-
genes Gemüt, was schon zusammen eine köstliche Seltenheit ist,
so war er doch fest und ritterlich in seiner Haltung und trug sein
Schwert so keck zur Seite, wie nur ein geübter Kriegsmann es
tragen kann. Dies alles sowie seine frische Schönheit und Jugend
bezwangen das Herz des Fräuleins dermaßen, daß sie kaum an
sich halten konnte und ihm mit großer Freundlichkeit begegnete. Sie wurde wieder heiter, und wenn sie dazwischen auch
traurig war, so geschah dies in dem Wechsel der Liebesfurcht
und Hoffnung, welche immerhin ein edleres und angenehmeres
Gefühl war als jene peinliche Verlegenheit in der Wahl, welche
sie früher unter den vielen Freiern empfunden. Jetzt kannte sie
nur eine Mühe und Besorgnis, diejenige nämlich, dem schönen
und guten Jüngling zu gefallen, und je schöner sie selbst war,
desto demütiger und unsicherer war sie jetzt, da sie zum ersten
Male eine wahre Neigung gefaßt hatte. Aber auch der junge
Kaufmann hatte noch nie eine solche Schönheit gesehen oder
war wenigstens noch keiner so nahe gewesen und von ihr so
freundlich und artig behandelt worden. Da sie nun, wie gesagt,
nicht nur schön, sondern auch gut von Herzen und fein von
Sitten war, so ist es nicht zu verwundern, daß der offene und
frische Jüngling, dessen Herz noch ganz frei und unerfahren
war, sich ebenfalls in sie verliebte und das mit aller Kraft und
Rückhaltlosigkeit, die in seiner ganzen Natur lag. Aber viel-

leicht hätte das nie jemand erfahren, wenn er in seiner Einfalt nicht aufgemuntert worden wäre durch des Fräuleins Zutulichkeit, welche er mit heimlichem Zittern und Zagen für eine Erwiderung seiner Liebe zu halten wagte, da er selber keine Verstellung kannte. Doch bezwang er sich einige Wochen und glaubte die Sache zu verheimlichen; aber jeder sah ihm von weitem an, daß er zum Sterben verliebt war, und wenn er irgend in die Nähe des Fräuleins geriet oder sie nur genannt wurde, so sah man auch gleich, in wen er verliebt war. Er war aber nicht lange verliebt, sondern begann wirklich zu lieben mit aller Heftigkeit seiner Jugend, so daß ihm das Fräulein das Höchste und Beste auf der Welt wurde, an welches er ein für allemal das Heil und den ganzen Wert seiner eigenen Person setzte. Dies gefiel ihr über die Maßen wohl; denn es war in allem, was er sagte oder tat, eine andere Art, als sie bislang erfahren, und dies bestärkte und rührte sie so tief, daß sie nun gleichermaßen der stärksten Liebe anheimfiel und nun nicht mehr von einer Wahl für sie die Rede war. Jedermann sah diese Geschichte spielen und es wurde offen darüber gesprochen und vielfach gescherzt. Dem Fräulein war es höchlich wohl dabei, und indem ihr das Herz vor banger Erwartung zerspringen wollte, half sie den Roman von ihrer Seite doch ein wenig verwickeln und ausspinnen, um ihn recht auszukosten und zu genießen. Denn der junge Mann beging in seiner Verwirrung so köstliche und kindliche Dinge, dergleichen sie niemals erfahren und für sie einmal schmeichelhafter und angenehmer waren als das andere. Er aber in seiner Gradheit und Ehrlichkeit konnte es nicht lange so aushalten; da jeder darauf anspielte und sich einen Scherz erlaubte, so schien es ihm eine Komödie zu werden, als deren Gegenstand ihm seine Geliebte viel zu gut und heilig war, und was ihr ausnehmend behagte, das machte ihn bekümmert, ungewiß und verlegen um sie selber. Auch glaubte er sie zu beleidigen und zu hintergehen, wenn er da lange eine so heftige Leidenschaft zu ihr herumtrüge und unaufhörlich an sie denke, ohne daß sie eine Ahnung davon habe, was doch gar nicht schicklich sei und ihm selber nicht recht! Daher sah man ihm eines Morgens von weitem an, daß er etwas vorhatte, und er bekannte ihr seine Liebe in einigen Worten, um es einmal und nie zum zweiten Mal zu sagen, wenn er nicht glücklich sein sollte. Denn er war nicht gewohnt zu denken, daß ein solches schönes und wohlbeschaffenes Fräulein etwa nicht ihre wahre Meinung sagen und nicht auch gleich zum ersten Mal ihr unwiderrufliches Ja oder Nein erwidern sollte. Er war ebenso zart gesinnt als heftig verliebt, ebenso spröde als kindlich und ebenso stolz als unbefangen, und bei ihm galt es gleich auf Tod und Leben, auf Ja oder Nein, Schlag um Schlag. In demselben Augenblicke aber, in welchem das Fräulein sein Geständnis anhörte, das sie so sehnlich erwartet, überfiel sie ihr altes Mißtrauen und es fiel ihr zur unglücklichen Stunde ein, daß ihr Liebhaber ein Kaufmann sei, welcher am Ende nur ihr Vermögen zu erlangen wünsche, um seine Unternehmungen zu erweitern. Wenn er daneben auch ein wenig in ihre Person verliebt sein sollte, so wäre ja das bei ihrer Schönheit kein sonderliches Verdienst und nur um so empörender, wenn sie eine bloße wünschbare Zugabe zu ihrem Golde vorstellen sollte. Anstatt ihm daher ihre Gegenliebe zu gestehen und ihn wohl aufzunehmen, wie sie am liebsten getan hätte, ersann sie auf der Stelle eine neue List, um seine Hingebung zu prüfen, und nahm eine ernste, fast traurige Miene an, indem sie ihm vertraute, wie sie bereits mit einem jungen Mann verlobt sei in ihrer Heimat, welchen sie auf das allerherzlichste liebe. Sie habe ihm das schon mehrmals mitteilen wollen, da sie ihn, den Kaufmann nämlich, als Freund sehr lieb habe, wie er wohl habe sehen können aus ihrem Benehmen, und sie vertraute ihm wie einem Bruder. Aber die ungeschickten Scherze, welche in der Gesellschaft aufgekommen seien, hätten ihr eine vertrauliche Unterhaltung erschwert; da er nun aber selbst sie mit seinem braven und edlen Herzen überrascht und dasselbe vor ihr aufgetan, so könne sie ihm für seine Neigung nicht besser danken, als indem sie ihm ebenso offen sich anvertraue. Ja, fuhr sie fort, nur demjenigen könne sie angehören, welchen sie einmal erwählt habe, und nie würde es ihr möglich sein, ihr Herz einem andern Mannesbilde zuzuwenden, dies stehe mit goldnem Feuer in ihrer Seele geschrieben und der liebe Mann wisse selbst nicht, wie lieb er ihr sei, so wohl er sie auch kenne! Aber ein trüber Unstern hätte sie betroffen: ihr Bräutigam sei ein Kaufmann, aber so arm wie eine Maus; darum

hätten sie den Plan gefaßt, daß er aus den Mitteln der Braut einen
Handel begründen solle; der Anfang sei gemacht und alles auf
das beste eingeleitet, die Hochzeit sollte in diesen Tagen gefeiert
werden, da wollte ein unverhofftes Mißgeschick, daß ihr ganzes
Vermögen plötzlich ihr angetastet und abgestritten wurde und
vielleicht für immer verlorengehe, während der arme Bräutigam in nächster Zeit seine ersten Zahlungen zu leisten habe an
die Mailänder und venezianischen Kaufleute, worauf sein ganzer Kredit, sein Gedeihen und seine Ehre beruhe, nicht zu
sprechen von ihrer Vereinigung und glücklichen Hochzeit! Sie
sei in der Eile nach Mailand gekommen, wo sie begüterte
Verwandte habe, um da Mittel und Auswege zu finden; aber zu
einer schlimmen Stunde sei sie gekommen; denn nichts wolle
sich fügen und schicken, während der Tag immer näherrücke,
und wenn sie ihrem Geliebten nicht helfen könne, so müsse sie
sterben vor Traurigkeit. Denn es sei der liebste und beste
Mensch, den man sich denken könne, und würde sicherlich ein
großer Kaufherr werden, wenn ihm geholfen würde, und sie
kenne kein anderes Glück mehr auf Erden, als dann dessen
Gemahlin zu sein! Als sie diese Erzählung beendet, hatte sich der
arme schöne Jüngling schon lange entfärbt und war bleich wie
ein weißes Tuch. Aber er ließ keinen Laut der Klage vernehmen
und sprach nicht ein Sterbenswörtchen mehr von sich selbst und
von seiner Liebe, sondern fragte bloß traurig, auf wieviel sich
denn die eingegangenen Verpflichtungen des glücklich unglücklichen Bräutigams beliefen? Auf zehntausend Goldgülden!
antwortete sie noch viel trauriger. Der junge traurige Kaufherr
stand auf, ermahnte das Fräulein, guten Mutes zu sein, da sich
gewiß ein Ausweg zeigen werde, und entfernte sich von ihr,
ohne daß er sie anzusehen wagte; so sehr fühlte er sich betroffen
und beschämt, daß er sein Auge auf eine Dame geworfen, die so
treu und leidenschaftlich einen andern liebte. Denn der Arme
glaubte jedes Wort von ihrer Erzählung wie ein Evangelium.
Dann begab er sich ohne Säumnis zu seinen Handelsfreunden
und brachte sie durch Bitten und Einbüßung einer gewissen
Summe dahin, seine Bestellungen und Einkäufe wieder rückgängig zu machen, welche er selbst in diesen Tagen auch grad
mit seinen zehntausend Goldgülden bezahlen sollte und worauf

er seine ganze Laufbahn bauete, und ehe sechs Stunden verflossen waren, erschien er wieder bei dem Fräulein mit seinem ganzen Besitztum und bat sie um Gottes willen, diese Aushilfe von ihm annehmen zu wollen. Ihre Augen funkelten vor freudiger Überraschung und ihre Brust pochte wie ein Hammerwerk; sie fragte ihn, wo er denn dies Kapital hergenommen, und er erwiderte, er habe es auf seinen guten Namen geliehen und würde es, da seine Geschäfte sich glücklich wendeten, ohne Unbequemlichkeit zurückerstatten können. Sie sah ihm deutlich an, daß er log und daß es sein einziges Vermögen und ganze Hoffnung war, welche er ihrem Glücke opferte; doch stellte sie sich, als glaubte sie seinen Worten. Sie ließ ihren freudigen Empfindungen freien Lauf und tat grausamerweise, als ob diese dem Glücke gälten, nun doch ihren Erwählten retten und heiraten zu dürfen, und sie konnte nicht Worte finden, ihre Dankbarkeit auszudrücken. Doch plötzlich besann sie sich und erklärte, nur unter einer Bedingung die großmütige Tat annehmen zu können, da sonst alles Zureden unnütz wäre. Befragt, worin diese Bedingung bestehe, verlangte sie das heilige Versprechen, daß er an einem bestimmten Tage sich bei ihr einfinden wolle, um ihrer Hochzeit beizuwohnen und der beste Freund und Gönner ihres zukünftigen Ehegemahls zu werden sowie der treuste Freund, Schützer und Berater ihrer selbst. Errötend bat er sie, von diesem Begehren abzustehen; aber umsonst wandte er alle Gründe an, um sie davon abzubringen, umsonst stellte er ihr vor, daß seine Angelegenheiten jetzt nicht erlaubten, nach der Schweiz zurückzureisen, und daß er von einem solchen Abstecher einen erheblichen Schaden erleiden würde. Sie beharrte entschieden auf ihrem Verlangen und schob ihm sogar sein Gold wieder zu, da er sich nicht dazu verstehen wollte. Endlich versprach er es, aber er mußte ihr die Hand darauf geben und es ihr bei seiner Ehre und Seligkeit beschwören. Sie bezeichnete ihm genau den Tag und die Stunde, wann er eintreffen solle, und alles dies mußte er bei seinem Christenglauben und bei seiner Seligkeit beschwören. Erst dann nahm sie sein Opfer an und ließ den Schatz vergnügt in ihre Schlafkammer tragen, wo sie ihn eigenhändig in ihrer Reisetruhe verschloß und den Schlüssel in den Busen steckte. Nun hielt sie sich

nicht länger in Mailand auf, sondern reiste ebenso fröhlich über
den Sankt Gotthard zurück, als schwermütig sie hergekommen
war. Auf der Teufelsbrücke, wo sie hatte hinabspringen wollen,
lachte sie wie eine Unkluge und warf mit hellem Jauchzen ihrer
wohlklingenden Stimme einen Granatblütenstrauß in die Reuß,
welchen sie vor der Brust trug, kurz ihre Lust war nicht zu
bändigen, und es war die fröhlichste Reise, die je getan wurde.
Heimgekehrt, öffnete und lüftete sie ihr Haus von oben bis
unten und schmückte es, als ob sie einen Prinzen erwartete. Aber
zu Häupten ihres Bettes legte sie den Sack mit den zehntausend
Goldgülden und legte des Nachts den Kopf so glückselig auf den
harten Klumpen und schlief darauf, wie wenn es das weichste
Flaumkissen gewesen wäre. Kaum konnte sie den verabredeten
Tag erwarten, wo sie ihn sicher kommen sah, da sie wußte, daß
er nicht das einfachste Versprechen, geschweige denn einen
Schwur brechen würde, und wenn es ihm um das Leben ginge.
Aber der Tag brach an und der Geliebte erschien nicht und es
vergingen viele Tage und Wochen, ohne daß er von sich hören
ließ. Da fing sie an, an allen Gliedern zu zittern, und verfiel in die
größte Angst und Bangigkeit; sie schickte Briefe über Briefe
nach Mailand, aber niemand wußte ihr zu sagen, wo er geblieben sei. Endlich aber stellte es sich durch einen Zufall heraus, daß
der junge Kaufherr aus einem blutroten Stück Seidendamast,
welches er von seinem Handelsanfang her im Haus liegen und
bereits bezahlt hatte, sich ein Kriegskleid hatte anfertigen lassen
und unter die Schweizer gegangen war, welche damals eben im
Solde des Königs Franz von Frankreich den Mailändischen
Krieg mitstritten. Nach der Schlacht bei Pavia, in welcher so
viele Schweizer das Leben verloren, wurde er auf einem Haufen
erschlagener Spaniolen liegend gefunden, von vielen tödlichen
Wunden zerrissen und sein rotes Seidengewand von unten bis
oben zerschlitzt und zerfetzt. Eh er den Geist aufgab, sagte er
einem neben ihm liegenden Seldwyler, der minder übel zuge-
richtet war, folgende Botschaft ins Gedächtnis und bat ihn,
dieselbe auszurichten, wenn er mit dem Leben davonkäme:
›Liebstes Fräulein! Obgleich ich Euch bei meiner Ehre, bei
meinem Christenglauben und bei meiner Seligkeit geschworen
habe, auf Eurer Hochzeit zu erscheinen, so ist es mir dennoch

nicht möglich gewesen. Euch nochmals zu sehen und einen
andern des höchsten Glückes teilhaftig zu erblicken, das es für
mich geben könnte. Dieses habe ich erst in Eurer Abwesenheit
verspürt und habe vorher nicht gewußt, welch eine strenge und
unheimliche Sache es ist um solche Liebe, wie ich zu Euch habe,
sonst würde ich mich zweifelsohne besser davor gehütet haben.
Da es aber einmal so ist, so wollte ich lieber meiner weltlichen
Ehre und meiner geistlichen Seligkeit verloren und in die ewige
Verdammnis eingehen, als ein Meineidiger denn noch einmal in
Eurer Nähe erscheinen mit einem Feuer in der Brust, welches
stärker und unauslöschlicher ist als das Höllenfeuer und mich
dieses kaum wird verspüren lassen. Betet nicht etwa für mich,
schönstes Fräulein, denn ich kann und werde nie selig werden
ohne Euch, sei es hier oder dort, und somit lebt glücklich und
seid gegrüßt!‹ So hatte in dieser Schlacht, nach welcher König
Franziskus sagte: ›Alles verloren, außer der Ehre!‹, der unglückliche Liebhaber alles verloren, die Hoffnung, die Ehre, das Leben
und die ewige Seligkeit, nur die Liebe nicht, die ihn verzehrte.
Der Seldwyler kam glücklich davon, und sobald er sich in etwas
erholt und außer Gefahr sah, schrieb er die Worte des Umge-
kommenen getreu auf seine Schreibtafel, um sie nicht zu vergessen, reiste nach Hause, meldete sich bei dem unglücklichen
Fräulein und las ihr die Botschaft so steif und kriegerisch vor,
wie er zu tun gewohnt war, wenn er sonst die Mannschaft seines
Fähnleins verlas; denn es war ein Feldleutnant. Das Fräulein aber
zerraufte sich die Haare, zerriß ihre Kleider und begann so laut
zu schreien und zu weinen, daß man es die Straße auf und nieder
hörte und die Leute zusammenliefen. Sie schleppte wie wahnsinnig die zehntausend Goldgülden herbei, zerstreute sie auf
dem Boden, warf sich der Länge nach darauf hin und küßte die
glänzenden Goldstücke. Ganz von Sinnen, suchte sie den um-
herrollenden Schatz zusammenzuraffen und zu umarmen, als ob
der verlorene Geliebte darin zugegen wäre. Sie lag Tag und
Nacht auf dem Golde und wollte weder Speise noch Trank zu
sich nehmen; unaufhörlich liebkoste und küßte sie das kalte
Metall, bis sie mitten in einer Nacht plötzlich aufstand, den
Schatz emsig hin und her eilend nach dem Garten trug und dort
unter bitteren Tränen in den tiefen Brunnen warf und einen

Fluch darüber aussprach, daß er niemals jemand anderm angehören solle.«

Als Spiegel so weit erzählt hatte, sagte Pineiß: »Und liegt das
schöne Gold noch in dem Brunnen?« »Ja, wo sollte es sonst
liegen?« antwortete Spiegel, »denn nur ich kann es herausbringen und habe es bis zur Stunde noch nicht getan!« »Ei ja so,
richtig!« sagte Pineiß, »ich habe es ganz vergessen über deiner
Geschichte! Du kannst nicht übel erzählen, du Sapperlöter! und
es ist mir ganz gelüstig worden nach einem Weibchen, die so für
mich eingenommen wäre; aber sehr schön müßte sie sein! Doch
erzähle jetzt schnell noch, wie die Sache eigentlich zusammen-
hängt!« »Es dauerte manche Jahre«, sagte Spiegel, »bis das Fräulein aus bittern Seelenleiden so weit zu sich kam, daß sie anfangen konnte, die stille alte Jungfer zu werden, als welche ich sie
kennenlernte. Ich darf mich berühmen, daß ich ihr einziger
Trost und ihr vertrautester Freund geworden bin in ihrem
einsamen Leben bis an ihr stilles Ende. Als sie aber dieses heran-
nahen sah, vergegenwärtigte sie sich noch einmal die Zeit ihrer
fernen Jugend und Schönheit und erlitt noch einmal mit milde-
ren ergebenen Gedanken erst die süßen Erregungen und dann
die bittern Leiden jener Zeit, und sie weinte still sieben Tage und
Nächte hindurch über die Liebe des Jünglings, deren Genuß sie
durch ihr Mißtrauen verloren hatte, so daß ihre alten Augen
noch kurz vor dem Tode erblindeten. Dann bereute sie den
Fluch, welchen sie über jenen Schatz ausgesprochen, und sagte
zu mir, indem sie mich mit dieser wichtigen Sache beauftragte:
›Ich bestimme nun anders, lieber Spiegel! und gebe dir die
Vollmacht, daß du meine Verordnung vollziehest. Sieh dich um
und suche, bis du eine bildschöne, aber unbemittelte Frauensper-
son findest, welcher es ihrer Armut wegen an Freiern gebricht!
Wenn sich dann ein verständiger, rechtlicher und hübscher
Mann finden sollte, der sein gutes Auskommen hat und die
Jungfrau ungeachtet ihrer Armut, nur allein von ihrer Schönheit
bewegt, zur Frau begehrt, so soll dieser Mann mit den stärksten
Eiden sich verpflichten, derselben so treu, aufopfernd und un-
abänderlich ergeben zu sein, wie es mein unglücklicher Liebster
gewesen ist, und dieser Frau sein Leben lang in allen Dingen zu
willfahren. Dann gib der Braut die zehntausend Goldgülden,

welche im Brunnen liegen, zur Mitgift, daß sie ihren Bräutigam
am Hochzeitsmorgen damit überrasche!‹ So sprach die Selige,
und ich habe meiner widrigen Geschicke wegen versäumt,
dieser Sache nachzugehen, und muß nun befürchten, daß die
Arme deswegen im Grabe noch beunruhigt sei, was für mich
eben auch nicht die angenehmsten Folgen haben kann!«

Pineiß sah den Spiegel mißtrauisch an und sagte: »Wärst du
wohl imstande, Bürschchen! mir den Schatz ein wenig nachzu-
weisen und augenscheinlich zu machen?«

»Zu jeder Stunde!« versetzte Spiegel, »aber Ihr müßt wissen,
Herr Stadthexenmeister, daß Ihr das Gold nicht etwa so ohne
weiteres herausfischen dürftet! Man würde Euch unfehlbar das
Genick umdrehen; denn es ist nicht ganz geheuer in dem Brun-
nen, ich habe darüber bestimmte Inzichten, welche ich aus
Rücksichten nicht näher berühren darf!«

»Hei, wer spricht denn von Herausholen?« sagte Pineiß etwas
furchtsam, »führe mich einmal hin und zeige mir den Schatz!
Oder vielmehr will ich dich führen an einem guten Schnürlein,
damit du mir nicht entwischest!«

»Wie Ihr wollt!« sagte Spiegel, »aber nehmt auch eine andere
lange Schnur mit und eine Blendlaterne, welche Ihr daran in den
Brunnen hinablassen könnt; denn der ist sehr tief und dunkel!«

Pineiß befolgte diesen Rat und führte das muntere Kätzchen
nach dem Garten jener Verstorbenen. Sie überstiegen miteinander die Mauer, und Spiegel zeigte dem Hexer den Weg zu dem
alten Brunnen, welcher unter verwildertem Gebüsche verborgen war. Dort ließ Pineiß sein Laternchen hinunter, begierig
nachblickend, während er den angebundenen Spiegel nicht von
der Hand ließ. Aber richtig sah er in der Tiefe das Gold funkeln
unter dem grünlichen Wasser und rief: »Wahrhaftig, ich sehs, es
ist wahr! Spiegel, du bist ein Tausendskerl!« Dann guckte er
wieder eifrig hinunter und sagte: »Mögen es auch zehntausend
sein?« »Ja, das ist nun nicht zu schwören!« sagte Spiegel, »ich bin
nie da unten gewesen und habs nicht gezählt! Ist auch möglich,
daß die Dame dazumal einige Stücke auf dem Wege verloren
hat, als sie den Schatz hieher trug, da sie in einem sehr aufgereg-
ten Zustande war.« »Nun, seien es auch ein Dutzend mehr oder
weniger!« sagte Herr Pineiß, »es soll mir darauf nicht ankom-

men!« Er setzte sich auf den Rand des Brunnens, Spiegel setzte sich auch nieder und leckte sich das Pfötchen. »Da wäre nun der Schatz!« sagte Pineiß, indem er sich hinter den Ohren kratzte, »und hier wäre auch der Mann dazu; fehlt nur noch das bildschöne Weib!« »Wie?« sagte Spiegel. »Ich meine, es fehlt nur noch diejenige, welche die Zehntausend als Mitgift bekommen soll, um mich damit zu überraschen am Hochzeitsmorgen, und welche alle jene angenehmen Tugenden hat, von denen du gesprochen!« »Hm!« versetzte Spiegel, »die Sache verhält sich nicht ganz so, wie Ihr sagt! Der Schatz ist da, wie Ihr richtig einseht; das schöne Weib habe ich, um es aufrichtig zu gestehen, allbereits auch schon ausgespürt; aber mit dem Mann, der sie unter diesen schwierigen Umständen heiraten möchte, da hapert es eben; denn heutzutage muß die Schönheit obenein vergoldet sein wie die Weihnachtsnüsse, und je hohler die Köpfe werden, desto mehr sind sie bestrebt, die Leere mit einigem Weibergut nachzufüllen, damit sie die Zeit besser zu verbringen vermögen; da wird dann mit wichtigem Gesicht ein Pferd besehen und ein Stück Sammet gekauft, mit Laufen und Rennen eine gute Armbrust bestellt, und der Büchsenschmied kommt nicht aus dem Hause; da heißt es: ich muß meinen Wein einheimsen und meine Fässer putzen, meine Bäume putzen lassen und mein Dach decken; ich muß meine Frau ins Bad schicken, sie kränkelt und kostet mich viel Geld, und muß mein Holz fahren lassen und mein Ausstehendes eintreiben; ich habe ein Paar Windspiele gekauft und meine Bracken vertauscht; ich habe einen schönen eichenen Ausziehtisch eingehandelt und meine große Nußbaumlade drangegeben; ich habe meine Bohnenstangen geschnitten, meinen Gärtner fortgejagt, mein Heu verkauft und meinen Salat gesäet, immer mein und mein vom Morgen bis zu Abend. Manche sagen sogar: ich habe meine Wäsche die nächste Woche, ich muß meine Betten sonnen, ich muß eine Magd dingen und einen neuen Metzger haben, denn den alten will ich abschaffen; ich habe ein allerliebstes Waffeleisen erstanden, durch Zufall, und habe mein silbernes Zimmetbüchschen verkauft, es war mir so nichts nütze. Alles das sind wohlverstanden die Sachen der Frau, und so verbringt ein solcher Kerl die Zeit und stiehlt unserm Herrgott den Tag ab, indem er alle diese Verrichtungen aufzählt, ohne einen Streich zu tun. Wenn es hoch kommt und ein solcher Patron sich etwa ducken muß, so wird er vielleicht sagen: unsere Kühe und unsere Schweine, aber –« Pineiß riß den Spiegel an der Schnur, daß er miau! schrie, und rief: »Genug, du Plappermaul! Sag jetzt unverzüglich: wo ist sie, von der du weißt?« Denn die Aufzählung aller dieser Herrlichkeiten und Verrichtungen, die mit einem Weibergute verbunden sind, hatte dem dürren Hexenmeister den Mund nur noch wässeriger gemacht. Spiegel sagte erstaunt: »Wollt Ihr denn wirklich das Ding unternehmen, Herr Pineiß?«

»Versteht sich, will ich! Wer sonst als ich? Drum heraus damit: wo ist diejenige?«

»Damit Ihr hingehen und sie freien könnt?«

»Ohne Zweifel!«

»So wisset, die Sache geht nur durch meine Hand! Mit mir müßt Ihr sprechen, wenn Ihr Geld und Frau wollt!« sagte Spiegel kaltblütig und gleichgültig und fuhr sich mit den beiden Pfoten eifrig über die Ohren, nachdem er sie jedesmal ein bißchen naß gemacht. Pineiß besann sich sorgfältig, stöhnte ein bißchen und sagte: »Ich merke, du willst unseren Kontrakt aufheben und deinen Kopf salvieren!«

»Schiene Euch das so uneben und unnatürlich?«

»Du betrügst mich am Ende und belügst mich wie ein Schelm!«

»Dies ist auch möglich!« sagte Spiegel.

»Ich sage dir: betrüge mich nicht!« rief Pineiß gebieterisch.

»Gut, so betrüge ich Euch nicht!« sagte Spiegel.

»Wenn du's tust!«

»So tu ichs.«

»Quäle mich nicht, Spiegelchen!« sprach Pineiß beinahe weinerlich, und Spiegel erwiderte jetzt ernsthaft:

»Ihr seid ein wunderbarer Mensch, Herr Pineiß! Da haltet Ihr mich an einer Schnur gefangen und zerrt daran, daß mir der Atem vergeht! Ihr lasset das Schwert des Todes über mir schweben seit länger als zwei Stunden, was sag ich! seit einem halben Jahre! und nun sprecht Ihr: quäle mich nicht, Spiegelchen! Wenn Ihr erlaubt, so sage ich Euch in Kürze: Es kann mir nur lieb sein, jene Liebespflicht gegen die Tote doch noch zu erfüllen

und für das bewußte Frauenzimmer einen tauglichen Mann zu
finden, und Ihr scheint mir allerdings in aller Hinsicht zu genügen; es ist keine Leichtigkeit, ein Weibstück wohl unterzubrin-
gen, so sehr dies auch scheint, und ich sage noch einmal: ich bin
froh, daß Ihr Euch hierzu bereit finden lasset! Aber umsonst ist
der Tod! Eh ich ein Wort weiter spreche, einen Schritt tue, ja eh
ich nur den Mund noch einmal aufmache, will ich erst meine
Freiheit wieder haben und mein Leben versichert! Daher nehmt
diese Schnur weg und legt den Kontrakt hier auf den Brunnen,
hier auf diesen Stein, oder schneidet mir den Kopf ab, eins von
beiden!«

»Ei du Tollhäusler und Obenhinaus!« sagte Pineiß, »du Hitzkopf,
so streng wird es nicht gemeint sein? Das will ordentlich bespro-
chen sein und muß jedenfalls ein neuer Vertrag geschlossen
werden!« Spiegel gab keine Antwort mehr und saß unbeweglich
da, ein, zwei und drei Minuten. Da ward dem Meister bänglich,
er zog seine Brieftasche hervor, klaubte seufzend den Schein
heraus, las ihn noch einmal durch und legte ihn dann zögernd
vor Spiegel hin. Kaum lag das Papier dort, so schnappte es
Spiegel auf und verschlang es; und obgleich er heftig daran zu
würgen hatte, so dünkte es ihn doch die beste und gedeihlichste
Speise zu sein, die er je genossen, und er hoffte, daß sie ihm noch
auf lange wohl bekommen und ihn rundlich und munter machen würde. Als er mit der angenehmen Mahlzeit fertig war,
begrüßte er den Hexenmeister höflich und sagte: »Ihr werdet
unfehlbar von mir hören, Herr Pineiß, und Weib und Geld
sollen Euch nicht entgehen. Dagegen macht Euch bereit, recht
verliebt zu sein, damit Ihr jene Bedingungen einer unverbrüch-
lichen Hingebung an die Liebkosungen Eurer Frau, die schon so
gut wie Euer ist, ja beschwören und erfüllen könnt! Und hiermit
bedanke ich mich des vorläufigen für genossene Pflege und
Beköstigung und beurlaube mich!«

Somit ging Spiegel seines Weges und freute sich über die
Dummheit des Hexenmeisters, welcher glaubte, sich selbst und
alle Welt betrügen zu können, indem er ja die gehoffte Braut
nicht uneigennützig, aus bloßer Liebe zur Schönheit, ehelichen
wollte, sondern den Umstand mit den zehntausend Goldgülden
vorher wußte. Indessen hatte er schon eine Person im Auge,

welche er dem törichten Hexenmeister aufzuhalsen gedachte für seine gebratenen Krammetsvögel, Mäuse und Würstchen.

Dem Hause des Herrn Pineiß gegenüber war ein anderes Haus, dessen vordere Seite auf das sauberste geweißt war und dessen Fenster immer frisch gewaschen glänzten. Die bescheidenen Fenstervorhänge waren immer schneeweiß und wie soeben geplättet, und ebenso weiß war der Habit und das Kopf- und Halstuch einer alten Beghine, welche in dem Hause wohnte, also daß ihr nonnenartiger Kopfputz, der ihre Brust bekleidete, immer wie aus Schreibpapier gefaltet aussah, so daß man gleich darauf hätte schreiben mögen; das hätte man wenigstens auf der Brust bequem tun können, da sie so eben und so hart war wie ein Brett. So scharf die weißen Kanten und Ecken ihrer Kleidung, so scharf war auch die lange Nase und das Kinn der Beghine, ihre Zunge und der böse Blick ihrer Augen; doch sprach sie nur wenig mit der Zunge und blickte wenig mit den Augen, da sie die Verschwendung nicht liebte und alles nur zur rechten Zeit und mit Bedacht verwendete. Alle Tage ging sie dreimal in die Kirche, und wenn sie in ihrem frischen, weißen und knitternden Zeuge und mit ihrer weißen spitzigen Nase über die Straße ging, liefen die Kinder furchtsam davon und selbst erwachsene Leute traten gern hinter die Haustüre, wenn es noch Zeit war. Sie stand aber wegen ihrer strengen Frömmigkeit und Eingezogenheit in großem Rufe und besonders bei der Geistlichkeit in hohem Ansehen, aber selbst die Pfaffen verkehrten lieber schriftlich mit ihr als mündlich, und wenn sie beichtete, so schoß der Pfarrer jedesmal so schweißtriefend aus dem Beichtstuhl heraus, als ob er aus einem Backofen käme. So lebte die fromme Beghine, die keinen Spaß verstand, in tiefem Frieden und blieb ungeschoren. Sie machte sich auch mit niemand zu schaffen und ließ die Leute gehen, vorausgesetzt, daß sie ihr aus dem Wege gingen; nur auf ihren Nachbar Pineiß schien sie einen besondern Haß geworfen zu haben; denn sooft er sich an seinem Fenster blicken ließ, warf sie ihm einen bösen Blick hinüber und zog augenblicklich ihre weißen Vorhänge vor, und Pineiß fürchtete sie wie das Feuer und wagte nur zuhinterst in seinem Hause, wenn alles gut verschlossen war, etwa einen Witz über sie zu machen. So weiß und hell aber das Haus der Beghine nach der

Straße zu aussah, so schwarz und räucherig, unheimlich und
seltsam sah es von hinten aus, wo es jedoch fast gar nicht gesehen
werden konnte als von den Vögeln des Himmels und den
Katzen auf den Dächern, weil es in eine dunkle Winkelei von
himmelhohen Brandmauern ohne Fenster hineingebaut war,
wo nirgends ein menschliches Gesicht sich sehen ließ. Unter
dem Dache dort hingen alte zerrissene Unterröcke, Körbe und
Kräutersäcke, auf dem Dache wuchsen ordentliche Eibenbäum-
chen und Dornsträucher, und ein großer rußiger Schornstein
ragte unheimlich in die Luft. Aus diesem Schornstein aber fuhr
in der dunklen Nacht nicht selten eine Hexe auf ihrem Besen in
die Höhe, jung und schön und splitternackt, wie Gott die Weiber geschaffen und der Teufel sie gern sieht. Wenn sie aus dem
Schornstein fuhr, so schnupperte sie mit dem feinsten Näschen
und mit lächelnden Kirschenlippen in der frischen Nachtluft
und fuhr in dem weißen Scheine ihres Leibes dahin, indes ihr
langes rabenschwarzes Haar wie eine Nachtfahne hinter ihr her
flatterte. In einem Loch am Schornstein saß ein alter Eulenvogel,
und zu diesem begab sich jetzt der befreite Spiegel, eine fette
Maus im Maule, die er unterwegs gefangen.
»Wünsch' guten Abend, liebe Frau Eule! Eifrig auf der Wacht?«
sagte er, und die Eule erwiderte: »Muß wohl! Wünsch' gleichfalls
guten Abend! Ihr habt Euch lange nicht sehen lassen, Herr Spiegel!«
»Hat seine Gründe gehabt, werde Euch das erzählen. Hier habe
ich Euch ein Mäuschen gebracht, schlecht und recht, wie es die
Jahreszeit gibt, wenn Ihrs nicht verschmähen wollt! Ist die
Meisterin ausgeritten?«
»Noch nicht, sie will erst gegen Morgen auf ein Stündchen
hinaus. Habt Dank für die schöne Maus! Seid doch immer der
höfliche Spiegel! Habe hier einen schlechten Sperling zur Seite
gelegt, der mir heut zu nahe flog; wenn Euch beliebt, so kostet
den Vogel! Und wie ist es Euch denn ergangen?«
»Fast wunderlich«, erwiderte Spiegel, »sie wollten mir an den
Kragen. Hört, wenn es Euch gefällig ist.« Während sie nun
vergnüglich ihr Abendessen einnahmen, erzählte Spiegel der
aufmerksamen Eule alles, was ihn betroffen und wie er sich aus
den Händen des Herrn Pineiß befreit habe. Die Eule sagte: »Da
wünsch' ich tausendmal Glück, nun seid Ihr wieder ein gemach-

ter Mann und könnt gehen, wo Ihr wollt, nachdem Ihr mancherlei erfahren!«

»Damit sind wir noch nicht zu Ende«, sagte Spiegel, »der Mann
muß seine Frau und seine Goldgülden haben!«

»Seid Ihr von Sinnen, dem Schelm noch wohlzutun, der Euch
das Fell abziehen wollte?«

»Ei, er hat es doch rechtlich und vertragsmäßig tun können, und
da ich ihn in gleicher Münze wieder bedienen kann, warum sollt
ich es unterlassen? Wer sagt denn, daß ich ihm wohltun will?
Jene Erzählung war eine reine Erfindung von mir, meine in Gott
ruhende Meisterin war eine simple Person, welche in ihrem
Leben nie verliebt noch von Anbetern umringt war, und jener
Schatz ist ein ungerechtes Gut, das sie einst ererbt und in den
Brunnen geworfen hat, damit sie kein Unglück daran erlebe.
›Verflucht sei, wer es da herausnimmt und verbraucht‹, sagte sie.
Es macht sich also in betreff des Wohltuns!«

»Dann ist die Sache freilich anders! Aber nun, wo wollt Ihr die
entsprechende Frau hernehmen?«

»Hier aus diesem Schornstein! Deshalb bin ich gekommen, um
ein vernünftiges Wort mit Euch zu reden! Möchtet Ihr denn
nicht einmal wieder frei werden aus den Banden dieser Hexe?
Sinnt nach, wie wir sie fangen und mit dem alten Bösewicht
verheiraten!«

»Spiegel, Ihr braucht Euch nur zu nähern, so weckt Ihr mir
ersprießliche Gedanken.«

»Das wußte ich wohl, daß Ihr klug seid! Ich habe das meinige
getan, und es ist besser, daß Ihr auch Euren Senf dazu gebt und
neue Kräfte vorspannt, so kann es gewiß nicht fehlen!«

»Da alle Dinge so schön zusammentreffen, so brauche ich nicht
lang zu sinnen, mein Plan ist längst gemacht!«

»Wie fangen wir sie?«

»Mit einem neuen Schnepfengarn aus guten starken Hanfschnü-
ren; geflochten muß es sein von einem zwanzigjährigen Jägerssohn, der noch kein Weib angesehen hat, und es muß schon
dreimal der Nachttau darauf gefallen sein, ohne daß sich eine
Schnepfe gefangen; der Grund aber hiervon muß dreimal eine
gute Handlung sein. Ein solches Netz ist stark genug, die Hexe
zu fangen.«

»Nun bin ich neugierig, wo Ihr ein solches hernehmt«, sagte
Spiegel, »denn ich weiß, daß Ihr keine vergeblichen Worte
schwatzt!«

»Es ist auch schon gefunden, wie für uns gemacht; in einem
Walde nicht weit von hier sitzt ein zwanzigjähriger Jägerssohn,
welcher noch kein Weib angesehen hat; denn er ist blind geboren. Deswegen ist er auch zu nichts zu gebrauchen als zum
Garnflechten und hat vor einigen Tagen ein neues, sehr schönes
Schnepfengarn zustande gebracht. Aber als der alte Jäger es zum
ersten Male ausspannen wollte, kam ein Weib daher, welches
ihn zur Sünde verlocken wollte; es war aber so häßlich, daß der
alte Mann voll Schreckens davonlief und das Garn am Boden
liegen ließ. Darum ist ein Tau darauf gefallen, ohne daß sich eine
Schnepfe fing, und war also eine gute Handlung daran schuld.
Als er des andern Tages hinging, um das Garn abermals auszu-
spannen, kam eben ein Reiter daher, welcher einen schweren
Mantelsack hinter sich hatte; in diesem war ein Loch, aus welchem von Zeit zu Zeit ein Goldstück auf die Erde fiel. Da ließ
der Jäger das Garn abermals liegen und lief eifrig hinter dem
Reiter her und sammelte die Goldstücke in seinen Hut, bis der
Reiter sich umkehrte, es sah und voll Grimm seine Lanze auf ihn
richtete. Da bückte der Jäger sich erschrocken, reichte ihm den
Hut dar und sagte: ›Erlaubt, gnädiger Herr, Ihr habt hier viel
Gold verloren, das ich Euch sorgfältig aufgelesen!‹ Dies war
wiederum eine gute Handlung, indem das ehrliche Finden eine
der schwierigsten und besten ist; er war aber so weit von dem
Schnepfengarn entfernt, daß er es die zweite Nacht im Walde
liegen ließ und den nähern Weg nach Hause ging. Am dritten
Tag endlich, nämlich gestern, als er eben wieder auf dem Wege
war, traf er eine hübsche Gevattersfrau an, die dem Alten um
den Bart zu gehen pflegte und der er schon manches Häslein
geschenkt hat. Darüber vergaß er die Schnepfen gänzlich und
sagte am Morgen: ›Ich habe den armen Schnepflein das Leben
geschenkt; auch gegen Tiere muß man barmherzig sein!‹ Und
um dieser drei guten Handlungen willen fand er, daß er jetzt zu
gut sei für diese Welt, und ist heute vormittag beizeiten in ein
Kloster gegangen. So liegt das Garn noch ungebraucht im
Walde und ich darf es nur holen.« »Holt es geschwind!« sagte

Spiegel, »es wird gut sein zu unserm Zweck!« »Ich will es holen«, sagte die Eule, »steht nur so lang Wache für mich in diesem Loch, und wenn etwa die Meisterin den Schornstein hinaufrufen sollte, ob die Luft rein sei? so antwortet, indem Ihr meine Stimme nachahmt: Nein, es stinkt noch nicht in der Fecht-schul'!« Spiegel stellte sich in die Nische und die Eule flog still über die Stadt weg nach dem Wald. Bald kam sie mit dem Schnepfengarn zurück und fragte: »Hat sie schon gerufen?« »Noch nicht!« sagte Spiegel.

Da spannten sie das Garn aus über den Schornstein und setzten sich daneben still und klug; die Luft war dunkel und es ging ein leichtes Morgenwindchen, in welchem ein paar Sternbilder flackerten. »Ihr sollt sehen«, flüsterte die Eule, »wie geschickt die durch den Schornstein heraufzusäuseln versteht, ohne sich die blanken Schultern schwarz zu machen!« »Ich hab sie noch nie so nah gesehen«, erwiderte Spiegel leise, »wenn sie uns nur nicht zu fassen kriegt!«

Da rief die Hexe von unten: »Ist die Luft rein?« Die Eule rief: »Ganz rein, es stinkt herrlich in der Fechtschul'!« und alsobald kam die Hexe heraufgefahren und wurde in dem Garne gefan-gen, welches die Katze und die Eule eiligst zusammenzogen und verbanden. »Halt fest!« sagte Spiegel und »Binde gut!« die Eule. Die Hexe zappelte und tobte mäuschenstill wie ein Fisch im Netz; aber es half ihr nichts und das Garn bewährte sich auf das beste. Nur der Stiel ihres Besens ragte durch die Maschen, Spiegel wollte ihn sachte herausziehen, erhielt aber einen sol-chen Nasenstüber, daß er beinahe in Ohnmacht fiel und einsah, wie man auch einer Löwin im Netz nicht zu nahe kommen dürfe. Endlich hielt sich die Hexe still und sagte: »Was wollt ihr denn von mir, ihr wunderlichen Tiere?«

»Ihr sollt mich aus Eurem Dienste entlassen und meine Freiheit zurückgeben!« sagte die Eule. »So viel Geschrei und wenig Wolle!« sagte die Hexe, »du bist frei, mach dies Garn auf!« »Noch nicht!« sagte Spiegel, der immer noch seine Nase rieb, »Ihr müßt Euch verpflichten, den Stadthexenmeister Pineiß, Euren Nach-bar, zu heiraten auf die Weise, wie wir Euch sagen werden, und ihn nicht mehr zu verlassen!« Da fing die Hexe wieder an zu zappeln und zu prusten wie der Teufel, und die Eule sagte: »Sie will nicht dran!« Spiegel aber sagte: »Wenn Ihr nicht ruhig seid und alles tut, was wir wünschen, so hängen wir das Garn samt seinem Inhalte da vorn an den Drachenkopf der Dachtraufe, nach der Straße zu, daß man Euch morgen sieht und die Hexe erkennt! Sagt also: Wollt Ihr lieber unter dem Vorsitze des Herrn Pineiß gebraten werden oder ihn braten, indem Ihr ihn heiratet?«

Da sagte die Hexe mit einem Seufzer: »So sprecht, wie meint Ihr die Sache?« Und Spiegel setzte ihr alles zierlich auseinander, wie es gemeint sei und was sie zu tun hätte. »Das ist allenfalls noch auszuhalten, wenn es nicht anders sein kann!« sagte sie und ergab sich unter den stärksten Formeln, die eine Hexe binden können. Da taten die Tiere das Gefängnis auf und ließen sie heraus. Sie bestieg sogleich den Besen, die Eule setzte sich hinter sie auf den Stiel und Spiegel zuhinterst auf das Reisigbündel und hielt sich da fest, und so ritten sie nach dem Brunnen, in welchen die Hexe hinabfuhr, um den Schatz heraufzuholen.

Am Morgen erschien Spiegel bei Herrn Pineiß und meldete ihm, daß er die bewußte Person ansehen und freien könne; sie sei aber allbereits so arm geworden, daß sie, gänzlich verlassen und verstoßen, vor dem Tore unter einem Baume sitze und bitterlich weine. Sogleich kleidete sich Herr Pineiß in sein abgeschabtes gelbes Samtwämschen, das er nur bei feierlichen Gelegenheiten trug, setzte die bessere Pudelmütze auf und umgürtete sich mit seinem Degen; in die Hand nahm er einen alten grünen Handschuh, ein Balsamfläschchen, worin einst Balsam gewesen und das noch ein bißchen roch, und eine papierne Nelke, worauf er mit Spiegel vor das Tor ging, um zu freien. Dort traf er ein weinendes Frauenzimmer sitzen unter einem Weidenbaum, von so großer Schönheit, wie er noch nie gesehen; aber ihr Gewand war so dürftig und zerrissen, daß, sie mochte sich auch schamhaft gebärden, wie sie wollte, immer da oder dort der schneeweiße Leib ein bißchen durchschimmerte. Pineiß riß die Augen auf und konnte vor heftigem Entzücken kaum seine Bewerbung vorbringen. Da trocknete die Schöne ihre Tränen, gab ihm mit süßem Lächeln die Hand, dankte ihm mit einer himmlischen Glockenstimme für seine Großmut und schwur, ihm ewig treu zu sein. Aber im selben Augenblicke erfüllte ihn eine solche

Eifersucht und Neideswut auf seine Braut, daß er beschloß, sie vor keinem menschlichen Auge jemals sehen zu lassen. Er ließ sich bei einem uralten Einsiedler mit ihr trauen und feierte das Hochzeitsmahl in seinem Hause, ohne andere Gäste als Spiegel und die Eule, welche ersterer mitzubringen sich die Erlaubnis erbeten hatte. Die zehntausend Goldgülden standen in einer Schüssel auf dem Tisch und Pineiß griff zuweilen hinein und wühlte in dem Golde; dann sah er wieder die schöne Frau an, welche in einem meerblauen Sammetkleide dasaß, das Haar mit einem goldenen Netze umflochten und mit Blumen geschmückt, und den weißen Hals mit Perlen umgeben. Er wollte sie fortwährend küssen, aber sie wußte verschämt und züchtig ihn abzuhalten, mit einem verführerischen Lächeln, und schwur, daß sie dieses vor Zeugen und vor Anbruch der Nacht nicht tun würde. Dies machte ihn nur noch verliebter und glückseliger, und Spiegel würzte das Mahl mit lieblichen Gesprächen, welche die schöne Frau mit den angenehmsten, witzigsten und einschmeichelndsten Worten fortführte, so daß der Hexenmeister nicht wußte, wie ihm geschah vor Zufriedenheit. Als es aber dunkel geworden, beurlaubten sich die Eule und die Katze und entfernten sich bescheiden; Herr Pineiß begleitete sie bis unter die Haustüre mit einem Lichte und dankte dem Spiegel nochmals, indem er ihn einen trefflichen und höflichen Mann nannte, und als er in die Stube zurückkehrte, saß die alte weiße Beghine, seine Nachbarin, am Tisch und sah ihn mit einem bösen Blick an. Entsetzt ließ Pineiß den Leuchter fallen und lehnte sich zitternd an die Wand. Er hing die Zunge heraus und sein Gesicht war so fahl und spitzig geworden wie das der Beghine. Diese aber stand auf, näherte sich ihm und trieb ihn vor sich her in die Hochzeitkammer, wo sie mit höllischen Künsten ihn auf eine Folter spannte, wie noch kein Sterblicher erlebt. So war er nun mit der Alten unauflöslich verehelicht, und in der Stadt hieß es, als es ruchbar wurde: »Ei seht, wie stille Wasser tief sind! Wer hätte gedacht, daß die fromme Beghine und der Herr Stadthexenmeister sich noch verheiraten würden! Nun, es ist ein ehrbares und rechtliches Paar, wenn auch nicht sehr liebenswürdig!«
Herr Pineiß aber führte von nun an ein erbärmliches Leben;

seine Gattin hatte sich sogleich in den Besitz aller seiner Geheimnisse gesetzt und beherrschte ihn vollständig. Es war ihm nicht die geringste Freiheit und Erholung gestattet, er mußte hexen vom Morgen bis zum Abend, was das Zeug halten wollte, und wenn Spiegel vorüberging und es sah, sagte er freundlich: »Immer fleißig, fleißig, Herr Pineiß?«

Seit dieser Zeit sagt man zu Seldwyla: Er hat der Katze den Schmer abgekauft! besonders wenn einer eine böse und widerwärtige Frau erhandelt hat.

ch kam dahin, ohne zu wissen wie. Nur so viel kann ich mich erinnern: ich schlenderte wieder bergauf, bergab; schaute hinunter in manches hübsche Wiesental; silberne Wasser brausten, süße Waldvögel zwitscherten, die Herdenglöckchen läuteten, die mannigfaltig grünen Bäume wurden von der lieben Sonne goldig angestrahlt, und oben war die blauseidene Decke des Himmels so durchsichtig, daß man tief hinein schauen konnte, bis ins Allerheiligste, wo die Engel zu den Füßen Gottes sitzen, und in den Zügen seines Antlitzes den Generalbaß studieren. Ich aber lebte noch in dem Traum der vorigen Nacht, den ich nicht aus meiner Seele verscheuchen konnte. Es war das alte Märchen, wie ein Ritter hinab steigt in einen tiefen Brunnen, wo unten die schönste Prinzessin zu einem starren Zauberschlafe verwünscht ist. Ich selbst war der Ritter, und der Brunnen die dunkle Klausthaler Grube, und plötzlich erschienen viele Lichter, aus allen Seitenlöchern stürzten die wachsamen Zwerglein, schnitten zornige Gesichter, hieben nach mir mit ihren kurzen Schwertern, bliesen gellend ins Horn, daß immer mehr und mehre herzu eilten, und es wackelten entsetzlich ihre breiten Häupter. Wie ich darauf zuschlug und das Blut heraus floß, merkte ich erst, daß es die rotblühenden, langbärtigen Distelköpfe waren, die ich den Tag vorher an der Landstraße mit dem Stocke abgeschlagen hatte. Da waren sie auch gleich alle verscheucht, und ich gelangte in einen hellen Prachtsaal; in der Mitte stand, weiß verschleiert, und wie eine Bildsäule starr und regungslos, die Herzgeliebte, und ich küßte ihren Mund, und, beim lebendigen Gott! ich fühlte den beseligenden Hauch ihrer Seele und das süße Beben der lieblichen Lippen. Es war mir, als hörte ich, wie Gott rief: »Es werde Licht!« Blendend schoß herab ein Strahl des ewigen Lichts; aber in demselben Augenblick wurde es wieder Nacht, und alles rann chaotisch zusammen in ein wildes, wüstes Meer. Ein wildes, wüstes Meer! über das gärende Wasser jagten ängstlich die Gespenster der Verstorbenen, ihre weißen Totenhemde flatterten im Winde, hinter ihnen her, hetzend, mit klatschender Peitsche lief ein buntscheckiger

Harlekin, und dieser war ich selbst – und plötzlich aus den dunkeln Wellen reckten die Meerungetüme ihre mißgestalteten Häupter, und langten nach mir mit ausgebreiteten Krallen, und vor Entsetzen erwachte ich.

Wie doch zuweilen die allerschönsten Märchen verdorben werden! Eigentlich muß der Ritter, wenn er die schlafende Prinzessin gefunden hat, ein Stück aus ihrem kostbaren Schleier heraus schneiden; und wenn durch seine Kühnheit ihr Zauberschlaf gebrochen ist, und sie wieder in ihrem Palast auf dem goldenen Stuhle sitzt, muß der Ritter zu ihr treten und sprechen: Meine allerschönste Prinzessin, kennst du mich? Und dann antwortet sie: Mein allertapferster Ritter, ich kenne dich nicht. Und dieser zeigt ihr alsdann das aus ihrem Schleier heraus geschnittene Stück, das just in denselben wieder hineinpaßt, und beide umarmen sich zärtlich, und die Trompeter blasen, und die Hochzeit wird gefeiert.

Es ist wirklich ein eigenes Mißgeschick, daß meine Liebesträume selten ein so schönes Ende nehmen.

Ich habe dem Kind die Sterne gezeigt;
und es sah sie in der Nacht.
Aber am Tage kam es wieder hervor
und sah sie nicht mehr.
Da warf es mir vor,
daß ich ihm etwas gezeigt hätte,
das es nicht gibt.
»Und ich sehe doch deutlicher als vorher,
und bis zu jenem fernen
Rand von Bäumen!«

LUDWIG HOHL

PAUL SCHEERBART
Der alte Mörder

feu rankte sich über das alte Gemäuer der stillen
Ruinenwelt.
Und es war einmal ein Mörder. Der mordete ohn'
Unterlaß. So manchem Menschen-Dasein machte
er ohn' Erbarmen ein blutiges Ende. Der Mörder
mordete stets mit seinem langen kostbar ziselierten Patriarchen-
dolch.
Dunkelgrüne Efeublätter fielen auf den Erdboden.
Als nun der Grausame nach harter Tagesarbeit wieder einmal
des Abends seine Stammkneipe betrat, brachte ihm der Wirt
Wasser zum Abwaschen des vielen Menschenbluts und Wein
zum Ausspülen des Magens. Und während der Wirt seinen Gast
eifrig bediente, fragte er so nebenbei:
»Sagen Sie mal, lieber Herr Mörder, warum morden Sie stets am
Tage? In der Nacht kann man doch viel gemütlicher morden.«
Frische hellgrüne Efeublätter schwebten durch die Stube zum
Fenster hinaus.
Und nach einer langen Weile sprach darauf der alte Gewohn-
heitsmörder folgendermaßen:
»In meinen Jugendjahren, als ich noch ein Mörderjüngling war,
pflegte ich nur des nachts zu morden. Da traf es sich mal, daß ich
einem alten Wucherer im Walde auflauerte. Die Nacht war
dunkel, und ich bekam nachher den Jammerkerl zu packen. Ich
schlug ihm gleich mit der Faust so feste unter die Nase, daß ihm
alles Reden verging. Und dann mordete ich, so wie ich's gewohnt bin. Den Leichnam schmiß ich mitten auf die Straße,
denn Totengräber spiele ich nicht gern; die vielen Efeublätter
wirken nicht angenehm auf mein Gemüt. Was aber mußte ich
zwei Tage nach dem Morde hören? Ich mußte hören, daß ich
aus Versehen den ärmsten Mann der ganzen Gegend totgesto-
chen hatte – und daß der Wucherer entkommen war. Das ergriff
mich furchtbar, und ich habe geweint wie ein kleines Kind.
Nein – einen armen Mann töten, ist ein Verbrechen. Einen
Wucherer töten ist eine gute, brave Tat. Und so morde ich jetzt
nur noch am hellen, lichten Tage. Man sieht dabei sofort, ob es

auch nötig ist, solchen Kerl totzustechen. Mancher Lump verdient bloß eine tüchtige Tracht Prügel. Ich renke manchmal den
Schuften nur die Arme oder die Beine aus und laß sie dann
laufen; die also Bestraften vergessen die Lektion nicht so leicht
und bessern sich gemeinhin.«

Der Wirt nickte freundlich, und die Frau Wirtin brachte dem
Herrn Mörder Eisbein mit Sauerkohl und gutes Lagerbier dazu.
Dunkle Efeuranken schwankten vor den Fenstern der Schänke.
Der Mörder sah die Ranken nicht; er trank nach dem Abendbrot noch eine kleine Weiße mit Kümmel und ging hinaus in
den Mondenschein, allwo viele schlechte Menschen spazieren-
gingen den Berg hinauf – bis zur stillen Ruinenwelt, wo der
dunkle Efeu mächtig wucherte.

Aber der Mörder beschmutzte seinen Dolch nicht; das nächtliche Morden hatte er sich ganz abgewöhnt.

Das war damals, als noch Richter, Staatsanwalt, Henker und
Rechtsanwalt dem Namen nach unbekannt waren auf Erden;
die Justizpflege war noch von patriarchalischer Einfachheit.

Heute gibt es solche Leute, die mit so viel edlem Anstande wie
unser alter Mörder morden, *nicht* mehr.

Grüne Efeublätter fallen auf den Erdboden.

HUGO VON HOFMANNSTHAL
Das Glück am Weg

 ch saß auf einem verlassenen Fleck des Hinterdecks
auf einem dicken, zwischen zwei Pflöcken hin-
und hergewundenen Tau und schaute zurück.
Rückwärts war in milchigem, opalinem Duft die
Riviera versunken, die gelblichen Böschungen,
über die der gezerrte Schatten der schwarzen Palmen fällt und
die weißen, flachen Häuser, die in unsäglichem Dickicht ran-
kender Rosen einsinken. Das alles sah ich jetzt scharf und sprin-
gend, weil es verschwunden war, und glaubte, den feinen Duft
zu spüren, den doppelten Duft der süßen Rosen und des sandigen, salzigen Strandes. Aber der Wind ging ja landwärts,
schwärzlich rieselnd lief er über die glatte, weinfarbene Fläche
landwärts. So war es wohl nur Täuschung, daß ich den Duft zu
spüren glaubte. Dann sprangen dort, wo golden der breite
Sonnenstreifen auf dem Wasser lag, drei Delphine auf und
sprudelten sprühendes Gold und spielten gravitätisch und hasch-
ten sich heftig rauschend und tauchten plötzlich wieder unter.
Leer lag der Fleck und wurde wieder glatt und blinkte.
Jetzt hätte es dort aufrauschen müssen, und wie der wühlende
Maulwurf weiche Erdwellen aufwerfend den Kopf aus den
Schollen hebt, so hätten sich die triefenden Mähnen und rosigen
Nüstern der scheckigen Pferde herausheben müssen, und die
weißen Hände, Arme und Schultern der Nereiden, ihr flutendes
Haar und die zackigen, dröhnenden Hörner der Tritonen. Und
in der Hand die rotseidenen Zügel, an denen grüner Seetang
hängt und tropfende Algen, müßte er im Muschelwagen stehen,
Neptun, kein langweiliger, schwarzbärtiger Gott, wie sie ihn zu
Meißen aus Porzellan machen, sondern unheimlich und reizend,
wie das Meer selbst, mit weicher Anmut, frauenhaften Zügen
und Lippen rot, wie eine giftig rote Blume . . .
Über das leere, glänzende Meer lief schwärzlich rieselnd der leise
Wind. Am Horizont, nicht ganz dort, wo in der kommenden
Nacht wie ein schwarzblauer Streif der bergige Wall von Cor-
sica auftauchen sollte, stand ein winziger schwarzer Fleck.
Nach einer Stunde war das Schiff recht nahe gegen unseres

gekommen. Es war eine Yacht, die offenbar nach Toulon fuhr. Wir mußten sie fast streifen. Mit guten Augen unterschied man schon recht deutlich die Maste und Raaen, ja sogar die Vergoldung, dort, wo der Name des Schiffes stand. Ich wechselte meinen Platz, trug meinen englischen Roman ins Lesezimmer zurück und holte mein Fernglas. Es war ein sehr gutes Glas. Es brachte mir einen bestimmten runden Fleck des fremden Schiffes ganz nahe, fast unheimlich nahe. Es war, wie wenn man durchs Fenster in ein ebenerdiges Zimmer schaut, worin sich Menschen bewegen, die man nie gesehen hat und wahrscheinlich nie kennen wird; aber einen Augenblick belauscht man sie ganz in der engen dumpfen Stube, und es ist, als ob man ihnen da unsäglich nahe käme.

Den runden Fleck in meinem Glas begrenzte schwarzes Tauwerk, messingeingefaßte Planken, dahinter der tiefblaue Himmel. In der Mitte stand eine Art Feldsessel, auf dem lag, mit geschlossenen Augen, eine blonde junge Dame. Ich sah alles ganz deutlich: den dunklen Polster, in den sich die Absätze der kleinen, lichten Halbschuhe einbohrten, den moosgrünen breiten Gürtel, in dem ein paar halboffene Rosen steckten, rosa Rosen, la France-Rosen . . .

Ob sie schlief?

Schlafende Menschen haben einen eigentümlichen, naiven, schuldlosen, traumhaften Reiz. Sie sehen nie banal und nie unnatürlich aus.

Sie schlief nicht. Sie schlug die Augen auf und bückte sich um ein heruntergefallenes Buch. Ihr Blick lief über mich, und ich wurde verlegen, daß ich sie so anstarrte, aus solcher Nähe; ich senkte das Glas, und dann erst fiel mir ein, daß sie ja weit war, dem freien Auge nichts als ein lichter Punkt zwischen braunen Planken, und mich unmöglich bemerken könne. Ich richtete also wieder das Glas auf sie, und sie sah jetzt wie verträumt gerade vor sich hin. In dem Augenblick wußte ich zwei Dinge: daß sie sehr schön war, und daß ich sie kannte. Aber woher? Es quoll in mir auf, wie etwas Unbestimmtes, Süßes, Liebes und Vergangenes. Ich versuchte es, schärfer zu denken: ein gewisser kleiner Garten, wo ich als Kind gespielt hatte, mit weißen Kieswegen und Pegonienbeeten . . . aber nein, das war es nicht

... damals mußte sie ja auch ein kleines Kind gewesen sein ...
ein Theater, eine Loge mit einer alten Frau und zwei Mädchen-
köpfe, wie biegsame lichte Blumenköpfe hinter dem Zaun ...
ein Wagen, im Prater, an einem Frühlingsmorgen ... oder
Reiter? ... Und der starke Geruch der taufeuchten Lohe und
Kastanienblütenduft und ein gewisses helles Lachen ... aber das
war ja jemand Anderes Lachen ... ein gewisses Boudoir mit
einem kleinen Kamin und einem gewissen hohen Louis-
Quinze-Feuerschirm ... alles das tauchte auf und zerging augenblicklich, und in jedem dieser Bilder erschien schattenhaft
diese Gestalt da drüben, die ich kannte und nicht kannte, diese
schmächtige lichte Gestalt und die blumenhafte müde Lieblich-
keit des kleinen Kopfes und darin die faszinierenden, dunkeln,
mystischen Augen ... Aber in keinem der Bilder blieb sie
stehen, sie zerrann immer wieder, und das vergebliche Suchen
wurde unerträglich. Ich kannte sie also nicht. Der Gedanke
verursachte mir ein unerklärliches Gefühl von Enttäuschung
und innerer Leere; es war mir, als hätte ich das Beste an meinem
Leben versäumt. Dann fiel mir ein: Ja, ich kannte sie, das heißt,
nicht wie man gewöhnlich Menschen kennt, aber gleichviel, ich
hatte hundertmal an sie gedacht, Hunderte von Malen, Jahre
und Jahre hindurch.
Gewisse Musik hatte mir von ihr geredet, ganz deutlich von ihr,
am stärksten Schumannsche; gewisse Abendstunden auf grünen
Veilchenwiesen, an einem rauschenden kleinen Fluß, darüber
der feuchte, rosige Abend lag; gewisse Blumen, Anemonen mit
müden Köpfchen ... gewisse seltsame Stellen in den Werken
der Dichter, wo man aufsieht und den Kopf in die Hand stützt
und auf einmal vor dem inneren Aug' die goldenen Tore des
Lebens aufgerissen scheinen ... Alles das hatte von ihr geredet,
in all dem war das Phantasma ihres Wesens gelegen, wie in
gläubigen Kindergebeten das Phantasma des Himmels liegt.
Und alle meine heimlichen Wünsche hatten sie zum heimlichen
Ziel gehabt: in ihrer Gegenwart lag etwas, das allem einen Sinn
gab, etwas unsäglich Beruhigendes, Befriedigendes, Krönendes.
Solche Dinge *begreift* man nicht: man weiß sie plötzlich.
Ja, ich wußte noch viel mehr; ich wußte, daß ich mit ihr eine
besondere Sprache reden würde, besonders im Ton und beson-

ders im Stil: meine Rede wäre leichtsinniger, beflügelter, freier, sie liefe gleichsam nachtwandelnd auf einer schmalen Rampe dahin; aber sie wäre auch eindringlicher, feierlicher, und gewisse seltsame Saitensysteme würden verstärkend mittönen.

Alle diese Dinge dachte ich nicht deutlich, ich schaute sie in einer fliegenden, vagen Bildersprache.

In dem Augenblick war uns das fremde Schiff recht nah; näher würde es wohl kaum kommen.

Ich wußte noch mehr von ihr: ich wußte ihre Bewegungen, die Haltung ihres Kopfes, das Lächeln, das sie haben würde, wenn ich ihr gewisse Dinge sagte. Wenn sie auf der Terrasse säße, in einer kleinen Strandvilla in Antibes (ganz ohne Grund dachte ich gerade Antibes) und ich käme aus dem Garten und bliebe unter ihr stehen, drei Stufen unter ihr (und mir war, als wüßte ich ganz genau, das würde hundertmal geschehen, ja beinahe, als wäre es schon geschehen . . .), dann würde sie mit einer undefinierbaren reizenden kleinen Pose die Schultern wie frierend in die Höhe ziehen und mich mit ihren mystischen Augen ernst und leise spöttisch von oben herab ansehen . . .

Es liegt unendlich viel in Bewegungen: sie sind die komplizierte und feinabgetönte Sprache des Körpers für die komplizierte und feine Gefallsucht der Seele, die eine Art Liebesbedürfnis und eine Art Kunsttrieb ist: Koketterie ist ein sehr plumpes Wort dafür. In dieser kleinen Pose lag für mich eine Unendlichkeit von Dingen ausgedrückt: eine ganz bestimmte Art, ernsthaft, zufrieden und in Schönheit glücklich zu sein; ganz bestimmte graziöse, freie, wohltuende Lebensverhältnisse und vor allem mein Glück lag darin ausgedrückt, die Bürgschaft meines tiefen, stillen, fraglosen Glückes. Alle diese Gedanken waren ohne Sentimentalität, mit einer sicheren, ruhigen Anmut erfüllt. Dabei sah ich ununterbrochen hinüber. Sie war aufgestanden und sah gerade zu uns her. Und da war mir, als ob sie leise, mit unmerklichem Lächeln den Kopf schüttelte. Gleich darauf bemerkte ich mit einer Art stumpfer Betäubung, daß die Schiffe schon wieder anfingen, sich leise voneinander zu entfernen. Ich empfand das nicht als etwas Selbstverständliches, auch nicht als eine schmerzliche Überraschung, es war einfach, als glitte dort mein Leben selbst weg, alles Sein und alle Erinnerung, und zöge langsam, lautlos gleitend seine tiefen, langen Wurzeln aus meiner schwindelnden Seele, nichts zurücklassend als unendliche, blöde Leere. Mir war, als fühlte ich fröstelnd, wie durch diese Leere ein Lufthauch lief. Stumpf, gedankenlos aufmerksam sah ich zu, wie sich zwischen sie und mich ein leerer, reinlicher, emailblauer, glänzender Wasserstreifen legte, der immer breiter wurde. In hilfloser Angst sah ich ihr nach, wie sie mit langsamen Schritten schlank und biegsam eine kleine Treppe hinabstieg, wie Ruck auf Ruck in der Luke der grüne Gürtel verschwand, dann die feinen Schultern und dann das dunkelgoldene Haar. Dann war nichts mehr von ihr da, nichts. Für mich war es, als hätte man sie in einen schmalen kleinen Schacht gelegt und darüber einen schweren Stein und darauf Rasen. Als hätte man sie zu den Toten gelegt, ja, gar nichts konnte sie mehr für mich sein. Wie ich so hinstarrte auf das schwindende Schiff, das sich ein wenig gedreht hatte, kehrte sich mir unter Bord etwas Blinkendes zu. Es waren vergoldete Genien, goldene, an das Schiff geschmiedete Geister, die trugen auf einem Schild in blinkenden Buchstaben den Namen des Schiffes: »La Fortune«. . . .

OTTO STOESSL
Die Geschichte vom Fieber und vom Floh

o oft einer mit seinem Schicksal nichts anzufangen weiß und ein anderes herbeiwünscht, fällt mir die Geschichte ein, die ein alter Mann erzählt hat: »Es geht allen Kindern wie dem Fieber mit dem Floh.« »Wie ist es dem Fieber mit dem Floh ergangen?« »Ich weiß nicht viele Geschichten, denn ich habe keine Mutter und Großmutter gehabt, als ich in den Jahren war, wo man solche Geschichten bekommen soll. Ich bin mit meinem Vater auf einem kleinen Pachtgut gewesen und unter viel Plage und Arbeit im Feld und Holz unter polnischen Bauern aufgewachsen, früh habe ich Büchsen knallen und Leute fluchen gehört. Wir hatten nur zwei häßliche, schmutzige Weiber im Hause, mit denen kein vernünftiges Wort zu reden war; mein Vater hatte auch keine Zeit zu schwatzen, und der einzige Mensch, der sich mit mir abgab, war Juschku; so hieß der Knecht, der bei den Pferden, aber auch bei der Feldarbeit, im Wald, aber auch in der Wirtschaft, draußen und drinnen alles zu tun hatte, was mein Vater nicht selbst besorgte. Wie alt der Kerl war, weiß ich nicht. Er stand in einer Wildnis von Haar, von langen, grauen Kopf- zotteln und von wirren, langen Bartlocken und hatte geduldige, große Augen, beständig eine Pfeife im Munde und sprach auch nicht eben viel. Aber er zeigte mir allerhand gute Handgriffe und fand immer noch Zeit, mir eine Flöte auszuhöhlen oder aus einem Stück Holz ein Spielzeug zu schnitzen, indes er eine wichtige Hauptarbeit besorgte. Und er erzählte mir diese eine Geschichte einmal an einem Abend beim Kachelofen; ich saß neben ihm auf der Bank und er schmierte gerade seine Stiefel . . . Es war einmal ein Haus. Das hatte ein Stockwerk. Da droben wohnte ein reicher Mann mit vielen Dienern, hatte Geld und alles, was das Herz begehren kann: Essen und Trinken und kostbares Geschirr und seidene Kleider und herrliche Betten, Schränke und Stühle, ein Feuer aus lauter Gewürzhölzern, wenn es kalt war, mit einem Wort alles, was gut und teuer ist. Zu ebener Erde oder vielmehr im Keller dieses Hauses aber wohnte ein armer, bitterarmer Mann, der hatte nichts und

niemand auf der Welt, als sich und seine Armut. Nicht einmal
Siebensachen hatte er.

Der reiche Mann droben besaß noch etwas außer dem vielen,
was er wünschte, etwas, was er nicht wünschte, nämlich einen
sehr lästigen, aber auch zudringlichen Gast. Dieser Gast war das
Fieber. Du kannst dir denken, daß es das Fieber bei dem reichen
Manne gut hatte, so gut, daß es sich bei ihm ganz häuslich
einrichtete, wie ein Weib. Das Fieber wurde gepflegt, sag' ich
dir, es bekam das feinste Essen: Oberskaffee in der Früh mit
Kuchen, Eierschnaps zur Stärkung, gebratenes Hühnchen und
gesottenes Forellchen und roten Wein. Das Fieber wurde mit
großen Flaschen süßer Medizin gepflegt, und jetzt hieß es:
belieben Euer Gnaden diese gute Salbe aufzuschmieren? jetzt: ist
nicht diese kalte Kompresse gefällig oder ein gelindes Pülver-
chen? Das Fieber schlief mit dem reichen Manne in einem Bette
auf dem feinsten Linnen, das wie aus Spinnfäden gewirkt war.
Es hatte seidene Decken mit Daunen gefüttert, und alle Augenblicke rief der reiche Mann seinen Diener: ›Schüttle mir die
Decke! Siehst du denn nicht, Schweinehund, dem Fieber ist es zu
heiß!‹ Und die Mägde rannten hin und her und brachten dem
Fieber kalte Umschläge und warme Umschläge und milchge-
tränkte Semmelbäuschchen. Am Vormittag legten sie ihm ein
Senfpflaster auf, und am Nachmittag nahmen sie es wieder weg,
und hätte der Tag siebenmal vierundzwanzig Stunden gehabt,
so hätten sie immer noch siebenmalsiebenzig Mittelchen gebracht und gekauft und genommen und auf den Mist geschüttet.
Den Medizinflaschen hingen schon die Zungen beim Halse
heraus vor lauter Eile. So gut ging es dem Fieber.

Der arme Mann drunten hatte einen anderen Gast, das war ein
Floh. Dem ging es freilich nicht so gut. Er mußte auf einem
Haufen alter, fauler Streu schlafen und auf einem stinkenden
Kotzen bei seinem Herrn liegen und früh sehr zeitig aufstehen
und mit ihm in die Arbeit gehen zum Holzhacken oder Mistfah-
ren, oder was es gerade sonst zu tun gab. Der arme Mann hatte
nicht einmal Zeit und Wasser, sich zu waschen, geschweige
denn, sich um seinen Gast zu kümmern. Ja, er wußte nicht
einmal, daß er einen Gast hatte, so grob und dumm, so arm und
so schmutzig war er. Du kannst dir denken, daß der Floh in

dieser Wirtschaft nicht sehr glücklich war und oftmals seufzte: ›Warum hat mich der liebe Gott gerade zu diesem Lausekerl geschickt, warum muß es gerade mir auf der Welt gar so schlecht gehen, wo es doch so viele Blutsauger, die wahrlich weniger können und sind als ich, gut haben und prassen!‹

Es traf sich aber einmal, daß das Fieber ausging. Zu Mittag nämlich, wenn die Sonne recht warm schien und es draußen ganz windstill war, so daß es sich behaglich spazierengehen ließ, machte es sich auf eine Viertelstunde einen Verdauungsweg, denn von dem guten Leben war es dick und beschwerlich geworden und fürchtete für seine werte Person. Und als es eben, von einem Diener rechts, von einem Stubenmädchen links gestützt, über die Treppe hinabstieg, traf es gerade den Floh, der einen Augenblick lang an der Schwelle ausschnaufte, ehe er wieder seinen armseligen Herrn aufsuchte. Der Floh drückte sich bescheiden an die Wand und machte vor dem Fieber, als vor einer fürstlichen Hoheit, eine gewandte Verbeugung, denn er wußte, was sich schickt, und dachte sich dabei sein Teil über die Sitten und das Glück der reichen Leute. Da nickte ihm das Fieber freundlich und herablassend zu und knüpfte mit dem armen Teufel ein Gespräch an, mehr zum Zeitvertreib, weil es vor lauter Langeweile schon gar nichts Besseres mehr wußte, als aus wahrer Leutseligkeit. Es war eben ein großer Herr.

Der Floh schilderte nun dem Fieber recht getreulich seine Lage. Dem Fieber gruselte es ordentlich vor Vergnügen bei dieser Unterhaltung, es zitterte und bebte den Dienern in den Armen wie Espenlaub, als es zuhörte, und antwortete seinerseits dem Floh mit einer endlosen Aufzählung der Herrlichkeiten, an denen es sich bis zum Überdruß wohlgeschehen ließ. Dem Floh wässerte der Mund nach all dem guten Essen und Trinken und nach den tausend zarten Aufmerksamkeiten, mit denen das Fieber umgeben war.

›Ach, könnten wir nur einmal tauschen!‹ seufzte er bedrückt.

›Nun, das wäre kein so übler Gedanke‹, lächelte das Fieber, denn wie alle verwöhnten Leute lechzte es ein wenig nach Schwierigkeiten und leckerte ihm nach Bitternissen und es meinte, ein bißchen Abwechslung und Luftveränderung wäre ihm wohl zuträglich.

So war der Tausch rasch abgeschlossen, das Fieber stieg in den Keller zum armen Mann, der Floh sprang über die Stiege mit einem Satz zum Reichen.

Nun lag das Fieber auf seiner Spreu und deckte sich mit dem Kotzen zu und fror jämmerlich. Es zirpte, wie es gewohnt war, mit seiner zärtlichen Stimme nach Bedienung, jetzt nach Wasser, jetzt nach Wärme, jetzt nach Essen, jetzt nach Trinken. Einmal nach Medizin, das andere Mal nach etwas Stärkendem. Aber es hatte lang gut rufen. Der arme Mann hatte keine Zeit, nach ihm zu hören, vielmehr ließ er das Fieber nicht einmal ruhig liegen, sondern stand auf, als merkte er gar nicht, welchen verwöhnten Gast er hatte, beim Hahnenschrei, ging in den Wald, schlug mit der Axt, sägte mit der Säge und fuhr mit dem Karren und fluchte wie gewöhnlich. Das Fieber schrie und flötete, bettelte und tobte. Aber als alles vergeblich war und als es gar kein Futter und gar keine Hilfe, nicht das geringste Tröpfchen Arznei bekam, das ein Fieber zum Leben braucht, hauchte es im Keller sehr bald schmählich und kläglich seine arme Seele aus und starb sogar ohne Tröstungen der heiligen Kirche.

Aber dem Floh erging es wahrlich auch nicht besser. Das ist immer so, wenn man Schicksale vertauschen will. Er kam in die gute Stube und in das feine Bett, und tat äußerst lecker und hungrig seinen ersten Biß in die fette, rote Haut des reichen Mannes. Gleich begann der zu zetern: ›Was, nach so vielen Jahren bin ich das entsetzliche Fieber losgeworden und jetzt will mich ein niederträchtiger Floh quälen? Das wäre nicht übel! Auf, Johann, auf, Kasimir, schnell, schnell, Sophie, Anna, Magdalene, flugs, sucht mir den erbärmlichen Blutsauger, diesen Wucherer, diesen Erzgauner!‹ sprang aus dem Bette, warf alle Kissen durcheinander und schwenkte die seidenen Decken, als wären es Windfahnen.

Das war eine Treibjagd! Sechs Leute suchten einen winzigen Floh. Du kannst dir denken, wie der arme Verfolgte hin und her sprang, um ein schützendes Versteck zu finden, wenn er aus einer Falte gehetzt worden war. Er hätte was gegeben um den stinkenden Kotzen, in dessen schwarzen Schmutz er unsichtbar geworden wäre. Nichts da! Sie ließen ihn nicht entrinnen. Er

kam ganz von Kräften und konnte sich schließlich gar nicht
mehr rühren, so daß sie ihn recht bald unbeweglich als einen
schwarzen Schandfleck auf dem blendenden Leintuch fanden
und mit schadenfrohem Gelächter zerdrückten.«

THOMAS MANN
Der Kleiderschrank

s war trübe, dämmerig und kühl, als der Schnellzug Berlin–Rom in eine mittelgroße Bahnhofs-
halle einfuhr. In einem Coupé erster Klasse mit
Spitzendecken über den breiten Plüschsesseln richtete sich ein Alleinreisender empor: Albrecht van
der Qualen. Er erwachte. Er verspürte einen faden Geschmack
im Munde, und sein Körper war voll von dem nicht sehr
angenehmen Gefühl, das durch das Stillstehen nach längerer
Fahrt, das Verstummen des rhythmisch rollenden Gestampfes,
die Stille hervorgebracht wird, von welcher die Geräusche draußen, die Rufe und Signale sich merkwürdig bedeutsam abheben
. . . Dieser Zustand ist wie ein Zusichkommen aus einem Rausche, einer Betäubung. Unseren Nerven ist plötzlich der Halt,
der Rhythmus genommen, dem sie sich hingegeben haben: nun
fühlen sie sich äußerst verstört und verlassen. Und dies desto
mehr, wenn wir gleichzeitig aus dem dumpfen Reiseschlaf
erwachen.

Albrecht van der Qualen reckte sich ein wenig, trat ans Fenster
und ließ die Scheibe herunter. Er blickte am Zuge entlang.
Droben am Postwagen machten sich verschiedene Männer mit
dem Ein- und Ausladen von Paketen zu schaffen. Die Lokomo-
tive gab mehrere Laute von sich, nieste und kollerte ein wenig,
schwieg dann und verhielt sich still; aber nur wie ein Pferd
stillsteht, das bebend die Hufe hebt, die Ohren bewegt und
gierig auf das Zeichen zum Anziehen wartet. Eine große und
dicke Dame in langem Regenmantel schleppte mit unendlich
besorgtem Gesicht eine zentnerschwere Reisetasche, die sie mit
einem Knie ruckweise vor sich herstieß, beständig an den Wag-
gons hin und her: stumm, gehetzt und mit angstvollen Augen.
Besonders ihre Oberlippe, die sie weit hervorschob und auf der
ganz kleine Schweißtropfen standen, hatte etwas namenlos
Rührendes . . . Du Liebe, Arme! dachte van der Qualen. Wenn
ich dir helfen könnte, dich unterbringen, dich beruhigen, nur
deiner Oberlippe zu Gefallen! Aber jeder für sich, so ist's eingerichtet, und ich, der ich in diesem Augenblicke ganz ohne Angst

bin, stehe hier und sehe dir zu, wie einem Käfer, der auf den
Rücken gefallen ist . . .

Dämmerung herrschte in der bescheidenen Halle. War es Abend
oder Morgen? Er wußte es nicht. Er hatte geschlafen, und es war
ganz und gar unbestimmt, ob er zwei, fünf oder zwölf Stunden
geschlafen hatte. Kam es nicht vor, daß er vierundzwanzig
Stunden und länger schlief, ohne die geringste Unterbrechung,
tief, außerordentlich tief? – Er war ein Herr in einem halblan-
gen, dunkelbraunen Winterüberzieher mit Sammetkragen. Aus
seinen Zügen war sein Alter sehr schwer zu erkennen; man
konnte geradezu zwischen fünfundzwanzig und dem Ende der
Dreißiger schwanken. Er besaß einen gelblichen Teint, seine
Augen aber waren glühend schwarz wie Kohlen und tief um-
schattet. Diese Augen verrieten nichts Gutes. Verschiedene
Ärzte hatten ihm, in ernsten und offenen Gesprächen unter zwei
Männern, nicht mehr viele Monate gegeben . . . Übrigens war
sein dunkles Haar seitwärts glatt gescheitelt.

Er hatte in Berlin – obgleich Berlin nicht der Ausgangspunkt
seiner Reise war – gelegentlich mit seiner Handtasche aus rotem
Leder den grade abgehenden Schnellzug bestiegen, er hatte
geschlafen, und nun, da er erwachte, fühlte er sich so völlig der
Zeit enthoben, daß ihn das Behagen durchströmte. Er besaß
keine Uhr. Er war glücklich, an der dünnen, goldenen Kette, die
er um den Hals gehängt trug, nur ein kleines Medaillon in seiner
Westentasche zu wissen. Er liebte es nicht, sich in Kenntnis über
die Stunde oder auch nur den Wochentag zu befinden, denn
auch einen Kalender hielt er sich nicht. Seit längerer Zeit hatte
er sich der Gewohnheit entschlagen, zu wissen, den wievielten
Tag des Monats oder auch nur welchen Monat, ja sogar welche
Jahreszahl man schrieb. Alles muß in der Luft stehen, pflegte er
zu denken, und er verstand ziemlich viel darunter, obgleich es
eine etwas dunkle Redewendung war. Er ward selten oder
niemals in dieser Unkenntnis gestört, da er sich bemühte, alle
Störungen solcher Art von sich fernzuhalten. Genügte es ihm
vielleicht nicht, ungefähr zu bemerken, welche Jahreszeit man
hatte? Es ist gewissermaßen Herbst, dachte er, während er in die
trübe und feuchte Halle hinausblickte. Mehr weiß ich nicht!
Weiß ich überhaupt, wo ich bin?

Und plötzlich, bei diesem Gedanken, ward die Zufriedenheit, die er empfand, zu einem freudigen Entsetzen. Nein, er wußte nicht, wo er sich befand! War er noch in Deutschland? Zweifelsohne. In Norddeutschland? Das stand dahin! Mit Augen, die noch blöde waren vom Schlafe, hatte er das Fenster seines Coupés an einer erleuchteten Tafel vorübergleiten sehen, die möglicherweise den Namen der Station aufgewiesen hatte, – nicht das Bild eines Buchstabens war zu seinem Hirn gelangt. In noch trunkenem Zustande hatte er die Schaffner zwei- oder dreimal den Namen rufen hören, – nicht einen Laut davon hatte er verstanden. Dort aber, dort, in einer Dämmerung, von der er nicht wußte, ob sie Morgen oder Abend bedeutete, lag ein fremder Ort, eine unbekannte Stadt . . . Albrecht van der Qualen nahm seinen Filzhut aus dem Netz, ergriff seine rotlederne Reisetasche, deren Schnallriemen gleichzeitig eine rot und weiß gewürfelte Decke aus Seidenwolle umfaßte, in welcher wiederum ein Regenschirm mit silberner Krücke steckte, – und obgleich sein Billett nach Florenz lautete, verließ er das Coupé, schritt die bescheidene Halle entlang, legte sein Gepäck in dem betreffenden Bureau nieder, zündete eine Zigarre an, steckte die Hände – er trug weder Stock noch Schirm – in die Paletottaschen und verließ den Bahnhof.

Draußen auf dem trüben, feuchten und ziemlich leeren Platze knallten fünf oder sechs Droschkenkutscher mit ihren Peitschen, und ein Mann mit betreßter Mütze und langem Mantel, in den er sich fröstelnd hüllte, sagte mit fragender Betonung: »Hotel zum braven Manne?« Van der Qualen dankte ihm höflich und ging seines Wegs gradaus. Die Leute, denen er begegnete, hatten die Kragen ihrer Mäntel emporgeklappt; darum tat er es auch, schmiegte das Kinn in den Sammet, rauchte und schritt nicht schnell und nicht langsam fürbaß.

Er kam an einem untersetzten Gemäuer vorüber, einem alten Tore mit zwei massiven Türmen, und überschritt eine Brücke, an deren Geländern Statuen standen und unter der das Wasser sich trübe und träge dahinwälzte. Ein langer, morscher Kahn kam vorbei, an dessen Hinterteil ein Mann mit einer langen Stange ruderte. Van der Qualen blieb ein wenig stehen und beugte sich über die Brüstung. Sieh da, dachte er, ein Fluß; der

Fluß. Angenehm, daß ich seinen ordinären Namen nicht weiß
. . . Dann ging er weiter.

Er ging noch eine Weile auf dem Trottoir einer Straße geradeaus, die weder sehr breit noch sehr schmal war, und bog dann
irgendwo zur linken Hand ab. Es war Abend. Die elektrischen
Bogenlampen zuckten auf, flackerten ein paarmal, glühten,
zischten und leuchteten dann im Nebel. Die Läden schlossen.
Also sagen wir, es ist in jeder Beziehung Herbst, dachte van der
Qualen und schritt auf dem schwarznassen Trottoir dahin. Er
trug keine Galoschen, aber seine Stiefel waren außerordentlich
breit, fest, durabel und ermangelten trotzdem nicht der Eleganz.
Er ging andauernd nach links. Menschen schritten und eilten an
ihm vorüber, gingen ihren Geschäften nach oder kamen von
Geschäften. Und ich gehe mitten unter ihnen, dachte er, und bin
so allein und fremd, wie es mutmaßlich kein Mensch gewesen
ist. Ich habe kein Geschäft und kein Ziel. Ich habe nicht einmal
einen Stock, auf den ich mich stütze. Haltloser, freier, unbetei-
ligter kann niemand sein. Niemand verdankt mir etwas, und ich
verdanke niemandem etwas. Gott hat seine Hand niemals über
mir gehalten, er kennt mich gar nicht. Treues Unglück ohne
Almosen ist eine gute Sache; man kann sich sagen: Ich bin Gott
nichts schuldig . . .

Die Stadt war bald zu Ende. Wahrscheinlich war er etwa von der
Mitte aus in die Quere gegangen. Er befand sich auf einer breiten
Vorstadtstraße mit Bäumen und Villen, bog rechts ab, passierte
drei oder vier fast dorfartige, nur von Gaslaternen beleuchtete
Gassen und blieb schließlich in einer etwas breiteren vor einer
Holzpforte stehen, die sich rechts neben einem gewöhnlichen,
trübgelb gestrichenen Hause befand, welches sich seinerseits
durch völlig undurchsichtige und sehr stark gewölbte Spiegelfen-
sterscheiben auszeichnete. An der Pforte jedoch war ein Schild
befestigt mit der Aufschrift: »In diesem Hause im dritten Stock
sind Zimmer zu vermieten.« »So?« sagte er, warf den Rest seiner
Zigarre fort, ging durch die Pforte, an einer Planke entlang, die
das Grundstück von dem benachbarten trennte, linker Hand
durch die Haustür, mit zwei Schritten über den Vorplatz, auf
dem ein ärmlicher Läufer, eine alte, graue Decke lag, und begann,
die anspruchslosen Holztreppen hinaufzusteigen.

Auch die Etagentüren waren sehr bescheiden, mit Milchglasscheiben, vor denen sich Drahtgeflechte befanden, und irgendwelche Namensschilder waren daran. Die Treppenabsätze waren von Petroleumlampen beleuchtet. Im dritten Stockwerk aber – es war das letzte, und hierauf kam der Speicher – befanden sich auch rechts und links von der Treppe noch Eingänge: einfache bräunliche Stubentüren; ein Name war nicht zu bemerken. Van der Qualen zog in der Mitte den messingnen Klingelknopf ... Es schellte, aber drinnen ward keine Bewegung laut. Er pochte links ... Keine Antwort. Er pochte rechts ... Lange, leichte Schritte ließen sich vernehmen, und man öffnete.

Es war eine Frau, eine große, magere Dame, alt und lang. Sie trug eine Haube mit einer großen, mattlilafarbenen Schleife und ein altmodisches, verschossenes, schwarzes Kleid. Sie zeigte ein eingefallenes Vogelgesicht, und auf ihrer Stirn war ein Stück Ausschlag zu sehen, ein moosartiges Gewächs. Es war etwas ziemlich Abscheuliches.

»Guten Abend«, sagte van der Qualen. »Die Zimmer ...«

Die alte Dame nickte; sie nickte und lächelte langsam, stumm und voll Verständnis und wies mit einer schönen, weißen, langen Hand, mit langsamer, müder und vornehmer Gebärde auf die gegenüberliegende, die linke Tür. Dann zog sie sich zurück und erschien aufs neue mit einem Schlüssel. Sieh da, dachte er, der hinter ihr stand, während sie aufschloß. Sie sind ja wie ein Alp, wie eine Figur von Hoffmann, gnädige Frau ... Sie nahm die Petroleumlampe vom Haken und ließ ihn eintreten.

Es war ein kleiner, niedriger Raum mit brauner Diele; seine Wände aber waren bis oben hinauf mit strohfarbenen Matten bekleidet. Das Fenster an der Rückwand rechts verhüllte in langen, schlanken Falten ein weißer Musselinvorhang. Die weiße Tür zum Nebenzimmer befand sich rechter Hand.

Die alte Dame öffnete und hob ihre Lampe empor. Dieses Zimmer war erbärmlich kahl, mit nackten, weißen Wänden, von denen sich drei hellrot lackierte Rohrstühle abhoben wie Erdbeeren von Schlagsahne. Ein Kleiderschrank, eine Waschkommode nebst Spiegel ... Das Bett, ein außerordentlich mächtiges Mahagonimöbel, stand frei in der Mitte des Raumes.

»Haben Sie etwas dawider?« fragte die alte Dame und fuhr mit

ihrer schönen, langen, weißen Hand leicht über das Moosge-
wächs an ihrer Stirn ... Es war, als sagte sie das nur aus Versehen, als könne sie sich eines gewöhnlicheren Ausdruckes für den
Augenblick nicht entsinnen. Sie fügte sofort hinzu: »Sozusagen –?«

»Nein, ich habe nichts dawider«, sagte van der Qualen. »Die
Zimmer sind ziemlich witzig eingerichtet. Ich miete sie ... Ich
möchte, daß irgend jemand meine Sachen vom Bahnhofe ab-
holt, hier ist der Schein. Sie werden die Gefälligkeit haben, das
Bett, den Nachttisch herrichten zu lassen ... mir jetzt sogleich
den Hausschlüssel, den Etagenschlüssel einzuhändigen ... so
wie Sie mir auch ein paar Handtücher verschaffen werden. Ich
möchte ein wenig Toilette machen, dann in die Stadt zum Essen
gehen und später zurückkehren.«

Er zog ein vernickeltes Etui aus der Tasche, entnahm ihm Seife
und begann, sich an der Waschkommode Gesicht und Hände zu
erfrischen. Zwischendurch blickte er durch die stark nach außen
gewölbten Fensterscheiben tief hinab über kotige Vorstadtstra-
ßen im Gaslicht, auf Bogenlampen und Villen ... Während er
seine Hände trocknete, ging er hinüber zum Kleiderschrank. Es
war ein vierschrötiges, braungebeiztes, ein wenig wackeliges
Ding mit einer einfältig verzierten Krönung und stand inmitten
der rechten Seitenwand genau in der Nische einer zweiten
weißen Tür, die in die Räumlichkeiten führen mußte, zu welchen draußen an der Treppe die Haupt- und Mitteltür den
Eingang bildete. Einiges in der Welt ist gut eingerichtet, dachte
van der Qualen. Dieser Kleiderschrank paßt in die Türnische, als
wäre er dafür gemacht ... Er öffnete ... Der Schrank war
vollkommen leer, mit mehreren Reihen von Haken an der
Decke; aber es zeigte sich, daß dieses solide Möbel gar keine
Rückwand besaß, sondern hinten durch einen grauen Stoff,
hartes, gewöhnliches Rupfenzeug, abgeschlossen war, das mit
Nägeln oder Reißstiften an den vier Ecken befestigt war. –

Van der Qualen verschloß den Schrank, nahm seinen Hut,
klappte den Kragen seines Paletots wieder empor, löschte die
Kerze und brach auf. Während er durch das vordere Zimmer
ging, glaubte er, zwischen dem Geräusch seiner Schritte, nebenan, in jenen anderen Räumlichkeiten, einen Klang zu hören,

einen leisen, hellen metallischen Ton, . . . aber es ist ganz unsicher, ob es nicht Täuschung war. Wie wenn ein goldener Ring in ein silbernes Becken fällt, dachte er, während er die Wohnung verschloß, ging die Treppen hinunter, verließ das Haus und fand den Weg zurück zur Stadt.

In einer belebten Straße betrat er ein erleuchtetes Restaurant und nahm an einem der vorderen Tische Platz, indem er aller Welt den Rücken zuwandte. Er aß eine Kräutersuppe mit geröstetem Brot, ein Beefsteak mit Ei, Kompott und Wein, ein Stückchen grünen Gorgonzola und die Hälfte einer Birne. Während er bezahlte und sich ankleidete, tat er ein paar Züge aus einer russischen Zigarette, zündete dann eine Zigarre an und ging. Er schlendete ein wenig umher, spürte seinen Heimweg in die Vorstadt auf und legte ihn ohne Eile zurück.

Das Haus mit den Spiegelscheiben lag völlig dunkel und schweigend da, als van der Qualen sich die Haustür öffnete und die finsteren Stiegen hinanstieg. Er leuchtete mit einem Zündhölzchen vor sich her und öffnete im dritten Stockwerk die braune Tür zur Linken, die in seine Zimmer führte. Nachdem er Überzieher und Hut auf den Diwan gelegt, entzündete er die Lampe auf dem großen Schreibtisch und fand daselbst seine Reisetasche sowie die Plaidrolle mit dem Regenschirm. Er rollte die Decke auseinander und zog eine Kognakflasche hervor, worauf er der Ledertasche ein Gläschen entnahm und, während er seine Zigarre zu Ende rauchte, im Armstuhle hier und da einen Schluck tat. Angenehm, dachte er, daß es auf der Welt doch immerhin Kognak gibt . . . Dann ging er ins Schlafzimmer, wo er die Kerze auf dem Nachttisch entzündete, löschte drüben die Lampe und begann sich zu entkleiden. Er legte Stück für Stück seines grauen, unauffälligen und dauerhaften Anzuges auf den roten Stuhl am Bette; dann jedoch, als er das Tragband löste, fielen ihm Hut und Paletot ein, die noch auf dem Diwan lagen; er holte sie herüber, er öffnete den Kleiderschrank . . . Er tat einen Schritt rückwärts und griff mit der Hand hinter sich nach einer der großen, dunkelroten Mahagonikugeln, welche die vier Ecken des Bettes zierten.

Das Zimmer mit seinen kahlen, weißen Wänden, von denen sich die rotlackierten Stühle abhoben wie Erdbeeren von

Schlagsahne, lag in dem unruhigen Lichte der Kerze. Dort aber,
der Kleiderschrank, dessen Tür weit offenstand: er war nicht
leer, jemand stand darin, eine Gestalt, ein Wesen, so hold, daß
Albrecht van der Qualens Herz einen Augenblick stillstand und
dann mit vollen, langsamen, sanften Schlägen zu arbeiten fortfuhr ... Sie war ganz nackt und hielt einen ihrer schmalen,
zarten Arme empor, indem sie mit dem Zeigefinger einen
Haken an der Decke des Schrankes umfaßte. Wellen ihres langen, braunen Haares ruhten auf ihren Kinderschultern, von
welchen ein Liebreiz ausging, auf den man nur mit Schluchzen
antworten kann. In ihren länglichen schwarzen Augen spiegelte
sich der Schein der Kerze ... Ihr Mund war ein wenig breit,
aber von einem Ausdruck, so süß wie die Lippen des Schlafes,
wenn sie sich nach Tagen der Pein auf unsere Stirn senken. Sie
hielt die Fersen fest geschlossen, und ihre schlanken Beine
schmiegten sich aneinander ...
Albrecht van der Qualen strich sich mit der Hand über die
Augen und sah ... er sah auch, daß dort unten in der rechten
Ecke das graue Rupfenzeug vom Schranke gelöst war ...
»Wie?« sagte er ... »Wollen Sie nicht hereinkommen? ... wie
soll ich sagen ... herauskommen? Nehmen Sie nicht ein Gläschen Kognak? Ein halbes Gläschen? ...« Aber er erwartete keine
Antwort hierauf und bekam auch keine. Ihre schmalen, glänzenden und so schwarzen Augen, daß sie ohne Ausdruck, uner-
gründlich und stumm erschienen, – sie waren auf ihn gerichtet,
aber ohne Halt und Ziel, verschwommen und als sähen sie ihn
nicht.
»Soll ich dir erzählen?« sagte sie plötzlich mit ruhiger, verschleierter Stimme.
»Erzähle ...«, antwortete er. Er war in sitzender Haltung auf den
Bettrand gesunken, der Überzieher lag auf seinen Knien, und
seine zusammengelegten Hände ruhten darauf. Sein Mund stand
ein wenig geöffnet, und seine Augen waren halb geschlossen.
Aber das Blut kreiste warm und milde pulsierend durch seinen
Körper, und in seinen Ohren sauste es leise.
Sie hatte sich im Schranke niedergelassen und umschlang mit
ihren zarten Armen das eine ihrer Knie, das sie emporgezogen
hatte, während das andere Bein nach außen hing. Ihre kleinen

Brüste wurden durch die Oberarme zusammengepreßt, und die gestraffte Haut ihres Knies glänzte. Sie erzählte . . . erzählte mit leiser Stimme, während die Kerzenflamme lautlose Tänze aufführte . . .

Zwei gingen über das Heideland, und ihr Haupt lag auf seiner Schulter. Die Kräuter dufteten stark, aber schon stiegen die wolkigen Abendnebel vom Grunde: So fing es an. Und oftmals waren es Verse, die sich auf so unvergleichlich leichte und süße Art reimten, wie es uns hie und da in Fiebernächten im Halbschlaf geschieht. Aber es ging nicht gut aus. Das Ende war so traurig, wie wenn zwei sich unauflöslich umschlungen halten und, während ihre Lippen aufeinanderliegen, das eine dem anderen ein breites Messer oberhalb des Gürtels in den Körper stößt, und zwar aus guten Gründen. So aber schloß es. Und dann stand sie mit einer unendlich stillen und bescheidenen Gebärde auf, lüftete dort unten den rechten Zipfel des grauen Zeuges, das die Rückwand des Schrankes bildete, und war nicht mehr da.

Von nun an fand er sie allabendlich in seinem Kleiderschranke und hörte ihr zu . . . wie viele Abende? Wie viele Tage, Wochen oder Monate verblieb er in dieser Wohnung und in dieser Stadt? – Niemandem würde es nützen, wenn hier die Zahl stünde. Wer würde sich an einer armseligen Zahl erfreuen? . . . Und wir wissen, daß Albrecht van der Qualen von mehreren Ärzten nicht mehr viele Monate zugestanden bekommen hatte.

Sie erzählte ihm . . . und es waren traurige Geschichten, ohne Trost; aber sie legten sich als eine süße Last auf das Herz und ließen es langsamer und seliger schlagen. Oftmals vergaß er sich . . . Sein Blut wallte auf in ihm, er streckte die Hände nach ihr aus, und sie wehrte ihm nicht. Aber er fand sie dann mehrere Abende nicht im Schranke, und wenn sie wiederkehrte, so erzählte sie doch noch mehrere Abende nichts und begann dann langsam wieder, bis er sich abermals vergaß.

Wie lange dauerte das . . . wer weiß es? Wer weiß auch nur, ob überhaupt Albrecht van der Qualen an jenem Nachmittage wirklich erwachte und sich in die unbekannte Stadt begab; ob er nicht vielmehr schlafend in seinem Coupé erster Klasse verblieb und von dem Schnellzuge Berlin–Rom mit ungeheurer Geschwindigkeit über alle Berge getragen ward? Wer unter uns

möchte sich unterfangen, eine Antwort auf diese Frage mit
Bestimmtheit und auf seine Verantwortung hin zu vertreten?
Das ist ganz ungewiß. »Alles muß in der Luft stehen . . .«

Das Märchen von den Händen Gottes

 eulich, am Morgen, begegnete mir die Frau Nachbarin. Wir begrüßten uns. »Was für ein Herbst!« sagte sie nach einer Pause und blickte nach dem Himmel auf. Ich tat desgleichen. Der Morgen war allerdings sehr klar und köstlich für Oktober. Plötzlich fiel mir etwas ein: »Was für ein Herbst!« rief ich und schwenkte ein wenig mit den Händen. Und die Frau Nachbarin nickte beifällig. Ich sah ihr so einen Augenblick zu. Ihr gutes gesundes Gesicht ging so lieb auf und nieder. Es war recht hell, nur um die Lippen und an den Schläfen waren kleine schattige Falten. Woher sie das haben mag? Und da fragte ich ganz unversehens: »Und Ihre kleinen Mädchen?« Die Falten in ihrem Gesicht verschwanden eine Sekunde, zogen sich aber gleich, noch dunkler, zusammen. »Gesund sind sie, gottseidank, aber − « die Frau Nachbarin setzte sich in Bewegung, und ich schritt jetzt an ihrer Linken, wie es sich gehört. »Wissen Sie, sie sind jetzt beide in dem Alter, die Kinder, wo sie den ganzen Tag *fragen*. Was, den ganzen Tag, bis in die gerechte Nacht hinein.« »Ja«, murmelte ich, − »es giebt eine Zeit . . .« Sie aber ließ sich nicht stören: »Und nicht etwa: Wohin geht diese Pferdebahn? Wie viel Sterne giebt es? Und ist zehntausend mehr als viel? Noch ganz andere Sachen! Zum Beispiel: Spricht der liebe Gott auch chinesisch? und: Wie sieht der liebe Gott aus? Immer alles vom lieben Gott! Darüber weiß man doch nicht Bescheid −.« »Nein, allerdings«, stimmte ich bei, »man hat da gewisse Vermutungen . . .« »Oder von den Händen vom lieben Gott, was soll man da −.«
Ich schaute der Nachbarin in die Augen: »Erlauben Sie«, sagte ich recht höflich, »Sie sagten zuletzt die Hände vom lieben Gott − nichtwahr?« Die Nachbarin nickte. Ich glaube, sie war ein wenig erstaunt. »Ja« − beeilte ich mich anzufügen, − »von den Händen ist mir allerdings einiges bekannt. Zufällig −« bemerkte ich rasch, als ich ihre Augen rund werden sah, − »ganz zufällig − ich habe − − − nun« schloß ich mit ziemlicher Entschiedenheit, »ich will Ihnen erzählen, was ich weiß. Wenn Sie einen Augen-

blick Zeit haben, ich begleite Sie bis zu Ihrem Hause, das wird gerade reichen.«

»Gerne«, sagte sie, als ich sie endlich zu Worte kommen ließ, immer noch erstaunt, »aber wollen Sie nicht vielleicht den Kindern selbst? . . .«

»Ich den Kindern selbst erzählen? Nein, liebe Frau, das geht nicht, das geht auf keinen Fall. Sehen Sie, ich werde gleich verlegen, wenn ich mit den Kindern sprechen muß. Das ist an sich nicht schlimm. Aber die Kinder könnten meine Verwirrung dahin deuten, daß ich mich lügen fühle . . . Und da mir sehr viel an der Wahrhaftigkeit meiner Geschichte liegt – Sie können es den Kindern ja wiedererzählen; Sie treffen es ja gewiß auch viel besser. Sie werden es verknüpfen und ausschmücken, ich werde nur die einfachen Tatsachen in der kürzesten Form berichten. Ja?« »Gut, gut«, machte die Nachbarin zerstreut. Ich dachte nach: »Im Anfang . . .« aber ich unterbrach mich sofort. »Ich kann bei Ihnen, Frau Nachbarin, ja manches als bekannt voraussetzen, was ich den Kindern erst erzählen müßte. Zum Beispiel die Schöpfung . . .« Es entstand eine ziemliche Pause. Dann: »Ja – – und am siebenten Tage . . .«, die Stimme der guten Frau war hoch und spitzig. »Halt!« machte ich, »wir wollen doch auch der früheren Tage gedenken; denn gerade um diese handelt es sich. Also der liebe Gott begann, wie bekannt, seine Arbeit, indem er die Erde machte, diese vom Wasser unterschied und Licht befahl. Dann formte er in bewundernswerter Geschwindigkeit die Dinge, ich meine die großen wirklichen Dinge, als da sind: Felsen, Gebirge, einen Baum und nach diesem Muster viele Bäume.« Ich hörte hier schon eine Weile lang Schritte hinter uns, die uns nicht überholten und auch nicht zurückblieben. Das störte mich, und ich verwickelte mich in der Schöpfungsgeschichte, als ich folgendermaßen fortfuhr: »Man kann sich diese schnelle und erfolgreiche Tätigkeit nur begreiflich machen, wenn man annimmt, daß eben nach langem, tiefem Nachdenken alles in seinem Kopfe ganz fertig war, ehe er . . .« Da endlich waren die Schritte neben uns, und eine nicht gerade angenehme Stimme klebte an uns: »O, Sie sprechen wohl von Herrn Schmidt, verzeihen Sie . . .« Ich sah ärgerlich nach der Hinzugekommenen, die Frau Nachbarin aber geriet in große

Verlegenheit: »Hm«, hustete sie, »nein – das heißt – ja, – wir sprachen gerade, gewissermaßen –.« »Was für ein Herbst«, sagte auf einmal die andere Frau, als ob nichts geschehen wäre, und ihr rotes, kleines Gesicht glänzte. »Ja« – hörte ich meine Nachbarin antworten: »Sie haben recht, Frau Hüpfer, ein selten schöner Herbst!« Dann trennten sich die Frauen. Frau Hüpfer kicherte noch: »Und grüßen Sie mir die Kinderchen.« Meine gute Nachbarin achtete nicht mehr darauf; sie war doch neugierig, meine Geschichte zu erfahren. Ich aber behauptete mit unbegreiflicher Härte: »Ja *jetzt* weiß ich nicht mehr, wo wir stehen geblieben sind.« »Sie sagten eben etwas von seinem Kopfe, das heißt – «, die Frau Nachbarin wurde ganz rot.

Sie tat mir aufrichtig leid, und so erzählte ich schnell: »Ja sehen Sie also, so lange nur die *Dinge* gemacht waren, hatte der liebe Gott nicht notwendig, beständig auf die Erde herunterzuschauen. Es konnte sich ja nichts dort begeben. Der Wind ging allerdings schon über die Berge, welche den Wolken, die er schon seit lange kannte, so ähnlich waren, aber den Wipfeln der Bäume wich er noch mit einem gewissen Mißtrauen aus. Und das war dem lieben Gott sehr recht. Die Dinge hat er sozusagen im Schlafe gemacht, allein schon bei den Tieren fing die Arbeit an, ihm interessant zu werden; er neigte sich darüber und zog nur selten die breiten Brauen hoch, um einen Blick auf die Erde zu werfen. Er vergaß sie vollends, als er den Menschen formte. Ich weiß nicht bei welchem komplizierten Teil des Körpers er gerade angelangt war, als es um ihn rauschte von Flügeln. Ein Engel eilte vorüber und sang: ›Der Du alles siehst . . .‹ Der liebe Gott erschrak. Er hatte den Engel in Sünde gebracht, denn eben hatte dieser eine Lüge gesungen. Rasch schaute Gottvater hinunter. Und freilich, da hatte sich schon irgend etwas ereignet, was kaum gutzumachen war. Ein kleiner Vogel irrte, als ob er Angst hätte, über die Erde hin und her, und der liebe Gott war nicht imstande, ihm heimzuhelfen, denn er hatte nicht gesehen, aus *welchem* Walde das arme Tier gekommen war. Er wurde ganz ärgerlich und sagte: ›Die Vögel haben sitzen zu bleiben, wo ich sie hingesetzt habe.‹ Aber er erinnerte sich, daß er ihnen auf Fürbitte der Engel Flügel verliehen hatte, damit es auch auf Erden so etwas wie Engel gebe, und dieser Umstand

machte ihn nur noch verdrießlicher. Nun ist gegen solche Zustände des Gemütes nichts so heilsam wie Arbeit. Und mit dem
Bau des Menschen beschäftigt, wurde Gott auch rasch wieder
froh. Er hatte die Augen der Engel wie Spiegel vor sich, maß
darin seine eigenen Züge und bildete langsam und vorsichtig an
einer Kugel auf seinem Schooße das erste Gesicht. Die Stirne
war ihm gelungen. Viel schwerer wurde es ihm, die beiden
Nasenlöcher symmetrisch zu machen. Er bückte sich immer
mehr darüber, bis es wieder wehte über ihm; er schaute auf.
Derselbe Engel umkreiste ihn; man hörte diesmal keine Hymne,
denn in seiner Lüge war dem Knaben die Stimme erloschen,
aber an seinem Mund erkannte Gott, daß er immer noch sang:
›Der Du alles siehst.‹ Zugleich trat der heilige Nikolaus, der bei
Gott in besonderer Achtung steht, an ihn heran und sagte durch
seinen großen Bart hindurch: ›Deine Löwen sitzen ruhig, sie
sind recht hochmütige Geschöpfe, das muß ich sagen! Aber ein
kleiner Hund läuft ganz am Rande der Erde herum, ein Terrier,
siehst Du, er wird gleich hinunterfallen.‹ Und wirklich merkte
der liebe Gott etwas Heiteres, Weißes, wie ein kleines Licht hin
und her tanzen in der Gegend von Skandinavien, wo es schon so
furchtbar rund ist. Und er wurde recht bös und warf dem
heiligen Nikolaus vor, wenn ihm seine Löwen nicht recht seien,
so solle er versuchen, auch welche zu machen. Worauf der
heilige Nikolaus aus dem Himmel ging und die Türe zuschlug,
daß ein Stern herunterfiel, gerade dem Terrier auf den Kopf.
Jetzt war das Unglück vollständig, und der liebe Gott mußte
sich eingestehen, daß er ganz allein an allem schuld sei, und
beschloß, nicht mehr den Blick von der Erde zu rühren. Und so
geschah's. Er überließ seinen Händen, welche ja auch weise sind,
die Arbeit, und obwohl er recht neugierig war zu erfahren, wie
der Mensch wohl aussehen mochte, starrte er unablässig auf die
Erde hinab, auf welcher sich jetzt, wie zum Trotz, nicht ein
Blättchen regen wollte. Um doch wenigstens eine kleine Freude
zu haben nach aller Plage, hatte er seinen Händen befohlen, ihm
den Menschen erst zu zeigen, ehe sie ihn dem Leben ausliefern
würden. Wiederholt fragte er, wie Kinder, wenn sie Verstecken
spielen: ›Schon?‹ Aber er hörte als Antwort das Kneten seiner
Hände und wartete. Es erschien ihm sehr lange. Da auf einmal sah

er etwas durch den Raum fallen, dunkel und in der Richtung, als ob es aus seiner Nähe käme. Von einer bösen Ahnung erfüllt, rief er seine Hände. Sie erschienen ganz von Lehm befleckt, heiß und zitternd. ›Wo ist der Mensch?‹ schrie er sie an. Da fuhr die Rechte auf die Linke los: ›Du hast ihn losgelassen!‹ ›Bitte‹, sagte die Linke gereizt, ›du wolltest ja alles allein machen, *mich* ließest du ja überhaupt gar nicht mitreden.‹ ›Du hättest ihn eben halten müssen!‹ Und die Rechte holte aus. Dann aber besann sie sich, und beide Hände sagten einander überholend: ›Er war so ungeduldig, der Mensch. Er wollte immer schon leben. Wir können beide nichts dafür, gewiß, wir sind beide unschuldig.‹

Der liebe Gott aber war ernstlich böse. Er drängte beide Hände fort; denn sie verstellten ihm die Aussicht über die Erde: ›Ich kenne euch nicht mehr, macht was ihr wollt.‹ Das versuchten die Hände auch seither, aber sie können nur *beginnen*, was sie auch tun. Ohne Gott giebt es keine Vollendung. Und da sind sie es endlich müde geworden. Jetzt knien sie den ganzen Tag und tun Buße, so erzählt man wenigstens. Uns aber erscheint es, als ob Gott ruhte, weil er auf seine Hände böse ist. Es ist immer noch siebenter Tag.«

Ich schwieg einen Augenblick. Das benützte die Frau Nachbarin sehr vernünftig: »Und Sie glauben, daß nie wieder eine Versöhnung zustande kommt?« »O doch«, sagte ich, »ich hoffe es wenigstens.«

»Und wann sollte das sein?«

»Nun, bis Gott wissen wird, wie der Mensch, den die Hände gegen seinen Willen losgelassen haben, aussieht.«

Die Frau Nachbarin dachte nach, dann lachte sie: »Aber dazu hätte er doch bloß heruntersehen müssen . . .«

»Verzeihen Sie«, sagte ich artig, »Ihre Bemerkung zeugt von Scharfsinn, aber meine Geschichte ist noch nicht zu Ende. Also, als die Hände beiseite getreten waren und Gott die Erde wieder überschaute, da war eben wieder eine Minute, oder sagen wir ein Jahrtausend, was ja bekanntlich dasselbe ist, vergangen. Statt *eines* Menschen gab es schon eine Million. Aber sie waren alle schon in Kleidern. Und da die Mode damals gerade sehr häßlich war und auch die Gesichter arg entstellte, so bekam Gott einen ganz falschen und (ich will es nicht verhehlen) sehr schlechten

Begriff von den Menschen.« »Hm«, machte die Nachbarin und wollte etwas bemerken. Ich beachtete es nicht, sondern schloß mit starker Betonung: »Und darum ist es dringend notwendig, daß Gott erfährt, wie der Mensch wirklich ist. Freuen wir uns, daß es solche giebt, die es ihm sagen . . .« Die Frau Nachbarin freute sich noch nicht: »Und wer sollte das sein, bitte?« »Einfach die Kinder und dann und wann auch diejenigen Leute, welche malen, Gedichte schreiben, bauen . . .« »Was denn bauen, Kirchen?« »Ja, und auch sonst, überhaupt . . .«
Die Frau Nachbarin schüttelte langsam den Kopf. Manches erschien ihr doch recht verwunderlich. Wir waren schon über ihr Haus hinausgegangen und kehrten jetzt langsam um. Plötzlich wurde sie sehr lustig und lachte: »Aber, was für ein Unsinn, Gott ist doch auch allwissend. Er hätte ja genau wissen müssen, woher zum Beispiel der kleine Vogel gekommen ist.« Sie sah mich triumphierend an. Ich war ein bißchen verwirrt, ich muß gestehen. Aber als ich mich gefaßt hatte, gelang es mir ein überaus ernstes Gesicht zu machen: »Liebe Frau«, belehrte ich sie, »das ist eigentlich eine Geschichte für sich. Damit Sie aber nicht glauben, das sei nur eine Ausrede von mir (sie verwahrte sich nun natürlich heftig dagegen), will ich Ihnen in Kürze sagen: Gott hat *alle* Eigenschaften, natürlich. Aber ehe er in die Lage kam, sie auf die Welt – gleichsam – anzuwenden, erschienen sie ihm alle wie eine einzige große Kraft. Ich weiß nicht, ob ich mich deutlich ausdrücke. Aber angesichts der Dinge spezialisierten sich seine Fähigkeiten und wurden bis zu einem gewissen Grade: Pflichten. Er hatte Mühe, sich alle zu merken. Es giebt eben Konflikte. (Nebenbei: das alles sage ich nur Ihnen, und Sie müssen es den Kindern keineswegs wiedererzählen.)« »Wo denken Sie hin«, beteuerte meine Zuhörerin.
»Sehen Sie, wäre ein Engel vorübergeflogen, singend: ›Der Du alles *weißt*‹, so wäre alles gut geworden . . .«
»Und diese Geschichte wäre überflüssig?«
»Gewiß«, bestätigte ich. Und ich wollte mich verabschieden. »Aber wissen Sie das alles auch ganz bestimmt?« »Ich weiß es ganz bestimmt«, erwiderte ich fast feierlich. »Da werde ich den Kindern heute zu erzählen haben!« »Ich würde es gerne anhören dürfen. Leben Sie wohl.« »Leben Sie wohl«, antwortete sie.

Dann kehrte sie nochmals zurück: »Aber weshalb ist gerade dieser Engel . . .« »Frau Nachbarin«, sagte ich, indem ich sie unterbrach, »ich merke jetzt, daß Ihre beiden lieben Mädchen gar nicht deshalb soviel fragen, weil sie Kinder sind – « »Sondern?« fragte meine Nachbarin neugierig. »Nun, die Ärzte sagen, es giebt gewisse Vererbungen . . .« Meine Frau Nachbarin drohte mir mit dem Finger. Aber wir schieden dennoch als gute Freunde.

Iris

m Frühling seiner Kindheit lief Anselm durch den grünen Garten. Eine Blume unter den Blumen der Mutter hieß Schwertlilie, die war ihm besonders lieb. Er hielt seine Wange an ihre hohen hellgrünen Blätter, drückte tastend seine Finger an ihre scharfen Spitzen, roch atmend an der großen wunderbaren Blüte und sah lange hinein. Da standen lange Reihen von gelben Fingern aus dem bleichbläulichen Blumenboden empor, zwischen ihnen lief ein lichter Weg hinweg und hinabwärts in den Kelch und das ferne, blaue Geheimnis der Blüte hinein. Die liebte er sehr, und blickte lange hinein, und sah die gelben feinen Glieder bald wie einen goldenen Zaun am Königsgarten stehen, bald als doppelten Gang von schönen Traumbäumen, die kein Wind bewegt, und zwischen ihnen lief hell und von glaszarten lebendigen Adern durchzogen der geheimnisvolle Weg ins Innere. Ungeheuer dehnte die Wölbung sich auf, nach rückwärts verlor der Pfad zwischen den goldenen Bäumen sich unendlich tief in unausdenkliche Schlünde, über ihm bog sich die violette Wölbung königlich und legte zauberische dünne Schatten über das stille wartende Wunder. Anselm wußte, daß dies der Mund der Blume war, daß hinter den gelben Prachtgewächsen im blauen Schlunde ihr Herz und ihre Gedanken wohnten, und daß über diesen holden, lichten, glasig geäderten Weg ihr Atem und ihre Träume aus und ein gingen.

Und neben der großen Blüte standen kleinere, die noch nicht aufgegangen waren, sie standen auf festen, saftigen Stielen in einem kleinen Kelch aus bräunlich grüner Haut, aus ihnen drang die junge Blüte still und kräftig hinan, in lichtes Grün und Lila fest gewickelt, oben aber schaute straff und zart gerollt das junge tiefe Violett mit feiner Spitze hervor. Auch schon auf diesen festgerollten, jungen Blütenblättern war Geäder und hundertfache Zeichnung zu sehen.

Am Morgen, wenn er aus dem Hause und aus dem Schlaf und Traum und fremden Welten wiederkam, da stand unverloren und immer neu der Garten und wartete auf ihn, und wo gestern

eine harte blaue Blütenspitze dicht gerollt aus grüner Schale
gestarrt hatte, da hing nun dünn und blau wie Luft ein junges
Blatt, wie eine Zunge und wie eine Lippe, suchte tastend seine
Form und Wölbung, von der es lang geträumt, und zu unterst,
wo es noch im stillen Kampf mit seiner Hülle lag, da ahnte man
schon feine gelbe Gewächse, lichte geäderte Bahn und fernen,
duftenden Seelenabgrund bereitet. Vielleicht am Mittag schon,
vielleicht am Abend war sie offen, wölbte blaues Seidenzelt über
goldnem Traumwalde, und ihre ersten Träume, Gedanken und
Gesänge kamen still aus dem zauberhaften Abgrund hervor-
geatmet.

Es kam ein Tag, da standen lauter blaue Glockenblumen im
Gras. Es kam ein Tag, da war plötzlich ein neuer Klang und Duft
im Garten, und über rötlichem durchsonntem Laub hing weich
und rotgolden die erste Teerose. Es kam ein Tag, da waren keine
Schwertlilien mehr da. Sie waren gegangen, kein goldbezäunter
Pfad mehr führte zart in duftende Geheimnisse hinab, fremd
standen starre Blätter spitz und kühl. Aber rote Beeren waren in
den Büschen reif, und über den Sternblumen flogen neue,
unerhörte Falter frei und spielend hin, rotbraune mit perlmut-
ternen Rücken und schwirrende, glasflüglige Schwärmer.

Anselm sprach mit den Faltern und mit den Kieselsteinen, er
hatte zum Freund den Käfer und die Eidechse, Vögel erzählten
ihm Vogelgeschichten, Farnkräuter zeigten ihm heimlich unterm Dach der Riesenblätter den braunen gesammelten Samen,
Glasscherben grün und kristallen fingen ihm den Sonnenstrahl
und wurden Paläste, Gärten und funkelnde Schatzkammer.
Waren die Lilien fort, so blühten die Kapuziner, waren die
Teerosen welk, so wurden die Brombeeren braun, alles ver-
schob sich, war immer da und immer fort, verschwand und kam
zur Zeit wieder, und auch die bangen, wunderlichen Tage, wo
der Wind kalt in der Tanne lärmte und im ganzen Garten das
welke Laub so fahl und erstorben klirrte, brachten noch ein
Lied, ein Erlebnis, eine Geschichte mit, bis wieder alles hinsank,
Schnee vor den Fenstern fiel und Palmenwälder an den Scheiben
wuchsen, Engel mit silbernen Glocken durch den Abend flogen
und Flur und Boden nach gedörrtem Obst dufteten. Niemals
erlosch Freundschaft und Vertrauen in dieser guten Welt, und

wenn einmal unversehens wieder Schneeglöckchen neben dem schwarzen Efeulaub strahlten und erste Vögel hoch durch neue blaue Höhen flogen, so war es, als sei alles immerfort dagewesen. Bis eines Tages, nie erwartet und doch immer genau wie es sein mußte und immer gleich erwünscht, wieder eine erste bläuliche Blütenspitze aus den Schwertlilienstengeln schaute.

Alles war schön, alles war Anselm willkommen, befreundet und vertraut, aber der größte Augenblick des Zaubers und der Gnade war in jedem Jahr für den Knaben die erste Schwertlilie. In ihrem Kelch hatte er irgendeinmal, im frühsten Kindestraum, zum erstenmal im Buch der Wunder gelesen, ihr Duft und wehendes vielfaches Blau war ihm Anruf und Schlüssel der Schöpfung gewesen. So ging die Schwertlilie mit ihm durch alle Jahre seiner Unschuld, war in jedem neuen Sommer neu, geheimnisreicher und rührender geworden. Auch andere Blumen hatten einen Mund, auch andre Blumen sandten Duft und Gedanken aus, auch andre lockten Bienen und Käfer in ihre kleinen, süßen Kammern. Aber die blaue Lilie war dem Knaben mehr als jede andre Blume lieb und wichtig geworden, sie wurde ihm Gleichnis und Beispiel alles Nachdenkenswerten und Wunderbaren. Wenn er in ihren Kelch blickte und versunken diesem hellen träumerischen Pfad mit seinen Gedanken folgte, zwischen den gelben wunderlichen Gestäuden dem verdämmernden Blumeninnern entgegen, dann blickte seine Seele in das Tor, wo die Erscheinung zum Rätsel und das Sehen zum Ahnen wird. Er träumte auch bei Nacht zuweilen von diesem Blumenkelch, sah ihn ungeheuer groß vor sich geöffnet wie das Tor eines himmlischen Palastes, ritt auf Pferden, flog auf Schwänen hinein, und mit ihm flog und ritt und glitt die ganze Welt leise, von Magie gezogen, in den holden Schlund hinein und hinab, wo jede Erwartung zur Erfüllung und jede Ahnung Wahrheit werden mußte.

Jede Erscheinung auf Erden ist ein Gleichnis, und jedes Gleichnis ist ein offnes Tor, durch welches die Seele, wenn sie bereit ist, in das Innere der Welt zu gehen vermag, wo du und ich und Tag und Nacht alle eines sind. Jedem Menschen tritt hier und dort in seinem Leben das geöffnete Tor in den Weg, jeden fliegt irgendeinmal der Gedanke an, daß alles Sichtbare ein Gleichnis sei, und

daß hinter dem Gleichnis der Geist und das ewige Leben wohne.
Wenige freilich gehen durch das Tor und geben den schönen
Schein dahin für die geahnte Wirklichkeit des Innern.

So erschien dem Knaben Anselm sein Blumenkelch als die
aufgetane, stille Frage, der seine Seele in quellender Ahnung
einer seligen Antwort entgegendrängte. Dann wieder zog das
liebliche Vielerlei der Dinge ihn hinweg, in Gesprächen und
Spielen zu Gras und Steinen, Wurzeln, Busch, Getier und allen
Freundlichkeiten seiner Welt. Oft sank er tief in die Betrachtung
seiner selbst hinab, er saß hingegeben an die Merkwürdigkeiten
seines Leibes, fühlte mit geschlossenen Augen beim Schlucken,
beim Singen, beim Atmen sonderbare Regungen, Gefühle und
Vorstellungen im Munde und im Hals, fühlte auch dort dem
Pfad und dem Tore nach, auf denen Seele zu Seele gehen kann.
Mit Bewunderung beobachtete er die bedeutsamen Farbenfigu-
ren, die bei geschlossenen Augen ihm oft aus purpurfarbenem
Dunkel erschienen, Flecken und Halbkreise von Blau und tiefem Rot, glasig helle Linien dazwischen. Manchmal empfand
Anselm mit froh erschrockener Bewegung die feinen, hundert-
fachen Zusammenhänge zwischen Auge und Ohr, Geruch und
Getast, fühlte für schöne flüchtige Augenblicke Töne, Laute,
Buchstaben verwandt und gleich mit Rot und Blau, mit Hart
und Weich, oder wunderte sich beim Riechen an einem Kraut
oder an einer abgeschälten grünen Rinde, wie sonderbar nahe
Geruch und Geschmack beisammen waren und oft ineinander
übergingen und eins wurden.

Alle Kinder fühlen so, wennschon nicht alle mit derselben
Stärke und Zartheit, und bei vielen ist dies alles schon hinweg
und wie nie gewesen, noch ehe sie den ersten Buchstaben haben
lesen lernen. Andern bleibt das Geheimnis der Kindheit lange
nah, und einen Rest und Nachhall davon nehmen sie bis zu den
weißen Haaren und den späten müden Tagen mit sich. Alle
Kinder, solange sie noch im Geheimnis stehen, sind ohne Unterlaß in der Seele mit dem einzig Wichtigen beschäftigt, mit sich
selbst und mit dem rätselhaften Zusammenhang ihrer eignen
Person mit der Welt ringsumher. Sucher und Weise kehren mit
den Jahren der Reife zu diesen Beschäftigungen zurück, die
meisten Menschen aber vergessen und verlassen diese innere

Welt des wahrhaft Wichtigen schon früh für immer und irren
lebenslang in den bunten Irrsalen von Sorgen, Wünschen und
Zielen umher, deren keines in ihrem Innersten wohnt, deren
keines sie wieder zu ihrem Innersten und nach Hause führt.

Anselms Kindersommer und -herbste kamen sanft und gingen
ungehört, wieder und wieder blühte und verblühte Schnee-
glocke, Veilchen, Goldlack, Lilie, Immergrün und Rose, schön
und reich wie je. Er lebte mit, ihm sprach Blume und Vogel,
ihm hörte Baum und Brunnen zu, und er nahm seinen ersten
geschriebenen Buchstaben und seinen ersten Freundschaftskum-
mer in alter Weise mit hinüber zum Garten, zur Mutter, zu den
bunten Steinen am Beet.

Aber einmal kam ein Frühling, der klang und roch nicht wie die
früheren alle, die Amsel sang und es war nicht das alte Lied, die
blaue Iris blühte auf und keine Träume und Märchengeschich-
ten wandelten aus und ein auf dem goldgezäunten Pfad ihres
Kelches. Es lachten die Erdbeeren versteckt aus ihrem grünen
Schatten, und die Falter taumelten glänzend über den hohen
Dolden, und alles war nicht mehr wie immer, und andre Dinge
gingen den Knaben an, und mit der Mutter hatte er viel Streit.
Er wußte selber nicht, was es war und warum ihm etwas weh tat
und etwas immerfort ihn störte. Er sah nur, die Welt war
verändert, und die Freundschaften der bisherigen Zeit fielen von
ihm ab und ließen ihn allein.

So ging ein Jahr, und es ging noch eines, und Anselm war kein
Kind mehr, und die bunten Steine um das Beet waren langweilig, und die Blumen stumm, und die Käfer hatte er auf Nadeln
in einem Kasten stecken, und seine Seele hatte den langen,
harten Umweg angetreten, und die alten Freuden waren versiegt und verdorrt.

Ungestüm drang der junge Mensch ins Leben, das ihm nun erst
zu beginnen schien. Verweht und vergessen war die Welt der
Gleichnisse, neue Wünsche und Wege lockten ihn hinweg.
Noch hing Kindheit ihm wie ein Duft im blauen Blick und im
weichen Haar, doch liebte er es nicht, wenn er daran erinnert
wurde, und schnitt die Haare kurz und tat in seinen Blick so viel
Kühnheit und Wissen als er vermochte. Launisch stürmte er
durch die bangen, wartenden Jahre, guter Schüler bald und

Freund, bald allein und scheu, einmal in Büchern vergraben bis
in die Nächte, einmal wild und laut bei ersten Jünglingsgelagen.
Die Heimat hatte er verlassen müssen und sah sie nur selten auf
kurzen Besuchen wieder, wenn er verändert, gewachsen und
fein gekleidet heim zur Mutter kam. Er brachte Freunde mit,
brachte Bücher mit, immer anderes, und wenn er durch den
alten Garten ging, war der Garten klein und schwieg vor seinem
zerstreuten Blick. Nie mehr las er Geschichten im bunten Geäder der Steine und der Blätter, nie mehr sah er Gott und die
Ewigkeit im Blütengeheimnis der blauen Iris wohnen.

Anselm war Schüler, war Student, er kehrte in die Heimat mit
einer roten und dann mit einer gelben Mütze, mit einem Flaum
auf der Lippe und mit einem jungen Bart. Er brachte Bücher in
fremden Sprachen mit, und einmal einen Hund, und in einer
Ledermappe auf der Brust trug er bald verschwiegene Gedichte,
bald Abschriften uralter Weisheiten, bald Bildnisse und Briefe
hübscher Mädchen. Er kehrte wieder, und war weit in fremden
Ländern gewesen und hatte auf großen Schiffen auf dem Meere
gewohnt. Er kehrte wieder und war ein junger Gelehrter, trug
einen schwarzen Hut und dunkle Handschuhe, und die alten
Nachbarn zogen die Hüte vor ihm und nannten ihn Professor,
obschon er noch keiner war. Er kam wieder und trug schwarze
Kleider, und ging schlank und ernst hinter dem langsamen
Wagen her, auf dem seine alte Mutter im geschmückten Sarge
lag. Und dann kam er selten mehr.

In der Großstadt, wo Anselm jetzt die Studenten lehrte und für
einen berühmten Gelehrten galt, da ging er, spazierte, saß und stand
genau wie andre Leute der Welt, im feinen Rock und Hut, ernst
oder freundlich, mit eifrigen und manchmal etwas ermüdeten
Augen, und war ein Herr und ein Forscher, wie er es hatte werden
wollen. Nun ging es ihm ähnlich wie es ihm am Ende seiner
Kindheit gegangen war. Er fühlte plötzlich viele Jahre hinter sich
weggeglitten, und stand seltsam allein und unbefriedigt mitten in
der Welt, nach der er immer getrachtet hatte. Es war kein rechtes
Glück, Professor zu sein, es war keine volle Lust, von Bürgern und
Studenten tief gegrüßt zu werden. Es war alles wie welk und
verstaubt, und das Glück lag wieder weit in der Zukunft, und der
Weg dahin sah heiß und staubig und gewöhnlich aus.

In dieser Zeit kam Anselm viel in das Haus eines Freundes, dessen Schwester ihn anzog. Er lief jetzt nicht mehr leicht einem hübschen Gesichte nach, auch das war anders geworden, und er fühlte, daß das Glück für ihn auf besondere Weise kommen müsse und nicht hinter jedem Fenster liegen könne. Die Schwester seines Freundes gefiel ihm sehr, und oft glaubte er zu wissen, daß er sie wahrhaft liebe. Aber sie war ein besonderes Mädchen, jeder Schritt und jedes Wort von ihr war eigen gefärbt und geprägt, und es war nicht immer leicht, mit ihr zu gehen und den gleichen Schritt mit ihr zu finden. Wenn Anselm zuweilen in seiner einsamen Wohnung am Abend auf und nieder ging und nachdenklich seinem eigenen Schritt durch die leeren Stuben zuhörte, dann stritt er viel mit sich selber wegen seiner Freundin. Sie war älter, als er sich seine Frau gewünscht hätte. Sie war sehr eigen, und es würde schwierig sein, neben ihr zu leben und seinem gelehrten Ehrgeiz zu folgen, denn von dem mochte sie nichts hören. Auch war sie nicht sehr stark und gesund, und konnte namentlich Gesellschaft und Feste schlecht ertragen. Am liebsten lebte sie, mit Blumen und Musik und etwa einem Buch um sich, in einsamer Stille, wartete, ob jemand zu ihr käme, und ließ die Welt ihren Gang gehen. Manchmal war sie so zart und empfindlich, daß alles Fremde ihr weh tat und sie leicht zum Weinen brachte. Dann wieder strahlte sie still und fein in einem einsamen Glück, und wer es sah, der fühlte, wie schwer es sei, dieser schönen seltsamen Frau etwas zu geben und etwas für sie zu bedeuten. Oft glaubte Anselm, daß sie ihn liebhabe, oft schien ihm, sie habe niemanden lieb, sei nur mit allen zart und freundlich, und begehre von der Welt nichts als in Ruhe gelassen zu werden. Er aber wollte anderes vom Leben, und wenn er eine Frau haben würde, so müßte Leben und Klang und Gastlichkeit im Hause sein.

»Iris«, sagte er zu ihr, »liebe Iris, wenn doch die Welt anders eingerichtet wäre! Wenn es gar nichts gäbe als deine schöne, sanfte Welt mit Blumen, Gedanken und Musik, dann wollte ich mir nichts andres wünschen als mein Leben lang bei dir zu sein, deine Geschichten zu hören und in deinen Gedanken mitzuleben. Schon dein Name tut mir wohl, Iris ist ein wundervoller Name, ich weiß gar nicht, woran er mich erinnert.«

»Du weißt doch«, sagte sie, »daß die blauen und gelben Schwertlilien so heißen.«

»Ja«, rief er in einem beklommenen Gefühl, »das weiß ich wohl,
und schon das ist sehr schön. Aber immer wenn ich deinen
Namen sage, will er mich noch außerdem an irgend etwas
mahnen, ich weiß nicht was, als sei er mir mit ganz tiefen,
fernen, wichtigen Erinnerungen verknüpft, und doch weiß und
finde ich nicht, was das sein könnte.«

Iris lächelte ihn an, der ratlos stand und mit der Hand seine Stirne
rieb.

»Mir geht es jedesmal so«, sagte sie mit ihrer vogelleichten
Stimme zu Anselm, »wenn ich an einer Blume rieche. Dann
meint mein Herz jedesmal, mit dem Duft sei ein Andenken an
etwas überaus Schönes und Kostbares verbunden, das einmal
vorzeiten mein war und mir verlorengegangen ist. Mit der
Musik ist es auch so, und manchmal mit Gedichten – da blitzt
auf einmal etwas auf, einen Augenblick lang, wie wenn man
eine verlorene Heimat plötzlich unter sich im Tale liegen sähe,
und ist gleich wieder weg und vergessen. Lieber Anselm, ich
glaube, daß wir zu diesem Sinn auf Erden sind, zu diesem
Nachsinnen und Suchen und Horchen auf verlorene ferne Töne,
und hinter ihnen liegt unsere wahre Heimat.«

»Wie schön du das sagst«, schmeichelte Anselm, und er fühlte in
der eigenen Brust eine fast schmerzende Bewegung, als weise
dort ein verborgener Kompaß unweigerlich seinem fernen Ziele
zu. Aber dieses Ziel war ganz ein andres, als er es seinem Leben
geben wollte, und das tat weh, und war es denn seiner würdig,
sein Leben in Träumen hinter hübschen Märchen her zu verspie-
len?

Indessen kam ein Tag, da war Herr Anselm von einer einsamen
Reise heimgekehrt und fand sich von seiner kahlen Gelehrten-
wohnung so kalt und bedrückend empfangen, daß er zu seinen
Freunden lief und gesonnen war, die schöne Iris um ihre Hand
zu bitten.

»Iris«, sagte er zu ihr, »ich mag so nicht weiterleben. Du bist
immer meine gute Freundin gewesen, ich muß dir alles sagen.
Ich muß eine Frau haben, sonst fühle ich mein Leben leer und
ohne Sinn. Und wen sollte ich mir zur Frau wünschen, als dich,

du liebe Blume? Willst du, Iris? Du sollst Blumen haben, so viele nur zu finden sind, den schönsten Garten sollst du haben. Magst du zu mir kommen?«

Iris sah ihm lang und ruhig in die Augen, sie lächelte nicht und errötete nicht, und gab ihm mit fester Stimme Antwort:

»Anselm, ich bin über deine Frage nicht erstaunt. Ich habe dich lieb, obschon ich nie daran gedacht habe, deine Frau zu werden. Aber sieh, mein Freund, ich mache große Ansprüche an den, dessen Frau ich werden soll. Ich mache größere Ansprüche, als die meisten Frauen machen. Du hast mir Blumen angeboten, und meinst es gut damit. Aber ich kann auch ohne Blumen leben, und auch ohne Musik, ich könnte alles das und viel andres wohl entbehren, wenn es sein müßte. Eins aber kann und will ich nie entbehren: ich kann niemals auch nur einen Tag lang so leben, daß nicht die Musik in meinem Herzen mir die Hauptsache ist. Wenn ich mit einem Manne leben soll, so muß es einer sein, dessen innere Musik mit der meinen gut und fein zusammenstimmt, und daß seine eigene Musik rein und daß sie gut zu meiner klinge, muß sein einziges Begehren sein. Kannst du das, Freund? Du wirst dabei wahrscheinlich nicht weiter berühmt werden und Ehren erfahren, dein Haus wird still sein, und die Falten, die ich auf deiner Stirn seit manchem Jahr her kenne, müssen alle wieder ausgetan werden. Ach, Anselm, es wird nicht gehen. Sieh, du bist so, daß du immer neue Falten in deine Stirne studieren und dir immer neue Sorgen machen mußt, und was ich sinne und bin, das liebst du wohl und findest es hübsch, aber es ist für dich wie für die meisten doch bloß ein feines Spielzeug. Ach, höre mich wohl: alles, was dir jetzt Spielzeug ist, ist mir das Leben selbst und müßte es auch dir sein, und alles, woran du Mühe und Sorge wendest, das ist für mich ein Spielzeug, ist für meinen Sinn nicht wert, daß man dafür lebe. – Ich werde nicht mehr anders werden, Anselm, denn ich lebe nach einem Gesetz, das in mir ist. Wirst aber du anders werden können? Und du müßtest ganz anders werden, damit ich deine Frau sein könnte.«

Anselm schwieg betroffen vor ihrem Willen, den er schwach und spielerisch gemeint hatte. Er schwieg und zerdrückte achtlos in der erregten Hand eine Blume, die er vom Tisch genommen hatte.

Da nahm ihm Iris sanft die Blume aus der Hand – es fuhr ihm
wie ein schwerer Vorwurf ins Herz – und lächelte nun plötzlich
hell und liebevoll, als habe sie ungehofft einen Weg aus dem
Dunkel gefunden.

»Ich habe einen Gedanken«, sagte sie leise und errötete dabei.
»Du wirst ihn sonderbar finden, er wird dir eine Laune scheinen.
Aber er ist keine Laune. Willst du ihn hören? Und willst du ihn
annehmen, daß er über dich und mich entscheiden soll?«

Ohne sie zu verstehen, blickte Anselm seine Freundin an, Sorge
in den blassen Zügen. Ihr Lächeln bezwang ihn, daß er Vertrauen faßte und ja sagte.

»Ich möchte dir eine Aufgabe stellen«, sagte Iris und wurde rasch
wieder sehr ernst.

»Tue das, es ist dein Recht«, ergab sich der Freund.

»Es ist mein Ernst«, sagte sie, »und mein letztes Wort. Willst du
es hinnehmen, wie es mir aus der Seele kommt und nicht daran
markten und feilschen, auch wenn du es nicht sogleich verstehst?«

Anselm versprach es. Da sagte sie, indem sie aufstand und ihm
die Hand gab:

»Mehrmals hast du mir gesagt, daß du beim Aussprechen meines
Namens jedesmal dich an etwas Vergessenes erinnert fühlst, was
dir einst wichtig und heilig war. Das ist ein Zeichen, Anselm,
und das hat dich alle die Jahre zu mir hingezogen. Auch ich
glaube, daß du in deiner Seele Wichtiges und Heiliges verloren
und vergessen hast, was erst wieder wach sein muß, ehe du ein
Glück finden und das dir Bestimmte erreichen kannst. – Leb
wohl, Anselm! Ich gebe dir die Hand und bitte dich: geh und
sieh, daß du das in deinem Gedächtnis wiederfindest, woran du
durch meinen Namen erinnert wirst. Am Tage, wo du es
wiedergefunden hast, will ich als deine Frau mit dir hingehen,
wohin du willst, und keine Wünsche mehr haben, als deine.«

Bestürzt wollte der verwirrte Anselm ihr ins Wort fallen und
diese Forderung eine Laune schelten, aber sie mahnte ihn mit
einem klaren Blick an sein Versprechen, und er schwieg still.
Mit niedergeschlagenen Augen nahm er ihre Hand, zog sie an
seine Lippen und ging hinaus.

Manche Aufgaben hatte er in seinem Leben auf sich genommen

und gelöst, aber keine war so seltsam, wichtig und dabei so
entmutigend gewesen wie diese. Tage und Tage lief er umher
und sann sich daran müde, und immer wieder kam die Stunde,
wo er verzweifelt und zornig diese ganze Aufgabe eine ver-
rückte Weiberlaune schalt und in Gedanken von sich warf.
Dann aber widersprach tief in seinem Innern etwas, ein sehr
feiner, heimlicher Schmerz, eine ganz zarte, kaum hörbare
Mahnung. Diese feine Stimme, die in seinem eigenen Herzen
war, gab Iris recht und tat dieselbe Forderung wie sie.
Allein diese Aufgabe war allzu schwer für den gelehrten Mann.
Er sollte sich an etwas erinnern, was er längst vergessen hatte, er
sollte einen einzelnen, goldenen Faden aus dem Spinnweb un-
tergesunkener Jahre wiederfinden, er sollte etwas mit Händen
greifen und seiner Geliebten darbringen, was nichts war als ein
verwehter Vogelruf, ein Anflug von Lust oder Trauer beim
Hören einer Musik, was dünner, flüchtiger und körperloser war
als ein Gedanke, nichtiger als ein nächtlicher Traum, unbe-
stimmter als ein Morgennebel.

Manchmal, wenn er verzagend das alles von sich geworfen und
voll übler Laune aufgegeben hatte, dann wehte ihn unversehens
etwas an wie ein Hauch aus fernen Gärten, er flüsterte den
Namen Iris vor sich hin, zehnmal und mehrmal, leise und
spielend, wie man einen Ton auf einer gespannten Saite prüft.
»Iris«, flüsterte er, »Iris«, und mit feinem Weh fühlte er in sich
innen etwas sich bewegen, wie in einem alten verlassenen Hause
ohne Anlaß eine Tür aufgeht und ein Laden knarrt. Er prüfte
seine Erinnerungen, die er wohl geordnet in sich zu tragen
geglaubt hatte, und er kam dabei auf wunderliche und bestür-
zende Entdeckungen. Sein Schatz an Erinnerungen war unendlich viel kleiner, als er je gedacht hätte. Ganze Jahre fehlten und
standen leer wie unbeschriebene Blätter, wenn er zurückdachte.
Er fand, daß er große Mühe hatte, sich das Bild seiner Mutter
wieder deutlich vorzustellen. Er hatte vollkommen vergessen,
wie ein Mädchen hieß, das er als Jüngling wohl ein Jahr lang mit
brennender Werbung verfolgt hatte. Ein Hund fiel ihm ein, den
er einst als Student in einer Laune gekauft und der eine Zeitlang
mit ihm gewohnt und gelebt hatte. Er brauchte Tage, bis er
wieder auf des Hundes Namen kam.

Schmerzvoll sah der arme Mann mit wachsender Trauer und Angst, wie zerronnen und leer sein Leben hinter ihm lag, nicht mehr zu ihm gehörig, ihm fremd und ohne Beziehung zu ihm wie etwas, was man einst auswendig gelernt hat und wovon man nun mit Mühe noch öde Bruchstücke zusammenbringt. Er begann zu schreiben, er wollte, Jahr um Jahr zurück, seine wichtigsten Erlebnisse niederschreiben, um sie einmal wieder fest in Händen zu haben. Aber wo waren seine wichtigsten Erlebnisse? Daß er Professor geworden war? Daß er einmal Doktor, einmal Schüler, einmal Student gewesen war? Oder daß ihm einmal, in verschollenen Zeiten, dies Mädchen oder jenes eine Weile gefallen hatte? Erschreckend blickte er auf: war das das Leben? War dies alles? Und er schlug sich vor die Stirn und lachte gewaltsam.

Indessen lief die Zeit, nie war sie so schnell und unerbittlich gelaufen! Ein Jahr war um, und ihm schien, er stehe noch genau am selben Ort wie in der Stunde, da er Iris verlassen. Doch hatte er sich in dieser Zeit sehr verändert, was außer ihm ein jeder sah und wußte. Er war sowohl älter wie jünger geworden. Seinen Bekannten war er fast fremd geworden, man fand ihn zerstreut, launisch und sonderbar, er kam in den Ruf eines seltsamen Kauzes, für den es schade sei, aber er sei zu lange Junggeselle geblieben. Es kam vor, daß er seine Pflichten vergaß und daß seine Schüler vergebens auf ihn warteten. Es geschah, daß er gedankenvoll durch eine Straße schlich, den Häusern nach, und mit dem verwahrlosten Rock im Hinstreifen den Staub von den Gesimsen wischte. Manche meinten, er habe zu trinken angefangen. Andre Male aber hielt er mitten in einem Vortrag vor seinen Schülern inne, suchte sich auf etwas zu besinnen, lächelte kindlich und herzbezwingend, wie es niemand an ihm gekannt hatte, und fuhr mit einem Ton der Wärme und Rührung fort, der vielen zu Herzen ging.

Längst war ihm auf dem hoffnungslosen Streifzug hinter den Düften und verwehten Spuren ferner Jahre her ein neuer Sinn zugekommen, von dem er jedoch selbst nichts wußte. Es war ihm öfter und öfter vorgekommen, daß hinter dem, was er bisher Erinnerungen genannt, noch andre Erinnerungen lagen, wie auf einer alten bemalten Wand zuweilen hinter den alten Bildern noch ältere, einst übermalte verborgen schlummern. Er wollte sich auf irgend etwas besinnen, etwa auf den Namen einer Stadt, in der er als Reisender einmal Tage verbracht hatte, oder auf den Geburtstag eines Freundes, oder auf irgend etwas, und indem er nun ein kleines Stück Vergangenheit wie Schutt durchgrub und durchwühlte, fiel ihm plötzlich etwas ganz anderes ein. Es überfiel ihn ein Hauch, wie ein Aprilmorgenwind oder wie ein Septembernebeltag, er roch einen Duft, er schmeckte einen Geschmack, er fühlte dunkle zarte Gefühle irgendwo, auf der Haut, in den Augen, im Herzen, und langsam wurde ihm: es müsse einst ein Tag gewesen sein, blau, warm, oder kühl, grau, oder irgend sonst ein Tag, und das Wesen dieses Tages müsse in ihm sich verfangen haben und als dunkle Erinnerung hängengeblieben sein. Er konnte den Frühlings- oder Wintertag, den er deutlich roch und fühlte, nicht in der wirklichen Vergangenheit wiederfinden, es waren keine Namen und Zahlen dabei, vielleicht war es in der Studentenzeit, vielleicht noch in der Wiege gewesen, aber der Duft war da, und er fühlte etwas in sich lebendig, wovon er nicht wußte und was er nicht nennen und bestimmen konnte. Manchmal schien ihm, es könnten diese Erinnerungen wohl auch über das Leben zurück in Vergangenheiten eines vorigen Daseins reichen, obwohl er darüber lächelte.

Vieles fand Anselm auf seinen ratlosen Wanderungen durch die Schlünde des Gedächtnisses. Vieles fand er, was ihn rührte und ergriff, und vieles, was erschreckte und Angst machte, aber das eine fand er nicht, was der Name Iris für ihn bedeute.

Einstmals suchte er auch, in der Qual des Nichtfindenkönnens, seine alte Heimat wieder auf, sah die Wälder und Gassen, die Stege und Zäune wieder, stand im alten Garten seiner Kindheit und fühlte die Wogen über sein Herz fluten, Vergangenheit umspann ihn wie Traum. Traurig und still kam er von dort zurück. Er ließ sich krank sagen und jeden wegschicken, der zu ihm begehrte.

Einer kam dennoch zu ihm. Es war sein Freund, den er seit seiner Werbung um Iris nicht mehr gesehen hatte. Er kam und sah Anselm verwahrlost in seiner freudlosen Klause sitzen.

»Steh auf«, sagte er zu ihm, »und komm mit mir. Iris will dich sehen.«

Anselm sprang empor.

»Iris! Was ist mit ihr? – O ich weiß, ich weiß!«

»Ja«, sagte der Freund, »komm mit! Sie will sterben, sie liegt seit langem krank.«

Sie gingen zu Iris, die lag auf einem Ruhebett leicht und schmal wie ein Kind, und lächelte hell aus vergrößerten Augen. Sie gab Anselm ihre weiße leichte Kinderhand, die lag wie eine Blume in seiner, und ihr Gesicht war wie verklärt.

»Anselm«, sagte sie, »bist du mir böse? Ich habe dir eine schwere Aufgabe gestellt, und ich sehe, du bist ihr treu geblieben. Suche weiter, und gehe diesen Weg, bis du am Ziele bist! Du meintest ihn meinetwegen zu gehen, aber du gehst ihn deinetwegen. Weißt du das?«

»Ich ahnte es«, sagte Anselm, »und nun weiß ich es. Es ist ein langer Weg, Iris, und ich wäre längst zurückgegangen, aber ich finde keinen Rückweg mehr. Ich weiß nicht, was aus mir werden soll.«

Sie blickte ihm in die traurigen Augen und lächelte licht und tröstlich, er bückte sich über ihre dünne Hand und weinte lang, daß ihre Hand naß von seinen Tränen wurde.

»Was aus dir werden soll«, sagte sie mit einer Stimme, die nur wie Erinnerungsschein war, »was aus dir werden soll, mußt du nicht fragen. Du hast viel gesucht in deinem Leben. Du hast die Ehre gesucht, und das Glück, und das Wissen, und hast mich gesucht, deine kleine Iris. Das alles sind nur hübsche Bilder gewesen, und sie verließen dich, wie ich dich nun verlassen muß. Auch mir ist es so gegangen. Immer habe ich gesucht, und immer waren es schöne liebe Bilder, und immer wieder fielen sie ab und waren verblüht. Ich weiß nun keine Bilder mehr, ich suche nichts mehr, ich bin heimgekehrt und habe nur noch einen kleinen Schritt zu tun, dann bin ich in der Heimat. Auch du wirst dorthin kommen, Anselm, und wirst dann keine Falten mehr auf deiner Stirne haben.«

Sie war so bleich, daß Anselm verzweifelt rief: »O warte noch, Iris, geh noch nicht fort! Laß mir ein Zeichen da, daß du mir nicht ganz verlorengehst!«

Sie nickte und griff neben sich in ein Glas und gab ihm eine frisch aufgeblühte blaue Schwertlilie.

»Da nimm meine Blume, die Iris, und vergiß mich nicht. Suche mich, suche die Iris, dann wirst du zu mir kommen.«

Weinend hielt Anselm die Blume in Händen, und nahm weinend Abschied. Als der Freund ihm Botschaft sandte, kam er wieder und half ihren Sarg mit Blumen schmücken und zur Erde bringen.

Dann brach sein Leben hinter ihm zusammen, es schien ihm nicht möglich, diesen Faden fortzuspinnen. Er gab alles auf, verließ Stadt und Amt, und verscholl in der Welt. Hier und dort wurde er gesehen, in seiner Heimat tauchte er auf und lehnte sich über den Zaun des alten Gartens, aber wenn die Leute nach ihm fragen und sich um ihn annehmen wollten, war er weg und verschwunden.

Die Schwertlilie blieb ihm lieb. Oft bückte er sich über eine, wo immer er sie stehen sah, und wenn er lang den Blick in ihren Kelch versenkte, schien ihm aus dem bläulichen Grunde Duft und Ahnung alles Gewesenen und Künftigen entgegenzuwehen, bis er traurig weiterging, weil die Erfüllung nicht kam. Ihm war, als lausche er an einer halb offen stehenden Tür, und höre lieblichstes Geheimnis hinter ihr atmen, und wenn er eben meinte, jetzt und jetzt müsse alles sich ihm geben und erfüllen, war die Tür zugefallen und der Wind der Welt strich kühl über seine Einsamkeit.

In seinen Träumen sprach die Mutter zu ihm, deren Gestalt und Gesicht er nun so deutlich und nahe fühlte wie in langen Jahren nie. Und Iris sprach zu ihm, und wenn er erwachte, klang ihm etwas nach, woran zu sinnen er den ganzen Tag verweilte. Er war ohne Stätte, fremd lief er durch die Lande, schlief in Häusern, schlief in Wäldern, aß Brot oder aß Beeren, trank Wein oder trank Tau aus den Blättern der Gebüsche, er wußte nichts davon. Vielen war er ein Narr, vielen war er ein Zauberer, viele fürchteten ihn, viele lachten über ihn, viele liebten ihn. Er lernte, was er nie gekonnt, bei Kindern sein und an ihren seltsamen Spielen teilhaben, mit einem abgebrochenen Zweig und mit einem Steinchen reden. Winter und Sommer liefen an ihm vorbei, in Blumenkelche schaute er und in Bach und See.

»Bilder«, sagte er zuweilen vor sich hin, »alles nur Bilder.«

Aber in sich innen fühlte er ein Wesen, das nicht Bild war, dem folgte er, und das Wesen in ihm konnte zuzeiten sprechen, und

seine Stimme war die der Iris und die der Mutter, und sie war
Trost und Hoffnung.

Wunder begegneten ihm, und sie wunderten ihn nicht. Und so
ging er einst im Schnee durch einen winterlichen Grund, und an
seinem Bart war Eis gewachsen. Und im Schnee stand spitz und
schlank eine Irispflanze, die trieb eine schöne einsame Blüte, und
er bückte sich zu ihr und lächelte, denn nun erkannte er das,
woran ihn die Iris immer und immer gemahnt hatte. Er erkannte seinen Kindestraum wieder, und sah zwischen goldenen
Stäben die lichtblaue Bahn hellgeädert in das Geheimnis und
Herz der Blume führen, und wußte, dort war das, was er suchte,
dort war das Wesen, das kein Bild mehr ist.

Und wieder trafen ihn Mahnungen, Träume führten ihn, und er
kam zu einer Hütte, da waren Kinder, die gaben ihm Milch, und
er spielte mit ihnen, und sie erzählten ihm Geschichten, und
erzählten ihm, im Wald bei den Köhlern sei ein Wunder geschehen. Da sehe man die Geisterpforte offen stehen, die nur alle
tausend Jahr sich öffne. Er hörte zu und nickte dem lieben Bilde
zu, und ging weiter, ein Vogel sang vor ihm im Erlengebüsch,
der hatte eine seltene, süße Stimme, wie die Stimme der gestorbenen Iris. Dem folgte er, er flog und hüpfte weiter, über den
Bach und weit in die Wälder hinein.

Als der Vogel schwieg und nicht zu hören noch zu sehen mehr
war, da blieb Anselm stehen und sah sich um. Er stand in einem
tiefen Tal im Walde, unter breiten grünen Blättern rann leise ein
Gewässer, sonst war alles still und wartend. In seiner Brust aber
sang der Vogel fort, mit der geliebten Stimme, und trieb ihn
weiter, bis er vor einer Felswand stand, die war mit Moos
bewachsen, und in ihrer Mitte klaffte ein Spalt, der führte
schmal und eng ins Innere des Berges.

Ein alter Mann saß vor dem Spalt, der erhob sich, als er Anselm
kommen sah, und rief: »Zurück, du Mann, zurück! Das ist das
Geistertor. Es ist noch keiner wiedergekommen, der da hineingegangen ist.«

Anselm blickte empor und in das Felsentor, da sah er tief in den
Berg einen blauen Pfad sich verlieren, und goldene Säulen
standen dicht zu beiden Seiten, und der Pfad sank nach innen
hinabwärts wie in den Kelch einer ungeheuren Blume hinunter.

In seiner Brust sang der Vogel hell, und Anselm schritt an dem Wächter vorüber in den Spalt und durch die goldenen Säulen hin ins blaue Geheimnis des Innern. Es war Iris, in deren Herz er drang, und es war die Schwertlilie im Garten der Mutter, in deren blauen Kelch er schwebend trat, und als er still der goldnen Dämmerung entgegenging, da war alle Erinnerung und alles Wissen mit einem Male bei ihm, er fühlte seine Hand, und sie war klein und weich, Stimmen und Lieder klangen nah und vertraut in sein Ohr, und sie klangen so, und die goldnen Säulen glänzten so, wie damals in den Frühlingen der Kindheit alles ihm getönt und geleuchtet hatte.

Und auch sein Traum war wieder da, den er als kleiner Knabe geträumt, daß er in den Kelch hinabschritt, und hinter ihm schritt und glitt die ganze Welt der Bilder mit und versank im Geheimnis, das hinter allen Bildern liegt.

Leise fing Anselm an zu singen, und sein Pfad sank leise abwärts in die Heimat.

ROBERT WALSER
Das Ende der Welt

in Kind, das weder Vater und Mutter, noch Bruder und Schwester hatte, niemandem angehörte und nirgends zu Hause war, kam auf den Einfall, fortzulaufen, bis es an das Ende der Welt käme. Mitzunehmen brauchte es nicht viel, einzupacken auch nicht, denn es besaß keinerlei Habseligkeiten. Wie es stand, ging es fort, die Sonne schien, aber das arme Kind achtete nicht auf den Sonnenschein. Fort und fort lief es, an vielen Erscheinungen vorbei, aber es achtete auf keine Erscheinungen. Fort und fort lief es, an vielen Leuten vorbei, aber es achtete auf keinen Menschen. Fort und fort lief es, bis es Nacht wurde, aber das Kind achtete nicht auf die Nacht. Es kümmerte sich um den Tag nicht, und um die Nacht nicht, um die Gegenstände nicht und um die Leute nicht, um die Sonne nicht und um den Mond nicht und ebenso wenig um die Sterne. Weiter und weiter lief es, hatte nicht Angst und nicht Hunger, hatte immer nur den einen Einfall, die eine Idee, nämlich die Idee, das Ende der Welt zu suchen und so lange zu laufen, bis es dasselbe gefunden haben würde. Es würde es am Ende schon finden, dachte es. »Ganz hinten, ganz zu hinterst ist es«, dachte es. »Ganz zuletzt ist es«, dachte es. Hatte wohl das Kind mit seiner Meinung recht? Wartet nur ein wenig. War das Kind von Sinnen? Ei, so wartet doch nur ein wenig, es wird sich schon zeigen. Fort und fort lief das Kind, es dachte sich das Ende der Welt zuerst als eine hohe Mauer, dann als einen tiefen Abgrund, dann als eine schöne grüne Wiese, dann als einen See, dann als ein Tuch mit Tüpfelchen, dann als einen dicken breiten Brei, dann als bloße reine Luft, dann als eine weiße saubere Ebene, dann als Wonnemeer, worin es immerfort schaukeln könne, dann als einen bräunlichen Weg, dann als gar nichts oder als was es leider Gottes selber nicht recht wußte.

Fort und fort lief es. Unerreichbar schien das Ende der Welt zu sein. Sechzehn Jahre lang irrte das Kind herum, über Meere, Ebenen und Berge. Groß und stark war es inzwischen schon geworden, und immer noch hing es treu an dem Einfall, so lange

zu laufen, bis es ans Ende der Welt käme, aber immer noch war
es nicht ans Ende der Welt gekommen, schien vom Weltenende
noch immer weit weg zu sein. »Ist das aber unabsehbar!« meinte
es. Da fragte es einen Bauer, der am Weg stand, ob er wisse, wo
das Ende der Welt liege. »Ende der Welt« hieß ein Bauernhaus
in der Nähe, und daher sagte der Bauer: »Noch eine halbe
Stunde weit liegt es.« Das ließ sich das Kind gesagt sein, dankte
dem Manne für die gute Auskunft und ging weiter. Als ihm aber
die halbe Stunde schier ewig lang wurde, fragte es einen Burschen, der des Weges daherkam, wie weit es noch bis zum Ende
der Welt sei. »Noch zehn Minuten«, sagte der Bursche. Das Kind
dankte ihm für die gute Auskunft und ging weiter. Fast am Ende
seiner Kräfte war es angelangt, und nur noch mühsam bewegte
es sich vorwärts.

Endlich erblickte es mitten in einer behaglichen fetten Wiese ein
schönes großes Bauernhaus, eine wahre Pracht von einem Haus,
so warm, ungezwungen und freundlich, so stolz, hübsch und
ehrbar. Rund herum standen prächtige Obstbäume, Hühner
spazierten ums Haus herum, ein leiser Wind wehte durch das
Korn, der Garten war voll Gemüse, am Abhang stand ein
Bienenhäuschen, das ordentlich nach Honig schmeckte, ein Stall
voll Kühe war wohl auch vorhanden, und alle Bäume waren
voll Kirschen, Birnen, Äpfel, und das Ganze sah so wohlhabend,
fein und frei aus, daß das Kind sogleich dachte, das müsse das
Ende der Welt sein. Groß war seine Freude. Im Hause wurde
scheinbar gerade gekocht, denn ein zarter, artiger Rauch räu-
chelte und lächelte zum Kamin heraus, und stahl sich wie ein
Schelm fort. Matt und bänglich vor Erschöpfung fragte das
Kind: »Bin ich hier am Ende der Welt?« Die Bauersfrau sagte:
»Ja, gutes Kind, das bist du.«

»Ich danke Euch für die freundliche Auskunft«, sagte es und fiel
vor Müdigkeit um; potz Blitz! aber es wurde rasch aufgehoben
und von guter Menschenhand in ein Bett gelegt. Als es wieder
zu sich kam, lag es zu seinem Erstaunen im allernettesten Bettchen und wohnte bei lieben guten Menschen. »Darf ich hier
bleiben? Ich will tüchtig dienen«, fragte es. Die Leute sagten
ihm: »Weshalb solltest du das nicht dürfen? Wir haben dich
gerne. Bleib nur hier bei uns, und diene tüchtig. Wir können

eine schaffige Magd wohl brauchen, und wenn du brav bist, so wollen wir dich halten wie unsere Tochter.« Das ließ sich das Kind nicht zweimal sagen. Es fing an fleißig zu werken und wacker zu dienen, und bald hatten es darum alle gern, und das Kind lief nun nicht mehr fort, denn es war wie zu Hause.

ROBERT WALSER
Der Löwe und die Christin

in Löwe lag auf kristallglattem Boden. Diener hatten ihn zuvor poliert; er war so reinlich, daß sich das Ungetüm drin abspiegelte. Ein Mädchen saß auf des Löwen Rücken. Er muckste nicht, schien schläfrig. Den starken Körper durchfederte ein Beben. Vom Marmorgeländer herab schaute der fette Nero. Er hatte dem Löwen die sanfte Seele zum Verspeisen vorsetzen lassen. Nun war er mißgestimmt. Der Kaiser war enttäuscht. Der Löwe gehorchte ihm nicht, sondern seinem Opfer. »Du Elender, dich derart fangen zu lassen«, murmelte er vor sich hin. Der Löwe war nämlich, ohne zu wissen, wie ihm das geschah, überwältigt worden. Der Kaiser hätte den machtvollen Schwächling totpeitschen lassen mögen. Erbarmen zu haben, welche Alltäglichkeit! Der Löwe war ganz schlapp. Die Sanfte hatte eine entsetzliche Angst, im Löwen könnte das Tier wieder erwachen. Der Löwe bebte unter höheren Einflüssen. Das Mädchen fürchtete, ihre Macht möchte zu zart sein. Aber die Zartheit übte die stärkste Macht aus. Die Löwenseele war gebändigt. Nero sah es mit heimlichem Entsetzen. Umsonst verspottete er den Stolzen, der sich in der Schönheit des Unterliegens gefiel. Von seiner Kraft nicht Gebrauch zu machen, kam ihm neu vor; die von der Angst zu erlösen, die ihm ausgeliefert worden war, das schien ihm begehrenswerter als sie selbst. Sie war sein. Er hätte sie jeden Augenblick abschütteln und als Beute betrachten können; aber sie schonen, dünkte ihn ergötzlich. Er lag ganz still; sie liebkoste ihn. Es hatte etwas gebraucht, bis sie das wagte. Der Löwe hatte darauf gewartet, die weggeworfene Kreatur entzückte ihn; Nero trat mißvergnügt ab. Die Christin entfloh, und der Löwe vermißte sie im besten Sinne. Er liegt seither unbeweglich, denkt an den Druck.

Märchen von der Technik

ies ist eine wahre Geschichte, und sie zeigt, daß
sogar in den hellsten Zeiten Wunder möglich sind.
Da war in der Ukraine ein kleines jüdisches Städtchen, da saß ein Vater mit seiner Familie, es war
noch vor dem Krieg, der Zar regierte in Peters-
burg, in der Ukraine aber saß die »Schwarze Hand« und regierte
auch. Und einmal brauchten einige Leute wieder Geld, und die
Juden waren doch da und hatten gute Geschäfte gemacht, da ließ
man was herumerzählen, von Ostern, von einem schlechten
Wort über die Popen, und ein Jude hat gelacht, wie einer was
gesagt hat von der Heiligen Mutter Gottes zu Czenstochau, und
so und noch anderes wurde vorbereitet, die Schwarze Hand aber
hat alles nachbereitet, auch daß die Polizei gerade ein Fest hatte,
und der Herr Oberst saß beim Festmahl, grade an dem Tag.
Und was wird geschehen, sie werden sich zusammenrotten, es
war schon etwas durchgesickert, aber es hilft nichts, Pogrom ist
Pogrom, Blut fließt, die jüdischen Leute sind aber auch keine
Kinder, und endlich fließt auch Blut drüben, man wird sich
nicht von bösen Tieren zerreißen lassen. Und da ist ein Vater,
der sein Haus gut, gut beschützt hat, und ein Beil hat er auch bei
dem Pogrom gehabt, und es werden wohl einige das Beil
gesehen haben – und da hat der Vater gedacht: ›Es ist besser, wir
warten nicht erst auf die Untersuchung und den Prozeß‹, und ist
mit der Familie auf und davon, und weil es heimlich ging, hat er
die beiden großen Söhne getrennt und gesagt: »Lemberg!«, hat
ihnen Geld gegeben. Aber nur den einen hat er dann wiedergesehen. Den andern, der schon so schön singen konnte, der kam
nicht wieder. Keine Silbe hat man je von ihm gehört. Verschlungen vom Erdboden war der geliebte Sohn. Vater und
Mutter zogen in eine kleine Stadt, die Verwandten taten für sie,
was sie konnten, man kam wieder hoch, man kam auch durch
den Krieg. Aber weder Vater noch Mutter wurden mehr froh.
Der liebe Sohn war weg.
Tausendmal besprachen sie alles. »Du hast ihm ein Beispiel
gegeben«, jammerte die Mutter, »er wird auch ein Beil oder ein

Messer genommen haben, ein Jud soll sich verstecken – hätt ich mich erschlagen lassen sollen und euch alle mit – ach es leben noch so viele daheim.«

Und die Zeit verging, die Mutter starb, dem Vater ging es schlimm, der Sohn unterstützte, und die Verwandten halfen. Der Vater aber saß noch immer, wo gesungen wurde, und dachte: ›Wie hat mein Iizchak gesungen, eine schöne, schöne Stimme, wo gibt es heute noch solche Stimmen.‹ Aber daß er so viel hörte und in Konzerte ging, das war die Fügung Gottes. Die Mutter war weggestorben, aber der Vater sollte wissen, daß Gott lebte und ihn nicht vergaß.

Da schenkte ihm der Vorsteher der Gemeinde, wie er siebzig alt war, ein Grammophon, und das ließ er sich vorspielen, und sein Ältester brachte ihm noch das Neuste, einen Radioapparat, damit konnte man hören, weit, weit, wo gesungen wurde, wo gesungen wurde auf der ganzen Welt, von wem auch immer. Aber Isaak singt nicht mit.

Und er hörte Tag für Tag alle Stimmen ab, so viele, so schmetternde, und die Schlager, die sie jetzt machen, wonach sie tanzen.

Und eines Mittags gegen zwölf spielte wieder sein Apparat, und die Schwiegertochter kochte in der Küche, da ging die Tür auf, und der alte Vater, das Käppchen schief auf dem Kahlkopf, kam schreiend heraus, hat große große Augen und schreit: »Rosalie, hör doch, hör doch!« Gottes willen, was ist mit dem Mann, ich lauf rüber zu Jankel. »Hör doch, Rosalie, er singt, es ist Iizchak! Rosalie, mein Kind, hör doch, Isaak ist es!« Und sie muß ihn festhalten und zu einem Küchenstuhl führen, den alten Mann, die Musik hat geendet, es war ein Tempelgesang, jetzt kam ein Gassenhauer, sie wollte abstellen, stell nicht ab, vielleicht kommt es noch mal.

Was ist weiter zu erzählen. Sie haben auf den Alten gehört, der Sohn ist mit ihm nach Warschau gefahren, sie haben die Platte gefunden, und auf der Platte stand sein Name, ein englischer, er war ein amerikanischer Kantor, ein berühmter Mann, sie fanden noch eine andere Platte von ihm in Warschau.

Und dann gingen die Telegramme hin und her, und wirklich, es war Iizchak, der mit einem Schub nach Amerika gegangen war, er hatte nach den Eltern geforscht in Rußland, aber dann kam der Krieg, und wie sollte er dann suchen.

Und das hat das Radio gemacht, und das ist die Technik, und sie hat einen Sohn wieder zu seinem Vater geführt, und beide wissen, Gott lebt, und wer an ihn glaubt, kann auf ihn bauen.

Die Insel der tausendjährigen Menschen

er junge strebsame Reporter Flanagan sitzt vor seinem mächtigen Zeitungschef Warren. Er beklagt sich, daß seine Reporterarbeit eintönig sei und ihn nicht befriedige. Immer dieselben Katastrophen: Brände, Erdbeben, Skandale – politische und private. Immer dieselben Sensationen. Warren fragt Flanagan: was er denn schildern wolle? Flanagan wünscht einmal das Gegenteil zu beschreiben – in eine Lage zu geraten, wo nichts geschieht. Keine Sensation. Wo die Stille der Inhalt der Zeit ist. Da betritt der Kapitän eines Segelschiffs das Büro, um sich von Warren zu verabschieden, mit dem er verwandt ist. Und Warren bietet Flanagan an mit diesem langsamen Segelschiff zu reisen, wo wirklich nichts geschähe. Nur Wellen – mehr Wind, weniger Wind. Flanagan nimmt an und geht an Bord dieses Seglers, um nichts zu erleben.

Aber er erlebt das größte Abenteuer seines Lebens. Der Segler macht lange Zeit ruhige Fahrt. Nichts geschieht. Es scheint wirklich der niedrigste Grad des Erlebens erreicht zu sein. Da bricht eines Tages ein Sturm aus, der sich zu äußerster Gewalt steigert und das Schiff steuerlos macht. Es ist ein Spielball der Wogen. Endlich legt sich der Sturm. Auf glatter See kennt sich der Kapitän nicht mehr aus, wo er sich befindet. Weit vom Kurs ist sein Segler abgetrieben. Doch zuerst muß das Steuer repariert werden und andere Schäden beseitigt. Die Arbeit nimmt Zeit in Anspruch.

In der Ferne zeigt sich die felsige Küste einer Insel. Flanagan langweilt sich an Bord und will die Insel besuchen. Der Kapitän rät ab: die steilen Klippen gefährden die Landung. Doch Flanagan besteht auf seinem Vorsatz und rudert in einem Boot vom Schiff zur Insel.

Er kehrt nicht wieder. Der Kapitän wartet nach vollendeter Reparatur von Masten und Steuer noch einige Zeit, dann gibt er die Hoffnung auf und erklärt Flanagan für ein Opfer der Klippen. Er befiehlt die Abfahrt. Später berichtet er in New

York Warren, was vorgefallen ist: daß der junge Reporter vom Besuch einer felsigen Insel nicht zurückgekehrt sei. Warren bedauert den Tod des verheißungsvollen jungen Mannes.

Dreißig Jahre später kreuzt ein Luxusdampfer in diesen Gewässern, in die damals der Segler verschlagen wurde. Neugierige Passagiere mustern durch Ferngläser die felsige Küste – und auf ihre Frage, was das für eine Insel sei, kann der Kapitän nicht antworten. Durch eine magnetische Störung ist er vom Kurs abgekommen, er kenne die Insel nicht und finde sie auf keiner Karte. Plötzlich entdeckt ein Passagier ein Boot, das von der Insel nahe. Der Kapitän stoppt die Fahrt seines Dampfers und erwartet den Ruderer im Boot. Es ist Flanagan, der an Bord kommt.

Aber es ist der unveränderte Flanagan, wie er vor dreißig Jahren war, als er vom Segler abstieß. Er ist nicht gealtert, seine Kleidung ist nicht verfallen. Er ist vollkommen in jenem Zustand erhalten – gleichsam präpariert, um nicht zu vergehen.

Flanagan errät bald das Geheimnis der Insel: es ist die Insel, da die Menschen nicht altern, da ihnen ein ewiges Leben beschieden ist. Flanagan bewahrt sein Geheimnis und verrät den Passagieren des Dampfers keine Silbe, als diese ihn wegen seiner altmodischen Kleidung und Unkenntnis der Vorgänge in der Welt verwundert befragen.

In New York betritt Flanagan das Büro seines gealterten Chefs Warren – und bietet ihm die größte Sensation an, die je die Welt sah: die Insel der tausendjährigen Menschen ist entdeckt. Warren begreift die Einzigartigkeit dieser Entdeckung und will sie Flanagan abkaufen. Der Streit um den Preis beginnt. Warren erklärt sich mit Flanagans ungeheurer Forderung schließlich einverstanden und lädt ihn abends zu sich ein – er werde ihn in seinem Wagen abholen lassen. Und in diesem Wagen wird Flanagan abends ermordet – die Papiere werden ihm entwendet. Er ist das erste Opfer der Insel der tausendjährigen Menschen.

Warren ist der Besitzer der Aufzeichnungen Flanagans. Er beginnt die Verwertung in seiner Zeitung. Der Erfolg dieser Sensation ist ungeheuer. Warren begreift seine Macht: nur er

kennt die Lage der Insel und kann den Menschen das dauernde
Leben ermöglichen. Er erhält Angebote um einen Platz auf
dieser Insel, die märchenhaft sind. Doch er wartet. Da taucht die
Vermutung auf, daß alles Schwindel ist. Staatlich wird eine
Untersuchung beschlossen. Die Kommission wird aus unbe-
stechlichen Personen zusammengestellt – und das Ergebnis ihrer
Forschungen auf der Insel ist, daß die chemischen Stoffe dieses
Eilandes den Verfall des Lebens verhindern und auf dieser Insel
tatsächlich ein tausendjähriges Leben möglich ist. Doch Warren
selbst hat keinen Vorteil mehr von diesem Ergebnis. Er starb in
der Haftzelle, in die man ihn als vermeintlichen Schwindler bis
zur Rückkehr der Untersuchungskommission von der Insel
gesperrt hatte. Er verübte Selbstmord, als ihm die Wahngestalt
des getöteten Flanagan nahte.

Nun befinden sich die Pläne der Insel in der Macht des ameri-
kanischen Staates. Es wird entschieden: daß niemand sich für
Geld einen Platz auf dieser Insel, die nur wenigen Hundert
Raum bietet, erwerben darf. Ein Platz auf dieser Insel oder das
tausendjährige Leben solle als die höchste Ehrung nur den ver-
dienstvollsten Menschen gewährt werden. Und alle Länder der
Erde sollten ihre größten Repräsentanten namhaft machen –
von einem internationalen Ausschuß solle dann beschlossen
werden, ob der vorgeschlagene Repräsentant würdig sei.

Wer ist würdig? Wer ist ein wirklicher Repräsentant? Wer ist
ein Heros? Und hier prallen die Meinungen aufeinander. Man
kann sich nicht einigen. Die Urteile der Menschen sind zu
verschieden. Der Haß lodert auf. Die Welt will sich zerfleischen.
Das Chaos droht sich zu entfalten.

Man erkennt: die Insel der tausendjährigen Menschen wird der
ewige Herd unsagbaren Unheils sein. Die Begierde nach dem
endlosen, todlosen Leben muß Instinkte entfesseln, die den
Menschen zu einer Bestie erniedrigen, die den Mitmenschen
frißt ohne Scham. Jede Menschlichkeit geht unter.
Diese Erkenntnis geht in letzter Stunde auf und der Beschluß
wird gefaßt, die Insel zu zertrümmern. Eine ungeheure Explo-

sion wird veranlaßt – und die Insel versinkt in einer Wolke von Stein und Staub in die Tiefe des Meeres. Keine Klippe verrät mehr, wo sie lag – keine Seekarte verzeichnet die Insel der tausendjährigen Menschen.

ROBERT MUSIL
Kindergeschichte

err Piff, Herr Paff und Herr Puff sind miteinander
auf die Jagd gegangen. Und weil es Herbst war,
wuchs nichts auf den Äckern; außer Erde, die der
Pflug so aufgelockert hatte, daß die Stiefel hoch
über die Schäfte davon braun wurden. Es war sehr
viel Erde da, und so weit das Auge reichte, sah man stille braune
Wellen; manchmal trug eine davon ein Steinkreuz auf ihrem
Rücken oder einen Heiligen oder einen leeren Weg; es war sehr
einsam.

Da gewahrten die Herren, als sie wieder in eine Mulde hinabstie-
gen, vor sich einen Hasen, und weil es das erste Tier war, das sie
an diesem Tag antrafen, rissen alle drei ihre Schießrohre rasch an
die Backe und drückten ab. Herr Piff zielte über seine rechte
Stiefelspitze, Herr Puff über seine linke, und Herr Paff zwischen
beiden Stiefeln geradeaus, denn der Hase saß ungefähr gleich-
weit von jedem und sah ihnen entgegen. Nun erhob sich ein
fürchterlicher Donner von den drei Schüssen, die Schrotkörner
prasselten in der Luft wie drei Hagelwolken gegeneinander, und
der Boden staubte wild getroffen auf; aber als sich die Natur von
diesem Schrecken erholt hatte, lag auch der Hase im Pfeffer und
rührte sich nicht mehr. Bloß wußte jetzt keiner, wem er gehöre,
weil alle drei geschossen hatten. Herr Piff hatte schon von
weitem ausgerufen, wenn der Hase rechts getroffen sei, so
gehöre er ihm, denn er habe von links geschossen; das gleiche
behauptete Herr Puff über die andere Hand; aber Herr Paff
meinte, daß der Hase sich doch auch im letzten Augenblick
umgedreht haben könne, was nur zu entscheiden wäre, wenn er
den Schuß in der Brust oder im Rücken habe: dann aber, und
somit unter allen Umständen, gehöre er ihm! Als sie nun hinkamen, zeigte sich jedoch, daß sie durchaus nicht herausfinden
konnten, wo der Hase getroffen sei, und natürlich stritten sie
jetzt erst recht um die Frage, wem er zukomme.

Da erhob sich der Hase höflich und sagte: »Meine Herren, wenn
Sie sich nicht einigen können, will ich so frei sein und noch
leben! Ich bin, wie ich sehe, bloß vor Schreck umgefallen.«

Da waren Herr Piff und Herr Puff, wie man zu sagen pflegt, einen Augenblick ganz paff, und bei Herrn Paff versteht sich das eigentlich immer von selbst. Aber der Hase fuhr unbeirrt fort. Er machte große hysterische Augen – wahrscheinlich doch, weil ihn der Tod gestreift hatte – und begann, den Jägern ihre Zukunft vorauszusagen. »Ich kann Ihnen Ihr Ende prophezeien, meine Herren«,, sagte er, »wenn Sie mich am Leben lassen! Sie, Herr Piff, werden schon in sieben Jahren und drei Monaten von der Sense des Todes in Gestalt der Hörner eines Stiers hingemäht werden; und der Herr Paff werden zwar sehr alt werden, aber ich sehe etwas äußerst Unangenehmes am Ende – etwas – ja, das läßt sich nicht so leicht sagen –«; er stockte und blickte Paff teilnahmsvoll an, dann brach er ab und sagte rasch: »Aber der Herr Puff wird an einem Pfirsichkern ersticken, das ist einfach.« Da wurden die Jäger bleich, und der Wind pfiff durch die Einöde. Aber indes die Röhrenstiefel an ihren Beinen noch im Winde klapperten, luden ihre Finger schon von neuem das Gewehr, und sie sprachen: »Wie kannst du wissen, was noch nicht geschehen ist, du Lügner!«

»Der Stier, der mich in sieben Jahren aufspießen soll«, sagte Herr Piff, »ist heute doch noch gar nicht geboren; wie kann er spießen, wenn er vielleicht überhaupt nicht geboren wird!?«

Und Herr Puff tröstete sich damit, daß er sagte: »Ich brauche bloß keine Pfirsiche mehr zu essen, so bist du schon ein Betrüger!«

Herr Paff aber sagte nur: »Na, na!«

Der Hase erwiderte: »Das können die Herren halten, wie sie wollen; es wird Ihnen nichts nützen.«

Da machten die Jäger Miene, den Hasen mit ihren Stiefelabsätzen totzutreten, und schrien: »Du wirst uns nicht abergläubisch machen!!« – Aber in diesem Augenblick kam ein häßliches altes Weib vorbei, das einen Haufen Reisig am Rücken schleppte, und die Jäger mußten rasch dreimal ausspucken, damit ihnen der Anblick nicht schade.

Da wurde das Weib, das es bemerkt hatte, böse und schrie zurück: »Bin a amol schön gwen!« Niemand hätte zu sagen vermocht, welche Mundart das sei; es klang aber geradezu wie der Dialekt der Hölle.

Diesen Augenblick benutzte der Hase, um zu entwischen. Die Jäger donnerten aus ihren Büchsen hinter ihm drein, aber der Hase war nicht mehr zu sehen, und auch das alte Weib war verschwunden; man glaubte nur während der drei Schüsse ein unbändiges Hohngelächter gehört zu haben.

Da wischte sich Herr Paff den Schweiß von der Stirn und ihn fror.

Herr Piff sagte: »Gehen wir nach Hause.«

Und Herr Puff kletterte schon den Abhang empor.

Als sie oben bei dem steinernen Kreuz angelangt waren, fühlten sie sich aber in seinem Schutze sicher und blieben wieder stehen.

»Wir haben uns selbst zum besten gehalten«, sagte Herr Puff, »– es war ein ganz gewöhnlicher Hase.«

»Aber er hat gesprochen –«, sagte Herr Paff.

»Das kann nur der Wind gewesen sein, oder das Blut war uns in der Kälte zu Ohren gestiegen« – belehrten ihn Herr Piff und Herr Puff.

Da flüsterte der liebe Gott am Steinkreuz: »Du sollst nicht töten . . .!«

Die drei schraken von neuem ordentlich zusammen und gingen mindestens zwanzig Schritte dem steinernen Kreuz aus der Nähe; es ist aber auch zu arg, wenn man sich nicht einmal dort sicher fühlen kann! Und ehe sie noch etwas erwidern konnten, sahen sie sich mit großen Schritten nach Hause eilen. Erst als der Rauch ihrer Dächer sich über den Büschen kräuselte, die Dorfhunde bellten und Kinderstimmen durch die Luft zu schießen begannen wie die Schwalben, hatten sie ihre Beine wieder eingeholt, blieben auf ihnen stehen, und es wurde ihnen wohl und warm. »An irgend etwas muß schließlich jeder sterben« – meinte Herr Paff gelassen, der es bis dahin nach der Prophezeiung des Hasen am weitesten hatte; er wußte noch verdammt gut, weshalb er das sagte, doch plagte ihn jetzt mit einemmal ein Zweifel, ob wohl auch seine Gefährten davon wüßten, und er schämte sich, sie zu fragen.

Aber Herr Piff antwortete genau so: »Wenn ich nicht töten dürfte, dann dürfte ich doch auch nicht getötet werden? Ergo sage ich, da hat es einen grundsätzlichen Widerspruch!« Das mochte nun jeder beziehen, worauf er wollte; eine vernünftige

Antwort war es nicht, und Herr Piff schmunzelte philosophisch, um zu verbergen, daß er brennend gern erfahren wollte, ob ihn die anderen trotzdem verstünden oder ob in seinem Kopf etwas nicht in Ordnung gewesen sei.

Herr Puff, der dritte, zertrat nachdenklich einen Wurm unter der Stiefelsohle und erwiderte: »Wir töten ja nicht nur die Tiere, sondern wir hegen sie auch und halten auf Ordnung im Feld.«

Da wußte jeder, daß auch die andern wußten; und indes sich jeder heimlich noch daran erinnerte, begann das Erlebte schon zu zerrinnen wie ein Traum nach dem Erwachen, denn was drei gehört und gesehen haben, kann kein Geheimnis sein und also auch kein Wunder, sondern höchstens eine Täuschung. Und alle drei seufzten plötzlich: Gott sei Dank! Herr Piff seufzte es über seiner linken Stiefelspitze, Herr Puff über seiner rechten, denn beide schielten nach dem Gott im Feld zurück, dem sie heimlich dafür dankten, daß er ihnen nicht wirklich erschienen sei; Herr Paff aber, weil die beiden anderen wegsahen, konnte sich ganz zum Kreuz umdrehen, kniff sich in die Ohren und sagte: »Wir haben heute auf nüchternen Magen Branntwein getrunken; das sollte ein Jäger nie tun.«

»So ist es!« sagten alle drei, sangen ein fröhliches Jägerlied, worinnen viel von Grün die Rede war, und warfen mit Steinen nach einer Katze, die verbotenerweise auf die Felder schlich, um Haseneier zu fangen; denn nun fürchteten sich die Jäger ja auch nicht mehr vor dem Hasen. Aber dieser letzte Teil der Geschichte ist nicht ganz so verbürgt wie das übrige, denn es gibt Leute, welche behaupten, daß die Hasen nur zu Ostern Eier legen.

Schakale und Araber

ir lagerten in der Oase. Die Gefährten schliefen. Ein Araber, hoch und weiß, kam an mir vorüber; er hatte die Kamele versorgt und ging zum Schlafplatz.

Ich warf mich rücklings ins Gras; ich wollte schlafen; ich konnte nicht; das Klagegeheul eines Schakals in der Ferne; ich saß wieder aufrecht. Und was so weit gewesen war, war plötzlich nah. Ein Gewimmel von Schakalen um mich her; in mattem Gold erglänzende, verlöschende Augen; schlanke Leiber, wie unter einer Peitsche gesetzmäßig und flink bewegt. Einer kam von rückwärts, drängte sich, unter meinem Arm durch, eng an mich, als brauche er meine Wärme, trat dann vor mich und sprach, fast Aug in Aug mit mir:

»Ich bin der älteste Schakal, weit und breit. Ich bin glücklich, dich noch hier begrüßen zu können. Ich hatte schon die Hoffnung fast aufgegeben, denn wir warteten unendlich lange auf dich; meine Mutter hat gewartet und ihre Mutter und weiter alle ihre Mütter bis hinauf zur Mutter aller Schakale. Glaube es!«

»Das wundert mich«, sagte ich und vergaß, den Holzstoß anzuzünden, der bereit lag, um mit seinem Rauch die Schakale abzuhalten, »das wundert mich sehr zu hören. Nur zufällig komme ich aus dem hohen Norden und bin auf einer kurzen Reise begriffen. Was wollt Ihr denn, Schakale?«

Und wie ermutigt durch diesen vielleicht allzu freundlichen Zuspruch zogen sie ihren Kreis enger um mich; alle atmeten kurz und fauchend.

»Wir wissen«, sagte der Älteste, »daß du vom Norden kommst, darauf eben baut sich unsere Hoffnung. Dort ist der Verstand, der hier unter den Arabern nicht zu finden ist. Aus diesem kalten Hochmut, weißt du, ist kein Funken Verstand zu schlagen. Sie töten Tiere, um sie zu fressen, und Aas mißachten sie.«

»Rede nicht so laut«, sagte ich, »es schlafen Araber in der Nähe.«

»Du bist wirklich ein Fremder«, sagte der Schakal, »sonst wüßtest du, daß noch niemals in der Weltgeschichte ein Schakal einen

Araber gefürchtet hat. Fürchten sollen wir sie? Ist es nicht Unglück genug, daß wir unter solches Volk verstoßen sind?«
»Mag sein, mag sein«, sagte ich, »ich maße mir kein Urteil an in Dingen, die mir so fern liegen; es scheint ein sehr alter Streit; liegt also wohl im Blut; wird also vielleicht erst mit dem Blute enden.«
»Du bist sehr klug«, sagte der alte Schakal; und alle atmeten noch schneller; mit gehetzten Lungen, trotzdem sie doch stillestanden; ein bitterer, zeitweilig nur mit zusammengeklemmten Zähnen erträglicher Geruch entströmte den offenen Mäulern, »du bist sehr klug; das, was du sagst, entspricht unserer alten Lehre. Wir nehmen ihnen also ihr Blut und der Streit ist zu Ende.«
»Oh!« sagte ich wilder als ich wollte, »sie werden sich wehren; sie werden mit ihren Flinten euch rudelweise niederschießen.«
»Du mißverstehst uns«, sagte er, »nach Menschenart, die sich also auch im hohen Norden nicht verliert. Wir werden sie doch nicht töten. Soviel Wasser hätte der Nil nicht, um uns rein zu waschen. Wir laufen doch schon vor dem bloßen Anblick ihres lebenden Leibes weg, in reinere Luft, in die Wüste, die deshalb unsere Heimat ist.«
Und alle Schakale ringsum, zu denen inzwischen noch viele von fernher gekommen waren, senkten die Köpfe zwischen die Vorderbeine und putzten sie mit den Pfoten; es war, als wollten sie einen Widerwillen verbergen, der so schrecklich war, daß ich am liebsten mit einem hohen Sprung aus ihrem Kreis entflohen wäre.
»Was beabsichtigt Ihr also zu tun«, fragte ich und wollte aufstehn; aber ich konnte nicht; zwei junge Tiere hatten sich mir hinten in Rock und Hemd festgebissen; ich mußte sitzen bleiben. »Sie halten deine Schleppe«, sagte der alte Schakal erklärend und ernsthaft, »eine Ehrenbezeugung.« »Sie sollen mich loslassen!« rief ich, bald zum Alten, bald zu den Jungen gewendet. »Sie werden es natürlich«, sagte der Alte, »wenn du es verlangst. Es dauert aber ein Weilchen, denn sie haben nach der Sitte tief sich eingebissen und müssen erst langsam die Gebisse voneinander lösen. Inzwischen höre unsere Bitte.« »Euer Verhalten hat mich dafür nicht sehr empfänglich gemacht«, sagte ich. »Laß uns unser

Ungeschick nicht entgelten«, sagte er und nahm jetzt zum erstenmal den Klageton seiner natürlichen Stimme zu Hilfe, »wir
sind arme Tiere, wir haben nur das Gebiß; für alles, was wir tun
wollen, das Gute und das Schlechte, bleibt uns einzig das Gebiß.«
»Was willst du also?« fragte ich, nur wenig besänftigt.

»Herr«, rief er, und alle Schakale heulten auf; in fernster Ferne
schien es mir eine Melodie zu sein. »Herr, du sollst den Streit
beenden, der die Welt entzweit. So wie du bist, haben unsere
Alten den beschrieben, der es tun wird. Frieden müssen wir
haben von den Arabern; atembare Luft; gereinigt von ihnen den
Ausblick rund am Horizont; kein Klagegeschrei eines Hammels,
den der Araber absticht; ruhig soll das Getier krepieren; ungestört soll es von uns leergetrunken und bis auf die Knochen
gereinigt werden. Reinheit, nichts als Reinheit wollen wir«, –
und nun weinten, schluchzten alle – »wie erträgst nur du es in
dieser Welt, du edles Herz und süßes Eingeweide? Schmutz ist
ihr Weiß; Schmutz ist ihr Schwarz; ein Grauen ist ihr Bart;
speien muß man beim Anblick ihrer Augenwinkel; und heben
sie den Arm, tut sich in der Achselhöhle die Hölle auf. Darum,
o Herr, darum, o teuerer Herr, mit Hilfe deiner alles vermögenden Hände, mit Hilfe deiner alles vermögenden Hände schneide
ihnen mit dieser Schere die Hälse durch!« Und einem Ruck
seines Kopfes folgend, kam ein Schakal herbei, der an einem
Eckzahn eine kleine, mit altem Rost bedeckte Nähschere trug.

»Also endlich die Schere und damit Schluß!« rief der Araberfüh-
rer unserer Karawane, der sich gegen den Wind an uns heran-
geschlichen hatte und nun seine riesige Peitsche schwang.

Alles verlief sich eiligst, aber in einiger Entfernung blieben sie
doch, eng zusammengekauert, die vielen Tiere so eng und starr,
daß es aussah wie eine schmale Hürde, von Irrlichtern umflogen.

»So hast du, Herr, auch dieses Schauspiel gesehen und gehört«,
sagte der Araber und lachte so fröhlich, als es die Zurückhaltung
seines Stammes erlaubte. »Du weißt also, was die Tiere wollen?«
fragte ich. »Natürlich, Herr«, sagte er, »das ist doch allbekannt;
solange es Araber gibt, wandert diese Schere durch die Wüste
und wird mit uns wandern bis ans Ende der Tage. Jedem
Europäer wird sie angeboten zu dem großen Werk; jeder Europäer ist gerade derjenige, welcher ihnen berufen scheint. Eine

unsinnige Hoffnung haben diese Tiere; Narren, wahre Narren sind sie. Wir lieben sie deshalb; es sind unsere Hunde, schöner als die Eurigen. Sieh nur, ein Kamel ist in der Nacht verendet, ich habe es herschaffen lassen.«

Vier Träger kamen und warfen den schweren Kadaver vor uns hin. Kaum lag er da, erhoben die Schakale ihre Stimmen. Wie von Stricken unwiderstehlich jeder einzelne gezogen, kamen sie, stockend, mit dem Leib den Boden streifend, heran. Sie hatten die Araber vergessen, den Haß vergessen, die alles auslöschende Gegenwart des stark verdunstenden Leichnams bezauberte sie. Schon hing einer am Hals und fand mit dem ersten Biß die Schlagader. Wie eine kleine rasende Pumpe, die ebenso unbedingt wie aussichtslos einen übermächtigen Brand löschen will, zerrte und zuckte jeder Muskel seines Körpers an ihrem Platz. Und schon lagen in gleicher Arbeit alle auf dem Leichnam hoch zu Berg.

Da strich der Führer kräftig mit der scharfen Peitsche kreuz und quer über sie. Sie hoben die Köpfe; halb in Rausch und Ohnmacht; sahen die Araber vor sich stehen; bekamen jetzt die Peitsche mit den Schnauzen zu fühlen; zogen sich im Sprung zurück und liefen eine Strecke rückwärts. Aber das Blut des Kamels lag schon in Lachen da, rauchte empor, der Körper war an mehreren Stellen weit aufgerissen. Sie konnten nicht widerstehen; wieder waren sie da; wieder hob der Führer die Peitsche; ich faßte seinen Arm.

»Du hast recht, Herr«, sagte er, »wir lassen sie bei ihrem Beruf; auch ist es Zeit aufzubrechen. Gesehen hast du sie. Wunderbare Tiere, nicht wahr? Und wie sie uns hassen!«

FRANZ KAFKA
Kleine Fabel

ch«, sagte die Maus, »die Welt wird enger mit jedem Tag. Zuerst war sie so breit, daß ich Angst hatte, ich lief weiter und war glücklich, daß ich endlich rechts und links in der Ferne Mauern sah, aber diese langen Mauern eilen so schnell aufeinander zu, daß ich schon im letzten Zimmer bin, und dort im Winkel steht die Falle, in die ich laufe.«

»Du mußt nur die Laufrichtung ändern«, sagte die Katze und fraß sie.

JAKOB VAN HODDIS
Ein König

in König sitzt auf seinem Thron und spricht: »Alle
meine Straßen sind gepflastert – kein Steinchen
kann meine Schritte hemmen – alle meine Straßen
sind gefegt – kein Stäubchen kann meine Kleider
beschmutzen – alle Straßen sind mit Baldachinen
überdeckt – keine Regenpfütze kann mich zum Ausgleiten
verleiten – doch was hilft das alles gegen die furchtbare Erkenntnis: man könne über sich selber stolpern. – Herr Geheimrat, es
tut mir leid, wir müssen zu Hause bleiben – man könnte über
sich selber stolpern.«

»Sie müßten sich selber vergessen lernen«, sagte der Geheimrat,
»streichen Sie das Datum Ihres Regierungsantrittes aus dem
Kalender – sehen Sie nicht mehr in den Spiegel, denn durch die
Reinigkeit des Glases bringen Sie Ihre Gestalt mit dem Nichts in
Verbindung – Sie mußten sich in sich selber verlieben« – sagte
der Geheimrat – »denn auf Flügeln des Gesanges –«

»Ich wäre nicht die erste Frau, die mich verführt«, seufzte der
König, »Sie übersehen die Gefahren des Mitleids und der rein
menschlichen Einfühlung.«

Der Hahnepeter

Der Junge hieß Hahnemann. Eigentlich hieß er Hans. Eines Tages fand Hahnemann ein Ei, aber es war kein richtiges Ei, sondern es war an einer Ecke nicht rund, sondern platt. Ganz platt. GANZ PLATT.

Und zwar hatte es auf der platten Ecke gestanden. Das mußte Hahnemann auffallen. Darum nahm er das Ei mit und ging damit zum Onkel Doktor. DER aber sagte ihm, daß das kein Hühnerei wäre, auch kein Gänseei, sondern es wäre ein Hahnenei, und zwar das Ei von einem RICHTIGEN HAHNEPETER. Ja, sagte Hans, wie muß man das denn machen? Da setzte der Onkel Doktor seine Hornbrille auf und sagte, solch ein Ei brauchte genau 13 Tage hinter dem warmen Ofen zu liegen zum Ausbrüten. Die Mutter wollte das zuerst nicht glauben. Als aber Hahnemann eine lange Konservendose hinter den Ofen stellte, und das Ei darauf, noch etwas grünes Gras dabei, wie auf einer richtigen Wiese, da glaubte sie es doch. Nur fürchtete sie sich etwas, wenn der Hahnepeter schließlich auskommen würde, was dann?

Hahnemann beruhigte sie, sie müsse nur 13 Tage Geduld haben. Morgens und abends betastete Hahnemann das Ei mit dem Zeigefinger und brachte morgens und abends neues Grün von derselben Wiese, auf der er das Ei gefunden hatte. Ihr könnt Euch das alle merken, wie man das macht, denn Ihr findet vielleicht auch mal solch ein Ei von einem richtigen HAHNE-PETER. Und nun kam der Tag, wo der Hahnepeter aus dem Ei kriechen sollte. Das Ei war schon ganz warm geworden, und Hahnemann setzte sich schon vorsichtshalber die BRILLE seiner Großmutter auf. Denn wenn der Hahnepeter herauskommen würde, dann könnte er leicht hinunterfallen. Darum nahm Hahnemann zuletzt das Ei von der Konservendose herunter, wickelte es behutsam in seine Schürze und setzte sich damit dicht an den warmen Ofen. Mit einem Male gab es einen KLING als ob die GROSSEN

Leute mit Wein anSTOSSEN, und da kam der Hahnepeter auch schon aus dem Ei heraus und sagte sofort

Guten Tag

GUTEN TAG!

HAHNEMANN
wollte die Eierschalen fortwerfen, weil er vor Schreck nichts Besseres zu sagen wußte, aber die waren schon nicht mehr da. Und wie er den Hahnepeter ganz vorsichtig auf den Tisch stellte, stand er sogar auf einem Bein, denn er hatte nur eines, und das war wie ein Kreisel.

HAHNEMANN
mochte ihn kaum fest ansehen, aber er sah ihn doch heimlich an und sah ihn immer wieder an, von allen Seiten an, und der Hahnepeter stand auf seinem einen Bein. Als nun die Mutter hereinkam, fragte sie sofort, was man mit dem Ding wohl eigentlich machen könne?

Da meinte Hahnemann, der würde doch Eier legen, und dann hätten wir eine ganze Familie von Hahnepetern. Aber die Mutter meinte, das hätte doch auch keinen Zweck. – O doch, das hätte den Zweck, daß viele Hahnepetermärchen kämen. Und mit einem Male fiel es Hahnemann dabei ein, daß der Hahnepeter auch »Kra« sagen konnte. Wenn man nämlich den Hahnepeter am Halse unter dem Lappen kitzelte, so sagte er KRA-KRA-!

so ähnlich wie Kikeriki. Und als die Kinder kamen, kitzelten sie ihn alle erst mal mit einem Strohhalm unter dem Halse, damit er »Kra, Kra« sagte. Und der Hahnepeter mußte fürchterlich lachen und sagte immer:

»KRA, KRA, KRA, KRA, KRA, KRA, KRA, KRA«,
     und wie
          ihn
          nun
          die KINDER alle kitzelten,

da kitzelte eines verkehrt, es wußte selbst nicht, wie und wo und warum, und wir wissen es auch nicht, warum es verkehrt war. Und plötzlich wurde er grasgrün, schrie furchtbar auf, sprang ein bißchen in die Luft und legte dabei ein schwarzes Ei. Und nun kitzelte jedes Kind einmal an der verkehrten Stelle. Und jedesmal legte der Hahnepeter ein schwarzes Ei. Und da es 13 Kinder waren, so legte er 13 Eier. Und dabei bemerkten es die Kinder, daß er hinten eine richtige Schraube hatte und einen richtigen

PROPELLER.

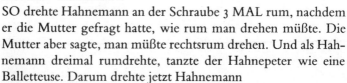

WENN   WO   NE
SCHRAUBE   IST
MUSS MAN AUCH
DRAN   DREHEN.

SO drehte Hahnemann an der Schraube 3 MAL rum, nachdem er die Mutter gefragt hatte, wie rum man drehen müßte. Die Mutter aber sagte, man müßte rechtsrum drehen. Und als Hahnemann dreimal rumdrehte, tanzte der Hahnepeter wie eine Balletteuse. Darum drehte jetzt Hahnemann

6 MAL rum.

Und als Hahnemann sechsmal rumdrehte, tanzte der Hahnepeter wieder und erhob sich dabei etwas in die Luft. Darum drehte jetzt Hahnemann

9 MAL rum.

Und als Hahnemann neunmal rumdrehte, flog der Hahnepeter ganz hoch und sang dazu, wie wenn der Vater Violine spielt. Darum drehte Hahnemann jetzt

13 MAL RUM AUF.

UND ALS HAHNEMANN DREIZEHNMAL RUM-drehte, flog der Hahnepeter ganz hoch, ganz schnell, noch schneller, noch viel schneller und sang dazu noch viel schöner, als wenn der Vater Violine spielt,

UND FLOG HÖHER
UND HÖHER
UND KAM ÜBERHAUPT NICHT WIEDER

HERUNTER.

Die Kinder sahen hinter dem Hahnepeter her, sahen sich gegenseitig an und machten betrübte und erstaunte kleine Gesichter. Manche lachten vor Schreck, und HAHNEMANN mußte sogar weinen.

Aber der Hahnepeter kam nicht wieder. Und da kam gerade die Mutter dazu und hörte die ganze Bescherung und tröstete die Kinder und sagte, sie hätten ja noch die vielen Eier, die Hahnepeter gelegt hatte. Und jedes Kind bekam ein Ei, welches fast genau so ähnlich aussah wie das Ei, aus dem der Hahnepeter herausgekommen war.

Der Paradiesvogel

Auf Hahnemanns Fensterbank wuchs unter vielen Blumen und Stachelgewächsen, die Hahnemann gehörten, auch eine Blume, die so groß wie ein Teller war. Unter diese Blume legte Hahnemann sein Hahnepeter-Ei und pflegte es jeden Tag zweimal eine Viertelstunde. Da senkte die Blume ihren Kopf, der so groß war wie ein Teller, und deckte damit das Ei zu. Zuerst fürchtete Hahnemann, die Blume wolle gar das Ei fressen, aber die Blume fraß das Ei gar nicht, sondern brütete es aus mit ihrem lieben Angesicht. Und plötzlich kam ein richtiger Paradiesvogel aus dem Ei gekrochen, der der Blume sehr ähnlich war und so aussah, als ob er immer zwischen Palmen und Stachelpflanzen gelebt hätte. Der war sehr bunt und hatte schrecklich lange Federn am Schwanz, so daß er durchaus nicht auf der Erde sitzen konnte. Darum flog er immer im Zimmer umher und wurde am Ende so zutraulich, daß er Hahnemann aus der Hand fraß

UND ÜBERHAUPT

und ging sogar mit Hahnemann spazieren, und alle Kinder freuten sich, wenn er so neben ihm flog. Aber einmal, als sie ausgegangen waren, kam der Paradiesvogel nicht wieder nach Hause, sondern flog weit übers Meer nach einer kleinen

Insel, wo außer Adam und Eva noch nie ein lebender Mensch gewesen war: INS PARADIES. Da setzte er sich in der Mitte auf einen Apfelbaum und dachte vielleicht gar nicht mehr an Hahnemann. Aber Hahnemann war sehr traurig, daß der Paradiesvogel nun fort war, und weil er ihn sehr entbehrte und keine Eier vom Hahnepeter mehr hatte, wollte er sich einen neuen bauen. Darum nahm Hahnemann zwei Stäbe, nagelte sie über Kreuz zusammen und überklebte sie mit buntem Papier, genau wie einen Drachen. Hinten hängte er einen Schweif dran, genau wie einen Drachenschwanz, der ebenso bunt war wie der vom Paradiesvogel. Nun ließ er draußen seinen Drachen fliegen, und wie der ganz hoch gestiegen war, da zog er Hahnemann mit in die Luft. Erst gings über die Häuser, und Hahnemann konnte in die Schornsteine hineinsehen und sah, was die Leute heute für Essen kochten, dann immer höher und höher, über die höchsten Berge, dann immer weiter und weiter, quer über das Meer, und Hahnemann sah viele Schiffe mit großen Segeln und schwarzen Schornsteinen, und dabei wurde es langsam immer wärmer und wärmer. Bei der Wärme senkte sich der Drachen nieder, so daß Hahnemann dicht über dem Meere schleppte, bis er endlich ganz sanft auf einer ihm unbekannten Insel gelandet wurde. Jetzt ließ er den Drachen los, und wie der merkte, daß keiner mehr an seinem Seile hing, da stürzte er sich ins Meer, wo es am tiefsten war. Nun saß Hahnemann auf der kleinen Insel. Er ging schnell rund herum und auch schnell kreuz und quer, denn größer war sie im Augenblick nicht. Es waren viele wilde Tiere da, aber Hahnemann erschreckte sich kein bißchen, weil sie lange nicht so wild aussahen wie die im Zoologischen Garten. Sie fraßen sich auch nicht gegenseitig, sondern waren alle Freunde, und da merkte es Hahnemann:

DIESE INSEL WAR DAS PARADIES.

Sämtliche Tiere lebten hier ausschließlich von Pflanzen, die Löwen fraßen Zwetschen und Salat, im Höchstfalle einmal weichgekochte Eier, und die Schlangen gingen Äpfel kauend auf den Birnbäumen spazieren. Und plötzlich fand Hahnemann zwischen Elefanten und Dromedaren seinen Paradiesvogel wieder. Der tat ganz als wenn er hier zu Hause wäre und zeigte Hahnemann, wo man Schokolade und Apfelsinen finden kann. Es gab eine Menge Schokolade im Paradiese, und es gab überhaupt alles da: ROLLER, HOLLÄNDER, RINGELSPIELE, APFELKUCHEN, RUSSISCHE SCHAUKELN, ZAUBERER, HAMPELMÄNNER, SCHLAGSAHNE, MOTORSEGELBOOTE, KASPERLETHEATER, UNTERGRUND- UND HOCHBAHNEN, RADIO UND ROTE AUTOS. – Das alles konnte Hahnemann benutzen, wenn er wollte. Darum bat er um einen Löffel voll Lebertran, weil der Onkel Doktor ihm den verordnet hatte, und wegen der Schokolade, die er hinterher essen durfte.

Da kam plötzlich der gute alte HAHNEPETER anspaziert, die treue Seele. Und neben ihm gingen, o Wunder, zur Rechten die bekanntesten HIPPOLOGEN und SCHULREITER, zur Linken Herr Alfred UNGEFLOCHTEN, den 10. Jahgang des »Normalschnitts« unter dem Arm.

Plötzlich fragte der Onkel Ungeflochten, ob Hahnemann wohl gern mal einige Schulsprünge von den Lippizaner Hengsten sehen wollte. O ja, sehr gerne wollte Hahnemann die Schulsprünge sehen, und da kamen auch schon von allen Seiten die gesattelten Lippizaner, und die Herren Hippologen, Schulreiter und Ungeflochten schwangen sich auf dieselben. Das Paradies nahm teilweise die Gestalt der Wiener Hofreitschule an, bester österreichischer Barockstil, nach dem Entwurf des bekannten Hofarchitekten Fischer von Erlach. Und nun trat der alte PLUVINEL ein, der Reitlehrer Ludwig des Dreizehnten, und fragte sofort, ob der kleine Hahnemann wohl auch gern mal reiten lernen wollte. O ja, sehr gerne wollte Hahnemann reiten lernen, aber da sagte Onkel Ungeflochten, da müßte er die schönen Schulsprünge erst alle mal sehen. Und nun setzte sich der alte Pluvinel neben ihn und erklärte ihm alles, wie er überhaupt später Hahnemanns bester Freund geworden ist. »Sieh her«, sagte er, »voilà eine herrliche Capriole. Dieser Hengst hier geht im spanischen Schritt . . mais voilà une levade, was jetzt Herr Ungeflochten macht.«

Der kleine Hahnemann wollte immer noch mehr sehen, so schön sprangen und schritten die Hengste, aber da sagte der Onkel Pluvinel, nun müßte er selbst erstmal reiten lernen. Weil er aber so klein war, setzte man ihn auf einen sehr kleinen zahmen Esel. Das sah sehr drollig aus neben den großen Lippizaner Hengsten mit den langen Beinen und dem kurzen gedrungenen Körper, die ihren Kopf so stolz trugen. Aber Hahnemann wollte ja auch gar nicht Hohe Schule reiten, es genügte ihm, wenn er nur überhaupt reiten konnte. Und plötzlich bockte der kleine graue Esel und wollte durchaus nicht vorwärts, soviel ihn Hahnemann auch verprügelte, und hätte ihn beinahe sogar abgeworfen. Da kam aber auch schon Onkel Pluvinel, sein Freund, und sagte ihm, daß das Prügeln bei der Dressur von Tieren sehr vorsichtig angewandt werden müsse, das hätte er im »Normalschnitt« gelesen, MEISTENS HELFE GUTES ZUREDEN ODER EIN STÜCKCHEN ZUCKER BEDEUTEND BESSER. »Die Gerte«, sagte er, »dient lediglich dazu, den mit anfühlender Aufmerksamkeit den Gang im Gleichgewicht haltenden Schenkel des Reiters zu unterstützen.« Aber der Esel war nun verbiestert und wollte absolut nicht weiter. Da mußte Hahnemann fürchterlich weinen und wollte nun wieder nach Hause. Aber der Drachen war doch ins Meer gefallen, und da sagte der alte Pluvinel, so leicht würde das nicht gehen, daß er nach Hause zurückkäme,

DENN MAN KÖNNTE NUR ENTWEDER ZU HAUSE ODER IM PARADIESE SEIN.

Beides ginge nicht und wäre noch keinem Menschen gelungen.

Aber da wollte der kleine Hahnemann doch wenigstens seiner geliebten Mutter Nachricht geben, wie schön er es hier hätte. Da sagte der alte Pluvinel, man müsse zu diesem Zweck den Paradiesvogel als Brieftaube dressieren, daß der seiner Mutter schöne Briefe brächte. O ja, sagte Hahnemann, das wäre schön.

Und nun wurde der Paradiesvogel dressiert, zuerst an der Longe, genau wie die Lippizaner Hengste, und als er fertig dressiert war, ging Hahnemann zu Onkel Ungeflochten, weil der doch am besten schreiben konnte, und diktierte ihm einen langen Brief an seine Mutter:

LIEBE, BESTE MAMA!

Du denkst gewiß, ich bin fort und denke gar nicht mehr an Dich, aber nein, ich käme sogar ganz gerne zurück, aber das geht nicht, denn ich bin im Paradiese und der Drachen, der mich hergebracht hat, ist doch ins Meer gefallen und Hahnepeter ist auch hier, weil der hierhergehört und der Paradiesvogel, den ich mit Onkel Pluvinel als Brieftaube abgerichtet habe, auch, und Onkel Unge-flochten auch, der so gut schreiben kann, wie du aus diesem Briefe siehst. Soeben spielt die Paradieser Kurkapelle das Weserlied von Onkel Richard Wagner: »HIER HAB ICH SO MANCHES LIEBE MAL MIT MEINER LAUTE GESESSEN«, und ich denke, daß dies hier Helgoland wäre. Aber im Paradiese ist das ganz anders, WENN DU ERST EINMAL DRIN BIST, KANNST DU SOBALD NICHT WIEDER HERAUS. Onkel Pluvinel sagt, eins könnte man nur: ENTWEDER ZU HAUSE SEIN ODER IM PARADIESE. Nun schreib Du mir auch bald, weil ich nicht zurück kann, und steck den Brief auch nicht in den Briefkasten, sondern gib ihn dem Paradiesvogel mit, weil wir hier keine Briefboten noch nicht haben. Und nun habe ich nur noch einen großen, großen Wunsch, nämlich, daß es Dir gut geht.

Nun Schluß und Gruß und Kuß

Dein

HAHNEMANN.

Die Mutter saß gerade in der Küche und putzte Steckrüben, als es ans Fenster klopfte, und der Paradiesvogel draußen war. Nein, diese Überraschung! Die Mutter kam von einem Schreck in den anderen. Erst erkannte sie den Paradies-vogel wieder. Dann sah sie plötzlich den dicken Brief, und als sie ihn las, wie freute sie sich da, daß er von ihrem lieben kleinen Hahnemann war. Nein, diese Überraschung! Die Mutter weinte richtig vor Freude und Leid, sie wußte es gar nicht weshalb alles, und schließlich wurde sie ganz schrecklich traurig, weil sie doch gar nicht zu Hahnemann konnte, als sie es las, daß Onkel Pluvinel gesagt hätte: »EINERWÄRTS KANN DER MENSCH NUR SEIN, ENTWEDER ZU HAUSE ODER IM PARADIESE!« Denn selbst wenn sie den Weg gewußt hätte, so hätte sie doch das gute Väterchen nicht verlassen können. Aber sie tröstete sich doch, daß Hahnemann noch lebte und es so gut hatte im Paradiese bei Onkel Ungeflochten und Onkel Pluvinel, und schrieb ihm einen langen Brief, den der Paradiesvogel ihm brachte, in dem unter anderem stand, daß er sich auch im Paradies immer schön die Hände vor dem Essen waschen sollte und nicht vergessen dürfte, bei schlechtem Wetter den Mantel und die Gummischuhe anzuziehen. Und nun flog der Paradiesvogel alle acht Tage hin und her und brachte Briefe hin und her.

UND HAHNEMANN LERNTE INZWISCHEN DAS REITEN.

Das Paradies auf der Wiese

Ihr wißt alle, daß alle Freunde Hahnemanns ein Ei vom Hahnepeter bekommen hatten, und als nun Hahnemann immer Briefe aus dem Paradiese schickte, da wollten auch alle gern ins Paradies. Darum gingen sie zu Hahnemanns Mutter und fragten sie, wie es denn Hahnemann seinerzeit gemacht hätte. Die Blume, die so hell war wie ein Katzenauge in der Nacht, war ja nun tot, weil sie offenbar aus Kummer über Hahnemanns Abwesenheit gestorben war. Ihre Zweige hingen schlaff herab. Oder ob sie beim Ausbrüten gestorben war? Vielleicht mußten alle sterben, die Hahnepetereier ausbrüten wollten. Ob nun die anderen Blumen solche Eier ausbrüten könnten, wußte niemand. Aber Hahnemann ließ durch Onkel Ungeflochten zurückschreiben: »... selbst Onkel Pluvinel, ja sogar Onkel Ungeflochten selbst wissen es nicht, wer dort die Eier vom Hahnepeter ausbrüten kann. Und Onkel Gustav, den Ihr noch nicht kennt, sagt, wer Eier ausbrütete, müßte sterben, ob das eine Blume oder eine Mücke wäre ...«, Da waren alle Kinder sehr traurig und gingen mit ihren Eiern nach Hause. Daß aber eine Mücke ein so großes Ei ausbrüten könnte, glaubte niemand. Und sie verwahrten die Eier gut, denn einmal würde doch vielleicht einer die Eier ausbrüten kommen.

Nun war da ein kleiner Bube, und der hieß ERNST. Und Ernst sagte, er wollte schon ins Paradies hinein, selbst auch ohne Paradiesvogel; ja, er wüßte sogar hinzufinden, es wäre gar nicht so weit. Anfangs wollte es ihm keiner glauben, aber er sagte es so lange, bis die Mutter mitging. Da wollten alle Kinder auch mit, aber Ernst wollte außer der kleinen Else niemand mitnehmen, denn Else war ein besonders feines Kind, war groß und schlank und hatte überall Schleifchen, wo sie hinpaßten und wo nicht, und ihre Zöpfe waren ganz dünn und lang und sahen wie auf Draht gezogen aus, darum mochte Ernst sie auch so gern leiden. Und nun gingen die drei los, Ernst, seine Mutter und Else. Ernst sagte, es wäre ganz nah eben den Feldweg am Hause hinunter. Und plötzlich sagte Ernst: »Hier müssen wir durch, denn hier ist die Pforte des Paradieses.« »Ja, das ist ja eine ganz gewöhnliche Pforte von einer Kuhweide«, sagte die Mutter. »Schrei doch nicht so«, sagte Ernst, »das täuscht, das sieht bloß so aus, hier müssen wir trotzdem durch.« »Aber ich zerreiße mir mein Kleid am Stacheldraht«, sagte Else, »ich muß draußen bleiben«; aber Ernst beruhigte sie, das wäre kein Stacheldraht, sondern das gäbe es im Paradiese nicht. Das wären nämlich alles Guirlanden wie beim Sängerfest. Und nun gingen die drei durch die Tür mit den Guirlanden wie beim Sängerfest auf die große Wiese, und Ernst sagte: »Hier sind wir nun mitten im Paradiese. Seht doch nur den Himmel an, das pure Gold!« »Und nun habe ich in einen Kuhklack hineingetreten«, sagte Else. Aber Ernst beruhigte sie, das wäre kein gewöhnlicher Kuhklack, das wäre nämlich reiner Honigpudding. Aber sie sollte ja nicht zuviel davon essen, denn es gäbe noch viel was Besseres im Paradiese, noch viel was Besseres. Und nun zeigte Ernst die prachtvollen Blumen und sagte: »Habt Ihr überhaupt schon jemals so schöne Blumen gesehen?« »Aber das sind ja ganz gemeine Kuhblumen«, sagte die Mutter. Aber jetzt zeigte Ernst ihnen die Lippizaner Hengste, von denen Hahnemann immer in seinen Briefen geschrieben hatte. »Aber das sind doch Kühe«, sagten wie aus einem Munde die Mutter und Else. »Nein«, sagte Ernst, »da kommt ja auch schon Onkel Pluvinel.« »Nein, nein«, sagte die Mutter, »du irrst. Das ist der Bauer, der die Kühe von seiner Wiese heimtreiben will.« »Nein, nein«, sagte Ernst, »siehst du denn nicht seine weiße Locken-Perücke, genau wie Onkel Pluvinel?« Aber die Mutter sagte: »Kommt nur schnell, Kinder, denn der Bauer kommt über die Wiese direkt auf uns zu, und man kann nicht wissen, was er will.« »Ach was«, sagte Ernst, »der geht nicht auf uns zu, der geht doch auf die Lippizaner Hengste zu, der will die Lippizaner doch dressieren. Seht Ihr denn nicht, er hat doch schon die Longe in der Hand.« »Ja, Tante«, sagte Else, »er geht nach den Kühen.«

»UND JETZT HABE ICH AUCH IN EINEN KUHKLACK GETRETEN«, sagte die Mama. Und tatsächlich hatte sie mitten hineingetreten in einen ziemlich großen Kuhklack. Und darum wollte sie es überhaupt nicht mehr glauben, daß dies das Paradies wäre. Aber Ernst sagte es so bestimmt, daß es doch und doch das Paradies wäre, denn sonst hätte er es doch gar nicht gesagt. Und nun begann auch schon die Dressur, und Else sagte: »Das ist gar keine Longe, die Onkel Pluvinel da hat. Das ist ja eine Peitsche.« Und Onkel Pluvinel schlug mit der Longe in die Luft, daß es laut knallte. Und Ernst sagte, daß es doch und doch eine Longe wäre. Und wie nun die Dressur weiter ging, da bäumte sich der Lippizaner Hengst hinten und vorne und schlug mit seinem Schwanze Rad und hopste hin und hopste her, ganz anderst, als das sonst die Lippizaner Hengste zu tun pflegen. Und plötzlich sagte Ernst: »Da kommt auch schon Onkel Ungeflochten und sieht zu, weil das hier doch 'ne Pferdedressur ist.« »Aber das ist doch ein Bauernknecht«, sagte die Mutter, »und der will helfen, weil die Kuh doch so störrisch ist.« Aber Ernst wollte das nicht zugeben, weil das doch Onkel Ungeflochten war, und sagte, daß das doch Onkel Ungeflochten wäre, denn wie hätte er denn sonst den Normalschnitt unter dem Arm haben können. »I wo«, sagte die Mutter, »das ist doch kein Normalschnitt, das ist doch ein Maulkorb für die störrische Kuh, damit sie nicht beißen kann und besser mitgeht, wohin sie soll.« Aber Ernst sagte, daß das doch und doch der Normal-

schnitt wäre, denn wie sollte dies sonst wohl das Paradies sein. Und da war die
Mutter schon wieder in einen Kuhklack getreten. Und jetzt trat sogar Ernst
selbst hinein. Aber er tat nicht als ob und ging mutig durch dick und dünn auf
die Lippizaner Hengste zu.

DIE EINE STÖRRISCHE KUH ABER, WIE SIE ERNST
ANKOMMEN SAH, HOB SIE IHREN SCHWANZ SENK-
RECHT HOCH, WIE BEI EINEM STIERKAMPF IN SPA-
NIEN, SENKTE IHR GEWEIH UND KAM MIT GESENK-
TEM GEHÖRN UND EINEM ENTSETZLICHEN

MUH

AUF ERNST ZU.

Ernst, wie er das sah und hörte, kehrte er direkt um, und zwar genau entgegengesetzt und lief wie er in seinem Leben noch nicht gelaufen war, und zwar hinaus
aus der Pforte des Paradieses mit den Guirlanden, die Kuh immer hinterher. Und
das hatte er nun davon. Und draußen drehte er sich nach der Kuh um und sagte:
»WIR SPIELEN JA NUR PARADIES, ALTE BIESTIGE KUH DU, ICH
WEISS JA GANZ GENAU, DASS DU KEIN LIPPIZANER HENGST
BIST.« Die Kuh aber brüllte fürchterlich und lief immer gradeaus, wie das
wildgewordene Kühe immer tun, und da nun Ernst im Bogen gelaufen war, so
lief die Kuh direkt gegen das Gitter und fiel mit einem großen Bums auf die
Seite. Und nun sah Ernst von draußen seine Mama und Else, die noch immer
mitten im Paradiese standen, und rief ihnen aus Leibeskräften zu:
»DAS IST JA GAR NICHT DAS PARADIES, KOMMT
DOCH RAUS, SONST STÖSST EUCH NÄMLICH DIE
KUH, ICH HABE MICH NÄMLICH VORHIN GEIRRT.«
Nun rief aber die Mutter zurück, sie glaubte es nicht, daß er sich
vorher geirrt hätte, denn dieses wäre doch das Paradies, er sollte
nur wieder hereinkommen, denn sonst könnte doch nicht Onkel Pluvinel mit der Longe da sein. »Aber kannst du denn nicht
sehen«, rief Ernst, »das ist doch der Bauer mit der Peitsche.«
»Aber nun kommt auch noch Onkel Ungeflochten mit dem
Normalschnitt unter dem Arm«, sagte die Mutter. »Aber nein«,
sagte Ernst, »das ist doch der Bauernknecht mit dem Maulkorb
für das Biest von Kuh, die mich eben beinahe gestoßen hätte, –
ach Gott, ach Gott. Nun glaubt mir doch nur einmal und
kommt, ich rege mich hier sonst noch tot vor Angst, ach Gott,
ach Gott.« Und nun kam die Mama mit Else und sagte, wenn
Ernst sonst ängsterlich würde, dann wollte sie doch lieber herauskommen aus dem Paradiese, so schade es an sich auch wäre, aber

WER EINMAL LÜGT
DEM GLAUBT MAN NICHT
UND WENN ER AUCH
DIE WAHRHEIT SPRICHT.

Da sagte Ernst: »Ich habe ja gar nicht gelogen, ich habe mich nur geirrt.« Aber Else zippte ihn aus und sagte:

PFUI!
HAT GELOGEN
HAT BETROGEN
HAT DIE KUH AM SCHWANZ GEZOGEN.

Aber

das letzte Wort blieb ihr im Halse stecken, denn in dem Augenblick stach sie eine ganz gewöhnliche kleine Stechmücke hinten im Nacken, grade an die Stelle, wo sie mit beiden Händen nicht hin konnte, und stach so feste, daß Else laut schreien mußte. Die Mama von Ernst wollte die freche Mücke gleich fortjagen, aber da sagte Ernst: »HALT, jetzt lüge ich aber nicht wieder. Nimm nur die Mücke nicht weg, ich weiß es ganz genau, diese Mücke, die aus der Paradieswiese kommt, kann mein Hahnepeter-Ei ausbrüten.« Und er sagte das so bestimmt und richtig, daß Else sich den Schmerz verbiß, zumal da es nun sowieso nicht mehr weh tat, und daß die Mutter die Mücke sitzen ließ. Da sog die Mücke sich dick und rot und saß noch da, als die drei zu Hause ankamen. Ernst holte sofort sein Hahnepeter-Ei, und wie die Mücke das sah, setzte sie sich sofort auf das Ei und blieb sitzen. Nun glaubten es alle, daß die Mücke das Ei würde ausbrüten können. Ernst stellte das Ei mit der Mücke auf die Fensterbank zwischen alle Blumen, und die kleine Mücke brütete dreizehn Tage lang. Man sollte es kaum glauben, daß eine so kleine Mücke überhaupt ein so großes Ei ausbrüten kann, ABER BEI WUNDERN IST EBEN ALLES WUNDERBAR. Ernst hielt jeden Tag seine Hand der Mücke einmal hin, und die Mücke setzte sich eben darauf, stach ihn und trank sich satt. Dann flog sie aber sofort wieder auf das Ei und brütete es weiter. Die Kinder aber kamen jeden Tag und beobachteten das Ei. Die allgemeine Aufregung wuchs von Stunde zu Stunde, was wohl aus diesem Ei herauskommen würde, und nach dreizehn Tagen

kamen alle Freunde und noch andere Kinder und stellten sich
rund um das Ei, und die Mücke sah sie alle an vom einen zum
anderen. Und plötzlich ging es

KLING   KLING   KLING
   KLING   KLING   KLING
   KLING   KLING   KLING
Die Eierschale zerfiel zu Asche,
und die arme Mücke fiel tot um,

und aus dem Ei kamen Tausende von kleinen Mücken hervor, die hin- und
herflogen und wie die Zugvögel große Buchstaben und Figuren bildeten. Man
konnte sie deutlich sehen, denn jede Mücke hatte einen kleinen roten im
Dunkeln leuchtenden Kopf, wie ganz kleine elektrische Glühlämpchen. Das war
wunderbar anzusehen. Mal tanzten sie den Kopf von Alfred Flechtheim, Hin-
denburg, dem alten Fritz (Friederikus Rex), Jackie Coogan oder Richard
Wagner im Profil, mal war es eine Blume, z. B. Riwiesel oder Ograusel, oder
ein modernes Auto in Tropfenform, und endlich ein Flugzeug mit einem
bequem gepolsterten Sitz.

DAS WAR EIN HALLO!

Kaum aber hatte Ernst das Flugzeug gesehen, als er auch schon einstieg, und ehe
er es sich versah, flog das Mückenflugzeug durchs Fenster, und höher und höher,
und weg und weg, und Ernst mit und mit. Und er hatte ganz vergessen, sich ein
Butterbrot mitzunehmen. Die Kinder aber standen am Fenster und winkten und
winkten, und Ernst flog im Flugzeug immer weiter und weiter, erst quer über
die Wiese mit den Kuhklacken, bis er im wirklichen Paradiese ankam. Da kam
auch schon Onkel Pluvinel und hob ihn aus dem Flugzeuge heraus. Kaum aber
war Ernst draußen, da flogen alle Mücken auseinander und im Paradiese umher,
und war kein Flugzeug mehr da. Und nun lernte Ernst den wirklichen Geheimrat Ungeflochten kennen. Seine Freude war so groß, daß er die Tränen tapfer
hinunterwürgen mußte. Pluvinel stellte vor, indem er sagte: »Lieber Herr
Ungeflochten, darf ich Ihnen vielleicht den kleinen Ernst vorstellen?« Und mit
einer Handbewegung: »Herr Geheimrat Ungeflochten.«

MAN MUSS NÄMLICH IMMER DEN JÜNGEREN DEM ÄLTEREN VORSTELLEN, DEN GERINGEREN DEM VON HÖHEREM RANG, UND WENN EINE DAME DABEI IST, STETS DEN HERRN DER DAME.

So ist es bei uns auf der Erde, und so ist es ERST RECHT oben im Paradiese.
Man nennt das Sitte. Nur sind die Sitten oben im Paradiese viel mehr Gewohnheit, als bei uns auf der Erde, und Allgemeingut aller Gebildeten geworden. Sie
sind so selbstverständlich, daß es keiner dort mehr falsch macht, denn jeder
Lapsus, so nennt man das nämlich im Paradiese, rächt sich dort, und zwar auf
dem Fuße. Und Ernst erzählte nun, daß er zu Hause auch ein Paradies hätte, das
wäre viel schöner, man ginge nur eben den Feldweg am Hause hinunter, dann
stände man vor der Türe des Paradieses. Aber da merkte Ernst schon, daß er
einen Lapsus begangen hatte, denn Onkel Ungeflochten wurde sehr ernst und
sagte:

»DU LÜGST, DAS KANN ICH SEHEN, DU LÜGST«

»Wieso kannst du das denn sehen?« fragte Ernst ganz schüchtern. »Weil du rauchst. Im Paradiese rauchen nämlich alle Leute, wenn sie lügen.« Und das ist wahr. Für jedes Vergehen gibt es im Paradiese eine Strafe, und zwar sofort. Und darum passiert im Paradiese so selten was Böses, weil jedes Böse sich sofort selbst bestraft. Und zwar auf dem Fuße. WIE SCHÖN WÄRE ES DOCH, WENN WIR AUF DER ERDE DOCH AUCH SOLCHE ZUSTÄNDE HÄTTEN.

Und da sagte Ernst: »Wir spielen das ja auch nur. In Wirklichkeit ist es eine häßliche Kuhwiese mit vielen häßlichen Kuhklacken, in die man so leicht hineintreten kann, aber unser Lippizaner Hengst . . .«, und da merkte er es selbst schon, daß er rauchte, »ich meine unsere Lippizaner Kuh geht Hohe Schule«, er rauchte schon wieder, »ich meine unsere Lippizaner Kuh, das Biest, die läuft auf einen zu und sagt Muh, wie im spanischen Stierkampf. Das hört sich ganz schrecklich an. Die Mama ist ausgerissen, ich aber . . .«, und wie er das sagte, wurde der Rauch so dick, daß er Onkel Ungeflochten überhaupt nicht mehr sehen konnte. Und deshalb erzählte er nicht mehr weiter.

Und wie der Rauch sich allmählich gelegt hatte, da stand Hahnemann neben ihm und schüttelte ihm die Hand. Der freute sich mächtig, daß Ernst nun auch im Paradiese war, und fragte, wie er denn hergekommen wäre. »Ganz einfach«, sagte Ernst, »die Mücken haben mich hierher getragen«, und dabei sah er sich um, ob er wohl nicht wieder rauchte. Aber er rauchte nicht, denn er hatte ja die blanke Wahrheit gesagt. »Und wo sind denn nun die Mücken?« fragte Hahnemann. »Alle zusammen weggeflogen.« Aber in dem Moment kamen sie auch schon alle zurück mit ihren leuchtenden Köpfchen und flogen Hahnemann Figuren vor, und alle ergötzten sich. Erst tanzten sie alle Köpfe: Bismarck, Blümner, alle mit

B B b

Und da sagte Herr Geheimrat Ungeflochten: »Gut und schön, ganz possierlich anzusehen, aber keine Hohe Schule, hat mit Kunst so gut wie nichts zu tun.« Und er befahl, seine Lippizaner Hengste zu satteln. Da bildeten plötzlich die Mücken die Figur eines edlen Pferdes und vollführten in dieser Gestalt so viele herrliche Kapriolen, daß das ganze Paradies schließlich zusah, Löwen und Elefanten, Nashörner und Gänse, Heuschrecken und Schleierschwänze, Pluvinel und Ungeflochten, und sogar die echten gesattelten Lippizaner Hengste selbst sahen zu und klatschten Beifall.

Und Hahnemann diktierte Onkel Ungeflochten einen langen Brief an seine Mutter, daß es noch nie so zwanglos und nett im Paradiese gewesen wäre, wie heute, und dann forderte er zum Schluß alle Kinder auf, auch hierher ins Paradies zu kommen. Wenigstens die, welche Eier vom Hahnepeter hätten.

KURT TUCHOLSKY
Märchen

s war einmal ein Kaiser, der über ein unermeßlich
großes, reiches und schönes Land herrschte. Und
er besaß wie jeder andere Kaiser auch eine Schatzkammer, in der inmitten all der glänzenden und
glitzernden Juwelen auch eine Flöte lag. Das war
aber ein merkwürdiges Instrument. Wenn man nämlich durch
eins der vier Löcher in die Flöte hineinsah – oh! was gab es da
alles zu sehen! Da war eine Landschaft darin, klein, aber voll
Leben: Eine Thomasche Landschaft mit Böcklinschen Wolken
und Leistikowschen Seen. Rezneksche Dämchen rümpften
die Nasen über Zillesche Gestalten, und eine Bauerndirne Meu-
niers trug einen Arm voll Blumen Orliks – kurz, die ganze
moderne Richtung war in der Flöte.
Und was machte der Kaiser damit? Er pfiff drauf.

KLABUND
Der Dichter und der Kaiser
Ein chinesisches Märchen

s lebte im alten China zur Zeit der Thangdynastie, welche in große und gefährliche Kriege gegen ihre Nachbarn verwickelt war, ein junger Dichter namens Hen-Tsch-Ke, der wagte es eines Tages, sich den Zopf abzuschneiden und also durch die Straßen von Peking zu spazieren. Der Wagemut dieses Unternehmens verblüffte die gelbmäntligen Polizisten derart, daß sie ihn für einen Irren hielten und ungehindert passieren ließen. Er wanderte durch Peking – über Land – immer ohne Zopf – und gelangte über die Grenze nach der Provinz Tsch-Wei-Tz, welche sich in den Thangkriegen für neutral erklärt hatte. Von dort richtete er schön auf Seidenpapier und anmutig und bilderreich einen Brief an den Kaiser Thang, in dem er mit jugendlicher Freiheit zu sagen wagte, was eigentlich alle dachten, aber niemand sagte: nämlich: er, der Kaiser, möge doch sich selbst zuerst den veralteten Zopf abschneiden und so seinen Landeskindern (nicht: Untertanen – denn untertan sei man den Göttern oder Buddha) mit erhabenem Beispiel vorangehen und der neuen Zeit ein leuchtendes Symbol geben. Es sei eines großen und überaus mächtigen Reiches nicht würdig, nach außen so stark, nach innen so schwach zu sein. – Der junge Dichter las diesen Brief, von Reiswein und edler Gesinnung trunken, seinen Freunden in der neutralen Provinz Tsch-Wei-Tz eines Sommerabends vor, worauf er ihn mit einem reitenden Boten nach Peking sandte.

Die Ratgeber des Kaisers gerieten in große Bestürzung. Sie enthielten dem Sohn des Himmels das Schreiben des Poeten vor und verboten bei Todesstrafe, die darin enthaltenen Ideen ruchbar werden zu lassen. Der junge Dichter liebte sein Vaterland sehr. Die Liebe zu ihm hatte ihm den Pinsel zum Brief in die Hand gedrückt und das Kästchen mit schwarzer Tusche. Aber seine wahrhaft unschuldig getane Tat wurde ihm von allen Seiten falsch gedeutet. Die Denunzianten bemächtigten sich seiner, während er fern der Heimat weilte, und beschuldigten ihn bei den Behörden des Kaisers des Vaterlandsverrates, der Majestätsbeleidigung, der Desertion; ja: sie gingen soweit, zu behaupten, er habe den Brief im Auftrage der Feinde geschrieben und stehe im Dienste der mongolischen Entente. Er sei ein Ententespion. Andere wieder verdächtigten sein chinesisches Blut und schimpften ihn einen krummnäsigen Koreaner.

Der Dichter wagte eine heimliche Fahrt in die Heimat und erfuhr zu seinem Entsetzen, was über ihn gesprochen und geglaubt wurde. Er, der in der Ferne nur seinen blumenhaften Versen und zarten Tragödien gelebt hatte, wurde beschuldigt, revolutionäre Flugblätter über die Grenze an die Soldaten des Kaisers gesandt zu haben, die dazu aufforderten, das Reich dem Feinde preiszugeben. Der junge Poet geriet in Bestürzung und Tränen. Er zog sich wie eine Schnecke ganz in sich selbst zurück, mißtraute auch seinen wenigen Freunden, und reiste heimlich, wie er gekommen war, in die Provinz Tsch-Wei-Tz zurück. Er dankte es der Gnade der Götter, daß er die Grenze noch passierte, denn die Häscher waren auf ihn aufmerksam geworden. Eine Militärpatrouille jagte hinter ihm her. Ein plötzlich einsetzender Platzregen hinderte sie am Vorwärtskommen. Beauftragt, den Dichter nach der nordchinesischen Festung Küs-Trin zu bringen, erreichten sie eine halbe Stunde zu spät die blauweißen Grenzpfähle.

Der Kaiser erfuhr nichts von dem Dichter und seinem Brief und ließ das Schwert und nicht die Liebe regieren.

Der Dichter lebte fürder einsam an einem melancholischen See der Provinz Tsch-Wei-Tz.

Er blickte, das Haupt auf das Kinn gestützt, auf die grünen Palmen und die violetten Berge. Die Möwen kreuzten kreischend über ihm. Sein Herz suchte in manchen Nächten das Herz des Kaisers. Auch der Kaiser spürte auf seinem goldenen Thron zuweilen ein sonderbares Sehnen: er wußte nicht wohin . . . Er neigte das Haupt in die Hand und dachte angestrengt nach . . . Aber die Herzen des Dichters und des Kaisers fanden sich nicht. Ein Gebirge erhob sich steil und felsig, baum- und weglos, zwischen ihnen, und wenn sie nicht gestorben sind, so leben sie heute noch . . .

WALTER BENJAMIN
Rastelli erzählt . . .

iese Geschichte habe ich von Rastelli gehört, dem unvergleichlichen, unvergessenen Jongleur, der sie eines Abends in seiner Garderobe erzählte.

Es war einmal, begann er, in alten Zeiten ein großer Jongleur. Sein Ruhm hatte sich mit den Karawanen und mit den Kauffahrteischiffen weit über den Erdball verbreitet, und eines Tages erfuhr auch Mohammed Ali Bei, der damals über die Türken herrschte, von ihm. Er entsandte seine Boten nach den vier Windrichtungen mit dem Auftrag, den Meister nach Konstantinopel zu laden, damit er in eigener und kaiserlicher Person sich von dessen Kunstfertigkeit überzeugen könne. Mohammed Ali Bei soll ein herrischer, ja gelegentlich grausamer Fürst gewesen sein, und von ihm erzählte man sich, auf seinen Wink sei ein Sänger, der sein Gehör gesucht, aber nicht seinen Beifall gefunden habe, in den tiefsten Kerker geworfen worden. Doch war auch seine Freigebigkeit bekannt, und ein Künstler, der ihm Genüge tat, konnte auf hohe Belohnung rechnen.

Nach einigen Monaten traf der Meister in der Stadt Konstantinopel ein. Er kam aber nicht allein, wenn er auch wenig Aufhebens von seinem Begleiter machte. Und doch hätte er am Hof des Sultans besondere Ehre mit ihm einlegen können. Jedermann weiß, daß die Despoten des Morgenlandes eine Schwäche für Zwerge hatten. Der Begleiter des Meisters aber war eben ein Zwerg, oder genauer, ein Zwergenknabe. Und zwar ein so ausnehmend zartes, ein so zierliches und geschwindes Geschöpfchen, daß es am Hof des Sultans bestimmt nicht seinesgleichen gefunden hätte. Der Meister hielt diesen Zwerg versteckt, und dafür hatte er seinen guten Grund. Er arbeitete nämlich ein wenig anders als seine Fachgenossen. Diese sind bekanntlich in die chinesische Schule gegangen und haben dort den Umgang mit Stäben und Tellern, mit Schwertern und Feuerbränden erlernt. Unser Meister aber suchte nicht seine Ehre in der Anzahl und Vielfalt der Requisiten, sondern er hielt es mit einem einzigen, welches noch dazu das einfachste war und nur durch

seine ungewöhnliche Größe auffiel. Es war ein Ball. Dieser Ball
hatte ihm seinen Weltruhm gebracht, und in der Tat gab es
nichts, was den Wundern gleichkam, die er an diesem Ball
verrichtete. Denen, die dem Spiel des Meisters gefolgt waren,
kam vor, als habe er es mit einem lebendigen, bald gefügigen
und bald spröden, bald zärtlichen und bald spöttischen, bald
zuvorkommenden und bald säumigen Gesellen, niemals aber
mit einer toten Sache zu tun. Die beiden schienen aneinander
gewöhnt und im Guten wie auch im Bösen ohne einander gar
nicht auskommen zu können. Um das Geheimnis des Balls
wußte niemand. Der Zwerg, das gelenkige Elfenkind, saß darinnen. In vieljähriger Übung hatte er sich in jeden Impuls und
in jede Bewegung seines Herrn zu fügen gewußt, und nun
spielte er auf den Sprungfedern, die im Innern des Balls saßen,
so geläufig wie auf den Saiten einer Gitarre. Um jedem Verdacht aus dem Wege zu gehen, ließen beide sich niemals nebeneinander blicken, und Herr und Gehilfe wohnten auf ihren
Reisen niemals unter demselben Dache.
Der vom Sultan anbefohlene Tag war gekommen. Eine von
Vorhängen eingefaßte Estrade war im Saal des Halbmondes
aufgeschlagen, den die Würdenträger des Herrschers füllten.
Der Meister verneigte sich gegen den Thronsitz und führte eine
Flöte an seine Lippen. Nach einigen präludierenden Läufen ging
er in ein Stakkato über, in dessen Takt sich der große Ball in
Sprüngen aus den Soffitten näherte. Plötzlich hatte er auf den
Schultern seines Besitzers Platz genommen, um so bald nicht
mehr von ihm zu weichen. Er umspielte, er umschmeichelte
seinen Herrn. Der aber hatte die Flöte nun fortgetan, und als ob
er von seinem Besucher nichts wisse, mit einem langsamen Tanz
begonnen, den zu verfolgen ein Vergnügen gewesen wäre,
wenn nicht der Ball aller Augen gefesselt hätte. Wie die Erde
sich um die Sonne dreht und dabei gleichzeitig um sich selbst, so
drehte sich der Ball um den Tanzenden und vergaß doch auch
seinen eigenen Tanz nicht. Vom Scheitel bis zur Sohle war keine
Stelle, über die der Ball nicht hinwegspielte, und jede wurde im
Vorbeifliehen sein eigener Spielplatz. Niemand wäre eingefallen, nach der Musik dieses stummen Reigens zu fragen. Denn sie
spielten einander selber auf: der Meister dem Ball und der Ball

dem Meister, wie es dem kleinen, versteckten Helfer nun schon durch Jahre geläufig war.

So blieb es die längste Zeit, bis auf einmal bei einem Wirbel des Tänzers der Ball, gleichsam fortgeschleudert, der Rampe entgegenrollte, an sie stieß und vor ihr hüpfen blieb, während der Meister sich sammelte. Denn nun ging es auf das Finale zu. Wieder griff der Meister zu seiner Flöte. Erst war es, als wolle er seinen Ball, dessen Sprünge schwächer und schwächer geworden waren, leise und immer leiser begleiten. Dann aber riß die Flöte die Führung an sich. Der Atem des Bläsers wurde voller, und als hauche er mit der neuen und kräftigen Weise seinem Ball neues Leben ein, gerieten dessen Sprünge allmählich höher, während der Meister den Arm zu erheben begann, um, nachdem er ihn gelassen in Schulterhöhe gebracht hatte, den kleinen Finger, immer im Musizieren, auszustrecken, auf den der Ball, einem letzten langen Triller gehorchend, mit einem einzigen Satze sich niederließ.

Ein Flüstern der Bewunderung ging durch die Reihen, und der Sultan selbst lud zum Beifall ein. Der Meister aber gab von seiner Kunst eine letzte Probe, indem er den schweren, mit Dukaten gefüllten Beutel, den man auf hohes Geheiß ihm zuwarf, im Fluge auffing.

Wenig später trat er aus dem Palast, um an einem entlegenen Ausgang seinen treuen Zwerg zu erwarten. Da drängte sich zwischen den Wachen hindurch ein Bote vor ihn. »Ich habe Euch überall gesucht, Herr«, sprach er ihn an. »Aber Ihr hattet vorzeitig Euer Quartier verlassen, und in den Palast verwehrte man mir den Eintritt.« Mit diesen Worten brachte er einen Brief zum Vorschein, der die Handschrift des Zwerges trug. »Lieber Meister, Ihr müßt mir nicht zürnen«, hieß es darinnen. »Heute könnt Ihr Euch nicht vor dem Sultan zeigen. Ich bin krank und kann das Bett nicht verlassen.«

– – –

Sie sehen, setzte Rastelli nach einer Pause hinzu, daß unser Stand nicht von gestern ist und daß auch wir unsere Geschichte haben – oder wenigstens unsere Geschichten.

WALTER BENJAMIN
Maulbeer-Omelette

iese alte Geschichte erzähle ich denen, die es nun mit Feigen oder Falerner, Borscht oder einem Capreser Bauernessen würden versuchen wollen. Es war einmal ein König, der alle Macht und alle Schätze der Erde sein Eigen nannte, bei alledem aber nicht froh ward, sondern trübsinniger von Jahr zu Jahr. Da ließ er eines Tages seinen Leibkoch kommen und sagte ihm: »Du hast mir lange Zeit treu gedient und meinen Tisch mit den herrlichsten Speisen bestellt, und ich bin dir gewogen. Nun aber begehre ich eine letzte Probe von deiner Kunst. Du sollst mir die Maulbeer-Omelette machen, so wie ich sie vor fünfzig Jahren in meiner frühesten Jugend genossen habe. Damals führte mein Vater Krieg gegen seinen bösen Nachbar im Osten. Der hatte gesiegt und wir mußten fliehen. Und so flohen wir Tag und Nacht, mein Vater und ich, bis wir in einen finsteren Wald gerieten. Den durchirrten wir und waren vor Hunger und vor Erschöpfung nahe am Verenden, als wir endlich auf eine Hütte stießen. Ein altes Mütterchen hauste drinnen, das hieß uns freundlich rasten, selber aber machte es sich am Herde zu schaffen und nicht lange, so stand die Maulbeer-Omelette vor uns. Kaum aber hatte ich davon den ersten Bissen zum Munde geführt, so war ich wundervoll getröstet und neue Hoffnung kam mir ins Herz. Damals war ich ein unmündiges Kind, und lange dachte ich nicht mehr an die Wohltat dieser köstlichen Speise. Als ich aber später in meinem ganzen Reich nach ihr forschen ließ, fand sich weder die Alte noch irgend einer, der die Maulbeer-Omelette zu bereiten gewußt hätte. Dich will ich nun, wenn du diesen letzten Wunsch mir erfüllst, zu meinem Eidam und zum Erben des Reiches machen. Wirst du mich aber nicht zufriedenstellen, so mußt du sterben.« Da sagte der Koch: »Herr, so möget ihr nur den Henker sogleich rufen. Denn wohl kenne ich das Geheimnis der Maulbeer-Omelette und alle Zutaten, von der gemeinen Kresse bis zum edlen Thymian. Wohl weiß ich den Vers, den man beim Rühren zu sprechen hat und wie der Quirl aus Buchsbaumholz immer nach rechts muß gedreht werden, damit er uns nicht zuletzt um den Lohn aller Mühe bringt. Aber dennoch, o König, werde ich sterben müssen. Dennoch wird meine Omelette dir nicht munden. Denn wie sollte ich sie mit alledem würzen, was du damals in ihr genossen hast: der Gefahr der Schlacht und der Wachsamkeit des Verfolgten, der Wärme des Herdes und der Süße der Rast, der fremden Gegenwart und der dunklen Zukunft.« So sprach der Koch. Der König aber schwieg eine Weile und soll ihn nicht lange danach, reich mit Geschenken beladen, aus seinen Diensten entlassen haben.

Legende vom Tod

 iele Menschen habe ich sterben gesehen, überall, wohin ich kam, hatte der Tod schon zuvor sein Lager aufgeschlagen, ging umher unter den Menschen und trieb sein Handwerk. Manche griff er schnell an, trat einfach zu ihnen hin, wenn sie unterwegs waren oder fröhlich bei Freunden zu Tisch saßen, und nahm ihnen das lebendige Wort vom Munde. Andere berührte er bloß mit seiner Hand, da schrieen sie schon auf und fielen ins Knie. Aber diesen machte er nur sein Zeichen an die Stirn und ließ sie so.

Und wieder welche warteten geradezu auf ihn, verlangten nach dem Tode, sie waren schon lange elend und in Schmerzen oder sonstwie unglücklich. Allein der Tod ging vorbei und sah sie nicht an. Sie glaubten zuletzt schon gar nicht mehr an ihn und verhöhnten ihn, ja, schließlich heilten sogar ihre kranken Glieder, das Glück wendete sich, und es war wieder eine Lust zu leben. Und in diesem Augenblick legte der Tod den Pfeil auf die Sehne.

Aber es war da auch ein Mann, ein junger, starker Mensch, der sterben sollte.

Höre, sagte dieser Mann zum Tode, ich bin doch jung und stark, sieh mich an! Ich habe Augen, die sehen scharf, ich bin geschickt und kräftig in meinen Gliedern, und dann habe ich auch ein munteres Herz in der Brust. Mir ist leid um mein Augenlicht, um meine Stärke und um mein Herz, das so fröhlich ist, wenn nun alles unnütz modern und vergehen soll. Gib mir Urlaub! Dann will ich einen Blinden suchen, einen Lahmen und einen Dritten, der sonst unglücklich ist; denen soll alles geschenkt sein, was ich habe.

Gut, sagte der Tod, der wissend war, sieh selbst, was daraus wird!

Der Mann ging also über Land, da traf er einen Blinden an der Straße.

Ich muß sterben, sagte er zu dem. Willst du mein Augenlicht haben?

Ja, was verlangst du dafür?

Nichts weiter, sagte der Mann. Du sollst es mir danken und sollst mir beistehen, wenn ich sterbe.

Denn es war ihm bang geworden, darum sagte er so.

Da er nun selbst blind war, bat er den, der sein Augenlicht genommen hatte, daß er ihn führen möge, bis sie einen Lahmen fänden. Und als der Lahme gefunden war, sprach er ihn an und sagte:

Der Tod fragt nach mir. Willst du meine geraden Glieder haben, damit sie nicht unnütz verderben?

Ja, gottlob, was verlangst du dafür?

Danke es mir, und steh mir bei, wenn ich sterbe! antwortete wiederum der Mann, denn jetzt war ihm noch um vieles ängstlicher zumut.

Und abermals geleitete ihn der Beschenkte und trug ihn auf dem Rücken mit sich fort, bis sie an einen Ort kamen, wo ein Mensch unter einem Baum stand, ein Verzweifelter. Ja, er schlang schon einen Strick um den stärksten Ast, so verzweifelt war er.

Laß es, sagte der Mann, klage nicht mehr, ich will dich trösten! Ich bin lahm und blind, der Tod wartet auf mich, aber ich habe noch ein munteres Herz, das will ich dir geben. Und wenn ich sterbe, sollst du es mir danken.

Über eine Weile nun kam der Tod wieder an den Mann, der alles verschenkt hatte, was ihm im Leben lieb gewesen war, und das Sterben fiel ihm nun seltsam schwer in der Finsternis und in der Traurigkeit.

Warte noch, sagte er zum Tode. Ich habe mir Beistand ausgebeten.

Es währte nicht lang, da kam der erste wieder. Aber sieh, dem war das Augenlicht kein Segen gewesen! Ich verfluche dich, schrie er, stirb, wie du kannst! Ehedem war ich glücklich in meiner dunklen Welt, und nun finde ich nur Unheil in der anderen, ich habe mein Brot nicht mehr.

Und als der zweite zurückkehrte, dem die geraden Glieder geschenkt waren, da ging es mit dem nicht besser, nein, auch er hatte keinen Dank und keinen Beistand für den sterbenden Mann. Ich bin ruhelos durch dich geworden, sagte er. Vorher war die Welt klein um mich, ich saß unter Blumen, in der

Wärme alle meine Tage, und jetzt? Jetzt ist die Welt endlos, und es sind Elendstraßen die ich wandern muß.

Am schlimmsten aber stand es um den dritten, um den mit dem fröhlichen Herzen. Der war gebunden und in Ketten, als er vorbeizog. Und der Tag soll verwunschen sein, rief er herüber, an dem du mich betrogen hast. Denn meine Fröhlichkeit büße ich jetzt im Turm. Stirb du, wie ich sterben muß!

Ja, und so war da nirgends ein Trost und eine Hilfe, und der Mann hatte einen schweren Tod, verzweifelt und verlassen. Und von dieser Zeit an gibt der Tod keinem mehr Urlaub, damit er etwas zurücklasse oder mitnehme im Guten oder im Bösen. Er schließt die Gräber für immer mit seinem Siegel, und so ist es recht . . .

BERTOLT BRECHT
Märchen

 s war einmal ein Prinz, weit drüben im Märchen-
lande. Weil der nur ein Träumer war, liebte er es
sehr, auf einer Wiese nahe dem Schlosse zu liegen
und träumend in den blauen Himmel zu starren.
Denn auf dieser Wiese blühten die Blumen größer
und schöner wie sonstwo. –

Und der Prinz träumte von weißen, weißen Schlössern mit
hohen Spiegelfenstern und leuchtenden Söllern.

Es geschah aber, daß der alte König starb. Nun wurde der Prinz
sein Nachfolger. Und der neue König stand nun oft auf den
Söllern von weißen, weißen Schlössern und mit hohen Spiegelfenstern.

Und träumte von einer kleinen Wiese, wo die Blumen größer
und schöner blühten, denn sonstwo.

BERTOLT BRECHT
Der Geierbaum

iele Tage hatte der Baum die Winterstürme ausgehalten und war in langer Dämmerung unter
dem Schnee zusammengekauert dagekniet; da
wurde es Frühjahr und die Geier kamen. Und der
Baum kämpfte mit ihnen vom Hahnenschrei bis
zur Mitternacht. Die Geier, die den Himmel verdunkelten,
stürzten sich auf den einsamen Baum mit solcher Wucht, daß er
zitternd im Grasgrund seine Wurzeln spürte, und es waren ihrer
soviele, daß er stundenlang die Sonne nicht sah. Sie zerfetzten
das Gezwirn seiner Äste und zerhackten seine Knospen und
rissen an seinem Haar, und der Baum kniete gebückt und verzweifelt im Ackergrund, wehrte sich nicht gegen den Himmel,
sondern stemmte sich nur fest gegen die Erde. Da wurden die
Geier müde. Sie zogen weitere Kreise in der Luft, bevor sie sich
auf ihren Feind stürzten, und zitterten mit den Flügeln. Gegen
Mitternacht bemerkte der Baum, daß sie besiegt waren. Er war
unsterblich, und sie sahen es mit Grauen. Sie hatten sich alle
Mühe gegeben, ihn auszurotten, aber ihm war es gleichgültig
gewesen, und er war wohl noch eingeschlafen gegen Abend zu.
Aber gegen Mitternacht sahen sie, daß er zu blühen begann.
Heute wollte er mit dem Blühen anfangen, zerhackt und zerzaust, verwahrlost und blutend; denn es war Frühjahr, und der
Winter war abgestorben. Im Sternenlicht schwebten die Geier,
mit stumpfen Krallen und zerfetzten Flügeln, und müde ließen
sie sich nieder auf dem Baum, den sie nicht besiegt hatten. Der
Baum zitterte unter der schweren Last. Von der Mitternacht nur
bis zum Hahnenschrei saßen die Geier auf ihm und hielten,
kummervoll stöhnend im Schlaf, mit ehernen Krallen seine
blühenden Zweige umfaßt; denn sie träumten, der Baum sei
unsterblich. Aber in der Frühe flogen sie mit schweren Flügel-
schlägen auf, und in dem milden Licht der Dämmerung erblickten sie aus der Höhe den Baum wie einen gespenstigen Spuk,
schwarz und verdorrt: Er war nachts gestorben.

Die Antwort

s war ein reicher Mann, der hatte eine junge Frau,
die war ihm mehr wert als all sein Gut, und das
war nicht wenig. Sie war nicht mehr sehr jung und
er auch nicht. Aber sie lebten zusammen wie zwei
Tauben, und er hatte zwei gute Hände, das waren
ihre Hände, und sie hatte einen guten Kopf, das war sein Kopf.
Sie sagte oft zu ihm: »Ich kann nicht gut denken, lieber Mann,
ich sage alles nur so heraus.« Er aber besaß einen scharfen Verstand, und darum wurde sein Besitztum immer schöner. Da
geschah es nun eines Tages, daß er einen Schuldner in die Hände
bekam, dessen Gut er notwendig brauchte, auch war es kein
guter Mensch. Deshalb machte er nicht viel Federlesens mit ihm
und pfändete ihn aus. Der Mensch sollte noch eine Nacht in
seinem Hause schlafen, in dem er alle seine Jahre so gelebt hatte,
daß er nun in die Fremde ziehen mußte; am Morgen danach
sollte ihm alles genommen werden.

In dieser Nacht nun konnte seine Frau nicht schlafen. Sie lag
neben ihrem Manne da und dachte nach und stand auf. Sie stand
auf und ging zu dem Nachbar hinüber, den ihr Mann pfänden
wollte, mitten in der Nacht. Denn sie dachte, daß sie ihren
eigenen Mann nicht kränken durfte, indem sie mit seinem
Wissen dem Nachbar half. Und sie konnte den Menschen auch
nicht leiden sehen. Der Mensch war auch wach, da hatte sie recht
geraten, er saß in seinen vier Wänden und genoß die Stunden
aus. Als er sie sah, erschrak er, sie aber wollte ihm nur recht
schnell ihren Schmuck geben.

Weil sie nun dazu Zeit brauchte oder weil ihr Mann im Schlaf
spürte, daß sie nicht bei ihm war, erwachte er und stand ebenfalls
auf und ging im Hause herum, rief sie und ängstigte sich und
ging auf die Straße. Da sah er Licht in seines Nachbars Hause
und ging hinüber, um zu sehen, ob er was vergrabe, das ihm
nicht mehr gehörte, und dabei, als er durchs Fenster sah, erblickte er seine Frau bei dem Nachbar, mitten in der Nacht. Er
hörte sie nicht und sah auch das Kästchen in ihrer Hand nicht,
darum stieg ihm das Blut in den Kopf, und er zweifelte an seiner

Frau. Zugleich faßte er sein Messer in der Tasche und überlegte
sich, wie er die beiden töten könnte. Da hörte er seine Frau
sagen: »Nimm es nur; ich will nicht, daß mein Mann eine solche
Sünde auf sich lädt, und ich will auch nicht, daß ich ihm wehe
tue, indem ich dir helfe; denn du bist ein schlechter Mensch.«
Damit ging sie zur Tür, und der Mann hatte Eile, sich zu
verstecken, da sie schnell heraustrat und in ihr Haus hinüberlief.
Er ging stumm hinter ihr her, und drinnen sagte er ihr, er hätte
nicht schlafen können und sei aufs Feld gegangen, weil ihn sein
Gewissen bedränge darüber, daß er dem Nachbar sein Haus
nehmen wolle. Da fiel ihm die Frau an die Brust und weinte,
eine solche Freude hatte sie. Aber als sie nun wieder zusammen
schliefen, schlug des Mannes Gewissen erst recht, und er hatte
eine große Scham, denn nun war er zweimal zu klein gewesen,
einmal, als er ihr mißtraute, und zum andernmal, als er sie anlog.
Seine Scham war so groß, daß er sich einredete, er sei ihrer nicht
mehr wert, und wieder aufstand und in die Stube hinunterging
und lange dasaß, so wie der Nachbar drüben in seinem Haus.
Dann aber ward es schlimmer bei ihm, denn ihm half niemand,
weil er sogar versagt hatte. Darum ging er gegen Morgen von
seinem Hause, als es noch dunkel war, und lief fort mit dem
Wind, ohne eine Richtung.
Er lief den ganzen Tag, ohne etwas zu essen, auf einer Straße, die
in eine leere Gegend führte, und wenn sie durch Dörfer kam,
machte er einen Bogen. Am Abend kam er an einen schwarzen
Fluß, an dem fand er eine zerfallene Hütte, in der niemand war,
und da um sie herum in den Auen fette Kräuter wuchsen und der
Fluß fischreich war, so blieb er dort drei Jahre lang und vertrieb
sich die Zeit mit Kräutersammeln und indem er Fische fing.
Dann wurde es ihm zu einsam dort, das heißt: die Stimmen der
Wasser wurden zu laut für ihn, und die Gedanken wuchsen zu
zahlreich, von denen es heißt: sie sind wie Vögel, die das Essen
bedrecken. Darum ging er in eine Stadt und dann in viele Städte,
ohne Richtung, und bettelte dort und kniete in den Kirchen.
Aber mit der Zeit wurden seine Gedanken mächtiger über ihn,
und sie quälten ihn sehr. So begann er zu trinken und herumzu-
laufen wie ein Hund, der für die Kette zu schlecht ist. Es
vergingen aber unterdem viele Jahre. Da geschah es einmal zu

der Zeit, wo er seinen Namen schon vergessen hatte, daß er, der
halb blind geworden war, wieder zu der Stadt zurückkehrte, in
der er einmal gewohnt hatte, das war viele Jahre her. Er erkannte
sie auch nicht wieder und kam nicht weiter als bis zu der
Vorstadt, da lag er im Hof einer Schenke.

Nun kam eines Tages um die Mittagszeit eine Frau des Weges
in den Hof und redete mit dem Wirt. Als der Bettler aber die
Stimme hörte, durchfuhr es ihn, und sein Herz ging schneller,
wie das eines geht, der versehentlich in einen Saal gekommen ist,
in dem es schöne Musik gibt, aber er hat kein Recht dazu. Und
der Mann sah, daß es seine Frau war, die da redete, und brachte
kein Wort heraus. Nur die Hand streckte er aus, als sie vorüberging. Aber die Frau erkannte ihn nicht, denn er sah sich nicht
mehr ähnlich, in keinem Zug, ja, man sah ihm nicht einmal
mehr an, daß er eine solche Qual hatte, so war sein Gesicht
geworden. Also wollte die Frau vorübergehen, denn es gab so
viele Bettler, und dieser schien unverschämt. Da aber brachte
der Mann den Mund auseinander, und es gelang ihm, etwas zu
sagen, das klang, als hieße es: Frau!

Da beugte sich die Frau nieder und sah ihn an und ihre Knie
begannen zu wanken, und sie erblaßte sehr. Und als er schon
nicht mehr sein Herz hörte, da hörte er sie, und sie sagte: »Mein
lieber Mann, wie hast du mich doch lange warten lassen, bis daß
ich nun häßlich geworden bin, dieweil sieben Jahre mir wie
Schmerzen vergangen sind und ich *fast* an dir gezweifelt hätte.«

Das Märchen vom Glück

iebzig war er gut und gern, der alte Mann, der mir in der verräucherten Kneipe gegenübersaß. Sein Schopf sah aus, als habe es darauf geschneit, und die Augen blitzten wie eine blankgefegte Eisbahn.

»O, sind die Menschen dumm«, sagte er und schüttelte den Kopf, daß ich dachte, gleich müßten Schneeflocken aus seinem Haar aufwirbeln. »Das Glück ist ja schließlich keine Dauerwurst, von der man sich täglich seine Scheibe herunterschneiden kann!«

»Stimmt«, meinte ich, »das Glück hat ganz und gar nichts Geräuchertes an sich. Obwohl . . .« »Obwohl?« »Obwohl gerade Sie aussehen, als hinge bei Ihnen zu Hause der Schinken des Glücks im Rauchfang.« »Ich bin eine Ausnahme«, sagte er und trank einen Schluck. »Ich bin die Ausnahme. Ich bin nämlich der Mann, der einen Wunsch frei hat.«

Er blickte mir prüfend ins Gesicht, und dann erzählte er seine Geschichte. »Das ist lange her«, begann er und stützte den Kopf in beide Hände, »sehr lange. Vierzig Jahre. Ich war noch jung und litt am Leben wie an einer geschwollenen Backe. Da setzte sich, als ich eines Mittags verbittert auf einer grünen Parkbank hockte, ein alter Mann neben mich und sagte beiläufig: ›Also gut. Wir haben es uns überlegt. Du hast drei Wünsche frei.‹ Ich starrte in meine Zeitung und tat, als hätte ich nichts gehört. ›Wünsch dir, was du willst‹, fuhr er fort, ›die schönste Frau oder das meiste Geld oder den größten Schnurrbart – das ist deine Sache. Aber werde endlich glücklich! Deine Unzufriedenheit geht uns auf die Nerven.‹ Er sah aus wie der Weihnachtsmann in Zivil. Weißer Vollbart, rote Apfelbäckchen, Augenbrauen wie aus Christbaumwatte. Gar nichts Verrücktes. Vielleicht ein bißchen zu gutmütig. Nachdem ich ihn eingehend betrachtet hatte, starrte ich wieder in meine Zeitung. ›Obwohl es uns nichts angeht, was du mit deinen drei Wünschen machst‹, sagte er, ›wäre es natürlich kein Fehler, wenn du dir die Angelegenheit vorher genau überlegtest. Denn drei Wünsche sind nicht vier Wünsche oder fünf, sondern drei. Und wenn du hinterher noch immer neidisch und unglücklich wärst, könnten wir dir und uns nicht mehr helfen.‹ Ich weiß nicht, ob Sie sich in meine Lage versetzen können. Ich saß auf einer Bank und haderte mit Gott und der Welt. In der Ferne klingelten die Straßenbahnen. Die Wachtparade zog irgendwo mit Pauken und Trompeten zum Schloß. Und neben mir saß nun dieser alte Quatschkopf!«

»Sie wurden wütend?«

»Ich wurde wütend. Mir war zumute wie einem Kessel kurz vorm Zerplatzen. Und als er sein weißwattiertes Großvatermündchen von neuem aufmachen wollte, stieß ich zornzitternd hervor: ›Damit Sie alter Esel mich nicht länger duzen, nehme ich mir die Freiheit, meinen ersten und innigsten Wunsch auszusprechen – scheren Sie sich zum Teufel!‹ Das war nicht fein und höflich, aber ich konnte einfach nicht anders. Es hätte mich sonst zerrissen.«

»Und?«

»Was ›Und‹?«

»War er weg?«

»Ach so! – Natürlich war er weg! Wie fortgeweht. In der gleichen Sekunde. In nichts aufgelöst. Ich guckte sogar unter die Bank. Aber dort war er auch nicht. Mir wurde ganz übel vor lauter Schreck. Die Sache mit den Wünschen schien zu stimmen! Und der erste Wunsch hatte sich bereits erfüllt! Du meine Güte! Und wenn er sich erfüllt hatte, dann war der gute, liebe, brave Großpapa, wer er nun auch sein mochte, nicht nur weg, nicht nur von meiner Bank verschwunden, nein, dann war er beim Teufel! Dann war er in der Hölle! ›Sei nicht albern‹, sagte ich zu mir selber. ›Die Hölle gibt es ja gar nicht, und den Teufel auch nicht.‹ Aber die drei Wünsche, gab's denn die? Und trotzdem war der alte Mann, kaum hatte ich's gewünscht, verschwunden . . . Mir wurde heiß und kalt. Mir schlotterten die Knie. Was sollte ich machen? Der alte Mann mußte wieder her, ob's nun eine Hölle gab oder nicht. Das war ich ihm schuldig. Ich mußte meinen zweiten Wunsch dransetzen, den zweiten von dreien, o, ich Ochse! Oder sollte ich ihn lassen, wo er war? Mit seinen hübschen, roten Apfelbäckchen? Bratapfelbäckchen, dachte ich schaudernd. Mir blieb keine Wahl. Ich schloß die Augen und flüsterte ängstlich: ›Ich wünsche mir, daß der alte

Mann wieder neben mir sitzt!‹ Wissen Sie, ich habe mir jahre-
lang, bis in den Traum hinein, die bittersten Vorwürfe gemacht,
daß ich den zweiten Wunsch auf diese Weise verschleudert habe,
doch ich sah damals keinen Ausweg. Es gab ja auch keinen . . .«
»Und?«
»Was ›Und‹?«
»War er wieder da?«
»Ach so! – Natürlich war er wieder da! In der nämlichen Sekunde. Er saß wieder neben mir, als wäre er nie fortgewünscht
gewesen. Das heißt, man sah's ihm schon an, daß er . . ., daß er
irgendwo gewesen war, wo es verteufelt, ich meine, wo es sehr
heiß sein mußte. O ja. Die buschigen weißen Augenbrauen
waren ein bißchen verbrannt. Und der schöne Vollbart hatte
auch etwas gelitten. Besonders an den Rändern. Außerdem
roch's wie nach versengter Gans. Er blickte mich vorwurfsvoll
an. Dann zog er ein Bartbürstchen aus der Brusttasche, putzte
sich Bart und Brauen und sagte gekränkt: ›Hören Sie, junger
Mann – fein war das nicht von Ihnen!‹ Ich stotterte eine Entschuldigung. Wie leid es mir täte. Ich hätte doch nicht an die drei
Wünsche geglaubt. Und außerdem hätte ich immerhin versucht, den Schaden wieder gutzumachen. ›Das ist richtig‹,
meinte er. ›Es wurde aber auch die höchste Zeit.‹ Dann lächelte
er. Er lächelte so freundlich, daß mir fast die Tränen kamen.
›Nun haben Sie nur noch einen Wunsch frei‹, sagte er, ›den
dritten. Mit ihm gehen Sie hoffentlich ein bißchen vorsichtiger
um. Versprechen Sie mir das?‹ Ich nickte und schluckte. ›Ja‹,
antwortete ich dann, ›aber nur, wenn Sie mich wieder duzen.‹
Da mußte er lachen. ›Gut, mein Junge‹, sagte er und gab mir die
Hand. ›Leb wohl. Sei nicht allzu unglücklich. Und gib auf
deinen letzten Wunsch acht.‹ – ›Ich verspreche es Ihnen‹, erwi-
derte ich feierlich. Doch er war schon weg. Wie fortgeblasen.«
»Und?«
»Was ›Und‹?«
»Seitdem sind Sie glücklich?«
»Ach so. – Glücklich?« Mein Nachbar stand auf, nahm Hut und
Mantel vom Garderobehaken, sah mich mit seinen blitzblanken
Augen an und sagte: »Den letzten Wunsch hab ich vierzig Jahre
lang nicht angerührt. Manchmal war ich nahe dran. Aber nein.

Wünsche sind nur gut, solange man sie noch vor sich hat. Leben Sie wohl.«

Ich sah vom Fenster aus, wie er über die Straße ging. Die Schneeflocken umtanzten ihn. Und er hatte ganz vergessen, mir zu sagen, ob wenigstens er glücklich sei. Oder hatte er mir absichtlich nicht geantwortet? Das ist natürlich auch möglich.

ANNA SEGHERS
Das Argonautenschiff

ie Gäste sahen offen oder verstohlen zu dem Fremden hinüber, der allein in einem Winkel saß, ohne
sich in ihr Gespräch zu mischen. Was war denn das
für ein Mann, der plötzlich hier eingedrungen
war? Die Kneipe lag wie eine Höhle in einer der
vielen Gassen, die sich um die Berge herum bis zum Meer
schlängelten. Sie war auch wie eine Höhle mit Waffen und
goldenem Gefunkel ausgefüllt, mit wilden und listigen, räuber-
haften Gesichtern. Zahllose fremde Schiffe lagen jahraus, jahrein
drunten im Hafen. Ihre Mannschaften sagten sich untereinander
in entlegenen Gegenden: »So, dahin wollt ihr. Wenn ihr wirklich dort ankommt, vergeßt diese Kneipe nicht!« Die Ältesten
setzten hinzu: »Sie war in unserer Jugend berühmt. Gibt es sie
immer noch?«
Und Junge, die gerade von dort kamen, antworteten: »Gewiß.
Warum soll es sie nicht mehr geben? – Die Stadt war zwar
zusammengeschossen. Man hat aber doch in den Trümmern
irgendwo etwas trinken müssen.«
Die Gäste stritten, in welcher Sprache ihnen der Fremde antworten könnte, denn unerträglich gleichmütig, unbewegt saß er
da mit seinem strahlenden Kopf, um seine Schultern ein gold-
gelbes, schwarzgesprenkeltes Fell. Das Sonderbarste an seiner
Erscheinung war: Obwohl er ihnen bestürzend fremd vorkam,
hatte doch jeder bei seinem Anblick das Gefühl, schon einmal
irgendwo auf ihn gestoßen zu sein, und sei es auch vor langem
gewesen, vielleicht als Kind, vielleicht nur auf einen Augenblick.
Die Tochter des Wirts wagte zuerst die Erkundung. Es war
nicht sicher, ob der Wirt sie mit Recht seine Tochter nannte. Sie
stand in jedem Fall seiner Wirtschaft vorzüglich vor. Die Hände,
mit denen sie Gläser und Flaschen richtete, streiften die Gäste
flüchtig wie Blätter. Ihr kleines weißes Gesicht erinnerte die
Seefahrer, die aus dem Osten oder aus dem Süden kamen, an die
Magnolien und Zitronenblüten ihrer verlassenen Gärten, und
solche, die aus dem Norden kamen, an Schneeflocken. Sie war

an die sechzehn Jahre. Ihr glattes schwarzes Haar unter dem frischen Taschentuch war mit einem bunten Wollstrang in einen Zopf geflochten. Sie trug oft Ohrringe. Die schenkte ihr ein junger Mensch aus der Stadt. Er saß jeden Abend an demselben Platz in der Schenke. Er galt als ihr Bräutigam.

Das Mädchen fragte den Fremden in ihrer Sprache, die die einzige war, die sie kannte, wie ihm der Wein geschmeckt hätte. Der Fremde erwiderte lächelnd zu aller Erstaunen nicht nur in derselben Sprache, sondern in der Mundart der Stadt, er habe ihm vorzüglich geschmeckt. Er bat noch einmal genau um den gleichen.

Das Mädchen erzählte bald den neugierigen Gästen, der fremde Mann heiße Jason, er sei hier geboren, aber schon früh in der Welt herumgekommen. Er sei der Kapitän eines großen Schiffes gewesen, das Schiff sei im Schwarzen Meer gestrandet. Er sei an Erfahrungen und auch an Geldmitteln reich; er setzte sein Seefahrerleben fort. Er sei nur hierhergekommen, um seine Vaterstadt wiederzusehen.

Das Mädchen brachte dem Jason Wein und stellte dabei die Fragen, die man ihr auftrug. Ob er die Herberge schon gekannt habe? Gewiß, er hätte auch früher hier manchmal getrunken. Ob er sie verändert finde? Keine Spur von verändert. Die ganze Welt habe sich zwar inzwischen verändert, die Stadt selbst habe manche starke Veränderung aufzuweisen. Die Kneipe aber, die sei dieselbe geblieben. »Und auch der Wein«, sagte Jason, er legte die Hand zugleich auf das Glas und die Hand des Mädchens.

Er verschluckte noch rechtzeitig den Satz: »Auch du bist dieselbe geblieben.« Er brauchte ihr nicht ein Geheimnis zu verraten, das doch offen vor aller Augen lag. Das Goldene Vlies auf seinen Schultern! Der Raub aus dem Tempel von Kolchis!

Das sechzehnjährige Mädchen konnte unmöglich dasselbe sein. Ein kleines weißes Gesicht erinnerte ihn zwar, sooft er herkam, an die Zitronenblüten und Magnolien der südlichen und östlichen Gärten, die er durchstreift hatte, oder an die Schneeflocken seiner Nordlandfahrten. Ein blutjunges Mädchen, das zu Recht oder zu Unrecht als die Tochter des Wirtes galt, hatte hier von jeher vorzüglich die Gäste bedient. Ihre Ohrringe hatten geklimpert. Ein eifersüchtiger Bräutigam hatte ihr Gebaren verfolgt wie dieser da, der ihn finster betrachtete.

Er fühlte, das Mädchen umkreiste ihn, obwohl sie die Gäste in
allen Winkeln bediente. Sie kam in immer engeren Kreisen, in
immer kürzeren Abständen um seinen Tisch herum. Sie goß
ihm sein Glas zum drittenmal voll. Sie redete leise auf ihn ein, sie
schloß manchmal ihre Augen, als ob sein Anblick sie blende. Er
sagte ganz erstaunliche und ganz gewöhnliche Sachen. Er sagte:
»Was ich auf der weiten Welt nicht gefunden habe, das finde ich
plötzlich daheim.« Er sagte: »Ein Mädchen wie du kann gar
keinen Falschen wählen. Sie braucht nicht nach Herkunft, nicht
nach Zukunft zu fragen. Sie kann wie die Sonne selbst keinen
Falschen wählen.« Je tiefer die Nacht sank, desto dichter wurde
der Qualm. Betrunkene Gäste zischten und gurgelten absonder-
liche Gebete und Flüche und Schiffahrtsbefehle in allen Sprachen, und manche riefen gequält oder glücklich einen Namen,
der ihrem Gott oder ihrer Liebschaft oder ihrer Mutter gehörte,
oder sie fingen ein Lied an, das sogar hier noch niemand gehört
hatte. Bis plötzlich, auf wenige Minuten, das erste, das flachste
Tageslicht durch eine Kellerluke hereindrang. Die Sonne rückte
dann wieder über die Luke, sie schien nicht mehr in die Kneipe,
die Gäste fühlten sich wieder in ihrer Höhle vor dem Sonnen-
gott sicher, mit ihren Beschwörungen, ihren ungezügelten
Träumen.

Das Mädchen lief unterdes so rasch von einem Tisch zum
anderen, daß die Gäste hinter ihr her ins Leere griffen. Sie kam
immer dichter an Jason vorbei. Sie berührte seine Schulter. Sein
Vlies schützte ihn wie ein Panzer vor allem, was einen Menschen
bedroht. Es ließ zugleich wie eine Haut jeden Freudenschimmer
in sein Inneres herein.

Jason stand auf; er folgte ihr in eine tiefere Wölbung, von dort
aus durch eine Seitentür in den Hof und schließlich in ihre kleine
Kammer, in der es nach Kräutern und Leinen roch.

Das Mädchen legte den Kopf an seine Brust. Sie steckte ihn
unter sein Fell. Sie fühlte sich dabei sicher wie nie. Sie zog den
Kopf ahnungslos wieder heraus.

Sie rannte ein wenig später durch die Schenke, um Wein in ihre
Kammer zu bringen. Rasch, rasch, damit auch kein Augenblick
verlorengehe. Die Wirtschaft war leer, die Schiffer waren zum
Hafen gezogen. Der dicke Qualm, die Pfützen, die Reste von

Mahlzeiten, Schalen und Scherben, das alles erschien ihr widerwärtig.

Der Mann, der als ihr Bräutigam galt, saß noch auf seinem alten Platz. Er sagte finster: »Was suchst du?« Wie elend war er, wie kläglich! Sie sagte: »Laß mich!« Und dann nur noch »Oh!« Und kehrte um und lief ohne Wein zurück. Sie sah noch den goldenen Schimmer um Jasons Schultern. Er stand aufrecht da. Er wich einen Schritt von ihr zurück. Sein Blick war sofort auf den Horngriff des Messers gefallen, das ihr in der Brust stak. Ein derber Horngriff, wie er den meisten Einheimischen im Gürtel oder im Stiefel stak. Sie war schon zusammengebrochen. Es nützte nichts, wenn er das Messer herauszog. Ein Strudel Blut schoß dann aus dem Schnitt – ihm aber war nichts so zuwider wie ein Fleck auf seinem Goldenen Vlies. Obwohl er im voraus wußte, daß es nichts auf sich hatte, wenn ihn die Stadtpolizei ergriff und durch das Volk vor den Richter schleppte. Dabei belustigte ihn die amtliche Umständlichkeit, die mit jedem Urteil verbunden war, es mochte mit Strafe oder mit Freispruch enden. Wie überflüssig das alles war! Wie all diese Menschen Zeit verschwendeten! Nicht seine Zeit, ihre eigene! Denn seine war grenzenlos. Sie hätten ihm auch nichts anhaben können, wenn er schuldig gewesen wäre. Er wäre sicher entkommen. Durch einen Zufall oder durch ein Wunder? Darüber sollten sich die gewöhnlichen Menschen den Kopf zerbrechen. Für ihn kam es auf dasselbe heraus.

Das alles war ihm schon oft geschehen. Er war zuerst verwundert gewesen, wie alle Menschen um ihn herum zugrunde gingen, an Pest, an Schiffbruch, Krieg oder Mord und manchmal einfach am Alter. Er hatte sich daran gewöhnt. Er war jetzt beinahe eifersüchtig auf den eifersüchtigen Messerstecher. Der konnte sich einbilden, ihm sei etwas Unerhörtes geschehen. Sein Leben sei ihm zerschlagen worden. Und seine Rache sei unerhört. Er, Jason, hätte ihm sagen können: Das hat es alles schon oft in derselben Schenke gegeben. Das wächst alles nach. Genauso liebliche Mädchen, genau solche Zöpfe, in die ein bunter Wollstrang geflochten ist, genau solche Messer mit Horngriffen.

Er lief durch die leere Schenke. Er trat in den Sonnenschein. Er stieg bergauf, bis er wieder das Meer erblickte, smaragdgrün

und unbefleckbar. Die junge runde Sonne am Himmel sah wie
das grelle, verflachte Spiegelbild der tiefen unirdischen Sonne
aus, die in dem Wasser glühte. Er stieg schneller. Das Land fiel
hinter der Stadt ab, es zog ihn durch das schmale bebaute Tal auf
den nächsten Gebirgskamm und wieder von dort hinab in die
nächste Bucht. Er ließ bald eine zackige, rosakahle Bergkette
zwischen sich und der Stadt. Die einzelnen Menschen, die in den
Pflanzungen schnitten und pflückten und wässerten, drehten
sich nicht nach ihm um. Wenn einmal eine Pfeife ertönte, dann
galt sie einem verirrten Bock, dem sie einen Streifen Weideland
zeigte. Er kam an einzelnen Ansiedlungen vorüber und manchmal an verlassenen Tempeln oder an einer Mischung von bei-
dem; denn ein Säulenstumpf war ein guter Grundstock für alle
Art Wohnung und Stall, und wo schon ein Götterbild stand,
brauchte man keines neu zu schnitzen.

Zwei Reiter überholten ihn. Der eine war ein alter strammer
Mann, der andere ein Knabe. Sie trugen die Kleidung vornehmer Leute. Die Pferde waren von edler Rasse, sie waren gesat-
telt wie die Pferde vornehmer Leute. Der Knabe drehte sich
zweimal nach Jason um. Als Jason kurz darauf an einem schönen
Landhaus vorbeikam, waren die Diener bereits mit den Pferden
beschäftigt. Der Knabe stand müßig dabei. Er sah ihm neugie-
rig-schmerzlich entgegen. Jason verstand sich auf den Blick
solcher Knaben. Sie trafen ihn auf der ganzen Welt. Der Knabe
gefiel ihm gut. Er war scheu, aber sicher kühn in Gefahren,
beinahe kränklich, aber zäh.

Jason wartete, bis sie allein waren. Er fragte: »Ist das hier dein
Haus?«–»Ja, leider«, sagte der Knabe, »es ist das Landhaus meiner
Familie.«

Jason erkannte in dem frischen Mauerwerk den Türbalken wieder, den man auch schon in seiner Jugend bei jedem Umbau
erhalten hatte. Er sagte: »Warum sagst du: Leider, ja. Bist du
nicht gern hier? Willst du weg?« Der Knabe erwiderte, was er
selbst als Knabe erwidert hätte: »Mein Vater ist tot, meine
Mutter schwach, mein Onkel ist hart und böse. Das ganze Leben
hier ist mir zuwider. Ich ginge lieber heute als morgen.« Jason
sagte: »Dann geh!« – »Wie soll ich das anstellen? Jeder kennt
mich. Niemand gibt mir Obdach gegen den Willen des Onkels.«

– »Ich nehme dich mit, wenn du willst. Dein Onkel geht mich nichts an.« Und als der Junge aufstrahlte, fuhr er fort: »Wenn du nicht von der Sorte bist, die sich erst lange besinnt, Abschied und Handgepäck braucht, geh noch heute zum Hafen hinunter. Da liegt ein Schiff, das gestern ankam.« – »Ich habe es aus dem Fenster gesehen. Ich dachte mir, wenn das meins werden könnte! Das denke ich aber bei jedem Schiff.« – »Und läßt dich zu dem Zweiten Steuermann bringen. Du wirst ihn erkennen, seine Nase ist eingeschlagen. Ihm sagst du, ich hätte dich geschickt, der Mann mit dem goldenen Fell.« – »Das tue ich«, sagte der Knabe, und Jason war sicher, er tat es.

Er ging die niedrige, roh aber genau aus Geröll errichtete Mauer entlang, die alle Felder und Gärten umgab, die zu dem Landhaus gehörten. Sie füllten die ganze Breite des Tales aus, gerade an der Stelle, über der die Sonne am längsten stand, als hätte der Hausherr alle Bergschatten mit dem Geröll zusammen aus seiner Pflanzung geschaufelt. Er hatte von jeher alle Leute in seinem Dienst nach einem Unwetter oder Bergsturz bis zum äußersten eingesetzt, um die verschütteten Halden zu reinigen. Dann war das weggeräumte Geröll, dadurch sogar das ganze Unwetter seiner Grenzscheide noch zugute gekommen.

Die kleinen Anwesen lagen verstreut, zum Teil schon wieder verwahrlost über dem steilen Bergkamm, wo etwas verwertbare Erde geblieben war. Jason war durstig. Er fragte an einer Tür nach Most oder nach Wasser.

Ein mächtiger Baum, der allen Stürmen gewachsen war, umkrallte mit seinen Wurzeln das Häuschen, er hielt auch die Gartenerde zusammen und alles, was darin wuchs. Die kleine Stube war nicht gastlich, sie war ordentlich, aber freudlos-kahl. Ein mürrischer Lümmel von Mann rief seiner Frau zu: »Bist du taub, hörst du nicht? Er will trinken!« Er stampfte mit einem Fuß auf, als er mit einer Hand einlud.

Die junge Frau mußte geweint haben, bevor Jason gekommen war. Ihr glattes, nicht unschönes Gesicht war wie die Stube, ganz freudlos. Jason sagte, sobald sie allein waren: »Ist das seine Art, mit dir umzugehen?« Er fuhr fort, weil sie schwieg: »Warum läßt du dir das gefallen?«

Sie deutete auf die Wiege in einer Ecke der Stube, sie sagte: »Wir

haben nun mal einen Sohn. Was uns ist, wird ihm sein. Soll ich
alles verkommen lassen? Mein Mann ist ein Trunkenbold.
Wenn ich nicht arbeite, Tag und Nacht, wird für den Sohn
nichts mehr bleiben.«

Jason sagte: »Pack ihn doch auf, den Sohn, und geh.«

Die Frau sah ihn verwundert an. In ihrem Gesicht entstand ein
schmerzlicher Schimmer. Sie schüttelte langsam den Kopf.
»Wohin? Wie? Mit wem?«

»Zum Beispiel mit mir«, sagte Jason, »sobald dein Mann in die
Stube zurückkommt, sind wir fort.«

Die Frau lachte auf, wenn auch freudlos. Ihr Lachen machte sie
aber jung und freudeversprechend. Sie antwortete: »So etwas
denkt man vielleicht einmal, aber man tut es nicht. Ich sage dir
doch, ich bleibe des Kindes wegen.«

»Es wird aber hier in dieser Luft genauso schlecht werden wie
sein Vater.« – »Möglich. Meine Schwiegermutter hat auch nichts
zu lachen gehabt. Ich weinte schon, als die Väter auf unserer
Heirat bestanden, weil ihre Äcker zusammenstießen.« – »Nun,
dann leb wohl«, sagte Jason.

Sie starrte ihm nach, bis ihr Mann zurückkam. Er fuhr sie an:
»Was gaffst du?« Sie sagte frecher als sonst: »Du hast doch wohl
die Luft nicht gepachtet?« Sie brachte ihm aber unaufgefordert
zu trinken. Das wunderte ihn. Er fragte sich, was in den paar
Minuten mit ihr geschehen sei. Er ahnte nicht, daß sie plötzlich
auf einen Einfall gekommen war. Ja, sollte er trinken und
trinken. Bis alles verkam. Bis das Erbteil an gierige Nachbarn
fiel. Ihr kam ein Bruder in den Sinn, der schon vor Jahren in ein
entlegenes Land gezogen war. Der würde sie aufnehmen. Dieser
fremde Mensch mit dem gelben Fell würde sich ihrer nicht mehr
erinnern, wenn sie ihn plötzlich irgendwo in der Fremde ansprä-
che. Warum sollte sie nicht noch einmal auf ihn stoßen? Alles
war möglich.

Jason war schon so hoch gestiegen, daß er wieder das Meer
durch einen Bergspalt schimmern sah. Auf dem Kamm war es
einsam. Die nächste Bucht war viel breiter. Sie griff tiefer ins
Land ein. Sie war von Schiffen erfüllt wie von Schwärmen von
Vögeln, die Lasten und Warenballen aus Lagerhäusern aufpick-
ten wie Futter aus Näpfen. Er hatte noch einen weiten Weg vor

sich, hinunter in das Gewimmel. Die Abhänge waren mit Mais
und Korn und Wein bepflanzt.

Ein Wald lag zwischen dem Bergkamm und den Feldern.

Der Wind roch nach Meer und nach Bäumen. Wie geizig, wie
engherzig war die Erde eingeteilt, mit dem Himmel verglichen,
der sich darüber wölbte. Die Wolken fügten sich nicht für eine
Minute, sie teilten sich nie ein, sie beschränkten sich nie auf ein
einziges Bild, sie verwandelten sich viel schneller, als jemand
denken konnte, bald in Gebirge, bald in Fabeltiere; einmal
wuchsen sie götterhaft, einmal wie Pflanzen. Ihre Schatten jagten über den Kleinkram, der genau eingeteilt war.

Auf einmal kam ein alter Mann zwischen den Steinblöcken an
Jason heran. Er war kein Hirt. Er sah wie ein Gärtner aus mit
einem Tragkorb voll Pflanzen. »Ach, du bist das also.«

Jason sagte: »Was sonst?« – »Ich habe mir nicht erklären können,
was plötzlich zwischen den Felsen leuchtet. Von weitem blinkt
dein Fell wie Metall in der Sonne.« – »Was treibst denn du hier?«
– »Ich bin der Wächter. Ich muß dort unten unseren Wald
bewachen.« – »Was gibt es denn daran zu bewachen?« – »Du weißt
vielleicht nicht, weil du von außerhalb kommst, daß unser Wald
von den Menschen geschont und geachtet wird wie ein Heiligtum. Sie halten dort Feste ab und eine Art Gottesdienst nach einer
alten Sitte. Ich sammele seltene Blumen und lege sie vor den
Bäumen nieder, die unsere heiligen Wahrzeichen tragen.«

»Ich kann dich ein Stück begleiten«, sagte Jason, »erzähle! Was
sind das für Bäume, von denen du sprichst? Was sind das für
Wahrzeichen?« – »Weißt du wirklich nicht, was es mit unserem
Wald auf sich hat? Er ist den Göttern geweiht. Dort wurden
schon in alten Zeiten an einzelnen Bäumen berühmte seltsame
Schiffe aufgehängt, die den Ruhm des Landes begründet haben.
Heute sind zwar nur noch ein paar Stücke der Schiffe übrig. Ihr
Holz ist mit der Zeit morsch geworden. Das allerberühmteste
Schiff ist noch recht gut erhalten. Du hast vielleicht schon von
ihm gehört. Es heißt die *Argo*. Es ist nur ein Wrack. Du kannst
aber nicht davorstehen, ohne daß du vor Ehrfurcht zitterst.«

»Was hat es denn mit der Argo auf sich?«

»Wie, weißt du das wirklich auch nicht? Hier weiß jedes Kind
darüber Bescheid. Kühne Männer des Landes unternahmen auf

diesem Schiff eine Fahrt, die vorher noch niemand gewagt hatte. Über das Schwarze Meer, zu einer unbekannten, nie vorher betretenen Küste. Man nannte sie Argonauten. Man sagt, die Göttin Pallas Athene selbst hätte beim Bau des Schiffes geholfen.«

»Sind sie zurückgekommen?«

»Ich weiß nicht recht«, sagte der Alte, »wahrscheinlich nicht, da nur das Wrack angespült worden ist. Viele haben inzwischen dasselbe gewagt. Landeten an der fremden Küste, kamen zurück. Das Schicksal war ihnen günstig.«

»Ich verstehe nicht, was du erzählst. Das sind doch alles Sagen und Märchen. Du sprichst von Menschen und Göttern und ganz zuletzt noch etwas vom Schicksal. Beim ersten Schiff, sagst du, hat eine Göttin geholfen. Es ist aber wahrscheinlich untergegangen, meinst du. Die nächsten Schiffe, die gewöhnliche Schiffe gewesen sind, kamen glücklich zurück. Was stellst du dir dabei vor?«

»In alten Zeiten, sogar noch in meiner eigenen Jugend, glaubten die Menschen in diesem Land an Götter. Gewiß, sie haben auch einzelne, besonders starke Menschen beinahe wie Götter verehrt . . .«

Der Alte fuhr fort, weil Jason schwieg, so daß er den Eindruck hatte, sein Begleiter verstünde ihn nicht: »Es war aber doch ein ungeheurer Unterschied zwischen Menschen und Göttern. Stärker als Menschen und Götter, höher als beide, hoch über allem war das Schicksal.

Man stellte sich darunter, wenn ich es richtig verstehe, das Gesetz vor, nach dem alles geschieht. Wir lehnen uns bis zum Tode dagegen auf.

Aber die Götter, die weise waren, die halfen ihm, wenn sie Lust dazu hatten, oder sie zogen sich rechtzeitig zurück und überließen es seinem Lauf.

Hast du mich jetzt besser verstanden? Für einen jungen Menschen ist es sicher nicht einfach, mich alten Mann zu verstehen. Heutzutage hört man selten über solche Dinge sprechen.«

»Doch«, sagte Jason, »ich habe selbst früher manchmal darüber nachgedacht. Aber in all den Jahren habe ich niemanden mehr gefunden, der laut und freiwillig darüber spricht. – Bitte, erzähle mir noch etwas von den Argonauten. Wer war ihr Kapitän? Was hat ihn auf diese Fahrt gebracht?«

»Ihr Kapitän soll Jason geheißen haben. Er soll Streit mit seiner Familie bekommen haben. Reiche Leute des Landes. Vielleicht hat ihn sogar sein Onkel aus dem Weg haben wollen. Du wirst aus den alten Sagen nie ganz klug. Also, der junge Jason setzte es sich in den Kopf, ruhmreich oder gar nicht mehr zurückzukommen. Darum wollte er von der fernen Küste eine kostbare Beute mitbringen und sie den Göttern des Landes schenken. Denn die Bewohner der entlegenen Küste hüteten einen Tempelschatz, der ihren eigenen Göttern gehörte, einen besonders kostbaren, himmlische Kräfte verleihenden Schatz, mit dem Namen ›Das Goldene Vlies‹.«

»Nun, und hat er ihn mitgebracht?«

»Meines Erachtens nicht. Die Meinungen darüber sind geteilt. Einige sagen wie ich: An dem heiligen Baum ist nur das Wrack zur Erinnerung aufgehängt. Das bedeutet, der Kapitän ist mit der ganzen Mannschaft zugrunde gegangen. Andere behaupten, das Goldene Vlies sei irgendwo unter dem Baum vergraben. Das ist nicht festzustellen. Die Menschen, wenn sie auch heutzutage nicht mehr so fest wie früher in ihrem Glauben sind, haben doch noch zu viel Verehrung für den Glauben der Väter, um aus Neugier in der geweihten Erde herumzustochern. Aber jetzt habe ich alter Mann dir genug vorgequasselt. Sieh dir alles selbst an. Vielleicht sehen wir uns auf dem Rückweg wieder.«

Es war schattig und kühl in dem Wald. Solche Stille wie hier war nirgends. Auch der Wald sprach die Sprache der Stille. Er bewegte leise die Zweige, und er siebte das Licht zu Sonnenstaub. An diesem Ort waren auch die Vögel und Pilze heilig. Sie sahen den Eindringling ernst an, als ob sie wüßten, daß er es niemals wagen würde, sie zu verletzen.

Was für ein sonderbarer Brauch, dachte Jason, wenn er an einem Baum vorbeikam, der mit den Ästen einzelne Stücke eines verwitterten Fahrzeugs umklammert hielt. Was meine Landsleute doch für Einfälle hatten! Ein besonders mächtiger Baum trug ein Stück Schiffsrumpf mitsamt der vermoderten Galionsfigur. Jason erkannte die Argo sofort, wenn er sie auch noch nie von unten gesehen hatte. Es lief ihm bei dem Wiedersehen kalt den Rücken herunter. Wirklich, der Alte hatte recht. Wenn es auch Jasons eigenes Schiff war, er mußte vor Ehrfurcht zittern. Er erkannte sogar das Stück Planke wieder, das die Göttin Pallas Athene selbst im geheimen eingefügt hatte, wie die Priester behaupteten. Und sein Onkel hatte die Priester für ihre Gebete reich beschenkt. Er hatte an nichts gespart, was die Abfahrt seines verhaßten Neffen und Erben beschleunigte. Die Mutter hatte geweint.

Jason legte sich auf die Erde unter den Baum. Wenn er das Meer auch über alles liebte, heute tat es ihm wohl, nur Grün und Sonnengesprenkel um sich zu haben. Heute tat ihm der Waldgeruch wohler als die beißende Seeluft. Er war müde von dem Weg in die Berge. Er warf sein Fell ab, um die Erde warm unter den Schultern zu spüren. Er sah hinauf zu dem Schiff, das, mit Seilen an die Äste gebunden, unmerklich im Winde schwankte. Meine Mutter, so dachte er, hat damals geweint. Sie hat darauf gedrungen, mit mir zum Orakel zu fahren, aber ihre Gebete und Opfer haben nur die Auskunft erwirkt, die sie am meisten fürchtete: »Er wird mit seinem Schiff zugrunde gehen.«

Er aber hatte sich gar nichts aus dem Orakel gemacht. »Weil ich nicht an Orakel glaube«, hatte er seine Mutter getröstet. – Weil ich fest daran glaube, hatte er sich im geheimen gesagt. – Also, er brauchte die kleinen Schliche und Schutzmaßnahmen gar nicht erst anzuwenden.

Wenn er noch so vorsichtig fahren würde, wäre sein Untergang vom Schicksal bestimmt. Er hätte keine Gebete und Opfer gebraucht, um noch einmal das Gesetz zu erfahren, das jede Regung, jede Faser seines Lebens beherrschte. Ihm war die Planke, die die Göttin Pallas Athene eingefügt haben sollte, wie ein Siegel unter diesem Orakelspruch. Er liebte das Schiff, bevor es noch fertig im Hafen lag. Wie sich die Segel zum erstenmal strafften, legte sich auch sein Herz zur heiligen tödlichen Fahrt vor den Wind. Die Menschen drehten sich in den Straßen nach ihm um. »Das ist der vermessene Kapitän.«

Er hatte aber das Ziel bei der Abfahrt schon fast vergessen. Er dachte gar nicht darüber nach. Er würde wahrscheinlich vorher stranden. Weil er das nicht verhindern konnte, schonte er weder sich noch das Schiff. Wenn sich die Mannschaft im Sturm bangte, bekämpfte er ihre Todesfurcht, indem er sie mit der Behauptung der Priester tröstete: Pallas Athene hätte selbst auf der Werft, ein weißer Schimmer in einer heiligen Nacht, mit fliegenden, silberdröhnenden Hammerschlägen den Bau der Argo vollendet. An einem solchen Schiff müßten die Stürme doch abprallen! Er selbst aber glaubte im stillen, daß weder Mut noch Todesfurcht das Schicksal abwenden könnte; denn es war stärker als Götter und Menschen. Es drohte ihm nicht. Es lähmte ihn nicht. Es brachte nur Himmel und Meer mit seinem Innern in Einklang. Es war nichts anderes als das Gesetz seines Lebens und Sterbens. Es konnte schon bei diesem Sturm eingreifen und genausogut erst beim nächsten.

Jason reckte sich auf der warmen Erde. War er auch tief vertraut mit dem Meer, mit seinen Tücken und Stürmen, es tat ihm auf einmal gut, nichts mehr von ihm zu sehen. Statt dessen beherbergte ihn die Erde schweigend und anspruchslos im stillen Nachmittagslicht – wie die Mutter, verglichen mit der Geliebten. Er nahm einen Halm von Zittergras zwischen zwei Finger, aber er wagte nicht, ihn zu knicken. Es rauschte stärker im Baum. Das unbestimmte Dröhnen vom Meer her ging ihn heute nicht das geringste an. Was sich dort auch für ein Unwetter zusammenballte, das war seine Sache nicht. Er steckte den Halm zwischen die Zähne.

Das Licht, das auf dem Meer vor dem Unwetter etwas tückisch Grelles, etwas schlau Scharfes an sich hat, fiel mit dem sinkenden Tag schräg und genau, aber sanft durch das Geäst, um noch einmal die geheimsten Winkel zu trösten. Die Blätter glänzten, die ihm auf die bloße Brust gefallen waren, als könnte man das Goldene Vlies auch aus gewöhnlichen Stücken der besonnten Abendwelt zusammenfügen.

Sie hatten damals auf ihrem Schiff Argo zahllose Irrfahrten überstanden. Der Kiel, der jetzt sein Gesicht beschattete, hatte manchmal so hoch in die Luft geragt, daß sie den Tod mit der nächsten Welle erwarteten. Gebändigt, zum puren Sinnbild des Seefahrergeistes gezähmt, schwankte die Argo leise an den mächtigsten Ästen. Ihr morsches Holz knackte. Sie war sicher verankert. Die Wurzel des Baumes reichte wohl bis ins Innere der Erde.

Sie hatten damals auf ihrem böse zugerichteten, aber immer
noch festen Schiff auf der anderen Seite des Meeres, an der
sagenumwobenen Küste, Anker geworfen. Sie hatten auf einem
fernen Berg die Umrisse eines seltsamen Tempels erspäht. Der
fahle Abendschein über dem einsamen Land war ihnen wie ein
Schimmer des Goldenen Vlieses vorgekommen, das dieser
Tempel behütete. Er hatte sich angeboten, dorthin allein als
Kundschafter aufzubrechen. Inzwischen sollten seine Gefährten
die Argo bewachen. Sein Angebot schien tollkühn. Er hatte sich
dabei nur gesagt: Ich kann ja doch erst auf der Heimfahrt mit
meinem Schiff zugrunde gehen. Der Tempel der fremden Götter war aus zahllosen Säulen gebaut, die so dicht und so dünn
und so gleichmäßig standen wie Schilfrohr und unerklärlich
summten und silbern vom Mondlicht beschlagen waren. Sie
glichen in nichts den Säulen der eigenen Götter. Sie waren
schwarz, aus Vulkanstein. Er glaubte nicht, daß die Panther, die
in den Höfen und Säulengängen als einzige Lebewesen wie
Priester umherschlichen, ihm etwas anhaben könnten. Er war
durch etwas anderes beunruhigt. Er spürte längst einen Blick auf
sich haften, bevor er wußte, wem er gehörte. Die Priesterin
dieses Tempels war ihm durch alle Säulengänge gefolgt. Sie
glich einer schwarzen Blume, sie glich nichts, was er jemals
gesehen hatte, sie glich nichts, worauf er jemals in Träumen
verfallen war.
Sie hatte ihm dann bei allem, zu allem geholfen. Kein Mord und
kein Zauber war ihr unausführbar erschienen, um ihm bei dem
Raub zu helfen und dann sein Leben zu retten. Den eigenen
Göttern war sie, aus Liebe zu ihm, dem Fremden, untreu geworden, ihm aber widerlich treu. Sie hatte ihm das Goldene Vlies
verschafft, anstatt es zu hüten. Die Wellen bei ihrer gemeinsamen Flucht mit Kinderblut zu beschwichtigen, das war für sie
nur ein Taschenspielerkunststück gewesen, nur eine Abart von
Zauber.
Er hatte damals, den Vorsprung der Küste umsegelnd, sein
Schiff, die Argo, erreichen wollen. Er hatte es scheinbar aus der
Entfernung erkannt. Er hatte, erst näher kommend, gemerkt,
daß das Schiff auf dem alten Landungsplatz gar nicht sein eigenes war. Die Argo war nach vergeblichem Warten abgefahren.

Inzwischen hatten sich andere kühne Seefahrer hergewagt. Das Gerücht seines Mißgeschicks hatte sie eher gereizt als abgeschreckt. Seit ihn das geraubte Vlies vor Zeit und Unbill schützte, waren für ihn ein paar erregende Stunden, in Wirklichkeit Jahre vergangen. Er sah sich zum erstenmal Medea, seine Geliebte, gründlich an. Die Liebe war zuerst zu rasend gewesen, der erste Anblick hatte ihn bis zu dieser Sekunde selbst verzaubert. Er stellte verwundert fest: Aus der kindlichen, beerenäugigen Zauberin war eine erwachsene Hexe geworden.

Als er auf einmal verstand, daß ihn das Schicksal sich selbst überließ wie die Argo, die ohne ihn weitergezogen war, da hörte er auf, an das Schicksal zu glauben. Er glaubte auch nicht mehr an die Götter. Und an die Menschen erst recht nicht mehr.

Wenn sich der Wind legte, summte sofort ein Schwarm Mücken um die Galionsfigur. Er konnte von der Erde aus sehen, wie sie von Luft und Regen verzehrt war. Wenn eine Wolke über die Sonne jagte, schien sie undeutlich und finster auf ihn herunterzusehen. Er hätte jetzt aufstehen müssen, um die Stadt vor Anbruch des Unwetters zu erreichen. Er war schläfrig wie ein Kind. Er fühlte sich hier aller Seemannspflicht, aller Befehlsgewalt enthoben.

Sie hatten damals zur Heimfahrt ein schäbiges Fischerboot gestohlen. Sie hatten darin, seine Hexe und er, alle möglichen Fährnisse gut überstanden. Seine Mutter war tot. Sein Onkel war über die unerwartete Heimkehr erbost. Er mußte, wie es das Volk verlangte, die einzige Tochter mit Jason vermählen. Jason war am Verzweifeln, als seine schwarze Hexe in ihrer Eifersucht alles vernichtete, das Fest, die Braut und die Gäste, sogar ihre eigenen Kinder und ihre eigene Würde und Ehre. Er war aber später auch über ihren Tod am Verzweifeln, wie bei der Rückkehr über den Tod seiner Mutter. So viele Opfer, wie ihm diese beiden Frauen gebracht hatten, waren unwiederholbar, unwiederbringlich. Das übrige ließ sich aufholen, das hatte er längst verstanden. Das Goldene Vlies war seine zweite Haut geworden. Es war ihm nicht eingefallen, die Beute im eigenen Tempel niederzulegen, wie es sein Onkel den Priestern versprochen hatte. Das war ohnedies nur ein Vorwand gewesen, um seinen Neffen loszuwerden.

Die Argo hätte er gern noch einmal wiedergesehen. Was seine alte Mannschaft anging, die kühnen Gefährten seiner echten, seiner begrenzten Jugend, die waren immer von neuem durch ebenso kühne Gefährten zu ersetzen – seiner ewigen, unverkürzbaren Jugend.

Es war dabei kein Schicksal im Spiel und keine Vorsehung. Es war alles Zufall. Es gab dabei kein Gesetz. Es gab dabei keinen verborgenen Weg mit einem Ziel, das in den Sagen die klugen Menschen an einem Faden erreichen, den sie auch in der Verwirrung nicht aus der Hand lassen.

Jetzt schwankte die Argo, und ihr Schatten war kalt. Denn eine Wolke nach der anderen jagte über die Sonne. Es sprühte Schaum von Akazienblüten. Die Stricke ächzten wie Taue. Das morsche Schiffsholz knackte in allen Fugen, und auch das lebendige Holz des Baumes stöhnte. Jason dachte: Ich sollte mir eine Bleibe suchen, bevor der alte Wächter zurückkommt. Er dehnte sich aber und wickelte sich in sein Fell.

Es gab auf einmal viel mehr Vögel im Wald. Sie flüchteten sogar in die Spalte zwischen dem Schiffsrumpf und der Galionsfigur. Ein Ast schwang hoch, weil eins der Seile gerissen war, und gelbe Wogen von Blättern stoben über den Mann am Boden. Die Vögel stießen zuerst in die Baumkrone, dann verzogen sie sich so tief wie möglich, noch tiefer als vorher; sie duckten sich in ihrer Verstörtheit gegen den Menschen im Gras.

Vielleicht hätte Jason doch noch aufspringen können. Er verschränkte aber die Arme unter dem Kopf, und sein Gesicht war so kühn, wie es nur in seiner echten Jugend auf dem brüllenden Meer im Augenblick der höchsten Gefahr gewesen war. Der Sturm brach an. Er sprengte die letzten Seile mit einem Stoß, der ganze Schiffsrumpf krachte über Jason zusammen. Der ging mit seinem Schiff zugrunde, wie es das Volk seit langem in Liedern und Märchen erzählte.

MARIE LUISE KASCHNITZ
Die Kinder hören die Geschichte eines alten Baumes

ines schönen Nachmittags trug [der Wind] die Kinder zu einer Waldlichtung hin und ließ sie dort hinabsinken in das raschelnde braune Laub. Und statt zu heulen und zu toben, sang er ganz sanft vor sich hin und bewegte nur ein wenig die Flügel, um die letzten Herbstblätter von den Zweigen zu wehen.

Wie die Kinder so am Abhang saßen und über das weite nordische Land hinausblickten, bemerkten sie gerade neben sich eine gewaltige Buche, die schon vor langer Zeit ein Sturm entwurzelt haben mochte und die doch niemand fortgeholt hatte, so daß sie mit ihrer starrenden Wurzel und ihrer mächtigen kahlen Krone noch dalag, einem gefällten Riesen gleich. Diesen Baum betrachteten die Kinder lange und wunderten sich darüber, daß er nicht wie die andern Bäume des Waldes fortgeschleift und zersägt worden war. Und weil der Wind so still und freundlich geworden war, wagten sie es, ihn nach dem Schicksal der alten Buche zu fragen.

»Gerade daran muß ich auch denken«, sagte der Wind. Und nun erzählte er den Kindern eine Geschichte.

»Vor langen Zeiten«, begann er, »stand an der Stelle dieser jungen Buchenbäume ein sehr alter Wald. Seine Stämme waren so dick und seine Kronen so mächtig wie der Stamm und die Krone dieses Baumes. Sie standen nicht nahe beieinander, sondern jeder ein wenig für sich, wie eine Schar von mächtigen Recken, und es war soviel Raum zwischen ihnen, daß der üppigste Nachwuchs dort Licht und Luft gefunden hätte. Aber das braune Laub, das alljährlich von ihren Zweigen wehte, bedeckte den Boden wie eine dichte Decke, die alles Leben erstickt. Zwischen den prächtigen silbergrauen Stämmen wuchsen nur Pilze, goldgelber Ziegenbart und schwarze Totentrompeten, und im Winter lag der Schnee mehr als einen Meter hoch. Der Wald gehörte zu einem Landgut, das sehr groß war und noch viele Wälder, große Wiesenflächen und Felder umfaßte. Der Besitzer des Gutes liebte seine Wiesen, seine reichen Kornfelder und die großen Kiefern- und Erlenwälder, die in der

Ebene standen, aber nichts von alledem liebte er so sehr wie den alten Buchenwald auf der Anhöhe, den sein Vater gepflanzt hatte und von dem aus er sein ganzes Besitztum übersehen konnte.

Als die Bäume dieses Waldes so alt geworden waren, daß sie gefällt werden mußten, verstand sich der Gutsherr nur mit dem größten Widerstreben dazu, umherzugehen und ihnen mit seinem Waldhammer das Zeichen einzuprägen, das ihren Tod bedeutete. Aber das mußte geschehen und die Bäume wurden gefällt, nicht alle auf einmal, sondern jedes Jahr ein paar, damit immer noch einige blieben, die dem jungen Nachwuchs Schutz und Schatten gewähren konnten. Der wuchs heran, so gesund und kräftig wie man es nur wünschen konnte, und aus allen Baumarten gemischt, wie es jetzt üblich ist. Aber so prächtig diese jungen Erlen, Kiefern und Buchen auch standen, so konnten sie dem Gutsherrn doch den alten Wald nicht ersetzen. Und darum bestimmte er, daß von dem früheren Bestand wenigstens ein Baum stehen bleiben sollte, der mächtigste und stolzeste von allen.

Zu diesem alten Buchenbaum, der noch viel älter war als er selbst, ritt der Gutsherr oft hinauf. Wenn er die Anhöhe erreichte, stieg er vom Pferde, gerade als sei der alte Baum ein König, dem man sich nur zu Fuß nähern dürfe. Er setzte sich auf eine der mächtigen Wurzeln und hörte zu, wie ich in die Zweige blies und sie rauschen machte, so gewaltig wie das Meer rauscht, das man von hier am Horizont blitzen sehen kann, und dann stand er auf und blickte mit seinen klaren weitschauenden Augen über das Land hin und nahm es aufs neue in seinen Besitz.

Weil er solche Stunden, je älter er wurde, um so mehr liebte, kam er immer häufiger wieder und ließ sich endlich, weil das junge Holz und mancherlei Strauchwerk und Geranke den alten Baum wie eine Dornröschenhecke umwuchsen, einen Weg aushauen, der zu keinem anderen Zweck diente, als ihn und sein Pferd unbehindert dort hinauf zu führen. Aber diesen Pfad ritt er nur noch ein einziges Mal, dann starb er eines schnellen Todes. Und nun war sein Sohn daran, zu bestimmen, was auf dem Gut geschehen sollte. Dieser Sohn, er war der einzige, hatte bisher in der Stadt gelebt und einen Beruf ausgefüllt, der weder mit

Bäumen, noch mit Getreide oder Gras etwas zu tun hatte. Diesen Beruf wollte er nicht aufgeben und verpachtete darum das ganze flache Land. Aus einer seltsamen Laune heraus aber behielt er die Wälder in eigener Verwaltung. So kam es, daß er schon im nächsten Jahre, als er in seinen Ferien zuhause war, den Waldhammer zur Hand nahm und ausging, um die Bäume zu bezeichnen, die gefällt werden sollten.

Diesen Waldgang unternahm der junge Gutsherr nicht allein, sondern in Begleitung eines alten Försters, der schon zu Lebzeiten seines Vaters sein Amt versehen hatte. Und dieser war es auch, der ihn hierher führte und ihn aufforderte, als ersten den alten Buchenstamm zu zeichnen.

Das war im vergangenen Herbst, und wie heute war ich hier und damit beschäftigt, die letzten Blätter von den Zweigen zu schütteln. Ganz deutlich konnte ich das Gesicht des jungen Gutsherren sehen, der da unter der Buche stand und sich auf den langen Hammer stützte, und ich hörte, wie der Förster auf ihn einredete.

»Diese Buche«, sagte er, »hätte schon längst geschlagen werden müssen. Ihr Holz ist krank, und von dieser Krankheit können die jungen Bäume angesteckt werden. Es ist auch leicht möglich, daß ein Sturm die Buche entwurzelt. Dann fällt sie mitten in den jungen Wuchs und erdrückt die besten Stämmchen.«

So sprach der Förster noch eine ganze Weile von dem Schaden, den der alte Baum anrichten könnte, und der junge Gutsherr sah ihm aufmerksam ins Gesicht und dann blickte er seine junge Frau an, die an diesem Tage zum ersten Male mitgekommen war in den Wald, und er erkannte wohl, daß diese beiden Menschen nicht glaubten, daß er den Mut haben würde, den Hammer gegen einen Baum zu erheben, der seinem Vater so lieb gewesen war. Aber gerade um dieses Zweifels willen tat er es doch. Er faßte den Hammer an wie ein Spielzeug und schlug zu, ohne rechte Kraft, aber doch so, daß der Baum in seiner Rinde das helle Todeszeichen trug, das aus einem großen Buchstaben und einer Krone bestand.

In dieser Nacht aber schlief der junge Gutsherr sehr schlecht. Er hatte schon als Knabe des öfteren mitangesehen, wie Bäume gefällt wurden und das eigentümlich ächzende Sausen gehört, mit dem die schweren Kronen durch die Luft gleiten, um dann krachend auf den Waldboden aufzuschlagen. Jetzt glaubte er wieder, aber unendlich schauriger, diesen Ton zu vernehmen. Gegen Morgen kam ihm zwischen Wachen und Schlafen in den Sinn, es sei die Seele seines toten Vaters, die in den alten Baum eingezogen sei, um darin zu wohnen. Und diese wunderliche Vorstellung wurde er nicht mehr los.

Es muß doch möglich sein, dachte er, den Wald zu erreichen, ehe die Holzhauer dort hinkommen. Es muß möglich sein, die Rinde des Baumes mit dem Messer so zu bearbeiten, daß man das Zeichen nicht mehr sieht. Und er zog sich an und machte sich auf den Weg in den Wald.

Es war um die Stunde der ersten Morgendämmerung, der unheimlichsten der Nacht. Ich war noch immer an dem Ort, dem der junge Gutsherr zustrebte, obwohl ich schon einmal aufgebrochen war, um über das Meer zu fliegen. Ich war da, weil ich die Stimme des alten Buchenbaumes gehört hatte. Diese Stimme kannte ich sehr gut, seit ungezählten Jahren hatte ich mit ihr Zwiesprache gehalten, und ich wußte recht wohl, was es bedeutete, als sie mich zurückrief: Ich sollte ihr den Tod geben, den großen freien Tod der Schiffe der Urwaldbäume. Aber ich wußte auch, daß sich der alte Baum trotz allem gegen den Tod wehren würde. Und so war es auch. Ich kam daher mit all meiner Kraft, und mit all meiner Kraft gelang es mir nicht, die uralten, zähen Wurzeln aus der Erde zu reißen, die sie so lange umklammert, und aus der sie all ihre Lebenskraft gezogen hatten. Ich mußte einen neuen Anlauf nehmen und noch einen und noch einen, schon klang der Wald wider, wie von dem Getümmel einer furchtbaren Schlacht, schon zersplitterte das junge Holz ringsum, während der alte Stamm noch unbeweglich stand. Aber dann fühlte ich plötzlich, daß es mit seiner Kraft zu Ende ging. Denn nun begann er zu stöhnen und sich zu rühren wie ein Mensch, der am ganzen Leibe zittert. Ich holte zu einem neuen Schlage aus und wußte, daß es der letzte sein würde. Während dieser ganzen Zeit stand der junge Gutsherr dicht bei dem alten Buchenbaum und ganz unbeweglich. Er hielt sein Messer in der Hand, aber er benutzte es nicht. Vielleicht ahnte er, daß es nicht mehr nötig sein würde, das Zeichen zu entfernen, und vielleicht sagte er sich auch, daß er ruhig heim gehen und sich zu Bett legen könnte. Aber er tat es nicht. Er blieb unter dem alten Baume stehen, und wie der nun anfing zu wanken und wie die Erde aufbrach und die riesigen Wurzeln frei gab und der Stamm stürzte, – da hätte der junge Gutsherr leicht erschlagen werden können. Denn er sprang erst im letzten Augenblick zur Seite und auch da nur ganz blindlings in die Nacht hinein. Doch es geschah ihm nichts. Nur der alte Baum war zutode getroffen und schrie, und das mußte der junge Gutsherr anhören, und dann mußte er auch zuhören, wie ich meinem alten Freunde den Klagegesang anstimmte.

Denn wenn auch mein Werk getan war, so konnte ich doch nicht einfach so fortfliegen und den toten Baum liegen lassen, so stumm wie er geworden war und so still. Der sah schaurig genug aus in der bleichen Dämmerung mit der aufragenden Wurzel, dem riesigen Stamm und der zerschmetterten Krone, aber mein Gesang war noch schauriger als dieser Anblick. Denn, ob ich gleich vom Meere sang und von den großen Schiffen, von den einsamen Nächten der Wälder und der ewigen Dauer der Elemente, so war meine Stimme doch rauh und wüst, und einem Menschenherzen mochte es wohl scheinen, als ob alle Mächte der Hölle über dem toten Baume tanzten.

Aber dann kam endlich das Morgenrot, und die Sonne, und ich hörte auf zu singen und schaute mir den an, der mit mir die Totenwache gehalten hatte und glaubte, ihn ausgestreckt zu finden, weinend oder betend, in großer Angst. Aber er stand noch immer aufrecht, und ich sah nur, daß er kein Knabe mehr war. Schwer und müde ging er nun den Abhang hinunter, doch ruhig und fest. Jetzt konnte er wohl hingehen und den Hammer erheben, jetzt konnte er Söhne haben und ihnen die Hand so schwer auf die Schulter legen, wie sein Vater es ihm getan hatte. Er war ein Mann geworden.«

Bei diesen Worten hob der Wind die Kinder empor aus dem raschelnden Laub, hinauf in die klare Luft des Herbstnachmittags. Er schwieg und trug sie eilends dahin, und nur ganz von ferne sahen die Kinder noch einmal den toten Baum, der dort, wo der Wind ihn gestürzt hatte, liegen geblieben war, zum Gedächtnis an eine unvergeßliche Stunde.

HANS ERICH NOSSACK
Der König geht ins Kino

eim Abendessen – sie waren schon beim Nachtisch, es gab Karamelpudding – sagte der junge König zu seiner Mutter: »Ich geh heute ins Kino, Mama.«
Der Mutter gefiel das gar nicht. »Ja, wenn du deine alte Mutter hier allein lassen willst«, sagte sie. Das war ihre Art, so etwas zu sagen.

»Ich muß das Leben endlich kennen lernen, Mama«, sagte der König, »lies du nur unterdessen deine Zeitung.«

Was sollte sie da machen? »Aber du nimmst mir auf keinen Fall den roten Umhang?«, sagte sie, »der ist für besondere Gelegenheiten.« Und sie gab ihm den blauen Umhang, der im Kleiderschrank auf einem Bügel hing, und schüttelte ihn aus. Aber der blaue Samt hatte keine Druckstellen bekommen.

Dem König war es gleich. Sie gab ihm auch Geld für das Kino und sagte: »Nimm eine Loge, damit du nicht unter den Leuten sitzt.«

Der König sagte: »Danke!« und steckte das Geld in die kleine Tasche, die in das Seidenfutter eingenäht war. »Bis nachher, Mama«, sagte er und ging ins Kino.

Die Mutter sah ihm vom Fenster aus nach, wie er die Auffahrt zum Palast hinunterging. Wozu will er das Leben kennen lernen, dachte sie, das kann er doch ebenso gut hier. Sie war zornig, weil es ihr nicht gefiel, aber was sollte sie machen? Es gibt so viele Luder, dachte sie. Natürlich dachte sie es nicht laut, das gehört sich nicht, aber wenn die Mutter eines Königs so etwas denkt, ist es nicht zu überhören.

So ging der König die Straße entlang. Der blaue Umhang roch etwas nach Mottenpulver, aber das gab sich an der frischen Luft. Die Leute beachteten ihn gar nicht, sie hielten ihn wegen seines blauen Umhangs für einen Hippie, das waren sie gewohnt, sie sahen schon nicht mehr hin. Mit Königinnen ist das anders, die muß man beachten. Sie rauschen die Straße dahin, den Busen vorneweg, und man geht ihnen besser rasch aus dem Weg.

Erzählt hat mir das alles die Marie. Sie ist Platzanweiserin und Garderobiere in dem Kino, in das der König ging. Nicht in dem Kino da in der kleinen Seitengasse, wo immer die großen Plakate mit Revolvern und Texashüten zu sehen sind. Vielleicht gibt es da auch eine Marie, das ist möglich, aber diese Marie war in dem Kino, in das der König ging.

Die Kartenverkäuferin in ihrem Glaskasten aber hieß Lina, doch wie sollte der König das wissen? Sie hatte noch nie einem König eine Karte verkauft und fragte:

»Sie wollen doch bestimmt eine Loge haben?«

»Wenn es Ihnen recht ist, gnädiges Fräulein«, sagte der König, »möchte ich lieber mit den anderen Leuten zusammensitzen. Ich muß doch das Leben kennen lernen.« Und er schob ihr das Geld, das ihm seine Mutter mitgegeben hatte, durch den Schlitz.

Das machte die Kartenverkäuferin ganz ratlos, denn sie wußte nicht, ob sie einem König eine gewöhnliche Karte verkaufen durfte. »Platz genug ist ja«, sagte sie, »heute ist Freitag, da gibt es einen Gangsterfilm im Fernsehen und die meisten Leute bleiben zu Haus.«

Es war also ein Freitag, da sieht man, wie einem alles wieder einfällt.

»Doch Ihren schönen blauen Mantel geben Sie besser in der Garderobe ab«, sagte sie, denn in einem solchen Mantel, der so blau war, war noch nie jemand ins Kino gegangen.

»Das darf ich leider nicht«, sagte der König, »meine Mutter hat mir gesagt, ich soll ihn anbehalten.«

Da rief die Kartenverkäuferin aus ihrem Verschlag zur Garderobe hinüber: »Marie, komm doch mal her!« Und die Marie hob die Klappe ihres Tisches hoch und kam auch gleich. Sie hatte alles mit angehört, wegen des blauen Mantels, der ihr natürlich aufgefallen war, hatte sie zugehört.

Die Lina sagte zu ihr: »Er darf den blauen Mantel nicht ausziehen, man hat es ihm verboten. Besser du gehst mit ihm, denn er ist zum ersten Mal im Kino, damit es keinen Ärger mit den Leuten gibt und wir die Polizei rufen müssen. Platz ist genug da, die dritte Reihe ist noch beinahe frei, und auf die Garderobe passe ich solange auf, viele Leute werden sowieso nicht mehr kommen, der Hauptfilm hat ja längst begonnen. Und paß auf, daß er im Dunkeln nicht über seinen blauen Mantel stolpert, er muß das ja erst lernen.«

Marie war nur zu bereit. Sie sagte: »Kommen Sie!« und führte den König am Ellbogen in den dunklen Kinoraum und flüsterte: »Vorsicht! Da ist eine Stufe und es geht etwas bergab«, und sie leuchtete auch mit ihrer kleinen Taschenlampe. Und bei der dritten Reihe sagte sie: »So, dahinein und bis zur Mitte, da sehen Sie am besten. Nur einen steifen Nacken werden Sie kriegen, weil Sie nach oben sehen müssen, aber das gibt sich. Aber passen Sie auf, daß Sie nicht mit dem Mantel an einer Stuhllehne hängen bleiben und er einen Riß kriegt.« Das alles flüsterte sie, damit es die Leute nicht störte.

Da saß also der König in seinem blauen Mantel und sah sich den Film an. Und links neben ihm saß Marie, sie kannte den Film schon, aber sie sah ihn sich gern noch einmal an, weil sie dabei geweint hatte und denken mußte: Ob wohl auch der König weinen wird?

Aber die Leute wurden dann doch gestört. Ein dicker Mann rief von hinten: »Nehmen Sie doch gefälligst die blöde Krone ab. Was für eine Rücksichtslosigkeit!« Der dicke Mann war wütend, weil er wegen der Krone den Film nicht genau sehen konnte.

An die Krone hatte der König überhaupt nicht gedacht, er war so daran gewöhnt, und seine Mutter hatte ja auch gesagt, daß er sie auf jeden Fall aufbehalten müsse. »Geben Sie sie her«, sagte Marie schnell, denn es durfte da keinen Ärger geben. Da gab ihr der König die Krone und sie behielt sie solange auf ihrem Schoße, da störte sie keinen. Und der König fuhr sich einmal über die Haare, die in Unordnung geraten waren, als er die Krone abnahm.

So saßen sie da im Dunkeln und eine Weile ging alles gut, niemand wurde gestört. Ja, eine Weile ging alles gut und Marie dachte: Gleich ist der Film zuende, es wird alles gut gehen.

Aber es ging leider doch nicht alles gut. Der König mußte plötzlich lachen. Marie knuffte ihn mit dem Ellbogen: »Sie dürfen doch jetzt nicht lachen, das da ist zum Weinen. Hören Sie bitte sofort mit Lachen auf.« Der König versuchte es auch, er versuchte das Lachen zu verschlucken, um die Leute nicht zu stören, die weinen wollten, und damit der dicke Mann nicht wieder von hinten pöbelte. Doch es gelang ihm nicht, obwohl Marie ihn mit dem Ellbogen knuffte. Er gab sich große Mühe, aber das Lachen platzte doch wieder aus ihm heraus, das war schlimm. Vor lauter Schreck fiel Marie noch die Krone vom Schoß und rollte unter die Stuhlreihe davor, so daß sie sich hinknien mußte, um sie hervorzuangeln. Der König lachte unterdessen ganz laut und von hinten schrie der dicke Mann: »Hier ist keine Klapsbude, dafür bezahlen wir unser Geld nicht.«

Niemand weiß mehr, was das für ein Film war und wie die Schauspieler hießen. So etwas vergißt sich schnell, sogar Marie wußte es nicht mehr, obwohl sie doch geweint hatte. Es war aber in dem Film ein Schauspieler, der spielte einen König, er hatte einen schwarzen Bart und machte ein grimmiges Gesicht. Und auf dem Stuhl neben ihm saß eine Schauspielerin, die spielte die Königin, sie sah sehr hübsch aus. Und vor ihr kniete noch einer, der hatte einen langen Degen an der Seite und küßte der Königin die Hand. Dehalb mußte der König so lachen.

Marie zerrte ihn aus der Sitzreihe, weil er mit Lachen nicht aufhören wollte, und draußen fragte die Lina: »Hat es Ärger gegeben?« Und Marie sagte: »Ja, er hat gelacht, wo es nicht sein durfte.« Der König entschuldigte sich sehr bei ihr. »Es ist das erste Mal, darum, und das nächste Mal werde ich bestimmt nicht wieder lachen«, versprach er. Da gab ihm Marie die Krone und sagte: »Hoffentlich ist sie nicht verbogen beim Herunterfallen.« Sie war aber nicht verbogen, es war eine solide Krone, und der König sagte: »Vielen Dank.« Aber da sah die Lina, die sich aus ihrem Glaskasten herausbeugte, daß der blaue Mantel hinten vom Sitzen ganz verknittert war, und zeigte es Marie. »Nein, so können wir ihn nicht gehen lassen, was soll seine Mutter denken«, rief sie und Marie rief: »Der schöne blaue Samt, was machen wir bloß?« Die Lina sah auf die Uhr und sagte: »Die letzte Vorstellung ist gleich aus, setz ihn solange in die Kammer, und wenn die Leute weg sind, müssen wir den Samt ausdämpfen, vielleicht kriegen wir die Falten raus, es scheint ja sehr guter Stoff zu sein. Setz nur schon Wasser auf.«

»Kommen Sie«, sagte Marie und führte den König in den kleinen Raum hinter der Garderobe. Es stand da allerhand Gerümpel und viel Platz war nicht. Marie machte einen Hocker frei, wischte ihn erst ab und sagte:»Da, setzen Sie sich. Die Leute brauchen Sie nicht zu sehen, was macht das für einen Eindruck. Und geben Sie den Mantel her, damit er nicht noch mehr Falten kriegt.« Doch der König wollte sich nicht setzen, er fragte:»Und Sie? Sind Sie denn nicht müde vom Herumstehen?«»Ich bin das gewohnt«, sagte Marie,»setzen Sie sich endlich«, und dann setzte sie den Wasserkessel auf die Kochplatte, die dort war, damit Marie und Lina sich Kaffee kochen konnten, wenn der Film lief und kein Betrieb war. Und dann fiel ihr noch etwas ein.»Mögen Sie lieber Fruchtbonbons oder Lakritzen?«, fragte sie, und der König bat um Lakritzen. Da brachte sie ihm schnell eine Cellophantüte mit Lakritzen von dem Stand, wo sie Bonbons verkaufte. Der König steckte die Tüte in die Hosentasche, er mochte nämlich keine Lakritzen, aber er dachte, ich werde sie meiner Mutter mitbringen, die wird sie schon mögen.

Dann war auch schon der Film zuende und Marie mußte den Leuten ihre Garderobe geben. Die Tür zur Kammer, wo der König im Dunkeln saß, ließ sie angelehnt und er sah durch den Schlitz alles, wie die Leute ihre Mäntel anzogen und sich eine Zigarette anzündeten und dann hinausgingen. Auch der dicke Mann kam vorbei, er schnaufte und hatte ein rotes Gesicht, er war immer noch wütend, weil jemand an der falschen Stelle gelacht hatte. Aber eine kleine alte Frau zupfte ihn am Ärmel und sagte:»Mach doch keinen Krach, Emil«, da ging er mit seinem roten Gesicht auf die Straße. Und das Wasser im Kessel fing an zu kochen, aber Marie hatte dem König verboten, den Kessel anzurühren.»Lassen Sie ihn ruhig kochen«, hatte sie gesagt,»Sie verbrennen sich sonst noch die Finger und wir brauchen Dampf.« So ließ der König den Kessel auf der Kochplatte tanzen. Dann wurde es draußen dunkel, die Lina machte überall das Licht aus, sie schloß auch die Glastür zur Straße ab, damit kein Räuber hereinkonnte. Das Geld aber hatte sie schon während der letzten Vorstellung gezählt und in zwei Blechbüchsen getan, um sie nachher in den Nachttresor der Bank zu werfen. Die beiden Blechbüchsen nahm sie mit zur Garderobe und sagte:»Na, dann wollen wir mal sehen, was sich machen läßt.« Marie hatte inzwischen die Kochplatte abgestellt und den

Wasserkessel mit nach vorne genommen. Sie stellte ihn auf den Garderobentisch, tat aber eine Zeitung darunter, damit es keinen Fleck gab. Der König sah das alles, er paßte gut auf, denn er wollte ja das Leben kennen lernen.

»Wie kann man nur in so einem Mantel ins Kino gehen«, sagte Marie, »seine Mutter hätte das doch wissen müssen.« »Vielleicht haben sie kein Geld«, meinte die Lina, doch der König, der das hörte, rief aus der Kammer, wo er sitzen bleiben mußte: »Es ist doch das erste Mal, das nächste Mal werde ich einen andern Mantel anziehen, bestimmt, meine Damen.« »Na, schon gut«, sagte die Lina und Marie sagte: »Sie wollte nicht, daß er ins Kino geht. Es gibt solche Mütter, da läßt sich nichts machen. Na, wir werden das schon wieder hinkriegen.« Sie nahmen den Mantel jede an einer Seite und zogen die Stelle, wo er Falten vom Sitzen bekommen hatte, straff über dem Dampf, der aus dem Wasserkessel kam, hin und her. Der König sah genau zu, weil er ja das Leben kennen lernen wollte.

»Genug«, rief die Lina, »sonst wird das Seidenfutter feucht und es gibt Ränder und seine Mutter denkt, daß der Junge sich herumgetrieben hat.«

Sie zogen den Mantel noch einmal straff und als sie sahen, daß keine Falten mehr da waren, hängten sie ihn auf einen Bügel an die Garderobe und strichen ihn mit den Händen glatt. »Das ist ein sehr guter Stoff«, sagte Marie und die Lina sagte: »Die Feuchtigkeit wird sich schon auf dem Nachhauseweg geben.« Dann nahm sie die beiden Blechrollen mit dem Geld und sagte: »Na, ihr braucht mich wohl nicht mehr.« Sie wollte Marie mit dem König allein lassen, weil sie dachte, Marie wollte gern mit ihm allein bleiben, aber Marie schimpfte: »Unsinn! Wir gehen alle zusammen, sonst klauen sie dir noch das Geld. Es gibt so viele Rauschgiftsüchtige, jeden Tag steht es in der Zeitung. Und ihn da bringen wir bis an seine Ecke bei dem Palast. Kommen Sie«, sagte sie zu dem König und als er kam, legte sie ihm den blauen Mantel um und zupfte ihn zurecht. Die Stelle, wo die Falten gewesen waren, schien ihr schon trocken genug zu sein. Aber dann schimpfte sie weiter: »Was für ein Blödsinn, den Jungen in so einem Mantel ins Kino zu schicken.«

»Sie hat mich nicht geschickt«, sagte der König, »ich bin von selber gegangen.«

»Blödsinn«, schimpfte Marie, »sie ist doch eine Frau, sie hätte es wissen müssen. Daß Sie mir nicht wieder in so einem Mantel hierher kommen! Sie sehen doch, was für Ärger wir damit haben. Was geht es die Leute an, wenn Sie ins Kino gehen. Man geht doch nicht ins Kino, um von ihnen gesehen zu werden. Und noch dazu mit der Krone auf dem Kopf. Ja, geben Sie die Krone her.« Sie besah sie sich noch einmal genau, ob sie nicht doch verbogen war, dann nahm sie sie mit in die Kammer und putzte sie dort mit einem Ledertuch blank. »So, jetzt wird es gehen«, sagte sie und setzte dem König die Krone wieder auf.

»Sie steht ihm aber gut, die Krone«, meinte Lina.

»Ja, sie muß nach Maß gearbeitet sein«, sagte Marie. »Gib mal deinen Taschenkamm her, ich habe meinen schon wieder verloren. Ich muß ihm noch die Haare zurechtkämmen, damit seine Mutter nicht merkt, daß er die Krone abgenommen hat.«

»Sie ist wohl eine böse Frau«, meinte Lina.

»Nein, sie ist nur besorgt um mich«, protestierte der König.

»Solche Mütter gibt es«, seufzte die Lina.

»So, das hätten wir«, sagte Marie. »Drehen Sie sich mal herum.« Der König mußte sich ein paar Mal herumdrehen und Marie zupfte hier und da an ihm herum, bis sie zufrieden war.

»Wie hübsch er mit dem Mantel und der Krone aussieht«, sagte die Lina, »ich werde direkt davon träumen.«

»Träumen kannst du auch nachher«, schimpfte Marie, »laß jetzt den Unsinn. Sonst kommt er uns womöglich noch einmal mit dem Mantel und der Krone ins Kino, und die Leute macht es nur verlegen. Der Chef jammert sowieso schon wegen der schlechten Einnahmen und es fällt dann auf uns zurück. Los! Nimm deine Blechbüchsen mit dem Geld. Ich mach jetzt das Licht aus.«

»Die Blechbüchsen mit dem Geld kann ich doch unter meinem Mantel tragen«, sagte der König, »dann sieht sie keiner von den Rauschgiftsüchtigen.«

»Eine gescheite Idee«, lobte Marie, »der Junge macht sich. Ja, gib sie ihm, und nun los! Haben wir nichts vergessen? Halt, hier hast du deinen Taschenkamm. Mach die Klappe von der Theke auf

und paß auf, daß er nicht mit dem Mantel an dem Scharnier
hängen bleibt. Was hat man nur für Mühe mit ihm.«
Marie machte das Licht in der Garderobe aus, dann schloß sie die
Glastür auf und wieder ab und fühlte nach, ob sie auch wirklich
abgeschlossen war. Den König nahmen die beiden in die Mitte,
eine ging rechts von ihm und eine links und er hielt die beiden
Blechrollen mit dem Geld unter seinem Mantel versteckt.
Um die Zeit waren nicht viele Leute mehr auf der Straße und
die, die in den Hauseingängen standen, waren damit beschäftigt,
sich zu umarmen. So achtete niemand darauf, daß die beiden da
mit dem König gingen. Auch der Polizist, der seine Runde
machte, dachte nur: Sieh da, die beiden Mädchen haben sich
einen Hippie aufgegabelt, auf den brauche ich also nicht aufzupassen. Und der Gummiknüppel schlenkerte ihm am Bein, als
er weiterging.
Sie gingen bei der Bank vorbei, die lag ja sowieso auf dem Weg,
und warfen die beiden Blechrollen mit dem Geld in den Nachttresor. »Los!« drängte Marie, »seine Mutter wird auf ihn warten,
sie gibt sonst noch eine Vermißtenanzeige auf und wir haben es
auszubaden. Immer fällt alles auf uns zurück.«
So gingen sie rasch bis zu der Straßenecke, von wo man die
Auffahrt zum Palast sehen konnte und dahinter auch den Palast. Es
war gar kein Licht mehr im Palast, alle Fenster waren dunkel, aber
Marie traute dem Frieden nicht. »Die bringt es fertig und steht am
Fenster«, sagte sie. »Also, junger Mann, hier müssen wir uns trennen. Weiter können wir nicht mitgehen, das schickt sich nicht.«
»Wie soll ich Ihnen nur danken, meine Damen?«, sagte der
König.
»Reden Sie keinen Stuß«, sagte Marie, »und das mit den Damen
sparen Sie sich für Ihre Mutter auf, dabei können wir Ihnen nicht
helfen. Und nun los! Wir können hier nicht ewig an der Ecke
herumstehen, es zieht. Und daß Sie mir auf keinen Fall wieder
in dem blauen Mantel ins Kino gehen, die Lina und ich werden
Sie auch so wiedererkennen. Los! Und drehen Sie sich nicht
nach uns um und winken etwa zurück. Das schickt sich nicht.«
Damit gab sie dem König einen Schubs und er ging gehorsam
die Auffahrtsstraße zum Palast entlang, ohne sich umzublicken,
denn das hatte Marie ihm ja verboten.

»Komm«, sagte Marie zu der Lina, »wir erkälten uns sonst noch.«
Doch die Lina wollte noch nicht. Sie blickte um die Hausecke
dem König nach. »Wie er allein dahingeht«, sagte sie, »er kann
einem wirklich leid tun. Hätten wir nicht lieber . . .?«
»Willst du dich etwa mit der Alten zanken?«, schimpfte Marie.
»Das laß lieber bleiben. Mit der ist nicht gut Kirschen essen und
sie hält uns doch nur für Luder.«
»Ich werde davon träumen«, sagte die Lina.
»Träum meinetwegen die ganze Nacht davon. Komm!«
So fuhren Marie und die Lina jede mit ihrer U-Bahn nach Haus.
Tatsächlich träumte die Lina von dem jungen König und dem
blauen Mantel und der Krone und wie er so allein die Auffahrt
zum Palast dahinging. Sie weinte sogar ein bißchen. Auch Marie
träumte. Sie träumte davon, wie sie der Mutter tüchtig Bescheid
gab, aber sie fand die richtigen Ausdrücke nicht, und da ihr die
Beine vom Herumstehen weh taten, wälzte sie sich auf die
andere Seite.

Die Mutter stand wirklich hinter der Gardine am Fenster, wie
Marie sich das gedacht hatte, doch der König ahnte nichts
davon. Die Mutter hatte nämlich absichtlich das Licht im Zimmer ausgemacht, damit man sie von draußen nicht am Fenster
stehen sah. Sie stand die ganze Zeit da, während der König im
Kino war. Sie horchte auf die Turmuhr und wenn sie schlug,
sagte sie: Noch eine Viertelstunde, dann alarmiere ich die Polizei. Die Luder plündern mir den Jungen aus. Und jedesmal,
wenn die Turmuhr schlug, gab sie noch eine Viertelstunde zu.
Als sie jetzt den König die Auffahrt zum Palast entlangkommen
sah, trat sie schnell vom Fenster zurück und zog die Vorhänge
zu. Sie knipste auch die Stehlampe neben ihrem Sessel an und
setzte ihre Brille auf und tat so, als ob sie die ganze Zeit da
gesessen und Zeitung gelesen hätte. Und als der König ins
Zimmer trat, blickte sie von der Zeitung auf und fragte: »Na,
wie war es?«
»Du bist doch nicht meinetwegen aufgeblieben, Mama«, fragte
der König.
»Was soll ich denn machen, wenn du deine alte Mutter hier so
allein im Palast läßt«, sagte die Mutter, denn das war so ihre Art.

»Da, ich habe dir auch etwas mitgebracht«, sagte der König und gab ihr die Cellophantüte mit den Lakritzen, sie waren ganz warm in der Hosentasche geworden.

Die Mutter nahm sie und sagte: »Danke! Und wie war der Film?«

»Du hättest mitkommen müssen, Mama«, sagte der König, »es war zum Schießen.«

»Nackte Mädchen?«, fragte die Mutter.

»Ach woher denn. Sie hatten alle was an. Ich hab mich halb totgelacht.«

»Na, leg die Krone da auf den Teetisch«, sagte die Mutter, und die Krone blitzte, denn Marie hatte sie ja mit dem Ledertuch blank geputzt, davon wußte die Mutter nichts. »Und gib den Mantel her, er muß sich aushängen.«

Der König gab ihr den blauen Mantel, und sie hängte ihn auf einen Kleiderbügel. Sie besah ihn sich genau von hinten und vorn und roch auch heimlich daran, aber da sie nichts riechen konnte, dachte sie: es scheint ja noch einmal gutgegangen zu sein, und hängte den Mantel in den Kleiderschrank.

»Nun aber zu Bett, Mama«, sagte der König, »ich bin ganz müde von dem allem geworden.«

Damit ging der König, nachdem er seine Mutter auf die Stirn geküßt hatte, in sein Zimmer, legte sich ins Bett und schlief sofort ein. Er träumte nicht einmal, so müde war er von dem allem geworden.

Die Mutter sah ihm über die Brille nach und dachte: es scheint ja wirklich nichts passiert zu sein. Sie steckte sich eine Lakritze in den Mund und ging dann auch in ihr Zimmer und legte sich hin.

Aber sie war sich ihrer Sache nicht ganz sicher, deshalb konnte sie nicht einschlafen. Immer mußte sie denken: wenn nun doch etwas passiert ist? Die Krone ist zwar blank und auch an dem Mantel ist nichts zu riechen, aber wer weiß das so genau, es gibt so raffinierte Luder. Schließlich nahm sie ein Schlafmittel.

So schliefen denn alle. Auch der dicke Mann, der im Kino gepöbelt hatte, schlief, aber er schnarchte zornig.

MARIELUISE FLEISSER
Der Apfel

 a war einmal ein Mädchen, dem ging es schlecht.
Das Mädchen war sehr schüchtern, hauptsächlich
darum ging es ihm schlecht. Es war ihm nicht
immer so gegangen. Zwar war es seit jeher ein
verschlossenes Kind und blieb viel allein. Immerhin kamen an bestimmten Tagen Freundinnen von der Sorte,
daß sie hinterher beim nächsten Straßeneck stehenbleiben und
einen ausrichten. Sie blieben ein bißchen sitzen, jede in einer
anderen Haltung, die ihr schön vorkam, tranken Tee, aßen, was
man so daheim hat, und niemand machte sich darüber einen
Gedanken. Denn wenn der Tee aus war, holte das Mädchen
einen neuen von seinem bestimmten Laden und der Kommis
dort war auch kein bißchen böse über den Verbrauch, er lächelte
freundlich und lief an die Tür. Im stillen hätte er es gerne so gut
gehabt wie die gedankenlose Person.

Denn sie war eine gedankenlose Person. Bloß in einem bestimmten Fall machte sie sich ihre Gedanken. Denn wenn die
Freundinnen bei ihr im Zimmer saßen und das Gespräch kam
auf einen merkwürdigen Menschen, den etwa eine von ihnen
kannte, dann hatte die es sehr wichtig und ging im Zimmer hin
und her und wußte alles von ihm bis auf seinen Schneider.

Sie aber, von der wir insbesondere reden, hatte einen Freund,
und er war merkwürdig in mehr als einer Beziehung. Sein Haar
trug er lang. Gallischer Witz funkelte auf seiner Lippe. Kräftig
war er und behend, er spielte Fußball und schrieb. Er hatte die
Augen von einem hochherzigen Räuber.

Wer ihn kannte, der mochte nicht mehr von ihm weg, so
einzigartig war er. Sie dachte, wenn ich anfinge von ihm zu
reden, so wäret ihr alle miteinander ganz krank vor Neid und
möchtet ihn mir gerne ausspannen. Deswegen redete sie nicht
von ihm.

Jeden Tag dachte sie, ist es nicht herrlich, was für einen unvergleichlichen Freund ich habe. Da wurde alles so reich, wenn er
kam, und die Einfälle hüpften ihm nur so heraus. Er sprach eine
Masse und legte sich hin im Sprechen, wie er sich bei jedermann

hinlegte, und sie ließ ihn, wie jedermann ihn ließ und aus ihm ein Wesen machte.

Tat er es mit dem Gang wie ein Panther, mit seinem freien Hals, tat er es mit den Augen, in denen tief ein Rätsel steckte und an ihr ritzte, tat er es mit dem Lächeln, das übersprang? An ihn war sie verloren, es konnte gar kein anderer sein. Nachts liefen sie stundenlang zusammen in den Straßen herum. Eine solche Gewalt war in ihr, und der Mond war so schön, sie hätte den Mond aufessen können.

Aber sie durfte nur weiblichen Umgang haben, einen anderen hatte der Freund ihr verboten. Und so hing es nach einer Seite, denn sie hätte doch immer gern die gescheiten Menschen gekannt. »Eines Tages«, sagte er, »werde ich von dir gehn, dann ist immer noch Zeit für die anderen.« Dann weinte sie. Er sagte es ihr oft vor, denn er dachte, das bin ich meiner genialen Veranlagung schuldig. Und so weit hatte er sie, daß sie solche Reden von ihm ertrug und ihn nicht verließ. Denn dies hatte er ihr eingefleischt, daß sie vor allen Dingen Nachsicht haben mußte mit seinen Schwächen.

Die Zeit verging, die Mark fiel, die Freundinnen blieben aus. Es kam jener Tag, an dem es ihr ging wie vielen, ihr kleines Kapital war nur noch sehr wenig wert. Diesmal z. B. konnte sie nicht mehr daran denken, sich was zum Anziehn zu kaufen. Sie fror im Zimmer, das nicht geheizt war. In der galoppierenden Armut fand sie sich nicht zurecht.

Sie hatte so wenig Wirklichkeitssinn. Sie war wie in einem großen Wald, aus dem sie nicht herausfand. Oder sie war wie ein Taubstummer auf der Straße, und wen sie in der ihr eigentümlichen Sprache ansprach, siehe er ging weiter und machte sich nichts zu wissen von ihren ungelenken Zeichen. Was sie gelernt hatte, war brotlos. Sie wußte nicht, wie die Menschen sich untereinander bewegen und durch welche geheime Vergünstigung einer es so weit bringt, daß er seiner bestimmten und bezahlten Arbeit nachgeht. In ihrer Unkenntnis stellte sie sich das viel rätselhafter vor, als es in Wirklichkeit war, und da keiner ihr eine Anleitung gab, blieb sie immer verschreckter in ihren vier Wänden sitzen und scheute an den Menschen. Und jetzt war sie richtig ein

Mädchen, dem es schlecht ging. Die Mark war schon wieder weniger wert.

Der Freund kam immer noch und tat, als merke er nicht, wie hungrig sie es hatte, so zartfühlend war er, und er rechnete es sich hoch an. Es war eben ein unvergleichlicher Freund, und es wäre nicht angegangen, ihn aus seinen inspirierten Zuständen in ihre Niederungen herabzuziehn, wo es sie auf den Boden preßte. Auch er lebte von der Hand in den Mund, blitzartig konnte er sich dann wieder helfen. Er nahm es nicht genau mit dem Gesetz, aber er zog sie da nicht hinein. Er sagte, »komm, wir gehen einmal wieder miteinander spazieren.«

Dann wußte sie immer eine Ausrede, bald war sie krank, bald war es ein anderer Grund, und jedenfalls mußte sie sich in ihrem Zimmer verhalten. Sie wollte aber nicht, daß er sich an ihrer Seite genieren müsse für ihr altes Kleid. Wenn er mit ihr allein war, sah er von dem ärmlichen Kleid ganz ab, und alles rechnete er sich hoch an.

Da kam an einem merkwürdigen Tag eine frühere Freundin, über die man sich nie was gedacht hatte, und wollte nicht sagen, warum sie kam, sie nahm auch keinen Tee an und als sie ging, lagen auf dem Tisch zwei große, gelblich duftende Äpfel, die hatte sie mitgebracht. Unsere verschreckte Person saß lange da und sah sich ihre zwei Äpfel an, einen ganz roten Kopf hatte sie bekommen. Es überwältigte sie, daß man ihr in der galoppierenden Armut etwas schenkte und nicht einmal etwas dafür verlangte.

Sie roch an dem Apfel, und gerade an einem Apfel hatte sie schon lang nicht mehr gerochen, sie sagte sich vor, daß sie ihn ganz allein aufessen konnte, und aß. Dabei hielt sie ständig den anderen Apfel im Auge, als könne er ihr ungefähr wieder genommen werden. Den wollte sie nämlich für den Freund aufheben, bis er einmal wieder kam.

Sie rieb ihn ab mit zärtlichen Händen, bis er überall einen gleichmäßigen Glanz annahm. Sie legte ihn in eine Schale, und wie er so darinnen lag in Erwartung dessen, für den er bestimmt war, war er für sie noch einmal so schön.

Sie konnte kaum die rinnende Zeit mehr ertragen, bis der Freund erschien. Sie wollte ihm an die Tür entgegengehn und

sagen, ich habe lange nichts mehr für dich gehabt, jetzt komm
nur schnell herein, heute habe ich was, das darf ich dir geben. In
der Nacht sprang sie aus dem Schlaf heraus auf, ihr hatte geträumt, der Apfel war weg. Aber wie sie hinschaute, da lag er
noch in seiner Schale, sie schlief gleich wieder ein.

Der Freund blieb lange aus. Sie ging vorsichtig um ihren Apfel
herum, kein Hauch durfte ihn treffen, damit er nicht schneller
verderbe. Du liebe Zeit, dachte sie, er wird richtig daherkom-
men, wenn es meinem Apfel schon schlecht geht.

Immer dringender wurde sie in eine törichte Sparsamkeit hin-
eingetrieben. Als wieder einmal die Flasche leer war, hatte sie
nicht einmal das Geld, um neuen Brennspiritus zu kaufen. Da
gab es kein warmes Getränk mehr in den Leib, und an einem
trüben Mittag aß sie einen rohen Suppenwürfel auf, der von
früher noch dalag, wie er eingewickelt aus der Fabrik kam, und
der Ekel machte sie ganz krank. Aber den Apfel rührte sie nicht
an.

In der Nacht befiel den Mann, den sie kannte, ein Bedürfnis, mit
ihr zusammen zu sein als mit einem Menschen, bei dem er sich
gehen lassen konnte. Im grauenden Morgen warf er an ihr
Fenster einen kleinen Stein und schreckte sie aus ihrem Schlaf
auf. »Laß mich hinauf«, sagte er über die Straße hin, und als sie
ihn unten stehen sah, war es für sie der große Moment. Er ging
dann auf ihr Zimmer. Später legte er sich für einige Stunden auf
ihr schmales Bett, sagte »ich bin müde.«

Sie stand selber auf, um ihn ungestört ruhen zu lassen, kleidete
sich fröstelnd an. Sie stieß an einen Schuh, der da stand. Halb-
wach warf er sich herum, er verbat sich den Lärm. Gleich darauf
versank er. Wie Adam sah er aus in seinem starken, unbeküm-
merten Schlaf. Sie schlug den Vorhang so über das Fenster, daß
kein störendes Licht auf sein Bett fiel. Dabei knarrte der Boden,
und sie befürchtete ihn zu wecken.

So blieb sie am Fenster stehn und rührte sich nicht. Wie ein
Eindringling stand sie zaghaft in ihrem Eigentum. Sie zog sich
auch keinen Stuhl herbei, sie befürchtete dabei ein kleines Geräusch.

Der helle Tag kam sehr stark hinter den Häusern herauf, bald
schreckte da und dort ein Vogel auf und sang sich vollends aus

dem Schlaf. Etwas später schrie schon eine ganze Schar vieltönig durcheinander. Immer wieder riß sie ihre Augen auf, weil sie ihr blind wurden vor Schlafbedürfnis, und daß sie sich hier mit Anstrengung des Leibes für ihn wach hielt, das war ihr gerade recht. Sie dachte, wie gut, daß mein Apfel noch schön ist.

Als er ausgeschlafen hatte, zog er sich gleich an und wollte ein Frühstück. »Bloß einen einfachen Tee«, sagte er, »daß man was Warmes in den Leib hat« und er rechnete es sich hoch an. Tee wäre noch dagewesen, aber der Spiritus fehlte, und sie hatte für sich selbst nicht einmal ein Stück Brot.

Aber sie lachte mit einer tapferen Nachsicht über die eigenen kleinen Nöte. Sie stellte ihm die Schale mit dem einzigen Apfel hin. Noch freute sie sich daran, daß einem Leib, den sie liebte und der dampfend aus einem Bett stieg, die kühle in den Morgen duftende Frucht hingegeben werde. Erst vor seinem wartenden Blick erblaßte sie. Er wartete eine ganze Weile auf die Zutat, aber sie schloß keinen Kasten auf, ihm zu bereiten, was drinnen war, es lag ja nichts drinnen. Sie hielt die Hände noch so hin in der zagen Erwartung eines guten Wortes, das von ihm zu ihr kam, und eine langsame Röte stieg in ihr Gesicht, weil sie ganz arm war. Nie hätte sie ihm verraten, wie es um sie stand.

Da fing er an zu begreifen, daß er einen kalten Apfel in den nüchternen Magen hineinspeisen werde. Bei dieser Vorstellung fror er und merkte, daß das Fenster offen stand, und es war ihm zuwider. Er stand noch eine Weile herum, erzählte eine unklare Geschichte von einer Schwägerin, bei der es auch nichts gegeben hatte, und sagte es nicht direkt, daß der Apfel auf den leeren Magen für ihn eine Zumutung bedeute. Sie gab für ihr Verhalten keine Erklärung ab. Es war gar nicht so lang her, da hatte er eine Studentin mitgezogen ein ganzes Jahr, er hatte sie genährt und gekleidet, er hatte ihre Bude bezahlt. Das ging ins Auge, er kannte sich damit schon aus. Er würde es nie wiederholen.

Der Freund tat, was er sich vor einigen Minuten vorgenommen hatte, er ging und sagte noch, sie solle keinen Roman daraus machen. Nicht um die Welt hätte sie sich ihm erklären können, aber das Unglück hat ein Gesicht.

Etwas später ging das Mädchen durch dieselbe Tür. Sie hatte einen Apfel bei sich, den wollte sie einem Kind geben, damit

wenigstens ein Mensch sich daran freue. Sie war schon so eine
Person, die auf empfindsame Zusammenhänge ausging. Sie lief
am Trottoir auf und ab mit ihren zerrissenen Schuhen. Aber es
kam kein Kind von einer Beschaffenheit, wie man sich ein Kind
eben vorstellt.

Bloß ein Junge ging vorbei mit einem häßlichen Ausdruck in
seinem käsigen Gesicht, und obendrein war er voller Ausschlag.
Am Ende des Trottoirs kehrte er um, ging ein zweites Mal an ihr
vorbei und fixierte sie wieder. Sie mochte den Jungen nicht,
aber wie sie ihm abermals auf seinen peinlich gemeinen Rücken
nachsah, da fühlte sie, die so empfindsam war für die Berührun-
gen der Außenwelt, eine merkwürdige Veranlassung in sich,
deren Reiz sie nicht widerstand.

Jetzt war über ihrem Vorhaben schon soviel Zeit vergangen, auf
einmal war ihr schon der ganze Apfel gleich, wenn sie ihn nur
aus der Hand hatte. Deswegen wollte sie ihm den Apfel geben.
Sie lief sogar hinter ihm her in ihrem Unverstand, sie rief ihn an
und hielt ihm förmlich bittend den großen Apfel hin, den er ihr
mit einer wüsten Gebärde gleich aus der Hand riß, ganz als ob
sie gekommen sei, um ihm was zu nehmen. Sie blieb einen
Augenblick neben ihm stehen und wunderte sich über ihn.

In eben diesem Augenblick mußte sie es mit ansehn, wie sich der
widerwärtige Ausdruck in seinem Gesicht zur gehässigen Bosheit vertiefte. Sie lief vor ihm davon und er ihr nach und zeigte
auf ihre Füße und schrie, wie recht es ihr geschehe, wenn sie auch
einmal so herumlaufen müsse. Alle Leute sahen hin und merkten
erst jetzt, was das Mädchen für schadhafte Schuhe anhatte, aber
es konnte keinen Schuster bezahlen. Sie nahm es nicht von der
stoischen Seite, als ob sie an diesem Apfel nun einmal keine
Freude erleben dürfe. Völlig verlassen setzte sie sich im leeren
Zimmer hin und machte sich Vorwürfe und weinte.

Immer hatte sie, wenn sie an den Freund dachte, in einen Glanz
gesehn. Immer stand der Gedanke an Hilfe in ihr, wo doch keine
Hilfe war. Sie mußte vergessen, wie das mit ihr hätte werden
können. Sie mußte ja doch daran glauben. Man nannte erwachsen, wem ein Licht aufgegangen war über die natürliche Feind-
schaft unter den Menschen. Personen lernten, wie sie die eigene
Angst an die Mitperson heimzahlen konnten. Weil sie nicht

gefeit waren, traten sie in Furcht nach dem, was ihnen unter die Füße kam. Einer hätte sich ja an ihnen aufrichten, sie dann leichter hinabstoßen können.

ÖDÖN VON HORVÁTH
Das Märchen in unserer Zeit

n unserer Zeit lebte mal ein kleines Mädchen, das zog aus, um das Märchen zu suchen. Denn es hörte überall, daß das Märchen verloren gegangen sei. Ja, einzelne sagten sogar, das Märchen wäre schon längst tot. Wahrscheinlich liege es irgendwo verscharrt, vielleicht in einem Massengrab.

Aber das kleine Mädchen ließ sich nicht beirren. Sie konnte es nicht glauben, daß es keine Märchen mehr gibt.

Sie ging also in den Wald und fragte die Bäume, aber die Bäume murrten nur. Die Elfen der Wiesen sind längst fortgezogen, die Zwerge aus den Höhlen, die Hexe aus der Schlucht.

Und sie fragte die Vögel, aber die sagten: »Die Menschen fliegen schneller wie wir – kiwitt, kiwitt, es gibt keine Märchen mehr!«

Und die Rehe sagten, lächerlich, und die Hasen lachten, und der Hirsch gab überhaupt keine Antwort. Es war ihm einfach zu dumm.

Und die Kühe sagten, es wäre ihnen zu blöd, und sagten, man dürfe sowas vor den Kälbern gar nicht sagen. Sie sollten so dumme, zwecklose Fragen garnicht hören, sie sollten darauf vorbereitet werden, daß sie geschlachtet würden, kastriert oder Milchspender würden. Ja, selbst wenn einer als Stier durchkomme, so sei das auch kein Märchen. Man müsse die Kälber aufklären.

Auf der Straße stand ein altes Pferd, das sollte zum Schlachter geführt werden. Es hatte ausgedient. Der Metzger saß im Wirtshaus und trank.

»Es wirds auch nicht wissen«, dachte das Mädchen, »aber ich will es fragen, denn es ist ein altes Pferd und weiß sicher viel.« Und sie fragte das Pferd.

Das Pferd sah das Mädchen an, verzog etwas seine Nüstern und stampfte dann mit den Hufen. »Du suchst das Märchen?« fragte es. »Ja.«

»Dann verstehe ich es nicht«, sagte das Pferd, »warum du es noch suchst? Denn das allein ist doch schon ein Märchen!«

Und es blinzelte das Mädchen an.

»Hm. Mir scheint gar, du bist es selber, das Märchen. Du suchst dich selber. Jaja, je näher ich dich betrachte, desto mehr merke ich es: du bist das Märchen. Komm, erzähl mir was!«

Das kleine Mädchen geriet in große Verlegenheit. Aber dann fing es an zu erzählen. Es erzählte von einem jungen Pferde, das so schön war und alle Preise beim Rennen gewann. Und von einem Pferde auf dem Grabe seines Herrn. Und von wilden Pferden, die frei leben.

Und da weinte das alte Pferd und sagte: »Hab Dank! Jaja, du bist das Märchen, ich wußte es ja schon!«

Der Metzger kam und es wurde geschlachtet.

Am Sonntag gab es bei den Eltern Pferdefleisch, denn sie waren sehr arm.

Aber das kleine Mädchen rührte nichts an. Es dachte an das alte Pferd, wie es weinte.

»Sie ißt kein Pferdefleisch«, sagte die Mutter, »dann iß garnichts.«

»Sie ist eine Prinzessin«, sagten die Geschwister.

Und das kleine Mädchen aß garnichts.

Aber es blieb nicht hungrig.

Es dachte an das alte Pferd und wie es weinte, und wurde satt.

Ja, es war ein Märchen.

ÖDÖN VON HORVÁTH
Legende vom Fußballplatz

s war einmal ein armer kleiner Bub, der war kaum
sieben Jahre alt, aber schon loderte in ihm eine
Leidenschaft: er liebte den Fußball über Alles.

Bei jedem Wettspiel mußt er dabei gewesen sein:
ob Liberia gegen Haidhausen, ob Beludschistan gegen Neukölln
– immer lag er hinter einem der Tore im Grase (meistens bereits
lange vor Beginn) und verfolgte mit aufgerissenen runden Kin-
deraugen den mehr oder minder spannenden Kampf. Und
wenn ein Spieler grob rempelte, ballten sich seine Händchen
erregt zu Fäusten und mit gerunzelter Stirne fixierte er finster
den Übeltäter. Doch wenn dann vielleicht gar gleich darauf des
Schicksals Laune (quasi als Racheakt) ein Goal schoß, so tanzte
er begeistert und suchte strahlend all den Anderen, die um ihn
herum applaudierten, ins Antlitz zu schauen.

Diese Anderen, die neben ihm lagen, waren ja meistens schon
um ein oder zwei Jahre älter und andächtig horchte er, wenn sie
sich in den ungeheuerlichsten hochdeutschen Fachausdrücken,
die sie weiß Gott wo zusammengehört hatten, über die einzelnen Spieler und Clubs ergingen; ergriffen lauschte er trüben
Weissagungen, bis ihn wieder ein wunderbar vollendet geköpf-
ter Ball mit sich riß, daß sein Herz noch höher flog wie der Ball.
So saß er oft im nassen Grase. Stundenlang.
Der Novemberwind schmiegte sich an seinen schmalen
Rücken, als wollt er sich wärmen und hoch über dem Spielplatz
zog die Fieberhexe ihre Raubvogelkreise.

Und als der Schlußpfiff verklungen war, da dämmerte es bereits; der kleine Bub lief noch einmal quer über das Feld und
ging dann allein nach Hause. In den leeren Sonntagsstraßen
war es ihm einigemale als hörte er Schritte hinter sich: als
schliche ihm jemand nach, der spionieren wolle, wo er wohne.
Doch er wagte nicht umzuschauen und beneidete den Schutz-
mann, der solch große Schritte machen konnte. Erst zuhause,

vor dem hohen grauen Gebäude, in dem seine Eltern den Ge-
müseladen hatten, sah er sich endlich um: ob es vielleicht der
dicke Karl ist mit dem er die Schulbank teilt und der ihn nie
in Ruhe läßt – aber es war nur ein dürres Blatt, das sich mühsam die Straße dahinschleppte und sich einen Winkel suchte
zum Sterben.

Und am Abend in seinem Bette fror er trotz tiefroter Backen;
und dann hustete er auch und es hob ihn vornüber, als haute ihm
der dicke Karl mit der Faust in den Rücken.
Nur wie durch einen Schleier sah er seiner Mutter Antlitz, die
am Bettrand saß und ihn besorgt betrachtete; und er hörte
auch Schritte im Zimmer, langsame, hin und her: das war der
Vater.

Der Nordwind hockte im Ofenrohr und zu seinem Gesumm
fingen Regenbogen an einen Reigen um ihn zu tanzen. Er
schloß die Augen. Da wurd es dunkel. Und still.
Doch nach Mitternacht wich plötzlich der Schlaf und feine
Fingerknöchelchen klopften von außen an die Fensterscheibe –
und er hörte seinen Namen rufen – »Hansl!« rief eine sanfte
Stimme – »Hansl!«

Da erhob sich der kleine Bub aus seinem Bette, trug einen Stuhl
vor das Fenster, erkletterte ihn und öffnete –: draußen war tiefe
stille Nacht; keine Trambahn läutete mehr und auch die Gas-
laterne an der Ecke war schlafen gegangen und – vor seinem
Fenster im vierten Stock schwebte ein heller Engel; der ähnelte
jenem, welcher Großvaters Gebetbuch als Spange umschloß,
nur, daß er farbige Flügel hatte: der linke blau und gelb: das
waren die Farben des Fußballvereins von Oberhaching; der
rechte rosa und grün: das waren die Farben dessen von Unter-
haching; seine schmalen Füße staken in purpurnen Fußballschu-
hen, an silberner Sternenschnur hing um seinen Schwanenhals
eine goldene Schiedsrichterpfeife und in den durchsichtigen
Händen wiegte sich ein mattweißer Fußball.

»Schau –« sprach der Engel – »schau!« und köpfte den Ball

kerzengerade in die Höhe; der flog, flog – bis er weit hinter der Milchstraße verschwand.

Dann reichte der Himmlische dem staunenden Hansl die Hand und lächelte: »Komm mit – zum Fußballwettspiel –«

Und Hansl ging mit.
Wortlos war er auf das Fensterbrett gestiegen und da er des Engels Hand ergriffen, da war es ihm als hätte es nie einen dicken Karl gegeben. Alles war vergessen, versank unter ihm in ewigen Tiefen – und als die beiden an der Milchstraße vorbeischwebten fragte der kleine Bub: »Ist es noch weit?«
»Nein«, lächelte wieder der Engel, »bald sind wir dort.«
Und weil Engel nie lügen leuchtete bald durch die Finsternis eine weiße rechteckige Fläche, auf die sie zuflogen. Anfangs glaubte Hansl es wäre nur ein Blatt unliniertes Papier, doch kaum, daß er dies gedacht hatte, erfaßte sein Führer auch schon den Rand; nur noch ein Klimmzug – und es war erreicht!

Doch wie erstaunte da der kleine Bub!
Aus dem Blatt unliniertem Papier war eine große Wolke geworden, deren Oberfläche ein einziger herrlich angelegter Fußballplatz war; auf buntbewimpelten Tribünen saßen Zuschauer wie sie in solcher Zahl unser Kleiner noch bei keinem Wettspiel erlebt hatte. Und das ganze Publikum erhob sich zum Gruß und aller Augen waren voll Güte auf ihn gerichtet, ja selbst der Aufseher, der ihn doch sonst immer sofort hinter das Tor in das nasse Gras trieb, führte ihn unter fortwährenden Bücklingen auf seinen Platz: Tribüne (!) Erste Reihe (!!) Mitte (!!!)

»Wie still nur all die Leute sind!« meinte der kleine Bub. »Sehr recht, mein Herr«, lispelte der Aufseher untertänig, »dies sind ja auch all die seligen Fußballspielzuschauer.«

Unten am Rasen losten die Parteien nun um die Sonne-im-Rücken-Seite und – »das sind die besten der seligen Fußballspieler«, hörte Hansl seinen Nachbar sagen; und als er ihn ansah nickte ihm dieser freundlich zu: da erkannte er in ihm jenen guten alten Herrn, der ihn einst (als Borneo gegen Alaska verlor) vor dem dicken Karl verteidigte; noch hielt er den Rohrstock in der Hand mit dem er dem Raufbold damals drohte. Wie der dann lief!

Unermeßliche Seligkeit erfüllte des armen kleinen Buben Herz. Das Spiel hatte begonnen um nimmermehr beendet zu werden und die Zweiundzwanzig spielten wie er noch nie spielen sah. Manchmal kam es zwar vor, daß der eine oder andere dem Balle einfach nachflog (es waren ja auch lauter Engel) doch da pfiff der Schiedsrichter (ein Erzengel) sogleich ab: wegen unfairer Kampfesweise.

Das Wetter war herrlich. Etwas Sonne und kein Wind. Ein richtiges Fußballwetter.

Seit dieser Zeit hat niemand mehr den armen kleinen Buben auf einem irdischen Fußballplatze gesehen.

GÜNTER EICH

er kleine Mann in meinem Ohr sagt: Fahre nach Madeira! Ich fahre nach Madeira. Alles ist so blau und weiß wie ichs mir dachte. Er fragt: Siehst du rosa Mäuse? Ja, sage ich, tatsächlich. Und schon huschen sie durchs Zimmer, liebe, ziemlich große Tiere, sehr zutraulich, fast dressiert.

Vorgestern sagte er: Zähle die Tassen im Schrank! Ich zähle. Fünf. Es müßten zwölf sein. Eine oder zwei vielleicht noch im Abwasch, nein, nur eine. Oder zähle ich falsch? Wirklich, einmal komme ich auf fünf, einmal auf sieben, eins, zwei, drei – Tatsachen beruhigen mich. Ha, sage ich zu dem kleinen Mann, aber auf Interjektionen antwortet er nicht. Er sitzt in meinem linken Ohr, auf dem höre ich schlecht. Seit kurzem auch auf dem rechten. Vermutlich eine kleine Frau im rechten Ohr, und sie treffen sich, während ich schlafe. Seine Unruhe fällt mir in letzter Zeit auf.

Aber wo treffen sie sich? Im Nasen-Rachen-Raum, so wird man mißbraucht. Ich besuche meinen Arzt, der für diese Gegenden spezialisiert ist. Er macht ein optimistisches Gesicht und hat die schwedische Methode. Skol, sagt er, ich habe Ihnen doch gesagt, daß Sie keine Watte tragen sollen, und er zieht die Bäusche heraus. Frische Luft, sagt er.

Kaum bin ich zuhause, fängt der Kleine wieder an zu reden und beschwert sich über die ärztliche Behandlung. Übrigens muß ich heiraten, sagt er, meine Geliebte erwartet ein Kind. Wie stellt ihr euch das vor, frage ich zornig, aber jetzt antwortet er kein Wort mehr.

Warum ich mich in eine Nachtigall verwandelt habe

ch habe mich aus Überzeugung in eine Nachtigall verwandelt. Da weder die Beweggründe noch der Entschluß zu einer derartigen Tat in den Bereich des Alltäglichen gehören, denke ich, daß die Geschichte dieser Metamorphose erzählenswert ist.

Mein Vater war Zoologe und verbrachte sein Leben damit, ein mehrbändiges – in Fachkreisen gerühmtes – Werk über Lurche zu schreiben, da er die Literatur auf diesem Gebiet für unzulänglich, teilweise fehlerhaft hielt. Mich hat, vielleicht zu Unrecht, diese Arbeit niemals wirklich interessiert, obgleich es bei uns zu Hause viele Frösche und Molche gab, deren Lebensart und Entwicklung ein Studium gerechtfertigt hätten.

Meine Mutter war vor ihrer Heirat Schauspielerin gewesen und hatte ihren Höhepunkt mit der Darstellung der Ophelia am Landestheater in Zwickau erreicht, diesen Höhepunkt aber niemals überschritten. Dieser Tatsache habe ich es wohl zu verdanken, daß ich Laertes genannt wurde, ein zwar wohlklingender, aber ein wenig weithergeholter Name. Dennoch war ich ihr dankbar, daß sie mich nicht Polonius oder Güldenstern genannt hat, obwohl es jetzt natürlich gleichgültig ist.

Als ich fünf Jahre wurde, schenkten mir meine Eltern einen Zauberkasten. Ich lernte also gewissermaßen zaubern – wenn auch in kindlich-begrenztem Maße – bevor ich lesen und schreiben gelernt hatte. Mit den in diesem Kasten enthaltenen Pulvern und Instrumenten konnte man farbloses Wasser in rotes und wieder zurück in farbloses Wasser verwandeln, oder man konnte ein hölzernes Ei durch einfaches Umstülpen enthalben, bei welchem Prozeß die andere Hälfte spurlos verschwand; man konnte ein Tuch durch einen Ring ziehen, wobei das Tuch die Farbe wechselte, kurz, es war nichts in dem Kasten enthalten, was, wie es bei den meisten Spielzeugen der Fall ist, eine Miniatur der Wirklichkeit dargestellt hätte, ja, die Hersteller dieser Phantasiewerkzeuge schienen es darauf angelegt zu haben, den erzieherischen Sinn in keiner Weise zu berücksichtigen und das erwachende Gefühl für das Nützliche zu unterdrücken. Diese

Tatsache hat einen entscheidenden Einfluß auf meine spätere Entwicklung ausgeübt, denn das Vergnügen an der Verwandlung eines nutzlosen Gegenstandes in einen anderen nutzlosen Gegenstand hat mich gelehrt, das Glück auf dem Wege der wunschlosen Erkenntnis zu suchen. Gefunden habe ich dieses Glück allerdings vor meiner Verwandlung nicht.

Zunächst jedoch wurde mein Ehrgeiz angestachelt. Bald genügte mir mein Zauberkasten nicht mehr, denn ich konnte inzwischen lesen und las auf dem Deckel die entwürdigende Aufschrift »Der kleine Zauberkünstler«.

Ich erinnere mich noch des Nachmittags, als ich zu meinem Vater ins Arbeitszimmer kam und ihn bat, er möge mir Zauberunterricht erteilen lassen. Er war versunken in die Welt der Lurche und sah mich abwesend an. Ich trug meine Bitte vor; er willigte sofort ein. Ich kann mich des Eindrucks nicht erwehren, daß er dachte, es handle sich um Klavierunterricht, was auch daraus hervorgeht, daß er mich einige Zeit danach fragte, ob ich schon Czerny-Etuden spiele. Ich bejahte diese Frage, denn ich war sicher, daß ich meine Behauptung nicht zu beweisen haben würde.

Ich nahm also Zauberunterricht bei einem Künstler, der auf mehreren Varietébühnen unserer Stadt auftrat und übrigens auch, wie ich seinen Reden entnahm, Erfolge in London und Paris zu verzeichnen hatte, und war nach einigen Jahren – ich besuchte inzwischen die höhere Schule – so weit, daß ich Kaninchen aus einem Zylinderhut hervorzaubern konnte. Ich gedenke meiner ersten Vorstellung, die ich im Eltern- und Verwandtenkreise gab, mit Vergnügen. Meine Eltern waren stolz auf meine Fähigkeit, die ich mir sozusagen am Rande erworben hatte und die ich in Zukunft wohl an Stelle von Hausmusik neben meinem zukünftigen Beruf – von dem sie keine bestimmte Vorstellung hatten – ausüben würde. Aber ich hatte andere Pläne.

Meinem Lehrmeister war ich entwachsen und experimentierte von nun ab für mich selbst. Über dieser Tätigkeit aber vernachlässigte ich meine allgemeine Bildung nicht. Ich las viel und verkehrte auch mit Schulfreunden, deren Werdegang ich beobachtete. Einer zum Beispiel, dem man in seiner Jugend eine elektrische Eisenbahn geschenkt hatte, bereitete sich auf die Laufbahn eines Bahnbeamten vor, ein anderer, der mit Bleisoldaten gespielt hatte, ergriff die Offizierskarriere. So wurde durch frühe Beeinflussung der allgemeine Nachschub geregelt, und ein jeder ergriff seinen Beruf, oder vielmehr der Beruf ergriff ihn. Aber ich gedachte, mein Leben nach anderen Gesichtspunkten einzurichten.

Hier möchte ich einfügen, daß ich bei den Entscheidungen, die ich im Lauf der nächsten Jahre traf, nicht etwa von dem Gedanken geleitet wurde, in den Augen anderer als exzentrisch oder gar als ein Original zu gelten. Es war vielmehr die wachsende Erkenntnis, daß man nicht schlechthin im bürgerlichen Sinne einen Beruf ergreifen könne, ohne dabei seinen Mitmenschen auf irgendeine Weise ins Gehege zu kommen. Deshalb erschien mir auch die Beamtenlaufbahn als besonders unmoralisch. Aber selbst andere, als menschenfreundlicher geltende Berufe verwarf ich. In diesem Lichte schien mir selbst die Tätigkeit eines Arztes, der durch seinen Eingriff Menschen das Leben retten konnte, zweifelhaft, denn es mochte sich bei dem Geretteten um einen ausgemachten Schurken handeln, dessen Ableben von Hunderten von unterdrückten Kreaturen sehnlichst herbeigewünscht wurde.

Zugleich mit dieser Erkenntnis kam ich noch zu einer andern, nämlich der, daß die Tatsachen nur von dem augenblicklichen Stand der Dinge abgelesen werden können, es also müßig sei, aus ihnen irgendwelche Schlüsse ziehen oder Erfahrungen sammeln zu wollen. Ich beschloß daher, mein Leben untätig zu verbringen und über nichts nachzudenken. Ich schaffte mir zwei Schildkröten an, legte mich auf einen Liegestuhl und beobachtete die Vögel über mir und die Schildkröten unter mir. – Das Zaubern hatte ich aufgegeben, denn es hatte Vollkommenheit erreicht. Ich fühlte, daß ich in der Lage sei, Menschen in Tiere zu verwandeln. Von dieser Fähigkeit machte ich keinen Gebrauch, denn ich glaubte, einen derartigen Eingriff in das Leben eines anderen nicht rechtfertigen zu können.

In diese Zeit nun fällt das erste Auftreten meines Wunsches, ein Vogel zu sein. Zuerst wollte ich mir diesen Wunsch nicht recht eingestehen, denn er bedeutete gewissermaßen eine Niederlage: es war mir also noch nicht gelungen, mich wunschlos an der reinen Existenz der Vögel zu erfreuen; mein Gefühl wurde von

der Sehnsucht getrübt. Trotzdem war ich schwach genug, mit
dem Gedanken an die Verwirklichung zu spielen, ja, ich war
sogar stolz, in der Lage zu sein, meinem Wunsch willfahren zu
können, wenn und sobald es mir beliebe; es bedürfte lediglich
noch einer Probe meiner Kunst.

Diese Gelegenheit bot sich bald. Eines Nachmittags – ich lag im
Garten und beobachtete meine Schildkröten – besuchte mich
mein Freund, Dr. Werhahn. Er war Zeitungsredakteur. (Man
hatte ihm in seiner Jugend eine Druckmaschine geschenkt.) Er
legte sich auf den Liegestuhl neben mich und fing an zu klagen,
zuerst über die Bösartigkeit des Zeitungslesers und dann über die
Unzulänglichkeit des heutigen Journalismus. Ich sagte nichts,
denn Leute lassen sich beim Klagen nicht gern unterbrechen.
Schließlich kam er zum Ende, indem er sagte: »Ich habe es satt«,
und als eine von meinen Schildkröten unter seinem Liegestuhl
hervorkroch, sagte er noch: »Ich wollte, ich wäre eine Schild-
kröte.« Dies waren seine letzten Worte, denn ich nahm meinen
Zauberstab und verwandelte ihn. Mit Dr. Werhahns journalisti-
scher Karriere war es damit vorbei, sein Leben aber ist durch
diese Verwandlung wahrscheinlich verlängert worden, denn
Schildkröten werden sehr alt. Für mich aber war es ein Erfolg.
Zudem hatte ich jetzt drei Schildkröten. (Um jeglichem Verdacht vorzubeugen, möchte ich hiermit versichern, daß ich die
anderen beiden Tiere als solche gekauft hatte.)

Vor meiner eigenen Verwandlung habe ich meine Kunst noch
einmal angewandt. An diese Gelegenheit denke ich nicht ohne
eine gewisse Unruhe, denn ich bin mir nicht ganz im klaren, ob
ich damals zu Recht gehandelt habe.

Eines Nachmittags im Juni – ich hatte den Tag auf dem Lande
verbracht – saß ich im Garten eines Gasthofes unter einer Linde
und trank ein Glas Apfelmost. Ich freute mich des Alleinseins.
Aber bald betrat eine Schar von fünf jungen Mädchen den
Garten, die sich an den Tisch neben dem meinen setzten. Die
Mädchen sahen frisch und nett aus, aber ich war über die
Störung ungehalten und wurde noch ungehaltener, als sie zu
singen begannen, wobei eine von ihnen den Gesang auf der
Mandoline begleitete. Zuerst sangen sie »Muß i denn, muß i
denn zum Städtle hinaus«, und dann:

Wenn ich ein Vöglein wär
Und auch zwei Flügel hätt',
Flög ich zu dir.

Dieses Lied habe ich immer als ziemlich dumm empfunden,
zumal da die zwei Flügel ohnehin der natürliche Zubehör eines
Vogels sind. Aber hier war es der darin geäußerte Wunsch, ein
solcher zu sein, der mich dazu antrieb, dem Gesang ein Ende zu
machen und die Sängerinnen in einen Schwarm von Spatzen zu
verwandeln. Ich ging zu ihrem Tisch und schwang meinen
Zauberstab, was für einen Moment so ausgesehen haben mag,
als wolle ich dieses Quintett dirigieren, aber nicht lang, denn
fünf Spatzen erhoben sich und flogen kreischend davon. Nur
fünf halbleere Biergläser, ein paar angegessene Butterbrote und
die heruntergefallene Mandoline – ein Stilleben, das mich ein
wenig bestürzte – zeugten davon, daß hier noch vor wenigen
Sekunden volles, junges Leben im Gange gewesen war.

Angesichts dieser Verwüstung überkam mich ein leichtes Gefühl der Reue, denn ich dachte, daß die Sehnsucht, ein Vogel zu
sein, vielleicht mit dem Singen des Liedes doch nicht unmittelbar und eindeutig ausgedrückt sei, und daß außerdem die Wendung: »Wenn ich ein Vöglein wär« eben doch nicht unbedingt
den Wunsch, ein solches zu sein, bedeutete, obwohl es natürlich
die Tendenz des Liedes ist (soweit man bei einem solchen Lied
von einer Tendenz reden kann). Ich hatte das Gefühl, als habe
ich im Affekt gehandelt, unter dem Einfluß meiner – übrigens
gewiß berechtigten – Unlust. Das empfand ich als meiner nicht
würdig, und deshalb beschloß ich, auch mit meiner eigenen
Verwandlung nun nicht mehr länger zu zögern. Ich möchte
betonen, daß es nicht die Angst vor den Konsequenzen meiner
Tat, etwa einer gerichtlichen Verfolgung, war, die mich bewog,
endlich andere Gestalt anzunehmen. (Wie leicht hätte ich
schließlich bei meiner Verhaftung die Kriminalbeamten in
Zwergpinscher oder ähnliches verwandeln können!) Es war
vielmehr die Gewißheit, daß ich aus technischen Gründen nie zu
der ungestörten Ruhe kommen würde, die ich zum reinen, vom
Willen nicht getrübten Genuß der Dinge benötigte. Irgendwo
würde immer ein Hund bellen, ein Kind schreien oder ein
junges Mädchen singen.

Die Wahl der Gestalt einer Nachtigall war nicht willkürlich. Ich wollte ein Vogel sein, weil mich der Gedanke, von einem Baumwipfel zum anderen fliegen zu können, sehr lockte. Dazu wollte ich singen können, denn ich liebte Musik. Den Gedanken, daß ich selbst nun derjenige sein könne, der in das Leben eines andern eingreift, indem er ihn im Schlafe stört, habe ich natürlich erwogen. Aber nun, da ich selbst kein Mensch mehr bin, liegen mir der Menschen Gedankengänge und Interessen fern. Meine Ethik ist die Ethik einer Nachtigall.

Im September vorigen Jahres begab ich mich in mein Schlafzimmer, öffnete das Fenster weit, verzauberte mich und flog davon. Ich habe es nicht bereut.

Jetzt ist es Mai. Es ist Abend und es dämmert. Bald wird es dunkel sein. Dann fange ich an zu singen oder, wie die Menschen es nennen, zu schlagen.

JOHANNES BOBROWSKI
Mäusefest

 oise Trumpeter sitzt auf dem Stühlchen in der
Ladenecke. Der Laden ist klein, und er ist leer.
Wahrscheinlich weil die Sonne, die immer herein-
kommt, Platz braucht und der Mond auch. Der
kommt auch immer herein, wenn er vorbeigeht.
Der Mond also auch. Er ist hereingekommen, der Mond, zur
Tür herein, die Ladenklingel hat sich nur einmal und ganz leise
nur gerührt, aber vielleicht gar nicht, weil der Mond hereinkam,
sondern weil die Mäuschen so laufen und herumtanzen auf den
dünnen Dielenbrettern. Der Mond ist also gekommen, und
Moise hat Guten Abend, Mond! gesagt, und nun sehen sie beide
den Mäuschen zu.
Das ist aber auch jeden Tag anders mit den Mäusen, mal tanzen
sie so und mal so, und alles mit vier Beinen, einem spitzen Kopf
und einem dünnen Schwänzchen.
Aber lieber Mond, sagt Moise, das ist längst nicht alles, da haben
sie noch so ein Körperchen, und was da alles drin ist! Aber das
kannst du vielleicht nicht verstehen, und außerdem ist es gar
nicht jeden Tag anders, sondern immer ganz genau dasselbe,
und das, denk ich, ist gerade so sehr verwunderlich. Es wird
schon eher so sein, daß du jeden Tag anders bist, obwohl du
doch immer durch die gleiche Tür kommst und es immer
dunkel ist, bevor du hier Platz genommen hast. Aber nun sei mal
still und paß gut auf.
Siehst du, es ist immer dasselbe.
Moise hat eine Brotrinde vor seine Füße fallen lassen, da huschen
die Mäuschen näher, ein Streckchen um das andere, einige
richten sich sogar auf und schnuppern ein bißchen in die Luft.
Siehst du, so ist es. Immer dasselbe. Da sitzen die beiden Alten
und freuen sich und hören zuerst gar nicht, daß die Ladentür
aufgegangen ist. Nur die Mäuse haben es gleich gehört und sind
fort, ganz fort und so schnell, daß man nicht sagen kann, wohin
sie gelaufen sind.
In der Tür steht ein Soldat, ein Deutscher. Moise hat gute
Augen, er sieht: ein junger Mensch, so ein Schuljunge, der

eigentlich gar nicht weiß, was er hier wollte, jetzt, wo er in der Tür steht. Mal sehen, wie das Judenvolk haust, wird er sich draußen gedacht haben. Aber jetzt sitzt der alte Jude auf seinem Stühlchen, und der Laden ist hell vom Mondlicht. Wenn Se mechten hereintreten, Herr Leitnantleben, sagt Moise.

Der Junge schließt die Tür. Er wundert sich gar nicht, daß der Jude Deutsch kann, er steht so da, und als Moise sich erhebt und sagt: Kommen Se man, andern Stuhl hab ich nicht, sagt er: Danke, ich kann stehen, aber er macht ein paar Schritte, bis in die Mitte des Ladens, und dann noch drei Schritte auf den Stuhl zu. Und da Moise noch einmal zum Sitzen auffordert, setzt er sich auch.

Jetzt sind Se mal ganz still, sagt Moise und lehnt sich an die Wand.

Die Brotrinde liegt noch immer da, und, siehst du, da kommen auch die Mäuse wieder. Wie vorher, gar nicht ein bißchen langsamer, genau wie vorher, ein Stückchen, noch ein Stückchen, mit Aufrichten und Schnuppern und einem ganz winzigen Schnaufer, den nur Moise hört und vielleicht der Mond auch. Ganz genau wie vorher.

Und nun haben sie die Rinde wiedergefunden. Ein Mäusefest, in kleinem Rahmen, versteht sich, nichts Besonderes, aber auch nicht ganz alltäglich.

Da sitzt man und sieht zu. Der Krieg ist schon ein paar Tage alt. Das Land heißt Polen. Es ist ganz flach und sandig. Die Straßen sind schlecht, und es gibt viele Kinder hier. Was soll man da noch reden? Die Deutschen sind gekommen, unzählig viele, einer sitzt hier im Judenladen, ein ganz junger, ein Milchbart. Er hat eine Mutter in Deutschland und einen Vater, auch noch in Deutschland, und zwei kleine Schwestern. Nun kommt man also in der Welt herum, wird er denken, jetzt ist man in Polen, und später vielleicht fährt man nach England, und dieses Polen hier ist ganz polnisch.

Der alte Jude lehnt an der Wand. Die Mäuse sind noch immer um ihre Rinde versammelt. Wenn sie noch kleiner geworden ist, wird eine ältere Mäusemutter sie mit nach Hause nehmen, und die andern Mäuschen werden hinterherlaufen.

Weißt du, sagt der Mond zu Moise, ich muß noch ein bißchen

weiter. Und Moise weiß schon, daß es dem Mond unbehaglich ist, weil dieser Deutsche da herumsitzt. Was will er denn bloß? Also sagt Moise nur: Bleib du noch ein Weilchen.

Aber dafür erhebt sich der Soldat jetzt. Die Mäuse laufen davon, man weiß gar nicht, wohin sie alle so schnell verschwinden können. Er überlegt, ob er Aufwiedersehen sagen soll, bleibt also einen Augenblick noch im Laden stehen und geht dann einfach hinaus.

Moise sagt nichts, er wartet, daß der Mond zu sprechen anfängt. Die Mäuse sind fort, verschwunden. Mäuse können das.

Das war ein Deutscher, sagt der Mond, du weißt doch, was mit diesen Deutschen ist. Und weil Moise noch immer so wie vorher an der Wand lehnt und gar nichts sagt, fährt er dringlicher fort: Weglaufen willst du nicht, verstecken willst du dich nicht, ach Moise. Das war ein Deutscher, das hast du doch gesehen. Sag mir bloß nicht, der Junge ist keiner, oder jedenfalls kein schlimmer. Das macht jetzt keinen Unterschied mehr. Wenn sie über Polen gekommen sind, wie wird es mit deinen Leuten gehn?

Ich hab gehört, sagt Moise.

Es ist jetzt ganz weiß im Laden. Das Licht füllt den Raum bis an die Tür in der Rückwand. Wo Moise lehnt, ganz weiß, daß man denkt, er werde immer mehr eins mit der Wand. Mit jedem Wort, das er sagt. Ich weiß, sagt Moise, da hast du ganz recht, ich werd Ärger kriegen mit meinem Gott.

H. C. ARTMANN
Ein schöner märztag

 in neger oder indianer streunte sorglos durch Florida, er hatte nichts mehr zu verlieren als sein junges leben, seinen leichten nachen hatten längst hinterlistige alligatoren gefressen, und da kam er an ein häuschen, aus dem eine uralte frau herausschaute. Er wünschte dem mütterchen einen guten tag und fragte es, wie es denn sei.

Oh, antwortete ihm die gräuliche hexe, feines märzwetter und kein cent im sparschweinchen . . .

Das war freilich ein harter schlag für den rechtschaffenen farbigen, denn er hatte ja vorgehabt, das mütterchen umzubringen, ihm die ersparnisse zu rauben, und fortzulaufen, per flugzeug, nach der stadt. Da schraubte er ganz traurig seine altgediente pistole auseinander und warf sie stück um stück in die stinkende lagune.

Mondgeschichte

iemand wußte, ob sie die Schönste in ihrem Hei-
matort war. Man kannte sie dort schon zu lange,
um ein Urteil zu wagen. Aber sie war jedenfalls
die Schönste ihres Landes, sie war Miss Finnland
oder Miss England – wie das Land eben hieß –,
und daran zweifelte keiner. Dem Einwand, daß nicht alle Schönen zur Wahl erschienen seien, konnte man entgegenhalten, daß
nicht alle Schönen schön genug wären. Wer die Entscheidung
fürchtet, fürchtet sich meistens mit Recht, und alle hatten das
Recht zu kommen.
Bei der Wahl zur Schönsten des Erdteils fiel dieses Recht weg,
hier kamen nur die Schönsten der Länder zusammen. Es fehlte
eine einzige, die auf dem Flug dahin abgestürzt war, vielleicht
wäre diese eine schöner gewesen, aber die Toten schieden aus,
schon deshalb, weil sie kurz nach dem Tode zumeist schöner
waren als die Lebendigen. In diesem Augenblick hätten sie ihnen
gefährlich werden können. Aber von den Lebendigen war keine
schöner als sie, und deshalb wurde sie auch zur Schönsten ihres
Erdteils gewählt, sie war jetzt Miss Europa oder Miss Amerika,
und die Idee, eine Schönheitskonkurrenz der Erdteile zu veran-
stalten, lag sehr nahe.
Mit einem Sonderzug und einem Dampfer, den drei Geleit-
boote begleiteten, wurde sie an den Ort der letzten Wahl gebracht. Jetzt hatten nicht einmal mehr die Schönsten der Länder
das Recht zu kommen, sie mußten wie alle anderen Schönen
zurückstehen. Die Salutschüsse und der Jubel der Menge auf
dem Pier wurden über alle Rundfunkstationen gesendet.
Als sie zur Schönsten der Erde gewählt war, trat eine feierliche
Stille ein. Dann sagte die bewegte Stimme des Sprechers: »Wir
stellen Ihnen Miss Erde vor!« Und dann lachte jemand in der
Nähe des Mikrophons. In demselben Augenblick sagte der
Sprecher wieder: »Wir sehen uns gezwungen, die Sendung
wegen technischer Störungen zu unterbrechen!«
Die Hörer aller Länder machten sich ihren Reim darauf. Die
Schönste der Erde wollte nicht Miss Erde heißen. Sie erklärte,

daß sie alle Mühe nicht um einer so lächerlichen Bezeichnung willen auf sich genommen hätte. Denn Miss Erde klang degradierend, es ließ sie an den Garten und ihr Elternhaus denken, an Kraut und Regenwürmer und an die runden, roten Wangen, die sie als Kind gehabt hatte. Wenn es nicht überhaupt an Friedhöfe erinnerte! Sie gab noch an diesem Abend eine Erklärung durch den Rundfunk, die sie nicht weiter begründete. Es schien ihr, daß es allen Bewohnern der Erde ohne weiteres klar sein müsse, daß Miss Erde keine Schmeichelei war. Und den meisten war es auch ohne weiteres klar. Das Preisrichterkollegium einigte sich deshalb auf »Miss Universum«.

Dagegen machte ein einziger Preisrichter den Einwand geltend, daß man zur Welt auch Sonne, Mond und Sterne zählen müsse und daß niemand sicher wisse, ob nicht doch ein Stern bewohnt sei. Man könne nicht einen Menschen zur »Miss Universum« erklären, ehe er sich nicht mit den Sternenmenschen gemessen habe.

Der Versuch, diesen Einwand als unsinnig abzutun, mißlang. Er erregte zuerst Gelächter, später Unwillen, und stürzte zuletzt das Preisrichterkollegium in große Verwirrung. Man konnte schließlich nicht die Milchstraße absuchen. Es ging im Grunde nur um eine Geste, darüber waren sich alle einig – eine Geste an das Weltall –, und man fand diese Geste.

Die Preisrichter beschlossen, die Schönste der Erde der Form halber auf den Mond zu schießen. Dort sollte sie eine Nacht lang bleiben. Wenn diese Nacht vorüber war und sich niemand gezeigt hatte, war der Form Genüge getan, und sie hieß Miss Universum.

Als es dämmerte, mußte die Polizei Kordone bilden, um dem Auto, worin die Schönste saß, sicheres Geleit zu geben. Auf dem großen Platz, im halben Wind, unter dem hellroten Abendhimmel, auf dem schon der Mond stand, ergriff sie etwas wie Angst, aber sie gab nicht nach.

Die Mondflüge waren damals noch in ihren Anfangsstadien, und die Techniker und Arbeiter, die vorausgeschickt worden waren, um die ersten Landungsplätze zu bauen, beobachteten gespannt das Landen der Rakete. Sie überschlug sich, um den Sturz zu mildern, kam auf und stand still. Sie hoben die Schönste der Erde auf den Mond, und die Preisrichter sprangen nach. Sie schlugen mit den Armen um sich, sagten einige laute und fröhliche Dinge, fragten, wo die Erde sei und verstummten endlich. Wie große fremde Vögel lehnten sie an einem Gerüst aus leichtem Holz und wunderten sich, daß es in den Fugen sang. Der Aufenthalt auf dem Mond rief in der Schönsten der Erde die Empfindung großer Einsamkeit hervor. Sie war schon auf Erden zur Zeit des Neumondes Anfällen von Traurigkeit unterworfen gewesen, aber da unten machte der Mondenschein von Nacht zu Nacht alles besser. Sie überdachte, daß es ein einziger Umstand war, der die Einsamkeit hier unerträglich werden ließ: es gab keine Hoffnung auf dem Mond, den Mond zu sehen. Und das Heer der Sterne tröstete darüber nicht hinweg.

Um sich die Zeit zu vertreiben, ließ sie sich ein wenig auf den Wegen zwischen den Felsen umherführen, aber die Landschaft war eintönig. Die Preisrichter, ihre Begleiter, erbitterten sie im geheimen. Sie gingen an den Rändern der Krater dahin und ereiferten sich, weil hier nirgends Geländer angebracht waren. Oder sie sprachen von Plänen, die sie für morgen hatten, von Wiedersehensfesten, die sie auf der Erde feiern würden, aber ihre Reden klangen der Schönsten hier nur wie Gestammel sehr alter Männer, wie Erinnerungen, die allen Bemühungen zum Trotz nicht mehr deutlich wurden, wie die Sucht, es hinter sich zu bringen. Sie waren hier überflüssig. Denn, wenn der Mond wirklich unbewohnt ist – und keiner wagt, etwas anderes zu hoffen –, was haben sie dann hier noch zu entscheiden? dachte das Mädchen. Wer ist die Schönste? Ich oder ich? Und wenn ich die Schönste wäre, könnte doch ich sie nicht mehr sein. Plötzlich wechselte ihre Angst in den tiefsten Wunsch hinüber, der Mond möchte bewohnt sein.

Aber je länger sie schwieg, desto eifriger bemühten sich die Preisrichter, sie zu erheitern. Nur der eine, der den Rat gegeben hatte, sie auf den Mond zu schießen, ging voraus und sprach so wenig wie sie. Er erbitterte sie mehr als alle anderen, und sie verdächtigte ihn längst, nur seinen Spott mit ihr getrieben zu haben. Er war es auch, der als erster das Unglaubliche bemerkte: Als sie eben wieder in der Nähe des Landungsplatzes ankamen, kurz nachdem alle Uhren neun Uhr Erdzeit zeigten, eine Zeit, zu der man auf Erden die Abendgesellschaften ansetzte, erschien hinter einem Felsblock in einiger Entfernung ein schwacher Schatten, der sich zögernd fortpflanzte und schon ganz sichtbar noch einmal stillstand.

Die Herren von der Jury hofften, nur wenige Augenblicke lang, daß es vielleicht der Schatten einer Mondgrille sei, eines Frosches oder eines Arbeiters auf dem Mond, aber es war deutlich der Schatten eines Mädchens mit gelöstem Haar in einem langen Kleid.

Ophelia bog um den Felsen. Sie trug ein weißes Hemd, wie es Kinder zu Weihnachtsvorstellungen über ihre heilen Glieder ziehen, und die Preisrichter sahen auf die Entfernung hin nicht deutlich, ob ihr das helle Mondlicht oder noch immer abströmendes Flußwasser die Linie gab. Vorsichtig wie von Uferstein zu Uferstein setzte sie einen Fuß vor den anderen, und bei jedem Schritt sprühten Tropfen von ihr. Algen und glänzende Wasserlilien schlangen sich um sie und schleiften hinter ihr her – haftende Jugend, Trauer. Wie hohe Bäume Mistelbüsche tragen, Nester ohne Vögel. Aber kommen nicht einmal im Jahr die Pflücker und holen sie von den Bäumen, damit unter Lampen und Türrahmen die Jugend hinüberwechselt?

Ophelia ging, den Kopf leicht gesenkt, die lange Bahn hinauf, beschrieb, ohne aufzuschauen, kleine Bogen um die Raketen und streichelte sie im Vorbeigehen, als ob es Lämmer wären. Sie wäre auch an den Preisrichtern und Arbeitern so vorübergegangen, aber die umringten sie, boten ihr Tee an, der noch von der Erde heiß war, und wollten mit ihr zu Musik aus den Erdsendern tanzen. Sie fragten sie, woher sie käme und wo sie die letzte Zeit verbracht hätte, wie es denn möglich sei, daß ein Mädchen wie sie hier so ganz verlassen lebe – und ähnliche sinnlose Fragen. Und der eine, der geraten hatte, die Schönste der Erde auf den Mond zu schießen, sagte, das hätte er gleich gewußt.

Von Angst ergriffen, rief die Schönste der Erde, daß man nicht einmal Ophelia ohne richtige Wahl zur Schönsten der Welt erklären könne. Aber damit verriet sie sich. Als sie neben ihr stand, sahen alle, um wieviel schöner Ophelia war. Es wäre sinnlos gewesen, ihre Maße nachzumessen, sie erschien ja von Atemzug zu Atemzug selbst als das Maß, nach dem die Schönste der Erde nur mühsam gemessen war – allein ihre bloßen Füße unter dem Hemdsaum!

Ophelia selbst war die Einzige, die keinen Blick von der Schönsten der Erde abwandte. Und als der erste Preisrichter sich vor ihr verneigte und sie bat, ihren verräterischen Namen abzulegen – sie hieße von heute nacht ab Miss Universum –, erwiderte sie ängstlich, sie könne ihren Namen nicht ablegen, wenn ihn nicht ein anderer annehme, ihr nasses Hemd und die Wasserlilien, die daran hafteten, und für sie in der Verbannung bliebe.

Das hieße – rief die Schönste der Erde zornig und schon im Einsteigen begriffen –, sie solle noch als Geschlagene in einem nassen Hemd, mit Wasserpflanzen, die sich bei jedem Schritt um ihre Füße schlängen, allein auf dem Mond bleiben?

Nein – sagte Ophelia und nahm sie bei den Händen –, das hieße – und dann lächelten beide über die ahnungslosen Preisrichter, die nicht wußten, daß der Titel der Miss Universum für immer mit dem Namen Ophelia verknüpft war, mit der Einsamkeit des Gestirns und mit dem Mondlicht, das wie fließendes Wasser über ihrem Gesicht lag. Aber – flüsterte Ophelia der Schönsten der Erde zu – sie würde ihr gern ihren Namen lassen, wenn sie die Schönste des Weltalls sein wolle, die Algen und das Hemd!

Sie zog sie aus dem Kreis der Preisrichter, und ehe sie Zeit zu überlegen hatte, flogen der Schönsten der Erde die Ranken um Haar und Hals, schon roch sie den süßen Tang, sie ging einige Schritte auf dem brüchigen Stein und hörte das Schleifen der Algen hinter sich, sie ging der kalten, offenen Landschaft entgegen, die ihr Ruhe verhieß – da hörte sie Ophelia hinter sich rufen: »Das Hemd, das Hemd hast du vergessen!« Sie wandte sich um, sie griff seine Kühle und seine milde Feuchtigkeit, aber jetzt sah sie das Gesicht des Preisrichters, von dem alles abhing, über dem ihren. Er sagte: »Du bist schön!« und er sah sie an.

Sie wunderte sich, wie gleichmütig sie blieb. Das Urteil eines Preisrichters, der nicht wußte, worüber er zu Gericht saß, bewegte sie nicht mehr. Sie warf die Algen ab und bat Ophelia das Hemd zu behalten, sie schüttelte das Flußwasser, das über sie gesprüht war, aus ihren Kleidern.

Sie war entschlossen, sich auf die Erde zurückschießen zu lassen. Sie wollte noch in dieser Nacht im Rundfunk verkünden, daß sie auf den Titel der Miss Universum unter dieser Bedingung verzichte.

Aber Ophelia begleitete sie an die Rakete. Und als sie, schon im Einsteigen, ihr trauriges Gesicht sah, sprang sie noch einmal ab, umarmte sie und riß dabei eine lange Ranke von ihren Schultern, die an ihr haften blieb. So nahm sie, ehe sie den Schlag zuklappte und die Abschußvorrichtung löste, eine geringe Last ihrer Verlassenheit mit.

Auf dem Flugplatz umringten sie fremde Gestalten, Blitzlichter flammten auf, ihr Blick suchte den Mond, aber den hatte niemand an die Decke des Krankenhauses gemalt.

»Weshalb haben Sie es getan?« fragte die Frau im nächsten Bett und neigte sich zu ihr. »Die haben lange gebraucht, ehe sie das Wasser aus Ihren Lungen brachten!« Und als sie sich daraufhin schlafend stellte, hörte sie eine andere Stimme sagen: »Still! Und nehmen Sie ihr das Zeug aus den Fingern, daß sie nicht gleich erinnert wird!« Aber sie hielt die Ranke so fest, daß sie, aus Furcht, sie zu wecken, nicht daran rührten.

Als sie wieder aufsah, waren die Läden schon geöffnet.

»Warum sind Sie ins Wasser gegangen?« fragte die Neugierige wieder. Das Mädchen dachte an die vielen Preisrichter und an den einen, sie sah sein Gesicht noch einmal, von Flußwasser übersprüht, sie streckte die Arme aus, aber die Tropfen flossen ab. Zurück blieb nur mehr der Mond, der sich zart und deutlich von den Morgenwolken abhob.

»Warum —« begann die Frau ein drittes Mal.

»Weil ich häßlich bin. Ich war für einen nicht schön genug!«

»Ach —« sagte die Frau mitleidig.

Das Mädchen schloß die Augen wieder. Wie sollte sie es ihr erklären, daß es mit der Algenranke ein wenig von der Verlassenheit der Ophelia und ein wenig von der Schönheit besaß, die sich Preisrichtern nicht unterwirft?

FRIEDERIKE MAYRÖCKER
Pegas das Pferd

s war einmal ein Pferd das eigentlich ein Hund war, und immer wenn es wiehern wollte, kam ein Bellen aus ihm. Und wenn es schnauben wollte, ein Jaulen.

Und wenn einer, um es zu reiten, den Sattel über seine Kruppe warf, fühlte es die Leine zerrend am Hals, und sein Fell begann sich zu sträuben.

Und immer wenn es davonstürmen wollte, sah es Zäune.

Es wunderte sich oft, daß alles so war.

Es stand an der Hütte, und träumte vom Fliegen.

oben auf dem Kirschbaum, im Garten, saß die große Katze, die eigentlich eine Eule war. So, halb Katze, halb Eule, sagte sie immer wieder: weckt man mich mitten am Tag, weiß ich meist nicht wo ich bin, und was los ist, und was ich eigentlich sagen soll.

Sie besaß große runde Augen, darüber Gläser, und einen Bart.

Sie blieb gern für sich, und beobachtete dabei die Welt.

einmal sah sie eine scheckige Schnecke, die trug ein *wirkliches* kleines Haus auf dem Rücken herum, von Palmen umschirmt. Auf der Spitze des Hauses turnte die Sonne mit je einer gelben Strahlenzacke, nämlich sie schlug ein Rad.

Als der Pfauenvogel im Gebüsch merkte was es geschlagen hatte, schlug er selbst ein viel gelberes und kühneres Rad, und schillernd, mit vielen Veilchenflügeln.

Der violette Abendstern trat hervor, und knisterte laut.

einmal sagte die Wolke: wir fliegen zusammen fort, mit dem Pferd das eigentlich ein Hund ist, in den schönsten Himmel!

während es schlief, fielen ihm Wörter ein, Spiralnasen, Hufe, ein ganzer Vers. Solche, die es einmal irgendwo gehört, aber längst vergessen hatte. Und, in fremden Sprachen auch.

Es wußte plötzlich die Vokabel für *Bäckersfrau* auf französisch,
und das englische Wort für *Mähne*.
Es regnete, regnete, viele Wörter, auf es herunter.
Es wurde naß, es wurde glücklich, es könnte grasen in ihnen.

die Regenfelder begannen zu sprießen – körniges Alphabet!
Die Sternschnuppen, die Leuchtschriften, wirbelten ihm vor
Augen.
Die Himmelfahrtsläden öffneten sich.
Es schaute lange zurück zur Erde, und winkte.

Die Geheimnisse der Prinzessin von Kagran

s war einmal eine Prinzessin von Chagre oder von Chageran, aus einem Geschlecht, das sich in späteren Zeiten Kagran nannte. Denn der heilige Georg, der den Lindwurm in den Sümpfen erschlagen hat, damit nach dem Tod des Ungeheuers Klagenfurt erstehen konnte, war auch hier in dem alten Marchfelddorf, jenseits des Donaustroms, tätig, und es erinnert eine Gedenkkirche an ihn, nahe vom Überschwemmungsgebiet.

Die Prinzessin war sehr jung und sehr schön und sie hatte einen Rappen, auf dem sie allen anderen vorausflog. Ihre Gefolgsleute beredeten und baten sie, zurückzubleiben, denn das Land, in dem sie waren, an der Donau, war immer in Gefahr, und Grenzen gab es noch keine, wo später Raetien, Markomannien, Noricum, Moesien, Dacien, Illyrien und Pannonien waren. Es gab auch noch ein Cis- und Transleithanien, denn es war immer Völkerwanderung. Eines Tages ritten die ungarischen Husaren aus der Pußta herauf, aus dem weiten, ins Unerforschte reichenden Hungarien. Sie brachen mit ihren wilden asiatischen Pferden herein, die so schnell waren wie der Rappe der Prinzessin, und alles fürchtete sich sehr.

Die Prinzessin verlor die Herrschaft, sie geriet in viele Gefangenschaften, denn sie kämpfte nicht, aber sie wollte auch nicht dem alten König der Hunnen oder dem alten König der Awaren zur Frau gegeben werden. Man hielt sie als Beute gefangen und ließ sie bewachen von den vielen roten und blauen Reitern. Weil die Prinzessin eine wirkliche Prinzessin war, wollte sie sich lieber den Tod geben, als sich einem alten König zuführen lassen, und ehe die Nacht um war, mußte sie sich ein Herz fassen, denn man wollte sie auf die Burg des Hunnenkönigs oder gar des Awarenkönigs bringen. An Flucht dachte sie und sie hoffte, daß ihre Bewacher einschliefen vor Morgengrauen, aber ihre Hoffnung wurde immer geringer. Auch ihren Rappen hatte man ihr

genommen, und sie wußte nicht, wie sie aus dem Heerlager je
herausfinden und in ihr Land mit den blauen Hügeln zurückkommen sollte. Schlaflos lag sie in ihrem Zelt.

Tief in der Nacht, da meinte sie, eine Stimme zu hören, die sang
und sprach nicht, die raunte und schläferte ein, dann aber sang
sie nicht mehr vor Fremden, sondern klang nur noch für sie und
in einer Sprache, die sie bestrickte und von der sie kein Wort
verstand. Trotzdem wußte sie, daß die Stimme ihr allein galt
und nach ihr rief. Die Prinzessin brauchte die Worte nicht zu
verstehen. Bezaubert stand sie auf und öffnete ihr Zelt, sie sah
den unendlichen dunklen Himmel Asiens, und von dem ersten
Stern, den sie erblickte, fiel eine Sternschnuppe herab. Die
Stimme, die zu ihr drang, sagte ihr, sie dürfe sich etwas wünschen, und sie wünschte es sich von ganzem Herzen. Vor sich sah
sie plötzlich, in einen langen schwarzen Mantel gehüllt, einen
Fremden stehen, der nicht zu den roten und blauen Reitern
gehörte, er verbarg sein Gesicht in der Nacht, aber obwohl sie
ihn nicht sehen konnte, wußte sie, daß er um sie geklagt und für
sie voller Hoffnung gesungen hatte, mit einer nie gehörten
Stimme, und daß er gekommen war, um sie zu befreien. Er hielt
ihren Rappen am Zügel, und sie bewegte leise die Lippen und
fragte: Wer bist du? wie heißt du, mein Retter? wie soll ich dir
danken? Er legte zwei Finger auf seinen Mund, das erriet sie, er
hieß sie schweigen, er bedeutete ihr, ihm zu folgen, und schlug
seinen schwarzen Mantel um sie, damit niemand sie sehen
konnte. Sie waren schwärzer als schwarz in der Nacht, und er
führte sie und den Rappen, der leise seine Hufe aufsetzte und
nicht wieherte, durch das Lager und ein Stück in die Steppe
hinaus. Die Prinzessin hatte noch immer seinen wunderbaren
Gesang im Ohr und sie war dieser Stimme verfallen, die sie
wiederhören wollte. Sie wollte ihn bitten, mit ihr stromaufwärts zu ziehen, aber er antwortete nicht und übergab ihr die
Zügel. Sie war noch immer in der größten Gefahr, und er gab
ihr ein Zeichen, zu reiten. Da hatte sie ihr Herz verloren, und sie
hatte doch sein Gesicht immer noch nicht gesehen, weil er es
verbarg, aber sie gehorchte ihm, weil sie ihm gehorchen mußte.
Sie schwang sich auf ihren Rappen, sie sah stumm auf ihn nieder

und wollte ihm in ihrer und in seiner Sprache etwas sagen zum
Abschied. Sie sagte es mit den Augen. Doch er wandte sich ab
und verschwand in der Nacht.

Der Rappe begann zu traben, in Richtung des Flusses, von dem
die feuchte Luft ihm eine Kunde gab. Die Prinzessin weinte zum
ersten Mal in ihrem Leben, und es fanden die späteren Völker-
wanderer einige Flußperlen in dieser Gegend, die sie ihrem
ersten König brachten und die in die Heilige Stephanskrone, mit
den ältesten Edelsteinen, bis auf den heutigen Tag eingegangen
sind.

Als sie das freie Land gewann, ritt sie viele Tage und Nächte lang
stromaufwärts, bis sie in eine Gegend kam, wo der Strom sich
verlor in unzählige, nach allen Richtungen sich teilende Neben-
arme. Sie geriet in einen einzigen Morast, überwachsen von
krüppeligen Weidenbüschen. Noch war das Wasser auf seinem
normalen Stand, die Büsche bogen und wiegten sich raschelnd
im immerwährenden Wind der Ebene, in dem die Weiden sich
nie erheben konnten, sondern krüppelig blieben. Sanft
schwankten sie wie das Gras, und die Prinzessin hatte die Orien-
tierung verloren. Es war, als wäre alles in Bewegung geraten,
Wellen aus Weidengezweig, Wellen aus Gräsern, die Ebene
lebte und kein Mensch außer ihr lebte darin. Die Fluten der
Donau, erleichtert, dem Zwang der unverrückbaren Ufer entronnen zu sein, nahmen ihren eigenen Lauf, verloren sich im
Labyrinth der Kanäle, deren Geäder die aufgeschütteten Inseln
durchschnitt in breite Straßen, durch die das Wasser mit Getöse
dahinschoß. Lauschend, zwischen den schäumenden Strom-
schnellen, den Wirbeln und Strudeln, begriff die Prinzessin, daß
das Wasser den sandigen Strand unterwusch und Stücke Ufers
mit ganzen Weidengruppen verschlang. Inseln versanken, und
Inseln schüttete es neu auf, die jeden Tag Gestalt und Größe
änderten, und so würde die Ebene leben, wechselvoll, bis zu der
Zeit des Hochwassers, wenn unter den steigenden Fluten Weiden und Inseln spurlos verschwinden. Am Himmel war ein
rauchiger Fleck, aber nichts war von den blauenden Höhenzü-
gen des Landes der Prinzessin zu sehen. Sie wußte nicht, wo sie
war, sie kannte nicht die Thebener Höhen, die Ausläufer der

Karpaten, die alle namenlos waren, und sie sah nicht die March, die sich hier in die Donau stiehlt, und noch weniger wußte sie, daß hier einmal eine Grenze durchs Wasser gezogen würde, zwischen zwei Ländern mit Namen. Denn es gab damals keine Länder und keine Grenzen dazu.

Auf einer Schotterbank war sie von ihrem Rappen gestiegen, der nicht mehr weiterkonnte, sie sah die Fluten schlammig und schlammiger werden und fürchtete sich, weil es das Anzeichen für Hochwasser ist, sie sah keinen Ausweg mehr aus der befremdlichen Landschaft, die nur aus Weiden, aus Wind und aus Wasser war, sie führte ihr Pferd langsam weiter, betört von dem Reich aus Einsamkeit, einem verschlossenen verwunschenen Reich, in das sie geraten war. Sie begann, nach einem Nachtlagerplatz Ausschau zu halten, denn die Sonne ging unter, und das ungeheure Lebewesen, das dieser Strom war, verstärkte seine Laute und Stimmen, sein Klatschen, sein anschwellendes Gelächter am Ufergestein, sein zartes Flüstern an einer ruhigen Strombiegung, sein zischendes Aufkochen, sein beständiges Grollen auf dem Grund, unter allen Geräuschen der Oberfläche. Schwärme grauer Krähen näherten sich am Abend und die Kormorane fingen an, die Ufer zu säumen, die Störche fischten im Wasser und Sumpfvögel aller Art kreisten mit gereizten, weithin hallenden Schreien in der Luft.

Man hatte der Prinzessin als Kind von diesem ernstesten Land an der Donau gesprochen, von seinen Zauberinseln, wo man Hungers starb, aber auch die Gesichte bekam und das höchste Entzücken im Furioso des Untergangs erlebte. Die Prinzessin meinte, daß die Insel sich mit ihr bewegte, trotzdem war es nicht die dahindonnernde Wasserflut, vor der sie Furcht überkam, sondern es waren Angst und Verwunderung in ihr und eine niegekannte Unruhe, die von den Weiden ausging. Etwas Tiefbedrohliches ging von ihnen aus und legte sich schwer auf das Herz der Prinzessin. Sie war an die Grenze der Menschenwelt gekommen. Die Prinzessin beugte sich zu ihrem Rappen nieder, der sich erschöpft hingestreckt hatte, einen klagenden Laut von sich gab, denn auch er fühlte, daß es keinen Ausweg mehr gab,

und er verlangte mit einem schon sterbenden Blick, nach der
Verzeihung der Prinzessin, er konnte sie nicht mehr durch das
Wasser und über das Wasser tragen. Die Prinzessin legte sich in
die Mulde neben dem Pferd nieder, und eine Bangnis wie noch
nie war in ihr, die Weiden zischelten immer mehr, sie raunten,
sie lachten, sie schrien schrill auf und stöhnten seufzend. Kein
Heer von Soldaten verfolgte sie mehr, aber ein Heer fremder
Wesen umzingelte sie, die Myriaden von Blättern flatterten
über den buschigen Häuptern der Weiden, sie war in der Re-
gion des Flusses, wo er ins Totenreich führt, und sie hatte die
Augen weit offen, als die gewaltigste Kolonne aus Schattenwe-
sen auf sie zurückte, und einen Augenblick, um das Heulen des
fürchterlichen Winds nicht mehr zu hören, vergrub sie den
Kopf in ihren Armen und sprang sogleich wieder auf, von
einem tappenden scheuernden Geräusch wachsam gemacht. Sie
konnte nicht vor und nicht zurück, sie hatte nur die Wahl
zwischen dem Wasser und der Übermacht der Weiden, aber in
der größten Finsternis ging ein Licht an vor ihr, und da sie
wußte, daß es kein Menschenlicht, sondern nur ein Geisterlicht
sein konnte, ging sie in Todesangst darauf zu, aber bezaubert,
bestrickt.

Es war kein Licht, es war eine Blume, gewachsen in der entfes-
selten Nacht, röter als rot und nicht aus der Erde gekommen. Sie
streckte die Hand nach der Blume aus, da berührte ihre Hand
zugleich mit der Blume eine andere Hand. Der Wind und das
Gelächter der Weiden verstummten, und in dem aufgehenden
Mond, der weiß und befremdlich die stiller werdenden Wasser
der Donau beschien, erkannte sie den Fremden in dem schwarzen Mantel vor sich, er hielt ihre Hand und mit zwei Fingern der
anderen Hand bedeckte er seinen Mund, damit sie nicht wieder
fragte, wer er sei, aber er lächelte aus den dunklen warmen
Augen auf sie nieder. Er war schwärzer als vorher das Schwarz
um sie, und sie sank zu ihm hin und in seinen Armen auf den
Sand nieder, er legte ihr die Blume wie einer Toten auf die Brust
und schlug den Mantel über sie und sich.

Die Sonne stand schon hoch am Himmel, als der Fremde die
Prinzessin aus ihrem totenähnlichen Schlaf weckte. Er hatte die

wahren Unsterblichen, die Elemente, zum Schweigen gebracht. Die Prinzessin und der Fremde begannen zu reden, wie von alters her, und wenn einer redete, lächelte der andere. Sie sagten sich Helles und Dunkles. Das Hochwasser war gesunken, und ehe die Sonne unterging, hörte die Prinzessin ihren Rappen aufstehen, schnauben und durch das Gebüsch traben. Sie erschrak bis in ihr tiefstes Herz und sagte: Ich muß weiter, ich muß noch den Fluß hinauf, komm mit mir, verlaß mich nie mehr!

Aber der Fremde schüttelte den Kopf, und die Prinzessin fragte: Mußt du zu deinem Volk zurück?

Der Fremde lächelte: Mein Volk ist älter als alle Völker der Welt und es ist in alle Winde zerstreut.

So komm doch mit! rief die Prinzessin, vor Schmerz und Ungeduld, aber der Fremde sagte: Geduld, hab Geduld, denn du weißt ja, du weißt. Über Nacht hatte die Prinzessin das zweite Gesicht bekommen, und darum sagte sie unter Tränen: Ich weiß, wir werden einander wiedersehen.

Wo? fragte der Fremde lächelnd, und wann? denn wahr ist der endlose Ritt.

Die Prinzessin sah auf die erloschene, welkende Blume, die auf dem Boden liegengeblieben war und sagte, die Augen schließend, auf der Schwelle des Traumes: laß mich sehen!

Langsam begann sie zu erzählen: Es wird weiter oben am Fluß sein, es wird wieder Völkerwanderung sein, es wird in einem anderen Jahrhundert sein, laß mich raten? es wird mehr als zwanzig Jahrhunderte später sein, sprechen wirst du wie die Menschen: Geliebte . . .

Was ist ein Jahrhundert? fragte der Fremde.

Die Prinzessin nahm eine Handvoll Sand und ließ ihn rasch durch die Finger laufen, sie sagte: Soviel ungefähr sind zwanzig Jahrhunderte, es wird dann Zeit sein, daß du kommst und mich küßt.

Dann wird es bald sein, sagte der Fremde, sprich weiter!

Es wird in einer Stadt sein und in dieser Stadt wird es in einer Straße sein, fuhr die Prinzessin fort, wir werden Karten spielen, ich werde meine Augen verlieren, im Spiegel wird Sonntag sein.

Was sind Stadt und Straße? fragte der Fremde betroffen. Die Prinzessin geriet ins Staunen, sie sagte: Aber das werden wir bald sehen, ich weiß nur die Worte dafür, doch wir werden es sehen, wenn du mir die Dornen ins Herz treibst, vor einem Fenster werden wir stehen, laß mich ausreden! es wird ein Fenster voller Blumen sein, und für jedes Jahrhundert wird eine Blume dahinter aufgehoben sein, mehr als zwanzig Blumen, daran werden wir erkennen, daß wir am richtigen Ort sind, und es werden die Blumen alle wie diese Blume hier sein!

Die Prinzessin schwang sich auf ihren Rappen, sie ertrug die Wolken nicht mehr, denn der Fremde entwarf schweigsam seinen und ihren ersten Tod. Er sang ihr nichts mehr zum Abschied, und sie ritt ihrem Land mit den blauen Hügeln entgegen, das in der Ferne auftauchte, in einer fürchterlichen Stille, denn er hatte ihr den ersten Dorn schon ins Herz getrieben, und inmitten ihrer Getreuen im Burghof fiel sie blutend von ihrem Rappen. Sie lächelte aber und lallte im Fieber: Ich weiß ja, ich weiß!

PETER BICHSEL
Amerika gibt es nicht

ch habe die Geschichte von einem Mann, der
Geschichten erzählt. Ich habe ihm mehrmals gesagt, daß ich seine Geschichte nicht glaube.
»Sie lügen«, habe ich gesagt, »Sie schwindeln, Sie
phantasieren, Sie betrügen.«
Das beeindruckte ihn nicht. Er erzählte ruhig weiter, und als ich
rief: »Sie Lügner, Sie Schwindler, Sie Phantast, Sie Betrüger!«,
da schaute er mich lange an, schüttelte den Kopf, lächelte traurig
und sagte dann so leise, daß ich mich fast schämte: »Amerika gibt
es nicht.«
Ich versprach ihm, um ihn zu trösten, seine Geschichte aufzu-
schreiben:
Sie beginnt vor fünfhundert Jahren am Hofe eines Königs, des
Königs von Spanien. Ein Palast, Seide und Samt, Gold, Silber,
Bärte, Kronen, Kerzen, Diener und Mägde; Höflinge, die sich
im Morgengrauen gegenseitig die Degen in die Bäuche rennen, die sich am Abend zuvor den Fehdehandschuh vor die
Füße geschmissen haben. Auf dem Turm fanfarenblasende
Wächter. Und Boten, die vom Pferd springen, und Boten, die
sich in den Sattel werfen, Freunde des Königs und falsche
Freunde, Frauen, schöne und gefährliche, und Wein und um
den Palast herum Leute, die nichts anderes wußten, als all das
zu bezahlen.
Aber auch der König wußte nichts anderes, als so zu leben, und
wie man auch lebt, ob in Saus und Braus oder Armut, ob in
Madrid, Barcelona oder irgendwo, am Ende ist es doch täglich
dasselbe, und man langweilt sich. So stellen sich die Leute, die
irgendwo wohnen, Barcelona schön vor, und die Leute von
Barcelona möchten nach Irgendwo reisen.
Die Armen stellen es sich schön vor, wie der König zu leben,
und leiden darunter, daß der König glaubt, arm sein sei für die
Armen das richtige.
Am Morgen steht der König auf, am Abend geht der König ins
Bett, und tagsüber langweilt er sich mit seinen Sorgen, mit
seinen Dienern, seinem Gold, Silber, Samt, seiner Seide, lang-

weilt sich mit seinen Kerzen. Sein Bett ist prunkvoll, aber man kann darin auch nicht viel anderes tun als schlafen.

Die Diener machen am Morgen tiefe Verbeugungen, jeden Morgen gleich tief, der König ist daran gewöhnt und schaut nicht eimal hin. Jemand gibt ihm die Gabel, jemand gibt ihm das Messer, jemand schiebt ihm den Stuhl zu, und die Leute, die mit ihm sprechen, sagen Majestät und sehr viele schöne Worte dazu und sonst nichts.

Nie sagt jemand zu ihm: »Du Trottel, du Schafskopf«, und alles, was sie ihm heute sagen, haben sie ihm gestern schon gesagt.

So ist das.

Und deshalb haben Könige Hofnarren.

Die dürfen tun, was sie wollen, und sagen, was sie wollen, um den König zum Lachen zu bringen, und wenn er über sie nicht mehr lachen kann, bringt er sie um oder so.

So hatte er einmal einen Narren, der verdrehte die Worte. Das fand der König lustig. Der sagte »Stajesmät« statt »Majestät«, der sagte »Lapast« statt »Palast« und »Tuten Gat« statt »Guten Tag«. Ich finde das blöd, der König fand das lustig. Ein ganzes halbes Jahr lang fand er es lustig, bis zum 7. Juli, und am achten, als er aufstand und der Narr kam und »Tuten Gat, Stajesmät«, sagte, sagte der König: »Schafft mir den Narren vom Hals!«

Ein anderer Narr, ein kleiner dicker, Pepe hieß der, gefiel dem König sogar nur vier Tage lang, der brachte den König damit zum Lachen, daß er auf die Stühle der Damen und Herren, der Fürsten, Herzöge, Freiherren und Ritter Honig strich. Am vierten Tag strich er Honig auf den Stuhl des Königs, und der König mußte nicht mehr lachen, und der Pepe war kein Narr mehr.

Nun kaufte sich der König den schrecklichsten Narren der Welt. Häßlich war er, dünn und dick zugleich, lang und klein zugleich, und sein linkes Bein war ein O-Bein. Niemand wußte, ob er sprechen konnte und absichtlich nicht sprach oder ob er stumm war. Sein Blick war böse, sein Gesicht mürrisch; das einzig Liebliche an ihm war sein Name: er hieß Hänschen.

Das Gräßlichste aber war sein Lachen.

Es begann ganz klein und gläsern ganz tief im Bauch, gluckste hoch, ging langsam über in ein Rülpsen, machte Hänschens

Kopf rot, ließ ihn fast ersticken, bis er losplatzte, explodierte, dröhnte, schrie; dann stampfte er dazu und tanzte und lachte; und nur der König freute sich daran, die andern wurden bleich, begannen zu zittern und fürchteten sich. Und wenn die Leute rings um das Schloß das Lachen hörten, sperrten sie Türen und Fenster zu, schlossen die Läden, brachten die Kinder zu Bett und verschlossen sich die Ohren mit Wachs.

Hänschens Lachen war das Fürchterlichste, was es gab.

Der König konnte sagen, was er wollte, Hänschen lachte. Der König sagte Dinge, über die niemand lachen kann, aber Hänschen lachte. Und eines Tages sagte der König: »Hänschen, ich hänge dich auf.«

Und Hänschen lachte, brüllte los, lachte wie noch nie.

Da beschloß der König, daß Hänschen morgen gehängt werden soll. Er ließ einen Galgen bauen, und es war ihm ernst mit seinem Beschluß, er wollte Hänschen vor dem Galgen lachen hören. Dann befahl er allen Leuten, sich das böse Schauspiel anzuschauen. Die Leute versteckten sich aber und verriegelten ihre Türen, und am Morgen war der König mit dem Henker, mit den Knechten und dem lachenden Hänschen allein.

Und er schrie seinen Knechten zu: »Holt mir die Leute her!« Die Knechte suchten die ganze Stadt ab und fanden niemanden, und der König war zornig, und Hänschen lachte.

Da endlich fanden die Knechte einen Knaben, den schleppten sie vor den König. Der Knabe war klein, bleich und schüchtern, und der König wies auf den Galgen und befahl ihm, zuzuschauen.

Der Knabe schaute zum Galgen, lächelte, klatschte in die Hände, staunte und sagte dann: »Sie müssen ein guter König sein, daß Sie ein Bänklein für die Tauben bauen; sehn Sie, zwei haben sich bereits darauf gesetzt.«

»Du bist ein Trottel«, sagte der König, »wie heißt du?«

»Ich bin ein Trottel, Herr König und heiße Colombo, meine Mutter nennt mich Colombin.«

»Du Trottel«, sagte der König, »hier wird jemand gehängt.«

»Wie heißt er denn?« fragte Colombin, und als er den Namen hörte, sagte er: »Ein schöner Name, Hänschen heißt er also. Wie kann man einen Mann, der so schön heißt, aufhängen?«

»Er lacht so gräßlich«, sagte der König, und er befahl dem Hänschen zu lachen, und Hänschen lachte doppelt so gräßlich wie gestern.

Colombin staunte, dann sagte er: »Herr König, finden Sie das gräßlich?« Der König war überrascht und konnte nicht antworten, und Colombin fuhr fort: »Mir gefällt sein Lachen nicht besonders, aber die Tauben sitzen immer noch auf dem Galgen; es hat sie nicht erschreckt; sie finden das Lachen nicht gräßlich. Tauben haben ein feines Gehör. Man muß Hänschen laufen lassen.«

Der König überlegte und sagte dann: »Hänschen, scher dich zum Teufel.«

Und Hänschen sprach zum ersten Mal ein Wort. Er sagte zu Colombin: »Danke!« und lächelte dazu ein schönes menschliches Lächeln und ging.

Der König hatte keinen Narren mehr.

»Komm mit«, sagte er zu Colombin.

Des Königs Diener und Mägde, die Grafen und alle glaubten aber, Colombin sei der neue Hofnarr.

Doch Colombin war gar nicht lustig. Er stand da und staunte, sprach selten ein Wort und lachte nicht, er lächelte nur und brachte niemanden zum Lachen.

»Er ist kein Narr, er ist ein Trottel«, sagten die Leute, und Colombin sagte: »Ich bin kein Narr, ich bin ein Trottel.«

Und die Leute lachten ihn aus.

Wenn das der König gewußt hätte, wäre er böse geworden, aber Colombin sagte ihm nichts davon, denn es machte ihm nichts aus, ausgelacht zu werden.

Am Hofe gab es starke Leute und gescheite Leute, der König war ein König, die Frauen waren schön und die Männer mutig, der Pfarrer war fromm und die Küchenmagd fleißig – nur Colombin, Colombin war nichts.

Wenn jemand sagte: »Komm, Colombin, kämpf mit mir«, sagte Colombin: »Ich bin schwächer als du.«

Wenn jemand sagte: »Wieviel gibt zwei mal sieben?«, sagte Colombin: »Ich bin dümmer als du.«

Wenn jemand sagte: »Getraust du dich, über einen Bach zu springen«, sagte Colombin: »Nein, ich getraue mich nicht.«

Und wenn der König fragte: »Colombin, was willst du wer-
den?«, antwortete Colombin: »Ich will nichts werden, ich bin
schon etwas, ich bin Colombin.«
Der König sagte: »Du mußt aber etwas werden«, und Colombin
fragte: »Was kann man werden?«
Da sagte der König: »Jener Mann mit dem Bart, mit dem
braunen, ledernen Gesicht, das ist ein Seefahrer. Der wollte
Seefahrer werden und ist Seefahrer geworden, er segelt über die
Meere und entdeckt Länder für seinen König.«
»Wenn du willst, mein König«, sagte Colombin, »werde ich
Seefahrer.«
Da mußte der ganze Hof lachen.
Und Colombin rannte weg, fort aus dem Saal und schrie: »Ich
werde ein Land entdecken, ich werde ein Land entdecken!«
Die Leute schauten sich an und schüttelten die Köpfe, und
Colombin rannte aus dem Schloß, durch die Stadt und über das
Feld, und den Bauern, die auf den Feldern standen und ihm
nachschauten, rief er zu: »Ich werde ein Land entdecken, ich
werde ein Land entdecken!«
Und er kam in den Wald und versteckte sich wochenlang unter
den Büschen, und wochenlang hörte niemand etwas von Colombin, und der König war traurig und machte sich Vorwürfe,
und die Hofleute schämten sich, weil sie Colombin ausgelacht
hatten.
Und sie waren froh, als nach Wochen der Wächter auf dem
Turm die Fanfare blies und Colombin über die Felder kam,
durch die Stadt kam, durchs Tor kam, vor den König trat und
sagte: »Mein König, Colombin hat ein Land entdeckt!« Und
weil die Hofleute Colombin nicht mehr auslachen wollten,
machten sie ernste Gesichter und fragten: »Wie heißt es denn,
und wo liegt es?«
»Es heißt noch nicht, weil ich es erst entdeckt habe, und es liegt
weit draußen im Meer«, sagte Colombin.
Da erhob sich der bärtige Seefahrer und sagte: »Gut Colombin,
ich, Amerigo Vespucci, gehe das Land suchen. Sag mir, wo es
liegt.«
»Sie fahren ins Meer und dann immer geradeaus, und Sie müssen
fahren, bis Sie zu dem Land kommen, und Sie dürfen nicht

verzweifeln«, sagte Colombin, und er hatte fürchterliche Angst,
weil er ein Lügner war und wußte, daß es das Land nicht gibt,
und er konnte nicht mehr schlafen.

Amerigo Vespucci aber machte sich auf die Suche.

Niemand weiß, wohin er gefahren ist.

Vielleicht hat auch er sich im Walde versteckt.

Dann bliesen die Fanfaren, und Amerigo kam zurück.

Colombin wurde rot im Gesicht und wagte den großen Seefahrer nicht anzuschauen. Vespucci stellte sich vor den König,
blinzelte dem Colombin zu, holte tief Atem, blinzelte noch
einmal dem Colombin zu und sagte laut und deutlich, so, daß es
alle hören konnten: »Mein König«, so sagte er, »mein König, das
Land gibt es.«

Colombin war so froh, daß ihn Vespucci nicht verraten hatte,
daß er auf ihn zulief, ihn umarmte und rief:

»Amerigo, mein lieber Amerigo!«

Und die Leute glaubten, das sei der Name des Landes, und sie
nannten das Land, das es nicht gibt, »Amerika«.

»Du bist jetzt ein Mann«, sagte der König zu Colombin, »von
nun ab heißt du Kolumbus.«

Und Kolumbus wurde berühmt, und alle bestaunten ihn und
flüsterten sich zu: »Der hat Amerika entdeckt.«

Und alle glaubten, daß es Amerika gibt, nur Kolumbus war
nicht sicher, sein ganzes Leben zweifelte er daran, und er wagte
den Seefahrer nie nach der Wahrheit zu fragen.

Bald fuhren aber andere Leute nach Amerika und bald sehr
viele; und die, die zurückkamen, behaupteten: »Amerika gibt
es!«

»Ich«, sagte der Mann, von dem ich die Geschichte hab, »ich war
noch nie in Amerika. Ich weiß nicht, ob es Amerika gibt.
Vielleicht tun die Leute nur so, um Colombin nicht zu enttäu-
schen. Und wenn zwei sich von Amerika erzählen, blinzeln sie
sich heute noch zu, und sie sagen fast nie Amerika, sie sagen
meistens etwas Undeutliches von »Staaten« oder »Drüben« oder
so.

Vielleicht erzählt man den Leuten, die nach Amerika wollen, im
Flugzeug oder im Schiff die Geschichte von Colombin, und
dann verstecken sie sich irgendwo und kommen später zurück

und erzählen von Cowboys und von Wolkenkratzern, von den Niagarafällen und vom Mississippi, von New York und von San Francisco.

Auf jeden Fall erzählen alle dasselbe, und alle erzählen Dinge, die sie vor der Reise schon wußten; und das ist doch sehr verdächtig.

Aber immer noch streiten sich die Leute darüber, wer Kolumbus wirklich war.

Ich weiß es.«

Das nackte Mädchen auf der Straße

ber die leeren Felder gekommen, konnte Albrecht van der Wahl die Einbildung haben, die Stadt sei eigens für ihn aufgebaut worden. Ein Fremder sieht mehr in der Fremde, zumal wenn er nicht als ein armer Mann kommt. Albrecht van der Wahl – das umständliche Auf und Ab seines Namens machte wie immer den Hoteliers einige Mühe, ihre Formulare korrekt auszufüllen – konnte achtlos mit dem Geld umgehen. Schon das Münzgeld hatte hier Gewicht, und er grub es um und um in seinen Manteltaschen, ließ es, ein Goldregen, aus der Höhe der affektiert erhobenen Rechten herabfallen – beispielsweise auf den Marmorrand der Kinokasse. Die Stadt schien ihm ein endloses System aus optischen Röhren zu sein, Bild und Gegenbild ständig reproduzierend. Am auffälligsten war diese Beobachtung vor den Schaufenstern, wenn die Passanten Aug in Auge mit den Schaufensterpuppen standen und einen prüfenden Blick tauschten. Die Puppen in ihren kostbaren Gewandungen, so gruppiert, daß ein Anschein von Harmonie entstand, hoben die Arme, die Finger wiesen ins Leere, vielleicht nach oben, wo man die Geschäftsräume der Firmen und Läden vermuten konnte.

Die Stadt war bekannt für ihre Spätherbsttage, für graue Regennachmittage, wenn alle logischen Kombinationen des Alphabets zurückgeholt wurden ins Bild; die violetten und weinroten Buchstaben zerflossen und im Spiegel der regennassen Straße neue, wenn auch rätselhafte Zeichen bildeten. Die Automobilreihen schienen eine unbekannte Zahlenkunde ins Bild zu bringen, die Fahrbahn ein Rollbild, das nach Kilometern bemessen wurde, am Ende in die Tuschzeichnung der kahlen Bäume auslief. Albrecht van der Wahl sah das Ende der Zivilisation wie von chinesischer Kalligraphie überwuchert, und er freute sich an seiner Vorstellung. Am Vormittag aus dem Zug gestiegen, hätte er genug an den Bildern der Stadt haben können. Doch weil er von Berufs wegen angehalten war, in die Tiefe der Dinge zu schauen, wo nur der dialektische Funke Licht erzeugte, notierte er sich Sätze zu den Bildern, wollte die Filme studieren, die

Buchläden inspizieren, die Schlagzeilen, die ihm aus den Zeitungsständen entgegensprangen, aber doch so geordnet wie Gedichtzeilen, in ihrer Entstellung, Übertreibung oder groben Wahrheitsfälschung durchschauen. Zurückgekehrt würde er Fazit ziehen, das Gesehene kombinieren und interpretieren und seinem feineren Geist insgeheim mit der Beobachtung genügen, daß auch hier die vom Verstand punktuell aufzulösenden Bilder von der Sehnsucht der Betrachter zusammengehalten wurden.

Da geschah das Unerwartete. Zwischen Glaspalast und Kinosaal, unter den vielen, die aus der Vorstellung kamen, sah van der Wahl ein Mädchen, und das war nackt von Kopf bis Fuß. Er vergaß die Kinokarte, die er gerade gekauft hatte, beruhigte seinen Herzschlag mit der Versicherung, die Stadt zeige ihm in diesem Augenblick das absolute Bild. Aber er schob die Überlegungen beiseite, denn das Mädchen war viel zu nackt und also viel zu natürlich für seine Spekulationen. Sie ging auf nackten Füßen, eine Bettlerin zwischen dem ausgesuchten Schuhwerk der anderen, und van der Wahl hob den Blick ein wenig, bis zu den Knien, zwei matte Spiegel die Kniescheiben, die seinen Blick festhielten. Sah denn keiner, daß sie nackt war? In einer gewaltsamen Anstrengung hob er den Blick, der so schwer war, als wehrte er sich gegen einen plötzlichen Schlaf. Sein Blick erfaßte sie von oben, glitt herab über den kleinen blondsträhnigen Kopf, über ihr weißes Gesicht mit dem zu breiten Mund, eine vogelhafte Aufmerksamkeit ging von ihrem Blick aus; der Hals führte in schöner Linie zur Schulter, daß er sich den Anblick ihres Nackens wünschte – für van der Wahl die kostbarste, weil verletzlichste Partie eines Frauenkörpers. Er äugte noch einmal nach links und rechts, ob keiner ihm das Bild nahm, das er sah. Keiner sah es, keiner nahm es, und doch war das Mädchen jetzt so nah, daß er am liebsten nicht hingesehen hätte. Er fürchtete, er könnte sie aus den Augen verlieren, und da keiner sie sah, nahm er sie mit einer sozusagen privatisierten Neugier in Besitz, betrachtete sie wie einen Kunstgegenstand, prüfte die kleinen Brüste mit Kennermiene, den runden Bauch, die Wölbung der Scham mit den feinen aschblonden Haarsträhnen. Wie klein der Fuß war. Spürte sie die Kälte des Zementbodens nicht? Er würde ihr ein Paar Schuhe kaufen.

Van der Wahl wollte sie an sich vorbeilassen, um sie von hinten
sehen zu können, den Blick auf ihren Nacken heften zu können,
aber da bemerkte er den Ring an ihrer rechten Hand – es war der
gleiche Ring, den er am Vormittag von einem Straßenhändler
vor dem Bahnhof in einer Laune gekauft hatte. Ein billiger Ring
mit einer Glasperle von der Größe – van der Wahl liebte die
poetischen Vergleiche – einer Träne.

Er faßte nach ihrer Hand und fürchtete, er werde in Luft greifen,
in Wasser, und der Vogel, der Fisch, Metamorphosen der Zauberei, würden sich ins Nichts auflösen, sobald er zupackte. Er
faßte eine lebendige Hand, zog das Mädchen ein wenig an sich,
nun doch seine Beute, indes die anderen blicklos weitergingen.
Sie ließ es geschehen und hatte auch nichts dagegen, daß er
seinen Ring zu dem Ring an ihren Finger steckte.

Wer bist du? fragte van der Wahl, und das nackte Mädchen
lachte über so viel intellektuelle Zudringlichkeit.

Komm mit, sagte sie und zog ihn, seine Hand haltend, auf die
Straße. Sollte er sich wehren? Würde er nicht in der nächsten
Sekunde aus diesem Traum – war es ein Traum? – in einem
Skandal erwachen, auf den die Fotografen auf der anderen
Straßenseite bereits lauerten. Aber die Fotografen fotografierten
in die Schaufenster hinein, reproduzierten die schönen stummen
Puppen hinter Glas und hatten kein Auge für sie.

Van der Wahl versuchte dennoch, das Mädchen in Seitenstraßen
zu ziehen, die ärmlich aussahen, und wo man vielleicht durch
offene Haustüren und über Hinterhöfe entkommen konnte.
Aber die Seitenstraßen führten wieder auf eine Hauptstraße und
diese zu einem Dom aus Stahl und Glas, eine Galerie glänzender
Läden und labyrinthischer Passagen, die sich im Halbdunkel
verloren. Rolltreppen führten zu Eisbahnen, Schwimmhallen,
Massageräumen, aus denen Scharen verjüngter, erfrischter Käufer kamen und erneut die Ladengalerien und Passagen bevölker-
ten. Das künstliche Licht, dachte van der Wahl, würde ihre
Nacktheit wie ein Spiegelbild der Schaufenster erscheinen lassen. Sie klatschte in die Hände, als sie die schleifenziehenden
Kinder auf der Eisbahn sah. Er entschloß sich für den erstbesten
Schuhsalon und bat sie, vor der Tür zu warten. Aber sie folgte
ihm auf Zehenspitzen. Die aus ihrer Wartehaltung befreiten

Verkäuferinnen – sie machten auf van der Wahl den Eindruck, wandelnde Orchideen zu sein – fragten nach seinen Wünschen. Er zeigte auf ihre Füße und zog die Hand erschrocken zurück; nein, sie hatten nichts gesehen und behandelten ihn als sprachunkundigen Ausländer, der nach unten zeigt, um anzudeuten, daß er Schuhe braucht. Van der Wahl korrigierte sich, wies auf die spitzen und hochhackigen Schuhe der Verkäuferin, und ein Suchen und Auspacken und Aufbauen begann. Das Mädchen hinter ihm nickte, als er ein Paar aus Schmetterlingsschleifen und Lack in die Höhe hob. Sein Eifer, seine Angst, daß jemand sie doch sehen könnte, hatte ihn erschöpft. Er fragte sich, warum er sie nicht gleich in sein Hotel mitgenommen habe, von wo er telefonisch alles, was sie zum Anziehen brauchte, hätte bestellen können, vom Bett aus.

Das Mädchen probierte die Silberschuhe an, als er nicht achtgab, hob sie das Knie, winkelte das Bein an, um den Sitz des Schuhs an der Ferse zu prüfen, erschrocken über die Schamlosigkeit der Bewegung zog ihr von der Wahl den Schuh vom Fuß. Die Verkäuferin hatte nichts bemerkt, und er schickte sie in die Tiefe des Ladens auf die Suche nach knielangen Stiefeln. Schließlich konnte er das Mädchen bei diesem Wetter nicht in Phantasieschuhen herumlaufen lassen.

Die Schuhe ließ er einpacken, die Stiefel nahm er in die Hand, das Leder war weich und von einem herben Duft, daß er nicht widerstehen konnte, es mit dem Mund zu berühren. Er zahlte hastig und verließ den Laden, die Tür so aufhaltend, daß sie vor ihm hinausgehen konnte.

Im Dämmerlicht der Schaufenster gab er ihr die Stiefel, in die sie ohne Zögern hineinstieg, und sie reichten ihr, wie er es gewünscht, bis übers Knie.

Die Wirkung dieser gestiefelten Nacktheit steigerte van der Wahls Begehrlichkeit bis ins Unerträgliche. Zugleich aber hatte sich, wie er meinte, ein Schatten über das Mädchen gelegt, eine winzige Veränderung war mit ihr vorgegangen, die er sich nicht erklären konnte. Er nahm ihre Hand, deren Druck sie flüchtig erwiderte, da der Anblick der Stiefel sie ganz beanspruchte.

Der Kauf der Unterwäsche, Strumpfhosen, Schlüpfer – den Büstenhalter nahm er ihr gebieterisch aus der Hand, denn wozu halten, verpacken, was nur verhüllt zu werden brauchte –, den Kauf dieser Dinge betrieb er mit Eile. Das parfümierte Lächeln der Verkäuferin erkundigte sich leise nach den Maßen von Madame. Van der Wahl ließ sich auf die Frage nicht ein; er wählte, erwog, verwarf, bestimmte, wenn ein Druck ihrer Hand ihn dazu anhielt.

Er kaufte alles doppelt, die eine Kombination in Lindgrün, die andere in Veilchenblau. Vor dem Laden wählte sie den lindgrünen Unterrock und den Slip, der leichter als ein Taschentuch auf der Hand lag. Die Strumpfhosen schob sie zurück, als fürchtete sie, die Stiefel zu verlieren, wenn sie sie auszog. Van der Wahl stützte ihren Arm, damit sie behutsam in den Schlüpfer steigen konnte, den sie mit beiden Händen an sich hochzog, während ihre Beine ein scheinbar unsinniges Ritual eines Tanzschrittes vollführten. Dann streifte sie den Unterrock über Kopf und Schulter, und schaute sich um. Sie hob den Kopf in dieser eigenwilligen Art, die sie auch beim Sprechen hatte – so, als trinke sie die Luft, und betrachtete sich im Schaufenster, als sähe sie sich zum erstenmal. Van der Wahl vertiefte sich mit Genuß in ihr Doppelbild, aber da geschah das Unerwartete. Die Passanten drehten die Köpfe nach ihnen, oder vielmehr, sahen sie an, ein lichtblondes Mädchen in knielangen schwarzen Stiefeln, in einem zu kurzen Unterrock, der eine Handbreit ihrer Schenkel bloßlegte, die Brüste sichtbar unter dem durchsichtigen Stoff. Niemand blieb stehen, einige suchten vielleicht den versteckten Kameramann, der diese Szene aufnahm, und gingen weiter. Aber es war kein Zweifel, das Mädchen war sichtbar geworden. Van der Wahl riß sich den Mantel von den Schultern und legte ihn ihr um – ihr Blick hatte sich verändert, da sie nicht mehr nackt war. Sie empfand die Wärme des Mantels, wenigstens hat sie kein Fischblut, dachte van der Wahl, und ein altes Märchen fiel ihm ein.

Er fragte sie: Drücken die Stiefel, tun dir die Füße weh? Sie schüttelte den Kopf.

Bleib hier stehen, kommandierte er und bog in die nächste Passage. Er kaufte rasch und ohne den Genuß, den er, ein Kenner, sonst zeigte. Er wählte einen weißen Pullover aus Lammwolle, einen weiten Rock, darin Blumen und Gräser verwoben, er zog ungeduldig aus den Händen der Verkäuferin – Wolken von Parfüm stiegen auf, wenn sie die Arme ausbreitete – ein bernsteinfarbenes Seidentuch. Der Kauf des Mantels ließ ihn unbefriedigt, ein blauer Leinenstoff, dazu eine Kappe aus gleicher Farbe, von weißrotem Schottenstoff gerandet.

Die Freude, sein Werk nun bald in ziemlicher Vollendung schauen zu können, im Gesicht, eilte er zu ihr und liebte ihren Anblick, wie sie verlassen dastand, eine Hand raffte den schweren Mantel, die Ärmel hingen herab wie Flügel, über den Kragen aus dunkelblauem Stoff wellte das Haar in der gleichen fließenden Bewegung, wie sie in diesem Kaufdom dem Licht, dem Wasser abgeguckt war.

Sie nahm alles artig aus der Hand, dankte für jedes Stück mit einem Augenaufschlag, der von Sekunde zu Sekunde ein anderes Blau zeigte. Van der Wahl knüpfte ihr das Tuch in den Mantelausschnitt, sie dankte mit einem leichten Kuß, den er als Zustimmung nahm, daß sie nun in sein Hotel gingen.

Du kannst mich Ivonne nennen, sagte sie, oder wenn es dir besser gefällt, Isabeau. Der Gedanke, daß sie weder Paß noch Ausweis besitzen konnte, beschäftigte van der Wahl, der aus einem ordentlich verwalteten Land kam, eine Weile.

Es gefiel ihm, wie er sie angezogen hatte, da er mit ihr über Avenuen und Straßen im Nebellicht des späten Nachmittags lief. Er begann, sie mit anderen Mädchen und Frauen zu vergleichen, die ihm das Werk ihrer Begleiter schienen, und er zweifelte für Augenblicke an der Einmaligkeit ihrer Erscheinung.

Noch einmal betraten sie einen Laden, wurden beide gegrüßt, und Isabeau (er hatte sich für diesen Namen entschieden) verlangte ein bestimmtes Parfüm. Hatte sie auch keinen Paß, dachte van der Wahl, so mußte sie eine Vergangenheit haben.

Erzähl von dir, bat er beiläufig, als sie wieder durch die feuchte Luft gingen, in der die Farben der Verkehrsampeln sich auflösten und die Größe von unbekannten Planeten annahmen, die unerwartet über der Stadt niedergehen konnten. Es war eine weitläufige Stadt, ohne erkennbare Mitte, weshalb in ihr immer wieder hohe Türme errichtet wurden, von denen aus man einen Radius schlagen konnte, Stelzfüße aus Zement, die in die Wolken gestemmte Cafés, Bars, Restaurants trugen, von wo man

die Täuschung genoß, die Stadt könne ein vollkommen rundes
Gebilde sein, und wo, wie es van der Wahl sich auslegte, der
Geschmack des Kaffees metaphysisch wurde.
Er nahm ihren Arm und bat sie um Geschichten. Sie sprach mit
ruhiger, verschleierter Stimme: Soll ich dir erzählen? Van der
Wahl hörte nicht so recht hin, eine große Müdigkeit befiel ihn
beim Anhören dieser Geschichten, die in großer Ferne begannen, aus großen Weiten kamen, sich in Feldern und Wäldern
verloren, bis sie übers Meer kamen und die großen Städte
erreichten und sich hier verloren wie planlos gebaute Straßen-
züge. Es waren Geschichten wie viele, die er kannte. Angezogen
hatte sie das Geheimnis ihrer Nacktheit verloren, wenn man es
einmal so paradox ausdrücken kann, überlegte er.
Das Hotel war ein unscheinbares, weil sehr altes Gebäude.
Großbrüstige Karyatiden trugen die Balkone der teuren Zimmer, Engelsköpfe schmückten das Dachgeschoß. Der Empfangschef grüßte mit Zurückhaltung, die Falte in seiner Stirn
schien auszudrücken, man habe van der Wahl mehr Stilgefühl
zugetraut, eine zu ihm und zum Haus passende Dame. Tatsächlich sah Isabeau unter ihrer rot-weiß gerandeten Leinenmütze
wie ein Schulmädchen aus. Man reichte ihm schweigend den
Zimmerschlüssel. Langsam zog der Fahrstuhl sie in die Höhe.
Albrecht van der Wahl genoß ihre Nähe, diese Geborgenheit
auf engstem, aber dafür schwebendem Raum.
Ich habe dich nicht gefragt, sagte er, ob du im Kino gewesen bist
– als wir uns kennenlernten, und ob dir der Film gefallen hat?
Eine Liebesgeschichte, sagte sie, sie nimmt ein trauriges Ende.
Ach so, sagte van der Wahl und öffnete die Fahrstuhltür. Es war
die sechste Etage. Isabeau lief voraus, rascher, als er es sich
gewünscht hatte. Ihr Stiefelschritt maß geräuschlos den mit
vergoldeten Nägeln eingefaßten Läufer. Er wollte sie bitten, ihr
Haar aus dem Nacken zu streichen, aber er hätte zu laut rufen
müssen. Er zog die verbrauchte Luft tief ein, um das Hämmern
in den Schläfen zu mäßigen. Von irgendwo verkündete eine
Radiostimme die letzten Börsenkurse.
Am Ende des Ganges öffnete sich eine Tür, ein Mann zeigte sich
in einem gestreiften Schlafanzug, öffnete leicht die Arme in
einer Bewegung, die so bemessen war, daß er ihre Hände – die

sie ihm entgegenstreckte – in seine nehmen konnte. Isabeau verschmolz für van der Wahl mit den Umrissen des Mannes, und ehe er den Schritt beschleunigen konnte, schloß sich die Tür hinter ihnen. Van der Wahl war allein auf dem Gang.

Ein anderer als Albrecht van der Wahl hätte die Tür eingetreten, das Mädchen den Armen des Räubers entrissen, Aufklärung verlangt, den Empfangschef alarmiert. Er tat nichts dergleichen, er schloß seine Tür auf, setzte sich in den grünen Plüschsessel, aus dem der Staub der Jahrhunderte wölkte, wenn man sich zu heftig bewegte. Aber van der Wahl saß regungslos, grub die Hände in die Manteltaschen, zog die veilchenblaue Unterwäsche heraus, die Strumpfhosen in der durchsichtigen Folie und warf es auf den grünen Teppich.

Geübt im Finden von Zusammenhängen, Hintergründen, war er sicher, einem Spiel unter Gaunern zum Opfer gefallen zu sein. Er, ein Fremder, der, während er die Stadt staunend betrachtet, mühelos ausgenommen, ausgebeutet worden ist.

Eine Unruhe, die aus dem Lichthof unter seinem Fenster brodelte, ein Rufen und Klagen, riß ihn aus seinen Gedanken. Er stand auf, öffnete das Fenster und beugte sich hinaus: In der Tiefe wurde ein Mann in einem gestreiften Schlafanzug auf eine Bahre gehoben, ein Toter, dem man die Arme kreuzweise auf die Brust legte, damit sie nicht herabhingen. Van der Wahl erkannte auf den ersten Blick den Fremden an der Tür und stürzte aus dem Zimmer, lief über den Gang, rüttelte an der Türklinke – die Tür, hinter der sie verschwunden war. Die Tür blieb verschlossen. Er stürzte zum Fahrstuhl, der Etagenzeiger senkte sich langsam auf Null, hob sich dann wieder bis zur Sechs. Unter Schweißausbrüchen fuhr van der Wahl hinunter ins Foyer, wo die Hotelgäste beisammenstanden. Hier hatte man den Vorfall nicht geheimhalten können. Der Mann war tot, so hörte van der Wahl, er habe vor dem Verlöschen die Worte wiederholt: Unsichtbar, das Bett war leer ... Es entstand ein unterdrücktes Gelächter. Van der Wahl ging wie suchend von Gruppe zu Gruppe, und als er sah, was er erwartet, hämmerten seine Schläfen so, daß er die Fäuste dagegenpreßte. Unter den Hotelgästen im Foyer stand sie, war nackt, rauchte eine Zigarette, und er war der einzige, der sie sah, ihr mageres Vogelgesicht mit dem zu breiten Mund, die kleinen Brüste, die matten Spiegel der Kniescheiben. Für Einzelheiten hatte er jetzt kein Auge. Er stürzte zu ihr, entschlossen – entschlossen wozu? Er tauchte in ihren Blick, der nun wieder der fließende Blick einer nackten Frau war. Lächelnd reichte sie ihm einen ihrer Ringe. Er steckte ihn achtlos in die Tasche. Der Empfangschef schien interessiert zuzusehen, sein Blick schien Berge von Schuld auf ihn häufen zu wollen. Aber das war wohl eine Einbildung, dachte van der Wahl. Isabeau verließ das Foyer, ihr lichter Schatten huschte über das Glas der Drehtür, als tauchte sie unter Wasser, und van der Wahl folgte ihr.

Spätere Recherchen führten zu nichts, und so wurde der Name Albrecht van der Wahl noch im gleichen Jahr aus der Kartei seiner heimatlichen Dienststelle gestrichen. Im Hotel hatte er eine unbezahlte Rechnung hinterlassen.

Anhang

Zu den Märchen

So also besteht das Buch *Deutsche Märchen* – für deren Auswahl-
kriterien Neigung und Einsicht stehen – aus drei Teilen: An den
Anfang gesetzt sind Märchen der Brüder Grimm, eine Auswahl
aus jener Sammlung, die neben den von Achim von Arnim und
Clemens Brentano gesammelten alten deutschen Volksliedern
zu *Des Knaben Wunderhorn* die schönste und volkstümlichste ist,
die die romantische Zeit in ihrer Leidenschaft, »Urdeutsches«
aufzuspüren, hervorgebracht hat. Richtig ist, daß die Grimm-
und Märchen-Forschung zumindest für einen Teil der Volks-
dichtung das »altdeutsche Wesen« in Frage stellen mußte. So
manche Märchenvermittlerin, nach deren Diktat Jakob und
Wilhelm Grimm sammelten, mochte zwar hierzulande geboren
sein, entstammte jedoch Familien, die im Zuge der aus Frankreich vertriebenen Hugenotten eingewandert waren und, so
darf vorausgesetzt werden, ihr Volksgut eingebracht hatten:
Kindermärchen, wie sie von Charles Perrault (1626–1703) nach-
erzählt und veröffentlicht worden waren (zum Beispiel: Petit
chaperon rouge: Rotkäppchen, Cendrillon: Aschenputtel, La
belle au bois dormant: Dornröschen, Le petit poucet: Daumer-
ling, und andere). Wir wollen die Einbuße an urdeutschen
Quellen hinnehmen und als entscheidender für unser Buch
gelten lassen, daß Jakob und Wilhelm Grimm zwar der Authen-
tizität des Stoffes und der Poesie dienten, nicht aber unter allen
Umständen dem Wortlaut. Die Brüder wurden eben nicht nur
zu den erfolgreichsten, den berühmtesten aller Märchensammler,
weil sie das Ideal ihrer Zeit erkannten und nutzten, sie wurden es
auch, weil sie Erzähler waren, ihre hervorragende erzählerische
Begabung einbrachten, den unverwechselbar gewordenen Mär-
chenstil schufen, so daß aus Volksmärchen Lesemärchen wurden:
Kinder- und Hausmärchen. Dieser Umstand mag zeigen, warum
sich nicht nur das offensichtliche Kunstmärchen, für dessen Kunst
ein einzelner Autor bürgt, sondern auch das Grimmsche Märchen
als literarisches Produkt bezeichnen läßt.
Auf das Populärste ist hier nahezu verzichtet; nicht die Popula-
rität selbst ist der Grund des Verzichts, sondern die Erfahrung,
daß die Schönheit der Unbekannteren nicht geringer, doch

ungenutzter ist. Denken wir nur an *Die Gänsemagd* oder an *Fitchers Vogel,* an diese weit in die Literatur, in die Gegenwart reichenden Vorkommnisse von Falada und Blaubart.

Der zweite Teil befaßt sich mit den Kunstmärchen der Klassik, der Romantik, der Zeit des Realismus – von Goethes eröffnendem und als der Inbegriff des Märchens geltendem *Märchen,* bis zu Gottfried Kellers *Spiegel, das Kätzchen.* Schon Hugo von Hofmannsthal versicherte sich dieses Märchens von Keller in den *Deutschen Erzählern;* ein Umstand, der vielleicht den Verzicht erlaubt und, zum Beispiel, auch Raum geschaffen hätte für immer wieder nun nicht Berücksichtigtes (denn ein Buch ist kein Kopf, dessen Fassungsvermögen wenn auch nicht grenzenlos, so doch phantastisch ist). Doch ein Buch namens *Deutsche Märchen* verzichtet nicht, ohne Schaden an seiner Substanz zu nehmen, auf des bedeutendsten poetischen Realisten nicht nur bedeutendes, sondern auch hochverehrtes Kätzchen, das so heiter, zierlich und beschaulich in anständiger Wohlhabenheit und ohne Überhebung dahinlebte – bis dies alles so lange ein trauriges Ende nehmen mußte, als es Herrn Pineiß, zur Strafe, ein erbärmliches Leben verschafft hatte.

Der dritte Teil, und damit unser Jahrhundert, wird durch Paul Scheerbarts *Der alte Mörder* eröffnet: »Efeu rankte sich über das alte Gemäuer der stillen Ruinenwelt. Und es war einmal ein Mörder. Der mordete ohn' Unterlaß . . .« Könnte dies alte Gemäuer einer stillen Ruinenwelt der Überrest einer glanzvollen Märchenwelt sein, an die sich Heine noch erinnerte, doch lediglich, um bekümmert auf die katastrophale Diskrepanz zwischen Märchen und Realität zu verweisen? Die Märchenkunst aber nimmt, wie zu lesen ist, auch in der Literatur des 20. Jahrhunderts kein Ende, nur Formen, Perspektiven und Absichten haben sich gewandelt. Die Formel »Es war einmal« gilt, wenn sie bemüht wird, nicht mehr als genaue Bestimmung für die unbestimmbare Zeit, »wo das Wünschen noch geholfen hat«, eher wird sie – ausgesprochen oder gedanklich – zum Zitat, zu Schirm und Schutz für Ungeheuerliches in zeitlicher Nähe aus, zum Beispiel, ironischer Distanz. Der Märchenglaube, auch

wenn er sich in nahezu reiner Form vereinzelt noch darstellen
mag – ist gebrochen. Überlebt hat, wie wir sehen, die Kraft des
Phantastischen aus den Zeiten der *Freier* oder des *Schlemihl,*
Phantastisches, das uns noch heute, wenn das nackte Mädchen
auf der Straße erscheint, in seiner Unbegreiflichkeit fasziniert.

So leitete Wilhelm Grimm die sechste Auflage der Kinder- und
Hausmärchen ein:
Seid ihr artig und hübsch stille, / so geschieht auch euer Wille. /
Jedes setzt sich in die Ecke. / Aus dem Buch mit roter Decke /
werden Märchen vorgelesen: / lauter wunderliche Wesen / sehet
ihr da vor euch springen, / grün und goldne Vögel singen, /
Zwerge kommen aus den Feldern, / Riesen schreiten aus den
Wäldern, / Hexen mit den langen Nasen, / fürchterliche alte
Basen; / guten Kindern scheint die Sonne, / und es endigt sich
mit Wonne!
Auf die Dauer, wie gesagt, befinden wir uns nicht in Sicherheit,
denn die Wonnen sind verderblich. So kommt es, daß nicht nur
der Reichtum an Schönheit, Glück, Gold und Gerechtigkeit, an
Poesie und Wunderbarem, auch der an Schrecken und Grauen,
an Zauberei und Wahnsinn, an Unwirklichem und Wirklichem
verschwenderisch ist. So herrscht das Märchen, von dem Goethe
sagt, es stelle uns »mögliche Begebenheiten unter möglichen
Bedingungen oder unmöglichen Bedingungen als möglich dar«.

Elisabeth Borchers

VERFASSER- UND QUELLENVERZEICHNIS

ILSE AICHINGER (1921)
Mondgeschichte, S. 740.
Aus: Der Gefesselte. Copyright 1954 by S. Fischer Verlag, Frankfurt a. M.

ACHIM VON ARNIM (1781-1831)
Geschichte des ersten Bärnhäuters, S. 363.
Aus: Werke. Ausgewählt und herausgegeben von Reinhold Steig. Band I.
Leipzig o. J.

H. C. ARTMANN (1921)
Ein schöner märztag, S. 739.
Aus: The Best of H. C. Artmann. Herausgegeben von Klaus Reichert. Suhr-
kamp Verlag Frankfurt am Main 1970.

INGEBORG BACHMANN (1926-1973)
Die Geheimnisse der Prinzessin von Kagran, S. 748.
Aus: Malina. Roman. Suhrkamp Verlag Frankfurt am Main 1971.

WALTER BENJAMIN (1892-1940)
Rastelli erzählt . . ., S. 669; Maulbeer-Omelette, S. 672.
Aus: Gesammelte Schriften. Unter Mitwirkung von Theodor W. Adorno und
Gershom Scholem herausgegeben von Rolf Tiedemann und Hermann Schwep-
penhäuser. Band IV. 1. Herausgegeben von Tillman Rexroth. Suhrkamp Ver-
lag Frankfurt am Main 1972.

PETER BICHSEL (1935)
Amerika gibt es nicht, S. 755.
Aus: Kindergeschichten. Luchterhand Verlag Neuwied und Berlin 1969.

JOHANNES BOBROWSKI (1917-1965)
Mäusefest, S. 736.
Aus: Mäusefest und andere Erzählungen. Verlag Klaus Wagenbach Berlin 1965.

BERTOLT BRECHT (1898-1956)
Märchen, S. 677; Der Geierbaum, S. 678; Die Antwort, S. 679.
Aus: Gesammelte Werke. Band V. Suhrkamp Verlag Frankfurt am Main 1967.

CLEMENS BRENTANO (1778-1842)
Das Märchen von dem Schulmeister Klopfstock und seinen fünf Söhnen, S. 318.
Aus: Märchen und Romanzen. Neu herausgegeben von Hans Löwe. Band 1-3.
Hendel Meersburg, Leipzig 1936.

GEORG BÜCHNER (1813-1837)
Es war einmal ein arm Kind (Auszug aus: Woyzeck), S. 480.
Aus: Werke und Briefe. In zwei Bänden. Neue, durchgesehene Ausgabe heraus-
gegeben von Fritz Bergemann. Insel Verlag Frankfurt am Main 1958. Erster
Band. S. 171 f.

ADELBERT VON CHAMISSO (1781-1838)
Peter Schlemihls wundersame Geschichte, S. 368.
Aus: Peter Schlemihls wundersame Geschichte. Mit einem Nachwort von
Thomas Mann. Illustrationen von Emil Preetorius. Insel Verlag Frankfurt am
Main 1973 (it 27).

KARL WILHELM SALICE CONTESSA (1777-1825)
Magister Rößlein, S. 286.
Aus: Deutsche Literatur in Entwicklungsreihen. Reihe Romantik. Band 18.
Leipzig 1936.

ALFRED DÖBLIN (1878-1957)
Märchen von der Technik, S. 635.
Aus: Erzählungen aus fünf Jahrzehnten. Walter-Verlag, Olten, 1978.

GÜNTER EICH (1907-1972)
Der kleine Mann (Titel: Ode an meinen Ohrenarzt), S. 729.
Aus: Gesammelte Werke. Herausgegeben vom Suhrkamp Verlag in Verbin-
dung mit Ilse Aichinger und unter Mitwirkung von Susanne Müller-Hanpft,
Horst Ohde, Heinz F. Schafroth und Heinz Schwitzke. Band I. Suhrkamp
Verlag Frankfurt am Main 1973.

JOSEPH VON EICHENDORFF (1788-1857)
Die Zauberei im Herbste, S. 424.
Aus: Werke. Band II. Winkler-Verlag, München 1970.

MARIELUISE FLEISSER (1901-1974)
Der Apfel, S. 716.
Aus: Gesammelte Werke. Herausgegeben von Günther Rühle. Dritter Band.
Suhrkamp Verlag Frankfurt am Main 1972.

FRITZ RUDOLF FRIES (1935)
Das nackte Mädchen auf der Straße, S. 762.
Aus: Das nackte Mädchen auf der Straße. Erzählungen. Suhrkamp Verlag
Frankfurt am Main 1980 (st 577).

JOHANN WOLFGANG GOETHE (1749-1832)
Das Märchen, S. 169.
Aus: Werke. In sechs Bänden. Zweiter Band. Insel Verlag Frankfurt am Main
1965.

BRÜDER GRIMM
JACOB LUDWIG GRIMM (1785-1863)
WILHELM KARL GRIMM (1786-1859)
Der Froschkönig oder der eiserne Heinrich, S. 3; Rapunzel, S. 6; Das Lumpen-
gesindel, S. 10; Der treue Johannes, S. 12; Der Teufel mit den drei goldenen
Haaren, S. 19; Brüderchen und Schwesterchen, S. 25; Der Wolf und die sieben
jungen Geißlein, S. 31; Fitchers Vogel, S. 34; König Drosselbart, S. 37; Snee-

wittchen, S. 42; Rumpelstilzchen, S. 50; Von dem Mäuschen, Vögelchen und der Bratwurst, S. 62; Läuschen und Flöhchen, S. 77; Die sieben Raben, S. 81; Die Wichtelmänner, S. 91; Die zwei Brüder, S. 99; Von dem Machandelboom, S. 118; Der Frieder und das Catherlieschen, S. 126; Der goldene Vogel, S. 132.
Aus: Kinder- und Hausmärchen. Gesammelt durch die Brüder Grimm. 3 Bände. Insel Verlag Frankfurt am Main 1974 (it 112/113/114). Erster Band.
Das Bürle, S. 52; Allerleirauh, S. 57; Jorinde und Joringel, S. 64; Sechse kommen durch die ganze Welt, S. 66; Die Gänsemagd, S. 71; Der süße Brei, S. 77; Die Alte im Wald, S. 79; Die zwölf Jäger, S. 139.
Aus: Zweiter Band.
Zur Winterszeit, als einmal ein tiefer Schnee lag (Titel: Der goldene Schlüssel), S. 1;
Der Eisenhans, S. 84; Die Sterntaler, S. 93; Das Waldhaus, S. 94; Der Meisterdieb, S. 142; Die Gänsehirtin am Brunnen, S. 149.
Aus: Dritter Band.
Von dem Fischer und seiner Frau, S. 158.
Aus: Von dem Fischer un syner Fru. Ein Märchen nach Philipp Otto Runge mit sieben Bildern von Marcus Behmer, einer Nacherzählung und mit einem Nachwort von Uwe Johnson. Insel Verlag Frankfurt am Main 1976 (IB 315). Die Brüder Grimm nahmen dieses Märchen in der Fassung aus dem Jahre 1840 in ihre Kinder- und Hausmärchen auf.

Wilhelm Hauff (1802-1827)
Der Zwerg Nase, S. 440.
Aus: Märchen. Herausgegeben von Bernhard Zeller. Zweiter Band. Insel Verlag Frankfurt am Main 1976 (it 217). Enthalten in: Der Scheik von Alessandria und seine Sklaven. S. 191-234.

Heinrich Heine (1797-1856)
Ich kam dahin (Auszug aus: Die Harzreise), S. 581;
Aus: Werke. Herausgegeben von Wolfgang Preisendanz. Zweiter Band. Insel Verlag Frankfurt am Main 1968. S. 105 f.

Hermann Hesse (1877-1962)
Iris, S. 614.
Aus: Gesammelte Werke in zwölf Bänden. Sechster Band. Suhrkamp Verlag Frankfurt am Main 1970 (werkausgabe edition suhrkamp).

Wolfgang Hildesheimer (1916)
Warum ich mich in eine Nachtigall verwandelt habe, S. 730.
Aus: Lieblose Legenden. Suhrkamp Verlag Frankfurt am Main 1962 (BS 84).

Jakob van Hoddis (1887-1942)
Ein König, S. 651.
Aus: Weltende und andere Dichtungen. © 1958 by Verlags AG »Die Arche« Peter Schifferli, Zürich.

E. T. A. HOFFMANN (1776-1822)
Nußknacker und Mausekönig, S. 227.
Aus: Werke in vier Bänden. Neu durchgesehen und revidiert von Herbert Kraft
und Manfred Wacker. Zweiter Band. Insel Verlag Frankfurt am Main 1967.

HUGO VON HOFMANNSTHAL (1874-1929)
Das Glück am Weg, S. 587.
Aus: Sämtliche Werke. Kritische Ausgabe. Veranstaltet vom Freien Deutschen
Hochstift. Herausgegeben von Heinz Otto Burger, Rudolf Hirsch, Detlev
Lüders, Heinz Rölleke, Ernst Zinn. Band XXVIII. S. Fischer Verlag, Frankfurt
am Main 1975.

LUDWIG HOHL (1904)
Ich habe dem Kind die Sterne gezeigt, S. 583.
Aus: Varia. Suhrkamp Verlag Frankfurt am Main 1977 (BS 557). S. 7.

ÖDÖN VON HORVÁTH (1901-1938)
Das Märchen in unserer Zeit, S. 723; Legende vom Fußballplatz, S. 725.
Aus: Gesammelte Werke. Herausgegeben von Traugott Krischke und Dieter
Hildebrandt. Band III. Suhrkamp Verlag Frankfurt am Main 1970.

FRANZ KAFKA (1883-1924)
Schakale und Araber, S. 646.
Aus: Erzählungen. Copyright 1935 by Schocken Verlag Berlin. Copyright 1946
by Schocken Books Inc. New York, USA. Europäische Lizenzausgabe im S.
Fischer Verlag Frankfurt a. M.
Kleine Fabel, S. 650.
Aus: Beschreibungen eines Kampfes. Copyright 1936, 1937 by Heinr. Mercy
Sohn, Prague, Copyright 1946 by Schocken Books, Inc., New York City, USA,
Copyright 1964 (1965) by Schocken Books Inc., New York City, USA.
Abdruck mit Genehmigung des S. Fischer Verlages GmbH, Frankfurt am
Main.

GEORG KAISER (1878-1945)
Die Insel der tausendjährigen Menschen, S. 638.
Aus: Werke. Band 4. © 1971 by Verlag Ullstein GmbH. Frankfurt/M.–Berlin–
Wien/Propyläen Verlag.

MARIE LUISE KASCHNITZ (1901-1974)
Die Kinder hören die Geschichte eines alten Baumes, S. 701.
Aus: Der alte Garten. Ein Märchen. © 1975 by Claassen Verlag GmbH, Düssel-
dorf, S. 257 ff.

ERICH KÄSTNER (1899-1974)
Das Märchen vom Glück, S. 682.
Aus: Der tägliche Kram. Atrium Verlag, Zürich 1948.

GOTTFRIED KELLER (1819-1890)
Spiegel, das Kätzchen, S. 544.
Aus: Sämtliche Werke. Herausgegeben von Jonas Fränkel. Band VIII. Erlenbach-Zürich 1927.

JUSTINUS KERNER (1786-1862)
Goldener, S. 476.
Aus: Goldener. Buchdruckerwerkstatt der Technischen Lehranstalten zu Offenbach a. M. in dem Jahre 1921.

KLABUND (1891-1928)
Der Dichter und der Kaiser, S. 667.
Aus: Der himmlische Vagant. Ausgewählt von Marianne Kesting. Kiepenheuer und Witsch, Köln 1968. Mit Genehmigung von Phaidon Press, London.

THOMAS MANN (1875-1955)
Der Kleiderschrank, S. 597.
Aus: Sämtliche Erzählungen. S. Fischer Verlag Frankfurt a. M. 1963.

FRIEDERIKE MAYRÖCKER (1924)
Pegas das Pferd, S. 746.
Erstveröffentlichung.

EDUARD MÖRIKE (1804-1875)
Der Bauer und sein Sohn, S. 469.
Aus: Mörikes Werke. Herausgegeben von Harry Maync. Kritisch durchgesehene und erläuterte Ausgabe. Dritter Band. Leipzig und Wien o. J.

ROBERT MUSIL (1880-1942)
Kindergeschichte, S. 642.
Aus: Prosa, Dramen, Späte Briefe. © Rowohlt Verlag GmbH, Hamburg, 1957.

HANS ERICH NOSSACK (1901-1977)
Der König geht ins Kino, S. 706.
Aus: Die gestohlene Melodie. Roman. Suhrkamp Verlag Frankfurt am Main 1972. S. 132 ff.

NOVALIS (eig. Friedrich Leopold Frhr. von Hardenberg) (1772-1801)
Das Märchen von Hyazinth und Rosenblütchen, S. 200.
Aus: Werke. Herausgegeben von Ewald Wasmuth. Erster Band. Verlag Lambert Schneider, Heidelberg 1953.

RAINER MARIA RILKE (1875-1926)
Das Märchen von den Händen Gottes, S. 607.
Aus: Sämtliche Werke in zwölf Bänden. Herausgegeben vom Rilke-Archiv. In Verbindung mit Ruth Sieber-Rilke besorgt durch Ernst Zinn. Band 7. Insel Verlag Frankfurt am Main 1975.

PAUL SCHEERBART (1863–1915)
Der alte Mörder, S. 585.
Aus: Immer mutig. Phantastischer Nilpferde-Roman in 83 merkwürdigen
Geschichten. 1. Teil. Bruns Verlag, München 1902.

LEVIN SCHÜCKING (1814–1883)
Die drei Freier, S. 481.
Aus: Die drei Freier. Erzählung. Druck und Verlag von Philipp Reclam jun.
Leipzig o. J.

KURT SCHWITTERS (1887–1948)
Die Märchen vom Paradies, S. 652.   ˙
Aus: Die Märchen vom Paradies. Märchen von Kurt Schwitters. Zeichnungen
von Käte Steinitz. Zweifarbiges Faksimile der 1921 erschienenen Erstausgabe.
Insel Verlag Frankfurt am Main 1979. © 1979, Copyright by Cosmopress, Genf.
Die typographische Einrichtung folgt nur ungefähr der Originalausgabe.

ANNA SEGHERS (1900)
Das Argonautenschiff, S. 686.
Aus: Erzählungen. Band 2. Hermann Luchterhand Verlag, Neuwied und Berlin
1964.

OTTO STOESSL (1875–1936)
Die Geschichte vom Fieber und vom Floh, S. 592.
Nach: Die goldene Bombe. Expressionistische Märchendichtungen und Grotes-
ken. Herausgegeben von Hartmurt Gerken. Agora Darmstadt 1970.

THEODOR STORM (1817–1888)
Bulemanns Haus, S. 523.
Aus: Werke. In zwei Bänden. Herausgegeben von Gottfried Honnefelder.
Erster Band. Insel Verlag Frankfurt am Main 1975.

LUDWIG TIECK (1773–1853)
Der Runenberg, S. 204.
Aus: Werke. Winkler-Verlag, München 1964.

KURT TUCHOLSKY (1890–1935)
Märchen, S. 666.
Aus: Gesammelte Werke Band I, Seite 13. © Rowohlt Verlag GmbH, Reinbek
bei Hamburg, 1960.

KARL HEINRICH WAGGERL (1897–1973)
Legende vom Tod, S. 674.
Aus: Wagrainer Tagebuch und andere Aufzeichnungen. Insel Verlag Frankfurt
am Main 1974.

ROBERT WALSER (1878–1956)
Das Ende der Welt, S. 631.
Aus: Das Gesamtwerk. Herausgegeben von Jochen Greven. Band II. Suhrkamp
Verlag Zürich und Frankfurt am Main 1978 (werkausgabe edition suhrkamp).
Der Löwe und die Christin, S. 634.
Aus: Band IV.

Inhalt

DEUTSCHE ERZÄHLER

Zwei Bände. 1 700 Seiten
Eine Auswahl von Hugo von Hofmannsthal
und Marie Luise Kaschnitz

»Zwei umfangreiche, schöne Bände werden hier offeriert, 1 700 Seiten große Erzählkunst (zu einem unglaublich niedrigen Preis), ginge es mit rechten Dingen zu, müßte das Publikum, das sich doch immer nach Überblicken sehnt, die Buchhandlungen stürmen.« *Barbara Bondy*

Erster Band:

Ludwig Achim von Arnim, Clemens Brentano, Georg Büchner, Annette Freiin von Droste-Hülshoff, Joseph von Eichendorff, Friedrich de la Motte-Fouqué, Johann Wolfgang von Goethe, Jeremias Gotthelf, Franz Grillparzer, Wilhelm Hauff, Friedrich Hebbel, E. T. A. Hoffmann, Jean Paul, Gottfried Keller, Heinrich von Kleist, Eduard Mörike, Friedrich Schiller, Charles Sealsfield, Adalbert Stifter, Ludwig Tieck.

Zweiter Band:

Ilse Aichinger, Ingeborg Bachmann, Gottfried Benn, Thomas Bernhard, Johannes Bobrowski, Heinrich Böll, Bertolt Brecht, Hermann Broch, Heimito von Doderer, Alfred Döblin, Günter Eich, Max Frisch, Günter Grass, Hermann Hesse, Wolfgang Hildesheimer, Hugo von Hofmannsthal, Uwe Johnson, Franz Kafka, Wolfgang Koeppen, Siegfried Lenz, Heinrich Mann, Thomas Mann, Robert Musil, Hans Erich Nossack, Rainer Maria Rilke, Joseph Roth, Arno Schmidt, Arthur Schnitzler, Kurt Schwitters, Anna Seghers, Martin Walser, Robert Walser, Peter Weiss.